W0320491

DIE TEMPEL KLASSIKER
Schiller/Goethe · Briefwechsel

DER BRIEFWECHSEL
ZWISCHEN
SCHILLER UND GOETHE

EMIL VOLLMER VERLAG
MÜNCHEN

Herausgegeben von Paul Stapf

Sonderausgabe mit Genehmigung
des Tempel-Verlages,
Berlin und Darmstadt

Alle Rechte vorbehalten
Emil Vollmer Verlag · München

Schutzumschlag: Klaus Detjen
Umschlagfoto: Bildarchiv Preußischer
Kulturbesitz, Berlin
Gesamtherstellung: Ebner Ulm
ISBN 3-87876-317-4

An Seine Majestät
den König von Bayern

Allerdurchlauchtigster,
Allergnädigst regierender König und Herr,

In bezug auf die von Ew. Königlichen Majestät zu meinem unvergeßlichen Freunde gnädigst gefaßte Neigung mußte mir gar oft, bei abschließlicher Durchsicht des mit ihm vieljährig gepflogenen Briefwechsels, die Überzeugung beigehen: wie sehr demselben das Glück, Ew. Majestät anzugehören, wäre zu wünschen gewesen. Jetzt, da ich nach beendigter Arbeit von ihm abermals zu scheiden genötigt bin, beschäftigen mich ganz eigene, jedoch dieser Lage nicht ungemäße Gedanken.

In Zeiten, wenn uns eine wichtige, auf unser Leben einflußreiche Person verläßt, pflegen wir auf unser eigenes Selbst zurückzukehren, gewohnt, nur dasjenige schmerzlich zu empfinden, was wir persönlich für die Folge zu entbehren haben. In meiner Lage war dies von der größten Bedeutung: denn mir fehlte nunmehr eine innig vertrauliche Teilnahme, ich vermißte eine geistreiche Anregung und was nur einen löblichen Wetteifer befördern konnte. Dies empfand ich damals aufs schmerzlichste; aber der Gedanke, wieviel auch er von Glück und Genuß verloren, drang sich mir erst lebhaft auf, seit ich Ew. Majestät höchster Gunst und Gnade, Teilnahme und Mitteilung, Auszeichnung und Bereicherung, wodurch ich frische Anmut über meine hohen Jahre verbreitet sah, mich zu erfreuen hatte.

Nun ward ich zu dem Gedanken und der Vorstellung geführt, daß auf Ew. Majestät ausgesprochene Gesinnungen dieses alles dem Freunde in hohem Maße widerfahren wäre; um so erwünschter und förderlicher, als er das Glück in frischen vermögsamen Jahren hätte genießen können. Durch allerhöchste Gunst wäre sein Dasein durchaus erleichtert, häusliche Sorgen entfernt, seine Umgebung erweitert, derselbe auch wohl in ein heilsameres besseres Klima versetzt worden, seine Arbeiten hätte man dadurch belebt und beschleunigt gesehen, dem höchsten Gönner selbst zu fortwährender Freude und der Welt zu dauernder Erbauung.

Wäre nun das Leben des Dichters auf diese Weise Ew. Majestät gewidmet gewesen, so dürfen wohl auch diese Briefe, die einen wichtigen Teil des strebsamsten Daseins darstellen, Allerhöchstdenenselben bescheiden vorgelegt werden. Sie geben ein treues unmittelbares Bild, und lassen erfreulich sehen: wie in Freundschaft und Einigkeit mit manchen untereinander Wohlgesinnten, besonders auch mit mir, er unablässig gestrebt und gewirkt und, wenn auch körperlich leidend, im Geistigen doch immer sich gleich und über alles Gemeine und Mittlere stets erhaben gewesen.

Seien also diese sorgfältig erhaltenen Erinnerungen hiemit zur rechten Stelle gebracht, in der Überzeugung, Ew. Majestät werden gegen den Überbliebenen, sowohl aus eigner höchster Bewegung, als auch um des abgeschiedenen Freundes willen, die bisher zugewandte Gnade fernerhin bewahren, damit, wenn es mir auch nicht verliehen war, in jene ausgebreitete königliche Tätigkeit eingeordnet mitzuwirken, mir doch das erhebende Gefühl fortdaure, mit dankbarem Herzen die großen Unternehmungen segnend, dem Geleisteten und dessen weitausgreifendem Einfluß nicht fremd geblieben zu sein.

In reinster Verehrung mit unverbrüchlicher Dankbarkeit lebenswierig verharrend

Weimar, den 18. Oktober 1829

Ew. Königlichen Majestät
alleruntertänigster Diener
Johann Wolfgang von Goethe

DER BRIEFWECHSEL ZWISCHEN
SCHILLER UND GOETHE

1. *An Goethe*

Hochwohlgeborner Herr,
Hochzuverehrender Herr Geheimer Rat.

Beiliegendes Blatt enthält den Wunsch einer, Sie unbegrenzt hochschätzenden, Gesellschaft, die Zeitschrift, von der die Rede ist, mit Ihren Beiträgen zu beehren, über deren Rang und Wert nur Eine Stimme unter uns sein kann. Der Entschluß Euer Hochwohlgeboren, diese Unternehmung durch Ihren Beitritt zu unterstützen, wird für den glücklichen Erfolg derselben entscheidend sein, und mit größter Bereitwilligkeit unterwerfen wir uns allen Bedingungen, unter welchen Sie uns denselben zusagen wollen.

Hier in Jena haben sich die Herren Fichte, Woltmann und von Humboldt zur Herausgabe dieser Zeitschrift mit mir vereinigt, und da, einer notwendigen Einrichtung gemäß, über alle einlaufenden Manuskripte die Urteile eines engern Ausschusses eingeholt werden sollen, so würden Ew. Hochwohlgeboren uns unendlich verpflichten, wenn Sie erlauben wollten, daß Ihnen zu Zeiten eins der eingesandten Manuskripte dürfte zur Beurteilung vorgelegt werden. Je größer und näher der Anteil ist, dessen Sie unsre Unternehmung würdigen, desto mehr wird der Wert derselben bei demjenigen Publikum steigen, dessen Beifall uns der wichtigste ist. Hochachtungsvoll verharre ich

Euer Hochwohlgeboren
gehorsamster Diener und aufrichtigster Verehrer

Jena, 13. Juni 1794 F. Schiller

2. *An Schiller*

Ew. Wohlgeboren
eröffnen mir eine doppelt angenehme Aussicht, sowohl auf die Zeitschrift, welche Sie herauszugeben gedenken, als auf die Teilnahme, zu der Sie mich einladen. Ich werde mit Freuden und von ganzem Herzen von der Gesellschaft sein.

Sollte unter meinen ungedruckten Sachen sich etwas finden, das zu einer solchen Sammlung zweckmäßig wäre, so teile ich es gerne mit; gewiß aber wird eine nähere Verbindung mit so wackern Männern, als die Unternehmer sind, manches, das bei mir ins Stocken geraten ist, wieder in einen lebhaften Gang bringen.

Schon eine sehr interessante Unterhaltung wird es werden, sich über die Grundsätze zu vereinigen, nach welchen man die eingesendeten Schriften zu prüfen hat, wie über Gehalt und Form zu wachen, um diese Zeitschrift vor andern auszuzeichnen und sie bei ihren Vorzügen wenigstens eine Reihe von Jahren zu erhalten.

Ich hoffe bald mündlich hierüber zu sprechen und empfehle mich Ihnen und Ihren geschätzten Mitarbeitern aufs beste.

Weimar, den 24. Juni 1794 Goethe

3. An Schiller

Sie erhalten hierbei die Schocherische Abhandlung mit Danke zurück; das, was ich davon verstehe, gefällt mir recht wohl, das übrige wird er mit der Zeit ja wohl aufklären.

Zugleich sende Diderot und Moritz und hoffe dadurch meine Sendung nützlich und angenehm zu machen.

Erhalten Sie mir ein freundschaftliches Andenken und sein Sie versichert, daß ich mich auf eine öftere Auswechslung der Ideen mit Ihnen recht lebhaft freue. Empfehlen Sie mich Ihrem Zirkel. Unvermutet wird es mir zur Pflicht, mit nach Dessau zu gehen, und ich entbehre dadurch ein baldiges Wiedersehen meiner Jenaischen Freunde.

Weimar, den 25. Juli 1794 Goethe

4. An Goethe

Jena, den 23. August 1794

Man brachte mir gestern die angenehme Nachricht, daß Sie von Ihrer Reise wieder zurückgekommen seien. Wir haben also wieder Hoffnung, Sie vielleicht bald einmal bei uns zu sehen, welches ich zu meinem Teil herzlich wünsche. Die neulichen Unterhaltungen mit Ihnen haben meine ganze Ideenmasse in Bewegung gebracht, denn sie betrafen einen Gegenstand, der mich seit etlichen Jahren lebhaft beschäftigt. Über so manches, worüber ich mir selbst nicht recht einig werden konnte, hat die Anschauung Ihres Geistes (denn so muß ich den Totaleindruck Ihrer Ideen auf mich nennen) ein unerwartetes Licht in mir angesteckt. Mir fehlte das Objekt, der Körper, zu mehreren spekulativischen

Ideen, und Sie brachten mich auf die Spur davon. Ihr beobachtender Blick, der so still und rein auf den Dingen ruht, setzt Sie nie in Gefahr, auf den Abweg zu geraten, in den sowohl die Spekulation als die willkürliche und bloß sich selbst gehorchende Einbildungskraft sich so leicht verirrt. In Ihrer richtigen Intuition liegt alles und weit vollständiger, was die Analysis mühsam sucht, und nur weil es als ein Ganzes in Ihnen liegt, ist Ihnen Ihr eigener Reichtum verborgen; denn leider wissen wir nur das, was wir scheiden. Geister Ihrer Art wissen daher selten, wie weit sie gedrungen sind und wie wenig Ursache sie haben, von der Philosophie zu borgen, die nur von Ihnen lernen kann. Diese kann bloß zergliedern, was ihr gegeben wird, aber das Geben selbst ist nicht die Sache des Analytikers, sondern des Genies, welches unter dem dunkeln, aber sichern Einfluß reiner Vernunft nach objektiven Gesetzen verbindet.

Lange schon habe ich, obgleich aus ziemlicher Ferne, dem Gang Ihres Geistes zugesehen und den Weg, den Sie sich vorgezeichnet haben, mit immer erneuerter Bewunderung bemerkt. Sie suchen das Notwendige der Natur, aber Sie suchen es auf dem schweresten Wege, vor welchem jede schwächere Kraft sich wohl hüten wird. Sie nehmen die ganze Natur zusammen, um über das Einzelne Licht zu bekommen; in der Allheit ihrer Erscheinungsarten suchen Sie den Erklärungsgrund für das Individuum auf. Von der einfachen Organisation steigen Sie, Schritt vor Schritt, zu den mehr verwickelten hinauf, um endlich die verwickeltste von allen, den Menschen, genetisch aus den Materialien des ganzen Naturgebäudes zu erbauen. Dadurch, daß Sie ihn der Natur gleichsam nacherschaffen, suchen Sie in seine verborgene Technik einzudringen. Eine große und wahrhaft heldenmäßige Idee, die zur Genüge zeigt, wie sehr Ihr Geist das reiche Ganze seiner Vorstellungen in einer schönen Einheit zusammenhält. Sie können niemals gehofft haben, daß Ihr Leben zu einem solchen Ziele zureichen werde, aber einen solchen Weg auch nur einzuschlagen, ist mehr wert, als jeden andern zu endigen – und Sie haben gewählt, wie Achill in der Ilias zwischen Phthia und der Unsterblichkeit. Wären Sie als ein Grieche, ja nur als ein Italiener geboren worden, und hätte schon von der Wiege an eine auserlesene Natur und eine idealisierende Kunst Sie umgeben, so wäre Ihr Weg unendlich verkürzt, vielleicht ganz überflüssig gemacht worden. Schon in die erste Anschauung der Dinge hätten Sie dann die Form des Notwendigen aufgenommen, und mit Ihren ersten Erfahrungen hätte sich der große Stil in Ihnen entwickelt.

Nun, da Sie ein Deutscher geboren sind, da Ihr griechischer Geist in diese nordische Schöpfung geworfen wurde, so blieb Ihnen keine andere Wahl, als entweder selbst zum nordischen Künstler zu werden, oder Ihrer Imagination das, was ihr die Wirklichkeit vorenthielt, durch Nachhülfe der Denkkraft zu ersetzen und so gleichsam von innen heraus und auf einem rationalen Wege ein Griechenland zu gebären. In derjenigen Lebensepoche, wo die Seele sich aus der äußern Welt ihre innere bildet, von mangelhaften Gestalten umringt, hatten Sie schon eine wilde und nordische Natur in sich aufgenommen, als Ihr siegendes, seinem Material überlegenes Genie diesen Mangel von innen entdeckte, und von außen her durch die Bekanntschaft mit der griechischen Natur davon vergewissert wurde. Jetzt mußten Sie die alte, Ihrer Einbildungskraft schon aufgedrungene schlechtere Natur nach dem besseren Muster, das Ihr bildender Geist sich erschuf, korrigieren, und das kann nun freilich nicht anders als nach leitenden Begriffen vonstatten gehen. Aber diese logische Richtung, welche der Geist bei der Reflexion zu nehmen genötigt ist, verträgt sich nicht wohl mit der ästhetischen, durch welche allein er bildet. Sie hatten also eine Arbeit mehr, denn so wie Sie von der Anschauung zur Abstraktion übergingen, so mußten Sie nun rückwärts Begriffe wieder in Intuitionen umsetzen und Gedanken in Gefühle verwandeln, weil nur durch diese das Genie hervorbringen kann.

So ungefähr beurteile ich den Gang Ihres Geistes, und ob ich recht habe, werden Sie selbst am besten wissen. Was Sie aber schwerlich wissen können (weil das Genie sich immer selbst das größte Geheimnis ist), ist die schöne Übereinstimmung Ihres philosophischen Instinktes mit den reinsten Resultaten der spekulierenden Vernunft. Beim ersten Anblicke zwar scheint es, als könnte es keine größere Opposita geben als den spekulativen Geist, der von der Einheit, und den intuitiven, der von der Mannigfaltigkeit ausgeht. Sucht aber der erste mit keuschem und treuem Sinn die Erfahrung und sucht der letzte mit selbsttätiger freier Denkkraft das Gesetz, so kann es gar nicht fehlen, daß nicht beide einander auf halbem Wege begegnen werden. Zwar hat der intuitive Geist nur mit Individuen und der spekulative nur mit Gattungen zu tun. Ist aber der intuitive genialisch und sucht er in dem Empirischen den Charakter der Notwendigkeit auf, so wird er zwar immer Individuen, aber mit dem Charakter der Gattung erzeugen; und ist der spekulative Geist genialisch, und verliert er, indem er sich darüber erhebt, die Erfahrung nicht, so wird er zwar immer nur Gattungen, aber mit der Möglichkeit des Lebens und mit gegründeter Beziehung auf wirkliche Objekte erzeugen.

Aber ich bemerke, daß ich anstatt eines Briefes eine Abhandlung zu schreiben im Begriff bin – verzeihen Sie es dem lebhaften Interesse, womit dieser Gegenstand mich erfüllt hat; und sollten Sie Ihr Bild in diesem Spiegel nicht erkennen, so bitte ich sehr, fliehen Sie ihn darum nicht.

Die kleine Schrift von Moritz, die Herr von Humboldt sich noch auf einige Tage ausbittet, habe ich mit großem Interesse gelesen, und danke derselben einige sehr wichtige Belehrungen. Es ist eine wahre Freude, sich von einem instinktartigen Verfahren, welches auch gar leicht irre führen kann, eine deutliche Rechenschaft zu geben und so Gefühle durch Gesetze zu berichtigen. Wenn man die Moritzische Ideen verfolgt, so sieht man nach und nach in die Anarchie der Sprache eine gar schöne Ordnung kommen, und entdeckt sich bei dieser Gelegenheit gleich der Mangel und die Grenze unserer Sprache sehr, so erfährt man doch auch ihre Stärke und weiß nun, wie und wozu man sie zu brauchen hat.

Das Produkt von Diderot, besonders der erste Teil, ist sehr unterhaltend und für einen solchen Gegenstand noch mit einer recht erbaulichen Dezenz behandelt. Auch diese Schrift bitte ich noch einige Tage hier behalten zu dürfen.

Es wäre nun doch gut, wenn man das neue Journal bald in Gang bringen könnte, und da es Ihnen vielleicht gefällt, gleich das erste Stück desselben zu eröffnen, so nehme ich mir die Freiheit, bei Ihnen anzufragen, ob Sie Ihren Roman nicht nach und nach darin erscheinen lassen wollen? Ob und wie bald Sie ihn aber auch für unser Journal bestimmen, so würden Sie mir durch Mitteilung desselben eine sehr große Gunst erzeigen. Meine Freunde so wie meine Frau empfehlen sich Ihrem gütigen Andenken, und ich verharre hochachtungsvoll

Ihr gehorsamster Diener

F. Schiller

5. *An Schiller*

Zu meinem Geburtstage, der mir diese Woche erscheint, hätte mir kein angenehmer Geschenk werden können als Ihr Brief, in welchem Sie, mit freundschaftlicher Hand, die Summe meiner

Existenz ziehen und mich, durch Ihre Teilnahme, zu einem emsigern und lebhafteren Gebrauch meiner Kräfte aufmuntern.

Reiner Genuß und wahrer Nutzen kann nur wechselseitig sein, und ich freue mich, Ihnen gelegentlich zu entwickeln: was mir Ihre Unterhaltung gewährt hat, wie ich von jenen Tagen an auch eine Epoche rechne, und wie zufrieden ich bin, ohne sonderliche Aufmunterung auf meinem Wege fortgegangen zu sein, da es nun scheint, als wenn wir, nach einem so unvermuteten Begegnen, miteinander fortwandern müßten. Ich habe den redlichen und so seltenen Ernst, der in allem erscheint, was Sie geschrieben und getan haben, immer zu schätzen gewußt, und ich darf nunmehr Anspruch machen, durch Sie selbst mit dem Gange Ihres Geistes, besonders in den letzten Jahren, bekannt zu werden. Haben wir uns wechselseitig die Punkte klar gemacht, wohin wir gegenwärtig gelangt sind, so werden wir desto ununterbrochner gemeinschaftlich arbeiten können.

Alles, was an und in mir ist, werde ich mit Freuden mitteilen. Denn da ich sehr lebhaft fühle, daß mein Unternehmen das Maß der menschlichen Kräfte und ihrer irdischen Dauer weit übersteigt, so möchte ich manches bei Ihnen deponieren und dadurch nicht allein erhalten, sondern auch beleben.

Wie groß der Vorteil Ihrer Teilnehmung für mich sein wird, werden Sie bald selbst sehen, wenn Sie, bei näherer Bekanntschaft, eine Art Dunkelheit und Zaudern bei mir entdecken werden, über die ich nicht Herr werden kann, wenn ich mich ihrer gleich sehr deutlich bewußt bin. Doch dergleichen Phänomene finden sich mehr in unsrer Natur, von der wir uns denn doch gerne regieren lassen, wenn sie nur nicht gar zu tyrannisch ist.

Ich hoffe bald einige Zeit bei Ihnen zuzubringen, und dann wollen wir manches durchsprechen.

Leider habe ich meinen Roman, wenige Wochen vor Ihrer Einladung, an *Unger* gegeben, und die ersten gedruckten Bogen sind schon in meinen Händen. Mehr als einmal habe ich diese Zeit gedacht, daß er für die Zeitschrift recht schicklich gewesen wäre; es ist das einzige, was ich noch habe, das Masse macht und das eine Art von problematischer Komposition ist, wie sie die guten Deutschen lieben.

Das erste Buch schicke ich, sobald die Aushängebogen beisammen sind. Die Schrift ist schon so lange geschrieben, daß ich im eigentlichsten Sinne jetzt nur der Herausgeber bin.

Wäre sonst unter meinen Ideen etwas, das zu jenem Zweck aufgestellt werden könnte, so würden wir uns leicht über die schicklichste Form vereinigen, und die Ausführung sollte uns nicht aufhalten.

Leben Sie recht wohl und gedenken mein in Ihrem Kreise.

Ettersburg, den 27. August 1794 Goethe

6. An Schiller

Beiliegende Blätter darf ich nur einem Freunde schicken, von dem ich hoffen kann, daß er mir entgegen kommt. Indem ich sie wieder durchlese, erschein ich mir wie jener Knabe, der den Ozean in das Grübchen zu schöpfen unternahm. Indessen erlauben Sie mir künftig mehr solche Impromptüs, sie werden die Unterhaltung anreizen, beleben und ihr eine Richtung geben. Leben Sie recht wohl.

Weimar, den 30. August 1794 Goethe

7. An Goethe

Jena, den 31. August 1794

Bei meiner Zurückkunft aus Weißenfels, wo ich mit meinem Freunde Körner aus Dresden eine Zusammenkunft gehabt, erhielt ich Ihren vorletzten Brief, dessen Inhalt mir doppelt erfreulich war. Denn ich ersehe daraus, daß ich in meiner Ansicht Ihres Wesens Ihrem eigenen Gefühl begegnete und daß Ihnen die Aufrichtigkeit, mit der ich mein Herz darin sprechen ließ, nicht mißfiel. Unsre späte, aber mir manche schöne Hoffnung erweckende Bekanntschaft ist mir abermals ein Beweis, wie viel besser man oft tut, den Zufall machen zu lassen, als ihm durch zu viele Geschäftigkeit vorzugreifen. Wie lebhaft auch immer mein Verlangen war, in ein näheres Verhältnis zu Ihnen zu treten, als zwischen dem Geist des Schriftstellers und seinem aufmerksamsten Leser möglich ist, so begreife ich doch nunmehr vollkommen, daß die so sehr verschiedenen Bahnen, auf denen Sie und ich wandelten, uns nicht wohl früher, als gerade jetzt, mit Nutzen zusammen führen konnten. Nun kann ich aber hoffen, daß wir, soviel von dem Wege noch übrig sein mag, in Gemeinschaft durchwandeln werden, und mit um so größerm G[...] winn, da die letzten Gefährten auf einer langen Reise sich i[...] am meisten zu sagen haben.

Erwarten Sie bei mir keinen großen materialen R[...]

Ideen; dies ist es, was ich bei Ihnen finden werde. Mein Bedürfnis und Streben ist, aus wenigem viel zu machen, und wenn Sie meine Armut an allem, was man erworbene Erkenntnis nennt, einmal näher kennen sollten, so finden Sie vielleicht, daß es mir in manchen Stücken damit mag gelungen sein. Weil mein Gedankenkreis kleiner ist, so durchlaufe ich ihn eben darum schneller und öfter, und kann eben darum meine kleine Barschaft besser nutzen und eine Mannigfaltigkeit, die dem Inhalte fehlt, durch die Form erzeugen. Sie bestreben sich, Ihre große Ideenwelt zu simplifizieren, ich suche Varietät für meine kleine Besitzungen. Sie haben ein Königreich zu regieren, ich nur eine etwas zahlreiche Familie von Begriffen, die ich herzlich gern zu einer kleinen Welt erweitern möchte.

Ihr Geist wirkt in einem außerordentlichen Grade intuitiv, und alle Ihre denkenden Kräfte scheinen auf die Imagination, als ihre gemeinschaftliche Repräsentantin, gleichsam kompromittiert zu haben. Im Grund ist dies das Höchste, was der Mensch aus sich machen kann, sobald es ihm gelingt, seine Anschauung zu generalisieren und seine Empfindung gesetzgebend zu machen. Darnach streben Sie, und in wie hohem Grade haben Sie es schon erreicht! *Mein* Verstand wirkt eigentlich mehr symbolisierend, und so schwebe ich als eine Zwitterart zwischen dem Begriff und der Anschauung, zwischen der Regel und der Empfindung, zwischen dem technischen Kopf und dem Genie. Die ist es, was mir, besonders in frühern Jahren, sowohl auf dem Felde der Spekulation als der Dichtkunst ein ziemlich linkisches Ansehen gegeben; denn gewöhnlich übereilte mich der Poet, wo ich philosophieren sollte, und der philosophische Geist, wo ich dichten wollte. Noch jetzt begegnet es mir häufig genug, daß die Einbildungskraft meine Abstraktionen und der kalte Verstand meine Dichtung stört. Kann ich dieser beiden Kräfte insoweit Meister werden, daß ich einer jeden durch meine Freiheit ihre Grenzen bestimmen kann, so erwartet mich noch ein schönes Los; leider aber, nachdem ich meine moralischen Kräfte recht zu kennen und zu gebrauchen angefangen, droht eine Krankheit meine physischen zu untergraben. Eine große und allgemeine Geistesrevolution werde ich schwerlich Zeit haben in mir zu vollenden, aber ich werde tun, was ich kann, und wenn endlich das Gebäude zusammenfällt, so habe ich doch vielleicht das Erhaltungswerte aus dem Brande geflüchtet.

Sie wollten, daß ich von mir selbst reden sollte, und ich machte von dieser Erlaubnis Gebrauch. Mit Vertrauen lege ich Ihnen diese Geständnisse hin, und ich darf hoffen, daß Sie sie mit Liebe aufnehmen.

Ich enthalte mich heute, ins Detail Ihres Aufsatzes zu gehen, der unsre Unterhaltungen über diesen Gegenstand gleich auf die fruchtbarste Spur einleitet. Meine eigenen, auf einem verschiedenen Wege angestellten Recherchen haben mich auf ein ziemlich damit übereinstimmendes Resultat geführt, und in beifolgenden Papieren finden Sie vielleicht Ideen, die den Ihrigen begegnen. Sie sind vor anderthalb Jahren hingeworfen worden, und sowohl in dieser Rücksicht als ihrer lokalen Veranlassung wegen (denn sie waren für einen nachsichtigen Freund bestimmt) kann ihre rohe Gestalt auf Entschuldigung Anspruch machen. Seitdem haben sie allerdings ein besseres Fundament und eine größere Bestimmtheit in mir erhalten, die sie den Ihrigen ungleich näher bringen dürfte.

Daß Wilhelm Meister für unser Journal verloren sein soll, kann ich nicht genug beklagen. Indessen hoffe ich von Ihrem fruchtbaren Geiste und Ihrem freundschaftlichen Eifer für unsre Unternehmung einen Ersatz dieses Verlustes, wobei die Freunde Ihres Genius alsdann doppelt gewinnen. In dem Stück der Thalia, die ich hier beilege, finden Sie einige Ideen von Körner über Deklamation, die Ihnen nicht mißfallen werden. Alles bei uns empfiehlt sich Ihrem freundschaftlichen Andenken, und ich bin mit der herzlichsten Verehrung

der Ihrige

Schiller

8. An Schiller

Die mir übersendeten Manuskripte sowohl als das Bruchstück der Entwicklung des Erhabnen habe mit viel Vergnügen gelesen und mich daraus aufs neue überzeugt, daß uns nicht allein dieselben Gegenstände interessieren, sondern daß wir auch in der Art sie anzusehen meistens übereinkommen. Über alle Hauptpunkte, sehe ich, sind wir einig, und was die Abweichungen der Standpunkte, der Verbindungsart, des Ausdrucks betrifft, so zeugen diese von dem Reichtum des Objekts und der ihm korrespondierenden Mannigfaltigkeit der Subjekte. Ich würde Sie nun ersuchen: mir nach und nach alles, was Sie über diese Materie schon geschrieben und drucken lassen, mitzuteilen, damit man ohne Zeitverlust das Vergangene nachholte.

Dabei hätte ich Ihnen einen Vorschlag zu tun: Nächste Woche geht der Hof nach Eisenach, und ich werde vierzehn Tage so allein und unabhängig sein, als ich so bald nicht wieder vor mir sehe. Wollten Sie mich nicht in dieser Zeit besuchen? bei mir wohnen und bleiben? Sie würden jede Art von Arbeit ruhig vornehmen können. Wir besprächen uns in bequemen Stunden, sähen Freunde, die uns am ähnlichsten gesinnt wären, und würden nicht ohne Nutzen scheiden. Sie sollten ganz nach Ihrer Art und Weise leben und sich wie zu Hause möglichst einrichten. Dadurch würde ich in den Stand gesetzt, Ihnen von meinen Sammlungen das Wichtigste zu zeigen, und mehrere Fäden würden sich zwischen uns anknüpfen. Vom vierzehnten an würden Sie mich zu Ihrer Aufnahme bereit und ledig finden.

Bis dahin verspare ich so manches, das ich zu sagen habe, und wünsche indessen recht wohl zu leben.

Haben Sie wohl *Charis* von Ramdohr gesehen? Ich habe mit allen natürlichen und künstlichen Organen meines Individuums das Buch anzufassen gesucht, aber noch keine Seite daran gefunden, von der ich mir den Inhalt zueignen könnte.

Leben Sie recht wohl und grüßen die Ihrigen.

Weimar, den 4. September 1794 Goethe

9. An Goethe

Jena, den 7. September 1794

Mit Freuden nehme ich Ihre gütige Einladung nach W[eimar] an, doch mit der ernstlichen Bitte, daß Sie in keinem einzigen Stück Ihrer häuslichen Ordnung auf mich rechnen mögen, denn leider nötigen mich meine Krämpfe gewöhnlich, den ganzen Morgen dem Schlaf zu widmen, weil sie mir des Nachts keine Ruhe lassen, und überhaupt wird es mir nie so gut, auch den Tag über auf eine *bestimmte* Stunde sicher zählen zu dürfen. Sie werden mir also erlauben, mich in Ihrem Hause als einen völlig Fremden zu betrachten, auf den nicht geachtet wird, und dadurch, daß ich mich ganz isoliere, der Verlegenheit zu entgehen, jemand andres von meinem Befinden abhängen zu lassen. Die Ordnung, die jedem andern Menschen wohl macht, ist mein gefährlichster Feind, denn ich darf nur in einer bestimmten Zeit etwas Bestimmtes vornehmen *müssen,* so bin ich sicher, daß es mir nicht möglich sein wird.

Entschuldigen Sie diese Präliminarien, die ich notwendigerweise vorhergehen lassen mußte, um meine Existenz bei Ihnen auch nur möglich zu machen. Ich bitte bloß um die leidige Freiheit, bei Ihnen krank sein zu dürfen.

Schon ging ich damit um, Ihnen einen Aufenthalt in meinem Hause anzubieten, als ich Ihre Einladung erhielt. Meine Frau ist mit dem Kinde auf 3 Wochen nach Rudolstadt, um den Blattern auszuweichen, die Herr von Humboldt seinem Kleinen inokulieren ließ. Ich bin ganz allein und könnte Ihnen eine bequeme Wohnung einräumen. Außer Humboldt sehe ich selten jemand, und seit langer Zeit kommt keine Metaphysik über meine Schwelle.

Mit Ramdohrs Charis ist es mir sonderbar ergangen. Beim ersten Durchblättern hat mir vor seiner närrischen Schreibart und vor seiner horribeln Philosophie gegraut, und ich schickte ihn über Hals und Kopf dem Buchhändler wieder. Als ich nachher in einer gelehrten Zeitung einige Stellen aus seiner Schrift über die niederländische Schule angeführt fand, gewann ich ein besseres Vertrauen zu ihm und nahm seine Charis wieder vor, welche mir nicht ganz unnütz gewesen ist. Was er im allgemeinen über die Empfindungen, den Geschmack und die Schönheit sagt, ist freilich höchst unbefriedigend und, um nicht etwas Schlimmeres zu sagen, eine wahre reichsfreiherrliche Philosophie; aber den empirischen Teil seines Buches, wo er von dem Charakteristischen der verschiedenen Künste redet und einer jeden ihre Sphäre und ihre Grenzen bestimmt, habe ich sehr brauchbar gefunden. Man sieht, daß er hier in seiner Sphäre ist und durch einen langen Aufenthalt unter Kunstwerken sich eine, gewiß nicht gemeine, Fertigkeit des Geschmacks erworben hat. Hier in diesem Teil spricht der unterrichtete Mann, der, wo nicht eine entscheidende, doch eine mitzählende Stimme hat. Aber es kann wohl sein, daß er den Wert, den er hier für mich notwendig haben mußte, für Sie völlig verliert, weil die Erfahrungen, auf die er sich stützt, Ihnen etwas Bekanntes sind, und Sie also schlechterdings nichts Neues bei ihm vorfinden konnten. Gerade das, was Sie eigentlich suchten, ist ihm im höchsten Grade verunglückt, und was ihm geglückt ist, brauchen Sie nicht. Es sollte mich wundern, wenn ihn die Kantianer ruhig abziehen ließen, und die Gegner dieser Philosophie nicht ihre Partei durch ihn zu verstärken suchten.

Da Sie doch einmal jenes Bruchstück von mir über das Erhabene gelesen haben, so lege ich hier den Anfang bei, wo Sie vielleicht einige Ideen finden, die über den ästhetischen Ausdruck der Leidenschaft etwas bestimmen können. Einige frühere Aufsätze von mir über ästhetische Gegenstände befriedigen mich nicht genug, um sie Ihnen vorzulegen, und einige spätere, die noch ungedruckt sind, werde ich mitbringen. Vielleicht interessiert Sie eine Rezension von mir über Matthissons Gedichte in der A[llgemeinen] L[iteratur-] Z[eitung], die in dieser Woche wird ausgegeben werden. Bei der Anarchie, welche noch immer in der poetischen Kritik herrscht, und bei dem gänzlichen Mangel objektiver Geschmacksgesetze befindet sich der Kunstrichter immer in großer Verlegenheit, wenn er seine Behauptung durch Gründe unterstützen will; denn kein Gesetzbuch ist da, worauf er sich berufen könnte. Will er ehrlich sein, so muß er entweder gar schweigen, oder er muß (was man auch nicht immer gerne hat) zugleich der Gesetzgeber und der Richter sein. Ich habe in jener Rezension die letzte Partei ergriffen, und mit welchem Rechte oder Glück, das möchte ich am liebsten von Ihnen hören.

Ich erhalte soeben die Rezension und lege sie bei.

Fr. Schiller

10. An Schiller

Haben Sie Dank für die Zusage, kommen zu wollen. Eine völlige Freiheit nach Ihrer Weise zu leben werden Sie finden. Haben Sie die Güte mir den Tag anzuzeigen, wenn Sie kommen, damit ich mich einrichte.

Vielleicht besucht uns Herr von Humboldt einmal, vielleicht gehe ich mit Ihnen zurück. Doch wollen wir auch alles dies dem Genio des Tags überlassen. Haben Sie *Charis*, so bringen Sie das Buch mit.

Einige schöne Landschaften, die eben aus Neapel kommen, werden uns beim Gespräch über diese Materie zur Seite stehen.

Leben Sie recht wohl und empfehlen mich den Ihrigen.

Weimar, den 10. September 1794 Goethe

Soeben erhalte einige Exemplare der englischen Iphigenie und lege eines bei.

11. An Goethe

Jena, den 12. September 1794

Sie haben mir, vom 14ten an, einen Tag zu bestimmen überlassen. Ich werde also, mit Ihrer Erlaubnis, Sonntag nach Mittag bei Ihnen eintreffen, weil ich so wenig als möglich von dem Vergnügen, das Sie mir bereiten, verlieren möchte. Herr von Humboldt, den Ihre Einladung sehr erfreut, wird mich begleiten, um einige Stunden mit Ihnen zu verleben.

Ramdohr war vor einigen Tagen hier und hat sich wahrscheinlich auch bei Ihnen gemeldet. Wie er mir sagt, so schreibt er jetzt an einem Buch über die *Liebe,* worin bewiesen sein wird, daß reine Liebe nur bei den Griechen stattgefunden habe. Seine Ideen über Schönheit holt er ziemlich tief von unten herauf, denn er ruft dabei den Geschlechtstrieb zu Hülfe.

Die englische Iphigenia erfreute mich sehr. Soviel ich davon urteilen kann, paßt diese fremde Kleidung ihr gut an, und man wird lebhaft an die große Verwandtschaft beider Sprachen erinnert.

Friedrich Jacobi will mit an den Horen arbeiten, welches unsern Kreis auf eine angenehme Art erweitert. Mir ist er ein sehr interessantes Individuum, obgleich ich gestehen muß, daß ich mir seine Produkte nicht assimilieren kann.

Charis ist hier nirgends zu bekommen, aber eine Abhandlung von Maimon über den Schönheitsbegriff, die lesenswert ist, will ich mitbringen.

Meine Frau trägt mir auf, Ihnen recht viel Freundschaftliches zu sagen. Ich sende ihr die englische Iphigenia, was ihr große Freude machen wird. Schiller

12. An Goethe

Jena, den 29. September 1794

Ich sehe mich wieder hier, aber mit meinem Sinn bin ich noch immer in Weimar. Es wird mir Zeit kosten, alle die Ideen zu entwirren, die Sie in mir aufgeregt haben, aber keine einzige, hoffe ich, soll verloren sein. Es war meine Absicht, diese vierzehn Tage bloß dazu anzuwenden, so viel von Ihnen zu empfangen, als meine Rezeptivität erlaubt; die Zeit wird es nun lehren, ob diese Aussaat bei mir aufgehen wird.

Bei meiner Zurückkunft fand ich einen Brief von unserm Horenverleger, der voll Eifer und Entschlossenheit ist, das große Werk bald zu beginnen. Ich hatte ihm absichtlich noch einmal alle Schwierigkeiten und alle möglichen Gefahren dieses Unternehmens vorgestellt, um ihm Gelegenheit zu geben, mit möglichster Überlegung diesen Schritt zu tun. Er findet aber, nach Erwägung aller Umstände, daß keine Unternehmung versprechender sein kann, und hat eine genaue Abrechnung mit seinen

Kräften gehalten. Auf seine unermüdete Tätigkeit in Verbreitung des Journals, sowie auf seine Pünktlichkeit im Bezahlen können wir zählen.

Er äußert den Wunsch, daß wir seinem Associé, einem jungen Gelehrten, in unserm Ausschuß eine konsultative Stimme geben möchten. Ich kann es ihm nicht verargen, daß er in dem Senat, der über seinen Geldbeutel disponieren soll, gern einen guten Freund haben möchte. Dazu kommt, daß dieser junge Mann, der sich Zahn nennt, zu der Handelskompagnie in Calw gehört, die das Cottaische Unternehmen deckt, und die so beträchtlich ist, daß man schon bei mehrern Extremitäten in Württemberg auf ihren Kredit gerechnet hat. Ich glaube daher, daß man wohl tut, diesen Mann so sehr als möglich in das Interesse unsrer Unternehmung zu ziehen, und ihm also wohl eine ratgebende Stimme in unserm Ausschuß zugestehen kann. Weil dies ein Geschäft betrifft, das *ad Acta* kommt, so bitte ich Sie, beifolgendes Blatt, wenn Sie mit dem Inhalt einverstanden sind, zu unterschreiben.

Da ich nächster Tage an Herrn Arens schreiben will, so ersuche ich Sie, mir seine Adresse gütigst mitzuteilen. Sie sprachen neulich davon, daß Sie Herrn Hirt in Rom veranlassen wollten, uns das Neueste, was im artistischen Fach in Italien vorgeht, zu kommunizieren. Dies würde gewiß nützlich sein, und ich bitte, gelegentlich daran zu denken.

Die Luft ist heute so drückend, daß ich es bei diesem Redaktionsgeschäfte bewenden lassen muß. Herr von Ramdohr hat hier, wie ich höre, über den Empfang, den er in Dresden bei Ihnen fand, nicht zum besten gesprochen. Er ist hier so sehr für einen Kunstkenner bekannt, daß ihn Loder mit sich zum Tischler führte, um eine ganz gewöhnliche Kommode, die er da machen läßt, in Augenschein zu nehmen. Schiller

13. An Schiller

Wir wissen nun, mein Wertester, aus unsrer vierzehntägigen Konferenz: daß wir in Prinzipien einig sind und daß die Kreise unsers Empfindens, Denkens und Wirkens teils koinzidieren, teils sich berühren; daraus wird sich für beide gar mancherlei Gutes ergeben. Für die Horen habe ich fortgefahren zu denken und angefangen zu arbeiten, besonders sinne ich auf Vehikel und Masken, wodurch und unter welchen wir dem Publico manches zuschieben können. Gegen die Aufnahme des Herrn Zahns habe nichts zu erinnern, gebe aber, da ich wünschte, daß Sie alle Expeditionen allein unterschrieben, meine Bestimmung auf einem besonderen Blatt zu den Akten.

Leben Sie recht wohl und vergessen nicht ganz meines diätetischen Rates. Ich hoffe bald etwas schicken zu können und erwarte Ihre Anregung, über diese oder jene Gegenstände zu schreiben.

Weimar, den 1. Oktober 1794 G.

Herrn Arens wird Ihr Brief nicht verfehlen, wenn Sie nur *Baumeister* auf die Adresse setzen, er ist in Hamburg bekannt genug.

Hirt und Albrecht vergesse ich nicht. Danken Sie Herrn von Humboldt für die Rezension des Woldemars, ich habe sie soeben mit dem größten Anteil gelesen.

14. An Schiller

Da das gerettete Venedig nicht nächsten Sonnabend, sondern erst Dienstag gegeben wird; auch nicht eben von dem Gewicht ist, daß es Sie herüberziehen sollte, so wollte ich Ihnen überlassen: ob Sie nicht, mit Ihrer lieben Gattin, Sonnabend den 18ten herüberkommen wollten? wo wir Don Carlos geben. Wenn Sie auch nicht ganz von der Aufführung erbaut werden sollten, so wäre doch das Talent unsrer Schauspieler, zu dem bekannten Zwecke, bei dieser Gelegenheit am sichersten zu prüfen. Leben Sie recht wohl und gedenken mein.

Weimar, den 8. Oktober 1794 Goethe

15. An Goethe

Jena, den 8. Oktober 1794

Entschuldigen Sie das lange Ausbleiben dieses Briefes, der unsre Korrespondenz eröffnen soll. Einige dringende Geschäfte für die Lit[eratur]-Zeitung und die Thalia, die vorher abgetan sein mußten, haben ihn gegen meinen Wunsch und Willen verzögert.

Es wird nun auf Sie ankommen, ob der Pfad, den ich hier einschlage, ferner verfolgt werden soll. Mir schien es nötig, da wir uns in der Folge so oft darauf geführt sehen könnten, unsre Begriffe über das Wesen des Schönen vorderhand ins klare zu setzen.

Mit Hofrat Schütz habe ich unsere Angelegenheit ziemlich in Ordnung gebracht. Der Hauptanstoß, und eigentlich der einzige, ist die große Kostenvermehrung für die Herren Redakteurs, wenn sie von dem nämlichen Buche jährlich 12 Rezensionen liefern sollen, da sie nur zu einer einzigen eigentlich verpflichtet sind. Es wird aber wahrscheinlich arrangiert werden können, daß der Verleger der Horen die Hälfte der Unkosten ihnen abnimmt. Durch diese Auskunft hoffen sie auch den übrigen Herausgebern von Journalen, die sonst eine gleiche Begünstigung fodern könnten, den Mund zu stopfen.

Nach Ihrem Roman, den Sie mir kommunizieren wollten, verlangt mich sehr. Schütz hat mir angetragen, diesen Teil zu rezensieren, und ich bin sehr geneigt, ihm zu willfahren; besonders, da ich ihn ungern in andre Hände kommen sehe.

Humboldts und meine Frau begrüßen Sie freundschaftlich, und ich bin Ihnen nahe mit allem, was in mir lebt und denkt.

Sch.

16. An Goethe

Jena, den 17. Oktober 1794

Wenn ich meiner Gesundheit trauen darf, welche durch das schlechte Wetter wieder beunruhigt worden ist, so komme ich morgen nach Mittag mit meiner Frau nach Weimar; doch bitte ich Sie, mich nicht eigentlich zu erwarten, weil jetzt noch wenig Wahrscheinlichkeit dazu vorhanden ist.

Ich gebe jetzt meinen Briefen an den Prinzen von Augustenburg die letzte Hand, weil ich den Anfang derselben für das erste Stück der Horen bestimmt habe. Künftigen Dienstag hoffe ich, sie Ihnen zusenden zu können. Mein erstes wird alsdann sein, die neulich berührte Materie fortzusetzen, die ich an einer gefährlichen Stelle fallen ließ. Den Elegien und der Epistel sehen wir mit großem Verlangen entgegen.

Alles empfiehlt sich Ihnen hier aufs beste. Schiller

17. An Schiller

Wahrscheinlich wären Sie mit der Aufführung des Carlos nicht ganz unzufrieden gewesen, wenn wir das Vergnügen gehabt hätten, Sie hier zu sehen; wenden Sie nur manchmal Ihre Gedanken den Malteser Rittern zu.

Zu Ende dieser Woche sende ich wahrscheinlich die Elegien, sie sind zum Teil schon abgeschrieben, nur halten mich noch einige widerspenstige Verse hier und da auf.

Gegen Ihren ersten Brief erhalten Sie auch einige Blätter, schon habe ich sie diktiert, muß aber einiges umschreiben. Ich komme mir gar wunderlich vor, wenn ich theoretisieren soll.

Gedenken Sie mein mit den Ihrigen.

Herrn Gerning, der diesen Brief überbringt, gönnen Sie ja wohl eine Viertelstunde.

Leben Sie recht wohl.

Weimar, den 16. [19.] Oktober 1794 Goethe

18. An Schiller

[Konzept. Weimar, zwischen dem 8. und 19. Oktober 1794]

Ihr Brief hat mich noch mehr in der Überzeugung bestärkt, die mir unsre Unterredung hinterlassen hatte, daß wir nämlich an wichtigen Gegenständen ein gleiches Interesse haben, und daß wir, indem wir von ganz verschiedenen Seiten auf dieselben losgehen, doch bei denselben in grader Richtung zusammentreffen und uns zu unsrer wechselseitigen Zufriedenheit darüber unterhalten können.

Der größte Teil Ihres Briefes enthält nicht allein meine Gedanken und Gesinnungen, sondern er entwickelt sie auch auf eine Weise, wie ich es selbst kaum getan hätte. Die Bezeichnung der beiden Wege, die unsre Untersuchung genommen, die Warnung vor der doppelten Gefahr, das von einem Porträt genommene Beispiel, und was zunächst darauf folgt, ist von der Art, daß ich auch selbst Wort und Ausdruck unterschreiben könnte; der Gedanke, daß eine idealische Gestalt an nichts erinnern müsse, scheint mir sehr fruchtbar, und der Versuch, aufzufinden, was sowohl am Gegenstand die Schönheit mindern oder aufheben, als was den Beobachter hindern könne, scheint mir sehr weislich angestellt. Wenn Sie nun aber die anscheinende Ketzereien vorlegen, daß Bestimmtheit sich nicht mit der Schönheit vertrage, ferner daß Freiheit und Bestimmtheit nicht notwendige Bedingungen der Schönheit, sondern notwendige Bedingungen unsers Wohlgefallens an der Schönheit seien, so muß ich erst abwarten, bis Sie mir diese Rätsel auflösen, ob ich gleich aus dem, was zwischen beiden Sätzen inne steht, ohngefähr den Weg erraten kann, den Sie nehmen möchten.

Lassen Sie mich dagegen auf meiner Seite in der Region bleiben, die ich durchsuche und durchforsche, lassen Sie mich, wie ich immer getan, von Skulptur und Malerei besonders ausgehen, um zu fragen, was denn der Künstler zu tun habe, damit, nach seinen vielfältigen einzelnen Bemühungen, der Zuschauer endlich doch das Ganze sehe und ausrufe: es ist schön!

Da wir beide bekennen, daß wir dasjenige noch nicht wissen, wenigstens noch nicht deutlich und bestimmt wissen, wovon wir uns soeben unterhalten, sondern vielmehr suchen; da wir einander nicht belehren wollen, sondern einer dem andern nachzuhelfen und ihn zu warnen denkt, wenn er, wie es nur leider gewöhnlich geschieht, zu einseitig werden sollte: so lassen Sie mich vollkommene Kunstwerke gänzlich aus den Augen setzen, lassen Sie uns erst versuchen, wie wir gute Künstler bilden, erwarten, daß sich unter diesen ein Genie finde, das sich selbst vollende; lassen Sie uns ihm nachspüren, wie es sich selbst unbewußt dabei zu Werke gehe, und wie das schönste Kunstprodukt, eben wie ein schönes Naturprodukt, zuletzt nur gleichsam durch ein unaussprechliches Wunder zu entstehen scheine.

Lassen Sie mich, bei meinen Erklärungen, das Wort Kunst brauchen, wenn ich immer gleich nur bildende Kunst, besonders Skulptur und Malerei hierunter verstehe; daß manches auf andere Künste passe, daß manches gemein sein werde, versteht sich von selbst. Noch eins lassen Sie mich erinnern, was sich gewissermaßen von selbst verstehet: daß hier nicht die Rede sei, neue und unbekannte oder unerhörte Dinge zu sagen, sondern das Bekannte, das längst Ausgeübte so darzustellen, wie es sich in unsrer Gemütsart sammle.

Indem wir nur vorerst gute Künstler bilden wollen, setzen wir in unsern Schülern ein mäßiges Naturell voraus: ein Auge, das die Gegenstände rein sieht, ein Gemüt, das geneigt sei, sie zu lieben, einen mechanischen Trieb der Hand, dasjenige, das das Auge empfängt, gleichsam unmittelbar in irgend einer Materie wieder hinzugeben; und so fragen wir denn: wie wir diese bilden wollen? damit sie in Stand gesetzt würden, sich über unsre Erwartung in der Folge selbst auszubilden.

Leonardo da Vinci fängt seine Schrift über die bildende Kunst mit denen sonderbaren Worten an: wenn ein Schüler in der Perspektiv und Anatomie sich perfektioniert hat, so mag er einen Meister aufsuchen.

Lassen Sie mich auf gleiche Weise annehmen, daß unsre Schüler, was sie sehen, schon das auf eine leidliche Weise nachzubilden wissen, lassen Sie uns sodann unsre Schüler in verschiedene Klassen einteilen und sehen, was wir sie darinnen zu lehren haben; lassen Sie uns streng verfahren und keinen eine Stufe weiter rücken, bis er es verdient und sich diese Stufe selbst erobert hat. Künstler, die zu schnell und ohne Vorbereitung in das Höhere der Kunst gerückt werden, gleichen den Menschen, die vom Glücke zu schnell erhoben werden: sie wissen sich in ihren Zustand nicht zu finden, können von dem, was ihnen zugeeignet wird, selten mehr als einen oberflächlichen Gebrauch machen...

19 *An Goethe*

Jena, den 20. Oktober 1794

Hier mache ich denn also den Anfang, den Tanz der Horen zu beginnen, und sende Ihnen, was von meinen Briefen an den Prinzen für das erste Stück bestimmt ist. Ohne Zweifel wird es durch Ihre und meine Beiträge bis auf wenige Blätter voll werden. Vielleicht könnten wir einen kleinen Beitrag von Herdern gleich für das erste Stück erhalten, welches mir gar angenehm wäre. Übrigens ist, wenn gleich keine Mannigfaltigkeit der Autoren, doch Mannigfaltigkeit der Materien genug in dem ersten Stücke, wie Sie finden werden.

Mein Debüt in den Horen ist zum wenigsten keine *Captatio benevolentiae* bei dem Publikum. Ich konnte es aber nicht schonender behandeln, und ich bin gewiß, daß Sie in diesem Stück meiner Meinung sind. Ich wünschte, Sie wären es auch in den übrigen, denn ich muß gestehen, daß meine wahre ernstliche Meinung in diesen Briefen spricht. Ich habe über den politischen Jammer noch nie eine Feder angesetzt, und was ich in diesen Briefen davon sagte, geschah bloß, um in alle Ewigkeit nichts mehr davon zu sagen; aber ich glaube, daß das Bekenntnis, das ich darin ablege, nicht ganz überflüssig ist. So verschieden die Werkzeuge auch sind, mit denen Sie und ich die Welt anfassen, und so verschieden die offensive und devensive Waffen, die wir führen, so glaube ich doch, daß wir auf Einen Hauptpunkt zielen. Sie werden in diesen Briefen Ihr Porträt finden, worunter ich gern Ihren Namen geschrieben hätte, wenn ich es nicht haßte, dem Gefühl denkender Leser vorzugreifen. Keiner, dessen Urteil für Sie Wert haben kann, wird es verkennen, denn ich weiß, daß ich es gut gefaßt und treffend genug gezeichnet habe.

Es würde mir lieb sein, wenn Sie Zeit fänden, das Manuskript bald zu lesen, und es dann Herdern schickten, den ich prävenieren werde; denn es soll ja, nach unsren Statuten, noch in mehrere Hände, ehe es abgeschickt werden kann, und wir wollen doch bald Anstalten zum Abdruck der Horen machen.

Wissen Sie vielleicht schon, daß Engel in Berlin seine Theaterdirektion niedergelegt hat und jetzt in Schwerin, ganz außer Diensten, lebt? Er hat von jährlich 1500 Rtl., die er als Besoldung zog, ganz und gar nichts behalten. Wie ich höre, ist er jetzt sehr fleißig mit seiner Feder, und mir hat er nächstens einen Aufsatz zu schicken versprochen.

Ich habe jetzt wegen des Musenalmanachs, von dem ich Ihnen neulich in W[eimar] schon erzählte, mit dem Judenbuchhändler ordentlich kontrahiert, und er wird künftige Michaelismesse erscheinen. Auf Ihre Güte, die mich nicht im Stich lassen wird, zähle ich dabei sehr. Mir ist diese Entreprise, dem Geschäfte nach, eine sehr unbedeutende Vermehrung der Last, aber für meine ökonomischen Zwecke desto glücklicher, weil ich sie auch bei einer schwachen Gesundheit fortführen und dadurch meine Unabhängigkeit sichern kann.

Mit großem Verlangen sehe ich allem entgegen, was Ihr letzter Brief mir verspricht.

Wir alle empfehlen uns Ihrem Andenken bestens.

Schiller

20. An Schiller

Das mir übersandte Manuskript habe ich sogleich mit großem Vergnügen gelesen, ich schlurfte es auf Einen Zug hinunter. Wie uns ein köstlicher, unsrer Natur analoger Trank willig hinunter schleicht und auf der Zunge schon durch gute Stimmung des Nervensystems seine heilsame Wirkung zeigt, so waren mir diese Briefe angenehm und wohltätig, und wie sollte es anders sein? da ich das, was ich für recht seit langer Zeit erkannte, was ich teils lebte, teils zu leben wünschte, auf eine so zusammenhängende und edle Weise vorgetragen fand. Auch Meyer hat seine große Freude daran, und sein reiner, unbestechlicher Blick war mir eine gute Gewähr. In diesem behaglichen Zustande hätte mich Herders beiliegendes Billett beinahe gestört, der uns, die wir an dieser Vorstellungsart Freude haben, einer Einseitigkeit beschuldigen möchte. Da man aber im Reiche der Erscheinungen es überhaupt nicht so genau nehmen darf und es immer schon tröstlich genug ist, mit einer Anzahl geprüfter Menschen, eher zum Nutzen als Schaden seiner selbst und seiner Zeitgenossen, zu irren, so wollen wir getrost und unverruckt so fort leben und wirken und uns in unserm Sein und Wollen ein Ganzes denken, um unser Stückwerk nur einigermaßen vollständig zu machen. Die Briefe behalte ich noch einige Tage, um sie nochmals mit Meyern zu genießen.

Hier folgen die Elegien. Ich wünschte, daß Sie sie nicht aus Händen gäben, sondern sie denen, die noch über ihre Admissibilität zu urteilen haben, vorläsen. Alsdann erbitte ich mir sie zurück, um vielleicht noch einiges zu retouchieren. Finden Sie etwas zu erinnern, so bitte ich es anzuzeigen.

Die Epistel wird abgeschrieben und folgt mit einigen Kleinigkeiten bald; dann muß ich eine Pause machen, denn das dritte Buch des Romans fordert meine Aufmerksamkeit. Noch habe ich die Aushängebogen des ersten nicht, sobald sie anlangen, sind sie bei Ihnen.

Wegen des Almanachs werde ich Ihnen den Vorschlag tun: ein Büchelchen Epigramme ein- oder anzurücken. Getrennt bedeuten sie nichts, wir würden aber wohl aus einigen Hunderten, die mitunter nicht produzibel sind, doch eine Anzahl auswählen können, die sich aufeinander beziehen und ein Ganzes bilden. Das nächste Mal, daß wir zusammenkommen, sollen Sie die leichtfertige Brut im Neste beisammen sehen.

Leben Sie recht wohl und lassen mich unter den Ihrigen gegenwärtig sein.

Weimar, den 26. Oktober 1794 Goethe

Schreiben Sie mir doch, was Sie noch etwa zu den Horen von mir wünschen und *wann* Sie es brauchten. Die zweite Epistel wird in der ersten Stunde guten Humors auch fertig.

21. An Goethe

Jena, den 28. Oktober 1794

Daß Sie mit meinen Ideen einstimmig und mit der Ausführung derselben zufrieden sind, erfreut mich nicht wenig und dient mir auf dem Wege, den ich betreten habe, zu einer sehr nötigen Ermunterung. Zwar sollten Dinge, die sich im Felde der bloßen Vernunft ausmachen lassen, oder sich doch dafür ausgeben, fest genug auf innern und objektiven Gründen ruhen und das Kriterium der Wahrheit in sich selber tragen; aber eine solche Philosophie gibt es noch nicht, und die meinige ist noch weit davon entfernt. Endlich beruht doch die Hauptsache auf dem Zeugnisse der Empfindung und bedarf also einer subjektiven Sanktion, die nur die Beistimmung unbefangener Gemüter ihr verschaffen kann. Meyers Stimme ist mir hier bedeutend und schätzbar und tröstet mich über den Widerspruch Herders, der mir meinen Kantischen Glauben, wie es scheint, nicht verzeihen kann. Ich erwarte auch von den Gegnern der neuen Philosophie die Duldung nicht, die man einem jeden andern System, von dem man sich nicht besser überzeugt hätte, sonst widerfahren lassen möchte; denn die Kantische Philosophie übt in den Hauptpunkten selbst keine Duldung aus und trägt einen viel zu rigoristischen Charakter, als daß eine Akkommodation mit ihr möglich wäre. Aber dies macht ihr in meinen Augen Ehre, denn es beweist, wie wenig sie die Willkür vertragen kann. Eine solche Philosophie will daher auch nicht mit bloßem Kopfschütteln abgefertigt sein. Im offenen, hellen und zugänglichen Feld der Untersuchung erbaut sie ihr System, sucht nie den Schatten und reserviert dem Privatgefühl nichts; aber so, wie sie ihre Nachbarn behandelt, will sie wieder behandelt sein, und es ist ihr zu verzeihen, wenn sie nichts als Beweisgründe achtet. Es erschreckt mich gar nicht, zu denken, daß das Gesetz der Veränderung, vor welchem kein menschliches und kein göttliches Werk Gnade findet, auch die Form dieser Philosophie, so wie jede andere, zerstören wird; aber die Fundamente derselben werden dies Schicksal nicht zu fürchten haben, denn so alt das Menschengeschlecht ist, und solange es eine Vernunft gibt, hat man sie stillschweigend anerkannt und im ganzen darnach gehandelt.

Mit der Philosophie unsers Freundes Fichte dürfte es nicht diese Bewandtnis haben. Schon regen sich starke Gegner in seiner eignen Gemeinde, die es nächstens laut sagen werden, daß alles auf einen subjektiven Spinozismus hinausläuft. Er hat einen seiner alten akademischen Freunde, einen gewissen Weißhuhn, veranlaßt, hieher zu ziehen, wahrscheinlich in der Meinung, sein eigenes Reich durch ihn auszubreiten. Dieser aber, nach allem, was ich von ihm höre, ein trefflicher philosophischer Kopf, glaubt schon ein Loch in sein System gemacht zu haben und wird gegen ihn schreiben. Nach den mündlichen Äußerungen Fichtes, denn in seinem Buch war noch nicht davon die Rede, ist das Ich auch durch seine Vorstellungen erschaffend, und alle Realität ist nur in dem Ich. Die Welt ist ihm nur ein Ball, den das Ich geworfen hat und den es bei der Reflexion wieder fängt! Sonach hätte er seine Gottheit wirklich deklariert, wie wir neulich erwarteten.

Für die Elegien danken wir Ihnen alle sehr. Es herrscht darin eine Wärme, eine Zartheit und ein echter körnigter Dichtergeist, der einem herrlich wohl tut unter den Geburten der jetzigen Dichterwelt. Es ist eine wahre Geistererscheinung des guten poetischen Genius. Einige kleine Züge habe ich ungern darin vermißt, doch begreife ich, daß sie aufgeopfert werden mußten. Über einige Stellen bin ich im Zweifel, den ich bei der Zurücksendung bemerken will.

Da Sie mich auffordern, Ihnen zu sagen, was ich für die ersten Stücke noch von Ihrer Hand wünsche, so erinnere ich Sie an Ihre Idee, die Geschichte des ehrlichen Prokurators aus dem Boccaz zu bearbeiten. Wie ich schon an sich selbst der Darstellung vor der Untersuchung den Vorzug gebe, so bin ich hier um so mehr der Meinung, weil in den 3 ersten Stücken der Horen schon etwas zu viel philosophiert werden dürfte und an poetischen Aufsätzen Mangel ist. Wäre dieser Umstand nicht, so würde ich Sie an den Aufsatz über Landschaftmalerei erinnern. Nach den jetzigen Arrangements würde zu Anfang des Januars das dritte Stück der Horen abgeschickt werden müssen. Rechne ich nun, daß in dem ersten Stück Ihre Elegien und die erste Epistel, in dem zweiten die zweite Epistel und was Sie etwa diese Woche noch schicken, und in dem dritten wieder eine Epistel und die Geschichte aus dem Boccaz von Ihnen erscheint, so ist jedem dieser 3 Stücke sein Wert schon gewiß.

Ihr gütiges Anerbieten, die Epigramme betreffend, ist das vorteilhafteste für den Almanach. Auf welche Art man es anzufangen hat, um sie nicht zu trennen, darüber wird sich noch sprechen lassen. Vielleicht ginge es doch an, mehrere Lieferungen daraus zu machen, deren jede doch unabhängig von der andern bestehen könnte.

Daß Professor Meyer wieder in Weimar ist, erfreut mich zu hören, und ich bitte Sie, uns recht bald miteinander in Bekanntschaft zu bringen. Vielleicht entschließt er sich zu einer kleinen Exkursion hieher, und damit diese auch für den *Künstler* nicht ganz zwecklos sei, so habe ich ihm eine Büste von einem deutschen Bildhauer aufzuweisen, die, wie ich sagen zu können glaube, das Auge des echten Kunstrichters nicht zu fürchten hat. Vielleicht entschließt sich Herr Meyer, gleich diesen Winter etwas für die Horen aufzusetzen.

An die Malteser gehe ich gewiß, sobald ich meine Briefe, von denen Sie nur den 3ten Teil gelesen, und noch einen kleinen Versuch über das Naive vollendet haben werde; dies dürfte aber den Rest dieses Jahrs noch hinwegnehmen. Für den Geburtstag der Herzogin kann ich also dieses Stück nicht versprechen, aber mit Ende des Winters denke ich wohl damit fertig zu sein. Ich spreche hier wie ein gesunder und rüstiger Mensch, der über seine Zeit zu gebieten hat; aber bei der Ausführung wird mich das Nicht-Ich schon erinnern.

Erhalten Sie uns Ihr gütiges Andenken. Sie leben in dem unsrigen.

Schiller

22. An Schiller

Hierbei folgen Ihre Briefe mit Dank zurück. Hatte ich das erste Mal sie bloß als betrachtender Mensch gelesen und dabei *viel*, ich darf fast sagen *völlige*, Übereinstimmung mit meiner Denkensweise gefunden, so las ich sie das zweite Mal im praktischen Sinne und beobachtete genau: ob ich etwas fände, das mich als handelnden Menschen von seinem Wege ableiten könnte; aber auch da fand ich mich nur gestärkt und gefördert, und wir wollen uns also mit freiem Zutrauen dieser Harmonie erfreuen.

Meine erste Epistel liegt bei, mit einigen Kleinigkeiten. Die zweite mache ich fertig, die Erzählung soll zu Ende des Jahrs bereit sein und hoffentlich eine dritte Epistel.

Beiliegender Brief von Maimon nebst dem Aufsatze wird Sie interessieren. Geben Sie ihn nicht aus der Hand. Vielleicht besuche ich Sie bald mit Meyer. Leben Sie recht wohl.

Weimar, den 28. Oktober 1794 Goethe

23. An Schiller

Morgen frühe gegen 10 Uhr hoffe ich mit Meyern in Jena einzutreffen und einige vergnügte Tage in Ihrer Nähe zuzubringen. Ich wünsche, daß ich Sie recht wohl antreffen möge.

Weimar, den 1. November 1794 G.

24. An Goethe

Jena, den 16. November 1794

Dieses unholde Wetter, das alle Empfindungswerkzeuge zuschließt, hat mich in voriger Woche für alles, was Leben heißt, vernichtet, und mir ist, da ich aus diesem Geistesschlummer wieder zu mir selbst komme, als ob ich Sie nach einem langen Zwischenraum wieder fände. Herzlich verlangt mich nach einer freundlichen Spur von Ihnen. Damit etwas bei Ihnen sei, was mich Ihnen zuweilen vergegenwärtigt, so gönnen Sie beifolgendem Bilde irgend einen Platz in Ihrem Hause, welchen Sie wollen, nur nicht *den,* wo Sie das Reinholdische Porträt begraben haben.

Hier folgen auch auf Verlangen die Elegien nebst den Stolbergen mit meinem verbindlichsten Dank zurück. Das erste Manuskript der Horen ist vorgestern an den Buchhändler abgegangen. Ich habe ihm geschrieben, daß er den Rest des ersten Stücks in 14 Tagen zu erwarten habe.

Das Lustspiel, die Witwe, das Sie neulich mit nahmen, erbitte ich mir auf 14 Tage zurück. Es soll in der Thalia abgedruckt werden, mit welcher Sie es alsdann zurückerhalten, wenn Sie Lust haben, Gebrauch davon zu machen.

Auf ein Manuskript von Meyern habe ich diese Woche mit Verlangen gewartet. Wollen Sie mich in sein Andenken zurückrufen? Herr von Humboldt wird auf den nächsten Sonnabend seine Reise nach Erfurt antreten.

Wir alle empfehlen uns Ihrer freundschaftlichen Erinnerung.

Schiller

25. An Schiller

Hier schicke ich das Manuskript und wünsche, daß ich das rechte Maß und den gehörigen Ton möge getroffen haben. Ich erbitte mir es bald wieder zurück, weil hier und da noch einige Pinselstriche nötig sind, um gewisse Stellen in ihr Licht zu setzen. Kann ich die zweite Epistel und die erste Erzählung zum zweiten Stücke stellen, so wollen wir sie folgen lassen und die Elegien zum dritten aufheben, wo nicht, so mögen diese voraus. Zu den kleinen Erzählungen habe ich große Lust, nach der Last, die einem so ein Pseudoepos, als der Roman ist, auflegt.

Unger (der mitunter zu strudeln scheint) schickt mir den Schluß des ersten Buches und vergißt die Mitte. Sobald die fehlenden sechs Bogen ankommen, sende ich diesen Prologum.

Herr von Humboldt ist neulich zu einer ästhetisch-kritischen Session gekommen; ich weiß nicht, wie sie ihn unterhalten hat.

Mich verlangt sehr zu hören, wie Sie mit Ihren Arbeiten stehen? noch mehr, etwas ausgeführt zu lesen.

Sie erhalten ja wohl die Aushängbogen der Monatschrift, daß wir ihre Physiognomie früher als das Publikum kennen lernen.

Leben Sie recht wohl. Ich habe wieder eine Menge Sachen, von denen ich mich mit Ihnen unterhalten möchte.

Weimar, den 27. November 1794, abends G.

26. An Goethe

Jena, den 29. November 1794

Sie haben mich mit der unerwartet schnellen Lieferung des Eingangs zu Ihren Erzählungen sehr angenehm überrascht, und ich bin Ihnen doppelt dankbar dafür. Nach meinem Urteil ist das Ganze sehr zweckmäßig eingeleitet, und besonders finde ich den strittigen Punkt sehr glücklich ins Reine gebracht. Nur ist es schade, daß der Leser zu wenig auf einmal zu übersehen bekommt und daher nicht so imstande ist, die notwendigen Beziehungen des Gesagten auf das Ganze gehörig zu beurteilen. Es wäre daher zu wünschen gewesen, daß gleich die erste Erzählung hätte können mitgegeben werden. Aber ich möchte nicht gerne in meinen Wünschen unbescheiden sein und Sie veranlassen, Ihre Teilnahme an den Horen als ein *Onus* zu betrachten. Ich unterdrücke also diesen Wunsch und versichere Ihnen bloß, daß, wenn Sie ihn, ohne sich zu belästigen, realisieren können, Sie mir ein großes Geschenk machen würden.

Nach dem Überschlag, den ich gemacht (und ich habe einige Blätter durch die Worte gezählt), kann das Manuskript nicht mehr als 2 und 1/2 Bogen betragen, daß also noch immer ein ganzer Bogen zu füllen übrig bleibt. Wenn es auf keine andere Art zu machen ist, so will ich zu diesem siebenten Bogen Rat schaffen und ein Morceau aus der Niederländischen Geschichte, das für sich interessieren kann, die Belagerung von Antwerpen unter Philipp II., die viel Merkwürdiges hat, kurz beschreiben. Diese Arbeit macht mir weniger Mühe, und es würde der kleine Nebenzweck dabei erreicht, daß schon im ersten Stück das historische Feld besetzt wäre. Es versteht sich aber, daß dieses *Expediens*, wenigstens für das 1ste Stück, unterbleibt, sobald Hoffnung da ist, noch mehr von Ihren Erzählungen zu erhalten. Daß die Erscheinung dieses ersten Stücks nun um eine Woche verzögert wird, kann freilich nicht vermieden werden, indessen ist das Übel so groß nicht, und vielleicht können wir es dadurch gut machen, daß das zweite Stück gleich eine Woche nachher erscheint.

Weil ich mich in meiner Annonce an das Publikum auf unsere Keuschheit in politischen Urteilen berufen werde, so gebe ich Ihnen zu bedenken, ob an dem, was Sie dem Geheimrat in den Mund legen, eine Partei des Publikums, und nicht die am wenigsten zahlreiche, nicht vielleicht Anstoß nehmen dürfte? Ob gleich hier nicht der Autor, sondern ein Interlokutor spricht, so ist das Gewicht doch auf seiner Seite, und wir haben uns mehr vor dem, was *scheint,* als was *ist,* in acht zu nehmen. Diese Anmerkung kommt von dem Redakteur. Als bloßer Leser würde ich ein Vorwort für den Geheimrat einlegen, daß Sie ihn doch durch den hitzigen Karl, wenn er sein Unrecht eingesehen, möchten zurückholen und in unserer Gesellschaft bleiben lassen. Auch würde ich mich des alten Geistlichen gegen seine unbarmherzige Gegnerin annehmen, die es ihm fast zu arg macht.

Ich glaubte aus einigen Zügen, besonders aus einer größern Umständlichkeit der Erzählung am Anfange schließen zu können, daß Sie die Absicht haben, die Vermutung bei dem Leser zu erwecken, daß etwas wirklich Vorgefallenes im Spiele sei. Da Sie im Verlauf der Erzählungen ohnehin mit der Auslegungssucht oft Ihr Spiel treiben werden, so wäre es wenigstens nicht übel, gleich damit anzufangen und das Vehikel selbst, in dieser Rücksicht, problematisch zu machen. Sie werden mir meine eigene Auslegungssucht zugute halten.

Die Aushängebogen der Horen werden mir von Woche zu Woche geschickt werden; ich zweifle indes, ob wir vor 14 Tagen den ersten zu erwarten haben. Die Sottise von Herrn Unger ist mir sehr verdrüßlich; denn ich harre mit einer wahren Sehnsucht auf diese Schrift. Aber mit nicht weniger Verlangen würde ich die Bruchstücke von Ihrem Faust, die noch nicht gedruckt sind, lesen, denn ich gestehe Ihnen, daß mir das, was ich von diesem Stücke gelesen, der Torso des Herkules ist. Es herrscht in diesen Szenen eine Kraft und eine Fülle des Genies, die den besten Meister unverkennbar zeigt, und ich möchte diese große und kühne Natur, die darin atmet, so weit als möglich verfolgen.

Herr von Humboldt, der sich Ihnen aufs beste empfiehlt, ist noch ganz voll von dem Eindruck, den Ihre Art, den Homer vorzutragen, auf ihn gemacht hat, und er hat in uns allen ein solches Verlangen darnach erweckt, daß wir Ihnen, wenn Sie wieder auf einige Tage hieher kommen, keine Ruhe lassen werden, bis Sie auch eine solche Sitzung mit uns halten.

Mit meinen ästhetischen Briefen ist es bisher sehr langsam gegangen, aber die Sache erforderte es, und ich kann nun hoffen, daß das Gebäude in den Fundamenten gut beschaffen ist. Wenn nicht diese kleine historische Arbeit dazwischen käme, so könnte ich Ihnen vielleicht in 8–10 Tagen eine Lieferung zuschicken.

Alles bei uns empfiehlt sich Ihrem freundschaftlichen Andenken.

Ganz der Ihrige

Schiller

27. An Schiller

Mir ist sehr erfreulich, daß Sie mit meinem Prologus im Ganzen und im Hauptpunkte nicht unzufrieden sind; mehr als diesen kann ich aber fürs erste Stück nicht liefern. Ich will ihn noch einmal durchgehen, dem Geheimen Rat und Louisen Sordinen auflegen und Karlen vielleicht noch eine Forte geben, so wirds ja wohl ins gleiche kommen. Ihr historischer Aufsatz wird dem Stücke gewiß wohltun, es gewinnt an erwünschter Mannigfaltigkeit. Ins zweite Stück hoffe ich die Erzählung zu bringen, überhaupt gedenke ich aber wie die Erzählerin in der Tausend und Einen Nacht zu verfahren. Ich freue mich, Ihre Anerkennungen sogleich zu nutzen und dadurch neues Leben in diese Komposition zu bringen. Die gleiche Wohltat hoffe ich für den Roman. Lassen Sie mich nur nicht lange auf die Fortsetzung Ihrer Briefe warten.

Von Faust kann ich jetzt nichts mitteilen, ich wage nicht das Paket aufzuschnüren, das ihn gefangen hält. Ich könnte nicht abschreiben ohne auszuarbeiten, und dazu fühle ich mir keinen Mut. Kann mich künftig etwas dazu vermögen, so ist es gewiß Ihre Teilnahme.

Daß Herr von Humboldt mit unsern homerischen Unterhaltungen zufrieden ist, beruhigt mich sehr, denn ich habe mich nicht ohne Sorge dazu entschlossen. Ein gemeinsamer Genuß hat so große Reize, und doch wird er so oft durch die Verschiedenheit der Teilnehmer gestört. Bis jetzt hat noch immer ein guter Genius über unsre Stunden gewacht. Es wäre recht schön, wenn wir auch einmal einige Bücher zusammen genössen.

Leben Sie recht wohl und lassen mich nicht ferne von sich und den Ihrigen sein.

Weimar, den 2. Dezember 1794 Goethe

28. An Goethe

Jena, den 3. Dezember 1794

Da ich eben einen Brief von Cotta erhalte, worin er wünscht und verspricht, noch vor Ende dieses Monats das erste Horenstück zu versenden, wenn es nicht an Manuskripte fehle, so bitte ich Sie, mir die Erzählungen womöglich Freitags zu übersenden, wo ich sie abschicken kann. Sieben Tage lang bleiben die Briefe unterwegs, und noch 2 mal so viele Zeit wird ohngefähr nötig sein, den Rest des Stücks abzudrucken und es zu broschieren. Leider seh ich voraus, daß mein historischer Beitrag zu diesem Stück nicht wird fertig werden können, besonders da meine Unpäßlichkeit mir 2 Tage weggenommen hat, und die Ankündigung des Journals für das Publikum wohl auch mehrere Tage kosten dürfte. Indessen hoffe ich, daß diese Ankündigung selbst, welche dem ersten Stücke soll beigedruckt werden, einigermaßen zur Ergänzung dienen soll.

Da die Post sogleich abgeht, so habe ich nur so viel Zeit, um Ihnen für die Güte, mit der Sie meine Bemerkungen aufnahmen, und für den übrigen Inhalt Ihres Briefs von ganzem Herzen zu danken. Schiller

29. An Schiller

Hierbei das Manuskript; ich habe daran getan, was die Zeit erlaubte, Sie oder Herr von Humboldt sehn es ja vielleicht noch einmal durch.

Ich habe den Schlußstrich weggestrichen, weil mir eingefallen ist, daß ich wohl noch auf eine schickliche Weise etwas anhängen könnte. Wird es eher fertig als Ihre Anzeige, so könnte es zugleich mit abgehen. Schreiben Sie mir nur durch den rückkehrenden Boten: ob Ihnen etwas von einer *gespenstermäßigen Mystifikationsgeschichte* bekannt sei, welche vor vielen Jahren Mlle. *Clairon* begegnet sein soll? und ob vielleicht in irgend einem Journal das Märchen schon gedruckt ist? wäre das nicht, so lieferte ich sie noch, und wir fingen so recht vom *Unglaublichen* an, welches uns sogleich ein unendliches Zutrauen erwerben würde. Ich wünschte doch, daß das erste Stück mit voller Ladung erschiene. Sie fragen ja wohl bei einigen fleißigen Journallesern wegen der Claironischen Geschichte nach, oder stellen die Anfrage an den Bücherverleiher Voigt, der doch so etwas wissen sollte.

Leben Sie recht wohl und halten Sie sich frisch. Möchten Sie doch durch körperliche Zufälle nicht so oft in Ihrer schönen Geistestätigkeit gestört werden.
Weimar, den 5. Dezember 1794 Goethe

30. An Goethe

Jena, den 6. Dezember 1794

Indem ich eben aus dem Bette steige, erhalte ich Ihr Paket zu meiner großen Freude und Beruhigung. Nach der gespenstermäßigen Geschichte will ich mich mit dem heutigen Tage sogleich sorgfältig umtun. Ich habe nichts davon weder gelesen noch gehört.

Fichte hat noch einen vierten Aufsatz zu diesem ersten Stücke, binnen heut und 8 Tagen, zu liefern versprochen, da er unter seinen Papieren Materialien dazu vorrätig hat. Die Ladung wird also voll sein, und da das Avertissement noch extra vorgedruckt wird, werden wir sogar überkomplett haben. Wenn Sie indessen, während daß das erste Stück gedruckt wird, mit der Kontinuation der Unterhaltungen fertig werden sollten, so ist der Setzer sogleich für das 2te Stück beschäftigt. Für dieses, denke ich, wird Ihre 2te Epistel, die Fortsetzung der Unterhaltungen, die Fortsetzung meiner Briefe und die Belagerungsgeschichte von Antwerpen hinreichend sein.

Cotta wünscht gar zu sehr, daß zu den einzelnen Aufsätzen die Namen gedruckt werden möchten. Man könnte ihm, deucht mir, unter *der* Restriktion willfahren, daß *er* bei denjenigen Aufsätzen wegbliebe, wo der Verfasser nicht gleich genannt sein will. Bei Ihren Elegien, die ohnehin kein Leser, dem es nicht ganz an Judizium gebricht, verkennen kann, wird gar kein Name nötig sein. Sollten Sie bei den Unterhaltungen entweder gar nicht genannt, oder nur mit einem simplen G. bezeichnet zu werden wünschen, so werden Sie die Güte haben, mich in Ihrem nächsten Briefe davon zu benachrichtigen. Ohnehin kämen die Namen nicht unter die Aufsätze zu stehen, sondern würden bloß auf dem Inhaltsverzeichnis erwähnt.

In Ansehung der Rezensionen des Journals in der Lit[eratur]-Zeitung ist nunmehr arrangiert, daß alle 3 Monate eine ausführliche Rezension davon gemacht wird. Das erste Stück wird jedoch gleich in der ersten Woche des Januar weitläuftig angezeigt. Cotta wird die Kosten der Rezensionen tragen, und die Rezensenten werden Mitglieder unsrer Sozietät sein. Wir können also so weitläuftig sein, als wir wollen, und loben wollen wir uns nicht für die Langeweile, da man dem Publikum doch alles vormachen muß.

Mit meiner Gesundheit geht es heute wieder recht brav, und ich werde mich sogleich an das Avertissement machen.

Ganz der Ihrige

Schiller

31. An Schiller

Endlich kommt das erste Buch von Wilhelm Schüler, der, ich weiß nicht wie, den Namen Meister erwischt hat. Leider werden Sie die beiden ersten Bücher nur sehen, wenn das Erz ihnen schon die bleibende Form gegeben; demohngeachtet sagen Sie mir Ihre offne Meinung, sagen Sie mir, was man wünscht und erwartet. Die folgenden werden Sie noch im biegsamen Manuskript sehen und mir Ihren freundschaftlichen Rat nicht versagen.

An den Unterhaltungen will ich sachte fortarbeiten, vor allem andern aber die zweite Epistel endigen. Ich hoffe, es soll alles gut und leicht gehen, wenn wir nur erst im Gange sind.

Cotta mag recht haben, daß er *Namen* verlangt; er kennt das Publikum, das mehr auf den Stempel als den Gehalt sieht. Ich will daher den übrigen Mitarbeitern die Entscheidung wegen ihrer Beiträge völlig überlassen haben, nur was die meinigen betrifft, muß ich bitten, daß sie *sämtlich* anonym erscheinen; dadurch wird mir ganz allein möglich, mit Freiheit und Laune, bei meinen übrigen Verhältnissen, an Ihrem Journale teilnehmen zu können.

Wollten Sie, wenn Sie Druckfehler oder sonst etwas im Romane bemerken, die Güte haben, die Stelle mit Bleistift anzustreichen?

Ich freue mich, bald wieder etwas von Ihnen zu lesen und besonders Sie vielleicht nach dem neuen Jahre auf einige Zeit zu sehen.

Meyer grüßt vielmals und ich empfehle mich Ihrem Andenken.

Weimar, den 6. Dezember 1794 G.

32. An Goethe

Jena, den 9. Dezember 1794

Mit wahrer Herzenslust habe ich das erste Buch Wilhelm Meisters durchlesen und verschlungen, und ich danke demselben einen Genuß, wie ich lange nicht und nie als durch Sie gehabt habe. Es könnte mich ordentlich verdrüßen, wenn ich das Mißtrauen, mit dem Sie von diesem trefflichen Produkt Ihres Genius sprechen, einer andern Ursache zuschreiben müßte als der Größe der Foderungen, die Ihr Geist jederzeit an sich selbst machen muß. Denn ich finde auch nicht Etwas darin, was nicht in der schönsten Harmonie mit dem lieblichen Ganzen stünde. Erwarten Sie heute kein nähers Detail meines Urteils. Die Horen und deren Ankündigung, nebst dem Posttag, zerstreuen mich zu sehr, als daß ich mein Gemüt zu einem solchen Zweck gehörig sammeln könnte. Wenn ich die Bogen noch einige Zeit hier behalten darf, so will ich mir mehr Zeit dazu nehmen und versuchen, ob ich etwas von dem fernern Gang der Geschichte und der Entwicklung der Charaktere divinieren kann. Herr von Humboldt hat sich auch recht daran gelabt und findet, wie ich, Ihren Geist in seiner ganzen männlichen Jugend, stillen Kraft und schöpferischer Fülle. Gewiß wird diese Wirkung allgemein sein. Alles hält sich darin so einfach und schön in sich zusammen, und mit wenigem ist soviel ausgerichtet. Ich gestehe, ich fürchtete mich anfangs, daß wegen der langen Zwischenzeit, die zwischen dem ersten Wurfe und der letzten Hand verstrichen sein muß, eine kleine Ungleichheit, wenn auch nur des Alters, sichtbar sein möchte. Aber davon ist auch nicht eine Spur zu sehen. Die kühnen poetischen Stellen, die aus der stillen Flut des Ganzen wie einzelne Blitze vorschlagen, machen eine treffliche Wirkung, erheben und füllen das Gemüt. Über die schöne Charakteristik will ich heute noch nichts sagen. Eben so wenig von der lebendigen und bis zum Greifen treffenden Natur, die in allen Schilderungen herrscht, und die Ihnen überhaupt in keinem Produkte versagen kann. Von der Treue des Gemäldes einer *theatralischen Wirtschaft* und *Liebschaft* kann ich mit vieler Kompetenz urteilen, indem ich mit beidem besser bekannt bin, als ich zu wünschen Ursache habe. Die Apologie des Handels ist herrlich und in einem großen Sinn. Aber daß Sie neben dieser die Neigung des Helden noch mit einem gewissen Ruhm behaupten konnten, ist gewiß keiner der geringsten Siege, welche die Form über die Materie errang. Doch ich sollte mich gar nicht in das Innere einlassen, weil ich es in diesem Augenblick nicht weiter durchführen kann.

Auf Ihren und unser aller Namen habe ich bei Cotta Arrest gelegt, und er mag sich, wenn auch murrend, darein ergeben. Das Avertissement habe ich heute zu meiner großen Erleichterung geendigt, und es wird dem Intelligenzblatt der Lit[eratur]-Zeitung beigeschlossen werden. Ihr Versprechen, nach Weihnachten auf eine Zeitlang hieher zu kommen, ist mir sehr tröstlich und läßt mich mit etwas heiterm Gemüt in diesen traurigen Winter blicken, der nie mein Freund gewesen ist.

Von der Geschichte, Mlle. Clairon betreffend, habe ich nichts in Erfahrung bringen können. Doch erwarte ich noch einige Nachrichten darüber. Meiner Frau ist es noch erinnerlich, davon gehört zu haben, daß in Bayreuth bei Öffnung eines alten Gebäudes die alte Markgrafen sich hätten sehen lassen und geweissagt hätten. Hufeland, der Jurist, der sonst wie jener gute Freund *de rebus omnibus et de quibusdam aliis* zu sprechen weiß, wußte mir nichts davon zu sagen.

Alles empfiehlt sich Ihnen aufs beste und freut sich über Ihre versprochene Hieherkunft sehr. Schiller

33. An Schiller

Sie haben mir durch das gute Zeugnis, das Sie dem ersten Buche meines Romans geben, sehr wohlgetan. Nach den sonderbaren Schicksalen, welche diese Produktion von innen und außen gehabt hat, wäre es kein Wunder, wenn ich ganz und gar konfus darüber würde. Ich habe mich zuletzt bloß an meine Idee gehalten und will mich freuen, wenn sie mich aus diesem Labyrinthe herausleitet.

Behalten Sie das erste Buch, solange Sie wollen, indes kommt das zweite, und das dritte lesen Sie im Manuskripte, so finden Sie mehr Standpunkte zum Urteil. Ich wünsche, daß Ihr Genuß sich mit den folgenden Büchern nicht mindere, sondern mehre. Da ich nebst der Ihrigen auch Herrn von Humboldts Stimme habe, werde ich desto fleißiger und unverdroßner fortarbeiten.

Das Verschweigen der Namen, die ja doch in der Annonce genannt werden sollten, im einzelnen vermehrt gewiß das Interesse, nur müssen die Aufsätze interessant sein.

Wegen der Claironischen Geschichte bin ich nun beruhigt, und nun bitte ich nichts weiter davon zu sagen. Bis wir sie produzieren.

Leben Sie recht wohl. Ich hoffe, daß es mir so wohl werden soll, das neue Jahr mit Ihnen anzufangen.

Weimar, den 10. Dezember 1794 G.

34. An Goethe

Jena, den 22. Dezember 1794

Hier erhalten Sie endlich eine Anschauung der Horen, von der ich wünsche, daß sie Ihnen gefallen möchte. Etwas eng ist der Druck ausgefallen, wobei das Publikum mehr profitiert als wir. Doch kann man in der Folge, besonders in den poetischen Stükken, eine Änderung treffen und sich etwas breiter machen. Für den ganz ersten Anfang ist es mir nicht unlieb, daß die großen Aufsätze scheinbar zusammen gehen. Auch werde ich dafür sorgen, daß Cotta diejenige von uns, welche *viel* kontribuieren, und bei denen also die Verengerung des Druckes im ganzen ein Objekt macht, auf irgend eine Art entschädigt. Ohnehin ist es in unserm Kontrakt, daß nach Absatz von 2000 Exemplaren an uns mehr bezahlt werden muß, aber außer diesem muß er noch mehr tun.

Ich hoffe, daß Sie keine Druckfehler finden sollen. Mir wenigstens ist keiner aufgefallen. Lettern und Format geben dem Buch ein solides und dauerhaftes Ansehen und unterscheiden es sehr vorteilhaft von dem Haufen der Journale. Auch das Papier ist derb und scheint es ordentlich auf die Dauer anzulegen.

Cotta liegt mir sehr um Manuskript für das zweite Stück an; ich sollizitiere daher um die zweite Epistel.

Diese Bogen bitte ich mir zurückzuschicken, weil Hofrat Schütz, der das erste Stück rezensieren wird, sich bogenweise gern damit bekannt machen möchte. Eine Probe des Umschlags habe ich auch bestellt, und werde solche über 8 Tage erhalten.

Herzlich freue ich mich auf Ihre baldige Zurückkunft nach Jena. Frau von Kalb ist seit einigen Tagen hier. Schiller

35. An Schiller

Die Bogen kehren sogleich zurück. Druck und Papier nehmen sich gut aus, besonders die Prosa. Die Hexameter verlieren durch die bald einzelnen, bald doppelten Zeilen den Rhythmus fürs Auge.

Unsre Erklärung über das Honorar, dächte ich, versparten wir, bis das erste Stück da ist, und dann machte man seinen Kalkul und seine Bedingungen, denn freilich, unsere Feldfrüchte über Herrn Cottas beliebigen Scheffel messen zu lassen möchte in der Kontinuation nicht dienlich sein.

Hier die zweite Epistel. Ihre zweite Hälfte mag die dritte Epistel werden und das dritte Stück anfangen.

Ich will nun auch an die Gespenstergeschichten gehen. Vor Ende des Jahrs bring ich noch manches beiseite, um Sie mit desto freierem Mute im neuen begrüßen zu können.

Lassen Sie doch die Manuskripte von Cotta zurückkommen, es ist in manchem Betracht gut.

Leben Sie recht wohl und grüßen Frau von Kalb, die diesmal leider nur in der Ferne an mir vorbeigegangen ist.

Weimar, den 23. Dezember 1794 Goethe

36. An Schiller

Wegen des alten Obereits schreibe ich Ihnen heute noch ein Wort. Er scheint in großen Nöten zu sein, ich habe 20 Taler für ihn, die ich Ihnen Sonnabend schicke. Wollten Sie ihm wohl indes etwas reichen? und überhaupt das Geld bei sich behalten und ihm nach und nach etwas geben, denn er wird nie mit diesem Werkzeuge umzugehen lernen. Leben Sie recht wohl. Mein drittes Buch ist fertig, und alles scheint sich so zu legen, daß ich mit Heiterkeit Sie nach dem neuen Jahre sehen kann.

Weimar, den 25. Dezember 1794 G.

37. An Goethe

Jena, den 2. Jenner 1795

Meine besten Wünsche zu dem neuen Jahre, und noch einen herzlichen Dank für das verflossene, das mir durch Ihre Freundschaft vor allen übrigen ausgezeichnet und unvergeßlich ist.

Ich habe es mit vielem Fleiße beschlossen, und um etwas vollendet zu haben, wenn Sie kommen, habe ich mir in diesen letzten Tagen etwas zugemutet. Nun bin ich mit dieser Arbeit zu Ende, und sie kann Ihnen, wenn Sie kommen, vorgelegt werden.

Die Epistel, für die ich Ihnen bestens danke, liegt noch bei mir; denn da das andre, was zunächst darauf folgen sollte, noch nicht fertig war, so konnte ich sie allein nicht abschicken. Auch pressierte es weniger, weil mir noch mehr Manuskript zum 1sten Stück der Horen abgefodert wurde, da selbst die Fichtische Abhandlung nicht reichte, und also die Erscheinung dieses Stücks um 14 Tage verzögert wird.

Herr Professor Meyer wird mich entschuldigen, daß ich einen Teil seines Aufsatzes ohne seine spezielle Erlaubnis noch für dieses erste Stück abgeschickt habe. Es war nicht möglich, ihm solchen nach meiner Bearbeitung wieder vorzulegen, weil ich ihn noch an demselben Posttag mußte abgehn lassen. Indessen glaube ich ihn im voraus versichern zu können, daß er damit zufrieden sein werde, weil meine Änderungen sich schlechterdings nur auf das Äußere beschränkten. Dieser Aufsatz hat mir sehr viel Freude gemacht, und er wird ein sehr schätzbares Stück für die Horen sein. Es ist etwas so äußerst Seltenes, daß ein Mann wie Meyer Gelegenheit hat, die Kunst in Italien zu studieren, oder daß einer, der diese Gelegenheit hat, gerade ein Meyer ist.

Die Klopstockische Ode, von der Sie schreiben, habe ich nicht gelesen, und wenn Sie solche noch haben, bitte ich sie mitzubringen. Der Titel läßt schon eine solche Geburt erwarten.

Auf die Fortsetzung Meisters, die Sie doch auch mitbringen werden, freue ich mich gar sehr, und ich kann sie jetzt recht genießen, da ich nach einer individuellen Darstellung ordentlich lechze.

Möchten Sie uns doch einige Szenen aus dem Faust noch zu hören geben. Frau von Kalb, die etwas davon wußte, hat mich neuerdings äußerst begierig darnach gemacht, und ich wüßte nicht, was mir in der ganzen dichterischen Welt jetzt mehr Freude machen könnte.

Ihre Aufträge wegen Obereit werden besorgt. Gegenwärtig hat er noch zu leben, weil ihm von Meiningen Geld geschickt worden ist. Etwas von den 4 Louisdors wird man notwendig auf seine Bekleidung wenden müssen, besonders, da man ihm dadurch die Möglichkeit verschafft, fremde Tische zu besuchen, von denen ihn bis jetzt sein philosophischer Zynismus ausgeschlossen hat.

Ich hoffe in wenigen Tagen entweder Sie selbst zu sehen, oder doch von der Zeit Ihrer Ankunft Nachricht zu erhalten.

Alles empfiehlt sich Ihnen aufs beste. Schiller

38. An Schiller

Viel Glück zum neuen Jahre. Lassen Sie uns dieses zubringen, wie wir das vorige geendigt haben, mit wechselseitiger Teilnahme an dem, was wir lieben und treiben. Wenn sich die Gleichgesinnten nicht anfassen, was soll aus der Gesellschaft und der Geselligkeit werden. Ich freue mich in der Hoffnung, daß Einwirkung und Vertrauen sich zwischen uns immer vermehren werden.

Hier der erste Band des Romans. Das zweite Exemplar für Humboldts. Möge das zweite Buch Ihnen wie das erste Freude machen. Das dritte bringe ich im Manuskript mit.

Die Gespenstergeschichten denke ich zur rechten Zeit zu liefern.

Auf Ihre Arbeit bin ich voller Verlangen. Meyer grüßt. Wir kommen wahrscheinlich Sonntags den 11ten. In der Zwischenzeit hören Sie noch von mir. Leben Sie recht wohl.

Weimar, den 3. Januar 1795 G.

39. An Schiller

Hier erscheint auch das dritte Buch, dem ich eine gute Aufnahme wünsche.

Sonnabends erhalten Sie mein Märchen für die Horen; ich wünsche, daß ich meines großen Vorfahren in Beschreibung der Ahndungen und Visionen nicht ganz unwürdig möge geblieben sein.

Sonntag Nachmittage sehe ich Sie. Abends habe ich mich mit Hofrat Loder in den Klub engagiert.

Meyer kommt mit und grüßt Sie bestens. Ich freue mich sehr auf Ihre neue Arbeit und habe mir schon manchmal gedacht, welchen Weg Sie wohl möchten genommen haben? werde mirs aber wohl nicht erdenken.

Leben Sie recht wohl und empfehlen mich den Ihrigen.

Weimar, den 7. Januar 1795 G.

40. An Goethe

Jena, den 7. Jenner 1795

Für das überschickte Exemplar des Romans empfangen Sie meinen besten Dank. Ich kann das Gefühl, das mich beim Lesen dieser Schrift, und zwar in zunehmendem Grade, je weiter ich darin komme, durchdringt und besitzt, nicht besser als durch eine süße und innige Behaglichkeit, durch ein Gefühl geistiger und leiblicher Gesundheit ausdrücken, und ich wollte dafür bürgen, daß es dasselbe bei allen Lesern im ganzen sein muß.

Ich erkläre mir dieses Wohlsein von der durchgängig darin herrschenden ruhigen Klarheit, Glätte und Durchsichtigkeit, die auch nicht das Geringste zurückläßt, was das Gemüt unbefriedigt und unruhig läßt und die Bewegung desselben nicht weiter treibt, als nötig ist, um ein fröhliches Leben in dem Menschen anzufachen und zu erhalten. Über das einzelne sage ich Ihnen nichts, bis ich das dritte Buch gelesen habe, dem ich mit Sehnsucht entgegen sehe.

Ich kann Ihnen nicht ausdrücken, wie peinlich mir das Gefühl oft ist, von einem Produkt dieser Art in das philosophische Wesen hinein zu sehen. Dort ist alles so heiter, so lebendig, so harmonisch aufgelöst und so menschlich wahr, hier alles so strenge, so rigid und abstrakt und so höchst unnatürlich, weil alle Natur nur Synthesis und alle Philosophie Antithesis ist. Zwar darf ich mir das Zeugnis geben, in meinen Spekulationen der Natur so treu geblieben zu sein, als sich mit dem Begriff der Analysis verträgt; ja vielleicht bin ich ihr treuer geblieben, als unsre Kantianer für erlaubt und für möglich hielten. Aber dennoch fühle ich nicht weniger lebhaft den unendlichen Abstand zwischen dem Leben und dem Räsonnement – und kann mich nicht enthalten, in einem solchen melancholischen Augenblick für einen Mangel in meiner Natur auszulegen, was ich in einer heitern Stunde bloß für eine natürliche Eigenschaft der Sache ansehen muß. So viel ist indes gewiß, der Dichter ist der einzige wahre Mensch, und der beste Philosoph ist nur eine Karikatur gegen ihn.

Daß ich voll Erwartung bin, zu wissen, was Sie zu meiner Metaphysik des Schönen sagen, darf ich Ihnen nicht erst versichern. Wie das Schöne selbst aus dem ganzen Menschen genommen ist, so ist diese meine Analysis desselben aus *meiner* ganzen Menschheit heraus genommen, und es muß mir allzuviel daran liegen, zu wissen, wie diese mit der Ihrigen zusammen stimmt.

Ihr Hiersein wird eine Quelle von Geistes- und Herzensnahrung für mich sein. Besonders sehne ich mich auch darnach, gewisse Dichterwerke in Gemeinschaft mit Ihnen zu genießen.

Sie versprachen mir, mich bei Gelegenheit Ihre Epigramme hören zu lassen. Es wäre eine große Freude mehr für mich, wenn dieses bei Ihrem jetzigen Aufenthalt in Jena anginge, da es doch problematisch ist, wie bald ich nach W[eimar] kommen kann.

Meyern bitte ich mich recht freundschaftlich zu empfehlen. Alles bei uns freut sich auf Ihre beiderseitige Ankunft herzlich und niemand mehr als Ihr

aufrichtigster Verehrer und Freund

Schiller

Eben da ich schließen will, erhalte ich die willkommene Fortsetzung Meisters. Tausend Dank dafür.

41. *An Schiller*

Dem Vorsatze, Sie morgen zu sehen und einige Zeit in Ihrer Nähe zu bleiben, hat sich nichts entgegen gestellt, ich wünsche Sie wohl und munter anzutreffen.

Beikommendes Manuskript habe ich nach der Abschrift nicht wieder durchsehen können. Es sollte mir lieb sein, wenn Ihnen meine Bemühung, mit dem großen Hennings zu wetteifern, nicht mißfiele.

Leben Sie recht wohl und grüßen Frau und Freunde.

Weimar, den 10. Januar 1795 G.

42. *An Goethe*

Jena, den 25. Januar 1795

Wären Sie einen Tag länger bei uns geblieben, so hätten wir

den Advent der Horen zusammen feiern können. Gestern kamen sie, und hier übersende ich Ihnen die gebührenden Exemplare nebst einem für unsern Freund Meyer. Es stehen Ihnen mehrere zu Dienst, sobald Sie deren benötigt sein sollten. Ich wünschte nur, daß die äußre Gestalt Ihrer beider Beifall haben möchte.

Cotta schreibt sehr zufrieden. Es sind bereits so viele Bestellungen gemacht worden, daß er sich einen recht großen Absatz verspricht; welches im Mund eines Verlegers eine glaubwürdige Versicherung ist.

Da ich diese Tage ein Paket an Jacobi zu schicken habe, so bitte ich Sie, mir den bewußten Brief an ihn zum Einschluß zu senden, weil ich Sie mit meinem Paket nicht belästigen mag. Auch wünschte ich zu wissen, ob Sie etwa schon eins von Ihren Exemplarien dem Herzog zugedacht haben, in welchem Fall ich es unterlassen würde, ihm eins zu präsentieren.

Aus den überschickten Göttinnen habe ich mit Vergnügen ersehen, daß Sie und unser großer *Ofenfreund* die kalte Region glücklich passiert sind. Die kolossalische Frau freut mich sehr, und ich werde ihr oft gegenüber stehen, und auch der göttlichen Jungfrau, welche, den Kummer über die Sterblichkeit abgerechnet, ganz vortrefflich ist.

Alles empfiehlt sich Ihrem Andenken bestens.

Ganz der Ihrige

Sch.

43. An Schiller

Für die übersendeten Exemplare Horen danke ich, sie nehmen sich noch ganz artig aus. Eins der kleinen Exemplare hab ich in Ihrem Namen dem Herzog überreicht und wünschte, daß Sie ihm bei dieser Gelegenheit schrieben.

Ich zweifle nicht, daß das Journal gut gehen wird.

Mein drittes Buch ist fort, ich habe es nochmals durchgesehen und Ihre Bemerkungen dabei vor Augen gehabt.

Diese Woche vergeht unter anhaltender Theaterqual, dann soll es wieder frisch an die vorgesetzten Arbeiten gehen. Ich wünsche Gesundheit und Lust zu den Ihrigen.

Meyer grüßt. Nehmen Sie wiederholten Dank für alles Gute, das Sie uns in Jena gegönnt.

Weimar, den 27. Januar 1795 G.

Noch etwas: da ich wünschte, daß der Aufsatz des Herrn von

Humboldt, wie alle andern, im Zweifel wegen des Verfassers ließe, so wäre vielleicht gut, das Zitat, wo der Bruder angeführt ist, wegzulassen, besonders da es fast das einzige ist und Mutmaßungen erregen und bestärken könnte. Zwar weiß ich wohl, daß wir sehr offenbar Versteckens spielen, doch halte ich es für sehr ersprießlich: daß der Leser wenigstens erst urteilen muß, eh er erfährt, wer sein Autor sei.

Bitte um das Paket an Jacobi, das ich sogleich absenden werde.

G.

44. An Goethe

Jena, den 28. Januar 1795

Ich danke Ihnen sehr dafür, daß Sie so gütig waren, dem Herzog in meinem Namen ein Exemplar der Horen zu überreichen. Es folgt solches hier zurück, und da ich auf den nächsten Sonnabend noch einige neue Exemplare von Cotta zu erwarten habe, so lege ich zu Ihrem Gebrauche noch einige, nebst dem Paket an Jacobi, bei.

An den Herzog habe ich heute geschrieben. Was er zu unsern Horen sagt, werde ich wohl einmal von Ihnen hören.

Endlich habe ich die merkwürdige Rezension der Horen von Schütz in Manuskript gelesen. Für unsern Zweck ist sie ganz gut und um vieles besser als für unsern Geschmack. Die Bilder aus Utopien mochten seine Imagination noch nicht ganz verlassen haben, als er sie niederschrieb; denn vom Essen ist reichlich die Rede darin. Es ist zu loben, daß er aus der Epistel viele Stellen angeführt hat. Gegen mich hat er einiges auf dem Herzen, was er mir aber nicht zeigen wollte, um keiner Kollusion sich schuldig zu machen. Es soll mir lieb sein, wenn er dadurch auf eine geschickte Art den Ruf der Unparteilichkeit behauptet.

An Herdern schrieb ich dieser Tage, und bitte Sie sehr, wenn Sie Gelegenheit finden, mein Gesuch bei ihm zu unterstützen.

Mich haben seit Ihrer Abreise von hier die Musen nicht viel besuchen wollen, und es muß besser gehen, wenn ich dem Kentaur des IVten Stücks Ehre machen soll.

Die Kinder haben die Blattern bekommen und auf eine sehr glückliche Art, ohne alle übeln Zufälle. Alles empfiehlt sich Ihnen aufs beste.

Sch.

45. An Schiller

Wie sehr wünsche ich, daß Sie mein viertes Buch bei guter Gesundheit und Stimmung antreffen und Sie einige Stunden unterhalten möge. Darf ich bitten anzustreichen, was Ihnen bedenklich vorkommt. Herrn von Humboldt und den Damen empfehle ich gleichfalls meinen Helden und seine Gesellschaft.

Komme ich Sonnabend nicht, wie ich doch hoffen kann, so hören Sie mehr von mir. Meyer grüßt vielmals.

Weimar, den 11. Februar 1795 G.

46. An Schiller

Sie sagten mir neulich, daß Sie bald zu uns herüber zu kommen gedächten. Ob nun schon, wie ich fürchte, das abermals eingefallne kalte Wetter Sie abhalten wird, so wollte ich doch auf jeden Fall einen Vorschlag tun.

Sie könnten beide bei mir einkehren, oder wenn auch das Frauchen sich lieber wo anders einquartierte, so wünschte ich doch, daß Sie wieder das alte Quartier bezögen. Machen Sie es ganz nach Ihrem Sinne, Sie sind mir beide herzlich willkommen.

Durch den guten Mut, den mir die neuliche Unterredung eingeflößt, belebt, habe ich schon das Schema zum 5ten und 6ten Buche ausgearbeitet. Wie viel vorteilhafter ist es, sich in andern als in sich selbst zu bespiegeln.

Kennen Sie die Kantischen Beobachtungen über das Gefühl des Schönen und Erhabenen von 1771? Es wäre eine recht artige Schrift, wenn die Worte *schön* und *erhaben* auf dem Titel gar nicht stünden und im Büchelchen selbst seltner vorkämen. Es ist voll allerliebster Bemerkungen über die Menschen, und man sieht seine Grundsätze schon keimen. Gewiß kennen Sie es schon.

Ist denn von dem abwesenden Herrn von Humboldt noch keine Nachricht eingegangen? Empfehlen Sie mich in Ihrem Kreise und fahren Sie fort, mich durch Ihre Liebe und Ihr Vertrauen zu erquicken und zu erheben.

Weimar, den 18. Februar 1795 G.

47. An Goethe

Jena, den 19. Februar 1795

Das elende Wetter hat wieder allen meinen Mut mit fortgenommen, und meine Türschwelle ist wieder die alte Grenze meiner Wünsche und meiner Wanderschaft. Wie gern will ich von Ihrer Einladung Gebrauch machen, sobald ich meiner Gesundheit ein wenig trauen kann, sollte ich Sie auch nur auf etliche Stunden sehen. Mich verlangt herzlich darnach, und meine Frau, die sich sehr auf diesen Besuch bei Ihnen freut, wird mir keine Ruhe lassen, ihn auszuführen.

Ich gab Ihnen neulich treu den Eindruck zurück, den W[ilhelm] Meister auf mich machte, und es ist also, wie billig, Ihr eigenes Feuer, an dem Sie sich wärmen. Körner schrieb mir vor einigen Tagen mit unendlicher Zufriedenheit davon, und auf sein Urteil ist zu bauen. Nie habe ich einen Kunstrichter gefunden, der sich durch die Nebenwerke an einem poetischen Produkt so wenig von dem Hauptwerke abziehen ließe. Er findet in W[ilhelm] Meister alle Kraft aus Werthers Leiden, nur gebändigt durch einen männlichen Geist und zu der ruhigen Anmut eines vollendeten Kunstwerks geläutert.

Was Sie von der kleinen Schrift Kants schreiben, erinnere ich mich bei Lesung derselben auch empfunden zu haben. Die Ausführung ist bloß anthropologisch, und über die letzten Gründe des Schönen lernt man darin nichts. Aber als Physik und Naturgeschichte des Erhabenen und Schönen enthält es manchen fruchtbaren Stoff. Für die ernsthafte Materie schien mir der Stil etwas zu spielend und blumenreich; ein sonderbarer Fehler an einem Kant, der aber wieder sehr begreiflich ist.

Herder hat uns mit einem gar glücklich gewählten und ausgeführten Aufsatz beschenkt, worin der so gangbare Begriff *vom eigenen Schicksal* beleuchtet wird. Materien dieser Art sind für unsern Gebrauch vorzüglich passend, weil sie etwas Mystisches an sich haben und durch die Behandlung doch an irgend eine allgemeine Wahrheit angeknüpft werden.

Weil doch eben vom Schicksal die Rede ist, so muß ich Ihnen sagen, daß ich dieser Tage auch über *mein* Schicksal etwas entschieden habe. Meine Landsleute haben mir die Ehre angetan, mich nach Tübingen zu vozieren, wo man sich jetzt sehr mit Reformen zu beschäftigen scheint. Aber da ich doch einmal zum akademischen Lehrer unbrauchbar gemacht bin, so will ich lieber hier in Jena, wo ich gern bin und womöglich leben und sterben will, als irgend anderswo müßig gehen. Ich hab es also ausgeschlagen und mache mir daraus kein Verdienst, denn meine Neigung entschied schon allein die ganze Sache, so daß ich gar nicht nötig hatte, mich der Verbindlichkeiten zu erinnern, die ich unserm guten Herzog schuldig bin, und die ich ihm am liebsten vor allen andern schuldig sein mag. Für meine Existenz glaube ich nichts besorgen zu dürfen, solang ich noch einigermaßen die Feder führen kann, und so lasse ich den Himmel walten, der mich noch nie verlassen hat.

Herr von Humboldt aus Bayreuth ist noch nicht hier und hat über seine Ankunft auch noch nichts Bestimmtes geschrieben.

Hier folgen auch die Weißhuhnischen Blätter, von denen ich Ihnen neulich sagte. Ich bitte mir sie bald zurück.

Herzlich empfehlen wir uns alle Ihrem Andenken. Sch.

48. *An Schiller*

Wie sehr freue ich mich, daß Sie in Jena bleiben mögen und daß Ihr Vaterland Sie nicht hat wieder anziehen können. Ich hoffe, wir wollen noch manches zusammen treiben und ausarbeiten.

Ich bitte um das Manuskript des vierten Buches und werde die Synonymen balde zurückschicken. So wird ja der Stundentanz immer reger werden.

Leben Sie recht wohl. Nächstens mehr.

Weimar, den 21. Februar 1795 G.

49. *An Goethe*

Jena, den 22. Februar 1795

Ihrem Verlangen gemäß folgt hier das 4te Buch des W[ilhelm] Meister. Wo ich einigen Anstoß fand, habe ich einen Strich am Rande gemacht, dessen Bedeutung Sie bald finden werden. Wo Sie sie nicht finden, da wird auch nichts verloren sein.

Eine etwas wichtigere Bemerkung muß ich bei Gelegenheit des Geldgeschenkes machen, das Wilhelm von der Gräfin durch die Hände des Barons erhält und annimmt. Mir deucht – und so schien es auch Humboldten – daß nach dem zarten Verhältnisse zwischen ihm und der Gräfin diese ihm ein solches Geschenk und durch eine fremde Hand nicht anbieten, und er nicht annehmen dürfe. Ich suchte im Kontext nach etwas, was ihre und seine Delikatesse retten könnte, und glaube, daß diese dadurch geschont werden würde, wenn ihm dieses Geschenk als Remboursement für gehabte Unkosten gegeben und unter diesem Titel von ihm angenommen würde. Entscheiden Sie nun selbst.

So wie es dasteht, stutzt der Leser und wird verlegen, wie er das Zartgefühl des Helden retten soll.

Übrigens habe ich beim zweiten Durchlesen wieder neues Vergnügen über die unendliche Wahrheit der Schilderungen und über die treffliche Entwicklung des Hamlet empfunden. Was die letztere betrifft, so wünschte ich, bloß in Rücksicht auf die Verkettung des Ganzen und der Mannigfaltigkeit wegen, die sonst in einem so hohen Grade behauptet worden ist, daß diese Materie nicht so unmittelbar hintereinander vorgetragen, sondern, wenn es anginge, durch einige bedeutende Zwischenumstände hätte unterbrochen werden können. Bei der ersten Zusammenkunft mit Serlo kommt sie zu schnell wieder aufs Tapet, und nachher im Zimmer Aureliens gleich wieder. Indes sind dies Kleinigkeiten, die dem Leser gar nicht auffallen würden, wenn Sie ihm nicht selbst durch alles Vorhergehende die Erwartung der höchsten Varietät beigebracht hätten.

Körner, der mir gestern schrieb, hat mir ausdrücklich anbefohlen, Ihnen für das hohe Vergnügen zu danken, das ihm W[ilhelm] Meister verschafft. Er hat sich nicht versagen können, etwas daraus in Musik zu setzen, welches er Ihnen durch mich vorlegt. Eins ist auf die Mandoline und das andre auf das Klavier. Die erstere findet sich wohl irgendwo in Weimar.

Noch muß ich Sie ernstlich bitten, sich unsres dritten Stücks der Horen zu erinnern. Cotta bittet mich dringend, ihm die Manuskripte früher zu schicken, und meint, daß der 10te des Monats der späteste Termin sein müsse, an welchem er das Manuskript beisammen haben müsse. Es müsse also am 3ten von hier abgehen können. Glauben Sie wohl, um diese Zeit mit dem Prokurator fertig zu sein? Meine Mahnung darf Sie aber keineswegs belästigen, denn Sie haben völlig freie Wahl, ihn entweder für das dritte oder vierte Stück zu bestimmen, weil doch eines von diesen beiden Stücken von Ihnen übergangen werden soll.

Herzlich empfehlen wir uns Ihnen alle, und Meyern bitte ich von meiner Seite bestens zu grüßen. Schiller

50. *An Schiller*

Ihre gütige kritische Sorgfalt für mein Werk hat mir aufs neue Lust und Mut gemacht, das vierte Buch nochmals durchzugehen. Ihre Obelos habe ich wohl verstanden und die Winke benutzt, auch den übrigen *desideriis* hoffe ich abhelfen zu können und bei dieser Gelegenheit noch manches Gute im ganzen zu wirken. Da ich aber gleich daran gehen muß, so werden Sie mich vom dritten Stück entschuldigen, dagegen soll der Prokurator, in völliger Zierlichkeit, zum vierten aufwarten.

Die Synonymen, die hier zurückkommen, haben sehr meinen Beifall; die Ausarbeitung ist sehr geistreich und an manchen Stellen überraschend artig. Der Eingang dagegen scheint mir weniger *lesbar,* obgleich gut gedacht und zweckmäßig.

Des Verfassers Grille, nicht unter der Akademie stehen zu wollen, ist nun mit Bericht herüber gekommen. Die Akademie verlangt Satisfaktion, weil er den Prorektor *unverschämt* gescholten hat u. s. w. – Da Sie sich seiner annehmen, so sagen Sie mir nur: was man einigermaßen Plausibles für ihn anführen kann. Denn ein *Forum privilegiatum* gegen ein gemeines zu vertauschen ist doch gar zu transzendent. Der Stadtrat kann ihn nicht einmal aufnehmen, ohne daß er sich den gewöhnlichen Konditionen unterwirft. Man kann von ihm Beweis verlangen: daß er 200 Rtl. einbringt, er muß Bürger werden und was des Zeugs mehr ist. Wäre es möglich, ihn zu disponieren, daß er mit der Akademie Friede machte, so ließ sich durch Voigt, der jetzt Prorektor ist, wohl alles in Güte abtun.

Ich hoffe, Sie bald wieder, und wär es nur auf einige Stunden, zu besuchen. Lassen Sie mich auch abwesend nicht ferne sein.

Körnern versichern Sie, daß mich seine Teilnahme unendlich freut. Die Romanze denke ich bald auf dem Theater zu hören.

Leben Sie recht wohl.

Weimar, den 25. Februar 1795 G.

51. *An Goethe*

Jena, den 27. Februar 1795

Wenn die freundlichen Tage, die wir hier haben, auch von Ihnen genossen werden, so wünsche ich dem vierten Buch von W[ilhelm] Meister dazu Glück. Mich hat diese Ankündigung des Frühlings recht erquickt und über mein Geschäft, das dessen sehr bedurfte, ein neues Leben ausgegossen. Wie sind wir doch mit aller unsrer geprahlten Selbständigkeit an die Kräfte der Natur angebunden, und was ist unser Wille, wenn die Natur versagt! Worüber ich schon 5 Wochen fruchtlos brütete, das hat ein milder Sonnenblick binnen 3 Tagen in mir gelöst; freilich mag meine bisherige Beharrlichkeit diese Entwicklung vorbereitet haben, aber die Entwicklung selbst brachte mir doch die erwärmende Sonne mit.

Ich bemächtige mich meines Stoffes immer mehr und entdecke mit jedem Schritt, den ich vorwärts tue, wie fest und sicher der Grund ist, auf welchem ich baute. Einen Einwurf, der das Ganze umstürzen könnte, habe ich von nun an nicht mehr zu fürchten, und gegen einzelne Irrtümer in der Anwendung wird die strenge Verbindung des Ganzen selbst mich sicher stellen, wie den Mathematiker die Rechnung selbst vor jedem Rechnungsfehler warnt.

Mit unserm Transzendentalphilosophen, der die akademische Freiheit so wenig zu schätzen weiß, habe ich – da er selbst nicht sichtbar ist – durch Niethammers Mediation es dahin geleitet, daß er sich mit dem zeitigen Prorektor friedlich setzen will und also wahrscheinlich auch wird in Frieden gelassen werden. Ich habe keine Ursache zu glauben, daß er Fakta verdreht hat; wenn er aber die Wahrheit sagt, so hat sich Herr Prof. Schmid das Prädikat, das er ihm gegeben, selbst zuzuschreiben; denn, wie Weißhuhn versichert, so hat ihm derselbe mit ausdrücklichen Worten versichert, daß er bis auf Ostern in Ruhe gelassen und ihm keine Erklärung, seines Hierbleibens wegen, abgefodert werden solle; nachher aber hat er sein gegebenes Wort abgeleugnet u. dgl. Da Weißhuhn meinte, daß ein solches Betragen nicht von dem Prorektor Schmid, sondern von dem Prof. Schmid herrühren könne, so hat er, bei allem Respekt gegen den ersten, den andern impertinent gefunden.

Die neuen Horen sind fertig, und ein Exemplar davon ist mir schon mit der Briefpost zugeschickt worden. Morgen erwarte ich das Paket. Wir haben in dem 2ten Heft die Schuld völlig getilgt, die wir in dem 1ten machten, denn es enthält anstatt 7 Bogen 8 und 1/4 Bogen.

Ihrem Versprechen gemäß können wir mit jedem Tag einen Besuch von Ihnen erwarten, worauf ich mich herzlich freue. Alles ist wohl und empfiehlt sich Ihnen aufs beste. Schiller

N.S. Die Synonymen haben Sie letzthin beizulegen vergessen.

52. An Schiller

Hierbei die vergeßnen Synonymen. Ich las ein Stückchen davon in meiner gestrigen Gesellschft vor, ohne zu sagen, woher es komme noch wohin es gehe. Man gab ihm vielen Beifall.

Überhaupt wird es nicht übel sein, wenn ich manchmal etwas von unsern Manuskripten voraus lese. Es sind doch immer wieder ein Dutzend Menschen, die dem Produkt dadurch geneigter und aufs nächste Stück aufmerksam werden.

Die Weißhuhnische Sache will ich aufhalten, bis ich von Ihnen Nachricht einer amikalen Beendigung habe.

Zu der glücklichen Annäherung an Ihren Zweck geb ich meinen Segen. Wir können nichts tun als den Holzstoß erbauen und recht trocknen; er fängt alsdann Feuer zur rechten Zeit und wir verwundern uns selbst darüber.

Hierbei auch ein Brief von Jacobi. Sie werden sehen, daß es ihm ganz gut geht. Sein Anteil an Ihren Briefen ist mir sehr lieb. Sein Urteil über meinen ersten Band sei Ihnen zur Revision übergeben.

Leben Sie recht wohl, ich sehe Sie baldmöglichst.

Weimar, den 28. Februar 1795 G.

53. An Goethe

Jena, den 1. März 1795

Hier übersende ich Ihnen einstweilen 4 Exemplarien der Horen, wovon ich eins an den Herzog zu überreichen bitte. Die übrigen werden nachfolgen.

Die Jacobische Kritik hat mich nicht im geringsten gewundert; denn ein Individuum wie Er muß ebenso notwendig durch die schonungslose Wahrheit Ihrer Naturgemälde beleidigt werden, als Ihr Individuum ihm dazu Anlaß geben muß. Jacobi ist einer von denen, die in den Darstellungen des Dichters nur ihre Ideen suchen, und das, was *sein soll*, höher halten als das, *was ist*; der Grund des Streits liegt also hier schon in den ersten Prinzipien, und es ist völlig unmöglich, daß man einander versteht.

Sobald mir einer merken läßt, daß ihm in poetischen Darstellungen irgend etwas näher anliegt als die innre Notwendigkeit und Wahrheit, so gebe ich ihn auf. Könnte er Ihnen zeigen, daß die Unsittlichkeit Ihrer Gemälde nicht aus der Natur des Objekts fließt und daß die Art, wie Sie dasselbe behandeln, nur von Ihrem Subjekt sich herschreibt, so würden Sie allerdings dafür verantwortlich sein, aber nicht deswegen, weil Sie vor dem moralischen, sondern weil Sie vor dem ästhetischen Forum fehlten. Aber ich möchte sehen, wie er das zeigen wollte.

Ein Besuch stört mich, und ich will das Paket nicht aufhalten.

Weißhuhn war eben bei mir. Er will sich morgen inskribieren lassen. Leben Sie recht wohl. Sch.

54. An Goethe

[Jena,] den 8. März 1795

Meine Hoffnung, Sie diese Woche hier zu sehen, war vergebens; doch hoffe ich, daß sie mir bloß durch Ihren Eifer zu arbeiten vereitelt worden ist. Aber weder von Ihnen zu hören noch zu sehen, ist etwas, wozu ich mich kaum mehr gewöhnen kann.

Ich bin sehr erwartend, von Ihrer gegenwärtigen Beschäftigung zu hören. Mir ist gesagt worden, daß Sie den dritten Band von Meister schon auf Johannis würden drucken lassen. Das ginge schneller als ich dachte; aber so sehr es mich für den Meister freut, so leid sollte es mir tun, daß Sie dadurch auf eine so lange Zeit den Horen entführt werden.

Über das Schicksal des 2ten Stücks habe ich noch kein Urteil einziehen können; vielleicht haben Sie in Weimar etwas Lustiges gehört.

Ist unser Freund Meyer mit seinem Aufsatz zufrieden? Ich wünschte, er wäre es. Dieser Aufsatz, schreibt mir Cotta, hat vielen sehr gefallen, und ich zweifle gar nicht, daß wir Ehre damit einlegen.

Hier sende ich Ihnen noch 4 Horen-Stücke, worunter eins für Herrn Meyer ist. Sollten Sie, anstatt der Schreibpapierexemplare, noch eins oder zwei auf Postpapier brauchen, so sind Sie so gütig, es zu bemerken und mir die auf Schreibpapier zurückzusenden. Alles empfiehlt sich Ihnen bestens. Sch.

55. An Schiller

Ohngeachtet einer lebhaften Sehnsucht, Sie wiederzusehen und zu sprechen, konnte ich diese Woche doch nicht vom Platze kommen. Einige Schauspieler, die ich in Gastrollen beurteilen wollte, das üble Wetter und ein Rheumatism, den ich mir durch Verkältung zugezogen hatte, haben mich stufenweise gehindert, und noch seh ich nicht, wann und wie ich abkommen werde.

Lassen Sie mich indessen sagen, daß ich fleißig war, daß der größte Teil des vierten Buchs abgegangen ist und daß der Prokurator auch durchgearbeitet ist. Ich wünsche, daß die Art, wie ich die Geschichte gefaßt und ausgeführt, Ihnen nicht mißfallen möge.

Wenn mein Roman in seinen bestimmten Epochen erscheinen kann, will ich zufrieden sein; an eine Beschleunigung ist nicht zu denken. An den Horen den Teil zu nehmen, den Sie wünschen, wird mich nichts abhalten. Wenn ich Zeit und Stunde zusammennehme und abteile: so kann ich dies Jahr vieles beiseite bringen.

Vom zweiten Stücke der Horen habe noch nichts gehört, das erste spukt aber schon genug in Deutschland.

Meyer dankt für die Redaktion seiner Ideen; es ist nur weniges, was anders gestellt sein könnte, doch das wird uns niemand herausfinden. Er arbeitet jetzt an einer Darstellung Perugins, Bellins und Mantegnas.

Aus der Beilage sehen Sie, welche Monatsschriften künftig in unser Haus kommen. Ich lasse die Inhaltstafel jedes Stücks abschreiben und füge eine kleine Rezension dazu. Wenn wirs nur einmal ein halb Jahr haben, so können wir unsre Kollegen schon übersehen.

Wenn wir uns streng und mannigfaltig erhalten, so stehen wir bald oben an, denn alle übrigen Journale tragen mehr Ballast als Ware; und da uns daran gelegen ist, unsre Arbeit zu weiterer eigner Ausbildung zu benutzen, so kann nur Gutes dadurch entstehen und gewirkt werden.

Für die übersendeten Horen-Exemplare danke ich vielmals. Die zweite Sendung ist mit der ersten übereinstimmend. Vier auf Schreib- und ebensoviel Postpapier.

Jacobi entschuldigt sich, daß er noch nichts geschickt hat.

Ich wünsche, daß gutes Wetter mir einen schnellen Ritt zu Ihnen erlauben möge, denn ich verlange sehr nach einer Unterredung und nach Ihren bisherigen Arbeiten. Empfehlen Sie mich den Ihrigen.

Weimar, den 11. März 1795 G.

56. An Schiller

Vorige Woche bin ich von einem sonderbaren Instinkte befallen worden, der glücklicherweise noch fortdauert. Ich bekam Lust, das religiose Buch meines Romans auszuarbeiten, und da das Ganze auf den edelsten Täuschungen und auf der zartesten Verwechslung des Subjektiven und Objektiven beruht, so gehörte mehr Stimmung und Sammlung dazu als vielleicht zu einem andern Teile. Und doch wäre, wie Sie seiner Zeit sehen werden, eine solche Darstellung unmöglich gewesen, wenn ich nicht früher die Studien nach der Natur dazu gesammelt hätte. Durch dieses Buch, das ich vor Palmarum zu endigen denke, bin ich ganz unvermutet in meiner Arbeit sehr gefördert, indem es vor- und rückwärts weist und, indem es begrenzt, zugleich leitet und führt. Der Prokurator ist auch geschrieben und darf nur durchgesehen werden. Sie können ihn also zur rechten Zeit haben.

Ich hoffe, es soll mich nichts abhalten, Palmarum zu Ihnen zu kommen und einige Wochen bei Ihnen zu bleiben; da wollen wir uns einmal wieder etwas zugute tun.

Mich verlangt nach Ihren letzten Arbeiten, Ihre ersten haben wir gedruckt mit Vergnügen wiedergelesen.

Im Weimarischen Publico rumoren die Horen gewaltig, mir ist aber weder ein reines *pro* noch *contra* vorgekommen; man ist eigentlich nur *dahinter her*, man reißt sich die Stücke aus den Händen, mehr wollen wir nicht für den Anfang.

Herr von Humboldt wird recht fleißig gewesen sein, ich hoffe auch mit ihm mich über *anatomica* wieder zu unterhalten. Ich habe ihm einige, zwar sehr natürliche, doch interessante Präparate zurecht gelegt. Grüßen Sie ihn herzlich und die Damen. Der Prokurator ist vor der Türe. Leben Sie wohl und lieben mich, es ist nicht einseitig.

Weimar, den 18. März 1795 G.

57. *An Schiller*

Dem Prokurator, der hier erscheint, wünsche ich gute Aufnahme.

Haben Sie die Güte, mir ihn bald zurückzuschicken, weil ich ihn des Stils wegen gern noch einigemal durchgehen möchte.

Ich arbeite alles weg, was mich hindern könnte, mich bald in Ihrer Nähe zu freuen und zu erbauen.

Weimar, den 19. März 1795 G.

58. *An Goethe*

Jena, den 19. März 1795

Auf das Gemälde, das Sie jetzt entworfen haben, bin ich nicht wenig neugierig. Es kann weniger als irgend ein andres aus Ihrer

Individualität fließen, denn gerade dies scheint mir eine Saite zu sein, die bei Ihnen, und schwerlich zu Ihrem Unglück, am seltensten anschlägt. Um so erwartender bin ich, wie Sie das heterogene Ding mit ihrem Wesen gemischt haben werden. Religiöse Schwärmerei ist und kann nur Gemütern eigen sein, die beschauend und müßig in sich selbst versinken, und nichts scheint mir weniger Ihr Kasus zu sein als dieses. Ich zweifle keinen Augenblick, daß Ihre Darstellung wahr sein wird – aber das ist sie alsdann lediglich durch die Macht Ihres Genies und nicht durch die Hilfe Ihres Subjekts.

Ich bin seit einiger Zeit meinen philosophischen Arbeiten untreu geworden, um in der Geschwindigkeit etwas für das 4te Stück der Horen zu schaffen. Das Los traf die bewußte Belagerung von Antwerpen, welche auch schon ganz erträglich vorwärts gerückt ist. Die Stadt soll übergegangen sein, wenn Sie kommen. Erst an dieser Arbeit sehe ich, wie anstrengend meine vorige gewesen; denn ohne mich gerade zu vernachlässigen, kommt sie mir bloß wie ein Spiel vor, und nur die Menge elenden Zeugs, die ich nachlesen muß und die mein Gedächtnis anstrengt, erinnert mich, daß ich arbeite. Freilich gibt sie mir auch nur einen magern Genuß; ich hoffe aber, es geht mir wie den Köchen, die selbst wenig Appetit haben, aber ihn bei andern erregen.

Sie würden mir einen großen Dienst erweisen, wenn Sie mir den sehnlich erwarteten Prokurator bis Montag gewiß schicken könnten. Ich würde alsdann nicht genötigt sein, den Anfang meiner Geschichte in den Druck zu geben, ehe das Ende fertig ist. Sollten Sie aber verhindert sein, so bitte ich, mir es noch Sonnabends zu wissen zu tun. Doch hoffe ich das Beste.

Mich freut herzlich, daß Sie die Ostern mit uns zubringen wollen, und ich bedarf auch wieder einer lebhaften Anregung von außen von einer freundschaftlichen Hand.

Meyern bitte ich herzlich zu grüßen. Ich wünschte, daß er uns bald wieder etwas liefern möchte. Das Siegel für die Horen habe ich noch nicht erhalten.

Alles empfiehlt sich Ihnen und erwartet Sie mit Verlangen.

Sch.

Den 20. Diesen Morgen erhalte ich Ihr Paket, welches mich in jeder Rücksicht froh überraschte. Die Erzählung liest sich mit ungemeinem Interesse; was mich besonders erfreute, war die Entwicklung. Ich gestehe, daß ich diese erwartete, und ich hätte mich nicht zufrieden geben können, wenn Sie hier das Original nicht verlassen hätten. Wenn ich mich nämlich anders recht erinnere, so entscheidet beim Boccaz bloß die zeitig erfolgte Rückkehr des Alten das Glück der Kur.

Könnten Sie das Manuskript mir Montags früh zurücksenden, so geschähe mir dadurch eine große Gefälligkeit. Sie werden wenig mehr dabei zu tun finden.

59. An Schiller

Das Manuskript schicke ich morgen abend mit der reitenden Post an Sie ab.

Montags geht der Schluß des vierten Buches an Unger.

Nächste Woche hoffe ich alles, was mir noch obliegt, abzutun und recht frei zu Ihnen zu kommen.

Zur Eroberung von Antwerpen wünsche ich Glück, sie wird in den Horen guten Effekt machen.

Empfehlen Sie mich Ihren Nächsten. Meyer grüßt, er ist auf alle Weise fleißig. Ich wünsche Ihnen die beste Wirkung des langsam eintretenden Frühjahrs und hoffe, daß wir bis zur Jahresfeier unsrer Bekanntschaft noch manches zusammen werden gearbeitet haben.

Weimar, den 21. März 1795 G.

60. An Goethe

Jena, den 25. März 1795

Ich erhielt heute wieder einen Brief, worin mir der alte Antrag von Tübingen mit dem Zusatz erneuert wurde, daß ich von allen öffentlichen Funktionen dispensiert sein und völlige Freiheit haben solle, ganz nach meinem Sinn auf die Studierenden zu wirken u. s. f. Ob ich nun gleich meine erste Entschließung nicht geändert habe und auch nicht leicht ändern werde, so haben sich mir doch bei dieser Gelegenheit einige ernsthafte Überlegungen in Rücksicht auf die Zukunft aufgedrungen, welche mich von der Notwendigkeit überzeugen, mir einige Sicherheit auf den Fall zu verschaffen, daß zunehmende Kränklichkeit an schriftstellerischen Arbeiten mich verhindern sollte. Ich schrieb deshalb an den Herrn Geheimrat Voigt, und bat ihn, mir von unserm Herrn eine Versicherung auszuwirken, daß mir in jenem äußersten Fall mein Gehalt verdoppelt werden solle. Wird mir dieses zugesichert, so hoffe ich, es so spät als möglich oder nie zu gebrauchen;

ich bin aber doch wegen der Zukunft beruhigt, und das ist alles, was ich vor der Hand verlangen kann.

Da Sie vielleicht davon sprechen hören und sich nicht gleich darein zu finden gewußt haben möchten, so wollte ich Ihnen in zwei Worten davon Nachricht geben.

Nächsten Sonntag erwarten wir Sie mit Verlangen. Alles begrüßt Sie. Sch.

61. An Schiller

Gestern konnte ich mich, ohngeachtet einiger sehr leeren Stunden, nicht überwinden, nochmals zu Ihnen zu gehen und förmlich Abschied zu nehmen, ich verließ Jena sehr ungern und danke Ihnen nochmals herzlich für Ihre Teilnehmung und Mitteilung. Hier vor allen Dingen die Elegien, die ich mir bald möglichst zurück erbitte; sie sollen dann, auf die gehörige Seitenzahl eingeteilt, abgeschrieben erscheinen.

Für den Kalender habe ich einiges, besonders für die Herren X. Y. Z. gefunden, das nächstens mit dem übrigen folgt. Erinnern Sie mich manchmal an die Desiderata, damit mein guter Wille zur Tat werde.

Leben Sie recht wohl und grüßen die Ihrigen und die Freunde.
Weimar, den 3. Mai 1795 G.

62. An Goethe

Jena, den 4. Mai 1795

Eben erhalte ich die Elegien mit Ihren freundschaftlichen Zeilen. Ich habe Sie seit Ihrer Abreise jeden Abend vermißt; man gewöhnt sich so gern an das Gute. Mit meiner Gesundheit geht es langsam besser, und in einigen Tagen hoffe ich, wieder im Gange zu sein.

Mit rechter Ungeduld erwarte ich, was Sie mir für den Almanach schicken wollen. Eher kann ich meine poetische Barschaft zu diesem Werkchen nicht übersehen.

Die Elegien werde ich gleich vor die Hand nehmen und hoffe Ihnen solche Freitags zurück zu schicken.

Huber schreibt mir, daß er Ihren Meister ins Französische zu übersetzen Lust habe. Soll ich ihn aufmuntern oder davon abzuraten suchen?

Verlassen Sie sich darauf, daß ich Ihrem Gedächtnis zu Hülfe kommen werde. Ich schenke Ihnen kein Versprechen. Der Chronologie der Horen nach würden Sie jetzt bald wieder auf die Unterhaltungen zu denken haben. Vielleicht schlägt auch unterdessen eine gute Stunde für die Epistel.

Meine Frau empfiehlt sich Ihnen recht freundlich. An Meyern bitte meinen herzlichen Gruß zu machen. Schiller

63. An Schiller

Weimar, den 12. Mai 1795

Die Sendung der Elegien hat mich in elegischen Umständen nach dem gewöhnlichen Sinne, das heißt in erbärmlichen, angetroffen. Nach dem guten Leben in Jena, wo ich nebst so mancher Seelenspeise auch der warmen freien Luft genoß, hat mich hier die kalte Witterung sehr unfreundlich empfangen, und einige Stunden, in denen ich dem Zug ausgesetzt war, brachten mir ein Flußfieber zuwege, das mir die rechte Hälfte des Kopfes sehr schmerzlich angriff und zugleich die linke unbrauchbar machte. Nun bin ich so weit wieder hergestellt, daß ich ohne Schmerzen ziemlich zufrieden in meiner Stube an die rückständigen Arbeiten gehen kann.

Mit den Elegien wird nicht viel zu tun sein, als daß man die 2te und die 16te wegläßt: denn ihr zerstümmeltes Ansehn wird auffallend sein, wenn man statt der anstößigen Stellen nicht etwas Kurrenteres hinein restaurierte, wozu ich mich aber ganz und gar ungeschickt fühle. Auch wird man sie hintereinander wegdrucken müssen, wie es eben trifft: denn jede auf einer andern Seite anzufangen scheint, ich mag auch zählen und rechnen wie ich will, nicht tunlich. Bei der Menge Zeilen unsrer Seite würden mehr als einmal unschickliche Räume übrig bleiben. Doch überlasse ich Ihnen das und schicke nächstens das Manuskript. Der zweite Band des Romans stockt irgend bei einem Spediteur; ich sollte ihn schon lange haben und wünschte, ihn mitschicken zu können. Ich bin nun am fünften Buche und hoffe vor Pfingsten nicht viel mehr übrig zu lassen.

Meyer ist sehr fleißig. Er hat bisher vortreffliche Sachen gemacht; mir ist, als wenn ihm mit jedem Tage Gedanke und Ausführung besser gelängen.

Haben Sie die Güte, mir bald Nachricht von Ihrem Befinden zu geben, und ob nichts Neues eingelaufen ist. Jacobi hat abermals durch Fritz von Stein sein Versprechen prorogiert.

Den 14. Mai 1795

Dieses Blatt, das einige Tage liegen geblieben, will ich wenigstens der heutigen Post nicht vorenthalten.

Haben Sie die Abhandlung über den Stil in den bildenden Künsten im Aprilmonat des Merkurs gesehen? Das, worüber wir alle einig sind, ist recht gut und brav gesagt; aber daß doch der Genius, der dem Philosophen vor aller Erfahrung beiwohnt, ihn nicht auch zupft und warnt, wenn er sich bei unvollständiger Erfahrung zu prostituieren Anstalt macht. Wahrlich, in diesem Aufsatz sind Stellen, die des Herrn von Rochows nicht unwürdig wären.

Lassen Sie mich bald hören, wie Sie sich befinden. G.

64. An Goethe

Jena, den 15. Mai 1795

Daß Sie sich nicht wohl befanden, erfuhr ich erst vorgestern und beklagte Sie aufrichtig. Wer so wenig gewöhnt ist, krank zu sein, wie Sie, dem muß es gar unleidlich vorkommen. Daß die jetzige Witterung auf mich keinen guten Einfluß hatte, ist etwas so Gewöhnliches, daß ich nicht davon reden mag.

Freilich verliere ich die ganze zweite Elegie sehr ungern. Ich hätte geglaubt, daß selbst die sichtbare Unvollständigkeit derselben keinen Schaden bei dem Leser tun würde, weil man leicht darauf verfallen kann, eine absichtliche Retizenz darunter zu mutmaßen. Übrigens kann man ja der Schamhaftigkeit, die von einem Journal gefodert wird, dieses Opfer bringen, da Sie in einigen Jahren, wenn Sie die Elegien besonders sammeln, alles was jetzt gestrichen wird, wieder herstellen können. Gerne wünschte ich Montag früh die Elegien oder doch einen Bogen derselben zu haben, um sie abschicken zu können. Mit meinem Aufsatz hoffe ich endlich noch fertig zu werden, wenn kein besonderer Unfall dazwischen kommt.

An andern Beiträgen ist nichts eingelaufen, und das siebente Stück steht noch ganz in Gottes allmächtiger Hand.

Cotta ist mit der Messe ziemlich zufrieden. Es sind ihm zwar von den Exemplarien, die er in Kommission gegeben, manche remittiert, aber auch eben soviele wieder neu bestellt worden, so daß der Kalkul im ganzen durchaus nichts gelitten hat. Nur bittet er sehr um größere Mannigfaltigkeit der Aufsätze. Viele klagen über die abstrakte Materien, viele sind auch an Ihren Unterhaltungen irre, weil sie, wie sie sich ausdrücken, noch nicht absehen können, was damit werden soll. Sie sehen, unsre deutschen Gäste verleugnen sich nicht, sie müssen immer wissen, *was* sie essen, wenn es ihnen recht schmecken soll. Sie müssen einen *Begriff* davon haben.

Ich sprach noch kürzlich mit Humboldt darüber; es ist jetzt platterdings unmöglich, mit irgend einer Schrift, sie mag noch so gut oder noch so schlecht sein, in Deutschland ein *allgemeines* Glück zu machen. Das Publikum hat nicht mehr die Einheit des Kindergeschmacks und noch weniger die Einheit einer vollendeten Bildung. Es ist in der Mitte zwischen beiden, und das ist für schlechte Autoren eine herrliche Zeit, aber für solche, die nicht bloß Geld verdienen wollen, desto schlechter. Ich bin jetzt sehr neugierig zu hören, wie von Ihrem Meister wird geurteilt werden, was nämlich die öffentlichen Sprecher sagen, denn daß das Publikum darüber geteilt ist, versteht sich ja von selbst.

Von hiesigen Novitäten weiß ich Ihnen nichts zu melden, denn mit Freund Fichte ist die reichste Quelle von Absurditäten versiegt. Freund Woltmann hat wieder eine sehr unglückliche Geburt und in einem sehr anmaßenden Ton von sich ausgehen lassen. Es ist ein gedruckter Plan zu seinen historischen Vorlesungen: ein warnender Küchenzettel, der auch den hungrigsten Gast verscheuchen müßte.

Daß Schütz wieder sehr krank war, sich aber wieder besser befindet, wissen Sie ohne Zweifel.

Ihre Beiträge zu dem Musenalmanach erwarte ich mit rechter Begierde. Herder wird auch etwas dafür tun.

Reichardt hat sich durch Hufeland zu einem Mitarbeiter an den Horen anbieten lassen.

Haben Sie die Luise von Voß schon gelesen, die jetzt heraus ist? Ich kann sie Ihnen schicken. Den Aufsatz im Deutschen Merkur werde ich mir geben lassen.

Meyern wünsche ich viel Glück zu seiner Arbeit. Grüßen Sie ihn herzlich von mir. Alles empfiehlt sich Ihnen herzlich. Sch.

N. S. Cotta schickte mir nicht mehr als diese 2 Horen. Ich glaube, daß ich Ihnen deren 3 zu schicken hatte.

65. *An Schiller*

Ehe mein Paket abgeht, erhalt ich das Ihrige, und nun noch einige Worte.

Von den Elegien soll morgen abend mit der reitenden Post etwas abgehen; ich wünsche, daß ja kein Unfall Ihren Aufsatz unterbrechen möge. Zum siebenten Stück kann ich Ihnen nahe an zwei Bogen versprechen.

Lassen Sie uns unsern Gang unverrückt fortgehen; wir wissen, was wir geben *können* und *wen* wir vor uns haben. Ich kenne das Possenspiel des deutschen Autorenwesens schon zwanzig Jahre in- und auswendig; es muß *fortgespielt* werden, weiter ist dabei nichts zu sagen.

Reichardt ist nicht abzuweisen, aber seine Zudringlichkeit werden Sie sehr in Schranken halten müssen.

Luise habe ich noch nicht gesehen; Sie werden mir eine Gefälligkeit erzeigen, sie zu schicken. Ich lege Ihnen einen Band von Herders *Terpsichore* bei, den ich mir bald zurück erbitte und der Ihnen viel Freude machen wird.

Mein Übel ist wieder ziemlich vorüber. Ich hatte mich schon eingerichtet, Sie wenigstens auf einen halben Tag zu besuchen, nun muß ich es bis auf Trinitatis anstehen lassen. Die nächsten vierzehn Tage halten mich die Proben von Claudine fest.

Leben Sie recht wohl und grüßen Sie unsre Freunde.

Im Moniteur steht, daß Deutschland hauptsächlich wegen der Philosophie berühmt sei, und daß ein *Mr. Kant* und sein Schüler *Mr. Fichte* den Deutschen eigentlich die Lichter aufsteckten.

Weimar, den 16. Mai 1795 G.

Mit den Exemplaren der Horen sind wir nicht ganz in Ordnung. Es hat indes so viel nicht zu sagen; Herr Cotta ist ja wohl so artig, am Ende des halben Jahres zu komplettieren.

66. An Schiller

Hier erhalten Sie, mein Wertester, endlich den zweiten Band Wilhelms. Ich wünsche ihm auch bei seiner öffentlichen Erscheinung die Fortdauer Ihrer Neigung. Ich suche nun das fünfte Buch in Ordnung zu bringen, und da das sechste schon fertig ist, so hoffe ich, vor Ende dieses Monats mich für diesen Sommer frei gearbeitet zu haben. Ich wünsche bald zu hören, wie es Ihnen gelingt.

Beiliegende Exemplare bitte nach Aufschrift völlig zu verteilen.

Leben Sie recht wohl.

Weimar, den 16. Mai 1795 G.

67. An Schiller

Hier, mein Wertester, die Elegien. Die zwei sind ausgelassen. Die angezeichnete Stelle in der sechsten habe ich stehen lassen. Man versteht sie nicht, das ist wohl wahr; aber man braucht ja auch Noten, zu einem alten nicht allein, sondern auch zu einem benachbarten Schriftsteller.

Wolfs Vorrede zur Ilias habe ich gelesen, sie ist interessant genug, hat mich aber schlecht erbaut: Die Idee mag gut sein und die Bemühung ist respektabel, wenn nur nicht diese Herrn, um ihre schwachen Flanken zu decken, gelegentlich die fruchtbarsten Gärten des ästhetischen Reichs verwüsten und in leidige Verschanzungen verwandeln müßten. Und am Ende ist mehr Subjektives, als man denkt, in diesem ganzen Kramo. Ich freue mich, bald mit Ihnen darüber zu sprechen. Eine tüchtige Epistel hab ich diesen Freunden dereinst zugedacht.

Herr von Humboldt hat uns durch seinen Besuch gestern aufs angenehmste überrascht. Grüßen Sie ihn aufs beste.

Leben Sie recht wohl. Die übrigen Elegien folgen und ich, wills Gott, bald auch.

Weimar, den 17. Mai 1795 G.

Die Einrichtung des Drucks überlasse ich Ihnen ganz. Vielleicht lassen sie sich noch schicklich rücken.

68. An Goethe

Jena, den 17.[18.] Mai 1795

Nur zwei Worte, um Ihnen den Empfang der Elegien zu melden und für den II. Teil Meisters meinen und meiner Frau herzlichen Dank zu sagen. Was ich in der Geschwindigkeit (denn ich wollte ihn gleich binden lassen) von Serlos Geschichte las, ist äußerst unterhaltend, und ich freue mich nun schon auf den Eindruck, den dieser Teil im Zusammenhang auf mich machen wird.

Zu den Elegien wollten Sie Anmerkungen geben, welches gewiß nicht überflüssig wäre. Da solche am Ende derselben, wie man es jetzt gewöhnlich zu halten pflegt, folgen könnten, so wäre dazu noch bis Montag Zeit. Das Publikum läßt sich gern alles erklären.

Daß Sie wieder besser sind, hat mir Herr von Humboldt zu meiner herzlichen Freude versichert. Ich habe ihm auf Ihre Erlaubnis die Terpsichore gegeben, die mir Herder unterdessen geschickt hat. Soweit ich darin las, ist es eine sehr glückliche Arbeit, und ein solcher Dichter war es in jedem Betrachte wert, in einer so schönen Form aus der Vergessenheit aufzustehen.

Wenn wir zu den Überschriften der einzelnen Elegien recht viel Raum übrig lassen, so können wir jede auf einer eigenen Seite anfangen, ohne daß sie zu hoch oben aufhört. Ich werde denselben Druck wie bei den Episteln dazu nehmen lassen. Und so wandre denn der Centaur in einer guten Stunde in die Welt.

Mich erfreut sehr, Sie in einigen Wochen zu sehen. Wenn ich darauf rechnen kann, daß Sie am letzten des Monats gewiß hier sind, so hoffe ich, Ihnen meine Briefe noch vorher lesen zu können, ehe sie abgehen, welches mir sehr lieb sein sollte.

Daß Sie für das siebente Stück so freundlich sorgen, dafür sei Ihnen tausend Dank gesagt. Unterdessen haben sich wieder 3 Mitarbeiter gemeldet, deren Arbeiten ich alle nicht brauchen kann.

Leben Sie recht wohl. Sch.

69. An Schiller

Die letzten Elegien folgen denn auch und mögen mit gutem Omen abgehen.

Nun sollen Liedchen folgen, und was dem Almanach frommen könnte.

Ich bin fleißig und nachdenklich und möchte Sie über vieles sprechen. Vielleicht komm ich bald.

Leben Sie recht wohl und grüßen die liebe Frau.

Weimar, den 18. Mai 1795 G.

70. An Goethe

[Jena.] Den 21. Mai 1795

Der Überbringer dieses, Herr Michaelis aus Strelitz ist der Verleger meines Musenalmanachs. Wenn Sie ihm einige Augenblicke widmen wollten, so würde ich Sie bitten, mit ihm und unserm Freund Meyer zu deliberieren, ob aus den Beiträgen, die Sie zu dem Almanach bestimmt haben (die Epigramme mit eingeschlossen), nicht einigen Stoff zu Vignetten geben, die vielleicht Meyer skizzieren würde. Die Gewohnheit fodert dergleichen Verzierungen, und hier weiß ich noch keinen Stoff dazu. Hätten Sie unter Ihren kleinen Gedichten einige Romanzen oder dergleichen, so würde sich daraus am besten etwas machen lassen. Der Almanach wird bei Herrn Unger gedruckt und soll elegant werden.

Ich ließ Sie durch Herrn Gerning bitten, mich den Tag wissen zu lassen, wo Claudine gespielt wird, um, wenn es mir etwa möglich wäre, die Vorstellung mit anzusehen oder doch meiner Frau das Vergnügen zu machen. Aber diese wird wahrscheinlich die Masern bekommen, und so hebt sich denn das ganze Plänchen.

Herzlich verlangt mich, Sie bald wieder hier zu sehen.

Michaelis wird Ihnen auch sagen, daß in seinen Gegenden starke Nachfrage nach Ihrem Meister ist.

Dieser Brief möge Sie bei der besten Gesundheit finden. Sch.

71. An Schiller

Ich danke Ihnen recht sehr, daß [Sie] mir die Sorge über Ihren Fieberanfall durch die liebe Frau, die ich bestens grüße, so bald benommen haben, möge doch Karl auch die Masern glücklich überstehen.

Mir ist es gleich bei meiner Rückkunft übel ergangen, ein Rezidiv des Backengeschwulstes überfiel mich, und da ich die Sache leicht nahm, ward sie stufenweise so arg, daß ich von Humboldt nicht einmal Abschied nehmen konnte. Jetzt ist das Übel im Fallen. Ich habe indessen am Roman abschreiben lassen und schicke vielleicht die erste Hälfte des fünften Buches, die auch Epoche macht, nächsten Sonnabend.

Die Horen habe erhalten.

Hierbei ein Tragelaph von der ersten Sorte.

Meyer grüßt und ist sehr fleißig.

Leben Sie wohl und lassen mich bald wissen, wie es Ihnen und den Ihrigen geht und was Sie arbeiten.

Weimar, den 10. Juni 1795 G.

72. An Schiller

Hier die Hälfte des fünften Buches, sie macht Epoche, drum durft ich sie senden. Ich wünsche ihr gute Aufnahme. Mein Übel hat meine Plane geändert, so mußt ich mit dieser Arbeit vorrucken. Verzeihen Sie die Schreibfehler und vergessen des Bleistifts nicht. Wenn Sie und Humboldt es gelesen haben, bitte ich es bald zurück. Da ich ungeduldig bin, körperlich zu leiden, werde ich wohl nach Karlsbad gehen, das mich ehemals auf lange Zeit von gleichen Übeln befreite. Leben Sie wohl. Für den Kalender nächstens etwas, auch für die Horen. Ich bin erwartend, wie Ihnen ein Einfall gefällt, den ich habe, die *Jurisdiktion* der Horen und der Journale überhaupt zu erweitern. Sie erhalten einen *Brief eines Mitarbeiters*. Mögen Sie doch recht wohl sein und in Ihren Arbeiten nicht gehindert.

Weimar, den 11. Juni 1795 G.

Was macht Karl?

73. An Goethe

Jena, den 12. Juni 1795

Daß Sie aufs neue krank geworden, habe ich von Herrn von Humboldt mit herzlichem Bedauern gehört, und daß Sie uns, einer solchen Ursache wegen, auf eine Zeitlang verlassen, beklage ich noch mehr. Sie waren in einer so frischen und heitern Tätigkeit, und der Sprudel ist eine schlechte Hippokrene, wenigstens solang er getrunken wird. Möchten Sie indes nur bald imstande sein, abzureisen, um desto zeitiger wieder bei uns zu sein.

Mein Fieber hat mich seit 4 oder 5 Tagen verlassen, und ich bin gegenwärtig mit meinem Befinden ganz wohl zufrieden. Könnte ich es ebenso mit meiner Tätigkeit sein! Aber der Übergang von einem Geschäft zum andern war mir von jeher ein harter Stand, und jetzt vollends, wo ich von Metaphysik zu Gedichten hinüberspringen soll. Indessen habe ich mir, so gut es angeht, eine Brücke gebaut, und mache den Anfang mit einer gereimten Epistel, welche *Poesie des Lebens* überschrieben ist, und also, wie Sie sehen, an die Materie, die ich verlassen habe, grenzt. Könnten Sie kommen und Ihren Geist auch nur sechs Wochen lang und nur, soviel ich davon in mich aufnehmen kann, in mich hauchen, so würde mir geholfen sein.

Der Centaur ist nun glücklich ausgerüstet und mit ihm die ersten Semestres der Horen. Für die andern ist mir ein klein wenig bang, wenn ich an den kleinen Vorrat gedenke. Sind Sie indessen nur gesund und frei, und geht es mit mir selbst nicht schlechter, als es in diesem Jahre gegangen ist, so ist nicht zu verzagen. Sehr neugierig bin ich auf den versprochenen *Brief*. Kann ich aber auch noch auf die Fortsetzung der *Unterhaltungen* für das 7te Stück zählen?

Das Vte Buch Meisters, das ich vor einigen Augenblicken erhielt, wird *in instanti* vorgenommen. Ich freue mich nicht wenig darauf und wünschte nur gleich auch den Rest des Buchs zu haben.

Das ist ein prächtiger Patron, der Hesperus, den Sie mir neulich schickten. Er gehört ganz zum Tragelaphen-Geschlecht, ist aber dabei gar nicht ohne Imagination und Laune und hat manchmal einen recht tollen Einfall, so daß er eine lustige Lekture für die langen Nächte ist. Er gefällt mir noch besser als die *Lebensläufe.*

Meine Frau ist wieder besser und mit Karln geht es recht gut. Wenn Sie durchreisen, welches wohl bald sein wird, finden Sie uns, wie ich hoffe, auf besserem Wege.

Meyern bitte recht schön zu grüßen. Leben Sie recht wohl und werden Sie bald möglichst gesund. Sch.

74. *An Schiller*

Hierbei die Konzepte von den bewußten Briefen, an denen sich noch manches wird retouchieren lassen, wenn Sie mit den Hauptideen zufrieden sind. Dergleichen Aufsätze sind wie Würfel im Brettspiele; es entsteht meist daraus, was man nicht denkt, aber es muß doch etwas daraus entstehen. Vor Ende dieses Monats geh ich von hier nicht weg und lasse Ihnen noch für das siebente Stück eine gewöhnliche Portion *Unterhaltungen* zurück. Bis dahin ist auch die 2te Hälfte des fünften Buchs abgeschrieben, und so hätten wir uns der Widerwärtigkeit so gut als möglich zu unsern Arbeiten bedient. Leben Sie recht wohl, tun Sie desgleichen; möge Ihnen die Epistel recht gut geraten.

Weimar, den 13. Juni 1795 Goethe

75. *An Goethe*

Jena, den 15. Juni 1795

Dieses fünfte Buch Meisters habe ich mit einer ordentlichen Trunkenheit und mit einer einzigen ungeteilten Empfindung durchlesen. Selbst im Meister ist nichts, was mich so Schlag auf Schlag ergriffen und in seinem Wirbel unfreiwillig mit fortgenommen hätte. Erst am Ende kam ich zu einer ruhigen Besinnung. Wenn ich bedenke, durch wie einfache Mittel Sie ein so hinreißendes Interesse zu bewirken wußten, so muß ich mich noch mehr verwundern. Auch was das Einzelne betrifft, so fand ich darin treffliche Stellen. Meisters Rechtfertigung gegen Werner seines Übertritts zum Theater wegen, dieser Übertritt selbst, Serlo, der Souffleur, Philine, die wilde Nacht auf dem Theater u. dgl. sind ausnehmend glücklich behandelt. Aus der Erscheinung des anonymen Geistes haben Sie so viel Partie zu ziehen gewußt, daß ich darüber nichts mehr zu sagen weiß. Die ganze Idee gehört zu den glücklichsten, die ich kenne, und Sie wußten das Interesse, das darin lag, bis auf den letzten Tropfen auszuschöpfen. Am Ende freilich erwartet jederman den Geist bei der Tafel zu sehen, aber da Sie selbst an diesen Umstand erinnern, so begreift man wohl, daß die Nichterscheinung ihre guten Ursachen haben müsse. Über die Person des Gespenstes werden so viele Hypothesen gemacht werden, als mögliche Subjekte dazu in dem Romane vorhanden sind. Die Majorität bei uns will schlechterdings, daß Mariane der Geist sei oder doch damit in Verbindung stehe. Auch sind wir geneigt, den weiblichen Kobold, der Meistern in seinem Schlafzimmer in die Arme zu packen kriegt, für Eine Person mit dem Geist zu halten. Bei der letzteren Erscheinung habe ich aber doch auch an Mignon gedacht, die an dem heutigen Abend sehr viele Offenbarungen über ihr Geschlecht scheint erhalten zu haben. Sie sehen aus dieser kleinen hermeneutischen Probe, wie gut Sie Ihr Geheimnis zu bewahren gewußt.

Das Einzige, was ich gegen dieses Vte Buch zu erinnern habe, ist, daß es mir zuweilen vorkam, als ob Sie demjenigen Teile, der das Schauspielwesen ausschließend angeht, mehr Raum gegeben hätten, als sich mit der freien und weiten Idee des Ganzen verträgt. Es sieht zuweilen aus, als schrieben Sie *für* den Schauspieler, da Sie doch nur *von* dem Schauspieler schreiben wollen. Die Sorgfalt, welche Sie gewissen kleinen Details in dieser Gattung widmen, und die Aufmerksamkeit auf einzelne kleine Kunstvorteile, die zwar dem Schauspieler und Direktor, aber nicht dem Publikum wichtig sind, bringen den falschen Schein eines *besondern Zweckes* in die Darstellung, und wer einen solchen Zweck auch nicht vermutet, der möchte Ihnen gar schuld geben, daß eine Privatvorliebe für diese Gegenstände Ihnen zu mächtig geworden sei. Könnten Sie diesen Teil des Werkes füglich in engere Grenzen einschließen, so würde dies gewiß gut für das Ganze sein.

Jetzt noch ein Wort über Ihre Briefe an den Redakteur der Horen. Ich habe schon ehemals daran gedacht, daß wir wohl daran tun würden, einen kritischen Fechtplatz in den Horen zu eröffnen. Aufsätze dieses Inhalts bringen ein augenblickliches Leben in das Journal und erregen ein sicheres Interesse beim Publikum. Nur dürften wir, glaube ich, das Heft nicht aus den Händen geben, welches geschehen würde, wenn wir dem Publikum und den Autoren ein gewisses Recht durch unsre förmliche Einladung einräumten. Von dem Publikum hätten wir sicherlich nur die elendesten Stimmen zu erwarten, und die Autoren würden sich, wie man Beispiele hat, sehr beschwerlich machen. Mein Vorschlag wäre, daß wir die Angriffe aus unserm eigenen Mittel machen müßten: wollten dann die Autoren sich in den Horen verteidigen, so müßten sie sich den Bedingungen unterwerfen, die wir ihnen vorschreiben wollen. Auch wäre deshalb mein Rat, sogleich mit der Tat und nicht mit der Proposition anzufangen. Es schadet uns nichts, wenn man uns für unbändig und ungezogen hält.

Was würden Sie dazu sagen, wenn ich mich, im Namen eines Herrn von X., gegen den Verfasser des Wilhelm Meister beschwerte, daß er sich so gern bei dem Schauspielervolk aufhält, und die *gute Sozietät* in seinem Roman vermeidet? (Sicherlich ist dies der allgemeine Stein des Anstoßes, den die feine Welt an dem Meister nimmt, und es wäre nicht überflüssig, auch nicht uninteressant, die Köpfe darüber zurechtzustellen. Wenn Sie antworten wollen, so will ich Ihnen einen solchen Brief fabrizieren.)

Ich hoffe, daß es mit Ihrer Gesundheit jetzt wieder besser geht. Der Himmel segne Ihre Geschäfte und hebe Ihnen noch recht viele so schöne Stunden auf, wie die waren, in denen Sie den Meister schrieben.

Auf die Beiträge zu dem Almanach und auf die Unterhaltungen, wozu Sie mir Hoffnung gemacht haben, harre ich mit großem Verlangen. In meinem Haus geht es besser. Alles grüßt Sie.

Sch.

76. An Schiller

Ihre Zufriedenheit mit dem fünften Buche des Romans war mir höchst erfreulich und hat mich zur Arbeit, die mir noch bevorsteht, gestärkt. Es ist mir sehr angenehm, daß die wunderlichen und spaßhaften Geheimnisse ihre Wirkung tun und daß mir, nach Ihrem Zeugnisse, die Ausführung der angelegten Situationen geglückt ist. Um so lieber habe ich Ihre Erinnerungen, wegen des theoretisch-praktischen Gewäsches, genutzt und bei einigen Stellen die Schere wirken lassen. Dergleichen Reste der früheren Behandlung wird man nie ganz los, ob ich gleich das erste Manuskript fast um ein Drittel verkürzt habe.

Über das, was mit dem Briefe an den Herausgeber oder bei Gelegenheit desselben anzufangen ist, werden wir bei einer Unterredung leicht einig werden. Ich werde etwa zu Ende der andern Woche bei Ihnen sein und womöglich die versprochene Erzählung mitbringen.

Auf den Sonnabend schicke ich Meyers Aufsatz über *Johann Bellin*; er ist sehr schön, nur leider zu kurz. Haben Sie die Güte, uns die Einleitung, die Sie schon in Händen haben, wieder zurückzuschicken, weil noch einiges darin zu supplieren ist. Wenn er den *Mantegna* noch dazu fügen könnte, so wär es ein Gewinn für das siebente Stück.

Es ist mir angenehm, daß Ihnen der neue Tragelaph nicht ganz zuwider ist; es ist wirklich schade für den Menschen, er scheint sehr isoliert zu leben und kann deswegen bei manchen guten Partien seiner Individualität nicht zur Reinigung seines Geschmacks kommen. Es scheint leider, daß er selbst die beste Gesellschaft ist, mit der er umgeht. Sie erhalten noch zwei Bände dieses wunderlichen Werks.

Die vier Wochen in Karlsbad denke ich einer Revision meiner naturwissenschaftlichen Bemühungen zu widmen; ich will sehen, daß ich ein Schema dessen, was ich schon getan habe und wohin ich mich zunächst wenden muß, aufsetze, um nur erst ein Fachwerk für die vielen zerstreuten Erfahrungen und Betrachtungen bereit zu haben.

Was sagen Sie zu einer Schrift, aus der ich Ihnen beiliegende Stelle abschreiben lasse?

Leben Sie recht wohl mit den Ihrigen und grüßen Humboldts.

Weimar, den 18. Juni 1795 Goethe

77. An Goethe

Jena, den 19. Juni 1795

Hier folgt das Manuskript von Meyern nebst meinem besten Gruß. Daß ich so bald etwas von ihm zu erwarten habe, ist mir sehr tröstlich. Wenn es ihm indessen bloß an Zeit fehlt, um noch den Mantegna folgen zu lassen, so kann ich ihm diese vielleicht geben, da ich von Freund Fichte einen Aufsatz erwarte und nun auf die Unterhaltungen sicher rechnen darf. Nächsten Montag kann ich bestimmter wissen, wie ich daran bin.

Daß Sie meine Erinnerungen, das Vte Buch des Romans betreffend, Ihrer Aufmerksamkeit wert achten, freut mich und gibt mir neuen Mut. Ich fühle indessen mit der Liebe, die ich für dieses Werk Ihres Geistes hege, auch alle Eifersucht wegen des Eindrucks, den es auf andere macht, und ich möchte mit dem nicht gut Freund sein, der es nicht zu schätzen wüßte.

Aus welchem Tollhause Sie das vortreffliche Fragment mögen aufgegriffen haben, weiß ich nicht, aber nur ein Verrückter kann so schreiben. Freund Obereit könnte es wohl geschrieben haben, doch zweifle ich daran. Es hat mir vielen Spaß gemacht.

Gleich geht die Post. Ich freue mich sehr darauf, Sie bald wieder zu sehen. Sch.

78. *An Schiller*

Eine Erzählung für die Horen und ein Blättchen für den Almanach mögen meine Vorläufer sein. Montags bin ich bei Ihnen und es wird sich manches bereden lassen. Voß grüßt und bietet eine antiquarische Abhandlung über die *Hähne* der Götter und allenfalls ein Stück alte Geographie an.

Herder verspricht baldigst etwas über den Homer. Wenn noch was von Jacobi käme, so wäre es recht gut.

Ich verlange zu sehen, was Sie gearbeitet haben.

Empfehlen Sie mich Ihrer lieben Frauen und Humboldts, ich freue mich, Sie wieder zu sehen.

Weimar, den 27. Juni 1795 Goethe

79. *An Goethe*

Jena, den 6. Juli 1795

Eine große Expedition der Horen, die ich heute habe, läßt mir nur einige Augenblicke frei, um Sie zu Ihrer Ankunft in Karlsbad, welche, wie ich hoffe, glücklich gewesen ist, zu begrüßen. Ich freue mich, daß ich von den 30 Tagen Ihrer Abwesenheit viere wegstreichen darf.

Von Fichte habe ich einen Brief erhalten, worin er mir zwar das Unrecht, das ich ihm getan, sehr lebhaft demonstriert, dabei aber sehr bemüht ist, nicht mit mir zu brechen. Bei aller nicht unterdrückten Empfindlichkeit hat er sich sehr zu mäßigen gewußt und ist bemüht, den Räsonnablen zu spielen. Daß er mir schuld gibt, seine Schrift ganz mißverstanden zu haben, ist eine Sache, die sich von selbst versteht. Daß ich ihm aber Verworrenheit der Begriffe über seinen Gegenstand schuld gab, das hat er mir kaum verzeihen können. Er will mir seinen Aufsatz, wenn er ganz fertig ist, zum Lesen schicken und erwartet, daß ich alsdann mein übereiltes Urteil widerrufen werde. So stehen die Sachen, und ich muß ihm das Zeugnis geben, daß er sich in dieser kritischen Situation noch ganz gut benommen hat. Sie sollen seine Epistel lesen, wenn Sie zurückkommen.

Von hiesigen Novitäten weiß ich Ihnen nichts zu schreiben, als daß die Tochter von Hofrat Schütz wirklich gestorben ist, er selbst aber sich erträglich befindet.

Woltmann, der mich vor einigen Tagen besuchte, versicherte mir, daß nicht *Fichte*, sondern ein gewisser *Fernow* (ein junger Maler, der hier studierte, auch Gedichte macht und mit Baggesen eine Zeitlang reiste) Verfasser des Aufsatzes im Merkur über den Stil in den bildenden Künsten sei. Baggesen selbst erzählte dieses und erklärte dabei, daß jener Aufsatz das Sublimste sei, was je über diesen Gegenstand geschrieben worden. Ich hoffe also, Sie werden dem großen Ich in Oßmannstedt im Herzen Abbitte tun und wenigstens diese Sünde von seinem schuldigen Haupte nehmen.

Woltmann sagt mir, daß er angefangen habe, an einem Roman zu arbeiten, welches ich freilich mit seiner übrigen historischen Aktivität nicht recht reimen kann.

Von Humboldt habe noch keine Nachricht. Daß Ihr Aufenthalt im Karlsbad recht fruchtbar für Ihre Gesundheit und für die mitgenommenen Beschäftigungen sein möchte, wünsche ich von Herzen. Sollte sich eine Gelegenheit finden, mir den Rest des Vten Buchs zu schicken, so würden Sie mir eine große Freude damit machen.

Von den Horen habe ich 2 Exemplarien nach Ihrer Vorschrift verschickt.

Meine Frau empfiehlt sich Ihnen bestens. Leben Sie recht wohl und behalten uns in freundschaftlichem Angedenken. Sch.

80. *An Schiller*

Die Gelegenheit, Ihnen durch Fräulein von Göchhausen diesen Brief zu übersenden, versäume ich nicht. Nach überstandenen leidlichen und bösen Wegen bin ich am 4ten abends angelangt;

das Wetter war bis heute äußerst schlecht, und der erste Sonnenblick scheint nur vorübergehend zu sein. Die Gesellschaft ist zahlreich und gut, man beklagt sich, wie immer, über den Mangel an Harmonie, und jeder lebt auf seine Weise. Ich habe nur gesehen und geschwätzt; was sonst werden und gedeihen wird, muß abgewartet werden. Auf alle Fälle habe ich gleich einen kleinen Roman aus dem Stegreife angeknüpft, der höchst nötig ist, um einen morgens um 5 Uhr aus dem Bette zu locken. Hoffentlich werden wir die *Gesinnungen* dergestalt mäßigen, und die *Begebenheiten* so zu leiten wissen, daß er vierzehn Tage aushalten kann.

Als berühmter Schriftsteller bin ich übrigens recht gut aufgenommen worden, wobei es doch nicht an Demütigungen gefehlt hat. Z. B. sagte mir ein allerliebstes Weibchen: sie habe meine letzten Schriften mit dem größten Vergnügen gelesen, besonders habe sie *Giaffar, der Barmecide*, über alle Maßen interessiert. Sie können denken, daß ich mit der größten Bescheidenheit mich in Freund Klingers hinterlaßne arabische Garderobe einhüllte und so meiner Gönnerin in dem vorteilhaftesten Lichte erschien. Und ich darf nicht fürchten, daß sie in diesen drei Wochen aus ihrem Irrtume gerissen wird.

Die vielen Menschen, unter denen sehr interessante sind, lerne ich nach und nach kennen und werde Ihnen manches zu erzählen haben.

Indem ich auf meiner Herreise einige alte Märchen durchdachte, ist mir verschiednes über die Behandlungsart derselben durch den Kopf gegangen. Ich will ehstens eins schreiben, damit wir einen Text vor uns haben. Leben Sie recht wohl mit den Ihrigen und denken mein.

Karlsbad, den 8. Juli 1795 G.

81. An Schiller

Karlsbad, den 19. Juli 1795

Ihren lieben Brief vom 6ten habe ich erst den 17ten erhalten; wie danke ich Ihnen, daß Sie mir in den Strudel einer ganzen fremden Welt eine freundliche Stimme erschallen lassen. Gegenwärtiges nimmt Fräulein von Beulwitz mit, ich hoffe, es soll balde bei Ihnen anlangen.

Die Kur schlägt sehr gut an, ich halte mich aber auch wie ein echter Kurgast und bringe meine Tage in einem absoluten Nichtstun zu, bin beständig unter den Menschen, da es denn nicht an Unterhaltung und an kleinen Abenteuern fehlt. Ich werde mancherlei zu erzählen haben.

Dagegen ist aber auch weder das fünfte Buch des Romans abgeschrieben, noch irgend ein Epigramm gelungen, und wenn die andre Hälfte meines hiesigen Aufenthaltes der ersten gleich ist, so werde ich an guten Werken arm zurückkehren.

Mir war sehr lieb zu hören, daß das Oßmannstedter Ich sich zusammengenommen hat und daß auf Ihre Erklärung kein Bruch erfolgt ist; vielleicht lernt er nach und nach Widerspruch ertragen.

Auch mir ist durch Madame Brun die sublime Abhandlung Fernows im Merkur angepriesen und also der Name des Autors entdeckt worden. Leider spukt also dieser Geist anmaßlicher Halbheit auch in Rom, und unsre Freundin wird wahrscheinlicher Weise dort mit den drei Stilen näher bekannt werden. Welch eine sonderbare Mischung von Selbstbetrug und Klarheit diese Frau zu ihrer Existenz braucht, ist kaum denkbar, und was sie und ihr Zirkel sich für eine Terminologie gemacht haben, um das zu *beseitigen,* was ihnen nicht ansteht, und das, was sie besitzen, als die Schlange Mosis aufzustellen, ist höchst merkwürdig.

Doch ausführlich von allem diesem und anderm, wenn ich zurückkomme. Die Finger erstarren mir für Kälte, das Wetter ist entsetzlich und die Unbehaglichkeit allgemein.

Leben Sie desto wohler und wärmer und gedenken mein. G.

82. An Goethe

Jena, den 20. Juli 1795

Daß ich seit den letzten 12 Tagen mich schlimm befunden und dadurch abgehalten worden, Ihnen Nachricht von mir zu geben, hat meine Frau Ihnen geschrieben. Hoffentlich haben Sie diesen und einen Brief von mir, der 4 Tage nach Ihnen von hier abging, richtig erhalten.

Der Ihrige hat mich sehr erfreut, und ich wünsche herzlich, daß Ihnen die Klingerische Maske recht viele freundliche Abenteuer zuwenden möge. Ich halte es für gar nichts Schlechtes, sich unter einem *solchen* Namen bei Damen wohl aufgenommen zu sehen, denn das Schwierigste ist alsdann schon abgetan.

Ich bin gleich ungeduldig zu hören, wie Sie mit Ihrer Gesundheit und mit Ihren Beschäftigungen vorwärts gerückt sind. Auf den Rest des V. Buches freue ich mich sehr. Was ich unterdessen von dem Centaur erfahren, klang noch ganz gut. Über die Elegien freut sich alles, und niemand denkt daran, sich daran zu skandalisieren. Die eigentlich gefürchteten Gerichtshöfe haben freilich noch nicht gesprochen. Auch ich habe über meinen Anteil an dem Centaur mein Teil Lob weg, ja ich bin noch glücklicher sogar als Sie, denn kaum 8 Tage nach Erscheinung dieses Stücks erhielt ich von einem Leipziger Schriftsteller ein förmliches Gedicht zu meinem Lobe.

Es sind unterdessen zwei neue Aufsätze von Orten, wo ich nichts erwartete, für die Horen eingelaufen. Der eine darunter handelt von griechischer und gotischer Baukunst und enthält, in einem ziemlich vernachlässigten Stil und bei vielem Unbedeutenden, manchen sinnreichen Einfall. Nach langen Deliberationen, ob ich ihn aufnehmen solle, bestimmte mich die Zweckmäßigkeit und Neuheit des Gegenstandes für die Horen, besonders da er nicht groß ist, ihn aufzunehmen. Der zweite, auch nicht einmal einen Bogen stark, untersucht die Ideen der Alten vom Schicksal. Er ist von einem vortrefflichen Kopf und scharfen Denker, ich werde ihn daher ohne Anstand brauchen können. Erst vor einer Stunde erhielt ich ihn.

Jacobi hat nun seine Abhandlung geschickt. Sie enthält viel Vortreffliches, besonders über die Billigung in Beurteilung fremder Vorstellungsarten, und atmet durchaus eine liberale Philosophie. Den Gegenstand kann ich Ihnen nicht wohl bestimmen. Unter der Aufschrift: Zufällige Ergießungen eines einsamen Denkers (in Briefen an Ernestine) wird von mancherlei Dingen gehandelt.

Von Herdern habe ich weder Manuskript noch Nachricht seit vielen Wochen. Humboldt ist glücklich angelangt, hat aber seine Mutter sehr krank angetroffen.

Meine Poesien rücken sehr langsam vorwärts, da ich ganze Wochen lang zu jeder Arbeit untüchtig war. Etwas sollen Sie aber doch finden, wenn Sie kommen. Von hiesigen Novitäten weiß ich Ihnen gar nichts zu schreiben.

Leben Sie recht wohl, und der Himmel bringe Sie gesund und heiter zurück.

Sch.

83. *An Schiller*

Ein Brief kann doch noch früher als ich selbst ankommen, darum will ich Ihnen für Ihr letztes danken. Ihr erster Brief war 11 Tage unterwegs, der zweite 5 und der letzte 7. So ungleich gehen die Posten hierher.

Es tut mir leid, daß Sie inzwischen aus Not gefeiert haben, indes meine Tagedieberei willkürlich genug war. Ich habe mein einmal angefangnes Leben fortgesetzt, nur mit der Gesellschaft existiert und mich dabei ganz wohl gefunden. Man könnte 100 Meilen reisen und würde nicht so viel Menschen und so nah sehn. Niemand ist zu Hause, deswegen ist jeder zugänglicher und zeigt sich doch auch eher von seiner günstigen Seite. Das fünfte Buch ist abgeschrieben, und das sechste kann in einigen Tagen fertig sein. An den Epigrammen ist wenig geschehen und sonst gar nichts.

Ich wünsche Glück zu den neuen Beiträgen und bin neugierig sie zu lesen.

Nach Ihnen ist viel Nachfrage und ich antworte, je nachdem die Menschen sind. Überhaupt hat das Publikum nur den dunkelsten Begriff vom Schriftsteller. Man hört nur uralte Reminiszenzen; von seinem Gange und Fortschritte nehmen die wenigsten Notiz. Doch muß ich billig sein und sagen, daß ich einige gefunden habe, die hierin eine merkwürdige Ausnahme machen.

Das sechste Stück der Horen ist noch nicht in diese Gebirge gedrungen, ich habe bei *Calve* von Prag schon Beschlag darauf gelegt.

Leben Sie wohl, grüßen Sie die liebe Frau.

Karlsbad, den 29. Juli 1795 G.

84. An Goethe

[Jena, den 11. August 1795]

Die Erwartung steigt noch immer, aber man sieht doch schon von ferne, daß der Wald anfängt, lichter zu werden. Die Erinnerung an Marianen tut viel Wirkung und Mignon wächst mit jedem Buch mehr heran. Der düstre Harfenspieler wird immer düsterer und geisterhafter und Philine gefällt mir noch immer trefflich wohl. Man freut sich, wie Sie in diesem Buch vorhergegangene Personen und Szenen wieder ins Gedächtnis bringen.

Der vielen Schreibfehler wegen, auch wegen einiger Ungleichheiten in der Schreibart (bald des Publi*kums*, bald des Publi*ci* u. s. w.) ist noch viel Aufmerksamkeit zu empfehlen. In dem Gedicht am Schluß haben Sie ein Wort lang gebraucht, das durch die Stellung notwendig kurz wird, und ein Zeitwort kurz, das lang bleiben muß.

Verzeihen Sie mein Geschmiere. Ich muß eilen, um das Manuskript nicht länger aufzuhalten.

Bald hoffe ich wieder von Ihnen zu hören und wünsche Glück zur Ankunft in Weimar. Meyern meinen freundlichen Gruß.

Sch.

85. An Schiller

Hier schicke ich Ihnen endlich die Sammlung Epigrammen, auf einzelnen Blättern, numeriert, und der bessern Ordnung willen noch ein Register dabei; meinen Namen wünschte ich aus mehreren Ursachen nicht auf den Titel. Mit den Mottos halte ich vor ratsam auf die Antiquität hinzudeuten.

Bei der Zusammenstellung habe ich zwar die zusammengehörigen hintereinander rangiert, auch eine gewisse Gradation und Mannigfaltigkeit zu bewürken gesucht, dabei aber, um alle Steifheit zu vermeiden, vornherein, unter das venetianische Lokal, Vorläufer der übrigen Arten gemischt. Einige, die Sie durchstrichen hatten, habe ich durch Modifikation annehmlich zu machen gesucht. Nro. 78 wünsche ich, so unbedeutend es ist, an diesem Platze, um die Schule zu reizen und zu ärgern, die, wie ich höre, über mein Stillschweigen triumphiert und ausstreut: ich würde die Sache fallen lassen. Haben Sie sonst noch Bedenken, so teilen Sie mir es mit, wenn es die Zeit erlaubt, wo nicht, so helfen Sie ihm selbst ohne Anstand ab.

Ich wünschte einige Exemplare von diesem Büchlein besonders zu erhalten, um sie zum Gebrauch bei einer künftigen neuen Ausgabe beiseite zu legen.

Wollten Sie wegen der Druckfehler noch besondere Warnung ergehen lassen; in den Elegien sind einige sehr unangenehme eingeschlichen.

Sobald der Almanach heraus ist, könnte man zu den Elegien und Epigrammen kurze Noten machen, dabei der Druckfehler erwähnen und den Aufsatz in die Horen einrucken, welches von mancherlei Nutzen sein würde; wie leicht könnte man dieser wirklich unentbehrlichen Noten am Ende des Büchleins mit einigen Worten gedenken.

Ich schicke dieses Paket durch einen Boten, damit es Ihnen so früh als möglich zukomme und damit ich den Roman wieder zurückerhalte, mit welchem ich auch nicht länger zaudern darf.

Ich sehe voraus, daß ich anfangs September nach Ilmenau muß und daß ich unter zehn bis vierzehn Tagen dort nicht loskomme; bis dahin liegt noch vielerlei auf mir, und ich wünschte noch von

Ihnen zu wissen, was Sie zu den Horen bedürfen. Soviel ich übersehe, könnte ich folgendes leisten:

August.	Unterhaltungen, Schluß der letzten Geschichte. Hymnus, den ich mir zu diesem Ende zurück erbitte.
September.	Drama und Roman.
	Das Märchen. Ich würde die Unterhaltungen damit schließen, und es würde vielleicht nicht übel sein, wenn sie durch ein Produkt der Einbildungskraft gleichsam ins Unendliche ausliefen.
Oktober.	Fortsetzung des Märchens.
	Noten zu den Elegien und Epigrammen.
November und Dezember.	Ankündigung von Cellini, und wenn es möglich wäre, etwas von Faust.

Mit diesem letzten geht mirs wie mit einem Pulver, das sich aus seiner Auflösung nun einmal niedergesetzt hat; solange Sie dran rütteln, scheint es sich wieder zu vereinigen, sobald ich wieder für mich bin, setzt es sich nach und nach zu Boden.

Schreiben Sie mir vor allen, wie Sie sich befinden, und wie Ihre Arbeiten gehn, und leben recht wohl.

Weimar, den 17. August 1795 G.

86. An Goethe

[Jena,] den 17. August 1795

Ich nahm Ihre neuliche Zusage nach dem Buchstaben und rechnete darauf, Sie morgen, als den Dienstag, gewiß hier zu sehen: dies ist Ursache, daß ich den Meister so lange behielt und Ihnen auch nichts darüber schrieb. Sehr hätte ich gewünscht, mit Ihnen über dieses VIte Buch mündlich zu sprechen, weil man sich in einem Brief nicht auf alles besinnt und zu solchen Sachen der Dialog unentbehrlich ist. Mir deucht, daß Sie den Gegenstand von keiner glücklichern Seite hätten fassen können, als die Art ist, wie Sie den stillen Verkehr der Person mit dem Heiligen in sich eröffnen. Dieses Verhältnis ist zart und fein, und der Gang, den Sie es nehmen lassen, äußerst übereinstimmend mit der Natur.

Der Übergang von der Religion überhaupt zu der christlichen durch die Erfahrung der Sünde ist meisterhaft gedacht. Überhaupt sind die leitenden Ideen des Ganzen trefflich, nur, fürchte ich, etwas zu leise angedeutet. Auch ich will Ihnen nicht dafür stehen, daß nicht manchen Lesern vorkommen wird, als wenn die Geschichte stille stünde. Hätte sich manches näher zusammenrücken, anderes kürzer fassen, hingegen einige Hauptideen mehr ausbreiten lassen, so würde es vielleicht nicht übel gewesen sein. Ihr Bestreben, durch Vermeidung der trivialen Terminologie der Andacht Ihren Gegenstand zu purifizieren und gleichsam wieder ehrlich zu machen, ist mir nicht entgangen; aber einige Stellen habe ich doch angestrichen, an denen, wie ich fürchte, ein christliches Gemüt eine zu „leichtsinnige" Behandlung tadeln könnte.

Dies wenige über das, was Sie gesagt und angedeutet. Dieser Gegenstand ist aber von einer solchen Art, daß man auch über das, was nicht gesagt ist, zu sprechen versucht wird. Zwar ist dieses Buch noch nicht geschlossen, und ich weiß also nicht, was etwa noch nachkommen kann, aber die Erscheinung des Oheims und seiner gesunden Vernunft scheint mir doch eine Krise herbeizuführen. Ist dieses, so scheint mir die Materie doch zu schnell abgetan, denn mir deucht, daß über das *Eigentümliche* christlicher Religion und christlicher Religionsschwärmerei noch zu wenig gesagt sei; daß dasjenige, was diese Religion einer schönen Seele sein kann, oder vielmehr was eine schöne Seele daraus machen kann, noch nicht genug angedeutet sei. Ich finde in der christlichen Religion *virtualiter* die Anlage zu dem Höchsten und Edelsten, und die verschiedenen Erscheinungen derselben im Leben scheinen mir bloß deswegen so widrig und abgeschmackt, weil sie verfehlte Darstellungen dieses Höchsten sind. Hält man sich an den eigentümlichen Charakterzug des Christentums, der es von allen monotheistischen Religionen unterscheidet, so liegt er in nichts anderm als in der *Aufhebung des Gesetzes* oder des Kantischen Imperativs, an dessen Stelle das Christentum eine freie Neigung gesetzt haben will. Es ist also in seiner reinen Form Darstellung *schöner* Sittlichkeit oder der Menschwerdung des Heiligen, und in diesem Sinn die einzige *ästhetische* Religion; daher ich es mir auch erkläre, warum diese Religion bei der weiblichen Natur so viel Glück macht, und nur in Weibern noch in einer gewissen erträglichen Form angetroffen wird. Doch ich mag in einem Brief über diese kitzlichte Materie nichts weiter vorbringen, und bemerke bloß noch, daß ich diese Saite ein wenig hätte mögen klingen hören.

Ihre Wünsche, die Epigramme betreffend, sollen pünktlich erfüllet werden. Die Druckfehler in den Elegien haben mich auch sehr verdrossen, und ich habe den wichtigsten im Intelligenzblatt der Lit[eratur-]Z[eitung] sogleich anzeigen lassen: es sind aber

Fehler des Kopisten, nicht des Setzers, und lassen sich also künftig um so eher verhüten.

Mit der Ausführung dessen, was Sie für die restierenden Monate in die Horen versprechen, werden Sie mir große Freude machen, und noch einmal wiederhole ich meine Fürbitte wegen Faust. Lassen Sie es auch nur eine Szene von 2 oder 3 Seiten sein. Das Märchen wird mich recht herzlich erfreuen und die Unterhaltungen für dieses Jahr schön schließen.

Ich habe in dieser Woche mich zwar körperlich nicht besser befunden, aber doch Lust und Laune zu einigen Gedichten gehabt, die meine Sammlung vermehren werden.

Meine Frau wünscht zu erfahren, ob die Nadeln, in welche Sie das sechste Buch neulich gepackt haben, Symbole von Gewissensbissen vorstellen sollen.

Leben Sie recht wohl. Ich sehne mich, Sie bald zu sehen und unsern Freund Meyer. Schiller

87. An Schiller

Hierbei schicke ich einige Stücke Horen, die ich überflüssig habe. Können Sie mir dagegen gelegentlich Nro. I und II auf Schreibpapier und Nro. IV auf holländisch Papier verschaffen, so wären meine übrigen Exemplare komplett.

Da Meyer nun sich zur Abreise anschickt, werden wir Sie bald möglichst besuchen, um uns Ihren Rat und Segen zu erbitten.

Grüßen Sie die liebe Frau und leben recht wohl.

[Weimar,] den 17. August 1795 G.

88. An Schiller

An dem Hymnus, der hierbei folgt, habe ich so viel getan, als die Kürze der Zeit und die Zerstreuung, in der ich mich befinde, erlauben wollen. Den Beschluß der Geschichte und den Übergang zum Märchen übersende ich baldmöglichst, ich glaube aber nicht, daß es einen gedruckten Bogen ausfüllen wird. Zu dem Märchen selbst habe ich guten Mut; es unterhält mich und wird also doch wohl auch einigermaßen für andere unterhaltend sein.

Ihr Zeugnis, daß ich mit meinem siebenten [sechsten] Buche wenigstens glücklich vor der Klippe vorbei geschifft bin, ist mir von großem Werte, und Ihre weitere Bemerkungen über diese Materie haben mich sehr erfreut und ermuntert. Da die Freundin des sechsten Buchs aus der Erscheinung des Oheims sich nur so viel zueignet, als in ihren Kram taugt, und ich die christliche Religion in ihrem reinsten Sinne erst im achten Buche in einer folgenden Generation erscheinen lasse, auch ganz mit dem, was Sie darüber schreiben, einverstanden bin, so werden Sie wohl am Ende nichts Wesentliches vermissen, besonders wenn wir die Materie noch einmal durchsprechen.

Freilich bin ich sehr leise aufgetreten und habe vielleicht dadurch, daß ich jede Art von Dogmatisieren vermeiden und meine Absichten völlig verbergen wollte, den Effekt aufs große Publikum etwas geschwächt; es ist schwer, in solchen Fällen den Mittelweg zu halten.

Leben Sie recht wohl; Meyer grüßt vielmals. Sagen Sie der lieben Frau, daß sie meine symbolischen Nadeln gesund brauchen und verlieren möge. Nächstens mehr.

Weimar, den 18. August 1795 G.

89. An Schiller

Mehr ein Übersprung als ein Übergang vom bürgerlichen Leben zum Märchen ist mein diesmaliger Beitrag geworden. Nehmen Sie damit vorlieb.

Herders *Homer*, den ich soeben mit Meyern gelesen, ist fürtrefflich geraten und wird den Horen zu großem Schmucke gereichen; ich will treiben, daß Sie den Aufsatz morgen mit den Botenweibern erhalten. Die erste Portion des Märchens erhalten Sie vor Ende des Monats. Leben Sie recht wohl.

Weimar, den 21. August 1795 G.

90. An Goethe

[Jena,] Freitag abends, 22. [21.] August [1795]

Ich erinnre mich, wie ich einmal vor 7 Jahren in Weimar saß und mir alles Geld bis etwa auf 2 Groschen Porto ausgegangen war, ohne daß ich wußte, woher neues zu bekommen. In dieser Extremität denken Sie sich meine angenehme Bestürzung, als mir eine längst vergessene Schuld der Literatur-Zeitung an demselben Tage übersendet wurde. Das war in der Tat Gottes Finger, und das ist auch Ihre heutige Mission. Ich wußte in der Tat nicht, was ich Cottaen, der Manuskript für das 9te Stück nötig hat, heute senden sollte; und Sie als ein wahrer Himmelsbote senden mir zwar nur etwa 1/2 Bogen, aber doch genug, um mit dem Apollo einen ganzen auszumachen.

Ich werde kaum Zeit haben, dieses Manuskript noch zu lesen, ob ich es gleich in orthographischer Rücksicht sorgfältig durchlaufen will.

Auf Ihr Märchen freue ich mich sehr, denn es scheint unter sehr guten Auspizien zur Welt zu kommen.

Herders Abhandlung soll mir auch eine recht angenehme Apparition sein.

Humboldt begrüßt Sie. Ich werde Ihnen allerlei Curiosa, die Horen und auch etwas den Meister betreffend, zu erzählen haben, wenn Sie hieher kommen, welches ich bald zu tun herzlich bitte.

Leben Sie recht wohl. Sch.

91. An Schiller

Es freut mich, daß meine kleine Gabe zu rechten Zeit kam. Die erste Hälfte des Märchens sollte nach meiner Rechnung auch ins neunte Stück kommen; inwiefern es nötig oder tulich sei, wollen wir Montags bereden, da ich Sie mit Meyern zu besuchen gedenke. Abends gehe ich zurück, denn Mittwochs muß ich endlich nach Ilmenau, von da ich etwa in acht Tagen zurückkomme.

Nur soviel zur Nachricht. Die Botenweiber packen ein.

Weimar, den 22. August 1795 G.

92. An Schiller

Morgen früh gehe ich mit Geh[eimen] Rat Voigt nach Ilmenau und würde bei meinen Streifereien noch heitrer sein, wenn ich Sie zu Hause wohl und nicht so oft durch Krankheit an so manchem Guten gehindert wüßte. Meyer grüßt. Ich wünsche zu vernehmen, daß der gute Effekt des Märchens nachgekommen ist und die Folge den anfänglichen bösen Eindruck wieder ausgelöscht hat. Wenn ich Ihnen Lebewohl sage, so heißt das immer: gebrauchen Sie wie bisher der guten Stunden zu unsrer Freude.

Weimar, den 24.[25.] August 1795 G.

93. An Schiller

Aus dem gesellig müßigen Karlsbad hätte ich in keine entgegengesetztere Existenz kommen können als in das einsam tätige Ilmenau, die wenigen Tage, die ich hier bin, sind mir sehr schnell verstrichen, und ich muß noch acht Tage hier bleiben, wenn ich in den Geschäften nach Wunsch klar werden will. Ich war immer gerne hier und bin es noch; ich glaube, es kommt von der Harmonie, in der hier alles steht. Gegend, Menschen, Klima, Tun und Lassen. Ein stilles, mäßiges ökonomisches Streben, und überall den Übergang vom *Hand*werk zum *Maschinen*werk, und bei der Abgeschnittenheit einen größern Verkehr mit der Welt als manches Städtchen im flachen zugänglichen Lande. Noch habe ich auch keine Idee gehabt, als die hierher paßte, es war aber sehr notwendig, daß ich das Pensum vor Winters absolvierte. Leben Sie recht wohl in andern Regionen und gedenken mein mit der Ihrigen.

Ilmenau, den 29. August 1795 G.

94. An Goethe

Jena, den 29. August 1795

Das Märchen ist bunt und lustig genug, und ich finde die Idee, deren Sie einmal erwähnten, „das gegenseitige Hülfeleisten der Kräfte und das Zurückweisen aufeinander“, recht artig ausgeführt. Meiner Frau hat es viel Vergnügen gemacht; sie findet es im Voltairischen Geschmack, und ich muß ihr recht geben. Übrigens haben Sie durch diese Behandlungsweise sich die Verbindlichkeit aufgelegt, daß alles Symbol sei. Man kann sich nicht enthalten, in allem eine Bedeutung zu suchen. Die vier Könige präsentieren sich gar prächtig, und die Schlange als Brücke ist eine charmante Figur. Sehr charakteristisch ist die schöne Lilie mit ihrem Mops. Das Ganze zeigt sich überhaupt als die Produktion einer sehr fröhlichen Stimmung. Doch hätte ich gewünscht, das Ende wäre nicht vom Anfang getrennt, weil doch beide Hälften einander zu sehr bedürfen, und der Leser nicht immer behält, was er gelesen. Liegt Ihnen also nichts daran, ob es getrennt oder ganz erscheint, so will ich das nächste Stück damit anfangen; ich weiß zum Glück für das neunte Rat, und kommt dann das Märchen im X. Stück auf einmal ganz, so ist es um so willkommener.

An dem Epigramm, das ich beilege, fehlt der Schluß. Seien Sie so gütig, es mir mit ehester Gelegenheit zurückzuschicken.

Mit meiner Gesundheit geht es noch nicht viel besser. Ich fürchte, ich muß die lebhaften Bewegungen büßen, in die mein Poetisieren mich versetzte. Zum Philosophieren ist schon der halbe Mensch genug, und die andere Hälfte kann ausruhen; aber die Musen saugen einen aus.

Seien Sie herzlich gegrüßt zu Ihrem Geburtstag. Sch.

N. S.

An den Herzog habe ich noch keine Exemplare des VIII. Stücks gesendet. Sie sind wohl so gütig, es zu besorgen.

Wenn Sie Herrn von Humboldt zu schreiben haben, so kann ich den Brief einschließen.

95. An Goethe

Jena, den 31. August 1795

Nur zwei Worte heute, Ihnen für Ihr Andenken aus Ilmenau zu danken. Es ist heute der Expeditionstag der Horen, wo ich immer viel zu schreiben habe, da ich die Pakete benutze, um Briefe einzuschließen.

Zu einem kleinen „prosaischen" Amüsement lege ich Ihnen den Extrakt der Subskriptionsliste für die Horen bei, den mir Cotta heute gesendet hat.

Meinen und Herrn von Humboldts Brief, den ich Ihnen nebst den Horen-Paketen vorgestern nach Weimar gesendet, haben Sie, weil es ein großes Paket ist, wohl nicht erhalten. Es ist mir aber daran gelegen, auf einige Punkte daraus schnell Ihre Resolution zu erfahren.

1. schlug ich Ihnen vor, ob wir das Märchen nicht lieber auf einmal im X. Stück geben wollen. Das Publikum ist immer mit dem Abbrechen unzufrieden, und jetzt müssen wir es bei guter Laune erhalten. Für das neunte Stück weiß ich Rat; dies darf Sie also nicht bestimmen, wenn Sie sonst nicht wünschen, daß es getrennt erscheint.

2. fehlt zu dem 101. Epigramm der letzte halbe Pentameter

> – – – Es deutet die fallende Blüte dem Gärtner,
> Daß die liebliche Frucht

Wollen Sie mir diese 2 Punkte mit dem schnellsten beantworten?

Mögen Sie in dem stillen geschäftigen Kreis, wo Sie jetzt sind, recht zufrieden sein und sich unserer Liebe erinnern. Frau von Kalb ist seit einigen Tagen hier und bleibt noch einige Tage. Meine Frau grüßt Sie schönstens. Sch.

N. S. In Nro. 28 steht unterständig, wovon ich nicht weiß, ob es Schreibfehler ist. Es geradezu dafür zu nehmen und *unverständig* dafür zu setzen, wäre in dem Kontexte, worin es steht, eine zu große Kommentators-Freiheit. Übrigens kenne ich kein solches Wort, wenn es wirklich unterständig heißen soll. Resolvieren Sie bald möglichst darauf.

96. An Schiller

Eben, da ich Ihren Brief erhalte, geht eine Gelegenheit nach Weimar. Also einen schönen Gruß aus diesen stillen Gebürgen, in denen ich das schönste Wetter erlebt habe.

Das Epigramm kommt zurück und *ter* ist in *be* verwandelt, so mags wohl noch hingehen.

Der letzte Pentameter des 101. Epigramms mag heißen:

Daß die liebliche Frucht schwellend im Herbste gedeiht.

Das Märchen wünscht ich getrennt, weil eben bei so einer Produktion eine Hauptabsicht ist, die Neugierde zu erregen. Es wird zwar immer auch am Ende noch Rätsel genug bleiben.

Zu dem Zug der Horen wünsche ich Glück, möge sich die Lust und Liebe des Publikums verdoppeln.

Frau von Kalb und Ihrer lieben Frauen empfehlen Sie mich.

Sonntag abend bin ich in Weimar und hoffe Sie bald zu sehen. Leben Sie recht wohl.

Ilmenau, den 3. September 1795 G.

97. An Schiller

Das Paket der Horen mit Ihrem und Herrn von Humboldts Brief hat mich freundlich empfangen, als ich von Ilmenau zurückkam, und ich schreibe zum ersten Gruße nur einige Worte.

Hier das Epigramm, weil Sie wohl keine Abschrift davon haben.

Jacobis Aufsatz ist wunderlich genug. Seinem Ludwig, Lear und Oedipus habe ich, als ein Profaner, nichts abgewinnen können; das zweite aber hat sehr viel Gutes, und wenn man von *seiner* Erklärung über Vorstellungsarten nun auch *seine* Vorstellungsart abzieht, so wird man sie sich leicht übersetzen können.

Die gute Aufnahme meines Märchens erfreut mich und muntert mich auf. Wenn nur Einer von den hundert Kobolden des Alten von Ferney drinne spukt, so bin ich schon zufrieden. Wenn es zusammen ist, wünsche ich über die Intention und das Gelingen Ihre Gedanken zu hören.

Die zweite Hälfte des Märchens und der Schluß des sechsten Buches des Romans sind nun meine nächsten Arbeiten. Wann müssen Sie das Märchen haben?

Möchte Ihnen doch Ihr erster Ausritt ins Gebiet der Dichtkunst nach einer so langen Pause besser bekommen sein. Könnten Sie doch einige Zeit sich Ruhe lassen!

Grüßen Sie die liebe Frau und behalten mich lieb.

Weimar, den 7. September 1795 G.

98. An Goethe

Jena, den 9. September 1795

Zur Zurückkunft nach W[eimar] wünschen wir Ihnen Glück. Warum kann ich nicht diese kleinen Veränderungen mit Ihnen teilen, die Leib und Seele stärken!

Das Märchen kann nun erst im X. Stück der Horen erscheinen, da ich in der Zeit, daß ich Ihre Resolution erwartete, das nächste beste aus meinen Abhandlungen zum IXten Stück habe absenden müssen. Auch ist es im Xten Stück noch nötiger, weil ich zu diesem sonst noch keine glänzende Aussichten habe. Wollen Sie es alsdann noch getrennt, so kann der Schluß im eilften Stücke nachfolgen. Ich bin aber nie für das Trennen, wo dieses irgend zu verhindern ist, weil man das Publikum nicht genug dazu anhalten kann, das Ganze an einer Sache zu übersehen und darnach zu urteilen.

Wenn das VIte Buch des Meisters fertig ist, so denken Sie doch wohl noch auf etwas zu den Horen, was in eins der letzten Stücke kann eingerückt werden. Wir müssen jetzt mit allen Segeln zu fahren suchen, denn ich weiß von mehreren Orten, auch aus Cottas Briefen, daß wir gar nicht sicher sind, unsere dermaligen Subskribenten auch fürs nächste Jahr zu behalten.

Für das 9te Stück habe ich noch redlich getan, was ich konnte. Ich habe alle die größeren und kleineren Gedichte von mir, welche für den Almanach nicht schlechterdings nötig waren, darin eingerückt, so daß dieses Stück nun 17 Artikel enthält, worüber man gewaltige Augen machen wird. Das Inhaltsverzeichnis will ich Ihnen beilegen.

Diese Zeit über, daß Sie weg sind, habe ich zwischen prosaischen und poetischen Arbeiten abgewechselt. Eine über das Naive angefangene Abhandlung scheint gelingen zu wollen; die Materie wenigstens entwickelt sich, und ich sehe mich auf einigen sehr glücklichen Spuren.

Ich hoffe, wir sehen Sie bald wieder. Meine Frau begrüßt Sie.

Sch.

Neuntes Stück

1. Reich der Schatten
2. Beiträge zur Geschichte der neuern bildenden Kunst
3. Unterhaltungen. Fortsetzung
4. Hymne auf Apollo
5. Schwarzburg. Gedicht von Madame Mereau
6. Herders Homer
7. Natur und Schule von mir
8. Verschleiertes Bild, *item*
9. Über die notwendigen Grenzen des Schönen, besonders im Vortrag philosophischer Wahrheiten. Abhandlung von mir
10. Deutsche Treue
11. An einen Weltverbesserer
12. Antike an einen Wanderer
13. Der philosophische Egoist
14. Das Höchste
15. Weisheit und Klugheit
16. Ilias
17. Unsterblichkeit

(10.–17.: Gedichte von mir)

99. An Goethe

Jena, den 13. September 1795

Nur ein kleines Lebenszeichen. Ich kann mich gar nicht daran gewöhnen, Ihnen 8 Tage nichts zu sagen und nichts von Ihnen zu hören.

Sonst ist hier bei mir alles in altem guten und schlechten Stand. Aus dem Zimmer kann ich noch immer nicht, aber die Arbeiten gehen darum doch ihren Gang. *Sie* denke ich mir jetzt mit

Meyers Instruktion beschäftigt, der wahrscheinlich bald abreiset. Grüßen Sie ihn aufs beste von mir.

Ich wünschte zu wissen, ob es bei Vicenza ist, wo die schöne Brücke mit Einem Bogen (über die Etsch, wie ich denke) geführt ist. Schreiben Sie mir doch ein Wort darüber. Ich brauche diese Brücke zu einem Hexameter.

Wenn Sie sich nur entschließen wollten, für die 3 letzten Horenstücke noch ein Almosen von einem Dutzend Epigramme oder ähnlicher poetischen kleinen Sachen beizusteuern. Ich will auch Herdern darum ersuchen und selbst einige Gedanken dafür zu ertappen suchen. Solche kleine Sachen vermehren auf eine wohlfeile Art die Zahl, erfreuen dabei jeden Leser, und prangen auf dem Inhaltsverzeichnis der Stücke so gut als die größten Sachen. Dadurch habe ich es gezwungen, daß das 9te Stück 17 Artikel enthält.

In dem neuesten Stück des Archivs der Zeit findet sich eine Replique auf Ihren Aufsatz: Litterarischer Sansculottism. Ich habe sie aber noch nicht gelesen, nur bloß die Anzeige davon in der Hamburger Zeitung. Sollten Sie das Stück in Weimar bald erhalten, so seien Sie doch so gütig, es mir mitzuteilen.

Der Almanach kommt noch zustande und wird gerade jetzt unter dem Druck sein. Humboldt wird nun in 3 Wochen wieder hier sein, wenn nichts dazwischen kommt.

Meine Frau grüßt Sie bestens. Seien Sie nicht zu fleißig und bleiben Sie auch nicht zu lange von Jena weg. Sch.

100. An Schiller

Diese Tage habe ich Ihnen nicht geschrieben, weil ich einen Besuch zu Ihnen vorhatte, der mir aber nicht gelungen ist. Meyer bereitet sich zur Abreise und arbeitet noch eine kolorierte Zeichnung von den drei Parzen aus, die Sie sehen sollen. Ich wünsche ihm nur Gesundheit, sonst geht er ausgestattet mit allen guten Gaben. Es ist ein herrlicher Mensch. Was mit betrifft, so habe ich, wie Sie wohl fühlen, auch nur diese Zeit auf Einem Fuß gestanden und mit dem andern mich schon nach den Alpen bewegt. Die Mineralogie und geologische Base, die anfängliche und fortschreitende und gestörte Kultur des Landes habe ich von unten herauf teils zu gründen, teils zu überblicken gesucht und mich auch von oben herein, von der Kunstseite, noch mit Meyern auf alle Weise verständiget. Und doch sind das alles nur Schulvorübungen. Ein guter Geist helfe uns zum Schauen, zum rechten Begriff und zum fröhlichen Wiedersehen.

An die Horen denke ich täglich und hoffe auch noch etwas zu leisten. Möchten Sie doch des schönen Wetters unter freiem Himmel genossen haben!

Der gezüchtigte Thersit krümmt sich, wie ich höre, erbärmlich, bittet ab und fleht nur, daß man ihn leben lasse. Noch hab ich das Stück nicht gesehen.

Leben Sie recht wohl und glauben Sie meiner Weissagung, daß mit dem neuen Jahre die Subskribenten der Horen [sich] eher vermehren als vermindern werden.

Weimar, den 14. September 1795 G.

101. An Schiller

Über Ihre Anfrage wegen der Brücke habe ich etwas zu sagen unterlassen, das ich jetzt nachhole. Bei Vicenz ist keine merkwürdige einbogigte Brücke. Die zwei daselbst, von Palladio erbaut, sind dreibogigt. Auch ist mir außer dem Rialto zu Venedig keine der Art in jenen Gegenden erinnerlich.

Außer dem *Pater peccavi* des literarischen Sansculotten ist noch für die Horen ein günstiger Stern erschienen, indem Gentz vor den Briefen für ästhetische Erziehung große Reverenzen in seiner Monatschrift macht. Das kommt alles zur rechten Zeit und zu überlegen wäre es, ob man nicht vor Ende des Jahrs sich über einiges erklärte und unter die Autoren und Rezensenten Hoffnung und Furcht verbreitete.

Nächstens besuchen wir Sie. Haben Sie die Güte, mir das Märchen zurückzuschicken, es soll vollendet zurückkehren. Leben Sie recht wohl.

Weimar, den 16. September 1795 G.

102. An Goethe

Jena, den 18. September 1795

Nach Verlangen folgt hier das Märchen. Wenn ich es nur in 8 Tagen zurück erhalte, so kommt es noch recht zum Druck.

Für die tröstlichen Nachrichten, die Sie mir von den Horen geben, danke ich herzlich. Auch ich hoffe, daß uns die letzten Stücke wieder Glück bringen sollen. Sie enthalten gerade von demjenigen, was man an den vorhergehenden vermißte, viel:

nämlich Poesie und Erzählung. Vor einigen Tagen schickte mir auch Engel wieder einen, über 3 gedruckte Bogen starken, Aufsatz von einem für das Publikum sehr passenden Inhalt, teils Dialog, teils Erzählung; kein Wunderwerk des Genies freilich, aber gerade so, wie unsre werten Leser es lieben. Daß aber auch diejenigen etwas erhalten, welche für dergleichen Oblationen zu gut sind, werden *Sie* noch sorgen, wie ich fröhlich und festiglich glaube.

Für das Xte Stück wäre durch das Märchen gesorgt. Es ist also nur das eilfte, worauf es ankommt, und worin wir unsre Stärke konzentrieren müssen. Besonders ist es auch um Mannigfaltigkeit zu tun.

Wenn Sie doch auch Herdern bewegen wollten, kleine Sachen wie Epigramme im Geschmack der Anthologie pp. in die letzten Stücke zu stiften.

Humboldt schreibt mir aus Berlin, daß man von den 3 letztherausgekommenen Horenstücken sehr gut spreche.

Wenn Sie das Archiv der Zeit und die Gentzische Monatsschrift früher als ich erhalten, so sind Sie wohl so gütig, mir die prächtigen Sachen auch mitzuteilen.

Ich freue mich, Sie bald hier zu sehen. Wir beide grüßen Sie bestens. Sch.

103. An Schiller

Das Märchen ist fertig und wird in neuer Abschrift Sonnabends aufwarten. Es war recht gut, daß Sie es zurückhielten, teils weil noch manches zurecht geruckt werden konnte, teils weil es doch nicht übermäßig groß geworden ist. Ich bitte besonders die liebe Frau, es nochmals von vorne zu lesen.

In der Mitte der andern Woche hoffe ich zu kommen mit Meyern, seine Abwesenheit wird mir sehr fühlbar werden. Wenn ich nur im Winter einige Zeit bei Ihnen sein kann!

Ich habe viel zu sagen und zu fragen und hoffe, Sie wohl zu finden und manches Gearbeitete. Grüßen Sie doch Humboldts vielmals.

Weimar, den 23. September 1795 Goethe.

104. *An Schiller*

Wie ich in dieser letzten unruhigen Zeit meine Tonne gewälzt habe, wird Ihnen, werter Mann, aus Beiliegendem bekannt werden. Selig sind, die da Märchen schreiben, denn Märchen sind *à l'ordre du jour*. Der Landgraf von Darmstadt ist mit 200 Pferden in Eisenach angelangt und die dortigen Emigrierten drohen sich auf uns zu repliieren; der Kurfürst von Aschaffenburg wird in Erfurt erwartet.

Ach! warum steht der Tempel nicht am Flusse!
Ach! warum ist die Brücke nicht gebaut!

Ich wünsche indessen, weil wir doch immer Menschen und Autoren bleiben, daß Ihnen meine Produktion nicht mißfallen möge; wie ernsthaft jede Kleinigkeit wird, sobald man sie kunstmäßig behandelt, hab ich auch diesmal wieder erfahren. Ich hoffe, die 18 Figuren dieses Dramatis sollen, als soviel Rätsel, dem Rätselliebenden willkommen sein.

Meyer packt, und wir erscheinen bald; hoffentlich haben Sie uns mit mancherlei zu regalieren. Leben Sie recht wohl.

Weimar, den 26. September 1795 G.

105. *An Goethe*

Ich höre von unserm Freunde, der sich Ihnen noch bestens empfiehlt, daß Sie sich ganz in Ihr Zimmer vergraben hätten, um Ihren Roman zu expedieren, weil Unger pressiert. Meine besten Wünsche zu diesem Geschäft. Ich bin voll Erwartung, diesen 3ten Teil beisammen zu sehen.

Übermorgen werden wir Sie also wieder sehen, worauf ich mich herzlich freue und lange gehofft habe.

Humboldt kommt diesen Winter nicht mehr hieher, welches mir sehr unangenehm ist.

Seien Sie doch so gütig, mir das Archiv der Zeit, welches die berühmte Antwort auf Ihren Angriff enthält, so wie auch das Stück der Neuen Monatsschrift, worin *mein* Lob stehen soll, mitzubringen. Ich kann beides hier nicht zu Gesicht bekommen.

Ein Rudel Gedichte erwartet Sie hier.

Ich höre mit Vergnügen, daß Sie damit umgehen, uns eine

neue Acquisition für die Horen zu verschaffen, von der ich im voraus eine sehr gute Meinung habe.

Das Märchen hat uns recht unterhalten, und es gefällt gewiß allgemein. Mündlich ein Mehrers.

Jena, den 2. Oktober 1795 Sch.

Leben Sie recht wohl.

106. An Schiller

Der Wunsch, Sie wieder zu sehen, ist mir diese Zeit her immer vereitelt worden. Morgen hoffe ich bei Ihnen zu sein und zu vernehmen, was Sie in dem Zwischenraume gearbeitet haben.

Daß mir, nach Ihrem Urteil, das Märchen geglückt ist, macht mir viel Freude, und ich wünsche über das ganze Genre nunmehr mit Ihnen zu sprechen und noch einige Versuche zu machen.

Der Schluß des 6ten Buches meines Romans geht Montags ab und dieser Band wird gedruckt bald aufwarten. Im folgenden rollt der Stein den Berg hinab und das meiste ist schon geschrieben und fertig.

Die verlangten Monatschriften lasse ich aufsuchen, sie wo möglich mitzubringen.

Die Knebelischen Elegien sind recht gefunden und in mehr als Einem Sinne gut und heilsam. Vielleicht bringe ich einige mit. Vielmals Adieu.

[Weimar,] den 3. Oktober 1795 G.

107. An Schiller

[Weimar, den 6. Oktober 1795]

Anstatt gestern von Ihnen fortzueilen, wäre ich lieber geblieben, und die Unbehaglichkeit eines unbefriedigten Zustandes hat mich auf dem ganzen Wege begleitet. In so kurzer Zeit gibt man vielerlei Themata an und führt keins aus, und so vielerlei man auch rege macht, kommt doch wenig zur Runde und Reife.

Ihren Gedichten hab ich auf meiner Rückkehr hauptsächlich nachgedacht; sie haben besondere Vorzüge, und ich möchte sagen, sie sind nun, wie ich sie vormals von Ihnen hoffte. Diese sonderbare Mischung von Anschauen und Abstraktionen, die in Ihrer Natur ist, zeigt sich nun in vollkommenem Gleichgewicht, und alle übrigen poetischen Tugenden treten in schöner Ordnung auf.

Mit Vergnügen werde ich sie gedruckt wiederfinden, sie selbst wiederholt genießen und den Genuß mit andern teilen. Das kleine Gedicht in Stanzen an das Publikum würde den diesjährigen Jahrgang der Horen sehr schicklich und anmutig schließen.

Ich habe mich sogleich mit der Frau von Stael beschäftigt und finde mehr Arbeit dabei, als ich dachte; indessen will ich sie durchsetzen, denn es ist nicht viel, das Ganze gibt höchstens 55 Blätter meines Manuskripts. Die erste Abteilung von 21 Blättern sollen Sie bald haben. Ich werde mich in einer kleinen Vorrede an den Herausgeber über die Art erklären, wie ich bei der Übersetzung verfahren bin. Um Ihnen kleine Zurechtweisungen zu ersparen, hab ich ihre Worte unserm Sinne genähert und zugleich die französische Unbestimmtheit nach unserer deutschen Art etwas genauer zu deuten gesucht. Im einzelnen werden Sie sehr viel Gutes finden, da sie aber einseitig und doch wieder gescheut und ehrlich ist, so kann sie mit sich selbst auf keine Weise einig werden; als Text aber können Sie es gewiß fürtrefflich brauchen. Ich wünschte, daß Sie sich die Mühe gäben, in Ihrer Arbeit so klar und galant als möglich zu sein, damit man es ihr in der Folge zuschicken und dadurch einen Anfang machen könnte, den Tanz der Horen auch in das umgeschaffne Frankreich hinüber zu leiten.

Weimar, den 10. Oktober 1795

So weit hatte ich vor einigen Tagen diktiert, nun sage ich Ihnen nochmals Adieu, ich gehe erst morgen frühe weg. Das Staelische Werk erhalten Sie bald, halb oder ganz; was die gute Frau mit sich selbst eins und uneins ist!

Von Frankfurt schreibe ich bald, leben Sie recht wohl mit den Ihrigen. Grüßen Sie Humboldt, von Frankfurt schreibe ich auch ihm. Wenn mein Roman ankommt, erhalten Sie 4 Exemplare, wovon Humboldt, Loder, Prof. Hufeland die 3 erhalten. Wenn Humboldt nicht, wie ich hoffe, das seinige schon in Berlin weggenommen hat. G.

„Welch ein erhabner Gedanke; uns lehrt der unsterbliche Meister
Künstlich zu spalten den Strahl, den wir nur einfach gekannt."
Das ist ein pfäffischer Einfall! denn lange spaltet die Kirche
Ihren Gott sich in drei, wie ihr in sieben das Licht.

108. An Schiller

Eisenach, den 13. Oktober [1795]

Noch bin ich hier und werde wohl noch erst abwarten, was aus den Dingen werden will, eh ich meine Reise weiter fortsetze.

Die Österreicher sind wieder über den Main herüber und umgeben Frankfurt, und vielleicht ist es zwischen ihnen und den Franzosen schon zur Schlacht gekommen. In ein solches Gewirre möchte ich von heiler Haut mich nicht hineinbegeben, da ich dergleichen anmutige Situationen schon kenne. Meinen hiesigen, stillen Aufenthalt habe ich gleich benutzt, um Madame de Stael völlig zu *über*setzen und mitunter zu *ver*setzen. Eine weibliche Methode und die französische Sprache machten mir viel zu schaffen und besonders auch die Annäherung ihrer Meinungen an die unsrigen und die Abstände und die ewigen *Abers*. Nun bin ich fertig, lasse das Werk abschreiben und gleich sollen Sie es haben. Vielleicht lassen Sie es gleich im ganzen drucken und bringen Ihre Noten auch in ein Ganzes. Doch darüber wird der Genius und der Augenblick entscheiden. Schreiben Sie mir doch! Wenn Ihr Brief mich nicht antreffen sollte, wie ich doch vermute, so wird er mir nachgeschickt. Nun denke ich mich gleich an den Roman zu machen, denn wenn ich mich hier nicht vorsätzlich zerstreuen will, so bin ich einsamer und ruhiger als zu Hause.

Leben Sie recht wohl. Vielleicht seh ich Sie eher wieder, als wir glaubten. G.

109. An Schiller

Bald werde ich Sie wieder sehen, denn meine Reise nach Frankfurt hat nicht statt. Die Frau von Stael wird wohl noch vor mir aufwarten, die Abschrift ist bald fertig. Haben Sie denn etwa Humboldt ein Wort wegen des Quartiers gesagt? Es wäre gar artig, wenn ich sein Stübchen beziehen könnte, da im Schlosse die Fußtapfen des Militärs so bald nicht auszulöschen sind. Ich bin mit Herz, Sinn und Gedanken nun an dem Roman und will nicht wanken, bis ich ihn überwunden habe. Leben Sie recht wohl und denken mein bei Ihren Arbeiten und grüßen die liebe Frau.

Eisenach, den 16. Oktober 1795 G.

110. An Goethe

[Jena,] den 16. Oktober 1795

Hätte ich vermuten können, daß Sie länger in Eisenach bleiben würden, so würde ich es nicht so lange haben anstehen lassen, Ihnen zu schreiben. Es ist mir in der Tat lieb, Sie noch ferne von den Händeln am Main zu wissen. Der Schatten des Riesen könnte Sie leicht etwas unsanft anfassen. Es kommt mir oft wunderlich vor, mir Sie so in die Welt hineingeworfen zu denken, indem ich zwischen meinen papiernen Fensterscheiben sitze und auch nur Papier vor mir habe, und daß wir uns doch nahe sein und einander verstehen können.

Ihr Brief von Weimar hat mir große Freude gemacht. Es gibt gegen Eine Stunde des Muts und Vertrauens immer zehen, wo ich kleinmütig bin und nicht weiß, was ich von mir denken soll. Da kommt mir eine solche Anschauung meiner selbst außer mir recht zum Troste. Auch Herder hat mir über meine Gedichte kürzlich viel Erfreuliches geschrieben.

Soviel habe ich nun aus gewisser Erfahrung, daß nur strenge Bestimmtheit der Gedanken zu einer Leichtigkeit verhilft. Sonst glaubte ich das Gegenteil und fürchtete Härte und Steifigkeit. Ich bin jetzt in der Tat froh, daß ich mir es nicht habe verdrießen lassen, einen sauren Weg einzuschlagen, den ich oft für die poetisierende Einbildungskraft verderblich hielt. Aber freilich spannt diese Tätigkeit sehr an, denn wenn der Philosoph seine Einbildungskraft und der Dichter seine Abstraktionskraft ruhen lassen darf, so muß ich, bei dieser Art von Produktionen, diese beiden Kräfte immer in gleicher Anspannung erhalten, und nur durch eine ewige Bewegung in mir kann ich die 2 heterogenen Elemente in einer Art von Solution erhalten.

Den Staelischen Bogen sehe ich mit vieler Erwartung entgegen. Wenn es irgend der Raum erlaubt, so bin ich auch dafür, sogleich das Ganze in Ein Stück zu setzen. Meine Bemerkungen darüber bringe ich alsdann in dem nächsten Stücke nach. Der Leser hat unterdessen die seinigen darüber angestellt und hört mir mit mehr Interesse zu. Auch würde ich schwerlich in der kurzen Frist, die zu dem XI. Stücke noch übrig ist, damit fertig werden können, wenn ich auch die Übersetzung auf den nächsten Montag erhalte. Herder hat für das eilfte Stück auch einen Aufsatz über die Grazien geschickt, in welchem er diese mißbrauchten Gestalten in ihre alten Rechte zu restituieren sucht. Er verspricht noch einen Aufsatz für das zwölfte Stück. Ich hoffe mit der Abhandlung über das Naive, die nur etliche Bogen stark wird, und wie ich denke, sehr populär geschrieben ist, noch für das eilfte Stück fertig zu werden. An kleinen poetischen Zugaben fehlt es auch nicht. Hier erhalten Sie einige Schnurren von mir. Die *Teilung der Erde* hätten Sie billig in Frankfurt auf der Zeile vom Fenster aus lesen sollen, wo eigentlich das Terrain dazu ist. Wenn sie Ihnen Spaß macht, so lesen Sie sie dem Herzog vor.

Bei dem andern Stück habe ich mich über den Satz des Widerspruchs lustig gemacht; die Philosophie erscheint immer lächerlich, wenn sie aus eigenem Mittel, ohne ihre Abhängigkeit von der Erfahrung zu gestehen, das Wissen erweitern und der Welt Gesetze geben will.

Daß Sie den Meister bald vornehmen wollen, ist mir sehr lieb. Ich werde dann nicht säumen, mich des Ganzen zu bemächtigen, und wenn es mir möglich ist, so will ich eine neue Art von Kritik, nach einer genetischen Methode, dabei versuchen, wenn diese anders, wie ich jetzt noch nicht präzis zu sagen weiß, etwas Mögliches ist.

Meine Frau und meine Schwiegermutter, die gegenwärtig hier ist, empfehlen sich Ihnen aufs beste. Es ist hier bei mir angefragt worden, wo Sie gegenwärtig wären, ich habe aber unnötig gefunden, es zu sagen. Erhalten Sie Nachrichten von unserem italienischen Wanderer, so bitte ich, sie mir auch mitzuteilen. Leben Sie recht wohl. Sch.

111. An Schiller

Ob ich gleich schon Mittwoch wieder hoffe in Weimar zu sein, so schicke ich Ihnen doch die Abhandlung voraus, ich habe sie nicht einmal in der Abschrift durchsehen können. Hie und da läßt sich noch einiges retouchieren. Vielleicht besuche ich Sie zu Ende der Woche, und wir sehen uns früher wieder, als ich dachte. Wie ist das zerstreute Leben doch ein leeres Leben; man erfährt nur gerade das, was man nicht wissen mag. Ich freue mich recht, Sie wieder zu sehen.

Eisenach, den 17. Oktober 1795 G.

112. An Goethe

Jena, den 19. Oktober 1795

Seien Sie mir willkommen in Weimar. Ich bin recht froh, Sie wieder in der Nähe zu wissen. Daß Sie die letzten 8 Tage nicht haben hier sein können, tat mir sehr leid. Ich befand mich bei dem schönen Wetter merklich leichter und bin auch heute wieder spazieren gefahren, welches mir ganz wohl bekam. Freilich ist auch dafür mehrere Tage nichts gearbeitet worden.

Die Frau Stael erwarte mit Begierde.

Meinen Brief, den ich Ihnen vorigen Freitag nach Eisenach schrieb, haben Sie vermutlich noch nicht erhalten und waren abgereist, eh er dort ankam.

Von Humboldt erwarte ich des Quartiers wegen Antwort. Ich habe es, weil ich noch nicht weiß, ob sein Logis in abtretbarem Stand ist, nur so sachte berührt, daß er nicht geniert ist, es auch mit Stillschweigen zu übergehen. Es wäre mir gar lieb, wenn Ihnen eine rechte Bequemlichkeit hier könnte verschafft werden.

Zu dem Roman wünsche ich alles Glück und Segen. Ich zweifle gar nicht, daß es jetzt das vorteilhafteste für das Ganze ist, wenn Sie ununterbrochen darin leben. Dann halte ich es auch für keinen unbedeutenden Gewinn, wenn Sie den letzten Band einige Monate früher fertig haben, als er in Druck gegeben werden muß. Sie haben eine große Rechnung abzuschließen. Wie leicht vergißt sich da eine Kleinigkeit.

Finden Sie unter Ihren Papieren den Brief, den ich Ihnen im vorigen Jahre nach meiner Zurückkunft von Jena zur Eröffnung einer ästhetischen Korrespondenz schrieb, so haben Sie die Güte, ihn mir zu schicken. Ich denke jetzt etwas daraus zu machen. Meine Frau und Schwiegermutter, die auf einige Wochen hier ist, empfehlen sich. S.

113. An Goethe

[Jena, den 24. Oktober 1795]

Ich habe mit dem Expressen, der Ihnen diesen Brief bringt, ein Intelligenzblatt der Lit[eratur-]Zeitung in Korrektur an Herdern geschickt, worin ein höchst grober und beleidigender Ausfall Wolfs in Halle auf den Herderischen Aufsatz im IXten Horenstück abgedruckt ist. Ich finde es schlechterdings nötig, wie Sie gewiß auch finden werden, daß Herder irgendwo darauf repliziert. Sie werden aber finden, daß nicht wohl etwas anders geschehen kann, als den Philister zu persiflieren.

Mir wäre es sehr lieb, wenn Sie den Ausfall lesen und mit Herdern darüber kommunizieren könnten, ehe Sie hieher kommen, so könnten wir vielleicht gemeinschaftlich etwas beschließen.

Vielleicht sehe ich Sie morgen, welches mir recht angenehm sein würde, denn wir haben uns wieder vielerlei zu sagen.

Ich habe meine Abhandlung über das Naive einen Posttag zurückbehalten, um sie Ihnen, wenn Sie morgen oder übermorgen kämen, noch vorlesen zu können.

Meine Frau und Schwiegermutter empfehlen sich. Sch.

114. An Schiller

Ich bin neugierig zu vernehmen, was uns das Intelligenzblatt bringt, schon gestern in der Komödie hört ich davon summen.

Heute komme ich nicht, mein Lieber, aber ich hoffe bald. Jeden Tag erwarte ich einen neuen Weltbürger in meinem Hause, den ich doch gern freundlich empfangen möchte. Indessen ist das Schloß von den militärischen Effluvien gereinigt, und ich kann einige Tage bei Ihnen bleiben.

Leben Sie recht wohl, empfehlen mich den Damen und behalten mich lieb.

In diesen letzten zerstreuten Tagen habe ich meine italienischen Kollektaneen vorgenommen und zu ordnen angefangen und mit viel Freude gesehen: daß, mit einiger Beharrlichkeit, ein wundersames Werk wird zusammengestellt werden können.

Haben Sie keine Abschrift vom Aufsatz übers Naive?

Weimar, den 25. Oktober 1795 G.

Jene Blätter, nach denen Sie fragten, habe ich noch nicht gefunden, sie liegen aber gewiß nicht weit.

115. An Goethe

Jena, den 26. Oktober 1795

Zu dem neuen Hausgenossen gratuliere ich im voraus. Lassen Sie ihn immer ein Mädchen sein, so können wir uns noch am Ende miteinander verschwägern.

Ich habe Ihnen vorgestern von der Madame Stael zu schreiben vergessen. Das Produkt ist mit vielem Geist geschrieben, und da es darin mehr wetterleuchtet, als ordentlicher Tag ist, so qualifiziert es sich gar nicht übel zum Kommentieren. Eine eigentliche Harmonie hineinzubringen, möchte schwer sein und auch die Mühe nicht genug lohnen. Im einzelnen aber läßt es sich versuchen, auch habe ich mir schon etliche Materien daraus gewählt, die auch sonst nicht außer der Zeit sein werden.

Sie haben einige mal den Ausdruck *verführen* von der Poesie gebraucht. Ich wünschte zu wissen, wie dies im Original heißt, ob es bloß *täuschen* überhaupt bedeutet, weil verführen auch in ästhetischer Bedeutung einen Nebenbegriff hat.

Es freut mich, daß Sie in Ihren italienischen Papieren so viel Ausbeute finden. Ich war immer auf diese Papiere sehr begierig, nach dem wenigen zu urteilen, was Sie davon haben laut werden lassen. Erinnern Sie sich bei diesen Nachforschungen auch der Horen, und leiten Sie einen Arm dieses Paktolus hinein.

Ich bin begierig, was Sie zu dem Wolfischen Ausfall sagen werden, wenn Sie ihn gelesen. Herder wünscht, daß ich bloß als Redakteur etwas darüber sagen möchte, insofern auch die Horen mit getroffen werden sollten; und da ich es nicht für ratsam halte, ganz zu schweigen und dem Philister gleich anfangs das letzte Wort zu lassen, so will ich es lieber tun, als daß ganz geschwiegen wird.

Ich habe die zwei neuen Musen-Almanache gelesen, die über die Maßen dürftig und elend sind. Voß hat 29 Stücke in den seinigen geliefert, worunter Sie vergeblich ein einziges gutes suchen, und die meisten *abominable* sind. Ich habe sie Herdern mitgegeben.

Leben Sie recht wohl. Ich hoffe bald wieder von Ihnen zu hören. Die Meinigen grüßen. Sch.

116. An Schiller

Seit meiner Rückkunft habe ich mich noch nicht wiederfinden können, hier also nur indessen das verlangte Manuskript.

Ich habe, glaub ich, auch noch nichts über die Gedichte gesagt, die Sie mir nach Eisenach schickten; sie sind sehr artig, besonders *das Teil des Dichters* ganz allerliebst, wahr, treffend und tröstlich.

Sollten Sie sich nicht nunmehr überall umsehn? und sammeln, was gegen die Horen im allgemeinen und besonderen gesagt ist, und hielten am Schluß des Jahrs darüber ein kurzes Gericht, bei welcher Gelegenheit der Günstling der Zeit auch vorkommen könnte. Das hällische philosophische Journal soll sich auch ungebührlich betragen haben. Wenn man dergleichen Dinge in Bündlein bindet, brennen sie besser.

Leben Sie recht wohl. Lieben Sie mich. Empfehlen Sie mich der lieben Frauen und Ihrer Frau Mutter. Das Schwiegertöchterchen säumt noch.

Weimar, den 28. Oktober 1795 Goethe

117. An Goethe

[Jena.] Sonntag abends. [1. November 1795]

Ich bin ungeduldig, wieder ein Lebenszeichen von Ihnen zu erhalten. Mir ist, als wenn ich gar lang nichts von Ihnen erfahren hätte. Das Evenement im Hause ist, wie ich hoffe, glücklich vorbeigegangen.

Wir leben jetzt recht in den Zeiten der Fehde. Es ist eine wahre *ecclesia militans* – die Horen meine ich. Außer den Völkern, die Herr Jakob in Halle kommandiert und die Herr Manso in der Bibliothek d[er] S[chönen] W[issenschaften] hat ausrücken lassen, und außer Wolfs schwerer Kavallerie haben wir auch nächstens vom Berliner Nicolai einen derben Angriff zu erwarten. Im Xten Teil seiner Reisen soll er fast von nichts als von den Horen handeln und über die Anwendungen Kantischer Philosophie herfallen, wobei er alles unbesehen, das Gute wie das Horrible, was diese Philosophie ausgeheckt, in einen Topf werfen soll. Es läßt sich wohl noch davon reden, ob man überall nur auf diese Platituden antworten soll. Ich möchte noch lieber etwas ausdenken, wie man seine Gleichgültigkeit dagegen recht anschaulich zu erkennen geben kann. Nicolain sollten wir aber doch schon von nun an, in Text und Noten, und wo Gelegenheit sich zeigt, mit einer recht insignen Geringschätzung behandeln.

Haben Sie die neuen Musen-Almanache angesehen? Sie sind horribel.

Leben Sie recht wohl. Sch.

118. An Schiller

Statt eines artigen Mädchens ist endlich ein zarter Knabe angekommen, und so läge denn eine von meinen Sorgen in der Wiege. Nun wäre es an Ihnen, zu Bildung der Schwägerschaft und zu Vermehrung der dichtrischen Familie für ein Mädchen zu sorgen. Ich komme nun bald und bedarf wirklich eines Gesprächs, wie ich es mit Ihnen führen kann, ich habe Ihnen viel zu sagen. Noch immer bin ich nicht auf den Pfaden der Dichtung. Durch äußre

Veranlassung habe ich in der Baukunst mich wieder umgesehen und habe einiges bei dieser Gelegenheit zusammengestellt, das Urteil über solche Kunstwerke zu erleichtern und zu fixieren.

Von Meyern habe ich einen Brief von München mit sehr schönen Nachrichten von diesem Orte, auch von Nürnberg. Ich bringe sie mit. Sagen Sie mir, wie Sie sich befinden und gedenken mein.

Weimar, den 1. November 1795 G.

119. An Goethe

Jena, den 4. November 1795

Zum neuen Ankömmling meinen herzlichen Glückwunsch. Ich hätte Ihnen wohl ein Pärchen gönnen mögen, aber dazu kann ja Rat werden. Nunmehr hoffe ich auch, Sie bald hier zu sehen, und freue mich recht darauf. Humboldten ist es sehr angenehm, wenn Sie sein Logis ganz als das Ihrige ansehen wollen. Das einzige Bedenken dabei war, daß Hellfeld, der sich im Kontrakt ausbedungen, daß keine Aftermiete statt finden dürfte, vielleicht eine Einwendung machen möchte. Weil aber hier ja von keiner Miete die Rede ist, so wird er nicht so albern sein, sich auf den Kontrakt zu berufen. Ich habe zum Überfluß einen Brief von Humboldt an ihn in Händen, den ich, sobald Sie ihn bloß mit einem kleinen Billet an Hellfeld begleiten wollen, worin Sie um Übergabe des Schlüssels bitten, an ihn abliefern will. Er wird, wenn Sie ihm diese Ehre antun, sehr bereitwillig sein. Sie werden sich gewiß in dieser Wohnung besser als im Schlosse gefallen.

Ihre Elegien haben, wie Ihnen der eingeschlossene Brief des D[oktor] Gros an Herrn von Humboldt zeigen wird, auch in der lateinischen Welt einen großen und gar keinen unwichtigen Bewunderer gefunden. Ich lege den Brief *in Natura* bei; vielleicht gefällt es Ihnen zu Realisierung des Wunsches, den der Verfasser desselben äußert, etwas beizutragen. Mir deucht, daß ich Ihnen schon von demselben etwas erzählt habe; so viel kann ich mit Gewißheit versichern, daß unsere Akademie an diesem Manne keine unwichtige Acquisition machen würde. Ich kenne wenige aus der neuen Generation, die einen so gesunden Kopf, so viel gründlichen Verstand und eine so solide Beurteilungskraft haben. Im juristischen Fach hat man ihn in Göttingen sehr geachtet.

Auf den Meister warte ich mit rechter Ungeduld. Eilfertigkeit ist, wie es scheint, Ungers Sache nicht.

Leben Sie recht wohl. Meine Frau empfiehlt sich aufs beste.

Sch.

Die Horen sind Ihnen doch letzten Montag richtig zugekommen? Das achte Exemplar für Meyer habe ich an Fräulein von Imhof abgeben lassen, wie unser Freund verordnet hat. Die Exemplare sind schlecht konditioniert, und ich habe die Ihrigen noch dazu ausgesucht. Cotta entschuldigt sich mit dem Krieg, der die Papierlieferung gestört habe.

120. An Goethe

[Jena,] den 20. November 1795

Den Verlust, den Sie erlitten, haben wir herzlich beklagt. Sie können sich aber damit trösten, daß er so früh erfolgt ist und mehr Ihre Hoffnung trifft. Ich könnte mich schwer darein finden, wenn mir mit meinem Kleinen jetzt noch ein Unglück begegnete.

Seit etwa 6 Tagen habe ich mich ganz leidlich befunden und die gute Zeit auch brav benutzt, um in meiner Abhandlung vorzurücken.

Schlegel schrieb mir kürzlich und schickte etwas für die Horen. Er ist sehr entzückt über das Märchen; auch Humboldts haben große Freude daran. Werden Sie vielleicht Muße finden, das neue noch für den Januar fertig zu bringen? Wenn ich es in den ersten Tagen des Januars *spätestens* hätte, so könnte es noch in das erste Stück kommen. Mir wäre dies ungemein lieb, da wir doch gut anfangen müssen, und ich noch nichts im Fach der Darstellung habe.

Über den neuen Teil des Meisters, wofür wir Ihnen schönstens danken, habe ich schon allerlei Urteile eingezogen. Jedermann findet das sechste Buch an sich selbst sehr interessant, wahr und schön, aber man fühlt sich dadurch im Fortschritt aufgehalten. Freilich ist dieses Urteil kein ästhetisches, denn beim ersten Lesen, besonders einer Erzählung, dringt mehr die Neugierde auf den Erfolg und das Ende, als der Geschmack auf das Ganze.

Sind Sie noch willens, den letzten Teil ein Jahr lang zurückzuhalten?

Herr von Soden schickt mir heute eine schreckliche Produktion: Aurora oder das Kind der Hölle, die eine elende Nachahmung der Biondetta ist. Prächtig ist der Gedanke, daß er die ganze Zauberei zuletzt als eine bloße Maschinerie einer Liebhaberin des Helden entwickelt, die ihn dadurch erobern will. So verpufft endlich das ganze Pathos. Auch das übrige ist dieses weisen Einfalls würdig.

Leben Sie recht wohl, und alle Musen seien mit Ihnen. Meine Frau grüßt. Sch.

121. An Schiller

Heute habe ich 21 Properzische Elegien von Knebeln erhalten, ich werde sie sorgfältig durchgehen, und was ich dabei bemerke, dem Übersetzer mitteilen, denn da er sich so viel Mühe gegeben, so möchte wohl ohne seine Beistimmung nichts zu verändern sein.

Ich wünschte, daß Sie Cottaen ansönnen, dieses Manuskript, dessen künftiger Bogenbetrag sich leicht ausrechnen läßt, sogleich zu bezahlen. Ich habe zwar hierzu keinen unmittelbaren Anlaß, aber es sieht doch gleich viel artiger aus, muntert zu fleißiger Mitarbeit auf und dient zur Verbreitung des guten Rufs der Horen. Da ein Buchhändler so oft Vorschüsse geben muß, so kann er auch wohl einmal ein Manuskript beim Empfang bezahlen. Knebel wünscht, daß sie auf dreimal gedruckt werden, ich glaube auch, daß das die rechte Proportion ist, und so würden dadurch die drei ersten Horenstücke des künftigen Jahrs dekoriert. Ich will sorgen, daß sie zur rechten Zeit in Ihren Händen sind.

Haben Sie schon die abscheuliche Vorrede Stolbergs zu seinen Platonischen Gesprächen gelesen? Die Blößen, die er darinne gibt, sind so abgeschmackt und unleidlich, daß ich große Lust habe, drein zu fahren und ihn zu züchtigen. Es ist sehr leicht die unsinnige Unbilligkeit dieses bornierten Volks anschaulich zu machen, man hat dabei das vernünftige Publikum auf einer Seite, und es gibt eine Art Kriegserklärung gegen die Halbheit, die wir nun in allen Fächern beunruhigen müssen. Durch die geheime Fehde des Verschweigens, Verruckens und Verdruckens, die sie gegen uns führt, hat sie lange verdient, daß ihrer nun auch in Ehren und zwar in der Kontinuation gedacht werde.

Bei meinen wissenschaftlichen Arbeiten, die ich nach und nach zusammenstelle, finde ich es doppelt nötig und nicht zu umgehen. Ich denke gegen Rezensenten, Journalisten, Magazinsammler und Kompendienschreiber sehr frank zu Werke zu gehen und mich darüber, in einer Vor- oder Nachrede, gegen das Publikum unbewunden zu erklären und besonders in diesem Falle keinem seine Renitenz und Retizenz passieren [zu] lassen.

Was sagen Sie z. B. dazu, daß Lichtenberg, mit dem ich im Briefwechsel über die bekannten optischen Dinge und übrigens in einem ganz leidlichen Verhältnis stehe, in seiner neuen Ausgabe von Erxlebens Compendio, meiner Versuche auch nicht einmal erwähnt, da man doch grade nur um des Neuesten willen ein Compendium wieder auflegt und die Herrn, in ihre durchschoßnen Bücher, sich sonst alles geschwind genug zu notieren pflegen. Wie viel Arten gibt es nicht, so eine Schrift auch nur im Vorbeigehen abzufertigen, aber auf keine derselben konnte sich der witzige Kopf in diesem Augenblick besinnen.

Die ästhetische und sentimentale Stimmung ist in diesem Augenblick ferne von mir, was denken Sie, wie es dem armen Roman gehen werde? Ich brauche die Zeit indessen, wie ich kann, und es ist bei der Ebbe zu hoffen, daß die Flut wiederkehren werde.

Ich erhalte Ihren lieben Brief und danke für den Anteil, dessen ich schon versichert war. Man weiß in solchen Fällen nicht, ob man besser tut, sich dem Schmerz natürlich zu überlassen, oder sich durch die Beihülfen, die uns die Kultur anbietet, zusammen zu nehmen. Entschließt man sich zu dem letzten, wie ich es immer tue, so ist man dadurch nur für einen Augenblick gebessert, und ich habe bemerkt, daß die Natur durch andere Krisen immer wieder ihr Recht behauptet.

Das sechste Buch meines Romans hat auch hier guten Effekt gemacht; freilich weiß der arme Leser bei solchen Produktionen niemals, wie er dran ist, denn er bedenkt nicht, daß er diese Bücher gar nicht in die Hand nehmen würde, wenn man nicht verstünde, seine Denkkraft, seine Empfindung und seine Wißbegierde zum besten zu haben.

Die Zeugnisse für mein Märchen sind mir sehr viel wert, und ich werde künftig auch in dieser Gattung mit mehr Zuversicht zu Werke gehen.

Der letzte Band des Romans kann auf alle Fälle vor Michaeli nicht erscheinen; es wäre sehr artig, wenn wir die Plane, von denen Sie neulich sprachen, darauf richteten.

Das neue Märchen kann wohl schwerlich im Dezember fertig werden; selbst darf ich nicht wohl, ohne etwas auf eine oder andere Weise über die Auslegung des ersten gesagt zu haben, zu jenem übergehen. Kann ich etwas Zierliches dieser Art noch im Dezember leisten, so soll es mir lieb sein, auch auf diese Weise an dem ersten Eintritt ins Jahr teilzunehmen.

Leben Sie recht wohl! Mögen wir recht lange uns der Unsrigen

und unserer Freundschaft erfreuen. Zum neuen Jahre hoffe ich Sie wieder auf einige Zeit zu besuchen.
Weimar, den 21. November 1795 G.

122. An Goethe

[Jena.] Den 23. November 1795

Auf die Knebelsche Arbeit bin ich sehr neugierig und zweifle nicht, daß die beßre Gattung unsrer Leser uns dafür danken wird. Dem größeren Teil freilich werden wir nicht damit gefallen, das weiß ich vorher: den kann man nur durch Aufsätze von dem Schlage, wie Lorenz Stark ist, gewinnen. Sie glauben nicht, wie allgemein man sich an diesem Aufsatz erlustigt. Noch von keinem ist so viel Redens gewesen.

Was den Vorschuß für die Knebelschen Elegien betrifft, so glaube ich nur, wir werden Cottaen gerade jetzt, wo sein Mut in Ansehung der Horen durch das häufige Aufkündigen der Subskription etwas Ebbe ist, nicht sehr damit erbauen. Indes, bezahlen wird er gewiß, wenn darauf bestanden wird; aber ich möchte es ihm gerne jetzt ersparen. Ich weiß nicht, wie hoch die Summe sich etwa belaufen wird: ist sie mäßig, so will ich als Redakteur statt Cotta sie bezahlen. Vielleicht wird der Zweck auch schon erreicht, wenn man etwa sogleich die Hälfte abträgt und den Rest in der Messe. Die Bezahlung würde dann immer noch vor dem Abdruck des *ganzen* Manuskripts erfolgen, denn ich wäre nicht dafür, die 3 Lieferungen ununterbrochen in den 3 ersten Monaten zu machen, sondern immer einen Monat ausfallen zu lassen. Sechs oder acht Bogen von Einerlei Autor, unter Einerlei Titel und noch außerdem Übersetzung würden, zu schnell hintereinander, zu einförmig gefunden werden.

Wenn Sie also glauben, daß ein Vorschuß von etwa 20 Louisdors *jetzt* gleich bezahlt von Wirkung sein würde, so liegt die Summe parat, und wir brauchen Cotta gar nicht dazu. Ich weiß, er steht schon mit 60 Louisdors bei Fichte in Vorschuß, und Gott weiß! – wann er da zu seinem Geld kommen wird. Mehrere kleine Aufsätze wie z. B. Weißhuhns *etc.* sind auch schon von ihm bezahlt.

Doch genug von diesem Artikel. Ihr Unwille über die Stolberge, Lichtenberge und Konsorten hat sich auch mir mitgeteilt, und ich bins herzlich zufrieden, wenn Sie ihnen eins anhängen wollen. Indes, das ist die *histoire du jour*. Es war nie anders und wird nie anders werden. Seien Sie versichert, wenn Sie einen Roman, eine Komödie geschrieben haben, so müssen Sie ewig einen Roman, eine Komödie schreiben. Weiter wird von Ihnen nichts erwartet, nichts anerkannt – und hätte der berühmte Herr Newton mit einer Komödie debütiert, so würde man ihm nicht nur seine Optik, sondern seine Astronomie selbst lange verkümmert haben. Hätten Sie den Spaß sich gemacht, Ihre optischen Entdeckungen unter dem Namen unsers Professor Voigts oder eines ähnlichen Kathederhelden in die Welt zu bringen, Sie würden Wunder daran erlebt haben. Es liegt gewiß weniger an der Neuerung selbst, als an der Person, von der sie herrührt, daß diese Philister sich so dagegen verhärten.

Stolbergs Deliktum wünschte ich in Augenschein nehmen zu können. Können Sie mirs auf einen Posttag verschaffen, so wird es mir sehr lieb sein. Bei diesem Menschen ist Dünkel mit Unvermögen in so hohem Grade gepaart, daß ich kein Mitleid mit ihm haben kann. Der närrische Mensch, der Jenisch in Berlin, der sich in alles mischen muß, hat auch die Rezensionen der Horen gelesen und in dem ersten Feuer einen Aufsatz über mich und meinen schriftstellerischen Charakter geschrieben, der eine Apologie gegen jene Anklagen vorstellen soll. Humboldt hat ihn zum Glück von Gentz, in dessen Monatschrift derselbe bestimmt war, im Manuskript erhalten und den Abdruck noch hintertrieben. Doch bin ich nicht davor sicher, daß er ihn nicht anderswo drukken läßt. Es ist ein ganz eigenes Unglück, daß ich, bei so heftigen und zahlreichen Feinden, doch noch am meisten von dem Unverstand eines Freundes zu fürchten habe, und die wenigen Stimmen, die für mich sprechen wollen, über Hals und Kopf zum Schweigen bringen muß.

Eine Beurteilung Ihres Meisters werde ich im August oder September künftigen Jahrs sehr ausführlich liefern können, und dann soll es, denke ich, recht *à propos* sein; der letzte Teil mag nun auf Michaelis 96 oder Ostern 97 herauskommen. Vielleicht findet sich ein Morceau im 4ten Teil, das Sie auf Ostern 96, wo das Publikum das Ganze erwartet, ihm zur einstweiligen Befriedigung hingeben können.

Von Archenholz habe ich endlich gestern einen braven historischen Aufsatz, betitelt: *Sobiesky*, erhalten, der noch im letzten Stück der Horen erscheinen muß. Freilich hätte ich viel darum gegeben, wenn Sie für das erste Stück im zweiten Jahrgang etwas hätten tun können. Vielleicht haben Sie auch Lust, in diesem Stück den *Krieg* zu eröffnen?

Sie werden von Herdern meine Abhandlung über die Sentimentalischen Dichter erhalten, davon Sie bis jetzt noch den wenigsten Teil gehört, und die ich noch einmal ganz durchzulesen bitte. Ich hoffe, Sie sollen damit zufrieden sein, es ist mir in dieser Art nicht leicht etwas besser gelungen. Ich glaube, dieses jüngste Gericht über den größten Teil der deutschen Dichter wird am Schluß des Jahrgangs eine gute Wirkung tun und unsern Herren Kritikern besonders viel zu denken geben. Mein Ton ist feimütig und fest, obgleich, wie ich hoffe, überall mit der gehörigen Schonung. Unterwegs habe ich freilich so viel als möglich *effleuriert,* und es sind wenige, die unverwundet aus dem Treffen kommen. Auch über die Naturalität und ihre Rechte (in Rücksicht auf die Elegien) habe ich mich weitläuftig herausgelassen, bei welcher Gelegenheit Wieland einen kleinen Streifschuß bekommt. Aber ich kann nicht dafür, und da man sich nie bedacht hat (auch Wieland nicht), die Meinung über *meine* Fehler zu unterdrücken, im Gegenteil sie mich öfters derb genug hören ließ, so habe ich jetzt, da ich zufälligerweise das gute Spiel in die Hände bekam, auch meine Meinung nicht verschwiegen.

Leben Sie recht wohl. Ich freue mich, wenn wir nach Neujahr wieder eine Strecke lang miteinander leben können. Sch.

123. An Schiller

Hier schicke ich Ihnen sogleich die neueste Sudelei des gräflichen Salbaders. Die angestrichene Stelle der Vorrede ists eigentlich, worauf man einmal, wenn man nichts Besseres zu tun hat, losschlagen muß. Wie unwissend überhaupt diese Menschen sind, ist unglaublich; denn wem ist unbekannt? daß die Christen von jeher alles, was vernünftig und gut war, sich dadurch zueigneten, daß sie es dem λογος zuschrieben, und meine liebe Christin tut *pag.* 304 eben das, und man wird dem guten Wesen darüber nicht feind werden.

Ein Brief von Prinz August, den ich Ihnen beilege, wird Ihnen Vergnügen machen, es ist keine der schlimmsten Produktionen seiner ganz eignen Laune.

Das Exemplar von Humboldt erbitte ich mir wieder zurück, er hat das seine schon in Berlin weggenommen.

Hederichs Lexikon wünschte ich auch wieder und das 7te Stück der Horen im kleinen Format.

Auf Ihren Aufsatz verlange ich sehr. Das was ich von Ihren Ideen kenne, hat mir in dieser letzten Zeit im Praktischen manchen Vorteil gebracht; so wenig man mit Bewußtsein erfindet, so sehr bedarf man des Bewußtseins besonders bei längern Arbeiten. Übrigens kann ich niemand übelnehmen, wenn er lange gepaßt hat und nun einmal Trümpfe in die Hände kriegt, daß er sie auch ausspielt.

Wegen des Honorars der neuen Elegien läßts sich noch überlegen. Der Vorschlag, 20 Louisdor zu zahlen und das übrige alsdann bis zum Abdruck bewenden zu lassen, hat meinen Beifall. Es ist doch so etwas zum Anbiß und wird guten Effekt tun, auf alle Fälle hat es Zeit bis aufs neue Jahr.

Der Weißhuhnische Aufsatz im 6ten Hefte des Niethammerischen Journals hat mir sehr wohl gefallen. Diese Art zu philosophieren liegt mir viel näher als die Fichtische; wir wollen den Aufsatz doch einmal miteinander lesen, ich wünschte, über einiges Ihre Gedanken zu hören. Bei Zusammenstellung meiner physikalischen Erfahrungen ist es mir schon, wie ich finde, von großem Nutzen, daß ich etwas mehr als sonst in den philosophischen Kampfplatz hinunter sehe. Eben erhalte ich Ihren Aufsatz und freue mich, ihn in der nächsten ruhigen Stunde zu lesen. Sobald Sie etwas Gewisseres wegen der Subskription der Horen erfahren, so schreiben Sie mir es doch.

Leben Sie recht wohl.

Weimar, den 25. November 1795 G.

124. An Schiller

Ihre Abhandlung schicke ich hier mit vielem Danke zurück. Da diese Theorie mich selbst so gut behandelt, so ist nichts natürlicher, als daß ich den Prinzipien Beifall gebe und daß mir die Folgerungen richtig scheinen. Ich würde aber mehr Mißtrauen darein setzen, wenn ich mich nicht anfangs selbst in einem polemischen Zustand gegen Ihre Meinung befunden hätte. Denn es ist Ihnen nicht unbekannt, daß ich, aus einer allzu großen Vorliebe für die alte Dichtung, gegen die neuere oft ungerecht war. Nach Ihrer Lehre kann ich erst selbst mit mir einig werden, da ich das nicht mehr zu schelten brauche, was ein unwiderstehlicher Trieb mich doch, unter gewissen Bedingungen, hervorzubringen nötigte, und es ist eine sehr angenehme Empfindung, mit sich selbst und seinen Zeitgenossen nicht ganz unzufrieden zu sein.

Ich bin dieser Tage wieder an den Roman gegangen und habe alle Ursache, mich daran zu halten. Die Forderungen, wozu der

Leser durch die ersten Teile berechtigt wird, sind wirklich, der Materie und Form nach, ungeheuer. Man sieht selten eher, wieviel man schuldig ist, als bis man wirklich einmal reine Wirtschaft machen und bezahlen will. Doch habe ich guten Mut. Es kommt alles darauf an, daß man die Zeit wohl braucht und keine Stimmung versäumt. Leben Sie recht wohl.

Weimar, den 29. November 1795 G.

125. An Goethe

Jena, den 29. November 1795

Der Brief des Prinzen August hat mich unterhalten. Er hat, für einen Prinzen besonders, viel guten Humor.

Könnten wir nicht durch diesen Prinzen Vergünstigung erhalten, die Diderotische Erzählung *La Religieuse*, die sich in dem geschriebenen Journale befindet und, soviel ich weiß, noch nicht übersetzt ist, für die Horen zu übersetzen? Aus demselben ist auch *Jaques le Fataliste* gezogen und in Berlin bei Unger übersetzt herausgekommen. Ich kanns nicht lassen. Bei einem Prinzen fällt mir immer zuerst ein, ob er nicht zu etwas gut sei?

Hier das verlangte 7te Stück.

Ich erwarte in dieser Woche Exemplarien von dem Musen-Almanach.

Wenn es angeht, so will auch ich zu der Weimarischen Journal-Gesellschaft förmlich treten und kann drei Journale dazu stiften, entweder

Klio, oder
Posselts Europäische Annalen, oder
Flora.

Hätte man diese Journale schon und wollte sie nicht abbestellen, so will ich den gewöhnlichen Anteil an Geld bezahlen.

Bei dieser Gelegenheit fällt mir ein, daß ich an den Herrn –us (ich weiß die Anfangssilben nicht), der mir das Siegel zu den Horen gestochen, noch 1/2 Karolin zu bezahlen habe. Mögen Sie wohl so gütig sein und diese Zahlung einstweilen an ihn leisten?

Die Stolbergische Vorrede ist wieder etwas Horribles. So eine vornehme Seichtigkeit, eine anmaßungsvolle Impotenz, und die gesuchte, offenbar nur gesuchte Frömmelei – auch in einer Vorrede zum Plato Jesum Christum zu loben.

Von Jacobi hab ich eine Ewigkeit lang nichts gehört, da er mir doch, höflichkeitshalber, über einige Gedichte, die ich ihm geschickt, und auf Verlangen geschickt, etwas hätte sagen sollen.

Wenn Sie meinen Aufsatz etwa mit der heutigen Post nicht hätten abgehen lassen, so sind Sie wohl so gütig, ihn Dienstags auf die Post zu geben, es sei denn, daß Sie ihn länger brauchen könnten. Ich wollt ihn Humboldten senden. Sehr erwartend bin ich auf Ihre Meinung darüber. Wenn ich jetzt zurücksehe, wie weit ich mich hier, ohne Führer, bloß mit Hülfe der Prinzipien, die aus dem Ganzen meines Systems fließen, gewagt, so freut mich die Fruchtbarkeit dieser Prinzipien gar sehr, und ich verspreche mir noch mehr davon für die Zukunft.

Der Rest des Aufsatzes, der jetzt erst fertig geworden und die *Idylle* abhandelt, ist noch nicht kopiert. Sie erhalten ihn morgen oder übermorgen. Ein Nachtrag zu dem Aufsatz kommt unter der Aufschrift: Über *Platitüde* und *Überspannung* (die zwei Klippen des Naiven und Sentimentalen) im Januar. Hier habe ich Lust, eine kleine Hasenjagd in unserer Literatur anzustellen und besonders etliche gute Freunde, wie Nicolai und Konsorten, zu regalieren.

Leben Sie recht herzlich wohl. Sch.

126. An Goethe

Die Horen, die mir diesmal die Zeit sehr lang gemacht haben, erfolgen hier. Zwei Exemplare haben Sie von diesem Stücke noch gut. Cotta, dem der Kopf etwas unrecht stehen muß, hat mir nicht weniger als 7 Exemplare weniger eingepackt, und die er schickt, die auf Postpapier nämlich, sind alle schlecht konditioniert. Es ist mein Trost, daß mit dem neuen Jahrgang auch besser Papier genommen wird.

Ich hörte lange nichts von Ihnen und habe auch selbst lange geschwiegen. Das üble Wetter hat mich sehr gedrückt, so daß ich aus Nacht Tag und aus Tag Nacht machen mußte. Es ist auch jetzt noch nicht besser, und die Arbeit geht langsam. Aber sie ist mir unter den Händen wichtiger geworden, und ich hoffe das neue Jahr meinerseits mit einem ziemlich interessanten Aufsatz zu eröffnen, wenn ich ihn bis dahin vollenden kann.

Möchten Sie doch auch Einen Ihrer Geister in dem neuen Jahrstück erscheinen lassen. Den Staelischen Aufsatz muß ich, der Varietät wegen, zum IIten Stück liegen lassen, da alles von Dichtern und Dichtungstheorien handelt.

Hier sendet der Musen-Almanach ein kleines epigrammatisches Honorar. Es wird nicht hinreichen, die Zecchinen zu ersetzen, die über den Epigrammen darauf gegangen sind. Aber das übrige rechnen Sie auf die schönen Bettinen und Lacerten! Exemplarien hat mir der dumme Mensch, der Michaelis, noch keine gesendet.

Man sagt hier, daß Iffland nächste Woche in Weimar sein werde. Da wird ja Thalia und Melpomene recht frohlocken. Vielleicht bringen Sie ihn einmal auch hieher. Es würde mich freuen, einen alten Bekannten wieder zu sehen.

Meine Frau grüßt aufs beste. Leben Sie heiter und tätig.

[Jena.] Den 8. Dezember 1795 Sch.

Nur zwei Worte erbitte mir auf einem besonderen Blatt über den Empfang, für Michaelis.

Die reitende Post sendet mir mein Paket zurück und will es, des Geldes wegen, nicht nehmen. Weil die fahrende Post erst Montags abgeht, so sende ich einstweilen die Horen. Was für klägliche Postanstalten!

127. *An Schiller*

Auf beiliegenden Blättchen erhalten Sie Nachricht wegen der Journale; wollten Sie nun desfalls das Nötige mit den Botenweibern arrangieren, so könnten Sie die Stücke ordentlich erhalten.

Hier kommen auch meine Elegien; ich wünsche, daß Sie damit zufrieden sein mögen, es ist noch zuletzt allerlei daran getan worden; doch wie man mit eigenen Sachen selten fertig wird, so wird man es mit Übersetzungen niemals. Haben Sie noch etwas zu erinnern, so teilen Sie es mir gefälligst mit; es wäre gut, wenn diese neuen Stücke zusammen erscheinen könnten. Sie machen zusammen nicht über anderthalb Bogen, die übrigen sollen nach und nach eintreffen.

Wie sieht es übrigens mit dem Vorrat aufs nächste Vierteljahr aus, und was hören Sie von der neuen Subskription?

Wenn Sie die Abhandlung über die sentimentalischen Dichter wieder zurück haben, wünschte ich sie noch einmal zu lesen; wegen des Schlusses habe ich noch einige Skrupel, und wenn einen der Geist warnt, so soll man es wenigstens nicht verschweigen. Da das Ganze so weit und breit ist, so scheint [es] mir bei näherer Überlegung zu enge und zu spitz auszulaufen, und da diese Spitze grade zwischen mir und einem alten Freunde hineinfällt, so machts mir wirklich ein wenig bange. Doch davon mündlich. Heute nur ein Lebewohl.

Weimar, den 9. Dezember 1795 G.

128. An Goethe

Jena, den 13. Dezember 1795

Mein Aufsatz über die Sentimentalischen Dichter, den ich doppelt kopieren ließ, ist schon seit 3 Wochen zum Druck abgeschickt, aber Sie können des Schlusses wegen außer Sorgen sein. Sie haben nur gelesen, was damals fertig war; zu diesem aber sind noch 8 Seiten, die Idylle betreffend, gekommen, womit der Aufsatz für das XII. Horenstück schließt. Der eigentliche Schluß aber erfolgt erst im ersten Stücke des neuen Jahrs. Sie und Wieland fallen also noch in die *Breite*, und ich denke, wenn der Aufsatz ordentlich geendigt sein wird, soll der Totaleindruck und das Sachinteresse jeder Privatbeziehung vorbeugen.

Die Elegien sende ich hier nebst meinen Anmerkungen darüber zurück. Ich habe es mit diesen mit Fleiß etwas genau genommen, weil man bei einer Übersetzung, und zwar nicht mit Unrecht, eine größere Strenge in Kleinigkeiten fodert, als bei einem Originalwerk, und wir auch die Voßischen Rigoristen auf dem Nacken haben. Da ich diese Lieferung erst in 8 Tagen abzuschicken brauche, so ist noch Zeit, jenen Kleinigkeiten abzuhelfen, wenn Sie von meinen Anmerkungen Gebrauch machen wollen.

Sonst bin ich mit der Übersetzung in hohem Grade zufrieden. Sie ist ganz in den Geist des Autors eingegangen und, jene kleinen Härten abgerechnet, ungemein fließend und ungezwungen.

Hier das Geld, so ich neulich nicht habe mitschicken können. Auf Neujahr werde ich 20 Louisdor für den Properz senden.

Leben Sie recht wohl. Sch.

129. An Schiller

Für das Übersendete, über welches hier eine Quittung beiliegt, danke ich zum schönsten. Es scheint, da wir Dichter bei der Teilung der Erde zu kurz gekommen sind, uns ein wichtiges Privilegium geschenkt zu sein, daß uns nämlich unsere Torheiten bezahlt werden.

Das Gedicht, worauf ich hier anspiele, findet großen Beifall, und die Leute sind höchst neugierig, wer es wohl gemacht habe?

Übrigens sind gegenwärtig die *Hundsposttage* das Werk, worauf unser feineres Publikum seinen Überfluß von Beifall ergießt; ich wünschte, daß der arme Teufel in Hof bei diesen traurigen Wintertagen etwas Angenehmes davon empfände.

Wenn *jener Aufsatz* sich nicht grade mit der bedenklichen Note schließt, so wird dadurch ihre Wirkung geringer werden, und wir müssen abwarten, was daraus erfolgt.

Haben Sie beiliegenden Hymnus schon gesehen, mit dem man Sie beehrt hat? Ich habe ihn auf alle Fälle abschreiben lassen.

Man sieht auch hieraus, daß man im Literarischen jenen Sämann, der nur säete, ohne viel zu fragen, wo es hinfiel, nachahmen soll.

Von den Anmerkungen zu den Elegien wollen wir, so viel die Zeit erlaubt, Gebrauch machen. In so einer wunderlichen Sprache, wie die deutsche ist, bleibt freilich immer etwas zu wünschen übrig.

Zum Jännerstücke arbeitete ich gerne etwas, aber der Roman nimmt mir jetzt, zu meinem Glücke, alle Zeit weg. Dieser letzte Band mußte sich notwendig selbst machen, oder er konnte gar nicht fertig werden, und die Ausarbeitung drängt sich mir jetzt recht auf, und der lange zusammengetragene und gestellte Holzstoß fängt endlich an zu brennen.

Länger als Februar rat ich den Staelischen Aufsatz nicht zurückzuschieben: weil Ostern derselbe nebst den Erzählungen wahrscheinlich übersetzt erscheinen wird. Die französischen Exemplare fangen an sich in Deutschland auszubreiten.

Vielleicht kann ich zum März jenes zweite Märchen, von dem ich eine Skizze vorgetragen, fertig schreiben und dabei mit einem kleinen Eingang über die Auslegung des ersten wegschlüpfen. Daß dieses seine Wirkung nicht verfehlt, sehen Sie aus beiliegendem Briefe des Prinzen.

Es wäre sehr gut, wenn man von der *Religieuse* für die Horen Gebrauch machen könnte. Sie könnten dazu die Erlaubnis durch Herdern am besten erhalten; ich mag nicht gerne darüber anfragen, weil mir bei dieser Gelegenheit die Travestierung der Claironischen Geschichte könnte zu Gemüte geführt werden.

Iffland kommt so bald nicht, sie sind von den Überwindern in Mannheim zu spielen gezwungen. Gegen Ostern oder nach Ostern hofft er zu kommen.

Ich bereite mich, Sie aufs Neuejahr besuchen zu können, denn mich verlangt sehr, den ganzen Kreis Ihrer theoretischen Arbeiten nun einmal mit Ihnen zu durchlaufen und mich dadurch zu den Arbeiten, die vor mir liegen, zu stärken. Ich habe Ihre Prinzipien und Deduktionen desto lieber, da sie mir unser Verhältnis sichern und mir eine wachsende Übereinstimmung versprechen; denn leider sind es öfter die Meinungen über die Dinge als die Dinge selbst, wodurch die Menschen getrennt werden, wovon wir in Weimar die betrübtesten Beispiele täglich erfahren.

Leben Sie recht wohl und grüßen die liebe Frau. Wird denn ein wenig gezeichnet?

Weimar, den 15. Dezember 1795 G.

130. An Goethe

Jena, den 17. Dezember 1795

Wie beneide ich Sie um Ihre jetzige poetische Stimmung, die Ihnen erlaubt, recht in Ihrem Roman zu leben. Ich habe mich lange nicht so prosaisch gefühlt als in diesen Tagen, und es ist hohe Zeit, daß ich für eine Weile die philosophische Bude schließe. Das Herz schmachtet nach einem betastlichen Objekt.

Es ist prächtig, daß der scharfsinnige Prinz sich in den mystischen Sinn des Märchens so recht verbissen hat. Hoffentlich lassen Sie ihn eine Weile zappeln: ja, wenn Sie es auch nicht täten, er glaubte Ihnen auf Ihr eigenes Wort nicht, daß er keine gute Nase gehabt habe.

Daß in Weimar jetzt die Hundsposttage grassieren, ist mir ordentlich psychologisch merkwürdig; denn man sollte sich nicht träumen lassen, daß derselbe Geschmack so ganz heterogene Massen vertragen könnte, als diese Produktion und Clara du Plessis ist. Nicht leicht ist mir ein solches Beispiel von Charakterlosigkeit bei einer ganzen Sozietät vorgekommen.

Das Gedicht, welches Sie mir so gütig waren, kopieren zu lassen, hat der Verfasser vorigen Sommer in Manuskript an mich gesendet. Es freut mich, daß man doch hie und da etwas wachsen und blühen sieht, und lieb ist mir die öffentliche Erscheinung gerade jetzt, da es die Widersacher gewaltig verdrießen wird.

Cotta, der mir vor einigen Tagen schrieb, weiß von der neuen Subskription noch nichts zu sagen. Daraus, daß jetzt noch nicht schon abbestellt wird, schließe ich doch etwas Gutes.

Herdern will ich zu disponieren suchen, daß er die *Religieuse* übersetzt. Den Staelischen Aufsatz bringe ich nicht später als im Februar. Eine Übersetzung gleich im ersten Stück, wo schon eine poetische sich findet, würden uns die Herren auch aufgemutzt haben.

Leben Sie recht wohl. Meine Frau dankt schönstens für Ihr Andenken. Gezeichnet ist nicht viel worden. Sch.

131. An Schiller

Von Ihren gütigen und gegründeten Anmerkungen haben wir bei den Elegien, die hier zurückkommen, so viel als möglich Gebrauch gemacht; es ist freilich möglich, auf einem solchen Wege diese Art Arbeiten immer der Vollkommenheit näher zu bringen.

Ich habe diese Tage, in Hoffnung von meinem Herrn Kollegen was zu lernen, den vortrefflichen *Herrn Stark* gelesen und studiert. Ich könnte nicht sagen, daß ich sehr auferbauet worden wäre. Vorn herein hat es wirklich einigen Schein, der uns bestechen kann, in der Folge aber leistet es doch gar zu wenig.

Dagegen habe ich an den Novellen des Cervantes einen wahren Schatz gefunden, sowohl der Unterhaltung als der Belehrung. Wie sehr freut man sich, wenn man das anerkannte Gute auch anerkennen kann, und wie sehr wird man auf seinem Wege gefördert, wenn man Arbeiten sieht, die nach eben den Grundsätzen gebildet sind, nach denen wir nach unserm Maße und in unserm Kreise selbst verfahren.

Leben Sie recht wohl. Bald mehr.

Weimar, den 17. Dezember 1795 G.

132. An Goethe

Jena, den 23. Dezember 1795

Für die Elegien danke ich schönstens. Ich denke nicht, daß jetzt noch etwas darin sein sollte, was den Krittlern Gelegenheit geben könnte, über kleinen Versehen gegen den schönen Geist des Ganzen sich zu verhärten.

Lorenz Stark ist, wie mir Humboldt schrieb, ehemals zu einer Komödie bestimmt gewesen und nun zufälligerweise in die erzählende Form gegossen worden. Ein ziemlich leichter Ton empfiehlt es, aber es ist mehr die Leichtigkeit des Leeren als die Leichtigkeit des Schönen. Solchen Geistern wie Herr Engel ist das Platte so gefährlich, wenn sie wahr und naiv sein wollen. Aber die göttliche Platitude: das ist eben der Empfehlungsbrief.

Haben Sie denn auch die schönen Abbildungen vom Seifersdorfer Tal mit Herrn Beckers (in Dresden) Beschreibungen gesehen? Als einem so großen Liebhaber von Kunstgärten und sentimentalischen Produktionen empfehle ich Ihnen dieses Werk. Es verdient, neben Racknitz' Schrift, eine gelegentliche Erwähnung in den Horen.

Mit der *Religieuse* von Diderot weist mich Herder an Sie zurück: auch meint er, daß sie entweder schon übersetzt sei oder mit andern Erzählungen von Diderot künftige Ostern erscheinen werde. Es scheint demnach für uns keine sichere Entreprise zu sein.

Der Himmel verlängere Ihnen jetzt nur die gute Laune, um den Roman zu endigen. Ich bin unglaublich gespannt auf die Entwicklung und freue mich recht auf ein ordentliches Studium des Ganzen.

Das Glück, welches das kleine Gedicht die *Teilung der Erde* zu machen scheint, kommt mit auf Ihre Rechnung, denn schon von vielen hörte ich, daß man es Ihnen zuschreibt. Hingegen ist *mir* von andern der *Literarische Sanscülottism* zugeschrieben worden.

Von der zu erwartenden Rezension der Horen durch Schütz hörte ich gestern, daß es Ernst damit sei, und daß wir sie in wenigen Wochen zu Gesicht bekommen werden. Ob ich sie noch im Manuskript zu lesen bekomme, zweifle ich, da ich mit Schützen seit einiger Zeit weniger Verkehr habe. Er hat aber doch dem jungen Schlegel den poetischen Teil derselben zu rezensieren aufgetragen, so wie auch die Unterhaltungen pp., und dieser hat die Rezension, wie er mir heute schrieb, schon an Schütz gesendet. Wenn er nichts in diese Arbeit hineinpfuscht, so erwarte ich etwas Gutes davon.

Von Cotta habe ich nichts wieder gehört, und der Almanach ist auch noch nicht angelangt.

Zum heiligen Christ wünschen wir alles Gutes. Möchten Sie ihn hier bei uns zubringen! Leben Sie recht wohl. Sch.

133. An Schiller

Mit Verlangen warte ich aufs neue Jahr und suche mancherlei kleine Geschäfte abzutun, um Sie wieder mit Freiheit auf einige Zeit besuchen zu können. Ich wünsche nur, daß ich Sie wohl und poetisch tätig antreffen möge, denn es ist das nun einmal der beste Zustand, den Gott den Menschen hat gönnen wollen. Mein Roman ruht nun nicht, bis er sich fertig macht, worüber ich sehr vergnügt bin, denn mitten unter allen Zerstreuungen treibt er sein Wesen immer fort.

Ich habe sonst noch manches mitzuteilen. Hier liegt z. B. eine Erklärung der dramatischen Personen des Märchens bei, von Freundin Charlotte. Schicken Sie mir doch geschwind eine andere Erklärung dagegen, die ich ihr mitteilen könnte.

Den Einfall, auf alle Zeitschriften Epigramme, jedes in einem einzigen Disticho, zu machen, wie die Xenia des Martials sind, der mir dieser Tage gekommen ist, müssen wir kultivieren und eine solche Sammlung in Ihren Musenalmanach des nächsten Jahres bringen. Wir müssen nur viele machen und die besten aussuchen. Hier ein Paar zur Probe.

Daß Cotta über die Subskription der Horen nicht herauswill, gefällt mir nicht ganz, wo ich hinhöre, spricht man von vermehrter Subskription.

Wird sich denn dieser edle Sosias mit seinem Gold und Silber auf das Fest *Epiphaniae* einfinden? Weihrauch und Myrrhen wollen wir ihm erlassen.

Des P[ater] Castels Schrift *Optique des Couleurs* 1740 habe ich in diesen Tagen erhalten, der lebhafte Franzos macht mich recht glücklich. Ich kann künftig ganze Stellen daraus drucken lassen und der Herde zeigen, daß das wahre Verhältnis der Sache schon 1739 in Frankreich öffentlich bekannt gewesen, aber auch damals unterdruckt worden ist.

Ich habe noch geschwind einige Varianten zur Erklärung gesetzt; wenn Sie auch noch die Summe vermehren, so wird eine Verwirrung ohne Ende aus diesen Aufklärungen zu hoffen sein.

Die Xenia nächstens.

[Weimar,] den 23. Dezember 1795 G.

NB. Die rot unterstrichnen sind meine Varianten.

134. An Goethe

[Jena, den] 25. Dezember 1795

Hier einen kleinen Beitrag zu der Interpretation des Märchens. Er ist mager genug, da Sie mir mit dem besten schon zuvorgekommen sind. In dergleichen Dingen erfindet die Phantasie selbst nicht so viel, als die Tollheit der Menschen wirklich ausheckt, und ich bin überzeugt, die schon vorhandenen Auslegungen werden alles Denken übersteigen.

Was Sie von der vermehrten Subskription auf die Horen schreiben, überraschte mich, und es möchte wohl nur sehr partikulär sein, denn daß die Summe im ganzen abnehmen muß, ist nach dem erstaunlichen Geschrei, nach den Klagen so vieler Buchhändler selbst, wie z. B. Ungers in Berlin und andrer, keine Frage. Auf Cottas Aufrichtigkeit dürfen wir uns, bis auf einen gewissen Punkt wenigstens, ganz sicher verlassen. Er hat mehr Eitelkeit als Eigennutz, und er fürchtet zu sehr, daß mein Eifer erkalten möchte, als daß er dasjenige verschweigen könnte, was ihn beleben kann.

Was die Goldlieferung anbetrifft, so vergaßen Sie, daß die Zahlung von einer Ostermesse zur andern ist ausgemacht worden. Etliche Tage vor Jubilate erscheint Cotta mit einer Geldkatze um den Leib, und zwar pünktlich wie „eine wohlberechnete Sonnenfinsternis“, um das Honorar für das ganze Jahr abzutragen. Früher wollte ich ihm nicht gern eine starke Zahlung zumuten, da er sich einmal auf die Abrede verläßt; ob er gleich, sobald man es fodert, damit parat sein wird.

Eben sendet mir Woltmann ein selbstverfertigtes Trauerspiel nebst einer Operette. Ich hab es noch nicht angesehen, werde Ihnen aber, wenn Sie hier sind, hoffentlich allerlei davon zu erzählen haben.

In 10–12 Tagen werden Sie die Horen in der L[iteratur-] Z[eitung] rezensiert lesen. Den poetischen Teil hat glücklicherweise Schlegel und nicht Schütz rezensiert. Dieser hat sich bloß das Philosophische und Historische vorbehalten.

Leben Sie recht wohl. Schiller

135. An Schiller

Ein paar Produkte, wie die hierbei kommenden Schriften sind, dürfen Ihnen nicht unbekannt bleiben, vielleicht sind sie noch nicht zu Ihnen gelangt. Den Theater-Kalender erbitte mir bald wieder zurück.

Mit 100 Xenien, wie hier ein Dutzend beiliegen, könnte man sich sowohl dem Publiko als seinen Kollegen aufs angenehmste empfehlen.

Es ist recht gut, daß die Rezension des poetischen Teils der Horen in die Hände eines Mannes aus der neuen Generation gefallen ist, mit der alten werden wir wohl niemals einig werden. Vielleicht lese ich sie bei Ihnen, denn wenn es mir möglich ist, geh ich den dritten Januar von hier ab.

Daß man uns in unsern Arbeiten verwechselt, ist mir sehr angenehm; es zeigt, daß wir immer mehr die Manier los werden und ins allgemeine Gute übergehen. Und dann ist zu bedenken, daß wir eine schöne Breite einnehmen können, wenn wir mit einer Hand zusammenhalten und mit der andern so weit ausreichen, als die Natur uns erlaubt hat.

Ich danke für den Beitrag zur Auslegung des Märchens; wir würden freilich noch ein bißchen zusehen. Ich hoffe aber doch noch auf eine günstige Wendung, in den Unterhaltungen meinen beliebigen Spaß darüber machen zu können.

Wollte doch Gott, daß Woltmanns Trauerspiel produzibel wäre! ich würde es gleich aufführen lassen. Alles will schreiben und schreibt, und wir leiden auf dem Theater die bitterste Not.

Die Abbildung des Seifersdorfer Anwesens kenn ich, Sie kennen ja wohl auch die Trude, die es bewohnt, und die es so ausgeschmückt hat. Wielands Empfang und Bewirtung daselbst im Sommer 1794 gäbe eine vortreffliche Geschichte, wenn er sie aufsetzen wollte, wie er sie erzählt.

Cotta wollen wir also auf Jubilate erwarten, ich hatte wirklich vergessen, daß dieser Termin festgesetzt worden.

Leben Sie recht wohl; ich suche mich von allem, was mich halten und zerstreuen könnte, los zu machen, um in Ihrer Nähe wieder einige gute Zeit zuzubringen.

Weimar, den 26. Dezember 1795 G.

136. An Goethe

[Jena.] Den 29. Dezember 1795

Der Gedanke mit den Xenien ist prächtig und muß ausgeführt werden. Die Sie mir heute schickten, haben mich sehr ergötzt, besonders die Götter und Göttinnen darunter. Solche Titel begünstigen einen guten Einfall gleich besser. Ich denke aber, wenn wir das Hundert voll machen, werden wir auch über einzelne Werke herfallen müssen, und welcher reichliche Stoff findet sich da! Sobald wir uns nur selbst nicht ganz schonen, können wir Heiliges und Profanes angreifen. Welchen Stoff bietet uns nicht die Stolbergische Sippschaft, Racknitz, Ramdohr, die metaphysische Welt, mit ihren Ichs und Nicht-Ichs, Freund Nicolai, unser geschworener Feind, die Leipziger Geschmacksherberge, Thümmel, Göschen als sein Stallmeister, u. d. gl. dar!

Gestern empfing ich die abgedruckten Bogen von den Sentimentalischen Dichtern, welche also auch noch in der großen Rezension in der Literatur-Zeitung mit begriffen werden können. Ich habe Schützen schon gesprochen, seitdem er sie gelesen, und ob er sie gleich erbärmlich schlecht versteht, so ist er doch nicht so sehr dadurch erschreckt worden, als ich glaubte; ich ließ ihn merken, daß ich sein Urteil darüber zwar nicht genieren wolle, aber jeder determinierte Widerspruch gegen meine Urteile würde mich schlechterdings zu einer Replique nötigen, bei welcher, da ich sie mit Beweisen belegen müßte, die Autoren, deren er sich annehmen wollte, leicht ins Gedränge kommen könnten. Er wird sie also wohl sehr leise anrühren.

Die Rezension wird sehr groß werden, da allein der poetische Teil mehr als ein ganzes Zeitungsblatt füllen soll. Auch ich arbeite einiges daran; so z. B. ist mir der Archenholzische Aufsatz im letzten Stück zur Rezension übergeben, weil Schütz sonst nicht fertig wird. Diese Rezension wird also eine rechte Harlekinsjacke werden. Vor dem 6ten erscheint aber nichts davon.

Woltmanns Trauerspiel ist erbärmlich und in keiner Rücksicht brauchbar. Ein Ding ohne Charakter, ohne Wahrscheinlichkeit, ohne alle menschliche Natur. Erträglicher noch ist die Operette, obgleich nur gegen das Trauerspiel erträglich.

Haben Sie eine Zoonomie, die ein gewisser Hofrat Brandis herausgegeben, gelesen? Ihre Schrift über die Metamorphosen ist darin mit großer Achtung behandelt. Aber lächerlich ists, daß, weil Ihr Name vor dem Buche steht und Sie Romane und Trauerspiele geschrieben, man schlechterdings auch daran erinnert werden muß. „Ein neuer Beweis", meint der gute Freund, bei dieser Gelegenheit, „wie günstig der Dichtergeist auch für wissenschaftliche Wahrheit sei."

Auf Ihre baldige Hieherkunft freue ich mich nicht wenig. Wir wollen wieder einmal alles recht durcheinander bewegen. Sie bringen wohl Ihren jetzigen „Strickstrumpf", den Roman, auch mit? Und dann soll es heißen: *nulla dies sine Epigrammate.*

Sie sprechen von einer so großen Teurung in der Theaterwelt. Ist Ihnen nicht schon der Gedanke gekommen, ein Stück vom Terenz für die neue Bühne zu versuchen? Die Adelphi hat ein gewisser Romanus schon vor 30 Jahren gut bearbeitet, wenigstens nach Lessings Zeugnis. Es wäre doch in der Tat des Versuches wert. Seit einiger Zeit lese ich wieder mehr in den alten

Lateinern, und der Terenz ist mir zuerst in die Hände gefallen. Ich übersetzte meiner Frau die Adelphi aus dem Stegreif, und das große Interesse, das wir daran genommen, läßt mich eine allgemein gute Wirkung erwarten. Gerade dieses Stück hat eine herrliche Wahrheit und Natur, viel Leben im Gange, schnell dezidierte und scharf bestimmte Charaktere und durchaus einen angenehmen Humor.

Der Theater-Kalender enthält gewaltig viel Namen und blutwenig Sachen. Ich für mein Teil bin übrigens gut weggekommen: aber in welcher Gesellschaft erblickt man sich da. Ihnen wird ja ein Julius Cäsar großmütig zugeschrieben, den Sie dem Publikum wohl schuldig bleiben werden.

Worin schreibt aber Freund Böttiger nicht!

Leben Sie recht wohl. Meine Frau grüßt bestens. Sch.

137. An Schiller

[Weimar, den 30. Dezember 1795]

Ich freue mich sehr, daß die Xenien bei Ihnen Eingang und Beifall gefunden haben, und ich bin völlig der Meinung, daß wir weiter um uns greifen müssen. Wie werden sich *Charis* und *Johann* prächtig nebeneinander ausnehmen! wir müssen diese Kleinigkeiten nur ins Gelag hineinschreiben und zuletzt sorgfältig auswählen. Über uns selbst dürfen wir uns das, was die albernen Pursche sagen, in Verse bringen, und so verstecken wir uns noch gar hinter die Form der Ironie.

Die Rezension der Horen wird also ein rechtes Wunderding, auch passen unsere Konkurrenten mit Heißhunger darauf, und sie falle aus, wie sie will, so gibts gewiß wieder Händel.

Was Brandis in seinem Werke über *die Lebenskraft* über meine Metamorphose sagt, erinnere ich mich, aber nicht der Stelle, die Sie anführen; wahrscheinlich hat er derselben, in seiner Übersetzung der *Darwinischen Zoonomie*, nochmals gedacht, da Darwin auch das Unglück hat, vorher als Dichter (im englischen Sinne dieses Worts) bekannt zu sein.

Nur die höchste Dürftigkeit ließ mich von jener Tragödie etwas Gutes hoffen. Gestern ist wieder ein detestables Stück von Ziegler aufgeführt worden: *Barbarei und Größe*, wobei sie so barbarisch zugehauen haben, daß ein Schauspieler fast um seine Nase gekommen ist. Wie heißt doch der Titel der Bearbeitung der Adelphen? ich erinnere mich ihrer aus den frühesten Zeiten her.

Ich verlange recht, Sie wieder zu sehen und in dem stillen Schlosse zu arbeiten; mein Leben ist, diese 4 Wochen her, ein solches Quodlibet, in welchem sich hunderterlei Arten von Geschäftigkeiten mit hunderterlei Arten von Müßiggang kreuzen, mein Roman gleicht indessen einem Strickstrumpf, der bei langsamer Arbeit schmutzig wird. Indessen wird er im Kopfe überreif, und das ist das beste.

Von Meyern habe ich einen Brief aus Rom, er ist glücklich daselbst angelangt und sitzt nun freilich im Rohre; aber er beschwert sich bitterlich über die andern Gesellen, die auch da sitzen, Pfeifen schneiden und ihm die Ohren voll dudeln. Deutschland kann sich nicht entlaufen, und wenn es nach Rom liefe, überall wird es von der Platitüde begleitet wie der Engländer von seinem Teekessel. Er hofft bald von sich und Hirt etwas für die Horen zu schicken.

Hierbei ein Brief von Obereit, der in seiner Art wieder recht merkwürdig ist; ich will sehen, daß ich dem armen alten Mann etwas von unsern Herrschaften heraus bettle.

Leben Sie recht wohl und behalten mich lieb. G.

138. An Goethe

Hier ein Exemplar des Almanachs für den ersten Hunger. Humboldt sendet mir heute deren 3 aus Berlin, von dem Buchhändler selbst ist noch nichts gekommen; um uns schöne Exemplare zu geben, läßt er uns vielleicht noch Wochen lang darauf warten.

Salve zum neuen Jahr.

[Jena,] Mittwoch abends [30. Dezember 1795] Sch.

139. An Schiller

Nur soviel will ich in der Kürze melden: daß endlich die Möglichkeit erscheint, mich von hier los zu machen, und daß ich morgen, zwischen drei und vier, bei Ihnen einzutreffen hoffe. Ich freue mich sehr, Sie wieder zu sehen.
Weimar, den 2. Januar 1796 G.

140. An Goethe

[Jena, den 17. Januar 1796]

Hier folgen 4 Almanache und 66 Xenien. Ehe Sie Weimar erreichen, werden mit denen, die Sie schon fertig haben, nah an 80 daraus werden. Reisen Sie glücklich, unsere guten Wünsche sind mit Ihnen. Sch.

141. An Goethe

[Jena,] den 18. Jenner [1796]

Wir haben dem armen Tiere, dem Michaelis, doch unrecht getan. Die neulich überschickten 10 Exemplare waren nur für die Mitarbeiter *ad extra* bestimmt: heute ist erst das eigentliche Paket, welches die Exemplarien für Sie, Herdern und mich enthält, angelangt, und dieses ist 12 Tage über die Zeit unterwegs geblieben. Ich sende Ihnen daher hier noch 3 Exemplare auf Atlas.* Die noch restierenden Bogen von den Epigrammen verschreibe ich mit der heutigen Post. Sollten Sie eins von den schlechtern Exemplarien überflüssig haben, so kann ich es bei dem Buchhändler wieder anbringen.

Leben Sie recht wohl. Sch.

Der Gesundbrunnen zu N. N.

Seltsames Land! Hier haben die Bäche Geschmack und die Quellen;
Bei den Bewohnern allein hab ich noch keinen verspürt.

* Zwei Kalender bringt das Botenmädchen.
Die Post nahm sie nicht an.

142. An Schiller

Vielen Dank für die schönen Exemplare, hier kommt ein geringeres zurück. Jedermann spricht gut von dem Almanach. Es ist eine allgemeine Nachfrage danach.

Die Epigramme sind noch nicht abgeschrieben, auch fürchte ich, Sie werden mir so vorauslaufen, daß ich Sie nicht einholen kann. Die nächsten vierzehn Tage seh ich wie schon verschwunden an. Die neue Oper wird uns noch viel zu schaffen machen, es wird aber auch ein lustiges und erbauliches Werk. Leben Sie recht wohl und haben noch tausend Dank für alles Gute und Liebe. Sobald als möglich besuche ich Sie wieder.

Weimar, den 20. Januar 1796 G.

143. An Goethe

[Jena.] Den 22. Jenner 1796

Hier eine kleine Lieferung von Epigrammen. Was Ihnen darunter nicht gefällt, lassen Sie nur gar nicht abschreiben. Es geht mit diesen kleinen Späßen doch nicht so rasch, als man glauben sollte, da man keine *Suite* von Gedanken und Gefühlen dazu benutzen kann, wie bei einer längeren Arbeit. Sie wollen sich ihr ursprüngliches Recht als *glückliche Einfälle* nicht nehmen lassen. Ich zweifle deswegen, ob ich, bei meinem Müßiggange, Ihnen so weit vorkommen werde, als Sie denken, denn in die Länge geht es doch nicht, ich muß mich zu größern Sachen entschließen und die Epigramme auf den Augenblick ankommen lassen. Doch soll kein Posttag leer sein, und so rücken wir doch in 4, 5 Monaten weit genug vor.

Ihre Epigramme im Almanach machen großes Glück, wie ich immer aufs neu in Erfahrung bringe, und bei Leuten, von deren Urteil man keine Schande hat. Daß der Almanach in Weimar neben den Emigrierten und den Hundsposttagen noch aufkommen kann, ist mir sehr tröstlich zu vernehmen.

Darf ich Sie mit einem kleinen Auftrage belästigen? Ich wünschte 63 Ellen Tapeten von schöner grüner Farbe und 62 Ellen Einfassung, welche ich ganz Ihrem Geschmack und Ihrer Farbentheorie überlasse. Wollten Sie Herrn Gerning darnach schicken und allenfalls Order geben, daß ich sie in 6 bis 8 Tagen haben kann?

Leben Sie recht wohl. Meine Frau grüßt. Sch.

An einen gewissen moralischen Dichter

Ja, der Mensch ist ein elender Wicht, ich weiß –
doch das wollt ich
Eben vergessen und kam, ach wie gereut michs zu dir.

Jakob der Kantianer

Kantische Worte sollte der hohle Schädel nicht fassen?
Sieht man in hohler Nuß doch den Kalender versteckt.

Freiheit

Freiheit ist ein herrlicher Schmuck. Doch steht er, wir sehens,
Jeglicher Menge so schlecht als nur das Halsband dem Schwein.

144. An Schiller

Die nächsten acht Tage werde ich ein sehr buntes Leben führen. Heute kommt die Darmstädter Herrschaft, morgen ist Cour, Diné, Konzert, Soupé und Redoute. Montag Don Juan. Die übrige Woche geht auf Proben hin, denn den 30ten sind die *Advokaten* von Iffland und den 2ten die *neue* Oper. Dann will ich aber auch mich wieder sobald als möglich sammeln und sehen, was ich leisten kann. Das achte Buch erscheint mir indessen oft zwischen allen diesen fremden Gestalten durch, und ich hoffe, es soll sich nun bei der ersten Gelegenheit auch fertig machen.

In den letzten Epigrammen, die Sie mir senden, ist ein herrlicher Humor, und ich werde sie deshalb alle abschreiben lassen, was am Ende nicht in der Gesellschaft bleiben kann, wird sich wie ein fremder Körper schon separieren.

Die verlangten Papiertapeten so wie die Bordüren sind hier, fertig, nicht zu haben, ich schicke hier Muster von beiden aus Frankfurt. Das Stück Tapete ist eine Elle breit und hält 20 Ellen. Sie müßten also zu 63 Ellen 4 Stücke nehmen und behielten so viel übrig. Das Stück kostete vor einem Jahre 1 Gulden 20 Kreuzer. Von der beikommenden Bordüre hält das Stück 40 Ellen und kostet 3½ Gulden, Sie brauchten also davon 2 Stück, sie steht auf grün sehr gut, wollte man sie lebhafter haben, so gibt es auch schöne Rosenbordüren von derselben Breite. Wenn Sie mir die Muster geschwind zurück schicken, so könnte ich Montag abends nach Frankfurt schreiben, und Sie würden das Verlangte doch ziemlich bald erhalten, mehr Umstände macht es, wenn man hier die Papiere wollte färben lassen, besonders da

Eckebrecht gegenwärtig sehr mit den Dekorationen beschäftigt ist.

Leben Sie recht wohl und genießen des schönen Wetters.

[Weimar.] Den 23. Januar 1796 G.

145. An Goethe

Jena, den 24. Jenner 1796

Für einen Schriftsteller, der mit der Katastrophe eines Romans, mit 1000 Epigrammen und zwei weitläuftigen Erzählungen aus Italien und China beschäftigt ist, haben Sie diese nächsten 10 Tage ganz leidliche Zerstreuungen. Aber was Ihnen die Zeit nimmt, gibt [sie] Ihnen dafür wieder an Stoff, und am Ende sind Sie weiter gekommen als ich, der seine Gegenstände aus den Nägeln saugen muß. Heute indessen habe ich auch eine Zerstreuung, denn Charlotte Kalb wird hier sein.

Es tut mir leid, daß meine Tapetenangelegenheit Ihnen mehr als ein paar Worte kosten soll. Da Sie indessen so gütig sein wollen, diese Verzierung an meinem Horizonte zu besorgen, so bitte ich Sie, mir 4 Stücke von der grünen Tapete und 2 von Rosa-Bordüren (wenn diese auch 40 Ellen halten) aus Frankfurt kommen zu lassen. Ich ziehe die Rosa-Bordüren der Lebhaftigkeit wegen dem beiliegenden Muster vor.

Woltmann war gestern 3 Stunden lang allein bei mir, und ich habe es glücklich durchgesetzt, daß von den zwei Theaterstücken keine Silbe gesprochen wurde. Er war übrigens sehr artig und sehr freigebig an Lob über Ihre und meine Arbeiten – ohne doch ein Fünkchen Barmherzigkeit bei mir, seines Stücks wegen, zu erwecken.

Leben Sie recht wohl. Hier wieder einige Xenien, daß die Observanz nicht verletzt wird. Schiller

146. An Schiller

Mit der ganzen Sammlung unserer kleinen Gedichte bin ich noch nicht zustande, hier kommt einstweilen mein Beitrag von dieser Woche. Wenn wir unsere vorgesetzte Zahl ausfüllen wollen, so werden wir noch einige unserer nächsten Angelegenheiten behandeln müssen, denn wo das Herz voll ist, geht der Mund über, und dann ist es eine herrliche Gelegenheit, die Sachen aus der Studierstube und Rezensentenwelt in das weitere Publikum hinaus zu spielen, wo dann einer oder der andere gewiß Feuer fängt, der sonst die Sache hätte vor sich vorbei streichen lassen.

Mir fangen diese Tage nun an recht bunt zu werden, man übernimmt immer mehr, als man ausführen kann. Leben Sie wohl und grüßen Sie Ihre liebe Frau.

Weimar, den 27. Januar 1796 G.

147. An Goethe

[Jena, den 27. Januar 1796]

Sie haben mich mit dem reichen Vorrat von Xenien, den Sie geschickt haben, recht angenehm überrascht. Die den Newton betreffen, werden Sie zwar, auch durch den Stoff, kenntlich machen, aber bei dieser gelehrten Streitsache, die niemand Lebenden namentlich betrifft, hat dieses auch nichts zu sagen. Die angestrichenen haben uns am meisten erfreut.

Denken Sie darauf, Reichardten, unsern *soi-disant* Freund, mit einigen Xenien zu beehren. Ich lese eben eine Rezension der Horen in seinem Journal Deutschland, welches Unger ediert, wo er sich über die Unterhaltungen und auch noch andre Aufsätze schrecklich emanzipiert hat. Der Aufsatz von Fichte und Woltmann sind beide in einem weitläuftigen Auszug mitgeteilt und als musterhaft aufgestellt. Das 5te Stück (das schlechteste von allen) ist als das *interessanteste* vorgestellt, Voßens Gedichte, der Rhodische Genius von Humboldt sehr herausgestrichen, und was des Zeuges mehr ist. Es ist durchaus mit einem nicht genug verhehlten Ingrimm geschrieben. Als das wichtigste Werk der neuern deutschen Literatur wird Heinses musikalischer Roman weitläuftig, doch hab ich nicht gelesen wie, beurteilt.

Wir müssen Reichardt, der uns so ohne allen Grund und Schonung angreift, auch in den Horen, bitter verfolgen.

Hier wieder einige Pfähle ins Fleisch unserer Kollegen. Wählen Sie darunter, was Ihnen ansteht.

Leben Sie recht wohl. Meine Frau empfiehlt sich aufs beste.

Sch.

148. An Schiller

Der erste Akt wäre überstanden! ein Aufzug, den ich zur gestrigen Redoute arrangieren half; es ging alles gut ab, obgleich der Saal übermäßig voll war. Da man jetzt bloß in Distichen spricht, so mußte der Türkische Hof selbst sein Kompliment an die Herzogin in dieser Versart darbringen, wie Sie aus der Beilage sehen werden. Eine andere Gesellschaft hatte einen Zug von gemischten Masken aufgeführt, unter welchen sich ein paar Irrlichter sehr zu ihrem Vorteil ausnahmen, sie waren sehr artig gemacht und streuten, indem sie sich drehten und schüttelten, Goldblättchen und Gedichte aus.

Die Disticha nehmen täglich zu, sie steigen nunmehr gegen zweihundert. Ich lege das neuste Modenjournal bei wegen der Abhandlung *pag.* 18 über die *Xenien.* Der Verfasser denkt wohl nicht, daß ihm auch eins fürs nächste Jahr zubereitet werde, wie arm und ungeschickt doch im Grund diese Menschen sind! nur zwei solcher Gedichtchen, und noch dazu so schlecht übersetzt, zur Probe zu geben! Es ist aber, als wenn alles Geistreiche diesen feuerfarbenen Einband flöhe.

Ich habe die Abhandlung Cellinis über die Goldschmieds- und Bildhauerarbeit von Göttingen erhalten; da ich ihn nun doch geschwind lesen und ausziehen muß, so wird die kleine Biographie wahrscheinlich dadurch befördert werden. Leben Sie recht wohl und grüßen Sie Ihre liebe Frau.

Fast hätte ich das Beste vergessen. Ich habe einen gar schönen und guten Brief von Meyer erhalten, der seinen Zustand recht deutlich darstellt; seine unwiderstehliche Neigung, gründlich zu sein und etwas Ausführliches zu arbeiten, kommt bei der ungeheuern Menge von Gegenständen, die er beschreibt und beurteilt, und bei dem Reize anderer, die er nachbilden möchte, sehr ins Gedränge. Er fragt mich um Rat, und ich werde ihn an seinen Genius zurückweisen.

In einem Brief an die Herzogin Mutter steht eine lustige Stelle über die Künstler, welche jetzt Kantische Ideen in allegorischen Bildern darstellen; wenn es nicht bloß Persiflage ist, so haben wir da die tollste Erscheinung, die vor dem jüngsten Tage der Kunst vorhergehen kann.

Aus Ihrem Briefe seh ich erst, daß die Monatschriften Deutschland und Frankreich Einen Verfasser haben. Hat er sich emanzipieret, so soll er dagegen mit Karnevals Gipsdrageen auf seinen Büffelrock begrüßt werden, daß man ihn für einen Perückenmacher halten soll. Wir kennen diesen falschen Freund schon lange und haben ihm bloß seine allgemeinen Unarten nachgesehen, weil er seinen besondern Tribut regelmäßig abtrug; sobald er aber Miene macht, diesen zu versagen, so wollen wir ihm gleich einen Bassa von 3 brennenden Fuchsschwänzen zuschicken. Ein Dutzend Disticha sind ihm schon gewidmet, welche künftigen Mittewoch, geliebt es Gott, anlangen werden. Indessen nochmals ein Lebe wohl.

Weimar, den 30. Januar 1796 G.

149. An Goethe

[Jena,] den 31. Januar 1796

Ich wünsche Glück zu dem erwünschten Ausgang der Festivität, die sich ganz artig und lieblich mag ausgenommen haben. Die Irrlichter haben mich besonders gefreut.

Meyers Briefe bringen Sie wohl mit, wenn Sie herkommen. Ich bin sehr erwartend, wie es sich nach und nach in ihm klären und präzipitieren wird. Da die Nachricht von den Kantischen Konfigurationen nur in dem Briefe an die Herzogin vorkommt, so ist sie hoffentlich ein Spaß: eine so köstliche Neuigkeit würde er wohl Ihnen bestimmter gemeldet haben.

Daß Reichardt der Herausgeber des Journals *Deutschland* ist, darauf können Sie sich verlassen; sowie auch darauf, daß er sich (oder doch der Rezensent, welches uns hier ganz Eins ist) gegen die Unterhaltungen sehr viel herausnimmt, obgleich er Sie bei andern Veranlassungen in der nämlichen Rezension mit vollen Backen lobt. Das Produkt ist unendlich miserabel. Heinses Buch, davon ich die Rezension nun näher angesehen, ist sehr getadelt, welches mich ordentlich verdrießt, da eine Dummheit weniger zu rügen ist.

Für unsere Xenien haben sich indessen allerlei Ideen, die aber noch nicht ganz reif sind, bei mir entwickelt. Ich denke auch, daß, wenn Sie etwa zu Ende dieser Woche kommen, Sie einhundert und darüber bei mir finden sollen. Wir müssen die guten Freunde in allen erdenklichen Formen verfolgen, und selbst das poetische Interesse fodert eine solche Varietät innerhalb unsers strengen Gesetzes, bei einem Monodistichon zu bleiben. Ich habe dieser Tage den Homer zur Hand genommen und in dem Gericht, das er über die Freier ergehen läßt, eine prächtige Quelle von Parodien entdeckt, die auch schon zum Teil ausgeführt sind; ebenso auch in der Nekyomantie, um die verstorbenen Autoren und hie und da auch die lebenden zu plagen. Denken Sie auf eine Introduktion Newtons in der Unterwelt – wir müssen auch hierin unsere Arbeiten ineinander verschränken.

Beim Schlusse, denke ich, geben wir noch eine Komödie in Epigrammen. Was meinen Sie?

Meine Frau grüßt Sie schönstens. Kommen Sie nun recht bald.

Sch.

150. An Schiller

Die erste Abschrift der Xenien ist endlich fertig geworden, und ich schicke sie sogleich, um so mehr, da ich vor dem 14ten dieses nicht nach Jena kommen kann. Sie sehen zusammen schon ganz lustig aus, nur wird es ganz gut sein, wenn wieder einmal eine poetische Ader durch die Sammlung durchfließt, meine letzten sind, wie Sie finden werden, ganz prosaisch, welches, da ihnen keine Anschauung zum Grunde liegt, bei meiner Art wohl nicht anders sein kann.

Vielleicht schicke ich Ihnen das 7te Buch meines Romans in kurzer Zeit, ich arbeite es jetzt nur aus dem Gusse des Diktierens ins Reine, was weiter daran zu tun ist, wird sich finden, wenn das 8te Buch ebenso weit ist und wir das Ganze recht lebhaft und ernsthaft durchgesprochen haben.

Ich habe diese Tage das Werk des Cellini über das Mechanische verschiedener Künste von Göttingen erhalten. Es ist trefflich geschrieben, und sowohl die Vorrede als das Werk selbst gibt über den wunderbaren Mann schöne Aufschlüsse. Ich habe mich daher gleich wieder an sein Leben gemacht, allein die Schwierigkeiten der Behandlung bleiben immer dieselben. Ich will nur anfangen, einige interessante Stellen zu übersetzen, und erwarten, was sich weiter macht. An einem Leben ist ohnedem weiter nichts, nach meiner realistischen Vorstellungsart, als das Detail, besonders nun gar bei einem Partikulier, wo keine Resultate zu denken sind, deren Weite und Breite uns allenfalls imponieren könnten, und bei einem Künstler, dessen Werke, die bleibenden Wirkungen seines Daseins, nicht vor unsern Augen stehn. Vielleicht bringe ich noch, ehe ich zu Ihnen komme, ein hübsches Pensum zusammen, und es wird sich alsdenn näher ergeben, was zu tun ist.

Wie kommt es, daß das neue Stück der Horen so lange außen bleibt?

Die erste Repräsentation der neuen Oper ist glücklich vorbei, und wir haben den Beifall der Masse; sie nimmt sich auch wirklich zusammen recht artig aus. Die Musik ist nicht tief, aber angenehm, die Kleider und Dekorationen taten gute Wirkung. Ich werde Ihnen ehestertags das Buch schicken, damit Sie doch sehen, was das deutsche Theater für einen wunderlichen und erzdeutschen Gang nimmt. Leben Sie recht wohl und grüßen Ihre liebe Frau, ich hoffe bald aus meiner, für den stärksten Realisten zu starken, Lebensart zu Ihnen in den Hafen zu gelangen.

Weimar, den 4. Februar 1796 G.

151. An Goethe

Jena, den 5. Februar 1796

Die Sammlung wächst uns unter den Händen, daß es eine Lust ist. Es hat mich gefreut, auch mehrere politische unter den neuen anzutreffen; denn da wir doch zuverlässig an den unsichern Orten konfisziert werden, so sähe ich nicht, warum wir es nicht auch von dieser Seite verdienen sollten. Sie finden 40–42 neue von mir; gegen 80 andre, die zusammen gehören und in Kleinigkeiten noch nicht ganz fertig sind, behalte ich noch zurück. Reichardt ist gut rekommandiert, aber er muß es noch mehr werden. Man muß ihn auch als Musiker angreifen, weil es doch auch da nicht so ganz richtig ist, und es ist billig, daß er auch bis in seine letzte Festung hinein verfolgt wird, da er uns auf unserem legitimen Boden den Krieg machte.

Daß Sie mit einzelnen Partien aus dem Cellini anfangen wollen, ist mir sehr lieb zu hören. Das wird Sie am besten hineinbringen, denn wo es die Sache leidet, halte ich es immer für besser, nicht mit dem Anfang anzufangen, der immer das Schwerste und das Leerste ist. Sie schreiben mir nichts, ob ich von Ihnen etwas für das III. Horenstück zu hoffen habe. Dies müßte ich aber freilich binnen 3, 4 Wochen spätestens haben. Jetzt lebe ich noch von dem abscheulichen Tourville. Von dem Properz wünschte ich binnen 8 Tagen die zweite Lieferung. Herder hat sich auf unbestimmte Zeit von den Horen dispensiert. Ich weiß nicht, wo diese Kälte herkommt, oder ob er wirklich durch eine andere Arbeit abgehalten wird.

Daß die Horen von diesem 1. Monat noch nicht hier sind, ist eigentlich meine Schuld, weil mein Aufsatz, der, den Sie hier lasen, erst vor 4 Wochen abging. 3 Wochen gehen auf die Hin- und Herreise und 1 Woche auf den Druck auf. Morgen kommen die Exemplare gewiß, denn das *per* Briefpost übermachte habe ich schon seit dem Montag in Händen. Der neue Druck nimmt sich besser aus, auch das Papier wird mehr Beifall haben.

Auf das Neue aus dem Meister freue ich mich, wie auf ein Fest.

Auch ich werde, ehe wir über das Ganze sprechen, mich mit dem Bisherigen noch mehr familiarisieren.

Körner schreibt mir, daß er zu Ende Mais hieher zu kommen und 14 Tage hier zuzubringen hoffe, worauf ich mich sehr freue. Gewiß wird sein Hiersein auch Ihnen Vergnügen machen. Da auch Schlegel dieses Frühjahr kommt, und vermutlich auch Funk einen Monat hier zubringt, so wird es ziemlich lebhaft bei mir werden.

An Knebeln will ich mit dem Horen-Exemplare, das ich an Sie beilegen werde, abschläglich 15 Louisdors senden. Da der Properz nicht soviel Bogen füllt, als ich anfangs dachte, so wird diese Summe, die über die Hälfte des ganzen Honorars beträgt, schon anständig genug sein.

Leben Sie recht wohl. Meine Frau grüßt schönstens. Sch.

152. An Goethe

Hier endlich die neuverjüngte Hore des 1796sten Jahrs. Sie nimmt sich munterer und ungleich moderner aus als die alte, und mich verdrüßt, daß wir nicht gleich anfangs so klug gewesen sind.

Für dieses erste Jahr werden die Autoren bei dem weiten Druck noch nichts gewinnen, weil Cotta bei Abschaffung der alten Schrift, bei dem neuen Papier und dem Umschlag neue Kosten gehabt. Es wird also für dieses Jahr, wie er sich ausgebeten, so viel von dem Honorar abgezogen, als das Verhältnis zu dem alten Drucke beträgt.

Daß die Abbestellungen beträchtlich sein mochten, ersehe ich sowohl aus dem *kleineren* Paket, welches an die hiesigen Buchhandlungen an mich eingeschlossen worden, als auch daran, daß die hiesige Sächsische Post von 4 Exemplaren zwei abbestellte. Wir wollen hoffen, daß dieses Verhältnis nicht durch ganz Deutschland geht. Cottas Klagen sind sehr mäßig, und man spürt ihm noch gute Hoffnung an.

Hiebei an Knebeln 1 Hore nebst 15 Louisdors, 1 Exemplar an den Herzog und 6 für Sie. Beilage an Herdern bitte besorgen zu lassen.

Kennen Sie einen Medailleur Abramsen in Berlin und haben Sie etwas von seinen Arbeiten gesehen? Er schreibt an mich, meiner Zeichnung wegen, um eine Medaille zu machen. Ich möchte aber doch wissen, was an ihm ist.

Hier einige Dutzend neue Xenien, die seit heut und gestern in

Einem Raptus entstanden. Lassen Sie das wandernde Exemplar bald reich ausgestattet wieder zu mir gelangen.

Leben Sie recht wohl.

[Jena, den] 7. Februar [1796] Sch.

153. An Schiller

Nachdem uns die Redoute eine Nacht weggenommen, und wir ziemlich spät aufgestanden sind, will ich, um das angekommene Paket nicht aufzuhalten, nur mit wenig Worten anzeigen: daß die Horen in ihrem neuen Gewande und etwas modernerm Putze, der sie recht gut kleidet, nebst dem beiliegenden Gelde bei mir angekommen sind. Die Elegien hoff ich auf den Sonnabend, wenn gleich nicht abgeschrieben, zu schicken, und denke den Montag darauf selbst zu kommen, wo wir denn unsere Zustände und Plane durchdenken und durchsprechen werden. Leben Sie recht wohl. Den Beschluß der Abhandlung über die naiven und sentimentalischen Dichter und Menschen habe ich mit großem Vergnügen wieder gelesen, auch höre ich von auswärts, daß die ersten Abschnitte sehr gut aufgenommen sind, es kommt nur jetzt darauf an, immer dieselbe Stelle zu finden, und die Wirkung wird wohl nicht ausbleiben.

Weimar, den 10. Februar 1796 G.

Die Bordüren, hoff ich, werden Ihnen gefallen, nur muß man acht haben, daß sie nicht falsch aufgeklebt werden; sie haben zweierlei Lichtseiten, um sie rechts und links gegen die Fenster wenden zu können, auch ist zu bemerken, daß die Bouquets *fallen.* Die Leute geben nicht immer acht auf diese Hauptpunkte, sie haben mir in meinem Hause eine solche Bordüre ganz falsch aufgeklebt, deswegen ich dieses zur Warnung melde. Ich will das Paket auch von hier frankieren und den Betrag zusammennotieren.

154. An Schiller

Wenn Sie nur die versprochene Elegien nicht so notwendig brauchen! denn ich weiß nicht, wie ich damit einhalten soll. Schon seit 8 Tagen bin ich darüber und mit Knebel in Konferenz, dadurch ist die Abschrift wieder unrein geworden und muß noch einmal gemacht werden. Wenn es möglich wäre, noch 8 Tage Aufschub zu geben, so sollte alles in der Ordnung sein. Ich leide noch immer unsäglich am Karneval, und durch die abermalige Ankunft von fremden Prinzen werden unsere Theater und Tanzlustbarkeiten verruckt und gehäuft.

Da ich zum dritten Stücke noch nichts zu liefern weiß, habe ich meine alten Papiere durchgesehen und darinne wunderliches Zeug, aber meist Individuelles und Momentanes, gefunden, daß es nicht zu brauchen ist. Um wenigstens meinen guten Willen zu zeigen, schicke ich hier eine sehr subjektive Schweizerreise. Urteilen Sie, inwiefern etwas zu brauchen ist, vielleicht wenn man noch irgend ein leidenschäftliches Märchen dazu erfände, so könnte es gehen. Die Gegenden sind hundertmal betreten und beschrieben, doch betritt man sie wieder und liest die Beschreibungen noch einmal. Sagen Sie mir Ihre Gedanken darüber, es versteht sich von selbst, daß alles, was die Personen bezeichnet, müßte vertilget werden.

Leben Sie recht wohl! Mit großer Sehnsucht hoff ich auf den Augenblick, Sie wieder zu sehen.

Meyer hat wieder geschrieben, er negotiiert, die Aldobrandinische Hochzeit kopieren zu dürfen, wie sehr wünsche ich dieses herrliche Werk in unserm Besitz zu sehen. Die Nachricht von den Kantischen Gemälden ist wahr, es steht auch schon eine Nachricht im Merkur, die ich aber leider übersehen habe.

Weimar, den 12. Februar 1796 G.

155. An Goethe

Jena, den 12. Februar 1796

Den schönsten Dank für die Mühe, die Sie mit den Tapeten pp. übernommen haben. Die Borduren werden sehr gut aussehen. Ich freue mich auf die schönere Wände, die mich nun umgeben werden.

Diese Woche habe ich wieder viel schlaflose Nächte gehabt und sehr an Krämpfen gelitten. Es ist noch nicht besser, daher ich auch mit meinen Arbeiten nicht vorwärts gekommen bin, und wahrscheinlich haben Sie mich jetzt in den Xenien überholt.

Hätte ich meine Zeit nur wenigstens auf eine lustigere Art verloren.

Humboldt wird Ihnen morgen wahrscheinlich selbst schreiben. Mir schrieb er kürzlich, daß jetzt kein Kaviar zu schicken sei.

Haben Sie doch die Güte, wenn Sie hieher kommen, 1) einige Mondlandschaften und 2) die Komödiensammlung der letztern Jahre mitzubringen.

Ich habe vorige Messe ein Buch herausgegeben, das ich gestern angefangen habe zu lesen. Es ist ein neuer Teil der *Mémoires*, Brantomes Charakteristiken enthaltend, die manchmal recht naiv sind, und die zwar den Gegenstand sehr schlecht, ihn selbst aber desto besser charakterisieren. Diese Sammlung läuft noch immer unter meinem Namen, obgleich ich mich öffentlich davon losgesagt. Dies gehört auch zu den Germanismen.

Leben Sie recht wohl. Ich freue mich von Herzen auf Ihre Ankunft. Sch.

156. An Schiller

Da ich doch nicht wissen kann, ob Sie nicht die Elegien nötig brauchen, so will ich sie lieber heute schicken, obgleich nur drei davon abgeschrieben sind. Die übrigen sind lesbar, und Sie würden nicht gehindert sein. Können und wollen Sie solche aufheben, bis ich hinüberkomme, so läßt sich vielleicht über eins und das andere noch sprechen.

Für die überschickten 15 Louisdor dankt der Autor aufs beste.

Der Medailleur Abramson in Berlin ist geschickt; wenn Sie ihm gönnen wollen, daß er Ihre Medaille macht, so würde ich raten, sich von unserm Klauer *en médaillon* erst bossieren zu lassen und einen Gipsabguß nach Berlin zu schicken; hiernach kann er besser arbeiten als nach irgend einer Zeichnung, und wer sollte die bei uns auch machen? Schade, daß Meyer nicht da ist, so könnte man auch gleich etwas Vernünftiges zur Gegenseite erfinden. Der Medailleur müßte Klauern bezahlen.

Bei dem Briefe vom 7. Februar sollen ein Dutzend Xenien liegen, ich habe sie aber nicht gefunden, ob ich gleich die beiliegenden Horenexemplare auf das sorgfältigste durchgeblättert habe. Leider hat mich auch in diesen Tagen weder etwas Xenialisches noch Genialisches angewandelt; ich hoffe mehr als jemals auf eine Ortsveränderung, um zu mir selbst zu kommen; leider weiß ich noch nicht, ob ich Montags kommen kann.

Es ist mir herzlich leid, daß Sie wieder so viel gelitten haben, und daß Ihre Einsamkeit Ihnen nicht zugute kommt, indes mich die Zerstreuung von einer wünschenswerten Tätigkeit abhält. Ich freue mich auch, wieder einmal einige Worte von Humboldt zu hören; er hat wohlgetan, bei diesem weichen Wetter keinen Kaviar zu schicken.

Vielleicht könnte man aus der Schweizerreise, die ich Ihnen gestern schickte, die einzelnen ausführlichen Tableaus, zum Beispiel das Münstertal, die Aussicht vom Jura pp. herausziehen und ohne Zusammenhang hinstellen. Doch das werden Sie am besten beurteilen; ich hatte nicht Zeit, die Hefte, die ich Ihnen schickte, durchzulesen, und kann über ihren Wert und Unwert nicht urteilen.

Meyer hat wieder geschrieben, wahrscheinlich ist er jetzt über der Altobrandinischen Hochzeit. Er hat die Art, die Antiquen zu beobachten, die er in Dresden angefangen hatte, fortgesetzt; er schreibt: Nun kommt es auf zarte Bemerkungen an: der Zeichnung der Augen, die Art, wie die Linien sich schwingen und sich begegnen, wie der Mund gezeichnet und gearbeitet ist, wie die Haare angesetzt sind, was für Kenntnisse der Künstler gehabt, welcher Theorie er gefolgt sei.

Er hofft, auch dem Raffael noch eine neue Seite abzugewinnen.

Weimar, den 13. Februar 1796 G.

157. An Goethe

[Jena, Anfang März 1796]

Daß Sie den Abend nicht kommen können, beklag ich. Ich befinde mich ganz erträglich, und wir hätten allerlei durchschwatzen können.

Eben ist Niethammer da; wir debattieren über den Begriff des Rechts, und da wird zuweilen ordentlich vernünftig gesprochen.

Auch die kleine Tänzerin vom letzten Ball ist da.

Leben Sie recht wohl. Morgen abend kommen Sie doch desto zeitiger. Sch.

158. An Goethe

Jena, den 18. März 1796

Seit Ihrer Abwesenheit ist es mit mir noch immer ganz erträglich gegangen, und ich will recht wohl zufrieden sein, wenn es in Weimar nur so kontinuiert. Ich habe an meinen Wallenstein gedacht, sonst aber nichts gearbeitet. Einige Xenien hoffe ich vor der merkwürdigen Konstellation noch zustande zu bringen.

Die Zurüstungen zu einem so verwickelten Ganzen, wie ein Drama ist, setzen das Gemüt doch in eine gar sonderbare Bewegung. Schon die allererste Operation, eine gewisse Methode für das Geschäft zu suchen, um nicht zwecklos herumzutappen, ist keine Kleinigkeit. Jetzt bin ich erst an dem Knochengebäude, und ich finde, daß von diesem, ebenso wie in der menschlichen Struktur, auch in dieser dramatischen alles abhängt. Ich möchte wissen, wie Sie in solchen Fällen zu Werk gegangen sind. Bei mir ist die Empfindung anfangs ohne bestimmten und klaren Gegenstand; dieser bildet sich erst später. Eine gewisse musikalische Gemütsstimmung geht vorher, und auf diese folgt bei mir erst die poetische Idee.

Nach einem Brief von Charlotte Kalb hatten wir heute Herdern hier zu erwarten. Ich habe aber nichts von ihm gesehen.

Leben Sie recht wohl. Hier Cellini, der vorgestern vergessen wurde. Meine Frau grüßt bestens. Sch.

159. An Schiller

Cellini wartet hier auf; ehe Sie zurück kommen, hoffe ich einen guten Anfang zu der folgenden Lieferung gemacht zu haben.

Auch liegt die Anzeige zu Egmont bei, wozu ich, nach Standesgebühr, die Titulaturen zu setzen bitte. Ich wünsche das Blatt durch den Boten wieder zurück zu erhalten.

Die guten Wirkungen unserer vierwochentlichen Abenteuer werden wir erst nach einiger Zeit der Ruhe und Sammlung empfinden.

Leben Sie recht wohl, und haben Sie nochmals Dank für den treuen Beistand.

Weimar, den 21. April 1796 G.

160. An Goethe

Jena, den 21. April 1796

Den schönsten Dank für die prompte Übersendung des Cellini. Das Personenverzeichnis vom Egmont folgt hier spezifiziert und tituliert zurück.

Wir sind gestern recht wohl hier angelangt, aber mit der halben Seele bin ich noch immer in Weimar. Wie gut der dortige Aufenthalt im Physischen und Moralischen auf mich gewirkt, fühlte ich schon unmittelbar, und es wird sich gewiß in Tat und Wirkung beweisen. Leben Sie recht wohl. Meine Frau empfiehlt sich aufs beste. Montag abends, noch voll und trunken von der Repräsentation des Egmont, sehen wir uns wieder. Sch.

Der Überbringer bringt zugleich einige Coffre-Stränge, die wir von Ihnen mitgenommen.

161. An Schiller

[Jena, Anfang Mai 1796]

Ich will mich heute abend und vielleicht morgen den ganzen Tag in der künstlichen Wüste halten, um zu sehen, wie es geht, und ob ich vielleicht in Ihrer Nähe bleiben kann, welches ich so sehr wünschte. Grüßen Sie die Freunde schönstens. Könnte Körner nicht bald nach Dresden schreiben und die Viktoria kommen lassen? er könnte den Besitzer ersuchen, den genauesten Preis anzuzeigen, und zusichern, daß er entweder die Statue oder das Geld selbst mit zurückbringen wolle. Nur wäre zu bitten, daß sie recht gut eingepackt würde. Leben Sie recht wohl. G.

162. An Schiller

[Jena, den 20. Mai 1796]

Ich werde durch einen Boten nach Weimar berufen und gehe sogleich dahin ab. Heute abend bin ich wieder da und sehe Sie morgen. Diese Fahrt mache ich gern nach unsrer gestrigen Lektüre, denn wie sehr diese mich vorwärts gebracht hat, ist nicht auszudrücken. Schicken Sie doch das Manuskript mit diesem Billet an die kleine Frau, wir wollen hoffen, daß diese Erweiterung des Publici uns auch etwas fördern werde. Hier einige Xenien und tausend Dank für alles Gute. Viele Grüße der Frauen. August freut sich auf Karlen. G.

163. An Schiller

[Jena, Ende Mai 1796]

Eine nicht hält mich zurück, gar zwei sinds, die mir gebieten.

Die schöne Übung in Distichen wird uns, wie ich hoffe, endlich dahin führen, daß wir uns in einzelnen Hexametern bedeutend ausdrücken. Lassen Sie mich fragen: wann Sie Ihre Villeggiatur antreten? und ob ich Sie heute nach Tische zu Hause antreffe? Ich bitte um den Glaskubus und das große hohle Prisma.

Der Roman rückt gut von der Stelle. Ich befinde mich in einer wahrhaft poetischen Stimmung, denn ich weiß in mehr als Einem Sinne nicht recht, was ich will noch soll.

So geht es auch mit meiner Rückkehr nach Weimar. Zur nächsten Lieferung Cellini habe ich einen Stammbaum der Medicis aufgesetzt, insofern sie in dieser Lebensbeschreibung genannt werden.

Was macht das Frauchen? Leben Sie recht wohl und lieben mich. Auf Hero und Leander habe ich große Hoffnung, wenn mir nur der Schatz nicht wieder versinkt. G.

164. An Goethe

Jena, 10. Juni 1796

Mögen Sie jetzt wieder in Ruhe sein und die Arbeit gut von statten gehen. Ich bin recht verlangend nach der Ausführung Ihrer vielfachen Ideen und erwarte recht bald etwas davon. Um die Abschrift der 2 fertigen Stücke bitte ich nochmals. Auch erinnere ich Sie an den Brief, den Sie Zeltern in Berlin schreiben wollen, und worin ich nur in zwei Worten unsers Almanachs zu gedenken bitte. Ich werde, wenn Sie es vorbereitet, alsdann auch an ihn schreiben und ihm etwas zu komponieren schicken.

Hier sende ich Ihnen einige Schriftproben für den Druck des Almanachs. Ich habe dazu mein neuestes Gedicht gewählt, dem ich eine gute Aufnahme wünsche.

Die Proben sehen noch nach nichts aus, weil sie nur roh sind abgezogen worden, aber ich wünschte zu wissen, welche Schrift Sie vorziehen.*

Hier folgen auch die Zeichnungen von Hirt, nebst dem Manuskript des Meisters.

Meine Frau grüßt aufs schönste.

Zwieback soll nach Verlangen geliefert werden.

Leben Sie recht wohl. Sch.

* Die Proben folgen auf den Montag. Göpferdt ist nicht ganz fertig worden.

165. An Schiller

Nachdem ich glücklich in Weimar angekommen bin, habe ich mich sogleich dem strengsten Fleiß ergeben, Cellini, und ich hoffe der Roman, sollen bald davon zeugen. Haben Sie die Güte, und mir das siebente Buch nächstens zurückzuschicken. Hier folgen die versprochenen Epigramme, es sind doch dreißig an der Zahl! leider ist auch hier der Haß doppelt so stark als die Liebe. Sobald Sie mit der Zusammenstellung fertig sind, so schicken Sie mir das Ganze ja gleich. Dadurch wird manches Xenion, das noch unvollendet da liegt, gewiß völlig fertig, und zu neuen gibt es wieder Anlaß.

Das eine, der *Gefährliche,* habe ich nach Ihrer Idee gemacht, vielleicht nehmen Sie die Veränderung auf. Überhaupt wird mich beim Durchgehen der übrigen, im allgemeinen, der Gedanke leiten, daß wir bei aller Bitterkeit uns vor kriminellen Inkulpationen hüten.

Die Idylle und noch sonst irgend ein Gedicht sollen bald auch kommen. Ich genieße nun in meinem Hause den völligsten Urlaub und erfreue mich über die ungeheuern Pensa, die ich vor mir sehe. Haben Sie nochmals Dank für alles Gute. Leben Sie recht wohl und lassen mir ja von Sich und von den Ihrigen bald etwas hören.

Weimar, den 10. Junius 1796 G.

Der Roman ist heute früh angekommen, in wenig Tagen hören Sie und erhalten Sie mehr. Die Zeichnungen zu Hirts Manuskript lagen nicht bei, es war, wie es scheint, eine Göpferdtsche Papierprobe.

166. An Goethe

Jena, den 11. Juni 1796

Die gestern überschickten Xenien haben uns viel Freude gemacht, und so überwiegend auch der Haß daran teil hat, so lieblich ist das Kontingent der Liebe dazu ausgefallen. Ich will die Musen recht dringend bitten, mir auch einen Beitrag dazu zu bescheren. Einstweilen nehmen Sie meine Ceres, als die erste poetische Gabe in diesem Jahre, freundlich auf, und fänden Sie einen Anstoß darin, so machen Sie mich doch darauf aufmerksam.

Die Xenien hoffe ich Ihnen auf den nächsten Freitag in Abschrift schicken zu können. Ich bin auch sehr dafür, daß wir nichts Kriminelles berühren und überhaupt das Gebiet des frohen Humors so wenig als möglich verlassen. Sind doch die Musen keine Scharfrichter! Aber schenken wollen wir den Herren auch nichts.

Körner schreibt, daß die Viktorie für 8 Louisdors erhandelt

und also Ihre sei. Es grüßt Sie mit seinem ganzen Hause aufs schönste.

Leben Sie recht wohl. S.

Herder schrieb mir gestern, und sehr freundschaftlich, schickte mir auch die Humanität. Er verspricht Beiträge sowohl zu den Horen als zum Almanach.

167. An Schiller

Hier kommt, mein Bester! eine ziemliche Sendung. Das Stück Cellini ist um fünf geschriebene Bogen kürzer geworden, die ich überhaupt auslassen will, sie enthalten die weitere Reise nach Frankreich und, weil er diesmal keine Arbeit findet, seine Rückkehr nach Rom. Ich werde davon nur einen kleinen Auszug geben, und so kann das nächste Stück seine Gefangenschaft in der Engelsburg enthalten, deren umständliche Erzählung ich auch abkürzen und etwa wieder 14 bis 15 geschriebene Bogen liefern will.

Zugleich kommt auch die *Idylle* und die Parodie. Nicht weniger die Schriftprobe zurück.

Das Gedicht ist gar schön geraten, die Gegenwart und die Allegorie, die Einbildungskraft und Empfindung, das Bedeutende und die Deutung schlingen sich gar schön in einander, ich wünschte es bald zu besitzen.

Die große Schrift gefällt mir ganz wohl; wenn Sie einen Korrektor finden, der vor dem Abdruck nicht allein die falschen, sondern auch die schlechten, ausgedruckten, ungleichen Buchstaben ausmerzt, und man sich beim Druck mit der Schwärze und sonst alle Mühe gibt, so wird kein großer Unterschied gegen den vorigen Almanach bemerklich werden. Es wäre recht gut, wenn Sie sich auch wegen dem Papiere und sonst bald entschieden und sodann anfangen ließen, zu drucken. Ich will meine kleinen Beiträge aufs möglichste beschleunigen. Das Gedicht des Cellini auf seine Gefangenschaft werden Sie und Herr Schlegel beurteilen, ob es der Mühe einer Übersetzung wert ist. Das Sonett habe ich schon neulich geschickt, Sie werden es allenfalls an dem bezeichneten Orte einrücken, so wie ich bitte, die beikommende Sendung Cellini mit der Feder in der Hand zu lesen, ich habe es nur ein einzigmal durchgehen können.

Die Kupfer will ich sogleich besorgen. Wenn ich erst weiß, wer sie macht, und was sie kosten sollen, schreibe ich das weitere.

Das siebente Buch des Romans geh ich nochmals durch und hoffe es Donnerstag abzuschicken. Es fehlt nur ein äußeres *Compelle,* so ist das achte Buch fertig, und dann können wir uns doch auf manche Weise extendieren. Ich habe einen Brief von Meyer, der die gegenwärtige Angst und Konfusion in Rom nicht genug beschreiben kann, er selbst wird nun wohl nach Neapel sein.

Körnern danken Sie recht sehr für die Bemühung wegen der Viktorie. Das Kunstwerk wird mir immer werter, es ist wirklich unschätzbar.

Herders zwei neue Bände habe ich auch mit großem Anteil gelesen. Der siebente besonders scheint mir vortrefflich gesehen, gedacht und geschrieben; der achte, soviel Treffliches er enthält, macht einem nicht wohl, und es ist dem Verfasser auch nicht wohl gewesen, da er ihn schrieb. Eine gewisse Zurückhaltung, eine gewisse Vorsicht, ein Drehen und Wenden, ein Ignorieren, ein kärgliches Verteilen von Lob und Tadel macht besonders das, was er von deutscher Literatur sagt, äußerst mager. Es kann auch an meiner augenblicklichen Stimmung liegen, mir kommt aber immer vor, wenn man von Schriften, wie von Handlungen, nicht mit einer liebevollen Teilnahme, nicht mit einem gewissen parteiischen Enthusiasmus spricht, so bleibt so wenig daran, das der Rede gar nicht wert ist. Lust, Freude, Teilnahme an den Dingen ist das einzige Reelle, und was wieder Realität hervorbringt, alles andere ist eitel und vereitelt nur.

Weimar, den 14. Junius 1796 G.

168. An Goethe

Jena, den 17. Juni 1796

Die Antwort auf Ihren lieben Brief verschieb ich bis Montag und melde Ihnen hiermit bloß, daß wir heut abend Voß erwarten, der sich schon durch ein Brieflein angekündigt hat. Er kann nur Einen Tag bleiben, reist Sonntag mit dem frühesten wieder fort und kommt nicht nach Weimar.

Sie hätte er sehr gewünscht, hier zu treffen. Es steht also bei Ihnen, ob Sie ihm dieses Vergnügen machen wollen, wozu wir Sie freundlichst einladen. Er kommt von Giebichenstein und bringt hoffentlich auch noch Reichardten mit – eine Szene, worauf ich mich beinahe freute. Leben Sie recht wohl. Sch.

Es ist jetzt gleich 10 Uhr abends und Voß ist noch nicht hier – doch zweifle ich gar nicht, daß er kommt.

169. An Schiller

Es tut mir recht leid, daß ich Voß nicht sehe; gute persönliche Verhältnisse sollte man ja nicht versäumen, von Zeit zu Zeit durch die Gegenwart wieder zu erneuern. Leider darf ich mich gegenwärtig nicht einen Augenblick zerstreuen, der Roman ist so gut und glücklich im Gange, daß Sie, wenn es so fort geht, heute über acht Tage das achte Buch erhalten können, und da hätten wir denn doch eine sonderbare Epoche unter sonderbaren Aspekten geschlossen.

Grüßen Sie Voßen recht sehr und erneuern auch in meinem Namen ein Verhältnis, das seiner Natur nach immer besser werden kann.

Sollten noch andere Gäste, wie ich nicht hoffe, gegenwärtig sein, so will ich für dieselben gleich ein Gastgeschenk eingelegt haben:

Komm nur von Giebichenstein, von Malepartus! Du bist doch
Reineke nicht, du bist doch nur halb Bär und halb Wolf.

Leben Sie recht wohl, grüßen Sie Ihre liebe Frau und Schlegeln. Ich habe Ihnen viel zu sagen und werde es, wenn das Glück gut ist, gleich in solche Formen bringen, daß Sie es zu den Horen und Almanach brauchen können. Adieu.
Weimar, den 18. Juni 1796 G.

Fast hätte ich vergessen zu sagen, daß *Richter* hier ist. Er wird Sie mit Knebeln besuchen und Ihnen gewiß recht wohl gefallen.

170. An Goethe Jena, 18. Juni 1796

Voß ist noch nicht hier, wenigstens hab ich noch nichts von ihm gesehen. Da ich sehr zweifle, ob Sie kommen werden, so lasse ich diesen Brief, zu dem sich eine schöne Gelegenheit darbietet, immer abgehen.

Die Idylle hat mich beim zweiten Lesen so innig, ja noch inniger als beim ersten bewegt. Gewiß gehört sie unter das Schönste, was Sie gemacht haben, so voll Einfalt ist sie, bei einer unergründlichen Tiefe der Empfindung. Durch die Eilfertigkeit, welche das wartende Schiffsvolk in die Handlung bringt, wird der Schauplatz für die zwei Liebenden so enge, so drangvoll und so bedeutend der Zustand, daß dieser Moment wirklich den Gehalt eines ganzen Lebens bekommt. Es würde schwer sein, einen zweiten Fall zu erdenken, wo die Blume des Dichterischen von einem Gegenstande so rein und so glücklich abgebrochen wird. Daß Sie die Eifersucht so dicht daneben stellen und das Glück so schnell durch die Furcht wieder verschlingen lassen, weiß ich vor meinem Gefühl noch nicht ganz zu rechtfertigen, obgleich ich nichts Befriedigendes dagegen einwenden kann. Dieses fühle ich nur, daß ich die glückliche Trunkenheit, mit der Alexis das Mädchen verläßt und sich einschifft, gerne immer festhalten möchte.

Herders Buch machte mir ziemlich dieselbe Empfindung wie Ihnen, nur daß ich auch hier, wie gewöhnlich bei seinen Schriften, immer mehr von dem, was ich zu besitzen glaubte, verliere, als ich an neuen Realitäten dabei gewinne. Er wirkt dadurch, daß er immer aufs Verbinden ausgeht und zusammenfaßt, was andere trennen, immer mehr zerstörend als ordnend auf mich. Seine unversöhnliche Feindschaft gegen den Reim ist mir auch viel zu weit getrieben, und was er dagegen aufbringt, halte ich bei weitem nicht für bedeutend genug. Der Ursprung des Reims mag noch so gemein und unpoetisch sein, man muß sich an den Eindruck halten, den er macht, und dieser läßt sich durch kein Raisonnement wegdisputieren.

An seinen Konfessionen über die deutsche Literatur verdrüßt mich, noch außer der Kälte für das Gute, auch die sonderbare Art von Toleranz gegen das Elende; es kostet ihn ebensowenig, mit Achtung von einem Nicolai, Eschenburg u. a. zu reden, als von dem Bedeutendsten, und auf eine seltsame Art wirft er die Stolberge und mich, Kosegarten und wie viel andere noch in Einen Brei zusammen. Seine Verehrung gegen Kleist, Gerstenberg und Geßner – und überhaupt gegen alles Verstorbene und Vermoderte hält gleichen Schritt mit seiner Kälte gegen das Lebendige.

Sie haben unterdessen Richtern kennen lernen. Ich bin sehr begierig, wie Sie ihn gefunden haben. Charlotte Kalb ist hier, um die Frau von Stein zu pflegen. Sie sagt mir, daß es sich mit Iffland so gut als zerschlagen habe, und spricht überhaupt mit großer Kälte von dieser Acquisition für das Weimarische Theater. Der Enthusiasmus für Iffland scheint sich noch einige Monate früher, als wir dachten, verloren zu haben.

Humboldt wird Ihnen nun wohl schon selbst geschrieben haben. Er ist von der Idylle ganz außerordentlich befriedigt. Auch schreibt er, daß der Cellini allgemein gefalle.

Die Xenien erhalten Sie auf den Montag. Zur Verknüpfung der verschiedenartigen Materien sind noch manche neue nötig, wobei ich auf Ihren guten Genius meine Hoffnung setze. Die Homerischen Parodien habe ich, weil sie sich an das Ganze nicht anschließen wollen, herauswerfen müssen, und ich weiß noch nicht recht, wie ich die Totenerscheinungen werde unterbringen können. Gar zu gern hätte ich die lieblichen und gefälligen Xenien an das Ende gesetzt, denn auf den Sturm muß die Klarheit folgen. Auch mir sind einige in dieser Gattung gelungen, und wenn jeder von uns nur noch ein Dutzend in dieser Art liefert, so werden die Xenien sehr gefällig endigen.

Leben Sie recht wohl. Meine Frau grüßt Sie aufs schönste. Mit ihrer Gesundheit ist es noch das alte. Sch.

171. An Goethe Jena, den 20. Juni 1796

Voß ist doch nicht gekommen; er schrieb nur kurz, daß unangenehme Störer die Reise rückgängig machten. Es tut mir wirklich leid, seine persönliche Bekanntschaft nicht gemacht zu haben, indessen wäre sie mit einem sehr unangenehmen Auftritt erkauft worden, weil Reichardt, wie ich heute von Hallischen Fremden erfuhr, ihn wirklich hat begleiten wollen. Die unvermeidliche Grobheit, die ich gegen diesen Gast hätte beweisen müssen, würde Voßen in große Verlegenheit gesetzt und wahrscheinlich ganz und gar verstimmt haben.

Zu den Progressen, die der Roman macht, wünsche ich von Herzen Glück. Der Tag, der mir den Rest bringt, soll auch mir ein Fest sein.

Die neue Lieferung Cellini hat mich wieder sehr unterhalten. Die Krankheitsgeschichte ist ganz prächtig; auch die Begebenheiten in Florenz interessieren sehr und schließen sich schön an die Geschichte dieses Hauses. Die närrische Mixtur von Galanterie und Grobheit in dem Freund Benvenuto ist gar amüsant.

Die Xenien kann ich heute noch nicht mitschicken. Mein Abschreiber ist ausgeblieben.

Leben Sie recht wohl. Alle Neune seien mit Ihnen!

Meine Frau grüßt schön. Den Zwieback haben Sie wohl, nebst meinem Briefe vom Sonnabend, erhalten? Sch.

172. An Schiller

Ihre zwei lieben und werten Briefe, nebst dem Zwieback, habe ich erhalten, und da heute früh das Pensum am Romane geschrieben ist, will ich dieses Blatt für morgen voraus diktieren.

Noch rückt das achte Buch ununterbrochen fort, und wenn ich die zusammentreffenden Umstände bedenke, wodurch etwas beinahe Unmögliches, auf einem ganz natürlichen Wege, noch endlich wirklich wird, so möchte man beinahe abergläubisch werden; so viel ist gewiß, daß mir gegenwärtig die lange Gewohnheit, Kräfte, zufällige Ereignisse, Stimmungen, und wie sich uns Angenehmes und Unangenehmes aufdringen mag, im Augenblicke zu nutzen, sehr zu statten kommt; doch scheint meine Hoffnung, es schon künftigen Sonnabend zu schicken, voreilig gewesen zu sein.

Ihr Gedicht, die *Klage der Ceres,* hat mich wieder an verschiedene Versuche erinnert, die ich mir vorgenommen hatte, um jene Idee, die Sie so freundlich aufgenommen und behandelt haben, noch weiter zu begründen. Einige sind mir auch ganz unvermutet geglückt, und da ich eben voraussehen kann, in diesen schönen Sommermonaten einige Zeit zu Hause zu bleiben, so habe ich gleich Anstalt gemacht, eine Anzahl Pflanzen im Finstern zu erziehen und alsdann meine Erfahrungen mit denen, die schon bekannt sind, zu vergleichen.

Daß Voß nicht gekommen ist, gefällt mir nicht an ihm, besonders da Sie sich, wie ich erst aus Ihrem Briefe sehe, noch einander nicht persönlich kennen. Es ist das eine Art von Schluderei und Unattention, deren man sich wohl in jüngern Jahren leider schuldig macht, vor der man sich aber, wenn man einmal Menschen schätzen lernt, so sehr als möglich hüten sollte. Am Ende hat ihn doch Reichardt abgehalten, denn daß diesem bei seinem Halbverhältnis zu uns nicht wohl sein kann, ist nur zu deutlich.

Zelter in Berlin ist präpariert. Es wäre gut, wenn Sie nun auch gleich an ihn schrieben. Ich habe ein Lied Mignons, das ich gerne in Ihren Almanach setzen möchte, im Roman wird es nur erwähnt. Es wäre die Frage, ob man Ungern selbst darüber nicht ein vertraulich Wort sagen sollte; wenn auch eine solche Erklärung auskäme, so wäre doch die Kriegserklärung geschehen, zu der wir je eher, je lieber schreiten sollten.

Xenien habe ich wieder einige Dutzend, nur gerade nicht von der notwendigsten Gattung.

Daß die Idylle bei näherer Betrachtung Stand und Stich hält, freut mich sehr. Für die Eifersucht am Ende habe ich zwei Gründe. Einen aus der Natur: weil wirklich jedes unerwartete und unverdiente Liebesglück die Furcht des Verlustes unmittelbar auf der Ferse nach sich führt, und einen aus der Kunst: weil die Idylle durchaus einen pathetischen Gang hat und also das Leidenschaftliche bis gegen das Ende gesteigert werden mußte, da sie denn durch die Abschiedsverbeugung des Dichters wieder ins Leidliche und Heitere zurück geführt wird. So viel zur Rechtfertigung des unerklärlichen Instinktes, durch welchen solche Dinge hervorgebracht werden.

Richter ist ein so kompliziertes Wesen, daß ich mir die Zeit nicht nehmen kann, Ihnen meine Meinung über ihn zu sagen, Sie müssen und werden ihn sehen, und wir werden uns gern über ihn unterhalten. Hier scheint es ihm übrigens wie seinen Schriften zu gehn, man schätzt ihn bald zu hoch, bald zu tief, und niemand weiß das wunderliche Wesen recht anzufassen.

Mit Cellini glückt es uns durchaus, und da es auch unsere Konvenienz ist, so lassen Sie uns das Eisen schmieden, so lange es warm bleibt. Sagen Sie mir, wann Sie wieder eine Lieferung brauchen.

Hier lege ich Ihnen ein Pasquill bei, das Sie in eine ganz eigene Welt führen wird, und das, ob es schon sehr ungleich ist, doch einige Kapitalspäße enthält und gewisse Hasenfüße, Heuchler, Philister und Pedanten toll genug durchnimmt; lassen Sie es niemand sehen und schicken es gleich wieder zurück.

Abgeschickt den 22. Juni 1796 G.

173. An Goethe

[Jena, den] 24. Juni [1796]

Sie haben wohl recht, daß die Broschüre mich in eine eigene Welt führen werde. Mein Leben lang hätte ich in mir selbst so eine Fratzensammlung nicht zusammen bringen können, und jeder Strich trägt den Stempel, daß man aus der Natur geschöpft hat. Es ist wirklich kein unmerkwürdiges Machwerk, so grob und plump es auch ist, und hat mich recht divertiert. Auch das gefällt mir, daß die politischen Feindschaften doch auch einen humoristischen Ausdruck zu nehmen anfangen. Es sollte wirklich Nachahmer finden.

Meyers Lebhaftigkeit hat mich recht belustigt, und daß er mitten in seinem Italien die deutschen Affen und Esel sich so herzlich angelegen sein läßt. Schreiben Sie ihm nur, daß es ganz von ihm abhänge, wann er sich in dieses Gefecht der Trojer und Achäer mischen wolle. Er kann es gleich in dem ersten Brief tun, den er an Sie schreibt, und den wir drucken lassen können.

Humboldt schrieb mir vorigen Mittwoch nur zwei Zeilen, um sein Nichtschreiben zu entschuldigen, auch bei Ihnen. Er wird Ihnen morgen die Idylle zurücksenden, auf die er gerne ausführlich antworten wollte. Seine Mutter wird bald sterben, und das hält ihn dann wahrscheinlich länger in Berlin fest.

An Zelter schreibe ich, sobald ich ihm etwas zu senden weiß. Rieten Sie mir, meine Ceres komponieren zu lassen? Für den Gesang wär sie wohl ein gutes Thema, wenn sie nicht zu groß ist. Indes haben wir, außer dem, was von Ihnen ist, wenig anderes für die Musik zu hoffen.

Daß Sie ein Lied aus dem Meister in den Almanach geben können, ist köstlich. Nun wahrhaftig, wir wollen auf den diesjährigen Almanach uns etwas einbilden.

Die Xenien erhalten Sie Montag früh ganz gewiß. Es sind, nach Abzug der weggebliebenen, noch 630–40, und ich denke nicht, daß mehr als 15 oder 20 von diesen werden ausgemustert werden. Da der Zusammenhang und die Vollständigkeit wohl noch 80 neu nötig machen, so wird die Zahl wohl auf 700 bleiben.

Montag ein mehreres. Leben Sie recht wohl. Sch.

174. An Schiller

Es ist mir sehr lieb, daß Ihnen das Fastnachtsspiel aus der andern Welt den gehörigen Spaß gemacht hat, ich will doch nach den neuesten Reichstagssachen fragen und besonders nach einigen Broschüren, die in dieser angeführt sind, es wäre lustig, wenn wir auch ein Dutzend Xenien in jene Weltgegend werfen könnten.

Schicken Sie mir diese lustigen Brüder nicht eher, als bis Sie den Roman haben; er kommt zu Anfang künftiger Woche, durch einen eigenen Boten, der die Xenien, wenn Sie solche parat halten, alsdann mit zurück nehmen kann. Lesen Sie das Manuskript erst mit freundschaftlichem Genuß und dann mit Prüfung und sprechen Sie mich los, wenn Sie können. Manche Stellen verlangen noch mehr Ausführung, manche fordern sie, und doch weiß ich kaum, was zu tun ist; denn die Ansprüche, die dieses Buch an mich macht, sind unendlich und dürfen, der Natur der Sache nach, nicht ganz befriedigt werden, obgleich alles gewissermaßen aufgelöst werden muß. Meine ganze Zuversicht ruht auf Ihren Forderungen und Ihrer Absolution. Das Manuskript ist mir unter den Händen gewachsen, und überhaupt hätte ich, wenn ich in der Darstellung hätte wollen weitläufiger sein und mehr Wasser des Raisonnements hätte zugießen wollen, ganz bequem aus dem letzten Bande zwei Bände machen können; so mag er denn aber doch in seiner konzentrierten Gestalt besser und nachhaltiger würken.

Grüßen Sie Humboldt, wenn Sie ihm schreiben. An Zelter wollen wir ehestens etwas zusammen machen, alsdann können Sie ja auch die Ceres immer zum Versuche mitschicken. Leben Sie recht wohl, grüßen Sie die liebe Frau, und schreiben Sie mir bald etwas von Ihrem beiderseitigen Befinden.

Weimar, den 25. Juni 1796 G.

175. An Schiller

Hier schicke ich endlich das große Werk und kann mich kaum freuen, daß es so weit ist, denn von einem so langen Wege kommt man immer ermüdet an. Ich habe es auch nur einmal durchsehen können, und Sie werden also manches nach der Intention zu supplieren haben. Es muß auf alle Fälle noch einmal durchgearbeitet und abgeschrieben werden.

Wenn Sie dem Boten die Xenien mit zurückgeben können, so soll es mir angenehm sein.

Ich habe in den nächsten 10 bis 12 Tagen manches in allerlei Geschäften nachzuholen, mit denen ich wenigstens in Konnexion bleiben muß, alsdann hoffe ich die Horen und den Almanach am besten zu bedenken.

Das Lied von Mignon habe ich, wie Sie sehen werden, des Effekts wegen, doch einschalten müssen; es gibt aber vielleicht ein anderes, das im Almanach nachzubringen ist.

Leben Sie recht wohl, möge Sie diese Sendung recht gesund antreffen. Ich wünsche dieses Buch nicht eher zurück, als bis ich ganz bei mir aufgeräumt habe. Ich hoffe bald von Ihnen zu hören.

Weimar, den 26. Juni 1796 G.

176. An Goethe

[Jena, den] 27. Juni [1796]

Herzlichen Dank für die Sendung. Sie trifft mich bei heiterm Sinne, und ich hoffe, sie mit ganzer Seele zu genießen.

Der Abschied von einer langen und wichtigen Arbeit ist immer mehr traurig als erfreulich. Das angespannte Gemüt sinkt zu schnell zusammen, und die Kraft kann sich nicht sogleich zu einem neuen Gegenstand wenden. Eigentlich sollten Sie jetzt etwas zu *handeln* bekommen und einen lebendigen Stoff bearbeiten.

Von den Xenien sende ich durch den Boten, was fertig ist. Noch 80 sind ohngefähr zurück, die das Botenmädchen bringen soll. Ich bin eben daran, diese, es sind gerade die freundlichen, mit einigen neuen zu vermehren, die eine glückliche Stimmung mir dageboten hat. Überhaupt hoffe ich, daß der Schluß sehr gut ausfallen soll. Sie werden unter den hier folgenden gegen 100 neue Bekannte finden und einige ältere vermissen. Warum ich diese wegließ, läßt sich mündlich sagen. Streichen Sie nun ohne Schonung alles, was Ihnen aus irgend einer Rücksicht anstößig ist, weg. Unser Vorrat leidet eine strenge Wahl.

In das Manuskript lassen Sie Ihren Spiritus nichts schreiben. Ich schickte dasselbe gern an Humboldt, der durch die Verschiedenheit der Handschrift dem Verfasser nicht auf die Spur geführt werden soll. Fallen Ihnen Überschriften ein, so bitte ich sie mit dem Bleistift zu bemerken.

Um die Zahl der poetischen und gefälligen Xenien zu vermehren, wünschte ich Sie zu veranlassen, daß Sie durch die wichtigsten Antiken und die schönern italienischen Malerwerke eine Wanderung anstellten. Diese Gestalten leben in Ihrer Seele, und eine gute Stimmung wird Ihnen über jede einen schönen Einfall darbieten. Sie sind um so passendere Stoffe, da es lauter Individua sind.

Leben Sie recht wohl, freuen Sie Sich des Lebens und Ihres Werks. Wer hätte denn in der Welt sonst Ursache zur Freude?

Meine Frau grüßt Sie herzlich und schmachtet recht nach dem achten Buche. Sch.

177. An Goethe

Erwarten Sie heute noch nichts Bestimmtes von mir über den Eindruck, den das 8te Buch auf mich gemacht. Ich bin beunruhigt und bin befriedigt, Verlangen und Ruhe sind wunderbar vermischt. Aus der Masse der Eindrücke, die ich empfangen, ragt mir in diesem Augenblick Mignons Bild am stärksten hervor. Ob die so stark interessierte Empfindung hier noch mehr fodert, als ihr gegeben worden, weiß ich jetzt noch nicht zu sagen. Es könnte auch zufällig sein, denn beim Aufschlagen des Manuskripts fiel mein Blick zuerst auf das Lied, und dies bewegte mich so tief, daß ich den Eindruck nachher nicht mehr auslöschen konnte.

Das Merkwürdigste an dem Totaleindruck scheint mir dieses zu sein, daß Ernst und Schmerz durchaus wie ein Schattenspiel versinken und der leichte Humor vollkommen darüber Meister wird. Zum Teil ist mir dieses aus der leisen und leichten Behandlung erklärlich; ich glaube aber noch einen andern Grund davon in der theatralischen und romantischen Herbeiführung und Stellung der Begebenheiten zu entdecken. Das Pathetische erinnert an den Roman, alles übrige an die Wahrheit des Lebens. Die schmerzhaftesten Schläge, die das Herz bekommt, verlieren sich schnell wieder, so stark sie auch gefühlt werden, weil sie durch etwas Wunderbares herbeigeführt wurden und deswegen schneller als alles andere an die Kunst erinnern. Wie es auch sei, soviel ist gewiß, daß der Ernst in dem Roman nur Spiel und das Spiel in demselben der wahre und eigentliche Ernst ist, daß der Schmerz der Schein und die Ruhe die einzige Realität ist.

Der so weise aufgesparte Friedrich, der durch seine Turbulenz am Ende die reife Frucht vom Baume schüttelt und zusammenweht, was zusammen gehört, erscheint bei der Katastrophe gerade so, wie einer, der uns aus einem bänglichen Traum durch Lachen aufweckt. Der Traum flieht zu den andern Schatten, aber sein Bild bleibt übrig, um in die Gegenwart einen höheren Geist, in die Ruhe und Heiterkeit einen poetischen Gehalt, eine unendliche Tiefe zu legen. Diese Tiefe bei einer ruhigen Fläche, die überhaupt genommen Ihnen so eigentümlich ist, ist ein vorzüglicher Charakterzug des gegenwärtigen Romans.

Aber ich will mir heute nichts mehr darüber zu sagen erlauben, so sehr es mich auch drängt; ich könnte Ihnen doch jetzt nichts Reifes geben. Könnten Sie mir vielleicht das Konzept vom siebenten Buche, wovon die Abschrift für Ungern gemacht worden ist, schicken, so wäre mirs sehr dienlich, das Ganze durch alle seine Details zu begleiten. Obgleich ich es noch in frischem Gedächtnis habe, so könnte mir doch manches kleinere Glied der Verbindung entschlüpft sein.

Wie trefflich sich dieses achte Buch an das sechste anschließt, und wie viel überhaupt durch die Antizipation des letztern gewonnen worden ist, sehe ich klar ein. Ich möchte durchaus keine andere Stellung der Geschichte als gerade diese. Man kennt die Familie schon so lange, ehe sie eigentlich kommt, man glaubt in eine ganz anfanglose Bekanntschaft zu blicken; es ist eine Art von optischem Kunstgriff, der eine treffliche Wirkung macht.

Einen köstlichen Gebrauch haben Sie von des Großvaters Sammlung zu machen gewußt; sie ist ordentlich eine mitspielende Person, und rückt selbst an das Lebendige.

Doch genug für heute. Auf den Sonnabend hoffe ich Ihnen mehr zu sagen.

Hier der Rest der Xenien. Was heute folgt, ist, wie Sie sehen, noch nicht in dem gehörigen Zusammenhang, und alle meine Versuche, die verschiedenen Gruppen zusammen zu bringen, sind mir mißglückt. Vielleicht helfen Sie mir aus der Not. Es wäre gar zu schön, wenn wir diese letzte Partie recht reich ausstatten könnten.

Wenn ich den neuen Cellini in 3 Wochen erhalte, so ist es gerade noch Zeit.

Leben Sie recht wohl. Herzliche Grüße von meiner Frau, die eben im Roman vertieft ist.

Von Hesperus habe ich Ihnen noch nichts geschrieben. Ich habe ihn ziemlich gefunden, wie ich ihn erwartete; fremd wie einer, der aus dem Mond gefallen ist, voll guten Willens und herzlich geneigt, die Dinge außer sich zu sehen, nur nicht mit dem Organ, womit man sieht. Doch sprach ich ihn nur einmal und kann also noch wenig von ihm sagen.

Jena, den 28. Juni 1796 Sch.

178. An Schiller

Herzlich froh bin ich, daß wir auch endlich diese Epoche erreicht haben, und daß ich Ihre ersten Laute über das achte Buch vernehme. Unendlich viel ist mir das Zeugnis wert, daß ich, im ganzen, das, was meiner Natur gemäß ist, auch hier, der Natur des Werks gemäß, hervorgebracht habe. Ich schicke hier das siebente Buch und werde, wenn ich Ihre Gesinnungen erst umständlicher weiß, mich mit Lust nochmal ans achte begeben.

Etwa 8 Tage wird meine Zeit durch äußere Geschäfte aufgezehrt werden, welches auch recht gut ist, denn man würde zuletzt über die Märchen selbst zur Fabel. Alsdann sollen die Xenien, Cellini und der Roman den übrigen Juli in sich teilen. Ich habe beinah Ihre Lebensart erwählt und geh auch kaum aus dem Hause.

Die neuen Xenien von der würdigen, ernsten und zarten Art sind Ihnen sehr glücklich geraten, ich habe zu Komplettierung dieser Sammlung, auch von meiner Seite, allerlei Aussichten, wenn sich nur die Stimmung dazu findet.

Es ist mir doch lieb, daß Sie Richtern gesehen haben; seine Wahrheitsliebe und sein Wunsch, etwas in sich aufzunehmen, hat mich auch für [ihn] eingenommen. Doch der gesellige Mensch ist eine Art von theoretischen Menschen, und wenn ich es recht bedenke, so zweifle ich, ob Richter im praktischen Sinne sich jemals uns nähern wird, ob er gleich im Theoretischen viele Anmutung zu uns zu haben scheint.

Leben Sie recht wohl und lassen uns diesen Monat viel aneinander schreiben, denn das, was geschehen soll, verlangt viel Aufmunterung.

Weimar, den 29. Juni 1796 G.

179. An Schiller

Da ich nicht weiß, ob ich morgen früh Ihnen werde etwas sagen können, indem ich von allerlei äußeren Dingen gedrängt bin, so schicke ich einstweilen das *Belobungsschreiben,* welches ich von Humboldt erhalten habe. Sowohl das viele Gute, was er sagt, als auch die kleinen Erinnerungen nötigen mich, auf dem schmalen Wege, auf dem ich wandle, desto vorsichtiger zu sein; ich hoffe von Ihren Bemerkungen über das achte Buch eine gleiche Wohltat. Leben Sie recht wohl, nächstens mehr.

Weimar, den 1. Julius 1796 G.

180. An Goethe

Jena, den 2. Juli 1796

Ich habe nun alle 8 Bücher des Romans aufs neue, obgleich nur sehr flüchtig, durchlaufen, und schon allein die Masse ist so stark, daß ich in 2 Tagen kaum damit fertig worden bin. Billig sollte ich also heute noch nichts schreiben, denn die erstaunliche und unerhörte Mannigfaltigkeit, die darin, im eigentlichsten Sinne, *versteckt* ist, überwältigt mich. Ich gestehe, daß ich bis jetzt zwar die *Stetigkeit,* aber noch nicht die *Einheit* recht gefaßt habe, obwohl ich keinen Augenblick zweifle, daß ich auch über diese noch völlige Klarheit erhalten werde, wenn bei Produkten dieser Art die Stetigkeit nicht schon mehr als die halbe Einheit ist.

Da Sie, unter diesen Umständen, nicht wohl etwas ganz Genugtuendes von mir erwarten können und doch etwas zu hören wünschen, so nehmen Sie mit einzelnen Bemerkungen vorlieb, die auch nicht ganz ohne Wert sind, da sie ein unmittelbares Gefühl aussprechen werden. Dafür verspreche ich Ihnen, daß diesen ganzen Monat über die Unterhaltung über den Roman nie versiegen soll. Eine würdige und wahrhaft ästhetische Schätzung des ganzen Kunstwerks ist eine große Unternehmung. Ich werde ihr die nächsten 4 Monate ganz widmen und mit Freuden. Ohnehin gehört es zu dem schönsten Glück meines Daseins, daß ich die Vollendung dieses Produkts erlebte, daß sie noch in die Periode meiner strebenden Kräfte fällt, daß ich aus dieser reinen Quelle noch schöpfen kann; und das schöne Verhältnis, das unter uns ist, macht es mir zu einer gewissen Religion, Ihre Sache hierin zu der meinigen zu machen, alles, was in mir Realität ist, zu dem reinsten Spiegel des Geistes auszubilden, der in dieser Hülle lebt, und so, in einem höheren Sinne des Worts, den Namen Ihres Freundes zu verdienen. Wie lebhaft habe ich bei dieser Gelegenheit erfahren, daß das Vortreffliche eine Macht ist, daß es auf selbstsüchtige Gemüter auch nur als eine Macht wirken kann, daß es dem Vortrefflichen gegenüber keine Freiheit gibt als die Liebe.

Ich kann Ihnen nicht beschreiben, wie sehr mich die Wahrheit, das schöne Leben, die einfache Fülle dieses Werkes bewegte. Die Bewegung ist zwar noch unruhiger, als sie sein wird, wenn ich mich desselben ganz bemächtigt habe, und das wird dann eine wichtige Krise meines Geistes sein; sie ist aber doch der Effekt des Schönen, nur des Schönen, und die Unruhe rührt bloß davon her, weil der Verstand die Empfindung noch nicht hat einholen können. Ich verstehe Sie nun ganz, wenn Sie sagten, daß es eigentlich das Schöne, das Wahre sei, was Sie, oft bis zu Tränen, rühren könne. Ruhig und tief, klar und doch unbegreiflich wie die Natur, so wirkt es und so steht es da, und alles, auch das kleinste Nebenwerk, zeigt die schöne Gleichheit des Gemüts, aus welchem alles geflossen ist.

Aber ich kann diesen Eindrücken noch keine Sprache geben, auch will ich jetzt nur bei dem achten Buche stehen bleiben. Wie ist es Ihnen gelungen, den großen so weit auseinander geworfenen Kreis und Schauplatz von Personen und Begebenheiten wieder so eng zusammen zu rücken. Es steht da wie ein schönes Planetensystem, alles gehört zusammen, und nur die italienischen Figuren knüpfen, wie Kometengestalten und auch so schauerlich wie diese, das System an ein entferntes und größeres an. Auch laufen alle diese Gestalten, so wie auch Mariane und Aurelie, völlig wieder aus dem Systeme heraus und lösen sich als fremdartige Wesen davon ab, nachdem sie bloß dazu gedient haben, eine poetische Bewegung darin hervorzubringen. Wie schön gedacht ist es, daß Sie das praktisch Ungeheure, das furchtbar Pathetische im Schicksal Mignons und des Harfenspielers von dem theoretisch Ungeheuren, von den Mißgeburten des Verstandes ableiten, so daß der reinen und gesunden Natur nichts dadurch aufgebürdet wird. Nur im Schoß des dummen Aberglaubens werden dierse monstrosen Schicksale ausgeheckt, die Mignon und den Harfenspieler verfolgen. Selbst Aurelia wird nur durch ihre Unnatur, durch ihre Mannweiblichkeit zerstört. Gegen Marianen allein möchte ich Sie eines poetischen Eigennutzes beschuldigen. Fast möchte ich sagen, daß sie dem Roman zum Opfer geworden, da sie der Natur nach zu retten war. Um *sie* werden daher immer noch bittere Tränen fließen, wenn man sich bei den drei andern gern von dem Individuum ab zu der Idee des Ganzen wendet.

Wilhelms Verirrung zu Theresen ist trefflich gedacht, motiviert, behandelt und noch trefflicher benutzt. Manchen Leser wird sie anfangs recht erschrecken, denn Theresen verspreche ich wenig Gönner; desto schöner reißen Sie ihn aber aus seiner Unruhe. Ich wüßte nicht, wie dieses falsche Verhältnis zärter, feiner, edler hätte gelöst werden können! Wie würden sich die Richardsons und alle andern gefallen haben, eine Szene daraus zu machen, und über dem Auskramen von delikaten Sentiments recht undelikat gewesen sein! Nur Ein kleines Bedenken hab ich dabei. Theresens mutige und entschlossene Widersetzlichkeit gegen die Partei, welche ihr ihren Bräutigam rauben will, selbst bei der erneuerten Möglichkeit, Lotharn zu besitzen, ist ganz in der Natur und trefflich; auch daß Wilhelm einen tiefen Unwillen und einen gewissen Schmerz über die Neckerei der Menschen und des Schicksals zeigt, finde ich sehr gegründet – nur, deucht mir, sollte er den Verlust eines Glücks weniger tief beklagen, das schon angefangen hatte, keines mehr für ihn zu sein. In Nataliens Nähe müßte ihm, scheint mir, seine wieder erlangte Freiheit ein höheres Gut sein, als er zeigt. Ich fühle wohl die Komplikation dieses Zustands und was die Delikatesse foderte, aber auf der andern Seite beleidigt es einigermaßen die Delikatesse gegen Natalien, daß er noch imstand ist, ihr gegenüber den Verlust einer Therese zu beklagen!

Eins, was ich in der Verknüpfung der Begebenheiten auch besonders bewundre, ist der große Vorteil, den Sie von jenem falschen Verhältnis Wilhelms zu Theresen zu ziehen gewußt haben, um das wahre und gewünschte Ziel, Nataliens und Wilhelms Verbindung, zu beschleunigen. Auf keinem andern Weg hätte dieses so schön und natürlich geschehen können, als gerade auf dem eingeschlagenen, der davon zu entfernen drohte. Jetzt kann es mit höchster Unschuld und Reinheit ausgesprochen werden, daß Wilhelm und Natalie füreinander gehören, und die Briefe Theresens an Natalien leiten es auf das schönste ein. Solche Erfindungen sind von der ersten Schönheit, denn sie vereinigen alles, was nur gewünscht werden kann, ja was ganz unvereinbar scheinet; sie verwickeln und enthalten schon die Auflösung in sich, sie beunruhigen und führen zur Ruhe, sie erreichen das Ziel, indem sie davon mit Gewalt zu entfernen scheinen.

Mignons Tod, so vorbereitet er ist, wirkt sehr gewaltig und tief, ja so tief, daß es manchen vorkommen wird, Sie verlassen denselben zu schnell. Dies war beim ersten Lesen meine sehr stark markierte Empfindung; beim zweiten, wo die Überraschung nicht mehr war, empfand ich es weniger, fürchte aber doch, daß Sie hier um eines Haares Breite zu weit gegangen sein möchten. Mignon hat gerade vor dieser Katastrophe angefangen, weiblicher, weicher zu erscheinen und dadurch mehr durch sich selbst zu interessieren; die abstoßende Fremdartigkeit dieser Natur hatte nachgelassen, mit der nachlassenden Kraft hatte sich jene Heftigkeit in etwas verloren, die von ihr zurückschreckte. Besonders schmelzte das letzte Lied das Herz zu der tiefsten Rührung. Es fällt daher auf, wenn unmittelbar nach dem angreifenden Auftritt ihres Todes der Arzt eine Spekulation auf ihren Leichnam macht und das lebendige Wesen, die Person so schnell vergessen kann, um sie nur als Werkzeug eines artistischen Versuches zu betrachten; ebenso fällt es auf, daß Wilhelm, der doch die Ursache ihres Todes ist und es auch weiß, in diesem Augenblick für jene Instrumententasche Augen hat und in Erinnerungen vergangener Szenen sich verlieren kann, da die Gegenwart ihn doch so ganz besitzen sollte.

Sollten Sie in diesem Falle auch vor der Natur ganz recht behalten, so zweifle ich, ob Sie auch gegen die „sentimentalischen" Foderungen der Leser es behalten werden, und deswegen möchte ich Ihnen raten – um die Aufnahme einer an sich so herrlich vorbereiteten und durchgeführten Szene bei dem Leser durch nichts zu stören – einige Rücksicht darauf zu nehmen.

Sonst finde ich alles, was Sie mit Mignon, lebend und tot, vornehmen, ganz außerordentlich schön. Besonders qualifiziert sich dieses reine und poetische Wesen so trefflich zu diesem poetischen Leichenbegängnis. In seiner isolierten Gestalt, seiner geheimnisvollen Existenz, seiner Reinheit und Unschuld repräsentiert es die Stufe des Alters, auf der es steht, so rein, es kann zu der reinsten Wehmut und zu einer wahr menschlichen Trauer bewegen, weil sich nichts als die Menschheit in ihm darstellte. Was bei jedem andern Individuum unstatthaft – ja in gewissem Sinn empörend sein würde, wird hier erhaben und edel.

Gerne hätte ich die Erscheinung des Marchese in der Familie noch durch etwas anders als durch seine Kunstliebhaberei motiviert gesehen. Er ist gar zu unentbehrlich zur Entwicklung, und die *Notdurft* seiner Dazwischenkunft könnte leicht stärker als die innere Notwendigkeit derselben in die Augen fallen. Sie haben durch die Organisation des übrigen Ganzen den Leser selbst verwöhnt und ihn zu strengeren Foderungen berechtigt, als man bei Romanen gewöhnlich mitbringen darf. Wäre nicht aus diesem Marchese eine alte Bekanntschaft des Lothario oder des Oheims zu machen und seine Herreise selbst mehr ins Ganze zu verflechten?

Die Katastrophe so wie die ganze Geschichte des Harfenspielers erregt das höchste Interesse; wie vortrefflich ich es finde, daß Sie diese ungeheuren Schicksale von frommen Fratzen ableiten, habe ich oben schon erwähnt. Der Einfall des Beichtvaters, eine leichte Schuld ins Ungeheure zu malen, um ein schweres Verbrechen, das er aus Menschlichkeit verschweigt, dadurch abbüßen zu lassen, ist himmlisch in seiner Art und ein würdiger Repräsentant dieser ganzen Denkungsweise. Vielleicht werden Sie Speratens Geschichte noch ein klein wenig ins kürzere ziehen, da sie in den Schluß fällt, wo man ungeduldiger zum Ziele eilt.

Daß der Harfner der Vater Mignons ist, und daß Sie selbst dieses eigentlich nicht aussprechen, es dem Leser gar nicht hinschieben, macht nur desto mehr Effekt. Man macht diese Betrachtung nun selbst, erinnert sich, wie nahe sich diese zwei geheimnisvollen Naturen lebten, und blickt in eine unergründliche Tiefe des Schicksals hinab.

Aber nichts mehr für heute. Meine Frau legt noch ein Brieflein bei und sagt Ihnen ihre Empfindungen bei dem achten Buche.

Leben Sie jetzt wohl, mein geliebter, mein verehrter Freund. Wie rührt es mich, wenn ich denke, [daß,] was wir sonst nur in der weiten Ferne eines begünstigten Altertums suchen und kaum finden, mir in Ihnen so nahe ist. Wundern Sie sich nicht mehr, wenn es so wenige gibt, die Sie zu verstehen fähig und würdig sind. Die bewundernswürdige Natur, Wahrheit und Leichtigkeit Ihrer Schilderungen entfernt bei dem gemeinen Volk der Beurteiler allen Gedanken an die Schwierigkeit, an die Größe der Kunst, und bei denen, die dem Künstler zu folgen imstande sein könnten, die auf die Mittel, wodurch er wirkt, aufmerksam sind, wirkt die genialische Kraft, welche sie hier handeln sehen, so feindlich und vernichtend, bringt ihr bedürftiges Selbst so sehr ins Gedränge, daß sie es mit Gewalt von sich stoßen, aber im Herzen und nur *de mauvaise grace* Ihnen gewiß am lebhaftesten huldigen.

Sch.

181. An Goethe — Jena, den 3. Juli 1796

Ich habe nun Wilhelms Betragen bei dem Verlust seiner Therese im ganzen Zusammenhang reiflich erwogen und nehme alle meine vorige Bedenklichkeiten zurück. So wie es ist, muß es sein. Sie haben darin die höchste Delikatesse bewiesen, ohne im geringsten gegen die Wahrheit der Empfindung zu verstoßen.

Es ist zu bewundern, wie schön und wahr die drei Charaktere der *Stiftsdame*, *Nataliens* und *Theresens* nuanciert sind. Die zwei ersten sind heilige, die zwei andern sind wahre und menschliche Naturen; aber eben darum, weil Natalie heilig und menschlich zugleich ist, so erscheint sie wie ein Engel, da die Stiftsdame nur eine Heilige, Therese nur eine vollkommene Irdische ist. Natalie und Therese sind beide Realistinnen; aber bei Theresen zeigt sich auch die Beschränkung des Realism, bei Natalien nur der Gehalt desselben. Ich wünschte, daß die Stiftsdame ihr das Prädikat einer schönen Seele nicht weggenommen hätte, denn nur Natalie ist eigentlich eine rein ästhetische Natur. Wie schön, daß sie die Liebe, als einen Affekt, als etwas Ausschließendes und Besonderes gar nicht kennt, weil die Liebe ihre Natur, ihr permanenter Charakter ist. Auch die Stiftsdame kennt eigentlich die Liebe nicht – aber aus einem unendlich verschiedenen Grunde.

Wenn ich Sie recht verstanden habe, so ist es gar nicht ohne Absicht geschehen, daß Sie Natalien unmittelbar von dem Gespräch über die Liebe und über ihre Unbekanntschaft mit dieser Leidenschaft den Übergang zu dem Saal der Vergangenheit nehmen lassen. Gerade die Gemütsstimmung, in welche man durch diesen Saal versetzt wird, erhebt über alle Leidenschaft, die Ruhe der Schönheit bemächtigt sich der Seele, und diese gibt den besten Aufschluß über Nataliens liebefreie und doch so liebevolle Natur.

Dieser Saal der Vergangenheit vermischt die ästhetische Welt, das Reich der Schatten im idealen Sinn, auf eine herrliche Weise mit dem lebendigen und wirklichen, so wie überhaupt aller Gebrauch, den Sie von den Kunstwerken gemacht, solche gar trefflich mit dem Ganzen verbindet. Es ist ein so froher freier Schritt aus der gebundenen engen Gegenwart heraus, und führt doch immer so schön zu ihr zurücke. Auch der Übergang von dem mittlern Sarkophag zu Mignon und zu der wirklichen Geschichte ist von der höchsten Wirkung. Die Inschrift: *gedenke zu leben* ist trefflich und wird es noch vielmehr, da sie an das verwünschte *Memento mori* erinnert und so schön darüber triumphiert.

Der Oheim mit seinen sonderbaren Idiosynkrasien für gewisse Naturkörper ist gar interessant. Gerade solche Naturen haben eine so bestimmte Individualität und so ein starkes Maß von Empfänglichkeit, als der Oheim besitzen muß, um das zu sein, was er ist. Seine Bemerkung über die Musik und daß sie ganz rein zu dem Ohr sprechen solle, ist auch voll Wahrheit. Es ist unverkennbar, daß Sie in diesen Charakter am meisten von Ihrer eigenen Natur gelegt haben.

Lothario hebt sich unter allen Hauptcharakteren am wenigsten heraus, aber aus ganz objektiven Gründen. Ein Charakter wie dieser kann in dem Medium, durch welches der Dichter wirkt, nie ganz erscheinen. Keine einzelne Handlung oder Rede stellt ihn dar; man muß ihn sehen, man muß ihn selbst hören, man muß mit ihm leben. Deswegen ist es genug, daß die, welche mit ihm leben, in dem Vertrauen und in der Hochschätzung gegen ihn so ganz einig sind, daß alle Weiber ihn lieben, die immer nach dem Totaleindruck richten, und daß wir auf die Quellen seiner Bildung aufmerksam gemacht werden. Es ist bei diesem Charakter der Imagination des Lesers weit mehr überlassen als bei den andern, und mit dem vollkommensten Rechte; denn er ist ästhetisch, er muß also von dem Leser selbst produziert werden, aber nicht willkürlich, sondern nach Gesetzen, die Sie auch bestimmt genug gegeben haben. Nur seine Annäherung an das Ideal macht, daß diese Bestimmtheit der Züge nie zur Schärfe werden kann.

Jarno bleibt sich bis ans Ende gleich, und seine Wahl, in Rücksicht auf Lydien, setzt seinem Charakter die Krone auf. Wie gut haben Sie doch Ihre Weiber unterzubringen gewußt! – Charaktere wie Wilhelm, wie Lothario können nur glücklich sein durch Verbindung mit einem harmonierenden Wesen, ein Mensch wie Jarno kann es nur mit einem kontrastierenden werden; dieser muß immer etwas zu tun und zu denken und zu unterscheiden haben.

Die gute Gräfin fährt bei der poetischen Wirtsrechnung nicht zum besten; aber auch hier haben Sie völlig der Natur gemäß gehandelt. Ein Charakter wie dieser kann nie auf sich selbst gestellt werden, es gibt keine Entwicklung für ihn, die ihm seine Ruhe und sein Wohlbefinden garantieren könnte, immer bleibt er in der Gewalt der Umstände, und daher ist eine Art negativen Zustandes alles, was für ihn geschehen kann. Das ist freilich für den Betrachter nicht erfreulich, aber es ist so, und der Künstler spricht hier bloß das Naturgesetz aus. Bei Gelegenheit der Gräfin muß ich bemerken, daß mir ihre Erscheinung im achten Buche nicht gehörig motiviert zu sein scheint. Sie kommt *zu* der Entwicklung, aber nicht *aus* derselben.

Der Graf souteniert seinen Charakter trefflich, und auch dieses muß ich loben, daß Sie ihn durch seine so gut getroffenen Einrichtungen im Hause an dem Unglück des Harfenspielers schuld sein lassen. Mit aller Liebe zur Ordnung müssen solche Pedanten immer nur Unordnung stiften.

Die Unart des kleinen Felix, aus der Flasche zu trinken, die nachher einen so wichtigen Erfolg herbeiführt, gehört auch zu den glücklichsten Ideen des Plans. Es gibt mehrere dieser Art im Roman, die insgesamt sehr schön erfunden sind. Sie knüpfen auf eine so simple und naturgemäße Art das Gleichgültige an das Bedeutende und umgekehrt und verschmelzen die Notwendigkeit mit dem Zufall.

Gar sehr habe ich mich über Werners traurige Verwandlung gefreut. Ein solcher Philister konnte allenfalls durch die Jugend und durch seinen Umgang mit Wilhelm eine Zeitlang emporgetragen werden; sobald diese zwei Engel von ihm weichen, fällt er, wie recht und billig, der Materie anheim und muß endlich selber darüber erstaunen, wie weit er hinter seinem Freunde zurückgeblieben ist. Diese Figur ist auch deswegen so wohltätig für das Ganze, weil sie den Realism, zu welchem Sie den Helden des Romans zurückführen, erklärt und veredelt. Jetzt steht er in einer schönen menschlichen Mitte da, gleich weit von der *Phantasterei* und der *Philisterhaftigkeit*, und indem Sie ihn von dem Hange zur ersten so glücklich heilen, haben Sie vor der letztern nicht weniger gewarnt.

Werner erinnert mich an einen wichtigen chronologischen Verstoß, den ich in dem Roman zu bemerken glaube. Ohne Zweifel ist es Ihre Meinung nicht, daß Mignon, wenn sie stirbt, 21 Jahre und Felix zu derselben Zeit 10 oder 11 Jahre alt sein soll. Auch der blonde Friedrich sollte wohl bei seiner letzten Erscheinung noch nicht etliche und zwanzig Jahr alt sein u. s. f. Dennoch ist es wirklich so, denn von Wilhelms Engagement bei Serlo bis zu seiner Zurückkunft auf Lotharios Schloß sind wenigstens sechs Jahre verflossen. Werner, der im fünften Buche noch unverheuratet war, hat am Anfang des achten schon mehrere Jungens, die „schreiben und rechnen, handeln und trödeln, und deren jedem er schon ein eigenes Gewerb eingerichtet hat". Ich denke mir also den ersten zwischen dem 4ten und 5ten Jahr; und da er sich doch auch nicht gleich nach des Vaters Tode hat trauen lassen und die Kinder auch nicht gleich da waren, so kommen zwischen 6 und 7 Jahren heraus, die zwischen dem 5ten und 8. Buch verflossen sein müssen.

Humboldts Brief folgt hier zurücke. Er sagt sehr viel Wahres über die Idylle, einiges scheint er mir nicht ganz so empfunden zu haben, wie ichs empfinde. So ist mir die treffliche Stelle:

„Ewig, sagte sie leise"

nicht sowohl ihres *Ernstes* wegen schön, der sich von selbst versteht, sondern weil das Geheimnis des Herzens in diesem einzigen Worte auf einmal und ganz, mit seinem unendlichen Gefolge, heraus stürzt. Dieses einzige Wort, an dieser Stelle ist statt einer ganzen langen Liebesgeschichte, und nun stehen die zwei Liebenden so gegeneinander, als wenn das Verhältnis schon jahrelang existiert hätte.

Die Kleinigkeiten, die er tadelt, verlieren sich in dem schönen Ganzen; indessen möchte doch einige Rücksicht darauf zu nehmen sein, und seine Gründe sind nicht zu verwerfen. Zwei Trochäen in dem vordern Hemipentameter haben freilich zu viel Schleppendes, und so ist es auch mit den übrigen Stellen. Der Gegensatz mit dem *für*einander und *an*einander ist freilich etwas spielend, wenn man es strenge nehmen will – und strenge nimmt man es immer gern mit Ihnen.

Leben Sie recht wohl. Ich habe eine ziemliche Epistel geschrieben, möchten Sie so gerne lesen als ich schrieb. Sch.

182. An Goethe

Jena, 5. Juli 1796

Jetzt, da ich das Ganze des Romans mehr im Auge habe, kann ich nicht genug sagen, wie glücklich der Charakter des Helden von Ihnen gewählt worden ist, wenn sich so etwas wählen ließe. Kein anderer hätte sich so gut zu einem *Träger* der Begebenheiten geschickt, und wenn ich auch ganz davon abstrahiere, daß nur an einem solchen Charakter das Problem aufgeworfen und aufgelöst werden konnte, so hätte schon zur bloßen *Darstellung* des Ganzen kein anderer so gut gepaßt. Nicht nur der *Gegenstand* verlangte ihn, auch der *Leser* brauchte ihn. Sein Hang zum Reflektieren hält den Leser im raschesten Laufe der Handlung still und nötigt ihn immer, vor- und rückwärts zu sehen und über alles, was sich ereignet, zu denken. Er sammelt sozusagen den Geist, den Sinn, den innern Gehalt von allem ein, was um ihn herum vorgeht, verwandelt jedes dunkle Gefühl in einen Begriff und Gedanken, spricht jedes einzelne in einer allgemeineren Formel aus, legt uns von allem die Bedeutung näher, und indem er dadurch seinen eigenen Charakter erfüllt, erfüllt er zugleich aufs vollkommenste den Zweck des Ganzen.

Der Stand und die äußre Lage, aus der Sie ihn wählten, macht ihn dazu besonders geschickt. Eine gewisse Welt ist ihm nun ganz neu, er wird lebhafter davon frappiert, und während daß er beschäftigt ist, sich dieselbe zu assimilieren, führt er auch uns in das Innere derselben und zeigt uns, was darin Reales für den Menschen enthalten ist. In ihm wohnt ein reines und moralisches Bild der Menschheit, an diesem prüft er jede äußere Erscheinung derselben, und indem von der einen Seite die Erfahrung seine schwankenden Ideen mehr bestimmen hilft, rektifiziert eben diese Idee, diese innere Empfindung gegenseitig wieder die Erfahrung. Auf diese Art hilft Ihnen dieser Charakter wunderbar, in allen vorkommenden Fällen und Verhältnissen das rein Menschliche aufzufinden und zusammen zu lesen. Sein Gemüt ist zwar ein treuer, aber doch kein bloß passiver Spiegel der Welt, und obgleich seine Phantasie auf sein Sehen Einfluß hat, so ist dieses doch nur idealistisch, nicht phantastisch, poetisch, aber nicht schwärmerisch: es liegt dabei keine Willkür der spielenden Einbildungskraft, sondern eine schöne moralische Freiheit zum Grunde.

Überaus wahr und treffend schildert ihn seine Unzufriedenheit mit sich selbst, wenn er Theresen seine Lebensgeschichte aufsetzt. Sein Wert liegt in seinem Gemüt, nicht in seinen Wirkungen, in seinem Streben, nicht in seinem Handeln; daher muß ihm sein Leben, sobald er einem andern davon Rechenschaft geben will, so gehaltleer vorkommen. Dagegen kann eine Therese und ähnliche Charaktere ihren Wert immer in barer Münze aufzählen, immer durch ein äußres Objekt dokumentieren. Daß Sie aber Theresen einen Sinn, eine Gerechtigkeit für jene höhere Natur geben, ist wieder ein sehr schöner und zarter Charakterzug: in ihrer klaren Seele muß sich auch das, was sie nicht in sich hat, abspiegeln können, dadurch erheben Sie sie auf einmal über alle jene bornierte Naturen, die über ihr dürftiges Selbst auch in der Vorstellung nicht hinaus können. Daß endlich ein Gemüt wie Theresens an eine, ihr selbst so fremde, Vorstellungs- und Empfindungsweise glaubt, daß sie das Herz, welches derselben fähig ist, liebt und achtet, ist zugleich ein schöner Beweis für die objektive Realität derselben, der jeden Leser dieser Stelle erfreuen muß.

Es hat mich auch in dem 8ten Buche sehr gefreut, daß Wilhelm anfängt, sich jenen imposanten Autoritäten, Jarno und dem Abbé gegenüber mehr zu fühlen. Auch dies ist ein Beweis, daß er seine Lehrjahre ziemlich zurückgelegt hat, und Jarno antwortet bei dieser Gelegenheit ganz aus meiner Seele: „Sie sind bitter, das ist recht schön und gut, wenn Sie nur erst einmal recht böse werden, so wird es noch besser sein.“ – Ich gestehe, daß es mir ohne diesen Beweis von Selbstgefühl bei unserm Helden peinlich sein würde, ihn mir mit dieser Klasse so eng verbunden zu denken, wie nachher durch die Verbindung mit Natalien geschieht. Bei dem lebhaften Gefühl für die Vorzüge des Adels und bei dem ehrlichen Mißtrauen gegen sich selbst und seinen Stand, das er bei so vielen Gelegenheiten an den Tag legt, scheint er nicht ganz qualifiziert zu sein, in diesen Verhältnissen eine vollkommene Freiheit behaupten zu können, und selbst noch jetzt, da Sie ihn mutiger und selbständiger zeigen, kann man sich einer gewissen Sorge um ihn nicht erwehren. Wird er den Bürger je vergessen können, und muß er das nicht, wenn sich sein Schicksal vollkommen schön entwickeln soll? Ich fürchte, er wird ihn nie ganz vergessen, er hat mir zu viel darüber reflektiert, er wird, was er einmal so bestimmt außer sich sah, nie vollkommen in sich hinein bringen können. Lotharios vornehmes Wesen wird ihn, so wie Nataliens doppelte Würde des Standes und des Herzens, immer in einer gewissen Inferiorität erhalten. Denke ich mir ihn zugleich als den Schwager des Grafen, der das Vornehme seines Standes auch durch gar nichts Ästhetisches mildert, vielmehr durch Pedanterie noch recht heraussetzt, so kann mir zuweilen bange für ihn werden.

Es ist übrigens sehr schön, daß Sie, bei aller gebührenden Achtung für gewisse äußere positive Formen, sobald es auf etwas rein Menschliches ankommt, Geburt und Stand in ihre völlige Nullität zurückweisen und zwar, wie billig, ohne auch nur ein Wort darüber zu verlieren. Aber was ich für eine offenbare Schönheit halte, werden Sie schwerlich allgemein gebilliget sehen. Manchem wird es wunderbar vorkommen, daß ein Roman, der so gar nichts *„Sansculottisches“* hat, vielmehr an manchen Stellen der Aristokratie das Wort zu reden scheint, mit drei Heuraten endigt, die alle drei Mißheuraten sind. Da ich an der Entwicklung selbst nichts anders wünsche, als es ist, und doch den wahren Geist des Werkes auch in Kleinigkeiten und Zufälligkeiten nicht gerne verkannt sehe, so gebe ich Ihnen zu bedenken, ob der falschen Beurteilung nicht noch durch ein paar Worte „in Lotharios Munde“ zu begegnen wäre. Ich sage in Lotharios Munde, denn dieser ist der aristokratischte Charakter. Er findet bei den Lesern aus seiner Klasse am meisten Glauben, bei ihm fällt die *Mésalliance* auch am stärksten auf; zugleich gäbe dieses eine Gelegenheit, die nicht so oft vorkommt, Lotharios vollendeten Charakter zu zeigen. Ich meine auch nicht, daß dieses bei der Gelegenheit selbst geschehen sollte, auf welche der Leser es anzuwenden hat; desto besser vielmehr, wenn es unabhängig von jeder Anwendung und nicht als Regel für einen einzelnen Fall, aus seiner Natur heraus gesprochen wird.

Was Lothario betrifft, so könnte zwar gesagt werden, daß Theresens illegitime und bürgerliche Abkunft ein Familiengeheimnis sei; aber desto schlimmer, dürften alsdann manche sagen, so muß er die Welt hintergehen, um seinen Kindern die Vorteile seines Standes zuzuwenden. Sie werden selbst am besten wissen, wie viel oder wie wenig Rücksicht auf diese Armseligkeiten zu nehmen sein möchte.

Für heute nichts weiter. Sie haben nun allerlei durcheinander von mir gehört und werden noch manches hören, wie ich voraussehe; möchte etwas darunter sein, was Ihnen dienlich ist.

Leben Sie wohl und heiter. Sch.

Sollten Sie den Vieilleville in den nächsten 8 Tagen entbehren können, so bittet meine Frau darum und auch ich wünschte eine Nachtlektüre darin zu finden.

Haben Sie auch die Güte, mir die Auslage zu nennen, die Sie für meine Tapeten gehabt haben, und zugleich 2 Laubtaler dazu zu setzen, die ich Sie an Herrn Facius für das Horen-Petschaft auszulegen bat. Der Kaviar, den Humboldt Ihnen schickte, und worüber ich mich mit ihm berechne, beträgt 8 Rtlr., welches ich für eine *genossene* Speise ziemlich viel finde.

183. An Schiller

Gleich, nachdem ich Ihren ersten Brief erhalten hatte, fing ich an, Ihnen etwas darauf zu sagen, nun überraschen mich, in meinen wahrhaft irdischen Geschäften, Ihre zwei folgenden Briefe, wahrhaft als Stimmen aus einer andern Welt, auf die ich nur horchen kann. Fahren Sie fort, mich zu erquicken und aufzumuntern! Durch Ihre Bedenken setzen Sie mich in den Stand, das achte Buch, sobald ich es wieder angreife, zu vollenden. Ich habe schon fast für alle Ihrer Desideria eine Auskunft, durch die sich, selbst in meinem Geiste, das Ganze auch an diesen Punkten mehr verbindet, wahrer und lieblicher wird. Werden Sie nicht müde, mir durchaus Ihre Meinung zu sagen, und behalten Sie das Buch noch diese acht Tage bei sich. Was Sie von Cellini bedürfen, bringe ich indes vorwärts, ich schreibe Ihnen nur summarisch, was ich am achten Buche noch zu arbeiten denke, und alsdann soll die letzte Abschrift Anfang August aus unsern Händen sein.

Ihre Briefe sind jetzt meine einzige Unterhaltung, und wie dankbar ich Ihnen sei, daß Sie mir so auf einmal über so vieles weghelfen, werden Sie fühlen. Leben Sie recht wohl und grüßen Sie die liebe Frau.

Weimar, den 5ten Juli 1796 G.

184. An Goethe

[Jena,] Mittwoch abend [6. Juli 1796]

Ich wollte mich diesen Nachmittag mit Ihnen und dem Meister beschäftigen, aber ich habe keinen freien Augenblick gehabt, und mein Zimmer wurde nicht leer von Besuchen. Jetzt, da ich schreibe, ist die Kalbische und Steinische Familie da, man spricht sehr viel von der Idylle und meint, daß „sie Sachen enthalte, die noch gar nicht seien von einem Sterblichen ausgesprochen worden" – Trotz aller Entzückung darüber skandalisierte sich doch die Familie Kalb an dem Päckchen, das dem Helden nachgetragen würde, welches sie für einen großen Fleck an dem schönen Werke hält. Das Produkt sei so *reich*, und der Held führe sich doch wie ein armer Mann auf.

Sie können denken, daß ich bei dieser Kritik aus den Wolken fiel. Es war mir so neu, daß ich glaubte, sie spräche von einem andern Produkte. Ich versicherte ihr aber, daß ich mich an einer solchen Art von Armut nicht stieße, wenn nur der andere Reichtum da sei.

Leben Sie recht wohl. Auf den Freitag mehr. Sch.

185. An Schiller

Herzlich danke ich Ihnen für Ihren erquickenden Brief und für die Mitteilung dessen, was Sie bei dem Roman, besonders bei dem achten Buche, empfunden und gedacht. Wenn dieses nach Ihrem Sinne ist, so werden Sie auch Ihren eigenen Einfluß darauf nicht verkennen, denn gewiß ohne unser Verhältnis hätte ich das Ganze kaum, wenigstens nicht auf diese Weise, zustande bringen können. Hundertmal, wenn ich mich mit Ihnen über Theorie und Beispiel unterhielt, hatte ich die Situationen im Sinne, die jetzt vor Ihnen liegen, und beurteilte sie im stillen nach den Grundsätzen, über die wir uns vereinigten. Auch nun schützt mich Ihre warnende Freundschaft vor ein paar in die Augen fallenden Mängeln, bei einigen Ihrer Bemerkungen habe ich das sogleich gefunden, wie zu helfen sei, und werde bei der neuen Abschrift davon Gebrauch machen.

Wie selten findet man bei den Geschäften und Handlungen des gemeinen Lebens die gewünschte Teilnahme, und in diesem hohen ästhetischen Falle ist sie kaum zu hoffen, denn wie viele Menschen sehen das Kunstwerk an sich selbst, wie viele können es übersehen, und dann ist doch nur die Neigung, die alles sehen kann, was es enthält, und die reine Neigung, die dabei noch sehen kann, was ihm mangelt. Und was wäre nicht noch alles hinzu zu setzen, um den einzigen Fall auszudrucken, in dem ich mich nur mit Ihnen befinde.

So weit war ich gleich nach Ihrem ersten Brief gekommen,

äußere und innere Hindernisse hielten mich ab, fortzufahren, auch fühle ich wohl, daß ich, selbst wenn ich ganz ruhig wäre, Ihnen gegen Ihre Betrachtungen keine Betrachtungen zurückgeben könnte; was Sie mir sagen, muß, im ganzen und einzelnen, in mir praktisch werden, damit das achte Buch sich Ihrer Teilnahme recht zu erfreuen habe. Fahren Sie fort, mich mit meinem eigenen Werke bekannt zu machen, schon habe ich in Gedanken Ihren Erinnerungen entgegen gearbeitet, etwa künftigen Mittewoch will ich die Art und Weise von dem, was ich zu tun gedenke, nur summarisch anzeigen, Sonnabend den 16ten wünschte ich das Manuskript zurück, und am gleichen Tage soll Cellini aufwarten.

Sobald die Xenien abgeschrieben sind, schicke ich Ihr Exemplar zurück und arbeite indessen in meins hinein.

Ich hatte die Idylle Knebeln gegeben, um sie in Umlauf zu setzen, einige Bemerkungen, die er mir ins Haus brachte, sowie die, welche Sie mir mitteilen, überzeugen mich wieder aufs neue, daß es unsern Hörern und Lesern eigentlich an der *Aufmerksamkeit* fehlt, die ein so obligates Werk verlangt. Was ihnen gleich einleuchtet, das nehmen sie wohl willig auf, über alles, woran sie sich nach ihrer Art *stoßen,* urteilen sie auch schnell ab, ohne vor- noch rückwärts, ohne auf den Sinn und Zusammenhang zu sehen, ohne zu bedenken, daß sie eigentlich den Dichter zu fragen haben, warum er dieses und jenes so und nicht anders machte? Ist doch deutlich genug ausgedruckt:

Sorglich reichte die Mutter ein *nach*bereitetes Bündel.

Es ist also keineswegs die ganze Equipage, die schon lange auf dem Schiff ist und dort sein muß, die Alte erscheint nur, in ihrer Mutter- und Frauenart, tätig im einzelnen, der Vater umfaßt die ganze Idee der Reise in seinem Segen. Der Sohn nimmt das Päckchen selbst, da der Knabe schon wieder weg ist, und um der Pietät gegen die Mutter willen und um das einfache goldne Alter anzuzeigen, wo man sich auch wohl selbst einen Dienst leistete. Nun erscheint, in der Gradation, auch das Mädchen gebend, liebend und mehr als segnend, der Knabe kommt wieder zurück, drängt und ist zum *Tragen* bei der Hand, da Alexis sich selbst kaum nach dem Schiffe tragen kann. Doch warum sag ich das? und warum Ihnen? – Von der andern Seite betrachtet, sollte man vielleicht die Menschen, sobald sie nur einen guten Willen gegen etwas zeigen, auch mit gutem Willen mit seinen ästhetischen Gründen bekannt machen. – Nun sieht man aber, daß man nie ins Ganze wirken kann und daß die Leser immer am einzelnen hängen, da vergeht einem denn Lust und Mut, und man überläßt sie in Gottes Namen sich selbst. Leben Sie recht wohl, grüßen Sie die liebe Frau und danken ihr für das Briefchen, ich wünsche bald wieder von Ihnen zu hören.

[Weimar,] Donnerstag [7. Juli 1796] G.

186. An Goethe Jena, den 8. Juli 1796

Da Sie mir das 8te Buch noch eine Woche lassen können, so will ich mich in meinen Bemerkungen vor der Hand besonders auf dieses Buch einschränken; ist dann das Ganze einmal aus Ihren Händen in die weite Welt, so können wir uns mehr über die Form des Ganzen unterhalten, und Sie erweisen mir dann den Gegendienst, mein Urteil zu rektifizieren.

Vorzüglich sind es zwei Punkte, die ich Ihnen, vor der gänzlichen Abschließung des Buches, noch empfehlen möchte.

Der Roman, so wie er da ist, nähert sich in mehrern Stücken der Epopee, unter andern auch darin, daß er Maschinen hat, die in gewissem Sinne die Götter oder das regierende Schicksal darin vorstellen. Der Gegenstand foderte dieses. Meisters Lehrjahre sind keine bloß blinde Wirkung der Natur, sie sind eine Art von Experiment. Ein verborgen wirkender höherer Verstand, die Mächte des Turms, begleiten ihn mit ihrer Aufmerksamkeit, und ohne die Natur in ihrem freien Gange zu stören, beobachten, leiten sie ihn von ferne und zu einem Zwecke, davon er selbst keine Ahnung hat noch haben darf. So leise und locker auch dieser Einfluß von außen ist, so ist er doch wirklich da, und zu Erreichung des poetischen Zwecks war er unentbehrlich. *Lehrjahre* sind ein Verhältnisbegriff, sie fodern ihr *Correlatum,* die *Meisterschaft,* und zwar muß die Idee von dieser letzten jene erst erklären und begründen. Nun kann aber diese Idee der Meisterschaft, die nur das Werk der gereiften und vollendeten Erfahrung ist, den Helden des Romans nicht selbst leiten, sie kann und darf nicht, als sein Zweck und Ziel, *vor* ihm stehen, denn sobald er das Ziel sich dächte, so hätte er es *eo ipso* auch erreicht; sie muß also als Führerin *hinter* ihm stehen. Auf diese Art erhält das Ganze eine schöne Zweckmäßigkeit, ohne daß der Held einen Zweck hätte, der Verstand findet also ein Geschäft ausgeführt, indes die Einbildungskraft völlig ihre Freiheit behauptet.

Daß Sie aber auch selbst bei diesem Geschäfte, diesem Zweck – dem einzigen in dem ganzen Roman, der wirklich ausgesprochen wird, selbst bei dieser geheimen Führung Wilhelms durch Jarno und den Abbé, alles Schwere und Strenge vermieden und die Motive dazu eher aus einer Grille, einer Menschlichkeit, als aus moralischen Quellen hergenommen haben, ist eine von denen Ihnen eigensten Schönheiten. Der *Begriff* einer Maschinerie wird dadurch wieder aufgehoben, indem doch die *Wirkung* davon bleibt, und alles bleibt, was die Form betrifft, in den Grenzen der Natur, nur das Resultat ist mehr, als die bloße sich selbst überlassene Natur hätte leisten können.

Bei dem allen aber hätte ich doch gewünscht, daß Sie das Bedeutende dieser Maschinerie, die notwendige Beziehung derselben auf das Innere Wesen, dem Leser ein wenig näher gelegt hätten. Dieser sollte doch immer klar in die Ökonomie des Ganzen blicken, wenn diese gleich den handelnden Personen verborgen bleiben muß. Viele Leser, fürchte ich, werden in jenem geheimen Einfluß bloß ein theatralisches Spiel und einen Kunstgriff zu finden glauben, um die Verwicklung zu vermehren, Überraschungen zu erregen u. dgl. Das achte Buch gibt nun zwar einen *historischen* Aufschluß über alle einzelnen Ereignisse, die durch jene Maschinerie gewirkt wurden, aber den *ästhetischen* Aufschluß über den innern Geist, über die poetische Notwendigkeit jener Anstalten gibt es nicht befriedigend genug: auch ich selbst habe mich erst bei dem zweiten und dritten Lesen davon überzeugen können.

Wenn ich überhaupt an dem Ganzen noch etwas auszustellen hätte, so wäre es dieses, „daß bei dem großen und tiefen Ernste, der in allem Einzelnen herrscht, und durch den es so mächtig wirkt, die Einbildungskraft zu frei mit dem Ganzen zu spielen scheint“ – Mir deucht, daß Sie hier die freie Grazie der Bewegung etwas weiter getrieben haben, als sich mit dem poetischen Ernste verträgt, daß Sie über dem gerechten Abscheu vor allem Schwerfälligen, Methodischen und Steifen sich dem andern Extrem genähert haben. Ich glaube zu bemerken, daß eine gewisse Kondeszenz gegen die schwache Seite des Publikums Sie verleitet hat, einen mehr theatralischen Zweck und durch mehr theatralische Mittel, als bei einem Roman nötig und billig ist, zu verfolgen.

Wenn je eine poetische Erzählung der Hülfe des Wunderbaren und Überraschenden entbehren konnte, so ist es Ihr Roman; und gar leicht kann einem solchen Werke schaden, was ihm nicht nützt. Es kann geschehen, daß die Aufmerksamkeit mehr auf das Zufällige geheftet wird, und daß das Interesse des Lesers sich konsumiert, Rätsel aufzulösen, da es auf den innern Geist konzentriert bleiben sollte. Es kann geschehen, sage ich, und wissen wir nicht beide, daß es wirklich schon geschehen ist?

Es wäre also die Frage, ob jenem Fehler, wenn es einer ist, nicht noch im 8ten Buche zu begegnen wäre. Ohnehin träfe er nur die Darstellung der Idee, an der Idee selbst bleibt gar nichts zu wünschen übrig. Es wäre also bloß nötig, dem Leser dasjenige etwas bedeutender zu machen, was er bis jetzt zu *frivol* behandelte, und jene theatralischen Vorfälle, die er nur als ein Spiel der Imagination ansehen mochte, durch eine deutlicher ausgesprochene Beziehung auf den höchsten Ernst des Gedichtes, auch vor der Vernunft zu legitimieren, wie es wohl *implicite*, aber nicht *explicite* geschehen ist. Der Abbé scheint mir diesen Auftrag recht gut besorgen zu können, und er wird dadurch auch sich selbst mehr zu empfehlen Gelegenheit haben. Vielleicht wäre es auch nicht überflüssig, wenn noch im achten Buch der nähern Veranlassung erwähnt würde, die Wilhelmen zu einem Gegenstand von des Abbé pädagogischen Planen machte. Diese Plane bekämen dadurch eine speziellere Beziehung, und Wilhelms Individuum würde für die Gesellschaft auch bedeutender erscheinen.

Sie haben in dem 8ten Buch verschiedene Winke hingeworfen, was Sie unter den Lehrjahren und der Meisterschaft gedacht wissen wollen. Da der Ideeninhalt eines Dichterwerks, vollends bei einem Publikum wie das unsrige, so vorzüglich in Betrachtung kommt und oft das einzige ist, dessen man sich nachher noch erinnert, so ist es von Bedeutung, daß Sie hier völlig begriffen werden. Die Winke sind sehr schön, nur nicht hinreichend scheinen sie mir. Sie wollten freilich den Leser mehr selbst finden lassen als ihn geradezu belehren; aber eben weil Sie doch etwas heraus sagen, so glaubt man, dieses sei nun auch alles, und so haben Sie Ihre Idee enger beschränkt, als wenn Sie es dem Leser ganz und gar überlassen hätten, sie heraus zu suchen.

Wenn ich das Ziel, bei welchem Wilhelm nach einer langen Reihe von Verirrungen endlich anlangt, mit dürren Worten auszusprechen hätte, so würde ich sagen, „er tritt von einem leeren und unbestimmten Ideal in ein bestimmtes tätiges Leben, aber ohne die idealisierende Kraft dabei einzubüßen." Die zwei entgegengesetzten Abwege von diesem glücklichen Zustand sind in dem Roman dargestellt und zwar in allen möglichen Nüancen und Stufen. Von jener unglücklichen Expedition an, wo er ein Schauspiel aufführen will, ohne an den Inhalt gedacht zu haben, bis auf den Augenblick, wo er – Theresen zu seiner Gattin wählt, hat er gleichsam den ganzen Kreis der Menschheit *einseitig* durchlaufen; jene zwei Extreme sind die beiden höchsten Gegensätze, deren ein Charakter wie der seinige nur fähig ist, und daraus muß nun die Harmonie entspringen. Daß er nun, unter der schönen und heitern Führung der Natur (durch Felix) von dem Idealischen zum Reellen, von einem vagen Streben zum Handeln und zur Erkenntnis des Wirklichen übergeht, ohne doch dasjenige dabei einzubüßen, was in jenem ersten strebenden Zustand Reales war, daß er Bestimmtheit erlangt, ohne die schöne Bestimmbarkeit zu verlieren, daß er sich begrenzen lernt, aber in dieser Begrenzung selbst, durch die Form, wieder den Durchgang zum Unendlichen findet u.s.f., dieses nenne ich die Krise seines Lebens, das Ende seiner Lehrjahre, und dazu scheinen sich mir alle Anstalten in dem Werk auf das vollkommenste zu vereinigen. Das schöne Naturverhältnis zu seinem Kinde und die Verbindung mit Nataliens edler Weiblichkeit garantieren diesen Zustand der geistigen Gesundheit, und wir sehen ihn, wir scheiden von ihm auf einem Wege, der zu einer endlosen Vollkommenheit führet.

Die Art nun, wie *Sie* sich über den Begriff der *Lehrjahre* und der *Meisterschaft* erklären, scheint beiden eine engere Grenze zu setzen. Sie verstehen unter den ersten bloß den Irrtum, dasjenige außer sich zu suchen, was der innere Mensch selbst hervorbringen muß; unter der zweiten die Überzeugung von der Irrigkeit jenes Suchens, von der Notwendigkeit des eignen Hervorbringens u.s.w. Aber läßt sich das ganze Leben Wilhelms, so wie es in dem Romane vor uns liegt, wirklich auch vollkommen unter diesem Begriffe fassen und erschöpfen? Wird durch diese Formel alles verständlich? Und kann er nun bloß dadurch, daß sich das Vaterherz bei ihm erklärt, wie am Schluß des VIIten Buchs geschieht, losgesprochen werden? Was ich also hier wünschte, wäre dieses, daß die Beziehung aller einzelnen Glieder des Romans auf jenen philosophischen Begriff noch etwas klärer gemacht würde. Ich möchte sagen, die Fabel ist vollkommen wahr; auch die Moral der Fabel ist vollkommen wahr, aber das Verhältnis der einen zu der andern springt noch nicht deutlich genug in die Augen.

Ich weiß nicht, ob ich mich, bei diesen beiden Erinnerungen, recht habe verständlich machen können; die Frage greift ins

Ganze, und so ist es schwer, sie am Einzelnen gehörig darzulegen. Ein Wink ist aber hier auch schon genug.

Ehe Sie mir das Exemplar der Xenien senden, so haben Sie doch die Güte, darin gerade auszustreichen, was Sie heraus wünschen, und zu unterstreichen, was Sie geändert wünschen. Ich kann dann eher meine Maßregeln nehmen, was noch zu tun ist.

Möchte doch für die kleinen lieblichen Gedichte, die Sie noch zum Almanach geben wollten und zu dem *in petto* habenden Gedicht von Mignon noch Stimmung und Zeit sich finden! Der Glanz des Almanachs beruht eigentlich ganz auf Ihren Beiträgen. Ich lebe und webe jetzt wieder in der Kritik, um mir den Meister recht klar zu machen, und kann nicht viel mehr für den Almanach tun. Dann kommen die Wochen meiner Frau, die der poetischen Stimmung nicht günstig sein werden.

Sie empfiehlt sich Ihnen herzlich.

Leben Sie recht wohl. Sonntag abends hoffe ich Ihnen wieder etwas zu sagen. Sch.

Wollten Sie wohl so gütig sein und mir den fünften Band der großen Muratorischen Sammlung aus der Bibliothek in Weimar verschaffen?

Noch ein kleines Anliegen.

Ich möchte gern Ihren Kopf vor den neuen Musen-Almanach setzen und habe heute an Bolt in Berlin geschrieben, ob er diese Arbeit noch übernehmen kann. Nun wünschte ich ihn aber lieber nach einem Gemälde, als nach Lipsens Kupferstich, und frage an, ob Sie sich entschließen könnten, das Porträt von Meyer dazu herzugeben?

Wollten Sie dieses nicht gern aus der Hand lassen, so erlauben Sie mir doch, daß ich es kopieren ließe, wenn sich in Weimar ein erträglicher Maler dazu findet?

187. An Schiller

Indem ich Ihnen, auf einem besondern Blatt, die einzelnen Stellen verzeichne, die ich, nach Ihren Bemerkungen, zu ändern und zu supplieren gedenke, so habe ich Ihnen für Ihren heutigen Brief den höchsten Dank zu sagen, indem Sie mich, durch die in demselben enthaltnen Erinnerungen, nötigen auf die eigentliche Vollendung des Ganzen aufmerksam zu sein. Ich bitte Sie, nicht abzulassen, um, ich möchte wohl sagen, mich aus meinen eignen

Grenzen hinauszutreiben. Der Fehler, den Sie mit Recht bemerken, kommt aus meiner innersten Natur, aus einem gewissen realistischen Tic, durch den ich meine Existenz, meine Handlungen, meine Schriften den Menschen aus den Augen zu rücken behaglich finde. So werde ich immer gerne *incognito* reisen, das geringere Kleid vor dem bessern wählen, und, in der Unterredung mit Fremden oder Halbbekannten, den unbedeutendern Gegenstand oder doch den weniger bedeutenden Ausdruck vorziehen, mich leichtsinniger betragen als ich bin, und mich so, ich möchte sagen, zwischen mich selbst und zwischen meine eigne Erscheinung stellen. Sie wissen recht gut, teils wie es ist, teils wie es zusammenhängt.

Nach dieser allgemeinen Beichte will ich gern zur besondern übergehn: daß ich ohne Ihren Antrieb und Anstoß, wider besser Wissen und Gewissen, mich auch dieser Eigenheit bei diesem Roman hätte hingehen lassen, welches denn doch, bei dem ungeheuern Aufwand, der darauf gemacht ist, unverzeihlich gewesen wäre, da alles das, was gefordert werden kann, teils so leicht zu erkennen, teils so bequem zu machen ist.

So läßt sich, wenn die frühe Aufmerksamkeit des Abbés auf Wilhelmen rein ausgesprochen wird, ein ganz eigenes Licht und geistiger Schein über das Ganze werfen, und doch habe ich es versäumt; kaum daß ich mich entschließen konnte, durch Wernern etwas zu Gunsten seines Äußerlichen zu sagen.

Ich hatte den Lehrbrief im siebenten Buch abgebrochen, in dem man bis jetzt nur wenige Denksprüche über Kunst und Kunstsinn liest. Die zweite Hälfte sollte bedeutende Worte über Leben und Lebenssinn enthalten, und ich hatte die schönste Gelegenheit, durch einen mündlichen Kommentar des Abbés, die Ereignisse überhaupt, besonders aber die durch die Mächte des Turms herbeigeführten Ereignisse zu erklären und zu legitimieren, und so jene Maschinerie von dem Verdacht eines kalten Romanbedürfnisses zu retten und ihr einen ästhetischen Wert zu geben, oder vielmehr ihren ästhetischen Wert ins Licht zu stellen. – Sie sehen, daß ich mit Ihren Bemerkungen völlig einstimmig bin.

Es ist keine Frage, daß die scheinbaren, von mir ausgesprochenen Resultate viel beschränkter sind als der Inhalt des Werks, und ich komme mir vor wie einer, der, nachdem er viele und große Zahlen übereinander gestellt, endlich mutwillig selbst Additionsfehler machte, um die letzte Summe, aus Gott weiß was für einer Grille, zu verringern.

Ich bin Ihnen, wie für so vieles, auch dafür den lebhaftesten Dank schuldig, daß Sie, noch zur rechten Zeit, auf so eine entschiedene Art diese perverse Manier zur Sprache bringen, und ich werde gewiß, in so fern es mir möglich ist, Ihren gerechten Wünschen entgegen gehn. Ich darf den Inhalt Ihres Briefes nur selbst an die schicklichen Orte verteilen, so ist der Sache schon geholfen. Und sollte mirs ja begegnen, wie denn die menschlichen Verkehrtheiten unüberwindliche Hindernisse sind, daß mir doch die letzten bedeutenden Worte nicht aus der Brust wollten, so werde ich Sie bitten, zuletzt, mit einigen kecken Pinselstrichen, das noch selbst hinzu zu fügen, was ich, durch die sonderbarste Naturnotwendigkeit gebunden, nicht auszusprechen vermag. Fahren Sie diese Woche noch fort mich zu erinnern und zu beleben, ich will indes für Cellini und wo möglich für den Almanach sorgen.

Weimar, den 9ten Juli 1796 G.

Zum achten Buche

1. Die sentimentale Forderung bei Mignons Tod zu befriedigen.
2. Der Vorschlag des Balsamierens und die Reflexion über das Band zurück zu rücken.
3. Lothario kann bei Gelegenheit, da er von Aufhebung des Feudalsystems spricht, etwas äußern, was auf die Heiraten am Schlusse eine freiere Aussicht gibt.
4. Der Marchese wird früher erwähnt, als Freund des Oheims.
5. Das Prädikat der schönen Seele wird auf Natalien abgeleitet.
6. Die Erscheinung der Gräfin wird motiviert.
7. Werners Kindern wird etwas von ihren Jahren abgenommen.

188. An Schiller

Die Xenien erhalten Sie mit meinem Gutachten zurück, die ernsthaften und wohlmeinenden sind gegenwärtig so mächtig, daß man denen Lumpenhunden, die angegriffen sind, mißgönnt, daß ihrer in so guter Gesellschaft erwähnt wird.

Wegen des Porträts sehe ich nicht, wie wir es machen wollen. Es ist niemand hier, der es zu diesem Endzweck kopieren könnte, das Original selbst wegzugeben ist allzugefährlich, auch ist Bolt ein gefälliger, aber, wie mirs scheint, kein gründlicher Künstler. Wie wär es? Sie versparten Ihre freundschaftliche Absicht bis auf Meyers Zurückkunft, da wir denn in jedem Sinne etwas Gutes erwarten können.

Grüßen Sie Ihre liebe Frau. Wollten Sie uns in dem Falle, daß sich die Familie vermehrt, für die erste Zeit Karln herüberschicken, so würde er Augusten sehr willkommen sein und in Gesellschaft der vielen Kinder, die sich in meinem Hause und Garten versammeln, sich recht wohl befinden. Leben Sie wohl.

Weimar, den 9ten Juli 1796 G.

Muratori folgt. Vieilleville werden Sie erhalten haben.

Die Rechnung nächstens.

Durch verschiedne Einschränkungen wird die nächste Sendung Cellini auch nur drei gedruckte Bogen und einige Blätter.

189. An Goethe Jena, den 9. Juli 1796

Es ist mir sehr lieb, zu hören, daß ich Ihnen meine Gedanken über jene zwei Punkte habe klar machen können und daß Sie Rücksicht darauf nehmen wollen. Das, was Sie Ihren realistischen Tic nennen, sollen Sie dabei gar nicht verleugnen. Auch das gehört zu Ihrer poetischen Individualität, und in den Grenzen von dieser müssen Sie ja bleiben; alle Schönheit in dem Werk muß *Ihre* Schönheit sein. Es kommt also bloß darauf an, aus dieser subjektiven Eigenheit einen objektiven Gewinn für das Werk zu ziehen, welches gewiß gelingt, sobald Sie wollen. Dem Inhalte nach muß in dem Werk *alles* liegen, was zu seiner Erklärung nötig ist, und, der Form nach, muß es *notwendig* darin liegen, der innere Zusammenhang muß es mit sich bringen – aber wie fest oder locker es zusammenhängen soll, darüber muß Ihre eigenste Natur entscheiden. Dem Leser würde es freilich bequemer sein, wenn Sie selbst ihm die Momente, worauf es ankommt, blank und bar zuzählten, daß er sie nur in Empfang zu nehmen brauchte; sicherlich aber hält es ihn bei dem Buche fester und führt ihn öfter zu demselben zurück, wenn er sich selber helfen muß. Haben Sie also nur dafür gesorgt, daß er gewiß findet, wenn er mit gutem Willen und hellen Augen sucht, so ersparen Sie ihm ja das Suchen nicht. Das Resultat eines solchen Ganzen muß immer die eigene, freie, nur nicht willkürliche Produktion des Lesers sein, es muß eine Art von Belohnung bleiben, die nur dem Würdigen zuteil wird, indem sie dem Unwürdigen sich entziehet.

Ich will, um es nicht zu vergessen, noch einige Erinnerungen hersetzen, worauf ich, in Rücksicht auf jene geheime Maschinerie, zu achten bitte. 1. Man wird wissen wollen, zu welchem Ende der Abbé oder sein Helfershelfer den Geist des alten Hamlet spielt. 2. Daß der Schleier mit dem Zettelchen „Flieh, flieh" etc. zweimal erwähnt wird, erregt Erwartungen, daß diese Erfindung zu keinem unbedeutenden Zwecke diene. Warum, möchte man fragen, treibt man Wilhelmen, von der einen Seite, von dem Theater, da man ihm doch, von der andern, zur Aufführung seines Lieblingsstücks und zu seinem Debüt behülflich ist? Man erwartet auf diese 2 Fragen eine mehr spezielle Antwort, als Jarno bis jetzt gegeben hat. 3. möchte man wohl auch gerne wissen, ob der Abbé und seine Freunde, vor der Erscheinung Werners im Schlosse, schon gewußt, daß sie es bei dem Gutskauf mit einem so genauen Freund und Verwandten zu tun haben? ihrem Benehmen nach scheint es fast so, und so wundert man sich wieder über das Geheimnis, das sie Wilhelmen daraus gemacht haben. 4. wäre doch zu wünschen, daß man die Quelle erführe, aus welcher der Abbé die Nachrichten von Theresens Abkunft schöpfte, besonders da es doch etwas befremdet, daß dieser wichtige Umstand so genau dabei interessierten Personen und die sonst so gut bedient sind, bis auf den Moment, wo der Dichter ihn braucht, hat ein Geheimnis bleiben können.

Es ist wohl ein bloßer Zufall, daß die zweite Hälfte des Lehrbriefs weggeblieben ist, aber ein geschickter Gebrauch des Zufalls bringt in der Kunst, wie im Leben, oft das Trefflichste hervor. Mir deucht, diese zweite Hälfte des Lehrbriefs könnte im achten Buch, an einer weitbedeutenderen Stelle und mit ganz andern Vorteilen nachgebracht werden. Die Ereignisse sind unterdessen vorwärts gerückt, Wilhelm selbst hat sich mehr entwickelt. Er sowohl als der Leser sind auf jene praktischen Resultate über das Leben und den Lebensgebrauch weit besser vorbereitet, auch der Saal der Vergangenheit und Nataliens nähere Bekanntschaft können eine günstigere Stimmung dazu herbeigeführt haben. Ich riete deswegen sehr, jene Hälfte des Lehrbriefs ja nicht wegzulassen, sondern womöglich den philosophischen Gehalt des Werkes – deutlicher oder versteckter – darin niederzulegen. Ohnehin kann, bei einem Publikum, wie nun einmal das deutsche ist, zu Rechtfertigung einer Absicht, und hier namentlich noch zu Rechtfertigung des Titels, der vor dem Buche steht und jene Absicht deutlich ausspricht, nie zuviel geschehen.

Zu meiner nicht geringen Zufriedenheit habe ich in dem 8ten Buche auch ein paar Zeilen gefunden, die gegen die Metaphysik Fronte machen und auf das spekulative Bedürfnis im Menschen Beziehung haben. Nur etwas schmal und klein ist das Almosen ausgefallen, das Sie der armen Göttin reichen, und ich weiß nicht, ob man Sie mit dieser kargen Gabe quittieren kann. Sie werden wohl wissen, von welcher Stelle ich hier rede, denn ich glaube es ihr anzusehen, daß sie mit vielem Bedacht darein gekommen ist.

Ich gestehe es, es ist etwas stark, in unserm spekulativischen Zeitalter einen Roman von diesem Inhalt und von diesem weiten Umfang zu schreiben, worin „das einzige was not ist" so leise abgeführt wird – einen so sentimentalischen Charakter, wie Wilhelm doch immer bleibt, seine Lehrjahre ohne Hülfe jener würdigen Führerin vollenden zu lassen. Das schlimmste ist, daß er sie wirklich in allem Ernste vollendet, welches von der Wichtigkeit jener Führerin nicht eben die beste Meinung erweckt.

Aber im Ernste – woher mag es kommen, daß Sie einen Menschen haben erziehen und fertig machen können, ohne auf Bedürfnisse zu stoßen, denen die Philosophie nur begegnen kann? Ich bin überzeugt, daß dieses bloß der *ästhetischen Richtung* zuzuschreiben ist, die Sie in dem ganzen Roman genommen. Innerhalb der ästhetischen Geistesstimmung regt sich kein Bedürfnis nach jenen Trostgründen, die aus der Spekulation geschöpft werden müssen; sie hat Selbständigkeit, Unendlichkeit in sich; nur wenn sich das Sinnliche und das Moralische im Menschen feindlich entgegen streben, muß bei der reinen Vernunft Hülfe gesucht werden. Die gesunde und schöne Natur braucht, wie Sie selbst sagen, keine Moral, kein Naturrecht, keine politische Metaphysik: Sie hätten eben so gut auch hinzusetzen können, sie braucht keine Gottheit, keine Unsterblichkeit, um sich zu stützen und zu halten. Jene 3 Punkte, um die zuletzt alle Spekulation sich dreht, geben einem sinnlich ausgebildeten Gemüt zwar Stoff zu einem poetischen Spiel, aber sie können nie zu ernstlichen Angelegenheiten und Bedürfnissen werden.

Das einzige könnte man vielleicht noch dagegen erinnern, daß unser Freund jene ästhetische Freiheit noch nicht so ganz besitzt, die ihn vollkommen sicher stellte, in gewisse Verlegenheiten nie zu geraten, gewisser Hülfsmittel (der Spekulation) nie zu bedürfen. Ihm fehlt es nicht an einem gewissen philosophischen Hange, der allen sentimentalen Naturen eigen ist, und käme er also einmal ins Spekulative hinein, so möchte es, bei diesem Mangel eines philosophischen Fundaments, bedenklich um ihn stehen; denn nur die Philosophie kann das Philosophieren unschädlich machen; ohne sie führt es unausbleiblich zum Mystizism. (Die Stiftsdame selbst ist ein Beweis dafür. Ein gewisser ästhetischer Mangel machte ihr die Spekulation zum Bedürfnis, und sie verirrte zur Herrenhuterei, weil ihr die Philosophie nicht zu Hülfe kam; als Mann hätte sie vielleicht alle Irrgänge der Metaphysik durchwandert.)

Nun ergeht aber die Foderung an Sie (der Sie auch sonst überall ein so hohes Genüge getan), Ihren Zögling mit vollkommener Selbständigkeit, Sicherheit, Freiheit und gleichsam architektonischer Festigkeit so hinzustellen, wie er ewig stehen kann, ohne einer äußern Stütze zu bedürfen, man will ihn also durch eine ästhetische Reife auch selbst über das Bedürfnis einer philosophischen Bildung, die er sich nicht gegeben hat, vollkommen hinweggesetzt sehen. Es fragt sich jetzt: ist er Realist genug, um sie nötig zu haben, sich an der reinen Vernunft zu halten? Ist er es aber nicht – sollte für die Bedürfnisse des Idealisten nicht etwas mehr gesorgt sein?

Sie werden vielleicht denken, daß ich bloß einen künstlichen Umweg nehme, um Sie doch in die Philosophie hineinzutreiben, aber was ich noch etwa vermisse, kann sicherlich auch in Ihrer Form vollkommen gut abgetan werden. Mein Wunsch geht bloß dahin, daß Sie die Materien *quaestionis* nicht *umgehen,* sondern ganz auf Ihre Weise lösen möchten. Was bei Ihnen selbst alles spekulative Wissen ersetzt und alle Bedürfnisse dazu Ihnen fremd macht, wird auch bei Meistern vollkommen genug sein. Sie haben den Oheim schon sehr vieles sagen lassen, und auch Meister berührt den Punkt einigemal sehr glücklich; es wäre also nicht so gar viel mehr zu tun. Könnte ich nur in Ihre Denkweise dasjenige einkleiden, was ich im Reich der Schatten und in den ästhetischen Briefen, der meinigen gemäß, ausgesprochen habe, so wollten wir sehr bald einig sein.

Was Sie über Wilhelms Äußerliches Wernern in den Mund gelegt, ist von ungemein guter Wirkung für das Ganze. Es ist mir eingefallen, ob Sie den Grafen, der am Ende des achten Buches erscheint, nicht auch dazu nutzen könnten, Wilhelmen zu völligen Ehren zu bringen. Wie, wenn der Graf, der Zeremonienmeister des Romans, ihn durch sein achtungsvolles Betragen und durch eine gewisse Art der Behandlung, die ich Ihnen nicht näher zu bezeichnen brauche, auf einmal aus seinem Stande heraus in einen höheren stellte, und ihm dadurch auf gewisse Art den noch fehlenden Adel erteilte. Gewiß, wenn selbst der Graf ihn distinguierte, so wäre das Werk getan.

Über Wilhelms Benehmen im Saal der Vergangenheit, wenn er diesen zum erstenmal mit Natalien betritt, habe ich noch eine Erinnerung zu machen. Er ist mir hier noch zu sehr der alte Wilhelm, der im Hause des Großvaters am liebsten bei dem kranken Königsohn verweilte, und den der Fremde, im ersten Buch, auf einem so unrechten Wege findet. Auch noch jetzt bleibt er fast ausschließend bei dem bloßen *Stoff* der Kunstwerke stehen und poetisiert mir zu sehr damit. Wäre hier nicht der Ort gewesen, den Anfang einer glücklicheren Krise bei ihm zu zeigen, ihn zwar nicht als Kenner, denn das ist unmöglich, aber doch als einen mehr objektiven Betrachter darzustellen, so daß etwa ein Freund, wie unser Meyer, Hoffnung von ihm fassen könnte?

Sie haben Jarno schon im siebenten Buche so glücklich dazu gebraucht, durch seine harte und trockene Manier eine Wahrheit heraus zu sagen, die den Helden so wie den Leser auf einmal um einen großen Schritt weiter bringt: ich meine die Stelle, wo er Wilhelmen das Talent zum Schauspieler rundweg abspricht. Nun ist mir beigefallen, ob er ihm nicht, in Rücksicht auf Theresen und Natalien, einen ähnlichen Dienst, mit gleich gutem Erfolg für das Ganze, leisten könnte. Jarno scheint mir der rechte Mann zu sein, Wilhelmen zu sagen, daß Therese ihn nicht glücklich machen könne, und ihm einen Wink zu geben, welcher weibliche Charakter für ihn tauge. Solche einzelne dürr gesprochene Worte, im rechten Moment gesagt, entbinden auf einmal den Leser von einer schweren Last und wirken wie ein Blitz, der die ganze Szene erleuchtet.

Montag [11. Juli] früh

Ein Besuch hinderte mich gestern, diesen Brief abzusenden. Heute kann ich nichts mehr hinzusetzen, da es zu unruhig bei mir zugeht. Meine Frau ist ihrer Niederkunft nahe, und Stark vermutet sie schon heute. Für Ihr freundschaftliches Anerbieten, den Karl zu sich zu nehmen, danken wir Ihnen herzlich. Er ist uns nicht zur Last, da wir einige Personen mehr zur Bedienung angenommen und die Disposition mit den Zimmern gemacht haben, daß er nicht stört. Für Vieilleville und Muratori danke ich Ihnen bestens. Schlegel ist mit seiner Frau wieder hier angekommen, die kleine Paulus ist eilig nach Schwaben abgereist, ihre kranke Mutter zu besuchen. Leben Sie recht wohl. Auf den Mittwoch hoffe ich Ihnen mit erleichtertem Herzen weitere Nachricht zu geben. Sch.

190. An Goethe

[Jena,] Montag [11. Juli 1796,] nachmittag 3 Uhr

Vor 2 Stunden erfolgte die Niederkunft der kleinen Frau über Erwarten geschwind und ging unter Starks Beistand leicht und glücklich vorüber. Meine Wünsche sind in jeder Rücksicht erfüllt, denn es ist ein Junge, frisch und stark, wie das Ansehen es gibt. Sie können wohl denken, wie leicht mirs ums Herz ist, um so mehr, da ich dieser Epoche nicht ohne Sorge, die Krämpfe möchten die Geburt übereilen, entgegensah.

Jetzt also kann ich meine kleine Familie anfangen zu zählen. Es ist eine eigene Empfindung, und der Schritt von Eins zu Zwei ist viel größer, als ich dachte.

Leben Sie wohl. Die Frau grüßt; sie ist, die Schwäche abgerechnet, recht wohl auf.

Sch.

191. An Schiller

Zu dem neuen Ankömmling wünsche ich von Herzen Glück, mögen Sie recht viel Freude an dem Knabenpaar erleben. Grüßen Sie Ihre liebe Frau auf das beste und schönste von mir.

Künftigen Sonnabend, wenn es mir möglich ist, komme ich Sie zu besuchen. Über den Roman müssen wir nun notwendig mündlich konferieren, auch wegen der Xenien und mancher anderer Dinge, die ich auf dem Herzen habe; bei jenem wird die Hauptfrage sein: wo sich die *Lehrjahre* schließen, die eigentlich gegeben werden sollen, und in wie fern man Absicht hat, künftig die Figuren etwa noch einmal auftreten zu lassen. Ihr heutiger Brief deutet mir eigentlich auf eine Fortsetzung des Werks, wozu ich denn auch wohl Idee und Lust habe, doch davon eben mündlich. Was rückwärts notwendig ist, muß *getan* werden, so wie man vorwärts *deuten* muß, aber es müssen Verzahnungen stehen bleiben, die, so gut wie der Plan selbst, auf eine weitere Fortsetzung deuten, hierüber wünsche ich mich recht mit Ihnen auszusprechen. Schicken Sie mir nichts mit den Botenweibern und behalten das

Manuskript. Die Xenien, Cellini und sonst noch was vielleicht bringe ich mit. Grüßen Sie Schlegeln und seine Frau, ich freue mich beide diesmal zu finden.

Daß die kleine Freundin, bei so einem unangenehmen Anlaß und in so einer kritischen Zeit, die Reise macht, ist mir nicht halb recht, es sieht in Schwaben wie am Ober- und Unterrheine höchst mißlich aus.

Leben Sie recht wohl in Ihrem friedlichen Tal und genießen der schönen Jahreszeit wenigstens aus dem Fenster.

Weimar, den 12ten Juni [Juli] 1796 G.

192. An Goethe

[Jena,] Dienstag abend, 12. Juli [1796]

Noch steht es um die kleine Gesellschaft so gut, als mans nur wünschen kann. Meine Frau getraut sich, selbst zu stillen, welches mir auch sehr erwünscht ist.

Donnerstag wird die Taufe sein. Wenn die Umstände so ruhig bleiben, wie sie jetzt sind, so wird mein Gemüt heiter genug sein, das achte Buch des Romans noch einmal mit Besonnenheit zu durchgehen, ehe ich es Ihnen zurücksende.

Es hat nichts zu sagen, wenn die nächste Lieferung des Cellini auch kleiner ausfällt. Ich habe allerlei, nicht Unbrauchbares, das Monatstück zu füllen.

Sie haben mir noch nicht geschrieben, wie es mit der Zeichnung und dem Kupferstich zu Hirts Aufsatze steht.

Daß ich Ihren Kopf nicht zu dem diesjährigen Almanach bekommen kann, tut mir sehr leid. Eine Verzierung müssen wir einmal haben, und das wäre doch die vernünftigste gewesen. Da ich unter den lebendigen keinen andern Kopf mag, so werde ich das Porträt von *Uz,* der kürzlich verstorben ist, zu bekommen suchen. Es gibt uns so ein Ansehen von Billigkeit und *Honnêteté,* wenn wir einem aus der alten Zeit diese Ehre erweisen. Vielleicht können Sie mir durch *Knebeln* dazu verhelfen. Ich bezahle gern, was ein Gemälde oder eine Zeichnung kosten kann.

Leben Sie aufs beste wohl. Meine Frau grüßt schön. Frau Charlotte wird das Kind heben; es ist ihr eine große Angelegenheit, und sie verwunderte sich, daß sie es nicht in Ihrer Gesellschaft sollte, besonders da der Junge auch einen Wilhelm unter seinen Namen hat.

Leben Sie recht wohl. Sch.

193. An Schiller

[Weimar, den 13. Juli 1796]

Viel Glück! zum guten Fortgang alles dessen, was sich aufs neue Lebendige bezieht. Grüßen Sie die liebe Frau und Frau Gevatterin. Zur Taufe hätte ich mich ohngebeten eingestellt, wenn mich diese Zeremonien nicht gar zu sehr verstimmten. Ich komme dafür Sonnabends und wir wollen ein Paar frohe Tage genießen. Leben Sie wohl. Heute erlebe ich auch eine eigne Epoche, mein Ehstand ist eben 8 Jahre und die französche Revolution 7 Jahr alt.

G.

Die Kupferstiche zu Hirts Abhandlung sind in der Arbeit und sollen gut werden. Den einen wollte man nicht unter vier Karolin machen, der andere soll etwas wohlfeiler kommen. Es ist freilich viel und genaue Arbeit daran.

Knebel werde ich um Uz angehen.

194. An Schiller

In Hofrat Loders Gesellschaft bin ich gestern recht geschwinde herübergekommen. Am Roman wird eifrig abgeschrieben. Heute früh beim Pyrmonter habe ich mir einen kleinen Aufsatz ausgedacht, durch den ich zuerst mir und Ihnen Rechenschaft von meiner Methode, die Natur zu beobachten, zu geben gedenke, woraus künftig ein Vorbericht zu meinen Arbeiten dieser Art formiert werden kann. Hier ein Naturprodukt, das in dieser Jahrszeit geschwind verzehrt werden muß. Ich wünsche, daß es wohl schmecken und bekommen möge.

Weimar, den 20ten Juli 1796 G.

195. An Goethe

Nur zwei Zeilen zum Gruß nebst unserm schönsten Dank für den Fisch, der uns, nämlich meiner Schwiegermutter und mir und Schlegels, die wir dazu geladen, ganz vortrefflich geschmeckt hat.

Ich bin von einer Depesche an Cotta und allerlei kleinen Notdürftigkeiten so erschöpft und ermüdet, daß ich heute nichts mehr schreiben kann noch will. Die Frankfurter Begebenheiten sollen Sie und Ihre Mutter, wie ich hoffe, nicht so schwer betroffen haben noch betreffen. Erfahren Sie etwas, was man in Zeitungen

nicht lesen kann, über diese Vorfälle, so lassen Sie es mir doch auch zukommen. Leben Sie recht wohl.
[Jena, den 22. Juli 1796.] Abends um 10 Uhr Sch.

Hier sagte man heute, der Koadjutor sei gefangen.

196. An Schiller

Ich habe zwei Briefe von Meyer erhalten, die mich sehr beruhigen, er hat sich mit einem Landsmanne nach Florenz zurückgezogen und ist lustig und guter Dinge, rezensiert schon die Arbeiten des Cellini und ist unglaublich erbaut von den Arbeiten der ältern Florentiner.

Hierbei ein Briefchen, das ich niemand zu zeigen bitte, wenn ich etwas weiter erfahre, so teile ich es mit. Frankfurt hat doch mehr gelitten, als wahrscheinlich war.

Am Roman wird fleißig abgeschrieben. Künftigen Mittwoch hoffe ich die größte Hälfte zu überschicken. Es ist recht gut, daß ich so weit bin, und köstlich, daß Sie mir in der Beurteilung beistehn. In den jetzigen Augenblicken möchte die nötige Sammlung und Konzentration kaum möglich sein. Leben Sie recht wohl.
Weimar, den 22. Juli 1796 G.

den 23ten Juli

Hier noch einige Nachrichten.

Kursachsen macht Anstalten zu einem Kordon.

Die Franzosen haben die Österreicher bei Gemünden repoussiert und waren also nur noch 5 Meilen von Würzburg. Wahrscheinlich sind sie dort schon angelangt und finden erstaunliche Magazine und gerettete Schätze.

Nach allen Nachrichten gehen die Sächsischen Kontingenter zurück. Die Österreicher gehen hinter die Donau, Würzburg muß 12 000 Pferde stellen, um sie *retro* zu spedieren.

Württemberg macht Friede und hat schon Waffenstillstand. Mannheim soll so gut wie verloren sein. Der Kaiserliche Hof läßt 30 000 Mann aus Böhmen und Galizien kommen.

Frankfurt hat 174 Häuser verloren, zahlt 8 Millionen *Livres* Geld, 1½ Millionen Tuch und Zeug und eine Menge *Vivres;* davor soll kein Einwohner ohne Urteil und Recht mortifiziert werden.

So lauten ohngefähr die tröstlichen Nachrichten von verschiedenen Orten und Enden. Das Schicksal unsrer Gegenden beruht bloß darauf: ob es möglich sein wird, Zeit zu gewinnen? Einem ersten Anlauf und einer Streiferei wird man allenfalls widerstehen können. Daß der König von Preußen in Pyrmont und also doch die letzte Instanz bei der Hand ist, daß ihm und dem Landgrafen von Hessen selbst viel daran gelegen sein muß, einen Frieden für Kursachsen zu vermitteln, daß die Franzosen genug zu tun haben, den Österreichern durch Franken, Schwaben und Bayern nach Böhmen zu folgen, und sie auf ihrem eignen Grund und Boden zu bezwingen, das zusammen läßt uns einige Hoffnung schöpfen, wenn nicht diese, wie so viele andere, zunichte wird.

Von meiner Mutter habe ich noch keine Nachricht, sie wohnt auf dem großen Platz, wo die Hauptwache steht, und sieht gerade die Zeil hinauf, sie hat also den ganzen Halbkreis der Stadt, der bombardiert wurde, vor ihren Augen gehabt.

Ich habe indessen fortgefahren, meine Tonne zu wälzen. Wie die Abschrift des Romans vorrückt, habe ich die verschiedenen Desiderata zu erledigen gesucht, mit welchem Glück, werden Sie beurteilen. Leben Sie recht wohl. Die Nachricht vom Koadjutor ist nicht wahrscheinlich, er hatte Raum und Zeit genug, sich nach Ulm zurückzuziehen; sogar das Condéische Korps, das in Freiburg stand, scheint sich gerettet zu haben. Was ich weiter vernehme, erfahren Sie auch.

197. An Goethe

Jena, den 25. Juli 1796

In den letzten Tagen habe ich mich nicht wohl genug gefühlt, um über etwas, was uns interessiert, zu reden; auch heute enthalt ich mich, denn der Kopf ist mir von einer schlaflosen Nacht zerstört.

Die politischen Dinge, denen ich so gern immer auswich, rücken einem doch nachgerade sehr zu Leibe. Die Franzosen sind in Stuttgart, wohin die Kaiserlichen sich anfangs geworfen haben sollen, so daß jene die Stadt beschießen mußten. Ich kann das aber nicht glauben, da Stuttgart kaum Mauren hat, und es keinem Menschen, der bei Sinnen ist, einfallen kann, sich auch nur 3 Stunden darin halten zu wollen. Von meiner Familie habe ich seit mehrern Wochen keine Nachricht; die gegenwärtige ist aus einem Briefe der kleinen Paulus. Der Zusammenhang zwischen

Stuttgart und Schorndorf war damals, wie die Kleine schrieb, gehemmt, und so sind also auch die Posten von daher abgeschnitten gewesen.

Hier in meinem Hause geht es noch ganz gut, nur daß aus dem Stillen meiner Frau nichts zu werden scheint, weil nichts mehr kommt.

Neulich erfuhr ich, daß Stolberg, und wer sonst noch bei ihm war, den Meister feierlich verbrannt habe, bis auf das VIte Buch, welches er wie Arndts Paradiesgärtlein rettete und besonders binden ließ. Er hält es in allem Ernste für eine Anempfehlung der Herrenhuterei und hat sich sehr daran erbaut.

Von Baggesen spukt ein Epigramm auf meinen Musen-Almanach, worin die Epigramme übel wegkommen sollen. Die Pointe ist, daß, „nachdem man erst idealische Figuren an dem Leser vorübergehen lassen, endlich ein venetianischer Nachttopf über ihn ausgeleert werde" – Das Urteil wenigstens sieht einem begossenen Hunde sehr ähnlich. Ich empfehle Ihnen diese beiden Avis zu bestem Gebrauche. Haben Sie die Güte, mir, was Sie noch von Xenien haben, zu senden, weil es jetzt mit dem Drucke sehr ernst ist.

Mein voriger Musen-Almanach ist in Wien verboten, wir haben also in Rücksicht auf den neuen um so weniger zu schonen.

Folgendes Epigramm ist das neueste aus Berlin, wie Sie sehn werden.

Unger
über seine beiden Verlagsschriften: Wilhelm Meister
und das Journal Deutschland.

Der Lettern neuen Schnitt dem Leser zu empfehlen,
Mußt' ich des Meisters Werk zur *Ersten* Probe wählen,
Die Zweite ist, und dann ist alles abgetan,
Wenn selbst des Pfuschers Werk sie nicht verrufen kann.

Leben Sie recht wohl. Das abgeschriebene 8te Buch soll mich wieder aufs neue in Bewegung setzen. Über die naturhistorischen Dinge mündlich. Herder hat zum Almanach mancherlei geschickt; auch einiges, wovon geschrieben steht:

facit indignatio versum
Qualemcunque potest.

Die Frau grüßt bestens. Sch.

198. An Schiller

Ich schicke hier einen guten Brief von Meyer, es ist der zweite, den ich von Florenz erhalte, wo er sich ganz wohl befindet, ich wünsche nur, daß er sich mit recht breiter Ruhe daselbst festsetzen möge.

Auf den Sonnabend schicke ich wohl noch ein paar Dutzend Xenien. Könnten Sie mir nicht, wie Sie beim Almanach vorwärts rucken, das Manuskript erst herüberschicken, ich habe in den Xenien manche Stellen verändert, auch hie und da noch Überschriften gefunden, vielleicht wäre etwas davon zu brauchen.

Die Abschrift des Romans geht vorwärts, und ich finde noch mancherlei darinne zu tun, ich hoffe ihn den 3ten oder den 6ten August zu schicken, den 10ten besuche ich Sie, und da, hoff ich, wollen wir bald zum Schluß kommen.

Bis dahin wird sich auch wohl das politische Unheil mehr aufgeklärt haben; Thüringen und Sachsen hat, so scheint es, Frist sich zu besinnen, und das ist schon viel Glück.

Kants Aufsatz über die *vornehme* Art zu philosophieren hat mir viel Freude gemacht, auch durch diese Schrift wird die Scheidung dessen, was nicht zusammen gehört, immer lebhafter befördert.

Die *Auto da Fe* der Stolberge und die Epigramme der Baggesen sollen ihnen übel bekommen, sie haben ja so nur einen Kredit, weil man sie toleriert hat, und es wird keine große Mühe kosten, sie in den Kreis zu bannen, wohin sie gehören. Leben Sie recht wohl; ich wünsche Ihrer Frau bei der Veränderung gute Gesundheit und dem Kleinen, bei seiner neuen Nahrung, Gedeihen. Ich werde indessen so fleißig als möglich sein, um einige Zeit in Ruhe bei Ihnen bleiben und mich über manche neue Unternehmung mit Ihnen unterhalten zu können.

Weimar, den 26ten Juli 1796 G.

199. An Schiller

Sie haben so oft, nebst andern Freunden, gewünscht, daß unsere Schauspieler manchmal in Jena spielen möchten, soeben tritt eine Epoche ein, wo wir sie von Lauchstädt aus zu Ihnen schicken können, ist alsdann das Theater einmal eingerichtet, so versteht sich, daß die Sache im Gang bleiben kann. Schreiben Sie mir doch ein wenig die Disposition der Gemüter, bringen Sie besonders die Frauens in Bewegung.

Der Herzog hat (unter uns gesagt) mir die Sache ganz überlassen, an Gotha hat man ein Kompliment hierüber gemacht, und sie haben auch nichts dagegen, doch soll und mag ich die Sache nicht ohne Beistimmung der Akademie vornehmen. Ich werde sie aber nicht eher durch den Prorektor an den Senat bringen, als bis ich gewiß *Majora* vor mir habe. Lassen Sie also durch Ihre Bekannte und Freunde das Wünschenswerte einer solchen neuen Erscheinung recht ausbreiten und sagen mir bald Nachricht, wie es aussieht?

Ich wünschte die *Mère coupable* auf kurze Zeit zu haben, ist sie noch in Ihren Händen oder können Sie solche geschwind haben, so kann Herr Hofkammerrat Kirms, der dieses bringt, sie abends mitnehmen.

Hier ein Brief von meiner Mutter.

Schreiben Sie mir, wie die Ihrigen sich befinden?

Übrigens ist alles in solcher Konfusion und Bewegung, daß die ästhetische Stimmung, die erforderlich wäre, den Roman nach unsern Wünschen zu vollenden, nur als eine Wundergabe erwartet werden kann. Indessen ist auch daran nicht ganz zu verzweifeln. Leben Sie recht wohl.

Weimar, den 28ten Juli 1896 G.

200. *An Goethe*

[Jena, den 28. Juli 1796]

Hier die Xenien, welche mir bald möglichst zurückzusenden bitte. Was ausgestrichen ist, bleibt teils weg, teils ist es schon gedruckt oder für den Druck herausgeschrieben. Änderungen in dem Ausgestrichenen sind also entweder unnötig oder auch schon zu spät. Die Namen unter den einzelnen Versen bedeuten nichts, und es ist auch nicht dabei geblieben.

Für die Komödie will ich Stimmen zu werben suchen und gleich bei dem Hausherrn anfangen, der sonst dazu geneigt gewesen ist. Für meine Frau besonders wird es mir sehr lieb sein, wenn es zur Ausführung kommt. Diese befindet sich recht erträglich, der Kleine leidet viel von Säure und Krämpfen, doch scheint er sich nach und nach an die neue Nahrung zu gewöhnen. Man sollte nicht denken, daß man bei soviel Sorgen von innen und außen einen leidlichen Humor behalten oder gar Verse machen könnte. Aber die Verse sind vielleicht auch darnach.

Für den Roman fürchte ich übrigens gar nichts. Das wenige, was noch zu tun ist, hängt von ein paar glücklichen *Aperçus* ab, und im äußern Gedränge pflegt man oft die wunderbarsten Offenbarungen zu erhalten.

Meyers Stimme aus Florenz hat mich recht erquickt und erfreut. Es ist eine Lust, ihn zu hören, mit welcher zarten Empfänglichkeit er das Schöne aufnimmt, und bei einem so denkenden und analysierenden Geist, wie der seinige, ist diese Rührungsfähigkeit, diese offene Hingebung eine unendlich schätzbare Eigenschaft.

Seine Idee zu einem Bilde scheint mir überaus glücklich und malerisch zu sein. Schreiben Sie ihm, so bitte ich, ihm recht viel Freundschaftliches von mir zu sagen.

Die Idylle ist abgedruckt, und ich werde den Probebogen nächstens schicken. Die zur Eisbahn gehörigen Xenien (Mittelalter und Individualität abgerechnet) habe ich in Ein Gedicht zusammen geruckt und die einzelnen Überschriften weggelassen. Dasselbe läßt sich im kleinen auch noch bei einigen andern tun und wird die Mannigfaltigkeit der Formen vermehren. Vielleicht haben Sie auch Lust, die Newtoniana so zu ordnen.

Für den Brief Ihrer Mutter danken wir schönstens. Außer dem, was er Historisches enthält, interessierte uns die Naivetät ihrer eigenen Art und Weise.

Der Himmel weiß, wie es uns noch ergehen wird. Unter diesen Umständen werden Sie Meyers tröstliche Nachrichten über die Hinreise nach Italien schwerlich benutzen können.

Leben Sie recht wohl. Meine Frau grüßt schön. Sch.

201. An Schiller

Die Xenien kommen sogleich wieder zurück, ich habe nur wenige Anmerkungen gemacht und erinnere nur noch, daß wir in *Eudämonia* das i lang gebraucht haben, welches wohl nach dem Akzent, nicht aber nach der Quantität richtig ist. Wahrscheinlich brauchen Sie diese paar Epigramme nicht.

Überhaupt will ich Ihnen nicht leugnen, daß es mir einen Augenblick recht wehe getan hat, unser schönes Karten- und Luftgebäude, mit den Augen des Leibes, so zerstört, zerrissen, zerstrichen und zerstreut zu sehen. Die Idee war zu schön, zu eigen und einzig, als daß ich mich nicht, besonders da sich bei mir eine Idee, ein Wunsch leicht fixiert, darüber betrüben sollte, für immer darauf renunziieren zu müssen. Doch mag es denn auch an dem Spaße genug sein, den uns der Gedanke indessen gemacht hat, es mag genug sein, daß nun so viel Stoff da ist, der zu einem andern Körper nun wieder verarbeitet werden kann. Die Zusammenstellung in Ihrem Almanach wird mich schon wieder trösten, nur bitte ich, meinen Namen so wenig als möglich unter die Gedichte zu setzen. Die wenigen, welche ich die Zeit hervorgebracht habe, muß ich für den Augenblick liegen lassen, ich bringe sie mit, wenn ich komme, und bis dahin wird der neue Körper des Almanachs schon so lebendig und mächtig sein, um sie sich zu assimilieren.

Noch eins, ich wünschte, daß alles wegbliebe, was in unserm Kreise und unsern Verhältnissen unangenehm wirken könnte; in der ersten Form forderte, trug, entschuldigte eins das andere, jetzt wird jedes Gedicht nur aus freiem Vorsatz und Willen eingeschaltet und wirkt auch nur einzeln für sich.

Vom Roman ist gar nichts zu sagen, er hält einen Mittagsschlaf, und ich hoffe, er soll gegen Abend desto frischer wieder aufstehn.

In meinen Beobachtungen über Pflanzen und Insekten habe ich fortgefahren und bin ganz glücklich darinne gewesen. Ich finde, daß, wenn man den Grundsatz der Stetigkeit recht gefaßt hat und sich dessen mit Leichtigkeit zu bedienen weiß, man weder zum Entdecken noch zum Vortrag bei organischen Naturen etwas weiter braucht. Ich werde ihn jetzt auch an elementarischen und geistigen Naturen probieren, und er mag mir eine Zeit lang zum Hebel und zur Handhabe bei meinen schweren Unternehmungen dienen.

Das französische Ungewitter streift noch immer jenseit des Thüringer Waldes hin, wir wollen das Gebürge, das uns sonst die kalten Winde schickt, künftig als eine Gottheit verehren, wenn es diesmal die Eigenschaften einer Wetterscheidung hat.

Da in Rudolstadt Vogelschießen ist, so geht unsere Schauspielergesellschaft den 11ten dahin, und die Wünsche des Jenaischen Publikums nach einer anmutigen Unterhaltung im September können indessen laut werden.

Schreiben Sie mir, wenn Sie wieder eine Lieferung vom Cellini brauchen.

Ich wünsche zu hören, daß Sie mit den Ihrigen sich recht wohl befinden. Was haben Sie vor Nachricht aus Schwaben? Die Sächsischen Kontingenter sollen bei Kronach sein. Ob man sie brauchen wird, das Voigtland und den Saalgrund vor Streifereien zu decken? ob man an der Werra noch einen andern Kordon ziehen wird? ob man Neutralität und Waffenstillstand durch Preußen vermitteln wird? überhaupt welche Art von Gewitterableiter man brauchen kann und will? muß sich in kurzem aufklären. Leben Sie recht wohl. Ich wünsche eine ruhige und beruhigte Zeit bald in Ihrer Nähe zuzubringen.

Weimar, den 30ten Juli 1796 G.

202. *An Goethe*

Jena, 31. Juli 1796

Sie können sich von den Xenien nicht [so] ungern trennen, als ich selbst. Außer der Neuheit und interessanten Eigentümlichkeit der Idee ist der Gedanke, ein gewisses Ganzes in Gemeinschaft mit Ihnen auszuführen, so reizend für mich gewesen. Aber seien Sie versichert, daß ich die Idee nicht meiner Konvenienz aufgeopfert habe. Zu einem Ganzen, so wie es auch von dem liberalsten Leser gefodert werden konnte, fehlte noch unübersehlich viel; eine mühsame Redaktion hat mich mit diesem Mangel gar sehr bekannt gemacht. Selbst wenn wir die zwei letzten Monate ausschließend dazu hätten widmen können, würde weder der satirische noch der andere Teil die nötige Vollständigkeit erlangt haben. Das ganze Werk ein Jahr länger liegen zu lassen erlaubte weder das Bedürfnis des Almanachs, noch wäre es [wegen] der vielen Anspielungen auf das Neueste in der Literatur, welches nach einem Jahre sein Interesse verliert, zu wagen gewesen: und was dieser Rücksichten mehr sind, die ich Ihnen mündlich anführen will. Übrigens ist uns diese Idee und Form noch gar nicht verloren, denn es ist noch so erstaunlich viel Stoff zurück, daß dasjenige, was wir aus dem Alten noch etwa dazu nehmen, darin verschwinden wird.

Ihren Namen nenne ich sparsam. Selbst bei denjenigen politischen, welche niemanden angreifen, und vor welchen man sich gefreut haben würde, ihn zu finden, habe ich ihn weggelassen, weil man diese mit den andern, auf Reichardt gehenden, in Verbindung vermuten könnte. Stolberg kann nicht geschont werden, und das wollen Sie wohl selbst nicht, und Schlosser wird nie genauer bezeichnet, als eine allgemeine Satire auf die Frommen erfodert. Außerdem kommen diese Hiebe auf die Stolbergische Sekte in einer solchen Verbindung vor, daß jeder *mich* als den Urheber sogleich erkennen muß; ich bin mit Stolberg in einer gerechten Fehde und habe keine Schonung nötig. Wieland soll mit der zierlichen Jungfrau in Weimar wegkommen, worüber er sich nicht beklagen kann. Übrigens erscheinen diese *Odiosa* erst in der zweiten Hälfte des Almanachs, so daß Sie bei Ihrem Hiersein noch herauswerfen können, was Ihnen gut dünkt. Um Iffland nicht weh zu tun, will ich in dem Dialog mit Shakespeare lauter Schröderische und Kotzebuische Stücke bezeichnen. Sie sind wohl so gütig und lassen mir vom Spiritus das Personal aus 5 oder 6 Kotzebuischen und Schröderischen Stücken abschreiben, daß ich darauf anspielen kann.

Der Cellini pressiert diesmal nicht. Denn leider kann ich schon mehrere Posttage nichts mehr an Cotta bringen, die Post nimmt nichts nach Stuttgart und Tübingen an. Auch die letzte Lieferung des Cellini liegt noch da, die für das 8te Stück bestimmt ist, und Cotta kann das Manuskript zu dem siebenten, welches bei der Einnahme von Stuttgart noch unterwegs war, nicht empfangen haben.

Aus Schwaben sind seit 8 Tagen keine Nachrichten mehr angelangt, ich weiß nicht, wie es um meine Familie steht, noch wo sie sich jetzt aufhält.

Aus Koburg wird heute geschrieben, daß die Franzosen in wenig Tagen darin einrücken würden, daß aber niemand etwas fürchte. Der allerfurchtsamste Hypochondrist von der Welt, Herr Heß, schreibt dieses an seine Frau, die hier ist; es muß also wohl wahr sein.

Es ist gut, wenn man den Jenensern Zeit läßt, ihre Furcht vor den Franzosen los zu werden, ehe man ihnen die Komödie zeigt. Es gibt gar gewissenhafte Leute hier, die bei einer so großen öffentlichen Kalamität ein Vergnügen für unschicklich halten.

Da, wie ich höre, das Mannheimer Theater auf ein Jahr suspendiert ist, so werden Sie Iffland wohl wieder in Weimar haben können. Es wäre zu wünschen, daß sich das Weimarische Theater bei dieser Gelegenheit mit einer Schauspielerin rekrutieren könnte. Mlle Witthöft, oder wie sie jetzt heißt, würde wohl eine sehr gute Eroberung sein.

Bei mir ist alles wohl auf, und der Kleine gewöhnt sich nach und nach. Meine Frau grüßt Sie bestens.

Leben Sie recht wohl. Ich freue mich, wenn Sie wieder hier sind, auch von den naturhistorischen Sachen wieder zu hören.

Sch.

203. An Goethe

Nach langem Hin- und Herüberschwanken kommt jedes Ding doch endlich in seine ordentliche waagrechte Lage. Die erste Idee der Xenien war eigentlich eine fröhliche Posse, ein Schabernack, auf den Moment berechnet und war auch so ganz recht. Nachher regte sich ein gewisser Überfluß und der Trieb zersprengte das Gefäß. Nun habe ich aber, nach nochmaligem Beschlafen der Sache, die natürlichste Auskunft von der Welt gefunden, Ihre Wünsche und die Konvenienz des Almanachs zugleich zu befriedigen.

Was eigentlich den Anspruch auf eine gewisse Universalität erregte und mich bei der Redaktion in die große Verlegenheit brachte, waren die philosophischen und rein poetischen, kurz die unschuldigen Xenien; also eben die, welche in der ersten Idee auch nicht gewesen waren. Wenn wir diese in dem vordern und gesetzten Teile des Almanachs, unter den andern Gedichten bringen, die lustigen hingegen unter dem Namen *Xenien* und als ein eigenes Ganze, wie voriges Jahr die Epigramme, dem ersten Teile anschließen, so ist geholfen. Auf Einem Haufen beisammen und mit keinen ernsthaften untermischt, verlieren sie sehr vieles von ihrer Bitterkeit, der allgemein herrschende Humor entschuldigt jedes einzelne, so wie Sie neulich schon bemerkten, und zugleich stellen sie wirklich ein gewisses Ganzes vor. Auch die Hiebe auf Reichardt wollen wir unter dem Haufen zerstreuen und nicht, wie erst geschehen war, an die Spitze stellen. Von der einen Seite war die *Ehre* und von der andern die *Beleidigung* zu groß, die wir ihm durch diese Auszeichnung antaten. Und so wären also die Xenien (wenn Sie meinen Gedanken gut heißen, wie ich denke) zu ihrer ersten Natur zurückgekehrt, und wir hätten doch auch zugleich nicht Ursache, die Abweichung von jener zu bereuen, weil sie uns manches Gute und Schöne hat finden lassen.

Und da nach dem neuen Plane diejenigen politischen Xenien von Ihnen, welche bloß Lehren enthalten und gar niemand treffen, von den satirischen ganz getrennt sind, so habe ich unter jene Ihren Namen gesetzt. Er gehört davor, weil sich diese Konfessionen an die Epigramme vom vorigen Jahr und selbst an den Meister anschließen und, in Form und Inhalt, unverkennbar Ihren Stempel tragen.

Ich habe heute wieder keine Nachricht aus Schwaben erhalten; es scheint, daß wir ganz abgeschnitten sind. Herr von Funk, der mir heute schrieb, hat aus Artern, seinem gewöhnlichen Quartier, in die Gegend von Langensalz vorrücken müssen. Doch muß man dort nicht viel fürchten, denn er hält diese Stellung für unnütz.

Leben Sie recht wohl.

Jena, den 1. August 1796 Sch.

204. An Schiller

Sie werden, mein Lieber, noch manchmal in diesen Tagen zur Geduld gegen mich aufgefordert werden, denn jetzt, da die Zeit herbeikommt, in welcher ich abreisen sollte, fühle ich nur zu sehr, was ich verliere, indem mir eine so nahe Hoffnung aufgeschoben wird, welches in meinem Alter so gut als vernichtet heißt. Was ich noch von Kultur bedarf, konnte ich nur auf jenem Wege finden, was ich vermag, konnte ich nur auf jene Weise nützen und anwenden, und ich war sicher, in unsern engen Bezirk einen großen Schatz zurück zu bringen, bei welchem wir uns der Zeit, die ich entfernt von Ihnen zugebracht hätte, künftig doppelt erfreut haben würden. Des guten Meyers Beobachtungen schmerzen mich; er hat selbst nur den halben Genuß davon, wenn sie für mich nur Worte bleiben sollen, und daß ich jetzt keine Arbeit vor mir sehe, die mich beleben und erheben könnte, macht mich auch verdrießlich. Eine große Reise und viele von allen Seiten zudringende Gegenstände waren mir nötiger als jemals; ich mag es indessen nehmen, wie ich will, so wäre es töricht, gegenwärtig aufzubrechen, und wir müssen uns also drin finden.

Ich hoffe Sie bald zu besuchen, und es freut mich, daß Sie sich einen Weg ausgedacht haben, wie wir den Spaß mit den Xenien nicht verlieren. Ich glaube, es ist der ganz richtige, und der Kalender behält seine vorige Form und zeichnet sich vor allen andern durch Vorspiel und Nachspiel aus, er wird nicht bunt durch Vermischung heterogener Dichtungsarten und wird doch so mannigfaltig als möglich. Wer weiß, was uns einfällt, um übers Jahr wieder auf eine ähnliche Weise zu interessieren. Von allem übrigen sage ich heute nichts. Leben Sie recht wohl. Grüßen Sie Ihre liebe Frau, ich wünsche Sie mit den Ihrigen wohl und vergnügt anzutreffen.

Weimar, den 2ten August 1796 G.

205. An Goethe

Jena, 5. August 1796

Matthisson ist heute hier durchgereist, er kommt unmittelbar aus Italien über Triest und Wien. Seinen Versicherungen nach soll die Reise nach Italien nicht so bedenklich sein. Er glaubt, der Weg von Triest nach Rom über Ancona sollte keine Schwierigkeit haben. Es ist ihm selbst auf der Reise keine Unannehmlichkeit begegnet, und aufgehalten wurde er bloß in Nürnberg, wo es an Pferden fehlte. Wenn es also binnen 3, 4 Wochen entschieden würde, ob Sie für Haus und Herd nichts zu fürchten haben, so wäre die Reise doch noch nicht aufzugeben. Auch Hirt hat Italien verlassen, Matthisson hat sich in Wien von demselben getrennt, doch sagt er, Hirt würde auch hieherkommen. Von Meyern wußte er nicht mehr zu erzählen, als wir wissen, und überhaupt hat er nicht viel Neues über die neuesten Ereignisse zu erzählen gehabt.

Ich sende Ihnen hier eine Anzahl ernsthafter Xenien, die ich, aus den Ihrigen und den meinigen gemischt, in Einen Strauß zusammengebunden habe, damit doch auch, in Absicht auf die ernsthaften Stücke, die Idee einiger beiderseitigen Vereinigung in etwas erfüllet werde. Haben Sie die Güte, das Manuskript anzusehen und zu bemerken, wo Sie etwas anders wünschen. Fänden Sie keine Erinnerung zu machen, so erbitte ich mir das Manuskript mit retournierendem Botenmädchen zurück, um es gleich an Göpferdt zu geben.

Von andern Sachen das nächste Mal. Ich bin nicht allein. Möge Sie dieser Brief heiter und beruhigt finden! Bei mir ist alles wohl und meine Frau läßt Sie herzlich grüßen. Sch.

206. An Schiller

Die *ci-devant* Xenien nehmen sich, in ihrer jetzigen Zusammenstellung, sehr gut aus, und wird diese ernste Gesellschaft gewiß auch gut aufgenommen werden. Könnten Sie noch die paar fehlenden Überschriften finden, so würde es sehr schön sein, mir hat der Geist, in diesen kurzen Stunden, nichts eingeben wollen. Die nächste Woche bin ich bei Ihnen, und ich hoffe, unser Zusammensein soll nicht unfruchtbar bleiben, wir werden manches vollenden und uns zu manchem entschließen können. Von naturhistorischen Dingen habe ich manches Gute zu erzählen.

Ich habe in diesen Tagen das schönste Phänomen, das ich in

der organischen Natur kenne (welches viel gesagt ist), entdeckt und schicke Ihnen geschwind die Beschreibung davon. Ich weiß nicht, ob es bekannt ist; ist es aber, so verdienen die Naturforscher Tadel, daß sie ein so wichtig Phänomen nicht auf allen Straßen predigen, anstatt die Wißbegierigen mit so vielen matten Details zu quälen. Sagen Sie niemand nichts davon. Ich habe zwar die Beobachtung nur an Einer Art machen können, wahrscheinlich aber ist es bei allen so, welches sich noch diesen Herbst entscheiden muß. Da die Veränderung so schnell vorgeht, und man nur wegen der Kleine des Raums die Bewegung nicht sehen kann, so ist es wie ein Märchen, wenn man den Geschöpfen zusieht, denn es will was heißen, in 12 Minuten um 1/2 Zoll in der Länge und proportionierlich in der Breite zu wachsen und also gleichsam im Quadrate zuzunehmen! und die 4 Flügel auf einmal! Ich will sehen, ob es nicht möglich ist, Ihnen dieses Phänomen unter die Augen zu bringen. Leben Sie recht wohl! unter uns gesagt, ich hoffe Ihnen Friede und Ruhe für Thüringen und Obersachsen mitbringen zu können.

Weimar, den 6ten August 1796

Nachschrift

Es versteht sich von selbst, daß man sich dieses Wachstum nicht vorzustellen hat, als wenn die festen Teile der Flügel in so kurzer Zeit um so vieles zunähmen, sondern ich denke mir die Flügel aus der feinsten *tela cellulosa* schon völlig fertig, die nun durch das Einstreben irgend einer elastischen Flüssigkeit, sie sei nun luft-, dunst- oder feuchtartig, in so großer Schnelle ausgedehnt wird. Ich bin überzeugt, daß man bei Entwickelung der Blumen ebenso etwas wird bemerken können.

207. An Goethe

Jena, 8. August 1796

Ihre neue Entdeckung ist in der Tat wunderbar, sie scheint bedeutend und auf eine wichtige Spur zu führen. Sie erinnerte mich an die schnelle und gewaltsame Entwicklung, welche in dem Herzen und den Lungen des neugeborenen Tiers vorgeht. Daß der Schmetterling die Lichtseite so sehr vermeidet, ist auch etwas Merkwürdiges und muß abermals auf den Einfluß des Lichts auf organische Naturen aufmerksam machen.

Ich wünschte sehr, das Phänomen selbst zu sehen. Sie setzen

diese Tage wahrscheinlich Ihre Versuche fort und werden mir, wenn Sie hieher kommen, mehrers davon zu erzählen haben.

Hier wird allgemein erzählt, daß in Weißenfels eine Zusammenkunft zwischen dem Kurfürsten von Sachsen, einigen Herzogen von Sachsen, ja selbst dem König von Preußen im Werke sei. Die Sachsen würden die Stadt Erfurt besetzen und was des Gerüchtes mehr ist. Aus Schwaben ist noch immer keine Nachricht gekommen, und ich kann keine dorthin bringen.

Schlegels Bruder ist hier, er macht einen recht guten Eindruck und verspricht viel. Humboldt hat eine große Reise nach dem nördlichen Deutschland bis auf die Insel Rügen angetreten, wird die Freunde und Feinde in Eutin und Wandsbeck besuchen und uns allerlei Kurzweiliges zu melden haben. Ich konnte nicht recht begreifen, was ihm auf einmal ankam, sich dorthin in Bewegung zu setzen.

Das 8te Buch ruht wohl noch?

Haben Sie nicht eine Schrift über die *herkulanischen* Entdekkungen? Ich bin gerade jetzt einiger Details darüber bedürftig und bitte Sie darum. Schon in Volkmanns Geschichte findet man, glaube ich, mehreres davon.

In meinem Hause stehts gut. Wir freuen uns alle (denn Karl gehört auch dazu) auf Ihre Hieherkunft. Kommen Sie ja recht bald.

Sch.

208. An Schiller

Mein Paket war gemacht, ich hoffte wieder einige gute Zeit mit Ihnen zuzubringen. Leider halten mich verschiedene Umstände zurück, und ich weiß nicht, wenn ich Sie sehen werde.

Was Sie eigentlich von den Herkulanischen Entdeckungen zu wissen wünschen, möchte ich näher wissen, um Ihnen zweckmäßig aushelfen zu können. Ich schicke Ihnen hierbei den Volkmann, auch ist in der Büttnerischen Bibliothek ein Buch:

> Beschreibung von Herakleia, aus dem Italiänischen des *Don Marcello Venuti.* Frankfurt und Leipzig 1749

Schicken Sie mir doch mein Blatt über die Schmetterlinge zurück. Das Phänomen scheint allgemein zu sein, ich habe es indessen bei andern Schmetterlingen und auch bei Schlupfwespen bemerkt. Ich bin mehr als jemals überzeugt, daß man durch den Begriff der *Stetigkeit* den organischen Naturen trefflich beikommen kann; ich bin jetzt daran, mir einen Plan zur Beobachtung aufzusetzen, wodurch ich imstande sein werde, jede einzelne Bemerkung an ihre Stelle zu setzen, es mag dazwischen fehlen was will, habe ich das einmal gezwungen, so ist alles, was jetzt verwirrt, erfreulich und willkommen. Denn wenn ich meine vielen, ungeschickten Kollektaneen ansehe, so möchte sich wohl schwerlich Zeit und Stimmung finden, sie zu sondern und zu nutzen.

Der Roman gibt auch wieder Lebenszeichen von sich. Ich habe zu Ihren Ideen Körper nach meiner Art gefunden, ob Sie jene geistigen Wesen in ihrer irdischen Gestalt wieder kennen werden, weiß ich nicht. Fast möchte ich das Werk zum Drucke schicken, ohne es Ihnen weiter zu zeigen. Es liegt in der Verschiedenheit unserer Naturen, daß es Ihre Forderungen niemals ganz befriedigen kann, und selbst das gibt, wenn Sie dereinst sich über das Ganze erklären, gewiß wieder zu mancher schönen Bemerkung Anlaß.

Lassen Sie mich von Zeit zu Zeit etwas vom Almanach hören. Hier ein kleiner Beitrag, ich habe nichts dagegen, wenn Sie ihn brauchen können, daß mein Name darunter stehe. Eigentlich hat eine arrogante Äußerung des Herrn Richters, in einem Briefe an Knebel, mich in diese Disposition gesetzt.

Lassen Sie mich ja wissen, was Humboldt schreibt.

In einigen Tagen wird Herr Legationsrat *Mattäi* sich bei Ihnen melden, nehmen Sie ihn freundlich auf; er war Hofmeister bei dem Grafen Forstenburg, natürlichen Sohn des Herzogs von Braunschweig, und zugleich an dessen Mutter, Frau von Branconi, attachiert und hat mit beiden ein ziemliches Stück Welt gesehen. Leben Sie recht wohl.

Weimar, den 10. August 1796 Sch.

209. An Goethe

[Jena, den 10. August 1796]

Eben erhalte ich Ihren Brief und will nur das Manuskript geschwind fortschicken, das Sie begehren. Für den Volkmann und die übrige Notizen danke ich Ihnen aufs beste. Der Chinese soll warm in die Druckerei kommen; das ist die wahre Abfertigung für dieses Volk.

Daß Sie nicht sogleich kommen können, ist mir recht verdrüßlich. Ich hätte jetzt so gern mein Lämpchen bei Ihnen angezündet. In Absicht auf den Roman tun Sie sehr wohl, fremden Vorstellungen, die sich Ihrer Natur nicht leicht assimilieren lassen, keinen Raum zu geben. Hier ist alles aus Einem Stück, und selbst wenn eine kleine Lücke wäre, was noch immer nicht erwiesen ist, so ist es besser, sie bleibt *auf Ihre Art,* als daß sie durch eine fremde Art ausgefüllt wird. Doch davon nächstens mehr.

Auf den Freitag sende ich Ihnen auch Almanachs-Bogen.

Leben Sie recht wohl. Sch.

210. An Goethe

[Jena, den 12. August 1796]

Ich bin heute in ein Gedicht hineingeraten, worüber ich den Botentag rein vergessen habe. Eben mahnt mich meine Frau, die Ihnen Zwieback schickt, und ich habe nur noch zu ein paar Worten Zeit.

Hier Proben von bessern und schlechtern Abdrücken der ersten Almanachs-Bogen. Der vierte ist jetzt unter der Presse, und es läßt sich an, als ob wir in der ersten Woche Septembers damit zustande sein könnten. Er wird erstaunlich reich werden und von dem vorjährigen völlig verschieden. Wenn ich Ihre Idylle gegen die Epigramme im vorigen Jahr abrechne, so wird der diesjährige wohl den Preis davon tragen. Mit meinen Arbeiten darin bin ich viel besser zufrieden, als ich es mit denen im vorigen Jahr bin, ich empfinde es ganz erstaunlich, was Ihr näheres Einwirken auf mich in mir verändert hat, und obgleich an der *Art* und an dem *Vermögen* selbst nichts anders gemacht werden kann, so ist doch eine große Läuterung mit mir vorgegangen. Einige Sachen, die ich jetzt unter Händen habe, dringen mir diese Bemerkung auf.

Herrn Matthäi habe ich noch nicht gesehen, er soll mir willkommen sein, wenn er erscheint. Mein Schwager, der Legationsrat von Wolzogen, mit seiner Frau ist gegenwärtig hier; er hat sich mehrere Jahre mit der Architektur abgegeben, und da es ihm gar nicht an Kopf fehlt, er auch gereist ist, so werden Sie ihn nicht leer finden.

Leben Sie recht wohl, und bleiben Sie nicht zu lange mehr aus. Ich wünschte jetzt gar sehr, das 8te Buch wieder zu haben, kann ich es nicht bald erhalten? Sch.

211. An Schiller

Ihre freundliche Zuschrift, begleitet von den ersten Bogen des Almanachs und den guten Zwiebäcken, waren mir sehr erfreulich, sie trafen mich mitten im Fleiße von allerlei Art. Der Almanach macht wirklich ein stattliches Gesicht, und das Ganze kann nicht anders als reich und mannigfaltig werden. Könnten Sie nicht, da Sie doch einige Blätter umdrucken lassen, auch gleich die *Eisbahn* mitnehmen? Wie sie jetzt steht, verspricht sie ein Ganzes zu sein, das sie nicht leistet, und die zwei einzelnen Distichen am Ende machen den Begriff daran noch schwankender. Ich schicke Ihnen hierbei, wie ich wünschte, daß sie abgedruckt würden. Die Distichen würden durch einen kleinen Strich getrennt, und da ich noch einige hinzugetan habe, so machten sie eine Art von Folge und leiteten die künftigen ein, die auf eben diese Weise stehen werden. Sophie Mereau hat sich recht gut gehalten. Der Imperativ nimmt sich recht lustig aus. Man sieht recht bei diesem Falle, wie die Poesie einen falschen Gedanken wahr machen kann, weil der Appell ans Gefühl sie gut kleidet. Mir ist aufgefallen, wie das Gedicht von Conz doch eigentlich nur gute Prosa ist, und wie wunderlich die Kobolde sich in der übrigen hellen Gesellschaft ausnehmen. Es ist aber recht gut, daß Sie von allen diesen beliebten Arten etwas aufnehmen. Haben Sie nicht auch noch eine leidliche Romanze? Bei der Redaktion der Xenien hoffe ich gegenwärtig zu sein und meine neusten noch unterzubringen. Bis künftigen Mittwoch hoffe ich manches überstanden zu haben, bis dahin werde ich mir auch die Frage, ob ich Ihnen das achte Buch nochmals schicke? beantworten können. Ich müßte mich sehr irren, oder ich muß künftig diesen letzten Band zu 2 Bänden erweitern, um etwas mehr Proportion in die Ausführung der verschiedenen Gegenstände zu bringen.

Was sagen Sie zu beiliegender Wundergeschichte? sie ist aus der Florentiner Zeitung genommen; lassen Sie es doch abschreiben und teilen es einigen Freunden mit. Merkwürdig ist das Mandat, das man zu gleicher Zeit, zur Sicherstellung der Französischen Kommissarien, die man erwartet, vom Quirinal publiziert hat, es werden darin die unmittelbarsten, strengsten Strafen demjenigen, der sie nur im mindesten beleidigte, oder sich bei allem, was geschehen könnte (wahrscheinlich ist der Transport der Kunstsachen gemeint), nur im mindesten regte und rührte, ohne prozessualische Form, angedroht.

Meyer hat geschrieben und ist recht gutes Muts, er hat schon angefangen, die Madonna della Seggiola zu kopieren, und wird sich nachher wahrscheinlich an einen Teil eines trefflichen Bildes von Michelange machen, er hofft immer noch auf mein nächstes Kommen.

Die nächste Woche werde ich auch mehr sagen können, wie unsere Politika stehen. Das Sächsische Kontingent bleibt im Voigtlande, die übrigen Truppen sind denn doch so verteilt, daß der Kordon eine Gestalt hat; demohngeachtet wird wohl das Beste, was zu hoffen ist, nicht von Macht und Gewalt, sondern von höhern Verhältnissen und höhern Konstellationen abhängen.

Grüßen Sie alles, was Sie umgibt, ich freue mich, Sie bald wieder zu sehen, wie ich denn von unserer Wechselwirkung noch Folgen hoffe, die wir jetzt gar noch nicht ahnden können. Leben Sie recht wohl.

Weimar, den 13ten August 1796 G.

212. An Goethe

Endlich habe ich Briefe aus Schwaben, die mich zwar nicht viel unterrichten, aber im ganzen doch beruhigen. Cottas Briefe lege ich bei. Meine Familie hat wenig von den Kriegsunruhen, desto mehr aber von den Krankheitsumständen meines Vaters gelitten, der einem langsamen Tod auf einem sehr schmerzhaften Krankenlager entgegen schmachtet. Meine jüngste Schwester, von der ich Ihnen im vorigen März erzählt, ist schon im April gestorben, und meine zweite dem Tode mit Mühe entgangen.

Weil ich vorderhand nur über Frankfurt Briefe nach Schwaben bringen kann und mir an der gegenwärtigen Bestellung an Cotta alles liegt, so ersuche ich Sie, Eingeschlossenes an Ihre Frau Mutter nach Frankfurt einzuschließen und die schnellste Absendung nach Stuttgart zu empfehlen.

Zugleich haben Sie die Güte, mich wissen zu lassen, an wen in Weimar ich mich der Decke zum Almanach wegen, von welcher Cotta schreibt, zu wenden habe?

Morgen mit dem Botenmädchen ein mehreres, heute habe ich alle Hände voll zu tun.

Leben Sie aufs beste wohl.

Eben erfahre ich, daß man auf hiesiger Post Briefe nach Stuttgart über Frankfurt annimmt. Ich brauche Sie also nicht zu belästigen.

Jena, 15. August 1796 Sch.

Die Eisbahn kann noch recht gut umgedruckt werden, da ohnehin auf demselben Bogen 2 Blätter umgedruckt werden.

213. An Schiller

Künftigen Donnerstag abend hoffe ich bei Ihnen zu sein, indessen schicke ich hier ein Paket Allerlei voraus.

1. Die Ätzdrücke zu der Hirtischen Abhandlung; die durch den Grabstichel ausgearbeiteten sind zu nochmaliger Korrektur in meiner Hand.
2. Die Cottaischen Briefe. Eine Kupferplatte zum Deckel des Musenalmanachs kann in 14 Tagen fertig sein, nur die Zeichnung wird einige Schwierigkeiten machen. Meyer hat einige, die trefflich sind, ich weiß nicht, zu was für Kalendern, erfunden und stechen lassen, ich bringe sie mit. Am Ende komponieren wir selbst eine schickliche Bordüre, lassen das Mittelfeld frei, setzen vorne ein ernsthaftes und hinten ein lustiges Xenion drauf, so ist die Sache abgetan und doch wieder was Neues.
3. *La Mère coupable.*
4. Ein *Publikum,* welches die Situation von Rom, verbunden mit jenen Wundergeschichten, gar wohl erkennen läßt.
5. Ein nagelneues Märchen, dessen Verfasser Sie wohl erkennen werden. Sollte man nicht aus diesem Produkt, wenn man es übersetzte und ihm etwas gäbe und nähme, einen interessanten Beitrag zu den Horen machen können? Wenigstens ist die demokratische Tendenz eines so rein aristokratischen Quellwassers einzig in ihrer Art, und man könnte, wie ich mirs imaginiere, aus der Produktion, mit wenigem Aufwand, noch manchen Vorteil ziehen.

Das achte Buch des Romans soll noch von hier abgehen, damit, was mir gelungen sein möchte, Sie im Druck überrasche, und was daran ermangeln mag, uns Unterhaltung für künftige Stunden gewähre, denn was den Augenblick betrifft, so bin ich, wie von einer großen Debauche, recht ermüdet daran und wünsche Sinn und Gedanken wo anders hinzulenken.

Es tut mir sehr leid, daß Ihre Familiennachrichten so traurig

sind. Da es im allgemeinen so übel geht, sollte man billig im einzelnen erfreut werden. Es soll mir sehr angenehm sein, Ihre Frau Schwägerin wiederzusehen und Ihren Herrn Schwager kennen zu lernen. Leben Sie recht wohl.
[Weimar.] Am 16ten August 1796 G.

214. An Schiller

Ob wir gleich mehr als jemals vom Augenblick abhängen, so hoffe ich doch, es soll mich nichts hindern, morgen abend bei Ihnen zu sein; die *tabulas votivas* bringe ich morgen wieder mit. Ihre Distichen sind außerordentlich schön, und sie werden gewiß einen trefflichen Effekt machen. Wenn es möglich ist, daß die Deutschen begreifen, daß man ein guter tüchtiger Kerl sein kann, ohne grade ein Philister und ein Matz zu sein, so müssen Ihre schönen Sprüche das gute Werk vollbringen, indem die große Verhältnisse der menschlichen Natur mit so viel Adel, Freiheit und Kühnheit dargestellt sind.

Weit entfernt, daß ich die Aufnahme gewisser Arbeiten in den Almanach tadle, denn man sucht dort gesellige Mannigfaltigkeit, Abwechslung des Tons und der Vorstellungsart, man will Masse und Menge haben, der gute Geschmack freut sich, zu unterscheiden, und der schlechte hat Gelegenheit, sich zu bestärken, indem man ihn zum besten hat.

Von so vielem andern mündlich. Ich hoffe, wir wollen diesmal wieder zusammen eine gute Strecke vorwärts kommen. Da ich den Roman los bin, so habe ich schon wieder zu tausend andern Dingen Lust. Leben Sie recht wohl.
Weimar, den 17ten August 1796 G.

215. An Goethe

Jena, 5. Oktober 1796

Möchten Sie glücklich angelangt sein und alles bei sich wohl gefunden haben!

Endlich habe ich ein anderthalb 1000 Titelkupfer erhalten, wovon ich hier vorderhand 200 sende. So viel Exemplare, denk ich, soll der Buchbinder auf den Freitag nachmittag fertig kriegen, welche mir dann durch einen Expressen zu senden bitte. Die Musiknoten sind nicht gekommen, diese können also nicht mehr mit versendet werden.

Ich sende hier auch 150 Titelblätter. Weil eine der 3 Sendungen an den Buchbinder unmittelbar aus Ihrem Hause erfolgt ist, so vermute ich, daß auch schon eine Quantität Titelbogen mit nach Weimar abgegangen sein wird. Sollte dies nicht sein, so bitte, mich davon zu benachrichtigen.

Humboldt schreibt mir, daß man in Berlin über Ihre Idylle, davon aus Karlsbad und Teplitz Exemplare dahin gekommen, ganz entzückt sei.

Leben Sie recht wohl. Hier ist alles wohl und grüßt Sie aufs schönste.

Sollte der Buchbinder Freitag gegen 3 oder 4 weniger als 100 Exemplare fertig kriegen, so ist es [nicht] nötig, einen Expressen zu senden, und das Botenmädchen kann alsdann Sonnabends alles, was fertig ist, mitbringen. Sch.

216. An Schiller

Aus dem ruhigen Zustande, den ich in Ihrer Nähe zugebracht habe, bin ich gleich auf ganz andere Schauplätze gerufen worden, gestern und vorgestern war ich auf Ettersburg und in Schwansee, und heute früh hat uns ein Brand in der Jakobsvorstadt in Bewegung gesetzt. Von Bertuchs Hause sieht man gerade hinüber in die Lücke.

Indessen haben unsere mordbrennerischen Füchse auch schon angefangen, ihre Wirkung zu tun. Des Verwunderns und Ratens ist kein Ende. Ich bitte Sie um alles, ja kein zweifelhaftes zu gestehen, denn der Sinn der Rätsel wird, wie ich sehe, tausendfach.

An dem Buchbinder will ich treiben, was ich kann, Dienstag erhalten Sie eine Ladung, schicken Sie aber nur wieder Titelblätter und Kupfer, ich schreibe baldmöglichst, wie wir überhaupt stehen.

Wenn es Ihnen recht ist, so will ich das eine inkomplette Exemplar dazu benutzen, um die Druckfehler zu notieren, machen Sie sich auf die zweite Ausgabe bereit und veranstalten Sie solche in klein 8, wie Sie neulich sagten.

Hier folgt ein reiner Abdruck der Hirtischen Platte, sie soll Montags nach Frankfurt, wenn ich die Fortsetzung des Manuskripts erhalte, korrigiere ich auch die andere. Schreiben Sie mir nur beizeiten, worin ich Ihnen beistehen kann, denn ich sehe viele Zerstreuung voraus. Sagen Sie doch Ihrem Herrn Schwager, nebst vielen Empfehlungen, er möge den Scheffauerischen

Antrag nicht geradezu ablehnen, ich habe einen Gedanken darüber, den ich Ihnen nächstens mitteilen will. Leben Sie recht wohl und grüßen die Frauenzimmer schönstens.

Weimar, den 8ten Oktober 1796 G.

217. An Goethe

Jena, 9. Oktober 1796

Ich habe durch meinen Schwager diesen Morgen

100 Terpsichore und

100 Titelblätter

gesendet, aber nach meiner Rechnung ist beides schon längst nach Weimar geliefert gewesen, und diese heut überschickten Abdrücke von Titel und Kupfer mußte ich von den rohen Exemplarien des Almanachs nehmen. Beide sind also verloren gegangen, wenn sie nicht entweder bei Ihnen oder bei dem Buchbinder liegen. In meinem Brief vom 5ten müßte es, glaube ich, stehen, wieviel Terpsichores ich Mittwoch abends geschickt habe.

Mit den Titelblättern ist es ebenso. Ich muß 100 von diesen neu drucken lassen, es ist schade um das Geld. So sehe ich mich frühe für das Böse gestraft, das wir den schlechten Autoren erzeigt haben. Ich kann Ihnen nicht beschreiben, mit wievielen kleinen fatalen Details mich die Besorgung des Almanachs in diesen Tagen plagt, und die zu späte Sendung der Melodien macht mir schon allein 63 neue Pakete notwendig. Es ist weder die Zeit noch die Gelegenheit, die Melodien noch zu binden, sie mögen so mitlaufen, ohnehin dankt niemand den Aufwand und die Mühe.

Auf neue *Decken* wartet der hiesige Buchbinder mit Schmerzen. Sollte mein Schwager mir heute nichts mitbringen, so bitte ich Sie inständig, mir morgen mit dem frühesten zu schicken, was bis dahin fertig werden kann. Ich begreife nicht, warum uns der Abdrucker 6 Tage gar nichts mehr geschickt hat.

Hier wird noch immer nach Almanachs gefragt, aber nach lauter guten Exemplaren, womit mir gar kein Dienst geschieht. Ich fürchte, wir setzen die schlechteren nicht ab, und da der guten nur 500 sind, so wird es zugleich an Almanachen für die Käufer und an Käufern für die Almanache fehlen.

Wie sind Sie mit der Musik zufrieden? Was ich, in einem sehr unvollkommenen Vortrag, davon gehört, hat mir sehr gefallen. *Mignon* ist rührend und lieblich, auch der *Besuch* von mir hat einen sehr angenehmen Ausdruck. Wollen Sie so gütig sein, von beiliegenden 7 Exemplaren der Melodien 6 an Herder und 1 an Geheimen Rat Voigt abgeben zu lassen?

Einen Brief von Körner lege ich bei, weil er einiges über den Almanach enthält. Wir sollten ordentlich *Acta* über alle schriftliche und gedruckte Urteile vom Almanach halten, um einmal, wenn es der Mühe wert ist, daraus referieren zu können.

Ich habe nicht aufgeschrieben, wieviel Exemplare des Almanachs der Buchbinder in Weimar hat. Nach dem Bestand der Auflage, die bei mir liegt und bei dem hiesigen Buchbinder noch restiert, müßten noch etwa 180 in Weimar sein. Wollen Sie durch Geist nachsehen lassen?

Alles befindet sich hier leidlich wohl und grüßt Sie aufs beste.

Sch.

218. An Schiller

Ihr Herr Schwager bringt mir, zu meiner großen Zufriedenheit, die Titelblätter und Kupfer wie auch die Melodien, wäre alles nur 14 Tage früher beisammen gewesen, so hätten wir uns der ganzen Expedition erfreuen können.

Die Hoffmannische Buchhandlung prätendiert, mit Cotta in Verhältnis zu stehen, und verlangt 15 bis 20 Exemplare auf Rechnung. Soll ich sie ihr geben? oder bar Geld, versteht sich mit einem Viertel Rabatt, verlangen? Leben Sie recht wohl, nächstens mehr.

Weimar, den 9ten Oktober 1796 G.

219. An Schiller

Leider häufen und verdoppeln sich die Unannehmlichkeiten eines Geschäfts, wie das ist, das Sie übernommen haben, und ich fürchte, Sie werden noch manches Unheil des Selbstverlags dabei erleben.

Wir erinnern uns keiner Titelkupfer und Titelblätter als derer, die wir abgeliefert haben. Geist hat alle Exemplare, die nach Jena in unser Quartier kamen, gezählt und gepackt und keine Titelblätter dabei gefunden.

Ihr Brief vom 5ten Oktober spricht von 200 Titelkupfern, die Sie auch geschickt haben, durch Ihren Herrn Schwager erhielt ich noch 100, und die wären also komplett; nun brauche ich noch 50

Titelblätter und 72 Exemplare, und so hat der Buchbinder alles, was zu 300 gehört; komplett abgeliefert sind:

	50
Hierbei kommen	124
	174

Übergeben Sie ja, wenn es zur zweiten Auflage kommen sollte, das Ganze irgend jemand zur Besorgung. Man verdirbt sich durch dergleichen mechanische Bemühungen, auf die man nicht eingerichtet ist, und die man nicht mit der gehöriger Präzision treibt, den ganzen Spaß und hat erst am Ende, wo alles zusammentreffen soll, den Verdruß, weil es an allen Enden fehlt.

Über die Musik kann ich noch nichts sagen. Ich habe sie gehört, aber das ist bei den Zelterischen Kompositionen noch nicht genug, er hat viel Eigenheit, die man ihm erst abgewinnen muß.

Leben Sie recht wohl. Ich schicke den Körnerschen Brief hier zurück. Da wir das Publikum kennen, so wird uns schwerlich auch bei dieser Gelegenheit eine neue Erscheinung entgegen kommen. Wenn ich Starken und den Buchbinder bezahlt habe, so schicke ich die Rechnung.

Weimar, den 10ten Oktober 1796 G.

Hier noch zu besserer Übersicht ein Auszug, wie wir mit dem Buchbinder stehn.

Er erhielt Exemplare:

1te Sendung	50
2te –	100
3te –	50
4te –	28
	228
Titelkupfer	200
2te Sendung	100
	300
Titelblätter	150
2te Sendung	100
	250
Umschläge auf einmal .	300

220. An Goethe

Jena, 10. Oktober 1796

Hoffmann in Weimar steht bereits auf dem Cottaischen Speditionszettel, Sie können ihm also, auch dem Industrie-Comtoir, wenn es welche haben will, Exemplare des Almanachs auf Rechnung abliefern lassen. Sie sind so gütig und bemerken auf beiliegenden Preiszetteln, wie viel Exemplarien an beide Handlungen abzugeben sind, und lassen einen Empfangschein für mich geben. Sollten Velin- oder holländische Exemplarien gewünscht werden, so müßte ich das Mittwoch frühe spätestens erfahren.

Zugleich sende ich einen Vorrat von Melodien; was zu viel ist, werden Sie so gütig sein, mir auf den Sonnabend zurückzusenden.

Von hiesigen Buchhandlungen sind nunmehr 72 Exemplare verlangt und abgegeben worden. Gehen in Weimar 28 ab, so sind wir in diesen 2 Orten, die etwa 12000 Menschen enthalten, 100 Exemplare los geworden. Es wird interessant sein, den aktuellen Zustand der poetischen Lektüre in deutschen Städten aus diesen Beispielen zu ersehen. Ich bin überzeugt, daß in Thüringen und im Brandenburgischen, vielleicht noch in Hamburg und umliegenden Orten, der dritte Teil unserer Leser und Käufer sich finden wird.

Ich bitte sehr um den Rest der *Decken.* Hirts Aufsatz sende ich morgen. Den Abdruck des Kupfers will ich an Cotta vor der Kupferplatte voran laufen lassen.

Heute geht das 2te Drittel der ganzen Auflage des Almanachs nach Leipzig ab.

Leben Sie recht wohl und schreiben mir bald wieder, mich zu erquicken und zu stärken. S.

221. An Goethe

Jena, den 11. Oktober 1796

Aus der Berechnung des nach Weimar Gesandten ersehe ich nun, daß mir gerade 100 Druckpapier-Exemplare fehlen, die mir wahrscheinlich Göpferdt nicht gesandt hat, denn aus meinem Hause können sie nicht weggekommen sein, da von da aus nie etwas als nach Weimar exportiert wurde. So fehlen mir gleichfalls Titelblätter und Titelkupfer, welche freilich leichter zu ersetzen sind. Es ist fatal, daß Göpferdt just auf der Messe ist, wo er noch 10 Tage bleibt.

Ich habe die Paketierung und Emballage der gestrigen Leipziger Lieferung an den hiesigen Buchhändler Gabler übergeben, aber das nahm mir nur einen Teil der Arbeit: denn die Bestimmung dessen, was in jedes Paket kommen sollte, bei der 4fachen Verschiedenheit der Exemplare, das Überschreiben der Speditionszettel etc. blieb mir noch immer und so noch eine Menge Kleinigkeiten.

Das letzte Paket geht auf den Sonnabend, und dann ist die Last mir vom Halse.

Unterdessen habe ich nichts mehr vom Almanach gehört, als daß unsere gute Freundin [Karoline] S[chlegel] hier die auf Manso gerichteten Xenien abgeschrieben und an Gottern geschickt hat, welcher sehr davon soll erschreckt worden sein.

Eben diese erzählt auch schon vom 7ten und Anfang des 8ten Buchs Ihres Wilhelm Meisters, den sie gedruckt will gelesen haben. Es ist doch sonderbar, daß die S[chlegel] früher die gedruckten Bogen Ihres Romans erhält, als Sie selbst.

Leben Sie recht wohl.

Die 72 Exemplare des Almanachs, welche noch zu 300 fehlen, kann ich nicht mehr senden, weil ich zu denjenigen, die der hiesige Buchbinder schon angefangen zu heften, die in Weimar überflüssigen 72 Titelkupfer haben muß. Haben Sie also die Güte, mir diese 72 Kupfer nebst den Decken, die dazu gehören, sowie auch die noch übrigen 22 Titelblätter senden zu lassen. Der Weimarische Buchbinder hat noch keine Arbeit dabei gehabt, ich muß also den hiesigen vorgehen lassen, der alles schon gefalzt und geheftet, und dem nur diese Kupfer und Titel noch fehlen.

Leben Sie recht wohl. Sch.

222. An Schiller

Nun hoffe ich bald zu hören, daß Sie von der Sorge und Qual, die Ihnen der Almanach gemacht hat, befreit sind, wenn man nur auch der lieben Ruhe zu genießen recht fähig wäre, denn man lädt sich, wie die entbundenen Weiber, doch bald wieder eine neue Last auf.

Die 2000 Exemplare der Decken sind nun abgeliefert.

Hier folgen:

Titelblätter 26
Decken 71
Titelkupfer 81

Das ist nun alles teils zu viel, teils zu wenig; die 100 Exemplare, die Ihnen fehlen, müssen sich aber auf alle Fälle finden.

Morgen früh liefert mir der Buchbinder seine letzten Exemplare, ich will gleich 20 davon an Hoffmanns geben und die übrigen liegen lassen, bis das Industrie-Comptoir von Leipzig zurückkommt. Die Berechnung von den Exemplaren, die durch meine Hand gegangen sind, schicke ich Sonnabends, es wird alles so leidlich zutreffen.

Alsdann soll auch die Geldrechnung folgen. Eine Abschrift von Starkes Rechnung, die ich bezahlt habe, liegt hier bei; Sie erhalten alsdann alles auf Einem Blatte.

Heute nichts weiter. Heil unserer Freundin S[chlegel], daß sie unsere Gedichte abschriftlich verbreiten und sich um unsere Aushängebogen mehr als wir selbst bekümmern will! solchen Glauben habe ich in Israel selten funden.

Die guten Exemplare für Hoffmann schicken Sie mir ja wohl.

27 Melodien habe ich im letzten Packt erhalten. Leben Sie recht wohl, nächstens mehr.

Weimar, den 12ten Oktober 1796 G.

223. An Goethe

Jena, 12. Oktober 1796

Nach und nach kommen wir zur Ordnung und Ruhe. Das vermißte 100 Exemplare hat sich gefunden und Titelkupfer sind bestellt, soviel noch zu dem zwanzigsten 100 fehlen. Titelblätter hat Göpferdt zum Glück über die Zahl drucken lassen, so daß sich noch ein Vorrat beim Buchbinder fand. Gebunden ist jetzt alles, was gebunden werden sollte; zwei große Lieferungen, 4 Zentner schwer, sind nach Leipzig, wegen des an Cotta ins Reich bestimmten Quantums habe ich schon mit dem Fuhrmann kontrahiert, der es in etlichen Tagen nach Frankfurt mit nimmt. Mit dem Sonnabend fällt mir die ganze Last vom Halse.

Die Nachfrage nach Exemplarien ist hier noch immer stark, aber alles will Schreibpapierne, die uns gerade fehlen, und Postpapierne habe ich keine mehr vorrätig. Hier erhalten Sie das letzte für Hoffmann. Können Sie das überkomplette, in Gelbpapier gebundene, das Sie von mir in Händen haben, schonen, so ist mirs lieb, weil wir jetzt alle gute Exemplare zu Rat halten müssen. Ich habe einzelne Bogen defekter Exemplare auf Velin- und Postpapier, woraus wir zu dem Behuf der Korrektur noch ein vollständig Exemplar zusammen bringen können.

Hier allein sind 7 Velin- und 8 Holländische Exemplarien aufgebraucht worden, und beinahe noch einmal so viel wäre gegangen, wenn ich noch vorrätig gehabt hätte. Auch habe ich mirs für alle künftige Fälle zur Regel gemacht, alles, was ich drucken lasse, gut und kostbar drucken zu lassen: so geht es am gewissesten ab, denn auch der elendeste Lump will nicht mehr mit Lumpen vorlieb nehmen.

Die erste Lieferung, soviel nämlich davon in Ein Heft kommt, habe nebst dem Abdruck des Kupfers heute abgesendet. Der Rest ist noch nicht ganz abgeschrieben.

Unterdessen erinnern Sie sich doch auch wieder des Cellini. Wie froh wäre ich, wenn wir noch etwas Neues und Lustiges zu lesen zum Schluß des 11ten Horen-Jahrgangs auftreiben könnten!

Wenn Sie doch gelegentlich Herdern bedeuten wollten, daß er noch keine Horen-Stücke haben kann. Er hat davon gehört, daß einzelne Stücke (die mir Cotta *per* Briefpost geschickt) in Weimar spuken, und glaubt, man hätte ihn vergessen.

Für den Hecht danken wir schönstens und wünschen sehr, daß Sie ihn mit uns verzehren möchten.

Alles grüßt. Sch.

224. An Goethe

Jena, 14. Oktober 1796

Endlich habe ich alle Speditionsarbeit mir vom Halse geschafft, um eine neue, wiewohl lustigere zu beginnen. Ohne kleine Konfusionen ist es freilich nicht abgegangen, doch sind sie zum Glück von keiner Bedeutung, und das Ganze ist doch glücklich beendigt. Möchte nun nicht ganz weggeworfene Arbeit sein, was wir körperlich und geistig daran gewendet haben. Doch so was belohnt sich zum Glück, wie das Kindermachen, von selbst.

Gestern war Blumenbach hier und auch bei mir. Nach dem, was neulich von ihm gesprochen worden, wunderte ich mich nicht wenig, die Äußerung von ihm zu hören, „er preise sich gücklich, daß er die Wissenschaft, an der er mit ganzer Seele hänge, als Beruf betreiben dürfe". Auch Lavater ist hier, ich hab ihn aber nicht gesehen. An Paulus, den er kürzlich etwas gröblich behandelte, schrieb er ein Billet und bittet um eine Zusammenkunft. Machen Sie sich in Weimar auf ihn gefaßt. Die Mereau ist wieder hier. Von ihr hab ich Ihnen was zu erzählen.

Leben Sie recht wohl. Lassen Sie mich bald wieder etwas von Ihnen hören. Alles grüßt. Sch.

225. An Schiller

Sie erhalten hierbei auch die Rechnung, mit der Abschrift der einzelnen Quittungen, und so wäre auch das berichtigt. Die 95 Rtlr. 9 Gr. Überschuß wünschte ich für Rechnung Herrn Cottas inne zu behalten, indem er uns doch zu unserer Italienischen Expedition Zwischenzahlungen auf das Honorar der Horen versprochen hat. Wegen der hier gebundenen Exemplarien liegt eine Berechnung bei. Können Sie mir beiliegenden, nur halbgedruckten Bogen gegen einen vollkommenen auswechseln, so wird noch eins gebunden, und wir sind vollkommen richtig. Ich schicke Ihnen das erste *Holländische* zurück und eins von meinen *Velin*, dagegen ich mir zwei geringe genommen habe. Eben so folgt auch eine Lage, die zu viel war.

Auch hat man mir noch Abdrücke der Decke geschickt, die sich, ich weiß nicht wo, versteckt hatten. Ich hoffe, Sie sollen nun genug haben, auf alle Fälle läßt sich dieser Mangel am leichtesten ersetzen; ich werde die Platte zu mir nehmen.

Weiter wüßte ich nun nichts, und wünsche diesem Werke gut zu fahren; im ganzen finde ich nur einerlei Wirkung: jedermann findet sich vom Phänomen frappiert, und jedermann nimmt sich zusammen, um mit anscheinender Liberalität und mehr oder weniger erzwungenem Behagen darüber zu sprechen, und geben Sie einmal acht, ob das nicht meist der Fall sein wird.

Für die sonderbare Nachricht, daß der *Prophet* in Jena sei, danke ich aufs beste. Ich werde mich seiner zu enthalten suchen und bin sehr neugierig auf das, was Sie von ihm sagen werden. Blumenbach war auch bei mir, er hatte einen sehr interessanten Mumienkopf bei sich.

Wenn die Konferenz zwischen dem Propheten und Paulus zustande kommt, so zieht der letzte wahrscheinlich den kürzern und muß sich noch bedanken, daß er beleidigt worden ist. Es kostet dem Propheten nichts, sich bis zur niederträchtigsten Schmeichelei erst zu assimilieren, um seine herrschsüchtigen Klauen nachher desto sichrer einschlagen zu können.

Sagen Sie mir doch etwas von der Geschichte der kleinen Schönheit.

Ein Heft Cellini, ohngefähr 12 Bogen Manuskript, kommt bald; alsdann gibt es noch zwei Abteilungen, die ich gleich hintereinander vornehmen will, da ich mich völlig unfähig fühle, etwas anders zu tun. Die zwei armen letzten Gesänge werden noch eine Zeitlang im *Limbo* verweilen müssen; es ist wirklich eine Art der fürchterlichsten Prosa hier in Weimar, wovon man außerdem nicht wohl einen Begriff hätte.

Ich lege auch das letzte Buch meines Romans bei, da mir die letzten Bogen des siebenten Buchs fehlen. Wahrscheinlich hat Unger sie, nach seiner löblichen Gewohnheit, durch Einschlag geschickt, und sie liegen, ich weiß nicht wo. Sobald die guten Exemplare kommen, erhalten Sie eins davon.

Gestern ist meine Freitagsgesellschaft wieder angegangen, ich werde sie aber wohl nur alle 14 Tage halten und dazu einladen lassen.

Leben Sie recht wohl und grüßen Sie alles.

Weimar, den 15ten Oktober 1796 G.

Noch etwas: können Sie mir nicht über einen gewissen Hauptmann Rösch aus Stuttgart einige Nachricht geben? vielleicht haben Sie ihn persönlich gekannt. Von seinen guten Kenntnissen sind wir informiert, es wäre jetzt hauptsächlich von seiner Person, seinem Charakter und übrigem Wesen die Rede.

226. An Goethe

Jena, 16. Oktober 1796

Hier erfolgen endlich zwei Monatstücke Horen, gestern wurden sie mir von Leipzig geschickt. Der Buchhändler Böhme, an den ich die Almanache geliefert, schreibt mir zugleich den Empfang der zwei ersten Ballen, und daß alle Exemplarien, die ich vorrätig bei ihm niedergelegt (es sind etwa 44, ohne die rohen Exemplare), schon vergriffen seien. Dies ist wirklich viel, denn es ging zugleich eine ansehnliche Partie Exemplare für mehr als 15 Leipziger Buchhändler mit, die also nicht zugereicht hat. Es muß ein fürchterliches Reißen darum sein, und wir werden wohl auf eine zweite Auflage denken müssen.

Böhme hat nun in einem dritten Ballen 225 broschierte und wieder eine Anzahl roher Exemplare erhalten. Sobald er mir schreibt, daß diese über 2 Dritteile abgesetzt sei, so will ich zur neuen Auflage Anstalten machen lassen. Die Post ist so schlecht mit dem zweiten Ballen umgegangen, daß die Nässe einige Dutzend Exemplare verdorben haben soll. Es ist dies der Ballen, den Gabler gepackt hat, der meinige ist wohlbehalten angelangt.

Sie müssen doch das neue Stück vom Journal Deutschland lesen. Das Insekt hat das Stechen wieder nicht lassen können. Wirklich, wir sollten es noch zu Tode hetzen, sonst ist keine

Ruhe vor ihm. Gegen den Cellini hat er seinen bösen Willen ausgeübt, und um Sie zu schikanieren, die Stellen angepriesen, auch zum Teil extrahiert, die Sie ausgelassen haben pp. Von dem Aufsatz der Stael spricht er mit größter Verachtung.

Mit Lavatern habe ich Sie vorgestern unnützerweise fürchten gemacht. Es ist sein Bruder gewesen, der hier war.

Reichardt soll auch in Leipzig sein, Niethammer und Paulus aber haben ihn nicht gesehen. Schlegel ist noch in Leipzig, wo sich die Herzen vermutlich gegeneinander ergießen werden.

Leben Sie recht wohl. S.

Eben erhalt ich einen recht schönen Brief von Körner über den Almanach. Sie sollen ihn morgen erhalten, wo ich auch noch 6 Horen zu senden habe.

227. An Schiller

Beiliegendes Paket war schon vorgestern abend beisammen, ich lege noch das Heft Cellini bei, welches indessen fertig geworden. Sie sehen es ja wohl noch einmal durch und lassen es abschreiben.

Aus dem Propheten ist ein Prophetenkind geworden, das ich aber auch nicht zu sehen wünsche, da ich, nach dem erhabenen Beispiel des Judengottes, meinen Zorn bis in die 4te Generation behalte.

Die drei ersten Gesänge des neuen Gedichtes sind nun so ziemlich durchgearbeitet, ich werde nunmehr an den 4ten gehen. Alle vier zusammen werden etwa 1400 Hexameter haben, so daß, mit den zwei letzten Gesängen, das Gedicht wohl auf 2000 anwachsen kann.

Auch werden Fisch und Vögel anatomiert, und geht alles neben einander seinen alten Gang. Leben Sie recht wohl, und lassen Sie mich bald hören, daß Sie leidlich gesund und fleißig sind.

Weimar, den 17.[18.] Oktober 1796 G.

228. An Goethe

Hier sende ich Ihnen Körners Brief, der bei der Unbedeutenheit und Flachheit des gewöhnlichen Urteils ein recht tröstlicher Laut ist. Senden Sie ihn mir, sobald Sie ihn gelesen, zurück.

Ich habe mir nicht gemerkt, wie viel Exemplare der Horen von jedem Monat und jeder Sorte ich Ihnen gestern gesendet, und kann darum heute den Rest nicht nachsenden.

Humboldts schrieben neulich, daß sie mit Ende dieser Woche von Berlin abreisen, sich unterwegs 10 Tage aufhalten und etwa den 1. November hier eintreffen würden.

Von den Xenien habe weiter nichts erfahren. Schlegel, der wieder angekommen, war zu kurze Zeit in Leipzig, da er auch einen Abstecher nach Dessau gemacht, um viel erfahren zu können. Bei seiner Zurückkunft von Dessau, sagt er, hätten sie schon sehr in Leipzig rumort.

Ich höre, daß man unter andern auch die Herzogin in Weimar unter der zierlichen Jungfrau versteht.

Das Xenion:

„Wieland! Wie reich ist dein Geist" etc.

halten einige für eine Satire auf Wieland und auf die neue Ausgabe! u. s. f.

Leben Sie wohl. Man unterbricht mich.

[Jena, den] 18. Oktober [1796] Sch.

229. An Schiller

Recht vielen Dank für den überschickten Körnerschen Brief. Eine so wahrhaft freundschaftliche und doch so kritisch motivierte Teilnahme ist eine seltne Erscheinung. Ich will gedachte Blätter noch einige Tage behalten, um verschiedne Gedichte, die ich noch nicht einmal gelesen habe, bei dieser Gelegenheit anzusehen. Grüßen Sie den Freund recht vielmals und danken ihm auch von mir, sagen Sie ihm etwas von meinem neuen Gedichte und versichern Sie ihn, daß ich mich freue, es dereinst in seinen Händen zu sehen.

Den Spitz von Giebichenstein müssen wir nun eine Weile bellen lassen, bis wir ihn einmal wieder tüchtig treffen. Überhaupt aber sind alle Oppositionsmänner, die sich aufs Negieren legen und gern dem, was ist, etwas abrupfen möchten, wie jene Bewegungsleugner zu behandeln: man muß nur unablässig vor ihren Augen gelassen auf und ab gehen.

Hinter seinem Anpreisen der ausgelassenen Stellen des Cellini, fürchte ich, steckt was anders. Da er das Original hat, fürchte ich, übersetzt er die fehlenden Stellen und läßt das Ganze nachdrucken, denn er ist zu allem fähig. Ich will daher die zwei letzten Lieferungen, die ohnedem zusammengehören, erst ins künftige Jahr geben, mein Manuskript indessen komplettieren und eine vollständige Ausgabe ankündigen, denn das Gefrage darnach ist sehr stark, und die zerstreute Lektüre im Journal macht schon jedermann ungeduldig.

Wenn Sie an Boie schreiben, so fragen Sie ihn doch, ob er mir die englische Übersetzung, die ich von ihm durch Eschenburg habe, überlassen will; ich will gern bezahlen, was sie kostet, und noch ein Exemplar meiner Übersetzung, wenn sie einmal ganz herauskommt, versprechen.

Auf Humboldts Ankunft freue ich mich recht sehr; sobald er da ist, besuche ich Sie wohl einmal, wenn es auch nur ein Tag ist.

Vom siebenten und achten Stück haben Sie mir von jedem zwei Exemplare, eins auf blaulichem, eins auf gelblichem Papier geschickt. Ich bitte bald um die übrigen, denn man quält mich gewaltig darum.

Leben Sie recht wohl, grüßen Sie alles, und sagen Sie mir bald, daß Sie eine neue Arbeit angefangen haben.

Weimar, den 19ten Oktober 1796 G.

Könnten Sie mir nicht ein fünftes Stück der Horen von diesem Jahr, von welcher Papiersorte es auch sei, noch überlassen?

Mein Pack Dienstag mit der fahrenden Post ist doch angekommen?

230. *An Goethe*

Jena, 19. Oktober 1796

Mit dem heutigen Paket haben Sie mir eine recht unverhoffte Freude gemacht. Ich fiel auch gleich über das 8te Buch des Meisters her und empfing aufs neue die ganze volle Ladung desselben. Es ist zum Erstaunen, wie sich der epische und philosophische Gehalt in demselben drängt. Was innerhalb der Form liegt, macht ein so schönes Ganze, und nach außen berührt sie das Unendliche, die Kunst und das Leben. In der Tat kann man von diesem Roman sagen, er ist nirgends beschränkt als durch die rein ästhetische Form, und wo die Form darin aufhört, da hängt er mit dem Unendlichen zusammen. Ich möchte ihn einer schönen Insel vergleichen, die zwischen zwei Meeren liegt.

Ihre Veränderungen finde ich zureichend und vollkommen in dem Geist und Sinne des Ganzen. Vielleicht, wenn das Neue gleich mit dem Alten entstanden wäre, möchten Sie hie und da mit Einem Strich geleistet haben, was jetzt mit mehrern geschieht, aber das kann wohl keinem fühlbar werden, der es zum erstenmal in seiner jetzigen Gestalt liest. Meine Grille mit etwas deutlicherer Pronunziation der Hauptidee abgerechnet, wüßte ich nun in der Tat nichts mehr, was vermißt werden könnte. Stünde indessen nicht Lehrjahre auf dem Titel, so würde ich den didaktischen Teil in diesem achten Buch für fast überwiegend halten. Mehrere philosophische Gedanken haben jetzt offenbar an Klarheit und Faßlichkeit gewonnen.

In der unmittelbaren Szene nach Mignons Tod fehlt nun auch nichts mehr, was das Herz in diesem Augenblick fodern kann; nur hätte ich gewünscht, daß der Übergang zu einem neuen Interesse mit einem neuen Kapitel möchte bezeichnet worden sein.

Der Marchese ist jetzt recht befriedigend eingeführt. Der Graf macht sich vortrefflich. Jarno und Lothario haben bei Gelegenheit der neuen Zusätze auch an Interesse gewonnen.

Nehmen Sie nun zu der glücklichen Beendigung dieser großen Krise meinen Glückwunsch an, und lassen Sie uns nun bei diesem Anlaß horchen, was für ein Publikum wir haben.

Für die überschickten Rechnungen danke ich. Mit dem Geld werde ichs nach Ihrem Sinn arrangieren; ohnehin haben Sie für Ihren Anteil an dem Almanach ja 24 Louisdors gut, und noch mehr, wenn wir eine zweite Auflage erleben. Auch für den Cellini danke ich bestens. Das Schiff kann nun wieder flott gemacht werden. Vor einem Augenblick ist auch ein historischer Aufsatz von Funk angelangt.

Den Major Rösch kenne ich, und noch spezieller kennt ihn mein Schwager. Außer seinen mathematischen, taktischen und architektonischen Kenntnissen, worin er aber sehr vorzüglich ist, ist er freilich sehr beschränkt und ungebildet. Er hat viel Gemeines und Pedantisches, und so wacker er als Lehrer ist, so wenig kann ihn sein übriger Anstand und sein Geschmack in einem Kreise, worin man Welt verlangt, empfehlen. Übrigens ist er ein braver und sanfter Mann, mit dem gut zu leben ist, und seine Schwachheiten belustigen mehr, als daß sie drücken.

Sch.

231. An Goethe

[Jena, zwischen dem 19. und 23. Oktober 1796]

Unsre Dichterin hat vor ein paar Tagen an mich geschrieben und mir ihre Geschichte mit ihrem Mann und Liebhaber gebeichtet. Sie gesteht, das Leben mit jenem sei ihr fast unerträglich geworden und sie habe ihn vor einiger Zeit verlassen wollen. Doch habe sie sich zusammengenommen und sich zur Pflicht gemacht, ferner und verträglich mit ihm zu leben. Doch hätte sie notwendig noch vorher von ihrem Liebhaber Abschied nehmen müssen, dies sei die Veranlassung ihrer letzten Reise gewesen, und diesen Vorsatz habe sie wirklich, obgleich nicht ohne großen Kampf, vollführt. Von jetzt an hoffe sie alles zu ertragen und endlich noch mit ihrer Lage zufrieden zu werden.

Soweit ihr Geständnis, das sie mir ablegen zu müssen glaubte, wie sie schreibt, um doch von jemand richtig beurteilt zu werden. Ich habe Ursache zu glauben, daß es nicht so ganz aufrichtig war; unterdessen schrieb ich ihr, weil sich so etwas nicht wohl schriftlich verhandeln ließe, zu mir zu kommen. Jetzt soll ihr Mann mit ihr nach Gotha gereist sein.

Ich weiß nicht, wie ihr zu raten und zu helfen ist, denn sie schlägt, wie es scheint, zu ihren realistischen Zwecken gar zu sentimentalische Mittel ein. Fällt Ihnen etwas ein, so teilen Sie mirs mit, oder soll ich sie nach W[eimar] zu Ihnen schicken?

Gearbeitet habe ich noch nicht viel. Das Wetter hat mir in diesen Tagen sehr hart zugesetzt, und dann war eine große Briefschuld abzutragen.

Alles grüßt Sie.

Leben Sie recht wohl. Sch.

232. An Schiller

Die Exemplare des letzten Bandes sind endlich angekommen, und ich schicke gleich hier ein halb Dutzend

für Sie,
Loder,
Justizrat Hufeland,
Hofrat Hufeland,
Griesbach und
Humboldt.

Auch folgt der Körnerische Brief, den ich mit vielem Vergnügen mit den Gedichten verglichen habe. Ich wünsche bald zu erfahren, was er über den Roman sagt. Leben Sie recht wohl. Ich arbeite jetzt nur, um diese paar Monate zu überstehen und die ungünstige Zeit der kurzen Tage und des traurigen Wetters nicht ganz unnütz zu verleben.

Weimar, den 22ten Oktober 1796 G.

233. An Goethe

Jena, 23. Oktober 1796

Herzlichen Dank für den Meister, der mich noch oft erquicken und beleben soll. Die 4 andern Exemplare habe ich abgeliefert; aber Sie schreiben von sechsen, und ich habe deren nur 5 erhalten. Das Humboldtische fehlte noch.

Dieser ist von unserm Almanach nicht wenig überrascht worden und hat recht darin geschwelgt; auch die Xenien haben den heitern Eindruck auf ihn gemacht, den wir wünschen. Es ist mir wieder eine angenehme Entdeckung, daß der Eindruck des Ganzen doch jedem liberaleren Gemüt gefällig und ergötzlich ist. In Berlin schreibt er, sei zwar großes Reißen darnach, aber doch habe er nichts, weder Interessantes noch Kurzweiliges, darüber erfahren. Die meisten kämen entweder mit moralischen Gemeinplätzen angestochen, oder sie belachen alles ohne Unterschied wie eine literarische Hatze. Unter den vordern Stücken, die er noch nicht kannte, hat die Eisbahn von Ihnen und die Musen in der Mark ihn vorzüglich erfreut; von mir die Geschlechter, der Besuch, und vor den *Tabulis votivis* hat er, wie auch Gentz, einen großen Respekt; aber eine Auseinandersetzung unsres beiderseitigen Eigentums an diesen gemeinschaftlichen Produktionen findet er sehr schwer. Von den Xenien schreibt er, daß sie sämtlich Ihnen in die Schuhe geschoben würden, worin man in Berlin noch mehr durch Hufeland bestärkt worden sei, der behauptet habe, alle von Ihrer Hand gelesen zu haben.

Sonst habe ich neuerdings nichts von dem Almanach gehört und denke, wir werden auch nur zu bald inne werden, wie wenig jetzt auf einen allgemeinen Sinn bei dem Publikum zu rechnen ist.

Humboldt hofft in 8 Tagen hier sein zu können. Ich freue mich darauf, wieder eine Weile mit ihm zu leben. Stolbergen, schreibt er, habe er in Eutin nicht gefunden, weil er gerade in Kopenhagen gewesen sei, und von Claudius wisse er durchaus nichts zu sagen, er sei eine völlige Null.

Ihre Schweizer-Briefe interessieren jeden, der sie liest, und ich bin ordentlich froh, daß ich Ihnen diese habe abjagen können. Es ist auch wahr, sie geben ein ungemein lebendiges Bild der Gegenwart, aus der sie flossen, und, ohne ein kunstmäßiges Entstehen, stellen sie sich recht natürlich und geschickt in ein Ganzes zusammen.

Der Beschluß Meisters hat meine Schwägerin sehr gerührt, und ich finde auch hier meine Erwartung von dem, was den Haupteffekt macht, bestätigt. Immer ist es doch das Pathetische, was die Seele zuerst in Anspruch nimmt; erst späterhin reinigt sich das Gefühl zum Genuß des ruhigen Schönen. Mignon wird wahrscheinlich bei jedem ersten und auch zweiten Lesen die tiefste Furche zurücklassen, aber ich glaube doch, daß es Ihnen gelungen sein wird, wornach Sie strebten – diese pathetische Rührung in eine schöne aufzulösen.

Wie lieb ist mirs, daß Sie bald wieder auf einige Tage kommen wollen. Jetzt, nachdem ich die Arbeit mit dem Almanach abgeworfen, bedarf ich eines neuen lebendigen Interesse so sehr. Zwar habe ich den Wallenstein vorgenommen, aber ich gehe noch immer darum herum und warte auf eine mächtige Hand, die mich ganz hinein wirft. Die Jahreszeit drückt mich wie Sie, und ich meine oft, mit einem heitern Sonnenblick müßte es gehen.

Leben Sie aufs beste wohl. Ich muß Sie noch bitten, mir sowohl von dem Kupferstecher als von dem Buchbinder die Almanachsrechnung besonders aufsetzen zu lassen; ich sende Mittwoch die ganze Rechnung an Cotta und wünschte deswegen jeden Beleg besonders zu haben. Das, was für den Hirtischen Aufsatz ist, ist er ja wohl so gut, noch besonders aufzusetzen, und beides, sowie auch der Buchbinder, zu quittieren.

Leben Sie recht wohl. Alles grüßt. Sch.

234. An Goethe

Jena, 25. Oktober 1796

Nur einen Gruß für heute, zur Begleitung dieser Zwiebacke, welche Ihnen meine Frau schickt. Wir hoffen, Sie sind, so wie wir, durch das heutige freundliche Wetter wieder aufgeheitert worden.

Ich sende hier den Rest des Hirtischen Aufsatzes, wenn Sie etwa einen leeren Augenblick dazu anwenden wollen. Sie senden ihn wohl Sonnabend durch das Botenmädchen wieder.

Nun mahnt es mich doch, für etwas zu sorgen, wodurch der zweite Jahrgang der Horen brillant beschlossen würde: denn von dem Erfolg des nächsten Abonnement scheint das fernere Schicksal der Horen abzuhängen. Noch seh ich nichts vor mir und von dem Himmel ist in diesen 2 Jahren so wenig gefallen, daß ich kein sonderliches Vertrauen zu diesen zufälligen Gaben habe. In der Tat müssen wir der schrecklichen Schwere des Hirtischen Aufsatzes etwas entgegen setzen.

Wenn Sie doch noch so ein Paket Briefe fänden, wie die aus

der Schweiz; alle Redaktions-Arbeit nähme ich Ihnen mit Freuden ab.

Von Neuigkeiten weiß ich nichts zu berichten. Schlegel erzählt, daß der Herzog von Gotha über die Xenien sehr ungehalten sei und zwar wegen Schlichtegrolls, den er sehr hoch halte. Auch hör ich, daß sich Schütz, der Rezension unsers Almanachs wegen, nicht zu raten und zu helfen wisse. Ich glaub es wohl.

Leben Sie recht wohl. Sch.

235. An Schiller

Die Schachtel der Zwiebacke kommt hier mit vielem Danke zurück. Ich habe statt dieser Speise ein paar Stücke des philosophischen Journals hineingelegt, die ich doppelt habe, und die ich Niethammern wieder zu geben bitte.

Den Hirtischen Aufsatz finde ich nicht, er wird wohl nachkommen.

An das letzte Stück der Horen dieses Jahres wie an die ersten des folgenden habe ich auch schon gedacht, es ist mir aber leider noch kein Rat erschienen. Was ich von alten Sachen habe, hat keine rechte Gestalt und ist eigentlich verlegene Ware. Das Tagebuch meiner Reise von Weimar bis Rom, meine Briefe von dorther, und was sonst allenfalls davon unter meinen Papieren liegt, könnte nur durch mich redigiert werden, und dann hat alles, was ich in dieser Epoche aufgeschrieben, mehr den Charakter eines Menschen, der einem Druck entgeht, als der in Freiheit lebt, eines Strebenden, der erst nach und nach gewahr wird, daß er den Gegenständen, die er sich zuzueignen denkt, nicht gewachsen ist, und der am Ende seiner Laufbahn erst fühlt, daß er erst jetzt fähig wäre, von vorn anzufangen. Zu einer absichtlichen Komposition umgearbeitet, würden solche Aktenstücke wohl einigen Wert erlangen, aber so in ihrer lieben Natur sind sie gar zu *naiv*.

Mit dem Weimarischen Publico bin ich im ganzen wegen des Almanachs ziemlich zufrieden, doch ist der Gang immer eben derselbe, die Xenien verkaufen die *Tabulas votivas* und was sonst Gutes und Ernsthaftes in dem Büchlein stehen mag. Daß man nicht überall mit uns zufrieden sein sollte, war ja die Absicht, und daß man in Gotha ungehalten ist, ist recht gut; man hat dort mit der größten Gemütsruhe zugesehen, wenn man mir und meinen Freunden höchst unartig begegnete, und da das literarische Faustrecht noch nicht abgeschafft ist, so bedienen wir uns der reinen Befugnis, uns selbst Recht zu verschaffen und den nekrologischen Schnabel zu verrufen, der unserm armen Moritz, gleich nach dem Tode, die Augen aushackte. Ich erwarte nur, daß mir jemand was merken läßt, da ich mich denn so lustig und artig als möglich expektorieren werde.

Ich wünsche sehr zu hören, daß der Wallenstein Sie ergriffe, es würde Ihnen und dem deutschen Theater recht wohl bekommen.

Ich habe diese Tage angefangen, die Eingeweide der Tiere näher zu betrachten, und wenn ich hübsch fleißig fortfahre, so hoff ich, diesen Winter diesen Teil der organischen Natur recht gut durchzuarbeiten. Leben Sie recht wohl. Ich wünsche gar sehr, Sie bald wieder zu sehen.

Weimar, den 26ten Oktober 1796 G.

236. An Goethe

Jena, 28. Oktober 1796

Sie erhalten hier das IXte Horenstück, 6 Exemplare für Sie, 1 für den Herzog, 1 für Meyern. Inlage an Herdern und Knebeln bitte abgeben zu lassen.

Heute vormittag ist Frau von Humboldt mit ihren Kindern hier angekommen. Er ist noch in Halle bei Wolfen und wird in 3 Tagen hier sein.

Humboldts waren noch in den letzten Tagen, als unser Almanach dahin kam, in Berlin. Er soll gewaltiges Aufsehen da gemacht haben. Nicolai nennt ihn den Furien-Almanach. Zöllner und Biester sollen ganz entzückt darüber sein. (Sie sehen, daß es uns mit Biestern gelungen ist.) Dieser findet die Xenien noch viel zu mäßig geschrieben.

Ein anderer meinte, jetzt wäre noch eine Landplage mehr in der Welt, weil man sich jedes Jahr vor dem Almanach zu fürchten habe. Mayer, der Poet, meinte, wir beide hätten einander in den Xenien selbst heruntergerissen und ich habe das Distichon: *Wohlfeile Achtung* pag. 221 auf Sie gemacht!!

Woltmann war gestern bei mir und wollte wissen, daß Wieland von den Xenien gesagt habe: Er bedauere nur, daß Voß darin gelobt sei, weil so viel andere ehrliche Leute mißhandelt wären. Woltmann glaubt steif und fest, daß mit dem Nekrologischen Raben, der hinter Wieland krächze, niemand als Böttiger gemeint sei.

Endlich ist denn der erste gedruckte Angriff auf die Xenien geschehen, und wenn alle dem gleich sind, so haben wir freilich nichts dabei zu tun. Dieser Angriff steht in – dem Reichsanzeiger. Schütz hat ihn mir kommuniziert, er besteht aus einem Distichon, wo aber der Pentameter vor dem Hexameter steht. Sie können sich nichts Erbärmlicheres denken. Die Xenien werden hämisch gescholten.

Die jungen Nepoten hat Schlegel noch nicht heraus. Er fragte uns heute wieder darnach.

Was Sie aber belustigen wird, ist ein Artikel in dem neuen Leipziger Intelligenz-Blatt, welches in Folio herauskommt. Hier hat ein ehrlicher Anonymus sich der Horen gegen Reichardt angenommen. Zwar sind beide nicht genannt, aber unverkennbar bezeichnet. Er rügt es sehr scharf, daß dieser Herausgeber von 2 Journalen das erste in dem andern unverschämt lobe, und gegen ein andres Journal einen schändlichen Neid blicken lasse. Vor jetzt wolle er es bei diesem Winke bewenden lassen, aber er droht, ihm hart zu Leib zu rücken, wenn dieser Wink nichts fruchte.

Für heute sei es mit diesen Novitäten genug. Wir sind hier ganz wohl auf, ich rücke langsam in meiner Arbeit fort.

Leben Sie recht wohl. Sch.

Den Voßischen Almanach hab ich gesehen: Er ist *misérable.*

237. An Schiller

Ich bin genötigt, auf einige Tage nach Ilmenau zu gehen, und danke nur noch geschwind für die übersendeten Horen. Es ist lustig, daß wir durch Humboldt den Rumor erfahren, den der Almanach in Berlin macht, er wird nun auch erzählen können, wie es in Halle aussieht. Sobald ich wieder komme, besuche ich Sie. Gotha ist auch in großer Bewegung über unsere Verwegenheit. Hierbei ein Blättchen Distichen vom Prinzen August, der die Sache noch artig genug nimmt. Der Hirtische Aufsatz kommt hier zurück. So füge ich auch die Kupferplatte bei. Ein schönes Glück wärs, wenn mir in Ilmenau noch ein Stück des epischen Gedichts gelänge, die große Einsamkeit scheint etwas zu versprechen.

Meyer hat wieder geschrieben; seine Kopie ist fertig, er geht nun an fernere Beschreibung der Altertümer. Leben Sie recht wohl und schreiben mir nur immer hierher, man schickt mir die Briefe nach. Grüßen Sie Humboldts vielmal und Ihre liebe Frau. Mich verlangt recht, Sie bald wieder zu sehen.

238. An Goethe

Jena, 31. Oktober 1796

Ich begrüße Sie in Ihrem einsamen Tal und wünsche, daß Ihnen die holdeste aller Musen da begegnen möge. Wenigstens können Sie dort das Städtchen Ihres Hermanns finden, und einen Apotheker oder ein grünes Haus mit Stuckator-Arbeit gibt es dort wohl auch.

Körner hat mir heute über Ihren Meister geschrieben. Ich lege seinen Brief bei, er wird Sie in Ihrer Einsamkeit nicht übel stimmen.

Von Leipzig habe ich auch wieder einen Brief, worin man meldet, daß die sämtlichen Exemplarien, welche ich vorrätig hingesandt, vergriffen seien, und dringend um neue schreibt. Es sind nämlich außer denen für Cotta und seinen Distrikt 900–1000 Exemplare in Paketen an bestimmte Buchhandlungen verpackt worden, und außer diesen habe ich nach und nach 435 an den Kommissionär geschickt, wenn etwa nachgefordert würden. Diese letztern sind also weg, und so ist es wahrscheinlich genug, daß jene, die in Paketen verschickt wurden, nicht retour kommen werden. Selbst die schadhaften sind bis auf ein einziges Exemplar verkauft. Ich habe deswegen alles, was ich noch hier habe, zusammen gesucht und auch an Mlle. Vulpius geschrieben, mir, wenn sie dazu kommen kann, die bei Ihnen noch vorrätig liegende auf Druckpapier zu senden. Alles zusammen möchte kaum 73 Exemplare betragen und also schwerlich zureichen, weil mir der Kommissionär schreibt, daß noch sehr viel bestellt sei. Deswegen habe ich heute an Cotta geschrieben und ihn zu einer neuen Auflage ermuntert, die ich hier, sowohl des Risiko als der lästigen Besorgung wegen, nicht gern veranstalten mag. Es ist *seine* Sache, er mag sich also raten, und der Zeitgewinn von 12 bis 14 Tagen ist so beträchtlich nicht.

Die Gothaischen Epigramme sind zwar noch ganz liberal ausgefallen, aber ich gestehe doch, daß mir diese Art, unsre Sache zu nehmen, gerade die allerfatalste ist. Es blickt nichts daraus hervor, als eine Schonung der Leerheit und Flachheit, und ich weiß nichts Impertinenteres, als von einer Seite dem Erbärmlichen nachzulaufen und dann, wenn jemand demselben zu Leibe geht, zu tun, als ob man es bloß geduldet hätte – erst es dem Guten entgegen zu setzen, und dann sich zu stellen, als ob es grausam wäre, es mit demselben vergleichen zu wollen. Der Pentameter:

Unser Wasser erfrischt etc.

ist merkwürdig und ganz erstaunlich expressiv für diese ganze Klasse.

Leben Sie recht wohl, und denken Sie unserer mit Liebe. Humboldt ist noch nicht hier. Alles grüßt Sie aufs beste. Sch.

239. An Goethe

Jena, den 2. [3.] November 1796

Nur einen kleinen Gruß für heute. Humboldt ist gestern angekommen, er empfiehlt sich Ihnen aufs beste und freut sich gar sehr auf Sie. Er ist wohl und heiter, seine Frau aber, die schwanger ist, befindet sich nicht zum besten. Wenig hätte gefehlt, so wäre er mit Reichardt hier angekommen; er hat ihm nur durch List entgehen können. Reichardt wird in 14 Tagen hier sein; wie er sagt, um Friedrich Schlegeln von hier weg nach Giebichenstein zu nehmen. Das heiß ich recht vom Teufel geholt werden. Er soll sich bei den Xenien sehr sentimentalisch benehmen, und weil ihm Schlegel versichert, *Sie* hätten keinen Anteil an denen, die auf ihn gehen, so soll er sehr getröstet sein, und Humboldt meint, Sie wären vor seinem Besuch keineswegs sicher. Er glaube, bei Ihnen noch immer was zu gelten. Auch hat er Ihre Stücke im Almanach sehr gelobt gegen Humboldt. Sie haben also Ihre Absicht mit ihm vor der Hand noch nicht erreicht, wie es scheint; er ist und bleibt vor der Welt Ihr Freund, wenigstens in seinen Augen, und wird sich auch wahrscheinlich jetzt mehr als je dafür auszugeben suchen.

In Halle soll Wolf und besonders Eberhard mit den Xenien sehr zufrieden sein, selbst Klein, der Verwandte Nicolais. Mehrere Partikularitäten mündlich, weil ich heute einen starken Posttag habe.

30 Stücke des Almanachs hat man mir von Ihrem Hause heute richtig gesendet.

Leben Sie wohl, wir alle grüßen Sie. Sch.

240. An Schiller

Ihre beiden Briefe, wertester Freund, habe ich erst spät in Ilmenau erhalten, wohin, wie nach Kimmerien, die Boten langsam gehen, die Sonne selten in dieser Jahreszeit dringt, der Almanach aber doch früh genug den Weg gefunden hat. Ich stehe vorerst dabei stille, daß wir mit beiden Werklein im ganzen den gehörigen Effekt getan haben, einzelne Äußerungen können dem Autor selten wohltun. Man steht denn doch am Ziel, es mag nahe oder fern gesteckt sein, wenn einen der Leser gewahr wird. Nun kommen sie, gehen, rennen und trippeln auch wohl herbei, andere bleiben unterweges stehen, andere kehren gar um, andere winken und verlangen, man solle wieder zu ihnen zurückkehren, ins platte Land, aus dem man sich mit so vieler Mühe heraus gearbeitet hat. So muß man die allgemeine Aufmerksamkeit für das Resultat nehmen und sich ganz im stillen mit denjenigen freuen, die uns Neigung und Einsicht endlich am reinsten nähert; so habe ich Ihnen das nähere Verhältnis zu Körnern und Humboldt zu verdanken, welches mir in meiner Lage höchst erquicklich ist.

Durch die unmittelbare Berührung mit den Gebürgen und durch das Voigtische Mineralienkabinett bin ich diese Zeit her wieder in das Steinreich geführt worden. Es ist mir sehr lieb, daß ich so zufälligerweise diese Betrachtungen erneuert habe, ohne welche denn doch die berühmte *Morphologie* nicht vollständig werden würde. Ich habe diesmal diesen Naturen einige gute Ansichten abgewonnen, die ich gelegentlich mitteilen werde.

Sonst habe ich aber auch nicht den Saum des Kleides einer Muse erblickt, ja selbst zur Prosa habe ich mich untüchtig gefunden, und weder Produktion noch Reproduktion ließ sich im geringsten spüren. Das weitere müssen wir nun geduldig erwarten. Wann ich Sie sehen kann, weiß ich noch nicht, in der ersten Zeit darf ich von hier nicht weg, vielleicht komme ich nur einmal auf einen Tag, um Humboldts zu begrüßen und manches zu besprechen. Leben Sie recht wohl und grüßen alles, was Sie umgibt; das Exemplar für Humboldt liegt hier bei.

Weimar, den 12ten November 1796 G.

241. An Goethe

Jena, 13. November 1796

Es ist mir ein rechter Trost, Sie wieder in unserer Nähe zu wissen; noch nie ist mir eine Trennung von Ihnen solang vorgekommen wie die jetzige, obgleich ich weniger als sonst mich allein befunden habe. Ich freue mich, wenn Sie mir Ihre neuen Entdeckungen für die Morphologie mitteilen; die poetische Stunde wird schon schlagen.

Hier ist in Ihrer Abwesenheit nichts Neues vorgefallen, auch aus der literarischen Welt habe ich nichts in Erfahrung gebracht. Hier des Koadjutors Brief, die Xenien betreffend; Sie sehen daraus, daß man viel sündigen kann, wenn man sich nur erst in einen recht moralischen Ruf gesetzt hat.

An der neuen Auflage des Almanachs wird eben jetzt hier in Jena gedruckt; denn eine reifere Überlegung hat mich doch veranlaßt, dieses Geschäft lieber hier gleich vornehmen zu lassen als in Tübingen; Göpferdt hat sich verbindlich gemacht, mit Anfang Dezember damit fertig zu sein. Ich werde Ihnen nächste Woche Papier zu der Decke senden, davon wir jetzt, außer den vorrätigen Abdrücken, noch 425 neue brauchen. Auch habe ich die Boltische Kupferplatte der Terpsichore hier, wovon doch wohl auch in Weimar die nötigen Abdrücke noch gemacht werden können.

Ich habe in dieser Zeit die Quellen zu meinem Wallenstein fleißig studiert und in der Ökonomie des Stücks einige nicht unbedeutende Fortschritte gewonnen. Je mehr ich meine Ideen über die Form des Stücks rektifiziere, desto ungeheurer erscheint mir die Masse, die zu beherrschen ist, und wahrlich, ohne einen gewissen kühnen Glauben an mich selbst würde ich schwerlich fortfahren können.

Haben Sie Böttigers Schrift über Iffland, so bitte ich Sie, sie uns zu schicken. Man erzählt so viel Närrisches davon, besonders soll ein Brief von der Frau Charlotte darin zu finden sein.

Noch lege ich Ihnen ein Blättchen Hexameter (!) bei, welche in Breslau von einem Champion des Herrn Manso, gegen Sie oder mich, gemacht worden sind. Es ist doch sonderbar, daß unsere bisherigen Angreifer im Silbenmaße schon verunglücken.

Alexander von Humboldt soll über die Xenien recht entzückt sein, sagt mir sein Bruder. Das ist doch wieder eine neue Natur, die sich diesen Stoff assimilieren kann.

Leben Sie recht wohl. Es grüßt Sie alles aufs beste, Humboldts, die für den Meister herzlich danken, sehnen sich, Sie zu sehen. Alles ist wohl bei mir.

Sch.

242. An Schiller

Die Aktenstücke, die ich heute von Ihnen erhalte, kommen sogleich zurück. Bei dem einen ist es wirklich merkwürdig, daß unsere Gegner bis jetzt das Element nicht finden können, worin wir uns bewegen; bei dem andern zeigt sich eine gewisse höhere Vorstellungsart, die denn auch ganz gut ist; sähe nur nicht die Neigung zu dem *erquicklichen Wasser* auch hier so klar mit durch.

Die Oberdeutsche Literatur-Zeitung lege ich bei und bitte mir sie bald zurück. Eine solche leichte, oberflächliche, aber wohlmeinende Behandlung des Ganzen ist nicht unerwünscht. Der Rezensent ist wenigstens von vorn bis hinten *à son aise,* ein Fall, in dem nicht jeder sein möchte. Die Druckfehler in den angeführten Gedichten sind lustig genug.

Das verlangte Buch folgt auch. Ein solches Flick- und Lappenwerk ist nicht leicht erschienen. Wenn Künstler und Kunstwerke sich nicht immer, wie die Bleimännchen, wieder von selbst auf die Beine stellten, so müßten sie durch solche Freunde für ewig mit dem Kopf in den Quark gepflanzt werden. Bei der Ohnmacht des Verfassers ist es auffallend, wie er sich durch gewisse Stiche selbst seinem eignen Helden formidabel machen will. Sein böser Wille gegen *Sie* leuchtet aus mehrern Stellen hervor. Ich habe einen boshaften Einfall, wie man ihn, durch eine sophistische Wendung, in Tort setzen und ihn auf seinem eignen Grund und Boden schlagen könnte. Wenn der Spaß Ihren Beifall hat, so führe ich ihn aus, er ist, wie mich dünkt, *sans réplique,* wie jener vom *literarischen Sansculottismus.* Doch davon mündlich.

Meyer grüßt schönstens, er hält sich sehr wacker in Florenz, sowohl arbeitend als betrachtend, nur wird ihm freilich die Einsamkeit mitunter sehr lästig. Leben Sie recht wohl und grüßen alles, was Ihnen nah ist.

Weimar, den 13 [14]ten November 1796 G.

243. An Schiller

Einige Dinge, die ich gestern zurück ließ, will ich doch gleich nachbringen. Erstlich gratuliere ich zu der zweiten Auflage; es war wohl nichts anders zu tun, als daß Sie solche in Jena drucken ließen. Schicken Sie mir das Papier bald, denn man wird hier nicht gleich gefördert. Einige Buchstabenbemerkungen, sonst

Druckfehler genannt, schicke ich Ihnen ehestens. Wie stark gedenken Sie diese Auflage zu machen? wir können noch die dritte erleben.

Voßens Almanach ist über die Maßen schlecht, es tut mir leid für ihn und unser Verhältnis zu ihm, denn man muß seinen Nebenbuhlern doch einigermaßen gleich sein, wenn man sie nicht hassen soll. Die Mattherzigkeit der sämtlichen Compagnie ist unglaublich, und ohne die paar Übersetzungen wäre beinah das Bändchen völlig leer. Doch leugne ich nicht, daß *wir* den *Creator Spiritus* wohl zum Freunde haben müssen, wenn wir das nächste Jahr nicht zurück, sondern vorwärts treten wollen.

Das Angenehmste, was Sie mir aber melden können, ist Ihre Beharrlichkeit an Wallenstein und Ihr Glaube an die Möglichkeit einer Vollendung; denn nach dem tollen Wagestück mit den Xenien müssen wir uns bloß großer und würdiger Kunstwerke befleißigen und unsere proteische Natur, zu Beschämung aller Gegner, in die Gestalten des Edlen und Guten umwandeln.

Die drei ersten Gesänge meines epischen Gedichts sind fleißig durchgearbeitet und abermals abgeschrieben. Ich freue mich darauf, sie Humboldts gelegentlich vorzulesen.

Die englische Übersetzung von Cellini, die ich durch Eschenburg erhalten habe, gehört *Boie,* wie sein eingeschriebener Name zeigt. Wenn Sie ihm gelegentlich schreiben, so fragen Sie ihn doch, ob er mir sie überlassen will, ich will ihm gerne dafür zahlen, was er verlangt, und ihm noch außerdem, wenn meine Arbeit künftig besonders gedruckt erscheint, ein Exemplar davon versprechen. Am englischen ist mir in mehr als Einem Betracht gelegen, besonders hat es ein sehr wohlgestochenes *Porträt,* das ich ausschneiden müßte, um es dereinst kopieren zu lassen. Diese ganze Arbeit zu vollenden und auch nur ohne Noten zu ajustieren, brauche ich noch das Restchen vom Jahre.

Die Naturbetrachtungen freuen mich sehr. Es scheint eigen, und doch ist es natürlich, daß zuletzt eine Art von subjektivem Ganzen herauskommen muß. Es wird, wenn Sie wollen, eigentlich *die Welt des Auges,* die durch Gestalt und Farbe erschöpft wird. Denn wenn ich recht acht gebe, so brauche ich die Hülfsmittel anderer Sinne nur sparsam, und alles Räsonnement verwandelt sich in eine Art von Darstellung. So viel vor heute mit einem herzlichen Lebe wohl.

Weimar, den 15ten November 1796 G.

244. An Goethe

Jena, 18. November 1796

In Kopenhagen ist man auf die Xenien ganz grimmig, wie mir die Schimmelmann heute schreibt, die zwar eine liberalere Sentimentalität hat und – wenn sie nur könnte, gerne gerecht gegen uns wäre. Daran dürfen wir überhaupt gar nicht denken, daß man unser Produkt seiner Natur nach würdigt; die es am besten mit uns meinen, bringen es nur zur Toleranz.

Mir wird bei allen Urteilen dieser Art, die ich noch gehört, die miserable Rolle des Verführten zuteil, Sie haben doch noch den Trost des Verführers.

Es ist zwar sehr gut, und für mich besonders, jetzt etwas Bedeutendes und Ernsthaftes ins Publikum zu bringen, aber wenn ich bedenke, daß das Größeste und Höchste, selbst für sentimentalische Leser von Ihnen geleistet, noch ganz neuerdings im Meister und selbst im Almanach von Ihnen geleistet worden ist, ohne daß das Publikum seiner Empfindlichkeit über kleine Angriffe Herr werden könnte, so hoffe ich in der Tat kaum, es jemals, durch etwas in meiner Art Gutes und Vollendetes, zu einem bessern Willen zu bringen. Ihnen wird man Ihre Wahrheit, Ihre tiefe Natur nie verzeihen, und mir, wenn ich hier von mir reden darf, wird der starke Gegensatz meiner Natur gegen die Zeit und gegen die Masse das Publikum nie zum Freund machen können. Es ist nur gut, daß dies auch so gar notwendig nicht ist, um mich in Tätigkeit zu setzen und zu erhalten; Ihnen kann es vollends gleichgültig sein, und jetzt besonders, da trotz alles Geschwätzes der Geschmack der Bessern ganz offenbar eine solche Richtung nimmt, die zu der vollkommensten Anerkennung Ihres Verdienstes führen muß.

Hier lege ich Ihnen einen weitläuftigen Brief von Körner über Meister bei, der sehr viel Schönes und Gutes enthält. Sie senden ihn mir wohl gleich durch das Botenmädchen wieder, da ich ihn gerne kopieren lassen und für das XIIte Stück der Horen brauchen möchte, wenn Sie nichts dagegen haben.

Von dem Almanach lasse ich nur 500 Exemplare, aber auf lauter gutem Papier, auflegen. Größer durfte ich die Auflage nicht wohl machen, da die Gründe für dieselbe nur von dem Absatz in Leipzig hergenommen worden, der Absatz im übrigen Deutschland aber noch problematisch ist, weil wir nicht wissen, ob von den versendeten Exemplarien nicht viele retournieren. Werden indessen von der neuen Auflage nur 200 Exemplare verkauft, so ist sie bezahlt, welches ich jetzt, da alles durch meine Hände gegangen, bei Heller und Pfennig berechnen kann.

An den Almanach für das nächste Jahr wage ich jetzt noch gar nicht zu denken, und alle meine Hoffnung ist nach Ihnen gewendet. Denn das sehe ich nun ein, daß der Wallenstein mir den ganzen Winter und wohl fast den ganzen Sommer kosten kann, weil ich den widerspenstigsten Stoff zu behandeln habe, dem ich nur durch ein heroisches Ausharren etwas abgewinnen kann. Da mir außerdem noch so manche, selbst der gemeinsten Mittel fehlen, wodurch man sich das Leben und die Menschen näher bringt, aus seinem engen Dasein heraus und auf eine größere Bühne tritt, so muß ich wie ein Tier, dem gewisse Organe fehlen, mit denen, die ich habe, mehr tun lernen, und die Hände gleichsam mit den Füßen ersetzen. In der Tat verliere ich darüber eine unsägliche Kraft und Zeit, daß ich die Schranken meiner zufälligen Lage überwinde und mir eigene Werkzeuge zubereite, um einen so fremden Gegenstand, als mir die lebendige und besonders die politische Welt ist, zu ergreifen. Recht ungeduldig bin ich, mit meiner tragischen Fabel vom Wallenstein nur erst so weit zu kommen, daß ich ihrer Qualifikation zur *Tragödie* vollkommen gewiß bin; denn wenn ich es anders fände, so würde ich zwar die Arbeit nicht ganz aufgeben, weil ich immer schon so viel daran gebildet habe, um ein würdiges dramatisches Tableau daraus zu machen, aber ich würde doch die Malteser noch vorher ausarbeiten, die bei einer viel einfacheren Organisation entschieden zur Tragödie qualifiziert sind.

Leben Sie aufs beste wohl, wir sehnen uns alle recht herzlich, Sie zu sehen.

Mein Schwager hat, wie ich höre, wegen Hendrichs Stelle an den Herzog von Weimar geschrieben, ich wünschte es herzlich, daß er seinen Wunsch erreichte, zweifle aber sehr daran, ob ich gleich überzeugt bin, daß er in Weimar auf manche Art brauchbar sein würde.

Anbei erhalten Sie die Kupferplatte von Bolt, nebst Papier zu Abdrücken. Leben Sie wohl. S.

245. An Schiller

Der Körnerische Brief hat mir sehr viel Freude gemacht, um so mehr, als er mich in einer entschiedenen ästhetischen Einsamkeit antraf. Die Klarheit und Freiheit, womit er seinen Gegenstand übersieht, ist wirklich bewundernswert, er schwebt über dem Ganzen, übersieht die Teile mit Eigenheit und Freiheit, nimmt bald da, bald dort einen Beleg zu seinem Urteil heraus, dekomponiert das Werk, um es nach seiner Art wieder zusammenzustellen, und bringt lieber das, was die Einheit stört, die er sucht oder findet, für diesmal beiseite, als daß er, wie gewöhnlich die Leser tun, sich erst dabei aufhalten oder gar recht darauf lehnen sollte; die unterstrichene Stelle hat mir besonders wohlgetan, da ich besonders auf diesen Punkt eine ununterbrochene Aufmerksamkeit gerichtet habe, und nach meinem Gefühl dieses der Hauptfaden sein mußte, der im stillen alles zusammenhält, und ohne den kein Roman etwas wert sein kann. Bei diesem Aufsatz ist es aber auch überhaupt sehr auffallend, daß sich der Leser produktiv verhalten muß, wenn er an irgend einer Produktion teil nehmen will. Von den passiven Teilnahmen habe ich leider schon die betrübtesten Beispiele wieder erlebt, und es ist nur immer eine Wiederholung des Refrains: *ich kanns zu Kopf nicht bringen!* Freilich faßt der Kopf kein Kunstprodukt als nur in Gesellschaft mit dem Herzen.

So hat mir neulich jemand geschrieben, daß er die Stelle im zweiten Bande, Seite 138: „Nein!“ rief er aus, „du bildest dir ein, du abgestorbener Weltmann, daß du ein Freund sein könnest. Alles, was du mir anbieten magst, ist der Empfindung nicht wert, die mich an diese Unglücklichen bindet!“ zum Mittelpunkt des Ganzen gemacht und seinen Umkreis daraus gezogen habe, dazu passe aber der letzte Teil nicht, und er wisse nichts damit zu machen.

So versicherte mir ein andrer, meine Idylle sei ein fürtrefflich Gedicht, nur sei ihm noch nicht klar, ob man nicht besser täte, es in zwei oder drei Gedichte zu separieren.

Möchte bei solchen Äußerungen nicht die Hippokrene zu Eis erstarren und Pegasus sich mausen? Doch das war vor 25 Jahren, als ich anfing, ebenso und wird so sein, wenn ich lange geendigt habe. Indessen ist nicht zu leugnen, daß es doch aussieht, als wenn gewisse Einsichten und Grundsätze, ohne die man sich eigentlich keinen Kunstwerken nähern sollte, nach und nach allgemeiner werden müßten.

Meyer grüßt herzlich von Florenz, er hat endlich auch die Idylle erhalten, es wäre doch gut, wenn wir ihm durch Cotta und Escher einen ganzen Almanach zuspedieren könnten.

Ich hoffe, daß die Kopenhagner und alle gebildete Anwohner der Ostsee aus unsern Xenien ein neues Argument für die wirkliche und unwiderlegliche Existenz des Teufels nehmen werden, wodurch wir ihnen denn doch einen sehr wesentlichen Dienst geleistet haben. Freilich ist es von der andern Seite sehr schmerzlich, daß ihnen die unschätzbare Freiheit, leer und abgeschmackt zu sein, auf eine so unfreundliche Art verkümmert wird.

Körners Aufsatz qualifiziert sich, wie mich dünkt, recht gut zu den Horen, bei der leichten und doch so guten Art, wie das Ganze behandelt ist, werden sich die Kontorsionen, die sich von andern Beurteilern erwarten lassen, desto wunderlicher ausnehmen.

Übrigens wird es höchst notwendig, daß ich Sie bald sehe, es ist doch gar manches zu besprechen. Ich verlange sehr, Ihre Fortschritte an Wallenstein zu erfahren.

Von dem Dienstgesuch habe ich etwas gehört, aber keine Gesinnung oder Meinung darüber, doch zweifle ich auch am Gelingen. Leben Sie recht wohl und grüßen die Freunde.

Weimar, den 19ten November 1796 G.

246. An Goethe

Jena, 22. November 1796

Wahrscheinlich werden Sie Humboldten morgen sehen, der auf einige Tage nach Erfurt verreist. Er wünscht sehr, den Abend mit Ihnen zubringen zu können. Er bringt auch das Xte Horenstück mit, wobei ich Sie auf eine Erzählung Agnes von Lilien aufmerksam mache.

Sie haben vielleicht das neueste Stück vom Archiv der Zeit schon gesehen, wo ein Ausfall auf Sie vom alten Klopstock sich befindet. Es hat ihn verdrossen, daß Sie in Ihren Epigrammen vom vorigen Jahr sich beklagen, *deutsch* schreiben zu müssen, und er macht daher seinem Unwillen in einem Epigramme Luft, das freilich sehr kläglich ist. Dieses steht in einer Fortsetzung seiner grammatischen Gespräche, und das *Urteil!!* spricht:

„Goethe! du dauerst dich, daß du mich schreibest? Wenn du mich kenntest,
Wäre dies dir nicht Gram. Goethe, du dauerst mich auch!"

Humboldt wird Ihnen auch von einer Rezension des jungen Schlegels über Woldemar und von einem fulminanten grünen Brief Jacobis über diese Rezension erzählen; was Sie sehr belustigen wird. Es steht auch schon etwas über unsere Xenien in diesem Briefe.

Wann werden wir Sie aber wieder einmal hier sehen? Ich sehne mich herzlich darnach, es ist mir, als wenn mir etwas an dem Element fehlte, worin ich leben soll.

Cotta beklagt sich, daß ihm Escher auf die an ihn abgeschickte Geldanweisung und auf drei Briefe noch nicht geantwortet. Er mußte ihm das Geld anweisen, weil damals keine fahrende Post in jene Gegend ging.

Sobald der neue Almanach fertig ist, sende ich ein Exemplar davon durch Eschern an Meyer ab. Grüßen Sie diesen recht herzlich von uns.

Ich habe Besuch und muß schließen.

Leben Sie recht wohl. Sch.

247. An Schiller

Auf einem Kartenblatt finden Sie hier beiliegend einige Bemerkungen zu den Xenien, vielleicht können Sie noch Gebrauch davon machen.

Humboldts werden erst Dienstag wieder von Erfurt hierher kommen und zu Mittag mit mir essen, ich wünschte, Sie könnten sich entschließen, an gedachtem Tage mit Ihrer lieben Frau herüber zu kommen. Sie blieben die Nacht hier und führen Mittwoch wieder mit Humboldts zurück. Die gegenwärtige Witterung fordert fast ein so heroisches Unternehmen.

Da ich nicht sehe, daß ich so bald einige Zeit bei Ihnen zubringen kann, so komme ich vielleicht nur auf einen Tag, denn es sind gar viele Dinge, bei denen ich den Mangel Ihrer Teilnahme spüre.

Ich lege einen Brief von Humboldt bei, der Ihnen Freude machen wird. Es ist doch sehr tröstlich, solche teilnehmende Freunde und Nachbarn zu haben, aus meinem eignen Kreise ist mir noch nichts dergleichen zugekommen. Leben Sie recht [wohl] und nehmen meine Einladung zu Herzen.

Weimar, den 26ten November 1796 G.

248. An Goethe

Jena, 28. November 1796

Von Ihrer freundlichen Einladung werde ich schwerlich Gebrauch machen können, da ich die miserable Jahrzeit und Witterung in allen Nerven spüre und mich nur so eben hinhalte.

Dafür hoffe ich, wenn auch nur für Einen Tag, Sie bald zu sehen, von Ihren neuesten Entdeckungen und Bemerkungen zu hören und Sie zugleich von meinem eigenen Zustand zu unterhalten.

Mit dem Wallenstein geht es zwar jetzt noch sehr langsam, weil ich noch immer das meiste mit dem rohen Stoff zu tun habe, der noch nicht ganz beisammen ist, aber ich fühle mich ihm noch immer gewachsen, und in die Form habe ich manchen hellen bestimmten Blick getan. Was ich *will* und *soll*, auch was ich *habe*, ist mir jetzt ziemlich klar; es kommt nun noch bloß darauf an, mit dem, was ich in mir und vor mir habe, das auszurichten, was ich will und was ich soll. In Rücksicht auf den *Geist*, in welchem ich arbeite, werden Sie wahrscheinlich mit mir zufrieden sein. Es will mir ganz gut gelingen, meinen Stoff außer mir zu halten und nur den Gegenstand zu geben. Beinahe möchte ich sagen, das Sujet interessiert mich gar nicht, und ich habe nie eine solche Kälte für meinen Gegenstand mit einer solchen Wärme für die Arbeit in mir vereinigt. Den Hauptcharakter so wie die meisten Nebencharaktere traktiere ich wirklich bis jetzt mit der reinen Liebe des Künstlers; bloß für den nächsten nach dem Hauptcharakter, den jungen Piccolomini, bin ich durch meine eigene Zuneigung interessiert, wobei das Ganze übrigens eher gewinnen als verlieren soll.

Was die dramatische Handlung, als die Hauptsache, anbetrifft, so will mir der wahrhaft undankbare und unpoetische Stoff freilich noch nicht ganz parieren, es sind noch Lücken im Gange, und manches will sich gar nicht in die enge Grenzen einer Tragödien-Ökonomie herein begeben. Auch ist das Proton-Pseudos in der Katastrophe, wodurch sie für eine tragische Entwicklung so ungeschickt ist, noch nicht ganz überwunden. Das eigentliche Schicksal tut noch zu wenig, und der eigne Fehler des Helden noch zu viel zu seinem Unglück. Mich tröstet hier aber einigermaßen das Beispiel des Macbeth, wo das Schicksal ebenfalls weit weniger schuld hat als der Mensch, daß er zugrunde geht.

Doch von diesen und andern Haken mündlich.

Humboldts Erinnerungen gegen den Körnerischen Brief scheinen mir nicht unbedeutend, obgleich er, was den Charakter des Meister betrifft, auf der entgegengesetzten Seite zu weit zu gehen scheint. Körner hat diesen Charakter zu sehr als den eigentlichen Held des Romans betrachtet; der Titel und das alte Herkommen, in jedem Roman pp. einen Helden haben zu müssen, hat ihn verführt. Wilhelm Meister ist zwar die notwendigste, aber nicht die wichtigste Person; eben das gehört zu den Eigentümlichkeiten Ihres Romans, daß er keine solche wichtigste Person hat und braucht. *An* ihm und *um* ihn geschieht alles aber nicht eigentlich *seinetwegen;* eben weil die Dinge um ihn her die Energien, er aber die Bildsamkeit darstellt und ausdrückt, so muß er ein ganz ander Verhältnis zu den Mitcharakteren haben, als der Held in andern Romanen hat.

Hingegen finde ich Humboldt gegen diesen Charakter auch viel zu ungerecht, und ich begreife nicht recht, wie er das Geschäft, das der Dichter sich in dem Romane aufgab, wirklich für geendet halten kann, wenn der Meister das bestimmungslose und gehaltlose Geschöpf wäre, wofür er ihn erklärt. Wenn nicht wirklich die Menschheit, nach ihrem ganzen Gehalt, in dem Meister hervorgerufen und ins Spiel gesetzt ist, so ist der Roman nicht fertig, und wenn Meister dazu überhaupt nicht fähig ist, so hätten Sie diesen Charakter nicht wählen dürfen. Freilich ist es für den Roman ein zarter und heikeligter Umstand, daß er, in der Person des Meister, weder mit einer entschiedenen Individualität noch mit einer durchgeführten Idealität schließt, sondern mit einem Mitteldinge zwischen beiden. Der Charakter ist individuell, aber nur den Schranken und nicht dem Gehalt nach, und er ist ideal, aber nur dem Vermögen nach. Er versagt uns sonach die nächste Befriedigung, die wir fodern (die Bestimmtheit), und verspricht uns eine höhere und höchste, die wir ihm aber auf eine ferne Zukunft kreditieren müssen.

Komisch genug ists, wie bei einem solchen Produkte so viel Streit in den Urteilen noch möglich ist.

Leben Sie recht wohl und grüßen Sie Humboldts von uns.

Sch.

249. An Schiller

Mit Humboldts habe ich gestern einen sehr vergnügten Tag zugebracht, wobei ich bis gegen Mittag die Hoffnung unterhielt, Sie hier zu sehen. Wenn übrigens diese Stunden auch für Sie nützlich und angenehm verflossen sind, so freut es mich recht sehr, möge es immer so fortgehen, bis Sie Ihren Zweck erreichen.

Starke verspricht mir noch auf heute Abdrücke, und ich hoffe sie mit Gegenwärtigem zu senden.

Burgsdorff hat mir in seinem Betragen und in dem wenigen, was er sprach, recht wohl gefallen.

Ein neues Werk der Frau von Stael *de l'influence des passions*

pp ist sehr interessant, es ist im beständigen Anschauen einer sehr weiten und großen Welt geschrieben, in der sie gelebt hat, und voll geistreichen, zarten und kühnen Bemerkungen.
Weimar, am 30ten November 1796

250. An Schiller

Eine sehr schöne Eisbahn bei dem herrlichen Wetter hat mich abgehalten, Ihnen diese Tage zu schreiben, und ich sage Ihnen noch am Abend eines sehr heitern Tages einige Worte.

Das Werk der Frau von Stael, wovon Ihnen Herr von Humboldt wird gesagt haben, kommt in einigen Tagen; es ist äußerst interessant zu sehen, wie eine so höchst passionierte Natur durch das grimmige Läuterfeuer einer solchen Revolution, an der sie so viel Anteil nehmen mußte, durchgeht und, ich möchte sagen, nur das geistreich Menschliche an ihr übrig bleibt, vielleicht ließ sich eine Art von Auszug der höchsten Sprüche in einer Folge machen und für die Horen gebrauchen, vielleicht nähme man nur ein einzeln Kapitel, aber bald, denn zu Ostern ist die Übersetzung gewiß da; hierüber überlasse ich Ihnen das Urteil.

Ob ich gleich vermute, daß der böse Wille unserer *Gäste* auch Exemplare nach Jena geschafft haben wird, so schicke ich doch hier das meinige. Es ist lustig, zu sehen, was diese Menschenart eigentlich geärgert hat, was sie glauben, daß einen ärgert, wie schal, leer und gemein sie eine fremde Existenz ansehen, wie sie ihre Pfeile gegen das Außenwerk der Erscheinung richten, wie wenig sie auch nur ahnden, in welcher unzugänglichen Burg der Mensch wohnt, dem es nur immer Ernst um sich und um die Sachen ist.

So manche Umstände und Verhältnisse fesseln mich noch hier, da ich jetzt nicht zu Ihnen kommen möchte, ohne wenigstens einige Tage bei Ihnen zu bleiben. Das Theater kommt kaum durch einige gute Stücke und Repräsentationen in den Gang, wobei eine neue Einrichtung bei der Regie meine Gegenwart erfordert.

Auch erwarte ich den jungen Jacobi in diesen Tagen und werde also noch eine Zeit lang Ihrer persönlichen Aufmunterung entbehren müssen.

Übrigens geht alles seinen Gang, und ich habe in manchen Kapiteln meiner Studien gute Hoffnung. Grüßen Sie Humboldt recht vielmals und sagen mir bald ein Wort, wie Sie sich befinden, und wie Ihre Arbeit gelingt.

Weimar, den 5ten Dezember 1796 G.

251. An Goethe

Jena, 6. Dezember 1796

Ich habe einige Tage wieder durch schlechtes Schlafen beinahe ganz verloren und mich dadurch in meiner Arbeit, die sonst ganz gut vorrückt, sehr unangenehm unterbrochen gesehn. Freilich reizt eine solche Beschäftigung, wie meine gegenwärtige, die empfindliche kränkliche Natur stärker, eben weil sie den ganzen Menschen mehr und anhaltender bewegt.

Vorgestern hatte ich eine halbe Hoffnung, Sie vielleicht hier zu sehen. Die neue Verzögerung tut mir sehr leid. Wenn Sie alsdann nur auch länger bleiben können.

Das schmutzige Produkt gegen uns, dessen Verfasser Magister Dyk in Leipzig sein soll, ist mir schon vor einigen Tagen in die Hand gekommen. Ich hoffte, es sollte Ihnen unbekannt bleiben. Die Empfindlichkeit gewisser Leute kann freilich keinen nobleren Ausbruch nehmen, aber es ist doch bloß in Deutschland möglich, daß böser Wille und Roheit darauf rechnen dürfen, durch eine solche Behandlung geachteter Namen nicht alle Leser zu verscherzen. Man sollte doch da, wo keine Scham ist, auf eine Furcht rechnen können, die diese Sünder im Zügel hielte, aber die Polizei ist so schlecht bestellt wie der Geschmack.

Das Unangenehme an der Sache ist dieses, daß die wohlweisen Herrn Moderatisten, so wenig sie auch ein solches Produkt in Schutz nehmen können, doch triumphieren und sagen werden, daß unser Angriff darauf geführt habe, und daß das Skandal durch uns gegeben sei.

Sonst sind übrigens diese Distichen die glänzendste Rechtfertigung der unsrigen, und wer es jetzt noch nicht merkt, daß die Xenien ein poetisches Produkt sind, dem ist nicht zu helfen; reinlicher konnte die Grobheit und die Beleidigung von dem Geist und dem Humor nicht abdestilliert werden, als hier geschehen ist, und die ganze Dykische Partei sieht sich nun in dem Nachteil, daß sie gerade in dem einzigen, was sie uns allenfalls hätte vorwerfen können, unendlich weiter gegangen ist. Ich bin doch begierig, ob sich nicht von selbst einige Stimmen auch für die Xenien erheben werden; denn wir können freilich auf so etwas nichts erwidern.

Die Schrift der Madame Stael erwarte ich mit Begierde. Den Horen würde es eine vorteilhafte Veränderung geben, wenn wir das Pikanteste und Gehaltreichste daraus aufnähmen.

Mit der Agnes von Lilien werden wir, scheint es, viel Glück machen; denn alle Stimmen, die ich hier darüber hören konnte, haben sich dafür erklärt. Sollten Sie es aber denken, daß unsre großen hiesigen Kritiker, die Schlegels, nicht einen Augenblick daran gezweifelt, daß das Produkt von Ihnen sei? Ja, die Madame Schlegel meinte, daß Sie noch keinen so reinen und vollkommenen weiblichen Charakter erschaffen hätten, und sie gesteht, daß ihr Begriff von Ihnen sich durch dieses Produkt noch mehr erweitert habe. Einige scheinen ganz anders davon erbaut zu sein, als von dem vierten Bande des Meister. Ich habe mich bis jetzt nicht entschließen können, diese selige Illusion zu zerstören.

Leben Sie recht wohl, und lassen Sie sich weder durch dieses unerwartete Geschenk noch durch jene Insolenz in Ihrer Ruhe stören. Was ist, ist doch, und was werden soll, wird nicht ausbleiben.

Herzlich grüßen wir Sie alle. Sch.

252. An Schiller

Das Werk der Madame Stael liegt hiebei, es wird Sie gewiß erfreuen. Den Gedanken, es für die Horen zu nutzen, habe ich auch schon gehabt, es ließ sich vielleicht machen, daß man aus dem Ganzen die eminentesten Stellen aushübe und sie in einer Folge hinstellte. Lesen Sie deshalb das Werk mit dem Bleistift in der Hand und streichen an, und bitten Sie Herrn von Humboldt um ein Gleiches, dadurch erhält meine Wahl eine schnellere Bestimmung; sobald ich es zurück erhalte, kann ich anfangen; eine Sendung Cellini ist fertig, wenn Sie derselben bedürfen.

Sie finden auch wieder eine Elegie, der ich Ihren Beifall wünsche. Indem ich darin mein neues Gedicht ankündige, gedenke ich damit auch ein neues Buch Elegien anzufangen. Die zweite wird wahrscheinlich die Sehnsucht, ein drittes Mal über die Alpen zu gehen, enthalten, und so werde ich weiter, entweder zu Hause oder auf der Reise, fortfahren. Mit dieser, wünschte ich, eröffneten Sie das neue Jahr der Horen, damit die Menschen durchaus sehen, daß man auf alle Weise fest steht und auf alle Fälle gerüstet ist.

Den Dykischen Ausfall habe ich, da ich die Deutschen so lange kenne, nicht besonders gefunden, wir haben dergleichen noch mehr zu erwarten. Der Deutsche sieht nur Stoff und glaubt, wenn er gegen ein Gedicht zurückgäbe, so hätte er sich gleichgestellt, über das Silbenmaß hinaus erstreckt sich ihr Begriff von Form nicht.

Wenn ich aber aufrichtig sein soll, so ist das Betragen des Volks ganz nach meinem Wunsche, denn es ist eine nicht genug gekannte und geübte Politik, daß jeder, der auf einigen Nachruhm Anspruch macht, seine Zeitgenossen zwingen soll, alles, was sie gegen ihn *in petto* haben, von sich zu geben, den Eindruck davon vertilgt er durch Gegenwart, Leben und Wirken jederzeit wieder. Was halfs manchem bescheidnen, verdienstvollen und klugen Mann, den ich überlebt habe, daß er, durch unglaubliche Nachgiebigkeit, Untätigkeit, Schmeichelei und Rükken und Zurechtlegen, einen leidlichen Ruf zeitlebens erhielt? gleich nach dem Tode sitzt der Advokat des Teufels neben dem Leichnam, und der Engel, der ihm Widerpart halten soll, macht gewöhnlich eine klägliche Gebärde.

Ich hoffe, daß die Xenien auf eine ganze Weile wirken und den bösen Geist gegen uns in Tätigkeit erhalten sollen, wir wollen indessen unsere positiven Arbeiten fortsetzen und ihm die Qual der Negation überlassen. Nicht eher, als bis sie wieder ganz ruhig sind und sicher zu sein glauben, müssen wir, wenn der Humor frisch bleibt, sie noch einmal recht aus dem Fundament ärgern.

Lassen Sie mir so lange als möglich die Ehre, als Verfasser der Agnes zu gelten, es ist recht schade, daß wir nicht in dunklern Zeiten leben, denn da würde die Nachwelt eine schöne Bibliothek unter meinem Namen aufzustellen haben, neulich versicherte mich jemand, er habe eine ansehnliche Wette verloren, weil er mich hartnäckig für den Verfasser des Herrn Stark gehalten.

Auch mir geht ein Tag nach dem andern zwar nicht unbeschäftigt, doch leider beinah unbenutzt herum, ich muß Anstalt machen, meine Schlafstelle zu verändern, damit ich morgens vor Tage einige Stunden im Bette diktieren kann. Möchten Sie doch auch eine Art und Weise finden, die Zeit, die nur eigentlich höher organisierten Naturen kostbar ist, besser zu nutzen. Leben Sie recht wohl und grüßen alles, was Sie umgibt.

Weimar, den 7ten Dezember 1796 G.

253. An Schiller

Der Wunsch Ihres Schwagers, der anfangs abgelehnt worden war, kommt wieder, und zwar durch den Herzog von Meiningen, zur Sprache, die Erklärung, daß Wolzogen mit einer mäßigen Besoldung und dem letzten Platz in der Kammer zufrieden sein wolle, macht die Gewährung eher möglich, da man ihm überhaupt nicht abgeneigt ist.

Da nun die Sache wieder an mich kommt, so finde ich in allen Rücksichten Ursache, sie zu begünstigen, ich habe unter andern den Auftrag, mich bei Ihnen näher um seinen moralischen Charakter zu erkundigen. Nun muß ich aber gestehen, es ist mit dem, was man moralischen Charakter nennt, eine eigene Sache, wer kann sagen, wie sich jemand in einem neuen Verhältnis benehmen werde? Mir ist hierin genug, daß Sie mit ihm in einem guten Verhältnisse stehen und daß Sie seine Nähe wünschen, beides beweist mir, daß Sie gut von ihm denken und daß Sie glauben, daß man, indem man ihn anstellt, gut mit ihm fahren werde. Indessen haben Sie die Güte, mir etwas über ihn zu schreiben, das ihn und sein Wesen näher bezeichnet und das ich vorlegen kann, lassen Sie aber in jedem Sinne ein Geheimnis bleiben, daß hierüber etwas unter uns verhandelt worden ist. Leben Sie recht wohl, es sollte mich sehr freuen, wenn auch Ihnen durch diese Annäherung eines Verwandten ein neues Gute zuwüchse.

Weimar, den 9ten Dezember 1796

Man schreibt, Katharina sei endlich auch vom Throne ins Grab gestiegen.

254. An Goethe

Jena, 9. Dezember 1796

Dank Ihnen für das vorgestern Überschickte. Die Elegie macht einen eigenen tiefen rührenden Eindruck, der keines Lesers Herz, wenn er eins hat, verfehlen kann. Ihre nahe Beziehung auf eine bestimmte Existenz gibt ihr noch einen Nachdruck mehr, und die hohe schöne Ruhe mischt sich darin so schön mit der leidenschaftlichen Farbe des Augenblicks. Es ist mir eine neue trostreiche Erfahrung, wie der poetische Geist alles Gemeine der Wirklichkeit so schnell und so glücklich unter sich bringt und durch einen einzigen Schwung, den er sich selbst gibt, aus diesen Banden heraus ist, so daß die gemeinen Seelen ihm nur mit hoffnungsloser Verzweiflung nachsehen können.

Das Einzige gebe ich Ihnen zu bedenken, ob der gegenwärtige Moment zur Bekanntmachung des Gedichts auch ganz günstig ist? In den nächsten 2, 3 Monaten, fürchte ich, kann bei dem Publikum noch keine Stimmung erwartet werden, gerecht gegen die Xenien zu sein. Die vermeintliche Beleidigung ist noch zu frisch, wir scheinen im Tort zu sein, und diese Gesinnung der Leser wird sie verhärten. Es kann aber nicht fehlen, daß unsere Gegner, durch die Heftigkeit und Plumpheit der Gegenwehr, sich noch mehr in Nachteil setzen und die Bessergesinnten gegen sich aufbringen. Alsdann, denke ich, würde die Elegie den Triumph erst vollkommen machen.

Wie wenig man seinen Köcher gegen uns noch erschöpft habe, werden Sie aus beiliegendem Zeitungsblatt, das der Hamburgischen Neuen Zeitung angehängt und mir von Hamburg überschickt worden ist, abermals ersehen. Die Verfahrungsart in dieser Repartie wäre nicht unklug ausgedacht, wenn sie nicht so ungeschickt wäre ausgeführt worden. Ob vielleicht Reichardt – oder Baggesen? – dahinter steckt?

Was Sie in Ihrem letzten Brief über die höhern und entfernteren Vorteile solcher Zänkereien mit den Zeitgenossen sagen, mag wohl wahr sein: aber die Ruhe muß man freilich und die Aufmunterung von außen dabei missen können. Bei Ihnen übrigens ist dies bloß ein inneres, aber gewiß kein äußeres Bedürfnis. Ihre so einzige, isoliert dastehende und energische Individualität fodert gleichsam diese Übung, sonst aber wüßte ich wahrlich niemand, der seine Existenz in der Nachwelt weniger zu assekurieren brauchte.

Die Staelische Schrift habe ich erst heute zur Hand nehmen können, sie hat mich aber auch gleich durch einige treffliche Ideen angezogen. Ob für die Horen etwas damit zu machen sein wird, zweifle ich wieder, weil ich vor einigen Tagen eine Übersetzung davon, die durch die Verfasserin selbst soll veranlaßt worden sein, als ganz nah erscheinend habe ankündigen hören.

Hier lege ich auch ein Exemplar der neuen Ausgabe des Almanachs bei, nebst einem Brieflein von Voß.

Möge die Muse mit ihren schönsten Gaben bei Ihnen sein und ihrem herrlichen Freund seine Jugend recht lange bewahren! Ich bin noch immer in der Elegie – jedem, der nur irgend eine Affinität zu Ihnen hat, wird Ihre Existenz, Ihr Individuum darin so nahe gebracht.

Ich umarme Sie von ganzem Herzen. Sch.

255. *An Schiller*

Für das übersendete Exemplar zweiter Ausgabe danke ich schönstens, sie nimmt sich recht gut aus und wird wahrscheinlich nicht liegen bleiben.

Daß Sie sich der Elegie erfreuen, tut mir sehr wohl, ich vermute, daß einige Gesellen bald nachfolgen werden, was das Drucken betrifft, darüber bleibt Ihnen das Urteil ganz anheim gestellt, ich bin auch zufrieden, daß sie noch ruht. Ich werde sie indes in der Handschrift Freunden und Wohlwollenden mitteilen, denn ich habe aus der Erfahrung, daß man zwar bei entstandenem Streit und Gärung seine Feinde nicht bekehren kann, aber seine Freunde zu stärken Ursache hat.

Man hat mir wissen lassen, daß nächstens etwas für den Almanach erscheinen werde, in welcher Form und in welchem Gehalt ist mir unbekannt. Überhaupt, merke ich, wird es schon Buchhändlerspekulation *pro* oder *contra* etwas drucken zu lassen, das wird eine schöne Sammlung geben! Von dem edlen Hamburger, dessen Exerzitium ich hier zurückschicke, wird es künftig heißen:

Auch erscheint ein Herr F* rhetorisch, grimmig-ironisch,
Seltsam gebärdet er sich, platt deutsch, im Zeitungsformat.

Eine schnelle Übersetzung des Staelischen Werkes ist zu vermuten, und ich weiß nicht, ob man daher einen Auszug wagen soll? Nutzt doch am Ende jeder eine solche Erscheinung auf seine Weise. Vielleicht nähme man nur wenig heraus, wodurch man dem Publiko und jenem Verleger den Dienst täte, daß jedermann schnell darauf aufmerksam würde.

Die Art, wie Voß sich beim Almanach benimmt, gefällt mir sehr wohl, auf seine Ankunft freue ich mich recht sehr.

Auf meinen gestrigen Brief erwarte ich eine baldige Antwort. Diderots Werk wird Sie gewiß unterhalten. Leben Sie recht wohl, grüßen alles und erhalten mir Ihre so wohlgegründete Freundschaft und Ihre so schön gefühlte Liebe, und sein Sie das Gleiche von mir überzeugt.

Weimar, den 10. Dezember 1796 G.

256. An Goethe

Es sollte mich recht freuen, meinen Schwager in Weimar angestellt zu wissen, besonders seiner eigenen Ausbildung wegen. Er hat Kopf und hat Charakter, und das einzige, woran es ihm bis jetzt noch fehlte, war ein bildender Einfluß von außen und eine feste Bestimmung für seine Fähigkeit. Beides findet er in Weimar, und Sie selbst werden, wenn Sie ihn näher kennen, nicht ungern auf ihn wirken.

In Stuttgart fehlte es ihm seit dem Tod des Herzogs Karl, der viel auf ihn gehalten, an einer bestimmten und würdigen Beschäftigung, da er nur eine leere Hofstelle bekleidet und doch Kraft und Willen zu etwas Besserm in sich fühlt. Wenn ihm in Weimar nur der Punkt gezeigt wird, worauf er seine Fähigkeit richten soll, so wird er es mit Ernst tun und gewiß nichts Gemeines leisten. Er liebt unsern Herzog persönlich und wird sich darum doppelte Mühe geben, seine Achtung zu verdienen. Es ist nicht unbedeutend zu erwähnen, daß er sich für die Welt und für die Kunst zugleich gebildet hat, also *à deux mains* zu gebrauchen ist; für die Kunst ist er freilich noch lange nicht ausgebildet, aber er hat gewiß einen guten Grund darin gelegt.

Für seinen übrigen Charakter stehe ich, wie man überhaupt für jemand stehen kann. Ich habe ziemlich lange und in einer gewissen Suite mit ihm gelebt und bin, je länger ich ihn kenne, immer zufriedener mit ihm gewesen, denn er ist wirklich mehr, als er scheint. Seine Bescheidenheit und gründliche Rechtschaffenheit wird ihn dem Herzog gewiß empfehlen.

Leben Sie wohl für heute. Diderots Schrift wird uns manchen Stoff zum Gespräch geben, wie ich merke; einiges, was ich zufällig aufgeschlagen, ist doch trefflich.

Jena, den 10. Dezember [1796] Sch.

257. An Goethe

Jena, 12. Dezember 1796

Hier kommt das eilfte Horen-Stück. Mit dem Botenmädchen sende ich morgen den Rest. Ich bitte Sie nun, von dem Titelkupfer des Almanachs noch so geschwind als möglich 150 Abdrücke machen zu lassen, wozu ich Papier sende. Gar sehr wünschte ich, daß ich Freitag früh entweder alles oder doch die Hälfte davon erhalten könnte.

Leider habe ich durch Schlaflosigkeit und fatales Befinden wieder etliche schöne Tage für meine Geschäfte verloren.

Dafür bin ich gestern über Diderot geraten, der mich recht entzückt und meine innersten Gedanken bewegt hat. Fast jedes Diktum ist ein Lichtfunken, der die Geheimnisse der Kunst beleuchtet, und seine Bemerkungen sind so sehr aus dem Höchsten und aus dem Innersten der Kunst, daß sie auch alles, was nur damit verwandt ist, beherrschen und ebensowohl Fingerzeige für den Dichter als für den Maler sind. Gehört die Schrift nicht Ihnen selbst zu, daß ich sie länger behalten und wieder bekommen kann, so werde ich sie mir verschreiben.

Da ich zufällig an den Diderot zuerst geraten, so bin ich noch nicht weiter an der Staelischen Schrift, beide Werke sind mir aber jetzt ein rechtes Geistesbedürfnis, weil meine eigene Arbeit, in der ich ganze lebe und leben muß, meinen Kreis so sehr beschränkt.

Hier etwas von dem Neuesten über die Xenien. Ich werde, wenn der Streit vorbei ist, Cotta vermögen, alles, was gegen die Xenien geschrieben worden, auf Zeitungspapier gesammelt drucken zu lassen, daß es in der Geschichte des deutschen Geschmacks *ad Acta* kann gelegt werden.

Auf die neue Auflage sind jetzt so viele Bestellungen gemacht, daß sie bezahlt ist. Selbst hier herum, wo so viel Exemplare zerstreut worden, werden noch nachgekauft.

Agnes von Lilien macht allgemeines Glück, und mein ehemaliger Schwager Beulwitz nebst seiner Frau haben es mit einem ganz erstaunlichen Interesse und Bewundrung zusammen gelesen, welches sie herzlich verdrießen wird, wenn sie das Wahre erfahren sollten.

Leben Sie recht wohl, alle Freunde grüßen und umarmen Sie aufs herzlichste. Sch.

Stellen Sie sich vor, daß Cotta die 1 Kupferplatte, die Sie über Frankfurt an ihn geschickt, den 4. Dezember noch nicht gehabt und vielleicht auch jetzt noch nicht hat. Die zweite später abgegangene ist bei ihm angelangt.

258. An Schiller

Nur zwei Worte für heute, da meine Optika mir den ganzen Morgen weggenommen haben. Mein Vortrag reinigt sich immer mehr und das Ganze simpliziert sich unglaublich, wie es natürlich ist, da eigentlich Elementarerscheinungen abgehandelt werden.

Den sonntägigen Brief habe erhalten und Gebrauch davon gemacht, ich vermute, daß er die Sache entscheiden wird, wozu ich zum voraus Glück wünsche. Leben Sie recht wohl. Hier sende ich noch Titelkupfer, mag die flinke Terpsichore zum Verdruß ihrer Widersacher noch weiter in die Welt hineinspringen.

Weimar, am 14ten Dezember 1796 G.

259. *An Goethe*

Ich habe gestern und heute am Wallenstein so emsig gearbeitet, daß ich den gestrigen Botengang ganz aus der Acht ließ und mich auch heute nur im letzten Augenblick an die Post erinnerte.

Meinen besten Dank für Ihre freundschaftliche Verwendung in der bewußten Sache, die mich recht froh für die Zukunft macht. Ich lebe sehr gern mit meiner Schwägerin, und mein Schwager bringt durch seine mir heterogene Art zu sein, die doch wieder ein Ganzes für sich ist, eine interessante Verschiedenheit in meinen Zirkel.

Auch für die Terpsichores danke schönstens.

Seien Sie herzlich von uns allen gegrüßt.

Jena, 14. Dezember 1796 Sch.

260. *An Goethe*

[Jena, den 16. Dezember 1796]

Der Dezember geht nach und nach vorbei und Sie kommen nicht. Ich fürchte bald, daß wir einander vor dem 97 Jahr nicht wieder sehen werden. Mich freut übrigens zu hören, daß Sie die Optika ernstlich vorgenommen, denn mir deucht, man kann diesen Triumph über die Widersacher nicht frühe genug beschleunigen. Für mich selbst ist es mir angenehm, durch Ihre Ausführung in dieser Materie klar zu werden.

Meine Arbeit rückt mit lebhaftem Schritt weiter. Es ist mir nicht möglich gewesen, so lange wie ich anfangs wollte, die Vorbereitung und den Plan von der Ausführung zu trennen. Sobald die festen Punkte einmal gegeben waren, und ich überhaupt nur einen sichern Blick durch das Ganze bekommen, habe ich mich gehen lassen, und so wurden, ohne daß ich es eigentlich zu Absicht hatte, viele Szenen im ersten Akt gleich ausgeführt. Meine Anschauung wird mit jedem Tage lebendiger und eins bringt das andere herbei.

Gegen den Dreikönigtag, denke ich, soll der erste Akt, der auch bei weitem der längste wird, soweit fertig sein, daß Sie ihn lesen können. Denn ehe ich mich weiter hinein wage, möchte ich gerne wissen, ob es der gute Geist ist, der mich leitet. Ein böser ist es nicht, das weiß ich wohl gewiß, aber es gibt so viele Stufen zwischen beiden.

Ich bin, nach reifer Überlegung, bei der lieben Prosa geblieben, die diesem Stoff auch viel mehr zusagt.

Hier die noch restierenden Horen-Stücke, das bezeichnete bitte an Herrn von Knebel abgeben zu lassen.

Leben Sie aufs beste wohl. Bei uns ist alles ziemlich gesund.

Sch.

261. An Schiller

Daß es mit Wallenstein so geht, wie Sie schreiben, ist in der Regel, und ich habe desto mehr Hoffnung darauf, als er sich nun selbst zu produzieren anfängt, und ich freue mich, den ersten Akt nach dem Neuen Jahre anzutreffen. Eher werde ich aber auch nicht kommen, da mir noch eine Reise bevorsteht, von der ich das weitere melde, sobald sie gewiß ist.

Die Optika gehen vorwärts, ob ich sie gleich jetzt mehr als Geschäft als Liebhaberei treibe, doch sind die Akten dergestalt instruiert, daß es nicht schwer wird, daraus zu referieren. Knebel nimmt Anteil daran, welches mir von großem Vorteil ist, damit ich nicht allein mir selbst, sondern auch andern schreibe. Übrigens ist und bleibt es vorzüglich eine Übung des Geistes, eine Beruhigung der Leidenschaften und ein Ersatz für die Leidenschaften, wie uns Frau von Stael umständlich dargetan hat.

Schicken Sie mir doch dieses Buch bald zurück, jedermann verlangt darnach. Im Merkur ist schon Gebrauch davon gemacht. Diderot können Sie länger behalten, es ist ein herrliches Buch und spricht fast noch mehr an den Dichter als an den bildenden Künstler, ob es gleich auch diesem oft mit gewaltiger Fackel vorleuchtet.

Leben Sie wohl, grüßen Sie alles; unsere Eisbahn ist sehr lustig. Jacobi ist bei mir, er hat sich recht wacker ausgebildet. Nächstens mehr.

Weimar, am 17ten Dezember 1796 G.

262. An Goethe

Jena, 18. Dezember 1796

Boie hat geantwortet, ich lege seinen Brief bei; da er für das Original des Cellini nichts scheint annehmen zu wollen, so werden Sie sich wohl selbst auf irgend eine Art mit ihm erklären müssen.

Madame Stael habe ich noch nicht zu Ende lesen können, da ich in den wenigen Stunden, wo ich an solch ein Buch kommen kann, allemal gestört worden. Um aber die andern Freunde nicht warten zu lassen, sende ichs Ihnen morgen mit dem Botenmädchen, Sie teilen mir die Schrift dann wohl wieder mit, wenn sie die Tour gemacht hat.

Kornern und seine Familie hat Ihre Elegie sehr lebhaft interessiert. Sie wissen nicht genug davon zu erzählen, und Ihrem epischen Gedichte sehen sie mit unbeschreiblicher Sehnsucht entgegen.

Leben Sie recht wohl. Ich schreibe in der Eile. Sch.

263. An Schiller

Das Werk der Frau v. Stael ist angekommen und soll wieder zurückkehren, sobald die Neugierde der Freunde befriedigt ist. Sie werden Knebeln bei sich sehen und ihn ganz munter finden, er hilft mir, auf eine sehr freundschaftliche Weise, gegenwärtig an meinem optischen Wesen fort. Ich zeichne jetzt die Tafeln dazu und sehe daran, da sich alles verengt, eine mehrere Reife. Einen flüchtigen Entwurf zur Vorrede habe ich gemacht, ich kommuniziere ihn nächstens, um zu hören, ob die Art, wie ichs genommen habe, Ihren Beifall hat.

Boies Brief kommt zurück, es ist mir sehr angenehm, daß er mir den Cellini abtritt, ich will ihm etwa ein gutes Exemplar meines Romans dagegen geben und einen freundlichen Brief dazu schreiben.

Es freut mich sehr, daß die Elegie bei Körner gut gewirkt hat. Im ganzen bin ich aber überzeugt, daß Ihre Bemerkung richtig ist, daß sie nämlich öffentlich noch zu früh käme, ich bin auch privatim sehr sparsam damit umgegangen.

Den dritten Feiertag gehe ich mit dem Herzog nach Leipzig. Sagen Sie es außer Humboldten niemand und fragen Sie diesen Freund, ob er mir außer Professor Ludwig und Magister Fischer noch jemand zu sehen empfiehlt? Da wir wahrscheinlich auch auf

Dessau gehen, so kommen wir unter 12 bis 14 Tagen nicht zurück, wünschten Sie also vor meiner Abreise noch etwas von mir, so haben Sie die Güte, mir es bald zu sagen.

Da mein armes Subjekt auf dieser Tour, besonders physisch, manches zu leiden haben wird, so hoffe ich, durch mancherlei neue Objekte bereichert zu werden.

Meine Fisch- und Wurmanatomie hat mir in diesen Tagen auch wieder einige sehr fruchtbare Ideen erregt.

Leben Sie recht wohl und tätig ins neue Jahr hinein und fahren Sie fort, in dem dramatischen Felde Platz zu gewinnen, wenn nur nicht auch der Januar hingeht, ohne daß wir uns sehen. Leben Sie indessen recht wohl.

Schlegels werden wahrscheinlich von einem großen, völlig literarischen Gastmahl erzählen, dem sie beigewohnt haben.

Weimar, den 21ten Dezember 1796 G.

264. An Goethe

Das heutige Paket ist schon vorgestern dem Botenmädchen zugestellt worden, und heute erhalte ich es zurück, weil sie des Wassers wegen nicht fort konnte. Dieser Aufschub ist mir doppelt unangenehm, wie Sie aus dem Inhalt abnehmen werden.

Reichardt hat sich nun geregt, und gerade so, wie ich erwartet hatte, er will es bloß mit mir zu tun haben und Sie zwingen, sein Freund zu scheinen. Da er sich auf dieses Trennungssystem ganz verläßt, so scheint mirs nötig, ihn gerade durch die unzertrennlichste Vereinigung zu Boden zu schlagen. Ignorieren darf ich seinen insolenten Angriff nicht, wie Sie selber sehen werden; die Replique muß schnell und entscheidend sein. Ich sende Ihnen hier das Konzept, ob es Ihnen so recht ist. Sowohl Ihre Abreise als die Notwendigkeit, bald mit der Gegenantwort aufzutreten, macht die Resolution dringend, daher bitte ich Sie um recht baldige Antwort. Wollen Sie selbst noch etwas tun, so wird es mir desto lieber sein und ihm desto sicherer den Mund stopfen.

Wegen der Besuche in Leipzig schreibt Ihnen Humboldt selbst.

Ihr längeres Ausbleiben ist mir sehr unangenehm: möchte es nur Ihre jetzige schöne Tätigkeit nicht zu lang unterbrechen.

Boie wird durch Ihr Geschenk sich in reichem Maße geehrt und belohnt finden.

Knebel war bei mir und hat mir auch die Schottländer gebracht, die ganz gute Leute scheinen. Knebel erzählte mir auch viel von den optischen Unterhaltungen mit Ihnen, es freut mich, daß Ihre Mitteilung gegen ihn die Sache mehr in Bewegung brachte. Seine Idee, daß Sie das Ganze in einige Hauptmassen ordnen möchten, scheint mir nicht übel; man würde so schneller zu bestimmten Resultaten geführt, da man bei einer künstlichern Technik des Werks die Befriedigung erst am Ende findet. Auf Ihre Vorrede bin ich jetzt sehr begierig und hoffe, sie noch vor Ihrer Abreise zu erhalten.

Leben Sie recht wohl. Alles grüßt herzlich und wünscht Ihnen viel Unterhaltung auf dieser Reise.

[Jena, den] 25. Dezember 1796 Sch.

265. An Schiller

[Weimar, den 27. Dezember 1796]

Durch Zufall ist diese erste Seite leer geblieben.

Ihr Paket erhalte ich zu einer Zeit, da ich so äußerst zerstreut bin, daß ich weder die Sache, wie sie verdient, überdenken, noch darüber etwas beschließen kann. Lassen Sie mich also nur vorläufig eine ohngefähre Meinung sagen und übereilen Sie nichts. Der Gegner hat sich zu seiner Replik alle Zeit genommen, lassen Sie uns ja, da uns kein Termin zwingt, den Vorteil der reifsten Überlegung nicht leidenschaftlich aus der Hand geben. Sie ist um desto nötiger, als die Sache prosaisch verhandelt werden soll, und das erste Wort ist von der größten Bedeutung. *Meo voto* müßte unsere Prosa so ästhetisch als möglich sein, ein rednerischer, juristischer, sophistischer Spaß, der durch seine Freiheit und Übersicht der Sache wieder an die Xenien selbst erinnerte. Ihr Aufsatz scheint mir zu ernsthaft und zu gutmütig. Sie steigen freiwillig auf den Kampfplatz, der dem Gegner bequem ist, Sie kontestieren *litem* und lassen sich ein, ohne von den Exzeptionen Gebrauch zu machen, die so schön bei der Hand liegen. Flüchtig betrachtet sehe ich die Sache so an:

Ein ungenannter Herausgeber von zwei Journalen greift einen genannten Herausgeber von einem Journal und einem Almanach deshalb an, daß er in einigen Gedichten verleumdet und als Mensch angegriffen worden sei.

Nach meiner Meinung muß man ihn bei dieser Gelegenheit aus seinem bequemen Halbincognito heraustreiben und zuerst von ihm verlangen, daß er sich auf seinen Journalen nenne, damit man doch auch seinen Gegner kennen lerne, zweitens, daß er die Gedichte wieder abdrucken lasse, die er auf sich zieht, damit man wisse, wovon die Rede sei und worüber gestritten wird. Diese beiden Präliminarfragen müssen erst erörtert sein, ehe man sich einläßt, sie inkommodieren den Gegner aufs äußerste, und er mag sich benehmen, wie er will, so hat man Gelegenheit, ihn zu persiflieren, die Sache wird lustig, die Zeit wird gewonnen, es erscheinen gelegentlich noch mehrere Gegner, denen man immer beiher etwas abgeben kann, das Publikum wird gleichgültig, und wir sind in jedem Sinne im Vorteil.

Ich finde auf der Reise gewiß so viel Humor und Zeit, um einen solchen Aufsatz zu versuchen, da wir Freunde haben, die sich für uns interessieren, so lassen Sie uns nicht unberaten zu Werke gehen. Seitdem ich Ihnen jene Bemerkungen über die Elegie danke, habe ich manches erfahren und gedacht, und ich wünsche Ihnen bei der gegenwärtigen . . .

1797

266. An Schiller

Leipzig, den 1ten Januar 1797

Ehe ich von hier weggehe, muß ich noch ein Lebenszeichen von mir geben und kürzlich meine Geschichte melden. Nachdem wir am 28ten Dezember uns durch die Windweben auf dem Ettersberge durchgewürgt hatten und auf Buttelstädt gekommen waren, fanden wir recht leidliche Bahn und übernachteten in Rippach, am 29ten früh um 11 Uhr waren wir in Leipzig und haben der Zeit eine Menge Menschen gesehen, waren meist mittag und abends zu Tische geladen, und ich entwich mit Not der einen Hälfte dieser Wohltat; einige recht interessante Menschen haben sich unter der Menge gefunden, alte Freunde und Bekannte habe ich auch wieder gesehen, so wie einige vorzügliche Kunstwerke, die mir die Augen wieder ausgewaschen haben.

Nun ist noch heute ein saurer Neujahrstag zu überstehen, indem frühmorgens ein Kabinett besehen wird, mittags ein großes Gastmahl genossen, abends das Konzert besucht wird, und ein langes Abendessen darauf gleichfalls unvermeidlich ist. Wenn wir nun so um 1 Uhr nach Hause kommen, steht uns, nach einem kurzen Schlaf, die Reise nach Dessau bevor, die wegen des eingefallenen starken Tauwetters einigermaßen bedenklich ist, doch wird auch das glücklich vorübergehen.

So sehr ich mich freue, nach dieser Zerstreuung bald zu Ihnen in die Jenaische Einsamkeit zurückzukehren, so lieb ist mirs, daß ich einmal wieder so eine große Menschenmasse sehe, zu der ich eigentlich gar kein Verhältnis habe. Ich konnte über die Wirkung der literarischen positiven und polemischen Schriften manche gute Bemerkung machen, und das versprochene Gegenmanifest wird nicht um desto schlimmer werden.

Leben Sie recht wohl. Da wir schon morgen nach Dessau gehen, so scheint es, daß die Reise überhaupt nicht gar zu lange dauern wird.

Sagen Sie Herrn von Humboldt, daß ich Doktor Fischern gesehen habe und daß er mir recht wohl gefallen hat. Die Kürze der Tage und das äußerst böse Tauwetter hindern mich übrigens, meinen Aufenthalt so zu nutzen, wie ich wohl wünschte, doch findet man zufällig manches, was man sonst vergebens sucht. Leben Sie nochmals wohl, vergnügt und fleißig. G.

267. An Schiller

Nach einer 14tägigen Abwesenheit bin ich glücklich wieder zurückgekommen, von meiner Reise sehr wohl zufrieden, auf der mir manches Angenehme und nichts Unangenehmes begegnet ist. Ich habe viel davon zu erzählen und werde, sobald ich nur wieder hier ein wenig Ordnung gemacht, wenn es auch nur auf einen Tag ist, zu Ihnen hinüber kommen. Leider kann ich nicht sogleich, so sehr ich auch wünschte, Herrn Oberbergrat Humboldt noch zu sprechen. Grüßen Sie beide Brüder aufs beste und schönste und sagen Sie, daß ich sogleich Anstalt machen werde, die verzeichneten Bücher Herrn Gentz zu verschaffen.

Ich verlange sehr, Sie wieder zu sehen, denn ich bin bald in dem Zustande, daß ich für lauter Materie nicht mehr schreiben kann, bis wir uns wieder gesehen und recht ausgeschwätzt haben.

Poetisches hat mir die Reise nichts eingetragen, als daß ich den Schluß meines epischen Gedichts vollkommen schematisiert habe. Schreiben Sie mir, was Ihnen indessen die Muse gegönnt hat. Grüßen Sie Ihre liebe Frau und sagen mir, wie die Kleinen sich befinden.

Weimar, am 11ten Januar 1797

Mit dem Buche, das mir Rat Schlegel mitbrachte, geht es mir wunderlich. Notwendig muß es einer der damals gegenwärtigen Freunde eingesteckt haben, denn ich habe es nicht wieder gesehen und deshalb auch vergessen; ich will sogleich herumschicken, um zu erfahren, wo es steckt. Wenn Sie Schlegeln sehen, so sagen Sie ihm, daß ich ihm ein Kompliment von einer recht schönen Frau zu bringen habe, die sich sehr lebhaft für ihn zu interessieren schien.

G.

268. An Goethe

Eben bekomme ich Ihren lieben Brief, der mich mit der Nachricht von Ihrer Zurückkunft herzlich erfreut. Diese Zeit Ihrer Abwesenheit von Jena währt mir unbeschreiblich lang, wiewohl es mir gar nicht an Umgang fehlte, so hat es mir doch gerad an der nötigsten Stärkung bei meinem Geschäft gemangelt. Kommen Sie ja, sobald Sie können. Ich zwar habe nicht viel gesammelt, was ich mitteilen könnte, desto begieriger aber und bedürftiger werde ich alles aufnehmen, was ich von Ihnen hören kann.

Wir sind alle so wohl, wie wir zu sein pflegen, untätig bin ich gar nicht gewesen, wiewohl in diesen düstern drückenden Wintertagen alles später reift, und die rechte Gestalt sich schwerer findet. Indessen, ich sehe doch ins Helle und mein Stoff unterwirft sich mir immer mehr. Die erste Bedingung eines glücklichen Fortgangs meiner Arbeit ist eine leichtere Luft und Bewegung, ich bin daher entschlossen, mit den ersten Regungen des Frühjahrs den Ort zu verändern, und mir, wo möglich in Weimar, ein Gartenhaus, wo heizbare Zimmer sind, auszusuchen. Das ist mir jetzt ein dringendes Bedürfnis, und kann ich diesen Zweck zugleich mit einer größern und leichtern Kommunikation mit Ihnen vereinigen, so sind vorderhand meine Wünsche erfüllt. Ich denke wohl, daß es gehen wird.

Die Reichardtische Sache habe ich mir diese Zeit über aus dem Sinn geschlagen, weil ich mich darin mit Freuden in Ihren Rat ergeben will. Sie überfiel mich in einer zu engen Zimmerluft, und alles, was zu mir kommt, muß noch dazu beitragen, mir diese Widrigkeiten noch lastender zu machen.

Aber Wieland wird nun auch gegen die Xenien auftreten, wie Sie aus dem 1. Stück des Merkur ersehen werden. Es wäre doch unangenehm, wenn er uns zwänge, auch mit ihm anzubinden, und es frägt sich, ob man nicht wohl täte, ihm die Folgen zu bedenken zu geben.

Ihre Aufträge sollen besorgt werden. Ich lege hier das XIIte Horenstück bei, die übrigen Exemplare kommen übermorgen.

Wir umarmen Sie alle herzlich.

Jena, 11. Januar 1797 Sch.

269. An Goethe

Jena, 13. Januar 1797 [?]

Ich sende Ihnen zum Dessert allerlei literarische Kuriosa, die Horen und unsern Almanach betreffend. Man sieht doch bei diesen Leuten einen weniger schlechten Willen, obgleich das Vermögen schwach ist. Haben Sie die Schnurren gelesen, so seien Sie so gütig, sie mir gleich wieder zurückzuschicken.

Heute abend bleiben Sie doch bei uns? Sch.

270. An Goethe

Jena, 17. Januar 1797

Ich mache eben Feierabend von meinem Geschäft und sage Ihnen noch einen guten Abend, eh ich die Feder weglege. Ihr letzter Besuch, so kurz er auch war, hat eine gewisse Stagnation bei mir gehoben und meinen Mut erhöht. Sie haben mich durch Ihre Beschreibungen wieder in die Welt geführt, von der ich mich ganz abgetrennt fühlte.

Besonders aber erfreut mich Ihre lebhafte Neigung zu einer fortgesetzten poetischen Tätigkeit. Ein neues schöneres Leben tut sich dadurch vor Ihnen auf, es wird sich auch mir nicht nur in dem Werke, es wird sich mir auch durch die Stimmung, in die es Sie versetzt, mitteilen und mich erquicken. Ich wünschte besonders jetzt die Chronologie Ihrer Werke zu wissen, es sollte mich wundern, wenn sich an den Entwicklungen Ihres Wesens nicht ein gewisser notwendiger Gang der Natur im Menschen überhaupt nachweisen ließe. Sie müssen eine gewisse, nicht sehr kurze, Epoche gehabt haben, die ich Ihre analytische Periode nennen möchte, wo Sie durch die Teilung und Trennung zu einem Ganzen strebten, wo Ihre Natur gleichsam mit sich selbst zerfallen war und sich durch Kunst und Wissenschaft wieder herzustellen suchte. Jetzt, deucht mir, kehren Sie, ausgebildet und reif, zu Ihrer Jugend zurück, und werden die Frucht mit der Blüte verbinden. Diese zweite Jugend ist die Jugend der Götter und unsterblich wie diese.

Ihre kleine und große Idylle und noch neuerlich Ihre Elegie zeigen dieses, so wie die alten Elegien und Epigramme. Ich möchte aber von den früheren Werken, von Meister selber, die Geschichte wissen. Es ist keine verlorene Arbeit, dasjenige aufzuschreiben, was Sie davon wissen. Man kann Sie ohne das nicht ganz kennen lernen. Tun Sie es also ja und legen auch bei mir eine Kopie davon nieder.

Fällt Ihnen etwas von der Lenzischen Verlassenschaft in die Hände, so erinnern Sie sich meiner. Wir müssen alles, was wir finden, für die Horen zusammenraffen. Bei Ihrem veränderten Plan für die Zukunft können Sie vielleicht auch die italienischen Papiere den Horen zugut kommen lassen.

An den Cellini bitte ich auch zu denken, daß ich ihn etwa in 3 Wochen habe.

Freund Reichardts Abfertigung bitte auch nicht ganz zu vergessen.

Leben Sie recht wohl. S.

271. An Schiller

Die wenigen Stunden, die ich neulich mit Ihnen zugebracht habe, haben mich auf eine Reihe von Zeit nach unserer alten Art wieder recht lüstern gemacht; sobald ich nur einigermaßen hier verschiedenes ausgeführt und manches eingerichtet habe, bringe ich wieder eine Zeit mit Ihnen zu, die, wie ich hoffe, in mehr als Einem Sinn für uns beide fruchtbar sein wird. Benutzen Sie ja Ihre besten Stunden, um die Tragödie weiter zu bringen, damit wir anfangen können, uns zusammen darüber zu unterhalten.

Ich empfange soeben Ihren lieben Brief und leugne nicht, daß mir die wunderbare Epoche, in die ich eintrete, selbst sehr merkwürdig ist, ich bin darüber leider noch nicht ganz beruhigt, denn ich schleppe von der analytischen Zeit noch so vieles mit, das ich nicht *los werden* und kaum *verarbeiten* kann. Indessen bleibt mir nichts übrig, als auf diesem Strom mein Fahrzeug so gut zu lenken, als es nur gehen will. Was bei dieser Disposition eine Reise für Wirkung tut, habe ich schon die letzten 14 Tage gesehen, indessen läßt sich ins Ferne und Ganze nichts voraussagen, da diese regulierte Naturkraft so wie alle unregulierten durch nichts in der Welt geleitet werden kann, sondern wie sie sich selbst bilden muß, auch aus sich selbst und auf ihre eigne Weise wirkt. Es wird uns dieses Phänomen zu manchen Betrachtungen Anlaß geben.

Der versprochene Aufsatz ist so reif, daß ich ihn in einer Stunde diktieren könnte, ich muß aber notwendig vorher mit Ihnen noch über die Sache sprechen, und ich werde um so mehr eilen, bald wieder bei Ihnen zu sein. Sollte sich ein längerer Aufenthalt in Jena noch nicht möglich machen, so komme ich bald wieder auf einen Tag; solch ein kurzes Zusammensein ist immer sehr fruchtbar.

Eine Abteilung Cellini korrigiere ich gegenwärtig, haben Sie eine Abschrift von derjenigen, die im nächsten Stück erwartet wird, so schicken Sie mir solche doch.

Ich schließe für diesmal und wünsche, recht wohl zu leben.

Weimar, am 18ten Januar 1797 G.

272. An Goethe

Jena, 24. Januar 1797

Nur zwei Worte für heute. Ich hoffte, nach Ihrem letzten Brief, Sie schon seit etlichen Tagen hier zu sehen. Die paar heitern Tage haben mich auch wieder in die Luft gelockt und mir wohlgetan. Mit der Arbeit gehts aber jetzt langsam, weil ich gerade in der schwersten Krise bin. Das seh ich jetzt klar, daß ich Ihnen nicht eher etwas zeigen kann, als bis ich über alles *mit mir selbst* im reinen bin. Mit mir selbst können Sie mich nicht einig machen, aber mein Selbst sollen Sie mir helfen mit dem Objekte übereinstimmend zu machen. Was ich Ihnen also vorlege, muß schon mein Ganzes sein, ich meine just nicht mein ganzes Stück, sondern meine ganze Idee davon. Der radikale Unterschied unserer Naturen, in Rücksicht auf die Art, läßt überhaupt keine andere, recht wohltätige Mitteilung zu, als wenn das Ganze sich dem Ganzen gegenüberstellt; im einzelnen werde ich *Sie* zwar nicht irre machen können, weil Sie fester auf sich selbst ruhen als ich, aber Sie würden mich leicht über den Haufen rennen können. Doch davon mündlich weiter.

Kommen Sie ja recht bald. Ich lege hier das Neueste von Cellini bei, das neulich vergessen wurde.

Alles grüßt Sie. Die Humboldtin leidet doch viel bei ihren Wochen und es wird langwierig werden.

Leben Sie recht wohl. S.

273. An Goethe

[Jena, den 27. Januar 1797]

Da Sie jetzt mit Farben beschäftigt sind, so will ich Ihnen doch eine Beobachtung mitteilen, die ich heute, mit einem gelben Glase, gemacht. Ich betrachtete damit die Gegenstände vor meinem Fenster, und hielt es so weit horizontal vor das Auge, daß es mir zu gleicher Zeit die Gegenstände unter demselben zeigte und auf seiner Fläche den blauen Himmel abspiegelte, und so erschienen mir an den hochgelb gefärbten Gegenständen alle die Stellen hell purpurfarbig, auf welche zugleich das Bild des blauen Himmels fiel, so daß es schien, als wenn die hochgelbe Farbe, mit der blauen des Himmels vermischt, jene Purpurfarbe hervorgebracht hätte. Nach der gewöhnlichen Erfahrung hätte aus dieser Mischung Grün entstehen sollen, und so sah auch der Himmel aus, sobald ich ihn *durch* das Glas betrachtete und nicht bloß darin abspiegelte. Daß aber in dem letzteren Fall Purpur erschien, erklärte ich mir daraus, daß ich bei der horizontalen Lage des Glases durch die Breite desselben, also den dickern Teil, sah, der schon ins Rötliche fiel. Denn ich durfte bloß das Glas von der einen Seite zuhalten und die Gegenstände als wie in einen Spiegel hineinfallen lassen, so war da ein reines Rot, wo vorher Gelb gewesen.

Ich sage Ihnen mit meiner Bemerkung schwerlich etwas Neues, indessen wünschte ich zu wissen, ob ich mir das Phänomen recht erklärte. Hinge es wirklich nur von der größern oder geringern Verdichtung des Gelben ab, um mit dem Blauen bald Purpur, bald Grün hervorzubringen, so wäre die Reziprozität dieser zwei letztern Farben noch interessanter.

Haben Sie gelesen, was Campe auf die Xenien erwidert hat? Es geht eigentlich nur Sie an, und er hat sich auch höflich benommen, aber den *Pedanten* und die *Waschfrau* nur aufs neue bestätigt. Was das Archiv des Geschmacks und der Genius der Zeit zu Markte gebracht, haben Sie wohl schon gelesen, auch des Wandsbecker Boten klägliche Verse.

Leben Sie recht wohl. Ich wünschte, daß Sie bald von allen lästigen Amtsgeschäften *frei* zur Muse zurückkehren möchten.

S.

274. An Schiller

[Weimar.] Sonntag, den 29ten Januar 1797

Wenigstens soll heute abend Ihnen ein eilfertiges Blatt gewidmet sein, damit Sie doch im allgemeinen erfahren, wie es mit mir steht.

Ich habe diese Woche einige bedeutende Kontrakte zu stande gebracht. Erstlich habe ich Demoiselle *Jagemann* für den hiesigen Hof und das Theater gewonnen, sie ist als Hofsängerin angenommen und wird in den Opern manchmal singen, wodurch denn unsere Bühne ein ganz neues Leben erhält. Ferner habe ich auch mein episches Gedicht verhandelt, wobei sich einige artige Begebenheiten ereignet haben.

Daß bei solchen Umständen an keine ästhetische Stimmung zu denken ist, läßt sich leicht begreifen, indessen schließen sich die Farbentafeln immer besser aneinander, und in Betrachtung organischer Naturen bin ich auch nicht müßig gewesen, es leuchten mir in diesen langen Nächten ganz sonderbare Lichter, ich hoffe, es sollen keine Irrwische sein.

Ihre Farbenbeobachtung mit dem gelben Glase ist sehr artig, ich glaube, daß ich diesen Fall unter ein mir schon bekanntes Phänomen subsumieren kann, doch bin ich neugierig, bei Ihnen gerade den Punkt zu sehen, auf welchem es beobachtet worden.

Grüßen Sie doch Humboldt vielmals und bitten um Vergebung, daß ich die auf Italien sich beziehenden Bücher noch nicht geschickt, Mittwoch soll etwas kommen.

Von xenialischen Dingen habe ich die Zeit nichts gehört, in der Welt, in der ich lebe, klingt nichts Literarisches weder *vor* noch *nach*, der Moment des Anschlagens ist der einzige, der bemerkt wird. In kurzem wird sich zeigen, ob ich auf längere Zeit zu Ihnen kommen kann oder ob ich nochmals nur eine augenblickliche Visite machen werde.

Leben Sie recht wohl, grüßen Sie, was Sie umgibt, und halten sich zum Wallenstein, soviel nur immer möglich ist. G.

275. An Goethe

Jena, 31. Januar 1797

Zu der guten Acquisition für die Oper wünsche ich Glück, und was das epische Werk betrifft, so hoffe ich, Sie sind in gute Hände gefallen. Das Werk wird einen glänzenden Absatz haben, und bei solchen Schriften sollte der Verleger billig keinen Profit zu machen suchen, sondern sich mit der Ehre begnügen. Mit schlechten Büchern mag er reich werden.

Weil doch von merkantilischen Dingen die Rede ist, so lassen Sie mich Ihnen eine Idee mitteilen, die mir jetzt sehr am Herzen liegt. Ich bin jetzt genötigt, mich in der Wahl einer Wohnung zu beeilen, da ein Gartenhaus hier zu verkaufen ist, welches mir konvenient wäre, wenn ich hier wohnen bleiben wollte. Da ich notwendig auf einen Garten sehen muß, und die Gelegenheit so leicht nicht wieder kommen könnte, so müßte ich zugreifen.

Nun sind aber verschiedene überwiegende Gründe da, warum ich doch lieber in Weimar wohnen möchte, und könnte ich dort eine Wohnung von derselben Art finden, so möchte ich es wohl vorziehen. Nach den Erkundigungen, die ich habe anstellen lassen, wird dieses aber schwer halten. Da Sie neulich von Ihrem Gartenhause sprachen und meinten, es habe Raum genug, so wünschte ich zu wissen, ob Sie es vielleicht für eine längere Zeit entbehren und es mir ordentlich vermieten könnten. Es ist ja ohnehin schade, daß es dasteht, ohne sich zu verinteressieren, und mir wäre sehr damit geholfen.

Wären Sie dazu nicht ungeneigt, und qualifizierte sich das Haus in den wesentlichen Dingen dazu, Sommers und Winters bewohnt zu werden, so würden wir über die Veränderungen, die noch nötig wären, leicht miteinander einig werden können.

Was den Garten betrifft, so stünde ich Ihnen für meine Leute, daß nichts verdorben werden sollte.

Die Entfernung würde mich wenig abschrecken. Meiner Frau ist eine äußere Notwendigkeit, sich in Bewegung zu setzen, sehr gesund, und was mich betrifft, so hoffe ich nach einigen Versuchen in freier Luft, mir auch mehr zutrauen zu können.

Vorderhand wünschte ich nun bloß zu wissen, ob Sie überhaupt nur zu einer solchen Disposition geneigt wären, das übrige würde dann auf eine nähere Besichtigung ankommen.

Leben Sie recht wohl. Alles grüßt. S.

Körner wünscht zu erfahren, ob Sie die bestellten Musikalien und den Katalog der Wackerischen Auktion bekommen?

276. *An Schiller*

Sie erhalten auch endlich wieder einmal einen Beitrag von mir, und zwar einen ziemlich starken Heft Cellini, nun steht noch der letzte bevor, und ich wünsche, daß wir alsdann wieder einen solchen Fund tun mögen. Auch einige *Lenziana* liegen bei. Ob und wie etwas davon zu brauchen ist, werden Sie beurteilen. Auf alle Fälle lassen Sie diese wunderlichen Hefte liegen, bis wir uns nochmals darüber besprochen haben.

Mein Gartenhaus stünde Ihnen recht sehr zu Diensten, es ist aber nur ein Sommeraufenthalt für wenig Personen. Da ich selbst so lange Zeit darinne gewohnt habe und auch Ihre Lebensweise kenne, so darf ich mit Gewißheit sagen, daß Sie darin nicht hausen können, um so mehr, als ich Waschküche und Holzstall wegbrechen lassen, die einer etwas größeren Haushaltung völlig unentbehrlich sind. Es kommen noch mehr Umstände dazu, die ich mündlich erzählen will.

Der zu verkaufende Garten in Jena ist wohl der *Schmidtische*? Wenn er wohnbar ist, sollten Sie ihn nehmen. Wäre denn einmal Ihr Herr Schwager hier eingerichtet, so könnte man auf ein freiwerdendes Quartier aufpassen und den Garten werden Sie, da die Grundstücke immer steigen, ohne Schaden wieder los. Jetzt ist ein Quartier, wie Sie es wünschen, hier auf keine Weise zu finden.

Von Rom habe ich einen wunderlichen Aufsatz erhalten, der vielleicht für die Horen brauchbar ist. Er hat den ehemals so genannten Maler Müller zum Verfasser und ist gegen Fernow gerichtet. In den Grundsätzen, die er aufstellt, hat er sehr recht, er sagt viel Gründliches, Wahres und Gutes, so ist der Aufsatz auch stellenweise gut geschrieben, hat aber im ganzen doch etwas Unbehülfliches, und in einzelnen Stellen ist der Punkt nicht recht getroffen. Ich lasse das Werkchen abschreiben und teile es alsdenn mit. Da er genannt sein will, so könnte man es wohl mit seinem Namen abdrucken lassen und am Schlusse eine Note hinzufügen, wodurch man sich in die Mitte stellte und eine Art von *pro* und *contra* eröffnete. Herr Fernow möchte alsdenn im Merkur, Herr Müller in den Horen seine rechtliche Notdurft anbringen, und man hätte dabei Gelegenheit, die mancherlei Albernheiten, die Herr Fernow mit großer Freiheit im Merkur debitiert, mit wenig Worten herauszuheben.

Körnern danken Sie recht vielmals für das überschickte Duett und den Catalogus, ersteres ist schon übersetzt und auf dem Theater. Leben Sie recht wohl! mein Winterhimmel klärt sich auf, und ich hoffe, bald bei Ihnen zu sein, alles geht mir gut vonstatten, und ich wünsche Ihnen das Gleiche.

Weimar, den 1ten Februar 1797 G.

277. An Goethe

Jena, 2. Februar 1797

Mit der gestrigen Sendung haben Sie mich recht erquickt, denn ich bin noch nie so in der Not gewesen, die Horen flott zu erhalten, als jetzt. Die Arbeit von Maler Müller soll mir sehr lieb sein, er ist sicher eine unerwartete und neue Figur, und es wird uns auch sehr helfen, wenn ein Streit in den Horen eröffnet wird. Die Lenziana, so weit ich bis jetzt hinein gesehen, enthalten sehr tolles Zeug, aber die Wiedererscheinung dieser Empfindungsweise zu jetzigen Zeiten wird sicherlich nicht ohne Interesse sein, besonders da der Tod und das unglückliche Leben des Verfassers allen Neid ausgelöscht hat, und diese Fragmente immer einen biographischen und pathologischen Wert haben müssen.

Zu einem Nachfolger des Cellini wäre Vieilleville wohl sehr brauchbar, nur müßte er freilich nicht sowohl übersetzt als ausgezogen werden. Wenn Sie selbst sich nicht daran machen wollen und auch nichts anders Masse Gebendes wissen, so will ich mich an den Vieilleville machen und bitte, mir ihn zu dem Ende zu senden.

Niethammer, der diesen Brief mitnimmt, ist in der Angelegenheit nach Weimar gereist, sich beim Geheimrat Voigt wegen einer außerordentlichen Professur in der Theologie zu melden; es ist nämlich ein anderer philosophischer Professor, namens Lange, darum eingekommen, und Niethammers ganzer Lebensplan ist davon abhängig, daß dieser Lange, der viel neuer ist als er, ihm nicht zuvorkomme. Niethammer wird Sie bitten, Ihnen seine Angelegenheit vortragen zu dürfen, und Sie werden diese arme Philosophie nicht stecken lassen. Er ist nicht so unbescheiden, Ihnen zur Last fallen zu wollen, er wünscht bloß, daß Sie dem Geheimrat Voigt, und wenn es Gelegenheit dazu gäbe, dem Herzog selbst davon sagen möchten, daß Sie ihn kennen und einer solchen Beförderung nicht für unwürdig halten.

Daß mein Plänchen auf Ihr Gartenhaus unausführbar ist, beklag ich sehr. Ich entschließe mich ungern, hier sitzen zu bleiben, denn wenn Humboldt erst fort ist, so bin ich schlechterdings ganz allein, und auch meine Frau ist ohne Gesellschaft. Ich will mich doch noch erkundigen, ob das Gartenhaus des Geheimrat Schmidt nicht verkäuflich ist, denn wäre es gleich in seinem jetzigen Zustand nicht bewohnbar, so könnte ich es doch, wenn es mein eigen wäre, in Stand richten lassen, welches ich auch bei dem Professor Schmidtischen hier tun müßte.

Leben Sie aufs beste wohl und kommen Sie ja, sobald Sie können. S.

278. An Schiller

Nach einer sehr staubigen und gedrängten Redoute kann ich Ihnen nur wenige Worte sagen.

Erstlich sende ich hier das Opus des Maler Müllers abgeschrieben, ich habe es nicht wieder durchsehen können und lege daher auch das Original bei. Da Sie es wohl nicht sogleich brauchen, so konferieren wir vorher nochmals drüber, und Sie überlegen ja wohl, ob am Stile irgend etwas zu tun ist. Leider vergleicht er sich selbst ganz richtig mit einem Geist, der notgedrungen spricht, nur äußert er sich nicht so leicht und luftig wie Ariel. Vieles, werden Sie finden, ist ganz aus unserm Sinne geschrieben, und, auch unvollkommen wie sie ist, bleibt eine solche öffentliche, ungesuchte und unvorbereitete Beistimmung schätzbar, am Ende ists und bleibts denn doch ein Stein, den wir in des Nachbars Garten werfen, wenn er auch ein bißchen aufpatscht, was hats zu bedeuten. Selbst wenn wirklich etwas an Fernow ist, muß es durch Opposition ausgebildet werden, denn seine deutsche Subjektivität spricht nur immer entscheidender und alberner von Rom her.

Zweitens sende ich Ihnen einen Gesang eines wunderlichen Gedichtes. Da ich den Verfasser kenne, so macht mich das im Urteil irre. Was sagen Sie? glauben Sie, daß er poetisch Talent hat? Es ist eine gewisse anmutige freie Weltansicht drinne und eine hübsche Jugend; aber freilich alles nur Stoff und, wie mich dünkt, keine Spur von einer zusammenfassenden Form. Gesetzt, man hätte eine poetische Schule, wo man die Hauptvorteile und Erfordernisse der Dichtkunst wenigstens dem Verstande eines solchen jungen Mannes klar machen könnte, was glaubten Sie, daß aus einem solchen Naturell gezogen werden könnte? Jetzt weiß ich ihm keinen Rat zu geben, als daß er kleinere Sachen machen soll.

Meine Aussicht, auf längere Zeit bei Ihnen zu bleiben, verschiebt sich abermals weiter hinaus. Die Anstellung der Jagemann und ihre Einleitung aufs Theater macht meine Gegenwart höchst nötig, doch soll mich nicht leicht etwas abhalten, Sonntag den 12ten zu Ihnen zu kommen, wir haben Vollmond und brauchen bei der Rückkehr das zerrissene Mühltal nicht zu fürchten.

Den Vieilleville will ich schicken, denn ich darf nichts Neues unternehmen. Vielleicht bildet sich die Idee zu einem Märchen, die mir gekommen ist, weiter aus. Es ist nur gar zu verständig und verständlich, drum will mirs nicht recht behagen, kann ich aber das Schiffchen auf dem Ozean der Imagination recht herumjagen, so gibt es doch vielleicht eine leidliche Komposition, die den Leuten besser gefällt, als wenn sie besser wäre. Das Märchen mit dem Weibchen im Kasten lacht mich manchmal auch wieder an, es will aber noch nicht recht reif werden.

Übrigens sind jetzt alle meine Wünsche auf die Vollendung des Gedichtes gerichtet, und ich muß meine Gedanken mit Gewalt davon zurückhalten, damit mir das Detail nicht in Augenblicken zu deutlich werde, wo ich es nicht ausführen kann. Leben Sie recht wohl und lassen mich etwas von Ihrer Stimmung und Ihren Arbeiten wissen.

Weimar, den 4. Februar 1797 G.

279. An Goethe

[Jena, den] 7. Februar 1797

Sie haben mir in diesen letzten Botentagen einen solchen Reichtum von Sachen zugeschickt, daß ich mit dem Besichtigen noch gar nicht habe fertig werden können, besonders da mir von der einen Seite ein Garten, den ich im Handel habe, und von der andern eine Liebesszene in meinem zweiten Akt den Kopf nach sehr verschiedenen Richtungen bewegen.

Indessen habe ich mich gleich an das Maler-Müllerische Skriptum gemacht, welches, zwar in einer schwerfälligen und derben Sprache, sehr viel Vortreffliches enthält und nach den gehörigen Abänderungen im Stil einen vorzüglichen guten Beitrag zu den Horen abgeben wird.

In dem neuen Stück Cellini habe ich mich über den Guß des Perseus recht von Herzen erlustigt. Die Belagerung von Troja oder von Mantua kann keine größere Begebenheit sein und nicht pathetischer erzählt werden als diese Geschichte.

Über das Epos, welches Sie mir mitgeteilt, werde ich Ihnen mehr sagen können, wenn Sie kommen. Was ich bis jetzt darin gelesen, bestätigt mir sehr Ihr Urteil. Es ist das Produkt einer lebhaften und vielbeweglichen Phantasie, aber diese Beweglichkeit geht auch so sehr bis zur Unart, daß schlechterdings alles schwimmt und davonfließt, ohne daß man etwas von bleibender Gestalt darin fassen könnte. Bei diesem durchaus herrschenden Charakter der bloßen gefälligen Mannigfaltigkeit und des anmutigen Spiels würde ich auf einen weiblichen Verfasser verfallen sein, wenn es mir zufällig in die Hände geraten wäre. Es ist reich an Stoff und scheint doch äußerst wenig Gehalt zu haben. Nun glaube ich aber, daß das, was ich Gehalt nenne, allein der Form fähig werden kann; was ich hier Stoff nenne, scheint mir schwer oder niemals damit verträglich zu sein.

Ohne Zweifel haben Sie jetzt auch die Wielandische Oration gegen die Xenien gelesen. Was sagen Sie dazu? Es fehlt nichts, als daß sie im Reichsanzeiger stünde.

Von meiner Arbeit und Stimmung dazu kann ich jetzt gerade wenig sagen, da ich in der Krise bin und mein bestes feinstes Wesen zusammen nehme, um sie gut zu überstehen. Insofern ist mirs lieb, daß die Ursache, die Sie abhält, hierher zu kommen, gerade diesen Monat trifft, wo ich mich am meisten nötig habe zu isolieren.

Soll ich Ihre Elegie nun etwa zum Druck abschicken, daß sie am Anfang Aprils ins Publikum kommt?

Zu dem Märchen wünsche ich bald eine recht günstige Stimmung. Leben Sie recht wohl. Wir freuen uns, Sie auf den Sonntag zu sehen. S.

280. An Schiller

Ich freue mich, daß Sie in Ihrem abgesonderten Wesen die ästhetischen Krisen abwarten können, ich bin wie ein Ball, den eine Stunde der andern zuwirft, in den Frühstunden suche ich die letzte Lieferung Cellini zu bearbeiten. Der Guß des Perseus ist fürwahr einer von lichten Punkten, so wie bei der ganzen Arbeit an der Statue bis zuletzt Naturell, Kunst, Handwerk, Leidenschaft und Zufall, alles durcheinander wirkt und dadurch das Kunstwerk gleichsam zum Naturprodukt machen.

Über die Metamorphose der Insekten gelingen mir auch gegenwärtig gute Bemerkungen, die Raupen, die sich letzten September in Jena verpuppten, erscheinen, weil ich sie den Winter in der warmen Stube hielt, nun schon nach und nach als Schmetterlinge, und ich suche sie auf dem Wege zu dieser neuen Verwandlung zu ertappen, wenn ich meine Beobachtungen nur noch ein Jahr fortsetze, so werde ich einen ziemlichen Raum durchlaufen haben, denn ich komme nun schon oft wieder auf ganz bekannte Plätze.

Ich wünsche, daß der Handel mit dem Gartenhaus gelingen möge, wenn Sie etwas daran zu bauen haben, so steht Ihnen mein Gutachten zu Diensten.

Die Wielandische Äußerung habe ich nicht gesehen, noch nichts davon gehört, es läßt sich vermuten, daß er in der heilsamen Mittelstraße geblieben ist. Leben Sie recht wohl, noch hoffe ich Sonntags zu kommen, Sonnabend abend erfahren Sie die Gewißheit.
Weimar, den 8ten Februar 1797 G.

281. An Goethe

[Jena, den 10.] Februar 1797

Es ist mir dieser Tage der Brief von Meyern wieder in die Hände gefallen, worin er den ersten Teil seiner Reise bis Nürnberg beschreibt. Dieser Brief gefällt mir gar wohl, und wenn sich noch 3, 4 andere daran anschließen ließen, so wäre es ein angenehmer Beitrag für die Horen und die paar Louisdors könnte Meyer auch mitnehmen. Ich lege Ihnen die Copia hier bei.

Von Nicolai in Berlin ist ein Buch gegen die Xenien erschienen, ich hab es aber noch nicht zu Gesichte bekommen.

Ich habe jetzt ein zweites Gebot auf meinen Schmidtischen Garten getan, 1150 Rtlr. und hoffe ihn um 1200 zu bekommen.

Es ist vorderhand zwar nur ein leichtes Sommerhaus und wird auch wohl noch ein Hundert Taler kosten, um nur im Sommer bewohnbar zu sein, aber diese Verbesserung meiner Existenz ist mir alles wert. Wenn ich erst im Besitz bin, und Sie hier sind, dann wollen wir Sie bitten, uns zu raten und zu helfen.

Alles weitere mündlich. Ich hoffe, Sie übermorgen gewiß zu sehen, schicke aber doch auf jeden Fall die Horen heute mit. Inlage an Herdern bitte abgeben zu lassen.

Der Auftrag an meinen Schwager ist besorgt.

Leben Sie recht wohl. Sch.

282. *An Schiller*

Die Horen habe ich erhalten und danke für deren schnelle Sendung; morgen bin ich bei Ihnen, und wir können uns über manches ausreden, morgen abend gehe ich zwar weg, hoffe aber über 8 Tage auf längere Zeit wieder zu kommen.

Dem verwünschten Nicolai konnte nichts erwünschter sein, als daß er nur wieder einmal angegriffen wurde, bei ihm ist immer *bonus odor ex re qualibet*, und das Geld, das ihm der Band einbringt, ist ihm gar nicht zuwider. Überhaupt können die Herrn uns sämtlich Dank wissen, daß wir ihnen Gelegenheit geben, einige Bogen zu füllen und sich bezahlen zu lassen, ohne großen Aufwand von produktiver Kraft.

Lassen Sie ja den Garten nicht weg, ich bin dem Lokal sehr günstig, es ist außer der Anmut auch noch eine sehr gesunde Stelle. Leben Sie recht wohl, ich freue mich auf morgen. Ich esse mit Ihnen, aber allein, Geheimer Rat Voigt, der mit mir kommt, wird bei Hufelands einkehren und nachmittags verschränken wir unsere Besuche.

Weimar, den 11. Februar 1797 G.

283. *An Goethe*

Jena, den 17. Februar 1797

Ich wünsche, daß Sie neulich wohl mögen angekommen sein. Ihre Erscheinung war so kurz, ich habe mein Herz gar nicht ausleeren können. Aber es ist wirklich notwendig, daß man einander, wenn es nicht auf länger sein kann, manchmal nur auf einige Stunden sieht, um sich nicht fremder zu werden.

Jetzt wird meine Sehnsucht, Luft und Lebensart zu verändern, so laut und so dringend, daß ich es kaum mehr aushalten kann. Wenn ich mein Gartenhaus einmal besitze und keine große Kälte mehr nachkommt, so mache ich mich in vier Wochen hinaus. Eher komme ich auch mit meiner Arbeit nicht recht vorwärts, denn es ist mir, als könnte ich in diesen verwünschten 4 Wänden gar nichts hervorbringen.

Mein Schwager denkt mit Anfang des März zu kommen. Er befindet sich aber wegen seiner Wohnung in einiger Verlegenheit, weil diese erst nach Ostern frei wird, und wünschte doch gleich mit seiner Frau und dem Kinde zu kommen. Dürfte ich ihm, in dem äußersten Fall, daß er kein Logis bis dahin finden könnte, wo das von ihm gemietete Stitzerische frei wird, Hoffnung machen, daß Sie ihm Ihr Gartenhaus auf die paar Wochen überlassen wollen? Ich würde ihm raten, meine Schwägerin so lange hieher ziehen zu lassen, aber da kommt unglücklicherweise die Blattern-Inokulation in meinem und Humboldts Hause dazwischen, welche in 3, 4 Wochen vor sich gehen soll, und meine Schwägerin will ihr Kind jetzt nicht inokulieren lassen. Ich weiß also keinen andern Rat und nehme darum meine Zuflucht zu Ihnen.

Wünschten Sie Ihren Almanach nicht auf dem Papier gedruckt zu sehen, worauf ich hier schreibe? Es ist viel wohlfeiler als Velin, und mir kommt es wirklich ebenso schön vor. Das Buch kommt ohngefähr auf 13 Groschen, da das Velin 18 Groschen kostet. Hermann und Dorothea müßten sich prächtig darauf ausnehmen.

Leben Sie recht wohl. Suchen Sie, daß Sie sich sobald möglich von Ihren Geschäften los machen und Ihr Werk vollenden. Sch.

284. An Schiller

Ich wage es endlich, Ihnen die drei ersten Gesänge des epischen Gedichtes zu schicken; haben Sie die Güte, es mit Aufmerksamkeit durchzusehen, und teilen Sie mir Ihre Bemerkungen mit, Herrn von Humboldt bitte ich gleichfalls um diesen Freundschaftsdienst. Geben Sie beide das Manuskript nicht aus der Hand und lassen Sie mich es bald wieder haben. Ich bin jetzt an dem vierten Gesang und hoffe mit diesem wenigstens auch bald im reinen zu sein.

Ihrem Herrn Schwager wollte ich mein Gartenhaus bis Ostern, aber freilich nur bis dahin, gern überlassen, doch würde es nur als die letzte Ausflucht zu empfehlen sein, denn es würde doch viel Umstände machen, es für die jetzige Jahrszeit in stand zu setzen, denn es ist kein Ofen darinne, und Meubles könnte ich auch nicht geben. Allein das ganze Germarische Haus ist leer, und die Fräulein, die ich soeben fragen lasse, will es im ganzen oder zum Teil auf 6 Wochen vermieten, auch wohl Meubles dazugeben.

Bei dem großen Drange aber, der hier nach Quartieren ist, stehe ich nicht dafür, daß diese Gelegenheit nur eine Woche offen bleibt, Sie müßten mir daher durch einen Boten anzeigen, wie viel Raum man verlangt, und mir etwa zugleich melden, wer bisher Ihres Herrn Schwagers Angelegenheiten besorgt hat, damit man sich mit ihm bereden könne.

Meyer grüßt aufs beste und hat beiliegendes sehr artiges Titelkupfer geschickt, das aber freilich in die Hände eines sehr guten Kupferstechers fallen sollte, worüber wir uns noch bereden wollen.

Der heutige Oberon fordert mich zur Probe, das nächste Mal mehr.

Weimar, am 18ten Februar 1797 G.

285. An Schiller

Aus meinen betrübten Umständen muß ich Ihnen noch einen guten Abend wünschen. Ich bin wirklich mit Hausarrest belegt, sitze am warmen Ofen und friere von innen heraus, der Kopf ist mir eingenommen, und meine arme Intelligenz wäre nicht imstande, durch einen freien Denkaktus, den einfachsten Wurm zu produzieren, vielmehr muß sie dem Salmiak und dem Liquiriziensaft, als Dingen, die an sich den häßlichsten Geschmack haben, wider ihren Willen die Existenz zugestehn. Wir wollen hoffen, daß wir, aus der Erniedrigung dieser realen Bedrängnisse, zur Herrlichkeit poetischer Darstellungen nächstens gelangen werden, und glauben dies um so sichrer, als uns die Wunder der stetigen Naturwirkungen bekannt sind. Leben Sie recht wohl. Hofrat Loder vertröstet mich auf einige Tage Geduld.

[Jena,] den 27ten Februar 1797 G.

286. An Goethe

[Jena, den 27. Februar 1797]

Wir beklagen Sie herzlich, daß Sie etwas so ganz andres hier gefunden haben, als Sie suchten. In solchen Umständen wünschte ich Ihnen *meine* Fertigkeit im Übelbefinden, so würde Ihnen dieser Zustand weniger unerträglich sein. Es ist übrigens kein groß Kompliment für die Elementarphilosophie, daß nur der Katarrh Sie zu einem so gründlichen Metaphysikus macht. Vielleicht kommen Sie in diesem Zustand der Erniedrigung und Zerknirschung dazu, Fichtens Aufsatz im Niethammerischen Journal zu durchlesen, ich habe ihn heute angesehen und mit vielem Interesse gelesen.

Können wir Ihnen eine Bequemlichkeit verschaffen, so sagen Sie es uns ja. Schlafen Sie recht wohl, ich hoffe, wenn Sie sich morgen noch ruhig halten und das Wetter gut bleibt, so sehen wir Sie übermorgen.

Sch.

287. An Schiller

Der Katarrh ist zwar auf dem Abmarsche, doch soll ich noch die Stube hüten, und die Gewohnheit fängt an, mir diesen Aufenthalt erträglich zu machen.

Nachdem die Insekten mich an den vergangenen Tagen beschäftigt, so habe ich heute Mut gefaßt, den vierten Gesang völlig in Ordnung zu bringen, und es ist mir gelungen; ich schöpfe daraus einige Hoffnung für die Folge. Leben Sie recht wohl und sein Sie von Ihrer Seite fleißig und sagen Sie der lieben Frau: daß ich für meine Teescheue durch den abscheulichsten Kräutertee bestraft werde.

Jena, am 1ten März 1797

G.

288. An Goethe

[Jena, den 1. März 1797]

Es freut mich herzlich, daß Loders Kräutertee, so übel er auch schmeckt, einen poetischen Humor und Lust zum Heldengedicht bei Ihnen geweckt hat. Ich bin, obgleich von keinem Katarrh gehindert, seit gestern nicht viel avanciert, weil mein Schlaf wieder sehr in Unordnung gewesen. Doch hoffe ich meine zwei Piccolominis heute noch eine Strecke vorwärts zu bringen.

Haben Sie doch die Güte, Beiliegendes anzusehen und zu überlegen, ob wir die Sache *quaestionis* nicht in Weimar beschleunigen und allenfallsigen Obstakeln vorbeugen können. Es liegt mir gar zu viel an der Sache, und daß sie auch bald entschieden werde. Vielleicht hat Voigt dabei zu sagen, und da sind Sie wohl so gut und schreiben ihm ein Wörtchen.

Erholen Sie sich sobald möglich, daß wir morgen wieder zusammen sein können. Sch.

289. An Schiller

Ich habe gleich an Geh[eimen] Rat Voigt geschrieben und schicke Ihnen den Brief, um ihn nach Belieben absenden zu können. Zugleich erhalten Sie ein monstroses Manuskript, welches zu beurteilen keines aller meiner Organe geschickt ist. Möchten Sie es diese Nacht nicht brauchen!

Mein Katarrh ist zwar merklich besser, doch fange ich an, die Stube lieb zu gewinnen, und da es ohnedem scheint, daß die Musen mir günstig werden wollen, so könnte ich wohl selbst meinen Hausarrest auf einige Tage verlängern, denn der Gewinst wäre zu groß, wenn man so unversehens ans Ziel gelangte.

Könnten Sie mir nicht einige Blätter von dem schönen glatten Papier zukommen lassen und mir zugleich sagen, wie groß die Bogen sind, und was das Buch kostet? Leben Sie wohl und führen Sie nur auch, wachend oder träumend, Ihre Piccolominis auf dem guten Wege weiter.

[Jena,] den 1ten März 1797 G.

290. An Schiller

Ich kann glücklicherweise vermelden, daß das Gedicht im Gange ist und, wenn der Faden nicht abreißt, wahrscheinlich glücklich vollbracht werden wird. So verschmähen also die Musen den asthenischen Zustand nicht, in welchen ich mich durch das Übel versetzt fühle, vielleicht ist er gar ihren Einflüssen günstig, wir wollen nun einige Tage so abwarten.

Daß wir an Voigt wegen der Gartensache schrieben, war sehr gut, bei der Pupillen-Deputation ist bis dato noch nichts eingegangen, die Sache muß also bei dem akademischen Syndikat betrieben werden. Ich dächte, Sie schrieben Faselius, was Sie hier von mir erfahren, und ersuchten ihn, bei dem Syndikus Asverus auszuwirken, daß die Sache hinüber komme, drüben soll sie keinen Aufschub leiden. Ich wünsche sehr, daß die Sache zustande komme, auch darum, damit ich Ihnen bei meinem Hiersein noch einigen Rat zu künftiger Einrichtung geben könne. Leben Sie recht wohl und grüßen Ihre liebe Frau.

Jena, am 3ten März 1797 G.

291. An Schiller

Die Arbeit rückt zu und fängt schon an, Masse zu machen, worüber ich denn sehr erfreut bin und Ihnen als einem treuen Freunde und Nachbar die Freude sogleich mitteile. Es kommt nur noch auf zwei Tage an, so ist der Schatz gehoben, und ist er nur erst einmal über der Erde, so findet sich alsdenn das Polieren von selbst. Merkwürdig ists, wie das Gedicht gegen sein Ende sich ganz zu seinem idyllischen Ursprung hinneigt.

Jena, am 4ten März 1797 G.

Wie geht es Ihnen?

292. An Goethe

[Jena, den 4. März 1797]

Ich wünsche Ihnen einen fröhlichen Abend zu einem schönen und, wie ich nicht zweifle, fruchtbaren Tag. Der heitre Himmel an diesem Morgen hat Sie wahrscheinlich auch belebt und erfreut, aber Sie haben recht wohl getan, noch nicht auszugehen.

Es konnte gar nicht fehlen, daß Ihr Gedicht idyllisch endigte, sobald man dieses Wort in seinem höchsten Gehalte nimmt. Die ganze Handlung war so unmittelbar an die einfache ländliche Natur angebaut, und die enge Beschränkung konnte, wie ich mirs denke, nur durch die Idylle ganz poetisch werden. Das, was man die Peripetie darin nennen muß, wird schon von weitem so vorbereitet, daß es die ruhige Einheit des Tons am Ende durch keine starke Passion mehr stören kann.

Vielleicht sehen wir Sie morgen? Es ist mir, ob wir gleich nicht zusammen gekommen, doch eine freundliche Idee, Sie uns so nah und jetzt in so guten Händen zu wissen. Schlafen Sie recht wohl. S.

293. An Goethe

Aus der bisherigen Abwechslung und Geselligkeit bin ich auf einmal in die größte Einsamkeit versetzt und auf mich selbst zurückgeführt. Außer Ihnen und Humboldt hat mich auch alle weibliche Gesellschaft verlassen, und ich wende diese Stille dazu an, über meine tragisch-dramatische Pflichten nachzudenken. Nebenher entwerfe ich ein detailliertes Szenarium des ganzen Wallensteins, um mir die Übersicht der Momente und des Zusammenhangs auch durch die Augen mechanisch zu erleichtern.

Ich finde, je mehr ich über mein eigenes Geschäft und über die Behandlungsart der Tragödie bei den Griechen nachdenke, daß der ganze *Cardo rei* in der Kunst liegt, eine poetische Fabel zu erfinden. Der Neuere schlägt sich mühselig und ängstlich mit Zufälligkeiten und Nebendingen herum, und über dem Bestreben, der Wirklichkeit recht nahe zu kommen, beladet er sich mit dem Leeren und Unbedeutenden, und darüber läuft er Gefahr, die tiefliegende Wahrheit zu verlieren, worin eigentlich alles Poetische liegt. Er möchte gern einen wirklichen Fall vollkommen nachahmen und bedenkt nicht, daß eine poetische Darstellung mit der Wirklichkeit eben darum, weil sie absolut wahr ist, niemals koinzidieren kann.

Ich habe diese Tage den Philoktet und die Trachinierinnen gelesen, und die letztern mit besonders großem Wohlgefallen. Wie trefflich ist der ganze Zustand, das Empfinden, die Existenz der Dejanira gefaßt! Wie ganz ist die Hausfrau des Herkules, wie individuell, wie nur für diesen einzigen Fall passend ist dies Gemälde und doch wie tief menschlich, wie ewig wahr und allgemein. Auch im Philoktet ist alles aus der Lage geschöpft, was sich nur daraus schöpfen ließ, und bei dieser Eigentümlichkeit des Falles ruht doch alles wieder auf dem ewigen Grund der menschlichen Natur.

Es ist mir aufgefallen, daß die Charaktere des griechischen Trauerspiels, mehr oder weniger, idealische Masken und keine eigentliche Individuen sind, wie ich sie in Shakespeare und auch in Ihren Stücken finde. So ist z. B. Ulysses im Ajax und im Philoktet offenbar nur das Ideal der listigen, über ihre Mittel nie verlegenen, engherzigen Klugheit; so ist Kreon im Oedip und in der Antigone bloß die kalte Königswürde. Man kommt mit solchen Charakteren in der Tragödie offenbar viel besser aus, sie exponieren sich geschwinder, und ihre Züge sind permanenter und fester. Die Wahrheit leidet dadurch nichts, weil sie bloßen logischen Wesen ebenso entgegengesetzt sind als bloßen Individuen.

Ich sende Ihnen hier, *pour la bonne bouche*, ein allerliebstes Fragment aus dem Aristophanes, welches mir Humboldt da gelassen hat. Es ist köstlich, ich wünschte den Rest auch zu haben.

Dieser Tage bin ich mit einem großen prächtigen Pergamentbogen aus Stockholm überrascht worden. Ich glaubte, wie ich das Diplom mit dem großen wächsernen Siegel aufschlug, es müßte wenigstens eine Pension herausspringen, am Ende wars aber bloß ein Diplom der Akademie der Wissenschaften. Indessen freut es immer, wenn man seine Wurzeln weiter ausdehnt und seine Existenz in andere eingreifen sieht.

Ich hoffe bald ein neues Stück Cellini von Ihnen zu erhalten.

Leben Sie recht wohl, mein teurer, mir immer teurerer Freund. Mich umgeben noch immer die schönen Geister, die Sie mir hier gelassen haben, und ich hoffe immer vertrauter damit zu werden. Leben Sie recht wohl.

Jena, 4. April 1797 Sch.

294. An Schiller

Mir ergeht es gerade umgekehrt. Auf die Sammlung unserer Zustände in Jena bin ich in die lebhafte Zerstreuung vielerlei kleiner Geschäfte geraten, die mich eine Zeitlang hin und her ziehen werden; indessen werde ich allerlei tun, wozu ich nicht die reinste Stimmung brauche.

Sie haben ganz recht, daß in den Gestalten der alten Dichtkunst, wie in der Bildhauerkunst, ein Abstraktum erscheint, das seine Höhe nur durch das, was man Stil nennt, erreichen kann. Es gibt auch Abstrakta durch Manier wie bei den Franzosen. Auf dem Glück der Fabel beruht freilich alles, man ist wegen des Hauptaufwandes sicher, die meisten Leser und Zuschauer nehmen denn doch nichts weiter mit davon, und dem Dichter bleibt doch das ganze Verdienst einer lebendigen Ausführung, die desto stetiger sein kann, je besser die Fabel ist. Wir wollen auch deshalb künftig sorgfältiger als bisher das, was zu unternehmen ist, prüfen.

Hier kommt Vieilleville 1ter Teil, die übrigen kann ich nach und nach schicken.

Grüßen Sie Ihre liebe Frau, ich habe sie leider bei ihrem hiesigen Aufenthalte nicht gesehen.

Zu dem Diplom gratuliere ich; dergleichen Erscheinungen sind, als barometrische Anzeigen der öffentlichen Meinung, nicht zu verachten.

Leben Sie recht [wohl], und schreiben Sie mir öfter, ob ich gleich in der ersten Zeit ein schlechter Korrespondent sein werde.
Weimar, am 5ten April 1797 G.

295. An Goethe

Jena, 7. April 1797

Unter einigen kabbalistischen und astrologischen Werken, die ich mir aus der hiesigen Bibliothek habe geben lassen, habe ich auch einen Dialogen über die Liebe, aus dem Hebräischen ins Lateinische übersetzt, gefunden, das mich nicht nur sehr belustigt, sondern auch in meinen astrologischen Kenntnissen viel weiter gefördert hat. Die Vermischung der chemischen, mythologischen und astronomischen Dinge ist hier recht ins Große getrieben und liegt wirklich zum poetischen Gebrauche da. Einige verwundersam sinnreiche Vergleichungen der Planeten mit menschlichen Gliedmaßen lasse ich Ihnen heraus schreiben. Man hat von dieser barocken Vorstellungs-Art keinen Begriff, bis man die Leute selbst hört. Indessen bin ich nicht ohne Hoffnung, diesem astrologischen Stoff eine poetische Dignität zu geben.

Über die letzthin berührte Materie von Behandlung der Charaktere freue ich mich, wenn wir wieder zusammenkommen, meine Begriffe mit Ihrer Hülfe noch recht ins klare zu bringen. Die Sache ruht auf dem innersten Grunde der Kunst, und sicherlich können die Wahrnehmungen, welche man von den bildenden Künsten hernimmt, auch in der Poesie viel aufklären. Auch bei Shakespeare ist es mir heute, wie ich den Julius Cäsar mit Schlegeln durchging, recht merkwürdig gewesen, wie er das gemeine Volk mit einer so ungemeinen Großheit behandelt. Hier, bei der Darstellung des Volkscharakters, zwang ihn schon der Stoff, mehr ein poetisches Abstraktum als Individuen im Auge zu haben, und darum finde ich ihn hier den Griechen äußerst nah. Wenn man einen zu ängstlichen Begriff von Nachahmung des Wirklichen zu einer solchen Szene mitbringt, so muß einen die Masse und Menge mit ihrer Bedeutungslosigkeit nicht wenig embarrassieren; aber mit einem kühnen Griff nimmt Shakespeare ein paar Figuren, ich möchte sagen, nur ein paar Stimmen aus der Masse heraus, läßt sie für das ganze Volk gelten, und sie gelten das wirklich, so glücklich hat er gewählt.

Es geschähe den Poeten und Künstlern schon dadurch ein großer Dienst, wenn man nur erst ins klare gebracht hätte, was die Kunst von der Wirklichkeit wegnehmen oder fallen lassen muß. Das Terrain würde lichter und reiner, das Kleine und Unbedeutende verschwände und für das Große würde Platz. Schon in der Behandlung der Geschichte ist dieser Punkt von der größten Wichtigkeit, und ich weiß, wieviel der unbestimmte Begriff darüber mir schon zu schaffen gemacht hat.

Vom Cellini sehne ich mich bald was zu bekommen, womöglich für das Aprilstück noch, wozu ich es freilich zwischen heut und Mittwoch abend in Händen haben müßte.

Leben Sie recht wohl. Die Frau grüßt aufs beste. Ich habe heute einen großen Posttag, sonst würde mehreres schreiben. Sch.

296. An Schiller

Herr von Humboldt, der erst morgen früh abgeht, läßt Sie schönstens grüßen und ersucht Sie, beiliegenden Brief sogleich bestellen zu lassen.

Wir haben über die letzten Gesänge ein genaues prosodisches Gericht gehalten und sie, so viel es möglich war, gereinigt. Die ersten sind nun bald ins Reine geschrieben und nehmen sich, mit ihren doppelten Inschriften, gar artig aus. Ich hoffe sie die nächste Woche abzusenden.

Auch sollen Sie vor Mittwoch noch ein Stück Cellini zu zwölf geschriebnen Bogen erhalten. Es bleiben alsdenn etwa noch sechs für den Schluß.

Übrigens geht es etwas bunt zu, und ich werde in den nächsten 14 Tagen zu wenigem kommen.

Die astrologischen Verbindungen, die Sie mir mitteilen, sind wunderlich genug; ich verlange zu sehen, was Sie für einen Gebrauch von diesem Material machen werden.

Ich wünsche die Materie, die uns beide so sehr interessiert, bald weiter mit Ihnen durchzusprechen. Diejenigen Vorteile, deren ich mich in meinem letzten Gedicht bediente, habe ich alle von der bildenden Kunst gelernt. Denn bei einem gleichzeitigen, sinnlich vor Augen stehenden Werke ist das Überflüssige weit auffallender als bei einem, das in der Sukzession vor den Augen des Geistes vorbeigeht. Auf dem Theater würde man große Vorteile davon spüren. So fiel mir neulich auf, daß man auf unserm Theater, wenn man an Gruppen denkt, immer nur sentimentale oder pathetische hervorbringt, da doch noch hundert andere denkbar sind. So erschienen mir diese Tage einige Szenen im Aristophanes völlig wie antike Basreliefen und sind gewiß auch in diesem Sinne vorgestellt worden. Es kommt im ganzen und im einzelnen alles darauf an: daß alles voneinander abgesondert, daß kein Moment dem andern gleich sei, so wie bei den Charakteren, daß sie zwar bedeutend voneinander abstehen, aber doch immer unter Ein Geschlecht gehören.

Leben Sie recht wohl und arbeiten Sie fleißig; sobald ich ein wenig Luft habe, denke ich an den Almanach.

Weimar, den 8ten April 1797 G.

297. An Goethe

Jena, 12. [11.] April 1797

Ich sage Ihnen nur zwei Worte zum Gruß. Unser kleiner Ernst hat das Blatternfieber sehr stark und uns heute mit öftern epileptischen Krämpfen sehr erschreckt, wir erwarten eine sehr unruhige Nacht und ich bin nicht ohne Furcht.

Vielleicht kann ich morgen mit erleichtertem Herzen mehr schreiben. Leben Sie recht wohl. Meine Frau grüßt Sie aufs beste. Den Cellini bitte ja zu schicken. Sch.

298. An Schiller

Möge doch der kleine Ernst bald die gefährliche Krise überstehen und Sie wieder beruhigen!

Hier folgt Cellini, der nun bald mit einer kleinen Sendung völlig seinen Abschied nehmen wird. Ich bin, indem ich den patriarchalichen Überresten nachspürte, in das Alte Testament geraten und habe mich aufs neue nicht genug über die Konfusion und die Widersprüche der fünf Bücher Mosis verwundern können, die denn freilich, wie bekannt, aus hunderterlei schriftlichen und mündlichen Traditionen zusammengestellt sein mögen. Über den Zug der Kinder Israel durch die Wüsten habe ich einige artige Bemerkungen gemacht, und es ist der verwegne Gedanke in mir aufgestanden: ob nicht die große Zeit, welche sie darinne zugebracht haben sollen, erst eine spätere Erfindung sei? Ich will gelegentlich, in einem kleinen Aufsatze, mitteilen, was mich auf diesen Gedanken gebracht hat.

Leben Sie recht wohl und grüßen Humboldts, mit Überreichung beiliegender Berlinischen Monatsschrift, und geben mir bald von sich und den Ihrigen gute Nachricht.

Weimar, am 12. April 1797 G.

299. An Goethe

Ernstgen befindet sich wieder besser und scheint die Gefahr überstanden zu haben. Die Blattern sind heraus, die Krämpfe haben sich auch verloren. Die schlimmsten Zufälle hat der Zahntrieb gemacht, denn ein Zahn kam gleich mit dem ersten Fieber heraus, und ein zweiter ist eben im Ausbrechen. Sie werden mir wohl glauben, daß ich in diesen Tagen, anfangs bei der Gefahr und jetzt, da es besser geht, bei dem Schreien des lieben Kindes nicht viel habe tun können. In den Garten kann ich auch nicht eher, als bis es mit dem Kinde wieder in Ordnung ist.

Ihre Entdeckungen in den 5 Büchern Mosis belustigen mich sehr. Schreiben Sie ja Ihre Gedanken auf. Sie möchten des Weges so bald nicht wieder kommen. Soviel ich mich erinnre, haben Sie schon vor etlichen und zwanzig Jahren mit dem Neuen Testament Krieg gehabt. Ich muß gestehen, daß ich in allem, was historisch ist, den Unglauben zu jenen Urkunden gleich so entschieden mitbringe, daß mir Ihre Zweifel an einem einzelnen Faktum noch sehr raisonable vorkommen. Mir ist die Bibel nur wahr, wo sie naiv ist; in allem andern, was mit einem eigentlichen Bewußtsein geschrieben ist, fürchte ich einen Zweck und einen spätern Ursprung.

Haben Sie schon von einer mechanischen Nachbildung von Malereien etwas gesehen? Mir ist ein solches Werk kürzlich aus Duisburg zugeschickt worden, eine Klio, nicht gar halb Lebensgröße, steingrau mit Ölfarbe auf hellblauem Grunde. Das Stück macht einen überaus gefälligen Effekt, und zu Zimmerdekorationen würde eine solche Sammlung sehr taugen. Wenn das Stück mir geschenkt sein sollte, was nicht ausdrücklich in dem Briefe steht, so wäre ich ganz wohl damit zufrieden. Ich kann mir aber von der Verfertigung keinen rechten Begriff machen.

Den Cellini erhielt ich vorgestern nicht frühe genug, um ihn vor dem Absenden noch ganz durchlesen zu können, nur bis zur Hälfte bin ich gekommen, habe mich aber wieder recht daran ergötzt. Besonders über die Wallfahrt, die er in seiner Freude über das gelungene und besungene Werk anstellt.

Humboldt sagt mir von einem Chor aus Ihrem Prometheus,

den er mitgebracht habe, hat mir ihn aber noch nicht geschickt. Er hat wieder einen Anfall von seinem kalten Fieber, das er vor 2 Jahren gehabt; auch das zweite Kind hat das kalte Fieber, so daß jetzt von der Humboldtischen Familie alles, bis auf das Mädchen, krank ist. Und doch spricht man noch immer von nahen großen Reisen.

Leben Sie recht wohl und machen Sie sich bald von Ihren zerstreuenden Geschäften frei.

Jena, 14. April 1797 Schiller

300. An Schiller

Schon durch Humboldt habe ich vernommen, daß Ihr Ernst wieder außer Gefahr sei, und mich im stillen darüber gefreut, nun wünsche ich Ihnen herzlich zu dessen Genesung Glück.

Das Oratorium ist gestern recht gut aufgeführt worden und ich habe manche Betrachtung über historische Kunst machen können. Es ist recht schade, daß wir dergleichen Erfahrungen nicht gemeinschaftlich erleben, denn wir würden uns doch viel geschwinder in dem Einen, was not ist, bestärken.

Montags gehen die vier ersten *Musen* ab, indes ich mich mit den fünf letztern fleißig beschäftige und nun besonders die prosodischen Bemerkungen Freund Humboldts benutze.

Zugleich habe ich noch immer die Kinder Israel in der Wüste begleitet und kann, bei Ihren Grundsätzen, hoffen, daß dereinst mein Versuch über *Mose* Gnade vor Ihren Augen finden soll. Meine kritisch-historisch-poetische Arbeit geht davon aus: daß die vorhandenen Bücher sich selbst widersprechen und sich selbst verraten, und der ganze Spaß, den ich mir mache, läuft dahinaus, das menschlich Wahrscheinliche von dem Absichtlichen und bloß Imaginierten zu sondern und doch für meine Meinung überall Belege aufzufinden. Alle Hypothesen dieser Art bestechen bloß durch das Natürliche des Gedankens und durch die Mannigfaltigkeit der Phänomene, auf die er sich gründet. Es ist mir recht wohl, wieder einmal etwas, auf kurze Zeit, zu haben, bei dem ich, mit Interesse, im eigentlichen Sinne, spielen kann. Die Poesie, wie wir sie seit einiger Zeit treiben, ist eine gar zu ernsthafte Beschäftigung. Leben Sie recht wohl und erfreuen sich der schönen Jahrszeit.

Weimar, den 15. April 1797 G.

301. An Goethe

Jena, 18. April 1797

Ich echappiere so eben aus der bleiernen Gegenwart des Herrn Bouterwek, der mir einige Stunden lang schwer aufgelegen hat. Ich erwartete zum wenigsten einen kurzweiligen Gecken in ihm zu finden, statt dessen aber wars der seichteste lamentabelste Tropf, der mir lange vorgekommen ist. Er war auch in Weimar, sagte mir aber, daß er Sie nicht gesehen, welches mir sehr begreiflich war. Es ist schrecklich, diese Herren in der Nähe zu sehen, die bei dem Publikum doch auch was gelten und ihre frühzeitige Impotenz und Nullität unter einer Kennermiene zu verstecken suchen.

Da ist unser Woltmann, dem nichts recht ist, was andre schreiben, dems kein Mensch zu Danke machen kann. Jetzt habe ich seine Menschengeschichte, die eben heraus ist, durchblättert. Nein, das ist ein Greuel von einem Geschichtbuch, eine solche Impudenz und Niaiserie zugleich und Tollheit können Sie sich nicht denken. Das Buch macht Fronte gegen Philosophie und Geschichte zugleich, und es ist schwer zu sagen, welcher von beiden es am meisten widerspricht. Ich gäbe aber wirklich etwas drum, wenn dieses Buch nicht geschrieben wäre, denn wenn es einem Unrechten in die Hände fällt, so haben wir alle den Spott davon.

In meinen Arbeiten bin ich noch immer nicht viel vorwärts gekommen, die Unruhe bei mir, da wir einander auch nicht ausweichen können, zerstreute mich zu sehr. Indessen geht die Suppuration bei dem Kleinen gut von statten und ohne alle Zufälle, obgleich er sehr viel Blattern hat. Den Garten hoffe ich in 4 Tagen beziehen zu können, und dann wird mein erstes Geschäft sein, ehe ich weiter fortfahre, die poetische Fabel meines Wallensteins mit völliger Ausführlichkeit nieder zu schreiben. Nur auf diese Art kann ich mich versichern, daß sie ein stetiges Ganzes ist, daß alles durchgängig bestimmt ist. Solang ich sie bloß im Kopfe herumtrage, muß ich fürchten, daß Lücken übrig bleiben; die ordentliche Erzählung zwingt zur Rechenschaft. Diese detaillierte Erzählung lege ich Ihnen alsdann vor, so können wir darüber kommunizieren.

Zur Absendung der vier ersten Musen wünsche ich Glück. Es ist in der Tat merkwürdig, wie rasch die Natur dieses Werk geboren, und wie sorgfältig und bedächtlich die Kunst es ausgebildet hat.

Leben Sie recht wohl, in diesen heitern Tagen. Wie freue ich [mich], inskünftige jeden schönen Sonnenblick auch gleich im

Freien genießen zu können. Vor einigen Tagen wagte ich mich zu Fuß und durch einen ziemlich großen Umweg in meinen Garten.

Meine Frau grüßt Sie aufs beste. Sch.

302. An Schiller

Ich freue mich besonders, daß Sie von der Sorge wegen des Kindes befreit sind, und hoffe, daß seine Genesung so fortschreiten wird. Grüßen Sie mir Ihre liebe Frau aufs beste.

Herrn Bouterwek habe ich nicht gesehen und bin nicht übel zufrieden, daß diese Herrn mich vermeiden.

Ich studiere jetzt in großer Eile das Alte Testament und Homer, lese zugleich Eichhorns Einleitung ins erste und Wolfs Prolegomena zu dem letzten. Es gehen mir dabei die wunderbarsten Lichter auf, worüber wir künftig gar manches werden zu sprechen haben.

Schreiben Sie ja sobald als möglich Ihr Schema zum Wallenstein und teilen Sie mirs mit. Bei meinen jetzigen Studien wird mir eine solche Überlegung sehr interessant und auch für Sie zum Nutzen sein.

Einen Gedanken über das epische Gedicht will ich doch gleich mitteilen. Da es in der größten Ruhe und Behaglichkeit angehört werden soll, so macht der *Verstand* vielleicht mehr als an andere Dichtarten seine Forderungen, und mich wunderte diesmal bei Durchlesung der Odyssee grade diese Verstandesforderungen so vollständig befriedigt zu sehen. Betrachtet man nun genau, was von den Bemühungen der alten Grammatiker und Kritiker so wie von ihrem Talent und Charakter erzählt wird, so sieht man deutlich, daß es Verstandsmenschen waren, die nicht eher ruhten, bis jene große Darstellungen mit ihrer Vorstellungsart überein kamen. Und so sind wir, wie denn auch Wolf sich zu zeigen bemüht, unsern gegenwärtigen Homer den *Alexandrinern* schuldig, das denn freilich diesen Gedichten ein ganz anderes Ansehen gibt.

Noch eine spezielle Bemerkung. Einige Verse im Homer, die für völlig falsch und ganz neu ausgegeben werden, sind von der Art, wie ich einige selbst in mein Gedicht, nachdem es fertig war, eingeschoben habe, um das Ganze klarer und faßlicher zu machen und künftige Ereignisse beizeiten vorzubereiten. Ich bin sehr neugierig, was ich an meinem Gedicht, wenn ich mit meinen jetzigen Studien durch bin, zu mehren oder zu mindern werde geneigt sein; indessen mag die erste Rezension in die Welt gehen.

Eine Haupteigenschaft des epischen Gedichts ist, daß es immer vor und zurück geht, daher sind alle retardierende Motive episch. Es dürfen aber keine eigentliche *Hindernisse* sein, welche eigentlich ins Drama gehören.

Sollte dieses Erfordernis des Retardierens, welches durch die beiden Homerischen Gedichte überschwenglich erfüllt wird, und welches auch in dem Plan des meinigen lag, wirklich wesentlich und nicht zu erlassen sein, so würden alle Plane, die gerade hin nach dem Ende zu schreiten, völlig zu verwerfen oder als eine subordinierte historische Gattung anzusehen sein. Der Plan meines zweiten Gedichts hat diesen Fehler, wenn es einer ist, und ich werde mich hüten, bis wir hierüber ganz im klaren sind, auch nur einen Vers davon niederzuschreiben. Mir scheint die Idee außerordentlich fruchtbar. Wenn sie richtig ist, muß sie uns viel weiter bringen und ich will ihr gern alles aufopfern.

Mit dem Drama scheint mirs umgekehrt zu sein, doch hievon nächstens mehr. Leben Sie recht wohl.

Weimar, am 19ten April 1797 G.

303. An Goethe

Ich wollte Ihnen über Ihren letzten Brief, der mir sehr vieles zu denken gegeben, manches schreiben, aber ein Geschäft, das mir diesen Abend unvermutet wegnimmt, hindert mich daran. Also nur ein paar Worte für heute.

Es wird mir aus allem, was Sie sagen, immer klarer, daß die Selbständigkeit seiner Teile einen Hauptcharakter des epischen Gedichtes ausmacht. Die bloße, aus dem Innersten herausgeholte *Wahrheit* ist der Zweck des epischen Dichters: er schildert uns bloß das ruhige Dasein und Wirken der Dinge nach ihren Naturen, sein Zweck liegt schon in jedem Punkt seiner Bewegung; darum eilen wir nicht ungeduldig zu einem Ziele, sondern verweilen uns mit Liebe bei jedem Schritte. Er erhält uns die höchste Freiheit des Gemüts, und da er *uns* in einen so großen Vorteil setzt, so macht er dadurch sich selbst das Geschäft desto schwerer, denn wir machen nun alle Anforderungen an ihn, die in der Integrität und in der allseitigen vereinigten Tätigkeit unserer Kräfte gegründet sind. Ganz im Gegenteil raubt uns der tragische Dichter unsre Gemütsfreiheit, und indem er unsre Tätigkeit nach einer einzigen Seite richtet und konzentriert, so vereinfacht er sich sein Geschäft um vieles und setzt sich in Vorteil, indem er uns in Nachteil setzt.

Ihre Idee von dem retardierenden Gange des epischen Gedichts leuchtet mir ganz ein. Doch begreife ich noch nicht ganz, nach dem, was ich von Ihrer neuen Epopee weiß, daß jene Eigenschaft bei dieser fehlen soll.

Ihre weitern Resultate, besonders für das Drama, erwarte ich mit großer Begierde. Unterdessen werde ich dem Gesagten reiflicher nachdenken.

Leben Sie recht wohl. Mein kleiner Patient hält sich noch immer recht brav, trotz des schlimmen Wetters. Meine Frau grüßt herzlich.

Jena, 21. April 1797 Sch.

304. An Schiller

Ich danke Ihnen für Ihre fortgesetzten Betrachtungen über das epische Gedicht, ich hoffe, Sie werden bald nach Ihrer Art, in einer schönen Folge, die Natur und Wesen desselben entwickeln, hier indessen einige meiner Vermutungen.

Ich suchte das Gesetz der Retardation unter ein höheres unterzuordnen, und da scheint es unter dem zu stehen, welches gebietet: daß man von einem guten Gedicht den Ausgang wissen könne, ja wissen müsse, und daß eigentlich das *Wie* bloß das Interesse machen dürfe. Dadurch erhält die Neugierde gar keinen Anteil an einem solchen Werke und sein Zweck kann, wie Sie sagen, in jedem Punkte seiner Bewegung liegen.

Die Odyssee ist in ihren kleinsten Teilen beinah retardierend, dafür wird aber auch vielleicht funfzigmal versichert und beteuert, daß die Sache einen glücklichen Ausgang haben werde. So viele den Ausgang antizipierende Vorbedeutungen und Weissagungen stellen, wie mich dünkt, das Gleichgewicht gegen die ewige Retardation wieder her. In meinem Hermann bringt die Eigenschaft des Plans den besondern Reiz hervor, daß alles ausgemacht und fertig scheint und durch die retrograde Bewegung gleichsam wieder ein neues Gedicht angeht.

So hat auch das epische Gedicht den großen Vorteil, daß seine Exposition, sie mag noch so lang sein, den Dichter gar nicht geniert, ja daß er sie in die Mitte des Werks bringen kann, wie in der Odyssee sehr künstlich geschehen ist. Denn auch diese retrograde Bewegung ist wohltätig; aber eben deshalb, dünkt mich, macht die Exposition dem Dramatiker viel zu schaffen, weil man von ihm ein ewiges Fortschreiten fordert, und ich würde das den besten dramatischen Stoff nennen, wo die Exposition schon ein Teil der Entwicklung ist.

Daß ich aber nunmehr dahin zurückkehre, wo ich angefangen habe, so wollte ich Ihnen folgendes zur Prüfung unterwerfen:

Mein neuer Stoff hat keinen einzigen retardierenden Moment, es schreitet alles von Anfang bis zu Ende in einer graden Reihe fort; allein er hat die Eigenschaft, daß große Anstalten gemacht werden, daß man viele Kräfte mit Verstand und Klugheit in Bewegung setzt, daß aber die Entwicklung auf eine Weise geschieht, die den Anstalten ganz entgegen ist, und auf einem ganz unerwarteten jedoch natürlichen Wege. Nun fragt sich, ob sich ein solcher Plan auch für einen *epischen* ausgeben könne, da er unter dem allgemeinen Gesetz begriffen ist: daß das eigentliche *Wie* und nicht das *Was* das Interesse macht, oder ob man ein solches Gedicht nicht zu einer subordinierten Klasse historischer Gedichte rechnen müsse. Sehen Sie nun, mein Werter, wie sich etwa diese zerstreute und flüchtige Gedanken besser ausarbeiten und verknüpfen. Ich habe jetzt keine interessantere Betrachtung als über die Eigenschaften der Stoffe, inwiefern sie diese oder jene Behandlung fordern. Ich habe mich darinnen so oft in meinem Leben vergriffen, daß ich endlich einmal ins klare kommen möge, um wenigstens künftig von diesem Irrtum nicht mehr zu leiden. Zu mehrerer Deutlichkeit schicke ich nächstens meinen neuen Plan.

Noch über einige Punkte Ihrer vorigen Briefe.

Woltmanns Menschengeschichte ist freilich ein seltsames Werk. Der Vorbericht liegt ganz außer meinem Gesichtskreise, das ägyptische Wesen kann ich nicht beurteilen, aber wie er bei Behandlung der Israelitischen Geschichte das Alte Testament, so wie es liegt, ohne die mindeste Kritik, als eine reine Quelle der Begebenheiten annehmen konnte, ist mir unbegreiflich. Die ganze Arbeit ist auf Sand gebaut, und ein wahres Wunderwerk, wenn man bedenkt, daß Eichhorns Einleitung schon zehn Jahre alt ist und die Herderischen Arbeiten schon viel länger wirken. Von den unbilligen Widersachern dieser alten Schriften will ich gar nicht einmal reden.

Die Duisburger Fabrik, von der ich auch ein Musterbild erhalten habe, ist ein kurioses Unternehmen, das durch unsere Freunde im Modejournal verdient gelobt zu werden. Es ist ein Kunstgriff, diese Arbeiten für mechanisch auszugeben, den die Engländer auch schon einmal mit ihrer polygraphischen Gesellschaft versucht haben. Es ist eigentlich nichts Mechanisches daran, als daß alles, was dazu gehört, mit der größten Reinlichkeit und in Menge durch einige mechanische Hülfsmittel gemacht wird, und so gehört freilich eine große Anstalt dazu, aber die Figuren sind nichts desto weniger gemalt. Anstatt daß sonst Ein Mensch alles tut, so konkurrieren hier viele. Das Wachstuch des Grundes wird erst mit großer Sorgfalt bereitet und alsdann die Figur, wahrscheinlich von Blech ausgeschnitten, draufgelegt; nun streicht man den Raum umher sorgfältig mit einer andern Farbe über, und nun werden subalterne Künstler angestellt, um die Figur auszumalen, das denn auch in großen Partien geschieht, bis zuletzt der Geschickteste die Konture rektifiziert und das Ganze vollendet. Sie haben artige Kunstgriffe, um den Pinsel zu verbergen, und machen allerlei Späße, damit man glauben solle, das Werk könne gedruckt sein. *Langer,* ein Inspektor von der Düsseldorfer Galerie, ein guter und geschickter Mann, ist dabei interessiert, und sie mögen immer auch in ihrer Art dem Publiko das Geld abnehmen. Nur weiß ich nicht recht, wie die Sachen gebraucht werden sollen, sie sind nicht gut genug, um in Rahmen aufgehängt zu werden, und dergleichen schon fertige Bilder in die Wände einzupassen hat große Schwierigkeiten. Zu Türstücken möchte es noch am ersten gehen. Zu loben ist daran die wahrhaft englische Akkuratesse, man muß das weitere abwarten.

Ich wünsche, daß Sie bald in Ihren Garten ziehen und von allen Seiten beruhigt sein mögen.

Grüßen Sie mir Ihre liebe Frau aufs beste so wie auch Humboldt, dem ich eine baldige Wiederherstellung wünsche.

Weimar, den 22. April 1797 G.

305. An Goethe

Jena, 25. April 1797

Daß die Foderung des Retardierens aus einem höhern epischen Gesetze folgt, dem auch noch wohl auf einem andern Wege Genüge geschehen kann, scheint mir außer Zweifel zu sein. Auch glaube ich, es gibt zweierlei Arten zu retardieren, die eine liegt in der Art des Wegs, die andre in der Art des Gehens, und diese, deucht mir, kann auch bei dem geradesten Weg und folglich auch bei einem Plan, wie der Ihrige ist, sehr gut stattfinden.

Indessen möchte ich jenes höhere epische Gesetz doch nicht

ganz so aussprechen, wie Sie getan haben. In der Formel: daß eigentlich nur das *Wie* und nicht das *Was* in Betrachtung komme pp., dünkt es mir viel zu allgemein und auf alle pragmatische Dichtungsarten ohne Unterschied anwendbar zu sein. Wenn ich meinen Gedanken darüber kurz heraussagen soll, so ist er dieser. Beide, der Epiker und der Dramatiker, stellen uns eine Handlung dar, nur daß diese bei dem letztern der Zweck, bei ersterem bloßes Mittel zu einem absoluten ästhetischen Zwecke ist. Aus diesem Grundsatz kann ich mir vollständig erklären, warum der tragische Dichter rascher und direkter fortschreiten muß, warum der epische bei einem zögernden Gange seine Rechnung besser findet. Es folgt auch, wie mir deucht, daraus, daß der epische sich solcher Stoffe wohl tut zu enthalten, die den Affekt, sei es der Neugierde oder der Teilnahme, schon für sich selbst stark erregen, wobei also die *Handlung* zu sehr als Zweck interessiert, um sich in den Grenzen eines bloßen Mittels zu halten. Ich gestehe, daß ich dieses letztere bei Ihrem neuen Gedicht einigermaßen fürchte, obgleich ich Ihrer poetischen Übermacht über den Stoff das Mögliche zutrauen darf.

Die Art, wie Sie Ihre Handlung *entwickeln* wollen, scheint mir mehr der Komödie als dem Epos eigen zu sein. Wenigstens werden Sie viel zu tun haben, ihr das Überraschende, Verwunderung Erregende zu nehmen, weil dieses nicht so recht episch ist.

Ich erwarte Ihren Plan mit großer Begierde. Etwas bedenklich kommt es mir vor, daß es Humboldten damit auf dieselbe Art ergangen ist wie mir, ungeachtet wir vorher nicht darüber kommuniziert haben. Er meint nämlich, daß es dem Plan an individueller epischer Handlung fehle. Wie Sie mir zuerst davon sprachen, so wartete auch ich immer auf die eigentliche Handlung, alles, was Sie mir erzählten, schien mir nur der Eingang und das Feld zu einer solchen Handlung zwischen einzelnen Hauptfiguren zu sein, und wie ich nun glaubte, daß diese Handlung angehen sollte, waren Sie fertig. Freilich begreife ich wohl, daß die Gattung, zu welcher der Stoff gehört, das Individuum mehr verläßt und mehr in die Masse und ein Ganzes zu gehen zwingt, da doch einmal der Verstand der Held darin ist, der weit mehr unter sich als in sich faßt.

Übrigens mag es mit der epischen Qualität Ihres neuen Gedichts bewandt sein, wie es will, so wird es, gegen Ihren Hermann gehalten, immer eine andere Gattung sein, und wäre also der Hermann ein reiner Ausdruck der epischen *Gattung* und nicht bloß einer epischen *Spezies*, so würde daraus folgen, daß das neue Gedicht um so viel weniger *episch* wäre. Aber das wollten Sie ja eben wissen, ob der Hermann nur eine epische Art oder die ganze Gattung darstelle, und wir stehen also wieder bei der Frage.

Ich würde Ihr neues Gedicht geradezu ein komisch-episches nennen, wenn nämlich von dem gemeinen eingeschränkten und empirischen Begriff der Komödie und des komischen Heldengedichts ganz abstrahiert wird. Ihr neues Gedicht, kommt mir vor, verhält sich ungefähr ebenso zu der Komödie wie der Hermann zu dem Trauerspiel: mit dem Unterschied nämlich, daß dieser es mehr durch seinen Stoff tut, jenes mehr durch die Behandlung.

Aber ich will erst Ihren Plan erwarten, um mehr darüber zu sagen.

Was sagen Sie zu der Regensburger Friedensnachricht? Wissen Sie etwas Bestimmtes, so teilen Sie es uns ja mit. Leben Sie bestens wohl. Sch.

Was Sie den besten dramatischen Stoff nennen (wo nämlich die Exposition schon ein Teil der *Entwicklung* ist), das ist z. B. in den Zwillingen des Shakespeare geleistet. Ein ähnliches Beispiel von der Tragödie ist mir nicht bekannt, obgleich der *Oedipus rex* sich diesem Ideal ganz erstaunlich nähert. Aber ich kann mir solche dramatische Stoffe recht wohl denken, wo die Exposition gleich auch Fortschritt der Handlung ist. Gleich der Macbeth gehört darunter, ich kann auch die Räuber nennen.

Dem Epiker möchte ich eine Exposition gar nicht einmal zugeben; wenigstens nicht in dem Sinne, wie die des Dramatikers ist. Da er uns nicht so auf das Ende zutreibt wie dieser, so rücken Anfang und Ende in ihrer Dignität und Bedeutung weit näher aneinander, und nicht, weil sie zu etwas führt, sondern weil sie selber etwas ist, muß die Exposition uns interessieren. Ich glaube, daß man dem dramatischen Dichter hierin weit mehr nachsehen muß; eben weil er seinen Zweck in die Folge und an das Ende setzt, so darf man ihm erlauben, den Anfang mehr als Mittel zu behandeln. Er steht unter der Kategorie der Kausalität, der Epiker unter der [der] Substantialität; dort kann und darf etwas als Ursache von was anderm da sein, hier muß alles sich selbst um seiner selbst willen geltend machen.

Ich danke Ihnen sehr für die Nachricht, die Sie mir von dem Duisburger Unternehmen gegeben haben, die ganze Erscheinung war mir so rätselhaft. Wenn es sonst tunlich wäre, so würde es mich sehr reizen, ein Zimmer mit solchen Figuren zu dekorieren.

Morgen endlich hoffe ich meinen Garten zu beziehen. Der Kleine hat sich wieder ganz erholt, und die Krankheit, scheint es, hat seine Gesundheit noch mehr befestigt.

Humboldt ist heute fort, ich sehe ihn mehrere Jahre nicht wieder, und überhaupt läßt sich nicht erwarten, daß wir einander noch einmal so wieder sehen, wie wir uns jetzt verlassen. Das ist also wieder ein Verhältnis, das als beschlossen zu betrachten ist und nicht mehr wieder kommen kann, denn zwei Jahre, so ungleich verlebt, werden gar viel *an* uns und also auch *zwischen* uns verändern.

306. An Schiller

Mit dem Frieden hat es seine Richtigkeit. Eben als die Franzosen wieder in Frankfurt einrückten und noch mit den Österreichern im Handgemenge waren, kam ein Kurier, der die Friedensnachricht brachte, die Feindseligkeiten wurden sogleich eingestellt, und die beiderseitigen Generale speisten mit dem Bürgemeister, im roten Hause. Die Frankfurter haben doch also für ihr Geld und ihr Leiden einen Theater-Coup erlebt, dergleichen wohl nicht viel in der Geschichte vorkommen, und wir hätten denn auch diese wichtige Epoche erlebt. Wir wollen sehen, was den Einzelnen und dem Ganzen durch diese Veränderung zuwächst.

Mit dem, was Sie in Ihrem heutigen Briefe über Drama und Epos sagen, bin ich sehr einverstanden; so wie ich immer gewohnt bin, daß Sie mir meine Träume erzählen und auslegen. Ich kann nun nichts weiter hinzufügen, sondern ich muß Ihnen meinen Plan schicken oder selbst bringen. Es werden dabei sehr feine Punkte zur Sprache kommen, von denen ich jetzt im allgemeinen nichts erwähnen mag. Wird der Stoff nicht für rein episch erkannt, ob er gleich in mehr als Einem Sinne bedeutend und interessant ist, so muß sich dartun lassen, in welcher andern Form er eigentlich behandelt werden müßte. Leben Sie recht wohl, genießen Sie Ihres Gartens und der Wiedergenesung Ihres Kleinen.

Mit Humboldt habe ich die Zeit sehr angenehm und nützlich zugebracht, meine naturhistorischen Arbeiten sind durch seine Gegenwart wieder aus ihrem Winterschlafe geweckt worden, wenn sie nur nicht bald wieder in einen Frühlingsschlaf verfallen!

Weimar, am 26ten April 1797 G.

Ich kann mich doch nicht enthalten, noch eine Frage über unsere dramatisch-epische Angelegenheit zu tun. Was sagen Sie zu folgenden Sätzen:

Im Trauerspiel kann und soll das Schicksal oder, welches einerlei ist, die entschiedne Natur des Menschen, die ihn blind da- oder dorthin führt, walten und herrschen, sie muß ihn niemals zu seinem Zweck, sondern immer von seinem Zweck abführen, der Held darf seines Verstandes nicht mächtig sein, der Verstand darf gar nicht in die Tragödie entrieren als bei Nebenpersonen zur Desavantage des Haupthelden u. s. w.

Im Epos ist es grade umgekehrt, bloß der Verstand, wie in der Odyssee, oder eine zweckmäßige Leidenschaft, wie in der Ilias, sind epische Agentien. Der Zug der Argonauten als ein Abenteuer ist nicht episch.

307. An Schiller

Gestern, als ich der Fabel meines neuen Gedichtes nachdachte, um sie für Sie aufzusetzen, ergriff mich, aufs neue, eine ganz besondere Liebe zu diesem Werke, welche nach allem, was indes zwischen uns verhandelt worden ist, ein gutes Vorurteil für dasselbe gibt. Da ich nun weiß, daß ich nie etwas fertig mache, wenn ich den Plan zur Arbeit nur irgend vertraut oder jemanden offenbart habe, so will ich lieber mit dieser Mitteilung noch zurückhalten, wir wollen uns im allgemeinen über die Materie besprechen, und ich kann nach den Resultaten im stillen meinen Gegenstand prüfen. Sollte ich dabei noch Mut und Lust behalten, so würde ich es ausarbeiten, und fertig gäbe es immer mehr Stoff zum Nachdenken als in der Anlage; sollte ich daran verzweifeln, so ist es immer noch Zeit, auch mit der Idee hervorzutreten.

Haben Sie Schlegels Abhandlung über das epische Gedicht, im 11ten Stück Deutschlands, vom vorigen Jahr, gesehen? lesen Sie es ja! Es ist sonderbar, wie er, als ein guter Kopf, auf dem rechten Wege ist und sich ihn doch gleich wieder selbst verrennt. Weil das epische Gedicht nicht die *dramatische Einheit* haben kann, weil man eine solche absolute Einheit in der Ilias und Odyssee nicht gerade nachweisen kann, vielmehr nach der neuern Idee sie noch für zerstückelter angibt als sie sind, so soll das epische Gedicht keine Einheit haben, noch fordern, das heißt, nach meiner Vorstellung: es soll aufhören, ein Gedicht zu sein. Und das sollen reine Begriffe sein, denen doch selbst die Erfahrung, wenn man genau aufmerkt, widerspricht. Denn die Ilias und Odyssee, und wenn sie durch die Hände von tausend Dichtern und Redakteurs gegangen wären, zeigen die gewaltsame Tendenz der poetischen und kritischen Natur nach Einheit. Und am Ende ist diese neue Schlegelsche Ausführung doch nur zugunsten der Wolfischen Meinung, die eines solchen Beistandes gar nicht einmal bedarf. Denn daraus, daß jene großen Gedichte erst nach und nach entstanden sind und zu keiner vollständigen und vollkommenen Einheit haben gebracht werden können (obgleich beide vielleicht weit vollkommner organisiert sind, als man denkt), folgt noch nicht: daß ein solches Gedicht auf keine Weise vollständig, vollkommen und Eins werden könne, noch solle.

Ich habe indessen über unsere bisherigen Verhandlungen einen kleinen Aufsatz aus Ihren Briefen gemacht; arbeiten Sie doch die Sache weiter aus, sie ist uns beiden in theoretischer und praktischer Hinsicht jetzt die wichtigste.

Ich habe die Dichtkunst des Aristoteles wieder mit dem größten Vergnügen durchgelesen, es ist eine schöne Sache um den Verstand in seiner höchsten Erscheinung: es ist sehr merkwürdig, wie sich Aristoteles bloß an die Erfahrung hält und dadurch, wenn man will, ein wenig zu materiell wird, dafür aber auch meistens desto solider auftritt. So war es mir auch sehr erquikkend, zu lesen, mit welcher Liberalität er die Dichter gegen Grübler und Krittler in Schutz nimmt, immer nur aufs Wesentliche dringt und in allem andern so lax ist, daß ich mich an mehr als Einer Stelle verwundert habe. Dafür ist aber auch seine ganze Ansicht der Dichtkunst und der besonders von ihm begünstigten Teile so belebend, daß ich ihn nächstens wieder vornehmen werde, besonders wegen einiger bedeutenden Stellen, die nicht ganz klar sind und deren Sinn ich wohl erforschen möchte. Freilich über das epische Gedicht findet man gar keinen Aufschluß in dem Sinne, wie wir ihn wünschen.

Hier schicke ich die zwei letzten Verse eines Gedichts *Die empfindsame Gärtnerin*. Es sollte ein Pendant zu den Musen und Grazien in der Mark geben, vielleicht wird es nicht so gut, eben weil es ein Pendant ist.

Ich erhole mich in diesen Stunden erst wieder von der Zerstreuung des vergangenen Monats, bringe verschiedene Geschäftssachen in Ordnung und beiseite, damit mir der Mai frei werde. Wenn es mir möglich wird, so besuche ich Sie. Leben Sie indessen recht wohl.

Weimar, den 28. April 1797 G.

308. An Goethe

Eben als ich mich den Abend hinsetzte, um Ihre beiden lieben Briefe zu beantworten, stört mich der Besuch des Rudolstädter Fürsten, der wegen der Inokulation seiner Kinder hier ist, und wie ich von diesem befreit bin, erhalte ich eine Humboldtische Visite. Es ist nachts um 10 Uhr, und ich kann Ihnen bloß einen freundlichen Gruß schicken. Sonntag abends ein mehreres.

Leben Sie recht wohl.

Jena, 28. April 1797 Sch.

309. An Goethe

Jena, 2. Mai 1797

Ich begrüße Sie aus meinem Garten, in den ich heute eingezogen bin. Eine schöne Landschaft umgibt mich, die Sonne geht freundlich unter, und die Nachtigallen schlagen. Alles um mich herum erheitert mich, und mein erster Abend auf dem eigenen Grund und Boden ist von der fröhlichsten Vorbedeutung.

Dies ist aber auch alles, was ich Ihnen heute schreiben kann, denn über den Arrangements ist mir der Kopf ganz wüste geworden. Morgen hoffe ich endlich mit rechter Lust wieder an die Arbeit zu gehen und dabei zu beharren.

Wenn Sie mir den Text vom Don Juan auf einige Tage schikken wollten, würden Sie mir einen Gefallen erweisen. Ich habe die Idee, eine Ballade draus zu machen, und da ich das Märchen nur von Hörensagen kenne, so möchte ich doch wissen, wie es behandelt ist.

Leben Sie recht wohl. Herzlich freue ich mich darauf, bald wieder eine Zeitlang mit Ihnen zu verleben. Sch.

310. An Schiller

Gestern habe ich angefangen, an meinem Moses zu diktieren. Güssefeld verlangt für eine Karte in klein Folio zu zeichnen 4 Louisdor und will den Stich derselben für etwa 2 Karolin in Nürnberg besorgen. Glauben Sie, daß der Spaß die Auslage wert sei, so will ich gleich Anstalt machen, es gehen doch immer ein paar Monate hin, bis die Karte fertig wird. Mein Aufsatz kann recht artig werden, um so mehr, als in der neuern Zeit die Theologen selbst die Bibelchronologie öffentlich verdächtig machen und überall eingeschobene Jahre zu Ausgleichung gewisser Zyklen vermuten.

Hier schicke ich den Aristoteles, wünsche viel Freude daran und sage für heute nichts weiter.

Weimar, am 3ten Mai 1797. G.

Auch schicke ich den zweiten Teil des Vieilleville und den verlangten Don Juan. Der Gedanke, eine Romanze aus diesem zu machen, ist sehr glücklich. Die allgemein bekannte Fabel, durch eine poetische Behandlung, wie sie Ihnen zu Gebote steht, in ein neues Licht gestellt, wird guten Effekt tun.

Ich wünsche Glück zur neuen Wohnung und werde eilen, Sie sobald als möglich darin zu besuchen. G.

311. An Goethe

Ich bin mit dem Aristoteles sehr zufrieden, und nicht bloß mit ihm, auch mit mir selbst; es begegnet einem nicht oft, daß man nach Lesung eines solchen nüchternen Kopfs und kalten Gesetzgebers den innern Frieden nicht verliert. Der Aristoteles ist ein wahrer Höllenrichter für alle, die entweder an der äußern Form sklavisch hängen, oder die über alle Form sich hinwegsetzen. Jene muß er durch seine Liberalität und seinen Geist in beständige Widersprüche stürzen, denn es ist sichtbar, wie viel mehr ihm um das Wesen als um alle äußere Form zu tun ist, und diesen muß die Strenge fürchterlich sein, womit er aus der Natur des Gedichts und des Trauerspiels insbesondere seine unverrückbare Form ableitet. Jetzt begreife ich erst den schlechten Zustand, in den er die französischen Ausleger und Poeten und Kritiker versetzt hat: auch haben sie sich immer vor ihm gefürchtet wie die Jungen vor dem Stecken. Shakespeare, soviel er gegen ihn wirklich sündigt, würde weit besser mit ihm ausgekommen sein als die ganze französische Tragödie.

Indessen bin ich sehr froh, daß ich ihn nicht früher gelesen: ich hätte mich um ein großes Vergnügen und um alle Vorteile gebracht, die er mir jetzt leistet. Man muß über die Grundbegriffe schon recht klar sein, wenn man ihn mit Nutzen lesen will: kennt man die Sache, die er abhandelt, nicht schon vorläufig genug, so muß es gefährlich sein, bei ihm Rat zu holen.

Ganz kann er aber sicherlich nie verstanden oder gewürdiget

werden. Seine ganze Ansicht des Trauerspiels beruht auf empirischen Gründen: er hat eine Masse vorgestellter Tragödien vor Augen, die wir nicht mehr vor Augen haben; aus dieser Erfahrung heraus räsonniert er, uns fehlt größtenteils die ganze Basis seines Urteils. Nirgends beinahe geht er von dem Begriff, immer nur von dem Faktum der Kunst und des Dichters und der Repräsentation aus; und wenn seine Urteile, dem Hauptwesen nach, echte Kunstgesetze sind, so haben wir dieses dem glücklichen Zufall zu danken, daß es damals Kunstwerke gab, die durch das Faktum eine Idee realisierten oder ihre Gattung in einem individuellen Falle vorstellig machten.

Wenn man eine Philosophie über die Dichtkunst, so wie sie jetzt einem neuern Ästhetiker mit Recht zugemutet werden kann, bei ihm sucht, so wird man nicht nur getäuscht werden, sondern man wird auch über seine rhapsodistische Manier und über die seltsame Durcheinanderwerfung der allgemeinen und der allerpartikularsten Regeln, der logischen, prosodischen, rhetorischen und poetischen Sätze etc. lachen müssen, wie z. B. wenn er bis zu den Vokalen und Konsonanten zurückgeht. Denkt man sich aber, daß er eine individuelle Tragödie vor sich hatte und sich um alle Momente befragte, die an ihr in Betrachtung kamen, so erklärt sich alles leicht, und man ist sehr zufrieden, daß man bei dieser Gelegenheit alle Elemente, aus welchen ein Dichterwerk zusammengesetzt wird, rekapituliert.

Ich wundre mich gar nicht darüber, daß er der Tragödie den Vorzug vor dem epischen Gedicht gibt, denn so wie er es meint, obgleich er sich nicht ganz unzweideutig ausdrückt, wird der eigentliche und objektive poetische Wert der Epopee nicht beeinträchtiget. Als Urteiler und Ästhetiker muß er von derjenigen Kunstgattung am meisten satisfaziert sein, welche in einer bleibenden Form ruht und über welche ein Urteil kann abgeschlossen werden. Nun ist dies offenbar der Fall bei dem Trauerspiel, so wie er es in Mustern vor sich hatte, indem das einfachere und bestimmtere Geschäft des dramatischen Dichters sich weit leichter begreifen und angeben läßt und eine vollkommenere Technik dem Verstande weist, eben des kürzern Stadiums und der geringeren Breite wegen. Überdem sieht man deutlich, daß seine Vorliebe für die Tragödie von einer kläreren Einsicht in dieselbe herrührt, daß er von der Epopee eigentlich nur die generisch-poetischen Gesetze kennt, die sie mit der Tragödie gemein hat, und nicht die spezifischen, wodurch sie sich ihr entgegensetzt; deswegen konnte er auch sagen, daß die Epopee in der

Tragödie *enthalten* sei, und daß einer, der diese zu beurteilen wisse, auch über jene absprechen könne: denn das allgemein Pragmatisch-Poetische der Epopee ist freilich in der Tragödie enthalten.

Es sind viele scheinbare Widersprüche in dieser Abhandlung, die ihr aber in meinen Augen nur einen höhern Wert geben; denn sie bestätigen mir, daß das Ganze nur aus einzelnen *Aperçus* besteht und daß keine theoretische vorgefaßte Begriffe dabei im Spiele sind; manches mag freilich auch dem Übersetzer zuzuschreiben sein.

Ich freue mich, wenn Sie hier sind, diese Schrift mit Ihnen mehr im einzelnen durchzusprechen.

Daß er bei der Tragödie das Hauptgewicht in die Verknüpfung der Begebenheiten legt, heißt recht den Nagel auf den Kopf getroffen.

Wie er die Poesie und die Geschichte miteinander vergleicht und jener eine größere Wahrheit als dieser zugesteht, das hat mich auch sehr von einem solchen Verstandesmenschen erfreut.

Es ist auch sehr artig, wie er bemerkt, bei Gelegenheit dessen, was er von den Meinungen sagt, daß die Alten ihre Personen mit *Politik*, die Neuern mit mehr *Rhetorik* haben sprechen lassen.

Es ist gleichfalls recht gescheit, was er zum Vorteil wahrer historischer Namen bei dramatischen Personen sagt.

Daß er den Euripides so sehr begünstigte, wie man ihm sonst schuld gibt, habe ich ganz und gar nicht gefunden. Überhaupt finde ich, nachdem ich diese Poetik nun selbst gelesen, wie ungeheuer man ihn mißverstanden hat.

Ich lege Ihnen hier einen Brief von Voß bei, der eben an mich in Einschluß gekommen ist. Er sendet mir auch eine hexametrische Übersetzung von Ovids Phaeton, für die Horen, die mir bei meiner großen Detresse sehr gelegen kommt. Er selbst wird auf seiner Reise Weimar und Jena nicht besuchen.

Was die Karte zum Moses betrifft, so wollen wir, wenn es Ihnen recht ist, den Lenzischen Aufsatz, den ich in das 5te Horenstück einrücken lasse, dazu bestimmen, daß die Ausgabe für jene Karte davon bestritten wird. Ich habe Cotta versprochen, daß ihn kein Bogen mehr als 4 Louisdors kosten solle; sonst hätte er die Horen nicht gut fortsetzen können. Auf diese Art aber macht es sich sehr gut. Sorgen Sie nur, daß wir den Moses und auch das Kupfer bald können abdrucken lassen.

Gehört der Aristoteles Ihnen selbst? Wenn das nicht ist, so

will ich ihn mir gleich kommen lassen, denn ich möchte mich nicht gern sobald davon trennen.

Hier neue Horen. Auch folgt der Don Juan mit Dank zurück. Ich glaube wohl, das Sujet wird sich ganz gut zu einer Ballade qualifizieren.

Leben Sie recht wohl. Ich habe mich an die neue Lebensart schon ganz gewöhnt und bringe, in Wind und Regen, manche Stunde mit Spazierengehen im Garten zu, und befinde mich sehr wohl dabei.

Jena, 5. Mai 1797 Sch.

312. *An Schiller*

Ich bin sehr erfreut, daß wir grade zur rechten Stunde den Aristoteles aufgeschlagen haben. Ein Buch wird doch immer erst gefunden, wenn es verstanden wird. Ich erinnere mich recht gut, daß ich vor dreißig Jahren diese Übersetzung gelesen und doch auch von dem Sinne des Werks gar nichts begriffen habe. Ich hoffe, mich bald mit Ihnen darüber weiter zu unterhalten. Das Exemplar ist nicht mein.

Voß hat mir einen sehr artigen Brief geschrieben und kündigt mir seine Arbeiten über die alte Geographie an, auf die ich sehr verlange.

Sowohl der Brief als das Couvert versprechen ein paar Homerische Karten, die ich aber nicht finde, vielleicht kommen sie mit den Ovidischen Verwandlungen.

In diesen Tagen, da ich mich seiner Homerischen Übersetzung wieder viel bediente, habe ich den großen Wert derselben wieder aufs neue bewundern und verehren müssen. Es ist mir eine Tournüre eingefallen, wie man ihm, auf eine liberale Art, könnte Gerechtigkeit widerfahren lassen, wobei es nicht ohne Ärgernis seiner salbaderischen Widersacher abgehen sollte. Wir sprechen mündlich hierüber.

Daß wir den Ertrag von Lenzens Mumie auf die Karte von Palästina anwenden wollen, ist mir ganz recht. Doch will ich noch einen Augenblick inne halten, bis ich sehe, ob auch mein Moses wirklich fertig wird. Bisher hatte ich mich von der Idee Italiens fast ganz los gemacht, jetzt, da die Hoffnung wieder lebendig wird, so sehe ich, wie nötig es ist, meine Kollektaneen wieder vorzunehmen, zu ordnen und zu schematisieren.

Den 15ten dieses denke ich wieder bei Ihnen zu sein und eine

Zeitlang zu bleiben; heute bin ich von einer zerstreuten Woche noch ganz verstimmt. Leben Sie recht wohl und erfreuen sich der freien Luft und der Einsamkeit.

Weimar, am 6ten Mai 1797 G.

313. An Goethe

Jena, 10. Mai 1797

Ich wurde gestern verhindert, Ihnen ein Wort zu sagen, und hole es heute nach.

Auch mir hat Voß von Welttafeln geschrieben, die er Ihnen schicke, ich habe aber keine erhalten. Die Übersetzung aus Ovid, die er mitgeschickt, ist sehr vortrefflich, mit der Bestimmtheit und auch mit der Leichtigkeit des Meisters.

Schade nur, daß er sich durch die elenden Streitigkeiten abhalten läßt, hieher zu kommen. Daß er lieber bei seinem Reichardt in Giebichenstein liegt, als zu uns kommt, kann ich ihm doch kaum vergeben.

Ich bin neugierig, auf welche Art Sie seine Übersetzungsweise verteidigen wollen, da hier der schlimme Fall ist, daß gerade das Vortreffliche daran studiert werden muß, und das Anstößige gleich auffällt.

Es sollte mir leid tun, wenn Sie Ihren Moses zurücklegten. Freilich ist es eine sonderbare Kollision, in die er mit den italienischen Dingen kommt: aber nach dem, was Sie mir schon davon sagten, hätten Sie, deucht mir, wenig mehr zu tun, als ihn zu diktieren.

Ich freue mich auf Ihre Ankunft. Hier im Freien werden wir noch einmal so gut unsre Angelegenheiten durchsprechen können. Leben Sie recht wohl. Alles grüßt Sie aufs beste. Schiller

314. An Schiller

Noch etwa acht Tage habe ich hier zu tun, indem sich bis dahin manches entscheiden muß. Ich wünsche sehr, wieder einige Zeit bei Ihnen zuzubringen, besonders bin ich jetzt leider wieder in einem Zustande von Unentschiedenheit, in welchem ich nichts Rechtes tun kann und mag.

Von Humboldt habe ich einen weitläufigen und freundschaftlichen Brief, mit einigen guten Anmerkungen über die ersten Gesänge, die er in Berlin nochmals gelesen hat. Auf den Montag schicke ich abermals viere fort und komme nach Jena, um den letzten zu endigen. Auch mir kommt der Friede zustatten, und mein Gedicht gewinnt dadurch eine reinere Einheit.

Ich wünsche Sie in Ihrem Garten recht vergnügt und tätig zu finden. Leben Sie recht wohl, ich kann in meiner heutigen Zerstreuung von dem vielen, was ich zu sagen habe, nichts zu Papiere bringen.

Weimar, am 13ten Mai 1797 G.

315. An Goethe

Es ist recht schön, daß Sie Ihr Gedicht, das hier angefangen wurde, auch hier vollenden. Die Judenstadt darf sich was darauf einbilden. Ich freue mich schon in voraus, nicht auf das Gedicht allein, auch auf die schöne Stimmung, in welche die Dichtung und die Vollendung Sie versetzen wird.

Dadurch, daß Sie eine Woche später kommen, entgehen Sie einem großen Schmutz in meinem Hause, denn ich habe mich doch entschließen müssen, die Gartenseite des Hauses zu unterschwellen, welches heute angefangen worden. Bis jetzt hat mir eigentlich bloß die Neuheit dieser Existenz den Aufenthalt im Garten reizend machen können, denn entweder war das Wetter nicht freundlich oder das Bauwesen raubte mir die Ruhe. Es bekommt mir aber übrigens sehr wohl hier, und an die Arbeit gewöhn ich mich auch wieder.

Haben Sie nun die Schlegelische Kritik von Schlossern gelesen? Sie ist zwar in ihrem Grundbegriff nicht unwahr, aber man sieht ihr doch die böse Absicht und die Partei viel zu stark an. Es wird doch zu arg mit diesem Herrn Friedrich Schlegel. So hat er kürzlich dem Alexander Humboldt erzählt, daß er die Agnes, im Journal Deutschland, rezensiert habe und zwar sehr hart. Jetzt aber, da er höre, sie sei *nicht* von Ihnen, so bedaure er, daß er sie so streng behandelt habe. Der Laffe meinte also, er müsse dafür sorgen, daß Ihr Geschmack sich nicht verschlimmere. Und diese Unverschämtheit kann er mit einer solchen Unwissenheit und Oberflächlichkeit paaren, daß er die Agnes wirklich für Ihr Werk hielt.

Das Geschwätz über die Xenien dauert noch immer fort; ich finde immer noch einen neuen Büchertitel, worin ein Aufsatz oder so was gegen die Xenien angekündigt wird. Neulich fand ich in einem Journal: Annalen der *leidenden Menschheit* einen Aufsatz gegen die Xenien.

Den Schluß des Cellini bitte nicht zu vergessen, und vielleicht fällt Ihnen beim Kramen in Ihren Papieren noch irgend etwas für die Horen oder für den Almanach in die Hände.

Leben Sie recht wohl. Meine Frau empfielt sich aufs beste.

Jena, 16. Mai 1797 Sch.

316. An Schiller

Es tut mir leid, daß Sie vom nahen Bauwesen so viel dulden! es ist ein böses Leiden und dabei ein reizender Zeitverderb, in seiner Nähe arbeitende Handwerker zu haben, ich wünsche, daß auch diese Ereignisse Sie nicht allzusehr zerstreuen mögen.

Ich suche so viel als möglich aufzuräumen, um mir ein paar ganz freie Wochen zu verdienen, und womöglich die Stimmung vom Schluß meines Gedichts zu finden. Von der übrigen lieben deutschen Literatur habe ich rein Abschied genommen. Fast bei allen Urteilen waltet nur der gute oder der böse Wille gegen die Person, und die Fratze des Parteigeists ist mir mehr zuwider als irgend eine andere Karikatur.

Seitdem die Hoffnung, das gelobte, obgleich jetzt sehr mißhandelte, Land zu sehen bei mir wieder auflebt, bin ich mit aller Welt Freund und mehr als jemals überzeugt: daß man im Theoretischen und Praktischen, und besonders in unserm Falle im Wissenschaftlichen und Dichterischen, immer mehr mit sich selbst eins zu werden und eins zu bleiben suchen müsse. Übrigens mag alles gehen, wie es kann.

Lassen Sie uns, solange wir beisammen bleiben, auch unsere Zweiheit immer mehr in Einklang bringen, damit selbst eine längere Entfernung unserem Verhältnis nichts anhaben könne.

Den Schluß des Cellini will ich in Jena gleich zum Anfange vornehmen; vielleicht findet sich auch sonst noch etwas, und vielleicht wird Moses durch die Unterhaltung wieder lebendig. Leben Sie recht wohl, grüßen Ihre liebe Frau und genießen der freien Luft, die Ihnen doch früh oder spät gute Stimmungen gewähren wird.

Weimar, am 17ten Mai 1797 G.

317. An Schiller

Ich fange nun schon an, mich dergestalt an mein einsames Schloß- und Bibliothekwesen zu gewöhnen, daß ich mich kaum herausreißen kann und meine Tage neben den Büttnerischen Laren, zwar unbemerkt, aber doch nicht ungenutzt vorbeistreichen. Um 7 Uhr geh ich ins Konzert und dann zu Loder, ich werde also Sie und den freundlichen Himmel heute nicht sehen. Das Wetter verspricht gute Dauer, denn das Barometer ist gestiegen.

Über die Einleitung unseres Blumenmädchens hab ich auch gedacht. Der Sache ist, glaub ich, durch einen doppelten Titel und ein doppeltes Titelblatt geholfen, wo auf dem äußern, sonst der Schmutztitel genannt, die Stelle des Plinius dem Leser gleich entgegenkommt. Ich lasse in diesem Sinne gegenwärtig eine Abschrift für Sie machen.

Hierbei erhalten Sie zugleich noch ein kleines Gedicht, mit dem Wunsch, daß es Ihnen wohl und vergnüglich sein möge. Mir geht es übrigens so gut, daß die Vernunft des Petrarchs alle Ursache hätte, mir einen großen Sermon zu halten.

[Jena,] den 23. Mai 1797 G.

318. An Goethe

[Jena, den] 23. Mai 1797

Dank Ihnen für Ihr liebes Billet und das Gedicht. Dies ist so musterhaft schön und rund und vollendet, daß ich recht dabei gefühlt habe, wie auch ein kleines Ganze, eine einfache Idee durch die vollkommene Darstellung einem den Genuß des Höchsten geben kann. Auch bis auf die kleinsten Foderungen des Metrums ist es vollendet. Übrigens belustigte es mich, diesem kleinen Stücke die Geistesatmosphäre anzumerken, in der Sie gerade leben mochten, denn es ist ordentlich recht sentimentalisch schön!

Ich wünsche Ihnen eine recht gute Nacht zu einem lustigen Abend, und möchte die schöne Muse, die bei Tage und wachend Sie begleitet, sich gefallen lassen, Ihnen nachts in der nämlichen, aber körperlichen Schönheit sich zuzugesellen. Sch.

319. An Schiller

Hier schicke ich eine Kopie der Quittung und lege auch die Berechnung bei, die ich mir aber zurück erbitte. Können Sie mir sagen, wie viel ich erhalte, so wird es mir angenehm sein.

Die beiden handfesten Pursche, Moses und Cellini, haben sich heute zusammen eingestellt; wenn man sie nebeneinander sieht, so haben sie eine wundersame Ähnlichkeit. Sie werden doch gestehen, daß dies eine Parallele ist, die selbst Plutarchen nicht eingefallen wäre. Leben Sie recht wohl bei diesem leidlichern Tage.
Jena, den 27. Mai 1797 G.

320. *An Goethe*

[Jena, den 27. Mai 1797]

Der heutige Tag ist recht hübsch, sein Gemüt zu sammeln, und ladet zur Arbeit ein. Moses, so wie Sie ihn genommen, ist dem Cellini wirklich gar nicht so unähnlich, aber man wird die Parallele greulich finden.

Hier die Rechnung. Das Geld will ich Ihnen lieber selbst geben, die Summe ist zu groß.

Leben Sie recht wohl. Sch.

321. *An Schiller*

Ich sende hiermit Ihren reellen Theaterbeutel mit Dank zurück, es hat wohl selten ein dramatischer Schriftsteller einen solchen ausgespendet.

Ich habe auch nunmehr die Rechnung ajustieren lassen, die Ihrige in *Copia* beigefügt und das Ganze unterschrieben, wodurch denn also das Jahr saldiert wäre. Nur wünschte ich die *Escherische Quittung* oder eine beglaubte Abschrift derselben wegen der gezahlten 200 Stück Laubtaler zu haben, weil ich sie bei meiner Meyerischen Rechnung bedarf.

Gerning scheint Ernst zu machen, er meldet, daß er Pfingsten nach Italien gehen will.

Böttiger wird morgen ankommen und einige Tage bleiben, es wird nun von Ihnen abhängen, wann er Ihren Grund und Boden einmal betreten darf.

Heute werde ich nicht das Vergnügen haben, Sie zu sehen, bei Tage wage ich mich nicht vor die Türe und abends bin ich zu einigen Feierlichkeiten geladen.

Der Eindruck von dem wiederholten Lesen des Prologs ist mir sehr gut und gehörig geblieben, allein der Aufwand wäre für ein einziges Drama zu groß. Da Sie einmal durch einen sonderbaren Zusammenfluß von Umständen diese Zeitepoche historisch und dichterisch bearbeitet haben, so liegt Ihnen *individuell* in der Hand, wornach man sich im allgemeinen so weit umsieht: ein eigner Zyklus, in dem Sie, wenn Sie Lust haben, auch Privatgegenstände hineinwerfen und sich für Ihre ganze dichterische Laufbahn alle Exposition ersparen können.

Sie äußerten neulich schon eine solche Idee, und sie dringt sich mir jetzt erst recht auf.

Sie erhalten zugleich ein Gedicht, das sich auch an einen gewissen Kreis anschließt. Leben Sie recht wohl und erfreuen sich des Abends, der schön zu werden verspricht.

Jena, am 28. Mai. 1797 G.

322. An Goethe

Jena, 29. Mai 1797

Ich wünsche, daß Sie auf die gestrige Partie recht wohl geschlafen haben mögen. Der Besuch von Mignon war mir sehr erfreulich, bleiben Sie ja bei diesem Individuum, es läßt sich in dieser eigenen Seele so vieles empfinden und aussprechen, was in keiner andern geschehen kann. Böttigern hätte meine Frau morgen abend am liebsten. Wenn Gerning so bald geht, so würde die Reise Sie doch früher überraschen, als Sie gedacht haben – und wie stehts dann um die Urania? und um die übrigen poetischen und biblischen Plane?

Schiller

Leben Sie recht wohl. Wir sehen Sie doch heute abend?

323. An Schiller

Hierbei Urania. Möchten uns doch die Neune, die uns bisher beigestanden haben, bald noch zum epischen Schweife verhelfen.

Meine Schriften, artig geheftet, liegen nunmehr für Boie da, ich will einen Brief dazu schreiben und sie, wohlgepackt, fortschicken. Sie haben wohl die Güte, mir die Adresse anzuzeigen.

Ich lege auch die Zeichnung für die Decke des Musenalmanachs bei, die Absicht ist freilich, daß das Kupfer auf bunt Papier gedruckt und die Lichter mit Gold gehöht werden sollten. Es ist zu wünschen, daß ein geschickter Kupferstecher mit Beurteilung bei der Arbeit verfahre, damit sie auch ohne jene Aufhöhung guten Effekt tue.

Ich bitte mir den Gesang, sobald Sie ihn gelesen haben, wieder zurückzuschicken, indem ich ihn gleich abzusenden denke. Leben Sie recht wohl und lassen den heutigen schönen Tag fruchtbar sein.

[Jena, den] 3. Juni 1797 G.

324. An Schiller

Hier schicke ich den Schlegelschen Aufsatz, er scheint mir im ganzen gut gedacht und gut geschrieben, einige Stellen habe ich angezeichnet, die mit wenigem verbessert werden könnten; Sie tun ja wohl das gleiche, und wenn ich den Aufsatz diesen Abend mit nach Hause nehmen kann, so berichtige ich alles morgen mit ihm, so daß Sie Montag den hungrigen Stunden dieses Frühstück nebst einem Bissen Cellini vorsetzen können. Leben Sie recht wohl und lassen Ihren Taucher je eher je lieber ersaufen. Es ist nicht übel, da ich meine Paare in das Feuer und aus dem Feuer bringe, daß Ihr Held sich das entgegengesetzte Element aussucht.

[Jena,] den 10ten Juni 1797 G.

325. An Schiller

Dem Herren in der Wüste bracht
Der Satan einen Stein,
Und sagte: Herr, durch deine Macht
Laß es ein Brötchen sein!

Von vielen Steinen sendet dir
Der Freund ein Musterstück,
Ideen gibst du bald dafür
Ihm tausendfach zurück.

Jena, am 13. Juni 1797 G.

326. An Schiller

Ich schicke das Restchen Cellini und das Blumenmädchen und erbitte mir dagegen die *Dame des belles cousines*, zu der ich unbekannterweise eine besondere Neigung hege. Sodann auch den

Almanach, der die *Würde der Frauen* enthält, zu einem schwer zu erratenden Zwecke.

Das Barometer steht noch immer tief und nötigt uns zu häuslicher, innerlicher Behaglichkeit. Ich komme diesen Nachmittag nur ein wenig, weil ich diesen Abend leider das *helle Nachtmahl* nicht mit einnehmen kann.

Jena, den 13. Juni 1797 G.

327. An Schiller

Ich werde Sie leider heute nicht sehen, der Regen und die Notwendigkeit, heute abend in dem Klub einigermaßen angezogen zu sein, hindern mich an meiner gewöhnlichen Wallfahrt.

Ich schicke den veränderten Schlegelschen Aufsatz zu beliebigem Gebrauche und wünsche, daß der Taucher möge glücklich absolviert sein.

Ich habe mich heute früh an *Amlet* des Saxo Grammaticus gemacht, es ist leider die Erzählung, ohne daß sie stark durchs Läuterfeuer geht, nicht zu brauchen, kann man aber Herr darüber werden, so wird es immer artig und wegen der Vergleichung merkwürdig.

Das Barometer will noch immer nicht weiter steigen und der Himmel scheint ohne dasselbe, aus eigner Macht und Gewalt, kein gut Wetter machen zu wollen. Leben Sie recht wohl.

[Jena,] den 14ten Juni 1797 G.

328. An Schiller

Leider muß ich mit meiner mineralogischen Gabe zugleich anzeigen, daß ich abgerufen werde und heute abend wegreise, ich komme auf alle Fälle noch einen Augenblick und bitte durch Überbringern um die beiden Fischbücher.

[Jena.] Den 16. Juni 1797 G.

329. An Goethe

Jena, 18. Juni 1797

Seit Ihrer Entfernung habe ich schon einen Vorschmack der großen Einsamkeit, in die mich Ihre völlige Abreise versetzen wird. Glücklicherweise ist mir das Wetter jetzt günstig, und ich kann viel im Freien leben. Unterdessen beschäftigte mich der Vieilleville, denn die *Stunden* drängen sehr; doch habe ich auch etwas weniges poetisiert: ein kleines Nachstück zum *Taucher*, wozu ich durch eine Anekdote in S[aint-] Foix' *Essay sur Paris* aufgemuntert wurde. Ich sehe einer poetischen Tätigkeit jetzt mit rechter Lust entgegen und hoffe, in den zwei nächsten Monaten auch etwas zustande zu bringen.

Die Entscheidung, ob Sie weiter gehen werden als nach der Schweiz, ist auch mir wichtig, und ich erwarte sie mit Ungeduld. Je mehr Verhältnissen ich jetzt abgestorben bin, einen desto größern Einfluß haben die wenigen auf meinen Zustand, und den entscheidendsten hat Ihre lebendige Gegenwart. Die letzten 4 Wochen haben wieder vieles in mir bauen und gründen helfen. Sie gewöhnen mir immer mehr die Tendenz ab (die in allem Praktischen, besonders Poetischen eine Unart ist), vom Allgemeinen zum Individuellen zu gehen, und führen mich umgekehrt von einzelnen Fällen zu großen Gesetzen fort. Der Punkt ist immer klein und eng, von dem Sie auszugehen pflegen, aber er führt mich ins Weite und macht mir dadurch, in meiner Natur, wohl, anstatt daß ich auf dem andern Weg, dem ich, mir selbst überlassen, so gerne folge, immer vom Weiten ins Enge komme und das unangenehme Gefühl habe, mich am Ende ärmer zu sehen als am Anfang.

Von Humboldt habe ich noch immer keine Nachricht, er scheint noch nicht in Dresden angekommen zu sein, weil mir auch Körner nichts von ihm zu schreiben wußte. Jener Herr von Senf, den Ihnen Körner angemeldet, wird nicht in unsre Gegend kommen, er hat kürzlich eine Verhinderung erhalten.

Heute abend ging meine Frau mit Wolzogen, der hier war, auf etliche Tage nach Weimar. Mich läßt der Vieilleville diese Woche nicht vom Platz.

Vergessen Sie doch nicht, mir den Chor aus Prometheus zu schicken. Leben Sie recht wohl. Ich sehne mich, bald wieder von Ihnen zu hören.

Jena, 18. Juni 1797 Schiller

330. An Schiller

Bei dem heutigen Regenwetter mag es auf Ihrer Burg sehr einsam aussehen, doch ist eine weite Aussicht, wo Erde und Himmel so vielerlei Ansichten geben, mehr wert, als man glaubt, wenn man sie täglich genießt, ich wünsche bei dieser äußern Einschränkung guten Fortgang der Geschäfte.

Der Handschuh ist ein sehr glücklicher Gegenstand und die Ausführung gut geraten, wir wollen ja dergleichen Gegenstände, die uns auffallen, künftig gleich benutzen. Hier ist die ganz *reine Tat*, ohne Zweck oder vielmehr im umgekehrten Zweck, was so sonderbar wohlgefällt.

Ich habe diese Tage mancherlei angegriffen und nichts getan. Die Geschichte der Peterskirche habe ich besser und vollständiger schematisiert, und sowohl diese Arbeit als der Moses und andere werden schon nach und nach reif werden, ich muß die jetzige Zeit, die nur ein zerstreutes Interesse, bei der Ungewißheit, in der ich schwebe, hervorbringt, so gut, als es gehen will, benutzen, bis ich wieder auf eine Einheit hingeführt werde.

Den Chor des Prometheus finde ich nicht, auch kann ich mich nicht erinnern, daß ich ihn von Humboldt wieder erhalten habe, deswegen ich auch glaubte, das Gedicht sei schon in Ihren Händen. Auf alle Fälle hat ihn Frau von Humboldt abgeschrieben, und er wird also leicht von Dresden zu haben sein.

Vorgestern habe ich Wieland besucht, der in einem sehr artigen, geräumigen und wohnhaft eingerichteten Hause, in der traurigsten Gegend von der Welt, lebt, der Weg dahin ist noch dazu meistenteils sehr schlimm. Ein Glück ists, daß jedem nur sein eigner Zustand zu behagen braucht, ich wünsche, daß dem guten Alten der seinige nie verleiden möge! Das Schlimmste ist wirklich, nach meiner Vorstellung, daß bei Regenwetter und kurzen Tagen an gar keine Kommunikation mit andern Menschen zu denken ist.

Mein Zustand, der zwischen Nähe und Ferne, zwischen einer großen und kleinen Expedition sich hin und wieder wiegt, hat in dem Augenblick wenig Erfreuliches, und ich werde mich noch einige Wochen so hinhalten müssen. Bringe ich den guten Meyer auf Michael wieder zurück, so soll unser Winterleben eine gute Wendung nehmen. Wir haben in den letzten 4 Wochen theoretisch und praktisch wirklich wieder schöne Fortschritte getan, und wenn meine Natur die Wirkung hat, die Ihrige ins Begrenzte zu ziehen, so habe ich durch Sie den Vorteil, daß ich auch wohl manchmal über meine Grenzen hinaus gezogen werde, wenigstens daß ich nicht so lange mich auf einem so engen Fleck herumtreibe. Kommt der alte Meister noch dazu, der die Reichtümer einer fremden Kunst mit zum besten gibt, so soll es wohl an guten Wirkungen nicht fehlen. Ich lege den *Handschuh* wie-

der bei, der zum *Taucher* wirklich ein artiges Nach- und Gegenstück macht und durch sein eignes Verdienst das Verdienst jener Dichtung um so mehr erhöht. Leben Sie recht wohl, und lassen Sie bald von Sich hören.
Weimar, den 21. Juni 1797 G.

331. An Schiller

Da es höchst nötig ist, daß ich mir, in meinem jetzigen unruhigen Zustande, etwas zu tun gebe, so habe ich mich entschlossen, an meinen Faust zu gehen und ihn, wo nicht zu vollenden, doch wenigstens um ein gutes Teil weiter zu bringen, indem ich das, was gedruckt ist, wieder auflöse und mit dem, was schon fertig oder erfunden ist, in große Massen disponiere und so die Ausführung des Plans, der eigentlich nur eine Idee ist, näher vorbereite. Nun habe ich eben diese Idee und deren Darstellung wieder vorgenommen und bin mit mir selbst ziemlich einig. Nun wünschte ich aber, daß Sie die Güte hätten, die Sache einmal, in schlafloser Nacht, durchzudenken, mir die Forderungen, die Sie an das Ganze machen würden, vorzulegen, und so mir meine eignen Träume, als ein wahrer Prophet, zu erzählen und zu deuten.

Da die verschiednen Teile dieses Gedichts, in Absicht auf die Stimmung, verschieden behandelt werden können, wenn sie sich nur dem Geist und Ton des Ganzen subordinieren, da übrigens die ganze Arbeit subjektiv ist: so kann ich in einzelnen Momenten daran arbeiten, und so bin ich auch jetzt etwas zu leisten imstande.

Unser Balladenstudium hat mich wieder auf diesen Dunst- und Nebelweg gebracht, und die Umstände raten mir, in mehr als in Einem Sinne, eine Zeitlang darauf herum zu irren.

Das Interessante meines neuen epischen Plans geht vielleicht auch in einen solchen Reim- und Strophendunst in die *Luft*, wir wollen es noch ein wenig kohobieren lassen. Für heute leben Sie recht wohl! Karl war gestern in meinem Garten, ohngeachtet des übeln Wetters, recht vergnügt. Ich hätte gern Ihre liebe Frau, wenn sie hier geblieben wäre, mit den Ihrigen heute abend bei mir gesehen. Wenn Sie sich nur auch einmal wieder entschließen könnten, die jenaische Chaussee zu messen. Freilich wünschte ich Ihnen bessere Tage zu so einer Expedition.
Weimar, den 22. Juni 1797 G.

332. An Goethe

Jena, 23. Juni 1797

Ihr Entschluß, an den Faust zu gehen, ist mir in der Tat überraschend, besonders jetzt, da Sie sich zu einer Reise nach Italien gürten. Aber ich hab es einmal für immer aufgegeben, Sie mit der gewöhnlichen Logik zu messen, und bin also im voraus überzeugt, daß Ihr Genius sich vollkommen gut aus der Sache ziehen wird.

Ihre Aufforderung an mich, Ihnen meine Erwartungen und Desideria mitzuteilen, ist nicht leicht zu erfüllen; aber soviel ich kann, will ich Ihren Faden aufzufinden suchen, und wenn das auch nicht geht, so will ich mir einbilden, als ob ich die Fragmente von Faust zufällig fände und solche auszuführen hätte. So viel bemerke ich hier nur, daß der Faust, das Stück nämlich, bei aller seiner dichterischen Individualität, die Foderung an eine symbolische Bedeutsamkeit nicht ganz von sich weisen kann, wie auch wahrscheinlich Ihre eigene Idee ist. Die Duplizität der menschlichen Natur und das verunglückte Bestreben, das Göttliche und das Physische im Menschen zu vereinigen, verliert man nicht aus den Augen, und weil die Fabel ins Grelle und Formlose geht und gehen muß, so will man nicht bei dem Gegenstand stille stehen, sondern von ihm zu Ideen geleitet werden. Kurz, die Anfoderungen an den Faust sind zugleich philosophisch und poetisch, und Sie mögen sich wenden, wie Sie wollen, so wird Ihnen die Natur des Gegenstandes eine philosophische Behandlung auflegen, und die Einbildungskraft wird sich zum Dienst einer Vernunftidee bequemen müssen.

Aber ich sage Ihnen damit schwerlich etwas Neues, denn Sie haben diese Foderung in dem, was bereits da ist, schon in hohem Grad zu befriedigen angefangen.

Wenn Sie jetzt wirklich an den Faust gehen, so zweifle ich auch nicht mehr an seiner völligen Ausführung, welches mich sehr erfreut.

Meine Frau, die mir Ihren Brief bringt und eben von ihrer kleinen Reise mit dem Herrn Karl zurück kommt, verhindert mich heute mehr zu schreiben. Montag denke ich Ihnen eine neue Ballade zu senden, es ist jetzt eine ergiebige Zeit zur Darstellung von Ideen.

Leben Sie recht wohl. Sch.

333. An Schiller

Dank für Ihre ersten Worte über den wieder auflebenden Faust. Wir werden wohl in der Ansicht dieses Werkes nicht variieren, doch gibts gleich einen ganz andern Mut zur Arbeit, wenn man seine Gedanken und Vorsätze auch von außen bezeichnet sieht, und Ihre Teilnahme ist in mehr als Einem Sinne fruchtbar.

Daß ich jetzt dieses Werk angegriffen habe, ist eigentlich eine Klugheitssache, denn da ich bei Meyers Gesundheitsumständen noch immer erwarten muß, einen nordischen Winter zuzubringen, so mag ich, durch Unmut über fehlgeschlagene Hoffnung, weder mir noch meinen Freunden lästig sein und bereite mir einen Rückzug in diese Symbol-, Ideen- und Nebelwelt mit Lust und Liebe vor.

Ich werde nur vorerst die großen erfundenen und halb bearbeiteten Massen zu enden und mit dem, was gedruckt ist, zusammenzustellen suchen, und das so lange treiben, bis sich der Kreis selbst erschöpft.

Leben Sie recht wohl, fahren Sie fort, mir etwas über Gegenstand und Behandlung zu sagen, und schicken Sie mir die Ballade ja.

Weimar, den 24. Juni 1797 G.

334. An Goethe

Jena, 26. Juni 1797

Wenn ich Sie neulich recht verstanden habe, so haben Sie die Idee, Ihr neues episches Gedicht, die Jagd, in Reimen und Strophen zu behandeln. Ich vergaß neulich, ein Wort darüber zu sagen, aber diese Idee leuchtet mir ein, und ich glaube sogar, daß dies die Bedingung sein wird, unter welcher allein dieses neue Gedicht neben Ihrem Hermann bestehen kann. Außerdem, daß selbst der Gedanke des Gedichts zur modernen Dichtkunst geeignet ist und also auch die beliebte Strophenform begünstigt, so schließt die neue metrische Form schon die Konkurrenz und die Vergleichung aus, sie gibt dem Leser ebensowohl als dem Dichter eine ganz andere Stimmung, es ist ein Konzert auf einem ganz andern Instrument. Zugleich partizipiert es alsdann von gewissen Rechten des romantischen Gedichts, ohne daß es eigentlich eines wäre, es darf sich wo nicht des Wunderbaren, doch des Seltsamen und Überraschenden mehr bedienen, und die Löwen- und Tiger-Geschichte, die mir immer außerordentlich vorkam, erweckt dann gar kein Befremden mehr. Auch ist von den fürstlichen Personen und Jägern nur ein leichter Schritt zu den Ritterfiguren, und überhaupt knüpft sich der vornehme Stand, mit dem Sie es in diesem Gedicht zu tun haben, an etwas Nordisches und Feudalisches an; die griechische Welt, an die der Hexameter unausbleiblich erinnert, nimmt diesen Stoff daher weniger an, und die mittlere und neue Welt, also auch die moderne Poesie, kann ihn mit Recht reklamieren.

Den Faust habe ich nun wieder gelesen, und mir schwindelt ordentlich vor der Auflösung. Dies ist indes sehr natürlich, denn die Sache beruht auf einer Anschauung, und solang man die nicht hat, muß ein selbst nicht so reicher Stoff den Verstand in Verlegenheit setzen. Was mich daran ängstigt, ist, daß mir der Faust seiner Anlage nach auch eine Totalität der Materie nach zu erfodern scheint, wenn am Ende die Idee ausgeführt erscheinen soll, und für eine so hoch aufquellende Masse finde ich keinen poetischen Reif, der sie zusammenhält. Nun, Sie werden sich schon zu helfen wissen.

Zum Beispiel, es gehörte sich meines Bedünkens, daß der Faust in das handelnde Leben geführt würde und, welches Stück Sie auch aus dieser Masse erwählen, so scheint es mir immer durch seine Natur eine zu große Umständlichkeit und Breite zu erfodern.

In Rücksicht auf die Behandlung finde ich die große Schwierigkeit, zwischen dem Spaß und dem Ernst glücklich durchzukommen, Verstand und Vernunft scheinen mir in diesem Stoff auf Tod und Leben miteinander zu ringen. Bei der jetzigen fragmentarischen Gestalt des Fausts fühlt man dieses sehr, aber man verweist die Erwartung auf das entwickelte Ganze. Der Teufel behält durch seinen Realism vor dem Verstand, und der Faust vor dem Herzen recht. Zuweilen aber scheinen sie ihre Rollen zu tauschen und der Teufel nimmt die Vernunft gegen den Faust in Schutz.

Eine Schwierigkeit finde ich auch darin, daß der Teufel durch seinen Charakter, der realistisch ist, seine Existenz, die idealistisch ist, aufhebt. Die Vernunft nur kann ihn glauben, und der Verstand nur kann ihn so, wie er da ist, gelten lassen und begreifen.

Ich bin überhaupt sehr erwartend, wie die Volksfabel sich dem philosophischen Teil des Ganzen anschmiegen wird.

Hier sende ich meine Ballade. Es ist ein Gegenstück zu Ihren Kranichen. Schreiben Sie mir doch, wie es ums Barometer steht, ich wünschte zu wissen, ob wir endlich dauerhaftes Wetter hoffen können. Leben Sie recht wohl. S.

335. An Schiller

Der Ring des Polykrates ist sehr gut dargestellt. Der königliche Freund, vor dessen, wie vor des Zuhörers, Augen alles geschieht und der Schluß, der die Erfüllung *in Suspenso* läßt, alles ist sehr gut. Ich wünsche, daß mir mein Gegenstück ebenso geraten möge! Ihre Bemerkungen zu Faust waren mir sehr erfreulich. Sie treffen, wie es natürlich war, mit meinen Vorsätzen und Planen recht gut zusammen, nur daß ich mirs bei dieser barbarischen Komposition bequemer mache und die höchsten Forderungen mehr zu berühren als zu erfüllen denke. So werden wohl Verstand und Vernunft, wie zwei Klopffechter sich grimmig herumschlagen, um abends zusammen freundschaftlich auszuruhen. Ich werde sorgen, daß die Teile anmutig und unterhaltend sind und etwas denken lassen; bei dem Ganzen, das immer ein Fragment bleiben wird, mag mir die neue Theorie des epischen Gedichts zustatten kommen.

Das Barometer ist in steter Bewegung, wir können uns in dieser Jahrszeit keine beständige Wittrung versprechen. Man empfindet diese Unbequemlichkeit nicht eher, als bis man Anforderungen an eine reine Existenz in freier Luft macht, der Herbst ist immer unsere beste Zeit.

Leben Sie recht wohl, und fahren Sie fleißig fort, Ihren Almanach auszustatten. Da ich durch meinen Faust bei dem Reimwesen gehalten werde, so werde ich gewiß auch noch einiges liefern; es scheint mir jetzt auch ausgemacht, daß meine Tiger und Löwen in diese Form gehören, ich fürchte nur fast, daß das eigentliche Interessante des Sujets sich zuletzt gar in eine Ballade auflösen möchte. Wir wollen abwarten, an welches Ufer der Genius das Schifflein treibt.

Den *Ring* schicke ich Mittwochs mit den Botenweibern.

Weimar, am 27. Juni 1797 G.

336. An Goethe

Jena, 27. Juni 1797

Ich lege hier 2 Gedichte bei, die gestern für den Almanach eingeschickt worden sind. Sehen Sie sie doch an, und sagen mir in ein paar Worten, wie Ihnen die Arbeit vorkommt, und was Sie sich von dem Verfasser versprechen. Über Produkte in dieser Manier habe ich kein reines Urteil, und ich wünschte gerade in diesem Fall recht klar zu sehen, weil mein Rat und Wink auf den Verfasser Einfluß haben wird.

Leben Sie recht wohl. Es ist hier unfreundlich und regnet, auch hat der heutige Tag nicht viel geboren. S.

337. *An Schiller*

Denen beiden mir überschickten Gedichten, die hier zurückkommen, bin ich nicht ganz ungünstig, und sie werden im Publiko gewiß Freunde finden. Freilich ist die Afrikanische Wüste und der Nordpol weder durch sinnliches noch inneres Anschauen gemalt, vielmehr sind sie beide durch Negationen dargestellt, da sie denn nicht, wie die Absicht doch ist, mit dem hinteren deutsch-lieblichen Bilde genugsam kontrastieren. So sieht auch das andere Gedicht mehr naturhistorisch als poetisch aus und erinnert einen an die Gemälde, wo sich die Tiere alle um Adam im Paradiese versammeln. Beide Gedichte drücken ein sanftes, in Genügsamkeit sich auflösendes Streben aus. Der Dichter hat einen heitern Blick über die Natur, mit der er doch nur durch Überliefrung bekannt zu sein scheint. Einige lebhafte Bilder überraschen, ob ich gleich den quellenden Wald, als negierendes Bild gegen die Wüste, nicht gern stehen sehe. In einzelnen Ausdrücken wie im Versmaß wäre noch hie und da einiges zu tun.

Ehe man mehreres von dem Verfasser gesehen hätte, daß man wüßte, ob er noch andere *Moyens* und Talent in andern Versarten hat, wüßte ich nicht, was ihm zu raten wäre. Ich möchte sagen, in beiden Gedichten sind gute Ingredienzien zu einem Dichter, die aber allein keinen Dichter machen. Vielleicht täte er am besten, wenn er einmal ein ganz einfaches idyllisches Faktum wählte und es darstellte, so könnte man eher sehen, wie es ihm mit der Menschenmalerei gelänge, worauf doch am Ende alles ankommt. Ich sollte denken, der *Äther* würde nicht übel im Almanach und der *Wanderer* gelegentlich ganz gut in den Horen stehen.

Der *Ring*, den ich hier wieder zurückschicke, hält sich bei wiederholtem Lesen sehr gut, er wird vielmehr besser, wie jedes Gedicht von Wert tun muß, indem es uns in die Stimmung nötigt, die wir beim ersten Hören und Lesen nicht gleich mitbringen.

Leben Sie wohl bei diesem regnerischen, nicht allein den Gartenbewohnern, sondern auch der Heuernte feindseligen Wetter.
Weimar, den 28. Juni 1797 G.

Für die Schwämme danke schönstens.

338. An Goethe

Jena, 30. Juni 1797

Es freut mich, daß Sie meinem Freunde und Schutzbefohlenen nicht ganz ungünstig sind. Das Tadelnswürdige an seiner Arbeit ist mir sehr lebhaft aufgefallen, aber ich wußte nicht recht, ob das Gute auch Stich halten würde, das ich darin zu bemerken glaubte. Aufrichtig, ich fand in diesen Gedichten viel von meiner eigenen sonstigen Gestalt, und es ist nicht das erstemal, daß mich der Verfasser an mich mahnte. Er hat eine heftige Subjektivität und verbindet damit einen gewissen philosophischen Geist und Tiefsinn. Sein Zustand ist gefährlich, da solchen Naturen so gar schwer beizukommen ist. Indessen finde ich in diesen neuren Stücken doch den Anfang einer gewissen Verbesserung, wenn ich sie gegen seine vormaligen Arbeiten halte; denn kurz, es ist Hölderlin, den Sie vor etlichen Jahren bei mir gesehen haben. Ich würde ihn nicht aufgeben, wenn ich nur eine Möglichkeit wüßte, ihn aus seiner eignen Gesellschaft zu bringen und einem wohltätigen und fortdaurenden Einfluß von außen zu öffnen. Er lebt jetzt als Hofmeister in einem Kaufmannshause zu Frankfurt und ist also in Sachen des Geschmacks und der Poesie bloß auf sich selber eingeschränkt und wird in dieser Lage immer mehr in sich selbst hineingetrieben.

Für die Horen hat mir unsere Dichterin Mereau jetzt ein sehr angenehmes Geschenk gemacht, und das mich wirklich überraschte. Es ist der Anfang eines Romans in Briefen, die mit weit mehr Klarheit, Leichtigkeit und Simplizität geschrieben sind, als ich je von ihr erwartet hätte. Sie fängt darin an, sich von Fehlern frei zu machen, die ich an ihr für ganz unheilbar hielt, und wenn sie auf diesem guten Wege weiter fortgeht, so erleben wir noch was an ihr. Ich muß mich doch wirklich darüber wundern, wie unsere Weiber jetzt, auf bloß dilettantischem Wege, eine gewisse Schreibgeschicklichkeit sich zu verschaffen wissen, die der Kunst nahe kommt.

Kennen Sie etwa einen gewissen *Ahlwardt*, Rektor in Anklam, durch Übersetzungen des Kallimachos? Er hat sich zu den

Horen angeboten und beruft sich auf Voß, der ihn an mich gewiesen. Er übersetzt aus alten und neuen Sprachen, und auch im Merkur 1795 soll mehreres aus Euripides, Ovid und auch aus Camoens von ihm stehen. Wenn Sie Böttiger sehen, so seien Sie doch so gütig, ihn nach diesem Subjekt zu fragen, und uns jene Merkur-Stücke durch ihn zu verschaffen. Er bietet mir Hero und Leander und einige Übersetzungen aus dem Englischen an, und es wäre mir lieb, wenn ich ihn brauchen könnte.

Ich wünschte, daß die zwei leidlich heiteren Tage, die wir wieder genossen haben, bei Ihnen fruchtbarer gewesen sein möchten als bei mir. Meine Krämpfe regten sich seit einigen Tagen wieder stärker und ließen mich nicht schlafen. Ich wollte an den Faust denken, aber der Teufel *in Natura* wollte den poetischen nicht aufkommen lassen.

Leben Sie recht wohl. S.

Ich habe einige Reminiszenzen aus einer Reise durch Nordamerika von Thomas Carver, und mir ist, als wenn sich diese Völkernatur in einem Lied artig darstellen ließe. Dazu müßte ich aber jenen Carver noch einmal ansehen. Ich hatte ihn von Knebeln, der aber, wie ich höre, fort ist. Vielleicht hat ihn Voigt, der mit Reisebeschreibungen reichlich versehen ist und mir ihn wohl auf einen Botentag leiht.

339. An Schiller

Ich will Ihnen nur auch gestehen, daß mir etwas von Ihrer Art und Weise aus den Gedichten entgegensprach, eine ähnliche Richtung ist wohl nicht zu verkennen, allein sie haben weder die Fülle, noch die Stärke, die Tiefe Ihrer Arbeiten, indessen rekommandiert diese Gedichte, wie ich schon gesagt habe, eine gewisse Lieblichkeit, Innigkeit und Mäßigkeit, und der Verfasser verdient wohl, besonders da Sie frühere Verhältnisse zu ihm haben, daß Sie das Mögliche tun, um ihn zu lenken und zu leiten.

Unsere Frauen sollen gelobt werden, wenn sie so fortfahren, durch Betrachtung und Übung, sich auszubilden. Am Ende haben die neuern Künstler sämtlich keinen andern Weg. Keine Theorie gibts, wenigstens keine allgemein verständliche, keine entschiedne Muster sind da, welche ganze Genres repräsentierten, und so muß denn jeder durch Teilnahme und Anähnlichung und viele Übung sein armes Subjekt ausbilden.

Hofrat Hirt ist hier, er ist mir auf manche Weise eine fremde Erscheinung; die Monumente der alten und neuen Kunst des herrlichen Landes, die er noch unverrückt verließ, sind ihm sehr lebhaft gegenwärtig, und er weiß, als ein Mann von Verstande, eine vollständige Empirie recht gut zu ordnen und zu schätzen, wie er z. E. in der Baukunst, die eigentlich sein Fach ist, recht gut urteilt. Die bekannte Idee der gleichen symbolischen Übertragung der vollendeten Holzbaukonstruktion auf den Bau mit Steinen weiß er sehr gut durchzuführen und die Zweckmäßigkeit der Teile sowohl zum Gebrauch als zur Schönheit herzuleiten. In den übrigen Künsten hat er auch eine ausgebreitete Erfahrung; aber freilich bei eigentlichen ästhetischen Urteilen steht er noch auf dem Punkte, wo wir ihn ehemals verließen, und in Absicht auf antiquarische Kenntnisse kann er neben Böttiger nicht bestehn, weil er weder die Breite noch die Gewandtheit hat; im ganzen ist mir seine Gegenwart sehr angenehm, weil sein Streben zugleich lebhaft und behaglich und ernsthaft ist, ohne lästig zu sein; er hat zu seinen architektonischen Demonstrationen sehr viel Blätter zeichnen lassen, wo das Gute und Fehlerhafte recht verständig neben einander gestellt ist.

Nach dem neuen Mitarbeiter sowie nach Carver will ich mich erkundigen.

Hier liegt ein Blatt wegen der andern Bücher bei, das ich zu unterzeichnen und die paar andern mir zurückzuschicken bitte.

Meinen Faust habe ich, in Absicht auf Schema und Übersicht, in der Geschwindigkeit recht vorgeschoben, doch hat die deutliche Baukunst die Luftphantome bald wieder verscheucht. Es käme jetzt nur auf einen ruhigen Monat an, so sollte das Werk zu männiglicher Verwunderung und Entsetzen, wie eine große Schwammfamilie, aus der Erde wachsen. Sollte aus meiner Reise nichts werden, so habe ich auf die Possen mein einziges Vertrauen gesetzt. Ich lasse jetzt das Gedruckte wieder abschreiben, und zwar in seine Teile getrennt, da denn das Neue desto besser mit dem Alten zusammen wachsen kann.

Von Meyer habe ich die Zeit nichts gehört. Von meinem Gedichte sind 7 Bogen angekommen, welche 5 Gesänge und die Hälfte des 6ten enthalten. Leben Sie recht wohl und gedenken Sie mein.

Weimar, den 1 ten Juli 1797 G.

340. *An Goethe*

[Jena, den] 4. Juli 1797

Hirt hat mich in diesen 3 Tagen recht interessant beschäftigt und mir manches zurückgelassen, worüber ich noch lange zu denken haben werde. Seine Urteile, wenn sie auch etwas befangen sind, ruhen auf einer vielfältigen und fortgesetzten Anschauung und sprechen in wenig Worten fruchtbare Resultate einer lebendigen Beobachtung und eines gründlichen Studiums aus. Mir deucht, daß er in der Hauptsache mit Ihnen und Meyern ziemlich einig ist, wenigstens kann man lange mit ihm über das Tiefste und Innerste sprechen, ohne auf eine Dissonanz zu stoßen oder sich unverständlich zu sein. Ich hätte gewünscht, der dritte Mann zu sein, wenn Sie sich mit ihm über diese Gegenstände unterhalten, weil ich ein Gespräch über bildende Kunst aus eigenem Mittel nicht lange unterhalten, wohl aber mit Nutzen zuhören kann.

Gegen Michelange ist er sehr eingenommen, und mir deucht, daß er ihn viel zu tief herab setzt, wenn er ihm bloß einen Zeitwert zugesteht. Indessen habe ich auch bei dem harten Urteil über Michelange sein Räsonnement sehr verständig gefunden und zweifle bloß an der richtigen Angabe des Faktums, worauf er es gründet.

Übrigens weiß ich noch nicht recht, was ich von Hirten eigentlich denken soll, und ob er bei einer längern Bekanntschaft die Probe halten würde. Vielleicht ist ihm manches nicht eigen, wodurch er jetzt in der Tat imponiert, wenigstens scheint mir die Wärme und Lebhaftigkeit, mit der er manches darzustellen wußte, nicht so eigentlich in seiner Natur zu liegen.

Lassen Sie sich doch von ihm etwas vom Maler Müller erzählen, wenn es noch nicht geschehen ist. Es ist kurzweilig genug, wie der Aufsatz in den Horen gegen Fernow entstanden ist.

Ich wünsche morgen von Ihnen zu hören, daß der Faust vorgerückt ist. Mir hat Hirts Anwesenheit in diesen Tagen eine kleine Zerstreuung gemacht, nur der Einfall mit dem Nordamerikanischen Lied ist ausgeführt worden, ich lege das Liedchen bei, das der Veränderung wegen mit passieren mag.

Hier folgt der Bücherzettel, nebst einem Brief von Humboldt. Die Bücher werden Sie durch meinen Schwager erhalten, dem ich heut ein Paket sende.

Leben Sie recht wohl. Sch.

341. An Schiller

Faust ist die Zeit zurückgelegt worden; die nordischen Phantome sind durch die südlichen Reminiszenzen auf einige Zeit zurückgedrängt worden, doch habe ich das Ganze als Schema und Übersicht sehr umständlich durchgeführt.

Es ist mir sehr lieb, daß Sie unsern alten römischen Freund haben persönlich kennen lernen, Sie werden ihn und seine Arbeiten künftig besser verstehen. Man sieht auch bei ihm, was bei einem verständigen Menschen eine reiche, beinahe vollständige, Empirie für Gutes hervorbringt. Darin urteilen Sie über ihn ganz recht: daß seine logischen Operationen sehr gut vonstatten gehen, wenn die Prämissen richtig sind; er kommt aber oft in den Fall, daß er, wo nicht falsche, doch beschränkte und einseitige Prämissen als allgemeine voraussetzt, da es denn mit dem Schließen nur eine Zeitlang gut geht. So entspringt seine Abneigung gegen Michelangelo auch aus einer fixen unhaltbaren Idee, so hat er in dem Aufsatz über Laokoon, den ich hier beilege, gar vielfach recht, und doch fällt er im ganzen zu kurz, da er nicht einsieht, daß Lessings, Winckelmanns und seine, ja noch mehrere Enunziationen zusammen erst die Kunst begrenzen. Indessen ist es recht gut, wie er aufs Charakteristische und Pathetische auch in den bildenden Künsten dringt.

Ich habe bei dieser Gelegenheit mich eines Aufsatzes erinnert, den ich vor mehrern Jahren schrieb, und habe, da ich ihn nicht finden konnte, das Material, dessen ich noch wohl eingedenk bin, nach meiner (und ich darf wohl sagen, *unserer*) jetzigen Überzeugung zusammengestellt. Vielleicht kann ich es Sonnabend überschicken. Der Hirtische Aufsatz ist eine gute Vorbereitung dazu, da er die neuste Veranlassung gegeben hat. Vielleicht gibt dieses, besonders wenn Meyer mit seinen Schätzen zurückkommt, Anlaß zu mehrerem, so wie ich doch auch gelegentlich wieder an die Peterskirche gehen werde, weil auch diese Abhandlung als Base von so manchem andern betrachtet werden kann.

Das Totenlied, das hier zurückkommt, hat seinen echten realistisch humoristischen Charakter, der wilden Naturen, in solchen Fällen, so wohl ansteht. Es ist ein großes Verdienst der Poesie, uns auch in diese Stimmungen zu versetzen, so wie es verdienstlich ist, den Kreis der poetischen Gegenstände immer zu erweitern. Leben Sie recht wohl, grüßen Ihre liebe Frau und gebrauchen und genießen der Zeit so viel und so gut, als möglich ist.

Von Meyer habe ich noch nichts vernommen.

Weimar, am 5ten Juli 1797 G.

Wollten Sie mir doch eine Abschrift der Wallensteiner schicken? ich habe sie unsrer Herzogin versprochen, die sich schon mehrmal mit Interesse nach Ihrer Arbeit erkundigt hat.

342. An Goethe

Jena, 7. Juli 1797

Es wäre, deucht mir, jetzt gerade der rechte Moment, daß die griechischen Kunstwerke von seiten des Charakteristischen beleuchtet und durchgegangen würden, denn allgemein herrscht noch immer der Winckelmannische und Lessingische Begriff, und unsre allerneuesten Ästhetiker, sowohl über Poesie als Plastik, lassen sichs recht sauer werden, das Schöne der Griechen von allem Charakteristischen zu befreien, und dieses zum Merkzeichen des Modernen zu machen. Mir deucht, daß die neuern Analytiker durch ihre Bemühungen, den Begriff des Schönen abzusondern und in einer gewissen Reinheit aufzustellen, ihn beinah ausgehöhlt und in einen leeren Schall verwandelt haben, daß man in der Entgegensetzung des Schönen gegen das Richtige und Treffende viel zu weit gegangen ist und eine Absonderung, die bloß der Philosoph macht, und die bloß von einer Seite statthaft ist, viel zu grob genommen hat.

Viele, finde ich, fehlen wieder auf eine andere Art, daß sie den Begriff der Schönheit viel zu sehr auf den Inhalt der Kunstwerke als auf die Behandlung beziehen, und so müssen sie freilich verlegen sein, wenn sie den vatikanischen Apoll und ähnliche, durch ihren Inhalt schon schöne Gestalten, mit dem Laokoon, mit einem Faun oder andern peinlichen oder ignobeln Repräsentationen unter Einer Idee von Schönheit begreifen sollen.

Es ist, wie Sie wissen, mit der Poesie derselbe Fall. Wie hat man sich von jeher gequält und quält sich noch, die derbe, oft niedrige und häßliche Natur im Homer und in den Tragikern bei den Begriffen durchzubringen, die man sich von dem griechischen Schönen gebildet hat. Möchte es doch einmal einer wagen, den Begriff und selbst das Wort Schönheit, an welches einmal alle jene falsche Begriffe unzertrennlich geknüpft sind, aus dem Umlauf zu bringen und, wie billig, die Wahrheit in ihrem vollständigsten Sinn an seine Stelle zu setzen.

Den Hirtischen Aufsatz hätte ich recht gern in den Horen. Sie und Meyer würden dann, wenn der Weg einmal offen ist, den Faden um so bequemer aufnehmen können und das Publikum auch schon mehr vorbereitet finden. Auch ich fände meine Rechnung dabei, wenn diese Materie über das Charakteristische und Leidenschaftliche in den griechischen Kunstwerken recht zur Sprache käme, denn ich sehe voraus, daß mich die Untersuchungen über das Griechische Trauerspiel, die ich mir vorbehalten habe, auf den nämlichen Punkt führen werden. Ihren Aufsatz erwarte ich mit Begierde.

Ich habe jetzt überlegt, daß der musikalische Teil des Almanachs vor allen Dingen fertig sein muß, weil der Komponist sonst nicht fertig wird. Deswegen bin ich jetzt an mein Glockengießerlied gegangen und studiere seit gestern in Krünitz' Encyklopädie, wo ich sehr viel profitiere. Dieses Gedicht liegt mir sehr am Herzen, es wird mir aber mehrere Wochen kosten, weil ich so vielerlei verschiedene Stimmungen dazu brauche und eine große Masse zu verarbeiten ist. Ich hätte auch nicht übel Lust, wenn Sie mir dazu raten, noch 4 oder 5 kleine Nadowessische Lieder nachfolgen zu lassen, um diese Natur, in die ich einmal hineingegangen, durch mehrere Zustände durchzuführen.

Aus meiner projektierten Reise nach Weimar hat diese Woche nichts werden wollen, doch denke ich sie in der nächsten auszuführen. Der Prolog ist jetzt noch auf Reisen, sobald er zurückkommt, schicke ich oder bringe ich ihn selbst.

Leben Sie recht wohl. Meine Frau grüßt Sie schönstens. Sch.

343. An Schiller

Ich versäume nicht, Ihnen sogleich das Briefchen zu schicken, das ich soeben von Meyer erhalte, es war mein sehnlichster und, ich darf wohl sagen, in diesem Augenblicke einziger Wunsch: ihn wieder in der Schweiz zu wissen, wo er sich das vorige Mal so schön erholt hat und sich diesmal gewiß auch wieder erholen wird.

Ich bereite mich nun zu meiner Abreise vor, damit ich nach der Ankunft des Herzogs gleich hinweggehen kann. Es wäre in hundert Betrachtungen sehr schön und gut, wenn Sie auf einige Tage herüberkommen könnten, ich würde Sie zwar auf alle Fälle noch einmal besuchen, aber das könnte doch nur auf einige Stunden sein, und wir hätten denn doch noch manches zu bereden. Morgen früh ein mehreres. Leben Sie recht wohl.

Weimar, den 7. Juli 1797 G.

344. An Schiller

Der Hirtische Aufsatz hat das große Verdienst, daß er das Charakteristische so lebhaft einschärft, und bei seiner Erscheinung die Sache mit Gewalt zur Sprache bringen muß. Ich will ihn für die Horen zu erhalten suchen. Hier kommt auch der meinige, den ich Ihnen im ganzen und im einzelnen als einen flüchtigen Aufsatz zur Nachsicht empfehle. Ich verlange zu hören, wie Sie mit der Methode und dem Sinne zufrieden sind, so wie ich Meyers Urteile über die eigentliche Darstellung des Kunstwerks begierig zu hören bin. Man könnte über die vornehmsten Statuen des Altertums und andere Kunstwerke diese Abhandlung ausbreiten, und ich bin mit Ihnen überzeugt, daß man dem, der im Felde der Tragödie arbeitet, sehr erwünscht entgegenkommen würde.

Da unser Freund Meyer wieder auf nordischen Grund und Boden gerettet ist, so seh ich manches Gute voraus. Heute sage ich nicht mehr. Leben Sie recht wohl und bringen Sie die Glocke glücklich zustande, so wie ich auch noch zu einigen nadowessischen Liedern rate. Wenn es möglich ist, so kommen Sie doch nächste Woche, es wäre doch auch hübsch, wenn Sie mit Hirt in ein näheres Verhältnis kämen und von ihm selbst seine architektonischen Deduktionen hören könnten.

Weimar, den 8. Juli 1797 G.

345. An Goethe

Jena, 10. Juli 1797

Sie haben mit wenig Worten und in einer kunstlosen Einkleidung herrliche Dinge in diesem Aufsatz ausgesprochen und eine wirklich bewunderswürdige Klarheit über die schwere Materie verbreitet. In der Tat, der Aufsatz ist ein Muster, wie man Kunstwerke ansehen und beurteilen soll, er ist aber auch ein Muster, wie man Grundsätze anwenden soll. In Rücksicht auf beides habe ich sehr viel draus gelernt.

Mündlich mehr darüber, denn ich denke ihn morgen selbst mitzubringen, wo ich, wenn nichts dazwischen kommt, nach 3 Uhr bei Ihnen sein werde. Im Fall ich nicht wohl bei Ihnen logieren könnte, bitte ich, mirs am Tor durch ein Zettelchen wissen zu lassen, daß ich bei meinem Schwager anfahre. Meine Frau kommt mit, und wir denken bis Donnerstag zu bleiben.

Meyers glückliche Ankunft in seiner Vaterstadt und die schnelle Verbesserung seiner Gesundheit haben mich herzlich gefreut. Auch die Gewißheit, für diesen Herbst und Winter wenigstens nicht so gar weit von Ihnen getrennt zu sein, ist mir sehr tröstlich.

Leben Sie recht wohl. Sch.

Humboldt ersucht Sie, ihm seinen Äschylus, den er notwendig brauche, baldmöglichst nach Dresden zu schicken.

346. An Schiller

Sie hätten mir zum Abschiede nichts Erfreulicheres und Heilsameres geben können als Ihren Aufenthalt der letzten acht Tage, ich glaube mich nicht zu täuschen, wenn ich diesmal unser Zusammensein wieder für sehr fruchtbar halte, es hat sich so manches für die Gegenwart entwickelt und für die Zukunft vorbereitet, daß ich mit mehr Zufriedenheit abreise, indem ich unterwegs recht tätig zu sein hoffe und bei meiner Rückkunft Ihrer Teilnehmung wieder entgegensehe. Wenn wir so fortfahren, verschiedene Arbeiten gleichzeitig durchzuführen, und, indem wir die größeren sachte fortleiten, uns durch kleinere immer aufmuntern und unterhalten, so kann noch manches zu stande kommen.

Hier ist der Polykrates zurück, ich wünsche, daß die Kraniche mir bald nachziehen mögen, auf den Sonnabend erfahren Sie das Nähere von meiner Abreise. Leben Sie recht wohl und grüßen Ihre liebe Frau. An Schlegel habe ich heute geschrieben.

Weimar, den 19. Juli 1797 G.

347. An Goethe

Jena, 21. Juli 1797

Ich kann nie von Ihnen gehen, ohne daß etwas in mir gepflanzt worden wäre, und es freut mich, wenn ich für das viele, was Sie mir geben, Sie und Ihren innern Reichtum in Bewegung setzen kann. Ein solches auf wechselseitige Perfektibilität gebautes Verhältnis muß immer frisch und lebendig bleiben und gerade desto mehr an Mannigfaltigkeit gewinnen, je harmonischer es wird und je mehr die Entgegensetzung sich verliert, welche bei so vielen andern allein die Einförmigkeit verhindert. Ich darf hoffen, daß wir uns nach und nach in allem verstehen werden, wovon sich Rechenschaft geben läßt, und in demjenigen, was seiner Natur nach nicht begriffen werden kann, werden wir uns durch die Empfindung nahe bleiben.

Die schönste und die fruchtbarste Art, wie ich unsre wechselseitige Mitteilungen benutze und mir zu eigen mache, ist immer diese, daß ich sie unmittelbar auf die gegenwärtige Beschäftigung anwende und gleich produktiv gebrauche. Und wie Sie in der Einleitung zum Laokoon sagen, daß in einem einzelnen Kunstwerk die Kunst ganz liege, so, glaube ich, muß man alles Allgemeine in der Kunst wieder in den besondersten Fall verwandeln, wenn die Realität der Idee sich bewähren soll. Und so, hoffe ich, soll mein Wallenstein und was ich künftig von Bedeutung hervorbringen mag, das ganze System desjenigen, was bei unserm *Commercio* in meine Natur hat übergehen können, *in Concreto* zeigen und enthalten.

Das Verlangen nach dieser Arbeit regt sich wieder stark in mir, denn es ist hier schon ein bestimmteres Objekt, was den Kräften ihre Tätigkeit anweist, und jeder Schritt ist hier schon bedeutender, statt daß ich bei neuen rohen Stoffen so oft leer greifen muß. Ich werde jetzt die Lieder zum Almanach zuerst fertig zu bringen suchen, weil mich die Komponisten so sehr mahnen, dann mein Glück an den Kranichen versuchen und mit dem September zu der Tragödie zurückkehren.

Die Nachrichten von Ihnen werden in die einfache Existenz, auf die ich jetzt eingeschränkt bin, einen fruchtbaren Wechsel bringen und außer dem Neuen, was sie mir zuführen, auch das Alte, was unter uns verhandelt worden, wieder in mir lebendig machen. Und so leben Sie wohl und denken meiner bei unserm Freunde, so wie Sie uns immer gegenwärtig sein werden. Meine Frau sagt Ihnen ein herzliches Lebewohl. Sch.

Den Chor aus Prometheus bitte nicht zu vergessen.

348. An Schiller

Heute sage ich nichts als meinen besten Dank für Ihren beiderseitigen Abschiedsgruß und für die überschickten Horen.

Je länger ich hier bleibe, je mehr Kleinigkeiten gibts zu tun, und die Zeit vergeht, ohne daß ich etwas empfange, noch hervorbringe, und ich muß mich nun in acht nehmen, daß ich nicht ungeduldig werde.

Rat Schlegel verläßt mich eben, es schien bloß, daß sein Wunsch, Ihnen wieder näher zu werden, ihn diesmal hierher geführt habe.

Wollten Sie mir Ihren *Taucher, Polykrates* und *Handschuh* wohl nochmals abschreiben lassen, meine Abschriften habe ich an Meyer geschickt, vielleicht fänden sich aber doch unterwegs einige gute Christen- oder Heidenseelen, denen man so etwas vorlesen möchte. Ehe ich weggehe, schreibe ich auf alle Fälle noch.

Weimar, am 22. Juli 1797 G.

349. An Goethe

Jena, 23. Juli 1797

Das Warten, bei schon geschnürtem Bündel, ist ein höchst fataler Zustand, von dem ich Sie recht bald erlöst wünsche. Es ist gut, daß Sie gerade jetzt kleinere Beschäftigungen und Spiele vor sich sehen, wozu eine unterbrochene und halbe Stimmung allenfalls hinreicht.

Humboldt schreibt mir, daß seine Frau wieder das Fieber habe. Das wird eine schöne Reise werden, denn sie müssen jetzt schon in Dresden über die Zeit liegen bleiben. Ich sage Ihnen das zum Troste, wie jener Jude zum Shylock: Andre Leute haben auch Unglück.

Die drei Stücke, die mir Humboldt eben zurückschickt, lege ich hier bei. An dem nadowessischen Liede findet Humboldt ein Grauen, und was er dagegen vorbringt, ist bloß von der Roheit des Stoffs hergenommen. Es ist doch sonderbar, daß man in poetischen Dingen und bei einer großen Annäherung auf Einer Seite doch wieder in so direkten Oppositionen sein kann.

Den Zauberlehrling habe ich an meinen Stuttgarter Komponisten geschickt, mir deucht, daß er sich vortrefflich zu einer heitern Melodie qualifiziert, da er in unaufhörlicher, leidenschaftlicher Bewegung ist.

Leben Sie recht wohl. Ich schreibe übermorgen noch, wenn sich indes nichts ereignet. Sch.

An Böttigern schicke ich heut die Klopstockiana und hab auch ein paar Zeilen dazu geschrieben.

350. An Goethe

Die Nachricht von Ihrem Übelbefinden hat mich heute früh nach einer schlaflos zugebrachten Nacht sehr unangenehm empfangen, ich hoffe, dieser Brief findet Sie schon in der Besserung, wozu vielleicht die Ankunft des Herzogs das ihrige beiträgt. Doch werden Sie unter diesen Umständen erst eine festere Gesundheit abwarten müssen.

Ich sende Ihnen hier zu Ihrer Rekreation ein ganz neues Opus zu, welches die deutsche Industrie auf eine ganz neue Weise dokumentiert. Solch eine Erscheinung der Nullität, Absurdität und Frechheit ist doch wirklich nur in den neusten Zeiten unsrer Literatur möglich, wo der schnelle Wechsel von Ideen und Formen das Mein und Dein nicht mehr zu bestimmen Zeit läßt. Ich habe unter anderm ganze halbe Seiten lange Stellen aus meinen ästhetischen Abhandlungen, ohne Zitation, hier abgedruckt gefunden und mich nicht wenig verwundert, meine *ipsissima verba* mir aus dem königlichen Munde entgegenschallen zu hören.

Dafür hat sich aber auch in diesen Tagen ein neuer Poet gemeldet, der endlich einmal etwas besseres verspricht. Er sitzt zu Friedberg bei Frankfurt, heißt Schmid, und wie ich aus seinem ganzen Habitus schließe, muß er recht in der wilden Einsamkeit und vielleicht in einer niedern Kondition leben. Aus einigen Proben, die ich beilege, werden Sie sehen, daß an dem Menschen etwas ist, und daß aus einer rauhen, harten Sprache echte, tiefe Empfindung und ein gewisser Schwung des Geistes herausblickt. Wenn dieser Halbwilde seine Sprache und den Vers recht in der Gewalt haben und sich eine äußre Anmut zu einem innern Gehalte verschafft haben wird, so hoffe ich, für die künftigen Almanache eine Acquisition an ihm zu machen. Wenn er Ihnen auch gefällt, so wäre die Frage, ob Sie ihm nicht, so wie unserm Hauptmann von Steigentesch, in Frankfurt etwas ans Herz legen könnten.

Ich breche für heute ab, denn die Feder fällt mir für Müdigkeit fast aus den Händen. Lassen Sie uns ja morgen erfahren, wie es um Sie steht, meine Frau läßt Ihnen auch von Herzen gute Besserung wünschen. Leben Sie recht wohl.

Jena, 24. [25.] Juli 1797 Sch.

351. An Schiller

Herzlichen Dank für den Anteil an meinem Befinden! Die Folgen einer Erkältung hatten mich 24 Stunden sehr übel geplagt, nun bin ich aber völlig wieder hergestellt und hoffe, noch zu Ende dieser Woche zu reisen. Hier kommt der abermals ermordete oder vielmehr in Fäulnis übergegangene Gustav der Dritte, es ist so recht eigentlich eine Bettelsuppe, wie sie das deutsche Publikum liebt, diese Art Schriften sind an die Stelle der Gespräche im Reiche der Toten getreten, die auf unsere *Wahrheit* liebende Nation immer großen Eindruck gemacht haben. Der neue Dichter ist recht brav, und es wäre mir angenehm, ihn kennen zu lernen, Sie verbessern vielleicht hie und da noch eine Kleinigkeit, nur um der Klarheit willen, seine Einsamkeit und Enge sieht man ihm freilich an.

Der Herzog ist gestern angekommen und sieht recht wohl aus, auch ist die berühmte Marianne Meyer hier, es ist schade, daß sie nicht einige Tage früher kam, ich hätte doch gewünscht, daß Sie dieses sonderbare Wesen hätten kennen lernen. Leben Sie recht wohl und grüßen Sie Ihre liebe Frau. Da ich Gedichte von der Hand Ihres Schreibers sah, glaubte ich schon die Kraniche fliegen zu sehen. Ich bin so außer Stimmung, daß ich heute sogar meine Prosa bald schließen muß.

Weimar, am 26. Juli 1797 G.

352. An Goethe

Jena, 28. Juli 1797

In der Ungewißheit, ob dieser Brief Sie noch in Weimar findet, schreibe ich Ihnen nur ein paar Worte zum Abschied, es freut uns herzlich, Sie so bald wieder hergestellt und endlich im Besitz Ihres Wunsches zu sehen. Möge nun auch die Reise einen guten Fortgang haben und Ihnen, wenn es an interessanten Bekanntschaften ja fehlte, durch die Musen verkürzt werden. Vielleicht fliegt aus Ihrem Reiseschiff eine schöne poetische Taube aus, wo nicht gar die Kraniche ihren Flug von Süden nach Norden nehmen. Diese ruhen noch immer bei mir ganz, und ich vermeide selbst, daran zu denken, um einiges andre voraus zu schicken. Auch machen mir jetzt die Gedichte der Freunde und Freundinnen, die Ausgabe der Agnes von Lilien und die Ausrüstung der Horen viele und gar nicht erfreuliche Diversionen.

Schlegeln habe ich einige Anmerkungen über seinen Prometheus gemacht, worüber er sich in der Antwort, die ich beilege, weitläuftig, aber nicht sehr befriedigend erklärt hat. Indessen ich habe das meinige getan, und zu helfen war überhaupt nicht.

Ich habe meinem neuen Friedberger Poeten Schmid und auch Hölderlin von Ihrer nahen Ankunft in Frankfurt Nachricht gegeben, es kommt nun darauf an, ob die Leutchen sich Mut fassen werden, vor Sie zu kommen. Es wäre mir sehr lieb, und auch Ihnen würden diese poetischen Gestalten in dem prosaischen Frankfurt vielleicht nicht unwillkommen sein. Sie werden dort auch wohl den kaiserlichen Hauptmann von Steigentesch finden und sehen, was an ihm ist. Noch einmal empfangen Sie unsern Segen zur Reise, und leben Sie recht wohl. Sch.

353. An Schiller

Morgen werde ich denn endlich im Ernste hier abgehen, gerade abermals 4 Wochen später, als ich mir vorgenommen hatte; bei der Schwierigkeit, loszukommen, sollte von Rechts wegen meine Reise recht bedeutend werden, ich fürchte aber, daß sie den übrigen menschlichen Dingen gleichen wird. Von Frankfurt hören Sie bald wenigstens einige Worte.

Unsere Balladen-Versuche habe ich in diesen Tagen vorgelesen und guten Effekt davon gesehen. Bei Ihrem Handschuh hat man den Zweifel erregt, ob man sagen könne, *ein Tier lecke sich die Zunge*, ich habe wirklich darauf nicht bestimmt zu antworten gewußt.

Schlegels Aufsatz kommt hier zurück, es ist freilich mit den Gedichten wie mit den Handlungen, man ist übel dran, wenn man sie erst rechtfertigen soll.

Leben Sie recht wohl. Sie sagten neulich, daß zur Poesie nur die Poesie Stimmung gäbe, und da das sehr wahr ist, so sieht man, wie viel Zeit der Dichter verliert, wenn er sich mit der Welt abgibt, besonders wenn es ihm an Stoff nicht fehlt. Es graut mir schon vor der empirischen Weltbreite, doch wollen wir das beste hoffen, und wenn wir wieder zusammen kommen, uns in man-

chen Erzählungen und Betrachtungen wieder erholen. Leben Sie recht wohl mit Ihrer lieben Frau und den Ihrigen.
Weimar, am 29. Juli 1797 G.

Da Boie noch nichts hat von sich hören lassen, so schicke ich den Postschein wenigstens als Zeugnis meines guten Willens und allenfalls zu irgend einem Gebrauch, wenn das Paket sollte verloren sein, Sie haben ja wohl Gelegenheit, sich bei Boie darnach zu erkundigen.

354. An Goethe

Jena, 7. August 1797

Wir sind recht verlangend, zu erfahren, teurer Freund, wie Ihre Reise abgelaufen ist. Die drückende Hitze am Tage und die fast unaufhörlichen Gewitter des Nachts haben uns viel Sorge um Sie gemacht, denn es war hier kaum zum Aushalten, und ich habe mich seitdem noch nicht erholt, so heftig hat es meine Nerven angegriffen.

Ich kann Ihnen darum auch heute wenig sagen, denn ich fange kaum an, mich von starken Fieberbewegungen frei zu fühlen, die ich schon seit 8 Tagen spüre, und fürchtete wirklich schon, in eine ernstliche Krankheit zu fallen.

Zelter schickte mir dieser Tage die Melodien zu Ihrer Bajadere und zum Lied an Mignon. Das letztere gefällt mir besonders. Die Melodie der Ballade paßt freilich nicht gleich gut zu allen Strophen, aber bei einigen, wie bei der dritt-letzten, macht sich der Chor „wir tragen die Jugend" etc. sehr gut. Ich lege die Melodien bei, wenn Sie in Frankfurt ein paar schöne Stimmen fänden, die sie Ihnen vortragen können.

Herder hat mir nun auch unsre Balladen, die ich ihm kommuniziert hatte, zurückgeschickt, was für Eindruck sie aber gemacht haben, kann ich aus seinem Briefe nicht erfahren. Dagegen erfahre ich daraus, daß ich in dem Taucher bloß einen gewissen Nikolaus Pesce, der dieselbe Geschichte entweder erzählt oder besungen haben muß, veredelnd umgearbeitet habe. Kennen Sie etwa diesen Nikolaus Pesce, mit dem ich da so unvermutet in Konkurrenz gesetzt werde? Übrigens haben wir von Herdern wirklich nichts für den diesjährigen Almanach zu hoffen, er klagt über seine Armut, versichert aber, daß er anderer Reichtum nur desto mehr schätze.

Ich habe in diesen Tagen Diderot *sur la peinture* wieder vorgehabt, um mich in der belebenden Gesellschaft dieses Geistes wieder zu stärken. Mir kommt vor, daß es Diderot ergeht wie vielen andern, die das Wahre mit ihrer Empfindung treffen, aber es durch das Räsonnement manchmal wieder verlieren. Er sieht mir bei ästhetischen Werken noch viel zu sehr auf fremde und moralische Zwecke, er sucht diese nicht genug in dem Gegenstande und in seiner Darstellung. Immer muß ihm das schöne Kunstwerk zu etwas anderm dienen. Und da das wahrhaftig Schöne und Vollkommene in der Kunst den Menschen notwendig verbessert, so sucht er diesen Effekt der Kunst in ihrem Inhalt und in einem bestimmten Resultat für den Verstand oder für die moralische Empfindung. Ich glaube, es ist einer von den Vorteilen unserer neueren Philosophie, daß wir eine reine Formel haben, um die subjektive Wirkung des Ästhetischen auszusprechen, ohne seinen Charakter zu zerstören.

Leben Sie recht wohl. Erfreuen Sie uns bald mit guten Nachrichten. Von meiner Frau die herzlichsten Grüße, die Kleinen sind wohlauf, Neues kann ich aus meinem kleinen Kreise nichts melden. Sch.

355. An Schiller

Ohne den mindesten Anstoß bin ich vergnügt und gesund nach Frankfurt gelangt und überlege in einer ruhigen und heitern Wohnung nun erst: was es heiße, in meinen Jahren in die Welt zu gehen. In früherer Zeit imponieren und verwirren uns die Gegenstände mehr, weil wir sie nicht beurteilen noch zusammenfassen können, aber wir werden doch mit ihnen leichter fertig, weil wir nur aufnehmen, was in unserm Wege liegt, und rechts und links wenig achten. Später kennen wir die Dinge mehr, es interessiert uns deren eine größere Anzahl, und wir würden uns gar übel befinden, wenn uns nicht Gemütsruhe und Methode in diesen Fällen zu Hülfe käme. Ich will nun alles, was mir in diesen acht Tagen vorgekommen ist, so gut als möglich zurechtstellen, an Frankfurt selbst als einer vielumfassenden Stadt meine Schemata probieren und mich dann zu einer weitern Reise vorbereiten.

Sehr merkwürdig ist mir aufgefallen, wie es eigentlich mit dem Publiko einer großen Stadt beschaffen ist. Es lebt in einem beständigen Taumel von Erwerben und Verzehren, und das, was wir Stimmung nennen, läßt sich weder hervorbringen noch mitteilen; alle Vergnügungen, selbst das Theater, sollen nur zerstreuen, und die große Neigung des lesenden Publikums zu Journalen und Romanen entsteht eben daher, weil jene immer und diese meist Zerstreuung in die Zerstreuung bringen.

Ich glaube sogar eine Art von Scheu gegen poetische Produktionen, oder wenigstens insofern sie poetisch sind, bemerkt zu haben, die mir aus eben diesen Ursachen ganz natürlich vorkommt. Die Poesie verlangt, ja sie gebietet Sammlung, sie isoliert den Menschen wider seinen Willen, sie drängt sich wiederholt auf und ist in der breiten Welt (um nicht zu sagen in der großen) so unbequem wie eine treue Liebhaberin.

Ich gewöhne mich nun, alles, wie mir die Gegenstände vorkommen und was ich über sie denke, aufzuschreiben, ohne die genauste Beobachtung und das reifste Urteil von mir zu fordern oder auch an einen künftigen Gebrauch zu denken. Wenn man den Weg einmal ganz zurückgelegt hat, so kann man mit besserer Übersicht das Vorrätige immer wieder als Stoff gebrauchen.

Das Theater habe ich einigemal besucht und zu dessen Beurteilung mir auch einen methodischen Entwurf gemacht. Indem ich ihn nun nach und nach auszufüllen suche, so ist mir erst recht aufgefallen: daß man eigentlich nur von fremden Ländern, wo man mit niemand in Verhältnis steht, eine leidliche Reisebeschreibung schreiben könnte. Über den Ort, wo man gewöhnlich sich aufhält, wird niemand wagen, etwas zu schreiben, es müßte denn von bloßer Aufzählung der vorhandenen Gegenstände die Rede sein; ebenso geht es mit allem, was uns noch einigermaßen nah ist, man fühlt erst, daß es eine Impietät wäre, wenn man auch sein gerechtestes, mäßigstes Urteil über die Dinge öffentlich aussprechen wollte. Diese Betrachtungen führen auf artige Resultate und zeigen mir den Weg, der zu gehen ist. So vergleiche ich z. B. jetzt das hiesige Theater mit dem Weimarischen, habe ich noch das Stuttgarter gesehen, so läßt sich vielleicht über die drei etwas Allgemeines sagen, das bedeutend ist und das sich auch allenfalls öffentlich produzieren läßt.

Leben Sie recht wohl und halten Sie sich ja gesund und vergnügt in Ihrem Gartenhause. Grüßen Sie mir Ihre liebe Frau. Wenn ich nur einmal wieder ins jenaische Schloß gelangen kann, soll mich so bald niemand heraustreiben; es ist nur gut, daß ich zum Musenalmanach das Meinige schon beigetragen habe, denn auf der Reise kann ich so wenig hoffen einem Gedichte als dem Phönix zu begegnen. Nochmal das schönste Lebe wohl.

Frankfurt am Main, den 9ten August 1797 G.

Schmid von Friedberg ist bei mir gewesen, es war keine unangenehme, aber auch keine wohltätige Erscheinung. Im ganzen ein hübscher junger Mensch, ein kleiner Kopf auf mäßigen Schultern, treffliche Schenkel und Füße, knapp, reinlich, anständig nach hiesiger Art gekleidet. Die Gesichtszüge klein und eng beisammen, kleine, schwarze Augen, schwarze Haare, nahe am Kopf sansculottisch abgeschnitten. Aber um die Stirne schmiedete ihm ein ehernes Band der Vater der Götter. Mit dem Munde machte er wunderliche Verzerrungen, als wenn er dem, was er sagte, noch einen gewissen eigentümlichen Ausdruck geben wollte. Er ist der Sohn eines wohlhabenden Kaufmanns, der ihn zum Prediger bestimmte, dadurch ist der Mensch ganz aus seinem Wege gerückt worden; ich glaube, daß er, zu einem beschränkten Handel und Lebenswandel angeführt, recht gut gewesen wäre, da er Energie und eine gewisse Innigkeit zu haben scheint; unter einer Nationalgarde sähe ich ihn am allerliebsten. Die Folge mag es zeigen, aber ich fürchte, es ist nicht viel Freude an ihm zu erleben. Voraus also gesetzt, daß es kein gedrückter Mensch ist, sondern einer, der, nach seiner Aussage, seiner Gestalt, seiner Kleidung, in mäßigem Wohlbehagen lebt, so ist es ein böses Zeichen, daß sich keine Spur von Streben, Liberalität, Liebe, Zutrauen an ihm offenbart. Er stellte sich mir in dem philisterhaften Egoismus eines Exstudenten dar. Dabei aber auch keine Spur von Roheit, nichts Schiefes in seinem Betragen außer der Mundverzerrung.

Ich nahm zur Base meiner Behandlung, daß *Sie* ihn an mich schicken, und setzte also in diesem Sinne vieles voraus, aber es hat doch auch gar nichts Allgemeines noch Besonderes angeklungen, auch nichts über Reinhold und Fichte, die er doch beide gehört hat. Überhaupt konnte ich nichts Bedeutendes von ihm herauslocken, als daß er, seit einem Jahre, gewisse besondere Ansichten der Welt gewonnen habe, wodurch er sich zur Poesie geneigt fühle (das denn ganz gut sein möchte), daß er aber auch überzeugt sei, nur in einer gewissen Verbindung der Philosophie und Poesie bestehe die wahre Bildung. Wogegen ich nichts zu sagen habe, wenn ich es nur nicht von einem jungen Menschen hören müßte. Übrigens ging er weg, wie er gekommen war, ehe doch auch nur irgend ein Gespräch sich eingeleitet hatte, und war mir für diesen kurzen Moment bedeutend genug. Der zurückgezognen Art nach erinnerte er mich an Hölderlin, ob er gleich größer und besser gebildet ist; sobald ich diesen gesehen habe, werde ich mit einer nähern Parallele aufwarten. Da auf meinem

Lebensgange, besonders in früheren Zeiten, mir mehrere Naturen dieser Art begegnet sind und ich erfahren habe, wo es eigentlich mit ihnen hinausgeht, so will ich noch ein allgemeines Wort hinzufügen: Menschen, die aus dem Kaufmannsstamm zur Literatur und besonders zur Poesie übergehen, haben und behalten eine eigne Tournüre, es läßt sich an einigen ein gewisser Ernst und Innigkeit bemerken, ein gewisses Haften und Festhalten, bei andern ein lebhaftes tätiges Bemühen; allein sie scheinen mir keiner Erhebung fähig, so wenig als des Begriffs, worauf es eigentlich ankommt. Vielleicht tue ich dieser Kaste unrecht, und es sind viele aus andern Stämmen, denen es nicht besser geht. Denken Sie einmal Ihre Erfahrung durch, es finden sich wahrscheinlich auch Ausnahmen.

Dieser Brief sollte mir Herrn Schmid anmelden, ich erhielt ihn aber zwei Tage zu spät und lege ihn hierbei, damit Sie einen Blick weiter in das Innere jener Natur tun, deren äußere Erscheinung ich Ihnen beschrieben habe. G.

356. An Schiller

[Frankfurt, den 12. August 1797]

Es pflegt meist so zu gehen, daß man für diejenigen, die in Bewegung sind, besorgt ist, und es sollte öfters umgekehrt sein. So sagt mir Ihr lieber Brief vom 7ten, daß Sie sich nicht zum besten befunden haben, indes ich von der Witterung wenig oder gar nicht litt, die Gewitter kühlten, nachts und morgens, die Atmospähre aus, wir fuhren sehr früh, die heißesten Stunden des Tages fütterten wir, und wenn denn auch einige Stunden des Wegs bei warmer Tagszeit zurückgelegt wurden, so ist doch meist auf den Höhen und in den Tälern, wo Bäche fließen, ein Luftzug. Genug, ich bin mit geringer Unbequemlichkeit nach Frankfurt gekommen. Hier möchte ich nun mich an ein großes Stadtleben wieder gewöhnen, mich gewöhnen nicht nur zu reisen, sondern auch auf der Reise zu leben; wenn mir nur dieses vom Schicksal nicht ganz versagt ist, denn ich fühle recht gut, daß meine Natur nur nach Sammlung und Stimmung strebt und an allem keinen Genuß hat, was diese hindert. Hätte ich nicht an meinem Hermann und Dorothea ein Beispiel, daß die modernen Gegenstände, in einem gewissen Sinne genommen, sich zum Epischen bequemten, so möchte ich von aller dieser empirischen Breite nichts mehr wissen. Auf dem Theater, so wie ich auch wieder hier sehe, wäre in dem gegenwärtigen Augenblick manches zu tun, aber man müßte es leicht nehmen und in der Gozzischen Manier traktieren, doch es ist in keinem Sinne der Mühe wert.

Meyer hat unsere Balladen sehr gut aufgenommen. Ich habe nun, weil ich von Weimar aus nach Stäfa wöchentlich Briefe an ihn schrieb, schon mehrere Briefe von ihm hier erhalten, es ist eine reine und treufortschreitende Natur, unschätzbar in jedem Sinne. Ich will nur eilen, ihn wieder persönlich habhaft zu werden, und ihn dann nicht wieder von mir lassen.

Den Alten auf dem Topfberge bedaure ich herzlich, daß er verdammt ist, durch Gott weiß welche wunderliche Gemütsart, sich und andern auf eigenem Felde den Weg zu verkümmern. Da gefallen mir die Frankfurter Bankiers, Handelsleute, Agioteurs, Krämer, Juden, Spieler und Unternehmer tausendmal besser, die doch wenigstens selbst was vor sich bringen, wenn sie auch andern ein Bein stellen. – Der *Nikolaus Pesce* ist, so viel ich mich erinnere, der Held des Märchens, das Sie behandelt haben, ein Taucher von Handwerk. Wenn aber unser alter Freund bei einer solchen Bearbeitung sich noch der Chronik erinnern kann, die das Geschichtchen erzählt, wie soll mans dem übrigen Publiko verdenken, wenn es sich bei Romanen erkundigt: ob das denn alles fein wahr sei? Eben so ein merkwürdiges Beispiel gibt Diderot, der bei einem so hohen Genie, bei so tiefem Gefühl und klarem Verstand doch nicht auf den Punkt kommen konnte, zu sehen: daß die Kultur durch Kunst ihren eignen Gang gehen muß, daß sie keiner andern subordiniert sein kann, daß sie sich an alle übrige so bequem anschließt u. s. w., was doch so leicht zu begreifen wäre, weil das Faktum so klar am Tage liegt.

Äußerst fratzenhaft erscheint der arme Kosegarten, der, nachdem er nun zeitlebens gesungen und gezwitschert hat, wie ihm von der lieben Natur die Kehle gebildet und der Schnabel gewachsen war, seine Individualität durch die Folterschrauben der neuen philosophischen Forderungen selbst auszurecken bemüht ist und seine Bettlerjacke auf der Erde nachschleift, um zu versichern, daß er doch auch ohngefähr so einen Königsmantel in der Garderobe führe. Ich werde das Exhibitum sogleich an Meyern absenden. Indessen sind diese Menschen, die sich noch denken können, daß das Nichts unserer Kunst alles sei, noch besser dran als wir andern, die wir doch mehr oder weniger überzeugt sind: daß das Alles unserer Kunst nichts ist.

Für einen Reisenden geziemt sich ein skeptischer Realism, was noch idealistisch an mir ist, wird in einem Schatullchen, wohlverschlossen, mitgeführt, wie jenes undenische Pygmäenweibchen, Sie werden also von dieser Seite Geduld mit mir haben. Wahrscheinlich werde ich Ihnen jenes Reisegeschichtchen auf der Reise zusammenschreiben können. Übrigens will ich erst ein paar Monate abwarten. Denn obgleich in der Empirie fast alles einzeln unangenehm auf mich wirkt, so tut doch das Ganze sehr wohl, wenn man endlich zum Bewußtsein seiner eigenen Besonnenheit kommt. Leben Sie recht wohl und interpretieren Sie sich, da Sie mich kennen, meine oft wunderlichen Worte, denn es wäre mir unmöglich, mich selbst zu rektifizieren und diese rhapsodischen Grillen in einen Zusammenhang und Bestand zu bringen.

Grüßen Sie mir Ihre liebe Frau und halten Sie unsere Agnes und Amelie ja recht wert. Man weiß nicht eher, was man an solchen Naturen hat, als bis man sich in der breiten Welt nach ähnlichen umsieht. Sie, mein Freund, haben die Gabe, auch lehrend wirksam zu sein, die mir ganz versagt ist, diese beiden Schülerinnen werden gewiß noch manches Gute hervorbringen, wenn sie nur ihre *Aperçus* mitteilen und in Absicht auf Disposition des Ganzen etwas mehr von den Grundforderungen der Kunst einsehen lernen.

Frankfurt, den 14. August 1797

Gestern habe ich die Oper Palmira aufführen sehen, die im ganzen genommen sehr gut und anständig gegeben ward. Ich habe auch dabei vorzüglich die Freude gehabt, einen Teil ganz vollkommen zu sehen, nämlich die Dekorationen, sie sind von einem Mailänder Fuentes, der sich gegenwärtig hier befindet. Bei der Theaterarchitektur ist die große Schwierigkeit, daß man die Grundsätze der echten Baukunst einsehen und von ihnen doch wieder zweckmäßig abweichen soll. Die Baukunst im höhern Sinne soll ein ernstes, hohes, festes Dasein ausdrucken, sie kann sich, ohne schwach zu werden, kaum aufs Anmutige einlassen, auf dem Theater aber soll alles eine anmutige Erscheinung sein. Die theatralische Baukunst muß leicht, geputzt, mannigfaltig sein, und sie soll doch zugleich das Prächtige, Hohe, Edle darstellen. Die Dekorationen sollen überhaupt, besonders die Hintergründe, Tableaus machen, der Dekorateur muß noch einen Schritt weiter tun als der Landschaftsmaler, der auch die Architektur nach seinen Bedürfnis zu modifizieren weiß. Die Dekorationen zu Palmira geben Beispiele, woraus man die Lehre der Theatermalerei abstrahieren könnte, es sind 6 Dekorationen, die aufeinander in zwei Akten folgen, ohne daß eine wiederkommt, sie sind mit sehr kluger Abwechslung und Gradation erfunden. Man sieht ihnen an, daß der Meister alle *Moyens* der ernsthaften Baukunst kennt, selbst da, wo er baut, wie man nicht bauen soll und würde, behält doch alles den Schein der Möglichkeit bei, und alle seine Konstruktionen gründen sich auf den Begriff dessen, was im wirklichen gefordert wird; seine Zieraten sind sehr reich, aber mit reinem Geschmack angebracht und verteilt, diesen sieht man die große Stukkaturschule an, die sich in Mailand befindet und die man aus den Kupferstich- und Werken des Albertolli kann kennen lernen. Alle Proportionen gehen ins Schlanke, alle Figuren, Statuen, Basreliefs, gemalte Zuschauer gleichfalls, aber die übermäßige Länge und gewaltsamen Gebärden mancher Figuren sind nicht Manier, sondern die Notwendigkeit und der Geschmack haben sie so gefordert, das Kolorit ist untadelhaft und die Art zu malen äußerst frei und bestimmt, alle die perspektivischen Kunststücke, alle die Reize der nach Direktionspunkten gerichteten Massen zeigen sich in diesen Werken. Die Teile sind völlig deutlich und klar, ohne hart zu sein, und das Ganze hat die lobenswürdigste Haltung. Man sieht die Studien einer großen Schule und die Überlieferungen mehrerer Menschenleben in dem unendlichen Detail, und man darf wohl sagen, daß diese Kunst hier auf dem höchsten Grade steht; nur schade, daß der Mann so kränklich ist, daß man an seinem Leben verzweifelt. Ich will sehen, daß ich das, was ich hier nur flüchtig hingeworfen habe, besser zusammenstelle und ausführe.

Und so leben Sie wohl und lassen mich bald von sich hören. Ich bin oft auf Ihrer stillen Höhe bei Ihnen, und wenns recht regnet, erinnre ich mich des Rauschens der Leutra und ihrer Gossen.

Nicht ehr will ich wiederkommen, als bis ich wenigstens eine Sattheit der Empirie empfinde, da wir an eine Totalität nicht denken dürfen. Leben Sie recht wohl und grüßen alles. G.

357. *An Schiller*

Frankfurt, am 16. August 1797

Ich bin auf einen Gedanken gekommen, den ich Ihnen, weil er für meine übrige Reise bedeutend werden kann, sogleich mitteilen will, um Ihre Meinung zu vernehmen, inwiefern er richtig sein möchte? und inwiefern ich wohl tue, mich seiner Leitung zu überlassen? Ich habe, indem ich meinen ruhigen und kalten Weg des Beobachtens, ja des bloßen Sehens ging, sehr bald bemerkt, daß die Rechenschaft, die ich mir von gewissen Gegenständen gab, eine Art von Sentimentalität hatte, die mir dergestalt auffiel, daß ich dem Grunde nachzudenken sogleich gereizt wurde, und ich habe folgendes gefunden: das, was ich im allgemeinen sehe und erfahre, schließt sich recht gut an alles übrige an, was mir sonst bekannt ist, und ist mir nicht unangenehm, weil es in der ganzen Masse meiner Kenntnisse mitzählt und das Kapital vermehren hilft. Dagegen wüßte ich noch nichts, was mir auf der ganzen Reise nur irgend eine Art von *Empfindung* gegeben hätte, sondern ich bin heute so ruhig und unbewegt, als ich es jemals bei den gewöhnlichsten Umständen und Vorfällen gewesen. Woher denn also diese scheinbare Sentimentalität, die mir um so auffallender ist, weil ich seit langer Zeit in meinem Wesen gar keine Spur, außer der poetischen Stimmung, empfunden habe. Möchte nicht also hier selbst poetische Stimmung sein? bei einem Gegenstande, der nicht ganz poetisch ist, wodurch ein gewisser Mittelzustand hervorgebracht wird.

Ich habe daher die Gegenstände, die einen solchen Effekt hervorbringen, genau betrachtet und zu meiner Verwunderung bemerkt, daß sie eigentlich symbolisch sind. Das heißt, wie ich kaum zu sagen brauche, es sind eminente Fälle, die, in einer charakteristischen Mannigfaltigkeit, als Repräsentanten von vielen andern dastehen, eine gewisse Totalität in sich schließen, eine gewisse Reihe fordern, Ähnliches und Fremdes in meinem Geiste aufregen und so von außen wie von innen an eine gewisse Einheit und Allheit Anspruch machen. Sie sind also, was ein glückliches Sujet dem *Dichter* ist, glückliche Gegenstände für den *Menschen*, und weil man, indem man sie mit sich selbst rekapituliert, ihnen keine *poetische* Form geben kann, so muß man ihnen doch eine *ideale* geben, eine *menschliche* im höhern Sinn, das man auch mit einem so sehr mißbrauchten Ausdruck sentimental nannte, und Sie werden also wohl nicht lachen, sondern nur lächeln, wenn ich Ihnen hiermit zu meiner eignen Verwunderung darlege, daß ich, wenn ich irgend von meinen Reisen etwas für Freunde oder fürs Publikum aufzeichnen soll, wahrscheinlich noch in Gefahr komme, *empfindsame Reisen* zu schreiben. Doch ich würde, wie Sie mich wohl kennen, kein Wort, auch das verrufenste nicht fürchten, wenn die Behandlung mich rechtfertigen, ja wenn ich so glücklich sein könnte, einem verrufenen Namen seine Würde wieder zu geben.

Ich berufe mich auf das, was Sie selbst so schön entwickelt haben, auf das, was zwischen uns Sprachgebrauch ist, und fahre fort: Wann ist eine sentimentale Erscheinung (die wir nicht verachten dürfen, wenn sie auch noch so *lästig* ist) unerträglich? ich antworte: wenn das Ideale unmittelbar mit dem Gemeinen verbunden wird, es kann dies nur durch eine leere, gehalt- und formlose Manier geschehen, denn beide werden dadurch vernichtet, die Idee und der Gegenstand, jene, die nur bedeutend sein und sich nur mit dem Bedeutenden beschäftigen kann, und dieser, der recht wacker, brav und gut sein kann, ohne bedeutend zu sein.

Bis jetzt habe ich nur zwei solcher Gegenstände gefunden: den Platz, auf dem ich wohne, der in Absicht seiner Lage und alles dessen, was darauf vorgeht, in einem jeden Momente symbolisch ist, und den Raum meines großväterlichen Hauses, Hofes und Gartens, der aus dem beschränktesten, patriarchalischen Zustande, in welchem ein alter Schultheiß von Frankfurt lebte, durch klug unternehmende Menschen zum nützlichsten Waren- und Marktplatz verändert wurde. Die Anstalt ging durch sonderbare Zufälle bei dem Bombardement zugrunde und ist jetzt, größtenteils als Schutthaufen, noch immer das Doppelte dessen wert, was vor 11 Jahren von den gegenwärtigen Besitzern an die Meinigen bezahlt worden. Insofern sich nun denken läßt, daß das Ganze wieder von einem neuen Unternehmer gekauft und hergestellt werde, so sehn Sie leicht, daß es, in mehr als Einem Sinne, als Symbol vieler tausend andern Fälle, in dieser gewerbreichen Stadt, besonders vor meinem Anschauen, dastehen muß.

Bei diesem Falle kommt denn freilich eine liebevolle Erinnerung dazu; wenn man aber, durch diese Fälle aufmerksam gemacht, künftig bei weitern Fortschritten der Reise nicht sowohl aufs *Merkwürdige*, sondern aufs *Bedeutende* seine Aufmerksamkeit richtete, so müßte man, für sich und andere, doch zuletzt eine schöne Ernte gewinnen. Ich will es erst noch hier versuchen, was ich Symbolisches bemerken kann, besonders aber an fremden Orten, die ich zum erstenmal sehe, mich üben. Gelänge das, so müßte man, ohne die Erfahrung in die Breite verfolgen zu wollen, doch, wenn man auf jedem Platz, in jedem Moment, soweit es einem vergönnt wäre, in die Tiefe ginge, noch immer genug Beute aus bekannten Ländern und Gegenden davon tragen.

Sagen Sie mir Ihre Gedanken hierüber in guter Stunde, damit ich erweitert, befestigt, bestärkt und erfreut werde, die Sache ist wichtig, denn sie hebt den Widerspruch, der zwischen meiner Natur und der unmittelbaren Erfahrung lag, den in früherer

Zeit ich niemals lösen konnte, sogleich auf und glücklich, denn ich gestehe Ihnen, daß ich lieber gerad nach Hause zurückgekehrt wäre, um aus meinem Innersten Phantome jeder Art hervorzuarbeiten, als daß ich mich noch einmal, wie sonst (da mir das Aufzählen eines Einzelnen nun einmal nicht gegeben ist) mit der millionfachen Hydra der Empirie herumgeschlagen hätte; denn wer bei ihr nicht Lust oder Vorteil zu suchen hat, der mag sich beizeiten zurückziehen.

So viel für heute, ob ich gleich noch ein verwandtes wichtiges Kapitel abzuhandeln hätte, das ich nächstens vornehmen und mir auch Ihre Gedanken darüber erbitten werde. Leben Sie recht wohl, grüßen die Ihrigen und lassen von meinen Briefen, außer den Nächsten, niemand nichts wissen noch erfahren.

Frankfurt, den 17. August 1797 G.

358. An Goethe

Jena, 17. August 1797

Die Vorstellung, welche Sie mir von Frankfurt und großen Städten überhaupt geben, ist nicht tröstlich, weder für den Poeten, noch für den Philosophen, aber ihre Wahrheit leuchtet ein, und da es einmal ein festgesetzter Punkt ist, daß man nur für sich selber philosophiert und dichtet, so ist auch nichts dagegen zu sagen; im Gegenteil, es bestärkt einen auf dem eingeschlagenen guten Weg und schneidet jede Versuchung ab, die Poesie zu etwas Äußerm zu gebrauchen.

So viel ist auch mir bei meinen wenigen Erfahrungen klar geworden, daß man den Leuten, im ganzen genommen, durch die Poesie nicht wohl, hingegen recht übel machen kann, und mir deucht, wo das eine nicht zu erreichen ist, da muß man das andere einschlagen. Man muß sie inkommodieren, ihnen ihre Behaglichkeit verderben, sie in Unruhe und in Erstaunen setzen. Eins von beiden, entweder als ein Genius oder als ein Gespenst muß die Poesie ihnen gegenüber stehen. Dadurch allein lernen sie an die Existenz einer Poesie glauben und bekommen Respekt vor den Poeten. Ich habe auch diesen Respekt nirgends größer gefunden als bei dieser Menschenklasse, obgleich auch nirgends so unfruchtbar und ohne Neigung. Etwas ist in allen, was für den Poeten spricht, und Sie mögen ein noch so ungläubiger Realist sein, so müssen Sie mir doch zugeben, daß dieses X der Same des Idealismus ist, und daß dieser allein noch verhindert, daß das wirkliche Leben mit seiner gemeinen Empirie nicht alle Empfänglichkeit für das Poetische zerstört. Freilich ist es wahr, daß die eigentliche schöne und ästhetische Stimmung dadurch noch lange nicht befördert wird, daß sie vielmehr gar oft dadurch verhindert wird, so wie die Freiheit durch die moralische Tendenzen; aber es ist schon viel gewonnen, daß ein Ausgang aus der Empirie geöffnet ist.

Mit meinem Protégé, Herrn Schmid, habe ich freilich wenig Ehre aufgehoben, wie ich sehe, aber ich will so lange das Beste hoffen, bis ich nicht mehr kann. Ich bin einmal in dem verzweifelten Fall, daß mir daran liegen muß, ob andere Leute etwas taugen, und ob etwas aus ihnen werden kann; daher werde ich diese Hölderlin und Schmid so spät als möglich aufgeben.

Herr Schmid, so wie er jetzt ist, ist freilich nur die entgegengesetzte Karikatur von der Frankfurter empirischen Welt, und so wie diese nicht Zeit hat, in sich hineinzugehen, so kann dieser und seinesgleichen gar nicht aus sich selbst herausgehen. Hier, möchte ich sagen, sehen wir Empfindung genug, aber keinen Gegenstand dazu, dort den nackten leeren Gegenstand ohne Empfindung. Und so sind überall nur die Materialien zum Menschen da, wie der Poet ihn braucht, aber sie sind zerstreut und haben sich nicht ergriffen.

Ich möchte wissen, ob diese Schmid, diese Richter, diese Hölderlins absolut und unter allen Umständen so subjektivisch, so überspannt, so einseitig geblieben wären, ob es an etwas Primitivem liegt, oder ob nur der Mangel einer ästhetischen Nahrung und Einwirkung von außen und die Opposition der empirischen Welt, in der sie leben, gegen ihren idealischen Hang diese unglückliche Wirkung hervorgebracht hat. Ich bin sehr geneigt, das letztere zu glauben, und wenn gleich ein mächtiges und glückliches Naturell über alles siegt, so deucht mir doch, daß manches brave Talent auf diese Art verloren geht.

Es ist gewiß eine sehr wahre Bemerkung, die Sie machen, daß ein gewisser Ernst und eine Innigkeit, aber keine Freiheit, Ruhe und Klarheit bei denen, die aus einem gewissen Stande zu der Poesie pp. kommen, angetroffen wird. Ernst und Innigkeit sind die natürliche und notwendige Folge, wenn eine Neigung und Beschäftigung Widerspruch findet, wenn man isoliert und auf sich selbst reduziert ist, und der Kaufmannssohn, der Gedichte macht, muß schon einer größern Innigkeit fähig sein, wenn er überall nur auf so was verfallen soll. Aber ebenso natürlich ist es, daß er sich mehr zu der moralischen als ästhetischen Seite wendet, weil er mit leidenschaftlicher Heftigkeit fühlt, weil er in sich hineingetrieben wird, und weil ihn die Gegenstände eher zurückstoßen als fest halten, er also nie zu einer klaren und ruhigen Ansicht davon gelangen kann.

Umgekehrt finde ich, als Beleg Ihrer Bemerkung, daß diejenigen, welche aus einem liberalen Stande zur Poesie kommen, eine gewisse Freiheit, Klarheit und Leichtigkeit, aber wenig Ernst und Innigkeit zeigen. Bei den ersten sticht das Charakteristische fast bis zur Karikatur und immer mit einer gewissen Einseitigkeit und Härte hervor; bei diesen ist Charakterlosigkeit, Flachheit und fast Seichtigkeit zu fürchten. Der Form nach, möchte ich sagen, sind diese dem Ästhetischen näher, jene hingegen dem Gehalte nach – Bei einer Vergleichung unsrer Jenaischen und Weimarischen Dichterinnen bin ich auf diese Bemerkung geraten. Unsre Freundin Mereau hat in der Tat eine gewisse Innigkeit und zuweilen selbst eine Würde des Empfindens, und eine gewisse Tiefe kann ich ihr auch nicht absprechen. Sie hat sich bloß in einer einsamen Existenz und in einem Widerspruch mit der Welt gebildet. Hingegen Amelie Imhof ist zur Poesie nicht durch das Herz, sondern nur durch die Phantasie gekommen und wird auch ihr Leben lang nur damit spielen. Weil aber, nach meinem Begriff, das Ästhetische Ernst und Spiel zugleich ist, wobei der Ernst im Gehalte und das Spiel in der Form gegründet ist, so muß die Mereau das Poetische immer der Form nach, die Imhof es immer dem Gehalt nach verfehlen. Mit meiner Schwägerin hat es eine eigne Bewandtnis, diese hat das Gute von beiden, aber eine zu große Willkür der Phantasie entfernt sie von dem eigentlichen Punkt, worauf es ankommt.

Ich sagte Ihnen doch einmal, daß ich Kosegarten in einem Briefe meine Meinung gesagt habe und auf seine Antwort begierig sei. Er hat mir nun geschrieben, und sehr dankbar für meine Aufrichtigkeit. Aber wie wenig ihm zu helfen ist, sehe ich daraus, daß er mir in demselben Briefe das Anzeigeblatt seiner Gedichte beilegt, welches nur ein Verrückter geschrieben haben kann. Gewissen Menschen ist nicht zu helfen, und dem da besonders hat Gott ein ehern Band um die Stirne geschmiedet.

Endlich erhalten Sie den Ibykus. Möchten Sie damit zufrieden sein. Ich gestehe, daß ich bei näherer Besichtigung des Stoffes mehr Schwierigkeiten fand, als ich anfangs erwartete, indessen deucht mir, daß ich sie größtenteils überwunden habe. Die zwei Hauptpunkte, worauf es ankam, schienen mir *erstlich* eine Kontinuität in die Erzählung zu bringen, welche die rohe Fabel nicht hatte, und *zweitens* die Stimmung für den Effekt zu erzeugen.

Die letzte Hand habe ich noch nicht daran legen können, da ich erst gestern abend fertig geworden, und es liegt mir zu viel daran, daß Sie die Ballade bald lesen, um von Ihren Erinnerungen noch Gebrauch machen zu können. Das angenehmste wäre mir, zu hören, daß ich in wesentlichen Punkten Ihnen begegnete.

Hier auch 2 Aushängebogen vom Almanach. Ich werde meinen nächsten Brief an Sie unmittelbar an Cotta einschließen, da ich Sie gegen den Schluß des Monats nicht mehr in Frankfurt vermute.

Mit meiner Gesundheit geht es seit acht Tagen wieder besser, und im Hause steht es auch gut. Meine Frau grüßt Sie herzlich. Von Humboldts habe ich seit ihrer Abreise aus Dresden noch nichts vernommen. Aus dem Gotterischen Nachlaß erhalte ich seine Oper: die Geisterinsel, die nach Shakespeares Sturm bearbeitet ist; ich habe den ersten Akt gelesen, der eben sehr kraftlos ist und eine dünne Speise. Indessen danke ich dem Himmel, daß ich einige Bogen in den Horen auszufüllen [vermag], und zwar durch einen so klassischen Schriftsteller, der das Genie- und Xenien-Wesen vor seinem Tode so bitter beklagt hat – Und so zwingen wir denn Gottern, der lebend nichts mit den Horen zu tun haben wollte, noch tot darin zu spuken.

Leben Sie recht wohl, lassen Sie bald wieder von sich hören.

Schiller

359. An Schiller

Frankfurt, 22. August 1797

Ihr reiches und schönes Paketchen hat mich noch zur rechten Zeit erreicht. In einigen Tagen gedenke ich wegzugehen und kann Ihnen über diese Sendung noch von hier aus einige Worte sagen.

Der Almanach nimmt sich schon recht stattlich aus, besonders wenn man weiß, was noch zurück ist, die erzählenden Gedichte geben ihm einen eignen Charakter.

Die Kraniche des Ibykus finde ich sehr gut geraten, der Übergang zum Theater ist sehr schön und das Chor der Eumeniden am rechten Platze. Da diese Wendung einmal erfunden ist, so kann nun die ganze Fabel nicht ohne dieselbe bestehen, und ich würde, wenn ich an meine Bearbeitung noch denken möchte, dieses Chor gleichfalls aufnehmen müssen.

Nun auch einige Bemerkungen: 1) der Kraniche sollten, als *Zugvögel*, ein ganzer Schwarm sein, die sowohl über den Ibykus als über das Theater wegfliegen, sie kommen als Naturphänomen und stellen sich so neben die Sonne und andere regelmäßige Erscheinungen. Auch wird das Wunderbare dadurch weggenommen, in dem es nicht eben dieselben zu sein brauchen, es ist vielleicht nur eine Abteilung des großen wandernden Heeres, und das Zufällige macht eigentlich, wie mich dünkt, das Ahndungsvolle und Sonderbare in der Geschichte. 2) Dann würde ich nach dem 14ten Verse, wo die Erinnyen sich zurückgezogen haben, noch einen Vers einrücken, um die Gemütsstimmung des Volkes, in welche der Inhalt des Chors sie versetzt, darzustellen, und von den ernsten Betrachtungen der Guten zu der gleichgültigen Zerstreuung der Ruchlosen übergehen, und dann den Mörder zwar dumm, roh und laut, aber doch nur dem Kreise der Nachbarn vernehmlich, seine gaffende Bemerkung ausrufen lassen, daraus entständen zwischen ihm und den nächsten Zuschauern Händel, dadurch würde das Volk aufmerksam u. s. w. Auf diesem Weg so wie durch den *Zug* der Kraniche würde alles ganz ins Natürliche gespielt und nach meiner Empfindung die Wirkung erhöht, da jetzt der 15te Vers zu laut und bedeutend anfängt und man fast etwas anders erwartet. Wenn Sie hie und da an den Reim noch einige Sorgfalt wenden, so wird das übrige leicht getan sein, und ich wünsche Ihnen auch zu dieser wohlgeratnen Arbeit Glück.

Über den eigentlichen Zustand eines aufmerksamen Reisenden habe ich eigne Erfahrungen gemacht und eingesehen, worin sehr oft der Fehler der Reisebeschreibungen liegt. Man mag sich stellen, wie man will, so sieht man auf der Reise die Sache nur von Einer Seite und übereilt sich im Urteil, dagegen sieht man aber auch die Sache von dieser Seite lebhaft, und das Urteil ist im gewissen Sinne richtig. Ich habe mir daher Akten gemacht, worin ich alle Arten von öffentlichen Papieren, die mir eben jetzt begegnen, Zeitungen, Wochenblätter, Predigtauszüge, Verordnungen, Komödienzettel, Preiskurante einheften lasse und sodann auch sowohl das, was ich sehe und bemerke, als auch mein augenblickliches Urteil einhefte, ich spreche sodann von diesen Dingen in Gesellschaft und bringe meine Meinung vor, da ich denn bald sehe, inwiefern ich gut unterrichtet bin und inwiefern mein Urteil mit dem Urteil wohl unterrichteter Menschen übereintrifft. Ich nehme sodann die neue Erfahrung und Belehrung auch wieder zu den Akten, und so gibt es Materialien, die mir künftig als Geschichte des Äußern und Innern interessant genug bleiben müssen. Wenn ich bei meinen Vorkenntnissen und meiner Geistesgeübtheit Lust behalte, dieses Handwerk eine Weile fortzusetzen, so kann ich eine große Masse zusammenbringen.

Ein paar poetische Stoffe bin ich schon gewahr geworden, die ich in einem feinen Herzen aufbewahren werde, und dann kann man niemals im ersten Augenblicke wissen, was sich aus der rohen Erfahrung in der Folgezeit noch als wahrer Gehalt aussondert.

Bei allem dem leugne ich nicht, daß mich mehrmals eine Sehnsucht nach dem Saalgrunde wieder anwandelt, und würde ich heute dahin versetzt, so würde ich gleich, ohne irgend einen Rückblick, etwa meinen Faust oder sonst ein poetisches Werk anfangen können.

An Wallenstein denken Sie wohl gegenwärtig, da der Almanach besorgt sein will, wenig oder nicht? lassen Sie mich doch davon, wenn Sie weiter vorwärts rücken, auch etwas vernehmen.

Das hiesige Theater ist in einem gewissen Sinne nicht übel, aber viel zu schwach besetzt, es hat freilich vor einem Jahre einen gar zu harten Stoß erlitten, ich wüßte wirklich nicht, was für ein Stück von Wert und Würde man jetzt hier leidlich geben könnte.

Frankfurt, den 23. August 1797

Zu dem, was ich gestern über die Ballade gesagt, muß ich noch heute etwas zu mehrerer Deutlichkeit hinzufügen. Ich wünschte, da Ihnen die Mitte so sehr gelungen, daß Sie auch noch an die Exposition einige Verse wendeten, da das Gedicht ohnehin nicht lang ist. *Meo voto* würden die Kraniche schon von dem wandernden Ibykus erblickt, sich, als Reisenden, verglich er mit den reisenden Vögeln, sich, als Gast, mit den Gästen, zöge daraus eine gute Vorbedeutung, und rief alsdann unter den Händen der Mörder die schon bekannten Kraniche, seine Reisegefährten, als Zeugen an. Ja, wenn man es vorteilhaft fände, so könnte er diese Züge schon bei der Schiffahrt gesehen haben. Sie sehen, was ich gestern schon sagte, daß es mir darum zu tun ist, aus diesen Kranichen ein langes und breites Phänomen zu machen, welches sich wieder mit dem langen, verstrickenden Faden der Eumeniden, nach meiner Vorstellung, gut verbinden würde. Was den Schluß betrifft, habe ich gestern schon meine Meinung gesagt. Übrigens hatte ich mit meiner Anlage nichts weiter, was Sie in Ihrem Gedicht brauchen können.

Gestern ist auch Hölderlin bei mir gewesen, er sieht etwas gedrückt und kränklich aus, aber er ist wirklich liebenswürdig und mit Bescheidenheit, ja mit Ängstlichkeit offen. Er ging auf verschiedene Materien auf eine Weise ein, die Ihre Schule verriet, manche Hauptideen hatte er sich recht gut zu eigen gemacht, so daß er manches auch wieder leicht aufnehmen konnte. Ich habe ihm besonders geraten, kleine Gedichte zu machen und sich zu jedem einen menschlich interessanten Gegenstand zu wählen. Er schien noch einige Neigung zu den mittlern Zeiten zu haben, in der ich ihn nicht bestärken konnte. Hauptmann Steigentesch werde ich wohl nicht sehen, er geht hier ab und zu, meine Anfrage hat ihn einigemal verfehlt, und ein Billet, das ich das letzte Mal für ihn zurückließ, findet er vielleicht erst nach meiner Abreise. Grüßen Sie Ihre liebe Frau und unsere dichterische Freundinnen. Ich habe immer noch gehofft, Ihnen noch etwas zum Musenalmanach zu schicken, vielleicht ist die schwäbische Luft ergiebiger. Eigentlich gehe ich von hier aus erst in die Fremde und erwarte um desto sehnlicher einen Brief von Ihnen bei Cotta. G.

Frankfurt, den 24. August 1797

Ich will Ihnen doch noch von einer Arbeit sagen, die ich angefangen habe und die wohl für die *Horen* sein wird. Ich habe gegen zweihundert französische satirische Kupfer vor mir; ich habe sie gleich schematisiert und finde sie gerichtet:

I. Gegen *Fremde*
  a. England
  b. Den Papst
  c. Österreich
II. Gegen *Einheimische*
  a. Das alte Schreckensreich
  b. Modefratzen
    1. In ihrer Übertriebenheit dargestellt
    2. In ihren Verhältnissen untereinander
    3. In Verhältnissen zu veralteten Fratzen
    4. In Finanz- oder andern politischen Verhältnissen
  c. Gegen Künstlerfeinde

Ich fange an, sie nun einzeln zu beschreiben, und es geht recht gut, denn da sie meist dem Gedanken etwas sagen, witzig, symbolisch, allegorisch sind, so stellen sie sich der Imagination oft ebenso gut und noch besser dar als dem Auge, und wenn man eine so große Masse übersehen kann, so lassen sich über französischen Geist und Kunst, im allgemeinen, recht artige Bemerkungen machen, und das Einzelne, wenn man auch nicht *lichtenbergisieren* kann noch will, läßt sich doch immer heiter und munter genug stellen, daß man es gerne lesen wird. In der Schweiz finde ich gewiß noch mehr und vielleicht auch die frühern. Es würde daraus ein ganz artiger Aufsatz entstehen, durch welchen das Oktoberstück einen ziemlichen Beitrag erhalten könnte. Im Merkur und Modejournal und anderswo sind schon einige angeführt, die ich nun ins Ganze mit hereinnehme. Ich hoffe, daß sich von dieser oder ähnlicher Art noch manches auf der Reise finden wird und daß ich vom Oktober an wieder mit tüchtigen Beiträgen werde dienen können. Denn eigentlich muß man sichs nur vornehmen, so geht es auch. Der gegenwärtige Almanach macht mir doppelt Freude, weil wir ihn doch eigentlich durch Willen und Vorsatz zustande gebracht, wenn Sie Ihre dichterischen Freunde und Freundinnen nur immerfort aufmuntern und in Bewegung erhalten, so dürfen wir uns künftiges Frühjahr nur wieder 4 Wochen zusammensetzen und der nächste ist auch wieder fertig.

Leben Sie recht wohl und schreiben mir oft und viel. Mein Koffer ist nach Stuttgart fort, und wenn das Wetter, das diese letzte Zeit regnicht, kalt und trüb war, sich, wie es scheint, wieder aufheitert, so lasse ich gleich anspannen. Durch die Bergstraße möchte ich freilich an einem recht heitern Tag. G.

360. An Goethe

Jena, 30. August 1797

Ich glaubte mich auf dem Wege zur Besserung, als ich Ihnen das letzte Mal schrieb, aber seit 8 Tagen leide ich an einem Katarrhalfieber und einem hartnäckigen Husten, der in meinem ganzen Hause grassiert. Das Fieber läßt mich heute zwar in Ruhe, aber der Husten plagt mich noch sehr und der Kopf ist mir ganz zerbrochen. Nur dieses, mein teurer Freund, wollte ich Ihnen zur Entschuldigung meines Stillschweigens melden.

Wir erwarten mit Sehnsucht Nachricht von Ihnen und wünschten zu wissen, wo wir Sie jetzt zu suchen haben. Neue Aushängebogen erhalten Sie hiebei.

Ihren lieben Brief, den ich am 20ten erhielt, muß ich versparen zu beantworten, bis mein Kopf wieder frei ist.

Auch auf der Reise muß ich Sie plagen, teurer Freund. Denken Sie doch zuweilen an die Horen, ob nicht die Reise selbst etwas dazu liefern kann. Das Bedürfnis ist groß, und jetzt um so mehr, da ich selbst zu jeder Einhülfe untauglich bin. Bei solchen Störungen werde ich Mühe haben, Stimmung und Zeit für meine Glocke zu finden, die noch nicht, lange nicht gegossen ist.

Leben Sie heiter und gesund und fahren Sie fort, mich auch aus der Ferne zu beleben. Wir und alles, was zu uns gehört, denken Ihrer mit dem herzlichsten Anteil. Meine Frau grüßt tausendmal. Leben Sie wohl. Sch.

Vor einigen Augenblicken trifft Ihr letzter Brief ein zu unsrer unerwarteten großen Freude. Herzlichen Dank für das, was Sie mir über den Ibykus sagen, und was ich von Ihren Winken befolgen kann, geschieht gewiß. Es ist mir bei dieser Gelegenheit wieder recht fühlbar, was eine lebendige Erkenntnis und Erfahrung auch beim Erfinden so viel tut. Mir sind die Kraniche nur aus wenigen Gleichnissen, zu denen sie Gelegenheit gaben, bekannt, und dieser Mangel einer lebendigen Anschauung machte mich hier den schönen Gebrauch übersehen, der sich von diesem Naturphänomen machen läßt. Ich werde suchen, diesen Kranichen, die doch einmal die Schicksalshelden sind, eine größere Breite und Wichtigkeit zu geben. Wie ich den Übergang zu dem Ausrufe des Mörders anders machen soll, ist mir sogleich nicht klar, obgleich ich fühle, daß hier etwas zu tun ist. Doch bei der ersten guten Stimmung wird sichs vielleicht finden.

Noch einmal Dank für Ihren Brief. Erlaubt es mir mein Zustand, so schreibe ich übermorgen gewiß.

Leben Sie recht wohl. S.

361. An Schiller

Stuttgart, den 30. August 1797

Nachdem ich Sie heute nacht, als den Heiligen aller am schlaflosen Zustande leidenden Menschenkinder, öfters um Ihren Beistand angerufen und mich auch wirklich durch Ihr Beispiel gestärkt gefühlt habe, eines der schlimmsten Wanzenabenteuer im Bauche des römischen Kaisers zu überstehen, so ist es nunmehr meinem Gelübde gemäß, Ihnen sogleich eine Nachricht von meinen Zuständen zu erteilen.

Den 25ten ging ich von Frankfurt ab und hatte eine angenehme Fahrt bei bedecktem Himmel bis Heidelberg, wo ich bei völlig heiterem Sonnenschein die Gegend fast den ganzen andern Tag mit Entzücken betrachtete.

Den 27ten fuhr ich sehr früh ab, ruhte die heiße Zeit in Sinsheim und kam noch bald genug nach Heilbronn. Diese Stadt mit ihrer Umgebung interessierte mich sehr, ich blieb den 28ten daselbst und fuhr den 29. früh aus, daß ich schon um 9 Uhr in Ludwigsburg war, abends um 5 Uhr erst wieder wegfuhr und mit Sonnenuntergang nach Stuttgart kam, das in seinem Kreise von Bergen sehr ernsthaft in der Abenddämmerung dalag.

Heute früh rekognoszierte ich allein die Stadt, ihre Anlage so wie besonders die Alleen gefielen mir sehr wohl; an Herrn Rapp fand ich einen sehr gefälligen Mann und schätzbaren Kunstliebhaber, er hat zur Landschaftskomposition ein recht hübsches Talent, gute Kenntnis und Übung. Wir gingen gleich zu Professor Dannecker, bei dem ich einen Hektor, der den Paris schilt, ein etwas über Lebensgröße in Gips ausgeführtes Modell fand so wie auch eine ruhende, nackte, weibliche Figur im Charakter der sehnsuchtsvollen Sappho, in Gips fertig und in Marmor angefangen, ferner eine kleine, traurend sitzende Figur zu einem Zimmermonument. Ich sah ferner bei ihm das Gipsmodell eines Kopfes vom gegenwärtigen Herzog, der besonders in Marmor sehr gut gelungen sein soll, so wie auch seine eigne Büste, die ohne Übertreibung geistreich und lebhaft ist. Was mich aber besonders frappierte, war der Originalausguß von Ihrer Büste, der eine solche Wahrheit und Ausführlichkeit hat, daß er wirklich Erstaunen erregt. Der Ausguß, den Sie besitzen, läßt diese Arbeit wirklich nicht ahnden. Der Marmor ist darnach angelegt, und wenn die Ausführung so gerät, so gibt es ein sehr bedeutendes Bild. Ich sah noch kleine Modelle bei ihm, recht artig gedacht und angegeben, nur leidet er daran, woran wir Modernen alle leiden: an der Wahl des Gegenstands. Diese Materie, die wir bisher so oft und zuletzt wieder bei Gelegenheit der Abhandlung über den Laokoon besprochen haben, erscheint mir immer in ihrer höhern Wichtigkeit. Wann werden wir armen Künstler dieser letzten Zeiten uns zu diesem Hauptbegriff erheben können.

Auch sah ich bei ihm eine Vase aus grau gestreiftem Alabaster, von Isopi, von dem uns Wolzogen so viel erzählte. Es geht aber über alle Beschreibung und niemand kann sich ohne Anschauung einen Begriff von dieser Vollkommenheit der Arbeit machen. Der

Stein, was seine Farbe betrifft, ist nicht günstig, aber seiner Materie nach desto mehr. Da er sich leichter behandeln läßt als der Marmor, so werden hier Dinge möglich, wozu sich der Marmor nicht darbieten würde. Wenn Cellini, wie sich glauben läßt, seine Blätter und Zierraten in Gold und Silber gedacht und vollendet hat, so kann man ihm nicht übelnehmen, wenn er selbst mit Entzücken von seiner Arbeit spricht.

Man fängt an, den Teil des Schlosses, der unter Herzog Karl, eben als er geendigt war, abbrannte, wieder auszubauen, und man ist eben mit den Gesimsen und Decken beschäftigt. Isopi modelliert die Teile, die alsdann von andern Stukkatoren ausgegossen und eingesetzt werden, seine Verzierungen sind sehr geistreich und geschmackvoll, er hat eine besondere Liebhaberei zu Vögeln, die er sehr gut modelliert und mit andern Zieraten angenehm zusammen stellt. Die Komposition des Ganzen hat etwas Originelles und Leichtes.

In Professor Scheffauers Werkstatt (ihn selbst traf ich nicht an) fand ich eine schlafende Venus mit einem Amor, der sie aufdeckt, von weißem Marmor, wohlgearbeitet und gelegt, nur wollte der Arm, den sie rückwärts unter den Kopf gebracht hatte, gerade an der Stelle der Hauptansicht keine gute Wirkung tun. Einige Basreliefs antiken Inhalts, ferner die Modelle zu dem Monument, welches die Gemahlin des jetzigen Herzogs auf die, durch Gebete des Volks und der Familie, wieder erlangte Genesung des Fürsten aufrichten läßt. Der Obelisk steht schon auf dem Schloßplatze, mit den Gipsmodellen geziert.

In Abwesenheit des Professors Hetsch ließ uns seine Gattin seinen Arbeitssaal sehen. Sein Familienbild in ganzen, lebensgroßen Figuren hat viel Verdienst, besonders ist seine eigne höchst wahr und natürlich. Es ist in Rom gemalt. Seine Porträte sind sehr gut und lebhaft und sollen sehr ähnlich sein. Er hat ein historisches Bild vor, aus der Messiade, da Maria sich mit Porcia, der Frau des Pilatus, von der Glückseligkeit des ewigen Lebens unterhält und sie davon überzeugt. Was sagen Sie zu dieser Wahl überhaupt? und was kann ein schönes Gesicht ausdrücken, das die Entzückung des Himmels vorausfühlen soll? Überdies hat er zu dem Kopf der Porcia zwei Studien nach der Natur gemacht, das eine nach einer Römerin, einer geist- und gefühlvollen, herrlichen Brünette, und das andre nach einer blonden, guten, weichen Deutschen. Der Ausdruck von beiden Gesichtern ist, wie sichs versteht, nichts weniger als überirdisch, und wenn so ein Bild auch gemacht werden könnte, so dürften keine individuellen Züge darin erscheinen. Indes möchte man den Kopf der Römerin immer vor Augen haben. Es hat mich so ein erzdeutscher Einfall ganz verdrießlich gemacht. Daß doch der gute bildende Künstler mit dem Poeten wetteifern will, da er doch eigentlich durch das, was er allein machen kann und zu machen hätte, den Dichter zur Verzweiflung bringen könnte.

Professor Müllern fand ich an dem Graffischen Porträt, das Graff selbst gemalt hat. Der Kopf ist ganz fürtrefflich, das künstlerische Auge hat den höchsten Glanz, nur will mir die Stellung, da er über einen Stuhlrücken sich herüberlehnet, nicht gefallen, um so weniger, da dieser Rücken durchbrochen ist und das Bild also unten durchlöchert erscheint. Das Kupfer ist übrigens auf dem Wege, gleichfalls fürtrefflich zu werden. Sodann ist er an *Auch einem Tod eines Generals* beschäftigt, und zwar eines amerikanischen, eines jungen Mannes, der bei Bunkershill blieb. Das Gemälde ist von einem Amerikaner Trumbull und hat Vorzüge des Künstlers und Fehler des Liebhabers. Die Vorzüge sind: sehr charakteristische und vortrefflich tockierte Porträtgesichter; die Fehler: Disproportionen der Körper untereinander und ihrer Teile. Komponiert ist es, verhältnismäßig zum Gegenstande, recht gut und, für ein Bild, auf dem so viel rote Uniformen erscheinen müssen, ganz verständig gefärbt; doch macht es im ersten Anblick immer eine grelle Wirkung, bis man sich mit ihm wegen seiner Verdienste versöhnt. Das Kupfer tut im ganzen sehr gut und ist in seinen Teilen fürtrefflich gestochen. Ich sah auch das bewundernswürdige Kupfer des letzten Königs in Frankreich, in einem fürtrefflichen Abdruck aufgestellt.

Gegen Abend besuchten wir Herrn Konsistorialdirektor Ruoff, welcher eine treffliche Sammlung von Zeichnungen und Kupfern besitzt, wovon ein Teil zur Freude und Bequemlichkeit der Liebhaber unter Glas aufgehängt ist. Sodann gingen wir in Herrn Rapps Garten und ich hatte abermals das Vergnügen, mich an den verständigen und wohlgefühlten Urteilen dieses Mannes über manche Gegenstände der Kunst sowie über Danneckers Lebhaftigkeit zu erfreuen.

Den 31. August 1797

Hier haben Sie ohngefähr den Inhalt meines gestrigen Tages, den ich, wie Sie sehen, recht gut zugebracht habe. Übrigens wären noch manche Bemerkungen zu machen. Besonders traurig für die Baukunst war die Betrachtung: was Herzog Karl, bei seinem

Streben nach einer gewissen Größe, hätte hinstellen können, wenn ihm der wahre Sinn dieser Kunst aufgegangen und er so glücklich gewesen wäre, tüchtige Künstler zu seinen Anlagen zu finden. Allein man sieht wohl, er hatte nur eine gewisse vornehme Pracht-Richtung, ohne Geschmack, und in seiner frühern Zeit war die Baukunst in Frankreich, woher er seine Muster nahm, selbst verfallen. Ich bin gegenwärtig voll Verlangen, Hohenheim zu sehen.

Nach allem diesem, das ich niedergeschrieben habe, als wenn Ihnen nicht selbst schon ein großer Teil bekannt wäre, muß ich Ihnen sagen: daß ich unterwegs auf ein poetisches Genre gefallen bin, in welchem wir künftig mehr machen müssen, und das vielleicht dem folgenden Almanach guttun wird. Es sind *Gespräche in Liedern.* Wir haben in einer gewissen ältern deutschen Zeit recht artige Sachen von dieser Art, und es läßt sich in dieser Form manches sagen, man muß nur erst hineinkommen und dieser Art ihr Eigentümliches abgewinnen. Ich habe so ein Gespräch zwischen einem Knaben, der in eine Müllerin verliebt ist, und dem Mühlbach angefangen und hoffe, es bald zu überschicken. Das Poetisch-Tropisch-Allegorische wird durch diese Wendung lebendig, und besonders auf der Reise, wo einen so viele Gegenstände ansprechen, ist es ein recht gutes Genre.

Auch bei dieser Gelegenheit ist merkwürdig zu betrachten, was für Gegenstände sich zu dieser besondern Behandlungsart bequemen. Ich kann Ihnen nicht sagen, um meine obigen Klagelieder zu wiederholen, wie sehr mich jetzt, besonders um der Bildhauer willen, die Mißgriffe im Gegenstand beunruhigen, denn diese Künstler büßen offenbar den Fehler und den Unbegriff der Zeit am schwersten. Sobald ich mit Meyern zusammenkomme und seine Überlegungen, die er mir angekündigt hat, nutzen kann, so will ich gleich mich daran machen und wenigstens die Hauptmomente zusammenschreiben. Denken Sie doch auch indes immer weiter über die poetischen Formen und Stoffe nach.

Über das Theatralisch-Komische habe ich auch verschiednemal zu denken Gelegenheit gehabt, das Resultat ist: daß man es nur in einer großen, mehr oder weniger rohen Menschenmasse gewahr werden kann, und daß wir leider ein Kapital dieser Art, womit wir poetisch wuchern könnten, bei uns gar nicht finden.

Übrigens hat man vom Kriege hier viel gelitten und leidet immer fort. Wenn die Franzosen dem Lande 5 Millionen abnehmen, so sollen die Kaiserlichen nun schon an 16 Millionen verzehrt haben. Dagegen erstaunt man denn freilich als Fremder über die ungeheure Fruchtbarkeit dieses Landes und begreift die Möglichkeit, solche Lasten zu tragen.

Ihrer und der Ihrigen erinnert man sich mit viel Liebe und Freude, ja, ich darf wohl sagen, mit Enthusiasmus. Und somit sei Ihnen heute ein Lebewohl gesagt. Cotta hat mich freundlich eingeladen, bei ihm zu logieren, ich habe es mit Dank angenommen, da ich bisher, besonders bei dem heißen Wetter, in den Wirtshäusern mehr als auf dem Wege gelitten habe.

Den 4. September

Dieser Brief mag nun endlich abgehen, hoffentlich finde ich einen von Ihnen bei Cotta in Tübingen, wohin ich nun bald zu gelangen gedenke. Hier ist es mir sehr wohl ergangen, und ich habe, in der Gesellschaft, in welche mich Ihr kleines Blatt eingeführt, mich recht sehr wohl befunden, man hat mich auf alle Weise zu unterhalten, mir alles zu zeigen gesucht und mir mehrere Bekanntschaften gemacht. Wenn Meyer hier wäre, könnte ich mich wohl entschließen, noch länger zu bleiben, es ist natürlich, daß ich in der Masse von Kunst und Wissenschaft nun erst manches gewahr werde, das ich noch wohl zu meinem Vorteile brauchen könnte, denn es ist wirklich merkwürdig, was für ein Streben unter den Menschen lebt. Was mich aber besonders erfreut und eigentlich mir einen längeren Aufenthalt angenehm macht, ist, daß ich in der kurzen Zeit mit denen Personen, die ich öfter gesehen habe, durch Mitteilung der Ideen wirklich weiter komme, so daß der Umgang für beide Teile fruchtbar ist. Über einige Hauptpunkte habe ich mich mit Dannecker wirklich verständigt und in einige andere scheint Rapp zu entrieren, der eine gar behagliche, heitere und liberale Existenz hat. Noch sind zwar seine Grundsätze die Grundsätze eines Liebhabers, die, wie bekannt, eine ganz eigne, der soliden Kunst nicht eben sehr günstige Tournüre haben, doch fühlt er natürlich und lebhaft und faßt die Motive eines Kunsturteiles bald, wenn es auch von dem seinigen abweicht. Ich denke übermorgen von hier wegzugehen und hoffe in Tübingen einen Brief von Ihnen zu finden.

Außerdem, daß ich das, was mir begegnet, so ziemlich fleißig zu den Akten nehme, habe ich verschiednes, das durch Gespräch und Umstände bei mir rege wurde, aufgesetzt, wodurch nach und nach kleine Abhandlungen entstehen, die sich vielleicht zuletzt aneinander schließen werden.

Leben Sie recht wohl, grüßen Sie alles und fahren Sie fort, mir von Zeit zu Zeit unter Cottas Einschlag zu schreiben, der von meinem Aufenthalt immer unterrichtet sein wird. G.

362. An Goethe

Jena, 7. September 1797

Endlich fange ich an, mich wieder zu fühlen und meine Stimmung wieder zu finden. Nach Abgang meines letzten Briefs an Sie hatte sich mein Übel noch verschlimmert, ich habe mich lange nicht so schlimm befunden, bis endlich ein Vomitiv die Sachen wieder in Ordnung brachte. Fast alle meine Beschäftigungen stockten indessen, und die wenigen leidlichen Augenblicke, die ich hatte, nahm der Almanach in Anspruch. Solch eine Beschäftigung hat durch ihren ununterbrochenen und unerbittlich gleichen Rhythmus etwas Wohltätiges, da sie die Willkür aufhebt und sich streng, wie die Tagszeit, meldet. Man nimmt sich zusammen, weil es sein muß, und bei bestimmten Foderungen, die man an sich macht, geschieht die Sache auch nicht schlechter. Wir sind mit dem Druck des Almanachs jetzt bald im reinen, und wenn die Beiwerke, Decke, Titelkupfer und Musik, keinen Aufenthalt machen, kann das Werkchen vor Michaelis noch versendet werden. Mit dem Ibykus habe ich nach Ihrem Rat wesentliche Veränderungen vorgenommen, die Exposition ist nicht mehr so dürftig, der Held der Ballade interessiert mehr, die Kraniche füllen die Einbildungskraft auch mehr und bemächtigen sich der Aufmerksamkeit genug, um bei ihrer letzten Erscheinung, durch das Vorhergehende, nicht in Vergessenheit gebracht zu sein.

Was aber Ihre Erinnerung in Rücksicht auf die Entwicklung betrifft, so war es mir unmöglich, hierin ganz Ihren Wunsch zu erfüllen – Lasse ich den Ausruf des Mörders nur von den nächsten Zuschauern gehört werden, und unter diesen eine Bewegung entstehen, die sich dem Ganzen, nebst ihrer Veranlassung, erst mitteilt, so bürde ich mir ein Detail auf, das mich hier, bei so ungeduldig forteilender Erwartung, gar zu sehr embarrassiert, die Masse schwächt, die Aufmerksamkeit verteilt u. s. w. Meine Ausführung soll aber nicht ins Wunderbare gehen, auch schon bei dem ersten Konzept fiel mir das nicht ein, nur hatte ich es zu unbestimmt gelassen. Der bloße natürliche Zufall muß die Katastrophe erklären. Dieser Zufall führt den Kranichzug über dem Theater hin, der Mörder ist unter den Zuschauern, das Stück hat ihn zwar nicht eigentlich gerührt und zerknirscht, das ist meine Meinung nicht, aber es hat ihn an seine Tat und also auch an das, was dabei vorgekommen, *erinnert*, sein Gemüt ist davon frappiert, die Erscheinung der Kraniche muß also in diesem Augenblick ihn überraschen, er ist ein roher dummer Kerl, über den der momentane Eindruck alle Gewalt hat. Der laute Ausruf ist unter diesen Umständen natürlich.

Da ich ihn *oben* sitzend annehme, wo das gemeine Volk seinen Platz hat, so kann er *erstlich* die Kraniche früher sehen, eh sie über der Mitte des Theaters schweben, dadurch gewinn ich, daß der Ausruf der wirklichen Erscheinung der Kraniche vorhergehen kann, worauf hier viel ankommt, und daß also die wirkliche Erscheinung derselben bedeutender wird. Ich gewinne *zweitens*, daß er, wenn er oben ruft, besser gehört werden kann. Denn nun ist es gar nicht unwahrscheinlich, daß ihn das ganze Haus schreien hört, wenn gleich nicht alle seine Worte verstehen.

Dem Eindruck selbst, den seine Exklamation macht, habe ich noch eine Strophe gewidmet, aber die wirkliche Entdeckung der Tat, als Folge jenes Schreies, wollte ich mit Fleiß nicht umständlicher darstellen, denn sobald nur der *Weg* zur Auffindung des Mörders geöffnet ist (und das leistet der Ausruf, nebst dem darauf folgenden verlegenen Schrecken), so ist die Ballade aus, das andere ist nichts mehr für den Poeten.

Ich habe die Ballade, in ihrer nun veränderten Gestalt, an Böttiger gesendet, um von ihm zu erfahren, ob sich nichts darin mit altgriechischen Gebräuchen im Widerspruch befindet. Sobald ich sie zurückerhalte, lege ich die letzte Hand daran und eile dann damit in Druck. In meinem nächsten Briefe hoffe ich sie Ihnen nebst dem ganzen Rest des Almanachs abgedruckt zu senden. Auch Schlegel hat noch eine Romanze geschickt, worin Arions Geschichte mit dem Delphin behandelt ist. Der Gedanke wäre recht gut, aber die Ausführung deucht mir kalt, trocken und ohne Interesse zu sein. Er wollte auch die Sacontala als Ballade bearbeiten, ein sonderbares Unternehmen für ihn, wovor ihn sein guter Engel bewahren wolle.

Ihren vorletzten Brief vom 16. August erhielt ich viel später, da Böttiger, der ihn zu besorgen hatte, abwesend war. Das sentimentale Phänomen in Ihnen befremdet mich gar nicht, und mir dünkt, Sie selbst haben es sich hinlänglich erklärt. Es ist ein Bedürfnis poetischer Naturen, wenn man nicht überhaupt menschlicher Gemüter sagen will, so wenig Leeres als möglich um sich zu leiden, so viel Welt, als nur immer angeht, sich durch die Empfindung anzueignen, die Tiefe aller Erscheinungen zu suchen und überall ein Ganzes der Menschheit zu fodern. Ist der Gegenstand als Individuum leer und mithin in poetischer Hinsicht gehaltlos, so wird das Ideenvermögen daran versuchen und ihn von seiner symbolischen Seite fassen, und so eine Sprache für die Menschheit daraus machen. Immer aber ist das Sentimentale (in gutem Sinn) ein Effekt des poetischen Strebens, welches, sei es aus Gründen, die in dem Gegenstand, oder solchen, die in dem Gemüt liegen, nicht ganz erfüllt wird. Eine solche poetische Foderung, ohne eine reine poetische Stimmung und ohne einen poetischen Gegenstand, scheint Ihr Fall gewesen zu sein, und was Sie mithin an sich erfuhren, ist nichts als die allgemeine Geschichte der sentimentalischen Empfindungsweise und bestätiget alles das, was wir darüber miteinander festgesetzt haben.

Nur eins muß ich dabei noch erinnern. Sie drücken sich so aus, als wenn es hier sehr auf den Gegenstand ankäme, was ich nicht zugeben kann. Freilich der Gegenstand muß etwas *bedeuten*, so wie der poetische etwas *sein* muß; aber zuletzt kommt es auf das *Gemüt* an, ob ihm ein Gegenstand etwas bedeuten soll, und so deucht mir das Leere und Gehaltreiche mehr im Subjekt als im Objekt zu liegen. Das Gemüt ist es, welches hier die Grenze steckt, und das Gemeine oder Geistreiche kann ich auch hier wie überall nur in der Behandlung, nicht in der Wahl des Stoffes finden. Was Ihnen die zwei angeführten Plätze gewesen sind, würde Ihnen unter andern Umständen, bei einer mehr aufgeschlossenen poetischen Stimmung jede *Straße, Brücke,* jedes *Schiff*, ein *Pflug* oder irgend ein anderes mechanisches Werkzeug vielleicht geleistet haben.

Entfernen Sie aber ja diese sentimentalen Eindrücke nicht, und geben Sie denselben einen Ausdruck, so oft Sie können. Nichts, außer dem Poetischen, reinigt das Gemüt so sehr von dem Leeren und Gemeinen, als diese Ansicht der Gegenstände, eine Welt wird dadurch in das einzelne gelegt, und die flachen Erscheinungen gewinnen dadurch eine unendliche Tiefe. Ist es auch nicht poetisch, so ist es, wie Sie selbst es ausdrücken, menschlich; und das Menschliche ist immer der Anfang des Poetischen, das nur der Gipfel davon ist.

Heute, als den 8ten, erhalte ich einen Brief von Cotta, der mir sagt, daß Sie seit dem 30sten in Stuttgart wären. Ich kann Sie mir nicht in Stuttgart denken, ohne gleichfalls in eine sentimentale Stimmung zu geraten. Was hätte ich vor 16 Jahren darum gegeben, Ihnen auf diesem Boden zu begegnen, und wie wunderbar wird mirs, wenn ich die Zustände und Stimmungen, welche dieses Lokal mir zurückruft, mit unserm gegenwärtigen Verhältnis zusammen denke. Ich bin sehr erwartend, wie lang Sie in dortigen Gegenden zu verweilen Neigung und Veranlassung gefunden. Hoffentlich fand Sie mein Brief vom 30. noch dort; der gegenwärtige aber trifft Sie wahrscheinlich erst in Zürich und bei unserm Freund, den ich herzlich grüße.

Schreiben Sie mir doch in Ihrem nächsten Briefe, wie es mit den, für Sie bestimmten Exemplarien des Almanachs soll gehalten werden, wohin und an wen ich sie zu schicken habe.

Herzlich freue ich mich, daß Sie auch an die Horen gedacht haben und mich auf den Oktober etwas dafür hoffen lassen. Bei den Anstalten, die Sie machten, sich der Erfahrungsmasse um Sie herum zu bemächtigen, muß Ihnen ein unerschöpflicher Stoff zufließen.

Es war mir sehr angenehm, daß Hölderlin sich Ihnen noch präsentiert hat, er schrieb mir nichts davon, daß ers tun wollte, und muß sich also auf einmal ein Herz gefaßt haben. Hier ist auch wieder ein poetisches Genie, von Schlegels Art und Weise; Sie werden ihn im Almanach finden. Er hat Schlegels Pygmalion nachgeahmt und in demselben Geschmack einen symbolischen Phaeton geliefert. Das Produkt ist närrisch genug, aber die Versifikation und einzelne gute Gedanken geben ihm doch einiges Verdienst.

Leben Sie recht wohl und fahren Sie fort wie bisher mich Ihrem Geiste folgen zu lassen. Herzliche Grüße von meiner Frau. Ihr Kleiner, höre ich, ist ganz wieder hergestellt. Sch.

363. An Schiller

[Tübingen, den 12. September 1797]

Ihr Brief vom 30ten August, den ich bei meiner Ankunft in Tübingen erhalten, verspricht mir, daß ein zweiter bald nachkommen solle, der aber bis jetzt ausgeblieben ist; wenn nur nicht das Übel, von dem Sie mir schreiben, die Ursache von dieser Verspätung ist!

Ich freue mich, daß Sie das, was ich über den Ibykus geschrieben, nutzen mögen, es war die Idee, worauf ich eigentlich meine Ausführung bauen wollte, verbunden mit Ihrer übrigen glücklichen Behandlung, kann dadurch das Ganze Vollständigkeit und Rundung erlangen. Wenn Sie nur noch für diesen Almanach mit der Glocke zustande kommen! denn dieses Gedicht wird eins der vornehmsten und besonderen Zierden desselben sein.

Seit dem 4ten September, an dem ich meinen letzten Brief abschickte, ist es mir durchaus recht gut gegangen. Ich blieb in Stuttgart noch 3 Tage, in denen ich noch manche Person kennen lernte und manches Interessante beobachtete. Als ich bemerken konnte, daß mein Verhältnis zu Rapp und Dannecker im Wachsen war und beide manchen Grundsatz, an dem mir theoretisch so viel gelegen ist, aufzufassen nicht abgeneigt waren, auch von ihrer Seite sie mir manches Angenehme, Gute und Brauchbare mitteilten, so entschloß ich mich, ihnen den Hermann vorzulesen, das ich denn auch in einem Abend vollbrachte. Ich hatte alle Ursache mich des Effekts zu erfreuen, den er hervorbrachte, und es sind uns allen diese Stunden fruchtbar geworden.

Nun bin ich seit dem 7ten in Tübingen, dessen Umgebungen ich die ersten Tage, bei schönem Wetter, mit Vergnügen betrachtete und nun eine traurige Regenzeit durch geselligen Umgang, um ihren Einfluß betrüge. Bei Herrn Cotta habe ich ein heiteres Zimmer und, zwischen der alten Kirche und dem akademischen Gebäude, einen freundlichen, obgleich schmalen, Ausblick ins Neckartal. Indessen bereite ich mich zur Abreise, und meinen nächsten Brief erhalten Sie von Stäfa. Meyer ist sehr wohl und erwartet mich mit Verlangen. Es läßt sich gar nicht berechnen, was beiden unsere Zusammenkunft sein und werden kann.

Je näher ich Herrn Cotta kennen lerne, desto besser gefällt er mir. Für einen Mann von strebender Denkart und unternehmender Handelsweise hat er so viel Mäßiges, Sanftes und Gefaßtes, so viel Klarheit und Beharrlichkeit, daß er mir eine seltne Erscheinung ist. Ich habe mehrere von den hiesigen Professoren kennen lernen. In ihren Fächern, Denkungsart und Lebensweise sehr schätzbare Männer, die sich alle in ihrer Lage gut zu befinden scheinen, ohne daß sie grade einer bewegten akademischen Zirkulation nötig hätten. Die großen Stiftungen scheinen den großen Gebäuden gleich, in die sie eingeschlossen sind, sie stehen wie ruhige Kolossen auf sich selbst gegründet und bringen keine lebhafte Tätigkeit hervor, die sie zu ihrer Erhaltung nicht bedürfen.

Sonderbar hat mich hier eine kleine Schrift von Kant überrascht, die Sie gewiß auch kennen werden: *Verkündigung des nahen Abschlusses eines Traktats zum ewigen Frieden in der Philosophie*. Ein sehr schätzbares Produkt seiner bekannten Denkart, das so wie alles, was von ihm kommt, die herrlichsten

Stellen enthält; aber auch in Komposition und Stil Kantischer als Kantisch. Mir macht es großes Vergnügen, daß ihn die vornehmen Philosophen und die Prediger des Vorurteils so ärgern konnten, daß er sich mit aller Gewalt gegen sie stemmt, indessen tut er doch, wie mir scheint, Schlossern unrecht, daß er ihn einer Unredlichkeit, wenigstens indirekt, beschuldigen will. Wenn Schlosser fehlt, so ist es wohl darin, daß er seiner innern Überzeugung eine Realität nach außen zuschreibt und kraft seines Charakters und seiner Denkweise zuschreiben muß, und wer ist in Theorie und Praxis ganz frei von dieser Anmaßung. – Zum Schlusse lasse ich Ihnen noch einen kleinen Scherz abschreiben: Machen Sie aber noch keinen Gebrauch davon, es folgen auf diese Introduktion noch drei Lieder in deutscher, französischer und spanischer Art, die zusammen einen kleinen Roman ausmachen.

Der Edelknabe und die Müllerin

Nach dem Altenglischen

Edelknabe

Wohin? Wohin?
Schöne Müllerin!
Wie heißt du?

Müllerin

Liese.

Edelknabe

Wohin denn, wohin?
Mit dem Rechen in der Hand?

Müllerin

Auf des Vaters Land,
Auf des Vaters Wiese.

Edelknabe

Und gehst so allein?

Müllerin

Das Heu soll herein,
Das bedeutet der Rechen.
Und im Garten daran
Fangen die Birn zu reifen an,
Die will ich brechen.

Edelknabe

Ist nicht eine stille Laube dabei?

Müllerin

Sogar ihrer zwei,
An beiden Ecken.

Edelknabe

Ich komme dir nach,
Und am heißen Mittag
Wollen wir uns drein verstecken.
Nicht wahr? Im grünen vertraulichen Haus –

Müllerin

Das gäbe Geschichten.

Edelknabe

Ruhst du in meinen Armen aus?

Müllerin

Mitnichten!
Denn wer die artige Müllerin küßt,
Auf der Stelle verraten ist.
Euer schönes dunkles Kleid
Tät mir leid
So weiß zu färben.
Gleich und gleich! So allein ists recht!
Ich liebe mir den Müllerknecht!
An dem ist nichts zu verderben.

Ich muß nicht vergessen, zu dem glücklichen Fortschritt des Almanachs und zu Ritter Toggenburg zu gratulieren. G.

364. An Goethe

Jena, 14. September 1797

Zu meiner Freude erfahre ich aus Ihrem Stuttgarter Briefe, daß Sie sich auf meinem vaterländischen Boden gefallen, und daß die Personen, die ich Ihnen empfahl, mich nicht zum Lügner gemacht haben. Ich zweifle nicht, daß diese sieben Tage, die Sie selbst mit Vergnügen und Nutzen dort zugebracht, für Dannecker und Rapp Epoche machen und sehr gute Folgen haben werden; der erste besonders ist höchst bildungsfähig, und ihm mangelt es bis jetzt nur an einer glücklichen Pflege von außen, die seinem reichen Naturell die gehörige Richtung gegeben hätte. Ich kann mir seine Fehlgriffe in der Kunst, da er diese sonst so ernstlich zu packen wußte und in einigen Hauptpunkten so entscheidend auf das wahre Wesen losgeht, nur aus einem gewissen Überfluß erklären, mir deucht, daß seine poetische Imagination sich mit der artistischen, woran es ihm gar nicht mangelt, nur confondiere.

Überhaupt frage ich Sie bei dieser Gelegenheit, ob die Neigung so vieler talentvoller Künstler neuerer Zeiten *zum Poetisieren in der Kunst* nicht daraus zu erklären ist, daß in einer Zeit wie die unsrige es keinen Durchgang zum Ästhetischen gibt als durch das Poetische, und daß folglich alle auf Geist Anspruch machende Künstler, eben deswegen weil sie nur durch ein poetisches Empfinden geweckt worden sind, auch in der bildenden Darstellung nur eine poetische Imagination zeigen. Das Übel wäre so groß nicht, wenn nicht unglücklicherweise der poetische Geist in unsern Zeiten auf eine der Kunstbildung so ungünstige Art spezifiziert wäre. Aber da auch schon die Poesie so sehr von ihrem Gattungsbegriff abgewichen ist (durch den sie allein mit den nachahmenden Künsten in Berührung steht), so ist sie freilich keine gute Führerin zur Kunst, und sie kann höchstens negativ (durch Erhebung über die gemeine Natur), aber keineswegs positiv und aktiv (durch Bestimmung des Objekts) auf den Künstler einen Einfluß äußern.

Auch diese Verirrung der bildenden Künstler, neurer Zeit, erklärt sich mir hinreichend aus unsern Ideen über realistische und idealistische Dichtung und liefert einen neuen Beleg für die Wahrheit derselben. Ich denke mir die Sache so.

Zweierlei gehört zum Poeten und Künstler: daß er sich über das Wirkliche erhebt und daß er innerhalb des Sinnlichen stehen bleibt. Wo beides verbunden ist, da ist ästhetische Kunst. Aber in einer ungünstigen, formlosen Natur verläßt er mit dem Wirklichen nur zu leicht auch das Sinnliche und wird idealistisch und, wenn sein Verstand schwach ist, gar phantastisch: oder will er und muß er, durch seine Natur genötigt, in der Sinnlichkeit bleiben, so bleibt er gern auch bei dem Wirklichen stehen und wird, in beschränkter Bedeutung des Worts, realistisch und, wenn es ihm ganz an Phantasie fehlt, knechtisch und gemein. In beiden Fällen also ist er nicht ästhetisch.

Die Reduktion empirischer Formen auf ästhetische ist die schwierige Operation, und hier wird gewöhnlich entweder der Körper oder der Geist, die Wahrheit oder die Freiheit fehlen. Die alten Muster, sowohl im Poetischen als im Plastischen, scheinen mir vorzüglich *den* Nutzen zu leisten, daß sie eine empirische Natur, die bereits auf eine ästhetische reduziert ist, aufstellen, und daß sie, nach einem tiefen Studium, über das Geschäft jener Reduktion selbst Winke geben können.

Aus Verzweiflung, die empirische Natur, womit er umgeben ist, nicht auf eine ästhetische reduzieren zu können, verläßt der neuere Künstler von lebhafter Phantasie und Geist sie lieber ganz und sucht bei der Imagination Hülfe gegen die Empirie, gegen die Wirklichkeit. Er legt einen poetischen Gehalt in sein Werk, das sonst leer und dürftig wäre, weil ihm derjenige Gehalt fehlt, der aus den Tiefen des Gegenstandes geschöpft werden muß.

15. September

Es wäre vortrefflich, wenn Sie mit Meyern Ihre Gedanken über die Wahl der Stoffe für poetische und bildende Darstellung entwickelten. Diese Materie kommuniziert mit dem Innersten der Kunst und würde zugleich durch ihre unmittelbare und leichte Anwendung auf wirkliche Kunstwerke sehr pragmatisch und ansprechend sein. Ich für mein Teil werde darüber auch meine Begriffe deutlich zu machen suchen.

Vorderhand scheint mir, daß man mit großem Vorteil von dem Begriff der *absoluten Bestimmtheit des Gegenstandes* ausgehen könnte. Es würde sich nämlich zeigen, daß alle, durch eine ungeschickte Wahl des Gegenstandes, verunglückte Kunstwerke an einer solchen Unbestimmtheit und daraus folgender Willkürlichkeit leiden.

So scheint mir der Begriff dessen, was man einen *prägnanten* Moment nennt, sich vollkommen durch seine Qualifikation zu einer durchgängig bestimmten Darstellung zu erklären. Ich weiß in der poetischen Gattung keinen treffenderen Fall als Ihren Hermann. Hier würde sich vielleicht durch eine Art von Induktion zeigen lassen, daß bei jeder andern Wahl der Handlung etwas hätte unbestimmt bleiben müssen.

Verbindet man mit diesem Satz nun den andern, daß die Bestimmung des Gegenstandes jedesmal durch die Mittel geschehen muß, welche einer Kunstgattung eigen sind – daß sie innerhalb der besondern Grenzen einer jeden Kunstspezies absolviert werden muß, so hätte man, deucht mir, ein hinlängliches Kriterium, um in der Wahl der Gegenstände nicht irre geleitet zu werden.

Aber freilich, wenn dies auch seine Richtigkeit hätte, ist die Anwendung des Satzes schwer und möchte überall mehr Sache des Gefühls und des Ahndungsvermögens bleiben, als des deutlichen Bewußtseins.

Ich bin sehr neugierig auf das neue poetische Genre, woraus Sie mir bald etwas senden wollen. Der reiche Wechsel Ihrer

Phantasie erstaunt und entzückt mich, und wenn ich Ihnen auch nicht folgen kann, so ist es schon ein Genuß und Gewinn für mich, Ihnen nachzusehen. Von diesem neuen Genre erwarte ich mir etwas sehr Anmutiges und begreife schon im voraus, wie geschickt es dazu sein muß, ein poetisches Leben und einen geistreichen Schwung in die gemeinsten Gegenstände zu bringen.

Von unserm Freund Humboldt habe ich heute Briefe bekommen. Es gefällt ihm in Wien gar nicht mehr, die italienische Reise hat er auch so gut als aufgegeben, ist aber beinah entschlossen nach Paris zu gehen, welches er aber wahrscheinlich, nach den neuesten Ereignissen dort, nicht zur Ausführung bringen wird. Er wird Ihnen, wie er schreibt, in diesen Tagen von sich Nachricht geben.

Ich habe immer noch viel von meinem Husten zu leiden, bin aber viel freier von meinem alten Übel, wobei indes meine Stimmung und meine Tätigkeit nicht viel gewinnt; denn das neue Übel greift mir den Kopf weit mehr an, als das *malum domesticum*, die Krämpfe, zu tun pflegen. Indes hoffe ich in 8 oder 10 Tagen der Schererei des Almanachs los zu sein und wieder ernstlich an den Wallenstein gehen zu können. Das Lied von der Glocke habe ich bei meinem übeln Befinden nicht vornehmen können noch mögen. Indessen fanden sich doch noch allerlei Kleinigkeiten für den Almanach, die eine Mannigfaltigkeit in meine Beiträge bringen und meinen Anteil an demselben ziemlich beträchtlich machen.

Mit meinen Kranichen ist Böttiger sehr zufrieden gewesen, und Zeit und Lokal, worüber ich ihn konsultierte, hat er sehr befriedigend dargestellt gefunden. Er gestand bei dieser Gelegenheit, daß er nie recht begriffen habe, wie sich aus dem Ibykus etwas machen ließe. Dieses Geständnis hat mich sehr belustigt, da es seinen Mann so schön charakterisiert.

Sie werden von Cotta den I- und K-Bogen des Almanachs erhalten haben, vielleicht kann ich heute noch einen schicken. Der Almanach wird stärker als der vom vorigen Jahr, ohne daß ich in der Auswahl hätte laxer sein müssen.

In meinem Hause geht es gut, und wir haben Karls Geburtstag gestern mit vieler Freude gefeiert. Heute hatten wir Vent aus Weimar bei uns, der mir sehr wohl gefällt, sonst hat sich meine Gesellschaft um keine neue Figur vermehrt. Meine Frau denkt Ihrer mit herzlichem Anteil, auch mein Schwager und Schwägerin empfehlen sich Ihnen aufs beste.

Leben Sie recht wohl, grüßen Sie Meyern und denken Sie

meiner in Ihrem Kreise. Ihre Briefe sind für uns reichbeladne Schiffe und machen jetzt eine meiner besten Freuden aus. Leben Sie wohl.

Schiller

Sehen Sie doch das Blatt an, worein ich packe.

365. An Goethe

Jena, 22. September 1797

Ihr Brief nebst seinem Anhang hat uns wieder große Freude gemacht. Das Lied ist voll heiterer Laune und Natur. Mir deucht, daß diese Gattung dem Poeten schon dadurch sehr günstig sein müsse, daß sie ihn aller belästigenden Beiwerke, dergleichen die Einleitungen, Übergänge, Beschreibungen *etc.* sind, überhebt und ihm erlaubt, immer nur das Geistreiche und Bedeutende an seinem Gegenstand mit leichter Hand oben wegzuschöpfen.

Hier wäre also schon wieder der Ansatz zu einer neuen Sammlung, der Anfang einer „unendlichen" Reihe, denn dieses Gedicht hat, wie jede gute Poesie, ein ganzes Geschlecht in sich, durch die Stimmung, die es gibt, und durch die Form, die es aufstellt.

Ich wäre sehr begierig gewesen, den Eindruck, den Ihr Hermann auf meine Stuttgarter Freunde gemacht, zu beobachten. An einer gewissen Innigkeit des Empfangens hat es sicher nicht gefehlt, aber so wenige Menschen können das Nackende der menschlichen Natur ohne Störung genießen. Indessen zweifle ich gar nicht, daß Ihr Hermann schlechterdings über alle diese Subjektivitäten triumphieren wird, und dies durch die schönste Eigenschaft bei einem poetischen Werk, nämlich durch sein Ganzes, durch die reine Klarheit seiner Form und durch den völlig erschöpften Kreis menschlicher Gefühle.

Mein letzter Brief hat Ihnen schon gemeldet, daß ich die Glocke liegen lassen mußte. Ich gestehe, daß mir dieses, da es einmal so sein mußte, nicht ganz unlieb ist. Denn indem ich diesen Gegenstand noch ein Jahr mit mir herumtrage und warm halte, muß das Gedicht, welches wirklich keine kleine Aufgabe ist, erst seine wahre Reife erhalten. Auch ist dieses einmal das Balladenjahr, und das nächste hat schon ziemlich den Anschein, das Liederjahr zu werden, zu welcher Klasse auch die Glocke gehört.

Indessen habe ich die letzten 8 Tage doch für den Almanach nicht verloren. Der Zufall führte mir noch ein recht artiges Thema zu einer Ballade zu, die auch größtenteils fertig ist und den Almanach, wie ich glaube, nicht unwürdig beschließt. Sie besteht aus 24 achtzeiligen Strophen, und ist überschrieben: *Der Gang nach dem Eisenhammer*, woraus Sie sehen, daß ich auch das Feuerelement mir vindiziert habe, nachdem ich Wasser und Luft bereist habe. Der nächste Posttag liefert es Ihnen, nebst dem ganzen Almanach, gedruckt.

Ich wünsche nun sehr, daß die *Kraniche* in der Gestalt, worin Sie sie jetzt lesen, Ihnen Genüge tun mögen. Gewonnen haben sie ganz unstreitig durch die Idee, die Sie mir zu der Exposition gegeben. Auch, denke ich, hatte die neue Strophe, die ich den Furien noch gewidmet, zur genauen Bezeichnung derselben anfänglich noch gefehlt.

Kants kleinen Traktat habe ich auch gelesen und, obgleich der Inhalt nichts eigentlich Neues liefert, mich über seine trefflichen Einfälle gefreut. Es ist in diesem alten Herrn noch etwas so wahrhaft Jugendliches, das man beinah ästhetisch nennen möchte, wenn einen nicht die greuliche Form, die man einen philosophischen Kanzleistil nennen möchte, in Verlegenheit setzte. Mit Schlossern kann es sich zwar so verhalten, wie Sie meinen, indessen hat seine Stellung gegen die kritischen Philosophen so etwas Bedenkliches, daß der Charakter kaum aus dem Spiele bleiben kann. Auch kann man, deucht mir, bei allen Streitigkeiten, wo der Supernaturalism von denkenden Köpfen gegen die Vernunft verteidiget wird, in die Ehrlichkeit ein Mißtrauen setzen, die Erfahrung ist gar zu alt und es läßt sich überdem auch gar wohl begreifen.

Wir genießen jetzt hier sehr schöne Herbsttage, bei Ihnen mag wohl noch ein Rest vom Sommer zu spüren sein. In meinem Garten werden schon große Anstalten gemacht, ihn für die künftigen Jahre recht zu verbessern. Übrigens hatten wir keine schlechte Obsternte, wobei Karl uns nicht wenig Spaß machte.

Wir zweifeln, bei dem zweifelhaften Ansehen des Kriegs und Friedens, noch immer an der nahen Ausführung Ihrer italienischen Reise, und geben zuweilen der Hoffnung Raum, daß wir Sie früher, als wir erwarten durften, wieder bei uns sehen könnten.

Leben Sie recht wohl, und Meyern sagen Sie die freundschaftlichsten Grüße von uns. Herzlich wünschen wir Ihnen Glück zu Ihrer Wiedervereinigung. Meine Frau grüßt Sie aufs beste.

Sch.

366. An Schiller

Stäfa, am 25. September 1797

Ihren erfreulichen Brief vom 7ten September habe ich vorgestern hier erhalten; da er länger ausblieb, als ich hoffte, so mußte ich befürchten, daß Ihr Übel sich vermehrt habe, wie ich denn nun auch aus Ihrem Briefe leider erfahre. Möchten Sie doch in Ihrer Stille einer so guten Gesundheit genießen als ich bei meiner Bewegung. Ein Blatt, das beiliegt, sagt Ihnen, wie es mir seit Tübingen ergangen ist. Meyer, den ich nun zu unserer wechselseitigen Freude wiedergefunden habe, befindet sich so wohl als jemals, und wir haben schon was Ehrliches zusammen durchgeschwätzt, er kommt mit trefflichen Kunstschätzen und mit Schätzen einer sehr genauen Beobachtung wieder zurück. Wir wollen nun überlegen, in was für Formen wir einen Teil brauchen und zu welchen Absichten wir den andern aufheben wollen.

Nun soll es in einigen Tagen nach dem *Vierwaldstättersee* gehen. Die großen Naturszenen, die ihn umgeben, muß ich mir, da wir so nahe sind, wieder zum Anschauen bringen, denn die Rubrik dieser ungeheuern Felsen darf mir unter meinen Reisekapiteln nicht fehlen. Ich habe schon ein paar tüchtige Aktenfaszikel gesammelt, in die alles, was ich erfahren habe oder was mir sonst vorgekommen ist, sich eingeschrieben oder eingeheftet befindet, bis jetzt noch der bunteste Stoff von der Welt, aus dem ich auch nicht einmal, wie ich früher hoffte, etwas für die Horen herausheben könnte.

Ich hoffe diese Reisesammlung noch um vieles zu vermehren und kann mich dabei an so mancherlei Gegenständen prüfen. Man genießt doch zuletzt, wenn man fühlt, daß man so manches subsumieren kann, die Früchte der großen und anfangs unfruchtbar scheinenden Arbeiten, mit denen man sich in seinem Leben geplagt hat.

Da Italien, durch seine frühern Unruhen, und Frankreich, durch seine neusten, den Fremden mehr oder weniger versperrt ist, so werden wir wohl vom Gipfel der Alpen wieder zurück dem Falle des Wassers folgen und, den Rhein hinab, uns wieder gegen Norden bewegen, ehe die schlimme Wittrung einfällt. Wahrscheinlich werden wir diesen Winter am Fuße des Fuchsturms vergnügt zusammen wohnen, ja, ich vermute sogar, daß Humboldt uns Gesellschaft leisten wird. Die sämtliche Karawane hat, wie mir sein Brief sagt, den ich in Zürich fand, die Reise nach Italien gleichfalls aufgegeben, sie werden sämtlich nach der Schweiz kommen, der jüngere hat die Absicht, sich in diesem, für ihn, in mehrern Rücksichten so interessanten Lande umzusehen, und der ältere wird wahrscheinlich eine Reise nach Frankreich, die er projektiert hatte, unter den jetzigen Umständen aufgeben müssen. Sie gehen den ersten Oktober von Wien ab, vielleicht erwarte ich sie noch in diesen Gegenden.

Und nun wende ich mich in Gedanken zu Ihnen und Ihren Arbeiten. Der Almanach hat wirklich ein recht ordentliches Ansehen, nur wird das Publikum den Pfeffer zu den Melonen vermissen. Im allgemeinen wird nichts so sehnlich gewünscht als wieder eine Ladung Xenien, und man wird betrübt sein, die Bekanntschaft mit diesen Bösewichtern, auf die man so sehr gescholten hat, nicht erneuern zu können. Ich freue mich, daß durch meinen Rat der Anfang Ihres *Ibykus* eine größere Breite und Ausführung gewinnt, wegen des Schlusses werden Sie denn wohl auch recht behalten. Der Künstler muß selbst am besten wissen, inwiefern er sich fremder Vorschläge bedienen kann. Der *Phaethon* ist gar nicht übel gemacht, und das alte Märchen des ewig unbefriedigten Strebens der edlen Menschheit, nach dem Urquell ihres allerliebsten Daseins, noch so ganz leidlich aufgestutzt. Den *Prometheus* hat Meyer nicht auslesen können, welches denn doch ein übles Zeichen ist.

Die Exemplare des Almanachs, die Sie mir bestimmen, haben Sie die Güte mir aufzuheben; denn wahrscheinlich werden Sie der regierenden Herzogin eins in Ihrem eignen Namen zusenden. Mich verlangt recht dieses Werkchen beisammen zu sehen.

Aus meinen frühern Briefen werden Sie gesehen haben, daß es mir in Stuttgart ganz wohl und behaglich war. Ihrer ist viel und von vielen und immer aufs beste gedacht worden. Für uns beide, glaub ich, war es ein Vorteil, daß wir später und gebildeter zusammentrafen.

Sagen Sie mir doch in dem nächsten Briefe, wie Sie sich auf künftigen Winter einzurichten gedenken? ob Ihr Plan auf den Garten, das Griesbachische Haus oder Weimar gerichtet ist. Ich wünsche Ihnen die behaglichste Stelle, damit Sie nicht bei Ihren andern Übeln auch noch mit der Wittrung zu kämpfen haben.

Wenn Sie mir nach Empfang dieses Briefes sogleich schreiben, so haben Sie die Güte, den Brief unmittelbar nach *Zürich*, mit dem bloßen Beisatz *bei Herrn Rittmeister Ott zum Schwert* zu adressieren. Ich kann rechnen, daß Gegenwärtiges 8 Tage läuft, daß eine Antwort ohngefähr ebenso lange gehen kann, und ich werde ohngefähr in der Hälfte Oktobers von meiner Bergreise in Zürich anlangen.

Für die Nachricht, daß mein Kleiner wieder hergestellt ist, danke ich Ihnen um so mehr, als ich keine direkte Nachricht schon seit einiger Zeit erhalten habe, und die Briefe aus meinem Hause irgendwo stocken müssen. Diese Sorge allein hat mir manchmal einen trüben Augenblick gemacht, indem sich sonst alles gut und glücklich schickte. Leben Sie recht wohl, grüßen Sie Ihre liebe Frau und erfreuen Sie sich der letzten schönen Herbsttage mit den Ihrigen, indes ich meine Wanderung in die hohen Gebürge anstelle, meine Korrespondenz wird nun eine kleine Pause machen, bis ich wieder hier angelangt bin. G.

Bald hätte ich vergessen Ihnen zu sagen, daß der Vers: *es wallet und siedet und brauset und zischt* pp. sich bei dem Rheinfall trefflich legitimiert hat; es war mir sehr merkwürdig, wie er die Hauptmomente der ungeheuern Erscheinung in sich begreift. Ich habe auf der Stelle das Phänomen in seinen Teilen und im Ganzen, wie es sich darstellt, zu fassen gesucht und die Betrachtungen, die man dabei macht, so wie die Ideen, die es erregt, abgesondert bemerkt. Sie werden dereinst sehen, wie sich jene wenigen dichterischen Zeilen gleichsam wie ein Faden durch dieses Labyrinth durchschlingen.

Soeben erhalte ich die Bogen I, K des Almanachs durch Cotta und hoffe nun auf meiner Rückkunft aus den Bergen und Seen wieder Briefe von Ihnen zu finden. Leben Sie recht wohl. Meyer wird selbst ein paar Worte schreiben. Ich habe die größte Freude, daß er so wohl und heiter ist, möge ich doch auch dasselbe von Ihnen erfahren.

Herrliche Stoffe zu Idyllen und Elegien, und wie die verwandten Dichtarten alle heißen mögen, habe ich schon wieder aufgefunden, auch einiges schon wirklich gemacht, so wie ich überhaupt noch niemals mit solcher Bequemlichkeit die fremden Gegenstände aufgefaßt und zugleich wieder etwas produziert habe. Leben Sie recht wohl und lassen Sie uns theoretisch und praktisch immer so fortfahren.

Stäfa, den 26ten September gegen Abend

Ich hatte meinen Brief eben mit einem kleinen Nachtrag geschlossen, als *Graf Purgstall* uns besuchte, der mit seiner jungen Frauen, einer Schottländerin, die er nicht lange geheiratet hat, aus England über Frankreich und die Schweiz nach Hause zurückkehrt, er läßt Ihnen das Schönste und Beste sagen und nimmt einen recht wahren Anteil an dem, was Sie sind und tun. Mir hat sein Besuch viel Freude gemacht, da seine frühere Tendenz zur neuern Philosophie, sein Verhältnis zu Kant und Reinhold, seine Neigung zu Ihnen, auch seine frühere Bekanntschaft mit mir gleich eine breite Unterhaltung eröffneten. Er brachte sehr artige Späße aus England und Frankreich mit, war gerade den 18ten Fructidor in Paris gewesen und hatte also manche ernste und komische Szene mit erlebt. Er grüßt Sie aufs allerbeste, und ich will nur schließen, damit die Briefe mit dem Schiffer, der unsern Postboten macht, noch fortkommen. Haben Sie etwa Gelegenheit Wielanden von Graf Purgstall zu grüßen, so tun Sie es doch.

G.

Kurze Nachricht von meiner Reise von Tübingen nach Stäfa

Den 16ten September fuhr ich von *Tübingen* über *Hechingen*, *Balingen* und *Wellendingen* nach *Tuttlingen*. Die Tagereise ist groß, ich machte sie von 4 Uhr des Morgens bis halb neun Uhr des Abends. Anfangs gibt es noch fürs Auge angenehme Gegenden, zuletzt aber, wenn man immer höher in der Neckarregion hinaufsteigt, wird das Land kahler und weniger fruchtbar, erst in der Nacht kam ich in das Tal oder die Schlucht, die zur Donau hinunterführt; der Tag war trüb, doch zum Reisen sehr angenehm.

Den 17ten von *Tuttlingen* auf *Schaffhausen*. Bei dem schönsten Wetter, fast durchgängig, die interessanteste Gegend. Ich fuhr von Tuttlingen um 7 Uhr bei starkem Nebel aus, aber auf der Höhe fanden wir bald den reinsten Himmel, und der Nebel lag horizontal im ganzen Donautal. Indem man die Höhe befährt, welche die Rhein- und Donau-Region trennt, hat man eine bedeutende Aussicht, sowohl rück- als seitwärts, indem man das Donautal bis *Donaueschingen* und weiter überschaut. Besonders aber ist vorwärts der Anblick herrlich, man sieht den *Bodensee* und die Graubündner Gebürge in der Ferne, näher *Hohentwiel* und einige andere charakteristische Basaltfelsen. Man fährt durch waldige Hügel und Täler bis Engen, von wo sich südwärts eine schöne und fruchtbare Fläche öffnet, darauf kommt man *Hohentwiel* und die andern Berge, die man erst von ferne sah, vorbei und gelangt endlich in das wohlgebaute und reinliche Schweizerland. Vor *Schaffhausen* wird alles zum Garten. Ich kam abends bei schönem Sonnenschein daselbst an.

Den 18ten widmete ich ganz dem Rheinfall, fuhr früh nach *Laufen* und stieg von dort hinunter, um sogleich der ungeheuern Überraschung zu genießen. Ich beobachtete die gewaltsame Erscheinung, indes die Gipfel der Berge und Hügel vom Nebel bedeckt waren, mit dem der Staub und Dampf des Falles sich vermischte. Die Sonne kam hervor und verherrlichte das Schauspiel, zeigte einen Teil des Regenbogens und ließ mich das ganze Naturphänomen in seinem vollen Glanze sehen. Ich setzte nach dem Schlößchen *Wörth* hinüber und betrachtete nun das ganze Bild von vorn und von weitem, dann kehrte ich zurück und fuhr von Laufen nach der Stadt. Abends fuhr ich an dem rechten Ufer wieder hinaus und genoß von allen Seiten bei untergehender Sonne diese herrliche Erscheinung noch einmal.

Den 19ten fuhr ich, bei sehr schönem Wetter, über *Eglisau* nach *Zürich*, die große Kette der Schweizergebürge immer vor mir, durch eine angenehme, abwechselnde und mit Sorgfalt kultivierte Gegend.

Den 20sten, einen sehr heitern Vormittag, brachte ich auf den Züricher Spaziergängen zu. Nachmittags veränderte sich das Wetter, Professor Meyer kam, und weil es regnete und stürmte, blieben wir die Nacht in Zürich.

Den 21sten fuhren wir zu Schiffe, bei heiterm Wetter, den See hinaufwärts, wurden von Herrn Escher zu Mittag, auf seinem Gute bei Herrliberg, am See, sehr freundlich bewirtet und gelangten abends nach Stäfa.

Den 22sten, einen trüben Tag, brachten wir mit Betrachtung der von Herrn Meyer verfertigten und angeschafften Kunstwerke zu, so wie wir nicht unterließen, uns unsere Beobachtungen und Erfahrungen aufs neue mitzuteilen. Abends machten wir noch einen großen Spaziergang den Ort hinaufwärts, welcher von der schönsten und höchsten Kultur einen reizenden und idealen Begriff gibt. Die Gebäude stehen weit auseinander, Weinberge, Felder, Gärten, Obstanlagen breiten sich zwischen ihnen aus, und so erstreckt sich der Ort wohl eine Stunde am See hin und eine halbe bis nach dem Hügel ostwärts, dessen ganze Seite die Kultur auch schon erobert hat. Nun bereiten wir uns zu einer kleinen Reise vor, die wir nach *Einsiedeln, Schwyz* und den Gegenden um den Vierwaldstättersee vorzunehmen gedenken.

367. An Goethe

Jena, 2. Oktober 1797

Endlich erhalten Sie den Almanach vollendet, bis auf die Musik, welche nachkommt. Ich erwarte in Ihrem nächsten Brief zu erfahren, an wen ich die übrigen Exemplarien, die für Sie bestimmt sind, abgeben soll. Oberons goldne Hochzeit finden Sie nicht in der Sammlung, aus zwei Gründen ließ ich sie weg. Erstlich, dachte ich, würde es gut sein, wenn wir aus diesem Almanach schlechterdings alle Stacheln wegließen und eine recht fromme Miene machten, und dann wollte ich nicht, daß die goldne Hochzeit, die noch so vielen Stoff zu einer größern Ausführung gibt, mit so wenig Strophen abgetan würde. Wir besitzen in ihr einen Schatz für das nächste Jahr, der sich noch sehr weit ausspinnen läßt.

Von dem Verfasser der Elegien, die Ihnen nicht übel gefallen werden, kann Ihnen wahrscheinlich Meyer selbst mehrere Auskunft geben. Sein Name ist Keller, er ist ein Schweizer, aus Zürich wie ich glaube, und hält sich als Künstler in Rom auf. Mir sind diese Elegien von einem Herrn Horner aus Zürich zugesendet worden. Vielleicht haben Sie letztern indes schon selbst kennen lernen, er hat auch schon etwas zu den Horen gegeben.

Jetzt, da ich den Almanach hinter mir habe, kann ich mich endlich wieder zu dem Wallenstein wenden. Indem ich die fertig gemachten Szenen wieder ansehe, bin ich im ganzen zwar wohl mit mir zufrieden, nur glaube ich einige Trockenheit darin zu finden, die ich mir aber ganz wohl erklären und auch wegzuräumen hoffen kann. Sie entstand aus einer gewissen Furcht, in meine ehemalige rhetorische Manier zu fallen, und aus einem zu ängstlichen Bestreben, dem Objekte recht nahe zu bleiben. Nun ist aber das Objekt schon an sich selbst etwas trocken und bedarf mehr als irgend eines der poetischen Liberalität; es ist daher hier nötiger als irgendwo, wenn beide Abwege, das *Prosaische* und das *Rhetorische*, gleich sorgfältig vermieden werden sollen, eine recht reine *poetische* Stimmung zu erwarten.

Ich sehe zwar noch eine ungeheure Arbeit vor mir, aber so viel weiß ich, daß es keine *faux frais* sein werden, denn das Ganze ist poetisch organisiert, und ich darf wohl sagen, der Stoff ist in eine reine tragische Fabel verwandelt. Der Moment der Handlung ist so prägnant, daß alles, was zur Vollständigkeit derselben gehört, natürlich, ja in gewissem Sinn notwendig darin liegt, daraus hervorgeht. Es bleibt nichts Blindes darin, nach allen Seiten ist es geöffnet. Zugleich gelang es mir, die Handlung gleich vom Anfang in eine solche Präzipitation und Neigung zu bringen, daß sie in stetiger und beschleunigter Bewegung zu ihrem Ende eilt. Da der Hauptcharakter eigentlich retardierend ist, so tun die Umstände eigentlich alles zur Krise, und dies wird, wie ich denke, den tragischen Eindruck sehr erhöhen.

Ich habe mich dieser Tage viel damit beschäftigt, einen Stoff zur Tragödie aufzufinden, der von der Art des *Oedipus Rex* wäre und dem Dichter die nämlichen Vorteile verschaffte. Diese Vorteile sind unermeßlich, wenn ich auch nur des einzigen erwähne, daß man die zusammengesetzteste Handlung, welche der tragischen Form ganz widerstrebt, dabei zum Grunde legen kann, indem diese Handlung ja schon geschehen ist und mithin ganz jenseits der Tragödie fällt. Dazu kommt, daß das Geschehene, als unabänderlich, seiner Natur nach viel fürchterlicher ist, und die Furcht, daß etwas *geschehen sein* möchte, das Gemüt ganz anders affiziert, als die Furcht, daß etwas geschehen möchte.

Der Ödipus ist gleichsam nur eine tragische Analysis. Alles ist schon da, und es wird nur herausgewickelt. Das kann in der einfachsten Handlung und in einem sehr kleinen Zeitmoment geschehen, wenn die Begebenheiten auch noch so kompliziert und von Umständen abhängig waren. Wie begünstiget das nicht den Poeten!

Aber ich fürchte, der Ödipus ist seine eigene Gattung, und es gibt keine zweite Spezies davon: am allerwenigsten würde man, aus weniger fabelhaften Zeiten, ein Gegenstück dazu auffinden können. Das Orakel hat einen Anteil an der Tragödie, der schlechterdings durch nichts andres zu ersetzen ist; und wollte man das Wesentliche der Fabel selbst, bei veränderten Personen und Zeiten, beibehalten, so würde lächerlich werden, was jetzt furchtbar ist.

Ich habe lange nichts von Ihnen gehört und sehe dem nächsten Brief mit Ungeduld entgegen. Vielleicht erfahre ich daraus auch etwas Näheres über Ihre Reise und Ihren künftigen Aufenthalt. Von Humboldts habe ich indessen nichts mehr gehört, doch finde ich es nicht unwahrscheinlich, daß sie sich noch nach der Schweiz wenden werden.

Wie steht es um Ihre Entwicklung antiker Bildhauerwerke, davon der Laokoon der Anfang ist? Ich habe diesen neuerdings wieder mit der höchsten Befriedigung gelesen und kann gar nicht genug sagen, auf wie viele bedeutende fruchtbare Ideen, die Organisation ästhetischer Werke betreffend, er leitet. Hermann und Dorothea rumorieren schon im stillen, auch Körner schreibt mir, daß er das Ganze gelesen, und findet, daß es in Eine Klasse mit dem Besten gehöre, was Sie geschrieben. Danks ihm der T–!

Leben Sie recht wohl, teurer Freund. Meine Frau grüßt Sie aufs beste. Meyern viele Grüße. Sch.

Die schönen Exemplare des Almanachs sind noch nicht fertig. Einstweilen schick ich ein gewöhnliches.

368. An Goethe

Jena, 6. Oktober 1797

Herzlich willkommen war mir Ihr und Meyers Brief, den ich vor wenigen Stunden erhalte. Ich eile ihn, wenn nur mit ein paar Zeilen, zu beantworten, um Sie bei Ihrer Rückkehr aus den Gebirgen freundlich zu begrüßen. Wir haben uns recht ungeduldig nach Nachrichten von Ihnen gesehnt, und doppelt erfreulich ist mir also Ihr heutiger Brief, der mir zu Ihrer baldigen Rückkehr Hoffnung macht. Wirklich sahe ich dem herannahenden Winter schon mit einer heimlichen Furcht entgegen, der mir nun so heiter zu werden verspricht. Mit meinem Befinden geht es nun wieder ordentlich, mein kleiner Ernst aber ist sehr hart vom Zahnen angegriffen und macht uns viele Sorge. Wir werden mit dem Abschied der guten Witterung in unsre alte Wohnung in der Stadt ziehen, und es kann sich recht wohl schicken, daß wir eine Zeitlang in Weimar leben. Alles kommt darauf an, daß ich im Wallenstein nur erst recht fest sitze, alsdann schadet mir keine Veränderung der Existenz, die mich sonst, bei meiner Unterwerfung unter die Gewohnheit, so leicht zerstreut.

Es freut mich nicht wenig, daß nach Ihrer Beobachtung meine Beschreibung des Strudels mit dem Phänomen übereinstimmt. Ich habe diese Natur nirgends als etwa bei einer Mühle studieren können, aber weil ich Homers Beschreibung von der Charybde genau studierte, so hat mich dieses vielleicht bei der Natur erhalten. Vielleicht führt Ihre Reise Sie auch an einem Eisenhammer vorbei, und Sie können mir sagen, ob ich dieses kleinere Phänomen richtig dargestellt habe.

Der Almanach ist nun, wie ich hoffe, in Ihren Händen, und Sie werden ihm nun die Nativität stellen können. Es ist mir tröstlich, daß Sie den Phaethon passieren lassen, der mir bei seinem großen Volumen schon bange machte. Unter Schlegels Beiträgen sind die Stanzen über Romeo und Julie recht hübsch, und er hat sich darin, nach meiner Meinung, wirklich selbst übertroffen. Auch die *Entführten Götter* haben viel Gutes. Meyer findet noch vieles Artige von seiner dichterischen Freundin.

Ich sende heute den ersten Transport des Almanachs nach Leipzig und bin nicht wenig neugierig nach dem Absatz – Es mag wohl wahr sein, daß uns die wenigsten Leser die Enthaltung von Xenialischen Dingen danken, denn wer auch selbst getroffen war, freute sich doch auch, daß des Nachbars Haus brannte.

Ich muß schließen, denn die Postzeit ist da. Bemerken Sie doch in Ihrem nächsten Briefe, ob ich fortfahren kann, die Briefe über Tübingen durch Cotta gehen zu lassen. Herzlich begrüßen wir Sie und Meyern, dem ich für seinen lieben Brief schönstens danke, wie auch meine Frau.

Leben Sie recht wohl. Sch.

369. An Schiller

Stäfa, am 14. Oktober 1797

An einem sehr regnichten Morgen bleibe ich, werter Freund, in meinem Bette liegen, um mich mit Ihnen zu unterhalten und Ihnen Nachricht von unserm Zustande zu geben, damit Sie, wie bisher, uns mit Ihrem Geiste begleiten und uns von Zeit zu Zeit mit Ihren Briefen erfreuen mögen.

Kaum hatte ich mich in Zürich mit dem guten Meyer zusammengefunden, kaum waren wir zusammen hier angelangt, kaum hatte ich mich an seinen mitgebrachten Arbeiten, an der angenehmen Gegend und ihrer Kultur erfreut, als die nahen Gebirge mir eine gewisse Unruhe gaben, und das schöne Wetter den Wunsch unterhielt, mich ihnen zu nähern, ja sie zu besteigen. Der Instinkt, der mich dazu trieb, war sehr zusammengesetzt und undeutlich, ich erinnerte mich des Effekts, den diese Gegenstände vor zwanzig Jahren auf mich gemacht, der Eindruck war im ganzen geblieben, die Teile waren verloschen, und ich fühlte ein wundersames Verlangen, jene Erfahrungen zu wiederholen und zu rektifizieren. Ich war ein anderer Mensch geworden und also mußten mir die Gegenstände auch anders erscheinen; Meyers Wohlbefinden und die Überzeugung, daß kleine gemeinschaftliche Abenteuer, so wie sie neue Bekanntschaften schneller knüpfen, auch den alten günstig sind, wenn sie nach einigem Zwischenraum wieder erneut werden sollen, entschieden uns völlig, und wir reisten mit dem besten Wetter ab, das uns auch auf das vorteilhafteste 11 Tage begleitete. In der Beilage bezeichne ich wenigstens den Weg, den wir gemacht haben, ein vollständiges, obgleich aphoristisches Tagebuch teile ich in der Folge mit, indessen wird Ihre liebe Frau, die einen Teil der Gegenden kennt, vielleicht eins und das andere aus der Erinnerung hinzufügen.

Bei unserer Zurückkunft fand ich Ihre beiden lieben Briefe mit den Beilagen, die sich unmittelbar an die Unterhaltung anschlossen, welche wir auf dem Wege sehr eifrig geführt hatten, indem die Materie von den vorzustellenden Gegenständen, von der Behandlung derselben durch die verschiedenen Künste oft von uns, in ruhigen Stunden, vorgenommen worden. Vielleicht zeigt Ihnen eine kleine Abhandlung bald, daß wir völlig Ihrer Meinung sind, am meisten aber wird michs freuen, wenn Sie Meyers Beschreibungen und Beurteilungen so vieler Kunstwerke hören und lesen. Man erfährt wieder bei dieser Gelegenheit, daß eine vollständige Erfahrung die Theorie in sich enthalten muß. Um desto sichrer sind wir, daß wir uns in einer Mitte begegnen, da wir von so vielen Seiten auf die Sache losgehen.

Wenn ich Ihnen nun von meinem Zustande sprechen soll, so kann ich sagen, daß ich bisher mit meiner Reise alle Ursache habe zufrieden zu sein, bei der Leichtigkeit, die Gegenstände aufzunehmen, bin ich reich geworden ohne beladen zu sein, der Stoff inkommodiert mich nicht, weil ich ihn gleich zu ordnen oder zu verarbeiten weiß, und ich fühle mehr Freiheit als jemals, mannigfaltige Formen zu wählen, um das Verarbeitete für mich oder andere darzustellen. Von den unfruchtbaren Gipfeln des Gotthards bis zu den herrlichen Kunstwerken, welche Meyer mitgebracht hat, führt uns ein labyrinthischer Spazierweg durch eine verwickelte Reihe von interessanten Gegenständen, welche dieses sonderbare Land enthält. Sich durchs unmittelbare Anschauen die naturhistorischen, geographischen, ökonomischen und politischen Verhältnisse zu vergegenwärtigen und sich dann durch eine alte Chronik die vergangnen Zeiten näher zu bringen, auch sonst manchen Aufsatz der arbeitsamen Schweizer zu nutzen, gibt, besonders bei der Umschriebenheit der helvetischen Existenz, eine sehr angenehme Unterhaltung, und die Übersicht sowohl des Ganzen als die Einsicht ins Einzelne wird besonders dadurch sehr beschleunigt, daß Meyer hier zu Hause ist, mit seinem richtigen und scharfen Blick schon lange die Verhältnisse kennt und sie in einem treuen Gedächtnisse bewahrt. So haben wir in kurzer Zeit mehr zusammengebracht, als ich mir vorstellen konnte, und es ist nur schade, daß wir um einen Monat dem Winter zu nahe sind; noch eine Tour von 4 Wochen müßte uns mit diesem sonderbaren Lande sehr weit bekannt machen.

Was werden Sie nun aber sagen, wenn ich Ihnen vertraue, daß, zwischen allen diesen prosaischen Stoffen, sich auch ein poetischer hervorgetan hat, der mir viel Zutrauen einflößt. Ich bin fast überzeugt, daß die Fabel vom *Tell* sich werde episch behandeln lassen, und es würde dabei, wenn es mir, wie ich vorhabe, gelingt, der sonderbare Fall eintreten, daß das Märchen durch die Poesie erst zu seiner vollkommenen Wahrheit gelangte, anstatt daß man sonst um etwas zu leisten die Geschichte zur Fabel machen muß. Doch darüber künftig mehr. Das beschränkte, höchst bedeutende Lokal, worauf die Begebenheit spielt, habe ich mir wieder recht genau vergegenwärtigt, so wie ich die Charaktere, Sitten und Gebräuche der Menschen in diesen Gegenden, so gut als in der kurzen Zeit möglich, beobachtet habe, und es kommt nun auf gut Glück an, ob aus diesem Unternehmen etwas werden kann.

Nun aber entsteht eine Frage, die uns doch von Zeit zu Zeit zweifelhaft ist: wo wir uns hinwenden sollen? um sowohl Meyers Kollektaneen als meinen eignen alten und neuen Vorrat aufs bequemste und baldigste zu verarbeiten. Leider sind hier am Orte die Quartiere nicht auf den Winter eingerichtet, sonst leugne ich nicht, daß ich recht geneigt gewesen wäre, hier zu bleiben, da uns denn die völlige Einsamkeit nicht wenig gefördert haben würde, dazu kommt, daß es der geschickteste Platz gewesen wäre, um abzuwarten, ob Italien oder Frankreich aufs künftige Frühjahr den Reisenden wieder anlockt oder einläßt. In Zürich selbst kann ich mir keine Existenz denken, und wir werden uns wohl nunmehr sachte wieder nach Frankfurt begeben.

Überhaupt aber bin ich auf einer Idee, zu deren Ausführung mir nur noch ein wenig Gewohnheit mangelt; es würde nämlich nicht schwer werden sich so einzurichten, daß man auf der Reise selbst mit Sammlung und Zufriedenheit arbeiten könnte, denn wenn sie zu gewissen Zeiten zerstreut, so führt sie uns zu andern desto schneller auf uns selbst zurück, der Mangel an äußern Verhältnissen und Verbindungen, ja die lange Weile ist demjenigen günstig, der manches zu verarbeiten hat. Die Reise gleicht einem Spiel, es ist immer Gewinn und Verlust dabei, und meist von der unerwarteten Seite, man empfängt mehr oder weniger als man hofft, man kann ungestraft eine Weile hinschlendern, und dann ist man wieder genötigt, sich einen Augenblick zusammenzunehmen. Für Naturen wie die meine, die sich gerne festsetzen und die Dinge festhalten, ist eine Reise unschätzbar, sie belebt, berichtigt, belehrt und bildet.

Ich bin auch jetzt überzeugt, daß man recht gut nach Italien gehen könnte, denn alles setzt sich in der Welt nach einem Erdbeben, Brand und Überschwemmung so geschwind als möglich in seine alte Lage, und ich würde persönlich die Reise ohne Bedenken unternehmen, wenn mich nicht andere Betrachtungen abhielten. Vielleicht sehen wir uns also bald wieder, und die Hoffnung, mit Ihnen das Erbeutete zu teilen und zu einer immer größern theoretischen und praktischen Vereinigung zu gelangen, ist eine der schönsten, die mich nach Hause lockt. Wir wollen sehen, was wir noch alles unterweges mitnehmen können. So hat Basel wegen der Nähe von Frankreich einen besondern Reiz für mich, auch sind schöne Kunstwerke, sowohl ältere als ausgewanderte, daselbst befindlich.

Den Schluß des Almanachs hoffe ich noch in Zürich zu erhalten, Cotta ist in seinen Speditionen sehr regelmäßig.

Den Ibykus finde ich sehr gut geraten, und beim Schlusse wüßte ich nun auch nichts mehr zu erinnern. Es verlangt mich nun sehr, das Ganze zu übersehen. Da meine artige Müllerin eine gute Aufnahme gefunden, so schicke ich noch ein Lied, das wir ihren Reizen verdanken. Es wird recht gut sein, wenn der nächste Almanach reich an Liedern wird, und die Glocke muß nur um desto besser klingen, als das Erz länger in Fluß erhalten und von allen Schlacken gereinigt ist. G.

Stäfa, am 17. Oktober 1797

Noch habe ich nicht Zeit noch Stimmung finden können, aus meinem größern Tagebuch einen Auszug zu machen, um Sie von unserer Bergreise näher zu unterrichten, ich sage also hier nur noch kürzlich: daß wir von Richterswil auf Einsiedeln und von da auf Schwyz und Brunnen gingen, von da fuhren wir auf dem See bis Flüelen, gingen von da nach Altorf und bestiegen den Gotthard und kamen wieder zurück. In Flüelen setzten wir uns abermals ein und fuhren bis Beckenried, im Kanton Unterwalden, gingen zu Fuß auf Stans und Stansstad, von da schifften wir über auf Küßnacht, gingen auf Immensee, schifften auf Zug, wanderten auf Horgen und schifften wieder nach Stäfa herüber.

Auf dieser kurzen Reise haben wir die mannigfältigsten Gegenstände gesehen und die verschiedensten Jahrszeiten angetroffen, wovon künftig ein mehreres.

Über die berühmte Materie der *Gegenstände der bildenden Kunst* ist ein kleiner Aufsatz schematisiert und einigermaßen ausgeführt, Sie werden die Stellen Ihres Briefes als Noten dabei finden. Wir sind jetzt an den *Motiven* als dem zweiten nach dem gegebenen Sujet, denn nur durch Motive kommt es zur innern Organisation, alsdann werden wir zur *Anordnung* übergehen und so weiter fortfahren, wir werden uns bloß an der bildenden Kunst halten und sind neugierig, wie sie mit der Poesie, die wir Ihnen hiermit nochmals bestens empfohlen haben wollen, zusammentreffen wird.

Leben Sie recht wohl, grüßen Sie die Nächsten. Wenn Sie mir auf diesen Brief ein Wort sagen mögen, so schicken Sie es nur an Cotta. Seit gestern klingen die Nachrichten vom Rhein sehr kriegerisch, und am Ende werden wir uns hinten herum durch Schwaben und Franken nach Hause schleichen müssen. Nochmals das beste Lebewohl.

Meyer grüßt schönstens. Soeben kommt die Aldobrandinische Hochzeit, die wir lange von Rom erwarten, über Triest, Villach und Konstanz an. Nun sind alle unsre Schätze beisammen, und wir können nun, auch von dieser Seite beruhigt und erfreut, unsern Weg antreten. G.

370. An Goethe

Jena, 20. Oktober 1797

Vor einigen Tagen überschickte uns Böttiger zwei schöne Exemplare Ihres Hermanns, womit wir sehr erfreuet wurden. Er ist also nunmehr in der Welt, und wir wollen hören, wie sich die Stimme eines Homerischen Rhapsoden in dieser neuen politisch rhetorischen Welt ausnehmen wird. Ich habe das Gedicht nun wieder mit dem alten ungeschwächten Eindruck und mit neuer Bewegung gelesen, es ist schlechterdings vollkommen in seiner Gattung, es ist pathetisch mächtig und doch reizend in höchstem Grad, kurz, es ist schön, was man sagen kann.

Auch den Meister habe ich ganz kürzlich wieder gelesen, und es ist mir noch nie so auffallend gewesen, was die äußere Form doch bedeutet. Die Form des Meisters, wie überhaupt jede Romanform, ist schlechterdings nicht poetisch, sie ist [und] liegt ganz nur im Gebiete des Verstandes, steht unter allen seinen Foderungen und partizipiert auch von allen seinen Grenzen. Weil es aber ein echt poetischer Geist ist, der sich dieser Form bediente und in dieser Form die poetischsten Zustände ausdrückte, so entsteht ein sonderbares Schwanken zwischen einer prosaischen und poetischen Stimmung, für das ich keinen rechten Namen weiß. Ich möchte sagen, es fehlt dem Meister (dem Roman nämlich) an einer gewissen poetischen Kühnheit, weil er, als Roman, es dem Verstande immer recht machen will – und es fehlt ihm wieder an einer eigentlichen Nüchternheit (wofür er doch gewissermaßen die Foderung rege macht), weil er aus einem poetischen Geiste geflossen ist. Buchstabieren Sie das zusammen, wie Sie können, ich teile Ihnen bloß meine Empfindung mit.

Da Sie auf einem solchen Punkte stehen, wo Sie das Höchste von sich fodern müssen und Objektives mit Subjektivem absolut in Eins zerfließen muß, so ist es durchaus nötig, dafür zu sorgen, daß dasjenige, was Ihr Geist in Ein Werk legen kann, immer auch die reinste Form ergreife, und nichts davon in einem unreinen Medium verloren gehe. Wer fühlt nicht alles das im Meister, was den Hermann so bezaubernd macht! Jenem fehlt nichts, gar nichts von Ihrem Geiste, er ergreift das Herz mit allen Kräften der Dichtkunst und gewährt einen immer sich erneuenden Genuß, und doch führt mich der Hermann (und zwar bloß durch seine rein poetische Form) in eine göttliche Dichterwelt, da mich der Meister aus der wirklichen Welt nicht ganz herausläßt.

Da ich doch einmal im Kritisieren bin, so will ich noch eine Bemerkung machen, die mir bei dem neuen Lesen sich aufdrang. Es ist offenbar zu viel von der Tragödie im Meister; ich meine das Ahndungsvolle, das Unbegreifliche, das subjektiv Wunderbare, welches zwar mit der poetischen Tiefe und Dunkelheit aber nicht mit der Klarheit sich verträgt, die im Roman herrschen muß und in diesem auch so vorzüglich herrscht. Es inkommodiert, auf diese Grundlosigkeiten zu geraten, da man überall festen Boden unter sich zu fühlen glaubt, und, weil sich sonst alles so schön vor dem Verstand entwirret, auf solche Rätsel zu geraten. Kurz, mir deucht, Sie hätten sich hier eines Mittels bedient, zu dem der Geist des Werks Sie nicht befugte.

Übrigens kann ich Ihnen nicht genug sagen, wie mich der Meister auch bei diesem neuen Lesen bereichert, belebt, entzückt hat – es fließt mir darin eine Quelle, wo ich für jede Kraft der Seele und für diejenige besonders, welche die vereinigte Wirkung von allen ist, Nahrung schöpfen kann . . .

371. An Schiller

Zürich, den 25. Oktober 1797

Ehe ich von Zürich abgehe, nur einige Worte! denn ich bin sehr zerstreut und werde es wohl noch eine Weile bleiben, denn wir gedenken auf Basel, von da auf Schaffhausen, Tübingen und so weiter zu gehen, wahrscheinlich treffe ich am letzten Orte wieder etwas von Ihnen an. Keinen Musenalmanach, keinen Hermann habe ich noch gesehen, alles das und mehreres wird mir denn wohl in Deutschland begegnen.

Wäre die Jahrszeit nicht so weit, so sähe ich mich wohl noch gern einen Monat in der Schweiz um, um mich von den Verhältnissen im ganzen zu unterrichten. Es ist wunderbar, wie alte Verfassungen, die bloß auf *Sein* und *Erhalten* gegründet sind, sich in Zeiten ausnehmen, wo alles zum *Werden* und *Verändern* strebt. Ich sage heute weiter nichts als ein herzliches Lebewohl. Von Tübingen hören Sie mehr von mir.

Wir hatten kaum in diesen Tagen unser Schema über die zulässlichen Gegenstände der bildenden Kunst, mit großem Nachdenken, entworfen, als uns eine ganz besondre Erfahrung in die Quere kam. Ihnen ist die Zudringlichkeit des Vulkans gegen Minerven bekannt, wodurch Erichthonius produziert wurde. Haben Sie Gelegenheit, so lesen Sie diese Fabel ja in der ältern Ausgabe des Hederichs nach und denken dabei: daß Raffael daher Gelegenheit zu einer der angenehmsten Kompositionen genommen hat. Was soll denn nun dem glücklichen Genie geraten oder geboten sein? Leben Sie nochmals recht wohl. G.

372. An Goethe

Jena, 30. Oktober 1797

Gottlob, daß ich wieder Nachricht von Ihnen habe, diese 3 Wochen, da Sie in den Gebirgen, abgeschnitten von uns, umherzogen, sind mir lang geworden. Desto mehr erfreute mich Ihr lieber Brief und alles, was er enthielt – Die Idee von dem Wilhelm Tell ist sehr glücklich, und genau überlegt konnten Sie, nach dem Meister und nach dem Hermann, nur einen solchen, völlig lokalcharakteristischen Stoff mit der gehörigen Originalität Ihres Geistes und der Frischheit der Stimmung behandeln. Das Interesse, welches aus einer streng umschriebenen, charakteristischen Lokalität und einer gewissen historischen Gebundenheit entspringt, ist vielleicht das einzige, was Sie sich durch jene beiden vorhergegangenen Werke nicht weggenommen haben. Diese 2 Werke sind auch dem Stoff nach ästhetisch frei, und so gebunden auch in beiden das Lokal aussieht und ist, so ist es doch ein rein poetischer Boden und repräsentiert eine ganze Welt. Bei dem Tell wird ein ganz andrer Fall sein, aus der bedeutenden Enge des gegebenen Stoffes wird da alles geistreiche Leben hervorgehen. Es wird darin liegen, daß man, durch die Macht des Poeten, recht sehr beschränkt und in dieser Beschränkung innig und intensiv gerührt und beschäftigt wird. Zugleich öffnet sich aus diesem schönen Stoffe wieder ein Blick in eine gewisse Weite des Menschengeschlechts, wie zwischen hohen Bergen eine Durchsicht in freie Fernen sich auftut.

Wie sehr wünschte ich, auch dieses Gedichtes wegen, bald wieder mit Ihnen vereinigt zu sein. Sie würden sich vielleicht jetzt eher gewöhnen, mit mir darüber zu sprechen, da die Einheit und Reinheit Ihres Hermanns durch Ihre Mitteilungen an mich, während der Arbeit, so gar nicht gestört worden ist. Und ich gestehe, daß ich nichts auf der Welt weiß, wobei ich mehr gelernt hätte, als jene Kommunikationen, die mich recht ins Innre der Kunst hineinführten.

Das Lied vom Mühlbach ist wieder scharmant und hat uns große Freude gemacht. Es ist eine ungemein gefällige Einkleidung, die der Einbildungskraft ein reizendes Spiel verschafft; das Silbenmaß ist auch recht glücklich dazu gewählt. Auch die Distichen sind sehr lieblich.

Humboldt hat endlich einmal, und zwar aus München, geschrieben. Er geht jetzt auf Basel los, wo er sich bestimmen wird, ob die Pariser Reise vor sich gehen soll oder nicht. Sie wird er also schwerlich mehr finden, es sei denn, daß Sie den Winter noch bei Zürich zubringen werden, wohin er sich wenden wird, wenn er nicht nach Paris geht. Ein großes Salzbergwerk bei Berchtoldsgaden [Berchtesgaden], worin er gewesen, beschreibt er recht artig, die bayrische Nation scheint ihm sehr zu gefallen, und einen dortigen Kriegsminister Rumford rühmt er sehr wegen seiner schönen und menschenfreundlichen Anstalten.

Wir sind jetzt wieder in der Stadt, wo wir uns sämtlich wohlauf befinden. Ich arbeite an dem Wallenstein eifrig, wiewohl es sehr langsam geht, weil mir der viele und ungestaltbare Stoff so gar viel zu tun gibt.

Den Almanach haben Sie nun erhalten, so wie auch meinen Brief vom 2ten, 6 ten und 20. Oktober, wie ich hoffe.

Leben Sie recht wohl mit Meyern, den wir herzlich grüßen. Möchte unser guter Genius Sie ja bald wieder zu uns führen. Meine Frau wird Ihnen selbst ein paar Zeilen schreiben. Ich las neulich den Hermann vor einer Gesellschaft von Freunden in Einem Abend von Anfang bis zum Ende: er rührte uns wieder unbeschreiblich, und mir brachte er noch die Abende, wo Sie ihn uns vorlasen, so lebhaft zurück, daß ich doppelt bewegt war. Noch einmal: Leben Sie recht wohl. S.

373. An Schiller

Tübingen, am 30. Oktober 1797

Wir haben die Tour auf Basel aufgegeben und sind gerade auf Tübingen gegangen. Die Jahrszeit, Wetter und Weg sind nun nicht mehr einladend, und da wir einmal nicht in der Ferne bleiben wollen, so können wir uns nun nach Hause wenden; welchen Weg wir nehmen, ist noch unentschieden.

Den Almanach haben wir erst hier erhalten und uns besonders über den Eisenhammer gefreut, Sie haben kaum irgend etwas mit so glücklichem Humor gemacht, und die retardierende Messe ist von dem besten Effekt; auch ist das Geheimnis sehr lobenswürdig.

Es freut mich, daß Hermann in Ihren Händen ist und daß er sich hält. Was Sie von Meister sagen, verstehe ich recht gut, es ist alles wahr und noch mehr. Gerade seine Unvollkommenheit hat mir am meisten Mühe gemacht. Eine reine Form hilft und trägt, da eine unreine überall hindert und zerrt. Er mag indessen sein, was er ist, es wird mir nicht leicht wieder begegnen, daß ich mich im Gegenstand und in der Form vergreife, und wir wollen abwarten, was uns der Genius im Herbste des Lebens gönnen mag.

Viel Glück zum Wallenstein! Ich wünsche, daß, wenn wir kommen, ein Teil schon sichtbar sein möge. Meyer grüßt bestens. Möchten wir Sie mit den Ihrigen recht gesund finden. Von der Hälfte des Wegs, von Frankfurt oder Nürnberg hören Sie noch einmal von uns.

Humboldt hat von München geschrieben und geht nach Basel. Nochmals Lebewohl und Hoffnung baldigen Wiedersehens.

374. *An Schiller*

Wir haben zu unsrer besondern Freude Knebeln hier angetroffen und werden daher etwas länger, als wir gedachten, verweilen. Die Stadt bietet mancherlei Interessantes an, alte Kunstwerke, mechanische Arbeiten, so wie sich auch über politische Verhältnisse manche Betrachtungen machen lassen. Ich sage Ihnen daher nur ein Wort des Grußes und sende ein Gedicht. Es ist das vierte zu Ehren der schönen Müllerin. Das dritte ist noch nicht fertig; es wird den Titel haben *Verrat* und die Geschichte erzählen, da der junge Mann in der Mühle übel empfangen wird. Bald habe ich das Vergnügen Sie wieder zu umarmen und über hundert Dinge Ihre Gedanken zu erfragen. Meyer grüßt.
Nürnberg, den 10ten November 1797 G.

Die echte poetische Begeisterung des Voßischen Liedes

„Dicht gedränget Mann und Weib
Pflegen wir mit Punsch den Leib,
Wie den Fuchs die Grube
Wärmet uns die Stube."

hat mich äußerst erbaut.

375. *An Schiller*

Die vier Karolin sende mit Dank zurück und erbitte mir dagegen meinen goldenen Bürgen. Auch habe ich noch für den durch Cotta mir so bald übermachten Betrag des Almanachs zu danken. Das Sprichwort: Was durch die Flöte gewonnen wird, geht durch die Trommel fort, habe ich in besserm Sinne erfüllt, indem ich mir dafür ein Kunstwerk angeschafft, das auch Ihnen Freude machen und unsere gemeinschaftlichen Genüsse und Kenntnisse erhöhen und beleben soll. Meyer hat Ihnen schon etwas von unsern neusten Spekulationen eröffnet und sich sehr Ihrer Teilnahme und Einwirkung gefreut. Sobald ich mich von meiner Zerstreuung erholt habe, will ich unsere Thesen aufsetzen, um alsdann darüber konferieren und ein glückliches Ganze ausbilden zu können. Ich bin überzeugt, daß wir diesen Winter weit kommen werden.

Ich habe gestern zum erstenmal wieder in ihrer Loge gesessen und wünsche Sie bald wieder darin einführen zu können. Da ich ganz als Fremder der Vorstellung zusah, so habe ich mich verwundert, wie weit unsere Leute wirklich sind! Auf einem gewissen ebnen Wege der Natur und Prosa machen sie ihre Sache über die Maße gut; aber leider im Momente, wo nur eine Tinktur von Poesie eintritt, wie doch bei dem gelindesten Pathetischen immer geschieht, sind sie gleich Null oder falsch. Wunderlich genug schien es mir, daß der Verfasser des Stücks, *Ziegler*, in eben dem Falle zu sein scheint, er findet recht artige komische Motive, und weil diese immer *extemporan* wirken, so behandelt er sie meist recht gut. Alle zarte, sentimentale und pathetische Situationen aber, welche vorbereitet sein und eine Folge haben wollen, weiß er nicht zu traktieren, wenn er sie auch gefaßt hat, sie überstolpern sich und tun keinen Effekt, ob sie gleich nicht unglücklich angelegt sind. Ich verspreche mir von Ihrer Gegenwart recht viel Gutes fürs Theater und für Sie selbst. Ich hoffe, bis zu Ihrer Ankunft auch wieder völlig in meiner Lage zu sein.

Für die bisher übersendeten Horen danke zum schönsten und bitte nun auch um einige Exemplare des Almanachs. Beiliegender Brief ist wieder ein echtes Zeichen bornierter Deutschheit. Die Rätsel-Geschichte ist nun schon mehrere Jahre vorbei und klingt immer noch nach; welch ein glückliches National-Aperçu war nicht der *Reichsanzeiger*.

Leben Sie recht wohl; unsere Schätze werden nun nach und nach ausgepackt und schon sind zur Aufstellung Anstalten gemacht, bis Sie kommen, wird alles in der schönsten Ordnung sein.

Weimar, am 22. November 1797 G.

376. An Goethe

Jena, 22. November 1797

Noch einmal wünsche ich Glück zur frohen Ankunft. Wie angenehm ist mirs; wieder so leicht und schnell mit Ihnen kommunizieren zu können. Was Sie an Sachen und an Ideen mitgebracht, verspricht mir einen unterhaltungsreichen unterrichtenden Winter, und doppelt froh bin ich, daß ich einen Teil desselben in Ihrer Nähe zubringen kann. Fürs Theater wollen wir ja etwas zu wirken suchen, wenn auch niemand als wir selbst bei dem Versuche was lernen sollte. Haben Sie Einsiedels Schriftstellerei darüber schon zu Gesicht bekommen? hier ist doch Ein Mensch wenigstens mehr, der etwas darüber auszusprechen sucht und in einem gewissen Kreise ein Interesse daran nähren wird.

Hier die Garvischen Briefe, die Ihnen auf eine andre, doch verwandte Art, als der Brief des Rätselmannes, die deutsche Natur vergegenwärtigen werden.

Das Geld nebst den Almanachen wird das Botenmädchen übermorgen mitnehmen. Hätte ich gewußt, daß Sie das Gold wieder einlösen wollten, so hätte ich es gar nicht angenommen.

Leben Sie recht wohl für heute. Auf den Freitag mehr. Meyern grüße ich. Sch.

377. *An Goethe*

Jena, 24. November 1797

Ich habe noch nie so augenscheinlich mich überzeugt als bei meinem jetzigen Geschäft, wie genau in der Poesie Stoff und Form, selbst äußere, zusammenhängen. Seitdem ich meine prosaische Sprache in eine poetisch-rhythmische verwandle, befinde ich mich unter einer ganz anderen Gerichtsbarkeit als vorher, selbst viele Motive, die in der prosaischen Ausführung recht gut am Platz zu stehen schienen, kann ich jetzt nicht mehr brauchen; sie waren bloß gut für den gewöhnlichen Hausverstand, dessen Organ die Prosa zu sein scheint, aber der Vers fodert schlechterdings Beziehungen auf die Einbildungskraft, und so mußte ich auch in mehreren meiner Motive poetischer werden. Man sollte wirklich alles, was sich über das Gemeine erheben muß, in Versen wenigstens anfänglich konzipieren, denn das Platte kommt nirgends so ins Licht, als wenn es in gebundener Schreibart ausgesprochen wird.

Bei meinen gegenwärtigen Arbeiten hat sich mir eine Bemerkung angeboten, die Sie vielleicht auch schon gemacht haben. Es scheint, daß ein Teil des poetischen Interesse in dem Antagonism zwischen dem Inhalt und der Darstellung liegt: ist der Inhalt sehr poetisch-bedeutend, so kann eine magre Darstellung und eine bis zum Gemeinen gehende Einfalt des Ausdrucks ihm recht wohl anstehen, da im Gegenteil ein unpoetischer gemeiner Inhalt, wie er in einem größern Ganzen oft nötig wird, durch den belebten und reichen Ausdruck poetische Dignität erhält. Dies ist auch meines Erachtens der Fall, wo der Schmuck, den Aristoteles fodert, eintreten muß, denn in einem poetischen Werke soll nichts Gemeines sein.

Der Rhythmus leistet bei einer dramatischen Produktion noch

dieses Große und Bedeutende, daß er, indem er alle Charaktere und alle Situationen nach Einem Gesetz behandelt und sie, trotz ihres innern Unterschiedes, in Einer Form ausführt, dadurch den Dichter und seinen Leser nötiget, von allem noch so Charakteristisch-Verschiedenen etwas Allgemeines, rein Menschliches zu verlangen. Alles soll sich in dem Geschlechtsbegriff des Poetischen vereinigen, und diesem Gesetz dient der Rhythmus sowohl zum Repräsentanten als zum Werkzeug, da er alles unter seinem Gesetze begreift. Er bildet auf diese Weise die Atmosphäre für die poetische Schöpfung, das Gröbere bleibt zurück, nur das Geistige kann von diesem dünnen Elemente getragen werden.

Sie erhalten hier 8 Almanache. Eigentlich waren Ihnen 6 auf Velin zugedacht, aber durch eine Konfusion bei der Besorgung geschah es, daß mein Vorrat von schönen Exemplaren alle war, eh ichs wußte. Ich sende dafür 2 Exemplare mehr, und das ist Ihnen vielleicht lieber. Die Herzogin hat eins von mir erhalten, so auch Geheimrat Voigt, Herder, Böttiger.

Zelter wünscht zu wissen, wie Sie mit seinen Melodien zur Bajadere und dem Lied an Mignon zufrieden sind. Er schreibt, daß unser Almanach ihm eine Wette von 6 Champagnerflaschen gewonnen habe, denn er habe gegen einen andern behauptet, er würde gewiß keine Xenien enthalten.

Leben Sie bestens wohl und sorgen Sie, daß ich bald etwas von Ihren ästhetischen Sätzen zu lesen bekomme. An Meyern viele Grüße.

S.

378. An Schiller

Weimar, den 24. November 1797

Ich schicke die Garvischen Briefe mit Dank zurück und wünschte, der arme, alte, kranke Mann schölte noch viel ärger auf uns, wenn er dadurch nur für seine übrige Lebenszeit gesund und froh werden könnte. Welch eine Litanei von jammervollen Betrachtungen läßt sich nicht bei diesen Blättern rezitieren, womit ich Sie wie billig verschone, weil sich Ihnen das alles schon aufgedrungen hat. Bemerkt man doch bei diesem so guten und wackern Mann keine Spur eines ästhetischen Gefühls! Von einer Seite sind seine Urteile grob materiell und von der andern traktiert er die Sache als Zeremonienmeister, um ja besonders den subordinierten Talenten ihr Plätzchen anzuweisen. Es ist nur gut, daß Sie ihn durch drei Worte wieder versöhnt haben.

Wie natürlich es doch solche Sittenrichter finden, daß ein Autor zeit seines Lebens seine besten Bemühungen verkennen, sich retardieren, necken, hänseln und hudeln lasse, weil das nun einmal so eingeführt ist! Und dabei soll er geduldig, seiner hohen Würde eingedenk, mit übereinander geschlagnen Händen, wie ein *ecce homo* dastehen, nur damit Herr Manso und seinesgleichen, auch in ihrer Art, für Dichter passieren können.

Doch genug mit diesen Armseligkeiten! Lassen Sie uns auf unsern Wegen immer beständig und rascher fortschreiten.

Den 25. November

Für Brief und Paket, die ich soeben erhalte, danke ich schönstens und sage nur noch geschwind, und aus dem Stegreife, daß ich nicht allein Ihrer Meinung bin, sondern noch viel weiter gehe. Alles Poetische sollte rhythmisch behandelt werden! Das ist meine Überzeugung, und daß man nach und nach eine poetische Prosa einführen konnte, zeigt nur, daß man den Unterschied zwischen Prosa und Poesie gänzlich aus den Augen verlor. Es ist nicht besser, als wenn sich jemand in seinem Park einen trocknen See bestellte und der Gartenkünstler diese Aufgabe dadurch aufzulösen suchte, daß er einen Sumpf anlegte. Diese Mittelgeschlechter sind nur für Liebhaber und Pfuscher, so wie die Sümpfe für Amphibien. Indessen ist das Übel in Deutschland so groß geworden, daß es kein Mensch mehr sieht, ja daß sie vielmehr, wie jenes kröpfige Volk, den gesunden Bau des Halses für eine Strafe Gottes halten. Alle dramatische Arbeiten (und vielleicht Lustspiel und Farce zuerst) sollten rhythmisch sein, und man würde alsdenn eher sehen, wer was machen kann. Jetzt aber bleibt dem Theaterdichter fast nichts übrig als sich zu akkommodieren, und in diesem Sinne konnte man Ihnen nicht verargen, wenn Sie Ihren Wallenstein in Prosa schreiben wollten; sehen Sie ihn aber als ein selbständiges Werk an, so muß er notwendig rhythmisch werden.

Auf alle Fälle sind wir genötigt unser Jahrhundert zu vergessen, wenn wir nach unsrer Überzeugung arbeiten wollen. Denn so eine Salbaderei in Prinzipien, wie sie im allgemeinen jetzt gelten, ist wohl noch nicht auf der Welt gewesen, und was die neuere Philosophie Gutes stiften wird, ist noch erst abzuwarten.

Die Poesie ist doch eigentlich auf die Darstellung des empirisch pathologischen Zustandes des Menschen gegründet, und wer gesteht denn das jetzt wohl unter unsern fürtrefflichen Kennern und sogenannten Poeten? Hat ein Mann wie Garve, der doch auch zeitlebens gedacht haben will und für eine Art von Philosophen galt, denn nur die geringste Ahndung eines solchen Axioms? Hält er *Sie* nicht darum nur für einen würdigen Dichter, weil Sie sich den Spaß gemacht haben, die Aussprüche der Vernunft mit dichterischem Munde vorzutragen, was wohl zu erlauben, aber nicht zu loben ist. Wie gerne wollte ich diesen prosaischen Naturen erlauben, vor den sogenannten unsittlichen Stoffen zurückzuschaudern, wenn sie nur ein Gefühl für das höhere poetisch Sittliche, z. B. im Polykrates und Ibykus, hätten und davon entzückt würden.

Lassen Sie uns, besonders da Meyer auch einen grimmigen Rigorism aus Italien mitgebracht hat, immer strenger in Grundsätzen und sichrer und behaglicher in der Ausführung werden! Das letzte kann nur geschehen, wenn wir während der Arbeit unsere Blicke nur innerhalb des Rahmens fixieren.

Hierbei meine Elegie mit dem Wunsche einer freundlichen Aufnahme.

Zeltern bleiben wir auch sechs Bouteillen Champagner schuldig für die feste gute Meinung, die er von uns gehegt hat. Seine Indische Legende ist mir sehr wert. Der Gedanke ist original und wacker, das Lied an Mignon habe ich noch nicht einmal gehört. Die Komponisten spielen nur ihre eignen Sachen, und die Liebhaber haben auch nur wieder besonders begünstigte Stücke. Auf meinem ganzen Wege habe ich niemand gefunden, der sich in etwas Fremdes und Neues hätte einstudieren mögen.

Lassen Sie mich doch einige Exemplare der Melodien zum Almanach erhalten, sie fehlen bei denen mir übersendeten durchaus.

Möchten Sie doch mit Ihrem Wallenstein recht glücklich sein, damit wir Sie desto eher bei uns sehen.

Ein herzliches Lebewohl und Gruß an die Ihrigen. G.

379. An Schiller

In dem übersendeten Pakete habe ich die Lieder-Melodien zum Almanach, wofür ich bestens danke, gefunden, aber keinen Brief, der mir doch zu Ende und in der Mitte der Woche immer so erwünscht kommt. Aber auch ich habe wenig mitzuteilen, indem ich in diesen letzten Tagen nur in der Welt gelebt und nichts gedacht oder getan habe, was für uns beide ein gemeinschaftlich Interesse hätte; noch sind wir beschäftigt, die mitgebrachten

Kunstsachen aufzustellen, und ich denke, alles wird im besten Stand sein, ehe Sie herüberkommen.

Haben Sie doch die Güte, das Schauspiel, das Professor Rambach einschickte, mir wieder zu senden, es enthält die Verräterei aus Überzeugung.

Ich wünsche sehr zu hören, wie Ihr rhythmischer Wallenstein gedeiht; mir ist es jetzo so zu Mute, als wenn ich nie ein Gedicht gemacht hätte oder machen würde; es ist das beste, daß die Stimmung dazu unerwartet und ungerufen kommt.

Leben Sie recht wohl und lassen mich bald wieder etwas von sich, Ihren Zuständen und Arbeiten vernehmen.

Weimar, den 28. November 1797 G.

380. An Goethe

Jena, 28. November 1797

Mit Ihrer Elegie haben Sie uns wieder große Freude gemacht. Sie gehört so recht zu der rein poetischen Gattung, da sie durch ein so simples Mittel, durch einen spielenden Gebrauch des Gegenstandes das Tiefste aufregt und das Höchste bedeutet.

Möchten noch viele solche Stimmungen in diesen düstern drückenden Tagen, die auch Ihnen, wie ich weiß, so fatal sind, Sie erheitern. Ich brauche meine ganze Elastizität, um mir gegen den herunterdrückenden Himmel Luft und Raum zu machen.

Ich las in diesen Tagen die Shakespearischen Stücke, die den Krieg der zwei Rosen abhandeln, und bin nun nach Beendigung Richards III. mit einem wahren Erstaunen erfüllt. Es ist dieses letzte Stück eine der erhabensten Tragödien, die ich kenne, und ich wüßte in diesem Augenblick nicht, ob selbst ein Shakespearisches ihm den Rang streitig machen kann. Die großen Schicksale, angesponnen in den vorhergehenden Stücken, sind darin auf eine wahrhafte große Weise geendiget, und nach der erhabensten Idee stellen sie sich nebeneinander. Daß der Stoff schon alles Weichliche, Schmelzende, Weinerliche ausschließt, kommt dieser hohen Wirkung sehr zustatten, alles ist energisch darin und groß, nichts Gemeinmenschliches stört die rein ästhetische Rührung, und es ist gleichsam die reine Form des tragisch Furchtbaren, was man genießt. Eine hohe Nemesis wandelt durch das Stück, in allen Gestalten, man kommt nicht aus dieser Empfindung heraus von Anfang bis zu Ende. Zu bewundern ists, wie der Dichter dem unbehülflichen Stoffe immer die poetische Ausbeute abzugewinnen wußte, und wie geschickt er das repräsentiert, was sich nicht repräsentieren läßt, ich meine die Kunst, Symbole zu gebrauchen, wo die Natur nicht kann dargestellt werden. Kein Shakespearisches Stück hat mich so sehr an die griechische Tragödie erinnert.

Der Mühe wäre es wahrhaftig wert, diese Suite von acht Stükken, mit aller Besonnenheit, deren man jetzt fähig ist, für die Bühne zu behandeln. Eine Epoche könnte dadurch eingeleitet werden. Wir müssen darüber wirklich konferieren.

Leben Sie recht wohl mit unserm Freunde Meyer. Mein Wallenstein gewinnt von Tag zu Tag mehr Gestalt, und ich bin wohl mit mir zufrieden. S.

381. An Schiller

Da Sie so viel Gutes von meiner Elegie sagen, so tut es mir um so mehr leid, daß sich eine ähnliche Stimmung lange Zeit bei mir nicht eingefunden hat. Jenes Gedicht ist bei meinem Eintritt in die Schweiz gemacht, seit der Zeit aber ist mein tätiges, produktives Ich, auf so manche angenehme und unangenehme Weise, beschränkt worden, daß es noch nicht wieder hat zur Fassung kommen können, diese müssen wir denn jetzt wieder in aller Demut erwarten.

Ich wünsche sehr, daß eine Bearbeitung der Shakespearischen Produktionen Sie anlocken könnte. Da so viel schon vorgearbeitet ist und man nur zu reinigen, wieder aufs neue genießbar zu machen brauchte, so wäre es ein großer Vorteil. Wenn Sie nur erst einmal durch die Bearbeitung des Wallensteins sich recht in Übung gesetzt haben, so müßte jenes Unternehmen Ihnen nicht schwer fallen.

Leben Sie recht wohl. Die Jahrszeit übt leider ihre Rechte wieder über mich aus, und da ich nichts Heiteres für diesmal aus eignen Kräften mitteilen kann, so sende ich eine Gerningische Ode, die ihren Effekt nicht verfehlen wird.

Weimar, am 29. November 1797

382. An Goethe

Jena, 1. Dezember 1797

Zanken Sie nicht, daß das verlangte Lustspiel heute nicht mitkommt; es fiel mir erst spät abend bei Licht ein es zu suchen, und das habe ich bald eine halbe Stunde ohne Erfolg getan. Auf den Sonntag werde ichs der fahrenden Post mitgeben.

Es ist mir fast zu arg, wie der Wallenstein mir anschwillt, besonders jetzt, da die Jamben, obgleich sie den Ausdruck verkürzen, eine poetische Gemütlichkeit unterhalten, die einen ins Breite treibt. Sie werden beurteilen, ob ich kürzer sein sollte und könnte. Mein erster Akt ist so groß, daß ich die drei ersten Akte Ihrer Iphigenia hineinlegen kann, ohne ihn ganz auszufüllen, freilich sind die hintern Akte viel kürzer. Die Exposition verlangt Extensität, so wie die fortschreitende Handlung von selbst auf Intensität leitet. Es kommt mir vor, als ob mich ein gewisser epischer Geist angewandelt habe, der aus der Macht Ihrer unmittelbaren Einwirkungen zu erklären sein mag, doch glaube ich nicht, daß er dem dramatischen schadet, weil er vielleicht das einzige Mittel war, diesem prosaischen Stoff eine poetische Natur zu geben.

Da mein erster Akt mehr statistisch oder statisch ist, den Zustand, welcher ist, darstellt, aber ihn noch nicht eigenlich verändert, so habe ich diesen ruhigen Anfang dazu benutzt, die Welt und das Allgemeine, worauf sich die Handlung bezieht, zu meinem eigentlichen Gegenstand zu machen. So erweitert sich der Geist und das Gemüt des Zuhörers, und der Schwung, in den man dadurch gleich anfangs versetzt wird, soll, wie ich hoffe, die ganze Handlung in der Höhe erhalten.

Ich habe Meyern neulich gebeten, mir Ihre Zeichnung für den nächsten Almanach zu verschaffen. Wir wollen dies doch beizeiten tun, daß der Stich auch recht mit Muße gemacht werden kann. Auch wünschte ich von ihm eine Nemesis für meinen Wallenstein, es ist eine interessante und bedeutende Verzierung. Meyer wird sich eine ausdenken, die einen tragischen Charakter hat, ich wollte sie als Vignette auf dem Titelblatt selbst haben.

Kann ich nicht bald etwas für die Horen von Ihnen hoffen? In diesen düstern Dezembertagen kann man doch nichts Besseres tun als Geld verdienen, das man in schöneren ausgibt. Haben Sie den Moses nicht Lust jetzt zu vollenden oder findet sich vielleicht eine andre, schneller zu fertigende, Materie? Ich bin sehr arm und die Stunden wollen doch nicht stille stehen.

Leben Sie recht wohl und erfreuen Sie sich mit Meyern Ihrer erbeuteten Kunstschätze, auf die ich sehr neugierig bin, und die uns zu spezifizierteren Urteilen über die Kunst, die mir so sehr Bedürfnis sind, Anlaß geben werden. Meine Frau grüßt aufs beste. Sch.

383. An Schiller

Es wird für uns, sowohl praktisch als theoretisch, von der größten Bedeutung sein, was es noch für einen Ausgang mit Ihrem Wallenstein nimmt. Sollte Sie der Gegenstand nicht am Ende noch gar nötigen, einen Zyklus von Stücken aufzustellen? Daß der Rhythmus in die Breite lockt, ist ganz natürlich, denn jede poetische Stimmung mag sichs und anders gern bequem und behaglich machen, mich verlangt sehr etwas davon zu hören.

Mit Meyern will ich wegen der Kupfer zum Almanach und Wallenstein sprechen. Zu einem Porträt habe ich kein großes Zutrauen, es gehört so viel dazu, um nur was Leidliches hervorzubringen, und noch besonders in diesem kleinen Format, und die Kupferstecher traktieren alles, was zu einem Buche gehört, so leicht und lose. Wäre es nicht besser im Allgemeinen und Symbolischen zu bleiben?

Ich selbst habe seit meiner Rückkunft kaum zur Stimmung gelangen können, auch nur einen erträglichen Brief zu diktieren. Die Masse von Gegenständen, die ich aufgenommen habe, ist sehr groß, und das Interesse am Aufschreiben und Ausarbeiten ist zuletzt durch den Umgang mit Meyern sehr geschwächt worden. Sobald ich eine Sache einmal durchgesprochen habe, ist sie auf eine ganze Zeit für mich wie abgetan.

Ich muß nur Altes und Neues, was mir in Sinn und Herzen liegt, wieder einmal schematisieren; recht gerne schickte ich Ihnen etwas zu den Horen, es wird sich bald zeigen, was ich leisten und liefern kann.

Leben Sie recht wohl und erfreuen uns bald mit Ihrer Ankunft und grüßen Sie Ihre liebe Frau recht herzlich.

Weimar, am 2. Dezember 1797 G.

384. An Goethe

Jena, 5. Dezember 1797

Nur einen Gruß kann ich Ihnen schreiben an diesem düstern Tage. Das Wetter drückt mich äußerst und macht alle meine Übel rege, daß selbst die Arbeit mich nicht erfreut.

Nach reiflich angestellten Überlegungen hab ich gefunden, daß ich besser tue, die zwei ärgsten Wintermonate noch hier zuzubringen. Der Januar und Februar sind gefährliche Monate für mich, weil ich schon zweimal von einer Lungenentzündung darin heimgesucht worden bin, die leichteste Erkältung kann mir in dieser Periode dieses Übel zuziehen, das ich jetzt nicht mehr wie sonst würde überstehen können. Bei einer solchen Disposition ist eine Veränderung der Gewohnheiten nicht zu wagen, und ans Ausgehen im Winter würde ich doch nicht denken dürfen in Weimar. Da aber das besprochene Logis äußerst eng ist, und die Kinder kaum darin unterzubringen, so wäre keine Existenz für mich. Dazu kommt, daß die nächsten 2 Monate für meine Arbeiten entscheidend sind, und also von außen mich nichts drücken darf.

Einige Monate später werde ich ein Logis, das Ihnen nah ist, aufzutreiben suchen, das Wetter ist dann gelinder, ich kann über die Gasse gehen und alles wird mir leichter werden.

Vielleicht komme ich an einem schönen Dezembertage auf einen Besuch hinüber, und nach dem Neujahr werden wir Sie und Meyern, hoffe ich, hier haben können.

Von Zumsteg in Stuttgart habe ich dieser Tage einen Brief erhalten, der mich wirklich freute. Er schreibt darin, was ihn von unsern Gedichten im Almanach am meisten erfreut, und er hat wirklich – was wir lange nicht gewohnt sind zu erfahren – das Bessere herausgefunden. Auch schreibt er, daß der Almanach in seiner Gegend eine allgemeine Sensation mache.

Leben Sie recht wohl. Ich bin heute nicht imstande, was zu sagen. Sch.

385. An Schiller

Wenn Sie überzeugt sind, daß ein Winteraufenthalt in Jena Ihrer Gesundheit und Ihren Arbeiten vorteilhafter sei, so macht es mir um so mehr Freude, da ich mich genötigt sehen werde, nach dem neuen Jahr hinüber zu gehen, um nur einigermaßen zur Sammlung und Fassung zu kommen, und wie sonderbar müßte mir Jena erscheinen, wenn ich Sie drüben nicht anträfe? Ich freue mich nunmehr auf diesen Aufenthalt, da ich sonst, wenn ich Sie hüben hätte lassen müssen, nur zwiespältig mit mir selbst gewesen wäre.

Halten Sie sich ja zu Ihrem Wallenstein, ich werde wohl zunächst an meinen Faust gehen, teils um diesen Tragelaphen loszuwerden, teils um mich zu einer höhern und reinern Stimmung, vielleicht zum Tell, vorzubereiten. Dabei soll gelegentlich an den nächsten Almanach gedacht werden, vielleicht fällt auch etwas für die Horen ab.

Lassen Sie uns ja auf dem eingeschlagnen Wege fortfahren! Es muß uns noch manches gelingen, und Meyers Mitarbeit wird uns äußerst fördern. Auch können wir der Teilnahme des Publikums gewiß sein; denn ob man gleich im ganzen immer darauf schilt, so enthält es doch im einzelnen sehr gebildete Menschen, welche die redlichen und ernsten Bemühungen eines Schriftstellers zu schätzen wissen. Indessen mag der alte Wieland, *laudator temporis acti*, in diesen *Hefen des achtzehnten Jahrhunderts* sich betrüben (siehe das November-Stück des deutschen Merkurs p. 194); so viel klaren Wein, als wir brauchen, wird uns die Muse schon einschenken. Die schönen Sachen von Meyer zu sehen, wären wohl eine Dezember-Spazierfahrt wert. Möchte Ihre Gesundheit sie Ihnen doch erlauben.

Weimar, am 6. Dezember 1797 G.

386. An Goethe

Jena, 8. Dezember 1797

Ich bin nun mit der Notwendigkeit, die mich die nächsten Monate hier zurückhält, vollkommen ausgesöhnt, da die Reise nach Weimar nicht einmal der Weg gewesen wäre, mich mit Ihnen öfter zu vereinigen, und so wollen wir denn, kommenden Monat, das alte Leben mit Segen wieder beginnen, welches durch Meyers Anwesenheit nicht verlieren wird. Es ist wohl nicht übel, daß Sie zwischen Ihr erstes und zweites Epos den Faust einschieben. Sie schwellen dadurch den poetischen Strom, und erregen sich ein ungeduldiges Verlangen nach der neuen reinen Produktion, welches schon die halbe Stimmung ist. Der Faust, wenn Sie ihn nun durch gearbeitet, läßt Sie auch sicherlich nicht so, wie Sie zu ihm kommen, er übt und schärft irgend eine neue Kraft in Ihnen, und so kommen Sie reicher und feuriger zu Ihrem neuen Werke.

An den Wallenstein werde ich mich so sehr halten als ich kann, aber das pathologische Interesse der Natur an einer solchen Dichterarbeit hat viel Angreifendes für mich. Glücklicherweise alteriert meine Kränklichkeit nicht meine Stimmung, aber sie macht, daß ein lebhafter Anteil mich schneller erschöpft und in Unordnung bringt. Gewöhnlich muß ich daher Einen Tag der glücklichen Stimmung mit fünf oder sechs Tagen des Drucks und des Leidens büßen. Dies hält mich erstaunlich auf, wie Sie denken können. Doch gebe ich die Hoffnung nicht auf, den Wallenstein noch in dem nächsten Sommer in Weimar spielen zu sehen und im nächsten Herbst tief in meinen Maltesern zu sitzen.

Diese beschäftigen mich jetzt zuweilen, wenn ich von der Arbeit ausruhe. Es ist etwas sehr Anziehendes für mich in solchen Stoffen, welche sich von selbst isolieren und eine Welt für sich ausmachen. Ich habe diesen Umstand im Wallenstein sehr benutzt, und in den Maltesern wird er mich noch mehr begünstigen. Nicht nur daß dieser Orden wirklich ein Individuum ganz *sui generis* ist, so ist er es im Moment der dramatischen Handlung noch mehr. Alle Kommunikation mit der übrigen Welt ist durch die Blockade abgeschnitten, er ist bloß auf sich selbst, auf die Sorge für seine Existenz konzentriert, und nur die Eigenschaften, die ihn zu dem Orden machen, der er ist, können in diesem Moment seine Erhaltung bewirken.

Dieses Stück wird ebenso einfach behandelt werden müssen, als der Wallenstein kompliziert ist, und ich freue mich im voraus, in dem einfachen Stoff alles zu finden, was ich brauche, und alles zu brauchen, was ich Bedeutendes finde. Ich kann ihn ganz in der griechischen Form und nach des Aristoteles Schema, mit Chören und ohne die Akten-Einteilung ausführen und werde es auch tun. Sagen Sie mir doch, woher denn die Akten-Einteilung sich schreibt, im Aristoteles fanden wir nichts davon und bei sehr vielen griechischen Stücken würde sie gar nicht anzuwenden sein.

Körner schreibt mir, daß Geßler wieder in Dresden sei. Seine Italienerin soll er in der Schweiz gelassen haben, um sie dort noch zu formieren. Hoffentlich geht sie ihm unterdessen mit einem andern durch.

Von Humboldt habe ich seit 6 Wochen nichts gehört und schließe daraus, daß er wirklich nach Paris ist, denn wenn er in der Schweiz ruhig säße, hätte ihn die bloße Langeweile zum Schreiben bringen müssen.

Leben Sie recht wohl und überstehen noch glücklich den Rest dieses Monats. Bei mir ist jetzt alles wohl. Meine Frau grüßt Sie aufs beste. Dem alten Meyer freue ich mich auch etwas von dem Wallenstein zu zeigen. S.

387. An Schiller

Die Nachricht, daß Sie diesen Winter nicht zu uns kommen würden, hat unsere Schauspieler betrübt. Es scheint, daß sie sich vorgesetzt hatten, sich vor Ihnen Ehre zu machen, ich habe sie mit der Hoffnung getröstet, daß Sie uns aufs Frühjahr wohl besuchen würden. Sehr nötig tut unserm Theater ein solcher neuer Anstoß, den ich gewissermaßen selbst nicht geben kann. Zwischen dem, der zu befehlen hat, und dem, der einem solchen Institute eine ästhetische Leitung geben soll, ist ein gar zu großer Unterschied. Dieser soll aufs Gemüt wirken und muß also auch Gemüt zeigen, jener muß sich verschließen, um die politische und ökonomische Form zusammenzuhalten. Ob es möglich ist, freie Wechselwirkung und mechanische Kausalität zu verbinden, weiß ich nicht, mir wenigstens hat das Kunststück noch nicht gelingen wollen.

Ich kann mir den Zustand Ihres Arbeitens recht gut denken. Ohne ein lebhaftes pathologisches Interesse ist es auch mir niemals gelungen, irgend eine tragische Situation zu bearbeiten, und ich habe sie daher lieber vermieden als aufgesucht. Sollte es wohl auch einer von den Vorzügen der Alten gewesen sein? daß das höchste Pathetische auch nur ästhetisches Spiel bei ihnen gewesen wäre, da bei uns die Naturwahrheit mitwirken muß, um ein solches Werk hervorzubringen. Ich kenne mich zwar nicht selbst genug, um zu wissen, ob ich eine wahre Tragödie schreiben könnte, ich erschrecke aber bloß vor dem Unternehmen und bin beinahe überzeugt, daß ich mich durch den bloßen Versuch zerstören könnte.

Unser guter alter Kollege Schnauß hat sich dann endlich auch davon gemacht. Vielleicht habe ich bei Bibliotheksachen künftig einigen Einfluß; sagen Sie, ob Sie die Idee vor tulich halten, mit der ich mich schon lange trage: die hiesige, die Büttnerische und Akademische Bibliothek, *virtualiter,* in Ein Corpus zu vereinigen und über die verschiedenen Fächer so wie über einen bestimmtern und zweckmäßigern Ankauf Abrede zu nehmen und Verordnungen zu geben. Bei der jetzigen Einrichtung gewinnt niemand nichts, manches Geld wird unnütz ausgegeben, manches Gute stockt, und doch sehe ich Hindernisse genug voraus, die sich finden werden, nur damit das Rechte nicht auf eine andere Art geschehe, als das Unzweckmäßige bisher gestanden hat.

Noch habe ich vierzehn Tage zu tun, um manches einzuleiten, die neuen Theaterkontrakte in Ordnung zu bringen und was andere Dinge mehr sind. Dann will ich aber auch gleich zu meiner Tageseinsamkeit des jenaischen Schlosses und zu unsern Abendgesprächen eilen.

Meyern werde ich wohl nicht mitbringen, denn ich habe die Erfahrung wieder erneuert: daß ich nur in einer absoluten Einsamkeit arbeiten kann und daß nicht etwa nur das Gespräch, sondern sogar schon die häusliche Gegenwart geliebter und geschätzter Personen meine poetische Quellen gänzlich ableitet. Ich würde jetzt in einer Art von Verzweiflung sein, weil auch jede Spur eines produktiven Interesse bei mir verschwunden ist, wenn ich nicht gewiß wäre, es in den ersten 8 Tagen in Jena wiederzufinden.

Ich lege einen Band Gedichte bei, von einem Menschen, aus dem vielleicht was geworden wäre, wenn er nicht in Nürnberg lebte, und die Dichtart zu finden wüßte, zu der er Talent hat. Manches, dünkt mich, hat ein humoristisches Verdienst, obgleich manches sehr mißlungen ist. Da Sie so gern von jungen Männern etwas hoffen und mancherlei Beiträge nutzen können, so kommt es auf Sie an, ob man mit ihm das Verhältnis fortsetzen und ihm einigen Mut machen soll?

Leben Sie recht wohl, grüßen Sie Ihre liebe Frau.

Geßler riskiert viel, die Schöne sich selbst zu überlassen. Es verdrießt mich, daß wir ihn nicht angetroffen haben. Meyer kennt die Schöne. Übrigens wandeln noch manche seltsame Kometen an dem Himmel Amors und Hymens herum, was sie deuten und bringen, ist noch ungewiß.

Ich lege noch einen kleinen historischen Versuch bei; sagen Sie mir doch Ihre Meinung darüber und inwiefern man allenfalls eine kleine Sammlung ähnlicher Arbeiten einem Buchhändler empfehlen könnte?

Nochmals ein Lebewohl.

Weimar, den 9. Dezember 1797 G.

388. An Goethe

Jena, 12. Dezember 1797

Da ich in diesen Tagen die Liebesszenen im 2ten Akt des Wallensteins vor mir habe, so kann ich nicht ohne Herzensbeklemmung an die Schaubühne und an die theatralische Bestimmung des Stückes denken. Denn die Einrichtung des Ganzen erfoderte es, daß sich die Liebe nicht sowohl durch Handlung, als vielmehr durch ihr ruhiges Bestehen auf sich und ihre Freiheit von allen Zwecken der übrigen Handlung, welche ein unruhiges planvolles Streben nach einem Zwecke ist, entgegensetzt und dadurch einen gewissen menschlichen Kreis vollendet. Aber in dieser Eigenschaft ist sie nicht theatralisch, wenigstens nicht in demjenigen Sinne, der bei unsern Darstellungsmitteln und bei unserm Publikum sich ausführen läßt. Ich muß also, um die poetische Freiheit zu behalten, so lange jeden Gedanken an die Aufführung verbannen.

Sollte es wirklich an dem sein, daß die Tragödie, ihrer pathetischen Gewalt wegen, Ihrer Natur nicht zusagte? In allen Ihren Dichtungen finde ich die ganze tragische Gewalt und Tiefe, wie sie zu einem vollkommenen Trauerspiel hinreichen würde, im Wilhelm Meister liegt, was die Empfindung betrifft, mehr als Eine Tragödie; ich glaube, daß bloß die strenge gerade Linie, nach welcher der tragische Poet fortschreiten muß, Ihrer Natur nicht zusagt, die sich überall mit einer freieren Gemütlichkeit äußern will. Alsdann glaube ich auch, eine gewisse Berechnung auf den Zuschauer, von der sich der tragische Poet nicht dispensieren kann, der Hinblick auf einen Zweck, den äußern Eindruck, der bei dieser Dichtungsart nicht ganz erlassen wird, geniert Sie, und vielleicht sind Sie gerade nur deswegen weniger zum Tragödiendichter geeignet, weil Sie so ganz zum Dichter in seiner generischen Bedeutung erschaffen sind. Wenigstens finde ich [in] Ihnen alle poetischen Eigenschaften des Tragödiendichters im reichlichsten Maß, und wenn Sie wirklich dennoch keine ganz wahre Tragödie sollten schreiben können, so müßte der Grund in den nicht poetischen Erfodernissen liegen.

Haben Sie doch die Güte mir gelegentlich einige Komödienzettel, worauf das sämtliche Personale der Schauspieler ist, beizulegen.

Ihre Idee wegen Vereinigung der 3 Bibliotheken in Einem Ganzen wird gewiß jeder Vernünftige in Jena und Weimar ausgeführt wünschen. Fände man nur alsdann auch ein Subjekt, welches fähig wäre, dem Ganzen vorzustehen und den Plan der Einheit und Vollständigkeit zu verfolgen. Es ist gewiß schon viel Materie da, vieles ist wohl doppelt und dreifach, womit Neues kann eingetauscht werden, auch sehe ich nicht, warum man nicht noch einige neue Bäche in den Bibliothekfond leiten könnte.

Ich fürchte, der neue Nürnbergische Dichter wird uns nicht viel Trost bringen. Es fehlt ihm wohl nicht ganz am Talent, aber so gar sehr an Form und am Bewußtsein dessen, was er will. Indessen, ich habe nur wenig hineingeschaut, vielleicht bin ich just auf das Schlimmste geraten.

Den historischen Aufsatz habe ich noch nicht ganz durchlesen. Ich sende ihn, nebst meinem Urteil, auf den Freitag.

Einsiedels Schrift über das Theater enthält doch manches gut

Gedachte. Es ist mir unterhaltend, wie diese Art von Dilettanten sich gewisse Dinge, die aus der Tiefe der Wissenschaft und der Betrachtung nur geschöpft werden können, ausspricht, wie z. B. was er vom Stil und von der Manier sagt und so ferner.
Leben Sie recht wohl. Herzlich freue ich mich auf unsre Abende. Meine Frau ist sehr neugierig auf die Kometen, die an dem Himmel Amors und Hymens herum laufen. Grüßen Sie Meyern.

S.

389. An Schiller

Die neuen Kunstwerke in unserm Hause ziehen uns heute früh einen Damenbesuch zu, deswegen nur so viel in Eile.

Eine Schilderung der Fähigkeiten unseres Theaterpersonals will ich Ihnen ehestens selbst machen, besonders bezüglich auf Ihr Stück, dessen Bedürfnisse ich im allgemeinen doch kenne.

Übrigens fahren Sie nur ohne Sorge fort. Die innere Einheit, die der Wallenstein haben wird, muß gefühlt werden, und Sie haben große Privilegia auf dem Theater. Ein ideales Ganze imponiert den Menschen, wenn sie es auch im einzelnen nicht dechiffrieren, noch den Wert der einzelnen Teile zu schätzen wissen.

Durch eine sonderbare Veranlassung bin ich aufgefordert, über das deutsche Theater im allgemeinen zu denken, und da ich doch manchmal wider Willen im Schauspiel sitzen muß, so suche ich aus dieser Aufopferung einigen Gewinn.

Leben Sie recht wohl, ich freue mich, daß die Zeit herannahet, die mir ein gesammeltes Dasein und Ihre Nähe bescheren soll.

Weimar, am 13. Dezember 1797 G.

390. An Goethe

Jena, 15. Dezember 1797

Unsere Dichterin, Mereau, ist da und so kann ich für heut nur ein paar Worte schreiben.

Mit dem Aufsatze, der hier zurückfolgt, und mit andern von diesem Schlage wird nicht viel zu machen sein. Er ist gar zu trocken und zu dürftig, und trotz der unnützen Parade mit Zitaten und historischer Belesenheit enthält er nicht das geringste bedeutende Neue, was die Begebenheit aufhellen oder auch nur unterhaltender machen könnte. Soll aber bloß etwas damit verdient werden, so wird diese Absicht wohl eher durch Einrückung in Journale wie der Merkur pp. als durch eine eigne Sammlung zu erreichen sein.

Ich habe schon öfters gewünscht, daß unter den vielen schriftstellerischen Spekulationen solcher Menschen, die keine andre als kompilatorische Arbeit treiben können, auch einer darauf verfallen möchte, in alten Büchern nach poetischen Stoffen auszugehen, und dabei einen gewissen Takt hätte, das *punctum saliens* an einer, an sich unscheinbaren, Geschichte zu entdecken. Mir kommen solche Quellen gar nicht vor, und meine Armut an solchen Stoffen macht mich wirklich unfruchtbarer im Produzieren, als ichs ohne das sein würde. Mir deucht, ein gewisser Hyginus, ein Grieche, sammelte einmal eine Anzahl tragischer Fabeln entweder *aus* oder *für* den Gebrauch der Poeten. Solch einen Freund könnte ich gut brauchen. Ein Reichtum an Stoffen für möglichen Gebrauch vermehrt wirklich den innern Reichtum, ja er übt eine wichtige Kraft, und es ist schon von großem Nutzen, einen Stoff auch nur in Gedanken zu beleben und sich daran zu versuchen.

Die Elisa von [der] Recke hat mir ein voluminoses Schauspiel von ihrer Erfindung und Ausführung zugeschickt mit der Plenipotenz, zu streichen und zu zerstören. Ich werde sehen, ob ich es für die Horen brauchen kann, der Inhalt ist, wie Sie leicht denken können, sehr moralisch, und so hoffe ich, soll es auch durchschlüpfen. Ich muß auf jede Art für die Horen sorgen. Und daß so moralische Personen sich uns Ketzern und Freigeistern auf Gnade und Ungnade übergeben, besonders nach dem so lauten Xenien-Unfug, ist immer eine gewisse Satisfaktion.

Humboldt hat wieder seit 6 Wochen nichts von sich hören lassen. Ich schließe daraus, daß er nun doch nach Paris gegangen ist.

Leben Sie wohl für heute. Meine Frau grüßt aufs beste. Sch.

391. An Schiller

Hier überschicke ich den *Hygin* und würde zugleich raten, sich die *Adagia* des Erasmus anzuschaffen, die leicht zu haben sind, Da die alten Sprichwörter meist auf geographischen, historischen, nationellen und individuellen Verhältnissen ruhen, so enthalten sie einen großen Schatz von reellem Stoff. Leider wissen wir aus der Erfahrung, daß dem Dichter niemand seine Gegenstände suchen kann, ja daß er sich selbst manchmal vergreift.

Freund Meyer ist fleißig und schreibt seine Gedanken über diese Materie zusammen, es kommen die wunderbarsten Dinge zur Sprache.

Die Horen haben jetzo wie es scheint ihr weibliches Zeitalter, es ist auch gut, wenn sie nur dadurch ihr literarisches Leben erhalten.

Ich bin bis jetzt weder zu Großem noch zu Kleinem nütze und lese nur indessen, um mich im Guten zu erhalten, den Herodot und Thukydides, an denen ich zum erstenmal eine ganz reine Freude habe, weil ich sie nur ihrer Form und nicht ihres Inhalts wegen lese.

Mein größter Wunsch ist nunmehr, bald bei Ihnen zu sein und die Annäherung der Sonne wieder zu empfinden, indessen nutze ich die trüben und bösen Tage so gut als möglich. Leben Sie recht wohl und tun Sie desgleichen.

Weimar, am 16. Dezember 1797 G.

392. An Schiller

Ich wünsche und hoffe, daß gegenwärtiger Brief Sie wieder in leidlichen Gesundheitsumständen finden möge, und danke für das Schreiben Ihrer lieben Frau, die mir durch Mitteilung der energischen märkischen Kunstprodukte eine besondere Freude gemacht hat.

Ihr Brief vom zweiten Oktober ist nebst dem Almanach auch wieder zurückgekommen und fehlt also nichts mehr an unserer wechselseitigen Korrespondenz.

Oberons goldne Hochzeit haben Sie mit gutem Bedachte weggelassen, sie ist die Zeit über nur um das Doppelte an Versen gewachsen, und ich sollte meinen, im Faust müßte sie am besten ihren Platz finden.

Seit der Erscheinung der Schlegelschen Rezension meines Hermanns habe ich die Gesetze der Epopee und des Dramas wieder durchgedacht und glaube auf gutem Wege zu sein. Die Schwierigkeit bei diesen theoretischen Bemühungen ist immer, die Dichtarten von allem Zufälligen zu befreien. Nächstens erhalten Sie wohl einen kleinen Aufsatz darüber, und ich mag daher nichts weiter voraussagen.

Den Verfasser der Elegien im Almanach kennt Meyer recht gut und wird Ihnen dereinst selbst eine Schilderung desselben machen, er ist eigentlich Bildhauer. Nach nichts verlangt mich jetzo mehr als nach Ihrem Wallenstein.

Erholen Sie sich ja bald wieder von Ihrem Übel. Möchte ich doch schon diese Tage, die sich heiter anlassen, bei Ihnen zubringen können.

Weimar, den 20. Dezember 1797 G.

393. An Goethe

Jena, 22. Dezember 1797

Mein böser Anfall von Cholera ist zwar bald und glücklich wieder vorübergegangen, aber geschwächt und verstimmt hat er mich für die ganze Woche, daß ich an etwas Poetisches auch nicht denken mag. Auch das böse Wetter kommt dazu, jede Tätigkeit in mir stocken zu machen.

Zu meiner nicht geringen Satisfaktion fodert mir Cotta die letzten 200 Exemplare des Almanachs pressanterweise ab, die ich mit Fleiß hier bei mir liegen ließ, um den Leipzigern nicht gleich die Stärke der Auflage zu verraten, wenn etwa ein Quantum sollte unabgesetzt bleiben. Wie Cotta schreibt, so hat sich der übrige Vorrat, der etwa 2000 Exemplare stark war, bereits vergriffen, diese 200, meint er, würden wohl auch bald abgehen, da die Bestellungen noch ziemlich frisch fortdauerten, und es möchte am Ende wohl eine zweite Auflage nötig werden. Wir könnten in der Tat keinen glänzenderen Triumph über die Neider davontragen, die das Glück des vormjährigen Almanachs bloß den Anzüglichkeiten in den Xenien zugeschrieben haben. Es erweckte mir auch etwas mehr Vertrauen zu unserm deutschen Publikum, wenn wir sein Interesse, auch ohne Vermittlung irgendeiner gemeinen Passion, durch die Gewalt der Poesie zu fesseln gewußt hätten.

Die Schlegelsche Rezension Ihres Hermanns kenne ich noch nicht und weiß überhaupt nicht, von welchem Schlegel sie ist. Sie sei aber von welchem sie wolle, so finde ich bei keinem die ganze Kompetenz dazu, denn es gehört vorzugsweise zu Würdigung dieses Gedichts das, was man Gemüt heißt, und dieses fehlt beiden, ob sie sich gleich der Terminologie davon anmaßen.

Ihren, dadurch veranlaßten, Aufsatz erwarte ich mit Verlangen. Oder werden Sie ihn nicht gleich selbst bringen?

Wir wünschten sehr zu wissen, wie bald wir auf Ihre Ankunft rechnen dürfen. Es wird nun bald ein halbes Jahr, daß wir nicht zusammen gelebt haben.

Meyern bitte herzlich zu grüßen. Es tut mir recht leid, daß ich seine Arbeiten solange nicht sehe.

Leben Sie recht wohl. S.

394. An Schiller

In der Beilage erhalten Sie meinen Aufsatz, den ich zu beherzigen, anzuwenden, zu modifizieren und zu erweitern bitte. Ich habe mich seit einigen Tagen dieser Kriterien beim Lesen der Ilias und des Sophokles bedient sowie bei einigen epischen und tragischen Gegenständen, die ich in Gedanken zu motivieren versuchte, und sie haben mir sehr brauchbar, ja entscheidend geschienen.

Es ist mir dabei recht aufgefallen, wie es kommt, daß wir Moderne die Genres so sehr zu vermischen geneigt sind, ja daß wir gar nicht einmal imstand sind, sie voneinander zu unterscheiden. Es scheint nur daher zu kommen, weil die Künstler, die eigentlich die Kunstwerke innerhalb ihrer reinen Bedingungen hervorbringen sollten, dem Streben der Zuschauer und Zuhörer, alles völlig wahr zu finden, nachgeben. Meyer hat bemerkt, daß man alle Arten der bildenden Kunst hat bis zur Malerei hinantreiben wollen, indem diese durch Haltung und Farben die Nachahmung als völlig wahr darstellen kann. So sieht man auch im Gang der Poesie, daß alles zum Drama, zur Darstellung des *vollkommen Gegenwärtigen* sich hindrängt. So sind die Romane in Briefen völlig dramatisch, man kann deswegen mit Recht förmliche Dialoge, wie auch Richardson getan hat, einschalten; erzählende Romane mit Dialogen untermischt würden dagegen zu tadeln sein.

Sie werden hundertmal gehört haben, daß man nach Lesung eines guten Romans gewünscht hat, den Gegenstand auf dem Theater zu sehen, und wieviel schlechte Dramen sind daher entstanden. Ebenso wollen die Menschen jede interessante Situation gleich in Kupfer gestochen sehen, damit nur ja ihrer Imagination keine Tätigkeit übrigbleibe, so soll alles sinnlich wahr, vollkommen gegenwärtig, dramatisch sein, und das Dramatische selbst soll sich dem wirklich Wahren völlig an die Seite stellen. Diesen eigentlich kindischen, barbarischen, abgeschmackten Tendenzen sollte nun der Künstler aus allen Kräften widerstehn, Kunstwerk von Kunstwerk durch undurchdringliche Zauberkreise sondern, jedes bei seiner Eigenschaft und seinen Eigenheiten erhalten, so wie es die Alten getan haben und dadurch eben solche Künstler wurden und waren; aber wer kann sein

Schiff von den Wellen sondern, auf denen es schwimmt? Gegen Strom und Wind legt man nur kleine Strecken zurück.

So war z. B. bei den Alten ein Basrelief ein wenig erhobenes Werk, eine flache, geschmackvolle Andeutung eines Gegenstands auf einer Fläche, allein dabei konnte der Mensch nicht bleiben, es wurde halb erhoben, ganz erhoben, Glieder abgesondert, Figuren abgesondert, Perspektive angebracht, Straßen, Wolken, Berge und Landschaften vorgestellt, und weil nun auch dies durch Menschen von Talent geschah, so fand das völlig Unzulässige desto eher Eingang, als man es dadurch gerade dem ungebildeten Menschen desto mehr nach seinem Sinne machte. So kommt unter Meyers Abhandlung die sehr artige, hierher gehörige Geschichte vor, wie man in Florenz die Figuren aus Ton glasiert und erst einfärbig, dann mehrfärbig gemalt und emailliert hat.

Um nun zu meinem Aufsatze zurückzukommen, so habe ich den darin aufgestellten Maßstab an Hermann und Dorothea gehalten und bitte Sie desgleichen zu tun, wobei sich ganz interessante Bemerkungen machen lassen, als z. B.

1. Daß kein ausschließlich episches Motiv, das heißt kein retrogradierendes, sich darin befinde, sondern daß nur die vier andern, welche das epische Gedicht mit dem Drama gemein hat, darin gebraucht sind.

2. Daß es nicht außer sich wirkende, sondern nach innen geführte Menschen darstellt und sich auch dadurch von der Epopee entfernt und dem Drama nähert.

3. Daß es sich mit Recht der Gleichnisse enthält, weil bei einem mehr sittlichen Gegenstande das Zudringen von Bildern aus der physischen Natur nur mehr lästig gewesen wäre.

4. Daß es aus der dritten Welt, ob gleich nicht auffallend, noch immer genug Einfluß empfangen hat, indem das große Weltschicksal teils wirklich, teils durch Personen, symbolisch, eingeflochten ist und von Ahndung, von Zusammenhang einer sichtbaren und unsichtbaren Welt doch auch leise Spuren angegeben sind, welches zusammen nach meiner Überzeugung an die Stelle der alten Götterbilder tritt, deren physisch poetische Gewalt freilich dadurch nicht ersetzt wird.

Schließlich muß ich noch von einer sonderbaren Aufgabe melden, die ich mir in diesen Rücksichten gegeben habe, nämlich zu untersuchen: ob nicht zwischen Hektors Tod und der Abfahrt der Griechen von der Trojanischen Küste noch ein episches Gedicht inne liege? oder nicht? ich vermute fast das letzte und zwar aus folgenden Ursachen.

1. Weil sich nichts Retrogradierendes mehr findet, sondern alles unaufhaltsam vorwärts schreitet.

2. Weil alle noch einigermaßen retardierende Vorfälle das Interesse auf mehrere Menschen zerstreuen und, obgleich in einer großen Masse, doch Privatschicksalen ähnlich sehn. *Der Tod des Achill* scheint mir ein herrlich tragischer Stoff, der Tod des Ajax, die Rückkehr des Philoktets sind uns von den Alten noch übriggeblieben. Polyxena und Hekuba und andere Gegenstände aus dieser Epoche waren auch behandelt. Die Eroberung von Troja selbst ist, als Erfüllungsmoment eines großen Schicksals, weder episch noch tragisch und kann bei einer echten epischen Behandlung nur immer vorwärts oder rückwärts in der Ferne gesehen werden. Virgils rhetorisch sentimentale Behandlung kann hier nicht in Betracht kommen.

So viel von dem, was ich gegenwärtig einsehe, *salvo meliori,* denn, wenn ich mich nicht irre, so ist diese Materie, wie viele andere, eigentlich theoretisch unaussprechlich; was das Genie geleistet hat, sehen wir allenfalls, wer will sagen, was es leisten könnte oder sollte.

Nun, da die Boten gehen, nur noch ein Lebewohl für Sie und Ihre liebe Frau. Halten Sie sich ja stille, bis die böse Zeit vorüber ist. Von unserm Almanach höre ich überall her manches Gute; wann ich kommen kann, weiß ich noch nicht, die Theaterangelegenheiten halten mich, fürcht ich, länger als ich glaubte, so lebhaft auch mein Wunsch ist Sie wiederzusehen; nochmals ein Lebewohl.

Weimar, am 23. Dezember 1797 G.

395. An Goethe

[Jena, den 26. Dezember 1797]

Die Gegeneinanderstellung des Rhapsoden und Mimen nebst ihrem beiderseitigen Auditorium scheint mir ein sehr glücklich gewähltes Mittel, um der Verschiedenheit beider Dichtarten beizukommen. Schon diese Methode allein reichte hin, einen groben Mißgriff in der Wahl des Stoffs für die Dichtart oder der Dichtart für den Stoff unmöglich zu machen. Auch die Erfahrung bestätigt es, denn ich wüßte nicht, was einen bei einer dramatischen Ausarbeitung so streng in den Grenzen der Dichtart hielt, und wenn man daraus getreten, so sicher darein zurückführte, als eine möglichst lebhafte Vorstellung der wirklichen Repräsentation, der Bretter, eines angefüllten und bunt gemischten Hauses, wodurch die affektvolle unruhige Erwartung, mithin das Gesetz des intensiven und rastlosen Fortschreitens und Bewegens einem so nahe gebracht wird.

Ich möchte noch ein zweites Hilfsmittel zur Anschaulichmachung dieses Unterschieds in Vorschlag bringen. Die dramatische Handlung bewegt sich vor mir, um die epische bewege ich mich selbst, und sie scheint gleichsam stille zu stehen. Nach meinem Bedünken liegt viel in diesem Unterschied. Bewegt sich die Begebenheit vor mir, so bin ich streng an die sinnliche Gegenwart gefesselt, meine Phantasie verliert alle Freiheit, es entsteht und erhält sich eine fortwährende Unruhe in mir, ich muß immer beim Objekte bleiben, alles Zurücksehen, alles Nachdenken ist mir versagt, weil ich einer fremden Gewalt folge. Beweg ich mich um die Begebenheit, die mir nicht entlaufen kann, so kann ich einen ungleichen Schritt halten, ich kann nach meinem subjektiven Bedürfnis mich länger oder kürzer verweilen, kann Rückschritte machen oder Vorgriffe tun u. s. f. Es stimmt dieses auch sehr gut mit dem Begriff des *Vergangenseins*, welches als stille stehend gedacht werden kann, und mit dem Begriff des *Erzählens*, denn der Erzähler weiß schon am Anfang und in der Mitte das Ende, und ihm ist folglich jeder Moment der Handlung gleichgeltend, und so behält er durchaus eine ruhige Freiheit.

Daß der Epiker seine Begebenheit als vollkommen vergangen, der Tragiker die seinige als vollkommen gegenwärtig zu behandeln habe, leuchtet mir sehr ein.

Ich setze noch hinzu. Es entsteht daraus ein reizender Widerstreit der Dichtung als Genus mit der Spezies derselben, der in der Natur wie in der Kunst immer sehr geistreich ist. Die Dichtkunst, als solche, macht alles sinnlich gegenwärtig, und so nötigt sie auch den epischen Dichter, das Geschehene zu vergegenwärtigen, nur daß der Charakter des Vergangenseins nicht verwischt werden darf. Die Dichtkunst, als solche, macht alles Gegenwärtige vergangen und entfernt alles Nahe (durch Idealität), und so nötigt sie den Dramatiker, die individuell auf uns eindringende Wirklichkeit von uns entfernt zu halten und dem Gemüt eine poetische Freiheit gegen den Stoff zu verschaffen. Die Tragödie in ihrem höchsten Begriffe wird also immer zu dem epischen Charakter *hinauf* streben und wird nur dadurch zur Dichtung. Das epische Gedicht wird eben so zu dem Drama *herunter*streben und wird nur dadurch den poetischen Gattungsbegriff ganz erfüllen; just das, was beide zu poetischen Werken macht, bringt beide einander nahe. Das Merkmal, wodurch sie spezifiziert und einander entgegengesetzt werden, bringt immer einen von beiden Bestandteilen des poetischen Gattungsbegriffs ins Gedränge, bei der Epopee die *Sinnlichkeit*, bei der Tragödie die *Freiheit*, und es ist also natürlich, daß das *Contrepoids* gegen diesen Mangel immer eine Eigenschaft sein wird, welche das spezifische Merkmal der entgegengesetzten Dichtart ausmacht. Jede wird also der andern den Dienst erweisen, daß sie die *Gattung* gegen die *Art* in Schutz nimmt. Daß dieses wechselseitige Hinstreben zueinander nicht in eine Vermischung und Grenzverwirrung ausarte, das ist eben die eigentliche Aufgabe der Kunst, deren höchster Punkt überhaupt immer dieser ist, Charakter mit Schönheit, Reinheit mit Fülle, Einheit mit Allheit pp. zu vereinbaren.

Ihr *Hermann* hat wirklich eine gewisse Hinneigung zur Tragödie, wenn man ihm den reinen strengen Begriff der Epopee gegenüberstellt. Das Herz ist inniger und ernstlicher beschäftigt, es ist mehr pathologisches Interesse als poetische Gleichgültigkeit darin, so ist auch die Enge des Schauplatzes, die Sparsamkeit der Figuren, der kurze Ablauf der Handlung der Tragödie zugehörig. Umgekehrt schlägt Ihre Iphigenie offenbar in das epische Feld hinüber, sobald man ihr den strengen Begriff der Tragödie entgegenhält. Von dem Tasso will ich gar nicht reden. Für eine Tragödie ist in der Iphigenie ein zu ruhiger Gang, ein zu großer Aufenthalt, die Katastrophe nicht einmal zu rechnen, welche der Tragödie widerspricht. Jede Wirkung, die ich von diesem Stücke teils an mir selbst, teils an andern erfahren, ist generisch poetisch, nicht tragisch gewesen, und so wird es immer sein, wenn eine Tragödie, auf epische Art, verfehlt wird. Aber an Ihrer Iphigenia ist dieses Annähern ans Epische ein Fehler, nach meinem Begriff; an Ihrem Hermann ist die Hinneigung zur Tragödie offenbar kein Fehler, wenigstens dem Effekte nach ganz und gar nicht. Kommt dieses etwa davon, weil die Tragödie zu einem *bestimmten*, das epische Gedicht zu einem allgemeinen und freien Gebrauche da ist?

Für heute nichts mehr. Ich bin noch immer keiner ordentlichen Arbeit fähig, nur Ihr Brief und Aufsatz konnten mir unterdessen Beschäftigung geben. Leben Sie recht wohl. S.

396. An Schiller

So leid es mir tut zu hören, daß Sie doch nicht ganz zur Tätigkeit hergestellt sind, ist es mir doch angenehm, daß mein Brief und Aufsatz Sie einigermaßen beschäftigt hat. Ich danke für den Ihrigen, der eine Sache noch weiter führt, an der uns so viel gelegen sein muß. Leider werden wir Neuern wohl auch gelegentlich als Dichter geboren, und wir plagen uns in der ganzen Gattung herum ohne recht zu wissen, woran wir eigentlich sind, denn die spezifischen Bestimmungen sollten, wenn ich nicht irre, eigentlich von außen kommen und die Gelegenheit das Talent determinieren. Warum machen wir so selten ein Epigramm im griechischen Sinne? weil wir so wenig Dinge sehen, die eins verdienen. Warum gelingt uns das Epische so selten? weil wir keine Zuhörer haben, und warum ist das Streben nach theatralischen Arbeiten so groß? weil bei uns das Drama die einzig sinnlich reizende Dichtart ist, von deren Ausübung man einen gewissen gegenwärtigen Genuß hoffen kann.

Ich habe diese Tage fortgefahren die Ilias zu studieren, um zu überlegen, ob zwischen ihr und der Odyssee nicht noch eine Epopee inne liege. Ich finde aber nur eigentlich tragische Stoffe, es sei nun, daß es wirklich so ist oder daß ich nur den epischen nicht finden kann.

Das Lebensende des Achills mit seinen Umgebungen ließe eine epische Behandlung zu und forderte sie gewissermaßen, wegen der Breite des zu bearbeitenden Stoffs. Nun würde die Frage entstehen: ob man wohl tue, einen tragischen Stoff allenfalls episch zu behandeln? Es läßt sich allerlei dafür und dagegen sagen. Was den Effekt betrifft, so würde ein Neuer, der für Neue arbeitet, immer dabei in Vorteil sein, weil man ohne pathologisches Interesse wohl schwerlich sich den Beifall der Zeit erwerben wird. So viel für diesmal. Meyer arbeitet fleißig an seiner Abhandlung über die zur bildenden Kunst geeigneten Gegenstände, es kommt dabei alles zur Sprache, was auch uns interessiert, und es zeigt sich, wie nah der bildende Künstler mit dem Dramatiker verwandt ist. Möchten Sie sich doch recht bald erholen und ich zur Freiheit gelangen Sie nächstens besuchen zu können.

Weimar, am 27. Dezember 1797 G.

397. An Goethe

Jena, 29. Dezember 1797

Unser Freund Humboldt, von dem ich Ihnen hier einen langen Brief beilege, bleibt mitten in dem neugeschaffenen Paris seiner alten Deutschheit getreu, und scheint nichts als die äußre Umgebung verändert zu haben. Es ist mit einer gewissen Art zu philosophieren und zu empfangen wie mit einer gewissen Religion; sie schneidet ab von außen und isoliert, indem sie von innen die Innigkeit vermehrt.

Ihr jetziges Geschäft, die beiden Gattungen zu sondern und zu reinigen, ist freilich von der höchsten Bedeutung, aber Sie werden mit mir überzeugt sein, daß, um von einem Kunstwerk alles auszuschließen, was seiner Gattung fremd ist, man auch notwendig alles darin müsse einschließen können, was der Gattung gebührt. Und eben daran fehlt es jetzt. Weil wir einmal die Bedingungen nicht zusammenbringen können, unter welchen eine jede der beiden Gattungen steht, so sind wir genötigt, sie zu vermischen. Gäb es Rhapsoden und eine Welt für sie, so würde der epische Dichter keine Motive von dem tragischen zu entlehnen brauchen, und hätten wir die Hilfsmittel und intensiven Kräfte des griechischen Trauerspiels und dabei die Vergünstigung, unsere Zuhörer durch eine Reihe von sieben Repräsentationen hindurchzuführen, so würden wir unsre Dramen nicht über die Gebühr in die Breite zu treiben brauchen. Das Empfindungsvermögen des Zuschauers und Hörers muß einmal ausgefüllt und in allen Punkten seiner Peripherie berührt werden, der Durchmesser dieses Vermögens ist das Maß für den Poeten Und weil die moralische Anlage die am meisten entwickelte ist, so ist sie auch die foderndste, und wir mögens auf unsre Gefahr wagen, sie zu vernachlässigen.

Wenn das Drama wirklich durch einen so schlechten Hang des Zeitalters in Schutz genommen wird, wie ich nicht zweifle, so müßte man die Reforme beim Drama anfangen, und durch Verdrängung der gemeinen Naturnachahmung der Kunst Luft und Licht verschaffen. Und dies, deucht mir, möchte unter anderm am besten durch Einführung symbolischer Behelfe geschehen, die in allem dem, was nicht zu der wahren Kunstwelt des Poeten gehört und also nicht dargestellt, sondern bloß bedeutet werden soll, die Stelle des Gegenstandes verträten. Ich habe mir diesen Begriff vom Symbolischen in der Poesie noch nicht recht entwickeln können, aber es scheint mir viel darin zu liegen. Würde der Gebrauch desselben bestimmt, so müßte die natürliche Folge sein, daß die Poesie sich reinigte, ihre Welt enger und bedeutungsvoller zusammenzöge und innerhalb derselben desto wirksamer würde.

Ich hatte immer ein gewisses Vertrauen zur Oper, daß aus ihr wie aus den Chören des alten Bacchusfestes das Trauerspiel in einer edlern Gestalt [sich] loswickeln sollte. In der Oper erläßt man wirklich jene servile Naturnachahmung, und obgleich nur unter dem Namen von Indulgenz könnte sich auf diesem Wege das Ideale auf das Theater stehlen. Die Oper stimmt durch die Macht der Musik und durch eine freiere harmonische Reizung der Sinnlichkeit das Gemüt zu einer schönern Empfängnis, hier ist wirklich auch im Pathos selbst ein freieres Spiel, weil die Musik es begleitet, und das Wunderbare, welches hier einmal geduldet wird, müßte notwendig gegen den Stoff gleichgültiger machen.

Auf Meyers Aufsatz bin ich sehr begierig, es werden sich daraus unfehlbar viele Anwendungen auf die Poesie ergeben.

Nach und nach komme ich wieder in meine Arbeit, aber bei dieser schrecklichen Witterung ist es wirklich schwer, sein Gemüt elastisch zu erhalten.

Möchten Sie nun bald frei sein und mir Tätigkeit, Mut und Leben mitbringen. Leben Sie recht wohl. Sch.

398. An Schiller

Da ich heute früh eine Gesellschaft erwarte, um Meyers Arbeiten zu sehen, so will ich Ihnen nur für Ihren und den Humboldtischen Brief hiermit gedankt haben.

Ich bin Ihrer Meinung, daß man nur deswegen so strenge sondern müsse, um sich nachher wieder etwas durch Aufnahme fremdartiger Teile erlauben zu können. Ganz anders arbeitet man aus Grundsätzen als aus Instinkt, und eine Abweichung, von deren Notwendigkeit man überzeugt ist, kann nicht zum Fehler werden.

Die theoretischen Betrachtungen können mich nicht lange mehr unterhalten, es muß nun wieder an die Arbeit gehen, und dazu muß ich mich auf das alte Jenaische Kanapee, wie auf einen Dreifuß, begeben; wie ich denn überhaupt mich für dieses Jahr in unserm Kreise zu halten hoffe. Leben Sie recht wohl, es tat mir leid, daß Ihre liebe Frau so bald wieder forteilte und nicht einmal zu unsern Kunstschätzen wallfahrten konnte. Ihre Hoffnung, die Sie von der Oper hatten, würden Sie neulich in Don Juan auf einen hohen Grad erfüllt gesehen haben, dafür steht aber auch dieses Stück ganz isoliert und durch Mozarts Tod ist alle Aussicht auf etwas Ähnliches vereitelt.

Weimar, am 30. Dezember 1797 G.

399. An Goethe

Jena, 2. Jenner 1798

Es soll mir ein gutes Omen sein, daß Sie es sind, an den ich zum erstenmal unter dem neuen Datum schreibe. Das Glück sei Ihnen in diesem Jahre ebenso hold als in den 2 letztvergangenen, ich kann Ihnen nichts Beßres wünschen. Möchte auch mir die Freude in diesem Jahre beschert sein, das Beste aus *meiner* Natur in einem Werke zu sublimieren, wie Sie mit der Ihrigen es getan.

Ihre eigene Art und Weise, zwischen Reflexion und Produktion zu alternieren, ist wirklich beneidens- und bewunderns wert. Beide Geschäfte trennen sich in Ihnen ganz, und das eben macht, daß beide als Geschäfte so rein ausgeführt werden. Sie sind wirklich, solang Sie arbeiten, im Dunkeln, und das Licht ist bloß *in* Ihnen, und wenn Sie anfangen zu reflektieren, so tritt das innere Licht von Ihnen heraus und bestrahlt die Gegenstände Ihnen und andern. Bei mir vermischen sich beide Wirkungsarten und nicht sehr zum Vorteil der Sache.

Von Hermann und Dorothea las ich kürzlich eine Rezension in der Nürnberger Zeitung, welche mir wieder bestätigt, daß die Deutschen nur fürs Allgemeine, fürs Verständige und fürs Moralische Sinn haben. Die Beurteilung ist voll guten Willens, aber auch nicht etwas darin, was ein Gefühl des Poetischen zeigte oder einen Blick in die poetische Ökonomie des Ganzen verriet. Bloß an Stellen hängt sich der gute Mann und vorzugsweise an die, welche ins Allgemeine und Breite gehen und einem etwas ans Herz legen.

Haben Sie vielleicht das seltsame Buch von Rétif: *Cœur humain dévoilé* je gesehen oder davon gehört. Ich hab es nun gelesen, soweit es da ist, und ungeachtet alles Widerwärtigen, Platten und Revoltanten mich sehr daran ergetzt. Denn eine so heftig sinnliche Natur ist mir nicht vorgekommen, und die Mannigfaltigkeit der Gestalten, besonders weiblicher, durch die man geführt wird, das Leben und die Gegenwart der Beschreibung, das Charakteristische der Sitten und die Darstellung des französischen Wesens in einer gewissen Volksklasse muß interessieren. Mir, der so wenig Gelegenheit hat, von außen zu schöpfen und die Menschen im Leben zu studieren, hat ein solches Buch, in welche Klasse ich auch den Cellini rechne, einen unschätzbaren Wert.

Dieser Tage las ich zu meiner großen Lust im Intelligenzblatt der Literatur-Zeitung eine Erklärung von dem jüngern Schlegel, daß er mit dem Herausgeber des Lyzeums nichts mehr zu schaffen habe. So hat also doch unsre Prophezeiung eingetroffen, daß dieses Band nicht lange dauren werde!

Leben Sie wohl für heute, ich erwarte nun morgen eine bestimmte Anzeige, wie bald Sie zu uns kommen. Meine Frau grüßt Sie bestens. Meyern hoffe ich doch wenigstens auf einen Tag wieder bei uns zu sehen. S.

400. An Schiller

Es ist mir dabei ganz wohl zu Mute, daß wir zum neuen Jahre einander so nahe sind; ich wünsche nur, daß wir uns bald wieder sehen und einige Zeit in der Kontinuation zusammen leben. Ich möchte Ihnen manche Sachen mitteilen und vertrauen, damit eine gewisse Epoche meines Denkens und Dichtens schneller zur Reife komme.

Ich freue mich sehr darauf etwas von Ihrem Wallenstein zu sehen, weil mir auch dadurch eine neue Teilnahme an Ihrem Wesen möglich wird. Ich wünsche nichts mehr, als daß Sie ihn dies Jahr vollbringen mögen.

Schon künftigen Sonntag gedachte ich zu Ihnen zu kommen, es scheint sich aber ein neues Hindernis dazwischenzustellen, auf den Sonnabend werde ich mehr sagen können. Sie erhalten alsdann auch eine Abschrift eines alten Gesprächs zwischen einem chinesischen Gelehrten und einem Jesuiten, in welchem jener sich als ein schaffender Idealist, dieser als ein völliger Reinholdianer zeigt. Dieser Fund hat mich unglaublich amüsiert und mir eine gute Idee von dem Scharfsinn der Chineser gegeben.

Das Buch von Rétif habe ich noch nicht gesehen, ich will es zu erhalten suchen.

Wenn uns als Dichtern, wie den Taschenspielern, daran gelegen sein müßte, daß niemand die Art, wie ein Kunststückchen hervorgebracht wird, einsehen dürfte, so hätten wir freilich gewonnen Spiel, so wie jeder, der das Publikum zum besten haben mag, indem er mit dem Strome schwimmt, auf Glück rechnen kann. In Hermann und Dorothea habe ich, was das Material betrifft, den Deutschen einmal ihren Willen getan und nun sind sie äußerst zufrieden. Ich überlege jetzt, ob man nicht auf eben diesem Wege ein dramatisches Stück schreiben könnte? das auf allen Theatern gespielt werden müßte und das jedermann für fürtrefflich erklärte, ohne daß es der Autor selbst dafür zu halten brauchte.

Dieses und so vieles andere muß bis zu unserer Zusammenkunft verschoben bleiben. Wie sehr wünschte ich, daß Sie in diesen Tagen bei uns wären, um eine der größten Unformen der organischen Natur, den Elefanten, und die anmutigste der Kunstgestalten, die Florentinische Madonna des Raffaels, in Einer Stunde und also gleichsam nebeneinander zu sehen.

Schellings Ideen zu einer Philosophie der Natur bringe ich mit, es wird uns Anlaß zu mancher Unterhaltung geben.

Leben Sie recht wohl und grüßen mir Ihre liebe Frau recht vielmals.

Friedrich Schlegel hat in ein Stück des Lyceums, da das Journal in Berlin gedruckt wird, wo er sich jetzt befindet, als es an Manuskript fehlte, ohne Reichardts Vorwissen, einen tollen Aufsatz einrücken lassen, worin er auch Voß angreift und worüber sich dann die edlen Freunde brouillierten.

Weimar, am 3ten Januar 1798 G.

401. An Goethe

Jena, 5. Januar 1798

Meine Hauswirte können den freundlichen Empfang, den sie bei Ihnen erfahren, und die schönen Sachen, die ihnen gezeigt worden sind, nicht genug rühmen. Wirklich wundre ich mich über den Anteil, womit der Alte über diese Kunstwerke spricht, und der Künstler hat Ursache, sich seiner Wirkung auf eine solche Natur zu freuen.

Es tut mir sehr leid, daß Ihre *Anherokunft* so viele Verzögerungen findet, da ich nach einem früheren Brief von Ihnen schon vom Christtag an darauf rechnen konnte. Unterdessen habe ich einige Schritte weiter in meiner Arbeit gewonnen und bin imstand, Ihnen viermal mehr, als der Prolog beträgt, vorzulegen, obgleich noch nichts von dem III. Akte dabei ist.

Jetzt, da ich meine Arbeit von einer fremden Hand reinlich geschrieben vor mir habe und sie mir fremder ist, macht sie mir wirklich Freude. Ich finde augenscheinlich, daß ich über mich selbst hinausgegangen bin, welches die Frucht unsers Umgangs ist; denn nur der viermalige kontinuierliche Verkehr mit einer so objektiv mir entgegenstehenden Natur, mein lebhaftes Hinstreben darnach und die vereinigte Bemühung, sie anzuschauen und zu denken, konnte mich fähig machen, meine subjektiven Grenzen so weit auseinander zu rücken. Ich finde, daß mich die Klarheit und die Besonnenheit, welche die Frucht einer spätern Epoche ist, nichts von der Wärme einer frühern gekostet hat. Doch es schickte sich besser, daß ich das aus Ihrem Munde hörte, als daß Sie es von mir erfahren.

Ich werde es mir gesagt sein lassen, keine andre als historische Stoffe zu wählen, frei erfundene würden meine Klippe sein. Es ist eine ganz andere Operation, das Realistische zu idealisieren, als das Ideale zu realisieren, und letzteres ist der eigentliche Fall bei freien Fiktionen. Es steht in meinem Vermögen, eine gegebene bestimmte und beschränkte Materie zu beleben, zu erwärmen und gleichsam aufquellen zu machen, während daß die objektive Bestimmtheit eines solchen Stoffs meine Phantasie zügelt und meiner Willkür widersteht.

Ich möchte wohl einmal, wenn es mir mit einigen Schauspielen gelungen ist, mir unser Publikum recht geneigt zu machen, etwas recht Böses tun und eine alte Idee mit Julian dem Apostaten ausführen. Hier ist nun auch eine ganz eigene bestimmte historische Welt, bei der mirs nicht leid sein sollte, eine poetische Ausbeute zu finden, und das fürchterliche Interesse, das der Stoff hat, müßte die Gewalt der poetischen Darstellung desto wirksamer machen. Wenn Julians *Misopogon* oder seine Briefe (übersetzt nämlich) in der Weimarischen Bibliothek sein sollten, so würden Sie mir viel Vergnügen damit machen, wenn Sie sie mitbrächten.

Die Charlotte Kalb, hör ich, soll wirklich in Gefahr sein, blind zu werden, sie wäre doch sehr zu beklagen.

Leben Sie recht wohl; ich lege hier etwas von Körnern bei, was er über Ihren Pausias schreibt. Haben Sie [die] Güte, mir den Humboldtischen Brief, den ich auf den Montag beantworte, zurückzusenden. S.

402. An Schiller

Ich wünsche Ihnen Glück zu Ihrer Zufriedenheit mit dem fertigen Teil Ihres Werkes. Bei der Klarheit, mit der Sie die Forderungen übersehen, die Sie an sich zu machen haben, zweifle ich nicht an der völligen Gültigkeit Ihres Zeugnisses. Das günstige Zusammentreffen unserer beiden Naturen hat uns schon manchen Vorteil verschafft und ich hoffe, dieses Verhältnis wird immer gleich fortwirken. Wenn ich Ihnen zum Repräsentanten mancher Objekte diente, so haben Sie mich von der allzu strengen Beobachtung der äußern Dinge und ihrer Verhältnisse auf mich selbst zurückgeführt, Sie haben mich die Vielseitigkeit des innern Menschen mit mehr Billigkeit anzuschauen gelehrt, Sie haben mir eine zweite Jugend verschafft und mich wieder zum Dichter gemacht, welches zu sein ich so gut als aufgehört hatte.

Sehr sonderbar spüre ich noch immer den Effekt meiner Reise. Das Material, das ich darauf erbeutet, kann ich zu nichts brauchen und ich bin außer aller Stimmung gekommen irgend etwas zu tun. Ich erinnere mich aus früherer Zeit eben solcher Wirkungen, und es ist mir aus manchen Fällen und Umständen recht wohl bekannt: daß Eindrücke bei mir sehr lange im stillen wirken müssen, bis sie zum poetischen Gebrauch sich willig finden lassen. Ich habe auch deswegen ganz pausiert und erwarte nur, was mir mein erster Aufenthalt in Jena bringen wird.

Die Körnersche Aufnahme des Pausias ist abermals sehr merkwürdig. Man soll nur seine Arbeiten so gut und so mannigfaltig machen, als man kann, damit sich jeder etwas auslese und auf seine Weise daran teilnehme. Körners Bemerkung hat in sich was Richtiges, die Gruppe des Gedichts ist so entschieden, als wenn sie gemalt wäre, nur durch Empfindung und Erinnerung belebt, wodurch denn der Wettstreit des Dichters mit dem Maler auffallender wird.

Ich habe übrigens bei den Gedichten des letzten Musenalmanachs erst wieder recht deutlich gesehen, wie die schätzbarste Teilnahme uns nichts lehren und keine Art von Tadel uns was helfen kann. Solange ein Kunstwerk nicht da ist, hat niemand einen Begriff von seiner Möglichkeit; sobald es dasteht, bleibt Lob und Tadel nur immer subjektiv und mancher, dem man Geschmack nicht absprechen kann, wünscht doch etwas dazu und davon, wodurch vielleicht die ganze Arbeit zerstört würde, so daß der eigentliche negative Wert der Kritik, welcher immer der wichtigste sein mag, uns auch nicht einmal frommen kann.

Ich wünsche in gar vielen Rücksichten, daß Ihr Wallenstein bald fertig werden möge. Lassen Sie uns, sowohl während der Arbeit als auch hinterdrein, die dramatischen Forderungen nochmals recht durcharbeiten! Sein Sie künftig in Absicht [der Wahl der Stoffe sehr vorsichtig, in Absicht] des Plans und der Anlage genau und vorausbestimmend, so müßte es nicht gut sein, wenn Sie, bei Ihren geübten Talenten und dem innern Reichtum, nicht alle Jahr ein paar Stücke schreiben wollten. Denn das scheint mir offenbar beim dramatischen Dichter notwendig, daß er oft auftrete, die Wirkung, die er gemacht hat, immer wieder erneuere und, wenn er das Talent hat, darauf fortbaue.

Unsere arme Freundin Kalb ist wirklich sehr übel. Sie ist schon des besten Gebrauchs ihres Gesichts beraubt, und es wäre wirklich möglich, daß sie es ganz verlöre.

An den Julian will ich denken.

Hier schicke ich die angekündigte philosophische Unterredung. Der Chineser würde mir noch besser gefallen, wenn er die Glutpfanne ergriffen und sie seinem Gegner mit diesen Worten überreicht hätte: „Ja, *ich erschaffe sie*, da nimm sie zu deinem Gebrauch!" Ich möchte wissen, was der Jesuite hierauf geantwortet hätte.

Bei Gelegenheit des Schellingischen Buches habe ich auch wieder verschiedene Gedanken gehabt, über die wir umständlicher sprechen müssen. Ich gebe gern zu, daß es nicht die Natur ist, die wir erkennen, sondern daß sie nur nach gewissen Formen und Fähigkeiten unsers Geistes von uns aufgenommen wird. Von dem Appetit eines Kindes zum Apfel am Baume bis zum Falle desselben, der in Newton die Idee zu seiner Theorie erweckt haben soll, mag es freilich sehr viele Stufen des Anschauens geben, und es wäre wohl zu wünschen, daß man uns diese einmal recht deutlich vorlegte und zugleich begreiflich machte, was man für die höchste hält. Der transzendentelle Idealist glaubt nun freilich ganz oben zu stehen; eins will mir aber nicht an ihm gefallen, daß er mit den andern Vorstellungsarten streitet, denn man kann eigentlich mit keiner Vorstellungsart streiten. Wer will gewissen Menschen die Zweckmäßigkeit der organischen Naturen nach außen ausreden, da die Erfahrungen selbst täglich diese Lehre auszusprechen scheinen und man mit einer scheinbaren Erklärung der schwersten Phänomene so leicht wegkommt. Sie wissen, wie sehr ich am Begriff der Zweckmäßigkeit der organischen Naturen nach innen hänge, und doch läßt sich ja eine *Bestimmung von* außen und ein *Verhältnis nach* außen nicht leugnen, wodurch man mehr oder weniger sich jener Vorstellungsart wieder nähert, so wie man sie im Vortrag als Redensart nicht entbehren kann. Ebenso mag sich der Idealist gegen die *Dinge an sich* wehren, wie er will, er stößt doch, ehe er sichs versieht, an die *Dinge außer ihm*, und, wie mir scheint, sie kommen ihm immer beim ersten Begegnen so in die Quere wie dem Chineser die Glutpfanne. Mir will immer dünken, daß, wenn die eine Partei von außen hinein den Geist niemals erreichen kann, die andere von innen heraus wohl schwerlich zu den Körpern gelangen wird, und daß man also immer wohl tut in dem philosophischen Naturstande (Schellings Ideen *pag.* XVI) zu bleiben und von seiner ungetrennten Existenz den besten möglichen Gebrauch zu machen, bis die Philosophen einmal übereinkommen, wie das, was sie nun einmal getrennt haben, wieder zu vereinigen sein möchte.

Ich bin abermals auf einige Punkte gekommen, deren Bestimmung ich zu meinen nächsten Operationen brauche und worüber ich mir Ihr Gutachten mündlich erbitten werde. Leben Sie recht wohl. Ich verschiebe meine Ankunft lieber noch einige Zeit, um in der Kontinuation mit Ihnen erfreuliche und fruchtbare Tage verleben zu können.

Weimar, den 6. Januar 1798 G.

403. An Goethe

Jena, 9. Januar 1798

Inlage schickte mir Cotta für Sie und wird ferner damit kontinuieren. Er will Ihr Paket immer an mich einschließen, weil man nicht bis Weimar frankieren kann.

Heute kann ich Ihnen bloß einen guten Abend sagen. Ich habe die Nacht nicht geschlafen und werde mich gleich zu Bette legen. Wie ists Ihnen bei dem greulichen Wetter? Ich fühle es in allen Nerven. Es ist mir für Sie selbst lieb, daß Sie jetzt nicht hier sind.

Leben Sie recht wohl. S.

404. An Schiller

Die letzten Tage waren wirklich von der Art, daß man wohl tat so wenig als möglich von dem Dasein des Himmels und der Erde Notiz zu nehmen, wie ich mich denn auch meistens in meiner Stube gehalten habe. Indessen habe ich in diesen farb- und freudlosen Stunden die Farbenlehre wieder vorgenommen und, um das, was ich bisher getan, recht zu übersehen, in meinen Papieren Ordnung gemacht. Ich hatte nämlich von Anfang an Akten geführt und dadurch sowohl meine Irrtümer als meine richtigen Schritte, besonders aber alle Versuche, Erfahrungen und Einfälle konserviert; nun habe ich diese Volumina aus einander getrennt, Papiersäcke machen lassen, diese nach einem gewissen Schema rubriziert und alles hineingesteckt, wodurch ich denn meinen Vorrat zu einem jeden Kapitel desto besser übersehen kann, wobei ich alle unnütze Papiere zerstören kann, indem ich das Nützliche absondere und zugleich das Ganze rekapituliere. Jetzt hinterdrein sehe ich erst, wie toll die Unternehmung war, und werde mich wohl hüten, mich jemals in etwas Ähnliches wieder einzulassen. Denn selbst jetzt, da ich mich so weit durchgearbeitet habe, bedarf es noch einer großen Arbeit, bis ich mein Material zu einer reinen Darstellung bringe. Indessen habe ich dabei sehr an Ausbildung gewonnen, denn ohne diese seltsame Teilnahme wäre es meiner Natur kaum vergönnt gewesen, einen Blick in diese Fächer zu tun. Ich lege einen kleinen Aufsatz bei, der ohngefähr 4 bis 5 Jahre alt sein kann, es wird Sie gewiß unterhalten zu sehen, wie ich die Dinge damals nahm.

Zugleich lege ich des Herrn Bouterweks ästhetische Bemühungen bei, die ich bis zu meiner Ankunft wohl zu verwahren bitte. Nicht leicht ist mir etwas so wunderlich vorgekommen. Das Ganze scheint mir aus alter überlieferter Ware, aus eignen unbestimmten Ansichten und aus Lappen der neuen Philosophie zu bestehen. Es müßte lustig genug sein, wenn man dereinst nachgeschriebene Hefte erwischen könnte, wornach ich aufstellen will.

Cotta ist sehr artig, daß er uns seine neue Weltkunde überschickt, ich werde ihm selbst danken. Das Blatt wird ein großes Publikum finden, ob ich gleich nicht leugnen will, daß mir die Manier widersteht, sie erinnert mich an die Schubartische Chronik und hat weder Geschmack noch Würde; doch was hat das zu bedeuten. Wenn Freund Cotta nur seine Rechnung dabei findet. Wenn ich in der Folge mit irgendeinem Beitrag ihm dienen kann, so werde ich es gerne tun. Das dritte Stück habe ich gestern schon unmittelbar erhalten.

Halten Sie sich so gut als möglich! ich will auch den Januar noch hier ausdauern, auf den 30ten noch eine Oper geben und dann zu Ihnen hinübereilen, wo ich den Wallenstein auf gutem Wege zu finden hoffe, ich werde wohl indessen nichts tun können als aufräumen und ordnen. Leben Sie recht wohl.

Weimar, am 10. Januar 1798 G.

405. An Goethe

Jena, 12. Januar 1798

Ihr Aufsatz enthält eine treffliche Vorstellung und zugleich Rechenschaft Ihres naturhistorischen Verfahrens, und berührt die höchsten Angelegenheiten und Erfordernisse aller rationellen Empirie, indem er nur einem einzelnen Geschäfte die Regel zu geben sucht. Ich werde ihn noch sorgfältig durchlesen und überdenken und Ihnen dann meine Bemerkungen mitteilen. Das ist mir z. B. sehr einleuchtend, wie gefährlich es ist, einen theoretischen Satz unmittelbar durch Versuche beweisen zu wollen. Es stimmt dies, wie mir deucht, mit einer andern philosophischen Warnung überein, daß man seine Sätze nicht durch Beispiele beweisen solle, weil kein Satz dem Beispiel gleich ist. Die entgegengesetzte Methode verkennt den essentiellen Unterschied zwischen der Naturwelt und der Verstandeswelt ganz, ja sie hebt die ganze Natur auf, indem sie bloß ihre Vorstellung uns in den Dingen und nie umgekehrt finden laßt. Überhaupt kann eine Erscheinung oder Faktum, die etwas durchgängig vielfach *Bestimmtes* ist, nie einer Regel, die bloß *bestimmend* ist, adäquat sein. Ich wollte wünschen, es gefiel Ihnen, den Hauptinhalt dieses Aufsatzes auch für sich selbst und unabhängig von der Untersuchung und Erfahrungen, denen er zur Einleitung dient, auszuführen. Sie würden auf eine strengere und reinere Scheidung des praktischen Verfahrens und des theoretischen Gebrauches bedeutende Fingerzeige geben, man würde dahin gebracht werden sich zu überzeugen, daß nur dadurch die Wissenschaft erweitert werden kann, daß man auf der einen Seite dem Phänomen ohne allen Anspruch auf eine hervorzubringende Einheit folgt, es von allen Seiten umgehet und bloß die Natur in ihrer Breite aufzufassen sucht – auf der andern Seite (und wenn jene erste nur in Sicherheit gebracht ist) die Freiheit der vorstellenden Kräfte begünstiget, das Kombinationsvermögen sich nach Lust daran versuchen läßt, mit dem Vorbehalt, daß die vorstellende Kraft auch nur in ihrer eignen Welt und nie in dem Faktum etwas zu konstituieren suche. Denn mir deucht, es ist bisher auf zwei entgegengesetzte Arten in der Naturwissenschaft gefehlt worden, einmal hat man die Natur durch die Theorie verengt und ein andermal die Denkkräfte durch das Objekt zu sehr einschränken wollen. Beiden muß Gerechtigkeit geschehen, wenn eine rationale Empirie möglich sein soll, und beiden kann Gerechtigkeit geschehen, wenn eine strenge kritische Polizei ihre Felder trennt. Sobald man die Freiheit der theoretischen Vermögen begünstiget, so kann es nicht fehlen, und die Erfahrung lehrt es, daß die Mannigfaltigkeit der Vorstellungsarten, wodurch sie sich wechselsweise einschränken und öfters aufheben, den Schaden gut macht, den der Despotism einer einzigen stiftet, und so wird man selbst auf dem theoretischen Wege zu dem Objekte zurückgenötigt.

Das metaphysische Gespräch des Paters mit dem Chinesen hat mich sehr unterhalten, und es nimmt sich in der gotischen Sprache besonders wohl aus. Ich bin nur ungewiß, wie es in solchen Fällen manchmal geht, ob etwas recht Gescheites oder etwas recht Plattes hinter des Chinesen seinem Räsonnement steckt. Wo haben Sie dies schöne Morceau aufgefunden? Es wäre ein Spaß, es abdrucken zu lassen mit einer leisen Anwendung auf unsere neuesten Philosophen.

Bouterweks ästhetischer Kramladen ist wirklich merkwürdig. Nie hab ich den flachen belletristischen Schwätzer mit dem konfusen Kopf so gepaart gesehen und eine so unverschämte Anmaßung auf Wissenschaft bei einem so erbärmlich rhapsodistischen Hausrat.

Daß Sie Ihre Herreise bis zum Februar verschieben, verlängert mir wirklich diesen traurigen Januar, aber ich werde aus dieser Einsamkeit wenigstens den einzigen Vorteil zu ziehen suchen, den sie hat, und im Wallenstein fleißig voranschreiten. Ohnehin ist es gut, wenn ich die Tragödie, ehe sie Ihnen vorgelegt wird, erst bis zu einer gewissen Hitze der Handlung geführt habe, wo diese sich dann wie von selbst bewegt und im Herabrollen ist, denn in den zwei ersten Akten steigt sie erst bergan.

Leben Sie wohl und grüßen Sie Meyern. Meine Frau empfiehlt sich bestens. S.

406. *An Schiller*

Ihr lehrreicher Brief trifft mich eben bei den Farben der aneinander gedruckten Glasplatten, dem Phänomen, das Sie selbst so sehr interessierte und das ich jetzt auf seine ersten Elemente zu verfolgen vorhabe, indem ich ein Kapitel nach dem andern auszuarbeiten gedenke. Schreiben Sie doch ja bei Gelegenheit meines Aufsatzes, was Sie denken, hin, denn wir müssen jetzt einen großen Schritt tun, und ich glaube wieder bei Gelegenheit des Schellingischen Buches zu bemerken, daß von den neuern Philosophen wenig Hülfe zu hoffen ist. Ich habe diese Tage, beim Zertrennen und Ordnen meiner Papiere, mit Zufriedenheit gesehen, wie ich, durch treues Vorschreiten und bescheidnes Aufmerken, von einem steifen Realism und einer stokkenden Objektivität dahin gekommen bin, daß ich Ihren heutigen Brief als ein eignes Glaubensbekenntnis unterschreiben kann. Ich will sehen, ob ich durch meine Arbeit diese meine Überzeugung praktisch darstellen kann.

Indem ich diese Woche verschiedne physische Schriften wieder ansahe, ist es mir recht aufgefallen, wie die meisten Forscher die Naturphänomene als eine Gelegenheit brauchen, die Kräfte ihres Individuums anzuwenden und ihr Handwerk zu üben. Es geht über alle Begriffe, wie zur Unzeit *Newton* den Geometer in seiner Optik macht, es ist nicht besser, als wenn man die Erscheinungen in Musik setzen oder in Verse bringen wollte, weil man Kapellmeister oder Dichter ist. Der *Mechaniker* läßt das Licht aus Kugeln bestehn, die sich einander stoßen und treiben; wie sie nun mehr oder weniger schief abprallen, so müssen die verschiednen Farben entstehen; beim *Chemiker* solls der Wärmestoff und besonders in der neuern Zeit das Oxygen getan haben, ein stiller und besonders bescheidner Mann wie *Klügel* zweifelt und läßt es dahingestellt sein, *Lichtenberg* macht Späße und neckt die Vorstellungsarten der andern; *Wünsch* bringt eine Hypothese vor, die toller ist als ein Kapitel aus der Apokalypse, verschwendet Tätigkeit, Geschicklichkeit im Experimentieren, Scharfsinn im Kombinieren an dem absurdesten Einfall in der Welt, *Gren* wiederholt das Alte, wie einer, der ein symbolisches Glaubensbekenntnis abbetet, und versichert, es sei das Rechte. Genug, es ist mehr oder weniger jedem darum zu tun, seinen individuellen Zustand mit der Sache zu verbinden und sich womöglich dabei seine Konvenienz zu machen. Wir wollen nun sehen, wie wir uns vor diesen Gefahren in acht nehmen, helfen Sie mir mit aufmerken.

Ich will nächstens Ihnen ein Aperçu über das Ganze schreiben, um von meiner Methode, vom Zweck und Sinn der Arbeit Rechenschaft zu geben.

Heute nur noch meinen Glückwunsch zum fortschreitenden Wallenstein.

Das tolle philosophische Gespräch ist aus des *Erasmus Francisci* neupoliertem Geschicht-, Kunst- und Sittenspiegel, einem abgeschmackten Buche, das aber manchen für uns brauchbaren Stoff enthält.

Leben Sie recht wohl. Die Botenfrau steht vor der Türe.

Weimar, den 13. Januar 1798 G.

407. An Goethe

Jena, 15. Januar 1798

Nur einen freundlichen Gruß für heute. Morgen abend werde ich mit der Post schreiben. Ich hab mich in eine Hauptszene so vertieft, daß ich vom Nachtwächter gemahnt werde aufzuhören. Es geht noch immer ganz gut mit der Arbeit, und obgleich der Poet sein erstes Konzept nicht gewisser schätzen kann als der Kaufmann seine Güter auf der See, so denke ich doch, meine Zeit nicht verloren zu haben.

Leben Sie recht wohl. S.

408. An Schiller

Die gute Nachricht, daß Ihre Arbeit fördert, ersetzt mir einen längern Brief, den ich sonst nicht gern entbehre.

Sie erhalten hierbei einen kleinen Aufsatz über einige Punkte, die ich in diesen Tagen noch lieber mündlich mit Ihnen abgehandelt hätte. Ich denke, wenn wir die Sache noch einigemal recht angreifen, so muß sie sich geben. Ich habe gestern das Kapitel von der Elektrizität in Grens Naturlehre gelesen, es ist so vernünftig geschrieben als unvernünftig das von den Farben; allein wie fand er es auch durchgearbeitet und vorbereitet.

Soviel ich jetzt übersehen kann, wird die Farbenlehre, wenn man sie recht angreift, in Absicht auf ihren Vortrag einen Vorzug vor der elektrischen und magnetischen haben, weil wir bei ihr mit keinen Zeichen, sondern mit den Verhältnissen und Wirkungen sichtbarer Naturverschiedenheiten zu tun haben.

Zugleich erhalten Sie einen Nachtrag von Freund Hirt über seinen Laokoon.

Böttiger hat, nach seiner beliebten Art, meinen Aufsatz über diese Materie an jenen Freund verraten, und dieser ist dadurch in die größte Bewegung gesetzt worden, wie der Nachtrag ausweist.

Bemerkenswert ist es, daß er seine Beispiele von Basreliefen hernimmt, die als subordinierte Kunstwerke schon allenfalls etwas weiter gehen dürfen, daß er aber von der Familie der Niobe schweigt, einem Kunstwerk auf der höchsten Stufe, das aber freilich seiner Hypothese nicht günstig ist.

Wäre nur die Gruppe selbst glücklich in Paris angelangt und wieder aufgestellt, so möchten unsere Salbadereien hierüber sämtlich in Rauch aufgehen.

Man fängt in Paris schon an sich über den übeln Zustand der hingeschafften Kunstwerke zu beklagen. So wie unser Meyer versichert, daß z. B. die Cäcilie von Raffael gar nicht zu transportieren gewesen sei, weil der Kreidengrund sich an vielen Stellen gehoben hatte, der also durch die Erschüttrung gewiß abgefallen ist. Wie finde ich Herrn Posselt glücklich, daß er sich über den Sukzeß dieses übermächtigen und übermütigen Volks bis tief in die Eingeweide freuen kann.

Leben Sie recht wohl; es steht mir jetzt noch einige Wochen manches bevor, ist aber der Geburtstag vorbei, so komme ich, um an Ihren Arbeiten teilzunehmen. Grüßen Sie Ihre liebe Frau.

Weimar, am 17. Januar 1798 G.

409. *An Goethe*

Jena, 19. Januar 1798

Es wird Ihnen interessant und belehrend sein, wenn Sie Ihre Gedanken, die in jenem ältern und in Ihrem neuesten Aufsatz aufgestellt sind, nach den *Kategorien* durchgehen. Ihr Urteil wird ganz bestätigt werden, und es wird Ihnen zugleich ein neues Vertrauen zu dem regulativen Gebrauch der Philosophie in Erfahrungssachen erwachsen. Ich will mich hier nur bei einigen Anwendungen aufhalten, und zwar gleich in Beziehung auf Ihren neuesten Aufsatz.

Die Vorstellung der Erfahrung unter den dreierlei Phänomenen ist vollkommen erschöpfend, wenn Sie sie nach den Kategorien prüfen. Der gemeine Empirism, der nicht über das empirische Phänomen hinausgeht, hat (der Quantität nach) immer nur Einen Fall, ein einziges Element der Erfahrung und mithin keine Erfahrung; der Qualität nach asseriert er immer nur eine bestimmte Existenz, ohne zu unterscheiden, von ihr auszuschließen, ihr entgegenzusetzen, mit einem Wort, zu vergleichen; der Relation nach ist er in Gefahr das Zufällige als das Substantielle aufzunehmen; der Modalität nach bleibt er bloß auf eine bestimmte Wirklichkeit eingeschränkt, ohne das Mögliche zu ahnden oder seine Erkenntnis bis gar zu einer Notwendigkeit zu führen. Nach meinem Begriff ist der gemeine Empirism nie einem Irrtum ausgesetzt, denn der Irrtum entsteht erst in der Wissenschaft. Was er bemerkt, bemerkt er wirklich, und weil er nicht den Kitzel fühlt, aus seinen Wahrnehmungen Gesetze für das Objekt zu machen, so können seine Wahrnehmungen ohne irgend eine Gefahr immer einzeln und akzidentell sein.

b. Erst mit dem *Rationalism* entsteht das *wissenschaftliche Phänomen* und der Irrtum. In diesem Felde nämlich fangen die Denkkräfte ihr Spiel an, und die Willkür tritt ein mit der Freiheit dieser Kräfte, die sich so gern dem Objekte substituieren.

Der Quantität nach verbindet der Rationalism immer *mehrere* Fälle, und solang er sich bescheidet, die Pluralität nicht für Totalität auszugeben, d. h. objektive Gesetze zu machen, so ist er unschädlich, ja nützlich, da er der *Weg* zur Wahrheit ist, welche nur dadurch gefunden wird, daß man von dem einzelnen sich loszumachen weiß. In seinem Mißbrauch hingegen wird er verderblich für die Wissenschaft, weil er, wie Sie in Ihrem Aufsatz sehr einleuchtend sagen, die ungeheure Verbindungsgewalt des menschlichen Geistes auf Kosten einer gewissen republikanischen Freiheit der Fakten geltend machen will, kurz weil er in die bloße Pluralität schon seine Einheit legen will und also eine Totalität gibt, die keine ist.

Der Qualität nach setzt der Rationalism, wie billig ist, die Phänomene einander entgegen, er unterscheidet und vergleicht; welches gleichfalls (so wie der Rationalism überhaupt) löblich und gut und der einzige Weg zur Wissenschaft ist. Aber jener Despotism der Denkkräfte zeigt sich hier sogleich durch *Einseitigkeit,* durch *Härte* der Unterscheidung, so wie oben durch *Willkür* der Verbindung. Er kommt in Gefahr, dasjenige strenge zu sondern, was in der Natur verbunden ist, wie er oben verband, was die Natur scheidet. Er macht Einteilungen, wo keine sind u. s. w.

Der Relation nach ist es das ewige Bestreben des Rationalism, nach der Kausalität der Erscheinungen zu fragen und alles *qua* Ursach und Wirkung zu verbinden. Wiederum sehr löblich und nötig zur Wissenschaft, aber durch Einseitigkeit gleichfalls höchst verderblich. Ich beziehe mich hier auf Ihren Aufsatz selbst, der vorzüglich diesen Mißbrauch, den die Kausalbestimmung der Phänomene veranlaßt, rügt. Der Rationalism scheint hier vorzüglich dadurch zu fehlen, daß er dürftigerweise bloß die *Länge* und nicht die *Breite* der Natur in Anschlag bringt.

Der Modalität nach verläßt der Rationalism die Wirklichkeit, ohne die Notwendigkeit zu erreichen. Die *Möglichkeit* ist sein ungeheures Feld, daher das grenzenlose Hypothesieren. Auch diese Funktion des Verstandes ist nach meinem Urteil notwendig und *conditio sine qua non* aller Wissenschaft, denn nur durch das Mögliche gibt es, nach meinem Bedünken, von dem Wirklichen einen Durchgang zu dem Notwendigen. Daher wehre ich mich, so sehr ich kann, für die Freiheit und Befugnis der theoretischen Kräfte im Felde der Physik.

c. Zu dem *reinen Phänomen*, welches nach meinem Urteil eins ist mit dem objektiven Naturgesetz, kann nur der *rationelle Empirism* hindurchdringen. Aber, um es noch einmal zu wiederholen, der rationelle Empirism selbst kann nie unmittelbar von dem Empirism anfangen, sondern der Rationalism wird allemal erst dazwischen liegen. Die dritte Kategorie entsteht jederzeit aus der Verknüpfung der ersten mit der zweiten, und so finden wir auch, daß nur die vollkommene Wirksamkeit der freien Denkkräfte mit der reinsten und ausgebreitetsten Wirksamkeit der sinnlichen Wahrnehmungsvermögen zu einer wissenschaftlichen Erkenntnis führt. Der rationelle Empirism wird folglich dieses beides tun: er wird die Willkür ausschließen und die Liberalität hervorbringen: die Willkür, welche entweder der Geist des Menschen gegen das Objekt oder der blinde Zufall im Objekte und die eingeschränkte Individualität des einzelnen Phänomens gegen die Denkkraft ausübt. Mit einem Worte, er wird dem Objekt sein ganzes Recht erweisen, indem er ihm seine blinde Gewalt nimmt, und dem menschlichen Geist seine ganze (rationelle) Freiheit verschaffen, indem er ihm alle Willkür abschneidet.

Der Quantität nach muß das reinste Phänomen die Allheit der Fälle begreifen, denn es ist das Konstante in allen. Es stellt also, völlig nach dem Sinn der Kategorie, die Einheit in der Mehrheit wiederum her.

Der Qualität nach *limitiert* der rationelle Empirism immer, wie auch das Beispiel aller wahren Naturkündiger lehret, die von einem absoluten Bejahen und Verneinen sich gleich entfernt halten.

Der Relation nach achtet der rationelle Empirism zugleich auf die Kausalität und auf die Unabhängigkeit der Erscheinungen, er sieht die ganze Natur in einer reciproken Wirksamkeit, alles bestimmt sich wechselweise, und er hütet sich demnach, die Kausalität bloß nach einer einfachen dürftigen *Länge* gelten zu lassen, er nimmt immer auch die Breite mit auf.

Der Modalität nach dringt der rationelle Empirism immer zu der Notwendigkeit hindurch.

Der rationelle Empirism ist, seinem Begriffe nach, zwar nie einem Mißbrauch ausgesetzt, so wie die zwei vorhergehenden Erkenntnisarten; aber vor einem falschen und angeblichen rationellen Empirism ist doch zu warnen. So wie nämlich eine *weise*

Limitation den eigentlichen Geist dieses rationellen Empirism ausmacht, so kann eine *feige* und *ängstliche Limitation* den andern hervorbringen. Die Frucht des erstern ist das *reine*, die Frucht des andern das *leere* und *hohle* Phänomen. Ich habe mehrmalen bemerkt, daß bedenkliche schwache Geister aus einem zu weit getriebenen Respekt vor den Gegenständen und deren Mannigfaltigkeit und aus zuweitgetriebener Furcht vor den Seelenkräften ihre Assertionen und Enunziationen zuletzt so einschränken und gleichsam aushöhlen, daß das Resultat Null wird.

Es ist noch so vieles über diese Materie und über Ihre Thesen zu sprechen, daß ich Ihre Hieherkunft erwarte, um noch recht in die Sache hinein zu gehen, denn nur das *Gespräch* hilft mir eigentlich die Vorstellung des andern schnell zu fassen und festzuhalten. In dem Monolog eines Briefes bin ich stets in Gefahr, nur meine Seite zu fassen. Besonders will ich Sie selbst noch mehr über das, was Sie die *mittelbare* Anwendung der Fälle auf Regeln nennen, reden hören.

Meine poetische Arbeit stockt seit drei Tagen, ungeachtet einer ganz guten Stimmung, in der ich war. Eine Verschleimung des Halses, die in unserm Haus von Mann zu Mann herumging, hat endlich auch mich ergriffen, und weil mich dies Übel gerade in einem erhöhten Zustand von Reizbarkeit überraschte, in den mich mein Geschäft versetzt hatte, so hatte ich gestern den ganzen Tag Fieber. Heute ist mir aber der Kopf schon viel freier, und ich hoffe in etlichen Tagen den bösen Gast los zu sein.

Zu dem neuen Xenion gratulier ich. Wir wollen es ja *ad Acta* legen.

Die tollen Sprünge, welche Herr Posselt vor dem Publikum macht, werden Cotta wahrscheinlich bereichern; denn er schreibt mir, daß er jetzt beinahe schon ganz gedeckt sei.

Man frägt hier sehr, ob Sie in Weimar nicht die Gotterische Oper: die Geisterinsel geben würden.

Hätten Sie jetzt nicht Lust, da Herr Hirt Ihren Aufsatz über Laokoon gewissermaßen antizipiert, diesen Aufsatz in die Horen zu geben?

Leben Sie recht wohl. Meine Frau grüßt. S.

410. An Schiller

Für die Prüfung meiner Aufsätze nach den Kategorien danke ich zum schönsten, ich werde sie bei meiner Arbeit immer vor

Augen haben. Ich finde selbst an der Stimmung, womit ich diese Gegenstände bearbeite, daß ich bald zur edlen Freiheit des Denkens darüber gelangen werde. Ich schematisiere unabläßlich, gehe meine Kollektaneen durch und suche, aus dem Wust von Unnötigem und Falschem, die Phänomene in ihrer sichersten Bestimmung und die reinsten Resultate heraus. Wie froh will ich sein, wenn der ganze Wust verbrannt ist und das Brauchbare davon auf wenig Blättern steht. Die Arbeit war unsäglich, die doch nun schon acht Jahre dauert, da ich kein Organ zur Behandlung der Sache mitbrachte, sondern mir es immer in und zu der Erfahrung bilden mußte. Da wir nun einmal so weit sind, so wollen wir uns die letzte Arbeit nicht verdrießen lassen; stehen Sie mir von der theoretischen Seite bei und so wird es gewiß geschwinder gehen.

Ich lege einen flüchtigen Entwurf zur Geschichte der Farbenlehre bei. Sie werden dabei auch schöne Bemerkungen über den Gang des menschlichen Geistes machen können, er dreht sich in einem gewissen Kreise herum, bis er ihn ausgelaufen hat. Die ganze Geschichte, wie Sie sehen werden, dreht sich um die gemeine, das Phänomen bloß aussprechende Empirie und um den nach Ursachen haschenden Rationalism herum, wenig Versuche einer reinen Zusammenstellung der Phänomene finden sich. Also schreibt uns die Geschichte auch schon selbst vor, was wir zu tun haben. Es wird sich bei der Ausführung etwas recht Interessantes machen lassen. Stehn Sie mir bei weiterm Fortschreiten bei.

Die öftern Rückfälle Ihrer Gesundheit betrüben mich sehr, sowohl um des Leidens als des Verlustes willen. Die milde Witterung verspricht uns für die nächste Zeit noch nichts Gutes.

Cotta ist zu beneiden! er fühlt sich gewiß glücklich, daß so ein herrliches Blatt durch ihn in die Welt geht, wobei der goldne Beifall doppelt willkommen ist. Ich habe es in Weimar sehr in Gang bringen helfen.

Die Gottersche Oper geben wir vorerst noch nicht.

Meinen Aufsatz über Laokoon will ich gelegentlich nochmals durchsehen, und dann wollen wir überlegen, was zu tun sei. Leben Sie recht wohl, grüßen Sie Ihre liebe Frau und haben Sie nochmals Dank für Ihren langen, fördernden Brief.

Weimar, am 20. Januar 1798 G.

411. An Goethe

Jena, 23. Januar 1798

Ich bin meines Halsübels doch nicht so leicht los geworden, wie ichs in meinem letzten Brief glaubte versichern zu können. Noch heute plagt es mich, und da das Übel gerade den Kopf einnimmt, so macht es mich ungeduldiger, als sonst meine Krämpfe tun. Es ist mir in diesem Zeitpunkt doppelt lästig, da ich gerade im besten Zuge war und vor Ihrer Ankunft noch eine gute Station zurückzulegen dachte.

Das kleine Schema zu einer Geschichte der Optik enthält viele bedeutende Grundzüge einer allgemeinen Geschichte der Wissenschaft und des menschlichen Denkens, und wenn Sie sie ausführen sollten, so müßten sich viele philosophische Bemerkungen machen lassen. Der deutsche Geist würde aber nicht zu seinem Vorteil dabei erscheinen, wenn nicht die Entwicklung antizipiert wird. Es ist doch eigen, daß sich die Lebhaftigkeit der Franzosen so bald einschüchtern und ermüden ließ. Man möchte sagen, daß es doch mehr die Passion als Liebe zur Sache war, was den Widerspruch der Franzosen nährte; sonst würden sie der Autorität nicht nachgegeben haben. Den Deutschen hält die Autorität und ein dogmatischer Irrtum lange nieder, aber endlich pflegt doch bei ihm seine natürliche Objektivität und sein Ernst an der Sache zu siegen, und gewöhnlich ist Er es doch, der für die Wissenschaft erntet.

Es ist gar keine Frage, daß Sie das das Mögliche für Ihr Geschäft tun und eine so weit schon geführte Sache zu einem gewünschten Ende bringen müssen, denn daß Sie endlich durchdringen werden, ist mir keinen Augenblick zweifelhaft. Ich glaube aber, Sie tun wohl, wenn Sie jetzt, nachdem Sie vergebens auf einen Begleiter und Mitforscher gewartet haben, sich auch nach keinem mehr umsehen und Ihr Geschäft still für sich selbst vollenden, um alsdann mit dem Fertigen, soweit es auf Ihrem Wege sich bringen läßt, auf einmal hervor[zu]treten. Das erst Entstehende imponiert, scheint es, den Deutschen nicht; es reizt sie vielmehr und macht sie eigensinnig, wenn man ihre Dogmata bloß erschüttert, ohne sie ganz und gar umzureißen. Ein völlig fertiges Ganzes und ein methodisch ernstlicher Angriff hingegen überwältigt den Eigensinn und bringt die natürliche und angeborne Sachliebe des Deutschen auf die Seite des Gegners. So denke ich mir die Sache, und wenn Sie in 3, 4 Jahren Ihre ausführliche und methodische Darlegung vor das Publikum bringen, so wird man gewiß Folgen davon sehen. Unterdessen verläuft sich auch in etwas diese chemische Sündflut und ein neues Interesse gewinnt Platz.

Böttiger, höre ich, wollte über den Vandalism der Franzosen bei Gelegenheit der so schlecht transportierten Kunstwerke einen Aufsatz schreiben. Ich wünschte, er täte es und sammelte alle dahin einschlagende Züge von Roheit und Leichtsinnigkeit. Ermuntern Sie ihn doch und verschaffen mir alsdann den Aufsatz für die Horen. Cotta mag immer aus derselben Druckerpresse kalt und warm blasen.

Leben Sie recht wohl. Heute über 8 Tagen hoffe ich Sie hier zu sehen. S.

412. *An Schiller*

Schon heute könnte ich ein besseres Schema einer künftigen Geschichte der Farbenlehre überschicken und es soll von Zeit zu Zeit noch besser werden. Wenn man die Reihe von geistigen Begebenheiten, woraus doch eigentlich die Geschichte der Wissenschaften besteht, so vor Augen sieht, so lacht man nicht mehr über den Einfall eine Geschichte *a priori* zu schreiben, denn es entwickelt sich wirklich alles aus den vor- und rückschreitenden Eigenschaften des menschlichen Geistes, aus der strebenden und sich selbst wieder retardierenden Natur.

Eines einzelnen Umstands muß ich erwähnen. Sie erinnern sich des Versuches mit einem gläsernen Cubus, wodurch ich so deutlich zeigte, daß die senkrechten Strahlen eben so gut verändert und das Bild aus dem Grund in die Höhe gehoben wird. Snellius, der die erste Entdeckung des Gesetzes der Brechung machte, erinnerte schon eben das; allein Huygens, der jene Entdeckung eigentlich bekannt machte, geht gleich über das Phänomen hinaus, weil er es bei seiner mathematischen, übrigens ganz richtigen Behandlung der Sache nicht brauchen kann, und seit der Zeit will niemand nichts davon wissen. Der perpendikulare Strahl wird freilich nicht *gebrochen,* und die Berechnung kann nicht angestellt werden wie bei den gebrochnen Strahlen, weil man sonst keine Vergleichung der Winkel und ihrer Sinus anstellen kann, aber ein Phänomen, das nicht berechnet werden kann, bleibt deswegen doch ein Phänomen; und sonderbar ist es, daß man in diesem Falle grade das Grundphänomen (denn dafür halte ichs), woraus alle die übrigen sich herleiten, beiseite bringt.

Erst seit ich mir fest vorgenommen habe außer Ihnen und Meyern mit niemanden mehr über die Sache zu konferieren, seit der Zeit habe ich erst Freude und Mut, denn die so oft vereitelte Hoffnung von Teilnahme und Mitarbeit anderer setzt einen immer um einige Zeit zurück. Nun kann ich, wie es Zeit, Umstände und Neigung erlauben, immer sachte fortarbeiten.

Möge das schöne Wetter und die Höhe des Barometers etwas zu Ihrem bessern Befinden mit beitragen, ich sehne mich recht aus dieser Masken- und Theaterwelt zu Ihnen hinüber. An Böttiger will ich das bringen oder bringen lassen, er läßt sich seit einiger Zeit nicht sehen, seitdem er mir eine Art von tückischem Streich gespielt hat. Meyer ist fleißig und grüßt schönstens.

Weimar, den 24. Januar 1798 G.

413. An Goethe

Jena, 26. Januar 1798

Eben habe ich das Todesurteil der drei Göttinnen Eunomia, Dike und Irene förmlich unterschrieben. Weihen Sie diesen edeln Toten eine fromme christliche Träne, die Kondolenz aber wird verbeten.

Cotta hatte schon voriges Jahr nur eben die Kosten wieder, und wollte sie auch noch dies Jahr so vegetieren lassen, aber ich sah wirklich keine entfernte Möglichkeit, sie zu kontinuieren, weil es uns ganz und gar an Mitarbeitern fehlt, auf die man sich verlassen kann, und ich, ohne eigentlichen reellen Geldgewinn, ewige Sorge und kleinliche Geschäfte bei dieser Redaktion hatte, wovon ich mich durch einen entschlossenen Schritt befreien mußte.

Wir werden, wie sichs von selbst versteht, beim Aufhören keinen Eclat machen, und da sich die Erscheinung des 12ten Stücks 1797 ohnehin bis auf den März verzögert, so werden sie von selbst selig einschlafen. Sonst hätten wir auch in dieses 12te Stück einen tollen politisch-religiösen Aufsatz können setzen lassen, der ein Verbot der Horen veranlaßt hätte, und wenn Sie mir einen solchen wissen, so ist noch Platz dafür.

Mit meiner Gesundheit geht es zwar seit gestern wieder besser, aber die Stimmung zur Arbeit hat sich noch nicht wieder eingefunden. Unterdessen habe ich mir mit Niebuhrs und Volneys Reise nach Syrien und Ägypten die Zeit vertrieben, und ich rate wirklich jedem, der bei den jetzigen schlechten politischen Aspekten den Mut verliert, eine solche Lektüre; denn erst so sieht man, welche Wohltat es bei alledem ist, in Europa geboren zu sein. Es ist doch wirklich unbegreiflich, daß die belebende Kraft im

Menschen nur in einem so kleinen Teil der Welt wirksam ist, und jene ungeheuren Völkermassen für die menschliche Perfektibilität ganz und gar nicht zählen. Besonders merkwürdig ist es mir, daß es jenen Nationen und überhaupt allen Nicht-Europäern auf der Erde nicht sowohl an moralischen als an ästhetischen Anlagen gänzlich fehlt. Der Realism, so wie auch der Idealism zeigt sich bei ihnen, aber beide Anlagen fließen niemals in eine menschlich schöne Form zusammen. Ich hielt es wirklich für absolut unmöglich, den Stoff zu einem epischen oder tragischen Gedichte in diesen Völkermassen zu finden oder einen solchen dahin zu verlegen.

Leben Sie wohl für heute. Meine Frau grüßt Sie bestens. S.

414. An Schiller

Weimar, am 26. Januar abends, 1798

Da ich nicht weiß, wie es morgen früh mit mir aussehen wird, so will ich heute abend ein Blättchen in Vorrat diktieren.

Aus beiliegenden Stanzen werden Sie sich ein Traumbild von dem Aufzuge formieren können, der heute abend statthaben soll. Sechs schöne Freundinnen belieben sich aufs beste zu putzen, und wir haben, um ja keine Allegorie mehr in Marmor und womöglich auch nicht einmal gemalt zu sehen, die bedeutendsten Symbole mit Pappe, Gold- und anderm Papier, Zindel und Lahn, und was alles noch von Stoffen dieser Art zu finden ist, auf das klärste dargestellt.

Der Imagination Ihrer lieben Frau wird es einigermaßen nachhelfen, wenn ich nachstehendes Personal hersetze.

Der Friede	Fräulein von Wolfskeel
Die Eintracht [und die Hoffnung]	Frau von Egloffstein und Fräulein von Seckendorf
Der Überfluß	Frau von Werthern
Die Kunst	Fräulein von Beust
Der Ackerbau	Fräulein von Seebach

Hierzu kommen noch sechs Kinder, die auch nicht wenig Attribute schleppen müssen, und so hoffen wir mit der größten Pfuscherei in dem gedankenleersten Raum die zerstreuten Menschen zu einer Art von Nachdenken zu nötigen.

Auf dieses Vorspiel paßt die Nachricht vollkommen, die ich Ihnen von dem berühmten englischen Gedichte Darwins, *Der botanische Garten*, zu geben gedenke. Ich wünschte nur, daß ich Ihnen diese englische Modeschrift, wie sie hier in groß 4, in Saffian gebunden, vor mir liegt, auch vor Augen stellen könnte. Sie wiegt 5½ Pfund akkurat, wie ich mich gestern selbst überzeugt habe. Da nun unsere Taschenbücher ohngefähr ebensoviel Lot an Gewicht haben, so möchten wir uns auch von dieser Seite zu den Engländern wie 1 zu 32 verhalten, wenn wir nicht allenfalls, durch 32 Taschenbücher, einen solchen englischen Moderiesen aufzuwiegen imstande wären. Es ist auf geglättetes Papier prächtig gedruckt, mit wahnsinnig allegorischen Kupfern, von Füßli, verziert und außerdem noch mit botanischen, antiquarischen Tags- und Liebhaberdarstellungen hie und da geschmückt, hat Einleitungen, Anzeigen des Inhalts, Noten unter dem Text, Noten hinter dem Text, in welchen Naturlehre, Chemie, Naturgeschichte, Erdbeschreibung, Botanik, Fabrik- und Handelswesen, besonders aber Toter und Lebender berühmte Namen auf das beste produziert sind, so daß, von Ebbe und Flut bis zur sympathetischen Tinte, alles wohl eingesehen und begriffen werden kann.

Bei allen diesen Sonderbarkeiten scheint mir aber doch das sonderbarste: daß in diesem botanischen Werke alles, nur keine Vegetation, zu finden ist. Wenigstens ist dies von dem ersten Teil desselben beinah buchstäblich wahr. Hier haben Sie den Inhalt des Zweiten Gesangs:

Anrede an die Gnomen. Die Erde wird durch einen Vulkan aus der Sonne geworfen, ihre Atmosphäre und Ozean, ihre Reise durch den Tierkreis. Abwechslung Tages und der Nacht, sowie der Jahrszeiten. Uranfängliche glückliche Eilande, Paradies oder goldnes Alter. Venus steigt aus der See. Die ersten großen Erdbeben, feste Länder steigen aus der See; der Mond wird von einem Vulkan ausgeworfen, hat keine Atmosphäre und ist frostig, die tägliche Bewegung der Erde wird aufgehalten, ihre Achse neigt sich mehr, sie dreht sich mit dem Monde um einen neuen Mittelpunkt. Entstehung des Kalksteins durch wäßrige Auflösung, Kalkspat, weißer Marmor, antike Statue des Herkules, der von seinen Arbeiten ruht, Antinous, Apoll von Belvedere, Venus Medicis, Lady Elisabeth Foster und Lady Melbourn von Herrn Damer. Von Morästen. Woher das Salz der Erde komme? Salzminen bei Krakau. Hervorbringung des Salpeters. Mars und Venus werden durch Vulkan gefangen. Hervorbringung des Eisens. Herrn Michels Verbesserung künstlicher Magneten. Gebrauch des Stahls beim Ackerbau, Schiffahrt und

Krieg. Ursprung der Säuren. Woher die Kieselsteine, der Seesand, Gips, Asbest, Fluß, Onyx, Achat, Mocka, Opal, Saphir, Rubin, Diamant. Jupiter und Europa. Neue unterirdische Feuer durch Gärung. Der Ton wird hervorgebracht. Porzellanmanufaktur in China, Italien, England, Herrn Wedgwoods Werke zu Etruia, in Staffordshire. Kamee, einen Mohrensklaven in Ketten vorstellend, die Hoffnung vorstellend. Die Figuren auf der Portland- oder Barberini-Vase werden erklärt. Kohlen, Schwefelkies. Naphtha, Obsidian und Ambra. Doktor Franklins Erfindung dem Gewitter seine Blitze zu nehmen. Freiheit Amerikas, Irlands, Frankreichs. Alte unterirdische Zentralfeuer. Hervorbringung des Zinns, Kupfer, Zink, Blei, Mercurius, Platina, Gold und Silber. Zerstörung von Mexiko. Sklaverei von Afrika, Untergang der Heere des Kambyses, Gnomen wie Sterne an einer Himmelsmaschine. Einbrüchen der See wird Einhalt getan, Felsen werden bebaut. Die Materie zirkuliert, die Düngung ist den Pflanzen, was der Milchsaft den Tieren. Pflanzungen steigen aus der Erde. St. Peter wird aus dem Kerker erlöst. Wanderungen der Materie. Tod und Auferstehung des Adonis. Entfernung der Gnomen.

Hier haben Sie also das Schema eines Gedichtes! So muß ein Lehrgedicht aussehen, das nicht allein lehren, sondern auch unterrichten soll. Nun können Sie sich denken, was für Beschreibungen, für Allegorien, für Gleichnisse in dem Werke herumspuken und wie das ganze Material auch nicht mit einer Spur von poetischem Gefühl zusammengebunden ist. Die Verse sind, wie mir scheint, nicht übel, und manche Stellen haben eine rhetorische Tournüre, die dem Silbenmaße angehört. Genug, das Detail erinnert einen an so viel englische Dichter, die im Didaktischen und Beschreibenden gearbeitet haben. Was mag die englische zerstreute Welt sich nicht an einzelnen Stellen vergnügen! wenn ihr so eine Menge theoretisches Zeug, von dem sie schon so lange summen hörte, nun wieder im bekannten Silbenmaße vorgesungen wird. Ich habe das Buch erst seit gestern abend im Hause und finde es wirklich unter meiner Erwartung, denn ich bin Darwin im Grunde günstig. Zwar schon seine Zoonomie –

So weit war ich gestern gekommen, als man mich abrief, um Chorführer zu sein. Es ging alles ganz gut, nur daß auch diesmal wie bei ähnlichen Fällen zuletzt der Raum fehlte, sich gehörig zu produzieren. Die Frauenzimmer hatten sich recht schön geputzt, und die zwölf teils großen, teils kleinen Figuren, in einem Halbkreise, würden durch ihre verschiednen Gruppen auf dem

Theater, wo man sie ganz übersehen hätte, einen guten Effekt gemacht haben. So ward aber in dem engen Raum alles zusammen gedrängt, und weil jeder recht gut sehen wollte, sah fast niemand. Indessen waren sie doch auch nachher noch einzeln hübsch geputzt und gefielen sich und andern.

Daß Sie unsere Freundinnen wollen einschlafen lassen, war mir nicht ganz unerwartet. Was sagen Sie aber zu dem Gedanken, daß man Monatschriften nur auf ein Jahr herausgeben sollte? Man sammelte z. B. 98 und gäbe 99 zwölf Stücke, und so fort, wenn man im Gange wäre, vielleicht immer mit einer Pause. Man müßte sich zum Gesetz große Mannigfaltigkeit machen, interessante, nicht zu lange Aufsätze, in dem Einen Jahre gewiß alles ganz, und seine Sache so machen, daß es am Ende noch als ein ganzes Werk verkauft werden könnte. Soll ich Böttigers Aufsatz noch für Sie besprechen?

Einsiedel hat ein paar Märchen geschrieben, die artig sein sollen, ich wollte sie auch zu erhalten suchen.

Für den Almanach habe ich einen Einfall, der noch toller ist als die Xenien, was sagen Sie zu dieser anmaßlich scheinenden Versichrung? Ich kommuniziere ihn aber nicht anders als unter gewissen Bedingungen, indem ich mir Redaktion dieses abermaligen Anhangs vorbehalte, Ihnen aber zuletzt wie billig die Wahl frei steht, ob Sie ihn aufnehmen wollen oder nicht. Ehe man eine Silbe davon zu drucken anfängt, muß das Ganze wie ein anderes Werk entschieden sein. Sie werden, wenn Sie in der Welt recht herumraten, es zwar schwerlich auffinden, doch vielleicht entdecken Sie etwas ähnliches zum Gebrauch künftiger Zeiten.

Leben Sie recht wohl, das schöne Wetter möchte ich nun gar zu gern in Ihrer Nachbarschaft zubringen. Ich warte nur auf einen Brief von Stuttgart, ob nicht Thouret, den wir zur Dekoration des Schlosses verschrieben haben, bald kommen wird.

Lassen Sie uns denn also, wenn es auch in Europa noch etwas bunter zugehen sollte, gerne in diesem Weltteile verweilen.

Weimar, am 27. Januar 1798 G.

415. An Goethe

Jena, 30. Januar 1798

Für die schönen Neuigkeiten und Kuriositäten, die Ihr letzter Brief enthielt, danken wir Ihnen sehr. Sie haben uns an dem ganzen stattlichen Aufzug teilnehmen lassen, ohne daß uns das Gedränge und der Staub inkommodiert hätte.

Die Schrift von Darwin würde wohl in Deutschland wenig Glück machen. Die Deutschen wollen Empfindungen, und je platter diese sind, desto allgemeiner willkommen; aber diese Spielerei der Phantasie mit Begriffen, dieses Reich der Allegorie, diese kalte Intellektualität und in Verse gebrachte Gelehrsamkeit kann nur die Engländer in ihrer jetzigen Frostigkeit und Gleichgültigkeit anziehen. Diese Schrift zeigt indes, welche Funktion man der Poesie, bei einer großen und respektabeln Volksklasse, anzuweisen pflegt, und gibt den Philistern einen neuen glänzenden Triumph über ihre poetischen Widersacher.

Ich glaube übrigens nicht, daß der Stoff unzulässig und für die Poesie ganz ungeschickt ist; diese verunglückte Geburt schreibe ich ganz auf Rechnung des Dichters. Wenn man gleich anfangs auf alles sogenannte Unterrichten Verzicht täte und bloß die Natur in ihrer reichen Mannigfaltigkeit, Bewegung und Zusammenwirkung der Phantasie nahe zu bringen suchte, alle natürlichen Erzeugungen mit einer gewissen Liebe und Achtung aufführte, jedem seine selbständige Existenz respektierte und so weiter, so müßte ein lebhaftes Interesse erregt werden können. Aber aus dem Küchenzettel, den Sie von dem Buche geben, muß ich schließen, daß der Verfasser, gerade umgekehrt, das poetische Interesse bloß in der Zutat, nicht in der Sache selbst zu erwecken gesucht, und daß es mithin das kontradiktorische Gegenteil eines guten Gedichts ist.

Den Trumpf, womit Sie selbst die Xenien stechen wollen, kann ich wirklich nicht erraten, und um auch nur möglicherweise darauf verfallen zu können, müßte ich wenigstens wissen, ob darin, so wie in den Xenien, einzelne Personen herumgenommen werden sollen, oder ob der Krieg dem Ganzen gilt. In letzterm Fall würde es schwer sein, eine lebhaftere Bewegung hervorzubringen, als die Xenien erregt haben.

Ihren Bedingungen will ich mich recht gern unterwerfen; nur einen Anteil an der Arbeit selbst würde ich vor Ende Julius, wo der Wallenstein hoffentlich fertig sein wird, nicht übernehmen können. Ich vermute aber aus Ihrem Briefe selbst, daß es keine gemeinschaftliche Unternehmung sein wird und daß Sie also allein auch alle Kosten der Ausführung haben werden.

Böttigers Aufsatz und Herrn von Einsiedels Erzählungen würden mir beide zum letzten Horenstücke willkommen sein; nur müßte ich beide binnen 3 Wochen erhalten, und könnte mir Einsiedel gleich jetzt etwas senden, so wäre im vorletzten Horenstück auch noch Platz.

Ihr Gedanke, eine Monatschrift jahrweise herauszugeben, ist so übel nicht, nur würde der Verleger nicht seine Rechnung dabei finden, weil man nicht gern auf einmal soviel Geld bezahlt. Bei den Horen wäre aber die Hauptschwierigkeit immer, wo man die Aufsätze hernehmen sollte, denn es ist merkwürdig, daß wir es nicht einmal durch den Reiz eines ungewöhnlich großen Honorars haben dahin bringen können, gewisse Bäche in unser Journal zu leiten, die in andern Journalen um das halbe Geld so ergiebig fließen.

Es tut mir leid, daß Ihre Hieherkunft noch nicht ganz zu bestimmen ist. Vielleicht bringt mir Ihr morgender Brief die Nachricht mit.

Meine Frau grüßt Sie bestens. Leben Sie recht wohl. S.

Dieser Tage hat sich wieder ein neuer Poet angemeldet, der mir gar nicht übel scheint, es müßte mich denn ein gewisser Widerschein Ihres Geistes bestechen, denn dieser scheint viel auf ihn gewirkt zu haben. Ich lege das Gedicht bei, sagen Sie mir doch Ihre Meinung darüber.

416. An Schiller

Geschäfte und Zerstreuungen bringen immer wieder neue Geburten ihrer Art hervor, so daß ich mich fast entschließen möchte, nur auf einen oder ein paar Tage zu Ihnen hinüber zu kommen, weil ich noch keine ruhige Zeitfolge vor mir sehe.

Gestern haben wir eine neue Oper gehört, Cimarosa zeigt sich in dieser Komposition als einen vollendeten Meister, der Text ist nach italienischer Manier, und ich habe dabei die Bemerkung gemacht: wie es möglich wird, daß das Alberne, ja das Absurde sich mit der höchstens ästhetischen Herrlichkeit der Musik so glücklich verbindet. Es geschieht dieses allein durch den *Humor*, denn dieser, selbst ohne poetisch zu sein, ist eine Art von Poesie und erhebt uns seiner Natur nach über den Gegenstand. Dafür hat der Deutsche so selten Sinn, weil ihn seine Philisterhaftigkeit jede Albernheit nur ästimieren läßt, die einen Schein von Empfindung oder Menschenverstand vor sich trägt.

Hier schicke ich eine eigne Erscheinung, eine Ankündigung, daß ein letzter Abkömmling der alten Nürnberger Meistersänger eine Auswahl seiner Gedichte herausgeben will. Ich kenne schon manches von ihm und habe leider versäumt, ihn in Nürnberg selbst zu sehen. Er hat Sachen gemacht, von Humor und Natürlichkeit, die leicht ins reinere Deutsch zu übersetzen wären und deren sich niemand schämen dürfte. Wir erhalten das Buch durch Knebeln, wenn es herauskommt.

Dieser Freund ist nun wieder in Ilmenau angelangt, seine Schöne wird in wenig Tagen abreisen, um ihm das Joch der Ehe auf den alten steifen Nacken zu legen. Da ich ihm herzlich gut bin, so wünsche ich ihm zu diesem Unterfangen das möglichste Glück.

Von allem übrigen bald auf ein oder die andere Weise mündlich. Leben Sie recht wohl und grüßen Ihre liebe Frau.

Weimar, am 31. Januar 1798 G.

Könnten Sie nicht gelegentlich erfahren, ob Justizrat Boie die sechs Bände meiner neuen Schriften erhalten hat, die ich ihm, mit Dank für Cellini, schon am 6. Juni gesendet habe, bis jetzt vernahm ich noch nichts von ihm.

417. An Goethe

Jena, 2. Februar 1798

Ihre Bemerkung über die Oper hat mir die Ideen wieder zurückgerufen, worüber ich mich in meinen ästhetischen Briefen so sehr verbreitete. Es ist gewiß, daß dem Ästhetischen, so wenig es auch die Leerheit vertragen kann, die Frivolität doch weit weniger widerspricht als die Ernsthaftigkeit, und weil es dem Deutschen weit natürlicher ist, sich zu beschäftigen und zu bestimmen, als sich in Freiheit zu setzen, so hat man bei ihm immer schon etwas Ästhetisches gewonnen, wenn man ihn nur von der Schwere des Stoffs befreit, denn seine Natur sorgt schon hinlänglich dafür, daß seine Freiheit nicht ganz ohne Kraft und Gehalt ist.

Mir gefallen darum die Geschäftsleute und Philister überhaupt weit besser in einer solchen spielenden Stimmung als die müßigen Weltleute, denn bei diesen bleibt das Spiel immer kraft- und gehaltleer. Man sollte einen jeden immer nach seinem Bedürfnis bedienen können, und so würde ich den einen Teil in die Oper und den andern in die Tragödie schicken.

Ihr Nürnberger Meistersänger spricht mich wie eine Stimme aus einem ganz andern Zeitalter an und hat mich sehr ergötzt.

Wenn Sie Knebeln schreiben, so bitten Sie ihn doch, auch mich zu 1 Exemplar mit Kupfer unter den Subskribenten anzumerken. Ich halte es wirklich für nötig, daß man sich bei diesem Werklein vorher meldet, weil es sonst vielleicht nicht zustande kommt, denn der gute Freund hat sein Zeitalter überlebt, und man wird ihm die Gerechtigkeit schwerlich erzeigen, die er verdient. Wie wärs, wenn Sie nur ein paar Seiten, zu seiner Einführung ins Publikum, in den Horen sagten? Er scheint es wirklich so sehr zu brauchen als zu verdienen.

Nach allem, was von der unparteiischen Welt geurteilt wird, dauert mich unser Freund Knebel sehr, und ich fürchte, das Joch wird seinem Nacken nicht sanft aufliegen.

Mit Boie habe ich nur einmal Verkehr gehabt, aber seit fast 1½ Jahren nicht wieder. Ich weiß also nicht, wie es mit dem Pakete steht; daß er es werde erhalten haben, ist wohl kein Zweifel, und daher glaube ich, daß Sie ihm zuviel Ehre antun würden, wenn Sie weiter darnach fragten. Gelegenheitlich kann mans schon an ihn bringen.

Möchten Sie nur endlich einmal herkommen. Nehmen Sie sichs nur auf 4 oder 5 Tage vor, so werden Sie schon in dem alten Schloß die Muse finden, die Sie halten wird. Leben Sie recht wohl.

S.

418. An Schiller

Ich ergebe mich in die Umstände, welche mich noch hier festhalten, nur insofern mit einiger Gemütsruhe, als ich, wenn nur erst gewisse Dinge teils beiseite geschafft, teils in Gang gebracht sind, auf eine Anzahl guter Tage in Jena hoffen kann.

Hier schicke ich eine Arbeit von Einsiedeln, die ich wegen Kürze der Zeit nicht habe lesen können, sie steht, wenn Sie solche brauchen können, für die Horen zu Diensten. Nach der gewöhnlichen Erscheinung der Widersprüche, die der Zufall so oft in den Gang des Lebens mischt, erscheinen jetzt grade am Ende noch voluminose Beiträge, und Böttigers Aufsatz über die neufränkische Behandlung der Kunstwerke wird wohl gar erst nach dem seligen Hintritt unserer drei geliebten Nymphen eintreffen.

Ich brauche die Stunden, die mir übrig bleiben, teils zum reineren Schematisieren meines künftigen Aufsatzes über die Farbenlehre, teils zum Verengen und Simplifizieren meiner frühern Arbeiten, teils zum Studieren der Literatur, weil ich zur Geschichte derselben sehr große Lust fühle und überhaupt hoffen kann, wenn ich noch die gehörige Zeit und Mühe daran wende, etwas Gutes, ja sogar, durch die Klarheit der Behandlung, etwas Angenehmes zu liefern. Sie haben in einem Ihrer letzten Briefe vollkommen recht gesagt: daß ich erst jetzt auf dem rechten Flecke stehe, da ich auf alle äußere Teilnehmung und Mitwirkung Verzicht getan habe. In einem solchen Falle verdient nur eine vollendete Arbeit, die so viele andere Menschen aller Mühe überhebt, erst den Dank des Publikums und erhält ihn auch gewiß, wenn sie gelingt.

Übrigens habe ich etwa ein halb Dutzend Märchen und Geschichten im Sinne, die ich, als den zweiten Teil der Unterhaltungen meiner Ausgewanderten, bearbeiten, dem Ganzen noch auf ein gewisses Fleck helfen und es alsdann in der Folge meiner Schriften herausgeben werde.

Sodann denke ich etwas ernsthafter an meinen Faust und sehe mich auf diesem Weg schon für das ganze Jahr beschäftigt, besonders da wir doch immer einen Monat auf den Almanach rechnen müssen.

Durch die Verschiedenheit dieser Vorsätze komme ich in den Stand jede Stunde zu nutzen.

Die Idylle ist wirklich wieder eine sonderbare Erscheinung. Wieder ein beinahe weibliches Talent, hübsche jugendliche Ansichten der Welt, ein freundliches, ruhiges, sittliches Gefühl. Wäre es nun den Deutschen möglich sich zu bilden, und eine solche Person lernte, was doch zu lernen ist, in Absicht auf innere und äußere Form des Gedichts, so könnte daraus was recht Gutes entstehen, anstatt daß es jetzt bei einer gewissen gleichgültigen Anmut bewenden muß. *Meo voto* müßte z. B. die Mutter die Abwesenheit der Tochter merken, ihr nachgehen, Erkennung und Entwicklung müßten in der Kapelle geschehen, wodurch der langweilige Rückweg vermieden würde und der Schluß ein patethisches und feierliches Ansehen gewinnen könnte.

Zu leugnen ist es nicht, daß Herrmann und Dorothea schon auf diese Natur gewirkt hat, und es ist wirklich sonderbar, wie unsere junge Naturen das, was sich von einer Dichtung durchs Gemüt auffassen läßt, an sich reißen, nach ihrer Art reproduzieren und dadurch zwar mitunter ganz was Leidliches hervorbringen, aber auch gewöhnlich, was man durch die ganze Kraft seiner Natur zum Stil zu erhöhen strebte, sogleich zur Manier herabwürdigen und gerade dadurch, weil sie sich dem Publiko mehr nähern, öfters einen größern Beifall davontragen als das Original, von dessen Verdiensten sie nur teilweise etwas losgerissen haben.

Bei diesen Betrachtungen fallen mir unsere dichterische Freundinnen ein. Amelie hat wieder etwas vor. Meyer fürchtet, daß das Sujet ihr große Hindernisse in den Weg legen werde. Es ist sonderbar, daß die guten Seelen nicht begreifen wollen, wie viel darauf ankommt, ob auch der Gegenstand sich behandeln lasse. Ich habe auch diese Tage den 2ten Teil von Agnes von Lilien gelesen. Es ist recht schade, daß diese Arbeit übereilt worden ist. Die summarische Manier, in der die Geschichte vorgetragen ist, und die, gleichsam in einem springenden Takt, rhythmisch eintretenden Reflexionen lassen einen nicht einen Augenblick zur Behaglichkeit kommen, und man wird hastig ohne Interesse. Dies sei zum Tadel der Ausführung gesagt, da die Anlage so schöne Situationen darbietet, die, mit einiger Sodezz ausgeführt, eine unvergleichliche Wirkung tun müßten. Was das Naturell betrifft, das dieses Werk überhaupt hervorgebracht, so erregt es immer noch Erstaunen, wenn man auch den Einfluß *Ihres* Umgangs auf die Entstehung und *Ihrer* Feder auf die Vollbringung des Werks nicht verkennen kann. Freilich fällt die Absonderung für uns andere Leser schwer; aber ich glaube doch immer sagen zu dürfen, daß eine solche Natur, wenn sie einer Kunstbildung fähig gewesen wäre, etwas Unvergleichliches hätte hervorbringen müssen. Meyer ist voller Verwunderung, der sich sonst nicht leicht verwundert. Und ich am Ende des Blatts grüße schönstens, wünsche den besten Fortgang Ihrer Arbeiten und sehe Ihrem Wallenstein, als einem aufgehäuften Schatze, entgegen.

Weimar, am 3. Februar 1798 G.

Darf ich um Humboldts Adresse bitten, dem ich doch ehestens zu schreiben wünschte.

419. An Goethe

Jena, 6. Februar 1798

Es ist mir lieb auch von Ihnen zu hören, daß mein Urteil über die Idylle und ihren Urheber mich nicht ganz getäuscht hat. Daß es eine weibliche Natur ist, ist wohl kein Zweifel, und dieser ganz naturalistische und dilettantische Ursprung erklärt und entschuldigt das Ungehörige in der Behandlung.

Sie scheinen mir auf das Produkt meiner Schwägerin einen größern Einfluß einzuräumen, als ich mir gerechterweise anmaßen kann. Plan und Ausführung sind völlig frei und ohne mein Zutun entstanden. Bei dem ersten Teil habe ich gar nichts zu sprechen gehabt, und er war fertig, eh ich nur seine Existenz wußte. Bloß dieses dankt er mir, daß ich ihn von den auffallenden Mängeln einer gewissen Manier in der Darstellung befreite, aber auch bloß solcher, die sich durch Wegstreichen nehmen ließen, daß ich durch Zusammenziehung des Bedeutenden ihm eine gewisse Kraftlosigkeit genommen und einige weitläuftige und leere Episoden ganz herausgeworfen.

Bei dem zweiten Teil war an nichts zu denken als an das Fertigwerden, und bei diesem habe ich nicht einmal mehr auf die Sprache Einfluß gehabt. Wie also der 2te Teil geschrieben ist, so kann meine Schwägerin völlig ohne fremde Beihülfe schreiben. Es ist wirklich nicht wenig, bei so wenig solider und zweckmäßiger Kultur, und bloß vermittelst eines fast leidenden *Auf-sich-wirkenlassens* und einer mehr hinträumenden als hellbesonnenen Existenz doch so weit zu gelangen, als sie wirklich gelangt ist.

In dem Verzeichnis Ihrer Arbeitspensen für dieses Jahr finde ich Ihre neue Epopee nicht, da ich doch glaubte, Sie würden schon im Spätjahr ernstlich daran gehen können; doch das können Sie ja selbst noch nicht wissen, wie die Göttin Sie führt.

Ihr längeres Ausbleiben vermehrt allerdings meinen Wallensteinischen Vorrat, und da ich diejenige Szene, welche am meisten von der äußern heitern Influenz abhängt, habe liegen lassen und zum ersten Ausflug in meinen Garten verschoben, so könnte ich in etlichen Wochen den dritten Akt geendigt haben. Der vierte und fünfte sind zusammen nicht größer als der erste und machen sich beinahe von selbst.

Leben Sie recht wohl. Ich habe Besuch im Hause von meiner Schwägerin, die Sie sowie auch meine Frau schönstens grüßt.

S.

Citoyen Humboldt rue de Verneuil Faubourg St. Germain vis à vis la rue St. Marie Nro. 824.

420. An Schiller

Das, was Sie mir von Ihrem wenigern Einfluß auf Agnes von Lilien schreiben, vermehrt meinen Wunsch, daß die Verfasserin, im stillen, die Arbeit, besonders des zweiten Teils, nochmals vornehmen, ihn an Geschichtsdetail reicher machen und in Reflexionen mäßiger halten möge. Das Werk ist es wert, um so mehr, da sie schwerlich, ihrer Natur nach, ein zweites Sujet finden wird, in dem sie sich so glücklich ergehen kann. Im zweiten Bande sind mehrere sehr glückliche Situationen, die durch die Eile, mit der sie vorüberrauschen, ihren Effekt verfehlen. Ich wüßte nicht leicht einen Fall, durch den man den Leser mehr ängstigen könnte als die Scheinheirat mit Julius, nur müßte freilich diese Stelle sehr retardierend behandelt werden.

Wenn Sie meiner Meinung sind, so suchen Sie die Verfasserin zu determinieren, um so mehr, da es keine Eile hat und man natürlich den ersten Eindruck eine Zeitlang muß walten lassen.

Da ich von aller Produktion gleichsam abgeschnitten bin, so treibe ich mich in allerlei Praktischem herum, obgleich mit wenig Freude. Es wäre möglich, sehr viele Ideen, in ihrem ganzen Umfang, auszuführen, wenn nicht die Menschen die Determination, die sie von den Umständen borgen, auch schon für Ideen hielten, woraus denn gewöhnlich die größten Pfuschereien entstehen, und bei Verwendung von weit mehr Mühe, Sorge, Geld und Zeit doch zuletzt nichts, das eine gewisse Gestalt hätte, hervorgebracht werden kann. Mit stiller, aber desto lebhafterer Sehnsucht sehe ich dem Tage entgegen, der mich wieder zu Ihnen bringen soll.

Ich sende Ihnen Schlossers zweites Schreiben. Es wird mir interessant sein über diesen Mann und dessen abermalige Äußerungen umständlicher zu sprechen, wenn wir zusammenkommen. Mir kommt nichts wunderbarer vor, als daß er nicht merkt, daß er im Grunde seinen Gott doch auch nur postuliert, denn was ist ein Bedürfnis, das auf eine bestimmte Weise befriedigt werden muß, anders als eine Forderung?

Leben Sie recht wohl, es ist spät geworden und ich kann nur noch Sie und Ihre Frauenzimmer bestens grüßen.

Weimar, am 7. Februar 1798 G.

421. An Goethe

Jena, 9. Februar 1798

Herr Schlosser hätte besser getan, die Wahrheiten, die ihm Kant, und die Impertinenzen, die Friedrich Schlegel ihm gesagt, in der Stille einzustecken. Mit seiner seinsollenden Apologie macht er Übel ärger und gibt sich die unverzeihlichsten Blößen. Die Schrift hat mich angeekelt, ich kanns nicht leugnen, sie zeigt einen gegen lautere Überzeugung verstockten Sinn, eine inkorrigible Gemütsverhärtung, Blindheit wenigstens, wenn keine vorsätzliche Verblendung. Sie, der den Menschen besser kennt, erklären Sich vielleicht richtiger und natürlicher durch eine unwillkürliche Beschränktheit, was ich, der die Menschen gerne verständiger annimmt als sie sind, mir nur durch eine moralische Unart erklären kann. Deswegen indignierte mich diese Schrift mehr, als sie vielleicht verdienen mag. In einen arroganten Philosophenton finde ich eine recht gemeine Salbaderei eingekleidet, überall wird an das gemeine niedrige Interesse der menschlichen Natur appelliert, und nirgends finde ich eine Spur von einem eigentlichen Interesse für Wahrheit an sich selbst.

Es läßt sich im einzelnen über die Schrift nichts sagen, weil der eigentliche Punkt, auf den alles ankam, nämlich: die Argumente des Kritizism anzugreifen und die Argumente für diesen neuen Dogmatism zu führen, gar nicht von weitem versucht worden ist. Es ist wirklich kein einziger philosophischer Gedanke da, der einen philosophischen Streit einleiten könnte. Denn was soll man dazu sagen, wenn nach so vielen und gar nicht verlorenen Bemühungen der neuen Philosophen, den Punkt des Streits in die bestimmtesten und eigentlichsten Formeln zu bringen, wenn nun einer mit einer Allegorie anmarschiert kommt, und was man sorgfältig dem reinen Denkvermögen zubereitet hatte, wieder in ein Helldunkel hüllt, wie dieser Herr Schlosser bei der Vorlegung der 4 philosophischen Sekten tut.

Es ist wirklich nicht zu verzeihen, daß ein Schriftsteller, der auf eine gewisse Ehre hält, auf einem so *reinlichen* Felde, als das philosophische durch Kant geworden ist, so unphilosophisch und unreinlich sich betragen darf. Sie und wir andern rechtlichen Leute wissen z. B. doch auch, daß der Mensch in seinen höchsten Funktionen immer als ein verbundenes Ganzes handelt, und daß überhaupt die Natur überall synthetisch verfährt – Deswegen aber wird uns doch niemals einfallen, die Unterscheidung und die Analysis, worauf alles Forschen beruht, in der Philosophie zu verkennen, so wenig wir dem Chemiker den Krieg darüber machen, daß er die Synthesen der Natur künstlicherweise aufhebt. Aber diese Herren Schlosser wollen sich auch durch die Metaphysik hindurch riechen und fühlen, sie wollen überall synthetisch erkennen, aber in diesem anscheinenden Reichtum verbirgt sich am Ende die ärmlichste Leerheit und Platitüde, und diese Affektation solcher Herren, den Menschen immer bei seiner Totalität zu behaupten, das Physische zu vergeistigen und das Geistige zu vermenschlichen, ist, fürchte ich, nur eine klägliche Bemühung, ihr armes Selbst in seiner behaglichen Dunkelheit glücklich durchzubringen.

Wir werden, wenn Sie kommen, über diese Materie noch vieles sprechen, aber der Schrift selbst werden wir dabei nicht viel zu danken haben. Schlosser wird übrigens seine Absicht nicht ganz verfehlen, er wird seine Partei, die Unphilosophen, bestärken, denn um die Philosophen mag es ihm überhaupt nicht zu tun sein.

Leben Sie recht wohl. Das Schmutzwetter ist meinem Fleiße nicht sehr günstig, da es die alten Übel Katarrh und Schnupfen wieder zurückgebracht hat.

Meine Frau empfiehlt sich bestens. S.

422. An Schiller

Nach einer Redoute, welche meine Fakultäten schlimmer voneinander getrennt hat als die Philosophie nur immer tun kann, war mir Ihr lieber Brief sehr erfreulich und erquicklich. Mir war die Schlosserische Schrift nur die Äußerung einer Natur, mit der ich mich schon seit 30 Jahren im Gegensatz befinde, und da ich eben in einem wissenschaftlichen Fache in dem Falle bin, über beschränkte Vorstellungsarten, Starrsinn, Selbstbetrug und Unredlichkeit zu denken, so war mir diese Schrift ein merkwürdiger Beleg. Die Newtonianer sind in der Farbenlehre offenbar in demselbigen Fall, ja der Pater Castel gibt geradezu Newton selbst Unredlichkeit schuld, und gewiß geht die Art, wie er aus seinen *Monumentis opticis* die Optik zusammenschrieb, in diesem Sinne über alle Begriffe. Er hat offenbar die schwache Seite seines Systems eingesehen; dort trug er seine Versuche vor wie einer, der von seiner Sache überzeugt ist und in der Überzeugung mit der größten Konfidenz Blößen gibt. Hier stellt er das Scheinbarste voraus, erzwingt die Hypothese und verschweigt, oder berührt nur ganz leise, was ihm zuwider ist.

Was uns im Theoretischen so auffallend ist, sehen wir im Praktischen alle Tage. Wie sehr der Mensch genötigt ist, um sein einzelnes einseitiges, ohnmächtiges Wesen nur zu etwas zu machen, gegen Verhältnisse, die ihm widersprechen, die Augen zuzuschließen und sich mit der größten Energie zu sträuben, glaubt man seiner eignen Anschauung nicht, und doch liegt auch hievon der Grund in dem Tiefern, Bessern der menschlichen Natur, da er praktisch immer konstitutiv sein muß und sich eigentlich um das, was geschehen könnte, nicht zu bekümmern hat, sondern um das, was geschehen sollte. Nun ist aber das letzte immer eine Idee, und er ist konkret im konkreten Zustande; nun geht es in ewigem Selbstbetrügen fort, um dem Konkreten die Ehre der Idee zu verschaffen u. s. w., einen Punkt, den ich schon in einem vorigen Briefe berührte und der einen im Praktischen oft selbst überrascht und uns an andern ganz zur Verzweiflung bringt.

Die Philosophie wird mir deshalb immer werter, weil sie mich täglich immer mehr lehrt, mich von mir selbst zu scheiden, das ich um so mehr tun kann, da meine Natur, wie getrennte Quecksilberkugeln, sich so leicht und schnell wieder vereinigt. Ihr Verfahren ist mir darin eine schöne Beihülfe, und ich hoffe bald durch mein Schema der Farbenlehre uns Gelegenheit zu neuen Unterhaltungen zu geben.

Ich habe diese Tage das Werk des Robert Boyle über die Farben gelesen und kenne in diesem ganzen Felde noch keine schönere Natur. Mit einer entschiednen Neigung zu einer gewissen Erklärungsart, die freilich auf den chemischen Teil, den er bearbeitet, noch so leidlich paßt, erhält er sich eine schöne Liberalität, die ihn einsehen läßt, daß für andere Phänomene andere Vorstellungsarten bequemer sind. Die Unvollkommenheiten seiner Arbeit erkennt er sehr klar, und seine Darstellung ist in diesem Sinne sehr honett. Er unterläßt nicht seine Meinung vorzutragen und auszuführen, aber immer wie einer, der mit einem Dritten spricht, mit einem jungen Manne, und diesen immer ermahnt alles noch besser zu untersuchen und zu überdenken. Er berührt fast alle bedeutende Fragen und beurteilt das meiste mit sehr viel Sinn. Nur die zwei ersten Abteilungen seines Werks sind eigentlich ausgearbeitet, im letzten sind die Experimente weniger methodisch zusammengestellt. Er schrieb das Werk, da er schon sehr an den Augen litt, aus einzelnen Papieren und aus dem Gedächtnis zusammen, um das, was er gedacht und erfahren hatte, nicht untergehen zu lassen. Er spricht mit einer erfreulichen Klarheit und Wahrheit vom Wert und Unwert seiner Bemühungen und scheint mir bis jetzt in diesem Fache der einzige, der nach des Baco gutem Rat gearbeitet hat. Sein Buch kam ein Jahr früher heraus, ehe Newton auf seine Hypothese fiel und mit derselben ganz antibaconisch dieses Feld tyrannisierte. Wären nur noch zwei Menschen auf Boyle gefolgt, welche dieses Fach in seiner Art fortbearbeitet hätten, so wäre uns nichts zu tun übrig geblieben und ich hätte meine Zeit vielleicht besser anwenden können. Doch man wendet seine Zeit immer gut auf eine

Arbeit, die uns täglich einen Fortschritt in der Ausbildung abnötigt. Leben Sie recht wohl.

Ich wünsche guten Sukzeß Ihrer Arbeiten.

Weimar, am 10. Februar 1798 G.

423. An Goethe

Jena, 13. Februar 1798

Ich suchte mich über Ihr längeres Ausbleiben durch meinen Fleiß und durch die Aussicht zu trösten, Ihnen desto mehr von meiner Arbeit vorlegen zu können, aber die Jahrszeit und die unordentliche Witterung ist mir gar nicht günstig und hindert alle meine Fortschritte, einer lebhaften Neigung und guten Stimmung zum Trotze. Der Kopf ist mir wieder seit fast 8 Tagen von einem katarrhalischen Zufall angegriffen und das alte Übel plagt mich auch. Um mein Gemüt frisch zu erhalten, darf ich an meine gegenwärtige Arbeit nicht einmal denken, ich beschäftige mich mit dem Gedanken an eine entferntere und mit allgemeinen Ideen.

Da ich seit diesem Winter viele Reisebeschreibungen las, so habe ich mich nicht enthalten können, zu versuchen, welchen Gebrauch der Poet von einem solchen Stoffe wohl möchte machen können, und bei dieser Untersuchung ist mir der Unterschied zwischen einer epischen und dramatischen Behandlung neuerdings lebhaft geworden.

Es ist keine Frage, daß ein Weltentdecker oder Weltumsegler wie Cook einen schönen Stoff zu einem epischen Gedichte entweder selbst abgeben oder doch herbeiführen könnte, denn alle Requisite eines epischen Gedichts, worüber wir übereingekommen, finde ich darin, und auch das wäre dabei sehr günstig, daß das Mittel dieselbe Dignität und selbständige Bedeutung hätte wie der Zweck selbst, ja daß der Zweck mehr des Mittels wegen da wäre. Es ließe sich ein gewisser menschlicher Kreis darin erschöpfen, was mir bei einem Epos wesentlich deucht, und das Physische würde sich mit dem Moralischen zu einem schönen Ganzen verbinden lassen.

Wenn ich mir aber eben diesen Stoff als zu einem Drama bestimmt denke, so erkenne ich auf einmal die große Differenz beider Dichtungsarten. Da inkommodiert mich die sinnliche Breite ebensosehr, als sie mich dort anzog; das Physische erscheint nun bloß als ein Mittel, um das Moralische herbeizuführen, es wird lästig durch seine Bedeutung und den Anspruch, den es macht, und kurz, der ganze reiche Stoff dient nun bloß zu einem Veranlassungsmittel gewisser Situationen, die den innern Menschen ins Spiel setzen.

Es nimmt mich aber wirklich wunder, daß ein solcher Stoff Sie noch nicht in Versuchung geführt hat, denn hier finden Sie beinahe schon von selbst fertig, was so nötig und doch so schwierig ist, nämlich die persönliche und physische Wirksamkeit des natürlichen Menschen mit einem gewissen Gehalt, den nur die Kunst ihm geben konnte, vereinigt. Le Vaillant auf seinen afrikanischen Zügen ist wirklich ein poetischer Charakter und ein wahrhaft mächtiger Mensch, weil er mit aller Stärke der tierischen Kräfte und allen unmittelbar aus der Natur geschöpften Hilfsmitteln die Vorteile verbindet, welche nur die Kultur gewährt.

Leben Sie wohl für heute. Ich werde eben, nachts um 8 Uhr, zum Mittagessen gerufen. Meine Frau grüßt schön. S.

424. An Schiller

Ich übersende, was Sie wohl nicht erwarten, die Phänomene und hypothetischen Enunziationen über die Farbenlehre, nach den Kategorien aufgestellt. So wenig eine solche Arbeit mich kleiden mag, so werden Sie doch meine Absicht löblich finden, Ihnen entgegenzuarbeiten und Sie für diese Sache noch mehr zu interessieren, da denn doch jetzt auf die klärste Darstellung des Ganzen alles ankommt. Unter Ihren Händen wird dieses Blatt gar bald eine andere Gestalt gewinnen.

Ich habe eine Erklärung der Terminologie meiner dreifachen Einteilung vorausgeschickt und einige Bemerkungen nachgebracht. Nehmen Sie mit dem, was ich gebe, einstweilen vorlieb, bis ich komme und die Sache durch ein lebhaftes Gespräch geschwind ein paar Stufen überspringt. Ich suche jetzt zu erlangen, daß mir kein Name in der ganzen Literargeschichte dieses Faches ein bloßer Name sei, dann ist der sittliche Charakter von der wissenschaftlichen Wirkung ganz unzertrennlich. Dabei ist unglaublich, wie sehr die Wissenschaft retardiert worden ist, weil man immer nur von einzelnen praktischen Bedürfnissen ausging, diese zu befriedigen, sich im einzelnen lange bei gewissen Punkten verweilte, und sich im allgemeinen mit Hypothesen und Theorien übereilte. Doch bleibt es immer ein reizender Anblick, wie, durch alle Hindernisse, der Menschenverstand seine impräskriptiblen Rechte verfolgt und mit Gewalt zur möglichsten

Übereinstimmung der Ideen und der Gegenstände losdringt. Ich hoffe, ehe ich am Ende der Arbeit bin, soll sich auch alle Bitterkeit gegen den Widerstand verloren haben, ich hoffe, ich werde darüber so frei fühlen als denken.

Die wiederholte Nachricht von Ihrem Übelbefinden betrübt mich sehr. Es ist gerade jetzt das einzige Böse, das mich in meinem Verhältnisse trifft, und ist mir um desto empfindlicher.

Mein längerer Aufenthalt hier am Ort bewirkt mir immer eine freiere Aussicht auf die nächste Zeit. Und in diesem Sinne freue ich mich mehr auf die bevorstehende Reise nach Jena.

Ich bin mit Ihnen völlig überzeugt, daß in einer *Reise,* besonders von der Art, die Sie bezeichnen, schöne epische Motive liegen, allein ich würde nie wagen, einen solchen Gegenstand zu behandeln, weil mir das unmittelbare Anschauen fehlt und mir in dieser Gattung die sinnliche Identifikation mit dem Gegenstande, welche durch Beschreibungen niemals gewirkt werden kann, ganz unerläßlich scheint.

Überdies hätte man mit der Odyssee zu kämpfen, welche die interessantesten Motive schon weggenommen hat. Die Rührung eines weiblichen Gemüts durch die Ankunft eines Fremden, als das schönste Motiv, ist nach der Nausikaa gar nicht mehr zu unternehmen. Wie weit steht nicht, selbst im Altertume, Medea, Helena, Dido schon den Verhältnissen nach hinter der Tochter des Alcinous zurück. Die Narine des Vaillants, oder etwas Ähnliches, würde immer nur Parodie jener herrlichen Gestalten bleiben. Dabei komme ich aber auf meinen ersten Satz zurück: daß uns die unmittelbare Erfahrung vielleicht zu Situationen Anlaß gäbe, die noch Reiz genug hätten. Wie nötig aber eine unmittelbare Anschauung sei, wird aus folgendem erhellen:

Uns Bewohner des Mittellandes entzückt zwar die Odyssee, es ist aber nur der sittliche Teil des Gedichts, der eigentlich auf uns wirkt, dem ganzen beschreibenden Teile hilft unsere Imagination nur unvollkommen und kümmerlich nach. In welchem Glanze aber dieses Gedicht vor mir erschien, als ich Gesänge derselben in Neapel und Sizilien las! Es war, als wenn man ein eingeschlagnes Bild mit Firnis überzieht, wodurch das Werk zugleich deutlich und in Harmonie erscheint. Ich gestehe, daß es mir aufhörte ein Gedicht zu sein, es schien die Natur selbst, das auch bei jenen Alten um so notwendiger war, als ihre Werke in Gegenwart der Natur vorgetragen wurden. Wie viele von unsern Gedichten würden aushalten, auf dem Markte oder sonst unter freiem Himmel gelesen zu werden.

Leben Sie recht wohl und grüßen Sie Ihre liebe Frau. Benutzen Sie jede guten Augenblicke.

Weimar, am 14. Februar 1798 G.

425. An Goethe

Jena, 16. Februar 1798

Es ist eine mißliche Unternehmung einen so vermischten empirischen Stoff nach einer Form zu behandeln, die den Anspruch auf eine erschöpfende Vollständigkeit mit sich führt. Weil die 12 Kategorien alle mögliche Hauptfragen enthalten, die an einen Gegenstand gemacht werden können, so muß, wenn richtig subsumiert worden, ein Gefühl von Befriedigung erfolgen, welches ich aber gar nicht habe, sondern eher das Gegenteil. Indessen, glaube ich, liegt es mehr an der Materie als an Ihrer Ausführung, daß diese noch ein viel zu rhapsodistisches und daher willkürliches Ansehen hat. Es liege aber, woran es will, so zweifle ich sehr, daß Sie mich auf diesem Wege sich näher bringen werden, denn unter einer so strengen Form, die eine Foderung der Totalität unausbleiblich erregt, wird mir dieser empirische Gegenstand immer als eine unübersehbare Masse erscheinen, und ich werde gerade deswegen, weil der Verstand darüber herrschen will, meine empirische Insuffizienz empfinden.

Wenn die Kategorienprobe überhaupt stattfinden und von Nutzen sein soll, so muß sie, deucht mir, mit dem Allgemeinsten und Einfachsten der Farbenlehre angestellt werden, ehe von den besondern Bestimmungen die Rede ist, denn diese können nur Verwirrung erregen.

Ferner scheint mir daraus eine Verwirrung entsprungen zu sein, daß Sie nicht immer bei dem nämlichen Subjekt der Frage geblieben, sondern in der einen Kategorie das Licht, in der andern die Farbe vor Augen hatten, wie es sich am gelegensten machte, da doch das Wesen dieser ganzen Operation darauf beruht, daß die Kategorien immer nur die Prädikate hergeben, das Subjekt, von welchem prädiziert wird, aber immer dasselbe bleibt.

Ich verspare es auf unsere mündliche Kommunikationen, auf die Sache genauer einzugehen, weil das Gespräch mir viel schneller forthelfen wird. Nur ein paar Anmerkungen will ich vorläufig niederschreiben.

Bei dem Moment der Qualität müßte, deucht mir, die wichtige Frage beantwortet werden, ob die Farbe als *positive eigene*

Energie oder nur als *limitierte Lichtenergie* wirkt, und ob mithin bei der Wirkung der Farbe das eigentlich Wirkende nur das *Licht*, die Farbenerscheinung selbst aber nur eine eigenmodifizierte Negation des Lichts ist. (Ohne Licht gibt es für das Aug natürlich keine Farbe, weil das Licht die Bedingung alles Sehens ist. Aber ohne Licht gibt es für das Auge auch keine Gestalt, Größe *etc.* – und es frägt sich also, ob nicht die *Qualität* der Farbe auch unabhängig vom Licht existiert.)

Bei der Relation müßte also gefragt werden:

1. Ist die Farbe nur ein *Accidens* vom Licht und mithin nichts Substantielles?

2. Ist die Farbe bloß *Wirkung* des Lichts?

3. Ist sie das Produkt einer Wechselwirkung zwischen dem Licht und einem von demselben verschiedenen substantiellen *Agens* = *x*? (Weil bei der Kategorie der Relation alles nur relativ genommen wird, so wird bei obiger Frage das Licht als eine Substanz gleichgesetzt, und die Frage ist also bloß: ist die Farbe durchaus nur ein *Accidens*, relativ vom Licht, oder ist sie auch etwas Selbständiges?)

Sollte es nicht vielleicht zu fruchtbaren Ansichten führen, wenn die Farbe in dreifacher Beziehung betrachtet würde,

1. in Beziehung auf das Licht und die Finsternis,
2. in Beziehung auf das Auge,
3. in Beziehung auf die Körper, an denen sie erscheint.

Ihre Einteilung der Farben hat mir jetzt noch etwas nicht völlig Bestimmtes, daher ich nicht gewiß weiß, ob ich bei dem, was Sie z. B. *physische* Farbe nennen, gerade das Rechte denke. So wie es jetzt dasteht, denke ich mir darunter prismatische Farben. Unter chemischen Farben verstehe ich Pigmente.

Ich habe heute wieder versucht zu arbeiten, aber ich werde einige Zeit brauchen, um die rechte Stimmung wiederzufinden.

Leben Sie recht wohl mit Meyern. Die Idylle von der Kapelle im Walde erbitte ich mir gelegentlich zurück.

Meine Frau grüßt Sie herzlich. S.

426. An Schiller

[Weimar, den 17. Februar 1798]

So sehr ich die Unvollkommenheit jenes ersten Versuches fühlte und fühle, so ein großes Vertrauen habe ich doch auf eine bessere Ausführung, bei der Sie mir gewiß, wenn wir nur erst wieder zusammenkommen, aufs nachdrücklichste beistehen werden.

Der Hauptfehler jener Arbeit, den Sie auch mit Recht bemerken, ist, daß ich nicht immer bei dem nämlichen Subjekt geblieben bin, und daß ich bald Licht, bald Farbe, bald das Allgemeinste, bald das Besonderste genommen habe.

Das hat aber gar nichts zu sagen! – Wenn man statt Einer Tabelle drei macht und sie ein halbdutzendmal umschreibt, so müssen sie schon ein ander Ansehen gewinnen.

Ich glaube zwar selbst, daß die empirische Masse von Phänomenen, die, wenn man sie recht absondert und nicht mutwillig verschmilzt, eine sehr große Zahl ausmachen und eine ungeheure Breite einnehmen, sich zu einer Vernunfteinheit schwerlich bequemen werden, aber auch nur die Methode des Vortrags zu verbessern ist jede Bestrebung der Mühe wert.

Auch ist meine Einteilung diejenige, die Sie verlangen:

1. in Beziehung aufs Auge *physiologische*;

2. in Beziehung auf Licht und Finsternis *physische*,

welche alle ohne Mäßigung und Grenze nicht bestehen und von denen die prismatischen nur eine Unterabteilung sind.

3. Chemische, die uns an Körpern erscheinen.

Wenn man diese Einteilung auch nicht weiter als zum Vortrage geben will, so kann sie doch nicht entbehrt werden, und bis jetzt weiß ich keine andere zu machen.

Was mich aber eigentlich zu jenem Schema nach den Kategorien geführt hat, ja was mich genötigt, auf dessen Ausführung zu bestehen, ist die Geschichte der Farbenlehre.

Sie teilt sich in zwei Teile, in die Geschichte der Erfahrungen und in die Geschichte der Meinungen, und die letztere müssen doch alle unter den Kategorien stehen.

Eine Sonderung ist daher höchst nötig, vorzüglich weil man sonst nicht durch die neuern Aristoteliker durchkommt, welche die ganze Naturwissenschaft und besonders auch dieses Kapitel ins metaphysische oder vielmehr ins dialektische Fach spielten. Dabei, scheint mirs, haben sie wirklich die möglichen Vorstellungsarten erschöpft, und es wäre interessant, sie in einer reinen Ordnung nebeneinander zu sehen; denn weil die Natur von so unerschöpflicher und unergründlicher Art ist, daß man alle Gegensätze und Widersprüche von ihr prädizieren kann, ohne daß sie sich im mindesten dadurch rühren läßt, so haben die Forscher von jeher sich dieser Erlaubnis redlich bedient und auf eine so scharfsinnige Art die Meinungen gegeneinander gestellt, daß die größte Verwirrung daraus entstand, welche nur durch eine allgemeine Übersicht des Prädikabeln zu heben ist.

Ich bin überzeugt, und es wird sich in der Folge dartun lassen, daß das Newtonische System nach und nach sich so viele Bekenner erwarb, weil ein *Emanations-* oder *Emissionssystem*, wie mans nennen will, doch immer nur eine Art von mystischer Eselsbrücke ist, die den Vorteil hat, aus dem Lande der unruhigen Dialektik in das Land des Glaubens und der Träume hinüber zu führen.

Das erste *meo voto* sollte also sein: die Lehre vom Licht und von den Farben im allgemeinen, jede besonders, nach den Kategorien aufzustellen, wobei man sich alles empirisch Einzelnen enthalten müßte.

Das empirisch Einzelne ist nun schon nach den drei Einteilungen, die mit Ihren geforderten übereinstimmen, aufgestellt. Nächstens erhalten Sie wohl das Schema über das Ganze, Sie werden sich über die ungeheure Masse verwundern, wenn Sie solche nur erst im Detail sehen.

Alles rückt in übersehbare Ordnung zusammen, und ich werde mich hüten, irgend einen Teil auszuarbeiten, bis ich an meinem Schema nichts mehr zu bessern weiß, dann ist aber auch die Arbeit so gut als getan. Ich bitte Sie um gefälligen Beistand, durch Einstimmung und Opposition; die letzte ist mir immer nötig, niemals aber mehr, als wenn ich in das Feld der Philosophie übergehe, weil ich mich darin immer mit Tasten behelfen muß.

Ich habe diese Woche ein Dutzend Autoren, die in meinem Fache geschrieben haben, nur flüchtig durchgesehen, um für die Geschichte einige Hauptmomente zu finden, und fühle ein Zutrauen, daß sich aus derselben etwas Artig-Lesbares wird machen lassen, weil das Besondere angenehm und das Allgemeine menschlich weitgreifend ist. Indessen fürchte ich und wünsche ich, daß der momentane Trieb zu dieser Materie mich bald verlassen und einem poetischen Platz machen möge. Doch kann ich immer zufrieden sein, daß ich in meiner jetzigen zerstreuten Lage noch ein Interesse habe, das mich durch alles durchhält. G.

427. An Schiller

Herr von Brinkmann, der um Sie zu sehen nach Jena geht, wünscht einige Worte von mir mitzunehmen. Da er Ihnen durch die Musen schon empfohlen ist und seine lebhafte Unterhaltung

Ihnen gewiß angenehm sein wird, so brauche ich weiter nichts zu sagen.

Meinen gestrigen Brief konnte ich nicht einmal mit einem Gruße schließen, so ging alles bei mir durcheinander. Leben Sie recht wohl und grüßen Ihre liebe Frau, wie sehr wünsche ich zu vernehmen, daß Ihre Arbeit bald wieder in Gange sei.

Weimar, am 18. Februar 1798 G.

428. An Goethe

Jena, 20. Februar 1798

Da ich eine Zeitlang „von dem Schall der menschlichen Rede“ fast ganz entfernt lebte, so war mir die lebhafte Gesprächigkeit des Freundes, der mir gestern Ihren Brief überbrachte, sehr erfrischend und ergötzend. Es ist überhaupt unterhaltend, einen *Leser* zu sehen und sich die eigenen oder fremden Ideen in irgendeiner Gestalt wiedergeben zu lassen. Diesem sieht man übrigens die Filiation stark an, weil er durch Humboldts in unsern Kreis gezogen worden. Eigen ist es, wie sich bei einem gewissen Zustand der Literatur ein solches Geschlecht von Parasiten, oder wie Sies nennen wollen, erzeugt, die sich aus dem, was von andern geleistet ist, eine gewisse Existenz bilden und, ohne das Reich der Kunst oder Wissenschaft selbst zu bereichern oder zu erweitern, doch zum Vertrieb dessen dienen, was da ist, Ideen aus Büchern ins Leben bringen und wie der Wind oder gewisse Vögel den Samen dahin und dorthin streuen. Als Zwischenläufer zwischen dem Schriftsteller und dem Publikum muß man sie wirklich sehr in Ehren halten, obgleich es gefährlich sein möchte, sie mit dem Publikum zu verwechseln. Übrigens hat dieser gegenwärtige Freund einen feinen Sinn und bei seinem räsonnierenden Hange scheint er mir eine zarte Empfindung zu besitzen; dabei eine besondre Geschmeidigkeit, sich in Fremdes zu finden, ja es sich anzueignen. Gegen Humboldt gehalten scheint er mir zwar ein viel flacheres Urteil und schwankendere Begriffe, aber mehr Gefühl zu haben.

Die Anwendung der Kategorien auf Ihren aufgehäuften Stoff kann für Sie nicht anders als fruchtbar sein. Indem es zugleich eine treffliche Rekapitulation ist, tut Ihnen dieses Geschäft die Dienste eines Freundes von entgegengesetzter Natur. Es zwingt Sie, wie ich mirs vorstelle, zu strengen Bestimmungen, Grenzscheidungen, ja harten Oppositionen, wozu Sie von sich selbst nicht so geneigt sind, weil Sie der Natur Gewalt anzutun fürchten; und weil diese Härte und Strenge, so gefährlich sie auch im einzelnen aussieht, durch die Totalität des Geschäfts selbst, immer wieder gut gemacht wird, so werden Sie, durch diese Operation, immer wieder befriedigend zu Ihrer eignen Vorstellungsweise zurückgeführt. Diesen Dienst leistet Ihnen vorzugsweise der Begriff der Wechselwirkung und der Limitation: Sie werden aber auch bei dem der *Allheit* und der *Notwendigkeit* das nämliche erfahren. Da Sie bei dem Werke selbst polemisch zu sein nicht vermeiden können, so gibt Ihnen die Kategorien-Probe einen entschiedenen Vorteil, und wie sehr sie Ihnen zur Übersicht des historischen Teiles dient, begreife ich sehr gut.

Auf das Schema selbst bin ich jetzt mehr als jemals begierig, und wenn Sie kommen, so wollen wir uns mit rechter Lust und Ernst darüber verbreiten; ich finde es, unabhängig von der Sache selbst, die mich so sehr interessiert zu approfondieren, sehr interessant Ihnen die Stelle eines guten Lesers zu vertreten und zu versuchen, wie sich die doppelte Rücksicht auf den Gegenstand und auf das subjektive Bedürfnis des Lesers in Einer und derselben Wendung vereinigen läßt.

Da ich so oft in meiner Arbeit gehemmt werde und deswegen das Ende noch nicht absehen kann, so ängstigen mich die Nachfragen nach dem Wallenstein, die nun anfangen von außen an mich zu geschehen. Schröder will ihn selbst spielen und scheint nicht ungeneigt, selbst in Weimar darin auftreten zu wollen. Auch Unger aus Berlin schreibt mir gestern, daß mir das Berliner Theater jedes beliebige Honorar bezahlen wolle, wenn ich das Stück ihm noch vor dem Abdruck senden wolle. Wäre ich nur erst fertig! Die Arbeit geht jetzt wieder ein wenig, obgleich mir der Kopf noch nicht recht frei ist.

Leben Sie recht wohl. Meine Frau geht morgen hinüber, um die Zauberflöte zu hören, wird Sie aber, da sie in der Nacht wieder geht, schwerlich sprechen können. Kommen Sie nur endlich einmal, wir sehnen uns nach den hübschen Abenden. Meyern recht viele Grüße! S.

429. An Schiller

Heute früh erwartete ich vergebens einen Brief von Ihnen, wenn nur nicht das Außenbleiben desselben auf ein Übelbefinden deutet.

Brinkmann war sehr erfreut mit Ihnen einige Stunden vertraulich zugebracht zu haben. Seine lebhafte Teilnahme an so vielem verdient wirklich eine gute Aufnahme, gestern aß er mit mir und ich hatte ihn zwischen unsere zwei liebenswürdige Schriftstellerinnen plaziert, wo er sich außerordentlich gut befand. Eigentlich scheint er mir aber eine rechte Natur für ein so großes Element wie Berlin zu sein.

Sagen Sie mir doch Ihre Gedanken über die Versart, in welcher der Schlegelsche Prometheus geschrieben ist. Ich habe etwas vor, das mich reizt Stanzen zu machen, weil sie aber gar zu obligat und gemessen periodisch sind, so habe ich an jenes Silbenmaß gedacht, es will mir aber bei näherer Ansicht nicht gefallen, weil es gar keine Ruhe hat und man wegen der fortschreitenden Reime nirgends schließen kann.

Sonst habe ich noch manches durchgedacht, um die Anforderungen an die rationelle Empirie nach Ihrer Ausführung, die Sie mir vor einigen Wochen zuschickten, noch recht nach meiner Art durchzuarbeiten. Ich muß damit aufs reine kommen, ehe ich wieder an den Baco gehe, zu dem ich abermals ein großes Zutrauen gewonnen habe. Ich lasse mich auf diesem Wege nichts verdrießen und ich sehe schon voraus, daß, wenn ich mein Farben-Kapitel gut durchgearbeitet haben werde, ich in manchem andern mit großer Leichtigkeit vorschreiten kann. Nächstens mehr und, ich hoffe, bald mündlich.

Weimar, am 21. Februar 1798 G.

430. An Goethe

Jena, 23. Februar 1798

Bei der Art, wie Sie jetzt Ihre Arbeiten treiben, haben Sie immer den schönen doppelten Gewinn, *erstlich* die Einsicht in den Gegenstand und dann *zweitens* die Einsicht in die Operation des Geistes, gleichsam eine Philosophie des Geschäfts, und das letzte ist fast der größere Gewinn, weil eine Kenntnis der Geisteswerkzeuge und eine deutliche Erkenntnis der Methode den Menschen schon gewissermaßen zum Herrn über alle Gegenstände macht. Ich freue mich sehr darauf, wenn Sie hieher kommen, gerade über dieses Allgemeine in Behandlung der Empirie recht viel zu lernen und nachzudenken. Vielleicht entschließen Sie sich, dieses Allgemeine, an der Spitze Ihres Werks, recht ausführlich abzuhandeln und dadurch dem Werke, sogar unabhängig von seinem besondern Inhalt, einen absoluten Wert für alle diejenigen, welche über Naturgegenstände nachdenken, zu verschaffen. Baco sollte Sie billig dazu veranlassen.

Was Ihre Anfrage wegen des Silbenmaßes betrifft, so kommt freilich das meiste auf den Gegenstand an, wozu Sie es brauchen wollen. Im allgemeinen gefällt mir dieses Metrum auch nicht, es leiert gar zu einförmig fort, und die feierliche Stimmung scheint mir unzertrennlich davon zu sein. Eine solche Stimmung ist es wahrscheinlich nicht, was Sie bezwecken. Ich würde also die Stanzen immer vorziehen, weil die Schwierigkeiten gewiß gleich sind, und die Stanzen ungleich mehr Anmut haben.

Ich erfahre über Paris (durch Humboldt), daß Schlegels Jena verlassen und nach Dresden ziehen wollen. Haben Sie vielleicht auch davon gehört?

Nach dem, was meine Frau mir sagte, hat Brinkmann in Weimar gar großes Glück gemacht, und besonders am verwitweten Hofe. Er ist ein sehr unterhaltender Mensch in Gesellschaft und schlau genug, das Geistreiche und das Triviale an beiden Enden zusammenzuknüpfen.

Humboldt schreibt mir auch das Urteil, welches Voß über Ihren Hermann gefällt hat: er hat es von Vieweg, der jetzt in Paris ist. „Er habe gefürchtet", sagt Voß, „der Hermann würde seine Luise in Vergessenheit bringen. Das sei nun zwar nicht der Fall, aber er enthalte doch einzelne Stellen, für die er seine ganze Luise hingeben würde. Daß Sie im Hexameter die Vergleichung mit ihm nicht aushalten könnten, sei Ihnen nicht zu verdenken, da dies einmal seine Sache sei, aber doch finde er, daß Ihre neuesten Hexameter viel vollkommener seien" – Man sieht, daß er auch keine entfernte Ahndung von dem inneren Geist des Gedichts und folglich auch keine von dem Geist der Poesie überhaupt haben muß, kurz keine allgemeine und freie Fähigkeit, sondern lediglich seinen Kunsttrieb, wie der Vogel zu seinem Nest und der Biber zu seinen Häusern.

Leben Sie recht wohl. Meine Frau will auch noch etwas beilegen.

S.

Humboldts Brief kann ich nicht sogleich finden, ich will ihn ein andermal schicken.

431. An Schiller

Schon Mittwochs hatte ich ein Blatt an Sie diktiert, und heute fing ich an etwas dazuzufügen, dadurch wurden aber meine Äußerungen so konfus, daß ich es noch einmal redigieren muß. Es soll morgen abend mit der reutenden Post abgehen.

Von Schlegeln weiß ich so viel: daß er nach Ostern über Berlin nach Dresden gehen will, künftigen Winter wird er aber wieder in Jena sein.

Wenn ich hinüber komme, werde ich den Vorschlag tun, daß Sie ihn vor seiner Abreise noch ein paarmal sehen, damit er nicht etwa, aus Unmut, seine Beiträge, die ich doch nicht gern entbehren möchte, Ihrem Almanach entwende.

Leben Sie recht wohl und behalten mich lieb.

Weimar, am 24. Februar 1798 G.

432. An Schiller

[Weimar, den 21. Februar 1798]

Jedem, der Mittwochs und Sonnabends früh in mein Zimmer kommt, wird auf die Finger gesehen, ob er nicht einen Brief von Ihnen bringe, und da ich heute dieses ersehnte Frühstück entbehren mußte, so hat mir ein blaues Couvert am Abend desto mehr Freude gemacht.

Unsern Schweden, den Sie trefflich geschildert haben, habe ich noch morgen zu bleiben beredet. Unsere Frauen in Weimar bedürfen gar sehr solcher Erscheinungen, und ich mag ihnen, da sie sonst so wenig Vergnügen haben, dergleichen gerne gönnen. Gewiß sind diese Naturen sehr wünschenswert, weil sie zur affirmativen Seite gehören und doch immer Talente in der Welt supponieren müssen, wenn ihr Talent gelten soll.

Ich kann nicht ausdrucken, wie sehr ich hoffe, die Resultate Ihrer Arbeiten zu sehen und mich mit Ihnen über so vieles zu unterhalten. Hätten mich die Stuttgarter nicht ohne Antwort gelassen, sodaß ich über Thourets Ankunft ungewiß wäre, so hätte ich schon vor einigen Tagen zu Ihnen kommen können.

Ich erinnere mich kaum, was ich heute früh über den rationellen Empirism schrieb, mir scheint es aber, als wenn er auf seinem höchsten Punkte auch nur kritisch werden könnte. Er muß gewisse Vorstellungsarten nebeneinander stehen lassen, ohne daß er sich untersteht, eine auszuschließen oder eine über das Gebiet der andern auszubreiten. In der ganzen Geschichte der Farbenlehre scheint mir dies der Fehler, daß man die drei Einteilungen nicht machen wollte und daß man die empirischen Enunziationen, die auf eine Abteilung der Erfahrungen paßten, auf die andere ausdehnen wollte, da denn zuletzt nichts mehr paßte.

Ebenso scheint es mir mit Ideen zu sein, die man aus dem Reiche des Denkens in das Erfahrungsreich hinüberbringt; sie passen auch nur auf Einen Teil der Phänomene, und ich möchte sagen, die Natur ist deswegen unergründlich, weil sie nicht Ein Mensch begreifen kann, obgleich die ganze Menschheit sie wohl begreifen könnte. Weil aber die liebe Menschheit niemals beisammen ist, so hat die Natur gut Spiel, sich vor unsern Augen zu verstecken.

In Schellings Ideen habe ich wieder etwas gelesen, und es ist immer merkwürdig sich mit ihm zu unterhalten; doch glaube ich zu finden, daß er das, was den Vorstellungsarten, die er in Gang bringen möchte, widerspricht, gar bedächtig verschweigt, und was habe ich denn an einer Idee, die mich nötigt, meinen Vorrat von Phänomenen zu verkümmern.

Von der andern Seite sind die Mathematiker, welche ungeheure Vorteile haben der Natur zu Leibe zu gehen, auch oft in dem Falle das Interessanteste zu tuschen. Ein alter Hofgärtner pflegte zu sagen: die Natur läßt sich wohl forcieren, aber nicht zwingen, und alles, was wir theoretisch gegen sie vornehmen, sind Approximationen, bei denen die Bescheidenheit nicht genug zu empfehlen ist. Es war mir neulich sehr interessant, Lamberts Photometrie durchzugehen, der wirklich liebenswürdig erscheint, indem er seinen Gegenstand für unerreichbar erklärt und zugleich die äußerste Mühe anwendet ihm beizukommen.

Das soll nun alles, besonders wenn ich meine Arbeit erst vorlegen kann, zu den besten Gesprächen Anlaß geben.

So weit war ich am Mittwoch gekommen. Was ich gestern diktierte, hat gar keine Gestalt. Und doch soll dies Blatt heute abend zu Ihnen. Die Herrschaft ist nach Gotha. Diesen ganzen ruhigen Tag habe ich mit neuen Bibliothekseinrichtungen zugebracht, wobei noch nichts gewonnen ist, als was sich von selbst verstünde.

Leben Sie recht wohl und erfreuen mich Mittwoch wieder mit einem Briefe.

Weimar, am 25. Februar 1798 G.

433. An Goethe

Jena, 27. Februar 1798

Dieser Februar ist also hingegangen, ohne Sie zu mir zu bringen, und ich habe, erwartend und hoffend, bald den Winter überstanden. Desto heitrer seh ich ins Frühjahr hinein, dem ich wirklich mit neuerwachtem Verlangen mich entgegensehne. Es beschäftigt mich jetzt zuweilen auf eine angenehme Weise, in meinem Gartenhause und Garten Anstalten zur Verbesserung meines dortigen Aufenthalts zu treffen. Eine von diesen ist besonders wohltätig und wird eben so angenehm sein: ein Bad nämlich, das ich reinlich und niedlich in einer von den Gartenhütten mauren lasse. Die Hütte wird zugleich um einen Stock erhöht und soll eine freundliche Aussicht in das Tal der Leutra erhalten. Auf der entgegengesetzten Lambrechtischen Seite ist schon im vorigen Jahr an die Stelle der Hütte eine ganz massiv gebaute Küche getreten. Sie werden also, wenn Sie uns im Garten besuchen, allerlei nützliche Veränderungen darin finden. Möchten wir nur erst wieder dort beisammen sein!

Ich lege doch jetzt ganz unvermerkt eine Strecke nach der andern in meinem Pensum zurück und finde mich so recht in dem tiefsten Wirbel der Handlung. Besonders bin ich froh, eine Situation hinter mir zu haben, wo die Aufgabe war, das ganz gemeine moralische Urteil über das Wallensteinische Verbrechen auszusprechen und eine solche an sich triviale und unpoetische Materie poetisch und geistreich zu behandeln, ohne die Natur des Moralischen zu vertilgen. Ich bin zufrieden mit der Ausführung und hoffe unserm lieben moralischen Publikum nicht weniger zu gefallen, ob ich gleich keine Predigt daraus gemacht habe. Bei dieser Gelegenheit habe ich aber recht gefühlt, wie leer das eigentlich Moralische ist, und wie viel daher das Subjekt leisten mußte, um das Objekt in der poetischen Höhe zu erhalten.

In Ihrem letzten Briefe frappierte mich der Gedanke, daß die Natur, obgleich von keinem einzelnen gefaßt, von der Summe aller Individuen gefaßt werden könnte. Man kann wirklich, deucht mir, jedes Individuum als einen eigenen *Sinn* betrachten, der die Natur im ganzen ebenso eigentümlich auffaßt als ein einzelnes Sinnenorgan des Menschen und eben so wenig durch einen andern sich ersetzen läßt, als das Ohr durch das Auge und s. w. Wenn nur jede individuelle Vorstellungs- und Empfindungsweise auch einer reinen und vollkommenen Mitteilung fähig wäre, denn die Sprache hat eine der Individualität ganz entgegengesetzte Tendenz, und solche Naturen, die sich zur allgemeinen Mitteilung ausbilden, büßen gewöhnlich soviel von ihrer Individualität ein und verlieren also sehr oft von jener sinnlichen Qualität zum Auffassen der Erscheinungen. Überhaupt ist mir das Verhältnis der allgemeinen Begriffe und der auf diesen erbauten Sprache zu den Sachen und Fällen und Intuitionen ein Abgrund, in den ich nicht ohne Schwindeln schauen kann. Das wirkliche Leben zeigt in jeder Minute die Möglichkeit einer solchen Mitteilung des Besondern und Besondersten durch ein allgemeines Medium, und der Verstand, als solcher, muß sich beinah die Unmöglichkeit beweisen.

Leben Sie recht wohl. Ich lege Humboldts letzten Brief bei, den ich mir zur Beantwortung bald zurückerbitte. Meine Frau grüßt Sie aufs beste. Meyern viele Grüße. S.

434. An Schiller

Wenn die Stuttgarter Freunde artiger gewesen und mir die Zeit von Thourets Ankunft gemeldet hätten, so könnte ich vielleicht jetzt bei Ihnen sein, denn außer diesem Einen Geschäft habe ich alles übrige hinter mich gebracht. Geht Ihr Wallenstein indessen auf seinem Wege mit starken Schritten fort, so will ich das bisherige Entbehren verschmerzen, man sieht freilich, wie es auch Humboldten geht, wenn gewisse Unterhaltungen fehlen, wie nötig sie einem werden können.

Die Franzosen muß Humboldt, wenn sie ein theoretisch Gespräch anfangen, ja zu eludieren suchen, wenn er sich nicht immer von neuem ärgern will. Sie begreifen gar nicht, daß etwas im Menschen sei, wenn es nicht von außen in ihn hineingekommen ist. So versicherte mir Mounier neulich: das Ideal sei etwas aus verschiednen schönen Teilen Zusammengesetztes! Da ich ihn denn nun fragte: woher denn der Begriff von den schönen Teilen käme? und wie denn der Mensch dazu käme, ein schönes Ganze zu fordern? und ob nicht für die Operation des Genies, indem es sich der Erfahrungselemente bedient, der Ausdruck *zusammensetzen* zu niedrig sei? so hatte er für alle diese Fragen Antworten aus seiner *Sprache,* indem er versicherte, daß man dem Genie schon lange *une sorte de création* zugeschrieben habe.

Und so sind alle ihre Diskurse, sie gehen immer ganz entscheidend von einem Verstandsbegriff aus, und wenn man die Frage in eine höhere Region spielt, so zeigen sie, daß sie für dieses Verhältnis auch allenfalls ein Wort haben, ohne sich zu bekümmern, ob es ihrer ersten Assertion widerspreche oder nicht.

Durch Ihre Frau Schwägerin werden Sie ja wohl erfahren haben, daß auch Mounier Kantens Ruhm untergraben hat und ihn nächstens in die Luft zu sprengen denkt. Dieser moralische Franzos hat es äußerst übel genommen, daß Kant die Lüge, unter allen Bedingungen, für unsittlich erklärt. Böttiger hat eine Abhandlung gegen diesen Satz nach Paris geschickt, der ehestens in der *Décade philosophique* wieder zu uns zurückkommen wird, worin denn zum Trost so mancher edlen Natur klar bewiesen wird, daß man von Zeit zu Zeit lügen müsse. Wie sehr Freund *Ubique* sich freuen muß, wenn dieser Grundsatz in die Moral aufgenommen wird, können Sie leicht denken, da er seit einiger Zeit die Bücher, die man ihm geliehen hat, hartnäckig abschwört, ob es gleich gar kein Geheimnis ist, daß er sie im Hause hat und sich deren ganz geruhig fort bedient.

Ich habe jetzo mit dem Grafen und der Gräfin Fouquet ein Verhältnis wegen naturhistorischer Gegenstände, es sind recht artige, höfliche, dienstfertige Leute und auch mit mir recht einig und wohl zufrieden, doch merkt man immer, daß es ihnen auch wie Voßen geht, der am Ende denn doch überzeugt ist, daß er ganz allein Hexameter machen kann und soll.

Mein Gedicht scheint, wie ich aus diesen Nachrichten sehe, ihm nicht so wohltätig als mir das seine. Ich bin mir noch recht gut des reinen Enthusiasmus bewußt, mit dem ich den Pfarrer von Grünau aufnahm, als er sich zuerst im Merkur sehen ließ, wie oft ich ihn vorlas, so daß ich einen großen Teil davon noch auswendig weiß, und ich habe mich sehr gut dabei befunden. Denn diese Freude ist am Ende doch produktiv bei mir geworden, sie hat mich in diese Gattung gelockt, den Hermann erzeugt, und wer weiß, was noch daraus entstehen kann. Daß Voß dagegen mein Gedicht nur *se defendendo* genießt, tut mir leid für ihn, denn was ist denn an unserm ganzen bißchen Poesie, wenn es uns nicht belebt und uns für alles und jedes, was getan wird, empfänglich macht. Wollte Gott, ich könnte wieder von vorn anfangen und alle meine Arbeiten als ausgetretne Kinderschuhe hinter mir lassen und was Bessers machen.

Jetzt erheitre ich mich mit dem Gedanken, daß ich bei meinem nächsten Aufenthalt in Jena kleine Sachen machen will, in einer Art, zu der ich den wohltätigen Einfluß des Frühlings brauche. Wie sehr freut es mich, daß wir beide gewiß so fest an der Sache als aneinander halten werden.

Heute nacht haben wir nach der unvermuteten Ankunft der gothaischen fürstlichen Jugend einen Ball aus dem Stegreifen und Souper um 2 Uhr gehabt, vorüber ich denn einen schönen Morgen zum größten Teil verschlief. Leben Sie recht wohl, grüßen Sie Ihre liebe Frau und bereiten sich für den Sommer im Garten ein heiteres Dasein.

Weimar, den 28. Februar 1798 G.

435. An Goethe

Jena, 2. März 1798

Ich habe es in diesen schönen Tagen einmal wieder mit der frischen Luft versucht und mich recht wohl dabei befunden. Es ist wirklich schade, daß Sie gerade jetzt nicht hier sein können, gewiß würde sich die Muse jetzt bald bei Ihnen einstellen.

Was Sie über die Franzosen und ihren emigrierten, aber immer gleich würdigen, Repräsentanten Mounier schreiben, ist sehr wahr, und so kläglich es auch an sich ist, so freut es einen, weil es so notwendig zu dem ganzen Begriff dieser Existenz gehört, und man sollte immer nur rein die Naturen auffassen, so würde man auch gleich die Systeme rein demonstriert sehen. Es ist wirklich der Bemerkung wert, daß die Schlaffheit über ästhetische Dinge immer sich mit der moralischen Schlaffheit verbunden zeigt, und daß das reine strenge Streben nach dem hohen Schönen, bei der höchsten Liberalität gegen alles, was Natur ist, den Rigorism im Moralischen bei sich führen wird. So deutlich scheiden sich die Reiche der Vernunft und des Verstandes, und diese Scheidung behauptet sich nach allen Wegen und Richtungen, die der Mensch nur nehmen kann.

Mounier ist mir ein würdiger Pendant zu Garven, der sich auch einmal auf ähnliche Art gegen Kant prostituierte.

Gestern habe ich nun im Ernst das französische Bürger-Diplom erhalten, wovon schon vor 5 Jahren in den Zeitungen geredet wurde. Es ist damals ausgefertigt und von Roland unterschrieben worden. Weil aber der Name falsch geschrieben und nicht einmal eine Stadt oder Provinz auf der Adresse stand, so hat es freilich den Weg nicht zu mir finden können. Ich weiß nicht, wie es jetzt noch in Bewegung kam, aber kurz, es wurde mir geschickt, und zwar durch – Campe in Braunschweig, der mir bei dieser Gelegenheit die schönsten Sachen sagt.

Ich halte dafür, es wird nicht ganz übel sein, wenn ich es dem Herzog notifiziere, und um diese Gefälligkeit ersuche ich Sie, wenn es Sie nicht beschwert. Ich lege deswegen die *Acta* bei. Daß ich als ein deutscher *Publizist* κατ εξοχην darin erscheine, wird Sie hoffentlich auch belustigen.

Leben Sie recht wohl. Ich habe einen Posttag und noch allerlei abzufertigen. Meine Frau grüßt schön. S.

436. An Schiller

Zu dem Bürger-Dekrete, das Ihnen aus dem Reiche der Toten zugesendet worden, kann ich nur insofern Glück wünschen, als es Sie noch unter den Lebendigen angetroffen hat, warten Sie ja noch eine Weile, ehe Sie Ihre verewigten großen Mitbürger besuchen. Herr Campe scheint an der gefährlichsten aller Tollheiten, sowie noch mancher gute Deutsche, krank zu liegen. Leider ist dagegen sowenig als gegen eine andere Pest zu tun und zu sagen.

Das schöne Wetter ruft mich jeden Tag zu Ihnen, und ich benutze mein Hiersein so gut ich kann. Ich habe die Insekten wieder vorgenommen und auch meine Mineralien geordnet. Wenn man so viel zusammenschleppt und nur eine Zeitlang ansteht das Eingebrachte einzurangieren, so weiß man bald nicht, wo man sich lassen soll.

Meyer ruckt mit seinen Arbeiten vor und es wird bald ein Bändchen zusammen sein.

Nach den neusten Begebenheiten in Italien und in der Schweiz bin ich vollkommen über unsern Rückzug getröstet, auch wird es der Sache nicht schaden, wenn das, was wir gesammelt, fragmentarisch herauskommt. Das Publikum nimmt so was einzelnes immer besser auf, und einen methodischen Überblick kann man auf dem Wege immer auch einmal geben. Die Einleitung dazu wird wohl meine erste Arbeit in Jena sein, da ich denn auch das Schema sowohl über das Theoretische als über das Erfahrungsganze, das schon entworfen ist, noch besser ausarbeiten werde.

Meine Betrachtungen über organische Naturen so wie über die Farbenlehre arbeiten jenen Kunstbetrachtungen entgegen, und eine zweite Ausgabe des Cellini wird an Meyers Arbeiten über die florentinische Kunstgeschichte mit wenigen bedeutenden Noten angeschlossen.

Da ich wohl der Einleitung die Form einiger Briefe an Sie, mein wertester Freund, geben möchte, so wäre es recht hübsch, wenn Sie auch bei dieser Gelegenheit ein Wort an uns sagten, um eine Aussicht zu geben, daß Sie auch mit Ihren Arbeiten künftig wohl mit uns zusammentreffen möchten. Denn da uns das Jahrhundert von außen noch manche Hindernisse in den Weg zu legen scheint, so ist es desto nötiger von innen einstimmig und unverrückt zu wirken.

Leben Sie recht wohl und grüßen Sie Ihre liebe Frau.

Weimar, am 3. März 1798 G.

437. An Goethe

Jena, 6. März 1798

Aus Ihren, mir neu eröffneten, Vorsätzen muß ich schließen, daß Sie noch ein gute Weile lang auf dem wissenschaftlichen Felde bleiben werden, welches mir für die poetische Ausübung leid tut, so sehr ich auch den Nutzen und die Notwendigkeit davon einsehe. Ihre vielen und reichen Erfahrungen und Reflexionen über Natur und Kunst und über das dritte Idealische, was beide zuletzt zusammenknüpft, müssen ausgesprochen, geordnet und festgehalten werden, es sind sonst nur Lasten, die Ihnen im Wege liegen. Aber die Unternehmung wird weitläuftig werden, und aus Arbeit wird sich Arbeit erzeugen. Bis jetzt hab ich noch keinen klaren Begriff von den Grenzen, die Sie dem Werk setzen werden, unbeschadet seines Anspruchs auf eine gewisse umfassende Vollständigkeit, ein Anspruch, der schon in Ihrer Natur liegt, wenn auch der Gegenstand ihn nicht machte. Ich erwarte daher Ihr Schema darüber mit großer Begierde. Dieses wird mir denn auch den Ort schon zeigen, wo ich mit meinen Ideen, auf eine mit dem Ganzen übereinstimmende Weise, eintreten kann. Mit Vergnügen werde ich den Anteil daran nehmen, den Sie mir bestimmen, und da es einmal ein gesellschaftliches Werk ist, so kann es recht gut sein, daß auch der dritte Mann spricht. Selbst der Rigorism, der darin herrschen wird, gewinnt mehr Eingang, wenn eine vielfältigere Ansicht und Einkleidung dabei ist. Immer aber wird das Werk in einer bestimmten Opposition mit dem Zeitalter bleiben, und da an eine gütliche Auskunft nicht zu denken ist, so wäre die Frage, ob man den Krieg nicht lieber dezidiert erklären und durch die Schärfe des Gesetzes sowohl als der Justiz das Werk desto pikanter machen sollte. Doch darüber mündlich ein mehreres, wenn ich erst mehr von dem Plane weiß.

Ich selbst hoffe, nach meiner jetzigen ziemlich langen poetischen Praxis, die mir viele Erfahrungen mehr verschafft hat, mit gutem Erfolg zum Raisonnement zurückzukehren.

Meine Frau spricht Sie heute, wie sie hofft, worum ich sie sehr beneide, denn ich kann wohl sagen, daß mich recht herzlich verlangt, Sie wieder von Angesicht zu sehen.

Das Reskript, das mich zum *Professor ordinarius* macht, ist endlich von Koburg angekommen, und so sehe ich mich in kurzer Zeit mit mehreren Würden bekleidet, von denen ich nur wünschte, daß sie mich wärmer hielten.

Leben Sie recht wohl, grüßen Sie Meyern und schreiben Sie mir bald, daß ich Sie erwarten darf. S.

438. An Schiller

Ihre liebe Frau hat uns, obgleich nur auf allzu kurze Zeit, besucht, doch hat sie wenigstens einen guten Eindruck von Meyers Arbeiten mitgenommen, wovon sie nicht wenig Genuß haben wird, und es wäre sehr schön gewesen, wenn Sie denselben teilen könnten. Überhaupt muß ich bei dieser Gelegenheit sagen, daß Sie, da sich Ihr Herr Schwager nach und nach einrichten kann, doch auch für ein Quartier für den Winter besorgt sein sollten. Denn wenn ich auch unser Theater nur nehme, wie es ist, so bleibt es doch schon ein großer Genuß fast alle acht Tage eine gute Musik zu hören, denn unsere Oper ist recht artig, und die Vorstellungen derselben machen oft ein artiges Ganze. Ich könnte Ihnen einen bessern, bequemern Platz verschaffen als den im *Proscenio*, und an der Einsamkeit zu Hause wird es Ihnen, nach dem bekannten weimarischen Isolationssystem, nicht fehlen, und es würde gewiß für Sie von Vorteil sein, wenn Sie die äußere Einwirkung nicht ganz ausschlössen. Was mich betrifft, so werde ich, wie Sie wissen, immer in meinem Zodiak herum genötigt, und jedes Zeichen, in das ich trete, gibt mir neue Beschäftigung und Stimmung. Was mit mir zunächst werden wird, hoffe ich Sonnabends sagen zu können.

Ich habe den Cellini wieder vorgenommen, korrigiere meine Abschrift und mache mir ein Schema zu den Noten. Dadurch setze ich mich in den Stand, die kleinen historischen Aufsätze, die hierzu nötig sind, von Zeit zu Zeit auszuarbeiten. Ich will sie hinten ans Werk schließen und sie nach den Materien stellen, so daß man sie auch allenfalls, wie einen kleinen Aufsatz, hintereinander lesen kann. Meyers Arbeit über die florentinische Kunstgeschichte rückt indessen auch vor, und eins greift ins andere.

Eine Zeit zur Fassung und Sammlung und zur Übersicht über

das Mannigfaltige, was wir treiben, wünsche ich mir bald in Ihrer Nähe, sie muß mir nun nächstens werden, und sie soll uns in mehr als Einem Sinne Frucht bringen.

Zu dem endlich angelangten Koburger Reskript wünsche ich Glück. Eigentlich hat diese Expedition auch unser Herzog ausgewirkt. Koburg war wohl mit ein Dutzend Reskripten zurück, und da keine Sollizitation bei den Geheimderäten helfen wollte, schickte endlich unser Herzog unmittelbar einen Boten auf Exekution mit freundschaftlichen Empfehlungsschreiben an den Herzog und die Herzogin, wodurch denn endlich die Expeditionen flott gemacht wurden; möchte doch auch etwas Reelles für Sie dabei gewesen sein!

Humboldts Brief lege ich wieder bei, sein Urteil über das französische Theater gefällt mir recht wohl. Ich möchte diese wunderlichen Kunstprodukte wohl auch einmal mit Augen sehen.

Leben Sie wohl.

Weimar, am 7. März 1798 G.

439. An Goethe

Jena, 9. März 1798

Meine Frau hat sich sehr gefreut, Sie neulich in Ihrem Hause zu sehen, und kann es noch nicht satt werden, Meyers schöne Werke zu preisen. Sie hat meine Begierde darnach aufs neue rege gemacht, und wenn Sie binnen 8 Tagen nicht sollten herkommen können, so werde ich noch einen Flug nach Weimar vornehmen.

Es ist auch mein ernstlicher Wille, wie Sie mir raten, künftig das Theater in Weimar besser zu benutzen. Nur an den Anstalten zur Wohnung lag es in diesem Winter, daß ich es nicht ausgeführt habe. Für die Zukunft werde ich mich aber gewiß darauf einrichten. Wenn es auch bloß um die Musik wäre, müßte mans schon tun, denn die Sinne werden ja sonst gar nicht auf eine ästhetische Weise berührt. Aber auch das Theater selbst wird gut auf mich wirken. In diesen letzten Monaten habe ich freilich alles andre meinem Geschäft nachsetzen müssen, um darin einen entscheidenden Schritt zurückzulegen. Das habe ich erreicht. Jetzt ist mein Stück im Gange, und das Schwerste ist hinter mir. Drei Viertel der ganzen Arbeit sind absolviert.

Haben Sie noch keine Neugierde gehabt, die neue englische Tragödie von Walpole *The mysterious Mother* zu Gesicht zu bekommen? Sie wird als eine vollkommene Tragödie im Geschmack und Sinn des *Oedipus Rex* gerühmt, mit dem sie dem Inhalt nach, davon ich einen Auszug gelesen, in einer gewissen Verwandtschaft steht. Vielleicht daß von dieser materiellen Ähnlichkeit auch das ganze Urteil herrührt. Wäre dem so, so sollte man den englischen Kunstrichtern diese Leichtsinnigkeit nicht so hingehen lassen; und in jedem Falle scheint mirs nicht übel, ein solches vorübergehendes Interesse des Publikums zu ergreifen, und da einmal der *Fall* da ist, über das *Gesetz* und die Foderungen ein Wort zu sagen. Ich werde trachten das Stück zu bekommen, ob es vielleicht zu einem Raisonnement über die Gattung Anlaß geben kann.

Der Herzog, wie mir mein Schwager sagt, wünscht, daß ich mein Bürger-Diplom der Bibliothek schenken möchte, wozu ich sehr gerne bereit bin. Ich will es bloß abschreiben lassen und mir im Namen der Bibliothek attestieren lassen, daß das Original bei ihr niedergelegt ist, wenn etwa einmal eins meiner Kinder sich in Frankreich niederlassen und dieses Bürgerrecht reklamieren wollte.

Leben Sie recht wohl. Vielleicht bringt mir der morgende Botentag die erwünschte Nachricht von Ihrem baldigen Kommen. Meine Frau grüßt Sie bestens. S.

440. *An Schiller*

Es fehlte nur noch, daß in das zehente Haus meines Horoskops noch einige Hufen Landes eingeschoben würden, damit meine Existenz ja noch bunter werden möchte. Und doch ist es so, ich habe das Oberroßlaer Freigut endlich doch noch erstanden, nachdem mir die bisherigen Pächter, sowie auch der Hofrat Gruner, durch zwei Jahre diese Akquisition sauer gemacht haben. Indessen bin ich mit dem Besitz und mit dem Preise noch ganz zufrieden, denn es geht jetzt mit Grund und Boden wie mit den Sibyllinischen Büchern, jedermann zaudert beim steigenden Preise, indem der Preis immer steigt.

Übrigens habe ich einen ganz *reinen* Kauf getan, wie wohl selten geschieht, denn ich habe das Gut und die Gebäude bis auf den heutigen Tag nicht gesehen und werde es morgen zum erstenmal in Augenschein nehmen. Das, was dabei zu bedenken und allenfalls zu tun ist, wird mich kaum acht Tage aufhalten. Wenn Sie uns besuchen könnten, so wäre es recht schön, doch will ich bemerken, daß in der nächsten Woche die Oper den Donnerstag ist und Sonnabends ein neues Kotzebuisches Stück, zu dem ich Sie nicht einladen will. Wenn Sie sich neben Freund Meyern in dem grünen Stübchen behelfen wollen, so sind Sie mir auch herzlich willkommen, mehr Raum kann ich Ihnen diesmal nicht anbieten.

Von dem englischen Trauerspiel habe ich nichts vernommen, es wäre auf alle Fälle gut, wenn wir es erhalten könnten.

Von Ihrem Bürgerdiplom wollen wir Ihnen eine vidimierte Abschrift, mit dem Bekenntnis, daß solches auf der fürstlichen Bibliothek verwahrt sei, ausfertigen lassen. Es ist recht artig, daß Sie des Herzogs Gelüst nach diesem Dokument befriedigen. Es ist schon ein ähnliches reponiert, die Nachricht, in vielen Sprachen, an alle Völker der Welt, von der herrlichen französischen Revolution.

Wenn es Ihnen möglich ist, so kommen Sie ja! denn ich wünschte sehr, daß Sie die Meyerischen Arbeiten gesehen hätten, ehe wir weiter zusammen zu leben fortfahren.

Leben Sie recht wohl und grüßen Ihre liebe Frau.

Weimar, am 10. März 1798 G.

441. An Goethe

Jena, 13. März 1798

Nachdem ich einmal ein vierzehn Tage erträglich wohl gewesen und mir etwas Anstrengung zugemutet, setzt sichs mir wieder in den Kopf und macht mich unlustig und unfähig zu allem. Freilich ist das Wetter auch wieder sehr rauh geworden. Dennoch hoffe ich meine Reise zu Ihnen, wiewohl nur auf Einen Tag, noch diese Woche ausführen zu können. Meine Absicht wird erreicht sein, wenn ich Sie und Meyers Arbeiten sehe und eine bestimmte Gewißheit Ihrer Hieherkunft mit zurückbringe.

Zu der Akquisition wünsche ich von Herzen Glück. Ich fühle bei meinem kleinen Besitztum, wieviel Freude es gewährt, für sich und die Seinigen jetzt ein Stück Erde in Anspruch zu nehmen.

Ich habe einen braven Menschen für Mouniers Institut aufgefunden, dem ich dadurch zu einer einstweilen Existenz verhelfe, während daß Mouniern mit ihm gedient sein wird.

Man sagt hier, daß die Franzosen bei Murten eine Schlappe bekommen. Es sollte mich herzlich freuen, denn auch ein kleines Glück, und gerade an diesem Ort, würde am Anfang besonders sehr gute Folgen für die Schweizer haben.

Ich habe diese Tage ein altes deutsches Ritterstück, das Sie wahrscheinlich längst vergessen haben, Fust von Stromberg, wieder durchgelesen. Es läßt sich freilich sehr viel dagegen sagen, aber die Bemerkung habe ich dabei gemacht, daß der Dichter eine erstaunliche Macht über das Gemüt ausüben kann, wenn er nur recht viel Sachen und Bestimmungen in seinen Gegenstand legt. So ist dieser Fust von Stromberg zwar überladen von historischen Zügen und oft gesuchten Anspielungen, und diese Gelehrsamkeit macht das Stück schwerfällig und oft kalt, aber der Eindruck ist höchst bestimmt und nachhaltig, und der Poet erzwingt wirklich die Stimmung, die er geben will. Auch ist nicht zu leugnen, daß solche Kompositionen, sobald man ihnen die poetische Wirkung erläßt, eine andre allerdings sehr schätzbare leisten, denn keine noch so gut geschriebene Geschichte könnte so lebhaft und sinnlich in jene Zeit hineinführen, als dieses Stück es tut.

Leben Sie wohl. Mein Kopf ist ganz wüste.

Meine Frau grüßt herzlich. S.

442. An Schiller

Es würde recht schön sein, wenn Sie diese Woche noch herüberkommen könnten, nur wünschte ich den Tag zu wissen, um mich ein wenig darauf einzurichten. Ich bin ziemlich mit allem fertig und auch meine kleine Akquisition ziemlich im klaren, so daß es meiner Gegenwart weiter nicht bedarf. Bei näherer Untersuchung findet sich, daß ich noch einen ganz leidlichen Kauf getan habe, ob er gleich der bisherigen Nutzung nach zu hoch schien. Deswegen Gruner auch wohl abgegangen sein mag.

Nun habe ich aber das größte Bedürfnis wieder einmal ganz in meinem Innern zu leben und hoffe bald dazu zu gelangen.

Damit Sie sehen, [in] welcher unmittelbaren Konnexion unser liebes Weimar mit Paris steht, übersende ich Ihnen einige französische Blätter. Mir sind dergleichen salbaderische Gemeinplätze in der Natur zuwider. Die französische Sprache ist aber auch recht dazu gemacht um die Erscheinung der Erscheinungen auszudrücken, übrigens scheinen ihre Literatoren so zahm, als ihre Politik gewaltsam ist.

Die Schweizer werden auf alle Fälle den kürzern ziehen. Ich erwarte täglich, daß sie Basel besetzen, denn sie haben von außen nichts mehr zu fürchten noch zu scheuen.

Leben Sie recht wohl und grüßen Sie Ihre liebe Frau.
Weimar, am 14. März 1798

Des Sturm von Boxberg erinnere ich mich kaum, ich weiß nur, daß mir der archivalische Aufwand drinne lästig war. G.

443. An Goethe

Jena, 14. März 1798

Da heute noch eine Post abgeht, so sende die französischen Sachen gleich mit.

Der Discours über Hermann und Dorothea gefällt mir doch gar nicht übel, und wenn ich wüßte, daß er von einem recht leibhaften Franzosen herrührte, so könnte mich diese Empfänglichkeit für das Deutsche des Stoffes und das Homerische der Form erfreuen und rühren.

Mounier erscheint in seinem Briefe, so wie ich ihn erwartete, als der ruhig beschränkte und menschliche Repräsentant des gemeinen Verstandes, mit dem man, da er wirklich ohne Arges ist und das gar nicht ahndet, worauf es ankommt, gar nicht hadern mag. Die Instanz am Ende, daß es ein Unglück wäre, wenn ein Dorfrichter die Moral eines Kant bekennte und darnach handelte, ist auch wirklich alles, was ich, umgekehrterweise, dem Mounier zur Abfertigung sagen würde.

Leben Sie recht wohl. Ich freue mich zu hören, daß Sie mit der Ansicht Ihres Kaufs so zufrieden sind, und daß Sie die Hände nun frei haben um wieder etwas für sich selbst vorzunehmen.

Mein Kommen kann ich darum nicht wohl *bestimmt* annoncieren, weil alles von dem Schlaf der vorhergehenden Nacht abhängt. Leben Sie recht wohl. S.

444. An Goethe

Jena, 16. März 1798

Nur ein paar Worte zum Gruße. Ich habe Posttag und der Kopf ist mir sehr eingenommen.

Bei meinem besten Willen habe ich die Reise nach Weimar noch nicht wagen können, da mir nicht wohl und auch das Wetter zu rauh war. Kann ich es vor Ihrer Ankunft nicht ausführen, so werde ich es auf jeden Fall auch bei Ihrer Anwesenheit in Jena noch tun und kann es so einrichten, daß ich vor Abend wieder hier bin, denn es liegt mir selbst zuviel daran, Meyers Arbeiten selbst gesehen zu haben, so lange Sie noch hier sind.

Ich hoffe, Sie bringen viel Geschriebenes, Schemata und Ausarbeitungen mit, denn ich kann Ihnen nicht sagen, wie sehr mich nach einer lebendigen Kommunikation auch über solche Gegenstände besonders, die mit meinem Geschäft nichts gemein haben, verlangt. Auch wünschte ich von Meyers Arbeiten bald etwas zu lesen.

Leben Sie recht wohl. Vielleicht erfahre ich morgen, wann Sie kommen.

Meine Frau grüßt Sie bestens. S.

445. An Schiller

Künftige Woche, denke ich, soll nicht verfließen, ohne daß wir uns wieder zusammen befinden, alle die Geschäfte, auf die ich Einfluß habe, sind im Gange und werden nun wohl ihren Weg fortschreiten; es wird mir nun ein großes Bedürfnis, tausend Ideen Raum und Ordnung zu verschaffen, wozu mir nur die jenaische absolute Stille und Ihre Nähe verhelfen kann.

Ich lege ein paar wunderliche Briefe bei, die Ihnen ein Abenteuer erzählen werden, das in unsern Tagen seltsam genug klingt. Ich kenne die Leute selbst, und die Blätter bürgen schon für ihre eigne Wahrheit.

Den französischen Aufsatz über Hermann habe ich nun noch einmal, und zwar mit Ihren Augen, angesehen und ihn denn auch von der Art gefunden, daß man damit nicht ganz unzufrieden sein solle, ja er wäre ein Wunder, wenn ihn ein Franzos geschrieben hätte; es ist aber ein Deutscher, wie ich wohl weiß. Übrigens wird es künftig ein wunderlich Amalgam geben, da so viele Franzosen und Engländer Deutsch lernen, so vieles übersetzt wird und unsere Literatur in verschiednen Fächern mehr Tätigkeit hat als die beiden andern.

Die armen Berner haben also eine traurige Niederlage erlitten. Meyer fürchtet, daß sich nun ein Kanton so nach dem andern wird totschlagen lassen, denn in ihrer Vorstellungsart sind sie immer noch die alten Schweizer, aber der Patriotismus sowie ein persönlich tapfres Bestreben hat sich so gut als das Pfafftum und Aristokratismus überlebt. Wer wird der beweglichen, glücklich organisierten und mit Verstand und Ernst geführten französischen Masse widerstehen! Ein Glück, daß wir in der unbeweglichen nordischen Masse stecken, gegen die man sich so leicht nicht wenden wird.

Wenn es Ihnen um Zerstreuung und um allerlei Fremdes an Planen, Aufsätzen und Einfällen zu tun ist, damit kann ich aufwarten; was ich mitbringe, wird nicht viel unter einem Ries Papier betragen.

Nach Ihrer Herreise frage ich also nicht mehr; da Sie nur einen Tag dazu verwenden wollen, so schadet es nichts, wenn ich auch schon drüben wäre. Leben Sie recht wohl, grüßen Sie Ihre liebe Frau und arbeiten Sie so fleißig, als möglich sein will.

Weimar, am 17. März 1798 G.

446. An Goethe

[Jena, den 21. März 1798]

Da ich Sie vor Abend nicht sehe, so werde ich bis dahin in meinem vierten Akt suchen vorwärts zu kommen. Ich habe heute früh die Phädra des Euripides, freilich nur nach einer sehr geistleeren Übersetzung von Steinbrüchel gelesen, aber es ist mir doch unbegreiflich, wie leicht und obenhin dieser schöne Stoff behandelt worden ist.

Leben Sie recht wohl. S.

447. An Schiller

[Jena, den 4. April 1798]

Ich muß doch noch einmal wegen Schlegels anfragen, dessen ich schon in einem Briefe erwähnte. Haben Sie, auch für die Zukunft, seine Verbannung fest beschlossen, so lassen wir alles ruhen und ich werde mich darnach benehmen. Möchten Sie aber vielleicht ihm einen sparsamen Zutritt gönnen, so wäre jetzt, da Tischbein Sie zu besuchen wünscht, die beste Gelegenheit, und, da Schlegel nach Ostern fortgeht, für den Sommer keine Zudringlichkeit zu befürchten. Da ich diese Personen sehen muß und Tischbein zu besuchen nicht vermeiden kann, so wünscht ich Ihre Gesinnungen zu vernehmen, weil man von mir immer eine Mittlerschaft erwartet. Wünsche übrigens gute Fortschritte.

G.

448. An Goethe

Jena, 6. April 1798

Heute früh oder vielmehr heute mittag, als ich aufstand und mich nach Ihnen erkundigte, fand ich unsre unglückselige Charlotte, die ich länger als ein Jahr nicht gesehen und nicht viel verbessert fand. Sie ist womöglich noch materieller geworden, und ihr gespanntes, freudloses, unerquickliches Dasein hat mir keine gute Stimmung gegeben.

Ihr Aufenthalt hier kommt mir jetzt noch kürzer vor, als er war. Er ging gar schnell vorüber, und für eine so lange Abwesenheit war es wirklich zu wenig.

Unterdessen will ich suchen mich wieder recht in die Arbeit zu werfen, daß ich nur erst das Gedankenbild aus mir herausstelle, weil ich es dann heller anschauen kann. Ich freue mich, denken zu dürfen, daß Sie mit meinem Wallenstein im ganzen zufrieden sind, und vorzüglich darüber, daß Sie keinen Widerspruch weder mit dem *Gegenstande,* noch mit der *Kunstgattung,* zu der er gehört, darin rügten; denn über die theatralischen Forderungen denke ich schon noch wegzukommen, wenn die tragisch-dramatischen nur befriedigt sind.

Leben Sie wohl für heute. Meine Frau grüßt Sie bestens, und wir vermissen Sie beide sehr. S.

449. An Schiller

Hätten mich die kleinen häuslichen Geschäfte, welche jetzt notwendig abgetan sein wollen, nur in Ruhe gelassen, so wäre ich gewiß nicht so bald von Ihnen weggegangen, um so weniger als ich, bei Ankunft des schönen Wetters, auch eine recht gute Disposition zu meiner Arbeit fühlte. Ich habe mich nun drein ergeben und denke mich nun nach und nach hier wieder frei zu arbeiten, um desto länger das nächste Mal bei Ihnen bleiben zu können.

Wir haben gewiß alle Ursache uns unsers Verhältnisses zu freuen, da wir uns nach einer so langen Entfernung nur näher fühlen und die Opposition unserer Naturen eine Wechselwirkung desto wünschenswerter macht, von der wir auch für die Zukunft das Beste hoffen können.

Was Sie von der zunehmenden Materialität unserer Freundin sagen, ist mir auch bei vielen andern Personen merkwürdig. Es scheint, daß die meisten Naturen die kleine Portion der idealischen Ingredienzien durch ein falsches Streben gar bald aufzehren und dann durch ihre eigne Schwere wieder zur Erde zurückkehren.

An Ihren Wallenstein denke ich mit Vergnügen zurück und habe die besten Hoffnungen davon. Die Anlage ist von der Art, daß Sie, wenn das Ganze beisammen ist, die ideale Behandlung mit einem so ganz irdisch beschränkten Gegenstande in eine bewundernswürdige Übereinstimmung bringen werden.

Ich lege einen derben Amor, von Guttenberg, nach Meyer, bei, mit dem wir ganz wohl zufrieden sind. Ob gleich einiges, z. B. das Gesicht, sehr verfehlt ist.

Meyer weiß nun, was und wie er arbeitet, und kann sich in einer nächsten Zeichnung darnach richten. Ist es Ihnen recht, so besorgen wir gleich etwas Ähnliches für den Almanach, und wie dieses mein gewöhnlicher Siegelring ist, so nehmen wir vielleicht einen andern Stein aus meiner Sammlung.

Leben Sie recht wohl und nehmen Sie mit Ihrer lieben Frau Dank für alle Vorsorge.

Das Büchelchen soll nur das Kupfer unbeschädigt hin und wieder bringen.

Weimar, am 7ten April 1798 G.

450. *An Goethe*

Jena, 10. April 1798

An dem Amor, der hier zurückfolgt, erkennt man gleich die kräftige und solide Kunst unsers Meisters, wenn er sich nur nicht an der Spitze des kleinen Werkleins, vor dem er zu stehen kommen soll, etwas zu streng und zu ernsthaft ausnimmt. Es wird recht gut sein, wenn Sie aus Ihrer Sammlung etwas für den Almanach wählen und Meyer es zeichnet. Ich brauche nicht zu sagen, daß eine *poetische* Idee von der Art, wie diese mit dem Amor, die zweckmäßigste sein wird, und weil der Almanach seines kleines Formats und spielenden Gebrauchs wegen auch nur kleine Dimensionen erlaubt, so schien mir ein solcher Gegenstand, wo weniger auf der Ausführung als auf dem Gedanken beruht, der passendste zu sein. Doch das ist Ihre Sache, Sie werden schon das beste erwählen.

Ich lege Ihnen hier einen Brief nebst Gedichten von einem gewissen Jacobi bei, der sich an mich um Nachrichten von Ihnen gewendet hat. Die Gedichte habe ich kaum flüchtig angesehen und weder Gutes noch Schlimmes daran bemerkt. Indessen wäre mirs nicht unlieb, wenn ich eins davon in das letzte Horenstück brauchen könnte, da mir gerade noch soviel daran fehlt. Haben Sie die Güte mir diese Gedichte, im Fall eins davon zu brauchen wäre, morgen durch die Botenfrau wieder zu schicken, da ich es an dem nämlichen Abend noch fortbringen kann.

Wenn Sie beim Geheimen Rat Voigt ein gutes Wort für unsern Niethammer sprechen wollten, so würden Sie etwas Gutes befördern. Ich habe Ursache zu glauben, daß er wenig Eifer für ihn hat, ja wirklich zu wenig, und hingegen seinen unbedeutenden Rival begünstigt. Fände sich Gelegenheit, Schellings Sache, die bei Voigten zu liegen scheint, noch einmal in Bewegung zu bringen, so wäre es auch sehr gut für uns jenaische Philosophen, und selbst Ihnen würde es nicht unangenehm sein, das hiesige Personale mit einem so guten Subjekt vermehrt zu haben.

Obgleich das schöne Wetter hier noch fortdauert, so hat doch die schnelle Kälte mir wieder einen heftigen Katarrh mitgebracht und mein altes Übel erneuert. Die Arbeit rückt langsam fort, und ich stehe gerade an einem Punkt, wo die Stimmung alles tun muß.

Hier sagt man, daß Iffland am 24. dieses Monats nach Weimar kommen würde, um acht Tage dort zu spielen. Da Sie bei Ihrem Hiersein noch gar nichts davon zu wissen schienen, so kann ich es kaum glauben. Wäre es aber, so zweifelte ich sehr, daß er noch den alten Empfang finden würde, und unser würdiger gestiefelter Kater würde in einiges Gedränge kommen.

Leben Sie recht wohl. Ich höre von meinem Schwager, der heute hier war, daß Thouret nun nächstens kommen wird. So ist es auch in dieser Rücksicht gut für Sie gewesen, daß Sie gerade jetzt in Weimar sind und nicht mitten in der Arbeit unterbrochen werden.

Meine Frau grüßt Sie aufs beste. Leben Sie recht wohl. S.

451. An Schiller

So ungern ich von Jena abreiste, so war es doch eben die rechte Zeit. Manches, was hier stockte, mußte wieder in Gang gebracht werden, und nun rücken sowohl allgemeine als besondere Angelegenheiten besser vorwärts.

Iffland gibt wirklich, vom 24ten an, sechs Repräsentationen. Wenn ich nicht fehl schließe, so wird der Zudrang noch lebhafter sein als das erstemal. Schon in der Stadt haben wir mehr Fremde als damals, und die Liebhaberei zum Theater ist sowohl hier als in der Nähe gewachsen.

Damit mir die nächsten vier Wochen, die ich doch hier zubringen werde, nicht ungenutzt verstreichen, habe ich gleich den Faust vorgenommen und finde Ihre Bemerkung richtig: daß die Stimmung des Frühlings lyrisch ist, welches mir bei dem rhapsodischen Drama sehr zugute kommt.

Jacobi, der an Sie geschrieben hat, ist der Sohn, der in Jena studierte, die Gedichte, die ich zurückschicke, konnte ich nicht durchlesen, ich bin ganz in entgegengesetzten Beschäftigungen und Stimmungen. Die nächsten 14 Tage überhaupt wird es wieder ein wenig bunt gehen. Ich setze voraus, daß Sie Montag den 23ten bei uns eintreffen und das theatralische Fest mit uns zelebrieren werden. Sie können neben Meyern sich recht gut einquartieren. Leben Sie recht wohl.

Weimar, am 11. April 1798 G.

452. An Goethe

Jena, 24. April 1798

Endlich bin ich wieder imstande, Ihnen selbst von meinem Befinden Nachricht zu geben. Vierzehn Tage war ich zu allem unfähig, weil sich der Rheumatism in den Kopf gesetzt hatte, und noch darf ich vor den nächsten 8 Tagen nicht hoffen, ein Geschäft vorzunehmen. Es ist recht schade, daß ich bei dieser Unfähigkeit zum Arbeiten nicht wenigstens von den theatralischen Unterhaltungen in Weimar profitieren kann; aber wenn mich auch nicht mein noch fortdaurender Husten ins Haus spräche, so fehlte es mir doch gänzlich an Stimmung für irgend einen Geistesgenuß, und ich muß mich hüten, mich an ästhetische Dinge auch nur zu erinnern.

Ich wünsche Ihnen desto mehr Vergnügen an Ifflands theatralischem Besuch. Über die Wahl der Stücke haben wir uns hier gewundert, besonders aber hat mich die Wahl des *Pygmalion* befremdet. Denn wenn darunter wirklich das Monodram gemeint ist, welches, deucht mir, Benda komponiert hat, so werden Sie, mit Meyern, einen merkwürdigen Beleg zu den unglücklichen Wirkungen eines verfehlten Gegenstandes erleben. Es ist mir absolut unbegreiflich, wie ein Schauspieler, auch bloß von einer ganz gemeinen Praxis, den Begriff seiner Kunst so sehr aus den Augen setzen kann, um in einer so frostigen, handlungsleeren und unnatürlichen Fratze sich vor dem Publikum abzuquälen.

Dazu kommt noch, daß Iffland in seinem Leben nie eine Schwärmerei oder irgendeine exaltierte Stimmung weder zu fühlen noch darzustellen vermocht hat, und als Liebhaber immer abscheulich war.

Doch Sie werden ja sehen, und vielleicht ist auch an den Pygmalion nicht gedacht worden.

Zu den Fortschritten im Faust wünsche ich Glück. Diese theatralische Zerstreuungen sollen Sie, denk ich, eher darin fördern als stören. Leben Sie recht wohl. Meine Frau grüßt schönstens.

S.

453. An Schiller

Ich kann Ihnen nur so viel sagen, daß ich mich freue wieder einen Brief von Ihrer Hand zu sehen. Möchte sich Ihre Gesundheit doch immer zunehmend bessern.

Iffland hat seinen Essigmann fürtrefflich gespielt; Naturell, Studium, Überlegung, alte und gewohnte Übung dieser Rolle, Mäßigkeit, Mannigfaltigkeit, Lieblichkeit und Kraft war an ihm zu bewundern. Das Stück ging im ganzen nicht fließend genug, weil unsere Schauspieler es erst vor kurzem gelernt hatten und nicht einmal so gut spielten, als sie fähig gewesen wären; daher ihnen selbst manches verloren ging und er statt eines freien Spiels hie und da Contenance brauchte, wobei er sich aber selbst meisterlich zeigte.

Heute ist der Hausvater; was den Freitag gespielt wird, wissen wir noch nicht.

Es ist wirklich der Pygmalion von Benda, der noch gegeben wird, ich bin äußerst neugierig darauf. Das Stück kenn ich und habe es mehrmals gesehen; es ist ein sehr sonderbares Unternehmen, indessen ist doch Iffland viel zu klug, als daß er etwas wählen sollte, wo er nicht eines gewissen Effektes sicher wäre. Sie haben nächstens wieder Nachricht von mir.

Weimar, am 25. April 1798 G.

454. An Goethe

Jena, 27. April 1798

Ich sende Ihnen hier Cottas Antwort auf meine Anfrage wegen der zu verlegenden kleinen Abhandlungen p. Es ist ihm, wie Sie sehen, zu viel daran gelegen, etwas von Ihnen zum Verlag zu bekommen, als daß er seine Desideria und Wünsche bei diesem

Werke ganz offen hätte heraussagen sollen. Soviel aber zeigt sich, daß er bei dem überwiegenden kunstwissenschaftlichen Inhalt ein zu eingeschränktes Publikum fürchtet und deswegen einen mehr allgemeinen Inhalt wünscht. Ich kann ihm darin als Buchhändler gar nicht unrecht geben; da aber auf der andern Seite von dem Plane des Werks nichts erlassen werden kann, so wäre mein Vorschlag, ihm die Exspektanz auf Ihr nächstes poetisches Werk, etwa den Faust, zu geben oder es ihm lieber gleich zu verakkordieren. Wenn ich bei dieser Gelegenheit einen Vorschlag zu tun hätte, so würde ich für den Bogen der theoretischen Abhandlungen, ohngefähr gedruckt wie Meisters Lehrjahre, *vier* Louisdors und für den Bogen vom Faust *acht* Louisdors zu fodern raten. Wenn Sie aber denken, daß Unger oder Vieweg besser bezahlen, so kann Cotta es auch, und ich erwarte nur, daß Sie ein Gebot tun, so will ich es Cotta, der jetzt in Leipzig ist, sogleich melden.

Wie ich höre, so spielt Iffland heute Pygmalion. Daß er seinen Kalkul auf das Publikum wohl zu machen verstehe, habe ich nie gezweifelt. Er wird auch in dieser Rolle bedeutend und verständig sein, aber ich kann darum meine Meinung nicht ändern, und der Erfolg wird mich nicht widerlegen.

Mit meiner Gesundheit geht es jetzt von Tag zu Tag besser, doch habe ich noch keine Stimmung zu meiner Arbeit finden können. Dafür lese ich in diesen Tagen den Homer mit einem ganz neuen Vergnügen, wozu die Winke, die Sie mir darüber gegeben, nicht wenig beitragen. Man schwimmt ordentlich in einem poetischen Meere, aus dieser Stimmung fällt man auch in keinem einzigen Punkte und alles ist ideal bei der sinnlichsten Wahrheit. Übrigens muß einem, wenn man sich in einige Gesänge hineingelesen hat, der Gedanke an eine rhapsodische Aneinanderreihung und an einen verschiedenen Ursprung notwendig barbarisch vorkommen, denn die herrliche Kontinuität und Reziprozität des Ganzen und seiner Teile ist eine seiner wirksamsten Schönheiten.

Die unterstrichene Stelle in Humboldts Briefe, den ich Ihnen zurücksende, ist ihm vermutlich selbst noch nicht so recht klar gewesen, und dann scheint das Ganze mehr eine Anschauung als einen deutlichen Begriff auszusprechen. Er will, deucht mir, überhaupt nur sagen, daß das Gemeinsame, folglich Nationelle, in den Franzosen sowohl in ihren gewöhnlichen Erscheinungen als in ihren Vorzügen und Verirrungen eine Wirksamkeit des Verstandes und seiner Adhärenzien, nämlich des Witzes, der Beobachtung etc. sei, ohne verhältnismäßige Mitwirkung des Ideenvermögens, und daß sie mehr physisch als moralisch rührbar seien. Das ist keine Frage, daß sie bessere Realisten als Idealisten sind, und ich nehme daraus ein siegendes Argument, daß der Realism keinen Posten machen kann.

Leben Sie recht wohl für heute, und möchten Sie in dem Gewühl von Menschen, das Sie jetzt öfters umgibt, sich recht angenehm unterhalten. Sch.

455. *An Schiller*

[Konzept] [Weimar, den 27. April 1798]

Die geselligen und theatralischen Vergnügungen gehen immer ihren Schritt fort; doch soll auch unsere Korrespondenz nicht unterbrochen werden, drum will ich für morgen einige Worte vorausschreiben.

Gleich zu Anfang stehe mit Ihrer Erlaubnis eine Betrachtung über mein Subjekt, die sich in diesen Tagen bestätigt hat. Ich bin nämlich als ein beschauender Mensch ein Stockrealiste, so daß ich von allen den Dingen, die sich mir darstellen, nichts davon und dazu zu wünschen imstande bin und ich unter den Objekten gar keinen Unterschied kenne als den, ob sie mich interessieren oder nicht. Dagegen bin ich bei jeder Art von Tätigkeit, ich darf beinah sagen, vollkommen idealistisch: ich frage nach den Gegenständen gar nicht, sondern fordere, daß sich alles nach meinen Vorstellungen bequemen soll. Nach dieser Konfession kann ich mich über meine gegenwärtige Lage kürzer fassen.

Ifflands Spiel macht mir ein unendliches Vergnügen, weil mir die Einschränkungen seines Talents, an denen sich so manche stoßen, im mindesten nicht im Wege sind, vielmehr . . .

456. *An Schiller*

Ich bin, um mit Lieutenant Wallen zu reden, *sozusagen* in Verzweiflung, daß Sie diesmal an unsern theatralischen Abenteuern keinen Anteil nehmen können, sowohl weil Sie eines hohen Genusses entbehren, als auch weil alles zur Sprache kommt, was uns im dramatischen Fache interessieren kann, und worüber man doch nur eigentlich mit dem sich zu unterhalten imstande ist, der das unmittelbare Anschauen davon gehabt hat.

So war gestern eine äußerst interessante Repräsentation. Pygmalion machte Anspruch an die höchste theatralische Würde und Fülle, und so wie Iffland den Wallen nimmt, ist es die personifizierte Welt-Leerheit, durch einen pudelnärrischen Humor ausgestopft und ausgestattet. Was er in beiden Rollen geleistet hat, wird durch keine Worte auszudrücken sein; doch müssen wir abwarten, was Freund Böttiger leisten wird. Mündlich geht es eher an, daß man darüber sich einigermaßen erkläre.

Montag wird Benjowski sein, Mittwoch Der taube Apotheker, was er Donnerstags zum Schlusse gibt, weiß ich noch nicht. Sobald er fort ist, eile ich mein Haus zu bestellen, um wieder bald bei Ihnen zu sein.

Für Cottas Erklärung danke ich, doch halte ichs für besser, ehe man sich näher bestimmt, ein paar Bände Manuskript völlig rein fertig zu haben. Was einen etwas mannigfaltigern Inhalt betrifft, darüber habe ich schon selbst gedacht, es wäre eine Gelegenheit manches, wo man sonst nicht mit hin weiß, anzubringen, und was dem Buchhändler nutzt, nutzt auch in jedem Sinne dem Autor; wer gut bezahlt wird, wird viel gelesen, und das sind zwei löbliche Aussichten.

Ebenso will ich meinen Faust auch fertig machen, der seiner nordischen Natur nach ein ungeheures nordisches Publikum finden muß. Freund Meyer wird es auch für keinen Raub achten zu dieser barbarischen Produktion Zeichnungen zu verfertigen. Wir haben den Gedanken, die Umrisse auf graubraun Papier drucken zu lassen und sie alsdenn auszutuschen und mit dem Pinsel aufzuhöhen, eine Operation, die vielleicht nirgends so gut und wohlfeil als hier gemacht werden könnte. Es sollen bald einige Versuche der Art zum Vorscheine kommen.

Ich will nun auch Freund Humboldt antworten und ihn besonders ersuchen mit Brinkmann einen prosodischen Kongreß über Hermann und Dorothea zu halten, so wie ich Ihnen noch mehr dergleichen Fragen im allgemeinen vorzulegen gedenke.

Indem Sie nur Ilias erwähnen, fühle ich schon wieder ein unendliches Verlangen mich an jene Arbeit zu machen, von der wir schon so viel gesprochen haben. Hoffentlich gelingen mir dieses Jahr noch ein paar Gesänge, indessen muß man alle Chorizonten mit dem Fluche des Bischof Ernulphus verfluchen und wie die Franzosen, auf Leben und Tod, die Einheit und Unteilbarkeit des poetischen Wertes in einem feinen Herzen festhalten und verteidigen. Leben Sie recht wohl. Ich muß mich schon wieder anziehen, weil die Zeit eines musikalischen Frühstücks herannahet.

Die schönen Morgen sind diesen Festen günstig, da auch der Garten von der Gesellschaft mit genossen werden kann, denn fast ist mein Haus vor den Zufluß zu klein.

Grüßen Sie Ihre liebe Frau und schicken Sie uns dieselbige wenigstens Montags.

Übrigens darf ich wohl mit einigem Triumph bemerken, daß ich, als Impresar, richtig gerechnet habe. Denn ohnerachtet der erhöhten Preise ist das Haus noch immer voller als das vorige Mal gewesen, so daß wir, wenn es so fortgeht, diesmal auf die sieben Vorstellungen fast so viel als auf die vorigen vierzehen einnehmen. Sollte Schröder kommen, so kann man aufs Doppelte gehen, und selbst wenn Iffland künftig wieder kommen sollte, steigre ich wieder, denn das Geld wird immer noch wohlfeiler werden. Leben Sie nochmals recht wohl, genießen Sie der schönen Tage in der Stille, indes ich noch acht recht unruhige auszudauern habe. Indessen wirds auch im Saaltale recht schön grün und wir beginnen unser altes Leben.

Weimar, am 29. [28.] April 1798 G.

457. An Goethe

Jena, 1. Mai 1798

Da wir jetzt in den Wonnemond getreten sind, so hoffe ich auch wieder auf die Gunst der Musen und hoffe, daß ich in meinem Garten finden werde, was ich schon lang entbehre. Mit Ende dieser Woche denke ich hinauszuziehen, wenn das Wetter gut bleibt.

Allerdings beklage ich sehr, daß ich diesmal von Ifflands Vorstellungen gar nichts habe profitieren können, aber da ich diesen Winter und Frühling so viele Zeit verlor und auf einen bestimmten Termin fertig werden will, so muß ich mich in mich selbst zurückziehen und alles, was mich sehr nach außen beschäftigt, als eine gefährliche Zerstreuung fliehen. Damit tröst ich mich über diesen verlorenen Genuß, dem ich nicht würde haben widerstehen können, wenn ich gesund gewesen wäre.

Daß Iffland in seinem Pygmalion einen so großen Triumph über meine Erwartung und Vorhersagung davongetragen, ist mir noch nicht begreiflich, und es wird mir schwer, selbst Ihnen etwas aufs Wort zu glauben, was mir den Glauben an meine bestimmtesten Begriffe und Überzeugungen rauben würde. Indessen ist hier nichts mehr zu sagen, da Sie meinen Beweisen *a priori* ein Faktum entgegensetzen können, wogegen ich, da ich selbst es nicht mit bezeugen kann, auch nichts einwenden darf. Übrigens habe ich es lediglich mit Ihrem Urteil zu tun, denn die übrige öffentliche Meinung kann hier nichts beweisen, da hier nur von objektiven Foderungen die Rede ist und die übrige Welt schon zufrieden ist, wenn sie nur interessiert wird.

Ich wünschte zu erfahren, ob es noch wahrscheinlich ist, daß Schröder diesen Herbst kommt, damit ich mit mir zu Rate gehen kann, ob der Wallenstein noch bis dahin für das Theater fertig zu machen ist. Daher bitte ich Sie, mich wissen zu lassen, ob Sie unterdessen einen Schritt getan haben. Denn wenn das nicht geschehen ist, so zweifle ich auch, ob er diesen Herbst kommt.

Cotta wird vermutlich in 10 Tagen hieher kommen. Vielleicht schickt es sich, daß Sie dann schon hier sind, es wäre doch gut, wenn Sie ihn wenigstens hörten und sich Vorschläge machen ließen. Er hat den besten Willen, und an Kräften fehlt es ihm keineswegs, etwas Bedeutendes zu unternehmen.

Es ist mir dieser Tage in der Odyssee eine Stelle aufgefallen, welche auf ein Gedicht, das verloren gegangen, schließen läßt, und dessen Thema der Ilias vorhergeht. Sie steht im achten Buch der Odyssee vom 72sten Verse an. Vielleicht wissen Sie mehreres davon.

Möchten Sie nur erst wieder in Ihrer Homerischen Welt leben! Ich zweifle nicht im geringsten, daß Ihnen diesen Sommer und Herbst noch einige Gesänge gelingen werden.

Leben Sie recht wohl. Meine Frau wird auf den Donnerstag nach Weimar kommen, um noch zum Schluß etwas von den Ifflandischen Gaben zu genießen. Sie grüßt Sie aufs beste. S.

458. An Schiller

Iffland fährt fort seine Sache trefflich zu machen und zeichnet sich als ein wahrhafter Künstler aus; an ihm zu rühmen ist die lebhafte Einbildungskraft, wodurch er alles, was zu seiner Rolle gehört, zu entdecken weiß, dann die Nachahmungsgabe, wodurch er das Gefundne und gleichsam Erschaffne darzustellen weiß, und zuletzt der Humor, womit er das Ganze von Anfang bis zu Ende lebhaft durchführt. Die Absonderung der Rollen voneinander, durch Kleidung, Gebärde, Sprache, die Absonderung der Situationen und die Distinktion derselben wieder in sensible kleinere Teile ist fürtrefflich. Von allem übrigen, was wir schon im einzelnen kennen, will ich jetzt schweigen.

Indem er als ein wirkliches Natur- und Kunstgebilde vor den Augen des Zuschauers lebt, so zeigen sich die übrigen, wenn sie auch ihre Sache nicht ungeschickt machen, doch nur gleichsam als *Referenten*, welche eine fremde Sache aus den Akten vortragen; man erfährt zwar, was sich begibt und begeben hat, man kann aber weiter keinen Teil daran nehmen.

Sehr wichtig war mir die Bemerkung, daß er die reinste und gehörigste Stimmung beinah durchaus vollkommen zu Befehl hat, welches denn freilich nur durch das Zusammentreffen von Genie, Kunst und Handwerk möglich ist.

Das Publikum ist sich in seiner Assiduität ziemlich gleich. Die Anzahl schwankte bisher zwischen 380 und 430, und es läßt sich voraussehen, daß wir keine so starke und keine so geringe Vorstellung haben werden als das vorige Mal. Der erhöhte Preis hat nur einen gewissen Zirkel von Zuschauern eingeschlossen. Wir können mit der Einnahme zufrieden sein, und ich freue mich über den ungläubigen Hofkammerrat gesiegt zu haben.

Übrigens habe ich, außer einer ziemlich allgemeinen, reinen Zufriedenheit, nichts Tröstliches von einem besondern Urteil gehört. Wie wenige verhalten sich gegen den Künstler auch wieder produktiv! Dagegen habe ich mitunter einige sehr alberne Negationen vernommen. Morgen erleben wir noch den *Tauben Apotheker* und dann will ich mich der eintretenden Ruhe wieder freuen, ob ich gleich nicht leugnen will, daß mir sein Spiel diesmal, mehr als das vorige Mal, Bedürfnis geworden ist. Er hat in jedem Sinne gut auf mich gewirkt, und ich hoffe, wenn ich zu Ihnen hinüberkomme, sollen der Mai und Juni gute Früchte bringen.

Ich habe heute keinen Brief von Ihnen erhalten und wünsche nur, daß kein Übel Ursache an Ihrem Stillschweigen sein möge.

Freund Böttiger brütet, wie ich merke, an einer Didaskalie über Pygmalion. Es wird wahrscheinlich wieder ein sauber Stückchen Arbeit werden.

Eine der lustigsten Begebenheiten unseres Zeitalters kann ich vorläufig nicht verschweigen. Wielanden ist durch ein heimlich demokratisches Gericht verboten worden die Fortsetzung seiner Gespräche im Merkur drucken zu lassen, das nächste Stück wird zeigen, ob der gute Alte gehorcht.

Der arme Verfasser des goldnen Spiegels und des Agathons, der zu seiner Zeit Königen und Herren die wundersamsten Wahrheiten sagte, der sich auf die Verfassungen so trefflich verstand, als es noch keine gab, der edle Vorläufer des neuen Reiches muß nun, in den Zeiten der Freiheit, da Herr Posselt täglich den bloßen Hintern zum Fenster hinaus reckt, da Herr Gentz mit der liberalsten Zudringlichkeit einem neuen Könige eine unbedingte Preßfreiheit abtrutzt, die Schoßkinder seines Alters, die Produkte einer Silberhochzeit, gleich namenlosen Liebeskindern, verheimlichen.

Vor 14 Tagen ohngefähr kam er nach Weimar, um für diese Produktionen, mit denen er sich im stillen beschäftigt hatte, einiges Lob einzuernten, er las sie in allen Etagen unsers Geschmacks- und Gesellschaftshauses vor und ward mit mäßiger Gleichgültigkeit aufgenommen, so daß er für Ungeduld bald wieder aufs Land flüchtete; indessen hielt man Rat und jetzt, hör ich, ist ihm angekündigt diese Mestizen eines aristo-demokratischen Ehebandes, in der Stille, zu erdrosseln und im Keller zu begraben, denn ausgesetzt dürfen sie nicht einmal werden.

Weimar, am 2. Mai 1798 G.

Vorstehendes war geschrieben, als ich Ihren lieben Brief erhielt. Möge das gute Wetter Sie bald in den Garten locken und Sie draußen aufs beste begünstigen.

Über Pygmalion wollen wir methodisch zu Werke gehen, denn wenn man, bei der großen Einigkeit in Grundsätzen, einmal über Beurteilung einer Erscheinung in Opposition ist, so kommt man gewiß auf schöne Resultate, wenn man sich verständigt.

Ich glaube, wir werden bald einig sein, denn man kann von diesem Monodram nur insofern sprechen, als man die Manier des französischen tragischen Theaters und die rhetorische Behandlung eines tragischen, oder hier eines sentimentalen, Stoffs als zulässig voraussetzt; verwirft man diese völlig, so ist Pygmalion mit verworfen, läßt man sie aber, mit ihrem Werte oder Unwerte, gelten, so kann auch hier Lob und Tadel eintreten. Man kann jeden Manieristen loben und das Verdienst, das er hat, auseinandersetzen, nur muß ich ihn nicht mit Natur und Stil vergleichen. Das wäre ohngefähr, wovon ich ausgehen würde. Ich werde Ihnen erzählen, was ich auf die zwei Mal gesehen habe, am liebsten aber wünsche ich, daß Sie Meyern drüber hören, doch wird die ganze Untersuchung vor der Erscheinung der *Didaskalie* nicht geschlossen werden können.

Wegen Schröders kann ich Ihnen weiter nichts sagen. Er hat sich in dieser Sache *kokett* betragen, ohnaufgefordert einen Antrag getan und, wie man zugreifen wollte, zurückgezogen. Ich nehm es ihm nicht übel, denn jedes Handwerk hat eigne Methoden, ich kann nun aber keinen Schritt weiter tun.

Wahrscheinlich bin ich in 10 Tagen bei Ihnen, es sollte mir lieb sein Cotta wieder zu sehen.

Die Stelle in der Odyssee scheint sich freilich auf eine der unzähligen Rhapsodien zu beziehen, aus denen nachher die beiden überbliebenen Gedichte so glücklich zusammengestellt wurden. Wahrscheinlich sind jene eben deswegen verloren gegangen, weil die Ilias und Odyssee in ein Ganzes koaleszierten. So haben wir unzählige Epigramme verloren, weil man eine Epigrammensammlung veranstaltete, so sind die Werke der alten Rechtslehre zu Grunde gegangen, weil man sie in die Pandekten digerierte u. s. w. Verzeihen Sie mir diese etwas chorizontische Äußerung, doch scheint mir täglich begreiflicher, wie man aus dem ungeheuren Vorrate der rhapsodischen Genieprodukte, mit subordiniertem Talent, ja beinah bloß mit Verstand, die beiden Kunstwerke, die uns übrig sind, zusammenstellen konnte; ja wer hindert uns anzunehmen, daß diese Kontiguität und Kontinuität schon durch die Forderung des Geists an den Rhapsoden im allerhöchsten Grade vorbereitet gewesen, sogar will ich einmal annehmen, daß man nicht alles in die Ilias und Odyssee, was wohl hineingepaßt hätte, aufgenommen habe, daß man nicht dazu, sondern davon getan habe.

Doch das sind Meinungen über einen Gegenstand, über den alle Gewißheit auf ewig verloren ist, und die Vorstellungsart, die ich äußere, ist mir bei meiner jetzigen Produktion günstig, ich muß die Ilias und Odyssee [in] das ungeheure Dichtungsmeer mit auflösen, aus dem ich schöpfen will.

Doch ein Wort wegen Schröders: nach meiner Überzeugung steht Ihr Wallenstein und seine Hierherkunft in solcher Korrelation, daß man eher sagen könnte: schreiben Sie ihn, so wird er kommen, als: wenn er kommt, so machen Sie ihn fertig.

Und hiermit leben Sie wohl. Es geht wieder zu einem Frühstück, morgen ist das letzte bei mir, wozu Ihre liebe Frau eingeladen ist, wenn sie zeitig kommt.

Die englische Übersetzung meiner Dorothea, welche Herr Mellish unternommen hat, ist, wie er mir gestern sagte, fertig, er will mir die vier ersten Gesänge zeigen, die er mit hat. Ich selbst kann so was gar nicht beurteilen, ich will veranlassen, daß Schlegel sie zu sehen kriegt, der das Verhältnis beider Sprachen mehr studiert hat. Ich schließe, obs gleich noch viel zu sagen gibt.

Weimar, den 2. Mai 1798 G.

459. An Goethe

Jena, 4. Mai 1798

Meine Frau hat mir von Ihrer freundschaftlichen Aufnahme, von der bunten lebhaften Gesellschaft bei Ihnen und von Ifflands lustigem Apotheker sehr viel zu erzählen und zu rühmen gewußt. In solchen närrischen Originalen ist es eigentlich, wo mich Iffland immer entzückt hat, denn das Naturell tut hier soviel, alles scheint augenblicklicher Einfall und Genialität, daher ist es unbegreiflich, und man wird zugleich erfreut und außer sich gesetzt. Hingegen in edeln, ernsten und empfindungsvollen Rollen bewundre ich mehr seine Geschicklichkeit, seinen Verstand, seinen Kalkul und Besonnenheit. Hier ist er mir immer *bedeutend*, planvoll und beschäftigt und spannt die Aufmerksamkeit und das Nachdenken, aber ich kann nicht sagen, daß er mich in solchen Rollen eigentlich entzückt oder hingerissen hätte, wie von weit weniger vollkommenen Schauspielern geschehen ist. Daher würde er mir, für die Tragödie, kaum eine poetische Stimmung geben können.

Ich weiß kaum, wie ich es mit Schrödern halten soll, und bin beinahe entschlossen, die ganze Idee von der Repräsentation des Wallensteins fallen zu lassen. So zeitig mit der ganzen völligen Ausführung fertig zu werden, daß er den Wallenstein im September oder Anfang Oktobers spielen kann, ist nicht möglich, denn Schröder muß nach seiner eignen Erklärung gegen Böttiger mehrere Monate zum Einlernen einer solchen Rolle haben und würde also das Stück in der Mitte des Julius spätestens haben müssen. Bis dahin könnte ich zwar zur Not eine Skizze des Ganzen, die für das Theater hinreichte, fertig bringen, aber diese eilfertige und auf einen äußern Zweck gerichtete Art zu arbeiten würde mir die reine Stimmung für eine ruhige Ausführung verderben. Dazu kommt, daß selbst bei Schröders Anwesenheit einige Hauptrollen im Stück gar zu sehr verunglücken würden, dem ich mich lieber nicht aussetzen will. Wie Sie selbst schreiben, so sind die guten Schauspieler nur, und im glücklichsten Fall, passive Kanäle oder Referenten des Texts, und das wäre mir doch um meine zwei Piccolominis und meine Gräfin Terzky besonders leid. Ich denke daher, meinen Gang frei und ohne bestimmte Theaterrücksichten fortzusetzen und mir womöglich die Stimmung zu bewahren. Ist der Wallenstein einmal fertig und gedruckt, so interessiert er mich nicht mehr, und alsdann kann ich auf so etwas noch eher denken.

Daß wir Sie nun bald wieder hier haben werden, freut mich

sehr. Es wäre wohl nicht übel, wenn wir bei Ihrem nächsten Hiersein den Homer zusammen läsen. Die schöne Stimmung nicht zu rechnen, die Ihnen das zu Ihrer Arbeit gäbe, würde es uns auch die schönste Gelegenheit zu einem Ideenwechsel darbieten, wo das Wichtigste in der Poesie notwendig zur Sprache kommen müßte. So setzten wirs alsdann künftig mit den Tragikern und andern fort.

Ich bin noch in der Stadt und werde bei dem gegenwärtigen zweifelhaften Wetter erst abwarten, eh ich ausziehe. Wenn Ihr Barometer mir etwas Bestimmtes prognostizieren kann, so will ich mich darnach richten.

Meine Frau grüßt Sie aufs beste.

Leben Sie recht wohl. S.

460. An Schiller

Iffland hat nun gestern mit dem Amtmann in der Aussteuer geschlossen, nachdem er mir in dem Laufe seiner Vorstellungen gar manches zu denken gegeben, das im ganzen mit dem, was Sie äußern, übereinstimmt. Wir werden darüber manches zu sprechen haben.

Wegen des Wallensteins weiß ich Ihnen nicht zu raten, ob ich gleich selbst glaube, daß in Betracht Ihrer Art zu arbeiten, des Stücks, so weit ich es kenne, und der äußeren Umstände Ihr Vorsatz, den Sie mir äußern, wohl der beste sein möchte. Niemand kann zwei Herren dienen, und unter allen Herren würde ich mir das Publikum, das im deutschen Theater sitzt, am wenigsten aussuchen. Ich habe es bei dieser Gelegenheit abermals näher kennen gelernt.

Ich habe fast keinen andern Gedanken als mich mit den Homerischen Gesängen, sobald ich zu Ihnen komme, näher zu befreunden, ein gemeinschaftliches Lesen wird die beste Einleitung sein.

Meinen Faust habe ich um ein gutes weiter gebracht. Das alte, noch vorrätige, höchst konfuse Manuskript ist abgeschrieben und die Teile sind in abgesonderten Lagen nach den Nummern eines ausführlichen Schemas hintereinander gelegt; nun kann ich jeden Augenblick der Stimmung nutzen, um einzelne Teile weiter auszuführen und das Ganze früher oder später zusammenzustellen.

Ein sehr sonderbarer Fall erscheint dabei: Einige tragische Szenen waren in Prosa geschrieben, sie sind durch ihre Natürlichkeit und Stärke, in Verhältnis gegen das andere, ganz unerträglich. Ich suche sie deswegen gegenwärtig in Reime zu bringen, da denn die Idee wie durch einen Flor durchscheint, die unmittelbare Wirkung des ungeheuren Stoffes aber gedämpft wird.

Leben Sie recht wohl. Von der Witterung sagen uns die guten Barometer nur immer das nächst Bevorstehende, freilich sollte man glauben, daß nun eine Regenzeit eintreten müsse, doch wer will das voraussagen.

Weimar, am 5. Mai 1798

Fichte hat mir den zweiten Teil seines Naturrechts geschickt, ich habe aus der Mitte heraus einiges gelesen und finde vieles auf eine beifallswürdige Art deduziert, doch scheinen mir, praktischem Skeptiker, bei manchen Stellen die empirischen Einflüsse noch stark einzuwirken. Es geht mir hier, wie ich neulich von den *Beobachtungen* sagte: nur sämtliche Menschen erkennen die Natur, nur sämtliche Menschen leben das Menschliche. Ich mag mich stellen, wie ich will, so sehe ich in vielen berühmten Axiomen nur die Aussprüche einer Individualität, und grade das, was am allgemeinsten als wahr anerkannt wird, ist gewöhnlich nur ein Vorurteil der Masse, die unter gewissen Zeitbedingungen steht und die man daher ebensogut als ein Individuum ansehen kann. Leben Sie wohl und lieben mein liebendes Individuum trotz allen seinen Ketzereien. G.

461. An Goethe

Jena, 8. Mai 1798

Ich hab es bei dem gestrigen unsichern Wetter gewagt meinen Auszug in den Garten zu halten, und es ist mir nach Wunsch gelungen. Nun sitze ich endlich wieder hier in meinem ländlichen Eigentum, die Besuche haben sich aber zufällig so gehäuft, daß ich in diesen 2 Tagen mehr Geräusch erfahren habe als den ganzen Winter. Einen darunter, einen Joseph von Retzer aus Wien, haben Sie vielleicht auch gesehen, denn er ist nach Weimar gereist. Ein klägliches Subjekt, das aber durch die Erinnerung an ein bereits vergessenes Zeitalter einigermaßen merkwürdig wird. Einen Herrn Professor Morgenstern aus Halle, der neulich hier war, haben Sie bei sich gehabt, wie mir meine Frau sagt. Dies ist eine Woltmann ähnliche Natur, auch so kokett und elegant in seinen Begriffen, und der die philosophisch kritische Kurrentmünze ganz gut inne hat. Ein gewisser Eschen, ein Schüler von

Voß, den dieser voriges Jahr an mich empfohlen, ist seinem alten Abgott und Lehrer ganz untreu geworden und findet jetzt sehr viel an ihm zu tadeln. Das Schlegelische Haus hat diesen jungen Herrn in die Mache genommen und ihn Voßen entführt. Ich fürchte, daß er sich bei seiner Glaubensveränderung schlecht verbessert hat. Voß hat im Sinn, seiner Luise neue Idyllen anzureihen, er scheint diesen Stoff auch für einen Faden ohn Ende zu halten, dazu möchte aber auch eine Imagination gehören, die kein Ende nimmt.

Ich gratuliere Ihnen zu dem fortgerückten Faust. Sobald Sie bei diesem Stoff nur erst bestimmt wissen, was noch daran zu tun ist, so ist er so gut als gemacht, denn mir schien immer das *Unbegrenzbare* das Schwürigste dabei zu sein. Ihre neuliche Bemerkung, daß die Ausführung einiger tragischen Szenen in Prosa so gewaltsam angreifend ausgefallen, bestätigt eine ältere Erfahrung, die Sie bei der Mariane im Meister gemacht haben, wo gleichfalls der pure Realism in einer pathetischen Situation so heftig wirkt und einen nicht poetischen Ernst hervorbringt; denn nach meinen Begriffen gehört es zum Wesen der Poesie, daß in ihr Ernst und Spiel immer verbunden seien.

Leben Sie recht wohl. Ich freu mich nicht wenig auf Ihr Hiersein, wo, hoffe ich, vieles zur Sprache kommen und sich weiter entwickeln soll.

Meine Frau grüßt Sie bestens. Sch

462. An Schiller

Zu Ihrer Gartenwohnung wünsche ich Ihnen Glück, die Jahrszeit wie die Witterung ist außerordentlich schön, und ich hoffe Sie bald auf Ihrem Grund und Boden zu besuchen.

Den Verlust der vergangnen Tage konnten mir nur die Ifflandischen Abende ersetzen; es ist übrigens für unser einen mit der Gesellschaft immer eine traurige Sache, man erfährt was, aber man lernt nichts, und was wir am meisten, ja einzig brauchen: *Stimmung*, wird nicht gegeben, vielmehr zerstört.

Lust zu einer Arbeit hat mir Iffland zurückgelassen. Er erfuhr, daß ich an einem zweiten Teil der *Zauberflöte* gearbeitet hatte, und bezeigte den Wunsch, das Stück für das Berliner Theater zu besitzen, mit einiger Lebhaftigkeit, sowohl gegen mich als andere. Darüber ist mir der Gedanke wieder lebhaft geworden, ich habe die Akten wieder vorgenommen und einiges dran getan. Im

Grunde ist schon so viel geschehen, daß es törig wäre die Arbeit liegen zu lassen, und wäre es auch nur um des leidigen Vorteils willen, so verdient doch auch der eine schuldige Beherzigung, um so mehr als eine so leichte Komposition zu jeder Zeit und Stunde gearbeitet werden kann und doch noch überdies eine Stimmung zu was Besserm vorbereitet.

Herr Thouret bleibt noch immer aus, da wir schon hofften, daß er mit Cotta kommen würde, und ich wünsche mich sobald als möglich zu Ihnen hinüber zu begeben, denn die Tage fliehen ungenutzt hinweg und man weiß nicht, wo sie hinkommen. Bei dem vielen Zeug, das ich vorhabe, würde ich verzweifeln, wenn nicht die große Ordnung, in der ich meine Papiere halte, mich in den Stand setzte zu jeder Stunde überall einzugreifen, jede Stunde in ihrer Art zu nutzen und eins nach dem andern vorwärts zu schieben.

Meyer hat seine Abhandlung über die Familie der Niobe vollendet, die sehr lobenswürdig ist, ich bringe sie mit. Er ist zufrieden, daß wir seine Abhandlung über die Wahl der Gegenstände, nach unserer Überzeugung, modifizieren und auch vielleicht in Stellung der Argumente nach unserer Art zu Werke gehen. Wir lesen sie vielleicht nochmals zusammen durch, und dann wird ihr mit wenigem geholfen sein. Er ist gegenwärtig an den Raffaelischen Werken und wird immer so weiter gehen. Ich sehe schon ein paar Bändchen in kurzem vor mir. Womit wir zum Troste des Buchhändlers diese ernsten und, nach unserm Begriff, guten Aufsätze würzen wollen, damit sie, wo nicht belohnt, doch wenigstens *vergeben* werden, sollen Sie erfahren, wenn ich komme. Für diesmal leben Sie wohl, ich erwarte Herrn von Retzer und bin neugierig, wie sich die K. K. Bücher-Zensur in Weimar ausnehmen wird.

Leben Sie recht wohl mit Ihrer lieben Frau und den Kindern und genießen der schönen Morgen und Abende.

Weimar, am 9ten Mai 1798 G.

463. An Goethe

Jena, 11. Mai 1798

Das Wetter hält sich noch immer gut und so erwacht auch nach und nach wieder die Neigung und die Stimmung zur Arbeit bei mir. Übrigens aber ist die Heiterkeit des Frühjahrs der düstern Schwere eines fünften Aktes an einem Trauerspiel nicht eben förderlich, ob sie gleich im ganzen den poetischen Geist weckt, der zu allem gut ist.

Daß Sie sich durch die Oper nur nicht hindern lassen, an die Hauptsache recht ernstlich zu denken. Die Hauptsache ist zwar freilich immer das Geld, aber nur für den Realisten von der strikten Observanz. Ihnen aber muß ich den Spruch zu Herzen führen: Trachtet nach dem, was droben ist, so wird euch das übrige alles zufallen.

Wenn Sie zu der Fortsetzung der Zauberflöte keinen recht geschickten und beliebten Komponisten haben, so setzen Sie sich, fürcht ich, in Gefahr, ein undankbares Publikum zu finden, denn bei der Repräsentation selbst rettet kein Text die Oper, wenn die Musik nicht gelungen ist, vielmehr läßt man den Poeten die verfehlte Wirkung mit entgelten.

Ich bin neugierig, womit Sie die Abhandlungen für das Publikum zu würzen gedenken.

Ob es nicht anginge, daß Sie die kleinen Aufsätze über Kunst, die Sie vor 8 Jahren in den Merkur eingerückt, dieser Sammlung einverleibten? Sie vermehren die Mannigfaltigkeit, machen die Masse etwas größer, und ich weiß, daß sie schon damals, als sie im Merkur erschienen, ein lebhaftes Interesse erregt haben.

Wir haben in dieser Woche auch verschiedene Divertissements, die ich zwar nur von Hörensagen kenne. Gestern gab ein junger Fränzl aus Mannheim ein Konzert auf der Violine, und heut abend wird Herr Bianchi, dessen Existenz Ihnen wohl bekannt ist, ein Intermezzo geben. Krüger, der ehmals in Weimar engagiert war, ist mit ihm assoziiert, sie machen erschrecklichen Wind, scheinen aber doch viel Geld einzunehmen. Wie ich höre, so hat der Herzog die Truppe, die jetzt in Eisenach ist, nach Weimar eingeladen, sobald die Theatergesellschaft von da weg sein wird. Ich wäre doch wirklich begierig auf die Ballette, die sehr gerühmt werden.

Wenn Sie auf den Sonntag oder Montag hier sein können, so denke ich, sollen Sie Cotta noch treffen. Ich habe ihn zwar auf morgen erwartet, aber da er nicht geschrieben, so wird er wohl später hier sein.

Zur Geisterinsel wünsche ich viel Glück. Hier sagte mir Herr Bianchi, daß die Hauptstärke nicht im Gesang, sondern im Akkompagnement liege, welches freilich nicht zu loben wäre.

Leben Sie recht wohl. Meine Frau erwartet Sie, so wie ich, mit Verlangen. Sch.

464. An Schiller

Ihr Brief hat mich, wie Sie wünschen, bei der Ilias angetroffen, wohin ich immer lieber zurückkehre, denn man wird doch immer, gleich wie in einer Montgolfiere, über alles Irdische hinaus gehoben und befindet sich wahrhaft in dem Zwischenraume, in welchem die Götter hin und her schwebten. Ich fahre im Schematisieren und Untersuchen fort und glaube mich wieder einiger Hauptpässe zu meinem künftigen Unternehmen bemächtigt zu haben. Die Ausführung wäre ganz unmöglich, wenn sie sich nicht von selbst machte, so wie man keinen Acker Weizen pflanzen könnte, da man ihn doch wohl säen kann. Ich sehe mich jetzt nach dem besten Samen um und an Bereitung des Erdreichs soll es auch nicht fehlen, das übrige mag denn auf das Glück der Witterung ankommen.

Das Wichtigste bei meinem gegenwärtigen Studium ist, daß ich alles Subjektive und Pathologische aus meiner Untersuchung entferne. Soll mir ein Gedicht gelingen, das sich an die Ilias einigermaßen anschließt, so muß ich den Alten auch darinne folgen, worin sie getadelt werden, ja ich muß mir zu eigen machen, was mir selbst nicht behagt; dann nur werde ich einigermaßen sicher sein Sinn und Ton nicht ganz zu verfehlen. Mit den zwei wichtigen Punkten, dem Gebrauch des göttlichen Einflusses und der Gleichnisse, glaube ich im Reinen zu sein, wegen des letzten habe ich wohl schon etwas gesagt. Mein Plan erweitert sich von innen aus und wird, wie die Kenntnis wächst, auch antiker. Ich muß nur alles aufschreiben, damit mir bei der Zerstreuung nichts entfallen kann.

Die nächste Zeit, die ich bei Ihnen zubringe, soll alles schon weiter rücken, und einige Stellen, von denen ich am meisten gewiß zu sein glaube, will ich ausführen.

Es war nicht uninteressant mich einige Tage mit der Zauberflöte abzugeben und die Arbeit, die ich vor drei Jahren angefangen hatte, wieder aufzunehmen und durchzukneten. Da ich nur handelnd denken kann, so habe ich dabei wieder recht artige Erfahrungen gemacht, die sich sowohl auf mein Subjekt als aufs Drama überhaupt, auf die Oper besonders und am besondersten auf das Stück beziehen. Es kann nicht schaden es endlich auch in Zeiten mittlerer Stimmung durchzuführen.

Der Herzog ist noch nicht wieder von Leipzig zurück, Thouret noch nicht hier, meine Abreise bleibt also noch einige Tage ausgesetzt, lange aber werde ich nicht verweilen, denn da ich um

Johanni wieder hier sein muß und diesmal wenigstens 4 Wochen bei Ihnen zuzubringen wünsche, so darf ich nicht zaudern.

Krüger ist ein entsetzlicher Windbeutel. Sein Ballett soll nicht übel sein; hier zu spielen wird er schwerlich die Erlaubnis erhalten, es sei denn nur auf einigemal.

Der Edle von Retzer war eine Erscheinung, die man mit Augen gesehen haben muß, wenn man sie glauben soll. Hat er Ihnen denn auch sein Gedicht an Gleimen vorgelegt?

Unger hat mir beiliegende neue Schriftprobe geschickt und verlangt, daß ich ihm etwas in diesem kleinen Format zu drucken geben soll. Ich weiß jetzt gar nichts und das dringendste Bedürfnis wird immer der Almanach bleiben.

Leben Sie recht wohl und grüßen Ihre liebe Frau.

Möchten Sie doch auch Stimmung finden in Ihren Arbeiten weiter zu rücken! ich will indes suchen die reisefertigen Tage so gut als möglich zu benutzen.

Weimar, den 12. Mai 1798 G.

465. An Goethe

Jena, 15. Mai 1798

Am Himmelfahrtstag ist Cotta hier, wenn Sie bis dahin auch hier sein könnten, wär es recht hübsch. Schreiben Sie mir, wenn Sie nicht selbst kommen, was Sie ihm in Rücksicht auf Ihre Schrift gesagt wünschen. Am besten wär es, Sie setzten einen Preis, und er sähe dann, ob er der Mann wäre ihn zu geben.

Die Ungerische Schriftprobe deucht mir viel zu scharf. Auf diesem Wege könnte man das Publikum bald blind machen.

In den letztern Stücken des Niethammerschen Journals werden Sie einen Aufsatz von Forberg über die Deduktion der Kategorien gefunden haben, den ich Ihnen doch zu lesen empfehle. Er ist sehr gut gedacht und geschrieben.

Da Sie hoffentlich nächstens hier sind, so behalte ich bis dahin eine ganz neue und unerwartete Novität zurück, die Sie sehr nahe angeht und die Ihnen viel Freude machen wird, wie ich hoffe. Vielleicht erraten Sie sie aber.

Das, was Ihnen im Homer mißfällt, werden Sie wohl nicht absichtlich nachahmen, aber es wird, wenn es sich in Ihre Arbeit einmischt, für die Vollständigkeit der Versetzung in das Homerische Wesen und für die Echtheit Ihrer Stimmung beweisend sein. Es ist mir beim Lesen des Sophokles mehrmals eine Art der Spielerei bei den ernsthaftesten Dialogen aufgefallen, die man einem Neueren nicht hingehen ließe. Aber den Alten kleidet sie doch, wenigstens verderbt sie die Stimmung keineswegs und hilft noch eingermaßen, dem Gemüt bei pathetischen Szenen eine gewisse Aisance und Freiheit mitzuteilen. Eine Unart scheint sie mir aber doch zu sein und also nichts weniger als Nachahmung zu verdienen.

Ich freue mich auf Meyers Niobe und bin begierig sie mit Ihrer Abhandlung über Laokoon zu vergleichen. Diesen sende ich Ihnen, das Sie ihn neulich verlangten, hier zurück.

Schlegel, hör ich, hat Hoffnung hier eine Professur zu erhalten? Sein Athenäum erhielt ich eben, habs aber noch nicht ansehen können.

Freilich hat mir der Edle von Retzer seine Verse auch zurückgelassen, die den ganzen Mann vollends fertig machen.

Paulus unterbricht mich eben. Leben Sie recht wohl. S.

466. An Schiller

Ihr Brief trifft mich wieder bei der Ilias! Das Studium derselben hat mich immer in dem Kreise von Entzückung, Hoffnung, Einsicht und Verzweiflung durchgejagt.

Ich bin mehr als jemals von der Einheit und Unteilbarkeit des Gedichts überzeugt, und es lebt überhaupt kein Mensch mehr und wird nicht wieder geboren werden, der es zu beurteilen imstande wäre. Ich wenigstens finde mich allen Augenblick einmal wieder auf einem subjektiven Urteil. So ists andern vor uns gegangen und wird andern nach uns gehn. Indes war mein erstes Aperçu einer Achilleis richtig, und wenn ich etwas von der Art machen will und soll, so muß ich dabei bleiben.

Die Ilias erscheint mir so rund fertig, man mag sagen, was man will, daß nichts dazu noch davon getan werden kann. Das neue Gedicht, das man unternähme, müßte man gleichfalls zu isolieren suchen, und wenn es auch, der Zeit nach, sich unmittelbar an die Ilias anschlösse.

Die Achilleis ist ein *tragischer Stoff*, der aber wegen einer gewissen Breite eine epische Behandlung nicht verschmäht.

Er ist durchaus *sentimental* und würde sich in dieser doppelten Eigenschaft zu einer modernen Arbeit qualifizieren, und eine ganz realistische Behandlung würde jene beide innern Eigenschaften ins Gleichgewicht setzen. Ferner enthält der Gegenstand ein bloßes persönliches und Privatinteresse, dahingegen die Ilias das Interesse der Völker, der Weltteile, der Erde und des Himmels umschließt.

Dieses alles sei Ihnen ans Herz gelegt; glauben Sie, daß, nach diesen Eigenschaften, ein Gedicht von großem Umfang und mancher Arbeit zu unternehmen sei, so kann ich jede Stunde anfangen, denn über das *Wie* der Ausführung bin ich meist mit mir einig, werde aber, nach meiner alten Weise, daraus ein Geheimnis machen, bis ich die ausgeführten Stellen selbst lesen kann.

Von einer unerwartet erfreulichen Novität habe ich keine Ahndung noch Mutmaßung, doch soll sie mir ganz willkommen sein. Es ist nicht in meinem Lebensgange, daß mir ein unvorbereitetes, unerharrtes und unerrungnes Gute begegne. Vor Sonntag kann ich leider nicht kommen.

Grüßen Sie Cotta schönstens und danken ihm noch für alle mir so liberal erwiesene Gefälligkeiten. Ich bin noch wegen einigem in seiner Schuld, welches abzurechnen ja wohl bald Gelegenheit sein wird.

Übrigens gedenke ich, wegen unserer theoretisch empirischen Aufsätze, den Gang, den ich neulich anzeigte, zu befolgen; sobald etwa ein Alphabet, rein abgeschrieben, parat liegt, so wird man leicht übereinkommen.

Ich will künftig so viel als möglich kein Manuskript versagen, bis es zum Abdruck fertig ist, und besonders bei diesem kommt so mancherlei zusammen.

Schlegeln kann die Professur wohl nicht fehlen, der Herzog ist ihm wegen der Shakespeareschen Übersetzung günstig, es ist auch schon beifällig deshalb nach Gotha kommuniziert.

Leben Sie recht wohl. Ich verlange herzlich Sie zu sehen und etwas Bedeutendes zu arbeiten. Es wird nun bald ein Jahr, daß ich nichts getan habe, und das kommt mir gar wunderlich vor. Grüßen Sie Ihre liebe Frau und erfreuen sich des schönen Wetters unter freiem Himmel.

Weimar, am 16. Mai 1798 G.

467. An Goethe

Jena, 18. Mai 1798

Da es wohl seine Richtigkeit hat, daß keine Ilias nach der Ilias mehr möglich ist, auch wenn es wieder einen Homer und wieder ein Griechenland gäbe, so glaube ich Ihnen nichts Besseres wünschen zu können, als daß Sie Ihre Achilleis, so wie sie jetzt in Ihrer Imagination existiert, bloß mit sich selbst vergleichen und beim Homer bloß Stimmung suchen, ohne Ihr Geschäft mit seinem eigentlich zu vergleichen. Sie werden sich ganz gewiß Ihren Stoff so bilden, wie er sich zu Ihrer Form qualifiziert, und umgekehrt werden Sie die Form zu dem Stoffe nicht verfehlen. Für beides bürgt Ihnen Ihre Natur und Ihre Einsicht und Erfahrung. Die tragische und sentimentale Beschaffenheit des Stoffs werden Sie unfehlbar durch Ihren subjektiven Dichtercharakter balancieren, und sicher ist es mehr eine Tugend als ein Fehler des Stoffs, daß er den Foderungen unseres Zeitalters entgegenkommt, denn es ist ebenso unmöglich als undankbar für den Dichter, wenn er seinen vaterländischen Boden ganz verlassen und sich seiner Zeit wirklich entgegensetzen soll. Ihr schöner Beruf ist, ein Zeitgenosse und Bürger beider Dichterwelten zu sein, und gerade um dieses höhern Vorzugs willen werden Sie keiner ausschließend angehören.

Übrigens werden wir bald Gelegenheit haben, noch recht viel über diese Materie miteinander zu sprechen, denn die Novität, von der ich Ihnen schrieb und worüber ich Sie nicht in eine zu große Erwartung setzen will, ist ein Werk über Ihren Hermann, von Humboldt mir in Manuskript zugeschickt. Ich nenne es ein Werk, da es ein dickes Buch geben wird und in die Materie mit größter Ausführlichkeit und Gründlichkeit eingeht. Wir wollen es, wenn es Ihnen recht ist, miteinander lesen, es wird alles zur Sprache bringen, was sich durch Raisonnement über die Gattung und die Arten der Poesie ausmachen oder ahnden läßt. Die schöne Gerechtigkeit, die Ihnen darin durch einen denkenden Geist und durch ein gefühlvolles Herz erzeigt wird, muß Sie freuen, sowie dieses laute und gründliche Zeugnis auch das unbestimmte Urteil unsrer deutschen Welt leiten helfen und den Sieg Ihrer Muse über jeden Widerstand, auch auf dem Wege des Raisonnement, entscheiden und beschleunigen wird.

Über das, was ich mit Cotta gesprochen, mündlich. Was mich aber besonders von ihm zu hören freute, ist die Nachricht, die er mir von der ungeheuren Ausbreitung Hermann und Dorotheas gab. Sie haben sehr recht gehabt, zu erwarten, daß dieser Stoff für das deutsche Publikum besonders glücklich war, denn er entzückte den deutschen Leser auf seinem eigenen Grund und Boden, in dem Kreise seiner Fähigkeit und seines Interesse, und er entzückte ihn doch wirklich, welches zeigt, daß nicht der Stoff, sondern die dichterische Belebung gewirkt hat. Cotta meint, Vieweg hätte eine wohlfeile schlechte Ausgabe gleich veranstalten sollen, denn er sei sicher, daß bloß in Schwaben einige tausend würden abgegangen sein.

Doch über alles ausführlicher, wenn Sie kommen. Ich hoffe, dies wird übermorgen geschehen. Leben Sie recht wohl. Meine Frau grüßt aufs beste. Schiller

468. An Schiller

Zu dem ersten Blatt Ihres lieben Briefes kann ich nur Amen sagen, denn es enthält die Quintessenz dessen, was ich mir wohl auch zu Trost und Ermunterung zurief. Hauptsächlich entstehen diese Bedenklichkeiten aus Furcht mich im Stoffe zu vergreifen, der entweder gar nicht, oder nicht von mir, oder nicht auf diese Weise behandelt werden sollte. Diesmal wollen wir nun alle diese Sorgen beiseite setzen und nächstens mutiglich beginnen.

Humboldts Arbeit erwartete ich wirklich nicht und freue mich sehr darauf. Um so mehr als ich fürchtete, daß uns seine Reise seinen theoretischen Beistand, wenigstens auf eine Weile, entziehen würde. Es ist kein geringer Vorteil für mich, daß ich wenigstens auf der letzten Strecke meiner poetischen Laufbahn mit der Kritik in Einstimmung gerate.

Ich sage heute früh nichts weiter, indem ich noch zuguterletzt sehr zerstreut bin.

Morgen abend bin ich bei Ihnen und hoffe schon im voraus auf die Fruchtbarkeit der nächsten vier Wochen. Leben Sie recht wohl und grüßen Ihre liebe Frau.

Weimar, am 19. Mai 1798 G.

469. An Schiller

Ich überschicke einen kurzen Aufsatz, den wir besprechen und in Abschrift an Cotta schicken könnten, ich bereite mich indessen zu dem ersten Stücke vor. Diese Sache muß in ihren ordentlichen Geschäftsgang eingeleitet sein, ehe ich an was anders denken kann.

Zugleich erhalten Sie das Gespräch, von dem ich neulich sagte, ich bin neugierig, ob es Ihren Beifall erhält und ob Sie die angekündigte Fortsetzung wünschen und fordern.

Heute mittag bin ich in Ihrer Nachbarschaft zu Gaste, alsdann komm ich, um die gestrige Lektur und Unterhaltung fortzusetzen.

Leben Sie recht wohl.

Jena, den 24. Mai 1798 G.

470. An Goethe

[Jena, den 31. Mai 1798]

Es waltet diesmal ein recht böser Geist über unsern Kommunikationen und Ihrer poetischen Muse. Wie sehr wünsche ich, daß Sie bald frei und ruhig zurückkehren möchten. August soll uns als ein Pfand Ihres baldigen Wiederkommens recht wert sein. Leben Sie wohl und reisen glücklich. Meine Frau empfiehlt sich aufs beste.

Lassen Sie mir doch, wenns angeht, Humboldts Werk bei Trabitius zurück. Sch.

471. An Schiller

Ich bitte um das Humboldtische Werk und den eisernen Stab. Heute abend werde ich bei Loders sein, komme wohl aber doch noch vorher auf einige Stunden.

Heute früh habe ich, beim Spaziergang, einen kursorischen Vortrag meiner Farbenlehre überdacht und habe sehr viel Lust und Mut zu dessen Ausführung. Das Schellingsche Werk wird mir den großen Dienst leisten mich recht genau innerhalb meiner Sphäre zu halten.

Leben Sie recht wohl und grüßen Ihre liebe Frau, wenn sie angekommen ist.

[Jena.] Den 11. Juni 1798 G.

472. An Schiller

Da ich mich doch noch entschließen muß zu fahren, so will ich zeitiger weg und sehe Sie also heute nicht.

Hierbei schicke ich das Fischersche Wörterbuch, das seinen Zweck recht gut zu erfüllen scheint.

Hofrat Loder schickt Montags ein Paket nach Paris, und ich will ihm meinen Brief sowie etwa eine Abschrift der Euphrosyne mit beilegen. Es wäre recht schön, wenn Sie bis dahin auch mit Ihrem Schreiben zustande kämen.

Leben Sie recht wohl und grüßen Ihre liebe Frau, ich bin neugierig, was mir diese paar Tage bringen werden.

Jena, am 21. Juni 1798 G.

473. An Schiller

Sobald ich mich von Jena entferne, werde ich gleich von einer andern Polarität angezogen, die mich denn wieder eine Weile festhält. Ich hatte mehr als Eine Veranlassung nach Weimar zurückzukehren und bin nun hier, um des Herzogs Ankunft zu erwarten und wieder auf eine Weile verschiednes zu ordnen und einzulenken; indessen denke ich, daß ich heute über 8 Tage wieder bei Ihnen sein werde. Da ich gar nichts bei mir habe, sondern alles in Jena zurückgeblieben ist, so mußte ich mich in meine alten Papiere zurückziehen und habe allerlei gefunden, das wenigstens als Stoff uns zunächst noch dienen kann.

Ich schicke die französische Romanze. Es war recht gut, daß ich sie nicht in der Nähe hatte, denn gewisse sehr artige Tournüren hätten mich abgehalten meinen eignen Weg zu gehen. In das andere beiliegende Manuskript mochte ich gar nicht hineinsehen, es mag ein Beispiel eines unglaublichen Vergreifens im Stoffe, und weiß Gott für was noch anders ein warnendes Beispiel sein. Ich bin recht neugierig, was Sie diesem unglücklichen Produkte für eine Nativität stellen.

Meine Geschäfte sind in Roßla zu meiner Zufriedenheit abgelaufen, meine Assistenten haben mir Sorge und Nachdenken erspart, und ich brauchte nur zuletzt über gewisse Dinge zu entscheiden, die bloß vom Willen des Eigentümers abhängen.

Mittwoch oder Donnerstag wird unser Herzog wiederkommen, aber nicht lange verweilen.

Leben Sie recht wohl und empfangen mich wo möglich mit etwas Lyrischem.

Das zwölfte Stück der Horen habe ich, wie es scheint, noch nicht erhalten, ich bitte darum mit den Botenfrauen. Ich habe von Anfang her noch verschiedne einzelne Stücke, vielleicht könnten wir uns wechselweise dadurch einige Exemplare komplettieren, mit denen man, nach dem seligen Hintritt dieser Göttinnen, noch immer jemandem einen Gefallen tut.

Grüßen Sie mir bestens Ihre liebe Frau und befinden sich zum besten in diesen Tagen, die, wenn sie gleich nicht die schönsten sind, doch die Vegetation trefflich begünstigen.

Wieland war in Oberroßla sehr munter. Das Landleben macht ihm noch immer viel Freude, doch hat ers eigentlich noch nicht angetreten. Die Vorbereitungen dazu kommen mir vor wie das Kollegium der Anthropologie, das manchen ehrlichen Kerl schon in die Mühseligkeiten der Medizin gelockt hat. Mich sollen wills Gott die Wiesen, sie mögen noch so schön grün sein, und die Felder, sie mögen zum besten stehen, nicht auf dieses Meer locken.

Nochmals ein Lebewohl. Mittwochs sage ich wieder einige Worte.

Weimar, am 24. Juni 1798 G.

474. An Goethe

Jena, 25. Junius 1798

Ich kann mich noch nicht recht an Ihre längere Entfernung gewöhnen und wünsche nur, daß diese nicht länger dauren möchte, als Sie jetzt meinen.

Die Briefe an Humboldt werden nun wohl eine Verzögerung erleiden, wenigstens auf den Fall, daß wir sie zusammen absenden wollten. Ich will deswegen mit der Mittwochspost schreiben und ihm vorläufig ein Lebenszeichen und ein Trostwort senden. In ein Detail kann ich mich diesmal nicht einlassen, besonders da ich das Manuskript nicht habe, welches in Ihrer Verwahrung ist.

Die verlangten Gedichte folgen hier.

Auch das Drama folgt zurück; ich habe es gleich gelesen und bin in der Tat geneigt günstiger davon zu denken, als Sie zu denken scheinen. Es erinnert an eine gute Schule, ob es gleich nur ein dilettantisches Produkt ist und kein Kunsturteil zuläßt. Es zeugt von einer sittlich gebildeten Seele, einem schönen und gemäßigten Sinn und von einer Vertrautheit mit guten Mustern. Wenn es nicht von weiblicher Hand ist, so erinnert es doch an eine gewisse Weiblichkeit der Empfindung, auch insofern ein Mann diese haben kann. Wenn es von vielen *Longueurs* und Abschweifungen, auch von einigen, zum Teil schon angestrichenen, gesuchten Redensarten befreit sein wird und wenn besonders der letzte Monolog, der einen unnatürlichen Sprung enthält, verbessert sein wird, so läßt es sich gewiß mit Interesse lesen.

Wenn ich den Autor wissen darf, so wünsche ich, Sie nennten mir ihn.

Auch die Horen folgen hier. Sehen Sie doch die 2 Idyllen darin ein wenig an. Die erste haben Sie schon in Manuskript gelesen und einige Verbesserungen darin angegeben. Diese Verbesserungen hat man darin vorgenommen, und Ihr Rat ist, soweit es sich tun ließ, befolgt worden.

Leben Sie recht wohl. Ich habe heute den Wallenstein aus der Hand gelegt und werde nun sehen, ob der lyrische Geist mich anwandelt.

Meine Frau grüßt Sie aufs beste. Sch.

475. An Schiller

[Weimar, den 28. Juni 1798]

Zufälligerweise, oder vielmehr weil ich voraussetzte, Sie wüßten, daß Elpenor von mir sei, sagte ich es nicht ausdrücklich im Briefe, nun ist es mir um so viel lieber, da dieses Produkt ganz rein auf Sie gewirkt hat. Es können ohngefähr 16 Jahre sein, daß ich diese beiden Akte schrieb, nahm sie aber bald in Aversion und habe sie seit 10 Jahren gewiß nicht wieder angesehen. Ich freue mich über Ihre Klarheit und Gerechtigkeit, wie so oft schon, also auch in diesem Falle. Sie beschreiben recht eigentlich den Zustand, in dem ich mich befinden mochte, und die Ursache, warum das Produkt mir zuwider war, läßt sich nun auch denken.

Hierbei zwei kleine Gedichte von Schlegel. Er gibt zu verstehen, daß sie als Manuskript anzusehen seien und allenfalls einen Platz im Almanach verdienen dürften. Vielleicht schickt es sich sie aufzunehmen, da wir noch verschiedne Gedichte an bestimmte Personen einrücken wollen.

Über die andern Gedichte, welche gleichfalls beiliegen, suspendiere ich mein Urteil, sie scheinen mir dergestalt auf der Grenze zu stehen, daß ich nicht weiß, ob sie sich zur Realität oder Nullität hinüberneigen möchten.

Desto entschiedner ist der Brief, den Sie zugleich erhalten, und ein herrliches Muster einer Tollheit außer dem Tollhause. Denn das Kriterium, warum man einen solchen Menschen nicht einsperrt? möchte schwer anzugeben sein. Das einzige, was vor ihn spricht, möchte die Unschädlichkeit sein, und das ist er nicht, sobald er uns näher kommt. Da ich ihn aber nicht einsperren kann, so soll er wenigstens ausgesperrt werden.

Heute kommt unser Herzog. Es wird sich zeigen, wie lange er hier bleibt. Nach seiner Abreise bin ich gleich wieder bei Ihnen, wenn ich vorher noch einige Tage in Roßla zugebracht habe, wo ich einiges anordnen muß.

Eine Schrift, die mir gestern mitgeteilt wurde, kam mir recht gelegen, sie heißt:

> Versuch, die Gesetze magnetischer Erscheinungen aus Sätzen der Naturmetaphysik, mithin *a priori*, zu entwickeln, von C. A. Eschenmayer. Tübingen, bei Jak. Friedr. Heerbrandt. 1798.

Ich konnte so recht in die Werkstätte des Naturphilosophen und Naturforschers hineinsehen und habe mich in meiner Qualität als Naturschauer wieder aufs neue bestätigt gefunden. Ich werde die Schrift mitbringen, und wir können sie beim Aufstellen der Phänomene, von welchen Ihnen der erste Versuch noch in der Hand ist, recht gut gebrauchen.

Leben Sie recht wohl, ich hoffe auf den Augenblick, in dem ich Sie wieder sehen werde.

Noch eins. Meyer, der schönstens grüßt, ist mehr für den Titel Propyläen als für den Ihrigen. Er meint, man solle sich das Feld ja recht unbestimmt lassen, die Welt wolle es nun einmal so. Es wird darüber noch zu sprechen sein. G.

476. An Goethe

Jena, 28. Juni 1798

Die Nachricht, daß der Elpenor von Ihnen sei, hat mich wirklich überrascht, ich weiß nicht, wie es kam, daß Sie mir gar nicht dabei einfielen. Aber eben weil ich unter bekannten und wahlfähigen Namen keinen dazu wußte, so war ich sehr neugierig auf den Verfasser, denn es gehört zu denen Werken, wo man, über den Gegenstand hinweg, unmittelbar zu dem Gemüt des Hervorbringenden geführt und getrieben wird. Übrigens ist es für die Geschichte Ihres Geistes und seiner Perioden ein schätzbares Dokument, das Sie ja in Ehren halten müssen.

Ich freue mich auf den magnetischen Kursus sehr; in dem Fischerischen Wörterbuch habe ich gerade über diesen Gegenstand wenig Trost gefunden, da dieser erste Band nicht so weit reicht. Wir wollen dann auch, wenn es Sie nicht zerstreut, über Elektrizität, Galvanism und chemische Dinge uns unterhalten und wo möglich Versuche anstellen. Ich will vorläufig dasjenige darüber lesen, was Sie mir raten und was sich bekommen läßt.

An Humboldt geht heute mein Brief ab. Die Abschrift lege ich bei, soweit sie sein Werk betrifft. Da ich es nicht vor Augen hatte, und mir diese Gedankenrichtung überhaupt jetzt etwas fremd und widerstrebend ist, so habe ich nur *in generalibus* bleiben können. Sie werden in Ihrem Briefe für das Weitere schon sorgen.

Wenn mir Schlegel noch etwas Bedeutendes für den Almanach bestimmen will, so habe ich gar nichts gegen die Einrückung dieser Gelegenheitsverse. Sollen sie aber sein einziger Beitrag sein, den er nicht einmal ausdrücklich dafür schickt, so könnte es das Ansehen haben, als wenn wir nach allem griffen, was von ihm zu haben ist, und in dieser Not sind wir nicht. Ich habe so wenig honette Behandlung von dieser Familie erfahren, daß ich mich wirklich in acht nehmen muß, ihnen keine Gelegenheit zu geben, sich bedeutend zu machen. Denn das wenigste, was ich riskierte, wäre dieses, daß Frau Schlegel jedermann versicherte, ihr Mann arbeite nicht mit an dem Almanach, aber um ihn doch zu haben, hätte ich die zwei gedruckte Gedichte aufgegriffen.

Übrigens ist das an Iffland gerichtete gar nicht übel gesagt, obgleich ich lachen mußte, daß Schlegel sich nun schon zum zweitenmal an dem Pygmalion vergreifen mußte, von dem er gar nicht loskommen kann.

Meyers Vorschlag wegen der *Propyläen* als Titel läßt sich schon hören. Meine Gründe dagegen wissen Sie, und wenn dadurch für die Sache was kann gewonnen werden, so kommen sie in keine Betrachtung.

Leben Sie recht wohl. S.

477. *An Schiller*

Ihr Schreiben an Humboldt ist zwar recht schön und gut, doch wird es dem Freunde nicht ganz erquicklich sein, denn es druckt nur allzusehr aus: daß diese Arbeit nicht ganz in unsere gegenwärtigen Umstände eingreifen konnte. Sie haben einen recht wichtigen Punkt berührt: die Schwierigkeit im Praktischen etwas vom Theoretischen zu nutzen. Ich glaube wirklich, daß zwischen beiden, sobald man sie getrennt ansieht, kein *Verbindungsmittel* stattfinde, und daß sie nur insofern verbunden sind, als sie von Haus aus verbunden wirken, welches bei dem Genie von jeder Art stattfindet.

Ich stehe gegenwärtig in ebendem Fall mit den Naturphilosophen, die von oben herunter, und mit den Naturforschern, die von unten hinauf leiten wollen. Ich wenigstens finde mein Heil nur in der Anschauung, die in der Mitte steht. Diese Tage bin ich hierüber auf eigne Gedanken gekommen, die ich mitteilen will, sobald wir uns sprechen. Sie sollen, hoff ich, besonders regulativ, vorteilhaft sein und Gelegenheit geben das Feld der Physik auf eine eigne Manier geschwind zu übersehen. Wir wollen ein Kapitel nach dem andern durchgehen.

Mich verlangt recht sehr wieder bei Ihnen zu sein und mich mit solchen Dingen zu beschäftigen, die ohne mich nicht existieren würden; bisher habe ich nur getan und veranlaßt, was recht gut auch ohne mich hätte werden können.

Die Kautel wegen Schlegels finde ich ganz den Verhältnissen gemäß, wir wollen nun das Weitere abwarten.

Das Beste, was mir indessen zuteil geworden ist, möchte wohl die nähere Motivierung der ersten Gesänge des Tells sein, sowie die klärere Idee, wie ich dieses Gedicht in Absicht auf Behandlung und Ton ganz von dem ersten trennen kann, wobei unser Freund Humboldt gelobt werden soll, daß er mir durch die ausführliche Darlegung der Eigenschaften des ersten das weite Feld deutlich gezeigt hat, in welches hinein ich das zweite spielen kann. Ich hoffe, daß Sie meine Vorsätze billigen werden.

Leben Sie recht wohl und grüßen Ihre liebe Frau. Wahrscheinlich bin ich Mittwoch abend wieder bei Ihnen.
Weimar, am 30. Juni 1798

Hierbei das Älteste, was mir von Gedichten übrig geblieben ist. Völlig 30 Jahr alt.

478. An Goethe

Jena, 11. Juli 1798

Ich begleite die *Magnetica*, welche Geist abholt, mit einigen Zeilen, um Ihnen unsre herzlichste Grüße und Wünsche zu sagen. Diese Störungen sind freilich sehr fatal, aber insofern sie die poetische Geburten bei Ihnen retardieren, so können sie vielleicht eine desto raschere und reifere Entbindung veranlassen und den Spätsommer von 96 wiederholen, der mir immer unvergeßlich bleiben wird.

Ich werde unterdessen die lyrische Stimmung in mir zu nähren und zu benutzen suchen und hoffe, wenn Sie kommen, den Anfang endlich mit einem eignen Beitrag gemacht zu haben.

Gries schickte mir soeben ein mächtig großes Gedicht aus Dresden, das mir halb so groß noch einmal so lieb wäre.

Heute wird wahrscheinlich mein Gartenhäuschen gerichtet, welches mir den Nachmittag wohl nehmen wird, denn so etwas ist für mich eine neue Erfahrung, der ich nicht widerstehen kann.

Leben Sie recht wohl, bleiben Sie so kurze Zeit weg als möglich. Meine Frau grüßt aufs schönste. S.

479. An Goethe

Jena, 13. Juli 1798

Seit gestern und heute bin ich durch meine Krämpfe, die sich wieder geregt und mir den Schlaf geraubt haben, ganz in Untätigkeit versetzt worden und kann Ihnen diesmal auch nur einen Gruß sagen. Dafür sende ich das Gedicht von Gries, ob Sie diesem Produkt vielleicht etwas abgewinnen können. Sonst hat sich noch ein leidlicher Mensch gemeldet, von dem ich allenfalls etwas aufnehmen kann.

Ich sehne mich sehr nach Ihrer Zurückkunft. Es ist mir und meiner Frau ganz ungewohnt, daß wir solange nichts von Ihnen hörten. Leben Sie recht wohl. Nächstens mehr. S.

480. An Schiller

Diese Tage scheinen also uns beiden nicht die günstigsten gewesen zu sein, denn seit ich von Ihnen weg bin, hat mich der böse Engel der Empirie anhaltend mit Fäusten geschlagen. Doch habe ich, ihm zu Trutz und Schmach, ein Schema aufgestellt, worin ich jene Naturwirkungen, die sich auf eine Dualität zu beziehen scheinen, parallelisiere und zwar in folgender Ordnung:

magnetische,
elektrische,
galvanische,
chromatische und
sonore.

Ich werde des Geruchs und Geschmacks nach Ihrem Wunsche nicht vergessen. Die Resultate mögen sein, welche sie wollen, so ist diese Methode äußerst bequem, um die Fragen zu finden, die man zu tun hat.

Die gegossenen eisernen Körper sind auch von Ilmenau angekommen. Die Experimente, um derentwillen ich sie gießen ließ, sind ausgefallen, wie ichs dachte; aber ein paar neue Phänomene, an die ich nicht denken konnte, und die sehr merkwürdig sind, haben sich gezeigt.

Das Gedicht folgt hier wieder zurück, das eine ganz eigne Art von Nullität hat. Die jungen Herrn lernen Verse machen, so wie man Tüten macht; wenn sie uns nur aber auch darin einiges Gewürz überreichten! Ob es für den Almanach sei, weiß ich nicht. Es käme, dünkt mich, darauf an, ob Sie Platz haben, denn das Publikum, besonders das weibliche, liebt solche hohle Gefäße, um sein bißchen Herz und Geist darein spenden zu können.

Der Riß zum neuen Theater ist nun bestimmt, ja sogar auf dem Fußboden schon aufgezeichnet, und nächste Woche wird wohl angefangen werden. Der Gedanke ist sehr artig und anständig, und wenn das Ganze zusammen ist, wird es gewiß gefallen. Es gehen etwa zweihundert Menschen mehr hinein als bisher und wird doch bei weniger zahlreichen Repräsentationen nicht leer aussehen. Ich denke auch, wir wollen zur rechten Zeit noch fertig werden.

Ich will nun alles möglichst zu ordnen und einzuleiten suchen und so bald als möglich wieder zu Ihnen hinüber kommen, denn mich verlangt gar sehr auf dem Wege, den wir einmal eingeschlagen haben, mit Ihnen fortzuschreiten. Leben Sie recht wohl, grüßen Ihre liebe Frau und gedenken mein.

Weimar, am 14. Juli 1798 G.

481. An Schiller

Ich habe endlich, obgleich in großer Zerstreuung, meinen Brief an Freund Humboldt und die Elegie kopieren lassen, und da ich eben den besten Willen habe das Paketchen fortzuschicken, fehlt mir die Adresse. Haben Sie doch ja die Güte mir dieselbe baldmöglichst zu überschicken.

Der Plan zur Dekoration des Theatersaals ist nun reguliert, morgen geht die Arbeit selbst los. Wenn es beisammen ist, wird es recht artig aussehen und bequem sein, mich aber wird es große Aufopferungen kosten, denn das nächste Vierteljahr, wenn es mir auch nicht ganz verloren geht, wird durch dieses Unternehmen doch sehr zerstückt.

Ich will die erste Sendung des neuen Werkes an Cotta indessen hier redigieren und sie alsdenn zu Ihnen hinüberbringen, um Ihr Urteil zu hören. Da alles schon fertig ist, und hier und da nur etwas zurechtgerückt werden muß, so kann ich in 14 Tagen weit kommen.

Mein Schema, wovon ich Ihnen Sonnabend schrieb, macht mir recht guten Humor, indem ich dadurch in der kurzen Zeit schon manche nähere Wege gewonnen habe. Am Ende kommts vielleicht gar aufs alte heraus, daß wir nur wenig wissen können und daß bloß die Frage ist, ob wir es gut wissen. Übrigens bin ich in einer Stimmung, daß ich fürchtete, die Musen niemals wieder zu sehen, wenn man nicht aus der Erfahrung wüßte, daß diese gutherzigen Mädchen selbst das Stündchen abpassen, um ihren Freunden mit immer gleicher Liebe zu begegnen.

Leben Sie recht wohl; ich will sehen, was ich jedem einzelnen Tage abstehlen kann, das mag denn Masse machen, wenn es kein Ganzes macht. Grüßen Sie mir Ihre liebe Frau und schreiben mir, wenn der Mangold aufgeht, so wie ich auch zu hören wünsche, ob das Gartenhäuschen glücklich gerichtet ist.

Weimar, am 15. Juli 1798 G.

482. An Goethe

Jena, 16. Juli 1798

Humboldts Adresse folgt hier. Es ist ein eigener Zufall, daß auch Sie dieses kritische Geschäft in einer gewissen Zerstreuung abtun müssen, nachdem ich mit dem besten Willen gleichfalls nicht die ganze Aufmerksamkeit darauf wenden konnte.

Ich bin leider mit meinen Krämpfen noch immer geplagt und die Unordnung im Schlafen verderbt mir jede Stimmung zur Arbeit. Da ich in diesen Tagen ohnehin mehrere Zerstreuungen habe, so ist der Zeitverlust weniger groß.

Ich bin begierig über Ihre mit den großen eisernen Massen und dem Magnet neu gemachten Entdeckungen. Wenn Ihnen das nächste Vierteljahr notwendig so zerstückelt werden soll, so wird das Poetische freilich zu kurz kommen, dafür aber können Sie in diesen physischen Dingen desto weiter kommen, welches auch nicht schlimm ist.

Unter Ihren fünf Fächern, in die Sie die dualistischen Erscheinungen ordnen, vermisse ich die chemischen, oder lassen sich diese nicht unter jenes Prinzip bringen? – Diese Methode wird, bei der gehörigen Wachsamkeit und Unterscheidung, am besten kundtun, ob alle Glieder derselben einander koordiniert oder eins dem andern subordiniert ist.

Zu der Verbesserung im Theater gratuliere ich. Wollte Gott,

wir könnten dieser äußern Reforme auch mit einer innern im dramatischen Wesen selbst entgegen kommen. Mein Schwager, der gestern hier war, rühmt die Anlage auch sehr, er meinte aber, daß man über die Festigkeit nicht ganz sicher wäre.

Mein Häuschen ist gerichtet, aber jetzt sieht man erst, wieviel noch geschehen muß, eh man darin wohnen kann. Es gewährt eine recht hübsche Aussicht besonders nach dem Mühltal.

Der Mangold kommt schön hervor.

Leben Sie recht wohl. Meine Frau wie auch meine Schwiegermutter empfehlen sich Ihnen. S.

Citoyen Humboldt rue de Verneuil Faubourg St. Germain vis à vis la rue St. Marie Nro. 824.

483. An Schiller

Ich habe heute keinen Brief von Ihnen erhalten, doch hoffe ich, daß es kein Zeichen eines schlimmen Befindens sein soll.

Mit unserer Theateranlage geht es lebhaft fort, sie wird gewiß artig und gewiß auch fest. Es scheint ein unverbrüchliches Naturgesetz zu sein: daß sich jeder Tätigkeit eine Negation entgegensetzt. Man wünschte so lange eine beßre Einrichtung, und jetzt, da die Anstalten dazu gemacht sind, werden Zweifel erregt und herumgetragen, um die Menschen, die wenigstens künftig bequem sitzen werden, durch eine Sorge für ihre Hälse zu inkommodieren. Da es aber nur ein altes Märchen ist, das sich repetiert, so kann man es wohl geschehen lassen.

Möchten Sie mir wohl
meine zwei Faszikel Reiseakten,
den Aufatz über den Magneten,
den ältern Aufsatz über die Kautelen des Beobachters, wenn Sie ihn finden können,
nächsten Freitag herüberschicken. Es geht mit den Aufsätzen zur Zeitschrift ganz gut und muß besser gehen, wenn sie einmal im Gange ist. Die Hauptschwierigkeit bei der Redaktion ist vom Anfang, daß man die allgemeinen Zwecke immer im Auge habe und bei allem fragmentarischen Wesen auf ein Ganzes hindenke.

Indessen kommen zwischen mir und Meyer sehr interessante Punkte zur Sprache, und man wird künftig mehr Freude an einzelnen, oft kurzen Aufsätzen haben, weil man sie gleich wieder brauchen und mitteilen kann, ohne an strenge Verknüpfung zu denken.

Wenn Sie es nur möglich machen können vor Ende des Jahres auch noch etwas beizutragen!

Diese Woche will ich hier noch tun, was möglich ist, vielleicht kann ich die andere wieder zu Ihnen hinüber, denn ich finde hier kaum Stimmung zu ein paar leidlichen prosaischen Perioden. Leben Sie indessen recht wohl, grüßen Sie Ihre liebe Frau und schaffen, daß das artige Gartenhäuschen bis zu meiner Ankunft wohnbar sei.

Weimar, am 18. Juli 1798 G.

484. An Goethe

Jena, 20. Juli 1798

Mit dem bessern Wetter finde ich mich auch wieder besser und tätiger, und nach und nach scheint es auch zu einer lyrischen Stimmung bei mir kommen zu wollen. Ich habe bemerkt, daß diese unter allen am wenigsten dem Willen gehorcht, weil sie gleichsam körperlos ist und wegen Ermangelung eines materiellen Anhalts nur im Gemüte sich gründet. In den vorigen Wochen habe ich eher Abneigung als Lust dazu empfunden und bin aus Unmut auf einige Tage zum Wallenstein zurückgekehrt, der aber jetzt wieder weggelegt wird.

Würden Sie es schicklich finden einen Hymnus in Distichen zu verfertigen? oder ein in Distichen verfertigtes Gedicht, worin ein gewisser hymnischer Schwung ist, einen Hymnus zu nennen?

In Ihrem theatralischen Bauwesen werden Sie sich durch die Bedenklichkeitskrämer nicht irremachen lassen. Ich berührte jenes Dubium auch bloß deswegen, weil mir gesagt wurde, daß Thouret selbst sich so geäußert habe.

Mein Bau geht nicht so lebhaft fort, es ist sehr schwer jetzt in der Ernte, die hier schon zum Teil angefangen, Arbeiter zu bekommen, welche mir zur Verfertigung eines Strohdachs und zum Ausstacken der Wände nötig sind. Heute habe ich endlich den Trost, das Häuschen unter Dach bringen zu sehen. Diese Arbeiten ziehen mich öfters als nötig ist vom Geschäft ab.

Der Almanach ist nun in die Druckerei gegeben, und Sie werden bei Ihrer Ankunft schon von Ihrer Euphrosyne bewillkommt werden, welche den Reihen würdig beginnt. Ich will hoffen, daß uns Guttenberg nicht über die Gebühr aufhalten wird, denn der

Almanach wird in der ersten Woche Septembers im Druck fertig, zu welcher Zeit ich also auch Decke und Titelkupfer brauchte.

Ich habe in diesen Tagen *Erzählungen* von der Madame Stael gelesen, welche diese gespannte, räsonnierende und dabei völlig unpoetische Natur oder vielmehr diese verstandesreiche Unnatur sehr charakteristisch darstellen. Man wird bei dieser Lektüre recht fühlbar verstimmt und es begegnete mir dabei dasselbe, was Sie beim Lesen solcher Schriften zu erleiden pflegen, nämlich daß man ganz die Stimmung der Schriftstellerin annimmt und sich herzlich schlecht dabei befindet. Es fehlt dieser Person an jeder schönen Weiblichkeit, dagegen sind die Fehler des Buchs vollkommen weibliche Fehler. Sie tritt aus ihrem Geschlecht ohne sich darüber zu erheben. Indessen bin ich auch in dieser kleinen Schrift auf einzelne recht hübsche Reflexionen gestoßen, woran es ihr nie fehlt, und die ihren durchdringenden Blick über das Leben verraten.

Leben Sie recht wohl. Ich werde eben durch die Ankunft von zwei preußischen Uniformen unterbrochen, die zwei Brüder meines Schwagers, die ihren Urlaub in Weimar zubringen werden.

Meine Frau und Schwiegermutter empfehlen sich bestens. Sch.

485. An Schiller

Es ist mein recht herzlicher Wunsch, daß sich die Stimmung zu einer poetischen Arbeit recht bald wieder bei Ihnen finden möchte; leider ist Ihre Lage im Garten von einer Seite so ungünstig, als sie von der andern günstig ist, besonders da Sie sich mit dem Bauen eingelassen haben. Ich kenne leider aus frühern Zeiten diese wunderbare Ableitung nur allzusehr und habe unglaublich viel Zeit dadurch verdorben. Die mechanische Beschäftigung der Menschen, das handwerksmäßige Entstehen eines neuen Gegenstandes, unterhält uns angenehm, indem unsere Tätigkeit dabei Null wird. Es ist beinahe wie das Tabakrauchen. Eigentlich sollte man mit uns Poeten verfahren wie die Herzoge von Sachsen mit Luthern, uns auf der Straße wegnehmen und auf ein Bergschloß sperren. Ich wünschte, man machte diese Operation gleich mit mir, und bis Michael sollte mein Tell fertig sein.

Da das elegische Silbenmaß sich nach allen Seiten hin bewegen läßt, so zweifle ich gar nicht an einem glücklichen Erfolge einer lyrischen Behandlung. Ich erinnre mich, schon selbst, in früherer Zeit, eine ähnliche Intention gehabt zu haben.

Aus der Beilage sehen Sie, daß unser erster anaglyphischer Versuch gut genug geraten ist, der Abdruck ist nur aus freier Hand gemacht; wo das Kreuzchen steht, ist er am besten geraten, und Sie werden leicht sehen, daß sich diese Arbeit sehr hoch treiben läßt. Der Einfall macht mir viel Spaß. Facius ist grade der Mann um so was auszuführen, und unser Meyer, indem er weiß, was sich in dieser beschränkten Art tun läßt, wird durch seine Zeichnung das Unternehmen heben. Wir wollen zum Almanach eine ähnliche, jedoch sehr reiche Decke besorgen, sie soll alsdann auf farbig Papier abgedruckt und mit harmonierenden Farben illuminiert werden. Das alles zusammen wird nicht teurer zu stehen kommen als eine Kupferdecke mit Stich und schwarzem Abdruck. Ich bin überzeugt, daß, wenn es einmal im Gange ist, so muß es, besonders da nun viele Bücher geheftet ausgegeben werden, sich als Deckenzierat sehr weit verbreiten.

Übrigens habe ich mich diese Zeit mit Redaktion meiner eignen und der Meyerschen Aufsätze beschäftigt. In acht Tagen wird das erste Manuskript abgehen; indem ich mich daran halte, so wird zugleich das nächste Stück fertig, und ich sehe von dieser Seite einen weiten Raum vor mir.

Diese Tage habe ich mehrere Stunden mit Herrn von Marum zugebracht. Es ist eine gar eigne, gute und verständige Natur. Er hat sich viel mit Elektrizität abgegeben; ich wünschte, daß er länger hierbleiben könnte, so würde man auch mit diesem Teil geschwind zu Rande sein; er empfahl mir den dritten Teil seiner Schriften, in welchem die neusten Resultate dieses wichtigen Kapitels der Naturlehre aufgezeichnet seien.

Eins will ich nicht leugnen, daß mich indessen die Redaktion der Meyerschen Arbeiten unglücklich macht. Diese reine Beschreibung und Darstellung, dieses genaue und dabei so schön empfundne Urteil fordert den Leser unwiderstehlich zum Anschauen auf. Indem ich diese Tage den Aufsatz über die Familie der Niobe durchging, hätte ich mögen anspannen lassen um nach Florenz zu fahren.

Die Romane der Frau von Stael kenne ich, es sind wunderliche passioniert-gedachte Produktionen.

Ich war dieser Tage mit Meyern in einer kleinen Differenz, über die wir uns noch nicht ganz ausgesprochen haben; er behauptete, daß sogar das *Genialisch-Naive* in einem gewissen Sinne durch Schule überliefert werden könne, und er mag wohl recht haben, wenn man den Ausdruck nur so modifiziert: daß die Aufmerksamkeit des Künstlers von frühen Jahren an auf den Wert desselben in der bildenden Kunst gerichtet werden könne und solle. Sonderbar scheint es freilich, daß in unserer Zeit sogar die Idee davon völlig verloren gegangen ist, wie an dem neulichen Vorschlag Danneckers zu einem Basrelief erhellet und wie uns in Gesprächen mit Thouret, welcher der Repräsentant einer großen Masse ist, indem er Künstler und Publikum zugleich vorstellt, aufs neue so sehr aufgefallen ist. Sein Jahrhundert kann man nicht verändern, aber man kann sich dagegen stellen und glückliche Wirkungen vorbereiten. Einer meiner nächsten Aufsätze soll den Titel führen: über die Hindernisse, die dem modernen Künstler im Wege stehen vom Gestaltlosen zur Gestalt zu gelangen. – Der Raum läßt mir nur noch ein Lebewohl zu.

Weimar, am 21. Juli 1798 G.

486. An Goethe

Jena, 23. Juli 1798

Ihr erster anaglyphischer Versuch läßt viel Gutes von dieser Unternehmung erwarten. Ich hatte anfangs nur den kleinen Anstand, ob das Ganze nicht einen zu sehr zusammengestückelten Anblick geben wird, so wie die gedruckten Musiknoten. Vielleicht aber habe ich Ihre Idee nicht ganz gefaßt, und es kann alles wie aus Einem Stück gemacht erscheinen.

Ich habe, weil der Druck des Almanachs jetzt angefangen ist, Ihr Poeten-Gedicht taufen müssen und finde gerade keinen passendern Titel als: *Sängerwürde,* der die Ironie versteckt und doch die Satire für den Kundigen ausdrückt. Wünschen Sie oder wissen Sie gleich einen bessern, so bitte, es mir morgen zu melden, weil ich das Gedicht bald in die Druckerei geben möchte.

In Ihrem Streit mit Meyern scheint mir dieser ganz recht zu haben. Ob sich gleich das Schöne-Naive in keine Formel fassen und folglich auch in keiner solchen überliefern läßt, so ist es doch seinem Wesen nach dem Menschen natürlich, da die entgegengesetzte sentimentale Stimmung ihm nicht natürlich, sondern eine Unart ist. Indem also die Schule diese Unart abhält oder korrigiert und über den natürlichen Zustand wacht, welches sich recht wohl denken läßt, so muß sie den naiven Geist nähren und fortpflanzen können. Die Natur wird das Naive in jedem Individuum, der Art, wenn gleich nicht dem Gehalt nach, hervorbringen und nähren, sobald nur alles weggeräumt wird, was sie stört; ist aber Sentimentalität schon da, so wird die Schule wohl nicht viel tun können. Ich kann nicht anders glauben, als daß der naive Geist, welchen alle Kunstwerke aus einer gewissen Periode des Altertums gemeinschaftlich zeigen, die Wirkung, und folglich auch der Beweis für die Wirksamkeit, der Überlieferung durch Lehre und Muster ist.

Nun wäre aber die Frage, was sich in einer Zeit wie die unsrige von einer *Schule* für die Kunst erwarten ließe. Jene alten Schulen waren Erziehungsschulen für Zöglinge, die neuern müßten Korrektionshäuser für Züchtlinge sein und sich dabei, wegen Armut des produktiven Genies, mehr kritisch als schöpferisch bildend beweisen. Indessen ist keine Frage, daß schon viel gewonnen würde, wenn sich irgendwo ein fester Punkt fände oder machte, um welchen sich das Übereinstimmende versammelte; wenn in diesem Vereinigungspunkt festgesetzt würde, was für kanonisch gelten kann und was verwerflich ist, und wenn gewisse Wahrheiten, die regulativ für die Künstler sind, in runden und gediegenen Formeln ausgesprochen und überliefert würden. So entstünden gewisse symbolische Bücher für Poesie und Kunst, zu denen man sich bekennen müßte, und ich sehe nicht ein, warum der Sektengeist, der sich für das Schlechte sogleich zu regen pflegt, nicht auch für das Gute geweckt werden könnte. Wenigstens scheint mirs, es ließe sich ebensoviel zum Vorteil einer *ästhetischen* Konfession und Gemeinheit anführen als zum Nachteil einer philosophischen.

Ich habe heute Ritters Schrift über den Galvanism in die Hand bekommen, aber obgleich viel Gutes darin ist, so hat mich die schwerfällige Art des Vortrags doch nicht befriedigt und auf eine Unterhaltung mit Ihnen über diese Materie nur desto begieriger gemacht.

Was sagen Sie zu dem neuen Schlegelischen Athenäum und besonders zu den Fragmenten? Mir macht diese naseweise, entscheidende, schneidende und einseitige Manier physisch wehe.

Leben Sie recht wohl und kommen bald herüber. Meine Frau und Schwiegermutter empfehlen sich Ihnen bestens. Sch.

487. An Schiller

Mit Ihrer Ausgleichung der Differenz zwischen Meyer und mir bin ich sehr wohl zufrieden. Sie erlauben, daß ich gelegentlich, wenn ich an diese Materie komme, mich Ihrer Worte bescheidentlich bediene.

Heute geht endlich der erste Transport an Cotta ab. Gern hätte ich das Manuskript Ihnen nochmals zugesendet, indessen ist es mit Meyern, als wie in Ihrer Gegenwart, nochmals durchgegangen worden. Das wenige, was über plastische und architektonische Reste der Etrurier gesagt werden kann, werden Sie etwa Sonnabends erhalten. Das ganze erste Stück wird in kurzem beisammen sein, und die andern werden sogleich fertig, indem das Fertige einen produktiven Einfluß auf das Folgende zeigt.

Des schon bearbeiteten Stoffs liegt eine große Masse bereit und der zu bearbeitende ist unendlich.

Der Titel *Sängerwürde* übertrifft an Vortrefflichkeit alle meine Hoffnungen. Möge ich das edle Werk doch bald gedruckt sehen. Ich habe niemanden weiter etwas davon gesagt.

Ritters Vortrag ist freilich dunkel und für den, der sich von der Sache unterrichten will, nicht angenehm. Er befindet sich gegenwärtig in Belvedere bei Scherer, und ich habe nun doppelte Ursache, auf den ganzen Kreis der Versuche acht zu geben, da mein Zweck dabei sein muß, Sie bequemer damit bekannt zu machen.

Das Schlegelsche Ingrediens in seiner ganzen Individualität scheint mir denn doch in der *Olla potrida* unsers deutschen Journalwesens nicht zu verachten. Diese allgemeine Nichtigkeit, Parteisucht fürs äußerst Mittelmäßige, diese Augendienerei, diese Katzenbuckelgebärden, diese Leerheit und Lahmheit, in der nur wenige gute Produkte sich verlieren, hat an einem solchen Wespenneste, wie die Fragmente sind, einen fürchterlichen Gegner. Auch ist Freund *Ubique*, der das erste Exemplar erhielt, schon geschäftig herumgegangen, um durch einzelne vorgelesene Stellen das Ganze zu diskreditieren. Bei allem, was Ihnen daran mit Recht mißfällt, kann man denn doch den Verfassern einen gewissen Ernst, eine gewisse Tiefe und von der andern Seite Liberalität nicht ableugnen. Ein Dutzend solcher Stücke wird zeigen, wie reich und wie perfektibel sie sind.

Wilhelm schickt mir beiligendes Gedicht für den Almanach, welches ich aber keinesweges empfehlen, ja nicht einmal verteidigen will. An der Legende selbst ist schon nicht viel. Denn daß ein Sultan ein Mädchen verschenkt, will wohl eigentlich nichts heißen. Ferner sind dem Gegenstande nicht einmal die artigen Motive, die man daraus herleiten könnte, abgewonnen. Der Vortrag ist nicht durchsichtig und klar, und was sich sonst noch zu

Ungunsten der Arbeit sagen ließ. Genau besehen ists wieder ein Pygmalion, wobei sich das falsche Streben abermals zeigt, die Angelegenheiten der bildenden Kunst poetisch zu behandeln. Ich will ihm einige freundliche Einwendungen dagegen machen und ihm raten nochmals Hand daran zu legen, dadurch wird wenigstens interloquiert.

Leider hat er auch ein Gedicht auf die Huldigung des Königs drucken lassen, welches keineswegs glücklich ist, mir aber doch gestern zu einem humoristischen Gespräch Gelegenheit gab, worin ich es gegen jene Partei verteidigte, welche durch den gestiefelten Kater gekrallt worden.

Die anaglyphischen Versuche rücken recht schön zu. Ein Kauz auf einer Leier, der die Rückseite des Almanachs zieren soll, wird von Freund Meyer nach der Natur gezeichnet und sorgfältig nachgebildet werden, um zu zeigen, was man auch in diesem Fache sich von der neuen Manier versprechen könne.

Leben Sie recht wohl, empfehlen Sie mich den Ihrigen. Alle Tage erliege ich schier der Versuchung wieder zu Ihnen zu kommen, doch der strömende Lauf unserer kleinen Unternehmungen hält mich jedesmal ab. In 14 Tagen soll das innere Gerippe unserer neuen Theatereinrichtung schon stehen, die kannelierten Säulen sind unter der Kondition verdingt, daß sie den 7ten August zur Stelle geliefert werden, und was der Späße mehr sind. Thouret und Heideloff malten am Vorhange. Schaffen Sie uns nur jetzt noch den Wallenstein zur Stelle.

Nochmals ein Lebewohl.

Weimar, am 25. Juli 1798 G.

488. An Goethe

Jena, 27. Juli 1798

Mein Brief an Humboldt ist ungewöhnlich schnell gelaufen und so auch seine Antwort, die ich Ihnen hier beilege. Er ist, wie Sie finden werden, ganz wohl damit zufrieden gewesen. Freilich kommt mir die Durchsicht seines Werks, die er jetzt noch von mir erwartet, etwas ungelegen, und das Korrigieren in fremden Arbeiten ist eine ebenso undankbare als schwierige Arbeit. Neugierig bin ich, was die eigentlich kritische Welt, besonders die Schlegelsche, zu diesem Humboldtischen Buche sagen wird.

Einen gewissen Ernst und ein tieferes Eindringen in die Sachen kann ich den beiden Schlegeln, und dem jüngern insbesondere, nicht absprechen. Aber diese Tugend ist mit sovielen egoistischen und widerwärtigen Ingredienzien vermischt, daß sie sehr viel von ihrem Wert und Nutzen verliert. Auch gestehe ich, daß ich in den ästhetischen Urteilen dieser beiden eine solche Dürre, Trokkenheit und sachlose Wortstrenge finde, daß ich oft zweifelhaft bin, ob sie wirklich auch zuweilen einen Gegenstand darunter denken. Die eignen poetischen Arbeiten des ältern bestätigen mir meinen Verdacht, denn es ist mir absolut unbegreiflich, wie dasselbe Individuum, das Ihren Genius wirklich faßt und Ihren Hermann z. B. wirklich fühlt, die ganze antipodische Natur seiner eigenen Werke, diese dürre und herzlose Kälte auch nur ertragen, ich will nicht sagen schön finden kann. Wenn das Publikum eine glückliche Stimmung für das Gute und Rechte in der Poesie bekommen kann, so wird die Art, wie diese beiden es treiben, jene Epoche eher verzögern als beschleunigen, denn diese Manier erregt weder Neigung und Vertrauen noch Respekt, wenn sie auch bei den Schwätzern und Schreiern Furcht erregt, und die Blöße, welche die Herrn sich, in ihrer einseitigen und übertreibenden Art, geben, wirft auf die gute Sache selbst einen fast lächerlichen Schein.

Kant hat zwei Sendschreiben an *Nicolai* über die Buchmacherei drucken lassen, worin er ihm einige derbe Dinge sagt und ihn sehr verächtlich abfertigt. Vielleicht kann ich das Schriftchen heute noch bekommen und beilegen.

Leben Sie wohl für heute. Ich habe große Familiengesellschaft von Weimar und Rudolstadt im Hause. Meine Frau grüßt schönstens. S.

N. S. Den Humboldtischen Brief und das Schriftchen von Kant sind Sie wohl so gütig, der Botenfrau wieder mitzugeben.

489. An Schiller

Ihr Brief ist mir heute spät zugekommen. Schärfen Sie noch der Botenfrau ein, daß sie die Briefe gleich selbst bringt. Diese Leute machen sichs manchmal bequem und geben die Sachen an kleine Knaben, die sich im Herumtragen verspäten.

Kants Zurechtweisung des Salbaders ist recht artig. Es gefällt mir an dem alten Manne, daß er seine Grundsätze immer wiederholen und bei jeder Gelegenheit auf denselben Fleck schlagen mag. Der jüngere, praktische Mensch tut wohl, von seinen Gegnern keine Notiz zu nehmen, der ältere, theoretische muß niemanden ein ungeschicktes Wort passieren lassen. Wir wollen es künftig auch so halten.

Es freut mich herzlich, daß Humboldt Ihren Brief so gut aufgenommen hat. Sein Ernst, sein Talent, sein Streben, sein guter Wille, seine Neigung, seine Freundschaft verdienen eine redliche und freundliche Erwiderung. Er wird nun auch meinen Brief mit der Euphrosyne bald erhalten. Aufrichtig aber will ich gestehen, daß ich nicht sehe, wie es möglich sein soll, eine Revision seiner Arbeit, wie er sie vorschlägt, zu veranstalten. Denn wenn Sie, nach Ihrer Vorstellung, daran zu rücken anfangen, so wird ja das Gebäude mehr geregt, als daß es in allen seinen Fugen bleiben könnte. Nach meiner Vorstellungsart ließe sich so etwas kaum durch Gegenwart und Gespräch leisten.

Was noch allenfalls zu Gunsten der Schlegel zu sagen wäre, wollen wir auf eine mündliche Unterhandlung versparen. Ich wünsche die Fragmente eigens mit Ihnen durchzugehen, als Veranlassung zum interessanten Gespräch werden sie gewiß sehr dienen, selbst indem sie zum Widerspruch aufregen. Wie glücklich würde ich mich finden, wenn ich schon wieder in Ihrer Nähe wäre.

An Cotta ist die erste Sendung fort, hierbei teile ich die zweite mit und wünsche sie auf den Mittwoch wieder zu erhalten. Zeigen Sie mir ja an, was Sie über den Stoff und über den Vortrag denken.

Die Einleitung vom ersten Stück wird auch nicht lange außen bleiben, sie scheint mir ein klein wenig zu *feierlich,* doch ist es ja, wie Freund Humboldt sagt, der deutsche Charakter, und die Sache selbst ist, wenn man sie näher besieht, ernsthaft genug. Man muß nachher, im einzelnen, wo sichs schickt, desto muntrer und durchaus natürlich heiter sein.

In der Anzeige der neuen Anaglyphik gebe ich ein Beispiel, wie man wohl sogar jedes mechanisch Einzelne an das Allgemeine der geistigen Kunst immer künftig anschließen sollte.

In der Anzeige der neuen Anaglyphik gebe ich ein Beispiel, wie man wohl sogar jedes mechanisch Einzelne an das Allgemeine der geistigen Kunst immer künftig anschließen sollte.

Ich mache auch schon das zweite Stück zurecht und hoffe bald bis ins dritte und vierte vorgearbeitet zu haben und wenigstens zum Teil die reinlichen Abschriften vor mir liegen zu sehen. Was mich freut, das ist, gerade hieran eine Arbeit zu finden, die ich recht bequem in Weimar machen kann.

Ich wünsche bald zu hören, daß Ihr Anteil zum Almanach im

Wachsen ist. Vielleicht schicke ich auch noch was. Senden Sie mir doch gleich den ersten gedruckten Bogen.

Weimar, am 28. Juli 1798 G.

490. An Goethe

Jena, 31. Juli 1798

Der Aufsatz über die plastische Kunst der Hetrurier ist durch seine strenge und nüchterne Wahrheit zwar ein wenig mager, aber das darf der Arbeit selbst nicht zum Vorwurfe gereichen. Derjenige wird immer trocken erscheinen, der ein beliebtes Vorurteil in seiner Blöße darstellt und die Einbildungskraft in strenge Sachgrenzen zurückweist. Mich freute dieser Aufsatz, weil ich einen klaren und genugtuenden Begriff von dem Gegenstand bekam, über welchem mir immer ein Dunkel gelegen hatte. Einige schwerfällige Perioden, z. B. gleich der erste, würden wohl noch verbessert werden können.

Es ist ein sehr guter Gedanke vom alten Meister gewesen, die Dürftigkeit des Stoffs, bei dem zweiten Briefe, auf eine so anmutige Art, wie er getan hat, zu verstecken, wodurch dieser, an Sachen viel ärmere, zweite Brief noch sogar unterhaltender als der erste wird, bei dem man viel mehr lernt. Beide sind, jeder auf seine Weise, sehr zweckmäßige Beiträge zu der Sammlung.

Vor der Feierlichkeit, die in Ihrer Einleitung herrschen wird, ist mir nicht bange, denn was Sie feierlich nennen, und was es auch ist, möchte dem deutschen Publikum im ganzen es noch nicht sein und bloß als ernstlich und gründlich erscheinen. Diese Einleitung erwarte ich mit großer Begierde.

Zum Almanach sind wieder einige nicht unbrauchbare Beiträge gekommen, aber die gehörige Zahl ist noch immer nicht beisammen, wenn ich auch gleich meinen möglichen Anteil auf etliche und zwanzig Blätter rechne. Zwar erhielt ich gestern auf einmal und von einem einzelnen freiherrlichen Autor soviel Gedichte zugeschickt, um mehr als den halben Almanach damit zu füllen, aber, den Unwert abgerechnet, unter der tollen Bedingung, daß die ganze Suite abgedruckt werden sollte, wobei gegen 50 Seiten Gelegenheitsgedichte befindlich waren.

Ich selbst bin dieser Tage in einer ganz guten Stimmung zur Arbeit gewesen. Etwas ist auch fertig geworden und ein anderes auf dem Wege, es zu werden.

Ein Korrekturbogen des Almanachs ist noch nicht gekommen.

Bei *Scherern,* den ich gestern sprach, ist mir eine Bemerkung wieder eingefallen, die Sie mir voriges Jahr über ihn machten. Es ist eine ganz gemütliche Natur und so glatt, daß man sie nirgends fassen kann. Bei solchen Naturellen ist es recht fühlbar, daß das Gemüt eigentlich die Menschheit in dem Menschen macht, denn man [kann] sich, solchen Leuten gegenüber, nur an Sachen erinnern und das Menschliche in einem selbst ganz und gar nirgends hintun. Schelling ist doch kein solcher Mensch, denk ich.

Leben Sie recht wohl und machen, daß Sie Ihrer Geschäfte in Weimar bald los sind. Ich empfehle Ihnen, was Sie *mir* oft vergebens raten, es zu *wollen* und frisch zu tun.

Meine Frau grüßt Sie. Seit einigen Tagen befinden wir uns wieder allein. S.

491. *An Goethe*

Jena, 21. August 1798

Das Wetter allein hat mich, am Freitag und Sonnabend, von dem versprochnen Besuch abgehalten, indem ich doch auch gewünscht hätte, Ihre Besitzungen zu durchwandern, welches bei dem Regenwetter nicht wohl anging. Ich kann mich gar nicht daran gewöhnen, fast eine Woche nichts von Ihnen zu sehen und zu hören; unterdessen habe ich einige Dutzend Reime gemacht und bin eben an der Ballade, wobei ich mir die Unterhaltung verschaffe, mit einer gewissen plastischen Besonnenheit zu verfahren, welche der Anblick der Kupferstiche in mir erweckt hat.

Daß ich Ihnen die zwei letzten Akte vom Wallenstein vorlas und mich von Ihrem Beifall überzeugen konnte, ist eine wahre Wohltat für mich gewesen und wird mir den Mut geben und erhalten, den ich zur Vollendung des Stücks noch so nötig brauche.

Auf der andern Seite hingegen könnte es mich beinah traurig machen, daß ich nun nichts mehr *vor* mir habe, worauf ich mich bei dieser Arbeit so recht freuen kann; denn Ihnen das fertige Werk vorzulesen und Ihrer Zufriedenheit gewiß zu sein, war im Grund meine beste Freude, denn bei dem Publikum wird einem das wenige Vergnügen durch so viele Mißtöne verkümmert.

Humboldten habe ich vorigen Freitag geantwortet und ihm von dem Schicksal seiner Schrift Nachricht gegeben, die ihn hoffentlich ganz zufrieden stellen wird.

Eben unterbricht mich unser Prorektor Paulus. Ich schreibe morgen abend ein mehreres.

Leben Sie recht wohl. Meine Frau grüßt aufs beste. Sch.

492. An Schiller

Die Musen und Grazien von Oberroßla hatten Ihre Gegenwart mehr gewünscht als gehofft, das Wetter war gar zu übel, und in regenlosen Momenten war doch kein Spaziergang als auf den Gänserasen möglich. Vielleicht finden wir bald wieder Gelegenheit uns dort anzutreffen. Über Wallenstein habe ich indessen vieles gedacht und mir die erstern Akte wieder ins Gedächtnis gerufen. Wenn ich wieder zu Ihnen komme, dächt ich, fingen wir von vorn an, weil ich nun das Ganze weiß, besonders da es Sie an der Ausführung nicht hindert, wenn jemand mitspricht. Ich wünsche je eher je lieber eine klare Übersicht darüber zu haben, noch mehr aber es vollendet zu sehen. Es wird sehr hoch stehen, wenn es fertig ist, ich wünsche Ihnen zum Nachsommer noch gute Stimmung.

Wenn Sie recht klopfen, sägen, hämmern, hobeln hören wollen, so sollten Sie sich jetzt tags ein paar Stunden ins Theater setzen, es geht sehr rasch und wird recht artig werden.

Ich habe wieder neue Grillen über das Tragische und Epische, die ich Ihnen bei der nächsten Zusammenkunft mitteilen will. Bis auf den Sonnabend weiß man wohl, wann Durchlaucht der Herzog kommen wird. Verzieht sich seine Ankunft bis in den September, so bin ich bald wieder bei Ihnen.

Der erste Bogen Laokoon ist angekommen, der Druck nimmt sich ganz heiter aus, die Einleitung habe ich nochmals durchgegangen, der Inhalt ist ausgezogen; auf den nächsten Brief Cottas schicke ich den Überrest fort, und so wäre denn auch dies Schifflein vom Stapel gelaufen.

Meyer grüßt schönstens und hat wieder mancherlei Gutes in der Arbeit. Ich freue mich über den plastischen Einfluß der zurückgelaßnen Bilder, mir scheint er täglich unentbehrlicher. Leben Sie recht wohl, mich verlangt recht herzlich wieder nach der gewohnten täglichen Unterhaltung. Grüßen Sie Ihre liebe Frau aufs beste.

Weimar, am 22. August 1798 G.

493. An Goethe

Jena, 24. August 1798

Da unser Herzog nun wieder da ist, so scheint der Termin Ihrer Hieherkunft sich wieder zu verrücken; ich werde mich binnen der Zwischenzeit meiner Pflichten und Sorgen für den Almanach zu entledigen suchen, um, wenn Sie kommen und die Mitteilungen wieder anfangen, den letzten schwersten Schritt zum Wallenstein tun zu können. Da Sie einmal Lust haben, in die Ökonomie des Stücks hineinzugehen, so will ich gelegentlich das Schema davon in Ordnung bringen, das in meinen Papieren zerstreut liegt, indem es Ihnen, eh das Ganze selbst ausgeführt ist, die Übersicht erleichtern kann.

Ich bin verlangend, Ihre neuen Ideen über das Epische und Tragische zu hören. Mitten in einer tragischen Arbeit fühlt man besonders lebhaft, wie erstaunlich weit die beiden Gattungen auseinandergehen. Ich fand dies auf eine mir selbst überraschende Weise bei der Arbeit an meinem fünften Akte, die mich von allem Ruhig Menschlichen völlig isolierte, weil hier ein Augenblick fixiert werden mußte, der notwendig vorübergehend sein muß. Dieser so starke Absatz, den meine Gemütsstimmung hier gegen alle übrigen freieren menschlichen Zustände machte, erweckte mir beinahe eine Furcht, mich auf einem zu pathologischen Wege zu befinden, weil ich das meinem Individuum zuschrieb, was die Natur des Geschäfts mit sich brachte. Aber so ist es mir ein Beweis mehr, daß die Tragödie nur einzelne außerordentliche Augenblicke der Menschheit, das Epos dagegen, wobei jene Stimmung nicht wohl vorkommen kann, das beharrliche, ruhig fortbestehende Ganze derselben behandelt und deswegen auch den Menschen in jeder Gemütsfassung anspricht.

Ich lasse meine Personen viel sprechen, sich mit einer gewissen Breite herauslassen; Sie haben mir darüber nichts gesagt und scheinen es nicht zu tadeln. Ja Ihr eigener Usus sowohl im Drama als im Epischen spricht mir dafür. Es ist zuverlässig, man könnte mit weniger Worten auskommen, um die tragische Handlung auf- und abzuwickeln, auch möchte es der Natur handelnder Charaktere gemäßer scheinen. Aber das Beispiel der Alten, welche es auch so gehalten haben und in demjenigen, was Aristoteles die Gesinnungen und Meinungen nennt, gar nicht wortkarg gewesen sind, scheint auf ein höheres poetisches Gesetz hinzudeuten, welches eben hierin eine Abweichung von der Wirklichkeit fodert. Sobald man sich erinnert, daß alle poetische Personen symbolische Wesen sind, daß sie, als poetische Gestalten, immer das Allgemeine der Menschheit darzustellen und auszusprechen haben, und sobald man ferner daran denkt, daß der Dichter so wie der Künstler überhaupt auf eine öffentliche und ehrliche Art von der Wirklichkeit sich entfernen und daran erinnern soll, daß ers tut, so ist gegen diesen Gebrauch nichts zu sagen. Außerdem würde, deucht mir, eine kürzere und lakonischere Behandlungsweise nicht nur viel zu arm und trocken ausfallen, sie würde auch viel zu sehr realistisch, hart und in heftigen Situationen unausstehlich werden, dahingegen eine breitere und vollere Behandlungweise immer eine gewisse Ruhe und Gemütlichkeit, auch in den gewaltsamsten Zuständen, die man schildert, hervorbringt.

Richter war dieser Tage hier, er ließ sich aber zu einer ungeschickten Stunde bei mir melden, daß ich ihn nicht annahm. Matthisson, dem ich vor einigen Wochen etwas Schönes über seine Beiträge und deren Anzahl sagte, hat mir wieder ein Gedicht geschickt, so wächst der Almanach nach und nach zu der gebührenden Größe an. Auch Gries hat einiges, an kleinen Sachen, gesendet, was sich brauchen läßt. Göpferdt ist noch nicht über den zweiten Bogen.

Leben Sie recht wohl, vielleicht komme ich nächste Woche auf einen Tag und sehe dann vielleicht auch das theatralische Bauwesen. Wenn Sie wiederkommen, finden Sie auch mein Häuschen in Ordnung, das wir morgen einweihen werden. Damit geht mir auch eine ruhigere Epoche an.

Meine Frau grüßt Sie bestens, sie hat sich gefreut, Sie neulich doch einen Augenblick zu sehen. Sch.

494. An Schiller

Ich habe soeben unsern Theaterbau besucht, wo alles sehr rasch geht. In der Mitte der künftigen Woche wird die Decke fertig, das leichte Gerüst herausgenommen und der größte Schmutz getilgt sein, alsdann wird man sich schon einen Begriff von der Intention machen können. Ich hoffe, es soll deswegen auch recht artig werden, weil von gewissen Plätzen aus das Publikum sich wechselweise selbst sieht, auch werden sehr viel Menschen hineingehen.

Es wäre sehr artig, wenn Sie uns bald besuchten, wir würden manches Kapitel durchsprechen können, und der Bau würde Sie des Tags ein paar Stunden unterhalten. Vielleicht gäb Ihnen auch der Anblick eines Theaters neue dramatische Anlässe.

Heute sage ich nicht mehr, denn der gestrige Hochzeitgenuß hat nicht die beste Stimmung hinterlassen. Leben Sie recht wohl und grüßen Ihre liebe Frau.

Weimar, am 25. August 1798 G.

495. An Schiller

Da unsere Rechnung wegen des Manuskripts mit des Setzers Bedürfnissen nicht zusammentrifft, so muß ich noch ein paar Bogen nachschicken und bitte deshalb um Niobe. Was wir von der typographischen Seite verlieren, gewinnen wir an der Stärke der Ladung, die wir auf einmal ins Publikum werfen. Haben Sie die Güte, dem Überbringer, den ich deswegen expreß abschicke, das Manuskript der *Niobe* mitzugeben. Leben Sie recht wohl und halten Sie womöglich Ihr Versprechen mich zu besuchen.
Weimar, am 27. August 1798. G.

496. An Schiller

Indem ich Ihren Boten erwarte, so finde ich, daß ich Sie noch einmal aufmuntern sollte herüberzukommen, wenn Sie es mit dem Almanach und dem Gange seines Drucks einigermaßen einrichten können, denn

1. ist das leidige Wetter, das noch eine Zeitlang anzuhalten droht, im Garten weniger genießbar als in einem vielzimmrigen Hause;
2. wird Sie der Theaterbau unterhalten;
3. geht am Freitag das komplette Stück der Propyläen weg, zu dem Sie Ihren Segen erteilen sollten;
4. wird zu dem neuen Anstalt gemacht, zu welchem Ihr Rat sehr erfreulich wäre;
5. sind allerlei naturhistorische Observationen in Bewegung, wovon die Resultate Sie auch gewiß erfreuen werden, und was ich noch alles Sie zu verleiten sagen könnte; beherzigen

Sie übrigens Ihren Vorteil und Ihre Bequemlichkeit, bringen Sie aber, wenn Sie kommen, den Wallenstein mit, denn wir müssen viel auf einmal tun. Wie die Sache mit dem Theater gegenwärtig steht, kann ich nicht weg. Leben Sie recht wohl und entschließen Sie sich womöglich auf das kürzeste. In 14 Tagen stehen die Sachen so, daß ich wieder nach Jena gehen kann und bis zu Ende Septembers bleibe. Leben Sie recht wohl und tun Sie, was möglich ist.
Weimar, am 27. August 1798 G.

497. An Goethe

Jena, 27. August 1798

Zwei Bogen machen freilich einen starken Rechnungsfehler, der auch für die künftigen Missionen ein bedenkliches Omen gibt und mehr Vorrat an Manuskript nötig machen dürfte. Für den Anfang ist es übrigens recht gut, daß man dem Publikum mehr geben kann. Sollten Sie aber etwas andres substituieren können als *Niobe*, so wäre es wohl gut, denn außerdem, daß die plastischen Artikel am wenigsten zu der Menge sprechen und am meisten bei dem Leser voraussetzen, so fürchte ich, daß Sie in den folgenden Stücken das Verhältnis nicht wohl fort beobachten können. Ob nicht vielleicht Ihr Aufsatz über die *Methode bei Naturwissenschaften* dazu genommen werden könnte?

Das sind Betrachtungen, die ich nur in der Eile anstellen kann, denn ich muß den Boten abfertigen.

Das Wetter ist seit vorgestern hier ganz unerträglich, daß wir in unserer windigen Wohnung uns beinah in ein geheiztes Zimmer einschließen müssen. Indessen geht die Arbeit ganz leidlich vonstatten, und ich werde Ihnen ehestens etwas produzieren können.

Leben Sie recht wohl, mit Meyern. Könnten Sie uns nicht die *Mémoires* von Cléry verschaffen? Sch.

498. An Goethe

Jena, 28. August 1798

Es war mein Vorsatz, Ihnen heute meinen Glückwunsch zum Geburtstag selbst zu überbringen, aber weil ich zu spät aufstand und mich auch nicht wohl fühlte, so mußte das gute Vorhaben für heute aufgegeben werden. Wir haben aber mit herzlicher Teilnehmung Ihrer gedacht und uns besonders der Erinnerung an alles das Gute überlassen, was durch Sie bei uns gegründet worden ist.

Ich bin in diesen Tagen von einem Besuch überrascht worden, dessen ich mich nicht versehen hätte. Fichte war bei mir und bezeigte sich äußerst verbindlich. Da er den Anfang gemacht hat, so kann ich nun freilich nicht den Spröden spielen, und ich werde suchen, dies Verhältnis, das schwerlich weder fruchtbar noch anmutig werden kann, da unsere Naturen nicht zusammenpassen, wenigstens heiter und gefällig zu erhalten.

Was Ihnen mit den griechischen Sprüchwörtern zu begegnen pflegt, dies Vergnügen verschafft mir jetzt die Fabelsammlung des Hyginus, den ich eben durchlese. Es ist eine eigene Lust, durch diese Märchengestalten zu wandeln, welche der poetische Geist belebt hat, man fühlt sich auf dem heimischten Boden und von dem größten Gestaltenreichtum bewegt. Ich möchte deswegen auch an der nachlässigen Ordnung des Buchs nichts geändert haben, man muß es gerade rasch hintereinander durchlesen, wie es kommt, um die ganze Anmut und Fülle der griechischen Phantasie zu empfinden. Für den tragischen Dichter stecken noch die herrlichsten Stoffe darin, doch ragt besonders die Medea vor, aber in ihrer ganzen Geschichte und als Zyklus müßte man sie brauchen. Die Fabel von Thyest und der Pelopia ist gleichfalls ein vorzüglicher Gegenstand. Im Argonautenzug finde ich doch noch mehrere Motive, die weder in der Odyssee noch Ilias vorkommen, und es dünkt mir doch, als ob hierin noch der Keim eines epischen Gedichtes stäke.

Merkwürdig ist es, wie dieser ganze mythische Zyklus, den ich jetzt übersehe, nur ein Gewebe von Galanterien und, wie sich Hyginus immer bescheiden ausdrückt, von *Compressibus* ist, und alle großen und fruchtbaren Motive davon hergenommen sind und darauf ruhen.

Es ist mir eingefallen, ob es nicht eine recht verdienstliche Beschäftigung wäre, die Idee, welche Hyginus im rohen und für ein anderes Zeitalter ausgeführt hat, mit Geist und mit Beziehung auf das, was die Einbildungskraft der jetzigen Generation fodert, neu auszuführen und so ein griechisches Fabelbuch zu verfertigen, was den poetischen Sinn wecken und dem Dichter sowohl als dem Leser sehr viel Nutzen bringen könnte.

Ich lege hier 2 Aushängebogen des Almanachs bei. Der dritte folgt nächstens.

Meine Frau grüßt Sie aufs beste. Leben Sie recht wohl.

S.

499. An Schiller

Herzlichen Dank für das Andenken, das Sie meinem Geburtstage widmeten, und schon für den Gedanken, daß Sie mich hätten besuchen mögen. Der Tag ist mir zerstreut und fruchtlos hingegangen, ich hoffe mich bald in Ihrer Nähe zu sammeln. Hygin hat mir auch, so oft ich ihn aufgeschlagen, Freude gemacht, es wird mir sehr lieb sein ihn einmal im Ganzen mit Ihnen durchzugehen. Auf die Argonauten hatte ich auch immer ein Zutrauen, und nach der neuen Lehre, da man von der Epopee keine Einheit fordern will, wäre das Sujet seiner rhapsodischen Natur nach äußerst bequem. Es liegen herrliche Motive darin und gewiß ließen sich noch manche daraus entwickeln.

Freitags will ich nun die letzten Hefte des Manuskripts abschicken. An der Einleitung habe ich noch manches getan, das ihr hoffentlich nicht schaden soll, und würde immer noch mehr daran ausputzen, wenn ich sie nicht fortschicken müßte. Nun geht aber eigentlich eine neue Ansicht der Dinge an, denn schon in den Aushängebogen hat das Wesen eine andere Gestalt als in dem Manuskripte. Ich hoffe, es soll nicht fehlen gleich aus den vier ersten Stücken eine Art von harmonierender Komposition zu machen. Wenn wir nur noch etwas dazu von Ihnen erhalten könnten, das weiter hinausdeutete! Der Druck zum Almanach nimmt sich recht artig aus, freilich fordert die kleine Schrift sorgfältigen Druck und glattes Papier.

Es freut mich, daß die Herren Conz und Bürde ein wenig liederlich werden und sich an verbotnen Liebschaften ergötzen; wenn ich es noch von Matthisson erleben könnte, würde es mir noch größern Spaß machen. Es ist kuriös, wie sich die Leute vor gewissen An- und Nachklängen nicht retten können. So tönt der alte Hexenmeister in der alten Wundergerte doch einigermaßen nach.

Vielleicht erhalten Sie gegen das Ende doch noch etwas von mir.

Der Deckel ist fertig, und man wird nun sehen, wie es mit dem Aufhöhen und Aufputzen der Zierate gehen kann. Sie sollen ehestens davon ein Pröbchen haben. Leben Sie recht wohl und fleißig, indem ich auch mich hier loszuarbeiten suche. Die erste Hälfte Septembers möchte ich gar gerne bei Ihnen zubringen.

Nutzen Sie das neue Verhältnis zu Fichten für sich so viel als möglich und lassen es auch ihm heilsam werden. An eine engere Verbindung mit ihm ist nicht zu denken, aber es ist immer sehr interessant ihn in der Nähe zu haben.

Weimar, am 29. August 1798 G.

500. An Goethe

Jena, 31. August 1798

Wenn ich es irgend einrichten kann und mein Befinden es erlaubt, so komme ich nächste Woche gewiß auf einige Tage hinüber. Freilich muß ich mit meinen Beiträgen zum Almanach im reinen sein; dazu aber kann binnen 4 Tagen Rat werden. Denn es sind zwei Balladen fertig, welche zusammen 20 Seiten, gedruckt, betragen, und das Gedicht, woran ich eben jetzt bin, wird auch zwischen 10 und 12 Seiten betragen, so daß ich also mit dem schon abgedruckten Gedicht doch ein Kontingent von 36 bis 40 Seiten zusammenbringe, außer dem was vielleicht noch der Zufall binnen den nächsten 14 Tagen beschert. Ich kann dann mit weniger Sorge bei Ihnen sein und auch den Gedanken an den Wallenstein Raum geben.

Sie haben recht, daß gewisse Stimmungen, die Sie erregt haben, bei diesen Herrn Conz, Matthisson u. a. nachhallen. Diese moralischen Gemüter treffen aber die Mitte selten, und wenn sie menschlich werden, so wird gleich etwas Plattes daraus.

Dieser Herr Conz hat in dem kleinen Gedicht, das Sie gedruckt gefunden haben, eigentlich mein *Geheimnis* kopiert, ob gleich er in der Rezension, die er in der Tübinger Zeitung von dem Almanach gemacht hat, von diesem Gedicht sowie von allen übrigen außer dem Ibykus ganz still geschwiegen.

Matthisson hat wieder ein Gedicht eingesendet. Es ist mir lieb, daß sein Name oft vorkommt, aber erquicken kann sich wohl niemand an seinen Sachen.

Zur nunmehrigen völligen Ausfertigung des 1sten Stücks der Propyläen wünsche ich Glück. Ich bin recht verlangend es im Druck zu lesen und mich dann mit Ruhe darüber zu machen. Auf einen Beitrag von mir für das vierte Stück dürfen Sie sicher rechnen, denn ich brauche zur Beendigung des Wallensteins allerhöchstens noch den Rest dieses Jahrs. Die Ausarbeitung des Stücks fürs Theater, als eine bloße Verstandessache, kann ich schon mit einem andern besonders theoretischen Geschäft zugleich vornehmen.

Ich freue mich den Theaterbau mit anzusehen und glaube Ihnen, daß der Anblick der Bretter allerlei erwecken wird. Es ist mir neulich aufgefallen, was ich in einer Zeitschrift oder Zeitung las, daß das Hamburger Publikum sich über die Wiederholung der Ifflandischen Stücke beklage und sie satt sei. Wenn dies einen analogischen Schluß auf andere Städte erlaubt, so würde mein Wallenstein einen günstigen Moment treffen. Unwahrscheinlich ist es nicht, daß das Publikum sich selbst nicht mehr sehen mag, es fühlt sich in gar zu schlechter Gesellschaft. Die Begierde nach jenen Stücken scheint mir auch mehr durch einen Überdruß an den Ritterschauspielen erzeugt, oder wenigstens verstärkt worden zu sein, man wollte sich von Verzerrungen erholen. Aber das lange Angaffen eines Alltagsgesichts muß endlich freilich auch ermüden.

Die ersten Bogen von den Propyläen sowie die Decken zum Almanach werde ich wohl bei Ihnen selbst in Augenschein nehmen.

Werde ich die paar Tage bei Meyern logieren können ohne ihn zu genieren?

Leben Sie recht wohl. Meine Frau grüßt Sie aufs beste. Sch.

501. An Schiller

Meine heutige Botschaft sei vorzüglich der Decke des Almanachs gewidmet, davon ich hier ein paar Proben übersende.

Die auf weiß Papier zeigt, wie sauber sie gestochen sei; einige Tausend können abgezogen werden, ohne daß man es merklich spüren wird, denn alles ist mit dem Grabstichel gemacht. Auf gefärbtem Papier nimmt sie sich, dünkt mich, besonders gut aus, eigentlich aber ist darauf kalkuliert, daß ein bißchen Farbe drauf kommen soll, wie die eine Hälfte zeigt.

Das Ries von dem Schreibpapier, wie eine Probe mitkommt, soll 3 Taler 12 Groschen kosten, es würde sich gefärbt ganz gut ausnehmen und das Ries würde nicht gar 2000 Decken geben.

Das 100 mit erwärmter Platte und sehr sorgfältig zu drucken verlangt man 16 Groschen,

das Buch Papier zu färben 5 Groschen.

Für ein Exemplar zu malen würde man allenfalls 18 Pfennige geben müssen. Es käme darauf an, wieviel gemalte Sie etwa haben wollten? Ich glaube, mancher wird ein paar Groschen fürs bunte Exemplar gerne mehr geben.

Schicken Sie mir das gemalte Exemplar sowie das Papiermuster zurück und bestimmen Ihre Bestellung, so kann alles hintereinander gemacht und die Decke zur rechten Zeit fertig werden.

Wenn Sie uns besuchen, so können Sie recht gut neben Meyern logieren. Erfüllen Sie nur wo möglich Ihr Versprechen.

Weimar, am 1. September 1798 G.

502. An Goethe

Jena, 2. September 1798

Ein schwedischer Kaufmann, Herr Lindahl, überbringt Ihnen diesen Brief. Er ist ein sehr eifriger Freund der deutschen Literatur, hat viele Kenntnisse und scheint in Schweden mit den bedeutendsten Gelehrten viele Verbindungen zu haben. Sie werden ihn also freundschaftlich empfangen, wie ich wünsche, denn es ist ein Mann, der es zu verdienen scheint, auch wünschte ich, daß er *Meyern* kennenlernte.

Die Decke nimmt sich sehr zierlich aus, wir können die 170 Exemplare auf Velin-Papier vorderhand mit bunten Decken auszieren lassen. Es ist darnach noch immer Zeit, auch noch andere aufzuhöhen. Auch ist die gewählte graugelbe Farbe sehr passend, und besonders für die bunten Exemplare. Zu den letztern kann ich vielleicht etwas besseres Papier von hier aus schikken, sonst ist das, wovon Sie eine Probe geschickt, ganz brauchbar. Den Preis von allem wird Cotta nicht zu hoch finden.

Ich sende die Decken und das Papier morgen, weil ich dem Fremden keinen größeren Brief mitgeben will.

Das Wetter hat sich wieder sehr glücklich verändert und meinen Entschluß nach Weimar zu gehen, etwa auf den Donnerstag, sehr ernstlich bestimmt.

Leben Sie recht wohl. S.

503. An Goethe

Jena, 4. Sept. 1798

Meinen Brief vom Sonntag wird Ihnen der Schwede überliefert haben. Hier folgen die Proben zurück.

Auch sende ich einstweilen eine von den Balladen, die andere kann ich vielleicht auch noch beilegen. Es sollte mir lieb sein, wenn ich den christlich-mönchisch-ritterlichen Geist der Handlung richtig getroffen und die disparaten Momente derselben in einem harmonierenden Ganzen vereinigt hätte. Die Erzählung des Ritters ist zwar etwas lang ausgefallen, doch das Detail war nötig, und trennen ließ sie sich nicht wohl.

Haben Sie die Güte mich zu erinnern, wenn Sie etwas anders wünschten, und mir das Manuskript mit dem Botenmädchen zurückzusenden.

Die andere Geschichte hat mir der Hyginus zugeführt. Ich bin neugierig, ob ich alle Hauptmotive, die in dem Stoffe lagen, glücklich herausgefunden habe. Denken Sie nach, ob Ihnen noch eines beifällt, es ist dies einer von den Fällen, wo man mit einer großen Deutlichkeit verfahren und beinahe nach Prinzipien erfinden kann.

Ich habe mir zwar jetzt einen starken Schnupfen zugezogen,

doch denke ich, wenn nichts dazwischen kommt, auf den Donnerstag zu kommen.

Herzlich freue ich mich Sie wieder zu sehen.

Leben Sie recht wohl. Meine Frau ladet Sie zum Mangold ein, der jetzt recht schön steht.

Meine Frau bittet Sie, ihr den versprochnen *Sternbald* zu schicken.

504. An Schiller

In der Hoffnung Sie morgen zu sehen schreibe ich nur wenig. Die Balladen folgen zurück, sie sind beide sehr gut geraten; bei dem christlichen Drachen finde ich nichts zu erinnern, er ist sehr schön und zweckmäßig. In der Bürgschaft möchte es physiologisch nicht ganz zu passieren sein, daß einer, der sich an einem regnigen Tag aus dem Strome gerettet, vor Durst umkommen will, da er noch ganz nasse Kleider haben mag. Aber auch das Wahre abgerechnet und ohne an die Resorption der Haut zu denken, kommt der Phantasie und der Gemütstimmung der Durst hier nicht ganz recht. Ein ander schickliches Motiv, das aus dem Wandrer selbst hervorginge, fällt mir freilich zum Ersatz nicht ein; die beiden andern von außen, durch eine Naturbegebenheit und Menschengewalt, sind recht gut gefunden.

Wollten Sie wohl die Güte haben beiligenden Zettel an Professor Lenz zu schicken und mir das Buch mitzubringen. Treten Sie ja von Ihrem guten Vorsatz nicht zurück, Ihre Reise wird Ihnen gewiß wohl bekommen. Den vortrefflichen Sternbald lege ich bei, es ist unglaublich, wie leer das artige Gefäß ist.

Weimar, den 5. September 1798 G.

505. An Goethe

Jena, 5. September 1798

Weil mein Schnupfen noch heftig ist, so will ich meine Wanderung lieber noch einen Tag oder zwei verschieben. Auch kann ich morgen noch eine Korrektur abtun und das Gedicht, das ich unter Händen habe, vielleicht schließen, obgleich der Schnupfen eine schlechte Stimmung gibt.

Können Sie noch etwas in den Almanach stiften, so tun Sie es ja, denn es wird hart halten, den nötigen Tribut zu liefern, obgleich der göttliche Matthisson heute abermals ein Gedicht nachgesendet hat, denn unsre Dichterinnen haben mich stecken lassen.

Die Stanzen, die Sie auf der Herzogin Geburtstag gemacht, wünschte ich zu haben. Das Blatt, das Sie mir gesendet, muß unter meinen Papieren in der Stadt liegen, hier kann ichs nicht finden, vielleicht finden Sie es in Weimar.

Ein klein Liedchen lege ich hier bei. Gefällt es Ihnen, so können wirs auch drucken lassen. Ich finde unter meinen Papieren allerlei angefangen, aber die Stimmung läßt sich nicht kommandieren, um es zu endigen.

Leben Sie recht wohl. Ich wünsche zu hören, daß Sie mit der gestrigen Sendung zufrieden sein mögen. Sch.

506. An Schiller

Wir haben Sie mit Sehnsucht erwartet, und was den Schnupfen betrifft, so hätten Sie ihn, nach unsers Fürsten erprobter Theorie, eben dadurch kuriert, wenn Sie sich der Luft ausgesetzt hätten.

Mich hält das Theater fest, bei dessen Bau und Einrichtung alle Tage etwas zu ordnen vorkommt, sonst wäre ich schon wieder zu Ihnen hinübergekommen.

Hiebei liegt das Gedicht an die Herzogin. Finden Sie nun aber auch einen Titel dazu!

Das kleine Lied, das ich zurückschicke, ist allerliebst und hat vollkommen den Ton der Klage.

Ich habe in den Bogen des Almanachs, die ich besitze, drei, nicht unbedeutende, Druckfehler gefunden:

pag. 20 vorletzte Zeile *gereeht* statt *gereiht;*
„ 27 im Matthissonischen Gedicht, zweiter Pentameter, *Singt* statt *Siegt.*

Der dritte fällt mir gegenwärtig nicht ein.

Wegen des Umschlags wollten wir gerne mündlich sprechen. Haben Sie nur die Güte so bald als möglich das bessere Papier herüberzuschicken, damit wir es können färben und die Exemplare drucken und malen lassen.

Der Umschlag zu den Propyläen ist auch fertig geworden, Sie sehen einen Probedruck aus der Beilage. Was für mechanische Schwierigkeiten dabei zu überwinden waren, und noch sind, ließ sich gar nicht voraussehen. Indessen hat sie der echt deutsche Geist unsers Facius mit aller Treue bekämpft, und ich hoffe noch manchen Spaß davon zu erleben.

Ich habe in allen meinen Papieren herum gedacht und finde nichts, womit ich Ihnen zum Almanach zu Hülfe kommen könnte. Noch zu der Voigtischen Hochzeit hatte ich ein Gedicht ganz disponiert, das leider nicht fertig ward, und selbst im Almanach würde es noch immer zur rechten Zeit kommen. Aber woher die *Stimmung* nehmen!?!?

Denn da hat mir neulich Freund Richter ganz andere Lichter aufgesteckt, indem er mich versicherte (zwar freilich bescheidentlich, und in seiner Art sich auszudrücken), daß es mit der Stimmung Narrenspossen seien, *er* brauche nur Kaffee zu trinken, um, so grade von heiler Haut, Sachen zu schreiben, worüber die Christenheit sich entzücke.

Dieses und seine fernere Versichrung: daß alles *körperlich* sei, lassen Sie uns künftig zu Herzen nehmen, da wir denn das Duplum und Triplum von Produktionen wohl an das Tageslicht fördern werden.

Übrigens wird dieser edle Freund sich künftigen Winter gleichfalls in Weimar niederlassen und hat schon ein Quartier über unserer kleinen Maticzek gemietet. Ich bin recht neugierig, wie ihm dieses theatralische Hausamalgam bekommen wird.

Übrigens habe ich noch mancherlei Curiosa aufgespart, weil ich Sie hüben oder drüben zu sehen hoffe.

[Weimar,] den 6. September 1798 G.

507. *An Goethe*

Jena, 7. April [September] 1798

Ich lege mich mit dem festen Vorsatz nieder, morgen zu Ihnen hinüberzufahren. Für den Almanach habe ich mein Geschäft geschlossen; das letzte Gedicht bringe ich mit. Jetzt muß ich eilen, den kleinen Rest der guten Jahrszeit und meines Gartenaufenthalts für den Wallenstein zu benutzen, denn wenn ich meine Liebesszenen nicht schon fertig in die Stadt bringe, so möchte mir der Winter keine Stimmung dazu geben, da ich einmal nicht so glücklich bin, meine Begeisterung im Kaffee zu finden.

Das Buch von Lenz so wie auch das bessere Papier zu den Decken bringe ich mit. Ich hoffe diesem Brief bald zu folgen. Leben Sie recht wohl. S.

508. An Goethe

Jena, 9. September 1798

Es tut mir leid, daß ich am Samstag mein Kommen bestimmt und wieder nicht gehalten habe, aber ich bin sehr unschuldig, denn ich habe in den 4 letzten Tagen zwei Nächte ganz schlaflos zugebracht, welches mich sehr angegriffen. Ein eigenes Unglück ist es doch, daß mir dieses gerade in diesen Tagen zum erstenmal wieder begegnen mußte, nachdem ich den ganzen Sommer davon frei gewesen bin. Jetzt habe ich den Mut verloren, etwas Festes über mein Kommen zu beschließen, doch wenn ich diese Nacht schlafen kann und mich ein wenig erhole, komme ich morgen doch. Indessen sende ich den Lyonnet, damit Sie in Ihren Geschäften durch mich nicht aufgehalten werden mögen. Leben Sie recht wohl. S.

509. An Goethe

Jena, 18. September 1798

Ich habe mich gleich nach meiner Zurückkunft an den Prolog gemacht und ihn noch einmal aus der Rücksicht, daß er für sich allein stehen soll, betrachtet. Hiebei ergab sich nun, daß, um ihn zu diesem Zweck geschickter zu machen, zweierlei geschehen muß.

1. muß er als Charakter- und Sittengemälde noch etwas mehr Vollständigkeit und Reichtum erhalten, um auch wirklich eine gewisse Existenz zu versinnlichen, und dadurch wird auch das

2te erreicht, daß über der Menge der Figuren und einzelner Schilderungen dem Zuschauer unmöglich gemacht wird, einen Faden zu verfolgen und sich einen Begriff von der Handlung zu bilden, die darin vorkommt.

Ich sehe mich also genötigt, noch einige Figuren hineinzusetzen, und einigen, die schon da sind, etwas mehr Ausführung zu geben: doch werde ich unser Weimarisches Personal immer vor Augen haben. Auf den Sonnabend sollen Sie den Prolog erhalten.

Cotta schreibt mir, daß ihm der Herzog ein neues Zeitungsprivilegium gegeben, und daß er durch Verlegung des Zeitungs-Comptoirs nach Stuttgart gegen 3500 fl. erspare. Ob Posselt auch diese neue Zeitung herausgibt, schreibt er nicht, doch zweifle ich nicht daran. Er scheint einmal sein ganzes Heil in diese Zeitungsfabrikation zu setzen.

Ich lege hier wieder einen Bogen bei. Wenn es Ihnen recht ist, so will ich Ihr Gedicht an die Herzogin bloß: *Stanzen* überschreiben.

Noch einmal meinen besten Dank für alles, was Sie mir in Weimar Schönes und Gutes erwiesen. Sobald der Prolog weg ist, werde ich an nichts anders mehr denken, als das Stück fürs erste in dem Theatersinn zu vollenden, und werde von Ihren Ratschlägen und Bemerkungen allen Gebrauch machen, der mir möglich ist.

Meyern grüße schönstens. Zugleich bitte ich ihn, einen größern und zwei kleinere Schlüssel, die ich in meiner Kommode oder sonst irgendwo habe liegen lassen, zu suchen und mir durch die Botenfrau zu schicken.

Leben Sie recht wohl. Meine Frau empfiehlt sich aufs beste.

S.

510. An Schiller

Mittwochs war ich in Roßla und fand Ihren Brief gestern bei meiner Wiederkehr. Ich wünsche, daß Sie bei Ihrer Arbeit fühlen mögen, welchen guten Eindruck auf uns Sie zurückgelassen. Ein Monument einer so besondern Geistestätigkeit, als Ihr Wallenstein ist, muß jeden in tätige Stimmung versetzen, wer derselben nur einigermaßen fähig ist. Nehmen Sie Ihr ganzes Wollen zusammen, um das Werk nur erst auf unser Theater zu schieben, Sie empfangen es von dort her gewiß geschmeidiger und bildsamer als aus dem Manuskripte, das Ihnen schon zu lange vor den Augen fixiert steht. Sie sind schon so weit, daß nach meiner Einsicht ein solcher Versuch nur Nutzen bringen kann.

Was Sie an dem Prolog noch tun wollen, muß ich sehr billigen. Ich erwarte ihn mit Verlangen, und wir wollen über die fernere Taktik alsdann zusammen konferieren.

Heute nichts weiter. Hierbei folgen die Schlüssel. Das Gedicht kann wohl unter dem allgemeinen Titel: *Stanzen* hingehen.

Leben Sie recht wohl, wir grüßen Sie und Ihre liebe Frau aufs beste.

Weimar, am 21. September 1798 G.

511. An Schiller

In meinem Briefe habe ich vergessen zu sagen, daß wir *gutes Schweizer Papier* brauchen zum Abdruck des Titelkupfers in den

Almanach. Hier findet sichs nicht. *Hertel* hat gewiß welches. Wir bitten solches bald zu schicken.

Weimar, den 21. September 1798 G.

512. An Goethe

Jena, 21. September 1798

Ich habe vorgestern keinen Brief von Ihnen erhalten und hoffe, daß es nichts zu bedeuten hat. Nachdem ich eine Woche bei Ihnen zugebracht, ist es mir ganz ungewohnt solange nichts mehr von Ihnen zu hören.

Eine schlaflose Nacht, die ich heute gehabt und die mir den ganzen Tag verdorben, hat mich verhindert, den Prolog noch für heute zu expedieren: überdies hat der Abschreiber mich sitzen lassen. Ich denke, in der Gestalt, die er jetzt bekommt, soll er als ein lebhaftes Gemälde eines historischen Moments und einer gewissen soldatischen Existenz ganz gut auf sich selber stehen können. Nur weiß ich freilich nicht, ob alles, was ich dem Ganzen zulieb darin aufnehmen mußte, auch auf dem Theater wird erscheinen dürfen. So ist z. B. ein Kapuziner hinein gekommen, der den Kroaten predigt, denn gerade dieser Charakterzug der Zeit und des Platzes hatte mir noch gefehlt. Es liegt aber auch nichts dran, wenn er von dem Theater wegbleibt.

Humboldt hat geschrieben und empfiehlt sich Ihnen. Ihren Brief nebst dem Gedicht hat er erhalten und wird Ihnen ehestens antworten. Mit unserm Arrangement mit seinem Werk ist er wohl zufrieden, aber er hat keine rechte Zuversicht zu seinem Werke, seine natürliche Furchtsamkeit kommt noch dazu, daß er der wirklichen Erscheinung mit einer gewissen Bangigkeit entgegensieht. Er hat auch Vieweg empfohlen nur 500 Exemplare abziehen zu lassen, worin ihm dieser hoffentlich nicht willfahren wird; denn ich zweifle nicht sowohl daran, daß man die Schrift kauft, als daß man sie liest. Kaufen wird man sie schon des Gedichtes wegen.

Er schreibt auch ein paar Worte von Rétif, den er persönlich kennt, aber nichts von seinen Schriften. Er vergleicht sein Benehmen und Wesen mit unserm Richter, die Nationaldifferenz abgerechnet; mir scheinen sie sehr verschieden.

Um auf meinen Prolog zurückzukommen, so wäre mirs lieb, wenn ein andres passendes Stück und keine Oper damit könnte verbunden werden, denn ich muß ihn mit vieler Musik begleiten lassen, er beginnt mit einem Lied und endigt mit einem, auch in der Mitte ist ein klein Liedchen, er ist also selbst klangreich genug, und ein ruhiges moralisches Drama würde ihn also wahrscheinlich am besten herausheben, da sein ganzes Verdienst bloß Lebhaftigkeit sein kann.

Leben Sie recht wohl. Ich warte mit Verlangen auf Nachricht von Ihnen. Meyern viele Grüße, er möchte sich doch des Bechers erinnern. S.

513. An Goethe

[Jena, zwischen dem 23. und 29. September 1798]

Die zwei Brüder meines Schwagers sind auf ihrer Rückreise nach Schlesien hier und werden den Abend da bleiben. Ich schreibe es Ihnen, wenn Sie vielleicht nicht gern in dieser Gesellschaft sind. Sollten Sie nicht Lust haben, den Abend mit dazusein, so sehe ich Sie vielleicht vorher? S.

514. An Schiller

Durch gegenwärtigen Boten wünschte ich Ihre Geschichte des Dreißigjährigen Kriegs zu erhalten, um sie, sowohl zum Anfangsliede als sonst zu mancherlei, nutzen zu können. Heute abend komme ich nicht, denn ich will noch, bis es dunkel wird, in Wallensteins Lager verweilen und dann die modern-antiken Preußen und Sachsen auf dem Jenaischen Theater beschauen. Ich kann der Versuchung nicht widerstehen.

Morgen mittag, wenn Sie es erlauben, bin ich Ihr Gast, um noch manches durchzureden. Leben Sie recht wohl.

[Jena.] Am 29. September 1798 G.

515. An Goethe

[Jena, den 29. September 1798]

Ich beklage, daß wir Sie heute nicht sehen sollen. Bei dem trüben Himmel ist das Gespräch noch der einzige Trost. Ich will suchen meinen Beitrag zum Prolog, den ich angefangen, zu beendigen, daß ich ihn Ihnen morgen mittag vorlegen kann. Die Geschichte des 30jährigen Krieges sollen Sie binnen einer halben Stunde erhalten.

Leben Sie recht wohl. Unterhalten Sie sich bei dem Drama aus dem Siebenjährigen Krieg, so gut Sie können. Sch.

516. *An Goethe*

Jena, 2. Oktober 1798

Ein Besuch von unsern weimarischen Dichterinnen Amelie Imhof und meiner Schwägerin hinderte mich, der Botenfrau das Gedicht mitzugeben, wozu nur noch ein paar Stunden nötig sind. Sie sollen es mit der ersten Post erhalten. Ich bin mit der Anlage wohl zufrieden und denke, es wird unsre Absicht erfüllen. Schreiben Sie mir mit dem rückgehenden Botenmädchen, ob Sie nichts dagegen haben, wenn ich diesen Prolog noch an den Almanach anflicke. Ich erreiche dadurch mehrere Zwecke zugleich, der Almanach gewinnt ein nicht unbedeutendes Gedicht mehr, die Zahl meiner Beiträge wird dadurch vergrößert, und der Prolog erhält mehr Verbreitung; denn Ihre Absicht, ihn dem Posselt einzuverleiben, wird dadurch keineswegs verhindert. Der Prolog kommt auch dadurch nicht früher ins Publikum als recht ist, weil ich vor Ende der nächsten Woche kein Exemplar davon weggebe, und auch alsdann nur diejenigen Exemplare, welche nach Leipzig bestimmt sind, folglich auch erst 3 Tage später ausgepackt werden. Fänden Sie an dem Prolog etwas zu ändern, so senden Sie mir einen Expressen, daß ich bei der Korrektur des Bogens noch davon Gebrauch machen kann. Vielleicht schicke ich ihn morgen selbst durch einen Expressen.

Um Decken und Titelkupfer zum Almanach bitte ich dringend. Morgen mehr. Leben Sie recht wohl. Sch.

517. *An Schiller*

Sie werden sehr wohl tun den Prolog in den Almanach zu rücken, er mag in den Posselt und sonst wohin alsdann auch noch wandern, wir müssen uns nach und nach in die Ubiquität auch einrichten, und sie soll uns nicht fehlen.

Haben Sie die Güte mir den Prolog, sobald er fertig ist, zu senden; die Anlage dazu ist fürtrefflich und die Ausführung wird nicht zurückbleiben.

Noch vor Abgang dieses Briefs hoffe ich Abdrücke von der Decke und Titelkupfer zu erhalten.

Für heute nichts weiter, denn die Konfusion ist gar groß um mich herum.

Weimar, den 3. Oktober 1798 G.

Was ich von Abdrücken habe erhalten können, sende hierbei

mit, es war nicht einmal Zeit sie nachzuzählen; haben Sie die Güte, solches tun zu lassen und zu schreiben, wie viel Sie noch überdies brauchen, damit man Anstalten dazu macht, denn es ist jetzt hier alles gar sehr beschäftigt. Leben Sie recht wohl.

518. An Goethe

Jena, 4. Oktober 1798

Hier sende ich den Prolog, möge er Ihnen Genüge leisten. Sagen Sie mir durch den rückgehenden Boten, wenn Sie noch etwas geändert wünschen. Mir deucht, daß es besser ist, das, was ich in Klammern eingeschlossen, wegzulassen beim wirklichen Vortrag. Es lassen sich manche Dinge nicht sagen, die sich ganz gut lesen lassen, und die Umstände, unter welchen ein Prolog deklamiert wird, die Feierlichkeit, die davon unzertrennlich ist, führen gewisse Einschränkungen mit sich, die in der Stube schwer zu berechnen sind. Da der Prolog ohnehin ziemlich groß ist, so, denke ich, schließen wir ihn vor dem letzten Absatz.

Haben Sie die Güte mir nur frischweg zuschicken zu lassen, was von Decken und Titelkupfern fertig ist. Unter den letztern finde ich keins mit brauner Farbe abgedruckt, wenn es keine Umstände macht, so lassen Sie doch etwa ein 500 Abdrücke in dieser Farbe machen.

Ich bin sehr begierig zu vernehmen, wie sich Ihre Schauspieler zu dem Vorspiel anlassen.

Leben Sie recht wohl. Meine Frau grüßt schönstens. Sch.

519. An Schiller

Der Prolog ist geraten, wie er angelegt war, ich habe eine sehr große Freude daran und danke Ihnen tausendmal. Ich habe ihn nur erst einigemal durchgelesen, um mich von dem Ganzen recht zu penetrieren, und noch kann ich nicht bestimmen, was vielleicht wegzulassen wäre und ob ich nicht wegen des Theatereffekts noch hie und da einen kleinen Pinselstrich aufhöhen würde.

Morgen abend mit den Botenfrauen sollen Sie meine Edition erhalten; können Sie den Druck noch so lange aufschieben, so wird es gut sein, damit wir einerlei Lesart haben, Montag soll er gleich nach Stuttgart.

Es tut mir nur leid, daß ich ihn nicht selbst sprechen kann, doch wenn sich Vohs hält wie unsere andern beim Vorspiel, so können wir zufrieden sein. Leißring, Weyrauch und Haide deklamieren die gereimten Verse, als wenn sie ihr Lebtag nichts anders getan hätten, besonders hat Haide gegen den Schluß einige Perioden deklamiert, wie ichs auf dem deutschen Theater noch gar nicht gehört habe.

Nach dieser guten Nachricht muß ich aber leider anzeigen: daß es mir unmöglich war auch nur eine Zeile zu unserm Zwecke beizutragen, deswegen schicke ich einen Band des Pater Abraham, der Sie gewiß gleich zu der Kapuzinerpredigt begeistern wird. So wäre zum Exempel *Das Raben Cras* als Schlußformel, in Genasts Munde, vielleicht höchst erbaulich. Siehe die gezeichnete Seite p. 77. Es ist übrigens ein so reicher Schatz, der die höchste Stimmung mit sich führt.

Das Anfangslied bring ich auch nicht zustande, habe aber etwas Schickliches dafür zu substituieren; das kann alles bei den folgenden Repräsentationen nachgebracht werden, wie überhaupt das Stück fordert, daß immer etwas Neues und Veränderliches darin vorkommt, damit bei folgenden Repräsentationen sich niemand orientieren könne. Leben Sie indessen recht wohl, Sie erfahren nun bald den Tag, an dem ich Ihre Ankunft wünsche, bis jetzt geht es noch sehr bunt zu; grüßen Sie Ihre liebe Frau.

Weimar, am 5ten Oktober 1798 G.

520. *An Goethe*

Jena, 5. Oktober 1798

Daß Sie mit dem Prolog zufrieden sind und daß die drei Herren sich zum Vorspiel so glücklich anlassen, sind mir sehr willkommene Nachrichten; den Abdruck des Prologs kann ich bis morgen abend nicht aufhalten, doch denke ich nicht, daß eine kleine Ungleichheit des gesprochenen und gedruckten Gedichts viel zu sagen haben wird, wenn nur das Exemplar, das Sie Posselten schicken, mit dem andern im Almanach gleichlautend ist.

An die Kapuzinerpredigt will ich mich also machen und habe gute Hoffnung von dem würdigen Abraham. Noch habe ich ihn nicht lesen können, weil Schelling den ganzen Nachmittag bei mir war. Auch muß ich Sie prävenieren, daß noch einige andere Veränderungen im Werke sind, welche ich, nebst der Kapuzinerpredigt, auf den Montag abend abzuschicken hoffe, denn da sie nicht durchs Ganze gehen, so können sie in einem halben Tag recht gut eingelernt werden.

Sie werden es z. B. auch billigen, daß ich den Konstabler mit einer bestimmtern dramatischen Figur vertausche. An seiner Statt habe ich einen Stelzfuß eingeführt, der mir ein gutes Gegenstück zum Rekruten macht. Dieser Invalide bringt ein Zeitungsblatt, und so erfährt man unmittelbar aus der Zeitung Regensburgs Einnahme und die neuesten passendsten Ereignisse. Es gibt Gelegenheit, dem Herzog Bernhard einige artige Komplimente zu machen u. s. f. Zu einem Subjekt für den Stelzfuß wird sich schon Rat finden, hoffe ich.

Finde ich Stimmung und Zeit, so will ich das Liedlein von Magdeburg noch machen, und nach einer alten Melodie, daß dadurch kein Aufenthalt entsteht. Übrigens bin ich getröstet, wenn es an Zeit dazu fehlt, daß Sie etwas anders substituieren können.

Wenn Sie mir durch die Botenfrau mein Exemplar des Vorspiels schicken könnten, so würde es mir bei den vorhabenden Arbeiten gute Dienste tun. Wenn ich auch nur die ersten 8 oder 10 Blatt habe, denn am Ende und in der Mitte wird nichts verändert.

Schelling ist mit sehr viel Ernst und Lust zurückgekehrt, er besuchte mich gleich in der ersten Stunde seines Hierseins und zeigt überaus viel Wärme. Über die Farbenlehre, sagt er mir, habe er in der letzten Zeit viel nachgelesen, um im Gespräch mit Ihnen fortzukommen, und habe Sie um vieles zu fragen. Nach der Aufführung des Vorspiels wird er sich bei Ihnen melden, denn ich sagte ihm, daß er Sie jetzt zu beschäftigt finde. Es wäre hübsch, wenn Sie ihm vor Ihrer Hieherkunft noch Ihre Experimente zeigen könnten.

Ein sonderbares Original von einem moralisch-politischen Enthusiasten habe ich dieser Tage hier kennen lernen, den Wieland und Herder über Hals und Kopf zu der großen Nation spedieren. Es ist ein hiesiger Student aus Kempten, ein Mensch voll guten Willens, von vieler Fähigkeit und einer heftig sinnlichen Energie. Er hat mir eine ganz neue Erfahrung verschafft.

Leben Sie recht wohl. Ich denke, es werden in diesen Tagen wohl noch einige Boten zwischen hier und Weimar in Bewegung gesetzt werden.

Meine Frau grüßt Sie aufs beste. S.

Wenn Sie bei Empfang dieses Briefs mit Ihren Veränderungen im Prolog einig sind und finden gleich einen Expressen, so haben Sie die Güte, mir das Exemplar gleich durch ihn zu senden.

N.S. Hier lege ich noch einen Korrekturabdruck des Prologs bei, so wie er im Almanach stehen wird, denn da ich die, Ihnen gesandte, Abschrift aus dem Gedächtnis niederschrieb, so wurde einiges darin extemporiert und es finden sich Varianten, die ich mit *NB* bezeichnet habe. Können Sie mir nun Ihre Änderungen morgen vor nachmittag 2 Uhr durch einen Expressen schicken, so kann ich mich im Druck noch darnach richten. Geht dies nicht an, so haben Sie die Güte dies beiliegende gedruckte Exemplar des Prologs, und nicht das geschriebne, an Posselt abzusenden, damit die 2 gedruckten Exemplare gleich lauten.

521. An Schiller

Hier kommt der Prolog zurück, ich habe Ihre Änderungen mit Vergnügen aufgenommen, denn sie sind sehr zweckmäßig, dagegen wünschte ich, daß, statt der Stelle, die ich ausgestrichen habe, die andere eingeführt werde, welche hier im Manuskript folgt. Meine Absicht war dabei

1. daß von unsern Schauspielern etwas mehr,
2. von Iffland etwas weniger gesprochen würde,
3. daß irgendeine Stelle auf Schrödern gedeutet werden könne.

Haben Sie die Güte, daß ich einige gedruckte Exemplare vom Prolog Montags beizeiten erhalte, so schicke ich gleich eins an Schrödern, mit einem artigen Wort, und eins nach Stuttgart.

Allenfalls könnten Sie mir, durch diesen Expressen, den Korrekturbogen, wenn Sie ihn weiter nicht brauchen, wieder herüberschicken und mir nur anzeigen: ob Sie meine Stelle aufnehmen wollen, so lasse ich die beiden Exemplare, die abgehen sollen, gleich schreiben.

Hier kommt ein Teil des Vorspiels! arbeiten Sie ja daran fort, ob ich Ihnen gleich nicht versprechen kann schon das nächste Mal die Veränderungen aufzunehmen. Alles ist jetzt schon so auf Reim und Silbenfall eingerichtet, so auf die Stichwörter eingehetzt, daß ich nichts zu ändern wage, weil unmittelbar Stockungen zu befürchten sind. Leben Sie recht wohl, es fängt nun an so bunt zu gehen, daß nur die Hoffnung: es werde bald Abend und alles vorbei sein, mich noch erhalten kann.

Weimar, am 6. Oktober 1798 G.

522. *An Goethe*

Jena, 6. Oktober 1798

Die Veränderungen im Prolog nehme ich mit Vergnügen auf, gegen die drei angeführten Gründe ist nichts einzuwenden.

Ich will etwa 6 besondere Abdrücke vom Prolog machen lassen, um die Kopistenarbeit zu ersparen. Wenn Sie mir dann Montag früh eine Einlage an Schröder und Cotta senden wollen, so können solche mit dem gedruckten Prolog gleich von hier an die Behörden abgehen. Auf alle Fälle aber folgt hier der Prolog zurück.

Es tut mir freilich leid, wenn die kleinen Veränderungen im Vorspiel nicht gleich der ersten Vorstellung zugute kommen können. Das Motiv mit der Zeitung wäre passend zu einer vollkommenern Exposition des Moments und der Kriegsgeschichte. Lassen Sie wenigstens bei Nro. 5 den Konstabler mit einem Zeitungsblatt auftreten und anstatt des Verses:

Aber ein Eilbot ist angekommen

setzen:

Aber das Prager Blatt ist gekommen.

Auf diese Art leiten wir doch die Zeitung ein, wenn wir sie ein andermal bringen wollen.

Auch haben Sie mich neulich wegen der *Perücke* zweifelhaft gemacht. Wenn wir statt jener Stelle lieber setzten:

Nro. 3.

Wachtmeister

Und das Gemunkel, und Gespioniere,
Und das Heimlichtun, und die vielen Kuriere –

Trompeter

Ja ja! das hat sicher was zu sagen.

Wachtmeister

Und der spanische steife Kragen
Den man *etc.*

Der Bote eilt, ich kann für heute nichts mehr sagen. Vielleicht lassen Sie mich noch durch das Botenmädchen wissen, welcher Termin für die Vorstellung festgesetzt ist, denn freilich wünschte ich zur Kapuzinerpredigt ein paar Tage Muße.

Leben Sie recht wohl. S.

523. An Schiller

Mit der heutigen Abendpost will ich Ihnen nur einige Worte sagen, wie wir ohngefähr stehen:

Von dem Prolog lasse ich zwei Abschriften machen, gleichlautend mit Ihrem gedruckten. Der von mir veränderte Periode, den Sie aufgenommen haben, wird eingeschaltet.

Für die Rezitation hier habe ich eine andere Ausgabe veranstaltet und die *Mimen* und *Ären* beiseite gebracht, dagegen den *Wallenstein* ein paarmal genannt, damit man nur irgend ohngefähr verstehe, was wir wollen. Wie anders ist es, was man mit sich und unter Freunden ins Zarteste und Besonderste arbeitet! und was der fremden Masse im allgemeinsten vorgetragen werden soll! Sie werden darüber noch das Wunderbarste bei dieser Gelegenheit erleben und hören.

Übrigens geht noch bis jetzt alles ganz erwünscht. Der Saal sieht sehr artig aus und der größte Teil ist vergnügt und erfreut darüber, so daß die einzelnen Widersacher ein sehr böses Spiel haben.

Das Vorspiel geht recht artig. Es war heute Probe auf dem Theater. Wir müssen aber auf die geringste Veränderung Verzicht tun. Bei der Schwierigkeit, eine so neue und fremde Aufgabe mit Ehren zu vollenden, klammert sich jeder so fest an seine Rolle, wie ein Schiffbrüchiger ans Brett, so daß man ihn unglücklich machte, wenn mans ihm wacklig macht.

Ich arbeite nur, daß alles Einzelne herausgehoben werde und sich ins Ganze anschließe.

Das Soldatenlied liegt bei, womit das Stück anfangen soll. Die Musik wird morgen früh in Ordnung kommen, und ich hoffe, bald soll alles wohl im Hause stehen.

Ich will Sie nicht eher herübersprengen, als nötig ist, denn es ist noch nicht einmal wahrscheinlich, daß wir Mittwoch spielen. Sobald aber Prolog und Vorspiel so eingelernt sind, daß Sie solche mit Vergnügen hören könnten, so schicke ich einen Expressen. Halten Sie sich daher parat um abgehen zu können.

Die Kapuzinerpredigt schicken Sie mir ja, sobald sie fertig ist. Sonst ist alles besorgt, und die Abschriften, von denen ich zu Anfang des Briefes sprach, gehen morgen Abend an Schröder und Posselt.

Übrigens ist eine Vorrezension der Aufführung, sowie des Effekts, den das Stück gemacht hat, schematisiert und kann in einigen guten Stunden fertig werden. Da ich mich einmal auf das Element der Unverschämtheit begeben habe, so wollen wir sehen, wer es mit uns aufnimmt.

Indessen bleiben Sie ruhig, bis mein Bote kommt. Sollte sichs morgen zeigen, daß wir Mittwoch nicht spielen, so erfahren Sie es Dienstag durch einen Boten.

Übrigens kann ich Sie versichern, daß der Hauptzweck erreicht wird, einige wenige, die dem Prolog zugehört haben, glauben, so wie die Schauspieler selbst, daß sie doch nun so ziemlich wüßten, wie es damals ausgesehen habe.

Leben Sie recht wohl und sein Sie nur so fleißig als möglich.

Wegen der Kupfer wird Meyer das Seinige tun; leider liegt auf diesen Dingen der Fluch, daß sie immer übereilt werden müssen. Grüßen Sie Ihre liebe Frau.

Weimar, am 6. Oktober 1798 G.

524. An Schiller

Hier kommt nun wieder ein Paket Abdrücke; die folgenden von der Decke sollen recht farbig sein, sie kommen etwas teurer zu stehen, sie sehen aber auch dafür recht erfreulich aus.

Wahrscheinlich wird die Eröffnung unsers Theaters erst Freitag sein. Ich ersuche Sie also sich Donnerstags, zu guter Vormittagszeit, einzufinden, damit wir noch alles besprechen und abends die Hauptprobe abwarten können.

Die Hauptfiguren machen ihre Sache trefflich und haben schon exzellent memoriert, mit den übrigen stockts noch ein wenig, das wird sich aber alles noch in tätige Harmonien auflösen. Übrigens versteht man an allen Ecken und Enden das leiseste wohlartikulierte Wort.

Übrigens habe ich das Pensum, wie solches die neue Zeitung nunmehr bald bringen wird, bisher öfters zu repetieren Gelegenheit gehabt und ich hoffe, man wird mir nun bald meine eignen Worte wieder vorsagen.

Leben Sie recht wohl, ich bin vom besten Humor, weil bis jetzt wirklich alles recht gut geht.

Schicken Sie mir doch ein paar Abdrücke des Prologs mit den Botenweibern und die Kapuzinerpredigt je eher je lieber.

Weimar, am 7. Oktober 1798 G.

525. An Goethe

[Jena, den 8. Oktober 1798]

Hier erhalten Sie meine Kapuzinerpredigt, so wie sie unter den Zerstreuungen dieser letzten Tage, die von Besuchen wimmelten, hat zustand kommen können. Da sie nur für ein paar Vorstellungen in Weimar bestimmt ist und ich mir zu einer andern, die ordentlich gelten soll, noch Zeit nehmen werde, so habe ich kein Bedenken getragen, mein würdiges Vorbild in vielen Stellen bloß zu übersetzen und in andern zu kopieren. Den Geist glaube ich so ziemlich getroffen zu haben.

Aber nun ein Hauptanliegen. Wenn Sie die Predigt gelesen haben, so werden Sie selbst finden, daß sie notwendig um einige Szenen später kommen muß, wenn man durch die beiden Jäger und andre Figuren schon einen Begriff von den Soldaten durch sie selbst bekommen hat. Käme sie früher, so würden die unmittelbar folgenden Szenen dadurch geschwächt und gegen die Gradation gefehlt werden. Auch ist es gut, daß unmittelbar nach ihr eine belebte *handelnde* Szene folge, daher ist mein Vorschlag sie unmittelbar entweder vor dem Auftritt des Rekruten oder, was mir noch lieber wäre, unmittelbar vor der Ertappung des Bauren und dem Auflauf im Zelt zu bringen. Es wird an der übrigen Ökonomie dadurch gar nicht gerückt, wie Sie finden werden, es ist nur ein Stichwort zu verändern. Die paar Reden, welche die Soldaten darin bekommen haben, sind in ein paar Minuten gelernt.

Daß ich den Spielmann und den Tanz habe noch anbringen müssen, um die Szene beim Eintritt des Kapuziners bunt und belebt zu machen, werden Sie gleichfalls für notwendig erkennen.

Haben Sie Dank für das Anfangslied, ich finde es ganz zweckmäßig, vielleicht kann ich noch ein paar Strophen anflicken, denn es möchte um ein weniges zu kurz sein.

Ich will von morgen an immer auf dem Sprung sein, abzureisen. Leben Sie recht wohl. S.

526. An Goethe

Jena, 9. Oktober 1798

Dank für die überschickten Decken und Kupfer, die wir hier recht nötig brauchten, und für die guten Nachrichten besonders, die Sie mir vom Gang unsrer Theatralien schreiben. Der Aufschub des Stücks kann mir nicht anders als lieb sein, auf den Donnerstag hoffe ich bei guter Zeit da sein zu können. Bei dieser belebten Behandlung der Sache entwickeln sich allerlei Dinge in meinem Kopf, die dem Wallenstein noch zustatten kommen werden. Das Vorspiel denke ich noch viel mehr für das Ganze zu benutzen, und weiß auch schon viele bedeutende Striche, die es noch zu seinem Vorteil erhalten soll. Die Arbeit wird mir vergrößert und doch zugleich beschleunigt werden.

Hätte ich gedacht, daß die Kapuzinerpredigt morgen früh nicht zu spät kommen würde, so hätte sie noch besser ausfallen müssen. Im Grund macht es mir große Lust, auf diese Fratze noch etwas zu verwenden, denn dieser Pater Abraham ist ein prächtiges Original, vor dem man Respekt bekommen muß, und es ist eine interessante und keineswegs leichte Aufgabe, es ihm zugleich in der Tollheit und in der Gescheidigkeit nach oder gar zuvor zu tun. Indes werde ich das möglichste versuchen.

Das Soldatenlied habe ich noch mit ein paar Versen vermehrt, die ich beilege. Es deucht mir, daß es gut sein wird, dem Zuschauer anfangs etwas Zeit zu geben, sowie auch den Statisten selbst, die Gruppe in ihrer Bewegung zu sehen und die Anordnungen zu machen. Sie werden es wohl so einrichten, daß mehrere Stimmen sich in die Strophen teilen, und daß auch ein Chorus die letzten Zeilen immer wiederholt.

Sie haben es mit den Veränderungen, die Sie in meinem Text vorgenommen, ganz gnädig gemacht. Von einigen ist mir die Ursache nicht gleich klar, doch darüber werden wir sprechen. Solche Kleinigkeiten führen oft zu den nützlichsten Bemerkungen.

Leben Sie recht wohl. Ich freue mich nur, daß Lust und Humor Sie bei dieser mechanischen Hetzerei nicht verlassen.

Meine Frau grüßt aufs beste. S.

Sollten Sie mir morgen mit der Botenfrau noch etwas zu sagen haben, so lassen Sie ihr doch einprägen, mir den Brief zeitig zu übergeben. Ich erhalte ihn sonst erst Donnerstags.

527. An Schiller

Alles wohl in Betrachtung gezogen, und mit besonderer Zustimmung unserer geistlichen und leiblichen Müdigkeit, gedenken wir heute abend zu Hause zu bleiben, und wünschen eine gute und geruhige Nacht.

Ist es möglich, mir auf morgen früh Ihren Abschreiber zu schicken, so werde ich durch ihn besonders gefördert sein.

[Jena,] den 18. Oktober 1798 G.

528. An Goethe

[Jena, den 18. Oktober 1798]

Nach dem heutigen wohl zurückgelegten Tag ist die Ruhe freilich das beste. Ich freue mich, daß alles so heiter und vergnügt von uns geschieden ist, und was mich selbst betrifft, so habe ich einen recht angenehmen Tag durchlebt.

Ich hoffe, Sie morgen desto länger zu sehen. Nach dem Abschreiber will ich mit dem frühesten schicken.

Schlafen Sie recht wohl. Sch.

529. An Schiller

Das Opus hat mich länger aufgehalten, als ich dachte, es ist nicht mehr Zeit es abzuschreiben; wir wollen daher dieses saubere Konzept auf den Abend abschicken. Zur Bequemlichkeit des Setzers habe ich die Verse rot vorgestrichen, welche mit anderer Schrift zu drucken sind.

Gehen Sie doch den Aufsatz bedächtig durch, ob man vielleicht noch etwas einschaltete oder anhinge. Ich will heute beizeiten kommen und wir schicken das Paket, vom Garten aus, weg. Leben Sie recht wohl.

[Jena.] Den 19. Oktober 1798 G.

530. An Goethe

Jena, 23. Oktober 1798

Es ist schade, daß Sie diese letzten schönen Tage nicht noch in Jena ausgewartet haben. Es geht uns darin ganz wohl, ob ich gleich in meiner Arbeit nicht so schnell fortrücke, als ich dachte. Die Umsetzung meines Texts in eine angemessene, deutliche und maulrechte Theatersprache ist eine sehr aufhaltende Arbeit, wobei das schlimmste noch ist, daß man über der notwendigen und lebhaften Vorstellung der Wirklichkeit, des Personals und aller übrigen Bedingungen allen poetischen Sinn abstumpft. Gott helfe mir über diese *Besogne* hinweg. Übrigens konnte es nicht fehlen, daß dieser deutliche Theaterzweck, auf den ich jetzt losarbeite, mich nicht auch zu einigen neuen wesentlichen Zusätzen und Veränderungen veranlaßt hätte, welche dem Ganzen zuträglich sind.

Ich habe seit Ihrer Abreise nichts vorgenommen als meine Arbeit und nichts gesehen als meine Familie, kann Ihnen also heute nichts Neues noch sonst Erbauliches schreiben. Wenn Sie etwas in Erfahrung bringen, so lassen Sie michs ja wissen.

Leben Sie recht wohl. Meine Frau empfiehlt sich. An Meyern schöne Grüße. Sch.

Beiliegenden Almanach bitte an Herdern abgeben zu lassen.

531. An Goethe

Jena, 26. Oktober 1798

Ein Besuch, der mir bis in den späten Abend blieb, läßt mich heute nicht viel sagen. Ich bitte Sie, mir die Auslagen für den Almanach aufsetzen zu lassen und baldmöglichst zu senden, daß ich diese Sache mit Cotta berichtigen kann. Auch frage ich an, ob die 24 Louisdors, welche wir Ihnen für den Almanach schuldig geworden, hier an Sie bezahlt oder bei Cotta berechnet werden. Wenn Sie Montags nicht selbst hier sind, so bitte ich mir bis dahin Ihre Antwort darüber aus.

Herzlich grüßen wir Sie. Ich muß mit Herrn Cottas Formel schließen: In Eil. Sch.

532. An Schiller

Endlich ist denn auch die erste Redoute, mit männiglicher Zufriedenheit, vorüber und das Lokal zu diesem Zwecke nun auch bestimmt. Ich muß noch einige Tage verschiednen Geschäften widmen, Dienstag nach Roßla gehen, so daß ich glaube Sonntags, den 4. November, bei Ihnen zu sein und den übrigen Monat mit Ihnen zuzubringen. Mich verlangt es gar sehr nach einer Folge von innerer Tätigkeit, die ich leider bisher so lange nicht genossen habe. Unsere Schauspieler mögen mittlerweile einige *Nova,* welche, aufrichtig zu reden, von schrecklicher Art sind, lernen und vortragen. Die Rechnung wegen der Auslagen liegt bei, Professor Meyer hat sie gemacht und erwartet deren gelegentliche Wiedererstattung.

Den Betrag für den Musenalmanach, für welchen im voraus danke, wünsche hier zu erhalten, ob es gleich auf eins hinauskommt; denn Cotta hat mir früher oder später etwas zu remittieren.

Von Schrödern habe ich eine Antwort, die, wenn man seine Art kennt, welche freilich unglaublich trocken und abgelebt ist, so ganz freundlich und artig klingt. Es entscheidet sich aber doch dadurch, daß er diesen Winter nicht kommt, und wahrscheinlich auch künftigen nicht u.s.w. Es ist mir nur lieb, daß man, wenigstens für die erste Zeit, hierüber Gewißheit hat und seinen eignen Gang fortgehen kann. Hoffen und harren ist gar meine Sache nicht.

Leben Sie recht wohl und fahren fleißig in Ihrer Arbeit fort. Grüßen Sie Ihre liebe Frau und genießen der schönen Tage, welches mir versagt ist.

Weimar, am 27. Oktober 1798 G.

533. An Goethe

Jena, 30. Oktober 1798

Wir sind noch immer im Garten, wo wir uns des ungewöhnlich schönen Wetters noch recht erfreuen und vergessen, daß es auf lange Zeit von uns Abschied nimmt. Mit Furcht sehe ich aber den November herankommen, wo ich so viel zu leisten und einen so unfreundlichen Himmel zu erwarten habe. Das Geschäft rückte unterdessen weiter, aber nicht so schnell, als Sie vielleicht denken. Doch hoffe ich Ihnen, wenn Sie kommen, die 2 ersten Akte ganz fertig und in wenigen Tagen darauf auch die zwei letzten vorzulegen.

Ich habe mit großem Vergnügen unterdessen in den Propyläen gelesen, wo ich mich aufs neu an den klar und bestimmt herausgesprochenen Wahrheiten und Kunstorakeln erbauet habe. Es ist mir, als wenn sie mir noch nie so nahe gerückt, so klar entgegen gekommen wären. Sie werden zwar wenigen zugute kommen, aber es ist nur gut, daß Sie veranlaßt worden sind, damit herauszugehen. Es wird merkwürdig sein, wie mancher, der doch auch zu Ihrer Konfession zu gehören glaubt, diese hohen Ideen seinen kleinlichen Begriffen akkommodieren wird.

Daß Schröder sein Kommen so gar ungewiß macht und so weit hinausschiebt, nimmt mich doch wunder. Ich wäre begierig seinen Brief zu sehen, wenn Sie ihn mitteilen wollen. Indessen soll mir dieser Umstand etwas mehr Freiheit gegen ihn im Verkauf des Wallensteins verschaffen, wenn ich es nicht vielleicht gar überhoben sein kann, mit ihm selbst zu traktieren, da er die Direktion des Theaters so viel ich weiß an vier oder fünf Schauspieler verkauft hat.

Von Iffland habe noch keine Antwort.

Die Rechnungen sind an Cotta geschickt. Er hat mir auch ein

gutes Exemplar der Propyläen gesendet, so daß Sie mir keins zu schicken brauchen.

Leben Sie recht wohl. Mir ist der Kopf von meinem Tagewerk nicht zum besten zugerichtet.

Meine Frau grüßt aufs schönste. Sch.

534. An Schiller

Hier schicke ich den Schröderischen Brief zum Zeugnis, daß ich nicht übel gelesen habe. Ich habe nie sonderliche Hoffnung auf sein Kommen gehabt, indessen haben wir das Unsrige getan.

Der Herzog ist nicht wohl, darüber werde ich etwas später kommen, denn ich muß doch noch einmal vorher nach Roßla. Mich verlangt gar sehr zu sehen, wie weit Sie gekommen sind, und [ich] fühle ein wahres Bedürfnis das Farbenwesen endlich einmal los zu werden. Die Propyläen sind für mich eine wahre Wohltat, indem sie mich endlich nötigen, die Ideen und Erfahrungen, die ich mit mir so lange herumschleppe, auszusprechen. Es freut mich sehr, wenn Ihnen das erste Stück recht freundlich und gemütlich entgegengekommen ist. Leben Sie recht wohl, genießen Sie der schönen Tage, ich habe jetzt nur meine großen Zimmer im Schloß und meinen neuen Ofen im Auge, und hege keinen andern Wunsch als von der Chromatik entbunden zu sein; doch wer kann wissen, was über uns verhängt sei. Grüßen Sie Ihre liebe Frau und bleiben Sie fest im Bunde des Ernstes und der Liebe, alles übrige ist ein leeres und trauriges Wesen.

Weimar, am 31. Oktober 1798 G.

535. An Goethe

Jena, 2. November 1798

Herrn Schröders Brief sende ich anbei zurück. Wir haben, wie ich sehe, ohne seinen Ehrgeiz in Bewegung zu setzen, bloß seiner Eitelkeit geschmeichelt, und unsere Artigkeiten gegen ihn werden, scheint es, bloß dazu gebraucht werden, sein Schmollen mit den Hamburgern desto pikanter zu machen. Es ist klein und armselig, daß er diese lokale Bitterkeiten gegen Menschen, von denen man in Weimar keine Notiz nimmt, in diese reine freie Kunstangelegenheit und in den Brief an Sie konnte mit einfließen lassen.

NB. Es ist dringend nötig, daß noch 600 Kupfer und Umschläge vom Almanach so schnell als möglich abgedruckt werden. Haben Sie daher die Güte Meyern zu ersuchen, daß er dieses ja schleunigst besorgen möge, und daß ich spätestens auf den Mittwoch abend 400 davon bekomme. Ich hatte es Cotta ersparen wollen, unnötig Geld für diese Sache auszugeben, aber die Gewohnheit, Exemplare auf Kommission zu versenden, macht, daß eine große Zahl mehr verschickt als wirklich gekauft wird. Ich sende zu den Titelkupfern Papier, für die Umschläge kann es Meyer in Weimar wohl finden, hellgelbes scheint das wohlfeilste zu sein.

Über den Almanach habe ich noch wenig vernommen. Von Körnern erwarte ich den gewöhnlichen umständlichen Brief darüber, vorläufig habe ich nur von ihm gehört, was ihm am besten gefallen. Diese Art, oder Unart, aus Werken einer bestimmten poetischen Stimmung sich *eines* auszusuchen und ihm wie einem besserschmeckenden Apfel den Vorzug zu geben, ist mir immer fatal, obgleich es keine Frage ist, daß unter mehreren Produktionen immer eins das bessere sein kann und wird. Aber das Gefühl sollte gegen jedes besondere Werk einer besondern Stimmung gerechter sein, und gewöhnlich sind hinter solchen Urteilen doch nur Sperlingskritiken versteckt.

Ich hätte gar nicht übel Lust, sobald ich vor dem Wallenstein nur Ruhe habe, zu demjenigen Teil Ihrer Einleitung in die Propyläen und des Gesprächs, der von der unästhetischen Foderung des Naturwirklichen handelt, das Gegenstück zu machen, und die entgegengesetzte, aber damit gewöhnlich verbundene, Foderung des Moralischen und Naturmöglichen oder vielmehr Vernunftmöglichen anzugreifen; denn wenn man von dieser Seite auch noch herankommt, so bekommt man den Feind recht in die Mitte. *Sie* konnten davon nicht wohl reden, weil diese Unart nicht sowohl die bildenden Künste und Urteile darüber, als die poetischen Werke und Kritiken derselben anzustecken pflegt.

Leben Sie recht wohl für heute. Es ist mir unangenehm, daß Ihre Hieherkunft verzögert wird. Hier heißt es, man würde morgen Wallensteins Lager wieder spielen, ich zweifle aber daran.

Leben Sie recht wohl. Die Frau grüßt aufs beste.

Die 600 Kupfer und Umschläge empfehle nochmals.

Schiller

536. An Goethe

Jena, 6. November 1798

Ich schreibe Ihnen von meinem Kastell in der Stadt, wir sind heut eingezogen, und abgemattet wie ich bin, kann ich Ihnen nichts als einen guten Abend sagen. Wir haben lange nichts von Ihnen gehört, es ist mir etwas ganz Ungewohntes, an das ich mich auch nicht gewöhnen möchte.

Die Arbeit geht übrigens ihren Gang fort, und Sie sollen schon etwas getan finden, wenn Sie kommen.

An die Decken und Kupfer erinnre nochmals, ich werde sehr darum gemahnt.

Leben Sie recht wohl. Die Frau grüßt aufs beste. Sch.

537. An Schiller

Ihren Brief, mein Wertester, habe ich leider erst gestern abend gefunden, als ich von Roßla zurück kam. Professor Meyer wird das mögliche tun Ihnen die Abdrücke bald zu schaffen.

Ich gratuliere zum Einzug in die Stadt. Die Nachbarschaft gibt denn doch, besonders den Winter, eine lebhaftere und bequemere Kommunikation.

Schröders Antwort ist, wie es scheint, Ihnen sonderbarer als mir vorgekommen. Bei meinem radikalen Unglauben über die Menschen kommt mir so etwas ganz natürlich vor.

Ebenso möchte ich auch wegen der Aufnahme des Almanachs sagen: wer nicht wie jener unvernünftige Säemann im Evangelio den Samen umherwerfen mag ohne zu fragen, was davon und wo es aufgeht, der muß sich mit dem Publiko gar nicht abgeben.

Ich wünsche guten Fortgang des Wallensteinischen Gedichtes. Was mich betrifft, so komme ich diesmal mit dem festen Vorsatz zu Ihnen, mir das Farbenwesen, es koste was es wolle, vom Halse zu schaffen. Ich habe es diese letzten Tage einmal wieder ganz überdacht, und die Darstellung meiner Ansichten scheint mir immer möglicher zu werden.

Leben Sie recht wohl und grüßen Ihre liebe Frau, ich werde nun nicht lange mehr außen bleiben.

Weimar, am 7. November 1798 G.

538. An Goethe

Jena, 9. November 1798

Ich bin seit gestern endlich an den poetisch-wichtigsten, bis jetzt immer aufgesparten Teil des Wallensteins gegangen, der der Liebe gewidmet ist und sich seiner frei menschlichen Natur nach von dem geschäftigen Wesen der übrigen Staatsaktion völlig trennt, ja demselben, dem Geist nach, entgegensetzt. Nun erst, da ich diesem letztern die mir mögliche Gestalt gegeben, kann ich mir ihn aus dem Sinne schlagen und eine ganz verschiedene Stimmung in mir aufkommen lassen, und ich werde einige Zeit damit zuzubringen haben, ihn wirklich zu vergessen. Was ich nun am meisten zu fürchten habe, ist, daß das überwiegende menschliche Interesse dieser großen Episode an der schon feststehenden ausgeführten Handlung leicht etwas verrücken möchte, denn ihrer Natur nach gebührt ihr die Herrschaft, und je mehr mir die Ausführung derselben gelingen sollte, desto mehr möchte die übrige Handlung dabei ins Gedränge kommen. Denn es ist weit schwerer ein Interesse für das Gefühl, als eins für den Verstand aufzugeben.

Vorderhand ist nun mein Geschäft, mich aller Motive, die im ganzen Umkreis meines Stücks für diese Episode und in ihr selbst liegen, zu bemächtigen und so, wenn es auch langsam geht, die rechte Stimmung in mir reifen zu lassen. Ich glaube mich schon auf dem eigentlichen rechten Weg zu finden und hoffe daher keine verlorene *frais* zu machen.

So viel muß ich aber vorher sagen, daß der Piccolomini nicht eher aus meiner Hand in die der Schauspieler kommen kann und darf, als bis wirklich auch das dritte Stück, die letzte Hand abgerechnet, ganz aus der Feder ist. Und so wünsche ich nur, daß mir Apollo gnädig sein möchte, um in den nächsten 6 Wochen meinen Weg zurückzulegen.

Damit mir meine bisherige Arbeit aus den Augen komme, sende ich sie Ihnen gleich jetzt. Es sind nur eigentlich 2 kleine Lücken geblieben, die eine betrifft die geheime mystische Geschichte zwischen Octavio und Wallenstein und die andre die Präsentation Questenbergs an die Generale, welche mir in der ersten Ausführung noch etwas Steifes hatte und wo mir die rechte Wendung noch nicht einfiel. Die 2 ersten und die 2 letzten Akte sind sonst fertig, wie Sie sehen, und der Anfang des dritten ist auch abgeschrieben.

Vielleicht hätte ich mirs ersparen können, Ihnen das Manuskript nach Weimar zu schicken, da ich Sie, nach Ihrem letzten Brief, jeden Tag erwarten kann.

Zu den Farbenuntersuchungen wünsche ich Ihnen ernstlich Glück, denn es wird sehr viel gewonnen sein, wenn Sie diese Last sich vom Herzen gewälzt haben, und da der Winter Sie so nicht zum Produktiven stimmt, so können Sie ihn nicht besser anwenden, als wenn Sie, neben der Sorge für die Propyläen, dieser Arbeit sich widmen.

Was von Decken und Kupfer fertig ist, bitte mir mit der Botenfrau zu senden. Von den Kupfern brauche ich 115 weniger als bestellt sind, denn soviel fanden sich zufälligerweise noch. Ich ersuche Meyern, diese abzu[be]stellen, wenns noch Zeit ist.

Daß mir Iffland noch nicht geantwortet, kommt mir bedenklich vor, denn er pressierte mich selbst so sehr, und es ist sein Interesse das Stück bald zu haben, wenn er es ernstlich will.

Leben Sie nun recht wohl. Mein Aufenthalt in der Stadt ist mir bisher ganz gut bekommen. Meine Frau grüßt. Sch.

539. An Schiller

Hier schicke ich Abdrücke, soviel fertig geworden sind, ich weiß selbst nicht wieviel.

Morgen gegen Abend bin ich bei Ihnen und hoffe eine Zeitlang zu bleiben. Mögen meine Wünsche nicht vergeblich sein!

Für den Wallenstein danke ich, die zwei ersten Akte habe ich heute früh mit großem Vergnügen gelesen. Den ersten, den ich nun so genau kenne, halte ich fast durchaus für theatralisch zweckmäßig. Die Familienszenen sind sehr glücklich und von der Art, die *mich* rührt. In der Audienzszene möchten einige historische Punkte deutlicher auszusprechen sein, so wie ich in meiner Ausgabe des Prologs den Wallenstein zweimal genannt habe. Man glaubt nicht, was man deutlich zu sein Ursache hat. Doch wird uns über alles dieses das Gespräch bald aufklären, worauf ich mich sehr freue. Leben Sie recht wohl, ich sage nichts weiter.
Weimar, am 10. November 1798 G.

540. An Schiller

Indem ich das Schema der physiologischen Farben überschicke, empfehle ich es zur Beherzigung, als Base unserer Untersuchungen und Diszeptationen.

Knebel empfiehlt sich und schickt einen Properz.

Darf ich um Sulzers Wörterbuch bitten? es ist nun Zeit, daß ich mich nach den hergebrachten Vorstellungsarten umsehe. Der ich wünsche wohl geschlafen zu haben.

[Jena.] Am 16. November 1798 G.

Zugleich folgt auch noch ein Exemplar Propyläen.

541. An Goethe

[Jena, den 21. November 1798]

Ich bitte mir die Piccolominis aus. Iffland, der heute geschrieben und meinen Kontrakt ratifiziert hat, treibt mich, das Stück bald zu schicken, und so muß ich denn die Nebenstunden benutzen, ihm seine letzte Gestalt zu geben. Auch wollen wir, wenn es Ihnen recht ist, in diesen Tagen über die Theaterfoderungen an das Stück übereinzukommen suchen. S.

542. An Schiller

[Jena, den 24. November 1798]

Dieser viele Schnee, wenngleich das Barometer steigt, traktiert mich nicht zum besten, ich will daher zu Hause bleiben, bis der Loderische Wagen mich zum Feenpalast der Literatur hinführt.

Mein Familiengemälde der Kunstfreunde und Sammler geht recht gut vorwärts. Dienstag abend haben wir den Grund dazu gelegt, und es wäre wirklich lustig genug, wenn ich nächsten Dienstag damit aufwarten könnte.

Wie geht es mit Ihrer Arbeit? Ich wünsche gar sehr, daß Sie darin vorschreiten mögen.

Wollten Sie mir nicht die Geschichte der Atlanten schicken? so eine hypothetische Lektüre ist nach Tische nicht übel. Leben Sie recht wohl und beschließen fröhlich diese Woche. G.

543. An Goethe

Jena, 24. November 1798

Ich wünsche Ihnen also, da ich Sie heute nicht mehr sehe, eine reiche Ausbeute bei der heutigen Charakter-Ausstellung. Ich selbst werde den Abend in stiller philosophischer Gesellschaft mit Schelling zubringen.

Der heutige Wintertag, durch das Schlittengeklingel unterbrochen, ist mir nicht unangenehm, und obgleich meine jetzige Arbeit nicht von der Art ist, daß sich die Fortschritte gut bemerken lassen, so bin ich doch nicht untätig.

Anbei folgen die Atlanten, die Sie doch vielleicht unterhalten, da sich der verwegene oratorische Ton an Diderots Kunstreflexionen einigermaßen anschließt, den Geist immer ausgenommen.

Leben Sie recht wohl, ich hoffe morgen viel von Ihnen zu hören.
Sch.

544. An Goethe

Jena, 30. November 1798

Ich bin es diese Tage her so gewohnt worden, daß Sie in der Abendstunde kamen und die Uhr meiner Gedanken aufzogen und stellten, daß es mir ganz ungewohnt tut, nach getaner Arbeit, mich an mich selbst verwiesen zu sehen. Besonders wünschte ich, daß es uns nicht erst am letzten Tag eingefallen wäre, den chromatischen Kursus anzufangen, denn gerade eine solche reine Sachbeschäftigung gewährte mir eine heilsame Abwechslung und Erholung von meiner jetzigen poetischen Arbeit, und ich würde gesucht haben, mir in Ihrer Abwesenheit auf meine eigene Weise darin fortzuhelfen. Soviel bemerkte ich indessen, daß ein Hauptmoment in der Methode sein wird, den rein faktischen sowie den polemischen Teil aufs strengste von dem hypothetischen unterschieden zu halten, daß die Evidenz des Falles und die des Newtonischen Falsums nicht in das Problematische der Erklärung verwickelt werde, und daß es nicht scheine, als wenn jene auch so wie diese einen gewissen Glauben postuliere. Es liegt zwar schon in Ihrer Natur, die Sache und die Vorstellung wohl zu trennen, aber demunerachtet ist es kaum zu vermeiden, daß man eine gangbar gewordene Vorstellungsweise nicht zuweilen den Dingen selbst unterschiebt und aus einem bloßen Instrument für das Denken eine Realursache zu machen geneigt ist.

Ihre lange Arbeit mit den Farben und der Ernst, den Sie darauf verwendet, muß mit einem nicht gemeinen Erfolg belohnt werden. Sie müssen, da Sie es können, ein Muster aufstellen, wie man physikalische Forschungen behandeln soll, und das Werk muß durch seine Behandlung ebenso belehrend sein als durch seine Ausbeute für die Wissenschaft.

Wenn man überlegt, daß das Schicksal dichterischer Werke an

das Schicksal der Sprache gebunden ist, die schwerlich auf dem jetzigen Punkte stehen bleibt, so ist ein unsterblicher Name in der Wissenschaft etwas sehr Wünschenswürdiges.

Heute endlich habe ich den Wallenstein zum erstenmal in die Welt ausfliegen lassen und an Iffland abgeschickt. Die Costumes werden Sie so gütig sein, ihm bald schicken zu lassen, weil er sie bald nötig haben könnte. Ich hab ihn vorläufig davon benachrichtigt.

Meyern, den ich bestens grüße, bitte um Zurücksendung der quittierten Rechnung.

Leben Sie recht wohl in Ihren jetzigen Zerstreuungen. Wie wünschte ich, daß Sie mir Ihre Muse, die Sie jetzt gerade nicht brauchen, zu meiner jetzigen Arbeit leihen könnten.

Die Frau grüßt Sie bestens. Leben Sie wohl. Sch.

545. *An Schiller*

Wie sehr unterschieden ist der Nachklang unserer ruhigen Betrachtungen, den ich aus Ihrem Briefe vernehme, von dem Getöse, das mich die paar Tage meines hiesigen Aufenthaltes schon wieder umgibt. Doch war er nicht ohne Nutzen für mich; denn Graf Fries hat unter andern ein Dutzend alte Kupfer von Martin Schön mitgebracht, an denen ich zuerst das Verdienst und Unverdienst dieses Künstlers schematisieren konnte; es ist uns höchst wahrscheinlich, obgleich Freund Lerse die entgegengesetzte Hypothese hat, daß die Deutschen in einer frühern Konnexion mit Italien gestanden.

Martin Schön hat nach Masaccios Tode noch vierzig Jahre gelebt, sollte in dieser Zeit gar kein Hauch über die Alpen herübergekommen sein? Ich habe über diese Sache niemals nachgedacht, sondern sie eben so gut sein lassen, sie interessiert mich aber für die Zukunft mehr.

Die Behandlungsart, die Sie den chromatischen Arbeiten vorschreiben, bleibt freilich mein höchster Wunsch, doch fürchte ich fast, daß sie, wie jede andere Idee, unerreichbar sein wird, das Mögliche wird durch Ihre Teilnahme hervorgebracht werden. Jedermann hält die Absonderung der Hypothese vom Fakto sehr schwer, sie ist aber noch schwerer als man gewöhnlich denkt, weil jeder Vortrag selbst, jede Methode schon hypothetisch ist.

Da Sie als ein Dritter nunmehr nach und nach meinen Vortrag anhören, so werden Sie das Hypothetische vom Faktischen besser trennen, als ich es nun künftig jemals vermag, weil sich gewisse Vorstellungsarten doch bei mir festgesetzt und gleichsam faktisiert haben. Ferner ist Ihnen das interessant, woran ich mich schon matt und müde gedacht habe, und Sie finden die Hauptpunkte, worauf das meiste ankommt, eher heraus. Doch davon ist jetzt keine Zeit zu reden, ich erwarte Freunde zum Frühstück, und von da wird es bis zur Zauberflöte zwar nicht feenmäßig, doch bunt und unruhig genug zugehen. Leben Sie recht wohl, grüßen Ihre liebe Frau und gedenken mein, wenn Sie den Braten verzehren, den ich Ihnen hier überschicke.

Weimar, am 1. Dezember 1798 G.

546. An Goethe

Jena, 4. Dezember 1798

Ich muß Sie heute mit einer astrologischen Frage behelligen und mir Ihr ästhetisch-kritisches Bedenken in einer verwickelten Sache ausbitten.

Durch die größere Ausdehnung der Piccolomini bin ich nun genötigt, mich über die Wahl des astrologischen Motivs zu entscheiden, wodurch der Abfall Wallensteins eingeleitet werden und ein mutvoller Glaube an das Glück der Unternehmung in ihm erweckt werden soll. Nach dem ersten Entwurf sollte dies dadurch geschehen, daß die Konstellation glücklich befunden wird, und das *Speculum astrologicum* sollte in dem bewußten Zimmer vor den Augen des Zuschauers gemacht werden. Aber dies ist ohne dramatisches Interesse, ist trocken, leer und noch dazu wegen der technischen Ausdrücke dunkel für den Zuschauer. Es macht auf die Einbildungskraft keine Wirkung und würde immer nur eine lächerliche Fratze bleiben. Ich habe es daher auf eine andere Art versucht und gleich auszuführen angefangen, wie Sie aus der Beilage ersehen.

Die Szene eröffnete den vierten Akt der Piccolomini, nach der neuen Einteilung, und ginge dem Auftritte, worin Wallenstein Sesins Gefangennehmung erfährt und worauf der große Monolog folgt, unmittelbar vorher, und es wäre die Frage, ob man des astrologischen Zimmers nicht ganz überhoben sein könnte, da es zu keiner Operation gebraucht wird.

Ich wünschte nun zu wissen, ob Sie dafür halten, daß mein Zweck, der dahin geht, dem Wallenstein durch das Wunderbare einen augenblicklichen Schwung zu geben, auf dem Weg, den ich gewählt habe, wirklich erreicht wird, und ob also die Fratze, die ich gebraucht, einen gewissen tragischen Gehalt hat und nicht bloß als lächerlich auffällt. Der Fall ist sehr schwer, und man mag es angreifen, wie man will, so wird die Mischung des Törichten und Abgeschmackten mit dem Ernsthaften und Verständigen immer anstößig bleiben. Auf der andern Seite durfte ich mich von dem Charakter des Astrologischen nicht entfernen und [mußte] dem Geist des Zeitalters nahe bleiben, dem das gewählte Motiv sehr entspricht.

Die Reflexionen, welche Wallenstein darüber anstellt, führe ich vielleicht noch weiter aus, und wenn nur der Fall selbst dem Tragischen nicht widersprechend und mit dem Ernst unvereinbar ist, so hoffe ich ihn doch durch jene Reflexionen schon zu erheben.

Haben Sie nun die Güte und sagen mir darüber Ihre Meinung.

Das jetzige fatale Wetter setzt mir sehr zu, und ich habe durch Krämpfe und Schlaflosigkeiten wieder einige Tage für meine Arbeit verloren.

Meine Frau empfiehlt sich aufs beste, und für den Braten danken wir Ihnen gar schön. Er ist sehr willkommen gewesen.

Leben Sie recht wohl. Ich wünsche zu hören, daß Sie in Ihren *Schematibus* etwas vorrücken mögen. Sch.

547. An Schiller

Ihr Brief findet mich in großer Zerstreuung und in Beschäftigungen, die mit einem ästhetischen Urteil über dramatische Motive nichts Gemeines haben. Ich muß also um Aufschub bitten, bis ich meine Gedanken über Ihre Anfrage sammeln kann. Dem ersten Anblick nach scheint mir die Idee sehr wohl gefunden und ich sollte denken, daß man dabei akquieszieren könnte. Denn, wie Sie auch selbst bemerken, so scheint immer ein unauflösbarer Bruch zwischen dieser Fratze und der tragischen Würde übrigzubleiben, und es kann vielleicht immer nur die Frage sein: ob sie etwas Würdiges hervorbringe? und das scheint mir diesmal geleistet.

Ist doch selbst der politische Stoff nicht viel besser als der astrologische, und mich dünkt, man müßte den astrologischen, um ihn zu beurteilen, nicht unmittelbar gegen das Tragische halten, sondern das Astrologische wäre als ein Teil des historisch-politisch-barbarischen Temporären mit in der übrigen Masse gegen das Tragische zu stellen und mit ihm zu verbinden.

Den fünffachen Buchstaben, ob er mir gleich wohl gefällt,

weiß ich noch nicht gegen jenes astrologische Zimmer zu bilanzieren; beides scheint etwas für sich zu haben. Und ich muß endigen, wie ich anfing, daß ich heute weder imstande bin rein zu empfinden, noch recht zu denken.

Nehmen Sie daher nur noch ein Lebewohl und grüßen mir Ihre liebe Frau.

Weimar, am 5. Dezember 1798 G.

548. An Goethe

Jena, 7. Dezember 1798

Wir leben jetzt wieder in sehr entgegengesetzten Zuständen, Sie unter lauter Zerstreuungen, die Ihnen keine Sammlung des Gemüts erlauben, und ich in einer Abgeschiedenheit und Einförmigkeit, die mich nach Zerstreuung seufzen macht, um den Geist wieder zu erfrischen. Ich habe übrigens diese traurigen Tage, die sich erst heute wieder aufhellten, nicht ganz unnütz verbracht und einige bedeutende Lücken in meiner Handlung ausgefüllt, wodurch sie sich immer mehr rundet und stetiger wird. Es sind verschiedene ganz neue Szenen entstanden, die dem Ganzen sehr gut tun. Auch jenen nicht ganz aufzuhebenden Bruch, von dem Sie schreiben, in betreff des Tollen und Vernünftigen, seh ich dadurch etwas vermindert, indem alles darauf ankommt, daß jene seltsame Verbindung heterogener Elemente als beharrender Charakter erscheine, aus dem Total des Menschen hervorkomme und sich überall offenbare. Denn wenn es gelingt, sie nur recht individuell zu machen, so wird sie wahr, da das Individuelle zur Phantasie spricht, und man es also nicht mit dem trockenen Verstand zu tun hat.

Wenn Sie glauben, daß wir das astrologische Zimmer nicht einbüßen sollten, so ließe sich immer noch Gebrauch davon machen, auch im Fall, daß wir die andere Fratze beibehielten. Das *Mehr* schadet hier nichts, und eins hilft dem andern. Mir ist eigentlich nur darum zu tun, daß ich von Ihnen wisse, ob das neulich Überschickte überall nur statthaft ist, denn es ist gar nicht nötig, daß etwas anderes dadurch ausgeschlossen wird.

Ich weiß Ihnen heute nichts zu sagen, was Sie interessieren könnte, denn ich bin nicht aus meiner Arbeit gekommen und habe auch von außen nichts in Erfahrung gebracht.

Wollten Sie mir nicht das Buch über den Kaukasus verschaffen, von dem Sie mir öfters sagten. Ich habe jetzt gerade ein Bedürfnis nach einer ergötzlichen Lektüre.

Leben Sie recht wohl, an Meyern viele Grüße. Meine Frau empfiehlt sich. S.

549. *An Schiller*

Wie sehr wünschte ich grade über die vorliegende Frage mit Ihnen einen Abend zu konversieren, denn sie ist doch um vieles wichtiger als jene Quästion: in welcher Ordnung die Rüstung erscheinen soll? Ich fasse mich nur kurz zusammen und gehe über alles hinaus, worüber wir einig sind.

Ich halte nach vielfältiger Überlegung das astrologische Motiv für besser als das neue.

Der *astrologische Aberglaube* ruht auf dem dunkeln Gefühl eines ungeheuren Weltganzen. Die Erfahrung spricht, daß die nächsten Gestirne einen entschiedenen Einfluß auf Witterung, Vegetation u. s. w. haben, man darf nur stufenweise immer aufwärts steigen, und es läßt sich nicht sagen, wo diese Wirkung aufhört. Findet doch der Astronom überall Störungen eines Gestirns durchs andere. Ist doch der Philisoph geneigt, ja genötigt, eine Wirkung auf das Entfernteste anzunehmen. So darf der Mensch im Vorgefühl seiner selbst nur immer etwas weiter schreiten und diese Einrichtung aufs Sittliche, auf Glück und Unglück ausdehnen. Diesen und ähnlichen Wahn möchte ich nicht einmal Aberglauben nennen, er liegt unserer Natur so nahe, ist so leidlich und läßlich als irgendein Glaube.

Nicht allein in gewissen Jahrhunderten, sondern auch in gewissen Epochen des Lebens, ja bei gewissen Naturen tritt er öfter, als man glauben kann, herein. Hat doch der verstorbne König in Preußen bloß darum auf den Wallenstein gehofft, weil er erwartete, daß dieses Wesen ernsthaft darin behandelt sein würde.

Der *moderne Orakel-Aberglaube* hat auch manches poetische Gute, nur ist gerade diejenige Spezies, die Sie gewählt haben, dünkt mich, nicht die beste, sie gehört zu den Anagrammen, Chronodistichen, Teufelsversen, die man rückwärts wie vorwärts lesen kann, und ist also aus einer geschmacklosen und pedantischen Verwandtschaft, an die man durch ihre inkurable Trockenheit erinnert wird. Die Art, wie Sie die Szene behandelt haben, hat mich wirklich im Anfang so bestochen, daß ich diese Eigenschaften nicht merkte und nur erst durch Reflexion darauf kam. Übrigens mag ich nach meiner Theatererfahrung herumdenken, wie ich will, so läßt sich dieses Buchstabenwesen nicht anschaulich machen. Die Lettern müssen entweder verschlungen sein wie die *M* des Matthias. Die *F* müßte man in einen Kreis stellen, die man aber, wenn man sie auch noch so groß machte, von weitem nicht erkennen würde.

Das sind meine Bedenklichkeiten, zu denen ich nichts weiter hinzu füge. Ich habe mit Meyern darüber konsultiert, welcher auch meiner Meinung ist. Nehmen Sie nun das Beste heraus. Mein sehnlichster Wunsch ist, daß Ihre Arbeit fördern möge.

Meine zerstückelte Zeit bis Neujahr will ich so gut als möglich zu benutzen suchen. Das zweite Stück der Propyläen ist nun ganz abgegangen. Manuskript zum dritten ist vorrätig, wovon etwa nur noch die Hälfte zu redigieren ist; ich werde mein möglichstes tun auch damit in drei Wochen fertigzuwerden.

Zu dem vierten Stück habe ich einen besondern Einfall, den ich Ihnen kommunizieren will, und überhaupt denke ich mich so einzurichten, daß mir das Frühjahr zu einer größern Arbeit frei bleibt. Die Schemata zur Chromatik hoffe ich mit Ihrem Beistand auch bald vorwärts zu bringen.

Und so geht ein närrisch mühsames Leben immer fort wie das Märchen der Tausendundeine Nacht, wo sich immer eine Fabel in die andere einschachtelt.

Leben Sie recht wohl und grüßen Sie die liebe Frau.

Weimar, am 8. Dezember 1798 G.

550. An Goethe

Jena, den 11. Dezember 1798

Es ist eine rechte Gottesgabe um einen weisen und sorgfältigen Freund, das habe ich bei dieser Gelegenheit aufs neue erfahren. Ihre Bemerkungen sind vollkommen richtig und Ihre Gründe überzeugend. Ich weiß nicht, welcher böse Genius über mir gewaltet, daß ich das astrologische Motiv im Wallenstein nie recht ernsthaft anfassen wollte, da doch eigentlich meine Natur die Sachen lieber von der ernshaften als leichten Seite nimmt. Die Eigenschaften des Stoffes müssen mich anfangs zurückgeschreckt haben. Ich sehe aber jetzt vollkommen ein, daß ich noch etwas Bedeutendes für diese Materie tun muß, und es wird auch wohl gehen, ob es gleich die Arbeit wieder verlängert.

Leider fällt diese für mich so dringende Epoche des Fertigwerdens in eine sehr ungünstige Zeit, ich kann jetzt gewöhnlich über die andere Nacht nicht schlafen und muß viel Kraft anwenden, mich in der nötigen Klarheit der Stimmung zu erhalten. Könnte ich nicht durch meinen Willen etwas mehr, als andere in ähnlichen Fällen können, so würde ich jetzt ganz und gar pausieren müssen.

Indessen hoffe ich Ihnen doch die Piccolomini zum Christgeschenk noch schicken zu können.

Möchten nur auch Sie diese nächsten schlimmen Wochen heiter und froh durchleben und dann im Januar wieder munter zu uns und Ihren hiesigen Geschäften zurückkehren.

Ich bin neugierig zu erfahren, was Sie für das 4te Stück der Propyläen ausgedacht.

Leben Sie recht wohl. Ich erhalte einen Abendbesuch von meinem Hausherrn, der mich hindert mehr zu sagen.

Die Frau grüßt Sie herzlich.

Meyern viele Grüße. S.

551. An Schiller

Es freut mich, daß ich Ihnen etwas habe wieder erstatten können von der Art, in der ich Ihnen so manches schuldig geworden bin. Ich wünschte nur, daß mein guter Rat zu einer günstigen Jahrszeit hätte anlangen können, damit Sie dadurch schneller gefördert wären, denn ich muß Sie wirklich bedauern, daß die Zeit der Vollendung in diese Tage fällt, die eben unsere Freunde nicht sind.

Glücklicherweise habe ich entdeckt, daß mich etwas ganz Neues, das heißt, worüber ich noch nicht gedacht habe, in diesen Stunden reizen und mich gewissermaßen produktiv machen kann.

Ich schicke hier Grübels Gedichte, von denen ich schon einmal erzählte, sie werden Ihnen Spaß machen. Ich habe eine Rezension davon an Cotta zur neuen Zeitung geschickt, davon ich Ihnen eine Abschrift senden will. Ich habe die Gelegenheit ergriffen, etwas über diese heitere Darstellungen, die nicht gerade immer den leidigen Schwanz moralischer Nutzanwendung hinter sich schleppen, etwas zu sagen.

Übrigens halte ich mich bald an dieses, bald an jenes, um nur die Zeit nicht ganz ungenutzt verstreichen zu lassen, und so mögen denn diese 14 Tage noch hingehen.

Ob Ihr erstes Stück Weihnachten fertig wird oder nicht, wird meinen Januaraufenthalt entscheiden, im ersten Fall hoffe ich

Sie bei mir zu sehen, im zweiten denke ich Sie zu besuchen. Für heute leben Sie wohl und grüßen Ihre liebe Frau.

Weimar, am 12. Dezember 1798 G.

552. An Goethe

Jena, 14. Dezember 1798

Ich sage Ihnen heute nur einen freundlichen Gruß, denn der Schnupfen nimmt mir den Kopf so ein, daß ich ganz betört von der Arbeit aufstehe. Möchten die nächsten harten 3 Wochen nur für Sie und mich vorüber sein!

Für den Nürnberger Dichter danke ich, bis jetzt habe ich noch nicht viel in demselben lesen können. Es ist gar nicht übel, wenn Sie ein paar Worte zu seiner Empfehlung sagen, denn hier ist der Fall, wo keiner das Herz hätte, auf Risiko des eignen Geschmacks zu loben, weil man auf keine modische Formel fußen kann.

Da Ihr Hieherkommen sich nach den Piccolominis richtet, so werde ich Sie wohl zuerst in Weimar sehen, denn ich darf dieses Stück, insofern es für die Bühne bestimmt ist, nicht unvollendet in die neue Jahrzahl hinüberschleppen, auch hoffe ich in dieser Zeit noch das Nötige dafür zu tun. Sobald etwas von den neuen Szenen in Ordnung und abgeschrieben ist, sende ichs Ihnen.

Leben Sie wohl für heute. Die Frau grüßt schönstens. S.

553. An Schiller

Bei mir geht die Arbeit noch so notdürftig fort, indem ich allerlei vornehme und darum wählen kann, was der Zeit und der Stimmung gemäß ist. Es wird mir ein rechtes Weihnachtsgeschenk sein, wenn Sie mir den Piccolomini schicken.

Hier schicke ich, was ich bei Gelegenheit Grübels ausgehen lassen. Es ist darauf angesehen, daß es eine gewisse Partei ärgern soll. Die Materie muß in den Propyläen wieder gebracht und unter allen Formen erneuert werden, wozu mir schon ein paar ganz närrische eingefallen sind.

Auch lege ich Gädickes Forderung bei, wegen des Drucks der Propyläen. Sie sind ja in dergleichen Berechnungen geübt, um zu überschlagen, was auf diese Weise die Kosten eines ganzen Stückes sein würden.

Was ich außer dem Geschäftskreise tun konnte, war die Vorbereitung des dritten Stücks, welches ich möglichst zu befördern suche, um zu Anfang des neuen Jahrs ganz frei zu sein. Und so werden denn doch die bösen drückenden Tage genutzt. Leben Sie recht wohl und suchen Sie aus dem Schlusse des Jahrs auch den möglichen Vorteil zu ziehen. Grüßen Sie Ihre liebe Frau.

Weimar, am 15. Dezember 1798 G.

554. An Goethe

Jena, 18. Dezember 1798

So wenig ich Anstand nehme, alles, was Sie von unserm Volksdichter Gutes sagen, im einzelnen wie im allgemeinen zu unterschreiben, so kommt es mir doch immer als eine gewisse Unschicklichkeit vor, auf einer so öffentlichen Stelle, als die Allgemeine Zeitung ist, die Augen auf ihn zu ziehen; für die Vorzüge der Form ist einmal kein Sinn zu erwarten, und so wird das Kleine und Gemeine in den Gegenständen den delikaten Herrn und Damen Anstoß geben und den Witzlingen eine Blöße. Das ist wenigstens mein Gefühl, wenn ich mir, bei Durchlesung Ihrer Anzeige, zugleich das Publikum vergegenwärtige, dem sie in die Hände kommt, und es deucht mir eine annehmliche Klugheitsregel, da, wo es keine Überzeugungsgründe gibt, um durch die Vernunft zu siegen, das Gefühl nicht zu chokieren. Ein ganz anderes wär es, wenn eben diese Anzeige in einem literarischen Blatt stünde: hier ist man befugt und verpflichtet, alles zu würdigen und ins Detail zu gehen. In einer politischen Zeitung kann nur das mutmaßlich allgemein Interessierende Platz finden, nicht, was gefallen *sollte*, sondern, wie Boufflers sagt, was gefällt.

Ich habe mit großem Vergnügen diesen Boufflers gelesen, er ist überaus schön geschrieben und enthält charmante Bemerkungen, so gut gedacht als gesagt. Freilich ist eine gewisse Enge und Dürftigkeit darin. Wenn er zuweilen der *Hospitalité* wegen auch von den Deutschen Notiz nimmt, so kommt es gar lächerlich heraus, man sieht ihm an, daß es nichts weiter als ein Trinkgeld ist, und daß er nicht viel dabei denkt.

Garve, hör ich, soll jetzt auch gestorben sein. Wieder einer aus dem *goldnen* Weltalter der Literatur weniger, wird uns Wieland sagen.

In Kursachsen ist das Niethammerische Journal verboten worden.

Den Anschlag des Buchdrucker Gädicke finde ich sehr mäßig,

ich sollte denken, daß Cotta die Arbeit bei sich nicht wohlfeiler haben kann.

Es wäre mir jetzt doch lieb, wenn Sie den Frankfurtern bald wollten zu wissen tun lassen, daß die 3 Wallensteinischen Stücke für 60 Dukaten zu haben sind. Denn ich möchte gern bald wissen, ob die Edition fürs Reich noch nötig oder nicht, da Kotzebue noch nicht wieder geantwortet und wahrscheinlich doch im Verhafte sitzt. Der Wallenstein bleibt das ganze Jahr 1799 ungedruckt, das kann den Frankfurtern auch geschrieben werden.

Wissen Sie noch nicht bestimmt, ob Sie Ihre theatralische Mutter aus Regensburg auf den nächsten Monat schon bekommen?

Die Arbeit ist in den letzten Tagen schlecht vorgerückt. Das Sudelwetter, das mir sonst nicht so unhold ist, hat mich doch sehr mitgenommen, und schon der traurige Anblick des Himmels und der Erde drückt die Seele nieder.

Leben Sie nur so wohl, als es jetzt irgend angeht. Herzlich grüßen wir Sie beide. S.

555. An Schiller

Es mag mir etwas von Ihrer Meinung vorgeschwebt haben, indem ich, ehe ich den kleinen Aufsatz abschickte, bei mir zu Rate ging, ob ich ihn nicht *mutatis mutandis* zur Literaturzeitung geben oder die Materie vor die Propyläen aufheben sollte. Indessen mag er zu jenem Pickenick hingehen, das doch nicht auf eine Konsequenz der Schüsseln berechnet ist.

Boufflers hat mir auch, wie Ihnen, und in eben demselben Sinne recht wohl gefallen; dagegen haben die Franzosen und Vornehmen, soviel ich hier vernehmen konnte, nicht zum besten davon sentiert, da es doch eigentlich für sie geschrieben ist. Auf welches Publikum soll denn der Schriftsteller rechnen und zählen?

Kants Anthropologie ist mir ein sehr wertes Buch und wird es künftig noch mehr sein, wenn ich es in geringern Dosen wiederholt genieße, denn im ganzen, wie es da steht, ist es nicht erquicklich. Von diesem Gesichtspunkte aus sieht sich der Mensch immer im pathologischen Zustande, und da man, wie der alte Herr selbst versichert, vor dem 60sten Jahr nicht vernünftig werden kann, so ist es ein schlechter Spaß, sich die übrige Zeit seines Lebens für einen Narren zu erklären. Doch wird, wenn man zu guter Stunde ein paar Seiten drinne liest, die geistreiche Behandlung immer reizend sein. Übrigens ist mir alles verhaßt, was mich bloß belehrt, ohne meine Tätigkeit zu vermehren oder unmittelbar zu beleben.

Meinen Zustand in diesen Tagen kann ich auch nicht rühmen. Zu einer solchen Zeit sollte man eigentlich in einer großen Stadt sein, wo man von außen gereizt würde und sich selbst vergäße.

Mechanische Arbeiten gehen nicht vom Flecke und geistige gelingen nicht. Schon diesem Briefe merke ich an, daß ich meine Gedanken nicht wie sonst beisammen habe.

Wegen Wallenstein soll bei den Frankfurtern angefragt werden.

Unsere theatralische Mutter wird in der ersten Hälfte des künftigen Monats erwartet. Leben Sie recht wohl bis auf bessere Tage, ich will noch sehen mich von manchem einzelnen zu befreien, damit man nach dem neuen Jahr an irgend etwas Ganzes gehen kann.

Weimar, den 19. Dezember 1798 G.

556. An Goethe

Jena, 22. [21.] Dezember 1798

Ich bin sehr verlangend Kants Anthropologie zu lesen. Die pathologische Seite, die er am Menschen immer herauskehrt und die bei einer Anthropologie vielleicht am Platze sein mag, verfolgt einen fast in allem, was er schreibt, und sie ists, die seiner praktischen Philosophie ein so grämliches Ansehen gibt. Daß dieser heitre und jovialische Geist seine Flügel nicht ganz von dem Lebensschmutz hat losmachen können, ja selbst gewisse düstere Eindrücke der Jugend pp. nicht ganz verwunden hat, ist zu verwundern und zu beklagen. Es ist immer noch etwas in ihm, was einen, wie bei Luthern, an einen Mönch erinnert, der sich zwar sein Kloster geöffnet hat, aber die Spuren desselben nicht ganz vertilgen konnte.

Daß die Aristokraten auf eine Schrift wie Boufflers' nicht so ganz gut zu sprechen sind, will ich wohl glauben. Sie würden weit mehr Wahrheiten aus dem Mund und der Feder eines bürgerlichen Schriftstellers ertragen. Aber es ist immer so gewesen, auch in der Kirche war die Ketzerei eines Christen immer verhaßter als der Unglaube eines Atheisten oder Heiden.

Haben Sie in diesen Tagen nichts an dem Farbenschema mehr gemacht? Ich freue mich auch in dieser Rücksicht auf mein Hinüberkommen zu Ihnen, um in der Materie etwas weiter zu rükken. Schelling seh ich wöchentlich nur einmal, um, zur Schande der Philosophie sei es gesagt, meistens l'Hombre mit ihm zu spielen. Mir zwar ist die Zerstreuung, da ich jetzt absolut keine andre habe, beinah unentbehrlich worden, aber es ist freilich schlimm, daß man nichts Gescheiteres miteinander zu tun hat. Indessen, sobald ich nur ein klein wenig den Kopf wieder über Wasser habe, will ich etwas Besseres mit ihm anfangen. Er ist noch immer so wenig mitteilend und problematisch wie zuvor.

Von den abwesenden Freunden habe ich wieder lange nichts gehört. Humboldt wird, hoffe ich, nicht unter den Fremden sich befunden haben, die man in Paris arretiert hat.

Ich hatte Sie bitten wollen, mir das Logis, worin Thouret gewohnt, auf 3 oder 4 Wochen vom Herzog auszubitten, wenn ich nach Weimar käme. Meine Schwägerin kann meine Frau mit den Kindern jetzt nicht wohl logieren, und doch möchte ich von meiner Familie nicht solang getrennt sein, auch Ihnen mit mir nicht auf so lange Überlast machen. Freilich würden unsre wechselseitigen Kommunikationen dadurch etwas gehemmt, aber es käme nur auf eine Einrichtung an, so würde es schon gehen. Ich erbitte mir darüber Ihren Rat. Etwa in 12 Tagen dächte ich hinüberzukommen.

Ich sehe zwar kaum ein kleines Vorrücken in der Arbeit, denn bei dem Korrigieren der letztern Akte für den Theaterzweck bin ich auf weit mehr Schwierigkeiten gestoßen als ich erwartete, und diese Arbeit ist erstaunlich penible und zeitverderbend.

Indessen wünsche ich Ihnen zum zurückgelegten kürzesten Tag, der in Ihrer Existenz eine gewisse Epoche zu machen pflegt, Glück.

Leben Sie recht wohl, herzlich gegrüßt von uns beiden. S.

557. An Schiller

Die Nachricht von Ihrer baldigen Ankunft erfreut mich sehr und ist die schönste Hoffnung, die mir die wieder rückkehrende Sonne bringt. Auf die Farbenlehre habe ich auch nicht einen Augenblick denken können, ich will diese nächsten Tage noch mancherlei Geschäfte schematisieren und aufs nächste Jahr einleiten, damit ich, wenn Sie herüber kommen, ganz frei bin.

Es ist so ein unendlich seltner Fall, daß man sich mit- und aneinander bildet, daß es mich nicht mehr wundert, wenn eine Hoffnung, wie die auf eine nähere Kommunikation mit Schelling, auch fehl schlägt. Indessen können wir doch immer zufrieden sein, daß er uns so nahe ist, indem wir doch immer gewissermaßen das, was er hervorbringt, *werden* sehen, auch macht sichs vielleicht mit der Zeit.

Zum l'Hombre wünsche ich Glück! Sie werden in der Anthropologie selbst die Apologie des Spiels finden, und ob ich gleich persönlich keine Idee habe, wie man sich dabei zerstreuen oder erfreuen könne, so zeigt es mir doch die Erfahrung an so vielen Menschen. Mich entschädigen in solchen Augenblicken mancherlei wissenschaftliche Spiele, wie Mineralogie und dergleichen. Freilich sind die Abende jetzt sehr lang und unfruchtbar.

Das Thouretische Quartier steht, soviel ich weiß, ganz leer, ist rein und dürfte nur möbliert werden, wofür ich schon sorgen will. Es sind zwei heizbare Zimmer und einige Kammern.

Gern lasse ich Sie nicht aus meiner Nähe, doch ist freilich das Quartier, das ich Ihnen anbieten kann, besonders im Winter, nicht bequem. Wir müssen nur eine Einrichtung treffen, denn sonst verlieren wir Zeit und Gelegenheit.

Wegen des Thouretischen Quartiers erfahren Sie Mittwochs mehr.

Könnten Sie mir die Rolle für Wallensteins Gemahlin gleich senden, so schickte ich sie unserer neuen Actrice nach Regensburg. Sie hätte auf der ganzen Herreise Zeit daran zu lernen und, da sie den 14ten kommt, so träfe sie noch eben zur rechten Zeit ein, daß das Stück auf den 30sten gegeben werden könnte.

Leben Sie recht wohl, in Hoffnung Sie bald wieder zu sehen werde ich noch manches, was uns hindern oder stören könnte, wegarbeiten.

Weimar, den 22. Dezember 1798 G.

558. An Goethe

Jena, 24. Dezember 1798

Ich setze mich mit einem sehr erleichterten Herzen nieder, um Ihnen zu schreiben, daß die Piccolomini soeben an Iffland abgegangen sind. Er hat mich in seinem Briefe so tribuliert und gequält zu eilen, daß ich heute meine ganze Willenskraft zusammen nahm, drei Kopisten zugleich anstellte und (mit Ausschluß der einzigen Szene im astrologischen Zimmer, die ich ihm nachsende) das Werk wirklich zustande brachte. Eine recht glückliche Stimmung und eine wohl ausgeschlafene Nacht haben mich sekundiert, und ich hoffe sagen zu können, daß diese Eile dem Geschäft nichts geschadet hat. So ist aber auch schwerlich ein heiliger Abend auf 30 Meilen in der Runde verbracht worden, so gehetzt nämlich und qualvoll über der Angst nicht fertig zu werden. Iffland hat mir seine Not vorgestellt, wenn er in den zwei nächsten Monaten, der eigentlichen Theaterzeit, nichts hätte, wodurch er die Opern, welche frei gegeben werden, balancieren könnte, da er, in seiner Rechnung auf das Stück, auf nichts anders gedacht hätte, und gab mir den Verlust bei dem versäumten Tempo auf 4000 Taler an.

Ich werde nun diese Woche anwenden, das Exemplar des Stücks für unser Weimarisches Theater in Ordnung schreiben zu lassen, die astrologische Szene überdenken und dann auf die nächste Woche, etwa den 2ten, wenn die Witterung und mein Befinden es zulassen, zu Ihnen kommen.

Da ich nicht weiß, ob mir eine Summe Geld, die ich erwarte, zur rechten Zeit eingeht, so will ich das nicht erst erwarten und in Hoffnung, daß ich im Notfall bei Ihnen etwas borgen kann, wenn ichs ja brauchen sollte, mein Paket machen.

Für Ihre Güte, mir das Logis zu verschaffen, danke ich Ihnen sehr. Meubles, hölzerne, wird mein Schwager missen können, Betten aber nicht, und wenn Sie mir also davon etwas leihen wollen, so brauche ich desto weniger mitzubringen.

Was unsre Kommunikationen betrifft, so wird sich mit einer Kutsche schon eine Einrichtung machen lassen.

Und nun für heute Lebewohl. Ich mußte mein Herz erleichtern und Ihnen dieses neueste *Evenement* in meinem Hause melden. Meine Frau läßt Sie aufs beste grüßen. S.

559. *An Schiller*

Viel Glück zu der abgenötigten Vollendung der Arbeit, denn ich will Ihnen gar nicht leugnen, daß mir in der letzten Zeit alle Hoffnung zu vergehen anfing. Bei der Art, wie Sie diese Jahre her den Wallenstein behandelt haben, ließ sich gar keine innere Ursache mehr denken, wodurch er fertig werden konnte, so wenig als das Wachs gerinnen kann, solange es in dem Feuer steht. Sie werden selbst erst finden, wenn Sie diese Sache hinter sich haben, was für Sie gewonnen ist. Ich sehe es als etwas Unendliches an.

Ihr Quartier im Schlosse soll aufs beste besorgt werden, und ich denke, es soll an nichts fehlen; auch was Sie sonst an den ersten und letzten Bedürfnissen nötig haben möchten, soll parat

sein. Lassen Sie sich ja nicht abhalten, sondern resolvieren sich kurz und gut den Zweiten zu kommen, denn wir haben übermäßig zu tun, wenn wir bis den 30sten fertig werden wollen, wobei das Schlimmste ist, daß sich der Termin nicht verschieben läßt. Leben Sie recht wohl, grüßen Sie mir Ihre liebe Frau und sein Sie zum voraus schönstens willkommen.
Weimar, am 25. Dezember 1798 G.

560. An Schiller

[Weimar, den 27. Dezember 1798]

Überbringer dieses stellt ein Detachement Husaren vor, das Ordre hat, sich der Piccolominis, Vater und Sohn, wie es gehen will, zu bemächtigen, und wenn sie derselben nicht ganz habhaft werden können, sie wenigstens stückweise zu liefern. Ew. Liebden werden ersucht, diesem löblichen Vorhaben allen möglichen Vorschub zu tun. Die wir uns zu allen angenehmen Gegendiensten erbieten.
Kurz vor dem Schluß des Jahrs 1798.

Melpomenische, zum Wallensteinischen Unwesen
gnädigst verordnete Kommission.
G[oethe] *et* K[irms]

561. An Schiller

Wenn Sie uns, werter Freund, bei der Bestimmung Ihrer Dekoration um Rat gefragt hätten, so hätten wir freilich einiges einzuwenden gehabt. Denn statt des Symbols die Sache zu geben, ist freilich eine schwere Aufgabe, doch soll alles, was zur Verherrlichung der theatralischen Erscheinungen geschehen kann, mit Vergnügen besorgt werden. Freund Meyer wird die Kartone selbst zeichnen, wie denn schon der Anfang zu einem kleinen Entwurf gemacht ist.

Nun aber verzeihen Sie, wenn ich auch, wie Iffland, den Direktor spiele, auf den sich zuletzt alle Schwierigkeiten der Ausführung häufen.

Morgen früh kommt ein Bote, von dem ich hoffe, daß er mir gegen Abend einen Teil des Stücks und auf alle Fälle die Rolle der Herzogin bringen wird.

Werden Sie ja nicht ungeduldig! Denn wenn Sie nicht bald kommen sollten, so werden noch öfters Boten erscheinen. Es wird ohnedies für uns einen saueren Januar geben, da man am Ende desselben ein solches Stück erwartet und an den übrigen Lustbarkeiten, während desselben, doch nichts entbehren will. Montags sollen die vier bedeutendsten Soldatenkostüme des Vorspiels an Iffland abgehen. Ich wünsche Ihnen zur Reise einen Tag, wie der heutige ist, und grüße Sie herzlich, sowie Ihre liebe Frau.

Weimar, am 29. Dezember 1798 G.

562. An Goethe

Jena, 31. Dezember 1798

Der Herzogin Rolle hab ich Ihnen gestern durch Wolzogen geschickt. Hier erhalten Sie die Piccolomini ganz, aber, wie Sie sehen, ganz erschrecklich gestrichen. Ich dachte schon genug davon weggeschnitten zu haben, als ich aber vorgestern zum erstenmal das Ganze hintereinander vorlas, nach der bereits verkürzten Edition, und mit dem dritten Akt schon die dritte Stunde zu Ende ging, so erschrak ich so, daß ich mich gestern nochmals hinsetzte und noch etwa 400 Jamben aus dem Ganzen herauswarf. Sehr lang wird es auch jetzt noch spielen, aber doch nicht über die vierte Stunde, und wenn man Schlag halb Sechs anfängt, so kommt das Publikum noch vor 10 Uhr nach Hause.

Haben Sie die Güte den zweiten Akt, den ich Ihnen doppelt schicke, in beiden Gestalten zu lesen. Er enthält die neuen Szenen der Thekla, und es würde Sie stören, wenn Sie bei diesen Szenen, die Sie zum erstenmal lesen, auch nur durch das Auge an die Verstümmelung erinnert würden und den Text auf dem Papiere mühsam zusammensuchen müßten.

An Iffland sende ich mit heutiger Post diese neuesten Verkürzungen nach, denn die große Länge des Stücks wird ihn nicht wenig in Verlegenheit setzen.

Die bedeutende Äußerung Wallensteins über Buttlern (IV. Aufzug 3. Szene), die hier weggestrichen, findet im dritten Stück einen schicklichern Platz.

Bei der Rollenbesetzung habe ich darauf gerechnet, daß die Thekla durch die Jagemann gespielt wird, und ihr etwas zu singen gegeben. So bliebe freilich die Gräfin der Slanzowsky, es wäre denn, daß Sie die neu erwartete Mutter dazu passender fänden; denn an der Gräfin liegt freilich viel, und sie hat, wie Sie sehen werden, auch in den neuen Szenen des IIten Akts bedeutende Dinge zu sagen. Da man sie noch älter annehmen darf als selbst die Herzogin (indem sie den König von Böhmen vor

16 Jahren hat machen helfen), so kann sich die andere nicht beklagen.

Beim Wrangel habe ich auf Hunnius gerechnet.

Und so lege ich denn das Stück in Ihre Hände. Ich habe jetzt schlechterdings kein Urteil mehr darüber, ja manchmal möchte ich an der theatralischen Tauglichkeit ganz verzweifeln. Möchte es eine solche Wirkung auf Sie tun, daß Sie mir Mut und Hoffnung geben können, denn die brauche ich.

Leben Sie recht wohl. Der Bote wird um 3 Uhr expediert.

Sch.

563. An Goethe

Jena, 1. Januar 1799

Hier zur Unterhaltung ein paar Blätter von Körnern über den Almanach.

Mein Opus ist nun in Ihren Händen, und Sie haben ihm, indem ich schreibe, schon die Nativität gestellt. Unterdessen habe ich schon angefangen, meine Gedanken auf das dritte Stück zu richten, um sogleich, wenn ich in Weimar bin, daran gehen zu können. Es gibt zwar noch viel darin zu tun, aber es wird rascher gehen, weil die Handlung bestimmt ist, und lebhafte Affekte herrschen.

Ich muß morgen noch zur Ader lassen, welches ich seit meinen zwei hitzigen Brustfiebern in den Jahren 91 und 92 immer beobachtet habe. Diese Operation hält mich morgen, wenn nicht gar übermorgen, noch hier zurück. Sonst befinde ich mich innerlich recht wohl, aber um die Plage nicht ausgehen zu lassen, habe ich mich neulich unter dem Nagel in den Finger gestochen, der sehr schmerzhaft wird und, weil es der Mittelfinger der rechten Hand ist, mich beim Schreiben sehr inkommodiert.

Sie waren so gütig, mir durch den Kammerrat ein Verzeichnis dessen, was ich in Weimar brauche, abfodern zu lassen. Das habe ich meinem Schwager neulich zugestellt, und in der Voraussetzung, daß dies Ihre Absicht dabei sei, alles, was ich nötig habe, darunter begriffen.

Morgen hoffe ich noch von Ihnen zu erfahren, ob ich übermorgen kommen darf.

Leben Sie recht wohl. Wir freuen uns beide sehr darauf, Sie wieder zu sehen.

Sch.

564. An Schiller

Da es mit dem Hauptpunkte richtig ist, und ich auch überzeugt bin, daß Sie nicht früher schließen konnten, so muß sich das übrige alles geben.

Die zärtlichen Szenen sind sehr gut geraten und die Einleitung der Astrologie in denselben äußerst glücklich.

Bei allem andern will ich nichts sagen, weil mich die Stunde drängt und weil ich Sie bald zu sehen hoffe. Säumen Sie ja nicht lange, denn es gibt hundert Dinge zu besprechen. Ich hoffe, Sie

sollen in Ihrem Quartier alles leidlich eingerichtet finden. Grüßen Sie Ihre liebe Frau.
Weimar, am 2. Januar 1799 G.

565. An Schiller

Mit vielem Vergnügen vernehm ich, daß Sie angekommen sind, und wünsche zu erfahren, wie Sie Ihren heutigen Tag eingeteilt haben. Möchten Sie den Mittag mit mir essen, so sollen Sie schönstens willkommen sein.

Ich befinde mich nicht ganz wohl, so daß ich nicht ausgehen mag, da wir diese Tage gute Gesundheit und Stimmung nötig haben.

Grüßen Sie Ihre liebe Frau; der ich mich sehr freue Sie bald wieder zu sehen.
Weimar, am 5. Januar 1799 G.

566. An Goethe

[Weimar, den 5. Januar 1799]

Ich erhalte mit großem Vergnügen Ihr Billet und werde, weil Sie es erlauben, heut um 1 Uhr aufwarten und kann bis 5 Uhr zu allem, was Sie mit mir machen wollen, bereit sein.

Wir haben in dem niedlichen und bequemen Logis, das Sie uns bereitet und eingerichtet haben, recht wohl geschlafen.

Das übrige mündlich. Meine Frau begrüßt Sie aufs beste. S.

567. An Goethe

[Weimar.] Den 10. Jenner 1799

Ich wünsche und hoffe zu hören, daß Sie diese Nacht ausgeschlafen haben und sich heute wieder besser befinden. Gestern mußte ich mich wundern, wie Sie sich nach einer schlecht schlafenden Nacht und unter Wolken von Tabakrauch noch so ganz gut bei Humor erhielten.

Heute um 4 Uhr werde ich mich bei Ihnen einfinden. Nach geendigter Probe werden wir uns wohl zusammen bei Geh. Rat Voigts befinden.

Meine Arbeit rückt doch immer etwas voran. *Nulla dies sine linea.*

Wollen Sie mir etwa die letzte Woche der Allgemeinen Zeitung kommunizieren? Die meinige liegt in Jena. S.

568. An Schiller

Da ich ungewiß bin, ob ich Sie heute zu Tische sehen werde, und der Herzog mich aufs Zimmer einladen läßt, wohin ich, aus mehrern Ursachen, nicht versäumen mag zu gehen, so sage ich dort zu und erwarte Sie, wertester Freund, heute abend um vier Uhr, da sich die theatralische Welt wieder bei mir versammeln wird.

Das zweite Stück der Propyläen ist angekommen, und die Zufriedenheit, die man etwa haben mag so etwas wieder hinter sich zu sehen, wird durch die böslichen Druckfehler gestört, die sich abermals in den letzten Bogen finden. Wir müssen nun aufs dritte hoffen und die Sache selbst bessern.

Übrigens kann ich auch dieses Stück nicht ansehen ohne zu wünschen bald etwas von Ihrer Arbeit in diesem Werke zu erblicken.

Worum ich Sie aber, in dem Augenblicke der völligsten Inproduktion, inständig bitte, ist: mir das Aperçu über Piccolomini zu verschaffen, womit ich mich in der neuen Zeitung baldmöglichst produzieren könne. Wir müssen um so mehr eilen, weil die Berliner gewiß, sobald das Stück gespielt ist, mit einer Sündflut von Urteilen werden angeschwollen kommen. Leben Sie recht wohl.

Weimar, am 17. Januar 1799 G.

569. An Goethe

[Weimar, den 19. Januar 1799]

Ich packe hier zwei sehr heterogene Novitäten zusammen. Lassen Sie sich solche zum Nachtisch willkommen sein.

Ifflands Wärme für das Stück läßt mich von dem theatralischen Sukzeß viel Gutes augurieren.

Da er es für möglich hält, wegen der von ihm zu übernehmenden Rolle meinen Rat noch abzuwarten, so scheinen sie dort mit der Repräsentation nicht so sehr zu eilen, und die Berliner Kritiker werden uns also auch nicht viel zuvorkommen.

Leben Sie recht wohl. In der Oper hoffe ich Sie zu finden. S.

570. *An Schiller*

Sagen Sie mir doch mit einigen Worten, wertester Freund, wie Sie geschlafen haben und wie Sie sich befinden? Vielleicht können Sie noch nicht bestimmen, ob Sie in die Probe kommen werden; auf alle Fälle, wenn Sie eine Vermehrung des Übels befürchten, so halten Sie sich heute und morgen zu Hause, ich will indessen, so gut es gehen will, Ihre Stelle vertreten und Ihnen morgen, wie die Sache abgelaufen ist, referieren.

Madame Teller las gestern insoweit gut, daß sie nichts falsch las, aber zu matt und leseprobenmäßig. Sie versichert: auf dem Theater würde das alles ganz anders werden. Da dieses eine fast allgemeine Schauspielermarotte ist, so kann ich sie ihr nicht besonders zurechnen, obgleich diese Albernheit hauptsächlich Ursache ist, daß keine bedeutende Rolle recht eingelernt wird und daß nachher so viel vom Zufall abhängt. Ich wünsche von Ihnen das Beste zu hören.

[Weimar.] Am 25. Januar 1799 G.

571. *An Schiller*

Wenn Sie den heutigen Tag nur einigermaßen leidlich zugebracht haben und etwas zu unserm nächsten Zweck ausdenken konnten, so wünsche ich schon Glück und will morgen früh beizeiten melden, was unsere Wöchner für das Ratsamste halten. Man trifft nicht immer bei dem besten Willen mit der Vorstellungsart der Schauspieler zusammen, und man erschwert es ihnen, wenn man es ihnen bequemer machen will.

Ich habe den heutigen Tag nicht ganz unnütz zugebracht, und das ist in meiner jetzigen Lage schon ein Lob für ihn.

Leben Sie recht wohl, und ich hoffe, daß wir morgen um diese Zeit schon um ein gutes Teil weiter sein werden.

Weimar, den 27. Januar 1799 G.

572. *An Schiller*

Man wird heute früh um 10 Uhr Vorprobe von der Audienz und dem Bankett haben.

Nachmittag 5 Uhr kommen wir wieder zusammen und fangen

das Schauspiel von vorne an. Wenn wir nur 3 Akte probieren, so haben wir Zeit genug, was nötig sein sollte zu wiederholen.

Ich wünsche Sie heute Mittage zu Tische zu sehen, damit man doch auch wieder wisse, daß man einander so nahe ist. Sagen Sie mir ein Wort hierüber.

[Weimar.] Am 28. Januar 1799 G.

573. An Schiller

So ist denn endlich der große Tag angebrochen, auf dessen Abend ich neugierig und verlangend genug bin. Hier noch einige Bemerkungen:

1. Wollten Sie Vohs nicht in den ersten Szenen im Küraß kommen lassen? In dem Kollett sieht er gar zu nüchtern aus.

2. Auch wäre das Barett für Wallenstein nicht zu vergessen, es muß so etwas wie Reiherfedern bei der Garderobe sein.

3. Wollten Sie nicht auch Wallenstein noch einen roten Mantel geben, er sieht von hinten den andern so sehr ähnlich.

Mittags hoffe ich Sie bei mir zu sehen.

Weimar, am 30. Januar 1799 G.

574. An Schiller

Es war mir sehr angenehm zu hören, daß die gestrige Aufführung um vieles besser als die erste gegangen ist; es läßt sich nun überlegen, was man tut, um nach einer Pause die dritte noch weiter zu treiben.

Erzeigen Sie mir heute das Vergnügen Sie mittags zu Tische bei mir zu sehen, morgen sind Sie zu Durchlaucht dem Herzog aufs Zimmer eingeladen.

Der ich recht wohl zu leben wünsche.

Weimar, am 3. Februar 1799 G.

575. An Schiller

Hier schicke ich die erste Lage, mit der Bitte die politische Möglichkeit, sich zum König von Böhmen zu machen, kürzlich auszuführen. Man kann dieses, und was sonst noch einzuschalten nötig wäre, auf besondere Blätter schreiben und einlegen, ohne daß man nötig hätte, das Ganze nochmals abzuschreiben. Bis 1 Uhr hoffe ich ziemlich weit vorgerückt zu sein und Sie alsdann wieder bei mir zu sehen, wo es über Ifflands Brief manche Betrachtungen geben wird.

Jena, am 17. Februar 1799 G.

576. An Goethe

Jena, 1. März 1799

Nach acht Wochen Stillstand beginnt also das Commercium durch die Botenfrau wieder. Ich glaube in eine viel ältere Zeit zu blicken, als es wirklich ist. Das theatralische Wesen, der mehrere Umgang mit der Welt, unser anhaltendes Beisammensein haben meinen Zustand indessen um vieles verändert, und wenn ich erst der Wallensteinischen Massa werde los sein, so werde ich mich als einen ganz neuen Menschen fühlen.

Körner hat geschrieben, ich lege seinen Brief bei. Das Humboldtische Werk scheint auch bei ihm kein Glück zu machen, es ist wirklich nötig, daß man einen passenden Auszug daraus irgendwo vor das Publikum bringe, daß das Gute und Schätzenswerte seiner Ideen in Kurs gesetzt wird. Wie gut ist es übrigens, daß Sie bei den Propyläen nicht auf Humboldt gerechnet haben, da man sieht, wie es ihm bei allem Scharfsinn und Geist nicht möglich ist, den Leser festzuhalten. Es ist doch eine sonderbare Erscheinung, daß er, indem er der Flachheit und dilettantischen Leichtigkeit, welche sonst die *autores nobiles* charakterisiert, zu entgehen suchte, in diese trockne Manier verfallen mußte.

Ich erhielt heute einen Brief von der Schimmelmann, der mir einen sehr schicklichen Anlaß gibt, die bewußte Sache anhängig zu machen. Auch erfuhr ich darin zu meinem nicht geringen Erstaunen, daß Wallensteins Lager in Kopenhagen ist, denn es ist da bei Schimmelmanns vorgelesen und sogar an seinem Geburtstag von guten Freunden aufgeführt worden. Ich wüßte keinen andern Weg als von Weimar aus und fürchte, daß *Ubique* auch hier seine Hand wieder im Spiel habe. Haben Sie doch die Güte es zu untersuchen, und besonders bitte ich, die Piccolomini zu sich ins Haus zu nehmen, denn es wäre doch ein fataler Streich, wenn die Sachen in der Welt herumliefen. Auf Iffland kann ich keinen Verdacht haben. *Ubique* hat neuerlich in Kopenhagen Mäkelei getrieben, und von seiner Indiskretion ist alles zu erwarten.

Ich kann Ihnen heute nichts mehr sagen, die Post drängt mich, und ich muß auch den *Ubique* abfertigen. Leben Sie recht wohl, Meyern viele Grüße. Meine Frau empfiehlt sich bestens, sie hat gestern der Loderischen Komödie beigewohnt und sich ganz artig amüsiert. S.

577. An Schiller

Ihr Brief kam mir gestern sehr spät zu, und ich antworte heute, um diese Kommunikation wieder zustande zu bringen.

Ich freue mich, daß dieser Winter überhaupt Ihnen günstig war, da er sich so schlecht gegen mich betrug. Es ist keine Frage, daß wir zusammen in manchem Sinne vorwärts gekommen sind, und ich hoffe, die gute Jahrszeit wird uns die Stimmung geben, um es auch praktisch zeigen zu können.

Körners Brief kommt mir wunderbar vor, wie überhaupt alles Individuelle so wunderbar ist. Es weiß sich kein Mensch weder in sich selbst noch in andere zu finden und muß sich eben sein Spinnengewebe selbst machen, aus dessen Mitte er wirkt. Das alles weist mich immer mehr auf meine poetische Natur zurück. Man befriedigt bei dichterischen Arbeiten sich selbst am meisten und hat noch dadurch den besten Zusammenhang mit andern.

Wegen Wallensteins Lager will ich eine strenge Untersuchung anstellen lassen. Ihre Vermutung scheint mir nur allzugegründet. In diesen glorreichen Zeiten, wo die Vernunft ihr erhabenes Regiment ausbreitet, hat man sich täglich, von den würdigsten Männern, eine Infamie oder Absurdität zu gewärtigen.

Ich betreibe nun meine hiesigen Geschäfte und Angelegenheiten so, daß ich mich dadurch auf die nächste Zeit frei mache. Übrigens bin ich vom schlimmsten Humor, der sich auch wohl nicht verbessern wird, bis irgend eine Arbeit von Bedeutung wieder gelungen sein wird.

Leben Sie recht wohl, grüßen Sie Ihre liebe Frau und sein Sie recht fleißig; was mich betrifft, so sehe ich schon voraus, daß ich keine zufriedne Stunde haben werde, bis ich mich wieder in Ihrer Nähe befinde, um auf eine erwünschte Weise tätig sein zu können. Auf den Sommer muß ich mir was erfinden, es sei, was es will, um mir eine gewisse Heiterkeit wieder zu geben, die ich in der schlimmen Jahrszeit ganz vermißte.

Weimar, am 3. März 1799 G.

578. An Goethe

Jena, 5. März 1799

Es hat mich diesen Winter oft geschmerzt, Sie nicht so heiter und mutvoll zu finden als sonst, und eben darum hätte ich mir selbst etwas mehr Geistesfreiheit gewünscht, um Ihnen mehr sein zu können. Die Natur hat Sie einmal bestimmt, hervorzubringen; jeder andere Zustand, wenn er eine Zeitlang anhält, streitet mit Ihrem Wesen. Eine so lange Pause, als Sie dasmal in der Poesie gemacht haben, darf nicht mehr vorkommen, und Sie müssen darin ein Machtwort aussprechen und ernstlich wollen. Schon deswegen ist mir Ihre Idee zu einem didaktischen Gedichte sehr willkommen gewesen; eine solche Beschäftigung knüpft die wissenschaftliche Arbeiten an die poetischen Kräfte an und wird Ihnen den Übergang erleichtern, an dem es jetzt allein zu fehlen scheint.

Wenn ich mir übrigens die Masse von Ideen und Gestalten denke, die Sie in den zu machenden Gedichten zu verarbeiten haben und die in Ihrer Phantasie lebendig liegen, so daß ein einziges Gespräch sie hervorrufen kann, so begreife ich gar nicht, wie Ihre Tätigkeit auch nur einen Augenblick stocken kann. Ein einziger dieser Plane würde schon das halbe Leben eines andern Menschen tätig erhalten. Aber Ihr Realism zeigt sich auch hier; wenn wir andern uns mit Ideen tragen und schon darin eine Tätigkeit finden, so sind Sie nicht eher zufrieden, als bis Ihre Ideen Existenz bekommen haben.

Das Frühjahr und der Sommer werden alles gut machen, Sie werden sich nach der langen Pause desto reicher entladen, besonders wenn Sie den Gesang aus der Achilleis gleich vornehmen, weil dadurch eine ganze Welt in Bewegung gesetzt wird. Ich kann jenes kurze Gespräch, wo Sie mir den Inhalt dieses ersten Gesangs erzählten, noch immer nicht vergessen, so wenig als den Ausdruck von heiterm Feuer und aufblühendem Leben, der sich bei dieser Gelegenheit in Ihrem ganzen Wesen zeigte.

Hier wieder ein Brief von *Ubique*. Der Mensch kann doch nicht ruhen sich in anderer Affairen zu mischen. Und seine schreckliche Salbaderei über Wallenstein und die Weiber des Stücks. Ich werde mein Stück nicht dazu hergeben, Schröders Mütlein an den Hamburger Schauspielern zu kühlen.

Opitz will die Stücke für die Leipziger Bühne haben. Seien Sie doch so gütig mir mit dem Botenmädchen die Piccolomini zu schicken, die das Theater jetzt nicht braucht. Ich muß sie abschreiben lassen.

Von Iffland habe ich noch nichts gehört, wohl aber erfuhr ich auf einem andern Weg, daß Iffland die *erste* Vorstellung der Piccolomini nach dem unverkürzten Exemplar gegeben, daß sie bis halb Eilf soll gewährt haben, und daß er bei der zweiten Vorstellung gezwungen gewesen, das abgekürzte Stück zu geben und solches auch auf dem Komödienzettel anzukündigen. Es ist mir sehr verdrießlich, und da er die Länge des Stücks aus den Proben recht gut mutmaßen konnte, so ist es sehr ungeschickt von ihm gewesen. Er soll den Octavio gespielt haben, wie Böttiger schreibt, Thekla sei von Madame Fleck gespielt worden. Vom Sukzeß selbst habe ich noch nichts gehört, wahrscheinlich kam die Nachricht, die mir Gries mitteilte, aus dem Schlegelschen Hause.

Auf den Freitag sende ich die 2 ersten Akte des Wallenstein. An Iffland sende ich nichts, bis er mir geschrieben hat.

Leben Sie recht wohl und erheitern Sie sich trotz des wiederkehrenden Winters, der hier sehr traurig aussieht. Herzlich grüßen wir Sie beide. S.

579. An Schiller

Ich muß mich nur, nach Ihrem Rat, als eine Zwiebel ansehen, die in der Erde unter dem Schnee liegt, und auf Blätter und Blüten in den nächsten Wochen hoffen.

Der Druck der Propyläen ist im Gange, und ich bringe nach meiner gewöhnlichen Art manches andere beiseite, um mir baldmöglichst einige freie Wochen zu verschaffen, die ich zum besten anzuwenden gedenke. Es ist sehr sonderbar, daß meine Lage, die, im allgemeinen genommen, nicht günstiger sein könnte, mit meiner Natur so sehr im Widerstreit steht. Wir wollen sehen, wie weit wirs im *Wollen* bringen können.

Sie erhalten die Piccolomini und den Brief. Eben die Hand dieses allgegenwärtigen Freundes werden Sie in den Akten über die Veruntreuung von Wallensteins Lager antreffen. Seine ganze Existenz gründet sich auf Mäkelei, und Sie werden wohltun ihn von sich zu halten. Wer Pech knetet, klebt seine eignen Hände zusammen. Es paralysiert nichts mehr als irgend ein Verhältnis zu solchen Schuften, die sich unterstehen können den Octavio einen Buben zu nennen.

In diesen Wintertagen, die sich erneuern, ist Palmira ein recht erwünschtes Geschenk. Ich kann kaum erwarten, bis die Oper wieder aufgeführt wird, und es geht mehr Leuten so.

Leben Sie recht wohl und verzeihen Sie der abermaligen Unfruchtbarkeit dieses Briefes, der ich durch eine Portion Rüben nachzuhelfen suche.

Grüßen Sie Ihre liebe Frau und fahren Sie fort mir in guten und bösen Stunden durch die Kraft Ihres Geistes und Herzens beizustehen.

Weimar, am 6. März 1799 G.

580. An Goethe

Jena, 7. März 1799

Versprochenermaßen sende hier die zwei ersten Akte des Wallensteins, denen ich eine gute Aufnahme wünsche. Sagen Sie mir womöglich gleich morgen ein Wörtchen darüber und senden mir das Manuskript durch die Sonntagabendpost wieder zu, da ich keine lesbare Abschrift davon habe und meinen Kopisten auch nicht feiern lassen darf.

Zugleich lege ich Ifflands Nachricht von der Vorstellung der Piccolomini bei, nebst dem Komödienzettel. Es ist gerade so ausgefallen, wie ich mutmaßte, und man kann fürs erste damit zufrieden sein. Das dritte Stück wird durchbrechen, wie ich hoffe.

Ich habe es endlich glücklicherweise arrangieren können, daß es auch fünf Akte hat, und den Anstalten zu Wallensteins Ermordung ist eine größre Breite sowohl als theatralische Bedeutsamkeit gegeben worden. Zwei resolute Hauptleute, die die Tat vollziehen, sind handelnd und redend eingeflochten, dadurch kommt auch Buttler höher zu stehen, und die Präparatorien zu der Mordszene werden furchtbarer. Freilich hat sich dadurch auch meine Arbeit um ein ziemliches vermehrt.

Leben Sie recht wohl für heute. Meine Frau, die nicht ganz wohl war, aber wieder besser ist, grüßt herzlich. Für die Rüben danken wir schön. Sch.

581. An Schiller

Die zwei Akte Wallensteins sind fürtrefflich und taten beim ersten Lesen auf mich eine so lebhafte Wirkung, daß sie gar keinen Zweifel zuließen.

Wenn sich der Zuschauer bei den Piccolominis aus einem gewissen künstlichen und hie und da willkürlich scheinenden Gewebe nicht gleich herausfinden, mit sich und andern nicht völlig eins werden kann, so gehen diese neuen Akte nun schon gleichsam als naturnotwendig vor sich. Die Welt ist gegeben, in der das alles geschieht, die Gesetze sind aufgestellt, nach denen man urteilt, der Strom des Interesses, der Leidenschaft, findet sein Bette schon gegraben, in dem er hinabrollen kann. Ich bin nun auf das übrige sehr verlangend, das mir nach Ihrer neuen Anlage ganz neu sein wird.

Nachdem ich heute früh Ihre beiden Akte mit wahrem Anteil und inniger Rührung gelesen, kommt mir das dritte Stück vom *Athenäum* zu, in das ich mich einlasse und worüber mir die Zeit verstreicht. Die Botenstunde schlägt und hier nur noch gute Nachricht: daß ich, durch Ihren Zuruf ermuntert, diese Tage meine Gedanken auf dem trojanischen Felde festgehalten habe. Ein großer Teil des Gedichts, dem es noch an innerer Gestalt fehlte, hat sich bis in seine kleinsten Zweige organisiert, und weil nur das unendlich Endliche mich interessieren kann, so stelle ich mir vor, daß ich mit dem Ganzen, wenn ich alle meine Kräfte drauf wende, bis Ende Septembers fertig sein kann. Ich will diesen Wahn so lange als möglich bei mir zu erhalten suchen.

Wallenstein schicke ich morgen wieder zurück.

Grüßen Sie Ihre liebe Frau, der ich eine bessere Gesundheit wünsche, und rücken Sie dem Schlusse des Trauerspiels glücklich immer näher.

Weimar, am 9. März 1799 G.

582. An Schiller

Nur mit ein paar Worten und mit einem herzlichen Gruße von Meyern begleite ich diese Sendung. Es ist ihm wie mir gegangen, er konnte im Lesen keine Pause machen. Von dem theatralischen Effekt kann man gewiß sein. Seit einigen Tagen halte ich mich mit aller Aufmerksamkeit auf der Ebene von Troja fest. Wenn meine Vorbereitung glücklich vonstatten geht, so kann die schöne Jahrszeit mir viel bringen. Verzeihen Sie mir daher, wenn ich mich einige Zeit stille halte, bis ich etwas aufweisen kann. Leben Sie recht wohl und vollenden glücklich Ihr Werk.

Weimar, am 10ten März 1799 G.

583. An Goethe

Jena, 12. März 1799

Daß meine 2 ersten Akte eine so gute Aufnahme gefunden, freut mich sehr; die 3 letzten, wenn ich sie auch nicht ganz so genau auszuführen Zeit habe, sollen wenigstens, dem ganzen Effekt nach, nicht hinter den ersten zurück bleiben. Die Arbeit avanciert jetzt mit beschleunigter Bewegung, und wenn ich jeden Tag anwenden kann wie diese letztern, so ist es nicht unmöglich, daß ich Ihnen den ganzen Rest des Wallensteins kommenden Montag durch einen Expressen sende, um das Manuskript, im Fall keine Erinnerungen dagegen zu machen wären, mit der Montagabendpost an Iffland zu expedieren.

Erwarten Sie darum in dieser Woche nicht viel von mir zu hören.

Daß das trojanische Feld sich anfängt um Sie auszubreiten, höre ich mit wahrer Freude. Bleiben Sie in guter Stimmung und möge das heitere Wetter Sie dabei secondieren.

Leben Sie recht wohl. Meine Frau, die wieder wohl ist, grüßt Sie herzlich. Der Grieß ist angelangt von Dresden, es ist ein schwerer Kasten, und wir wollen ihn, wenn Sie ihn nicht sogleich verlangen, mit einer Gelegenheit abschicken. Es ist nur für 3 Taler und einige Groschen, weil nicht mehr Vorrat da gewesen, die Mühle war wegen der Frosts still gestanden.

Leben Sie recht wohl. S.

584. An Schiller

Es wird sehr erfreulich sein, wenn, indem Sie Ihren Wallenstein endigen, ich den Mut in mir fühle, ein neues Werk zu unternehmen. Ich wünsche, daß der Montag mir die drei letzten Akte bringen möge. Ich habe die beiden ersten bisher in mir walten lassen und finde noch immer, daß sie sich gut darstellen. Wenn man in Piccolomini beschaut und Anteil nimmt, so wird man hier unwiderstehlich fortgerissen.

Wenn ich es möglich machen kann, so bringe ich die Feiertage bei Ihnen zu, besonders wenn das Wetter schön bleibt. Lassen Sie den Kasten mit Grieß so lange bei sich stehen, bis ich ihn abhole, abholen lasse, oder Sie Gelegenheit finden.

Haben Sie die Güte, mir die Quittung über die Medaillen für den Herzog zu schicken, und ich will alsdann alles zusammen berichtigen.

Leben Sie recht wohl, ich sage weiter nichts, denn ich müßte von meinen Göttern und Helden reden, und ich mag nicht voreilig sein. Grüßen Sie Ihre liebe Frau und sagen mir nur den Sonnabend ein Wort, wie es mit der Arbeit steht.
Weimar, am 13. März 1799 G.

585. *An Goethe*

Ich schreibe nur eine Zeile, um zu bestätigen, was ich neulich versprach. Montags erhalten Sie den Wallenstein ganz. Tot ist er schon und auch parentiert, ich habe nur noch zu bessern und zu feilen.

Kommen Sie ja auf die Feiertage. Das wird mir jetzt nach dieser lastvollen Woche eine rechte Erquickung sein.

Die Frau grüßt. Leben Sie bestens wohl.
Jena, 15. März 1799 Sch.

586. *An Schiller*

Recht herzlich gratuliere zum Tode des theatralischen Helden! könnte ich doch meinem epischen vor eintretendem Herbste auch das Lebenslicht ausblasen! Mit Verlangen erwarte ich die montägige Sendung und richte mich ein, den Grünen Donnerstag zu Ihnen zu kommen. Wenn wir alsdann auch nur acht Tage zusammen zubringen, so werden wir schon um ein gutes Teil weiter sein. Den April müssen wir auf die Vorstellung von Wallenstein und auf die Gegenwart der Madame Unzelmann rechnen. Es wäre daher gut, wenn wir den Wallenstein möglichst beschleunigten, um sowohl durch diese Tragödie, als durch diese artige kleine Frau eine Folge von interessanten Vorstellungen zu geben und die Fremden festzuhalten, die sich allenfalls einfinden könnten. Leben Sie recht wohl. Von der Achilleis sind schon fünf Gesänge motiviert und von dem ersten 180 Hexameter geschrieben. Durch eine ganz besondere Resolution und Diät habe ich es gezwungen, und da es mit dem Anfange gelungen ist, so kann man für die Fortsetzung nicht bange sein. Wenn Sie uns nur bei den Propyläen beistehen, so soll es dieses Jahr an mancherlei Gutem nicht fehlen.
Weimar, am 16. März 1799 G.

587. An Goethe

Jena, 17. März 1799

Hier erfolgt nun das Werk, soweit es unter den gegenwärtigen Umständen gebracht werden konnte. Es kann ihm in einzelnen Teilen noch vielleicht an bestimmter Ausführung fehlen, aber für den theatralisch-tragischen Zweck scheint es mir ausgeführt genug. Wenn Sie davon urteilen, daß es nun wirklich eine Tragödie ist, daß die Hauptfoderungen der Empfindung erfüllt, die Hauptfragen des Verstandes und der Neugierde befriedigt, die Schicksale aufgelöst und die Einheit der Hauptempfindung erhalten sei, so will ich höchlich zufrieden sein.

Ich will es auf Ihre Entscheidung ankommen lassen, ob der IVte Akt mit dem Monolog der Thekla schließen soll, welches mir das Liebste wäre; oder ob die völlige Auflösung dieser Episode noch die zwei kleinen Szenen, welche nachfolgen, notwendig macht. Haben Sie die Güte, das Manuskript so zeitig zu expedieren, daß ich es *spätestens* morgen, Montag, abends um 7 Uhr wieder in Händen habe, und lassen auf das Couvert schreiben, wann der Bote expediert worden.

Alles übrige mündlich. Herzlich gratuliere ich zu den Progressen in der Achilleis, die doppelt wünschenswürdig sind, da Sie dabei zugleich die Erfahrung machten, wieviel Sie durch Ihren Vorsatz über Ihre Stimmung vermögen.

Die Frau grüßt aufs beste. Wir erwarten Sie auf die Feiertage mit großem Verlangen.

Sonntag abends. Sch.

588. An Schiller

[Weimar, den 18. März 1799]

Zu dem vollendeten Werke wünsche ich von Herzen Glück, es hat mir ganz besonders genug getan, ob ich es gleich an einem bösen zerstreuten Morgen nur gleichsam obenhin gekostet habe. Für den theatralischen Effekt ist es hinreichend ausgestattet; die neuen Motive, die ich noch nicht kannte, sind sehr schön und zweckmäßig.

Können Sie künftig den Piccolominis etwas von der Masse abnehmen, so sind beide Stücke ein unschätzbares Geschenk für die deutsche Bühne, und man muß sie durch lange Jahre aufführen. Freilich hat das letzte Stück den großen Vorzug, daß alles aufhört politisch zu sein und bloß menschlich wird, ja das Historische selbst ist nur ein leichter Schleier, wodurch das Reinmenschliche durchblickt. Die Wirkung aufs Gemüt wird nicht gehindert noch gestört.

Mit dem Monolog der Prinzessin würde ich auf alle Fälle den Akt schließen. Wie sie fortkommt, bleibt immer der Phantasie überlassen. Vielleicht wäre es in der Folge gut, wenn der Stallmeister schon im ersten Stücke eingeführt würde.

Der Schluß des Ganzen durch die Adresse des Briefs erschreckt eigentlich, besonders in der weichen Stimmung, in der man sich befindet. Der Fall ist auch wohl einzig, daß man, nachdem alles, was Furcht und Mitleiden zu erregen fähig ist, erschöpft war, mit Schrecken schließen konnte.

Ich sage nichts weiter und freue mich nur auf den Zusammengenuß dieses Werks. Donnerstag hoffe ich noch abzugehen. Mittwoch abend erfahren Sie die Gewißheit, wir wollen alsdann das Stück zusammen lesen und ich will mich in gehöriger Fassung daran erfreuen.

Leben Sie recht wohl, ruhen Sie nun aus und lassen Sie uns auf die Feiertage beiderseits ein neues Leben beginnen. Grüßen Sie Ihre liebe Frau und gedenken mein.

Über die den Musen abgetrotzte Arbeit will ich noch nicht triumphieren, es ist noch die große Frage, ob sie etwas taugt; auf alle Fälle mag sie als Vorbereitung gelten. G.

589. An Goethe

Jena, 19. März 1799

Ich habe mich schon lange vor dem Augenblick gefürchtet, den ich so sehr wünschte, meines Werks los zu sein; und in der Tat befinde ich mich bei meiner jetzigen Freiheit schlimmer als der bisherigen Sklaverei. Die Masse, die mich bisher anzog und fest hielt, ist nun auf einmal weg, und mir dünkt, als wenn ich bestimmungslos im luftleeren Raume hinge. Zugleich ist mir, als wenn es absolut unmöglich wäre, daß ich wieder etwas hervorbringen könnte; ich werde nicht eher ruhig sein, bis ich meine Gedanken wieder auf einen bestimmten Stoff mit Hoffnung und Neigung gerichtet sehe. Habe ich wieder eine Bestimmung, so werde ich diese Unruhe los sein, die mich jetzt auch von kleineren Unternehmungen abzieht. Ich werde Ihnen, wenn Sie hier sind, einige tragische Stoffe, von freier Erfindung, vorlegen, um nicht in der ersten Instanz, in dem Gegenstande, einen Mißgriff zu tun. Neigung und Bedürfnis ziehen mich zu einem frei phantasierten, nicht historischen, und zu einem bloß leidenschaftlichen und menschlichen Stoff, denn Soldaten, Helden und Herrscher habe ich vor jetzt herzlich satt.

Wie beneide ich Sie um Ihre jetzige nächste Tätigkeit. Sie stehen auf dem reinsten und höchsten poetischen Boden, in der schönsten Welt bestimmter Gestalten, wo alles gemacht ist und alles wieder zu machen ist. Sie wohnen gleichsam im Hause der Poesie, wo Sie von Göttern bedient werden. Ich habe in diesen Tagen wieder den Homer vorgehabt und den Besuch der Thetis beim Vulkan mit unendlichem Vergnügen gelesen. In der anmutigen Schilderung eines Hausbesuchs, wie man ihn alle Tage erfahren kann, in der Beschreibung eines handwerksmäßigen Geschäfts ist ein Unendliches in Stoff und Form enthalten, und das Naive hat den ganzen Gehalt des Göttlichen.

Daß Sie schon im Herbst die Achilleis zu vollenden hoffen, es doch wenigstens für möglich halten, ist mir bei aller Überzeugung von Ihrer raschen Ausführungsweise, davon ich selbst Zeuge war, doch etwas Unbegreifliches, besonders da Sie den April nicht einmal zu Ihrer Arbeit rechnen. In der Tat beklag ichs, daß Sie diesen Monat verlieren sollen; vielleicht bleiben Sie aber in der epischen Stimmung, und alsdann lassen Sie sich ja durch die Theatersorgen nicht stören. Was ich Ihnen in Absicht auf den Wallenstein dabei an Last abnehmen kann, werde ich ohnehin mit Vergnügen tun.

Dieser Tage hat mir die Imhof die 2 letzten Gesänge ihres Gedichts geschickt, die mir sehr große Freude gemacht haben. Es ist überaus zart und rein entwickelt, mit einfachen Mitteln und ungemeiner Anmutigkeit. Wenn Sie kommen, wollen wir es zusammen besprechen.

Hier sende ich die Piccolominis zurück und bitte mir dafür Wallensteins Lager aus, das ich auch noch abschreiben lassen will und dann die 3 Stücke zusammen endlich an Körnern senden.

Der Kasten mit Grieß ist von einem Herrn Meiern in Ihrem Namen abgefordert und ihm überliefert worden. Sie haben ihn doch erhalten?

Leben Sie recht wohl. Meine Frau grüßt schönstens. Morgen hoffe ich zu hören, daß wir Sie Donnerstags erwarten können.

Sch.

590. *An Schiller*

Wir haben uns diese Tage noch viel vom Wallenstein unterhalten, Professor Meyer hat ihn auch gelesen und sich sehr daran ergötzt.

Wenn Sie etwas Neues vornehmen und zu einem selbst erfundnen Gegenstande Lust haben, so kann ich es nicht tadeln, vielmehr lehrt die Erfahrung, daß Sie sich bei einer freieren Arbeit ungleich besser befinden werden. Mich verlangt sehr zu hören, wohin gegenwärtig Ihre Neigung gerichtet ist.

Von dem Imhofischen Gedicht hat mir Meyer viel Gutes gesagt. Es soll mir recht lieb sein, wenn unsere Frauenzimmer, die so ein hübsches Talent haben, auch wirklich avancieren.

Morgen früh gehe ich beizeiten ab und bin zu Mittag schon bei Ihnen und will alle meine diätetischen Künste zusammennehmen, um diesmal etwas zu liefern. Können Sie sich nun auch zu einer neuen Arbeit entschließen, die ganz aus Ihnen herauskommt und so auch Ihren Neigungen wie Ihrem Talent angemessen ist, so sind wir auf den Sommer geborgen.

Das Kästchen ist glücklich angelangt. Grüßen Sie Ihre liebe Frau. Es ist mir diesmal ganz eigen wohl, daß ich mit Ihnen bald wieder auf die vorbeifließende Mühllache hinaussehen soll.

Weimar, am 20. März 1799 G.

591. *An Schiller*

Heute früh bin ich bis zur Rede der Minerva gelangt, und weil diese eigentlich den folgenden Abschnitt eröffnet, so bin ich geneigt, Ihnen meine bisherige Arbeit heute vorzulegen. Ich will um halb ein Uhr kommen, noch vor Tische lesen und nach Tische der Botenexpedition wegen mich wieder empfehlen und frage an, ob Ihnen diese Einrichtung angenehm sei.

Leben Sie recht wohl. Auf Wiedersehn an dem Ufer des Hellesponts.

[Jena.] Am 26. März 1799 G.

592. *An Schiller*

Ich schicke hier den ersten Gesang, indem ich eine kleine Pause machen will, um mich der Motive, die nun zunächst zu bearbeiten sind, spezieller zu versichern; ich schicke das Manuskript, damit Sie es selbst lesen und ihm schärfer ins Auge sehen. Ich habe den besten Mut zu dieser Arbeit und ersuche Sie um fortdauernden Beistand.

Jena, am 2. April 1799 G.

Wallensteins Lager möchte ich heute gern nach Weimar schicken.

593. An Goethe

[Jena, den 2. April 1799]

Ihre Sendung überrascht mich sehr angenehm, ich will den Gesang mit aller Aufmerksamkeit lesen und studieren.

Wallensteins Lager soll heut abend verabfolgt werden. Ich hoffe, Sie bald zu sehen und Ihnen meine Empfindungen über das Gelesene mitzuteilen. S.

594. An Goethe

Jena, 26. April 1799

Die Zerstreuungen, die ich in Weimar erfahren, klingen heute noch bei mir nach und ich kann noch zu keiner ruhigen Stimmung kommen. Indessen habe ich mich an eine Regierungsgeschichte der Königin Elisabeth gemacht und den Prozeß der Maria Stuart zu studieren angefangen. Ein paar tragische Hauptmotive haben sich mir gleich dargeboten und mir großen Glauben an diesen Stoff gegeben, der unstreitig sehr viel dankbare Seiten hat. Besonders scheint er sich zu der Euripidischen Methode, welche in der vollständigsten Darstellung des Zustandes besteht, zu qualifizieren, denn ich sehe eine Möglichkeit, den ganzen Gerichtsgang zugleich mit allem Politischen auf die Seite zu bringen, und die Tragödie mit der Verurteilung anzufangen. Doch davon mündlich und bis meine Ideen bestimmter geworden sind.

Hier haben wir den Frühling nicht eben weiter vorgerückt gefunden als in Weimar, bloß die Stachelbeerhecken zeigten sich grün, die uns im Mühltal empfingen.

Wollten Sie die Güte haben und gegen beiliegende Scheine die notierten Werke aus der Bibliothek für mich holen und durch das Botenmädchen senden lassen. Camden habe ich schon mitgenommen, aber den Schein vergessen zurückzulassen. Wenn Sie mir, etwa aus der Sammlung des Herzogs, den Gentzischen Historischen Kalender, der das Leben der Maria Stuart enthält, verschaffen könnten, so wäre mirs sehr angenehm.

Verzeihen Sie, daß ich Ihnen diese Mühe verursache.

Nochmals meinen herzlichen Dank für alles Angenehme, was ich bei Ihnen und durch Sie in Weimar genossen habe. Versäumen Sie ja nicht am ersten Mai hier zu sein, ich habe es auch Cotta schon geschrieben.

Meine Frau grüßt Sie aufs freundlichste. Leben Sie recht wohl. An Meyern viele Grüße. Sch.

595. *An Schiller*

Ich bin gegenwärtig nur beschäftigt mich frei zu machen, damit ich Mittwoch abreisen kann.

Am nächsten Propyläenstück fängt man schon an zu drucken, und ich schicke die erste Hälfte des Sammlers schon unter die Presse, indem sich die zweite noch im *limbo patrum* befindet. Ich hoffe auch diese, wenn wir nur einmal wieder zusammen sind, bald ans Tageslicht zu fördern. Ich habe eine Tournüre ausgedacht, durch die wir am leichtesten und sichersten aus dem Handel kommen. Ich freue mich über das Zutrauen, das Sie zu Maria Stuart haben. Nur im ganzen angesehen, so scheint dieser Stoff viel zu enthalten, was von tragischer Wirkung sein kann. Die Bücher folgen hierbei, ich bin neugierig, die nähere Entwicklung von Ihnen zu vernehmen.

Leben Sie recht wohl und grüßen Sie Ihre liebe Frau; ich freue mich auf unser nächstes Zusammensein, in einer Zeit, wo es mit Macht doch endlich Frühling werden muß.

Weimar, am 27. April 1799 G.

596. *An Schiller*

Ich gratuliere zu dem schönen Tag nach dem feuchten Auszug und werde meine Glückwünsche zu dem Sommeraufenthalt heute abend mündlich wiederholen.

Den sechsten Brief, der hier beiliegt, sende ich, wie er hat werden können. Er mag als Skizze so hingehen; um ihn würdig auszuführen gehört mehr dazu, als ich jetzt imstande bin zu leisten. Betrachten Sie ihn daher von der Seite: ob er nichts enthält, was dem Zweck zuwider ist, da er den Zweck nicht ganz erfüllen kann.

[Jena.] Am 11. Mai 1799 G.

597. An Goethe

[Jena, den 11. Mai 1799]

Ihr Manuskript soll mich diese ersten ruhigen Stunden, die ich heut nachmittag nach der Konfusion des Auszugs genießen werde, angenehm und willkommen beschäftigen. Wir waren durch das gestrige Wetter freilich nicht begünstigt, und auch das heutige ist wenig erfreulich, aber ich bin dennoch froh, daß wir nun die ersten milden Augenblicke gleich im Freien genießen können.

Kommen Sie diesen Abend etwas zeitig, wenn Sie nicht Lust haben, bei unsern Philosophen auszuharren. S.

598. An Schiller

Herr Leißring hat die Rolle des ersten Jägers mitgenommen, wollten Sie mir doch das Manuskript schicken, damit ich sie wieder supplieren kann.

Das heutige Fest ist nicht ganz ohne geistigen Einfluß auf mich gewesen, der achte Brief ist geschrieben und diese Sorge hätten wir hinter uns.

Sagen Sie mir, wie es mit Ihnen und Ihrer lieben Frau heute steht und wie ich Sie heute abend treffe?

[Jena.] Am 12. Mai 1799 G.

599. An Goethe

[Jena, den 12. Mai 1799]

Zu der geistigen Produktion gratuliere ich. Es ist viel gewonnen, daß Sie auch das nun hinter sich haben. Mir hat sich der Geist heut noch nicht zeigen wollen, ob ich ihn gleich in allen Gängen meines Gartens suchte und aufs Erfinden ausging.

Die Frau ist ziemlich erträglich heute und läßt Sie freundlich grüßen. Wir haben heute nichts vor und erwarten Sie. Hier etwas Philosophisches zum Nachtisch. S.

600. An Goethe

Jena, 29. Mai 1799

Ich habe in den zwei Tagen, daß Sie von uns sind, in meinem angefangenen Geschäft emsig fortgefahren und hoffe, daß ein beständigeres Wetter auch meinen Bemühungen förderlich sein wird. Indem ich mir von unserm letzten Zusammensein Rechenschaft gebe, finde ich, daß wir uns, ohne produktiv zu sein, wieder nützlich beschäftigt haben; die Idee besonders von dem notwendigen Auseinanderhalten der Natur und Kunst wird immer bedeutender und fruchtbarer, so oft wir auf diese Materie zurückkommen, und ich rate, bei dem Aufsatz über den Dilettantism auch recht breit darüber heraus zu gehen.

Das Schema über diesen Aufsatz erwarte ich nun bald, abgeschrieben und mit neuen Bemerkungen bereichert, zurück und hoffe, daß Ihnen die Nähe der Aurora und Hesperus recht viel Licht dazu geben möge.

Ich bin gestern zufällig über ein Leben des Christian Thomasius geraten, das mich sehr unterhalten hat. Es zeigt das interessante Loswinden eines Mannes von Geist und Kraft aus der Pedanterei des Zeitalters, und obgleich die Art, wie er es angreift, selbst noch pedantisch genug ist, so ist er doch, seinen Zeitgenossen gegenüber, ein philosophischer, ja ein schöner Geist zu nennen. Er erwählte dasselbe Mittel, das auch Sie für das kräftigste halten, die Gegner durch immerfort und schnell wiederholte Streiche zu beunruhigen, und schrieb das erste Journal unter dem Titel Monatliche Gespräche, worin er auf satirische Art und mit einem satirischen Kupferstich vor jedem Stücke seinen Gegnern, den Theologen und Aristotelischen Philosophen, tapfer zusetzt. Er wagt es, akademische Schriften zuerst auch in deutscher Sprache zu schreiben; eine davon über das feine Betragen und das, was der Deutsche von den Franzosen nachahmen solle, wäre ich neugierig zu lesen und werde mich hier darnach umtun.

Haben Sie vielleicht etwas von der Fräulein Imhof und ihrem Werke in Erfahrung gebracht, und wollen Sie ihr das, wovon Sie neulich sagten, insinuieren?

Meine Frau grüßt Sie herzlich. Wir vermissen Sie sehr, und ich kann mich kaum mehr daran gewöhnen, die Abende ohne Gespräch zuzubringen. Meyern viele Grüße.

Leben Sie recht wohl. S.

601. An Schiller

Bei unserer Trennung, die auch mir immer sehr empfindlich fällt, finde ich Ursache Sie zu beneiden, indem Sie in Ihrem Kreise und auf Ihrem Wege bleiben und also sichrer vorwärts gehen, da das Vorschreiten in meiner Lage eine sehr problematische Sache ist. Abends weiß ich wohl, daß etwas geschehen ist, das aber auch wohl ohne mich und vielleicht ganz und gar anders hätte geschehen können.

Ich will nur suchen hier aufs beste meine Pflicht im allgemeinen zu tun und sorgen, daß mein Aufenthalt auch für unsere besondern Zwecke nicht unnütz verstreiche.

Den ersten Gesang des Gedichtes habe ich von unserer Freundin erhalten, gegen den aber leider alle *Gravamina,* die ich Ihnen schon vorerzählte, gewaltig gelten. Es fehlt alle epische Retardation, dadurch drängt sich alles auf und über einander, und dem Gedicht fehlt, wenn man es liest, durchaus Ruhe und Klarheit. In dem ganzen Gesange ist kein einziger Abschnitt angegeben, und wirklich sind die Abschnitte schwer zu bezeichnen; die sehr langen Perioden verwickeln die Sache mehr, als daß sie durch eine gewisse Vollendung dem Vortrag eine Anmut geben. Es entstehen viel dunkle Parenthesen und Beziehungen, die Worte sind oft ohne epischen Zweck umgestellt und der Gebrauch der Partizipien nicht immer glücklich. Ich will sehen, das Mögliche zu tun, um so mehr als ich meine hiesigen Stunden nicht hoch anrechne.

Überhaupt aber werden unsere Arbeiten über den Dilettantismus uns, wie ich voraussehe, in eine eigne Lage versetzen; denn es ist nicht möglich die Unarten desselben deutlich einzusehen, ohne ungeduldig und unfreundlich zu werden. Ob ich das Schema sehr gefördert schicken oder bringen werde, ist noch eine sehr große Frage.

Was ich von Christian Thomasius kennen lernte, hat mich stets interessiert. Sein heiteres und geistreiches Wesen ist sehr ansprechend. Ich will mich nach den Aufsätzen erkundigen, nach denen Sie fragen.

Leben Sie recht wohl und grüßen Sie Ihre liebe Frau.

Von Meyern liegt etwas bei.

Weimar, am 29. Mai 1799 G

602. An Goethe

Jena, 31. Mai 1799

Ich begreife wohl, daß Ihnen das Gedicht unserer Dilettantin immer weniger Freude machen mag, je näher Sie es betrachten. Denn auch darin zeigt sich der Dilettantism besonders, daß er, weil er aus einem falschen Prinzip ausgeht, nichts hervorbringen kann, das nicht im ganzen falsch ist, also auch keine wesentliche Hülfe zuläßt. Mein Trost ist, daß wir bei diesem Werke den dilettantischen Ursprung ja ankündigen dürfen und daß wir, indem wir eine Toleranz dafür beweisen, bloß eine Humanität zeigen, ohne unser Urteil zu kompromittieren. Das Schlimmste dabei ist die Mühe und die Unzufriedenheit, die es Ihnen macht; indessen müssen Sie die Arbeit als eine *sectionem cadaveris* zum Behuf der Wissenschaft ansehen, da dieser praktische Fall bei der gegenwärtigen theoretischen Arbeit nicht ganz ungelegen kommt.

Mir haben diese Tage ganz entgegengesetzte Produkte eines Meisters in der Kunst nicht viel mehr Freude gewährt, obgleich ich, da ich nicht dafür zu repondieren habe, ganz ruhig dabei bleiben kann. Ich habe Corneillens Rodogune, Pompée und Polyeucte gelesen und bin über die wirklich enorme Fehlerhaftigkeit dieser Werke, die ich seit 20 Jahren rühmen hörte, in Erstaunen geraten. Handlung, dramatische Organisation, Charaktere, Sitten, Sprache, alles, selbst die Verse bieten die höchsten Blößen an, und die Barbarei einer sich erst bildenden Kunst reicht lange nicht hin, sie zu entschuldigen. Denn der falsche Geschmack, den man so oft auch in den geistreichsten Werken findet, wenn sie in einer rohen Zeit entstanden, dieser ist es nicht allein, nicht einmal vorzugsweise, was daran widerwärtig ist. Es ist die Armut der Erfindung, die Magerkeit und Trockenheit in Behandlung der Charaktere, die Kälte in den Leidenschaften, die Lahmheit und Steifigkeit im Gang der Handlung und der Mangel an Interesse fast durchaus. Die Weibercharaktere sind klägliche Fratzen, und ich habe noch nichts als das eigentlich Heroische glücklich behandelt gefunden, doch ist auch dieses, an sich nicht sehr reichhaltige, Ingrediens einförmig behandelt.

Racine ist ohne allen Vergleich dem Vortrefflichen viel näher, obgleich er alle Unarten der französischen Manier an sich trägt und im ganzen etwas schwach ist. Nun bin ich in der Tat auf Voltaires Tragödie sehr begierig, denn aus den Kritiken, die der letztere über Corneille gemacht, zu schließen, ist er über die Fehler desselben sehr klar gewesen.

Es ist freilich leichter tadeln als hervorbringen. Dabei fällt mir mein eigenes Pensum ein, das noch immer sehr ungestaltet daliegt. Wüßten es nur die allzeit fertigen Urteiler und die leicht fertigen Dilettanten, was es kostet, ein ordentliches Werk zu erzeugen.

Haben Sie doch die Güte mir mit der Botenfrau die Piccolomini und den Wallenstein zu schicken. Kotzebue hat mich darum ersucht, und ich versprach es ihm, weil mich diese Gefälligkeit weniger kostet als ein Besuch bei ihm oder ein Abendessen.

Meyern viele Grüße. Seinen Brief hab ich an Böttiger abgeschickt.

Leben Sie wohl und heiter bei diesem erquickenden Regenwetter. Sch.

603. An Schiller

Mit dem Gedicht geht es schon besser, seitdem ich mich ernsthaft an den ersten Gesang gemacht und im einzelnen, wie der Sache zu helfen sei, durchgedacht habe. Auch ist gestern abend eine Konferenz darüber bei Frau von Wolzogen gewesen, und unsere Freundinnen schienen sich vor meinen rigoristischen Forderungen nicht zu entsetzen, so daß ich Hoffnung haben kann, es werde sich die Sache nach unserm Wunsche doch noch geben.

Gestern ist der Herzog für Eisenach und Kassel verreist, und ich bin so ziemlich auf meine stille Wohnung reduziert. Ich erwarte, was mir die nächsten 8 Tage bescheren werden. Wenn mir auch nur einige Vorarbeiten gelingen, so bin ich schon zufrieden. Möge Ihnen aus den tieferen Quellen der Produktion etwas zufließen.

Sie erhalten hierbei die drei Wallensteine. Von mir kann ich weiter nichts sagen, als daß ich eben ordnen, nachholen, anstellen und ausgleichen muß. Übrigens geht alles doch so ganz leidlich und, wenn man es nicht sehr genau nimmt, auch zweckmäßig. Leben Sie recht wohl, grüßen Sie Ihre liebe Frau.

Weimar, am 1. Juni 1799 G.

604. An Goethe

Jena, 4. Juni 1799

Hier folgt Körners Aufsatz über den Wallenstein. Er ist aber, so wie er ist, nicht zu gebrauchen, weil er sich die Bequemlichkeit gemacht hat, lieber den Dichter statt seiner sprechen zu lassen, und auf diese Weise das Werk in Fetzen zerrissen vor das Publikum bringt. Wenn das Stück schon gedruckt wäre, möchte das hingehen, so aber finde ich meine Rechnung nicht dabei. Es ist glücklicherweise nicht so pressant es abzuschicken, denn ich denke, Sie werden mit mir einig sein, daß man, weil man doch solang gewartet hat, die Anzeige nach der vierten Vorstellung des Wallenstein abschickt. Bis dahin will ich die Körnersche Arbeit noch vornehmen und darin mehr den erzählenden als den dramatischen Ton herrschen lassen, auch noch einige Aufschlüsse über das Ganze einflechten.

Ich habe mich nicht enthalten können, weil das Schema zu den ersten Akten der Maria in Ordnung und in den letzten nur noch ein einziger Punkt unausgemacht ist, um die Zeit nicht zu verlieren, gleich zur Ausführung fortzugehen. Ehe ich an den zweiten Akt komme, muß mir in den letzten Akten alles klar sein. Und so habe ich denn heute, den 4ten Juni, dieses Opus mit Lust und Freude begonnen und hoffe, in diesem Monat schon einen ziemlichen Teil der Exposition zurückzulegen.

Was Sie mir von den *Schwestern zu Lesbos* schrieben, hat mir großen Trost gewährt. Auch meine Schwägerin schrieb mir von dieser Zusammenkunft und konnte mir nicht genug rühmen, wieviel sie dabei gelernt habe.

Ich lese jetzt in den Stunden, wo wir sonst zusammen kamen, Lessings Dramaturgie, die in der Tat eine sehr geistreiche und belebte Unterhaltung gibt. Es ist doch gar keine Frage, daß Lessing unter allen Deutschen seiner Zeit über das, was die Kunst betrifft, am klarsten gewesen, am schärfsten und zugleich am liberalsten darüber gedacht und das Wesentliche, worauf es ankommt, am unverrücktesten ins Auge gefaßt hat. Liest man nur ihn, so möchte man wirklich glauben, daß die gute Zeit des deutschen Geschmacks schon vorbei ist, denn wie wenig Urteile, die jetzt über die Kunst gefällt werden, dürfen sich an die seinige stellen.

Ist es denn wahr, daß die Königin von Preußen den Wallenstein in Berlin nicht hat wollen spielen sehen, um ihn in Weimar zuerst kennen zu lernen?

Schreiben Sie uns doch, ob die La Roche in Oßmannstedt angelangt ist? Auch meiner Frau liegt an dieser Nachricht.

Auch bitte ich mir durch Vulpius das Verzeichnis der von mir einzusendenden Bilder zurückschicken zu lassen, nebst einem Katalog der Auktion, wenn noch einer zu haben.

Leben Sie recht wohl und genießen Sie die jetzigen angenehmen Tage. Sch.

605. An Schiller

Ich gratuliere zum Anfang der Ausarbeitung des neuen Stücks. So wohl es getan ist seinen Plan im ganzen gehörig zu überlegen, so hat doch die Ausführung, wenn sie mit der Erfindung gleichzeitig ist, so große Vorteile, die nicht zu versäumen sind.

Körner hat sich die Sache sehr leicht gemacht. Er hat statt einer Relation einen Aktenextrakt geschickt. Vielleicht denken Sie ein wenig darüber, und nach der vierten Vorstellung des Wallensteins läßt man den Aufsatz abgehen.

Es ist an dem, daß der König und die Königin den Wallenstein in Berlin nicht gesehen haben und wirklich, wie es scheint, um dem Herzog ein Kompliment zu machen, der sie wegen der Wahl der Stücke befragte und wegen dieses Trauerspiels ihre Zustimmung erhielt.

Was mich betrifft, so habe ich mich bloß durch gänzliche Resignation vom Unmut erretten können, da an eine zusammenhängende Arbeit nicht zu denken ist. Indessen da es manches zu tun gibt, so vergeht die Zeit, und ich sehe doch auf den Juli wieder bessern Stunden entgegen.

Die Schwestern von Lesbos werden indessen leidlich gefördert. Es freut mich sehr, daß die erste Konferenz sich mit Zufriedenheit beider Teile geendigt hat, es war nicht allein vorteilhaft für diesen Fall, sondern auch für die nächsten Fälle.

Frau von La Roche ist noch nicht angekommen, verschiebt auch, soviel man vernimmt, ihre Reise. Vielleicht verzieht sich das Gewitter, ohne daß wir nötig haben zu den Lobedaischen Ableitern unsere Zuflucht zu nehmen.

Mit welcher unglaublichen Verblendung der alte Wieland in den allzufrühen metakritischen Triumph einstimmt, werden Sie aus dem neusten Stück des Merkurs, mit Verwunderung und nicht ohne Unwillen, ersehen. Die Christen behaupteten doch: in der Nacht, da Christus geboren worden, seien alle Orakel auf einmal verstummt, und so versichern uns auch die Apostel und Jünger des neuen philosophischen Evangelii: daß in der Geburtsstunde der Metakritik der Alte zu Königsberg, auf seinem Dreifuß, nicht allein paralysiert worden, sondern sogar wie Dagon herunter und auf die Nase gefallen sei. Kein einziges der ihm zu

Ehren errichteten Götzenbilder stehe mehr auf seinen Füßen, und es fehlt nicht viel, daß man nicht für nötig und natürlich finde sämtliche Kantsgenossen, gleich jenen widerspenstigen Baalspfaffen, zu schlachten.

Für die Sache selbst ist mir es kein gutes Anzeichen, daß man glaubt solcher heftigen und doch keineswegs auslangenden Empfehlungen zu bedürfen.

Der Humboldtische Brief kommt auch hier wieder zurück.

Mögen Sie dem Gesuch des Herrn von Fritsch, das er in beiliegendem Blättchen anbringt, wohl deferieren?

Hier schicke ich den gedruckten Catalogus. Ihre Bücher sind zwischen den zwei roten Strichen eingeschlossen.

Das Paket an Hufeland bitte besorgen zu lassen.

Heute abend wünschte ich, daß Sie die Aufführung der Theatralischen Abenteuer sehen könnten; sie wird gewiß vorzüglich gut werden, weil sie als Hauptprobe dienen soll, um die Aufführung vor dem König vorzubereiten. Ich habe gestern und vorgestern die Vorproben mit Vergnügen besucht und auch dabei wieder die Bemerkung gemacht: wie sehr man mit einer Kunst in Verhältnis, Übung und Gewohnheit bleiben muß, wenn man ihre Produktionen einigermaßen genießen und etwa gar beurteilen will. Ich habe schon öfters bemerkt, daß ich, nach einer langen Pause, mich erst wieder an Musik und bildende Kunst gewöhnen muß, um ihnen im Augenblick was abgewinnen zu können.

Leben Sie recht wohl und bereiten mir durch Ihren Fleiß einen schönen Empfang.

Weimar, den 5. Juni 1799 G.

606. An Goethe

Jena, 7. Juni 1799

Nur zwei Worte für heute, da ich hoffe Sie morgen selbst zu sehen. Wenn nichts dazwischen kommt, so habe ichs Lodern zugesagt, bei der Gesellschaft zu sein, die er in Belvedere eingeladen.

Dohm hat uns hier seine authentische Nachricht von der Rastätter Geschichte zurückgelassen, die mir zu verschiedenen Bemerkungen Gelegenheit gegeben. Unter andern werden Sie den ganz sonderbaren Widerspruch bemerkt haben, der in Absicht auf den Tod des Roberjots darin vorkommt, wo zwei ganz entgegengesetzte Berichte auf die Aussage des nämlichen Kammerdieners gegründet werden. Bei einer so feierlich angekündigten Genauigkeit ist solch ein Versehen sonderbar genug, und ich weiß mirs schlechterdings nicht zu erklären.

In meiner Arbeit bin ich seit 2 Tagen nicht weiter gerückt, gestern hatte ich den ganzen Tag Besuche und heute eine gewaltige Brief-Expedition.

Das Geschrei, das Wieland von Herders Buch erhebt, wird, wie ich fürchte, eine ganz andere Wirkung tun, als er damit beabsichtigt. Wir können in aller Gelassenheit abwarten und wollen bei dieser Komödie, die bunt und lärmend genug werden wird, als ruhige Zuschauer unsre Plätze nehmen. Unterhaltung gibt sie uns gewiß. Was auch Wieland gesagt haben mag, so wünschte ich, Cotta setzte es in die Allgemeine Zeitung oder Böttiger schickte es dahin, denn es kann nicht allgemein genug bekannt werden.

Herr von Fritsch mag sich immerhin die Stelle, die er (wahrscheinlich für irgendein Stammbuch) zu haben wünscht, aus Graffs Rolle herausschreiben lassen. Ich habe nichts dagegen.

Leben Sie recht wohl. Ich freue mich Sie auf einige Stunden zu sehen. Sch.

607. An Goethe

Jena, 11. Juni 1799

Wir sind neulich zwar ganz gut nach Hause gekommen, aber ich machte doch die Erfahrung, daß eine achtstündige Erschütterung im Wagen und gesellschaftliche Unruhe, in den Zeitraum von einem 3/4 Tag gedrängt, eine zu gewaltsame Veränderung für mich ist, denn ich brauchte 2 Tage, um mich ganz davon zu erholen.

Sonst genieße ich seit etlichen Tagen bei diesem schönen Wetter eine so gute, freundliche Stimmung, in meinem kleinen Gartensälchen, daß ich sie herzlich gern mit Ihnen teilen möchte. Die Arbeit geht zwar sehr langsam, weil ich den Grund zum Ganzen zu legen habe, und beim Anfang alles darauf ankommt, sich nichts zu verderben, aber ich habe gute Hoffnung, daß ich auf dem rechten Wege bin.

Wenn ich nicht zuviel Zeit verlöre, so hätte ich wohl eine Versuchung gehabt, das Stück, welches morgen in Weimar gegeben wird, zu sehen. Bei meinem jetzigen Geschäft könnte die Anschauung eines neuen historischen Stücks auf der Bühne, wie es auch sonst beschaffen sein möchte, nützlich auf mich wirken. Die

Idee, aus diesem Stoff ein Drama zu machen, gefällt mir nicht übel. Er hat schon den wesentlichen Vorteil bei sich, daß die Handlung in einen tatvollen Moment konzentriert ist und zwischen Furcht und Hoffnung rasch zum Ende eilen muß. Auch sind vortreffliche dramatische Charaktere darin schon von der Geschichte hergegeben. Das Stück mag aber nicht viel besonders sein, da Sie mir nichts davon sagten.

Mellish hat sich auf morgen Mittag mit seiner Gesellschaft bei uns eingeladen, da wird auch Ihrer fleißig gedacht werden. Sehen Sie nur, daß Sie bald auf einen Tag herüber kommen.

Leben Sie recht wohl für heute, ich weiß nichts mehr zu schreiben, denn ich habe in diesen Tagen nichts erfahren und nur in meiner Arbeit gelebt.

Die Frau grüßt Sie aufs beste. Sch.

608. An Goethe

Jena, 14. Juni 1799

Sie sind, wie ich höre, vor einigen Tagen in Roßla gewesen, aber wieder nach Weimar zurück, welches Sie bei dem gestrigen schlechten Wetter nicht bereut haben werden. Mellishens haben es noch eben recht getroffen und einen sehr angenehmen Tag in Jena mitgenossen. Er brachte einen Fremden aus dem Walliser Land mit, der mit deutschen gelehrten Sachen nicht unbekannt schien und über die neuere Philosophie sogar, soweit sich darüber in französischer Sprache reden ließ, nicht unvernünftig sprach. Es mag indessen irgend eine geheime Bewandtnis mit ihm haben.

Ich hörte dieser Tage, daß Fichte dem Rudolstädter Fürsten das Ansinnen getan, ihm in Rudolstadt in einem herrschaftlichen Hause Wohnung zu geben, daß es ihm aber höflich refüsiert worden. Es ist doch unbegreiflich, wie bei diesem Freunde eine Unklugheit auf die andere folgt und wie inkorrigibel er in seinen Schiefheiten ist. Dem Fürsten von Rudolstadt, der sich den Teufel um ihn bekümmert, zuzumuten, daß er ihm, durch Einräumung eines Quartiers, öffentliche Protektion geben und umsonst und um nichts sich bei allen anders denkenden Höfen kompromittieren soll. Und was für eine armselige Erleichterung verschaffte ihm wohl ein freies Logis dort, wo er durchaus nicht an seinem Orte wäre.

Ich wünsche, daß Sie fleißiger sein möchten, als ich in diesen Tagen sein konnte. Mittwochs war Mellish und Donnerstag die

Kalb bei uns, und so ist in diesen 2 Tagen wenig geschehen. Ich sitze noch immer bei meinen 3 ersten Expositionsszenen und suche einen festen Grund für das Künftige zu legen.

Es scheint wirklich, daß ich in England mit meinen Stücken etwas werde machen können. Ich habe binnen 8 Tagen zwei Anträge aus London erhalten, Stücke in Manuskript hinzuschicken, zwar nur von Buchhändlern und von Übersetzern und noch mit keinen bestimmten Geldversprechungen begleitet, aber die Nachfrage ist so stark, daß ich Aussichten darauf gründen kann.

Haben Sie doch die Güte, mir den Äschylus zu senden, mich verlangt wieder sehr nach einer griechisch-tragischen Unterhaltung.

Leben Sie recht wohl und sehen Sie, daß Sie bald auf einen Tag herkommen.

Die Frau grüßt bestens. Sch.

609. An Schiller

Ihren zweiten lieben Brief erhalte ich abermals in Roßla, wo ich mich verschiedner Geschäfte wegen noch einige Tage aufhalten muß. Diese will ich lieber zugeben, da ich einmal in der Sache bin und hernach eine ganze Weile nicht wieder daran zu denken brauche. Es ist mir angenehm, über die Dorf- und Feldverhältnisse mehr ins klare zu kommen und mich des Alten zu erinnern, indem das Neue mich selbst angeht.

Mich verlangt Sie bald zu sehen. Mittwoch hoff ich von Weimar aus zu schreiben. Ich habe manches zu referieren, was mir durch den Kopf indessen gegangen ist.

Wäre nicht mein *Spiritus* mit Abschreiben von Inventarien beschäftigt, so diktierte ich geschwind etwas, für meine Feder aber ist es zu weitläufig auch nur anzufangen, denn ich muß weit ausholen. Auch sind unschreibbare Dinge drunter. Leben Sie recht wohl in Ihrer Halbeinsamkeit, rucken sachte in der Arbeit vor und grüßen Ihre liebe Frau.

Roßla, den 15. Juni 1799 G.

Wir haben heute eingeheizt!

610. An Goethe

Jena, 18. Juni 1799

Es war mir sehr angenehm, nach einer ungewöhnlich langen Zeit die Züge Ihrer Hand wieder zu sehen. Hier hatte man uns gesagt, Sie wären nach Weimar zurück, um dem Minister Haugwitz, den der Herzog mitbrachte, Gesellschaft zu leisten. Desto besser für Sie, daß Sie diese Zeit nützlicher haben anwenden können. Besser Wetter hätte ich Ihnen freilich gewünscht, denn auch hier war es so rauh, daß wir zum warmen Ofen zurückkehren mußten.

Gegen meinen Fleiß verschwört sich diesen Sommer vieles. Ich erwarte in etwa 8 Tagen meine Schwester mit meinem Schwager, dem Bibliothekar Reinwald, aus Meiningen hier; meiner Schwester gönne ich diese Zerstreuung gern, aber mit dem Schwager weiß ich nichts anzufangen, der wird mir wohl 6 Tage wie ein Klotz angebunden sein.

Unter diesen Umständen kann ich freilich nicht, wie ich gedacht, bis zum Ende meines ersten Akts vor Ihrer Hieherkunft gelangen. Aber vorwärts ging es doch bis jetzt immer, und *nulla dies sine linea.* Ich fange schon jetzt an, bei der Ausführung, mich von der eigentlich *tragischen* Qualität meines Stoffs immer mehr zu überzeugen, und darunter gehört besonders, daß man die Katastrophe gleich in den ersten Szenen sieht und, indem die Handlung des Stücks sich davon wegzubewegen scheint, ihr immer näher und näher geführt wird. An der Furcht des Aristoteles fehlt es also nicht, und das Mitleiden wird sich auch schon finden.

Meine Maria wird keine weiche Stimmung erregen, es ist meine Absicht nicht, ich will sie immer als ein physisches Wesen halten, und das Pathetische muß mehr eine allgemeine tiefe Rührung als ein persönlich und individuelles Mitgefühl sein. Sie empfindet und erregt keine Zärtlichkeit, ihr Schicksal ist nur heftige Passionen zu erfahren und zu entzünden. Bloß die Amme fühlt Zärtlichkeit für sie.

Doch ich will lieber tun und ausführen, als Ihnen viel davon vorsagen, was ich tun will.

Man sagt hier, Vohs habe einen Ruf nach Petersburg, den er anzunehmen Lust habe. Es wäre doch schade, wenn man ihn verlöre, obgleich seine Gesundheit nicht lange auf ihn zählen läßt. Es würde Mühe kosten, ihn sogleich zu ersetzen.

Leben Sie recht wohl und sagen mir morgen, daß Sie wieder in Weimar sind. Meine Frau grüßt Sie schönstens.

Meyern bitte ich bestens zu grüßen und ihm zu sagen, daß ich auf den Sonnabend antworten und die Bilder zurückschicken werde.

Leben Sie recht wohl. S.

611. An Schiller

Mir wird, ich gestehe es gern, jeder Zeitverlust immer bedenklicher, und ich gehe mit wunderlichen Projekten um wenigstens noch einige Monate dieses Jahres für die Poesie zu retten, woraus denn aber wohl schwerlich was werden könnte. Verhältnisse nach außen machen unsere Existenz und rauben sie zugleich, und doch muß man sehen, wie man so durchkommt, denn sich, wie Wieland getan hat, gänzlich zu isolieren, ist auch nicht ratsam.

Ich wünsche, daß Sie an Ihrer Arbeit möglichst fortfahren. Die erste Zeit, da uns selbst die Idee noch neu ist geht immer alles frischer und besser.

Ob ich vor Ende dieses Monats kommen kann? weiß ich nicht zu sagen. Der Prinz ist zu mir ins Haus gezogen, und außerhalb sieht es auch ziemlich unruhig aus, da wir hier auf alles eher als auf den Empfang eines Königs eingerichtet sind.

Um nicht ganz müßig zu sein habe ich meine dunkle Kammer aufgeräumt und will einige Versuche machen und andere wiederholen und besonders sehen, ob ich der sogenannten Inflexion etwas abgewinnen kann. Eine artige Entdeckung habe ich gestern, in Gesellschaft mit Meyern, gemacht. Sie wissen vielleicht, daß man erzählet, daß gewisse Blumen im Sommer bei Abendzeit gleichsam blitzen, oder augenblicklich Licht ausströmen. Dieses Phänomen hatte ich noch niemals gesehen; gestern abend bemerkten wir es sehr deutlich an dem orientalischen Mohn, der vor allen andern Blumen eine gelbrote Farbe hat. Bei genauer Untersuchung zeigte sich aber, daß es ein physiologisches Phänomen ist, und der scheinbare Blitz das Bild der Blume mit der geforderten sehr hellgrünen Farbe ist. Keine Blume, die man gerad ansieht, bringt diese Erscheinung hervor, wenn man aber aus dem Augenwinkel hinschielt, so entsteht diese momentane Doppelerscheinung. Es muß dämmrig sein, so daß das Auge völlig ausgeruht und empfänglich ist, doch nicht mehr, als daß die rote Farbe ihre völlige Energie behält. Ich glaube, man wird den Versuch mit farbigem Papier recht gut nachmachen können, ich will die Bedingungen genau merken, übrigens ist das Phänomen wirklich sehr täuschend.

Ich lege den *Sammler* bei und wünsche, daß der Spaß, indem er nun beisammen ist, Sie wieder unterhalten möge. Gedenken Sie dabei der guten Stunden, in denen wir ihn erfanden.

Es ist wahr, daß Vohs Miene macht wegzugehen, ich berufe mich aber auf den Kontrakt, der noch zwei Jahre dauert.

Leben Sie wohl und nutzen die 14 Tage, bis wir uns wieder sehen, so gut als möglich. Ich will zufrieden sein, wenn ich nur etwas davon bringe. Indessen habe ich angefangen Pyrmonter zu trinken. Grüßen Sie Ihre liebe Frau und empfehlen ihr meine Julie.

Weimar, am 19. Juni 1799 G.

612. An Goethe

Jena, 20. Juni 1799

Der Franzose, der neulich mit Mellish bei uns war und sich heut wieder einstellte, hat mir die Zeit und Stimmung genommen, um Ihnen heute soviel über das Propyläenstück zu sagen, als ich willens war.

Es hat mir in der Gestalt, worin es jetzt ist, noch viel reicher und belebter geschienen als je vorher beim einzelnen Lesen, und es muß als das heiter und kunstlos ausgegossene Resultat eines langen Erfahrens und Reflektierens auf jeden irgend empfänglichen Menschen wundersam wirken. Der Gehalt ist nicht zu übersehen, eben weil so vieles Wichtige nur zart, nur im Vorbeigehen angedeutet ist.

Die Aufführung der Charaktere und Kunstrepräsentanten hat dadurch noch sehr gewonnen, daß unter den Besuchfratzen keine in das Fachwerk paßt, welches nachher aufgestellt wird. Nicht zu erwähnen, daß der kleine Roman dadurch – poetisch – an Reichtum und Wahrheit gewinnt, so wird auch dadurch philosophisch der ganze Kreis vollendet, welcher in den drei Klassen des Falschen, des Unvollkommenen und des Vollkommenen enthalten ist.

Die letztern Ausführungen, die ich noch nicht kannte, sind sehr glücklich und unterhalten die geistreiche Heiterkeit bis ans Ende.

Indes zweifle ich nicht, daß dies Propyläenstück tüchtigen Lärm machen und auch wieder an die Xenien erinnern wird.

Meine Frau, die Sie herzlich grüßt, hat sich an dem fröhlichen

Humor und Leben, das darin herrscht, sehr ergötzt, und besonders hat ihr der Besuch der Fremden gefallen.

Leben Sie recht wohl für heute und genießen die schöne Witterung, der ich auch eine gute und produktive Stimmung verdanke.
Sch.

613. An Schiller

Ich freue mich, daß Sie so viel Gutes von dem *Sammler* sagen mögen. Wie viel Anteil Sie an dem Inhalt und an der Gestalt desselben haben, wissen Sie selbst, nur hatte ich zur Ausführung nicht die gehörige Zeit und Behaglichkeit, so daß ich fürchtete, das Ganze möchte ein nicht genug gefälliges [Ansehen] haben. Auch hätte man bei mehrerer Muße die scharfen Ingredienzien mit etwas mehr Sirup einwickeln können. Indessen tut vielleicht dem Ganzen diese skizzierte Manier nur um so viel besser. Wir selbst haben dabei viel gewonnen, wir haben uns unterrichtet, wir haben uns amüsiert, wir machen Lärm, und das gegenwärtige Propyläenstück wird gewiß doppelt so viel gelesen als die vorigen. Der wahre Nutzen aber für uns steht noch eigentlich bevor. Das Fundament ist gut, und ich bitte noch recht streng darüber zu denken. Meyer hat die Idee mit Neigung aufgefaßt, und es sind sehr wichtige Resultate zu erwarten. Ich sage davon vorläufig nur so viel.

Alle neuern Künstler gehören in die Klasse des *Unvollkommenen* und fallen also mehr oder weniger in die getrennten Rubriken. So hat Meyer erst gestern, zu seiner größten Zufriedenheit, entdeckt, daß Julius Roman zu den *Skizzisten* gehört. Meyer konnte mit dem Charakter dieses Künstlers, bei großen Studien über denselben, nicht fertig werden, nunmehr glaubt er aber, daß durch diese Enunziation das ganze Rätsel gelöst sei; wenn man nun den Michelangelo zum *Phantasmisten,* den Correggio zum *Undulisten,* den Raffael zum *Charakteristiker* macht, so erhalten diese Rubriken eine ungeheure Tiefe, indem man diese außerordentlichen Menschen in ihrer Beschränktheit betrachtet und sie doch als Könige, oder hohe Repräsentanten ganzer Gattungen, aufstellt. *Nachahmer* werden wohl die Deutschen bleiben, und *Nebulisten* gibt es in der ältern Kunst gar keinen; Oeser hingegen wird als ein solcher wohl aufgeführt werden. Wer hindert uns, wenn wir diese Materie noch recht durchgedacht haben, eine Fortsetzung des Sammlers auszuarbeiten?

Diese Produktion wird uns immer reizen, da sie das Kunsterfordernis von Ernst und Spiel selbst so redlich vereinigt.

Was aber auch dies sein und wirken mag, so wird doch die Arbeit über den *Dilettantismus* eine weit größere Breite einnehmen. Sie ist von der größten Wichtigkeit, und es wird von Umständen und vom Zufall abhängen, auf welche Weise sie zuletzt produziert wird. Ich möchte ihr gar zu gern auch eine poetische Form geben, teils um sie allgemeiner, teils um sie gefälliger wirken zu machen. Denn wie Künstler, Unternehmer, Verkäufer und Käufer und Liebhaber jeder Kunst im Dilettantism ersoffen sind, das sehe ich jetzt erst mit Schrecken, da wir die Sache so sehr durchgedacht und dem Kinde einen Namen gegeben haben. Wir wollen mit der größten Sorgfalt unsere Schemata nochmals durcharbeiten, damit wir uns des ganzen Gehaltes versichern und dann abwarten, ob uns das gute Glück eine Form zuweist, in der wir ihn aufstellen. Wenn wir dereinst unsere Schleusen ziehen, so wird es die grimmigsten Händel setzen, denn wir überschwemmen geradezu das ganze liebe Tal, worin sich die Pfuscherei so glücklich angesiedelt hat. Da nun der Hauptcharakter des Pfuschers die *Inkorrigibilität* ist, und besonders die von unserer Zeit mit einem ganz bestialischen Dünkel behaftet sind, so werden sie schreien, daß man ihnen ihre Anlagen verdirbt, und, wenn das Wasser vorüber ist, wie Ameisen nach dem Platzregen alles wieder in alten Stand setzen. Doch das kann nichts helfen, das Gericht muß über sie ergehen. Wir wollen unsere Teiche nur recht anschwellen lassen und dann die Dämme auf einmal durchstechen. Es soll eine gewaltige Sündflut werden.

Gestern sahen wir die neuen Blätter der chalkographischen Gesellschaft. Es ist unglaublich, was auch diese zu pfuschen anfängt, und der Dünkel der Unternehmer ist dem Unbegriff gleich. Die Wahl des Kunstwerks, das sie in Kupfer bringen, ist schon unglücklich, die Art, wie es nun übersetzt werden soll, falsch gewählt. Das wissen sie freilich beides nicht, aber, wo sie sichs nicht verbergen können, helfen sie sich dadurch, daß sie sich ihrer Sparsamkeit erfreuen, weil die schlechten Originale nichts kosten.

So habe ich auch neulich einen poetischen Dilettanten bei mir gesehen, der mich zur Verzweiflung gebracht hätte, wäre ich nicht in der Stimmung gewesen ihn naturhistorisch zu betrachten, um mir einmal von dem Gezücht einen recht anschaulichen Begriff zu machen.

Damit sei es für heute genug. Es bleibt uns nun einmal nichts übrig, als auf dem einmal eingeschlagnen Weg fortzugehen, dabei soll es aber auch treulich verbleiben. Ich nutze meine Tage, so gut ich kann, und setze wenigstens immer einige Steine im Brette vorwärts. Tun Sie das Gleiche bis zu unserm erfreulichen Wiedersehn. Grüßen Sie Ihre liebe Frau und danken ihr für den Anteil, den sie an der letzten Arbeit nimmt. Ich gehe nun dem Schicksal des übrigen Tages entgegen.

Weimar, am 22. Juni 1799 G.

614. An Goethe

Jena, 25. Juni 1799

Ich fürchte, daß Sie es diesen paar Zeilen ansehen werden, wie penible es mir jetzt geht. Mein Schwager ist hier mit meiner Schwester, er ist ein fleißiger, nicht ganz ungeschickter Philister, sechzig Jahr alt, aus einem kleinstädtischen Ort, durch Verhältnisse gedrückt und beschränkt, durch hypochondrische Kränklichkeit noch mehr daniedergebeugt; sonst in neuern Sprachen und in der deutschen Sprachforschung, auch in gewissen Literaturfächern nicht unbewandert. Sie können denken, wie wenig Konversationspunkte es da zwischen uns gibt und wie übel mir bei den wenigen zumute sein mag. Das Schlimmste ist, daß ich in ihm eine nicht ganz kleine und nicht einmal verächtliche Klasse von Lesern und Urteilern repräsentiert finde, denn er mag in Meiningen, wo er Bibliothekar ist, noch vorzüglich sein. Diese ganz imperfektible enge Vorstellungsweise könnte einen zur Verzweiflung bringen, wenn man etwas erwartete.

Übrigens raubt mir dieser Aufenthalt, der bis auf den Sonntag dauert, einen großen Teil meiner Zeit und alle gute Stimmung für den Überrest, ich muß diese Woche rein ausstreichen aus dem Leben.

Was der Sammler für eine Wirkung machen wird, bin ich in der Tat neugierig. Da man einmal nicht viel hoffen kann zu bauen und zu pflanzen, so ist es doch etwas, wenn man auch nur überschwemmen und niederreißen kann. Das einzige Verhältnis gegen das Publikum, das einen nicht reuen kann, ist der Krieg, und ich bin sehr dafür, daß auch der Dilettantism mit allen Waffen angegriffen wird. Eine ästhetische Einkleidung, wie etwa der Sammler, würde diesem Aufsatz freilich bei einem geistreichen Publikum den größern Eingang verschaffen, aber den Deutschen muß man die Wahrheit so derb sagen als möglich, daher ich glaube, daß man wenigstens den Ernst, auch in der äußern Einkleidung, vorherrschen lassen muß. Es fänden sich vielleicht unter Swifts Satiren Formen, die hiezu passen, oder müßte man in Herders Fußtapfen treten und den Geist des Pantagruel zitieren.

Wahrscheinlich bringe ich meine Gäste auf den Sonntag selbst auf die nächste Station nach Weimar, und bleibe dann wohl die zwei folgenden Tage dort, wo ich Sie, trotz des Getümmels, doch einige Stunden zu sehen hoffe. Auch ich freue mich herzlich auf unser hiesiges Zusammensein.

Die Frau grüßt Sie bestens. Leben Sie bis dahin recht wohl.

Sch.

615. An Schiller

Ich habe heute keinen Brief von Ihnen erhalten und mich deswegen kaum überzeugen können, daß es Mittwoch sei. Möge das Hindernis aus keiner unangenehmen Ursache entsprungen sein! Was mich betrifft, so rege ich mich wenigstens, da ich mich nicht bewegen kann.

Ich lasse meine kleinen Gedichte zusammenschreiben, woraus ein wunderlicher Kodex entstehen wird.

Ich habe bei dieser Gelegenheit Ihren *Taucher* wieder gelesen, der mir wieder außerordentlich wohl und, wie mich sogar dünkt, besser als jemals gefallen hat.

Die Phänomene der sogenannten Inflexion waren auch heute wieder, bei dem schönen Sonnenschein, an der Tagesordnung.

Es ist bald gesagt: man solle genau beobachten! ich verdenke es keinem Menschen, wenn er geschwind mit einer hypothetischen Enunziation die Erscheinungen beiseite schafft. Ich will in gegenwärtigem Falle alles, was nur an mir ist, zusammennehmen und brauchen, es ist aber auch nötig. Dagegen sehe ich wohl, daß es vielleicht der letzte Knoten ist, der mich noch bindet, durch dessen Auflösung wahrscheinlich die schönste Freiheit über das Ganze zu erringen ist.

Leben Sie recht wohl und fleißig.

Weimar, am 26. Juni 1799 G.

616. An Goethe

Jena, 26. Juni 1799

Die Fahrlässigkeit meiner Botenfrau, die meinen Brief gestern liegen ließ, ist schuld daran, daß Sie heute nichts erhielten.

Eben da ich Ihren Brief erhalte, bringt man mir den meinigen zurück.

Unger hat mir heute geschrieben, aber ohne mir auf den Wink, den ich ihm wegen Ihrer Gedichtsammlung neulich gab, etwas zu antworten. Vielleicht schrieb er Ihnen selbst. Aber meinen Vorschlag, eine Sammlung deutscher Schauspiele herauszugeben, und zwar so, daß des Jahrs 10 Stücke herauskämen, und über jedes eine Kritik, nimmt er mit Vergnügen an, und will 100 Karolin Honorar für diese 10 Stücke und deren Beurteilung zahlen, wenn das Werk von uns herausgegeben würde. Wir können sehr leicht zu diesem Verdienste kommen, wenn wir das kritische Geschäft gesprächsweise unter uns abtun, in 10 bis 15 Abenden ist es abgetan und für jeden sind 300 Thaler verdient.

Endlich habe ich auch nach langem Warten etwas von Berlin aus über den Wallenstein gehört. Er ist den 17. Mai zum erstenmal gespielt worden, also 4 Wochen später als in Weimar. Unger lobt die Aufführung sowie die Aufnahme des Stücks bei dem Publikum gar sehr. Auch hat sich schon ein Berliner Schmierer weitläuftig in den Annalen der Preußischen Monarchie darüber herausgelassen, das Stück zwar sehr gepriesen, aber die Stellen auch recht *à la* Böttiger herausgezerrt und seinen Aufsatz damit gespickt.

Leben Sie recht wohl. Wir machen morgen einen Besuch bei Mellish, schade, daß Sie nicht auch da sein können. Zu den optischen Beschäftigungen wünsche ich Glück. Solang Sie dafür noch etwas tun können, ist Ihre Zeit in Weimar immer wohl angewandt. Sch.

617. An Goethe

Jena, 28. Juni 1799

Ich sage Ihnen für heute bloß einen Gruß, ich habe Gesellschaft diesen Abend, auf den Sonntag sehe ich Sie vielleicht selbst. Diese Woche ist nicht viel geschehen, wiewohl sie nicht ganz ohne alle Frucht war. Die 3 nächsten Monate sollen desto ernstlicher benutzt werden, so wie sie auch, hoffe ich, Ihnen förderlich sein werden. Sind Sie nur erst wieder von Weimar hinweg, so wird der gute Geist über Sie kommen, wenn Sie sich auch in den dicksten Thüringerwald oder auf eine andere Wartburg zurückziehen müßten.

Leben Sie recht wohl. Von meiner Frau die schönsten Grüße an Sie. Sch.

618. An Schiller

Da ich die Hoffnung habe Sie morgen zu sehen, so mag Ihnen dieses Blatt auch nur einen Gruß zurückbringen. Sollten Sie sich entschließen, bei uns zu bleiben, so könnte ein Bett bald aufgestellt werden, wenn Sie bei mir einkehren und die beiden Tage der königlichen Gegenwart mit uns überstehen wollten. Ich wünsche, daß der Juli unsere Wünsche und Zwecke besser befriedigen möge als der abscheidende Monat, und verlange gar sehr Sie über verschiednes zu sprechen.

Leben Sie beiderseits recht wohl.

Weimar, am 29. Juni 1799 G.

619. An Goethe

Jena, 5. Juli 1799

Ich fand bei meiner Ankunft in Jena einen Brief von Cotta, worin er mir seine Unruhe über einen Brief zu erkennen gibt, den er der Propyläen wegen an Sie geschrieben habe. Was er von dem Absatz des Journals schreibt, ist zum Erstaunen, und zeigt das kunsttreibende und kunstliebende Publikum in Deutschland von einer noch viel kläglicheren Seite, als man bei noch so schlechten Erwartungen je hätte denken mögen. Da man keine Ursache hat, ein Mißtrauen in Cottas Redlichkeit zu setzen, so möchte freilich an keine Fortsetzung zu denken sein, denn der Absatz müßte 3mal stärker werden, als er ist, wenn Cotta aus dem Verlust kommen sollte. Zwar ist zu hoffen, daß das neueste Stück mehr Käufer anlocken wird, aber bei der Kälte des Publikums für das Bisherige und bei der ganz unerhörten Erbärmlichkeit desselben, die sich bei dieser Gelegenheit manifestiert hat, läßt sich nicht erwarten, daß selbst dieses Stück das Ganze wird retten können, welches übrigens abzuwarten ist. Ich darf an diese Sache gar nicht denken, wenn sie mein Blut nicht in Bewegung setzen soll, denn einen so niederträchtigen Begriff hat mir noch nichts von dem deutschen Publikum gegeben. Man sollte aber von nichts mehr überrascht werden, und wenn man ruhig nachdenkt und vergleicht, so ist leider alles sehr begreiflich.

Ich kann und mag heute von nichts anderm mehr schreiben, habe auch nicht viel zu berichten. Die Hitze ist hier unerträglich und setzt mir so zu, daß ich zu jedem guten Gedanken unfähig bin, auch habe ich zwei Nächte nicht schlafen können.

Ich vergaß neulich anzufragen, an wen ich den Zettel wegen

der Bücherpreise für die Auktion zu senden habe, und ersuche Sie, solchen nebst den zwei Bänden von Montesquieu, die neulich zurückgeblieben, an die Behörde abgeben zu lassen. Die Preise, die ich auf dem Zettel angemerkt, sind die niedrigsten, unter denen ich die Bücher nicht lasse, doch steht es dem Besorger frei, wenn er ein vorhergegangenes Buch über dem von mir angesetzten Preis angebracht hat, eins der folgenden alsdann auch etwas wohlfeiler zu lassen, wenn nur die Summe im ganzen herauskommt.

Morgen hoffe ich zu erfahren, wann wir Sie erwarten können. Ich sehne mich recht nach einem längern Zusammensein. Meyern viele Grüße. Die Frau empfiehlt sich Ihnen herzlich. Leben Sie recht wohl und heiter. Sch.

620. An Schiller

Zwar kann ich heute noch nicht sagen, wann ich kommen werde, doch habe ich mich schon so ziemlich losgemacht und hoffe nicht lange mehr zu verweilen.

Die kurzen Augenblicke unsers letzten Zusammenseins wollte ich mit der Geschichte nicht verderben, die Ihnen nun auch einen unangenehmen Eindruck gemacht hat. Unterdessen geht die Sache so natürlich zu, daß man sich darüber gar nicht verwundern soll. Denn man sollte ja doch das Ganze, das man nicht kennt, aus den vielen integrierenden Teilen schätzen, die man kennt. Wenn wir zusammenkommen, wird sich näher überlegen lassen, was zu tun ist.

Die Bücher und die Liste sollen besorgt werden. Wollten Sie doch baldmöglichst Wallensteins Lager und die Piccolomini an Kirms schicken. Den Wallenstein habe ich von dem Prinzen zurück erhalten. Wir wollten die Stücke gern einigemal in Lauchstädt geben. Der Souffleur hat sich *ad protocollum* mit seinem sämtlichen Vermögen verbürgt, daß er für die Stücke stehen wolle.

Bei dieser warmen Jahrszeit ist freilich Ihr Gartenhaus den Sonnenstrahlen und der heißen Luft zu sehr ausgesetzt, ich wünsche bald Regen und angenehme Kühlung. Nichts aber so sehr als bald wieder in Ihrer Nähe zu sein. Leben Sie recht wohl und grüßen Ihre liebe Frau.

Weimar, am 6. Juli 1799 G.

621. An Goethe

Jena, 9. Juli 1799

Ohne Zweifel hat Ihnen der Hofkammerrat seine Not geklagt und die Bedingung notifiziert, unter welcher ich ihm die Aufführung meiner Stücke zu Lauchstädt akkordieren kann. Er wird nun schwerlich mehr Lust dazu haben, aber ich mußte auf diesem Äquivalent bestehen, da die Bequemlichkeit der Hallenser und Leipziger die Stücke in Lauchstädt zu sehen meiner Negoziation mit Opitz nachteilig werden kann. Die Neugier des Publikums ist das einzige, wovon was zu hoffen ist, und wenn diese abgeleitet ist, ist auf nichts mehr zu rechnen. Übrigens bestehe ich nicht gerade auf der Einnahme für die Vorstellungen, mir ist jede Auskunft lieb, welche zugleich mit der Konvenienz des Theaters und der meinen bestehen kann. Ich habe noch einen Wunsch wegen Besetzung der Thekla hinzugesetzt, den Sie ohne Zweifel gutheißen werden, und die Ansprüche, die etwa eine andere daran hätte machen mögen, glaube ich dadurch entfernt zu haben.

Übrigens bin ich, seit meiner Zurückkunft von Weimar, nicht viel weiter vorgerückt, die große Hitze wirkte gleich nachteilig auf meine Stimmung und meine Gesundheit; so viele Anstalten zu Gewittern auch am Himmel indes gewesen, so hat uns noch kein Regen erquickt, das Gras in meinem Garten ist ganz wie verbrannt.

Ich bin begierig zu erfahren, was Sie in Absicht auf die Propyläen beschließen werden. Alles wohl erwogen und die nötige Rücksicht auf das von Cotta zugesetzte Geld genommen, hielt ich es doch fürs beste, zu versuchen, ob man die Schrift nicht jetzt noch poussieren und dadurch die erstern Hefte zugleich flott machen kann. Bei der gehörigen Hinsicht auf dasjenige, was das Publikum vorzüglich wünscht und sucht, sollte dies, deucht mir, nicht fehlschlagen. Man macht fürs erste kleinere Auflagen, um die Unkosten zu vermindern. Sie lassen vielleicht von dem Preise nach, man sucht dem Journal durch Zeitungen und andere Blätter mehr Publizität zu geben. Bei der ersten Ansicht verlor ich die Hoffnung zu bald, man muß aber doch nicht zu schnell das Feld räumen. Wenn Sie etwas aus dem Faust hineinrückten, so würde es viele gute Folgen haben. Gegen Ende des Jahrs, nicht früher, erschiene das fünfte Stück, zu diesem könnte ich vielleicht auch etwas aus der Maria hergeben, wodurch der darstellende Teil, der immer am meisten Liebhaber findet, ein Übergewicht bekäme. Lassen Sie uns das wohl zusammen überlegen, ein festes Beharren gewinnt endlich vielleicht doch den Prozeß. Leben Sie recht wohl. Herzliche Grüße von meiner Frau. S.

622. An Schiller

Leider muß ich durch dieses Blatt anzeigen, daß ich noch nicht kommen kann. Durchlaucht der Herzog glauben, daß meine Gegenwart beim Schloßbau nützlich sein könne, und ich habe diesen Glauben, auch ohne eigne Überzeugung, zu verehren. Darneben gibt es denn freilich so mancherlei zu tun und zu besorgen, daß die Zeit, wo nicht angewendet doch wenigstens verwendet werden kann. Ich trinke meine Portion Pyrmonter Brunnen und tue übrigens, was so vorkommt. Möge Ihnen die Muse günstiger sein, damit ich, wenn ich früher oder später komme, Ihre Arbeit brav vorgerückt finde. Lassen Sie mich bald von sich hören, damit ich angefrischt werde, mich wenigstens schriftlich mit Ihnen zu unterhalten, wozu ich heute weder Stoff noch Stimmung finde. Leben Sie recht wohl und grüßen Sie Ihre liebe Frau.
Weimar, am 9. Juli 1799 G.

623. An Schiller

Sie haben sehr wohl getan bei der Gelegenheit, die sich zeigte, einige Bedingungen zu machen, welche der sonst so ökonomische Freund sowohl als ich mit Vergnügen erfüllen wird. Man ist so gewohnt die Geschenke der Musen als Himmelsgaben anzusehen, daß man glaubt, der Dichter müsse sich gegen das Publikum verhalten wie die Götter gegen ihn. Übrigens habe ich Ursache zu glauben, daß Sie bei dieser Gelegenheit von einer andern Seite noch was Angenehmes erfahren werden.

Wegen der Propyläen bin ich völlig Ihrer Meinung. Verfasser, Herausgeber und Verleger scheinen mir sämtlich interessiert, daß die Schrift nicht *abreiße*. Verminderung der Auflage, Nachlaß am Honorar, Zaudern mit den nächsten Stücken scheint das erste zu sein, wozu man sich zu entschließen hätte. Alsdann läßt sich das weitere überlegen und ausführen. Es ist der Fall von dem verlornen Pfeil, dem man einen andern nachschießt; nur freilich kann man dem Verleger nicht zumuten ihn allein zu riskieren.

Ich wünsche nun gar sehr bald wieder bei Ihnen zu sein, so wie ich unserer Gegend Regen wünsche, damit mein Inneres wie das Äußere gedeihe.

Leben Sie indessen recht wohl und grüßen Ihre liebe Frau.

Weimar, am 10. Juli 1799 Goethe

624. An Goethe

Jena, 12. Juli 1799

Die Vorteile, die Sie mir so freundschaftlich bewilligen, kommen mir bei meiner kleinen Haushaltung so erquicklich und erwünscht wie der Regen, der seit vorgestern unser Tal erfreut und erfrischt hat. Auch die Fazilität des Hofkammerrats erfreut mich, insofern sie mir beweist, daß er mit meiner theatralischen Gabe nicht unzufrieden war. Daß uns ein schönes Geschenk von Silberarbeit von seiten der regierenden Herzogin erwarte, haben wir auch schon vernommen. Die Poeten sollten immer nur durch Geschenke belohnt, nicht besoldet werden; es ist eine Verwandtschaft zwischen den glücklichen Gedanken und den Gaben des Glücks, beide fallen vom Himmel.

Ich habe die Aufsätze über Akademien und Zeichenschulen nun mit Aufmerksamkeit durchlesen und große Freude daran gehabt, ja ich konnte nicht davon wegkommen, bis ich am Ende war. Außerdem, daß sie so richtig gedacht und so praktisch überzeugend sind, sind sie auch äußerst anziehend geschrieben und müßten notwendig, wenn man das Publikum nicht ganz und gar widerstrebend annehmen muß, für sich allein schon die Propyläen in Aufnahme bringen. Jetzt müssen wir vorerst nur an die möglichste Verbreitung und Bekanntmachung der Propyläen denken, und es würde zu diesem Zwecke nicht übel getan sein, einige Dutzend Exemplare an die rechten Plätze zu verschenken. Auch wollen wir, wenn Sie hieher kommen, zusammen ein halbes Dutzend Anzeigen des Journals für die öffentlichen Blätter aufsetzen, Cotta wird sie schon anzubringen wissen.

Mit meiner Arbeit geht es zwar nicht sehr schnell, aber doch seit einiger Zeit ohne Stillstand fort. Die nötige Exposition des Prozesses und der Gerichtsform hat, außerdem daß solche Dinge mir nicht geläufig sind, auch eine Tendenz zur Trockenheit, die ich zwar überwunden zu haben hoffe, aber doch nicht ohne viel Zeit dabei zu verlieren, und zu umgehen war sie nicht. Die englische Geschichte von Rapin Thoyras, die ich seit dieser Arbeit lese, hat den guten Einfluß, mir das englische Lokal und Wesen immer lebhaft vor der Imagination zu erhalten.

Möchten Sie nun auch bald hier sein können. Selbst mein Garten, wo die Rosen und Lilien in der Blüte stehen, würde Sie reizen.

Leben Sie recht wohl und grüßen Sie Meyern. Von meiner Frau viel schöne Grüße. Sch.

625. An Schiller

Heute nur ein Wort! da es überhaupt in diesen Tagen wieder nur auf Zerstreuung angelegt ist. Durch das neue Verhältnis, in das wir gekommen sind, wird es nötig den Schloßbau zu betreiben. Um den ersten Anstoß zu geben und alles nach der neuen etwas eiligern Mensur einzuleiten, werde ich doch noch immer 8 bis 14 Tage nötig haben und Sie also wohl vor anfangs August nicht sehen. Auch heute sage ich nur ein flüchtiges Lebewohl, um das Paket fortzubringen.

Weimar, am 13. Juli 1799 G.

626. An Goethe

Jena, 15. Juli 1799

Es waltet ein unholder Geist über Ihren guten Vorsätzen und Hoffnungen für diesen Sommer, der sich, besonders nach der glücklichen Entledigung vom Musen-Almanach, so gut anließ, und noch dazu läßt sichs gewissen Leuten nicht einmal begreiflich machen, welches das Opfer ist, das Sie bringen. Wenn Sie indessen nur gewiß in 14 Tagen loskommen und für eine längere Zeit, so ist noch immer Hoffnung, daß etwas Wesentliches noch geschehen kann.

Ihre lange Abwesenheit macht, daß auch ich keine Anregung von außen erhalte und bloß in meinem Geschäft lebe. Mit den Philosophen, wie Sie wissen, kann man jetzt nur in der Karte spielen, und mit den Poeten, wie ich höre, nur *kegeln.* Denn man sagt, daß Kotzebue, der aber jetzt abwesend ist, dieses einzige gesellschaftliche Vergnügen hier genossen habe.

Senden Sie doch recht bald ein Exemplar der Propyläen nach *Berlin,* um dort, ehe es durch den Weg des Buchhandels dahin kommt, einen Rumor zu erregen. Man sollte wirklich suchen, Gegenschriften zu veranlassen, wenn sie nicht von selbst kommen; denn an der Schadenfreude faßt man die Menschen am sichersten. Es würde deswegen auch nicht übel sein, wenn man den Aufsatz vom Kunstsammler auch schon in der Anzeige, die man im Posselt davon macht, als etwas Polemisches darstellte.

Haben Sie denn über den Dilettantism indessen nicht weiter nachgedacht? Ich sehnte mich nach einer solchen Anregung und würde gern meine Gedanken dazu beisteuern, wenn ich den aktiven Zustand des gesammelten Materials vor Augen hätte. Wenn es abgeschrieben ist und Sie es nicht brauchen, so senden Sie mirs doch.

Sie werden vielleicht davon gehört haben, daß der hiesige Postverwalter Becker den Botenweibern ihr Postwesen legen will, und diese jetzt keine Pakete, bloß Briefe, die sich verbergen lassen, mitnehmen können. Wenn man ihnen doch ihr altes Gewerbe wiederherstellen könnte! Dieser Becker ist ein miserabler Patron, und auch außer seinen Schikanen als Postmeister ein böses Mitglied des hiesigen gemeinen Wesens, da er allen Ordensunfug und andre Liederlichkeiten hegt.

Leben Sie recht wohl und lassen Sie uns diese paar Wochen vom Juli womöglich noch etwas vom Dilettantism in Ordnung bringen.

Die Frau grüßt aufs beste. Sch.

627. An Schiller

In dem Falle, in welchem ich mich gegenwärtig befinde, ist die Überzeugung das beste, daß das, was gegenwärtig geschehen muß, durch meine Gegenwart gefördert wird, und wäre es auch nur Täuschung, daß ich hier nötig bin, so ist auch schon mit dieser genug gewonnen. An alles übrige, es sei poetisch oder literarisch, naturhistorisch oder philosophisch, wird nicht gedacht, meine Hoffnung steht auf den Anfang des Augusts, wo ich Sie wieder zu sehen gedenke. Bis dahin wird auch wohl meine Roßlaer Gutssache in Ordnung sein, denn ich habe noch die Lehen zu empfangen und was dergleichen Dinge mehr sind.

Madame la Roche ist wirklich in Oßmannstedt angekommen, und da ich mich gegenwärtig im Stande der Erniedrigung befinde, so brauche ich den Beistand der Unglücksburgemeisterin nicht, um diesem Besuch gehörig zu begegnen.

Übrigens ist, wie schon gesagt, nichts Neues, Erfreuliches und Seelenerquickliches vorgekommen, und ich bin genötigt diesen Brief abermals zu schließen, ehe er noch was enthält.

Leben Sie recht [wohl], halten Sie sich an Ihr Geschäft und bereiten mir dadurch einen schönen Empfang. Ihrer lieben Frauen viele Grüße.

Weimar, am 17. Juli 1799 G.

628. An Goethe

Jena, 19. Juli 1799

Ich habe mir vor einigen Stunden durch Schlegels Lucinde den Kopf so taumelig gemacht, daß es mir noch nachgeht. Sie müssen dieses Produkt wundershalber doch ansehen. Es charakterisiert seinen Mann, so wie alles Darstellende, besser als alles, was er sonst von sich gegeben, nur daß es ihn mehr ins Fratzenhafte malt. Auch hier ist das ewig Formlose und Fragmentarische und eine höchst seltsame Paarung des *Nebulistischen* mit dem *Charakteristischen,* die Sie nie für möglich gehalten hätten. Da er fühlt, wie schlecht er im Poetischen fortkommt, so hat er sich ein Ideal seiner selbst aus der *Liebe* und dem *Witz* zusammengesetzt. Er bildet sich ein, eine heiße unendliche Liebesfähigkeit mit einem entsetzlichen Witz zu vereinigen, und nachdem er sich so konstituiert hat, erlaubt er sich alles, und die Frechheit erklärt er selbst für seine Göttin.

Das Werk ist übrigens nicht ganz durchzulesen, weil einem das hohle Geschwätz gar zu übel macht. Nach den Rodomontaden von Griechheit, und nach der Zeit, die Schlegel auf das Studium derselben gewendet, hätte ich gehofft, doch ein klein wenig an die Simplizität und Naivetät der Alten erinnert zu werden, aber diese Schrift ist der Gipfel moderner Unform und Unnatur, man glaubt ein Gemengsel aus Woldemar, aus Sternbald und einem frechen französischen Roman zu lesen.

Zum Aufsatz über den Dilettantism haben die weimarischen Herren und Damen gestern, wie ich höre, neuen Stoff dargereicht, da ein Privattheater dort eröffnet wurde. Man wird sich also wenig Freunde unter ihnen machen, aber die Jenenser können sich trösten, daß man eine gleiche Justiz ergehen läßt.

Von der Maria Stuart werden Sie nicht mehr als Einen Akt fertig finden; dieser Akt hat mir deswegen viel Zeit gekostet und kostet mir noch 8 Tage, weil ich den poetischen Kampf mit dem historischen Stoff darin bestehen mußte und Mühe brauchte, der Phantasie eine Freiheit über die Geschichte zu verschaffen, indem ich zugleich von allem, was diese Brauchbarkeit hat, Besitz zu nehmen suchte. Die folgenden Akte sollen, wie ich hoffe, schneller gehen, auch sind sie beträchtlich kleiner.

Sie brauchen also das Unglück aus Lobeda nicht? Desto schlimmer, hätte ich bald gesagt. Mir ist bei dieser Nähe der betagten Freundin schlecht zumute, da ich für alles, was drückt und einengt, gerade jetzt sehr empfindlich bin.

Beiliegendes Buch bitte ich an Vulpius abgeben zu lassen.

Leben Sie aufs beste wohl.

Die Frau grüßt Sie. Den August haben wir gestern hier gehabt. Sch.

629. An Schiller

Ich danke Ihnen, daß Sie mir von der wunderlichen Schlegelischen Produktion einen nähern Begriff geben, ich hörte schon viel darüber reden. Jedermann liests, jedermann schilt darauf und man erfährt nicht, was eigentlich damit sei. Wenn mirs einmal in die Hände kommt, will ichs auch ansehen.

Die Greuel des Dilettantismus haben wir in diesen Tagen auch wieder erlebt, die um so schrecklicher sind, als die Leute mitunter recht artig pfuschen, sobald man einmal zugibt, daß gepfuscht werden soll. Unglaublich ists aber, wie durch diesen einzigen Versuch schon die ganze gesellschaftliche Unterhaltung, an der zwar überhaupt nichts zu verderben ist, eine hohle, flache und egoistische Tournüre nimmt, wie aller eigentliche Anteil am Kunstwerk durch diese leichtsinnige Reproduktion aufgehoben wird.

Übrigens hat mir diese Erfahrung, sowie noch andere in andern Fächern, die Überzeugung erneuert: daß wir andern nichts tun sollten als in uns selbst zu verweilen, um irgend ein leidliches Werk nach dem andern hervorzubringen. Das übrige ist alles vom Übel.

Deswegen gratuliere ich zum ersten Akt, wünsche mich bald wieder zu Ihnen und kann die Hoffnung nicht fahren lassen, daß dieser Nachsommer auch für mich noch fruchtbar sein werde. Leben Sie recht wohl. August hat sich sehr gefreut, Karl und auch Ernsten wieder zu sehen, von dem er viel erzählt hat.

Weimar, am 20. Juli 1799 G.

630. An Goethe

Jena, 24. [23.] Juli 1799

Ich höre, daß Sie in Roßla sind, woraus ich zu meinem großen Vergnügen schließe, daß Ihre Hieherkunft nicht mehr weit entfernt ist. Es wird auch meiner Existenz einen ganz andern Schwung geben, wenn wir wieder beisammen sind, denn Sie wissen mich immer nach außen und in die Breite zu treiben, wenn ich allein bin, versinke ich in mich selbst.

Tieck aus Berlin hat Sie besucht, ich bin begierig, wie Sie mit ihm zufrieden sind, da Sie ihn länger gesprochen haben. Mir hat er gar nicht übel gefallen, sein Ausdruck, ob er gleich keine große Kraft zeigt, ist fein, verständig und bedeutend, auch hat er nichts Kokettes noch Unbescheidenes. Ich hab ihm, da er sich einmal mit dem Don Quichotte eingelassen, die spanische Literatur sehr empfohlen, die ihm einen geistreichen Stoff zuführen wird und ihm, bei seiner eigenen Neigung zum Phantastischen und Romantischen, zuzusagen scheint. So müßte dieses angenehme Talent fruchtbar und gefällig wirken und in seiner Sphäre sein.

Mellish hat mir von seiner Burg einige Fragmente aus den Piccolominis in der Allgemeinen Zeitung in Jamben übersetzt zugeschickt, die, wenn sie der englischen Sprache ganz gemäß sind, die Gedanken gut ausdrücken und auch das Eigentümliche der Diktion gut nachahmen. Er hat Lust das Ganze zu übersetzen, wenn für ihn und mich der gehörige Vorteil dabei zu gewinnen ist, und hat deswegen an Sheridan geschrieben.

Mit dem ersten Akt der Maria hoffe ich zu Ende dieser Woche ganz im reinen zu sein. Ich sollte freilich schon weiter vorwärts gekommen sein, aber dieser Monat war mir nicht so günstig als der vorige. Ich bin zufrieden, wenn ich den dritten Akt mit in die Stadt bringe.

Das Ungewitter aus Oßmannstedt scheint sich zu verziehen. Wenigstens höre ich, daß Anverwandte der la Roche, die hier wohnen, dorthin seien berufen worden, um sie zu sehen.

Wenn Sie nach Weimar zurückkommen, so haben Sie doch die Güte, das, was von dem Gedicht der Fräulein Imhof fertig ist, an Gädicke zu geben und ihm den Almanach von 1797 und 1798 zur Norm vorzuschreiben, nur mit dem Unterschied, daß er auf jede Seite nur 9 Hexameter setzt und vor jedem Gesang ein Blatt leer läßt, worauf nichts steht, als der wievielte Gesang es ist. Leben Sie recht wohl. Die Frau grüßt Sie aufs allerschönste.

Sch.

631. An Schiller

Ich kann nun hoffen, daß ich bald zu Ihnen kommen werde, Sonnabend oder Sonntag wird es möglich sein von hier abzukommen. Frau von la Roche habe ich zweimal, erst in Tiefurt, dann in Oßmannstedt gesehen und sie eben gerade wie vor zwanzig Jahren gefunden. Sie gehört zu den nivellierenden Naturen, sie hebt das Gemeine herauf und zieht das Vorzügliche herunter und richtet das Ganze alsdenn mit ihrer Sauce zu beliebigem Genuß an; übrigens möchte man sagen, daß ihre Unterhaltung interessante Stellen hat.

Tieck hat mit Hardenberg und Schlegel bei mir gegessen; für den ersten Anblick ist es eine recht leidliche Natur. Er sprach wenig, aber gut, und hat überhaupt hier ganz wohl gefallen.

Morgen habe ich ein großes Gastmahl und dann will ich mich zur Abfahrt bereiten.

Gädicke soll die zwei ersten Gesänge, ehe ich weggehe, erhalten. Ich gehe sie nochmals durch; es ist und bleibt aber eine böse Aufgabe. Das Werk ist wie eine bronzene Statue, artig gedacht und gut modelliert, wobei aber der Guß versagt hätte. Je weiter man in der Ausführung kommt, je mehr gibts zu tun. Freilich hilfts nun nichts weiter, man muß machen, daß man durchkommt. Leben Sie recht wohl, ich hoffe nun nicht mehr zu schreiben und freue mich von Herzen Sie und Ihre liebe Frau wieder zu sehen.

Weimar, am 24. Juli 1799 G.

632. An Schiller

Ich habe heute keinen Brief von Ihnen erhalten, wahrscheinlich, weil Sie glauben, daß ich kommen werde; ich muß aber meine alte Litanei wieder anstimmen und melden, daß ich hier noch nicht loskomme. Die Geschäfte sind polypenartig, wenn man sie in hundert Stücke zerschneidet, so wird jedes einzelne wieder lebendig. Ich habe mich indessen drein ergeben und suche meine übrige Zeit so gut zu nutzen als es gehen will. Aber jede Betrachtung bestärkt mich in jenem Entschluß: bloß auf Werke, sie seien von welcher Art sie wollen, und deren Hervorbringung meinen Geist zu richten und aller theoretischen Mitteilung zu entsagen. Die neusten Erfahrungen haben mich aufs neue überzeugt: daß die Menschen statt jeder Art von echter theoretischer Einsicht nur Redensarten haben wollen, wodurch das Wesen, was sie treiben, zu etwas werden kann. Einige Fremde, die unsere Sammlung besuchten, die Gegenwart unserer alten Freundin, und über alles das sich neu konstituierende Liebhabertheater haben mir davon schreckliche Beispiele gegeben und die Mauer, die ich schon um meine Existenz gezogen habe, soll nun noch ein paar Schuhe höher aufgeführt werden.

Im Innern sieht es dagegen gar nicht schlimm aus. Ich bin in allen Zweigen meiner Studien und Vorsätze um etwas weniges vorgerückt, wodurch sich denn wenigstens das innere fortwirkende Leben manifestiert, und Sie werden mich in gutem Humor und zur Tätigkeit gestimmt wiedersehen.

Ich dachte Sie auf einen Tag zu besuchen, dadurch ist uns aber nicht geholfen, denn wir bedürfen nun schon einiger Zeit, um uns wechselseitig zu erklären und etwas zustande zu bringen.

Heute drohet Ihnen, wie ich höre, ein Besuch der la Rochischen Nachkommenschaft. Ich bin neugierig, wie es damit abläuft. Was mich betrifft, bin ich diese Tage so ziemlich in meiner Fassung geblieben; erlustigen aber wird Sie das unendliche Unglück, in welches Meyer bei dieser Gelegenheit geraten ist, indem diese seltsamen und, man darf wohl sagen, unnatürlichen Erscheinungen ganz neu und frisch auf seinen reinen Sinn wirkten.

Damit ich aber diesmal nicht ganz leer erscheine, lege ich ein paar sonderbare Produkte bei, davon Sie das eine wahrscheinlich mehr als das andere unterhalten wird.

Leben Sie recht wohl, gedenken mein und geben mir Nachricht von Ihrem Befinden und Tun.

Weimar, am 27. Juli 1799 G.

633. An Goethe

Jena, 30. Juli 1799

Ich habe Sie am Sonnabend mit fester Zuversicht erwartet und deswegen auch den Philosophenklub absagen lassen, um den ersten Abend desto ungestörter mit Ihnen zuzubringen. Desto betrübter war ich, als ich aus Ihrem Brief meine Hoffnung zerrinnen und ganz ins Unbestimmte wieder sich verlieren sah.

Mir bleibt nun nichts übrig, als mich, so lang es gehen will, in das Produzieren zu werfen, weil die Mitteilung mangelt. Ich bin auch schon ganz ernstlich im zweiten Akte bei meiner königlichen Heuchlerin. Der erste ist abgeschrieben und erwartet Sie bei Ihrer Ankunft.

Sie haben wohl recht, daß man sich der theoretischen Mitteilung gegen die Menschen lieber enthalten und hervorbringen muß. Das Theoretische setzt das Praktische voraus und ist also schon ein höheres Glied in der Kette. Es scheint auch, daß eine selbständigere Imagination dazu gehört, als um die wirkliche Gegenwart eines Kunstwerks zu empfinden, bei welchem der Dichter und Künstler der trägern oder schwächern Einbildungskraft des Zuhörers und Betrachters zu Hülfe kommt und den sinnlichen Stoff liefert.

Auch ist nicht zu leugnen, daß die Empfindung der meisten Menschen richtiger ist als ihr Raisonnement. Erst mit der Reflexion fängt der Irrtum an. Ich erinnere mich auch recht gut mehrerer unserer Freunde, denen ich mich nicht schämte, durch eine Arbeit zu gefallen, und mich doch sehr hüten würde, ihnen Rechenschaft von ihrem Gefühl abzufodern.

Wenn dies auch nicht wäre, wer möchte ein Werk ausstellen, mit dem er zufrieden ist? Und doch kann der Künstler und Dichter dieser Neigung nicht Herr werden.

Die zwei Damen haben mich neulich wirklich besucht und für sie zu Hause gefunden. Die kleine hat eine sehr angenehme Bildung, die selbst durch ihren Fehler am Aug nicht ganz verstellt werden konnte. Sie gaben mir den Trost, daß die Furcht vor der Schnecke die alte Großmutter wohl von der Herreise abschrecken würde. Von dem eleganten Diner bei Ihnen wußte sie viel zu erzählen. Der Relation, welche Meyer von diesen Erscheinungen machen wird, sehe ich mit Begierde entgegen.

Die Frau grüßt Sie aufs beste. Sie ist auch in einer Krisis, auf ihre Weise, und wird mir um einige Monate zuvorkommen. Leben Sie recht wohl und möge ein guter Geist uns bald zusammenführen.

Ich vergaß von den neulich überschickten Sachen zu schreiben. Das Jacobische Werk habe ich noch nicht recht betrachtet, aber das Gedicht ist lustig genug und hat scharmante Einfälle.

Sch.

634. An Schiller

Es ist recht hübsch, daß ich Ihnen, in dem Augenblick, da ich die Produktionen ausschließlich preise und anempfehle, auf eine doppelte Weise dazu Glück wünschen kann. Möge in beiden Fällen alles glücklich vonstatten gehen!

Ich konnte voraussehen, daß *Parny* Ihnen Vergnügen machen würde. Er hat aus dem Sujet eine Menge sehr artiger und geistreicher Motive gezogen und stellt auch recht lebhaft und hübsch dar. Nur ist er, dünkt mich, in Disposition und Gradation der

Motive nicht glücklich, daher dem Ganzen die Einheit fehlt. Auch scheint mir der äußere Endzweck, die christkatholische Religion in den Kot zu treten, offenbarer, als es sich für einen Poeten schicken will. Es kam mir vor, als wenn dieses Büchlein expreß von den Theophilanthropen bestellt sein könnte.

Allerdings passen diese und ähnliche Gegenstände besser zu komischen als zu ernsthaften Epopeen. Das verlorne Paradies, das ich diese Tage zufällig in die Hand nahm, hat mir zu wunderbaren Betrachtungen Anlaß gegeben. Auch bei diesem Gedichte, wie bei allen modernen Kunstwerken, ist es eigentlich das Individuum, das sich dadurch manifestiert, welches das Interesse hervorbringt. Der Gegenstand ist abscheulich, äußerlich scheinbar und innerlich wurmstichig und hohl. Außer den wenigen natürlichen und energischen Motiven ist eine ganze Partie lahme und falsche, die einem wehe machen. Aber freilich ist es ein interessanter Mann, der spricht, man kann ihm Charakter, Gefühl, Verstand, Kenntnisse, dichterische und rednerische Anlagen und sonst noch mancherlei Gutes nicht absprechen. Ja der seltsame einzige Fall, daß er sich, als verunglückter Revolutionär, besser in die Rolle des Teufels als des Engels zu schicken weiß, hat einen großen Einfluß auf die Zeichnung und Zusammensetzung des Gedichts, sowie der Umstand, daß der Verfasser blind ist, auf die Haltung und das Kolorit desselben. Das Werk wird daher immer einzig bleiben und, wie gesagt, so viel ihm auch an Kunst abgehen mag, so sehr wird die Natur dabei triumphieren.

Unter andern Betrachtungen bei diesem Werke war ich auch genötigt über den *freien Willen,* über den ich mir sonst nicht leicht den Kopf zerbreche, zu denken; er spielt in dem Gedicht, so wie in der christlichen Religion überhaupt, eine schlechte Rolle. Denn sobald man den Menschen von Haus aus für gut annimmt, so ist der freie Willen das alberne Vermögen, aus Wahl vom Guten abzuweichen und sich dadurch *schuldig* zu machen; nimmt man aber den Menschen natürlich als bös an, oder, eigentlicher zu sprechen, in dem tierischen Falle unbedingt von seinen Neigungen hingezogen zu werden, so ist alsdann der freie Wille freilich eine vornehme Person, die sich anmaßt, aus Natur gegen die Natur zu handeln. Man sieht daher auch, wie Kant notwendig auf ein radikales Böse kommen mußte und woher die Philosophen, die den Menschen von Natur aus scharmant finden, in Absicht auf die Freiheit desselben so schlecht zurechte kommen und warum sie sich so sehr wehren, wenn man ihnen das Gute aus Neigung nicht hoch anrechnen will. Doch mag das bis zur mündlichen Unterredung aufgehoben sein, so wie die Reinholdischen Erklärungen über den Fichtischen Atheismus.

Den Brief an Lavatern hierüber habe ich angefangen zu lesen. Reinholds Ausführung scheint mir überhaupt psychologisch sehr unterrichtend und läuft, wie mir scheint, am Ende auf das alte Diktum hinaus: daß sich jeder seine eigne Art von Gott macht und daß man niemand den seinigen weder nehmen kann und soll.

Um meiner von allen Seiten geräuschvollen Nachbarschaft zu entgehen, habe ich mich entschlossen, in den Garten zu ziehen, um dort die Ankunft des Herzogs und Geheimen Rat Voigts zu erwarten, welche mich hoffentlich von meinem gegenwärtigen Posten ablösen wird.

Ob die Einsamkeit des Ilmtals zu dem Einzigen, was not ist, viel helfen wird, muß die Zeit lehren.

Leben Sie recht wohl und grüßen Ihre liebe Frau. Unsere nächste Zusammenkunft wird desto erfreulicher werden, je mehr sie bisher gehindert worden ist, denn wir haben indes jeder für sich doch wieder manches erfahren, dessen Mitteilung interessant genug sein wird.

Weimar, am 31. Juli 1799 G.

635. An Goethe

Jena, 2. August 1799

Ich wünsche Ihnen Glück zum Auszug in den Garten, von dem ich mir gute Folgen für die produktive Tätigkeit verspreche. Nach der langen Pause, die Sie gemacht, wird es nur der Einsamkeit und ruhigen Sammlung bedürfen, um den Geist zu entbinden.

Indem Sie Miltons Gedicht vor die Hand genommen, habe ich den Zeitraum, in dem es entstanden und durch den es eigentlich wurde, zu durchlaufen Gelegenheit gehabt. So schrecklich die Epoche war, so muß sie doch für das dichterische Genie erwekkend gewesen sein, denn der Geschichtschreiber hat nicht unterlassen mehrere in der englischen Poesie berühmte Namen unter den handelnden Personen aufzuführen. Hierin ist jene Revolutionsepoche fruchtbarer als die französische gewesen, an die sie einen sonst oft erinnern. Die Puritaner spielen so ziemlich die Rolle der Jakobiner, die Hilfsmittel sind oft dieselben und ebenso der Ausschlag des Kampfs. Solche Zeiten sind recht dazu gemacht, Poesie und Kunst zu verderben, weil sie den Geist aufregen und entzünden, ohne ihm einen Gegenstand zu geben. Er empfängt dann seine Objekte von innen, und die Mißgeburten der allegorischen, der spitzfindigen und mystischen Darstellung entstehen.

Ich erinnere mich nicht mehr, wie Milton sich bei der Materie vom freien Willen heraushilft, aber Kants Entwicklung ist mir gar zu mönchisch, ich habe nie damit versöhnt werden können. Sein ganzer Entscheidungsgrund beruht darauf, daß der Mensch einen *positiven Antrieb* zum Guten sowie zum sinnlichen Wohlsein habe; er brauche also auch, wenn er das Böse wählt, einen *positiven innern Grund* zum Bösen, weil das Positive nicht durch etwas bloß Negatives aufgehoben werden könne. Hier sind aber zwei unendlich heterogene Dinge, der Trieb zum Guten und der Trieb zum sinnlichen Wohl, völlig als gleiche Potenzen und Quantitäten behandelt, weil die freie Persönlichkeit ganz gleich *gegen* und *zwischen* beide Triebe gestellt wird.

Gottlob, daß wir nicht berufen sind, das Menschengeschlecht über diese Frage zu beruhigen, und immer im Reich der Erscheinung bleiben dürfen. Übrigens sind diese dunkle Stellen in der Natur des Menschen für den Dichter und den tragischen insbesondre nicht leer, und noch weniger für den Redner, und in der Darstellung der Leidenschaften machen sie kein kleines Moment aus.

Sagen Sie mir doch in Ihrem nächsten Brief, wann man ohngefähr den Herzog in Weimar zurück erwartet und also Ihre eigene Hieherkunft in Jena bestimmen kann. Ich wünschte es darum zu wissen, weil eine kleine Reise davon abhängen könnte, die ich vielleicht mit meiner Frau auf ein paar Tage mache, und um deretwillen ich nicht gern einen Tag Ihres Hierseins versäumen möchte.

Die Frau dankt Ihnen herzlich für Ihren Anteil.

Leben Sie recht wohl, und erfreuen Sie mich bald mit der Nachricht, daß die poetische Stunde geschlagen hat. Sch.

636. An Schiller

Meine Einsamkeit im Garten wende ich vor allen Dingen dazu an, daß ich meine kleinen Gedichte, die Unger nunmehr zum siebenten Band verlangt hat, noch näher zusammenstelle und abschreiben lasse. Zu einer solchen Redaktion gehört Sammlung, Fassung und eine gewisse allgemeine Stimmung. Wenn ich noch ein paar Dutzend neue Gedichte dazutun könnte, um gewisse Lücken auszufüllen und gewisse Rubriken, die sehr mager ausfallen, zu bereichern, so könnte es ein recht interessantes Ganze geben. Doch wenn ich nicht Zeit finde das Publikum zu bedenken, so will ich wenigstens so redlich gegen mich selbst handeln, daß ich mich wenigstens von dem überzeuge, was ich tun sollte, wenn ich es auch gerade jetzt nicht tun kann. Es gibt für die Zukunft leitende Fingerzeige.

Miltons verlornes Paradies, das ich nachmittags lese, gibt mir zu vielen Betrachtungen Stoff, die ich Ihnen bald mitzuteilen wünsche. Der Hauptfehler, den er begangen hat, nachdem er den Stoff einmal gewählt hatte, ist, daß er seine Personen, Götter, Engel, Teufel, Menschen, sämtlich gewissermaßen unbedingt einführt und sie nachher, um sie handeln zu lassen, von Zeit zu Zeit, in einzelnen Fällen, bedingen muß, wobei er sich denn zwar auf eine geschickte, doch meistens auf eine witzige Weise zu entschuldigen sucht. Übrigens bleibts dabei, daß der Dichter ein fürtrefflicher und in jedem Sinne interessanter Mann ist, dessen Geist des Erhabenen fähig ist, und man kann bemerken, daß der abgeschmackte Gegenstand ihn bei dieser Richtung oft mehr fördert als hindert, ja dem Gedicht bei Lesern, die nun einmal den Stoff gläubig verschlucken, zum großen Vorteil gereichen muß.

Übrigens hat es noch manches gegeben, wovon ich schweige, weil der Brief in die Stadt soll. Wann ich kommen kann, darüber will ich lieber nichts sagen, weil ich es noch nicht genau bestimmen kann. Lassen Sie sich daher von Ihrer kleinen Reise nicht abhalten. Leben Sie recht wohl und grüßen Ihre liebe Frau.

Weimar, am 3. August 1799 G.

637. An Goethe

Jena, 6. August 1799

Ich habe mich heut in meiner Arbeit verspätet und habe nur noch Zeit, Ihnen einen freundlichen Gruß zu sagen. Es freut mich zu hören, daß Sie an Ihre Gedichte gegangen sind und daß diese Sammlung nun gedruckt wird. Das Fach der Episteln und Balladen ists allein, soviel ich weiß, worin Sie noch keine Masse haben, wenn sie auch nicht nach Ihrer eignen höhern Foderung ausgeführt. Die Elegien, Epigramme und Lieder sind aber desto reicher besetzt. Hoffentlich bleiben Sie bei Ihrem Vorsatz, jedes Ihrer Lieder, wo es auch in größern Werken vorkommt, in die Sammlung aufzunehmen. Es wird eine reiche und erfreuliche

Sammlung werden, wenn sie auch nicht nach Ihrer eignen höhern Foderung ausgeführt wird, und was jetzt nicht geschieht, kann ein andermal geschehen, da ein solches Werk ohnehin in 3 bis 4 Jahren vergriffen ist.

Ich hätte gern diesen neuen Almanach auch noch mit einigen Kleinigkeiten begabt, aber es fehlt mir an aller Stimmung dazu, weil die dramatische Arbeit jede andre ableitet. In dieser geht es bis jetzt in seiner Ordnung fort, und wenn meine kleine Reise nach Rudolstadt, die ich projektiert habe, mir keine zu starke Diversion macht, so kann ich den zweiten Akt noch in diesem Monat beschließen.

Leben Sie bestens wohl in Ihrer Einsamkeit. August hat vorgestern meinen Kleinen eine recht große Freude mit seinem Besuch gemacht. Die Frau grüßt Sie schönstens. Parny folgt hier mit vielem Dank zurück. Sch.

638. An Schiller

In meiner Garteneinsamkeit fahre ich an meiner Arbeit recht eifrig fort, und die reinliche Abschrift fördert gleichfalls. Noch kann ich selbst nicht sagen, wie es mit der Sammlung werden wird, eins fordert das andere. Mein gegenwärtiger Aufenthalt erinnert mich an einfachere und dunklere Zeiten, die Gedichte selbst an mannigfaltige Zustände und Stimmungen. Ich will nur sachte hin immer das nächste tun und eins aus dem andern folgen lassen.

Die Epigramme sind, was das Silbenmaß betrifft, am liederlichsten gearbeitet und lassen sich glücklicherweise am leichtesten verbessern, wobei oft Ausdruck und Sinn mit gewinnt. Aus den Römischen Elegien habe ich manchen prosodischen Fehler, und ich hoffe mit Glück, weggelöscht. Bei passionierten Arbeiten, wie z. B. Alexis und Dora, ist es schon schwerer, doch muß man sehen, wie weit mans bringen kann, und am Ende sollen Sie, mein Freund, die Entscheidung haben. Wenn man solche Verbesserungen auch nur teilweise zustande bringt, so zeigt man doch immer seine Perfektibilität, sowie auch Respekt für die Fortschritte in der Prosodie, welche man Voßen und seiner Schule nicht absprechen kann.

Überhaupt müßte diese Sammlung in manchem Sinne, wenn es mir gelingt, als ein Vorschritt erscheinen.

Meyer will ein halb Dutzend Zeichnungen dazu liefern, etwa

nur ein paar unmittelbaren Bezugs oder, wie man sagen möchte, historischen Inhalts, z. B. die Katastrophe der Braut von Korinth. Andere müßten einen entfernteren symbolischen Bezug haben.

Indem ich nun dergestalt aus dem Alten nach dem Neuen zu arbeite, ist mir die Hoffnung gar erfreulich, daß mich bei Ihnen etwas ganz Neues erwarte, wovon ich so gut als gar keine Idee habe. Sein Sie fleißig, wenn es die Umstände erlauben wollen, und vollbringen glücklich Ihre Rudolstädter Fahrt. Lassen Sie August manchmal bei sich gut aufgenommen sein; da ich nicht nach Jena entweichen konnte, so mußten die Meinigen weichen, denn dabei bleibt es nun einmal: daß ich ohne absolute Einsamkeit nicht das Mindeste hervorbringen kann. Die Stille des Gartens ist mir auch daher vorzüglich schätzbar.

Nochmals ein Lebewohl und einen Gruß an Ihre liebe Frau.

Weimar, am 7. August 1799 G.

639. An Goethe

Jena, 9. August 1799

Zu den prosodischen Verbesserungen in den Gedichten gratuliere ich. Zu dem letzten Artikel in unserm Schema, zur Vollendung, gehört unstreitig auch diese Tugend, und der Künstler muß hierin etwas vom Punktierer lernen. Es hat mit der Reinheit des Silbenmaßes die eigene Bewandtnis, daß sie zu einer sinnlichen Darstellung der innern Notwendigkeit des Gedankens dient, da im Gegenteil eine Lizenz gegen das Silbenmaß eine gewisse Willkürlichkeit fühlbar macht. Aus diesem Gesichtspunkt ist sie ein großes Moment und berührt sich mit den innersten Kunstgesetzen.

In Rücksicht auf den jetzigen Zeitmoment muß es jeden, der für den guten Geschmack interessiert ist, freuen, daß Gedichte, welche einen entschiednen Kunstwert haben, sich auch noch diesem Maßstab unterwerfen. So wird die Mittelmäßigkeit am besten bekämpft, denn sowohl der, welcher kein Talent hat als korrekte Verse zu machen und bloß für das Ohr arbeitet, als auch der andre, welcher sich für zu original hält, um auf das Metrum den gehörigen Fleiß zu wenden, werden dadurch zum Schweigen gebracht.

Weil aber die prosodische Gesetzgebung selbst noch nicht durchaus im klaren ist, so werden immer bei dem besten Willen streitige Punkte in der Ausführung übrig bleiben, und da Sie einmal über die Sache soviel nachgedacht, so täten Sie vielleicht nicht übel, wenn Sie in einer Vorrede, oder wo es schicklich ist, Ihre Grundsätze darüber aussprächen, daß man das für keine bloße Lizenz oder Übertretung halte, was aus Prinzipien geschieht.

Der Gedanke, einige Kupfer zu dem Werk zu geben, ist recht gut. Sie können gut bezahlt und folglich auch gut gemacht werden; aber ich wäre dafür, daß Sie der allgemeinen Neigung so weit nachgäben und keine andre als individuelle Darstellungen wählten. Die Katastrophe der Braut ist sehr passend, auch aus Alexis und Dora, aus den römischen Elegien und den venetianischen Epigrammen ließen sich Gegenstände wählen, wofür unser Freund Meyer vorzüglich berufen wäre.

Ich bin recht verlangend zu erfahren, wie weit Sie, wenn Sie hieher kommen, in diesem Redaktionsgeschäft gelangt sind. Einzelne Streitfragen in Absicht auf das Metrische werden uns angenehm und lehrreich beschäftigen.

Nicht weniger verlangend bin ich, Ihnen alsdann auch *meine* bisherigen *Acta* vorzulegen, worüber ich selbst noch keine gültige Stimme habe. Lebhaft aber fühle ich mit jedem Tag das Bedürfnis theatralischer Anschauungen und werde mich schlechterdings entschließen müssen, die Wintermonate in Weimar zuzubringen. Die ökonomischen Mittel zu Realisierung dieser Sache sollen mich zunächst beschäftigen.

Leben Sie nun recht wohl in Ihrer Einsamkeit. Ob und wann ich meine kleine Reise antrete, kann ich heut noch nicht bestimmen. Die Frau grüßt Sie aufs beste. Sch.

640. An Schiller

Nachdem ich diese Woche ziemlich in der Einsamkeit meines Gartens zugebracht habe ich mich wieder auf einen Tag in die Stadt begeben und zuerst das Schloß besucht, wo es sehr lebhaft zugeht. Es sind 160 Arbeiter angestellt, und ich wünschte, daß Sie einmal die mannigfaltigen Handwerker in so einem kleinen Raume beisammen arbeiten sähen. Wenn man mit einiger Reflexion zusieht, so wird es sehr interessant, die verschiedensten Kunstfertigkeiten, von der gröbsten bis zur feinsten, wirken zu sehen. Jeder tut nach Grundsätzen und aus Übung das Seinige. Wäre nur immer die Vorschrift, wornach gearbeitet wird, die beste, denn leider kann auf diesem Wege ein geschmackvolles Werk so gut als eine barbarische Grille zustande kommen.

An den Gedichten wird immer ein wenig weiter gearbeitet und abgeschrieben.

Durch das Steinische Spiegelteleskop habe ich einen Besuch im Monde gemacht. Die Klarheit, mit welcher man die Teile sieht, ist unglaublich; man muß ihn im Wachsen und Abnehmen beobachten, wodurch das Relief sehr deutlich wird. Sonst habe ich noch mancherlei gelesen und getrieben. Denn in einer so absoluten Einsamkeit, wo man durch gar nichts zerstreut und auf sich selbst gestellt ist, fühlt man erst recht und lernt begreifen, wie lang ein Tag sei.

Es ist keine Frage, daß Sie unendlich gewinnen würden, wenn Sie eine Zeitlang in der Nähe eines Theaters sein könnten. In der Einsamkeit steckt man diese Ziele immer zu weit hinaus. Wir wollen gerne das Unsrige dazu beitragen, um das Vorhaben zu erleichtern. Die größte Schwierigkeit ist wegen eines Quartiers. Da Thouret wahrscheinlich erst zu Ende des Septembers kommt, so wird man ihn wohl den Winter über festhalten. Das wegen Gespenstern berüchtigte Gräflich Wertherische Haus, das für jemanden, der das Schauspiel fleißig besuchen will, bequem genug liegt, ist, soviel ich weiß, zu vermieten, es wäre wohl der Mühe wert das Gebäude zu entzaubern.

Lassen Sie uns der Sache weiter nachdenken. Leben Sie indessen recht wohl und grüßen Ihre liebe Frau.

Weimar, am 10. August 1799 G.

641. An Goethe

Jena, 12. August 1799

Sie hätten mich durch Ihre Beschreibung des lebhaften Baugeschäfts bald verführt, auf einen Tag hinüber zu reisen und die Einförmigkeit meiner bisherigen Lebensweise wieder einmal durch etwas ganz Heterogenes zu unterbrechen. Aber so not es mir auch vielleicht täte, mir eine Zerstreuung zu machen, so sitze ich doch jetzt zu fest in meiner Arbeit und muß mich doppelt zusammennehmen weit darin vorwärts zu kommen, weil ich nicht weiß, wieviel Zeit und Stimmung das häusliche *Evenement* im Herbst mir rauben kann. Die Reise, welche ich, um meiner Frau und mir selbst eine Veränderung zu machen, nach Rudolstadt vor hatte, bleibt auch auf einige Wochen verschoben, weil das Vogelschießen dort jetzt gerade einfällt und meine Schwiegermutter mit dem Hofe bisher entfernt gewesen. Wenn Sie also jetzt kommen können und wollen, so finden Sie uns zu Ihrem Empfange bereit. Wir haben hier die schönen Tage recht genossen und benutzt.

Daß ich die Wintermonate künftighin in Weimar zubringe, ist bei mir nun eine beschlossene Sache; die sinnliche Gegenwart des Theaters muß mir eine Menge *faux frais* ersparen, die mir jetzt unvermeidlich sind, weil ich die Vorstellung der lebendigen Masse nicht habe, und auch der Stoff soll mir alsdann reichlicher zufließen. Diesen Winter werde ich zwar später dazu kommen, vielleicht erst mit Ende Januars, wegen der Frau und dem Kleinen. Vorderhand hoffe ich mit der Charlotte wegen des Logis eine Übereinkunft treffen zu können, will mich aber doch auch wegen des Wortherischen Hauses erkundigen, weil es nicht übel für die Komödie gelegen ist. Auf dem Markte wohnte ich am liebsten, so wär ich Ihnen und meinem Schwager gleich nahe.

Der Herzog hat mir in diesem Frühjahr seinen Wunsch zu erkennen gegeben, daß ich öfters nach Weimar käme und länger dabliebe. Da ich ihm nun zugleich sehr leicht begreiflich machen kann, wie sehr ich mich selbst dabei besser befinden würde, so will ich mich mit geradem Vertrauen an ihn wenden und ihn bitten, daß er mir für die dadurch zuwachsende größere Kosten etwas zulegen möchte. Das Versprechen einer Zulage habe ich ohnehin seit 5 Jahren her von ihm, und er ist immer gnädig gegen mich gewesen. Könnte ich übrigens durch meine Gegenwart in Weimar dem Theater Nutzen schaffen, wozu ich mich von ganzem Herzen erbiete, so würde die Sache sich noch einfacher abtun lassen.

Ich wünschte nur ein Wort von dem Gange des Druckes, den Almanach betreffend, zu erfahren, denn die Zeit bis Michaelis geht nun schon klein zusammen. Auch ist Meyer wohl so gut und läßt die Hexameter des ganzen Gedichtes zählen, daß ich bestimmt weiß, wieviel Bogen es gibt. Etwas werde ich wohl für den Almanach geben müssen, um Cotta mein Wort zu halten, wenn auch die Glocke daran müßte.

Leben Sie recht wohl. Die Frau grüßt Sie bestens und sehnt sich auf Ihre Wiederkunft so wie ich. Sch.

642. An Schiller

Der erste Bogen des Almanachs ist nun unter der Presse, der Druck nimmt sich ganz artig aus. Der dritte Gesang ist nunmehr in meinen Händen, und ich will auch noch mein mögliches daran tun. Freilich, da ich selbst gegenwärtig in einer strengen Revision meiner eignen Arbeiten bin, so erscheinen mir die Frauenzimmerlichkeiten unserer lieben kleinen Freundin noch etwas loser und lockerer als vorher, und wir wollen sehen, wie wir uns eben durchhelfen. Das Ganze soll überschlagen werden, und es wird sich zeigen, daß wir auf alle Fälle noch etwas dazu geben müssen. Lassen Sie sich allenfalls die Glocke nicht reuen, ich will auch mein mögliches tun einen Beitrag zu schaffen, ob ich gleich bis jetzt weder wüßte was noch wie.

Da die obwaltenden Umstände Ihren Winteraufenthalt in Weimar diesmal sehr zweifelhaft machen, wenigstens in der ersten Zeit nicht daran zu denken ist, so läßt man freilich am besten die Sache vorerst noch auf sich beruhen; denn wäre es möglich gleich mit dem Oktober hier einzutreffen, so sollte es an *Moyens,* Ihren hiesigen Aufenthalt zu erleichtern, von keiner Seite fehlen.

Der Aufenthalt im Garten wird von mir auf allerlei Weise so zweckmäßig als möglich benutzt, und ich habe das Vergnügen in manchem Sinne vorwärts zu kommen, wovon mich künftig die Mitteilung herzlich erfreuen soll.

Lassen Sie es ja an Konzentration auf Ihre angefangene Arbeit nicht fehlen. Es ist doch im Grunde nichts wünschenswerter als eine große Masse zu organisieren.

Da ich soeben in das Schloß gehen muß und nicht weiß, ob ich zur rechten Zeit wiederkomme, so will ich für diesmal meinen Brief schließen und Ihnen beiderseits recht wohl zu leben wünschen.

Weimar, am 14. August 1799 G.

643. An Goethe

Jena, 16. August 1799

Die Schlegels haben, wie ich heute fand, ihr Athenäum mit einer Zugabe von Stacheln vermehrt und suchen durch dieses Mittel, welches nicht übel gewählt ist, ihr Fahrzeug flott zu erhalten. Die Xenien haben ein beliebtes Muster gegeben. Es sind in diesem literarischen Reichsanzeiger gute Einfälle, freilich auch mit solchen, die bloß naseweise sind, stark versetzt. Bei dem Artikel über Böttigern, sieht man, hat der bittere Ernst den Humor nicht aufkommen lassen. Gegen Humboldt ist der Ausfall unartig und undankbar, da dieser immer ein gutes Verhältnis mit den Schlegeln gehabt hat, und man sieht aufs neue daraus, daß sie im Grunde doch nichts taugen.

Übrigens ist die an Sie gerichtete Elegie, ihre große Länge abgerechnet, eine gute Arbeit, worin viel Schönes ist. Ich glaubte auch eine größere Wärme darin zu finden, als man von Schlegels Werken gewohnt ist, und mehreres ist ganz vortrefflich gesagt. Sonst habe ich noch nichts in diesem Hefte gelesen. Ich zweifle nicht, daß es auf dem nunmehr eingeschlagenen Weg Leser genug finden wird, aber Freunde werden sich die Herausgeber eben nicht erwerben, und ich fürchte, es wird bald auch der Stoff versiegen, wie sie in den aphoristischen Sätzen auch auf einmal und für immer ihre Barschaft ausgegeben haben.

Wenn es möglich wäre, daß Sie noch einiges in den Almanach stiften könnten, und ich auch meinen Beitrag geben kann, so würde ich auch Matthissons, Steigenteschs und noch einige andre Beiträge darin aufnehmen und so dem Almanach seine gewöhnliche Gestalt verschaffen. Um Cottas willen wäre mirs lieb, daß ihm nicht auch hier ein Unglück begegne, wiewohl ich von den Kupferstichen das Beste hoffe.

Bei Gelegenheit Ihrer Gedichtsammlung ist mir eingefallen, ob Sie nicht etwa das Fach didaktischer Gedichte, wozu die *Metamorphose der Pflanzen* gehört, noch zu bereichern hätten, und vielleicht fände sich zu solchen Gedichten am schnellsten die Stimmung, da die Anschauung von dem Verstande kommt. Wenn Sie hierher kommen und wir uns darüber unterhalten, so entsteht vielleicht schnell etwas, wie das Gedicht von der Metamorphose auch schnell da war. Es gäbe zugleich einen Beitrag für den Almanach.

In meiner dramatischen Arbeit geht es noch immer frisch fort, und wenn nichts dazwischen kommt, so kann ich vor Ende August den zweiten Akt zurückgelegt haben. Im Brouillon liegt er schon da. Ich hoffe, daß in dieser Tragödie alles theatralisch sein soll, ob ich sie gleich für den Zweck der Repräsentation etwas enger zusammen ziehe. Weil es auch *historisch* betrachtet ein reichhaltiger Stoff ist, so habe ich ihn, in historischer Hinsicht, auch etwas reicher behandelt und Motive aufgenommen, die den nachdenkenden und instruierten Leser freuen können, die aber bei der Vorstellung, wo ohnehin der Gegenstand sinnlich dasteht, nicht nötig und wegen historischer Unkenntnis des großen Haufens auch ohne Interesse sind. Übrigens ist bei der Arbeit selbst schon auf alles gerechnet, was für den theatralischen Gebrauch wegbleibt, und es ist durchaus keine eigene Mühe dazu nötig wie beim Wallenstein.

Leben Sie wohl, und machen Sie uns bald Hoffnung Sie hier zu sehen. Die Frau grüßt Sie, sie hofft, unsre Verpflanzung nach Weimar soll nicht länger als bis in die Mitte Januars aufgehalten werden. Vielleicht kann ich für meine Person früher kommen. Leben Sie recht wohl. Viele Grüße an Meyern. Sch.

644. An Schiller

Wenn ich Ihnen künftig etwas ausführlichere Briefe schreiben will, so muß ich im voraus schreiben, denn wenn ich wie heute abermals früh in die Stadt muß, so kann ich nicht wieder leicht zur Besinnung kommen.

Ich muß Sie ersuchen den Almanach ja etwas mehr von sich auszustatten, ich will das Meinige tun, welches ich so gewiß verspreche, als man dergleichen versprechen kann. Auch von Steigentesch, Matthisson bringen Sie ja das Mögliche bei, damit der Almanach sich der alten Form nähere. Das Gedicht, je mehr man es betrachtet, läßt fürchten, daß es nicht in die Breite wirken werde, so angenehm es für Personen ist, die einen gewissen Grad von Kultur haben. Die barbarische Sitte als Gegenstand, die zarten Gesinnungen als Stoff und das undulistische Wesen als Behandlung betrachtet, geben dem Ganzen einen eignen Charakter und besondern Reiz, zu dem man gemacht sein oder sich erst machen muß. Das allerschlimmste ist: daß ich wegen der Kupfer fürchte. Der Mann ist ein bloßer Punktierer, und aus einem Aggregat von Punkten entsteht keine Form. Nächstens sollen Sie hören, wie viel das Ganze betragen hat; die zwei ersten Gesänge machen drei Bogen.

Wegen des Schlegelischen Streifzugs bin ich ganz Ihrer Meinung. Die Elegie hätte er in mehrere trennen sollen, um die Teilnahme und die Übersicht zu erleichtern.

Die übrigen Späße werden Leser genug herbeilocken, und an Effekt wird es auch nicht fehlen. Leider mangelt es bei beiden Brüdern an einem gewissen innern Halt, der sie zusammenhalte und festhalte. Ein Jugendfehler ist nicht liebenswürdig, als insofern er hoffen läßt, daß er nicht Fehler des Alters sein werde.

Es ist wirklich schade, daß das Freund Böttigern zugedachte Blatt nicht heiterer ist. Einige Einfälle in den andern Rubriken sind wirklich sehr gut. Übrigens läßt sich auch im persönlichen Verhältnis keineswegs hofften, daß man gelegentlich ungerupft von ihnen wegkommen werde. Doch will ich es ihnen lieber verzeihen, wenn sie etwas versetzen sollten, als die infame Manier der Meister in der Journalistik. Böttiger hat die Canaillerie begangen, der Propyläen zweimal auf dem blauen Umschlag des Merkurs zu gedenken, dafür es ihm denn wohl bekommen mag, daß sie ihm, die Gebrüder, die Haut über die Ohren ziehen, und es scheint, als wenn sie Lust hätten von vorn anzufangen, wenn sie ihm wieder wachsen sollte.

Die Impietät gegen Wieland hätten sie unterlassen sollen. Doch was will man darüber sagen, hat man sie unter seiner Firma doch auch schlecht traktiert.

Leben Sie wohl, ich bin zerstreut und ohne Stimmung. Grüßen Sie Ihre liebe Frau. Ich wünsche uns auf irgendeine Weise bald ein längeres Zusammensein und Ihnen zur Arbeit allen Segen, um mich mit Madame la Roche auszudrucken.

Weimar, am 17. August 1799 G.

645. An Goethe

Jena, 20. August 1799

Ich bin dieser Tage auf die Spur einer neuen möglichen Tragödie geraten, die zwar erst noch ganz zu erfinden ist, aber, wie mir dünkt, aus diesem Stoff erfunden werden kann. Unter der Regierung Heinrichs VII. in England stand ein Betrüger, Warbeck, auf, der sich für einen der Prinzen Eduards V. ausgab, welche Richard III. im Tower hatte ermorden lassen. Er wußte scheinbare Gründe anzuführen, wie er gerettet worden, fand eine Partei, die ihn anerkannte und auf den Thron setzen wollte. Eine Prinzessin desselben Hauses York, aus dem Eduard abstammte, und welche Heinrich dem VIIten Händel erregen wollte, wußte und unterstützte den Betrug, sie war es vorzüglich, welche den Warbeck auf die Bühne gestellt hatte. Nachdem er als Fürst an ihrem Hof in Burgund gelebt und seine Rolle eine Zeitlang gespielt hatte, manquierte die Unternehmung, er wurde überwunden, entlarvt und hingerichtet.

Nun ist zwar von der Geschichte selbst so gut als gar nichts zu brauchen, aber die Situation im ganzen ist sehr fruchtbar, und die beiden Figuren des Betrügers und der Herzogin von York können zur Grundlage einer tragischen Handlung dienen, welche mit völliger Freiheit erfunden werden müßte. Überhaupt glaube ich, daß man wohl tun würde, immer nur die allgemeine Situation, die Zeit und die Personen aus der Geschichte zu nehmen und alles übrige poetisch frei zu erfinden, wodurch eine mittlere Gattung von Stoffen entstünde, welche die Vorteile des historischen Dramas mit dem erdichteten vereinigte.

Was die Behandlung des erwähnten Stoffs betrifft, so müßte man, deucht mir, das Gegenteil von dem tun, was der Komödiendichter daraus machen würde. Dieser würde durch den Kontrast des Betrügers mit seiner großen Rolle und seine Inkompetenz zu derselben das Lächerliche hervorbringen. In der Tragödie müßte er als zu seiner Rolle geboren erscheinen und er müßte sie sich so sehr zu eigen machen, daß mit denen, die ihn zu ihrem Werkzeug gebrauchen und als ihr Geschöpf behandeln wollen, interessante Kämpfe entstünden. Es müßte ganz so aussehen, daß der Betrug ihm nur den Platz angewiesen, zu dem die Natur selbst ihn bestimmt hatte. Die Katastrophe müßte durch seine Anhänger und Beschützer, nicht durch seine Feinde, und durch Liebeshändel, durch Eifersucht u. dgl. herbeigeführt werden.

Wenn Sie diesem Stoff im ganzen etwas Gutes absehen und ihn zur Grundlage einer tragischen Fabel brauchbar glauben, so soll er mich zuweilen beschäftigen, denn wenn ich in der Mitte eines Stücks bin, so muß ich in gewissen Stunden an ein neues denken können.

Für den Almanach geben Sie mir keine tröstlichen Aussichten. Was die Kupfer betrifft, so habe ich meine Hoffnung nicht auf die Güte des Kupferstichs gebaut, man ist ja hierin garnicht verwöhnt, und da diese Manier im ganzen gefällt, die Zeichnung zugleich verständig entworfen ist, so werden wir uns doch damit sehen lassen dürfen. Die Bemerkung, die Sie über das Gedicht selbst machen, ist mir bedenklicher, besonders da mir etwas ähnliches selbst dabei geschwant hat. Noch weiß ich nicht, wie Rat geschaffen werden soll, denn meine Gedanken wollen sich noch garnicht auf etwas Lyrisches wenden. Auch ist es ein schlimmer Umstand, daß wir zu den anzuhängenden kleinen Gedichten einen sehr kleinen Raum übrig behalten, der also notwendig mit bedeutenden Sachen muß ausgefüllt werden. Sobald ich meinen zweiten Akt fertig habe, werde ich ernstlich an diese Sache denken.

Leben Sie wohl, meine Frau grüßt Sie aufs beste. Sch.

646. An Schiller

Mein stilles Leben im Garten trägt immerfort wo nicht viele, doch gute Früchte.

Ich habe diese Zeit fleißig Winckelmanns Leben und Schriften studiert. Ich muß mir das Verdienst und die Einwirkung dieses wackern Mannes im einzelnen deutlich zu machen suchen.

An meinen kleinen Gedichten habe ich fortgefahren zusammenzustellen und zu korrigieren. Man sieht auch hier, daß alles auf das Prinzip ankommt, woraus man etwas tut. Jetzt, da ich den Grundsatz eines strengeren Silbenmaßes anerkenne, so bin ich dadurch eher gefördert als gehindert. Es bleiben freilich manche Punkte, über welche man ins klare kommen muß. Voß hätte uns schon vor 10 Jahren einen großen Dienst getan, wenn er, in seiner Einleitung zu den Georgiken, über diesen Punkt etwas weniger mystisch geschrieben hätte.

Diese Woche bin ich wider meine Gewohnheit meist bis Mitternacht aufgeblieben, um den Mond zu erwarten, den ich durch das Auchische Teleskop mit vielem Interesse betrachte. Es ist eine sehr angenehme Empfindung, einen so bedeutenden Gegenstand, von dem man vor kurzer Zeit so gut als gar nichts gewußt, um so viel näher und genauer kennen zu lernen. Das schöne Schröterische Werk, die Selenotopographie, ist freilich eine Anleitung, durch welche der Weg sehr verkürzt wird. Die große nächtliche Stille hier außen im Garten hat auch viel Reiz, besonders da man morgens durch kein Geräusch geweckt wird, und es dürfte einige Gewohnheit dazu kommen, so könnte ich verdienen in die Gesellschaft der würdigen Lucifugen aufgenommen zu werden.

Soeben wird mir Ihr Brief gebracht. Der neue tragische Gegenstand, den Sie angeben, hat auf den ersten Anblick viel Gutes, und ich will weiter darüber nachdenken. Es ist gar keine Frage, daß, wenn die Geschichte das simple Faktum, den nackten Gegenstand hergibt und der Dichter Stoff und Behandlung, so ist man besser und bequemer dran, als wenn man sich des Ausführlichern und Umständlichern der Geschichte bedienen soll; denn da wird man immer genötigt, das Besondere des Zustands mit aufzunehmen, man entfernt sich vom rein Menschlichen, und die Poesie kommt ins Gedränge.

Von Preiszeichnungen ist erst Eine eingegangen, welche in Betrachtung kommt und lobenswürdige Seiten hat, einige andere sind unter aller Kritik, und es fällt einem der durch jenes Rätsel aufgeregte deutsche Pöbel ein.

Wegen des Almanachs müssen wir nun einen Tag nach dem andern hinleben und das Mögliche tun. Der dritte Gesang, den ich mit den Frauenzimmern durchgegangen, ist nun in der Drukkerei, und wir wollen nun dem vierten nachzuhelfen suchen. Es ist immer keine Frage, daß das Gedicht viel Anlage und viel Gutes hat, nur bleibt es in der Ausführung zu weit hinter dem zurück, was es sein sollte, obgleich inzwischen, daß Sie es nicht gesehen haben, viel daran geschehen ist.

Frau von Kalb läßt wirklich ihre Sachen wegschaffen und das Quartier wird also leer. Freilich wird es nur an jemand gegeben werden können, der es aufs ganze Jahr mietet. Indessen müßte man einen Entschluß fassen, und wir hätten von seiten des Theaters alle Ursache Ihnen diese Expedition zu erleichtern.

Der Bergrat Scherer, der sich zu verheiraten denkt, macht, höre ich, Spekulation darauf; geschähe diese Veränderung, so würde bei Wolzogen die obere Etage leer, wo Ihre Familie wohnen könnte. Ihnen gäben wir das Thouretische und würden, wenn Sie mit diesem hier zusammenträfen, für diesen schon ein ander Quartier zu finden wissen. Das muß man denn alles hin und her bedenken und bereden, bis man zur Entschließung genötigt wird. Und hiermit leben Sie für heute wohl und grüßen Sie Ihre liebe Frau.

Weimar, am 21. August 1799 G.

647. An Goethe

Jena, 24. [23.] August 1799

Aus allen Umständen fange ich an zu schließen, daß wir vor Eintritt des Herbstes kaum auf Ihre Hieherkunft hoffen können. So geht dieser Sommer ganz anders dahin, als ich mir versprochen hatte, und ob ich mich gleich ernstlich zu meinem Geschäft halte und darin vorwärts komme, so fühle ich doch im Ganzen meines innern Zustands diese Beraubung sehr, und sie verstärkt mein Verlangen nicht wenig, den Winter in Weimar zuzubringen. Zwar verberge ich mir nicht, daß sich von dem Einfluß der dortigen Sozietät eben nicht viel Ersprießliches erwarten läßt, aber der Umgang mit Ihnen, einige Berührungen mit Meyern, das Theater und eine gewisse Lebenswirklichkeit, welche die übrige Menschenmasse mir vor die Augen bringen muß, werden gut auf mich und meine Beschäftigungen wirken. Meine hiesige Existenz ist eine absolute Einsamkeit, und das ist doch zuviel.

Ich erwarte mit jedem Tag Antwort von der Frau von Kalb des Quartiers wegen, das ich, wenn es zu haben, ohne Anstand gleich von Michaelis an auf ein Jahr mieten werde. Kann ich es machen, mit meiner Familie bequem zusammen zu wohnen, so werde ich das immer vorziehen; ging es nicht an, so ist mir das Anerbieten wegen des Thouretischen Logis willkommen. Wenn meine Frau mit ihren Wochen glücklich ist, so wäre ich geneigt, Ende November hinüberzugehen, anfangs allein, bis die Familie nachkommen kann. Es läge mir auch deswegen viel daran, daß ich die 2 letzten Akte meines Stücks unter dem Einfluß der theatralischen Anschauungen ausarbeiten könnte.

Wenn Sie binnen 10 Tagen nicht, wenigstens auf einige Tage, hieher kommen können, so hätte ich große Lust auf einen Tag zu Ihnen hinüberzukommen und meine 2 Akte mitzubringen. Denn jetzt wünschte ich doch Ihr Urteil darüber, daß ich mich überzeugt halten kann, ob ich auf dem rechten Wege bin.

An Ihren Mondbetrachtungen wünschte ich wohl auch teilzunehmen. Mir hat dieser Gegenstand immer einen gewissen Respekt abgenötigt und mich nie ohne eine sehr ernste Stimmung entlassen. Bei einem guten Teleskop wird das *Körperliche* der Oberfläche sehr deutlich, und es hatte mir immer etwas Furchtbares, daß ich diesen entfernten Fremdling auch mit einem andern Sinn als dem Aug zu erfassen glaubte. Es sind auch schon einige Distichen darüber entstanden, die vielleicht das Bedürfnis für den Almanach zur Reife bringen hilft.

Gelegentlich wünscht ich doch zu wissen, ob mir von den zur Auktion geschickten Büchern viele liegen geblieben, denn es sagte neulich jemand in Weimar, daß ich soviele Bücher erstanden hätte, welches kein gutes Zeichen wäre.

Leben Sie recht wohl in Ihrer geschäftigen Einsamkeit. Ihre Genauigkeit in der Metrik wird die Herrn Humboldt und Brinkmann nicht wenig erbauen.

Die Frau grüßt Sie freundlich und hat auch ein groß Verlangen Sie wieder zu sehen.

An Meyern viele Grüße. Sch.

648. An Schiller

Da es uns mit dem Sommerplane nicht nach Wunsch gegangen ist, so müssen wir hoffen, daß uns der Winter das Beste bringen wird. Sobald Sie wegen Ihres Quartiers einig sind, wollen wir für Holz sorgen, ein Artikel, an den man in Zeiten denken muß.

Es vergeht mir kein Tag ohne einen gewissen Vorteil, wenn er auch klein ist, und so kommt denn doch immer eins zum andern, und es gibt am Ende etwas aus, da man sich doch immer nur mit würdigen Dingen beschäftigt.

Lassen Sie uns noch acht Tage zusehen, alsdann wird sich entscheiden, ob ich kommen kann und wie bald.

Leider sind von Ihren Büchern, die Sie in die Auktion gegeben haben, viele zurückgeblieben. Sie war im ganzen nicht ergiebig, obgleich einzelne Werke teuer genug verkauft wurden. Die Auszüge werden nunmehr gemacht und das Geld einkassiert.

Von Zeit zu Zeit werden Konferenzen wegen der Schwestern von Lesbos gehalten, die denn, wie es in solchen Fällen zu gehen pflegt, die Hoffnung bald vermindern, bald beleben.

Ich freue mich auf Ihre Arbeit und auf einige ruhige Wochen in Ihrer Nähe. Heute sage ich aber nichts mehr, denn ein Morgenbesuch im Schloß hat mich zerstreut, und ich fühle mich nicht fähig mich auf irgend einen Gegenstand zu konzentrieren.

Leben Sie recht wohl und grüßen Sie Ihre liebe Frau.

Weimar, am 24. August 1799 G.

649. An Schiller

Nach Überlegung und Berechnung aller Umstände fühle ich mich gedrungen Ihnen zu melden, daß ich in den nächsten Tagen nicht kommen kann, um so mehr aber wünschte ich Sie hier zu sehen, besonders wegen des Quartiers.

Es verhält sich damit folgendermaßen: Frau von Kalb scheint mit Bergrat Scherer abgeschlossen zu haben, daß er in ihre Miete treten solle. Wenigstens lassen es die Umstände vermuten. Der Hausherr aber, Perückenmacher Müller, braucht sich, wenn er nicht will, diese Sublokation nicht gefallen zu lassen und will auf mein Zureden Ihnen das Quartier geben, jedoch wünscht er, daß Sie es auf ein paar Jahre nähmen, welches man gar wohl tun kann, weil man immer wieder jemanden hier findet, der es wieder abnimmt. Die Hauptsache wäre nun, daß Sie das Quartier sähen, daß man sich bespräche und entschlösse, Sie brächten Ihr Stück mit, und ich hätte von meiner Seite wohl auch etwas mitzuteilen. Ich wohne noch im Garten, und Sie könnten nur gerade bei mir anfahren. Meyer wird schon für Ihr Unterkommen sorgen. Es ist das Nötige deshalb bestellt, das übrige wird sich finden.

Ich schicke diesen Brief mit der Post und sage heute nichts mehr. Leben Sie recht wohl.

Weimar, am 27. August 1799 G.

650. An Goethe

Jena, 27. August 1799

Ich bin heute früh bei meinem Aufstehen durch ein schweres Paket vom Herrn Hofkammerrat sehr angenehm überrascht worden und wiederhole Ihnen meinen besten Dank dafür, daß Sie diesen Geldstrom in meine Besitzungen geleitet haben. Der Geist des alten Feldherrn führt sich nun als ein würdiges Gespenst auf, er hilft Schätze heben. Auch in Rudolstadt, schreibt man mir, ist viel Zulauf zum Wallenstein gewesen. Ich wünschte zu wissen, wie sich das artige Weibchen, die Vohs, aus dem Handel gezogen hat.

Meinen zweiten Akt habe ich gestern geendigt, aber nach einem wohlgemeinten und dennoch vergeblichen Bemühen, mir eine lyrische Stimmung für den Almanach zu verschaffen, habe ich heute den dritten angefangen. Das einzige Mittel, mich jetzt von der Maria weg und zu einer lyrischen Arbeit zu bringen, ist, daß ich mir eine äußre Zerstreuung mache. Dazu ist die achttägige Reise nach Rudolstadt gut. Sobald ich von Ihnen bestimmt weiß, ob ich Sie hier oder in Weimar sehen kann und wann, so werde ich meinen Plan machen. Vor dem 8. September aber gehe ich nicht, weil die fremden Gäste dort nicht früher wegreisen.

Über dem vielen Nachdenken, welche neue Form von Beiträgen man zu dem Almanach brauchen könnte, ist mir der Gedanke an eine neue Art Xenien, für Freunde und würdige Zeitgenossen, gekommen. Der Jahrhundertwechsel gäbe einen nicht unschicklichen Anlaß allen denen, mit welchen man gewandelt und sich verbessert gefühlt hat, und auch denen, die man nicht von Person kennt, aber deren Einfluß man auf eine nützliche Art empfunden, ein Denkmal zu setzen. Freilich *vestigia terrent.* Das Tadeln ist immer ein dankbarerer Stoff als das Loben, das wiedergefundene Paradies ist nicht so gut geraten als das verlorene, und Dantes Himmel ist auch viel langweiliger als seine Hölle. Außerdem ist der Termin gar zu kurz für einen so lobenswürdigen Vorsatz.

Leben Sie für heute wohl. Ich habe mich bei meinem Geschäfte verspätet. Die Frau grüßt Sie aufs beste – alles wartet auf Sie, auch die Kinder. Sch.

651. An Schiller

Mein gestriger Brief hat Sie, hoffe ich, determiniert, auf einige Tage herüber zu kommen, und ich diktiere daher diese Zeilen nur um Sie darin zu bestärken. Sie sollen mancherlei erfahren von den Wallensteinischen Aufführungen, und was dem anhängig ist.

Sie sollen auch die Preisstücke sehen und sich über die Helena in mancher Gestalt verwundern. Es sind ihrer doch nun 9 zusammen gekommen.

Wegen dem Almanach und manchen andern Dingen alsdann auch mündlich das mehrere. Leben Sie recht wohl und grüßen Ihre liebe Frau, die Sie doch auch wohl mitbringen.

Weimar, am 28. August 1799 G.

652. An Goethe

Jena, 28. August 1799

Charlotte Kalb hat nun auch geschrieben und erklärt, daß das Quartier zu unsrer Disposition sei, wenn wir in ihren Kontrakt treten wollten. Sie hat Scherern noch nichts zugesagt.

Leider kann ich wegen Zahnweh und geschwollnem Backen nicht sogleich hinüber kommen, dies hat indessen des Quartiers wegen nichts auf sich. Meine Frau hat das ganze Quartier schon einmal gemustert, und die vordern Zimmer des Herrn und der Dame kenn ich auch. Die Einrichtung ist ganz nach unserm Bedürfnis, und ich nehme keinen Anstand gleich zuzusagen. Wollen Sie also die Gütigkeit haben und Müllern sagen, daß er nur den Kontrakt aufsetzt. Wenn er nur auf 2 Jahre geht, ist mirs freilich lieber als auf längere Zeit, doch ein Jahr auf oder ab macht nichts, da das Quartier immer Liebhaber finden wird. Übrigens setze ich voraus, daß die Miete bleibt wie bei der Frau von Kalb, 122 Taler, den Laubtaler *à* 1 Taler 14 Groschen.

Wenn ich alsdann hinüberkomme, so werden Sie mir erlauben, Ihnen meine Wünsche und Kalkuls in Absicht dieser neuen Einrichtung vorzutragen.

Mein Zahnübel sollte mich nicht abhalten, gleich morgen zu

kommen, wenn es nicht unglücklicherweise beim Sprechen und Lesen zunähme, denn sonst ist es wohl zu ertragen.

Ich bin recht verlangend auf das, was Sie mir zu zeigen und zu sagen haben, und überhaupt sehne ich mich herzlich nach dieser so lang entbehrten Kommunikation.

Die Frau wird sich nicht abhalten lassen mitzukommen. Ich nehme die Erlaubnis bei Ihnen zu logieren mit großem Vergnügen an, und wenn es irgend möglich, komme ich auf den Sonnabend.

Leben Sie recht wohl. S.

653. An Goethe

Jena, 3. September 1799

Ich habe keine weitere Nachricht, des Quartiers wegen, von Ihnen erhalten und rechne nun ganz darauf, daß es für mich gemietet ist. Die Umstände nötigen mich, die Rudolstädter Reise 8 Tage früher anzutreten, wir gehen morgen von hier, und ich denke auf den Dienstag oder Mittwoch in Weimar sein zu können. Ihr Brief fände mich also morgen nicht mehr hier. Leider werde ich also in den nächsten 8 Tagen nichts von Ihnen hören, wenn mir nicht die Theaterdepeschen von Weimar nach Rudolstadt ein paar Zeilen bringen.

Ich werde nun in meiner dramatischen Arbeit eine Zeitlang pausieren müssen, wenn noch an den Almanach gedacht werden soll. Der Abschnitt ist auch schicklich, ich habe die Handlung bis zu der Szene geführt, wo die beiden Königinnen zusammenkommen. Die Situation ist an sich selbst moralisch unmöglich, ich bin sehr verlangend, wie es mir gelungen ist, sie möglich zu machen. Die Frage geht zugleich die Poesie überhaupt an, und darum bin ich doppelt begierig sie mit Ihnen zu verhandeln.

Ich fange in der Maria Stuart an mich einer größern Freiheit oder vielmehr Mannigfaltigkeit im Silbenmaß zu bedienen, wo die Gelegenheit es rechtfertigt. Diese Abwechslung ist ja auch in den griechischen Stücken, und man muß das Publikum an alles gewöhnen.

Sehr freue ich mich Ihnen nun, obgleich durch einen großen Umweg, mich wieder zu nähern, denn ich werde unmittelbar von Rudolstadt nach Weimar gehen.

Leben Sie recht wohl für diese 8 Tage.

Die Frau grüßt aufs beste. Sch.

654. An Schiller

Da eben eine Theaterdepesche nach Rudolstadt geht, so will ich den Boten nicht ohne ein paar Worte an Sie abfertigen.

Wegen des Hauses habe ich mit Müllern abgeschlossen. Charlotte will einiges darin lassen, woran sie ganz freundlich handelt.

Kommen Sie glücklich hierher! Der Weg nach Rudolstadt ist den Weimaranern diesmal nicht günstig gewesen.

Über Ihre Marie wird es mir eine Freude sein mit Ihnen zu verhandeln. Was die Situation betrifft, so gehört sie, wenn ich nicht irre, unter die romantischen. Da wir Modernen nun diesem Genius nicht entgehen können, so werden wir sie wohl passieren lassen, wenn die Wahrscheinlichkeit nur einigermaßen gerettet ist. Gewiß aber haben Sie noch mehr getan. Ich bin äußerst neugierig auf die Behandlung.

Unsere Preiszeichnungen sind nun ausgestellt, der Saal ist noch nicht eröffnet, und es haben sie wenige gesehen; allein es scheint mir, daß der Kreis von Urteilen schon ziemlich durchlaufen ist.

Über das *Absurde* schreit jedermann auf und freut sich etwas so tief unter sich zu sehen. Über das *Mittelmäßige* erhebt man sich mit Behaglichkeit. Den *Schein* lobt man, ohne Rückhalt und ohne Bedingung; denn der Schein ist eigentlich in der Empirie das allgemein Geltende. Das *Gute,* das aber nicht vollkommen ist, übergeht man mit Stillschweigen; denn das Echte, was man am Guten bemerkt, nötigt Achtung ab, das Unvollkommene, das man daran fühlt, erregt Zweifel, und wer den Zweifel nicht selbst heben kann, mag sich in diesem Falle nicht kompromittieren und tut auch ganz wohl daran. Das *Vollkommene,* wo es anzutreffen ist, gibt eine gründliche Befriedigung, wie der Schein eine oberflächliche, und so bringen beide eine ähnliche Wirkung hervor.

Wir wollen sehen, ob das Publikum sich noch mannigfaltiger beweist. Geben Sie doch auch auf Ihrer gegenwärtigen Exkursion acht, ob Sie das Schema nicht komplettieren können. Es wäre doch hübsch, wenn man es dahin brächte, daß man wüßte, was die Leute urteilen müssen.

Leben Sie wohl und vergnügt, grüßen Ihre liebe Frau und kommen glücklich zu uns; es verlangt mich so sehr Sie wieder zu sehen, als ich in meiner jetzigen Lage wünschen muß wieder eine Epoche zu erleben, da meine Zustände ein wenig zu stagnieren anfangen.

Weimar, am 4. September 1799 G.

655. An Goethe

[Jena, den 21. September 1799]

Das Paket überrascht mich nicht wenig, und ob es gleich meine alte Unentschlossenheit wieder zurückruft (denn ich habe mich heute schon ernstlich entschlossen gehabt, den Beitrag zum Almanach aufzugeben, und mich deswegen schon wieder an die Maria gemacht), so belebt es doch auch wieder meinen Mut, vielleicht hat es diese Wirkung auch bei Ihnen. Leben Sie recht wohl, ich hoffe Sie heute bald zu sehen, wenn gleich das Wetter die vorgehabte Gartenpartie aufhebt. S.

656. An Goethe

Jena, 15. Oktober 1799

Unsre kleine Karoline ist diesen Vormittag getauft, und ich fange wieder an, in eine Ruhe zu kommen. Meine Frau befindet sich für die Umstände recht leidlich, und mit dem Kind ist es diese 2 Tage auch recht gut gegangen.

Ich habe nun auch den Anfang gemacht den Mahomet zu durchgehen und einiges dabei anzumerken, was ich auf den Freitag schicken will. Soviel ist gewiß, wenn mit einem französischen und besonders Voltairischen Stück der Versuch gemacht werden sollte, so ist Mahomet am besten dazu gewählt worden. Durch seinen Stoff ist das Stück schon vor der Gleichgültigkeit bewahrt, und die Behandlung hat weit weniger von der französischen Manier als die übrigen Stücke, die mir einfallen. Sie selbst haben schon viel dafür getan und werden, ohne große Mühe, noch einiges Bedeutende tun können. Ich zweifle daher nicht, der Erfolg wird der Mühe des Experiments wert sein. Demohngeachtet würde ich Bedenken tragen, ähnliche Versuche mit andern französischen Stücken vorzunehmen, denn es gibt schwerlich noch ein zweites, das dazu tüchtig ist. Wenn man in der Übersetzung die Manier zerstört, so bleibt zu wenig poetisch Menschliches übrig, und behält man eine Manier bei und sucht die Vorzüge derselben auch in der Übersetzung geltend zu machen, so wird man das Publikum verscheuchen.

Die Eigenschaft des Alexandriners, sich in zwei gleiche Hälften zu trennen, und die Natur des Reims, aus zwei Alexandrinern ein Couplet zu machen, bestimmen nicht bloß die ganze Sprache, sie bestimmen auch den ganzen innern Geist dieser Stücke, die Charaktere, die Gesinnungen, das Betragen der Personen. Alles stellt sich dadurch unter die Regel des Gegensatzes, und wie die Geige des Musikanten die Bewegungen der Tänzer leitet, so auch die zweischenklichte Natur des Alexandriners die Bewegungen des Gemüts und die Gedanken. Der Verstand wird ununterbrochen aufgefodert und jedes Gefühl, jeder Gedanke in diese Form wie in das Bette des Prokrustes gezwängt.

Da nun in der Übersetzung, mit Aufhebung des Alexandrinischen Reims, die ganze Basis weggenommen wird, worauf diese Stücke erbaut wurden, so können nur Trümmer übrig bleiben. Man begreift die Wirkung nicht mehr, da die Ursache weggefallen ist.

Ich fürchte also, wir werden in dieser Quelle wenig Neues für unsre deutsche Bühne schöpfen können, wenn es nicht etwa die bloßen Stoffe sind.

In diesen 2 Tagen seit Ihrer Abreise habe ich noch nichts gearbeitet, hoffe aber morgen wieder dazu zu kommen.

Haben Sie doch die Güte mir mit der Botenfrau die sämtlichen Bogen des Almanachs oder, wenn er zu haben ist, einen gehefteten Almanach zu schicken.

Meyern viele Grüße. Leben Sie recht wohl. Sch.

657. An Schiller

Ich freue mich herzlich, daß die Wöchnerin und das Kleine sich nach den Umständen wohl befinden. Möge es zunehmend so fortgehen.

Ich bin wieder in die Zerstreuung meines weimarischen Lebens geraten, so daß auch keine Spur von einem Jamben in meinem Kopfe übrig geblieben ist. Ich wollte die erste Szene gestern ein wenig durchsehen, ich konnte sie aber nicht einmal lesen. Haben Sie ja die Güte mir bald etwas über das Stück zu sagen und mir meine Übersetzung zuzuschicken, damit ich wenigstens drüber denken könne, um so bald als möglich das Ganze zusammenzuarbeiten, wozu ich mir aber wohl einen jenaischen Aufenthalt wieder wählen muß.

Hiebei schicke ich der liebwerten Frau Wöchnerin ein Glas *Eau de Cologne* zur Erquickung, um welches ich die Bogen des Musenalmanachs, die Ihnen fehlen, geschlagen habe.

Leben Sie recht wohl, mit den nächsten Boten werden die Almanache folgen, und es mag sich dann für diesen Winter eins aus dem andern entwickeln.

Weimar, am 16. Oktober 1799 G.

658. An Goethe

Jena, 18. Oktober 1799

Meine Frau fängt nun an sich von ihrer großen Schwäche wieder zu erholen und ist nach den Umständen recht leidlich, das Kleine befindet sich sehr wohl. Sie dankt Ihnen herzlich für Ihr Andenken und für die Herzstärkung, die Sie ihr geschickt.

Hier folgt der Mahomet nebst einigen Bemerkungen, die ich im Durchlesen gemacht. Sie betreffen größtenteils das Original selbst und nicht die Übersetzung, ich glaubte aber, daß man dem Original hierin notwendig nachhelfen müsse.

Was die Anordnung des Ganzen betrifft, so scheint es mir durchaus nötig, diesen Ammon handelnd einzuführen und die Erwartung des Zuschauers immer in Atem zu erhalten, daß derselbe das Geheimnis mit den Kindern dem Sopir offenbaren werde. Er muß mehrmals an ihn zu kommen suchen, er muß ihm Winke geben und dergleichen, so daß diese Sache dem Zuschauer niemals aus dem Gedächtnis kommt, und daß die *Furcht* genährt wird, worauf doch alles beruht. Man muß diesen Ammon mit seiner Entdeckung bei den Haaren herbeizuziehen wünschen, alle Hoffnung auf seine zeitige Erscheinung setzen u. s. f.

Die Szene, worin Seïde dem Ammon den vorhabenden Mord entdeckt, und welche im Stück bloß erzählt wird, sollte auf dem Theater wirklich vorkommen. Sie ist fürs Ganze zu wichtig und dabei ein großer Gewinn für den theatralischen Effekt. Ammon braucht darum nicht sogleich mit seinem Geheimnis gegen den Seïde herauszugehen, er hat andre Mittel die Tat zu hindern, ohne sich in Gefahr zu setzen. Mahomet erführe von Omar bloß, daß dieser den Seïde mit dem Ammon bei einer leidenschaftlichen Unterredung überrascht und letztern sehr konsterniert gefunden habe. Auch könnte er einen Versuch Ammons, den Sopir geheim zu sprechen, erfahren. Dies reichte hin, ihn zu Hinwegschaffung des Ammon zu bewegen, dieser entdeckte dann sterbend dem Phanor alles, und es erfolgte so, wie es im Stück schon ist.

Meine Idee wäre ohngefähr diese. Wenn Mahomet (im II. Aufzug, 4te Szene) dem Omar seine Liebe zu Palmire entdeckt hat, träte Ammon auf, Omar würde schicklich entfernt, und nun brächte Ammon das Anliegen vor, daß Mahomet endlich die Kinder ihrem Vater wieder geben und dadurch Friede mit Sopir und mit Mecca machen möchte. Die entdeckte Liebe beider zueinander und die Furcht vor einem Inzest könnte ein neuer Antrieb für ihn sein. Mahomet müßte ihn nicht geradezu refüsieren und ihm bloß das strengste Schweigen auferlegen.

Zum zweitenmal würde ich den Ammon auftreten lassen am Anfang des III. Akts zwischen den beiden Kindern. Sie müßten ihm ihre Liebe zueinander zeigen, er müßte einen gewissen Schauer dabei zeigen. Auch könnte ihm hier Seïde schon die Entdeckung machen, daß Mahomet ihn zu einer blutigen Tat berufen. Ammon würde von Furcht erfüllt, Mahomets Eintritt müßte ihn verscheuchen.

Das dritte Mal würde ich den Ammon mit Vater und Sohn zusammenbringen, aber eh er sich erklärte, trät Omar ein und entfernte den Seïde. Ammon blieb mit Sopiren, ein Teil der Entdeckung, die jetzt durch des Arabers Brief gemacht wird, geschähe durch ihn selbst, Sopir erführe, daß seine Kinder noch leben, aber nicht, wer sie sind, weil Ammon verhindert würde seine Entdeckung zu beendigen. Er hätte bloß Zeit, ihm die nächtliche Zusammenkunft vorzuschlagen.

Unterdessen hätte Mahomet die Untreue des Ammon geargwohnt und alles erfolgte wie im Stück.

Ich muß abbrechen, man unterbricht mich. Leben Sie recht wohl, ich wünschte sehr, daß Sie in den nächsten 8 Tagen über die Veränderungen, welche in dem Mahomet noch nötig sind, vollkommen sich entscheiden möchten, um hier gleich an die Ausführung zu gehen.

Von den Schwestern zu Lesbos fehlt mit der 6. und 7. Bogen. Sie haben vielleicht vergessen sie zu senden.

Leben Sie recht wohl. Sch.

659. An Schiller

Für Ihre Bemerkungen zu meiner Übersetzung danke schönstens. Ich werde sie bei meinem Studium des Stücks, das ich mir nun zur Pflicht mache, immer vor Augen haben. Der Gedanke den Ammon dreimal auftreten zu lassen ist sehr gut, und ich will sehen, daß ich eine etwas bedeutende Maske für ihn finde. Übrigens, da die Sache so weit ist, so wird es nicht schwer sein das Interesse daran bis zum Ende zu erhalten.

Diese acht Tage gehen mir noch in mancherlei Geschäften hin, dann aber werde ich mich wohl entschließen müssen Sie noch einmal zu besuchen.

Der Herzog hat mir die Geschichte des Martinuzzi zugeschickt, ich lege sein Billet bei, woraus Sie sehen werden, daß er von der

Idee selbst abgeht und bald ein Schema Ihrer *Malteser* zu sehen wünscht. Möchten Sie es doch gelegentlich ausfertigen können.

Ich lege den Voßischen Almanach bei, wenn Sie ihn noch nicht gesehen haben sollten; Meyer sagt: er sähe aus, als wenn niemals Poesie in der Welt gewesen wäre.

Zugleich folgen auch 8 gute und 6 geringe Exemplare des Almanachs.

Leben Sie recht wohl [und] grüßen Ihre liebe Frau. Ich freue mich, daß ich, auf eine oder die andere Weise, bald Hoffnung habe Sie wieder zu sehen.

Weimar, am 19. Oktober 1799 G.

660. An Goethe

Jena, 22. Oktober 1799

Es geht mit der Erholung der kleinen Frau etwas langsam, doch ist sie von übeln Zufällen verschont geblieben, und das Kleine nimmt täglich zu und zeigt sich als einen frommen ruhigen Bürger des Hauses. Unter diesen Umständen habe ich indes mein Gemüt noch nicht recht sammeln können, da ich mich nicht isolieren kann und auch zu oft abgerufen werde.

Um doch etwas zu tun, habe ich über die Disposition meiner Malteser-Tragödie nachgedacht, damit ich dem Herzog sogleich bei meiner Ankunft etwas Bedeutendes vorzulegen habe. Es wird mit diesem Stoff recht gut gehen, das *punctum saliens* ist gefunden, das Ganze ordnet sich gut zu einer einfachen, großen und rührenden Handlung. An dem Stoff wird es nicht liegen, wenn keine gute Tragödie, und so wie Sie sie wünschen, daraus wird. Zwar reiche ich nicht aus mit so wenigen Figuren, als Sie wünschen, dies erlaubt der Stoff nicht, aber die Mannigfaltigkeit wird nicht zerstreuen und der Einfachheit des Ganzen keinen Abbruch tun.

Die vom Herzog vorgeschlagene Geschichte des Martinuzzi liefert nichts Brauchbares für die Tragödie. Sie enthält bloß Begebenheiten, keine Handlung, und alles ist zu politisch darin. Es ist mir recht lieb, daß der Herzog selbst nicht weiter darauf besteht.

Voßens Almanach zeigt wirklich einen völligen Nachlaß seiner poetischen Natur. Er und seine Compagnons erscheinen auf einer völlig gleichen Stufe der Platitude, und in Ermanglung der Poesie waltet bei allen die Furcht Gottes.

Ich wünsche morgen von Ihnen zu hören, daß Sie dem Mahomet unterdessen etwas abgewonnen haben.

In der Erlanger Zeitung soll Herder sehr grob rezensiert worden sein.

Unser Almanach nimmt sich noch ganz gut und neben seinen Kameraden vornehm genug aus.

Ich habe in den neuen Band von Schlegels Shakespeare hineingesehen und mir deucht, daß er sich viel härter und steifer liest als die ersten Bände. Wenn Sie es auch so finden, so wärs doch gut, ihm etwas mehr Fleiß zu empfehlen.

Die Frau grüßt Sie freundlich.

Leben Sie recht wohl. Sch.

661. An Schiller

Ich wünsche Glück zu den fortdauernden guten Aspekten, die über die Wochenstube scheinen, vielleicht mache ich darin selbst noch einen Besuch. Mein hiesiges Wesen ist gegenwärtig so prosaisch wie der Voßische Almanach, und ich sehe auch keine Möglichkeit in meinen hiesigen Verhältnissen eine Arbeit zu fördern, die doch eigentlich eine zarte Stimmung erfordert. Gerade das, was jetzt am Mahomet zu tun ist, darf am wenigsten mit dem bloßen Verstand abgetan werden.

Seitdem mir Humboldts Brief und die Bearbeitung Mahomets ein neues Licht über die französische Bühne aufgestellt haben, seitdem mag ich lieber ihre Stücke lesen und habe mich jetzt an den Crébillon begeben. Dieser ist auf eine sonderbare Weise merkwürdig. Er behandelt die Leidenschaften wie Kartenbilder, die man durcheinander mischen, ausspielen, wieder mischen und wieder ausspielen kann, ohne daß sie sich im geringsten verändern. Es ist keine Spur von der zarten chemischen Verwandtschaft, wodurch sie sich anziehen und abstoßen, vereinigen, neutralisieren, sich wieder scheiden und herstellen. Freilich gewinnt er auf seinem Weg Situationen, die auf jedem andern unmöglich wären. Uns würde überhaupt diese Manier unerträglich sein; allein ich habe gedacht, ob man sie nicht zu subalternen Kompositionen, Opern, Ritter- und Zauberstücken mit Glück brauchen könnte und sollte. Was ich darüber gedacht, wird uns Gelegenheit zu einem Gespräch und zur Überlegung geben.

Es soll mich sehr freuen, wenn Sie den Plan zu den Maltesern mitbringen. Wenn ich es möglich machen kann, besonders aber wenn ich keinen Weg sehe, den Mahomet hier fertig zu machen, so komme ich den ersten November hinüber, bis dahin wird alles hier, was sich auf mich bezieht, wieder ziemlich für eine Zeit eingeleitet sein.

Von Frankfurt erhalte ich die Nachricht, daß Schlosser gestorben ist. Die Franzosen und sein Garten sind die nächsten Ursachen seines Todes. Er befand sich in demselben, als jene sich Frankfurt näherten, er verspätete sich und fand das nächste Tor schon verschlossen, er mußte bis zu dem folgenden eilen, das weit entfernt ist, kam in eine sehr warme Stube, wurde von da aufs Rathaus gerufen, worauf er in ein Fieber verfiel, das tödlich wurde und ihn in kurzer Zeit hinraffte. Unsere botanische Korrespondenz hat sich also leider zu früh geschlossen.

Leben Sie recht wohl und lassen Sie uns die Tage gebrauchen, die uns noch gegeben sind.

Weimar, am 23. Oktober 1799 G.

662. An Goethe

Jena, 25. Oktober 1799

Seit dem Abend, als ich Ihnen zuletzt schrieb, ist mein Zustand sehr traurig gewesen. Es hat sich noch in derselben Nacht mit meiner Frau verschlimmert, und ihre Zufälle sind in ein förmliches Nervenfieber übergegangen, das uns sehr in Angst setzt. Sie hat zwar für die große Erschöpfung, die sie ausgestanden, noch viel Kräfte, aber sie phantasiert schon seit drei Tagen, hat diese ganze Zeit über keinen Schlaf, und das Fieber ist oft sehr stark. Wir schweben noch immer in großer Angst, obwohl Stark jetzt noch vielen Trost gibt. Wenn auch das Ärgste nicht erfolgt, so ist eine lange Schwächung unvermeidlich.

Ich habe in diesen Tagen sehr gelitten, wie Sie wohl denken können, doch wirkte die heftige Unruhe, Sorge und Schlaflosigkeit nicht auf meine Gesundheit, wenn die Folgen nicht noch nachkommen. Meine Frau kann nie allein bleiben und will niemand um sich leiden als mich und meine Schwiegermutter. Ihre Phantasien gehen mir durchs Herz und unterhalten eine ewige Unruhe.

Das Kleine befindet sich gottlob wohl. Ohne meine Schwiegermutter, die teilnehmend, ruhig und besonnen ist, wüßte ich mir kaum zu helfen.

Leben Sie recht wohl. Ich würde sehr getröstet sein, Sie bald zu sehen, ob ich Sie gleich bei so unglücklichen Umständen nicht einladen darf. Schiller

663. An Schiller

Ihr Brief, wertester Freund, hat mich auf das unangenehmste überrascht. Unsere Zustände sind so innig verwebt, daß ich das, was Ihnen begegnet, an mir selbst fühle. Möge das Übel sich bald ins bessere wenden, und wir wollen die unvermeidlichen Folgen zu übertragen suchen.

Ich würde Sie gleich besuchen, wenn ich nicht gegenwärtig von so vielerlei Seiten gedrängt wäre. Ohne Ihnen hülfreich sein zu können würde ich in Jena mich nur unruhig fühlen, indem hier so manches Geschäft an meine Mitwirkung Anspruch macht.

Ich wünsche nichts sehnlicher, als bald etwas Tröstliches von Ihnen zu hören. Möge nur nicht auch Ihre Gesundheit bei diesen Umständen leiden. Schreiben Sie mir doch auch zwischen den Botentagen, wenn Sie Gelegenheit finden.

Weimar, am 26. Oktober 1799 G.

664. An Goethe

[Jena.] Montag abends 28. Oktober [1799]

Ich finde nur ein paar Augenblicke Zeit um Ihnen zu melden, daß es sich seit gestern abend ruhiger anläßt, daß die Nacht erträglich gewesen und die Phantasien nicht mehr so unruhig sind, obgleich die liebe gute Frau noch immer im *Delirio* ist. Der Friesel ist heraus und die Kräfte sind noch gut. Stark gibt gute Hoffnung und meint, daß es sich auf den Donnerstag wohl anfangen werde zu bessern –

Mit meiner Gesundheit geht es noch recht gut, obgleich ich in 6 Tagen drei Nächte ganz durchwacht habe.

Leben Sie recht wohl, ich schreibe übermorgen wieder. Sch.

665. An Goethe

[Jena.] 30. Oktober 1799

Ich ergreife die Gelegenheit, die ich eben erhalte, nach Weimar zu schreiben, Ihnen wissen zu lassen, daß nach Starkens Urteil meine Frau jetzt zwar außer Gefahr ist, das Fieber fast ganz aufgehört hat, aber leider die Besinnung noch nicht da ist, vielmehr heftige Akzesse von Verrückung des Gehirns öfters eintreten. Indessen auch darüber beruhigt uns der Arzt, aber Sie können denken, daß wir uns in einem traurigen Zustand befinren. Ich habe mich zwar bis jetzt noch erträglich gehalten, aber heute nach der vierten Nacht, die ich binnen 7 Tagen durchwacht habe, finde ich mich doch sehr angegriffen.

Leben Sie recht wohl, und geben Sie mir auch einmal wieder Nachricht von sich. S.

666. An Schiller

Sie haben mir durch die Nachricht, daß es mit Ihrer lieben Frauen, wo nicht besser, doch hoffnungsvoller stehe, eine besondere Beruhigung gegeben, so daß ich diese paar Tage der Kirchweihe in Niederroßla mit einiger Zufriedenheit beiwohnen konnte. Heute will ich nach Buttstädt fahren, wo Pferdemarkt ist, und komme abends wieder nach Hause, wo ich in Ihrem Briefe von gestern gute Nachrichten zu finden hoffe.

Sobald es die Umstände einigermaßen erlauben, besuche ich Sie, denn ich habe mancherlei mit Ihnen abzureden, und wenn Mahomet fertig werden soll, so muß ich wieder einige Zeit in Jena zubringen. Ich wünsche, daß die Sachen so stehen, daß Sie der Kranken meinen Gruß wieder bringen können. Möchte diese Sorge keinen Eindruck auf Ihre eigne Gesundheit machen.

Niederroßla, am 31. Obtober 1799 G.

667. An Goethe

Jena, 1. November 1799

Der 21ste Tag der Krankheit ist jetzt vorbei, das Fieber hat sehr abgenommen und ist oft ganz weg, aber die Besinnung ist noch nicht wieder da, vielmehr scheint sich das ganze Übel in den Kopf geworfen zu haben, und es kommt oft zu völlig phrenetischen Akzessen. Wir sind also zwar wegen des Lebens meiner Frau nicht mehr in Sorgen, aber können uns der Furcht nicht erwehren, daß ihr Kopf leiden möchte. Indessen glaubt Stark noch immer uns hierüber ganz beruhigen zu können. An wirksamen Mitteln hat er es von Anfang an nicht fehlen lassen und ist, nach Maßgabe der Krankheit, immer damit gestiegen. Jetzt werden kalte Umschläge um den Kopf gebraucht, die nicht ohne guten Effekt zu bleiben scheinen, denn seitdem diese appliziert werden, hat meine Frau mich und ihre Mutter auf Augenblicke wieder erkannt.

Ich tue das Mögliche um mich von der Qual bei Tag und Nacht auf Stunden zu erholen und kann mich bis jetzt über meine Gesundheit nicht beklagen. Aber die Sache droht langwierig zu werden, und für diesen Fall weiß ich noch keinen Rat.

Leben Sie recht wohl. Ich werde abgerufen. Sch.

668. An Schiller

Indem mich Ihr Brief von einer Seite beruhigt, da er mir die Nachricht von der Beßrung Ihrer lieben Frauen gibt, so entstehen von der andern Seite freilich wieder neue Sorgen wegen der Dauer des Übels.

Ich will suchen mich die nächste Woche los zu machen, um einige Zeit mit Ihnen zuzubringen, obgleich mancherlei Umstände, wie ich befürchte, mir entgegenstehen werden.

Diese Tage habe ich mehr zweckmäßig als zum Vergnügen auf dem Lande zugebracht; in der Stadt komme ich über lauter Kleinigkeiten gar nicht zur Besinnung. Bury, ein alter römischer Freund, ist hier, der, nachdem er 17 Jahre in Rom zugebracht, sich auch wieder nach Norden zurückziehen müssen.

Für heute sage ich nichts mehr als ein Lebewohl.

Weimar, am 2. November 1799 G.

669. An Goethe

Jena, 4. November 1799

Mit meiner Frau steht es leider noch ganz auf demselben Punkt wie vor 3 Tagen, und es ist noch gar nicht abzusehen, was daraus werden will. Seit vorgestern spricht sie keine Silbe, obgleich mehrere Umstände vermuten lassen, daß sie uns kennt und die Zeichen der Liebe erwidert, die wir ihr geben. Sie hat in diesen 3 Tagen reichlich geschlafen, aber fast nichts zu sich genommen und das wenige mit großer Mühe. Eine hartnäckige Stumpfheit, Gleichgültigkeit und Abwesenheit des Geistes ist das Symptom, das uns am meisten quält und ängstigt. Gott weiß, wohin all dies noch führen wird, ich kenne keinen ähnlichen Fall, aus dem sich dieser judizieren ließ, und ich fürchte, Starkens Erfindungskunst wird auch bald erschöpft sein. Opium, Moschus, Hyoscyamus, China, Kampfer, Zinkblumen, Vesikatorien, Sinapismen, kalte Salmiakumschläge um den Kopf, starke Öle zum Einreiben sind nach und nach an der Reihe gewesen, und heute soll mit der Belladonna noch ein Versuch gemacht werden.

Weil der immerwährende quälende Anblick mich ganz niederdrückt, so habe ich mich entschlossen, vielleicht auf einen halben Tag nach Weimar zu fahren und mein Gemüt zu zerstreuen. Auch meine Schwiegermutter bedarf dieser Veränderung, wir wissen meine Frau während der kurzen Abwesenheit unter den Augen der Griesbachin, die uns bisher große Dienste geleistet hat.

Haben Sie doch die Güte, von Wallensteins Lager und den beiden hier zurückkehrenden Stücken aufs allerschnellste eine Abschrift besorgen zu lassen. Ich habe hier in meinem Hause jetzt keinen Raum für die Abschreiber, und aus dem Hause mag ich die Stücke hier nicht geben. Sie erweisen mir eine große Gefälligkeit, wenn Sie mir recht bald Kopien davon schaffen.

Übrigens liegen noch alle Geschäfte bei mir und liegen vielleicht noch lange.

Mögen Sie selbst indessen wohl und heiter sein. Daß ich Bury neulich nicht sehen konnte, hab ich beklagt, aber es war unter den Umständen ganz unmöglich.

Ein herzliches Lebewohl. Sch.

P. S. Die 2 Stücke bringt wohl morgen das Botenmädchen, weil die reitende Post sie nicht annahm. Wallensteins Lager aber hat Seyfarth, und dies könnte also gleich angefangen werden. Auch bitte ich um die Melodien 1) zu dem Anfangslied in Wallensteins Lager, 2) dem Rekruten-, 3) dem Reiter-Lied und 4) des Mädchens Klage. Loder hat die Stücke an das Theater zu Magdeburg verhandelt, wohin ich sie eilig schicken muß. Seyfarth hat mir zwar Wallensteins Lager kürzlich kopieren lassen, aber ich brauche noch eine Kopie.

670. An Goethe

Jena, 5. November 1799

Ich begleite die hier folgenden Stücke nur mit ein paar Worten zum Gruß. Meine Frau zeigt heute merklich mehr Besinnung und scheint sich überhaupt etwas besser zu befinden als seit acht Tagen.

Vielleicht komme ich morgen nach Weimar, meine Schwiegermutter zurückzubringen, die heute mit meinem Schwager hinüber ist. Es wird mich herzlich freuen, Sie wieder zu sehen. S.

671. An Goethe

Jena, 8. November 1799

Ich habe meine Frau vorgestern bei meiner Zurückkunft gefunden, wie ich sie verließ, der gestrige Tag ist gut und vielversprechend gewesen, aber diese heutige Nacht kam die Unruhe unter heftigen Beängstigungen zurück, und die Besserung scheint wieder weit hinausgeschoben.

Und so ist es denn auch mit mir selbst noch beim alten, ich kann mich mit nichts erfreulichem beschäftigen.

Meinem Schwager hab ich den bewußten Auftrag gegeben und hoffe bald Wirkungen davon zu sehen.

Leben Sie bestens wohl und grüßen mir den Karl. Seine kleinen Bedürfnisse bringt eine Gelegenheit morgen mit. S.

672. An Schiller

Mein Wunsch Sie zu sehen wird, hoffe ich, morgen erfüllt werden, und wenn meine Gegenwart gleich keine Hülfe bringen kann, so ist die Ableitung der Gedanken, bei einem dauernden Übel, doch immer schon etwas.

Karl befindet sich in seinem neuen Zustand ganz leidlich, nur beim Eintritt der Nacht tritt auch, wie es bei Kindern immer geschieht, die Sehnsucht nach dem gewohnten Zustande ein.

Ich wünsche, daß Sie sich wie bisher erhalten mögen.

Ich habe vieles, worüber ich Ihre Gedanken zu vernehmen wünsche.

Weimar, am 8. November 1799 G.

673. An Schiller

Da ich heute abend zu Loders eingeladen bin und, wenn ich früher käme, Sie in Ihrer Arbeit zu stören fürchte, so will ich mich schriftlich nach dem Befinden unserer lieben Kranken erkundigen.

Morgen kommt Geheimde-Rat Voigt. Wenn es Ihnen nicht unangenehm wäre, Egloffstein und Milkau in der Gesellschaft zu finden, so sollten Sie uns bei Tische sehr willkommen sein. Wenigstens soll ein Couvert für Sie bereit stehen.

Loder läßt anfragen, ob Sie, mit dem Anerbieten der Magdeburger zufrieden, Ihre Stücke dorthin geben wollten? oder ob man den dortigen Theaterfreunden etwas mehr abfordern sollte? Leben Sie recht wohl und schicken mir den zweiten Teil der Prinzeß Conti, wenn Sie ihn gelesen haben.

[Jena.] Am 19. November 1799 G.

674. An Goethe

[Jena.] Den 18. [19.] November 1799

Die Nacht ist ganz leidlich gewesen, den Tag über aber hat die arme Frau wieder viel mit ihren Einbildungen zu tun gehabt und uns sehr oft betrübt. Etwas zu tun war mir den Vormittag deswegen ganz unmöglich, ich will versuchen, ob mir der Abend einige Stimmung bringt, und Ihnen eine heitre Unterhaltung wünschen.

Die Magdeburger Herren sind Lumpenhunde, sagen Sie dies Lodern von meinetwegen, und daß ich diesem Herrn Ratmann Fritze, an den er mich gewiesen, meine Meinung gestern geschrieben. Die Belege zu meinem Urteil will ich morgen schicken, da ich jetzt eben die Briefe nicht gleich zur Hand habe.

Hier den II. Teil der Conti, den ich mir, sobald Sie damit fertig, zurückerbitte. Schlafen Sie recht wohl. Sch.

675. An Goethe

[Jena, den 2. Dezember 1799]

Ich muß Ihnen heut einen schriftlichen guten Abend sagen, denn meine Packanstalten und übrigen Arrangements werden mich, wie ich fürchte, bis um 10 Uhr beschäftigen. Morgen nach 10 Uhr hoffe ich Sie noch einen Augenblick vor der Abreise zu sehen. Mit der Frau ist es gottlob heute gut geblieben. Ich selbst aber besinne mich kaum.

Anbei sende ich, was Ihnen gehört. Beiliegende Karten bitte auf Büttners Bibliothek zu senden. Schiller

676. An Goethe

Weimar, 4. Dezember 1799

Unsre Reise ist gut von statten gegangen, und meine Frau, die bei Frau von Stein wohnt, hat auf die *Troubles* des vorigen Tags recht gut geschlafen, ohne eine Spur ihrer alten Zufälle. Der Anfang ist also glücklich gemacht, und ich hoffe das Beste für die Zukunft.

Übrigens habe ich von hiesigen Personen, außer meinen Anverwandten und Frau von Stein, noch niemand zu sehen Zeit gehabt.

Leben Sie recht wohl und kommen Sie nur bald. Schiller

677 An Schiller

Die paar Tage nach Ihrer Abreise habe ich in der beliebten, beinah absoluten Einsamkeit zugebracht. Ein Besuch bei Mellish, ein Abend bei Loders und eine Vorlesung der Genoveva von Tieck auf meinem Zimmer haben einige Diversion gemacht.

Dem alten englischen Theater bin ich um vieles näher. Malones Abhandlung über die wahrscheinliche Folge, in welcher Shakespeare seine Stücke gedichtet, ein Trauer- und ein Lustspiel von Ben Jonson, zwei apokryphische Stücke von Shakespeare, und was dran hängt, haben mir manche gute Ein- und Aussichten gegeben.

Wie Eschenburg sich hat entgehen lassen seiner neuen Ausgabe diesen kritischen Wert zu geben, wäre nicht zu begreifen, wenn man nicht die Menschen begriffe. Mit sehr kurzen Einleitungen in jedes Stück, teils historischen, teils kritischen, wozu der Stoff schon in der letzten englischen Ausgabe von Malone bereit liegt, und die man mit einigen wenigen Aperçus hätte aufstutzen können, war der Sache ein großer Dienst geleistet, und mit dieser Art Aufklärung hätte jedermann denken müssen neue Stücke zu lesen. Wahrscheinlich wird er das, und vielleicht umständlicher als nötig ist, wie schon vormals geschehen, in einem eignen Bande nachbringen. Aber wie viele Menschen suchens und lesens dahinten!

Sie sehen, daß ich noch der reinen jenaischen Ruhe genieße, indem die weimarische Sozietätswoge wahrscheinlich schon bis an Sie heranspült. Sonntag nachmittag lasse ich anfragen, wo ich Sie treffe. Leben Sie recht wohl und grüßen die Ihrigen.

Jena, am 6. Dezember 1799 G.

678. An Goethe

Weimar, 9. Dezember 1799

Es war mir sehr erfreulich, heute noch von Ihnen zu hören, die Pole an unserer magnetischen Stange haben sich jetzt umgekehrt, und was Norden war, ist jetzt Süden. Die Ortveränderung habe ich übrigens noch nicht viel empfunden, weil es in den ersten Tagen soviel teils in meinem eignen Hause zu tun gab, teils noch alte Reste von Briefen und andern Expeditionen mußten abgetan werden, damit ich die neue Existenz auch neu beginnen kann. Nur dem Herzog habe ich mich vorgestern präsentiert und eine Stunde dort zugebracht. Den Inhalt des Gesprächs mündlich.

Die Frau hat sich in diesen 5 Tagen gleichformig wohl befunden, ohne die geringste Spur der vorigen Zustände, Gott gebe nun, daß es auf dem guten Wege bleibe und die eintretenden Perioden kein Rezidiv bewirken.

Das bekannte Sonett hat hier eine böse Sensation gemacht, und selbst unser Freund Meyer hat die Damenwelt verführt, es in *Horreur* zu nehmen. Ich habe mich vor einigen Tagen sehr lebhaft dafür wehren müssen. Mich soll es im geringsten nicht befremden, wenn ich hier auch keine andere Erfahrung mache als die des Widerspruchs mit dem Urteil des Tages.

Den Wert, welchen Eschenburg seiner neuen Ausgabe Shakespeares nicht gab, wird nun wohl Schlegel der seinigen zu geben nicht zögern. Dadurch käme gleich ein neues Leben in die Sache, und die Leser, die nur aufs Kuriose gehen, fänden hier wieder so etwas wie bei dem Wolfischen Homer.

Fichte ist, wie ich gehört, nun in Jena angelangt, ich bin neugierig, ob mit Ihrem Fuhrwerk.

Wenn es nicht eine große Gefälligkeit mißbrauchen heißt, so wünschte ich wohl mich der Wegbau-Pferde noch einmal bedienen zu dürfen, um alle meine in Jena noch zurückgebliebene Schränke und andre Sachen noch herüber zu schaffen, denn das hiesige Lokal fodert solche, und die weibliche Regierung besonders vermißt diese Bequemlichkeiten ungern. Ist es aber auch jetzt nicht sogleich tunlich, so kann es noch einige Wochen damit anstehen.

Mit großem Verlangen erwarte ich Sie morgen.

Leben Sie recht wohl und haben die Güte, mich Griesbachs und Loders freundschaftlich zu empfehlen. Sch.

679. An Schiller

Als ich heute früh ausging, hoffte ich bei Ihnen einzusprechen, es war mir aber nicht möglich. Mittags bin ich bei Hofe und bitte Sie mir zu sagen, wie Sie es diesen Abend halten, damit ich mich einrichten kann Sie zu sehen.

Weimar, am 9. Dezember 1799 G.

680. An Goethe

Weimar, 10. Dezember 1799

Das Stück folgt hier zurück, das Beste, was zu seinem Vorteil gesagt werden kann, ist gestern gesagt worden. Je tiefer man in die Handlung hineinkommt, desto schwächer erscheint das Werk. Die Motive sind schwach, zum Teil sehr gemein und plump. Antonius ist gar zu *einfältig*, und es ergibt sich aus der Vorrede, daß der Dichter diesen Einwurf voraussah und sonderbar genug sich durch die Zeugnisse der Geschichte entschuldigt glaubte. Kleopatra ist nur widerwärtig, ohne Größe, selbst Octavia begreift man nicht. Das Motiv mit den Kindern kommt immer wieder, in jeder Gestalt, und muß die Armut an andern Mitteln ersetzen.

Es bleibt also bei unserm gestrigen Ausspruch, der rednerische Teil ist brav, der poetische und dramatische insbesondere wollen nicht viel heißen. S.

681. An Schiller

Ich danke für das, was Sie mir über das Stück sagen wollen. Ich bin völlig damit einverstanden. Je weiter man kommt, je weniger gefällts.

Ich bin heute bei der Herzogin-Mutter zur Tafel, nachher laß ich bei Ihnen anfragen, ob Sie zu Hause sind.

Weimar, am 11. Dezember 1799 G.

682. An Schiller

[Weimar, Mitte Dezember 1799?]

Sagen Sie mir doch, mein Bester, wie es mit der lieben Frau steht, und grüßen Sie sie herzlich von mir. G.

683. An Schiller

Da ich Sie gestern nicht in der Komödie gesehen, so wünschte ich zu wissen, wie es heute mit Ihnen steht, und ob Sie etwa abends ein wenig zu mir kommen möchten.
Weimar, am 15. Dezember 1799 Goethe

684. An Schiller

Der Herzog und die Herzogin werden heute den Tee bei mir nehmen und der Vorlesung des Mahomets ein, wie ich hoffe, günstiges Ohr leihen. Mögen Sie dieser Funktion beiwohnen, so sind Sie schönstens eingeladen.
Weimar, am 17. Dezember 1799 G.

685. An Schiller

Wenn Sie mich heute abend um 6 Uhr besuchen und zu Tische bei mir bleiben mögen, so wird es mir sehr erfreulich sein.
[Weimar.] Am 20. Dezember 1799 G.

686. An Schiller

Gestern hoffte ich Sie gegen Abend zu sehen, welches mir aber nicht gelang. Heute kann ich nicht wohl ausgehen, und diesen Abend wird Sie das prophetische Übermaß wohl von unsern Zirkeln abhalten. Schicken Sie uns indessen Ihre liebe Frau und schreiben mir, ob die Musen günstig sind. Ich befinde mich in einem ganz zerstückelten Leben.
[Weimar.] Am 23. Dezember 1799 G.

687. An Goethe

[Weimar, den 23. Dezember 1799]

Ich hatte gestern abend den Anschlag gefaßt Sie noch zu besuchen, vertiefte mich aber zu sehr in mein Geschäft, und die Stunde wurde versäumt. Weil ich morgen die 3 ersten Akte Mellishen lesen will, so war und ist noch in diesen Tagen viel zu tun, was mich zu Hause gehalten, denn nichts ist, wie Sie selbst aus Erfahrung wissen werden, zeitverderblicher als die kleinen Lücken, die man in der Arbeit gelassen, auszustopfen. Sollte Ihnen aber heute abend nach ausgestandenem Abenteuer noch Lust und Zeit zu einem Gespräch übrig bleiben, so lassen Sie michs wissen, und ich komme. Leben Sie recht wohl. Die Frau wird Ihre Einladung dankbar benutzen, wenn sie irgend ausgehen kann.

S.

688. An Schiller

Ich dächte, Sie entschlössen sich auf alle Fälle um halb neun Uhr zu mir zu kommen. Sie finden geheizte und erleuchtete Zimmer, wahrscheinlich einige zurückgebliebene Freunde, etwas Kaltes und ein Glas Punsch. Alles Dinge, die in diesen langen Winternächten nicht zu verachten sind.

[Weimar.] Am 23. Dezember 1799 G.

689. An Schiller

Sie lassen sich also heute um 2 Uhr nach Hof tragen, wo wir in dem Zimmer des Herzogs zusammentreffen werden. Den Abend heute bringen Sie wohl bei mir zu.

[Weimar.] Am 27. Dezember 1799 G.

690. An Schiller

Ich frage an, ob Sie mich heute ein wenig besuchen wollen? Sie können sich ins Haus bis an die große Treppe tragen lassen, damit Sie von der Kälte weniger leiden. Ein Gläschen Punsch soll der warmen Stube zu Hülfe kommen, ein frugales Abendessen steht nachher zu Befehl.

[Weimar.] Am 29. Dezember 1799 G.

691. An Goethe

[Weimar,] 30. Dezember 1799

Ich hoffte Sie heute entweder in der Komödie oder nach derselben zu sehen, aber die warme Stube hielt mich zu fest und bis nach 6 Uhr hatten wir Besuch, daß ich nicht abkommen konnte.

Empfangen Sie also noch eine freundliche gute Nacht und lassen sich das schlafmachende Mittel, welches Cotta schickt, empfohlen sein. Meyern, wenn er morgen ausgeht, bitte, auf einen Augenblick bei mir einzusprechen. Sch.

692. An Schiller

Hier schicke ich ein Exemplar der Propyläen mit der Anfrage, ob Sie wohl heute abend mich mit Ihrer Gegenwart erfreuen wollen. Ich bin seit gestern nicht recht wohl, und fast befürchte ich, daß der kürzeste Tag noch Lust hat mir hinterdrein Händel zu machen.

[Weimar.] Am 31. Dezember 1799 Goethe

693. An Goethe

[Weimar,] 31. Dezember 1799

Ich beklage Ihre Unpäßlichkeit von Herzen und hoffe, Sie werden sie nicht in das neue Jahr mit hinübernehmen. Nach 6 Uhr stelle ich mich ein, zwischen jetzt und dem Abend will ich suchen einen meiner Helden noch unter die Erde zu bringen, denn die Keren des Todes nahen sich ihm schon.

Diesen Vormittag ist mir eine große Lieferung von Papier und andern Sachen zugefertigt worden, die ich Ihrer Güte zu danken habe. S.

694. An Goethe

[Weimar, 1. Januar 1800]

Ich begrüße Sie zum neuen Jahr und neuen Säculum und hoffe zu vernehmen, daß Sie es gesund angetreten haben. Werden Sie in die Oper gehen? So kann ich Sie dort vielleicht sehen, denn ich bin willens mir heute eine Zerstreuung zu machen. Vohs und Haide waren eben bei mir, sie machen kein groß Rühmen von dem Gustav Wasa, und einzelnen Details nach zu urteilen muß das Stück greuliche Motive enthalten.

Leben Sie recht wohl. Meine Frau sagt Ihnen den schönsten Gruß zum neuen Jahr. Sch.

695. An Schiller

Ich war im stillen herzlich erfreut gestern abend mit Ihnen das Jahr und, da wir einmal 99ger sind, auch das Jahrhundert zu schließen. Lassen Sie den Anfang wie das Ende sein und das Künftige wie das Vergangene.

Ich bin heute bei Gores zu Tische, wo man spät wegkommt. Ich werde Sie aber auf alle Fälle in der Oper aufsuchen.

Leben Sie recht wohl und bringen Ihrer lieben Frauen zum neuen Jahr auch die besten Grüße und Wünsche.

Weimar, am 1. Januar 1800 G.

696. An Schiller

Gestern blieb ich zu lang bei Gores um noch in die Komödie gehen zu können.

Heute frage ich an, wie Sie sich befinden und was Sie diesen Abend vorhaben? Ich bin zu Hause, nicht ganz wie ich sein sollte; aber immer erfreut, wenn Sie mich besuchen möchten.

[Weimar.] Am 2. Januar 1800 G.

697. An Goethe

Ich hatte diesen Abend darauf gerechnet, Sie im Klub zu finden, wohin mich mein Schwager eingeladen hat. Wenn Sie aber nicht hineingehen, so bleibe ich vielleicht auch heraus; doch will ich es auf den Augenblick ankommen lassen und bitte, wenigstens nicht auf mich zu rechnen.

[Weimar,] 2. Januar 1800 Sch.

698. An Goethe

[Weimar, den 3. Januar 1800]

Ich bin zu der Wiederholung des Kotzebuischen Stücks bei der verwitweten Herzogin eingeladen, dem ich mich nicht wohl entziehen konnte, weil ich noch keine Visite dort abgestattet, bleibe aber nicht zum Souper. Wenn ich also um 8 Uhr zu Ihnen kommen darf und Sie nicht störe, so lasse ich mich gleich vom Palais dahin tragen. Gestern war ich noch auf dem Ball, blieb aber auch nicht beim Essen und hätte Sie gern noch besucht, wenn es nicht zu spät gewesen. Leben Sie recht wohl, ich bitte nur um mündliche Antwort. Sch.

699. An Schiller

Es ist eine harte Zumutung, und wenn sie einem von Shakespeare gemacht würde, daß man ein Stück, das morgen aufgeführt werden soll, heute soll vorlesen hören. Fassen Sie sich also auch in diese Gedulds- und Leidensprüfung. Sie treffen mich auf alle Fälle und machen mir um 8 Uhr, oder auch später, durch Ihre Gegenwart viel Freude. Ich habe mich diese paar Tage im stillen auf mehr als Eine interessante Weise beschäftigt. Meyer ist recht guten Humors, und es würde uns diesen Abend um recht vergnügt zu sein nur Ihre Gegenwart fehlen.

Weimar, am 3. Januar 1800 G.

700. An Goethe

[Weimar,] 5. Januar 1800

Ich wünsche, daß Ihnen die gestrigen Helden und Tyrannen gut bekommen sein mögen, gern hätte ich, wenn es nicht zu spät gewesen wäre, noch etwas von Ihnen gehört. Die Schauspieler haben sich noch recht leidlich herausgezogen, und ich kann nicht leugnen, daß ich mich über die Klarheit, welche in diesem bunten Roman doch noch herrschte, gewundert habe. Die Stimme des hiesigen Publikums wird, wie ich nicht zweifle, überall bestätigt werden und Kotzebue von seinem Kalkul Ehre haben.

Lassen Sie mich doch wissen, ob ich Sie heute sehen werde und wie und wann? Meine Frau empfiehlt sich Ihnen schönstens.

Sch.

701. An Schiller

Es ist schon 3 Uhr und ich habe noch keine Nachricht von Ihnen. Verzeihen Sie mir also, liebster Freund, die Anfrage: ob Sie heute wieder mit den Kranichen, gegen die Jahrszeit, nach Norden ziehen oder sonst ein Vorhaben ausführen wollen. Auf alle Fälle bitt ich um Nachricht, damit ich mich darnach richten könne, wenn ich allenfalls in Versuchung käme Malepartus auf kurze Zeit zu verlassen.

[Weimar,] 6. Januar 1800 G.

702. An Goethe

[Weimar,] 6. Januar 1800

Ich werde mitnichten mich versuchen lassen, den vorgestrigen langen Weg noch einmal zu machen, und wenn ich heute abend nach geendigter Arbeit zu Ihnen kommen darf, so wird es mich sehr erfreuen und erquicken. Ich habe heute angefangen auf den Prolog *quaestionis* zu denken, und vielleicht schenkt mir der Himmel eine gute Stimmung das Gedicht heute, wo nicht zu beendigen, doch fürs erste die Anlage dazu zu machen.

Wenn Sie es nicht kontramandieren, so werde ich mich heute gegen sieben Uhr einstellen. Sch.

703. An Goethe

[Weimar, den 7. Januar 1800]

Das Geschäft, das Sie heut übernommen, ist nicht begeisternd, ob es gleich nach meiner Erfahrung etwas Anziehendes für den armen Poeten hat, seine Ideen auch nur soweit versinnlicht zu sehen.

Ich habe heute Ihre Iphigenie durchgesehen und zweifle gar nicht mehr an einem guten Erfolg der Vorstellung. Es braucht nur gar weniges an dem Text zu diesem Gebrauch verändert zu werden, besonders in Hinsicht auf den mythologischen Teil, der für das Publikum *in Massa* zu kalt ist. Auch ein paar Gemeinsprüche würde ich dem dramatischen Interesse aufzuopfern raten, ob sie gleich ihren Platz sehr wohl verdienen. Mündlich mehr. Ich werde mich gegen 7 einstellen. Vorher muß ich Hufeland aus Jena erwarten, der sich angemeldet hat. Leben Sie recht wohl. S.

704. An Goethe

[Weimar,] 8. Januar 1800

Ich wünsche, daß Sie auf unser gestriges Quartett gut geschlafen haben. Heute denke ich mich zu Hause zu halten und den Versuch zu machen, ob ich meine Stanzen fertig machen kann, damit wir das Publikum mit geladener Flinte bei dem Mahomet erwarten können. Leben Sie recht wohl. Die Frau grüßt aufs beste. Sch.

705. An Schiller

Ich war eben im Begriff Sie einzuladen, denn es wird mir nicht erfreulich sein diesen Abend ohne Sie zuzubringen. Doch wünsch ich Segen und Gedeihen zum edeln Vorhaben. Ich stecke ein wenig in *physicis*. Morgen also um halb Sechse assistieren Sie wohl bei der Leseprobe.

Weimar, den 8. Januar 1800 G.

706. An Schiller

Gestern übereilte ich mich, als ich Sie auf heute zur Leseprobe einlud. Sie ist erst morgen. Mögen Sie den heutigen Abend mit mir allein zubringen, so sind Sie schönstens eingeladen. Wie sieht es mit den Stanzen aus?

Wollten Sie eine Stunde spazieren fahren, so hole ich Sie um 12 Uhr mit dem Schlitten ab.

[Weimar,] den 9. Januar 1800 G.

707. An Goethe

Es ist mir nicht lieb, daß die Probe um einen Tag später ist, sie wird mit einem Teebesuch, den ich morgen bei der regierenden

Herzogin zu machen habe und schon zugesagt, in Kollision kommen, und doch wäre ich gern dabei gewesen.

Mit den Stanzen bin ich noch nicht ganz im reinen, da ich gestern abend nicht, wie ich gewünscht hatte, allein war. Eben bin ich daran, und um mich nicht zu unterbrechen, will ich mir die vorgeschlagene Partie auf ein andermal ausbitten. Heute abend stelle ich mich ein.

[Weimar,] 9. Jenner [1800] S.

708. An Goethe

Ich bin neugierig zu vernehmen, wie Sie mit der gestrigen Leseprobe zufrieden sind. Da ich erst um halb 9 Uhr von dem Tee der Herzogin kam, so wollte ich Sie so spät nicht mehr inkommodieren. Wie halten Sie es mit dem heutigen Tag? Ich wollte in die Oper gehen, vielleicht sehe ich Sie dort oder vorher, wenn Sie an meinem Hause vorbei kommen.

[Weimar,] 11. Jenner 1800 S.

709. An Schiller

Ich komme mich nach Ihrer Gesundheit zu erkundigen und habe allerlei Vorschläge zu tun.

Möchten Sie wohl mit ins Schloß kommen? Es ist heute nicht kalt und es geht keine Luft. Ich würde Sie im Schlitten abholen, und Sie würden verschiednes sehen, das Sie interessieren müßte. Wir könnten alsdann wegen des Rests des Tages uns weiter besprechen.

Heute früh war die kleine artige Palmire bei mir, die sichs wirklich recht angelegen sein läßt. Wenn es möglich wird ihre klare Natur in den ersten Akten zu verschleiern, so kann es gut werden, für die letztern ist mir nicht bange.

Von Herrn von Wolzogen habe ich die Kostüms holen lassen, worunter sich manches Brauchbare befindet.

Mündlich mehr, besonders über meine wunderliche Empfindung, da ich heute anfing die Iphigenia zu lesen. Ich bin nicht weit hinein gekommen – doch ich will nicht anfangen zu reden, weil so mancherlei zu sagen ist.

Leben Sie wohl. Ich kann Sie gleich abholen, wie Ihre Antwort zu mir zurückkehrt.
[Weimar.] Am 13. Januar 1800 G.

710. An Goethe

[Weimar, den 13. Januar 1800]

Leider bin ich heut in keiner rechten Verfassung, die vorgeschlagene Partie anzunehmen. Ich habe die Nacht nicht geschlafen und bin erst seit 12 Uhr aufgestanden. Der Kopf ist mir auch sehr wüst, von der Schlaflosigkeit. Eine lebhafte Beschäftigung mit dem Macbeth, dem ich gestern noch spät nachdachte, hat mich erhitzt. Wir wollen also das zu Besprechende bis morgen versparen, wo ich der Probe mit einem hellern Kopf, als ich heute habe, beizuwohnen hoffe.

Leben Sie recht wohl. S

711. An Goethe

[Weimar,] 15. Januar 1800

Ich dachte Sie heute mittag oben beim Herzog zu finden, wo ich eingeladen war und sonst niemand fand. Nach der Tafel ging ich zu meinem Schwager und erfuhr bei meiner Nachhausekunft, daß Sie hier gewesen. Ein wirklich einziger Fall in seiner Art, daß Sie mich *nicht* zu Hause trafen! Ich sage Ihnen heute bloß einen guten Abend, das andere morgen. Gearbeitet ist heute nicht viel worden, weil ich zu spät aufstand. Doch habe ich mich wieder mit dem Macbeth beschäftigt. S.

712. An Goethe

[Weimar,] 19. Januar [1800]

Ich sage Ihnen heut nur einen Gruß, da ich im Sinn habe mich zu Hause zu halten und bei meinem Geschäfte zu bleiben, welches dieser Tage ein wenig laulicht gegangen ist. Morgen werde ich hören, ob Sie den Abend zu Hause sind. Auf den Dienstag nach der Probe habe ich die Schauspieler vom Mahomet zu mir eingeladen.

Leben Sie recht wohl. S.

713. An Schiller

Ich hatte gehofft, Sie heute abend bei mir zu sehen, und war eben im Begriff Sie einzuladen. Doch in der Hoffnung, daß Ihre Unterhaltung mit sich selbst auch künftig für uns erfreulich sein wird, so will ich mich drein ergeben, daß ich heute auf Ihre Unterhaltung Verzicht tun muß.

Gestern suchte ich Sie in der Loge in dem ersten und zweiten Akt und konnte nicht erfahren, wo Sie hingeraten waren.

Leben Sie recht wohl, morgen hören Sie beizeiten was von mir.
Weimar, am 19. Januar 1800 G.

714. An Schiller

Sie erhalten hiermit Verschiedenes. Ein Paket Siegellack, umwickelt von dem Humboldtischen Brief, ingleichen die Iphigenia zurück, welche wohl schwerlich, selbst durch die Künste des Herrn von Eckartshausen, wie uns solche erst kürzlich durch den Reichsanzeiger offenbart worden, zu palingenesieren sein möchte.

Es ist sehr freundlich, daß Sie die Schauspieler morgen nach der Probe bewirten mögen. Es kann dabei manches Zweckmäßige verhandelt werden, besonders da es ihrer nicht viel sind.

Wenn Sie mich heute abend besuchen mögen, so soll es mich sehr freuen, da ich mich nicht in den besten Umständen befinde; hoffentlich bekommt Ihnen der niedrige Barometerstand desto besser.
Weimar, am 20. Januar 1800 G.

715. An Goethe

[Weimar, den 20. Januar 1800]

Ich danke schönstens für das Überschickte. Sie sagen mir nicht, was *Serenissimus* von der Iphigenia auguriert und geurteilt hat. Diesen Abend werde ich nach 6 Uhr mich einstellen, nachdem ich die 2 ersten Aufzüge des Macbeth aus dem Rohen gearbeitet.

Von den Eckartshausischen Künsten habe ich, neulich bei der Herzogin, Herdern mit großem Vertrauen und Lob sprechen hören, des Mannes selbst nahm er sich wenigstens sehr lebhaft an.

Ich lege hier eine Szene aus Wallenstein für Vulpius bei. Ich wählte die erste Szene Gordons mit Buttlern, wo von Wallensteins Jugend Notizen vorkommen, und die sich außer dem Zusammenhang leicht lesen läßt.

Leben Sie recht wohl. S.

716. An Schiller

Wollten Sie wohl die Güte haben mir eine Flasche von dem roten Wein zu schicken, welchen Herr Zapf übersendet hat. Dabei bitte ich mich zu benachrichtigen, ob ich heute abend das Vergnügen haben werde Sie bei mir zu sehen, wie ich es wünsche.

Weimar, am 2. Februar 1800 G.

717. An Goethe

[Weimar, den 2. Februar 1800]

Es ist ein weißer und kein roter Wein, von dem ich Ihnen gestern sprach.

Ich werde mich heut abend einstellen.

Seitdem ich das Original von Shakespeare mir von der Frau von Stein habe geben lassen, finde ich, daß ich wirklich besser getan, mich gleich anfangs daran zu halten, so wenig ich auch das Englische verstehe, weil der Geist des Gedankens viel unmittelbarer wirkt, und ich oft unnötige Mühe hatte, durch das schwerfällige Medium meiner beiden Vorgänger mich zu dem wahren Sinn hindurch zu ringen.

Leben Sie recht wohl. S.

718. An Schiller

Ich muß Sie benachrichtigen, daß heute abend die Lästerschule nicht gegeben wird, sondern ein anderes Stück, die Verschleierte, das gerade nicht übel ist, aber mich eben nicht ins Schauspielhaus lockt. Ich bin also zu Hause, wenn Sie mich besuchen mögen, und kann diesen Abend mit etwas Schweinewildpret aufwarten.

Weimar, am 3. Februar 1800 G.

719. An Schiller

Ich wünschte zu erfahren, wie Sie Ihren gestrigen Abend zugebracht haben und was Ihre Absichten wegen des heutigen sind? Entschließen Sie sich ins Theater zu gehen, so erwarte ich Sie nach demselben; wollen Sie sich aber auch dispensieren, wie ich wohl sehr natürlich fände, so sollen Sie mir zu jeder Stunde herzlich willkommen sein.
Weimar, am 5. Februar 1800 G.

720. An Goethe

[Weimar, den 5. Februar 1800]

Ich habe Hoffnung, wenn ich mich diesen Abend und morgen vormittag zu meiner Arbeit halte, morgen abend damit fertig zu sein und sie Ihnen vorzutragen. Deswegen will ich den heutigen Abend mich zu Hause halten und sage Ihnen einen schriftlichen Gruß. S.

721. An Schiller

Mögen Sie sich heute abend wohl in dieser starken Kälte zu mir verfügen, so wünsche ich, daß Sie um 6 Uhr kommen, damit wir den Macbeth hinauslesen.

Um 7 Uhr, da der Mond aufgeht, sind Sie zu einer astronomischen Partie eingeladen, den Mond und den Saturn zu betrachten, denn es finden sich heute abend drei Teleskope in meinem Hause.

Sollten Sie aber die warme Stube vorziehen, so wird Ihnen Freund Meyer Gesellschaft leisten, der die Mondsberge so sehr wie die Schweizerberge, und die Gestirne so sehr als die Kälte mit einem herzlichen Künstlerhaß verfolgt.
Weimar, am 11. Februar 1800 G.

722. An Schiller

Es ruckt nun die Zeit heran, daß wir die Rolle der Neubrunn in Wallenstein besetzen müssen, da sie Madame Vohs, nach dem Theaterherkommen, nicht wohl zuzumuten ist. Ich schlage daher Demoiselle *Caspers* vor, welche, nach dem, was wir neulich von ihr gesehen haben, auch diese Rolle ganz gut geben wird, um so mehr da sie mit Demoiselle Jagemann in Verhältnis steht. Auch wird es gut sein sie durch diesen kleinen Versuch in die rhythmische Sprache des Trauerspiels einzuführen.

Heute nachmittag hören Sie mehr von mir.

[Weimar.] Am 12. Februar 1800 G.

723. An Schiller

Mögen Sie heute abend, nach geendigtem Schauspiel, sich zu mir verfügen, so sollen Sie, nach einer kalten Viertelstunde, einen deutlichern Begriff von den Mondshöhen und -tiefen mit hinwegnehmen, so wie es mich sehr freuen wird Sie nach einer so langen Pause wieder bei mir zu sehen.

Weimar, am 12. Februar 1800 G.

724. An Schiller

Mögen Sie uns heute um 6 Uhr besuchen, so sollen Sie uns herzlich willkommen sein.

Ich wünschte, daß Sie Meyers Wallenstein auf der jetzigen Stufe der Ausführung sähen; indem man so ein Bild werden sieht, so weiß man zuletzt eher, was es ist.

Auch wünschte ich den Schluß Ihres Macbeths zu vernehmen und durch freundschaftliche Mitteilung an Lebenslust zu gewinnen.

Weimar, am 14. Februar 1800 G.

725. An Schiller

Ich freue mich sehr, daß die Aderlasse gut bekommen ist.

Anbei schicke ich das englische Lexikon.

Für das übrige will ich sorgen.

Von den Piccolominis habe ich nichts Bedeutendes gehört, als was wir wissen, Zuschauer waren 422.

Vielleicht besuche ich Sie gegen 6 Uhr. Nach 7 Uhr muß ich mich wieder entfernen.

Weimar, am 16. Februar 1800 G.

726. An Schiller

Ihrem Rat zufolge habe ich noch einen Herbst zusammengestoppelt und schicke hier die Vier Jahreszeiten, zu gefälliger Durchsicht. Vielleicht fällt Ihnen etwas ein, das dem Ganzen wohltut, denn was mich betrifft, so finde ich mich in gar keiner poetischen Jahrszeit.

Leider werde ich mich einige Tage zu Hause halten müssen, denn der Doktor dringt auf eine Kur, der ich schon eine ganze Weile ausgewichen bin. Es wäre recht schön, wenn Sie nun wieder so weit wären, daß Sie mich besuchen könnten. Leben Sie indessen recht wohl.

[Weimar.] Am 22. März 1800 G.

727. An Goethe

[Weimar, den 22. März 1800]

Ich bedaure Ihre Unpäßlichkeit recht herzlich und hoffe, daß sie sich bald geben soll. Sobald ich mir nur irgend einigen Mut erwecken kann, aus dem Haus zu gehen, so besuche ich Sie. Vielleicht ist die Luft morgen etwas milder und die Sonne scheint, dann kann ich es vielleicht wagen.

Es hat mich gefreut die 4 Jahrszeiten nun komplett zu finden. Die Auskunft, die Sie getroffen, ist sehr gut, und wenn Sie allenfalls unter die, zum Herbste, zusammengestellten Distichen noch eins oder das andere einstreuen wollten, das eine leicht faßliche Beziehung auf die Jahrszeit hätte, so würde nichts mehr zu wünschen sein. Die Distichen will ich indes noch genau ansehen, und mündlich wollen wir uns dann darüber besprechen. Leben Sie recht wohl für heute. Meine Frau wünscht Ihnen von Herzen baldige Besserung. S.

728. An Schiller

Da ich mich einmal entschlossen habe krank zu sein, so übt auch der Medikus, dem ich so lange zu entgehen gesucht habe, sein despotisches Recht aus. Wie sehr wünschte ich, daß Sie wieder zu den Gesunden gehörten, damit ich mich bald Ihres Besuchs zu erfreuen hätte.

Ich brauche diese schlechte Zeit um die Pflanzensammlung in Ordnung zu bringen, von der ich hoffen kann, daß sie Ihnen

Freude machen wird. Je mehr das einzelne verwirrt, desto angenehmer ists, wenn unser Bestreben, die Gegenstände in einem gewissen Zusammenhang zu sehen, einigermaßen gefördert wird. Ich lege Ihnen den Ausfall auf das weimarische Theater mit bei. Nichtigkeit und Anmaßung kann sich wohl nicht besser bezeichnen.

Leben Sie recht wohl und lassen mich wissen, wie Sie sich befinden.

[Weimar.] Am 23. März 1800 G.

729. An Schiller

Ihre gestrige Gegenwart war mir so erfreulich als unerwartet. Ist Ihnen der Ausgang nicht übel bekommen, so wird es mir sehr angenehm sein, wenn Sie mich heute wieder besuchen möchten.

Anbei sende ich die Theaterreden, womit ich den Band meiner Gedichte zu schließen gedenke. Sie sind freilich ein bißchen mager, indessen mögen sie so hingehen.

Vielleicht entschließe ich mich noch eine zu machen zum Schluß der diesjährigen Wintervorstellungen; vielleicht wäre das die schicklichste Art, wie man die Oppositionspartei mit einem heitern Ernst schikanieren könnte, wovon mündlich mehr.

Grüßen Sie Ihre liebe Frau und ersuchen sie heute abend womöglich in die Komödie zu gehen, weil ich eine unparteiische Vergleichung der beiden Vorstellungen von ihr zu vernehmen wünschte.

[Weimar.] Am 24. März 1800 G.

730. An Goethe

Die gewaltsame Wirkung der Luft auf mich hat mich gestern ein wenig erschreckt und das Treppensteigen, besonders in meinem Hause bei meiner Zurückkunft, hat mich sehr angegriffen. Wenn ich, wie ich hoffe, meine Furchtsamkeit überwinden kann, so besuche ich Sie gewiß. Es wird auf den Augenblick ankommen.

Die Theaterreden sind ein recht interessanter Beitrag zu den Gedichten. Sie haben alle einen eigenen und dabei durchaus so hübsch häuslichen Charakter, daß sie dadurch reizen und anziehen. Was ich gestern auf den gedruckten Bogen Neues fand, hat mich auch recht erfreut.

Da Sie, wie Sie gestern sagten, die noch ungedruckte Elegie, welche soviel persönliche Beziehung auf Sie selbst hat, mit abdrucken lassen und mit diesen geselligen und gefälligen Theaterreden schließen wollen, so möchte ich um so weniger raten, das Publikum durch die abgerißne Erscheinung des Fragments aus dem Faust, von Oberons Hochzeit, scheu und irre zu machen. Überlegen Sie es wenigstens noch einmal, ob es nicht besser ist, es bei dem gutmütigen Ton zu lassen, der in dem Ganzen der Sammlung einmal herrscht.

Meine Frau grüßt Sie bestens. Sie wird, Ihrem Wunsch gemäß, das heutige Stück noch einmal sehen.

Wollen Sie mir den *Bayard* zu lesen verschaffen, so wird es mir lieb sein. Meyern viele Grüße.

[Weimar,] 24. März [1800] S.

731. An Schiller

Ich wünsche, daß Sie diesen schönen Tag mögen in freier Luft genossen haben, und da ich die Hoffnung aufgeben muß Sie heute zu sehen, so schicke ich noch einiges mit Bitte um freundschaftlichen kritischen Anteil.

[Weimar.] Am 27. März 1800 G.

732. An Goethe

[Weimar, den 27. März 1800]

Ich bin diesen Nachmittag mit Korrekturen, Revisionen und andern Besorgungen so überhäuft worden, daß es darüber später Abend geworden ist und zu einem Besuche zu spät sein dürfte. Leider habe ich die schöne Luft nur vom Fenster aus genossen, aber auch so mich sehr daran gelabt.

Für das Überschickte danke ich. Es soll mir heut abend, statt des Verfassers, zu einer angenehmen Gesellschaft dienen. Schlafen Sie recht wohl. S.

733. An Schiller

Hier der Schluß von Macbeth, worin ich nur wenig angestrichen habe. Sehe ich Sie denn etwa heute bei mir? meine Zustände sind nicht die besten.

[Weimar.] Am 3. April 1800 G.

734. An Schiller

Schlegel empfiehlt sich und sendet Beikommendes.

Gehen Sie ins Schauspiel, oder besuchen Sie mich vielleicht? Ihr Entschluß wird den meinen bestimmen.

Auf morgen Mittage möcht ich Sie einladen. Geheime Rat Voigt wird wohl da sein, vielleicht auch Wieland.

Leben Sie wohl und tätiger, als ich sein kann. Es gelingt mir kein Periode, geschweige eine Strophe.

Weimar, den 5. April 1800 G.

735. An Goethe

[Weimar, den 5. April 1800]

Ins Schauspiel gehe ich heute auf keinen Fall. Wenn Sie aber hineingehen, so will ich vorher noch zu Ihnen kommen: zwischen 3 und 5 Uhr, wenn Sie mirs nicht absagen lassen. Morgen mittag werde ich mich einfinden, wenn ich mich nur irgend wohl befinde.

Ich stecke jetzt ganz in meinem Geschäft und suche, da ich eine leidliche Stimmung habe, so weit zu kommen als möglich ist.

Leben Sie indessen wohl. S.

736. An Schiller

Das Teleskop folgt hierbei. Es war eine Zeit, wo man den Mond nur empfinden wollte, jetzt will man ihn sehen; ich wünsche, daß es recht viel Neugierige geben möge, damit wir die schönen Damen nach und nach in unser Observatorium locken.

Wenn Sie die Musik von Macbeth noch bei sich haben, so bringen Sie doch solches Nachmittag mit, sowie auch das Pförtnerlied.

Ich wünsche, daß die Wirkung der gestrigen Musik diesen Morgen noch nachklingen möge.

Weimar, am 10. April 1800 G.

737. An Goethe

[Weimar, den 11. April 1800]

Es ist durch einen jungen Schweizer, der von Tübingen kam, Nachricht von Cotta da. Er wurde wirklich nach Stuttgart transportiert, kam aber gleich den andern Tag wieder auf freien Fuß, um seine Geschäfte betreiben zu können, nachdem Kaution für ihn geleistet worden. Er wird auch die Messe beziehen.

Leben Sie recht wohl für heute. Ich habe diesen Abend Besuch im Hause und kann deswegen nicht selbst kommen. S.

738. *An Schiller*

[Weimar, den 11. April 1800]

Es wäre mir erfreulich geworden, wenn Sie hätten kommen können. Es wird wieder musiziert.

Cottas Freiheit ist mir sehr angenehm. Ich habe einen Brief von ihm über *Faust*, den Sie mir wahrscheinlich zugezogen haben. Wofür ich aber danken muß. Denn wirklich habe ich auf diese Veranlassung das Werk heute vorgenommen und durchdacht. Leben Sie recht wohl. G.

739. *An Schiller*

Da sich die Weissagungen des Bakis so wunderbarerweise bei Ihnen gefunden haben, so möchte ich fragen, ob nicht auch etwa das kleine jugendliche Gesellschafts- oder Schäferstück von mir bei Ihnen zu finden ist. In welchem Fall ich es mir erbitte.

Was haben Sie heute abend vor?

Schelling ist hier, ich konnte ihn aber nicht einladen, weil ich heute wegen häuslicher Umstände keine Gäste haben kann.

Morgen abend sind Sie mit Ihrer lieben Frau zu einem kleinen Konzert eingeladen.

Der Teufel, den ich beschwöre, gebärdet sich sehr wunderlich.
[Weimar.] Am 16. April 1800 G.

Bald hätte ich das Beste vergessen.

Erzeigen Sie mir doch das Vergnügen morgen mittag mit bei mir zu speisen.

740. *An Schiller.*

Nach meiner langen Einsamkeit macht mir der Gegensatz viel Vergnügen. Ich gedenke auch noch die nächste Woche hier zu bleiben.

So eine Messe ist wirklich die Welt in einer Nuß, wo man das

Gewerb der Menschen, das auf lauter mechanischen Fertigkeiten ruht, recht klar anschaut. Im Ganzen ist übrigens so wenig, was man Geist nennen möchte, daß alles vielmehr einem sogenannten tierischen Kunsttrieb ähnlich sieht.

Von dem, was man eigentlich Kunst nennt, findet sich, man darf dreust sagen, in dem, was der Moment produziert, keine Spur.

Von Gemälden, Kupfern und dergleichen findet sich manches Gute, aber aus vergangenen Zeiten.

Ein Porträt von einem Maler, der sich jetzt in Hamburg aufhält, das bei Bausen steht, ist von einem unglaublichen Effekt; aber auch gleichsam der letzte Schaum, den der scheidende Geist in den Kunststoffen erregt. Eine Wolke für eine Juno.

In dem Theater wünschte ich Sie nur bei Einer Repräsentation. Der Naturalism und ein loses, unüberdachtes Betragen, im ganzen wie im einzelnen, kann nicht weiter gehen. Von Kunst und Anstand keine Spur. Eine Wiener Dame sagte sehr treffend: die Schauspieler täten auch nicht im geringsten, als wenn Zuschauer gegenwärtig wären. Bei der Rezitation und Deklamation der meisten bemerkt man nicht die geringste Absicht verstanden zu werden. Des Rückenwendens, nach dem Grunde Sprechens ist kein Ende, so gehts mit der sogenannten Natur fort, bis sie bei bedeutenden Stellen gleich in die übertriebenste Manier fallen.

Dem Publikum hingegen muß ich in seiner Art Gerechtigkeit widerfahren lassen, es ist äußerst aufmerksam, man findet keine Spur von Vorliebe für einen Schauspieler, das aber auch schwer wäre. Man applaudiert öfters den Verfasser, oder vielmehr den Stoff, den er behandelt, und der Schauspieler erhält gewöhnlich nur beim Übertriebenen lauten Beifall. Dies sind, wie Sie sehen, alles Symptome eines zwar unverdorbenen, aber auch ungebildeten Publikums, wie es eine Messe zusammenkehrt.

Nun leben Sie wohl und gedenken mein. Mündlich noch gar manches.

Leipzig, den 4. April [Mai] 1800 G.

741. An Goethe

Weimar, 5. Mai 1800

Haben Sie Dank für Ihren lieben Brief, es war mir gar ungewohnt, solange nichts von Ihnen zu sehen und zu hören. So sehr ich Sie aber auch hier vermisse, so freut mich doch um Ihretwillen die Zerstreuung, die Sie sich nach dem langen Winter machen, und die Sie gewiß heiterer zurückführen wird. In Ihrer Abwesenheit habe ich mich, was das Physische betrifft, recht gut gehalten, ich bin viel im Freien gewesen und fange nachgerade an mich wie einen Gesunden zu betrachten. Sonst habe ich in diesen Tagen mich damit beschäftigt, die vier ersten Akte der Maria für den Theaterzweck in Ordnung zu bringen, und bin auch damit fertig, so daß ich jetzt schon den fünften Akt zur Hand genommen. Vom Macbeth sind mehrere Proben gewesen, und ich hoffe alles Gute davon. Doch wird die erste Vorstellung erst am Mittwoch über 8 Tage stattfinden können.

Sie werden unterdessen Cotta schon gesprochen und sich von seinen Schicksalen unterrichtet haben.

Die Schützische Replik auf Schellings Angriff wird Ihnen gleichfalls bekannt geworden sein. Leider ist vorherzusehen, daß Schelling die Majorität nicht auf seiner Seite haben wird; es ist gar übel, wenn man angriffsweise verfährt, sich viele Blößen zu geben. Er ist jetzt nach Bamberg abgereist, und wie ich höre, so ist ihm Madame Schlegel nachgezogen, die in Franken ein Bad besuchen will.

Man sagt mir, daß Kotzebue in einem neuen Stück, der Besuch, sich verschiedenes gegen die Propyläen herausgenommen habe. Wenn dem so ist, so hoffe ich, daß Sie den jämmerlichen Menschen seine entsetzliche Sottise werden fühlen lassen.

Von Weimar weiß ich Ihnen nicht viel zu schreiben. Ich bin unterdessen einmal bei einem Tee und Souper im Palais gewesen, wo ich 3/4 Stunden lang französische Verse anhören mußte.

Ob Sie sich in Leipzig gleich nicht sehr geistreich unterhalten können, so muß Ihnen doch die Klarheit, die Sie über diese irdischen Dinge haben, auch in dieser Existenz viel Vergnügen und Nutzen finden lassen. Die Beschreibung, die Sie von dem dortigen Theater geben, zeigt eine Stadt an und ein Publikum, das wenigstens auch keinen Anspruch auf Kunst und Kunstrichterei macht und bloß amüsiert und gerührt sein will. Es ist aber traurig, daß die dramatische Kunst in so schlechten Umständen sich befindet. Ich habe Opitzen meinen Macbeth angeboten, aber noch nichts von ihm gehört.

Noch habe ich vernommen, daß zwischen Friedrich Schlegel, der kürzlich hier war, und Jean Paul eine große Freundschaft sich angeknüpft, und daß auch Seckendorff mit Schlegeln sich viel eingelassen und ihn bei sich bewirtet und geehrt habe. Richter ist jetzt mit Herdern abgereist um sich von diesem kopulieren zu lassen.

Meine Frau grüßt Sie aufs freundschaftlichste. Leben Sie gesund und kehren recht erheitert zu uns zurück. Sch.

742. An Goethe

Weimar, 9. Mai 1800

Ich erfahre in diesem Augenblick, daß jemand aus Ihrem Hause nach Leipzig abgeht, und benutze diese Gelegenheit, Ihnen nur ein paar Worte zum Gruß zu schreiben. Ihre Abwesenheit empfind ich sehr, und doppelt empfind ich sie, weil ich mich jetzt in meiner Arbeit verlieren kann, denn die Proben vom Macbeth zerschneiden mir die Zeit gewaltig, und zum fünften Akte der Maria habe ich nicht kommen können, auch nicht wollen, weil ich dazu einer eignen Stimmung bedarf.

Wie man mir sagt, so kommen Sie erst auf den Mittwoch zurück. Wir können Sie also gleich mit dem Macbeth empfangen, denn dieser ist bis dahin verlegt worden.

Meine Gesundheit hat sich immer recht wohl gehalten, ich gehe mit Meyern viel spazieren. Meine Kleine ist seit 5 Tagen inokuliert worden, und wir erwarten nun mit Furcht und Hoffnung den Ausbruch der Blattern.

Ich muß eilen, weil man im Augenblick abreist. Leben Sie recht wohl, kommen Sie gesund zurück. Leider werde ich Sie nur Einen Tag hier sehen und dann meine poetische Einsamkeit beziehen. Sch.

Inlage bitte ich an Cotta zu besorgen. Er wird mir etwas Geld schicken und ich bitte Sie, wenn es Sie nicht beschwert, es mir mitzubringen.

743. An Goethe

[Weimar, den 23. Mai 1800]

Es tut mir leid, daß Sie unsrer Leseprobe nicht beiwohnen können, ich werde Ihnen morgen einen treuen Rapport davon erstatten.

Bei der *Abendvorlesung* der *Maria* wünschte ich Sie eigentlich nicht anwesend, weil ich Ihnen die ganze zweite Hälfte des Stücks, die Sie noch nicht kennen, lieber auf einmal vorlegen möchte und bei dem verzettelten Lesen das Beste verloren geht.

Leben Sie indessen recht wohl. Ich wünsche gute Faustische Erscheinungen. S.

744. An Schiller

[Weimar, den 12. Juni 1800]

Der kühne Gedanke, eine Kommunion aufs Theater zu bringen, ist schon ruchbar geworden, und ich werde veranlaßt Sie zu ersuchen diese Funktion zu umgehen. Ich darf jetzt bekennen, daß es mir selbst dabei nicht wohl zumute war, nun, da man schon zum voraus dagegen protestiert, ist es in doppelter Betrachtung nicht rätlich. Mögen Sie mir vielleicht den 5ten Akt mitteilen? und mich diesen Morgen nach 10 Uhr besuchen? damit wir die Sache besprechen könnten. Vielleicht gingen Sie auch einmal das Schloß zu sehen? wozu es heute ein schöner Tag ist. G.

745. An Goethe

[Weimar, den 15. Juni 1800]

Ich bin sehr begierig zu vernehmen, wie Sie mit der gestrigen Vorstellung zufrieden sind, und frage also an, wann ich Sie heute sehen kann. Unsre Schauspieler verdienen gewiß vieles Lob, und wenn Sie auch dieser Meinung sind, so sagen Sie ihnen wohl etwas darüber. Sch.

746. An Schiller

Man hatte alle Ursache mit der Aufführung sehr zufrieden zu sein, so wie das Stück mich außerordentlich erfreut hat. Mögen Sie heute abend um 6 Uhr mich besuchen, so werden Sie mir ein großes Vergnügen machen. Diesen Mittag bin ich bei Hofe und komme schwerlich früher nach Hause.

Weimar, am 15. Juni 1800 G.

747. An Goethe

[Weimar, Mitte Juni 1800?]

Ich bin von der Unruh dieser Tage, von der Hitze und einer schlechten Nacht so mitgenommen, daß ich heute das Zimmer hüten und mich recht zu erholen suchen will. Morgen abend hoffe ich desto frischer und ausgeruhter zu Ihnen zu kommen. Leben Sie also wohl für heute, und mögen Ihnen gute Gedanken Gesellschaft leisten. Sch.

748. An Schiller

Indem ich bei Ihnen anfrage, ob Sie etwa heute abend mit nach Tiefurt fahren wollen, ersuche ich Sie mir das Schlegelische Gedicht zurückzuschicken.

Vielleicht fragen Sie bei dieser Gelegenheit Ihre liebe Frau, ob sie von meinem kleinen Stück der jüngern Zeit in Versen einige Nachricht geben kann.

Ich bin in der Stadt; Sie besuchen mich ja wohl und wir fahren alsdann, wie es uns beliebt.

Weimar, am 24. Juni 1800 G.

749. An Schiller

Ich entschließe mich gleich meinen ersten Entwurf Ihnen zur Beurteilung zu übergeben. Da es nur drum zu tun ist eine Arbeit los zu werden, so scheinen mir diese Bogen, wie ich sie wieder durchlese, zu ihrem Endzweck beinahe schon gut genug. Doch erwarte ich Ihr Urteil. Wenn ich von Hof komme und erst weiß, wie es mit mir heute abend steht, so hören Sie noch von mir, vielleicht frage ich bei Ihnen an, ehe ich nach Hause gehe.

Weimar, am 27. Juni 1800 G.

750. An Schiller

[Weimar, Anfang Juli 1800]

Dürfte ich Sie wohl um ein Exemplar der Piccolomini auf kurze Zeit bitten? Mit den besten Wünschen G.

751. An Schiller

Ich habe mich kurz und gut entschlossen nach Tische hinüber nach Jena zu gehen, weil ich ein für allemal hier zu keiner Art von Besinnung gelange.

Leben Sie recht wohl und rücken Sie in allem recht lebhaft vor, auf den Sonnabend hören Sie von mir.

Weimar, am 22. Juli 1800 G.

752. An Goethe

[Weimar, den 22. Juli 1800]

Ich bin ganz verwundert und erstaunt über den schnellen Entschluß, den Sie gefaßt, und ob ich gleich recht viel Gutes davon für Ihre Arbeiten hoffe, so ist mir doch Ihre Abwesenheit nicht erfreulich. Mögen Ihnen die alten Wände im Schloß viel Glück bringen, und mögen Sie sich dort der guten und bösen Tage erinnern, die wir zu Jena miteinander lebten.

Ich hoffe, bald gute Nachrichten von Ihren Sukzessen zu erhalten, und werde nicht ermangeln Sie von meinen Zuständen zu benachrichtigen. Meine Frau empfiehlt sich Ihnen auch aufs beste.

Leben Sie recht wohl. Sch.

753. An Schiller

In Betrachtung der Kürze und Vergänglichkeit des menschlichen Lebens (ich fange meinen Brief wie ein Testament an) und in Ermangelung des Gefühls eigner Produktion, habe ich mich, gleich Dienstag abends, als ich ankam, in die Büttnerische Bibliothek verfügt, einen Voltaire heraufgeholt und den *Tancred* zu übersetzen angefangen. Jeden Morgen wird etwas daran gearbeitet und der übrige Tag verschlendert.

Diese Übersetzung wird uns wieder in manchem Sinne fördern. Das Stück hat sehr viel theatralisches Verdienst und wird in seiner Art gute Wirkung tun. Ich will etwa noch 8 Tage hier bleiben und, wenn mich der Genius nicht auf etwas anders führt, so werde ich gewiß mit zwei Dritteilen fertig. Übrigens habe ich noch viele Menschen gesehen und mich einige Male ganz wohl unterhalten.

Schreiben Sie mir auch, was Ihrer Tätigkeit gelungen ist, und wann Sie nach Lauchstädt zu gehen gedenken?

Grüßen Sie Ihre liebe Frau und gedenken Sie mein.

Jena, am 25ten Juli 1800 G.

754. An Goethe

Weimar, 26. Juli 1800

Irgend ein *Spiritus familiaris* hat mir geoffenbart, daß Sie den Tancred übersetzen, denn ich habe es, ehe ich Ihren Brief erhielt, als bekannt angenommen. Für unsre theatralischen Zwecke ist das Unternehmen gewiß sehr förderlich, ob ich gleich herzlich wünsche, daß der Faust es verdrängen möchte.

Übrigens beneide ich Sie darum, daß Sie doch etwas wirklich entstehen sehen. In diesem Fall bin ich noch nicht, weil ich über das Schema meiner Tragödie noch immer nicht in Ordnung bin und noch große Schwierigkeiten aus dem Weg zu räumen habe. Ob man gleich bei jedem neu zu produzierenden Werk durch eine solche Epoche hindurch muß, so gibt es doch stets das peinliche Gefühl, als ob nichts geschähe, weil am Abend eines Tages nichts kann aufgezeigt werden.

Was mich bei meinem neuen Stücke besonders inkommodiert, ist, daß es sich nicht so, wie ich wünsche, in wenige große Massen ordnen will und daß ich es, in Absicht auf Zeit und Ort, in zu viele Teile zerstückeln muß, welches, wenn auch die Handlung selbst die gehörige Stetigkeit hat, immer der Tragödie widerstrebend ist. Man muß, wie ich bei diesem Stück sehe, sich durch keinen allgemeinen Begriff fesseln, sondern es wagen, bei einem neuen Stoff die Form neu zu erfinden, und sich den Gattungsbegriff immer beweglich erhalten.

Ich lege ein neues Journal bei, das mir zugeschickt worden, woraus Sie den Einfluß Schlegelischer Ideen auf die neueste Kunsturteile zu Ihrer Verwunderung ersehen werden. Es ist nicht abzusehen, was aus diesem Wesen werden soll, aber weder für die Hervorbringung selbst, noch für das Kunstgefühl kann dieses hohle, leere Fratzenwesen ersprießlich ausfallen. Sie werden erstaunen darin zu lesen, daß das wahre Hervorbringen in Künsten ganz bewußtlos sein muß, und daß man es besonders Ihrem Genius zum großen Vorzug anrechnet, ganz ohne Bewußtsein zu handeln. Sie haben also sehr unrecht, sich wie bisher rastlos dahin zu bemühen, mit der größtmöglichen Besonnenheit zu arbeiten und sich Ihren Prozeß klar zu machen. Der Naturalism ist das wahre Zeichen der Meisterschaft, und so hat Sophokles gearbeitet.

Wann ich nach Lauchstädt gehen werde, hängt von einem Brief ab, den ich noch von Körnern erwarte. Sollte das Projekt nicht zustande kommen, so werde ich auf einige Zeit nach Ettersburg gehen und mich dort für den Anfang meiner Arbeit zu sammeln suchen.

Mögen Ihnen die Musen günstig sein. Meine Frau grüßt Sie.

S.

755. An Schiller

Meine Arbeit geht ihren Gang fort, meine Übersetzung schreibe ich des Morgens, soviel ich kann, mit Bleistift und diktiere sie dann in ruhigen Augenblicken, wodurch das erste Manuskript schon ziemlich rein erscheinen wird. Zu Ende dieser Woche bin ich mit den drei letzten Akten fertig und will die zwei ersten auf einen frischen Angriff versparen. Ich sage nichts vom Ganzen, das uns zu unsern Zwecken auf alle Weise behülflich sein wird. Es ist eigentlich ein *Schau*spiel; denn alles wird darin zur Schau aufgestellt, und diesen Charakter des Stücks kann ich noch mehr durchsetzen, da ich weniger geniert bin als der Franzose. Der theatralische Effekt kann nicht außen bleiben, weil alles darauf berechnet ist und berechnet werden kann. Als öffentliche Begebenheit und Handlung fordert das Stück notwendig Chöre, für die will ich auch sorgen und hoffe es dadurch soweit zu treiben, als es seine Natur und die erste gallische Anlage erlaubt. Es wird uns zu guten neuen Erfahrungen helfen.

Zu dieser Arbeit brauch ich ohngefähr 4 Stunden, und zur Übersicht dient folgendes Schema, wie mannigfaltig und mitunter lustig die übrige Zeit benutzt worden.

Kurze Übersicht derer Gaben, welche mir in dieser Stapelstadt des Wissens und der Wissenschaft zur Unterhaltung sowohl, als zur geistigen und leiblichen Nahrung mitgeteilt werden.

Loder gab
fürtreffliche Krebse, von denen ich Ihnen einen Teller zugewünscht habe,
köstliche Weine,
einen zu amputierenden Fuß,
einen Nasenpolypen,
einige anatomische und chirurgische Aufsätze,
verschiedne Anekdoten,
ein Mikroskop und Zeitungen.

Frommann
Griesens Tasso,
Tiecks Journal erstes Stück.

Fr[iedrich] Schlegel
Ein eignes Gedicht,
Aushängebogen des Athenäum.

Lenz
Neue Mineralien, besonders sehr schön kristallisierte Chalzedone.

Mineralogische Gesellschaft
Einige Aufsätze hohen und tiefen Standpunkts,
Gelegenheit zu allerlei Betrachtungen.

Ilgen
Die Geschichte Tobis,
verschiedne heitre Philologica.

Der botanische Gärtner
Viele Pflanzen nach Ordnungen, wie sie hier im Garten stehen und zusammen blühen.

Cotta
Philiberts Botanik.

Der Zufall
Gustav Wasa von Brentano.

Die Literaturhändel
Lust, Steffens' kleine Schrift über Mineralogie zu lesen.

Graf Veltheim
Seine zusammengedruckten Schriften, geistreich und lustig; aber leider leichtsinnig, dilettantisch, mitunter hasenfüßig und phantastisch.

Einige Geschäfte
Gelegenheit, mich zu vergnügen und zu ärgern.

Zuletzt sollte ich Ihres Memnons nicht vergessen, der denn auch wie billig zu den merkwürdigen Erscheinungen und Zeichen der Zeit gerechnet werden muß.

Wenn Sie nun alle diese Gespenster durcheinander spuken lassen, so können Sie denken, daß ich weder auf meinem Zimmer, noch auf meinen einsamen Promenaden allein bin. Für die nächsten Tage ist mir noch die wunderlichste Mannigfaltigkeit angekündigt, wovon mit nächstem Botentag das mehrere. Zugleich werde ich auch den Tag meiner Rückkunft bestimmen können.

Leben Sie recht wohl und tätig, wenn Ihnen diese Barometerhöhe so gut als mir bekommt.

Jena, am 29. Juli 1800 G.

756. An Goethe

Weimar, 30. Juli 1800

Der heitre Ton Ihres Briefs beweist mir, daß es Ihnen in Jena ganz wohl geht, wozu ich Glück wünsche. Ich kann dasselbe von mir nicht rühmen, der Barometerstand, der Ihnen so günstig ist, regt meine Krämpfe auf und ich schlafe nicht gut. Unter diesen Umständen war mir die Nachricht von Körnern, daß er nicht reisen könne, sehr willkommen. Ich werde also nicht nach Lauchstädt gehen und mache dadurch einen unverhofften Gewinn an Zeit und auch an Geld; denn so gern ich ihn wieder gesehen hätte, so war er mir gerade jetzt ein wenig lästig.

Ich gratuliere zum Fortschritt in Ihrer Arbeit. Die Freiheit, die Sie sich mit dem französischen Original zu nehmen scheinen, ist mir ein sehr gutes Zeichen Ihrer produktiven Stimmung, auch auguriere ich daraus, daß wir noch einen Schritt weiter vorwärts kommen werden als beim Mahomet. Mit Verlangen erwarte ich die Mitteilung des Werks und unsre Gespräche darüber. Wenn Sie den Gedanken mit dem Chor ausführen, so werden wir auf dem Theater ein wichtiges Experiment machen.

Auch von meinem Stück hoffe ich Ihnen, wenn Sie zurückkommen, das fertige Schema vorzulegen und mich, ehe ich an das Ausführen gehe, Ihrer Beistimmung zu versichern. In diesen letzten Tagen hat mich der Schluß meiner Gedichtsammlung noch beschäftigt. Die Stanzen über den Mahomet habe ich auch darin abdrucken lassen. Göpferdt kann Ihnen, wenn Sie neugierig darauf sind, die Bogen *R* und *S* zusenden, sobald sie abgedruckt sind.

Kirms hat mir heute eine sehr willkommene Rolle Geld zugesendet, für die ich Ihnen bestens Dank sage.

Meine Frau grüßt Sie aufs schönste. Leben Sie recht wohl und erfreuen sich der bunten Mannigfaltigkeit, die Sie in Jena umgibt. Mellish ist gestern hier durchgekommen und wohnt wieder in Dornburg. Er hat mir viel von dem lustigen Leben erzählt, das in Wilhelmstal geführt wird, wo es sehr utopisch zugeht. Meine Schwägerin hatte ein großes Unglück mit dem Wagen, der entzwei ging, doch hat sie selbst keinen Schaden gelitten.

Leben Sie recht wohl. Sch.

757. An Schiller

Tancreden habe ich gestern frühe schon beiseite gelegt. Übersetzt, und hie und da ein wenig mehr, habe ich den Schluß vom zweiten Akt, den dritten und vierten Akt, ohne den Schluß von beiden. Dadurch habe ich mich, wie ich glaube, der edleren Eingeweide des Stücks versichert, denen ich nun noch einiges Belebende andichten muß, um dem Anfang und Ende etwas mehr Fülle als im Original zu geben. Die Chöre werden recht gut passen; allein dem allem ohngeachtet werde ich mich sehr nüchtern zu verhalten haben, um nicht das Ganze zu zerstören. Es kann mich indessen auf dem Wege, auf dem wir sind, niemals reuen dieses Unternehmen fortzuführen und durchzusetzen.

Gestern habe ich einiges Geschäftsähnliche besorgt und heute einen kleinen Knoten in Faust gelöst. Könnte ich von jetzt an noch 14 Tage hier bleiben, so sollte es damit ein ander Aussehen gewinnen; allein ich bilde mir leider ein in Weimar nötig zu sein und opfere dieser Einbildung meinen lebhaftesten Wunsch auf.

Auch sonst sind diese Tage an mancherlei Gutem von außen nicht unfruchtbar gewesen. Wir haben lange auf eine *Braut in Trauer* gesonnen. Tieck in seinem poetischen Journal erinnert mich an ein altes Marionettenstück, das ich auch in meiner Jugend gesehen habe: die *Höllenbraut* genannt. Es ist ein Gegenstück zu Faust oder vielmehr Don Juan. Ein äußerst eitles, liebloses Mädchen, das seine treuen Liebhaber zugrunde richtet, sich aber einem wunderlichen unbekannten Bräutigam verschreibt, der sie denn zuletzt wie billig als Teufel abholt. Sollte hier nicht die Idee zur Braut in Trauer zu finden sein, wenigstens in der Gegend?

Von Baadern habe ich eine Schrift gelesen über das pythagoräische Quadrat in der Natur oder die vier Weltgegenden. Sei es nun, daß ich seit einigen Jahren mit diesen Vorstellungsarten mich mehr befreundet habe, oder daß er seine Intentionen uns näher zu bringen weiß, das Werklein hat mir wohl behaget und hat mir zu einer Einleitung in seine frühere Schrift gedient, in der ich freilich, auch noch jetzt, mit meinen Organen nicht alles zu packen weiß.

Ein Studierender, der sich auf die Anatomie der Insekten legt, hat mir einige sehr hübsch zergliedert und demonstriert, wodurch ich denn auch in diesem Fache teils in der Kenntnis, teils in der Behandlung vorwärts gegangen bin.

Wenn man so einen jungen Mann nur ein Vierteljahr zweckmäßig beschäftigen könnte, so würde sich recht viel Erfreuliches nebeneinander stellen lassen. Indessen, wenn ich wieder herüberkommen kann, ehe die Verpuppungszeit gewisser Raupenarten eintritt, so will ich doch seine Tätigkeit und Geschicklichkeit zu benutzen suchen. Man könnte zwar leicht diese Dinge selbst machen, wenn es einen nur nicht sogleich mit Gewalt in ein abgelegnes Feld hinüber führte.

Montag werde ich wieder bei Ihnen sein, wo ich manches sowohl schwarz auf weiß mitbringe als zu erzählen habe. Leben Sie indessen recht wohl und fleißig und gedenken mein.

Jena, am 1. August 1800 G.

758. An Goethe

Weimar, 2. August 1800

Ich freue mich aus Ihrem Brief Ihre baldige Zurückkunft zu vernehmen und wünsche Glück, daß Sie Ihre Zeit so gut angewandt haben, auch daß an den Faust gedacht worden ist. So verliere ich die Hoffnung nicht, daß dieses Jahr noch ein großer Schritt darin geschehen wird.

Ich kann Ihnen diesmal nur einen kurzen Gruß sagen. Göpferdt sendet mir 2 Korrekturen zu, die schnell expediert sein müssen, und ich bin gezwungen, auf die Bibliothek zu gehen, um eine ganze Literatur zusammenzusuchen. Mein Stück führt mich in die Zeiten der Troubadours, und ich muß, um in den rechten Ton zu kommen, auch mit den Minnesängern mich bekannter machen. Es ist an dem Plan zu dieser Tragödie noch gewaltig viel zu tun, aber ich habe große Freude daran und hoffe, wenn ich mich bei dem Schema länger verweile, in der Ausführung alsdann desto freier fortschreiten zu können.

Der Gedanke wegen der Höllenbraut ist nicht übel, und ich werde mir ihn gesagt sein lassen.

Leben Sie also wohl bis auf Wiedersehen. Meine Frau grüßt Sie aufs beste. Sch.

759. An Schiller

Wenn Sie heute mit zu Legationsrat Bertuch gehen wollen, so komme ich um 1 Uhr mit dem Wagen Sie abzuholen.

Hiebei folgt auch ein Exemplar meiner Gedichte, für Ihre liebe Frau; sie soll es aber nicht binden lassen, bis ich darüber gesprochen, denn die Runzeln im Wallenstein, welche Sie Herrn Frommann und seiner Maschine schuld gegeben, kommen vom Binden her und lassen sich vermeiden, wie ich angeben will.

Ich wünsche, daß Sie sich heute besser als gestern befinden mögen, obgleich das Barometer noch immer zu meinen Gunsten steht.

Weimar, am 12. August 1800 G.

760. An Goethe

[Ober-Weimar,] 15. August 1800

Ich habe mich gestern abend nach Ober-Weimar herausgemacht und genieße jetzt einen recht heitern Morgen. Doch fürchte ich, daß, solang die Hitze anhält, nicht viel geschehen wird, weil Geist und Körper ganz ermattet sind.

Vielleicht entschließen Sie sich heute abend spazieren zu fahren und bei mir vorzusprechen. Auch bin ich neugierig zu erfahren, ob neue Konkurrenzstücke eingesandt worden. Mein Bedienter geht gegen 1 Uhr mit meinem Mittagessen zurück, wenn Sie mir etwas wollen sagen lassen.

Leben Sie recht wohl. Sch.

761. An Goethe

Ober-Weimar, 17. August 1800

Ich habe gestern umsonst gehofft, Sie zu sehen. Ganz spät abends war ich in der Stadt, weil meine Frau nicht wohl geworden, und bin gegen 10 Uhr wieder zurückgekommen.

Der tollste Zufall von der Welt mußte mich hier einer Hochzeit, die vielleicht auf 6 Meilen die einzige in der Gegend ist, gegenüber logieren, gerade da ich aus der Stadt geflüchtet bin, um dem Geräusch zu entgehen. Ich habe die ganze Nacht nicht geschlafen, und selbst der Vormittag wurde mir verdorben, weil man unter Geschrei und Späßen die Aussteuer der Braut auspackte. So verschwört sich alles gegen meinen Fleiß, und ich werde noch einige Zeit brauchen, fürchte ich, um im Gange zu sein. Vielleicht fahren Sie diesen Abend bei mir an, ich werde wenigstens bereit sein. Leben Sie recht wohl. Sch.

762. An Schiller

Sie erhalten hiebei den Humboldtischen Aufsatz.

Mögen Sie sich wohl gegen 5 Uhr parat halten, ich hole Sie ab oder lasse Sie abholen um auf der Akademie die Sachen beisammen zu sehen, es sind noch wundersame Dinge angekommen.

Diesen Abend bleiben wir wieder beisammen um noch zu guter Letzt die nötigsten Dinge zu verhandeln.

Weimar am 2. September 1800 G.

763. An Goethe

Weimar, 5. September 1800

Der Humboldtische Aufsatz, den ich Ihnen hier zurückschicke, wird recht gut zu brauchen sein. Der Inhalt muß interessieren, denn er betrifft einen abgeschlossenen menschlichen Zustand, der wie der Berg, auf dem er seinen Sitz hat, vereinzelt und inselförmig ist und mithin auch den Leser aus der Welt heraus und in sich selbst hineinführt. Die Beschreibung könnte ein wenig lebhafter und unterhaltender sein, doch ist sie nicht trocken, und zuweilen läßt sich vielleicht mit einem Worte oder einem Strich nachhelfen. Es wäre zu wünschen, daß unmittelbar neben diesem Gemälde ein entgegengesetztes von dem bewegtesten Weltleben hätte angebracht werden können, so würden beide eine doppelte Wirkung tun.

Ich hoffe, Sie haben sich in Ihrer Einsamkeit nun bald wieder gefunden, und erwarte in Ihrem morgenden Brief schon zu lesen, daß etwas produziert worden ist. Auch ich habe nun förmlich beim Anfang angefangen und hoffe noch einen Abschnitt zu erreichen, ehe ich nach Jena hinüber komme. Auf der Gemäldegalerie bin ich unterdessen einmal gewesen und habe verschiedene Bemerkungen über das Publikum gemacht, welche ich mündlich mitteilen will.

Indes Meyer unsre deutschen Künstler richtet und mustert, fallen sie *reciproce* über ihn her und halten sich über seine Arbeiten auf. So schreibt mir Crusius, mein Verleger aus Leipzig, daß die Zeichnung vor meinen Gedichten den Leipzigern gar sehr mißfalle, daß sie viel zu unbestimmt und ohne Ausdruck sei, und bittet mich deswegen, in künftigen Fällen einen andern Künstler vorzuschlagen. Nun möchte ich wissen, wo dem Herrn Schnorr das Bestimmte und Ausdrucksvolle sitzt.

Über den Wallenstein gibt mir Cotta ganz gute Nachrichten.

Von vierhalbtausend Exemplaren sind jetzt schon die meisten abgesetzt, und er macht zu einer neuen Auflage Anstalt. Daß sich das Publikum auch durch einen teuren Preis nicht vom Kaufen abschrecken läßt, ist für Ihren Faust ein sehr gutes Omen; hier kann Cotta sogleich eine Auflage von 6–8000 Exemplaren wagen.

Der arme Eschen, Voßens Schüler, den Sie als Übersetzer des Horaz kennen, ist im Chamounixtal verunglückt. Er glitschte im Steigen aus und fiel in einen Abgrund, wo er unter Schneelawinen begraben wurde und nimmer zum Vorschein kam. Es tut mir sehr leid um den armen Schelmen, daß er auf eine so jämmerliche Art aus der Welt gehen mußte.

Den 6. September

Mir ist noch kein Brief von Ihnen gebracht worden. Ich will hoffen, daß recht großer Fleiß Sie abgehalten, mir zu schreiben. Leben Sie recht wohl und lassen mich bald von Ihnen hören.

Sch.

764. An Schiller

Nach verschiedenen Abenteuern bin ich erst heute früh wieder zu der jenaischen Ruhe gelangt und habe gleich etwas versucht, aber nichts getan. Glücklicherweise konnte ich diese acht Tage die Situationen festhalten, von denen Sie wissen, und meine *Helena* ist wirklich aufgetreten. Nun zieht mich aber das Schöne in der Lage meiner Heldin so sehr an, daß es mich betrübt, wenn ich es zunächst in eine Fratze verwandeln soll. Wirklich fühle ich nicht geringe Lust eine ernsthafte Tragödie auf das Angefangene zu gründen; allein ich werde mich hüten die Obliegenheiten zu vermehren, deren kümmerliche Erfüllung ohnehin die Freude des Lebens wegzehrt.

Ich wünsche, daß Sie in Ihrer Unternehmung weiter gelangt sind. Wäre es möglich, daß Sie, *collegialiter* mit Meyern, etwas für die Anzeige des Ausgestellten tun könnten, so würde es mir eine große Erleichterung sein. Sagen Sie mir etwas durch den rückkehrenden Boten und leben Sie recht wohl.

Jena, am 12. September 1800 G.

765. An Goethe

Weimar, 13. September 1800

Ich wünsche Ihnen Glück zu dem Schritte, den Sie in Ihrem Faust getan. Lassen Sie sich aber ja nicht durch den Gedanken stören, wenn die schönen Gestalten und Situationen kommen, daß es schade sei, sie zu verbarbarisieren. Der Fall könnte Ihnen im 2ten Teil des Faust noch öfters vorkommen, und es möchte einmal für allemal gut sein, Ihr poetisches Gewissen darüber zum Schweigen zu bringen. Das Barbarische der Behandlung, das Ihnen durch den Geist des Ganzen aufgelegt wird, kann den höhern Gehalt nicht zerstören und das Schöne nicht aufheben, nur es anders spezifizieren und für ein anderes Seelenvermögen zubereiten. Eben das Höhere und Vornehmere in den Motiven wird dem Werk einen eigenen Reiz geben, und Helena ist in diesem Stück ein Symbol für alle die schönen Gestalten, die sich hinein verirren werden. Es ist ein sehr bedeutender Vorteil, von dem Reinen mit Bewußtsein ins Unreinere zu gehen, anstatt von dem Unreinen einen Aufschwung zum Reinen zu suchen, wie bei uns übrigen Barbaren der Fall ist. Sie müssen also in Ihrem Faust überall Ihr *Faustrecht* behaupten.

Wegen der Kritik der ausgestellten Gemälde kann ich Ihnen nichts anders bestimmt zusagen als den Brief, den ich für mich allein und auf meine Weise darüber aufsetzen will. Ich komme ganz aus meinem Vorteil, wenn ich meine Ideen über diese Werke mit Meyers und Ihren zusammenzuschmelzen suche. Auch ist dasjenige, was ich durch diese Absonderung meiner Ansicht von der Ihrigen erreiche, nicht ohne Nutzen für das Publikum der Propyläen oder vielmehr für unsre Absicht mit demselben. Übrigens werde ich Meyern bei seinem Aufsatz darüber meinen Rat gern erteilen.

Mit meiner Arbeit geht es noch sehr langsam, doch geschieht kein Rückschritt. Bei der Armut an Anschauungen und Erfahrungen nach außen, die ich habe, kostet es mir jederzeit eine eigene Methode und viel Zeitaufwand einen Stoff sinnlich zu beleben. Dieser Stoff ist keiner von den leichten und liegt mir nicht nahe.

Ich lege Ihnen einige Novitäten aus Berlin bei, die Sie belustigen werden: besonders werden Sie sich der Protektion erfreuen, welche Woltmann Ihnen widerfahren läßt.

Leben Sie recht wohl und bleiben auf dem angefangenen Wege.

Sch.

766. An Schiller

Der Trost, den Sie mir in Ihrem Briefe geben, daß durch die Verbindung des Reinen und Abenteuerlichen ein nicht ganz verwerfliches poetisches Ungeheuer entstehen könne, hat sich durch die Erfahrung schon an mir bestätigt, indem aus dieser Amalgamation seltsame Erscheinungen, an denen ich selbst einiges Gefallen habe, hervortreten. Mich verlangt zu erfahren, wie es in vierzehn Tagen aussehen wird. Leider haben diese Erscheinungen eine so große Breite als Tiefe, und sie würden mich eigentlich glücklich machen, wenn ich ein ruhiges halbes Jahr vor mir sehen könnte.

Mit Niethammern gehen die philosophischen Colloquia fort und ich zweifle nicht, daß ich auf diesem Wege zu einer Einsicht in die Philosophie dieser letzten Tage gelangen werde. Da man die Betrachtungen über Natur und Kunst doch einmal nicht los wird, so ist es höchst nötig sich mit dieser herrschenden und gewaltsamen Vorstellungsart bekannt zu machen.

Nun aber vor allen Dingen eine Anfrage, ob ich hoffen kann Sie künftigen Sonntag hier zu sehen. Frau Griesbach hat mich schon auf Sie eingeladen. Ich wünschte gar sehr, daß Sie bei dem schönen Wetter, das sich zu bestätigen scheint, den guten Vorsatz ausführten und mit Meyern herüberkämen. Sie könnten meine Kutsche nehmen, wir äßen Mittag bei Griesbach, Sie blieben die Nacht bei mir im Schlosse, und wenn wir unsere Konsultationen geendigt hätten, so könnten Sie Montags früh wieder fortfahren. Ich möchte nicht gern etwas über die Preise öffentlich bekannt machen, bis wir gleich die Aufgabe auf das folgende Jahr mit dazufügen könnten. Überhaupt wäre es nötig uns auch wegen dem, was in den Propyläen gesagt werden soll, nochmals zu besprechen.

Ich habe einen Brief an Humboldt geschrieben, den ich hier beilege. Es ist ein wahres Unglück, daß ich seinen letzten Brief wieder verlegt habe, wo er mir nochmals seine Adresse schreibt. Da es aber noch die alte ist, so findet sie sich ja wohl bei Ihnen oder Ihrer Frau Schwägerin. Haben Sie die Güte das Nötige hinzuzufügen und den Brief auf die Post zu geben.

Der Woltmannische Brief kommt hier zurück. Es muß in Berlin wunderlich aussehen, wenn man auch nur solche Einfälle haben kann. Indessen ist es ja nicht sowohl [darum] zu tun etwas zu wirken, als etwas in Bewegung zu setzen. Ich rede von dem Einfall uns dorthin zu ziehen. Der Ton der Ankündigung ist völlig Fichtisch. Ich fürchte nur, die Herren Idealisten und Dynamiker werden ehester Tages als Dogmatiker und Pedanten erscheinen und sich gelegentlich einander in die Haare geraten. Wenn Sie herüberkommen, sollen Sie allerhand hören und sehen, zu einer Kommunikation in die Ferne habe ich gar keinen Mut.

Leben Sie recht wohl.

Jena, am 16. September 1800 G.

767. An Goethe

Weimar, 17. September 1800

Was die Reise nach Jena betrifft, so bin ich allerdings fest entschlossen, auf den Sonntag mit Meyern hinüberzukommen; doch darf ich mir nicht erlauben über die Nacht auszubleiben, weil eine Unterbrechung meiner Arbeit von zwei Tagen mich gleich wieder zu sehr zerstreut. Doch hoffe ich nach 9 Uhr drüben zu sein und kann auch bis abends gegen 9 Uhr bleiben. Ihren Pferden will ich die starke Tour nicht zumuten, an einem Tage hin und her zu gehen.

Mit Vergnügen lese ich, daß Sie unterdessen bei dem Faust geblieben sind und noch ferner dabei bleiben wollen. Endlich muß sich doch etwas davon präzipitieren, da Sie noch mehrere Wochen Ruhe vor sich sehen.

Das Resultat der Gespräche mit Niethammern wünsche ich einmal aus Ihrem Munde zu hören. Ich habe dieser Tage Woltmanns Schrift über die Reformation, die bis an Luthers Tod fortgeführt ist, gelesen und bin durch jene theologische Revolution an die neueste philosophische erinnert worden. In beiden war etwas sehr bedeutend Reales, dort der Abfall von Kirchensatzungen und die Rückkehr zu den Quellen, Bibel und Vernunft: hier der Abfall vom Dogmatismus und der Empirie. Aber bei beiden Revolutionen sieht man die alte Unart der menschlichen Natur, sich gleich wieder zu *setzen*, zu *befangen* und dogmatisch zu werden. Wo das nicht geschieht, da fließt man wieder zu sehr auseinander, nichts bleibt fest stehen und man endigt, so wie dort, die Welt aufzulösen und sich eine brutale Herrschaft über alles anzumaßen.

Übrigens ist Woltmanns Werk, das weitläufig werden könnte, um nichts reifer und versprechender als seine vorhergegangene Staatengeschichten. Es kam darauf an, diesen Stoff, der, seiner Natur nach, nach einem kleinlichen, elenden Detail hinstrebt und mit unendlich retardierendem Gange sich fortbewegt, in große fruchtbare Massen zu ordnen und mit wenigen Hauptstrichen ihm den Geist abzugewinnen. So aber geht der Historiker ebenso umständlich und schwerfällig seinen Gang wie die Reichsverhandlungen, er schenkt uns keinen kleinen Reichstag, kein nutzloses Colloquium, man muß durch alles hindurch. In den Urteilen herrscht eine jugendliche schwächliche Wohlweisheit, ein gewisser Geist der Kleinigkeit und der Nebensache; in den Darstellungen Gunst und Abgunst. Bei alledem liest sich das Buch nicht ohne Interesse.

Cottas Damenkalender rumort hier schon ziemlich, wie ich höre – Sie haben ihn nun auch in Händen und werden, wie ich, diese jämmerliche Damenschriftstellerei und Buchhändler-Armseligkeit unsers Freundes aufs neu bedauert haben. Er rangiert sich hier wirklich neben die ärgsten Lumpen des Buchhandels, und auch die Königin von Preußen mußte an der Spitze stehen, damit er ja in nichts gegen Herrn Wilmans zurückbleibe.

Körner schreibt mir vor einigen Tagen, mit großem Verwundern, daß eine Nachricht da sei, die Humboldte geben sich mit Geistersehereien ab. Er hat es von Geßlern gehört. Eine gewisse Neigung hatte Humboldt wirklich nach dieser Seite gehabt, und es ist möglich, daß Paris dazu geholfen, sie zu entwickeln. Alexander soll den Geist seiner Mutter nicht loswerden können.

Ihren Brief an Humboldt werde ich morgen früh auf die Post geben.

Leben Sie recht wohl, und alle gute Geister seien mit Ihnen.

Sch.

768. An Schiller

Ihr neulicher Besuch war mir sehr erfreulich, unser Gespräch, sowie Meyers Vorlesung, haben mir Mut gemacht die erste Expedition gleich beiseite zu schaffen. Briefe, Geld und Anzeige sind abgegangen. An der Beurteilung wird abgeschrieben und ich sinne nun auf meinen Introitus, welchem Ihre Peroration hoffentlich bald vom Stapel helfen soll.

Meine Helena ist die Zeit auch etwas vorwärts gerückt. Die Hauptmomente des Plans sind in Ordnung, und da ich in der Hauptsache Ihre Beistimmung habe, so kann ich mit desto besserm Mute an die Ausführung gehen.

Ich mag mich diesmal gern zusammenhalten und nicht in die Ferne blicken; aber das sehe ich schon, daß, von diesem Gipfel aus, sich erst die rechte Aussicht über das Ganze zeigen wird.

Ich wünsche auch von Ihnen zu hören, daß es vorwärts gehe.

Um mir nicht den Fluch der Ehefrauen noch mehr zuzuziehen, als er schon auf mir liegt, will ich Sie nicht zu Ihrer Herreise aufmuntern. Sollte sich freilich das Wetter verändern, so haben Sie im Garten auch wenig Freude.

Grüßen Sie Meyern, an den ich heute nicht schreibe.

Die philosophischen Colloquia werden immer interessanter, und ich kann hoffen, wenn ich mir nur Zeit lasse, das Ganze recht gut einzusehen. Wir wollen das möglichste tun, um mit diesem *dritten Wunder* in das neue Jahrhundert einzutreten.

Leben Sie recht wohl und gedenken mein.

Jena, am 23. September 1800 G.

769. An Goethe

Weimar, 23. September 1800

Ihre neuliche Vorlesung hat mich mit einem großen und vornehmen Eindruck entlassen, der edle hohe Geist der alten Tragödie weht aus dem Monolog einem entgegen und macht den gehörigen Effekt, indem er ruhig mächtig das Tiefste aufregt. Wenn Sie auch sonst nichts Poetisches von Jena zurückbrächten als dieses, und was Sie über den fernern Gang dieser tragischen Partie schon mit sich ausgemacht haben, so wäre Ihr Aufenthalt in Jena belohnt. Gelingt Ihnen diese Synthese des Edeln mit dem Barbarischen, wie ich nicht zweifle, so wird auch der Schlüssel zu dem übrigen Teil des Ganzen gefunden sein, und es wird Ihnen alsdann nicht schwer sein, gleichsam analytisch von diesem Punkt aus den Sinn und Geist der übrigen Partien zu bestimmen und zu verteilen. Denn dieser Gipfel, wie Sie ihn selbst nennen, muß von allen Punkten des Ganzen gesehen werden und nach allen hinsehen.

Ich habe mich gestern an die Ausarbeitung meines Briefes gemacht, und wenn ich Freitags, wie ich hoffe, damit fertig werde, so habe ich große Lust, sie selbst nach Jena zu bringen. Von einem einsamen Aufenthalt in meinem Garten, auch wenn das Wetter mich nicht gerade sehr begünstigen sollte, erwarte ich einen guten Einfluß. Und im Oktober ist auf einige angenehme Tage gewiß zu rechnen. Die Frau findet sich darein, und es kommt hier alles nur auf die Gewöhnung an. Wir wollen uns übrigens beide in unsern Arbeiten nicht stören, wenn Sie die absolute Einsamkeit lieber haben.

Ich habe Mellish gestern gesprochen, und das lebhafte Interesse, das er jetzt schon an Ihrer Optik nimmt, nach allen Kräften zu unterhalten gesucht. Wenn ich hinüberkommen sollte, so würde ich auf eine Zusammenkunft mit ihm antragen und Sie bitten, ihm noch einige entscheidende Aufschlüsse und weitere Anweisung zu geben. Er hat einen großen Begriff von der ganzen Sache, und sie scheint ihm so sehr bedeutend, daß eben sein Erstaunen ihm noch einen Zweifel erweckt – Wenn Sie ihn also von der Unhaltbarkeit der Newtonischen Lehre durch den Augenschein überführen, so wird ihm die Sache wichtig genug sein, um alles daran zu wenden.

Daß Sie die Anzeige der neuen Preisaufgaben schon abgesendet, tut Meyern und mir beinahe leid; denn wir wollten Ihnen wegen der zweiten Aufgabe noch einige Vorstellungen machen. Auch wollte ich Ihnen einen Einfall, der mir gekommen ist, vortragen – ob man nämlich nicht das Publikum interessieren könnte, 150 oder 200 Lose, eins für einen Dukaten, zu kaufen, und alsdann die 2 oder 3 besten Stücke an die Interessenten zu verlosen. Auf diese Art wäre es möglich für den ersten Preis 100 Dukaten auszusetzen, wobei freilich der Verfasser und sein Werk Verzicht tun müßte – das Publikum würde für die Unternehmung und dadurch mittelbar für die Propyläen lebhaft interessiert, und kein Künstler könnte von der Konkurrenz ausbleiben.

Auch Meyer fand meine Idee praktikabel und vorteilhaft. Ich überlasse sie Ihrem weitern Nachsinnen.

Leben Sie recht wohl. Sch.

770. An Goethe

Weimar, 26. [27.] September 1800

Ich hatte gehofft, Ihnen meinen versprochenen Brief heute mit der Botenfrau zu schicken, aber ich bin noch nicht ganz damit im reinen, die letzten Tage waren mir nicht günstig, denn die böse Wetterveränderung regte meine alten Krämpfe wieder auf. Mit der morgenden Post aber sende ich das Manuskript ab, da ich vorderhand noch nicht ratsam finde, selbst hinüberzukommen.

Ich hoffe, daß Sie sich wohl befinden, ob ich gleich heute nichts von Ihnen hörte. Wenn Sie mir den Hermann von den griechischen Silbenmaßen zu lesen verschaffen könnten, so wäre mirs sehr lieb; Ihre neuliche Vorlesung hat mich auf die Trimeter sehr aufmerksam gemacht und ich wünschte in die Sache mehr einzudringen. Auch habe ich große Lust mich in Nebenstunden etwas mit dem Griechischen zu beschäftigen, nur um so weit zu kommen, daß ich in die griechische Metrik eine Einsicht erhalte. Ich hoffe, wenn Humboldt hieher kommt, dadurch eher etwas von ihm zu profitieren. Auch wünschte ich zu wissen, welche griechische Grammatik und welches Lexikon das brauchbarste sein möchte. Friedrich Schlegel wird wohl am besten darüber Auskunft geben können.

Ich wünsche gute Fortschritte in der Tragödie; diese Woche bin ich in meiner Produktion nicht vorgerückt.

Leben Sie recht wohl. Meine Frau grüßt Sie. Sch.

771. An Schiller

Ich habe Vulpius geschrieben, daß er Ihnen gleich aus meinen Büchern diejenigen aussucht, die Sie ohngefähr zu Ihren Zwekken brauchen können, Sie werden sich aber wenig daran erbauen. Das Stoffartige jeder Sprache sowie die Verstandsformen stehen so weit von der Produktion ab, daß man gleich, sobald man nur hineinblickt, einen so großen Umweg vor sich sieht, daß man gern zufrieden ist, wenn man sich wieder herausfinden kann. In meiner Arbeit gehe ich auch nur so nach allgemeinen Eindrücken. Es muß jemand, wie etwa Humboldt, den Weg gemacht haben, um uns etwa zum Gebrauch das Nötige zu überliefern. Ich wenigstens will warten, bis er kommt, und hoffe auch alsdann nur wenig für meinen Zweck.

Das Wetter ist von der Art, daß ich Sie kaum hier zu sehen hoffe, darum ersuche ich Sie aufs beste mir bald Ihren freundlichen Beitrag zu schicken und auch Freund Meyern zu fernerer Ausarbeitung seines Teils aufzumuntern. Mein Schema habe ich gemacht, aber ich kann es nicht reinigen und komplettieren, noch weniger ausführen, bis ich sehe, was Sie zum voraus weggenommen haben. Möge es nur recht viel sein!

Meine Colloquia mit Niethammer gehen fort und nehmen eine recht gute Wendung.

Rittern habe ich gestern bei mir gesehen, es ist eine Erscheinung zum Erstaunen, ein wahrer Willenshimmel auf Erden.

Meine Wünsche wären jetzt sehr eingeschränkt, wenn es von mir abhänge sie zu befriedigen. Doch ich will nichts davon sagen und Ihnen ein herzliches Lebewohl wünschen.

Jena, am 28. September 1800 G.

772. *An Goethe*

Weimar, 29. September 1800

Hier erhalten Sie den Brief. Ich wünschte sehr, daß Ihnen dadurch etwas an eigener Arbeit erspart sein möchte, aber ich hoffe es kaum; ich war hier nicht auf meinem Felde, und worauf es hier eigentlich ankommt, die *Proprietät* der Sache, ist von mir nicht zu erwarten. Einige Gedanken auszusprechen, den Leser zu unterhalten, den Künstler ein wenig anzuregen und mitunter konfus zu machen, das hab ich versprochen und so ohngefähr auch geleistet. Der Aufsatz wird aber beinah anderthalb Bogen geben; wenn er Ihnen zu groß [ist], so nehmen Sie einige Details weg und schalten überhaupt damit nach Belieben.

Die Bücher hat mir Vulpius geschickt, an den Hermann werde ich mich sogleich machen und übrigens in der Sache solange fortfahren, als sie mir nicht unerträglich wird.

Leben Sie wohl für heute. Ich eile mit dem Paket auf die Post.

Sch.

773. *An Schiller*

Das Wetter fährt fort von der Art zu sein, daß es Sie wohl nicht reizen kann. In diesen Tagen habe ich den Eingang zu unserer Preiserteilung geschrieben und den Schluß dazu schematisiert, ich muß nun abwarten, wie er zu Ihrer und Meyers Arbeit paßt.

Wenn ich Mittwoch abends Meyers letzte Hälfte und Ihr Ganzes erhalten könnte, so wär ich freilich sehr gefördert, denn ich wünschte nicht eher wegzugehen, bis alles ein Ganzes ist. In Weimar gelingt mir so etwas nicht, ich weiß es schon; denn ich brauche fast mehr Sammlung zum Rhetorischen als Poetischen.

Es fiel mir ein, daß ich noch einen Aufsatz von Humboldt über den Trimeter habe. Leider habe ich ihn, als er abgeschrieben war, nicht korrigiert, es kommen daher einige mir wenigstens unheilbare Schreibefehler darin vor. Auch liegt ein Teil seines Agamemnons bei, beides wird einigermaßen Ihren Wünschen entgegenkommen.

Wenn ich übrigens mit Niethammer und Friedrich Schlegel transzendentalen Idealism, mit Rittern höhere Physik spreche, so können Sie denken, daß die Poesie sich beinahe verdrängt sieht; doch läßt sich hoffen, daß sie wieder zurückkehren werde.

Übrigens mag ich nun nach Hause gehen, wenn ich will, so habe ich meine vier Wochen nützlich zugebracht und finde mich

von allen Seiten gefördert. Manches habe ich nun zu verarbeiten, und wenn ich diesen Winter noch einen Monat hier zubringen kann, so wird es in mehr als Einem Sinne gut stehen. Leben Sie wohl, gedenken mein und sein Sie auf Ihre Weise fleißig.
Jena, am 30. September 1800 G.

Ich lege noch vorjährige Bemerkungen über den Macbeth bei, die ich zum Teil noch erst werde kommentieren müssen; heben Sie solche bei sich auf oder geben sie Beckern.

Eben wollte ich meine Depesche schließen, als zu meiner größten Freude Ihr Aufsatz anlangt. Ich habe ihn geschwind gelesen und finde ihn so schön, gut und zweckmäßig, als Sie es selbst nicht wissen. Es fiel mir dabei ein: daß jede Partei in Venedig 2 Advokaten von verschiednem Charakter beim Plaidieren der Prozesse aufstellt, einen, der den Vertrag macht, und einen anderen, der konkludiert.

Aus unserm Dreiklang soll diesmal etwas recht Artiges entstehen. Meine Peroration, die Sie mir zum Teil weggenommen haben, will ich nun zu der Einleitung schlagen und, was mir ja noch übrig bliebe, zu der Preisaufgabe aufs folgende Jahr, wo sich auch noch mancherlei sagen läßt. Doch das wird sich alles erst finden, wenn ich Meyers Rezension habe, auf die ich morgen hoffe. Die Einheit in der Verschiedenheit der drei Töne wird sich recht gut ausnehmen. Ich danke Ihnen tausendmal für guten Beistand. Ich wollte auch die Motive klassifizieren, ich fürchtete aber, schon bei Durchsicht meines Schemas, daß ich ins Trockne fallen könnte. Bei Ihnen ist nun alles in Fluß.

Leben Sie recht wohl und schenken Sie doch auch der flüchtigen Skizze einen Blick, die ich Meyern über die verschiedene Lage der Kunst in Deutschland zuschickte. G.

Bemerkungen zu Macbeth

1. Versuch die Stimmen der Hexen unkenntlicher zu machen.
2. Ihre symmetrische Stellung zu nuancieren.
3. Ihnen einige Bewegung zu geben.
4. Wo es nötig, längere Kleider, um den Kothurn zu bedecken.
5. Donalbains Schwert muß neuer aussehen.
6. Rosse und der König müssen andere Abgänge arrangieren.
7. Macbeth und Banquo, wenn sie mit den Hexen sprechen, treten mehr gegen das Proszenium. Die Hexen treten näher zusammen.

8. Lady Macbeth spricht nicht rückwärts im ersten Monolog.
9. Fleance muß einen andern Leuchter haben.
10. *Gebt mir mein Schwert.* Zweifel über diese Stelle des Banquo.
11. *Nicht so starr.*
12. Eine tiefere Glocke ist anzuschaffen.
13. Macbeth sollte als König prächtiger erscheinen.
14. Die Tafel sollte nicht so modern besetzt sein.
15. Der Mittelaufsatz müßte verguldet sein um gegen das Gespenst besser abzustechen.
16. Die Lichter sind gerad zu stecken und müssen stärkere Lichter genommen werden.
17. Banquos Gesicht ist blässer zu machen.
18. Es ist für Stühle zu sorgen, die nicht fallen.
19. Ein großer Helm ist zu machen.
20. Die Kinder müssen weiter heraus aus dem Kessel, sie sind zu maskieren und auffallender zu dekorieren.
    NB. Die Schatten langsamer und die Gestalten im Charakter mehr abgeändert.
21. Nach der Hexenszene sollte etwas Musik sein, ehe Malcolm und Macduff eintreten.
22. Fragen, ob man nicht einen Monolog von Malcolm sollte vorausgehen lassen, in welchem er die Sorge von Verräterei ausdruckt. Ich weiß nicht, woran es lag, aber der Effekt dieser Szene ging mir ganz verloren.
23. Macduffs Gebärden, da er den Tod der Seinigen erfährt.
24. Eylenstein als Arzt muß nicht so gebückt sitzen und nicht so sehr in sich reden.
25. Arrangement und Wandeln in dieser Szene.
26. Mannigfaltigere Motive des Gefechts.
27. Stärkere Klingen für die Hauptfechtenden.
28. Sollte man nicht die Rolle des jungen Seiwards einer andern Person zu geben suchen? Demoiselle Caspers wird an dieser Stelle auch noch für Donalbain gehalten.

774. *An Goethe*

Weimar, 1. Oktober 1800

Ihre historischen Resultate aus den eingeschickten Preisstücken hat mir Meyer neulich gleich mitgeteilt, und wir haben uns beide recht darüber erfreut. Und wäre wirklich aus dem ganzen Institut nur dieses einzige Resultat gewonnen worden, so verlohnte es schon der Mühe, daß diese 29 Künstler sich beschäftigt hätten, denn es gibt einen sehr charakteristischen und zu vielerlei Gebrauch fruchtbaren Blick über die jetzige Kunststatistik. Auch wird gerade diese Bemerkung am allgemeinsten interessieren.

Daß Sie mit meiner Arbeit zufrieden sind und sie mit Ihrem Zweck zusammenstimmend finden, muß mir doppelt lieb sein, weil ich sie wirklich mehr auf Ihren Wunsch als aus eigenem Trieb unternommen; denn Sie werden gefunden haben, daß gerade das, was mich am Anfang dazu bestimmte, die Ergießung meiner Empfindungen über Nahls Zeichnung, nicht die Hauptsache darin geworden ist.

Wenn ich aus dem, was Meyer getan und was ich selbst gesagt, urteilen soll, was eigentlich noch vorzüglich auszusprechen wäre, so bietet sich mir besonders folgendes an:

Meyer ist ins Künstlerische, ich bin ins Poetische und allgemein Philosophische gegangen; nun möchte noch etwas Allgemeines und, wenn Sie wollen, *Szientifisches* über das eigentlich *Künstlerische* zu sagen sein. Ich fühlte wohl die Notwendigkeit, auf meinem Wege, auch daran zu rühren, aber da es ganz außer meiner Kompetenz und Wissenschaft lag, so habe ich mich nur an den bloßen Gedanken des Bildes gehalten. Es wäre also noch nötig, über die malerische Behandlung, die *sinnliche* Anordnung, kurz über dasjenige, was alsdann zu tun ist, wenn der Gedanke gefunden und nun durch die Mittel der bildenden Kunst darzustellen ist, etwas allgemeines Wissenschaftliches auszusprechen. Zwar ruhen Meyers Urteile schon darauf, aber er schränkt sich mehr aufs Urteilen ein, und da wäre also die *Major* zu seiner *Minor* noch auszusprechen.

Für Mitteilung der Humboldtischen Arbeit danke ich Ihnen sehr; ich hoffe allerlei daraus zu lernen. Es wird mir schwer mit Hermanns Buch zurecht zu kommen, und schon vornherein finden sich Schwierigkeiten, ich bin neugierig, wie es Ihnen mit diesem Buche ergangen, und hoffe, daß Sie mir ein Licht darin aufstecken werden.

Die Schauspieler sind nun wieder hier und schimpfen sehr auf Rudolstadt, wo sie schlechten Dank scheinen geerntet zu haben. Es ist lustig, wie diese Herrn über Kotzebue sich mokieren, als wenn sie wirklich Geschmack hätten. Indes ist nicht zu leugnen, daß sie manchen Tadel wirklich richtig meinen und begründen, nur hängt es bei ihnen nicht zusammen. Ihre Bemerkungen über Macbeth wollen wir so gut als möglich zu nutzen suchen. Da ohnehin eine andre Besetzung des Stücks notwendig wird, weil

Vohs nicht den Macbeth spielen kann und Spangler abgegangen ist, so könnte man über die Besetzung der Hexen vielleicht noch etwas anders beschließen.

Cotta scheint ein Wort von Ihnen zu erwarten und ist Ihres Stillschweigens wegen in Sorgen. Die Nachdrucker machen ihm jetzt wegen des Wallenstein zu schaffen. Einer in Bamberg hat ihn schon gedruckt und versendet, ein andrer in Wien hat ein kaiserliches Privilegium darüber erhalten. So kommt uns von dorther nie etwas Gutes, aber sie stören und hindern desto mehr.

Leben Sie recht wohl, und beendigen Sie bald Ihr Geschäft, um sich hier wieder einzufinden und zusammenzuziehen, eh der Winter kommt. Sch.

775. *An Schiller*

Ich habe mich entschlossen morgen als den 4ten Oktober von hier abzugehen.

Ob ich gleich nicht gerade das zustande gebracht, was ich mir vorgesetzt, so habe ich doch meine Zeit gut zugebracht und bin in manchem vorwärts gekommen.

Mögen Sie morgen abend mich besuchen, so konsultieren wir zusammen, indes die Welt sich am Bayard ergötzt. Es muß notwendig unter uns dreien noch erst ein Consilium gehalten werden, ehe ich an die Ausarbeitung meiner Schematen denken kann, die ein wunderliches Ansehen genommen haben; soviel ich übersehen kann, werden wir die fünf noch fehlenden Bogen hinreichend füllen. Leben Sie recht wohl; das übrige mündlich.

Jena, am 3. Oktober 1800 G.

776. *An Schiller*

Indem ich anfrage, ob Sie mir heute abend das Vergnügen machen wollen mich zu besuchen, füge ich folgende Punkte hinzu:

1. Möchten Sie wohl an die Preisaufgabe des Intrigenstücks denken, da der letzte Bogen der Propyläen endlich gefördert werden soll.

2. Wollten Sie mir wohl Alte und Neue Zeit zurückschicken sowie

3. die paar Manuskripte unbrauchbarer Schauspiele, die Sie von mir haben, sodann gelegentlich

4. die gedruckten Schauspiele ansehen, welche ich hier übersende.

Weimar, am 9. November 1800 G.

777. An Schiller

Wohin sich die arme Poesie zuletzt noch flüchten soll, weiß ich nicht, hier ist sie abermals in Gefahr, von Philosophen, Naturforschern und Konsorten sehr in die Enge getrieben zu werden. Zwar kann ich nicht leugnen, daß ich die Herren selbst einlade und auffordere und der bösen Gewohnheit des Theoretisierens aus freiem Willen nachhänge, und also kann ich niemand anklagen als mich selbst. Indessen werden recht gute Dinge auf recht gute Weise in Anregung gebracht, so daß ich meine Zeit vergnügt genug hinbringe.

Loder hofft Sie Donnerstags zu sehen, Geheime-Rat Voigt hatte, wie man sagt, auch nicht übel Lust; vielleicht machten Sie zusammen eine Partie und brächten Meyern mit; sagen Sie mir aber doch hierüber etwas Näheres mit den Boten, damit wir indessen unsere Einrichtung machen können.

Wenn Sie zu uns kommen, so werden Sie viel Enthusiasmus für das *Festum saeculare* finden; man hat wirklich einige gute Gedanken gehabt, die vielleicht ausführbar sind.

Zur Helena haben sich einige gute Motive gefunden, und wenn ich ein Dutzend Briefe, die ich schuldig war, bei meinem hiesigen Aufenthalt los werde, so ist auch von der Seite was gewonnen.

Ich wünsche gleiches zu allen Ihren Unternehmungen.

Jena, am 18. November 1800 G.

778. An Goethe

Weimar, 19. November 1800

Der Geheime-Rat Voigt hat Geschäfte bekommen, die ihm diese Woche nicht erlauben nach Jena zu gehen, ich werde also nur mit Meyern kommen und auf den Freitag, weil da auch meine Schwiegermutter und Schwägerin von Rudolstadt durch Jena passieren; doch kann ich diese nicht bei Lodern einladen, weil es ungewiß ist, ob sie zu rechter Zeit eintreffen.

Vielleicht entschließen Sie sich dann, wieder mit uns herüber zu kommen.

Ich war in diesen Tagen ziemlich bei meiner Arbeit und habe die Szenen mit den Trimeters beendigt.

Wegen unsrer säkularischen Festlichkeiten habe ich bei Iffland und auch bei Opitz angefragt und erwarte nun ihre Antwort – Iffland schrieb mir vor einigen Tagen wegen der Maria, die jetzt bald soll gegeben werden. Ich sehe aus seinen Äußerungen, daß er mit seiner Lage in Berlin unzufrieden ist und sich besonders auch als Schauspieler zurückgesetzt fühlt, so daß er nach einer Rolle, die ihn wieder heben kann, schmachtet. Da Fleck, wie er schreibt, in der Maria spielen wird, so muß es mit seiner Krankheit nicht so arg sein, als man gemacht, und es wäre vielleicht möglich, wenn uns Iffland nicht besuchen kann, Fleck mit seiner Frau hieher zu bekommen. Unsre Vorschläge wegen des Jubiläums zirkulieren jetzt hier, man wird dieser Tage den Herzog darum angehen, daß von dieser Seite kein Hindernis entsteht. Wenn ich nach Jena komme, so wollen wir unsre Ideen zusammentragen.

Leben Sie recht wohl und genießen Ihren Aufenthalt. Lodern bitte mich schönstens zu empfehlen. Sch.

779. An Schiller

Wenn Sie mir heute abend das Vergnügen machen wollen, mit mir, in Gesellschaft des Professors Gentz, zu essen, so soll es mir sehr angenehm sein. Ich muß Sie aber bitten erst um acht Uhr zu kommen, weil wir vorher eine Visite bei Gores machen. Wenn Sie zusagen, so haben Sie die Güte beiliegendes Billet an den Überbringer zu geben, daß er es zu Mellish trage, den ich auch einlade.

Weimar, am 2. Dezember 1800 Goethe

780. An Schiller

[Weimar, den 11. Dezember 1800]

Ich wünschte, wie Sie wissen, morgen nach Jena zu gehen; nun ist aber Iphigenia von Gluck in Arbeit, und wenn die Repräsentation nicht mit Leben und Geschick arrangiert wird, so möchte wenig davon zu hoffen sein. Ich ersuche Sie daher sich derselben anzunehmen. Vielleicht fahren Sie um drei Uhr mit in die Probe, um sich einen allgemeinen Begriff zu machen. Geht es gut, so wäre es auch gleich eine Oper zum Säkularfest.

Dagegen soll auch alles angewendet werden die Schöpfung zustande zu bringen. G.

781. An Goethe

[Weimar, den 11. Dezember 1800]

Ich habe, wie Sie wissen, in Angelegenheiten der Musik und Oper so wenig Kompetenz und Einsicht, daß ich Ihnen mit meinem besten Willen und Vermögen bei dieser Gelegenheit wenig taugen werde; besonders, da man es in Opernsachen mit sehr heiklichten Leuten zu tun hat. In den Nachmittagstunden von 3 bis 5 Uhr will ich mit Vergnügen bei den Proben gegenwärtig sein, aber mehr als die Gegenwart kann ich nicht leisten. Heute gegen 4 Uhr suche ich Sie in der Probe auf, früher kann ich nicht abkommen.

Sie wollen uns die Schöpfung von Haydn verschaffen, wie Sie schreiben, und vorhin sagte mir der Kapellmeister Kranz von Ihrentwegen, daß *ich* sie schaffen möchte, und zwar durch den Herrn Koadjutor; man wolle sogleich einen Expressen mit dem Brief abschicken. Ich schrieb diesen Brief auf der Stelle und erwarte nun den Expressen, der ihn abholen soll.

Das Weitere mündlich. S.

782. An Goethe

[Weimar, den 12. Dezember 1800]

Eben schreibt mir Iffland, daß er 14 Tage nach Neujahr zu kommen hoffe, und fragt an, ob uns, im Fall seines Nichtkommens, Flecks willkommen sein würden. Da ich ihm schnell zurückschreiben muß, so hinterlassen Sie mir oder dem Herrn Hofkammerrat Ihre Vollmachten, wegen Flecks.

Guten Morgen und glückliche Reise. S.

783. An Schiller

In den ersten Tagen meines Hierseins erhielt ich, durch Kirms, die Nachricht, daß Iffland meinen Tancred den 18. Januar, zur Krönungsfeier, aufführen wolle. Ich habe ihm zwei Akte geschickt und denke den Überrest nachzusenden. Hätte er früher etwas von einer solchen Absicht merken lassen, so hätte man die

Chöre hinzufügen und dadurch dem Stück mehr Leben und Masse geben können.

Mag es indessen gehen wie es kann; aber da ich auf diese Weise kompromittiert bin, so muß ich wenigstens noch 8 Tage hier bleiben, um das Ganze fertig zu machen, denn absetzen darf ich gar nicht. Um nur das möglich zu machen, was geschehen ist, habe ich in diesen Tagen meines Hierseins die absolute Einsamkeit statuiert, keinen Philosophen noch Physiker, kurz, außer Lodern, gar niemand gesehen. Ich habe mich in dem romantisch-tragischen Kreise gehalten und das, was ich mache, so wie das, was ich gemacht habe, erscheint mir doch einigermaßen in einem günstigen Lichte, welches höchst nötig ist, wenn man fertig werden will.

Da an Iffland, wie mir Kirms schreibt, noch nichts gegangen ist, so wäre mein Rat, man suchte ihn auf den Mai zu bestimmen; denn ich weiß überhaupt nicht, wie er, oder irgend ein bedeutender Berliner Schauspieler, im Januar kommen will, wenn sie den 18ten Januar auf das Krönungsfest entweder den Tancred oder irgend ein bedeutendes Stück geben wollen. Erlauben Sie, daß der Hofkammerrat Kirms Sie deshalb spreche, ich werde ihn dazu veranlassen.

Nun muß ich Sie aber inständig ersuchen mit Meyern, den ich recht sehr zu grüßen bitte, sich der Aufführung der Iphigenia anzunehmen. Auch wird Probe und Vorstellung immer genug Interesse für Sie haben, da das Stück doch ganz als lyrische Tragödie erscheint.

Weiter weiß ich nichts zu sagen und füge nur noch ein herzliches Lebewohl hinzu.

Jena, am 16. Dezember 1800

784. An Goethe

[Weimar, den 17. Dezember 1800]

Es ist recht günstig, daß Sie von Berlin aus diesen Sporn erhalten, den Tancred zu beschleunigen, er wird also gewiß zu rechter Zeit fertig, und Sie werden damit zufrieden sein. Ohne Zweifel senden Sie ihn aktweise fort, weil er sonst doch nicht mehr könnte eingelernt werden.

Was Meyer und ich für die Iphigenia tun können, wollen wir recht gern tun, um Ihren Fleiß nicht zu unterbrechen. Wie ich aber höre, so wird Iphigenia auf den Sonnabend nicht gespielt, sondern *Cosi fan tutte.*

Ifflanden will ich schreiben, daß nunmehr die Zeit des Kommens von seiner Konvenienz abhänge und daß er Ihnen und uns allen im Mai sehr willkommen sein würde – Das jetzige Delabrement unsers Theaters durch Graffs und Vohs' Krankheit würde ohnehin die Wahl mancher Stücke genieren, worin man Iffland gerne gesehen hätte.

Daß Sie unterdessen mit den Musen allein leben und die Philosophen verbannt haben, hören wir mit großem Vergnügen.

Ich selbst habe meine Zeit hier auch nicht verloren und mich ruhig zu Hause gehalten und an mein Geschäft. Auch bin ich über einige schwere Partien, die ich hinter mir gelassen hatte, nun glücklich weg.

Leben Sie recht wohl und erfahren bei dieser Gelegenheit, daß sich die poetiche Muse im Notfall auch kommandieren läßt.

Sch.

785. An Goethe

Weimar, den 18. Dezember 1800

Der Herzog hat gegen unsre vorgeschlagene säkularische Festlichkeiten ganz neuerdings, wie mir berichtet wird, sein entschiedenes Mißfallen zu erkennen gegeben und unter andern dagegen angeführt, daß solche ohne Zuziehung der Theaterdirektion unternommen wären. Welche Bewandtnis es damit hat, wissen Sie. Unter diesen Umständen aber kann ich keinen Antrieb mehr haben, mich mit diesen Sachen zu beschäftigen, und ich überlasse es also Ihnen ganz, ob von seiten der Theaterdirektion mit Iffland oder Fleck etwas arrangiert werden soll. Ich selbst schreibe an Iffland, daß die projektierten Festivitäten nicht mehr statthaben und daß er meine Insinuation als eine Privatsache ansehen möge.

Zugleich bitte ich Sie, unser nach Jena gesandtes Zirkular dort von Lodern zurückzufodern und kassieren zu lassen. Das Zirkulare wegen der Münze behielte aber seinen Gang.

Unter diesen Umständen haben wir hier auch mit keinen Theaterarrangements zu eilen, und wir wollen in Gottes Namen uns in unsre Poesien vergraben und von innen zu produzieren suchen, da uns die Produktion nach außen so schlecht gelungen ist.

S.

786. An Schiller

Beiliegendes anmutige Heft wird wohl bei Ihnen schon in Kurs sein, wo nicht, so halten Sie es noch einige Tage zurück, es ist nicht zu leugnen, daß es brillante Partien hat.

Ich habe wenigstens noch drei Tage zu tun um mit meinen Rittern fertig zu werden. Der tragische Jammer hat mir in diesen kurzen Tagen wirklich zugesetzt, ich wäre längst fertig und wieder bei Ihnen, wenn ich mich gegen Iffland nicht engagiert hätte. Denn immer gleich alles genau zu korrigieren, abschreiben zu lassen und wieder durchzusehen, das hält mich auf. Sie wissen ja, wie ein solches Geschäft aussieht. Dagegen ist es wieder gut, wenn man einmal drin stickt, daß die Arbeit fertig wird, und wir brauchen sie doch auch zu Anfang des Jahrs. Eigentlich hatte ich doch zu lange gezaudert, und für Einen Anlauf, nach meiner Art, war die noch übrige Arbeit zu groß. Man glaubt nicht, was für Fäden in so einem Dinge stecken, bis man sich selbst daran macht sie wieder aufzudröseln.

Das wäre nun die Konfession über die vergangenen acht Tage. Ich wünsche, daß Sie mir auch manches und von besserer Art zu erzählen haben mögen.

Mein einsames Leben habe ich fortgesetzt, bin nur einmal an dem schönsten Tage spazieren gegangen, Friedrich Schlegel, Haarbauer und Niethammer haben mich besucht.

Schelling werde ich auf den Freitag mitbringen um bei unserer Säkular-Empirie einen tüchtigen Hinterhalt zu haben.

Übrigens habe ich sehr viel gelesen um die langen Abende einigermaßen zu nutzen. Leben Sie recht wohl, mich verlangt bald wieder die Abende mit Ihnen zuzubringen.

Jena, am 22. Dezember 1800 G.

787. An Goethe

Weimar, 24. Dezember 1800

Ich erwarte Sie und Ihre Arbeit mit großem Verlangen und wünsche Ihnen Glück, daß Sie diese *Besogne* noch im alten Jahrhundert abtun konnten. Sie haben nun doch dieses verflossene Jahr sich im Dramatischen aller Art produktiv gezeigt und können mit sich zufrieden sein.

Hier erwartet Sie die Iphigenia, von der ich alles Gute hoffe; ich war bei der gestrigen Probe, es ist nur noch wenig zu tun. Die Musik ist so himmlisch, daß sie mich selbst in der Probe unter den

Possen und Zerstreuungen der Sänger und Sängerinnen zu Tränen gerührt hat. Ich finde auch den dramatischen Gang des Stücks überaus verständig; übrigens bestätigt sich Ihre neuliche Bemerkung, daß der Anklang der Namen und Personen an die alte poetische Zeit unwiderstehlich ist.

Für die Ihrem Brief beigelegte Novität danke ich sehr. Sie hat mich sehr ergötzt, manche Bonmots sind trefflich, noch etwas größern Reichtum in Materie und auch in Formen hätte das Werk vertragen können; so wie es jetzt ist, übersieht man und erschöpft man es zu leicht, eine endlose unübersehbare Fülle von Witz und Bosheit sollte es enthalten. Hier habe ich noch nichts davon sprechen hören.

Burgsdorff ist hier durch gekommen, und Sie haben ihn ohne Zweifel jetzt auch gesprochen und sich von unsern Freunden in Paris erzählen lassen, die erst im Mai zu kommen gedenken.

Ich habe seit Ihrer Abwesenheit meine Tragödie auch um einige bedeutende Schritte vorwärts gebracht, doch liegt immer noch viel vor mir. Mit dem, was jetzt in Ordnung gebracht ist, bin ich sehr zufrieden, und ich hoffe, es soll Ihren Beifall haben. Das Historische ist überwunden und doch, soviel ich urteilen kann, in seinem möglichsten Umfang benutzt, die Motive sind alle poetisch und größtenteils von der naiven Gattung.

Dieser Tage hab ich einen Roman der Madame Genlis gelesen und zu meiner großen Verwunderung eine große Geistesverwandtschaft zwischen ihr und unserm *Hermes* gefunden, soweit es bei dem großen Unterschied der Nation, des Geschlechts und des Standes möglich ist.

Leben Sie recht wohl und kehren vergnügt zu uns zurück.

Sch.

788. An Schiller

Sie erhalten den Tancred noch feucht vom Buchbinder, haben Sie die Güte ihn mit Aufmerksamkeit durchzulesen und sich ihn gleich auf unserm Theater zu denken.

Mögen Sie heute abend ein gewöhnlich frugales Gastmahl, in der philosophisch-artistischen Gesellschaft einnehmen, so sollen Sie uns herzlich willkommen sein. Wir können alsdann über das Stück weiter sprechen, dessen Rollen inzwischen abgeschrieben werden.

Weimar, am 30. Dezember 1800 G.

789. An Schiller

Mögen Sie heute abend, nach der Probe, die doch vor 8 Uhr geendigt sein wird, mit uns eine kleine Abendmahlzeit einnehmen, so sollen Sie uns herzlich willkommen sein. Götze kann im Theater auf Ihre Befehle warten und, wenn der fünfte Akt angegangen ist, Ihnen den Wagen holen. Wollen Sie auch hineinfahren, so geben Sie ihm deshalb Ordre.

Mit mir geht es ganz leidlich, ich habe heute früh die Rolle mit der Caspers durchgegangen und bin mit dem guten Kinde recht wohl zufrieden.

Leben Sie recht wohl.

Weimar, am 29. Januar 1801 G.

790. An Schiller

Ein durchreisender Schauspieler soll heute abend nach der Probe in einigen Szenen sein Talent zeigen, da man ihm keine Gastrolle zugestehen mag.

Wollten Sie wohl diesen Versuch mit ansehen, so schicke ich gegen 6 Uhr meinen Wagen, der alsdann dort warten und Sie zu mir bringen kann.

Weimar, am 6. Februar 1801 Goethe

791. An Goethe

[Weimar, den 9. Februar 1801]

Ich sage Ihnen schriftlich guten Abend, weil ich eines starken Schnupfens und einer schlecht zugebrachten Nacht wegen übel daran bin und mich zu Hause halten muß. Heute nacht habe ich gefürchtet krank zu werden, weil ich Frost und Hitze spürte, bin aber doch den ganzen Tag von Fieberbewegungen frei und hoffe, daß es gar nichts auf sich hat.

Mögen Sie sich immer mehr und mehr erholen, und das Manuskript vom Faust auf Ihrem Tische nicht müßig liegen!

Schlafen Sie recht wohl. Ich hoffe Sie morgen zu sehen. S.

792. An Schiller

Halten Sie sich ja, daß dieser Sturm vorübergehe, freilich hätte ich gehofft Sie heute abend in meiner Einsamkeit zu sehen. Arbeiten möcht und könnte ich wohl, besonders auch Ihnen zur Freude, wenn nicht mein zerrißner Zustand mir fast alle Hoffnung und zugleich den Mut benähme.

Die Motive, die Sie mir gestern erzählten, habe ich weiter durchgedacht, und es scheint wohl, daß ich sie, auch nach meiner Art zu denken, sämtlich billigen werde; ich wünsche nun die Anlage des Stücks auch von vornherein zu kennen.

Weimar, am 9. Februar 1801 G.

793. An Goethe

[Weimar, den 11. Februar 1801]

Ich habe Ihnen von meiner *Jungfrau* schon soviel einzelnes Zerstreutes verraten, daß ich es fürs beste halte, Sie mit dem Ganzen in der Ordnung bekannt zu machen. Auch brauche ich jetzt einen gewissen Sporn, um mit frischer Tätigkeit bis zum Ziel zu gelangen. Drei Akte sind in Ordnung geschrieben, wenn Sie Lust haben, sie heute zu hören, so werde ich um 1/26 Uhr mich einfinden. Oder wollen Sie selbst Ihr Zimmer wieder einmal verlassen, so kommen Sie zu uns und bleiben zum Abendessen. Dies würde uns viele Freude machen, und ich selbst wagte weniger, wenn ich nach der Erhitzung eines zweistündigen Lesens mich nicht der Luft auszusetzen brauchte. Wenn Sie kommen wollen, so haben Sie die Güte es *Meyern* auch zu sagen, doch daß er vor 8 Uhr nicht kommt. S.

794. An Schiller

Ich nehme die Lektüre mit vielem Vergnügen an, um so mehr als ich Sie selbst ersuchen wollte, mir wenigstens den Plan von vornherein zu erzählen. Nur kann ich heute nicht ausfahren, weil Stark heute früh eine etwas schmerzliche, ich hoffe aber, die letzte Operation am Auge vorgenommen und mir das Ausgehen wegen der Kälte verboten hat. Ich schicke Ihnen daher um halb sechs den Wagen, und so können Sie auch nach Tische nach Hause

fahren. Ich verspreche mir viel Gutes von dieser Lektüre sowohl für Ihr Fortschreiten als für eigne Produktion.
Weimar, am 11. Februar 1801 G.

795. An Schiller

Heute abend um 5 Uhr werde ich Probe vom Tancred halten, ich will Ihnen aber nicht zumuten dabei zu erscheinen. Nach derselben aber, etwa gegen 8 Uhr, komm ich, wenn es Ihnen recht ist, Sie abzuholen zu dem gewöhnlichen frugalen Abendessen.
[Weimar.] Am 20. Februar 1801 G.

796. An Goethe

[Weimar, den 26. Februar 1801]

Ich zweifle, ob ich mit meinen Depeschen nach Leipzig und nach Berlin, die ich für heut abend und morgen früh zu expedieren habe, noch zeitig genug fertig werde, um Sie heute noch zu sehen. Es ist jetzt eine fatale Zeit für mich, wo sich diese Geschäfte ganz unvernünftig zusammenhäufen, ich habe schon 3 Tage nicht an meine Tragödie kommen können.

Morgen habe ich wieder für 8 Tage Rast und hoffe Sie dann morgen auf den Abend zu sehen. S.

797. An Schiller

Nehmen Sie es freundlich auf, wenn ich, eingedenk Ihrer gefälligen Teilnahme an den Propyläen, einen Teil eines soeben angekommnen Weintransports zusende. In der Hoffnung, daß Sie die übrigen Sorten bei mir versuchen und genießen mögen.
Weimar, den 28. Februar 1801 G.

798. An Schiller

Da es schon spät ist und ich keine Hoffnung mehr habe heute von Ihnen etwas zu hören, so will ich hiermit das Neuste vermelden.

Herr Hartmann von Stuttgart ist angekommen; wenn ich ihn

und seine Gemälde gesehen habe, sollen Sie ein Näheres vernehmen.

Über die Preisfrage habe ich wieder nachgedacht und finde vorläufig, daß ihr von dem Standpunkte der empirischen Psychologie, wo wir Poeten doch eigentlich zu Hause sind, recht gut beizukommen ist. Man steht zwischen dem Philosophen und Historiker und befindet sich auf dem Gebiete des eigentlichen Gehalts, wenn jener die Form und dieser den Stoff bringt.

Der, durch alle Zeiten und Orte, durchgehende, unveränderliche Naturstand scheint mir die Base zu sein, worauf das ganze Gebäude aufgeführt werden muß, doch dies dient mehr zur Beantwortung als zur Aufstellung der Frage.

Mich verlangt sehr zu erfahren, wie Ihnen die Veränderung zuschlägt, und wünsche das Beste.

Leben Sie wohl und lassen bald von sich hören.

Weimar, am 7. März 1801 G.

799. An Goethe

Jena, 10. März 1801

In Rücksicht auf die Preisfrage kann ich Ihnen noch nicht viel Brauchbares mitteilen. Das Einzige gebe ich Ihnen zu bedenken, ob man die Frage nicht ganz aus dem Gebiet der Geschichte hinweg in das Gebiet der Anthropologie verlegen sollte, wobei man einer ungeheuren *Moles* los würde, die noch dazu nicht viel hilft, denn die Geschichte ist für den philosophischen Gebrauch zu unzuverlässig und empirisch. Für die Sache selbst ist es, deucht mir, ganz gleichgültig, ob die Untersuchung nach der Länge oder nach der Breite angestellt wird. Denn wenn man, wie Sie selbst meinen, den Naturstand zur Basis macht, so ist man gleich gut bedient, man mag nun das Ganze der Gegenwart anthropologisch ansehen oder die verschiedenen Erscheinungen des Menschen rückwärts in der Geschichte aufsuchen, der Mensch ist in jeder Zeit ganz zu finden.

Ich erwarte in Ihrem nächsten Brief noch bestimmter zu hören, wie ich die Frage eigentlich fassen und aussprechen soll, um mit unsern Philosophen darüber umständlicher zu konferieren.

Ich habe diese bis jetzt noch nicht viel zum Gespräch bringen können; wenn die Ferien angehen, wird es, hoffe ich, besser damit gehen, weil sich jetzt am Ende der Kollegien die Arbeiten häufen. Schelling will eine Deduktion der verschiedenen Kunstgattungen *a priori* liefern, worauf ich begierig bin.

Was mein eigenes Tun betrifft, so kann ich noch nicht viel Gutes davon sagen. Die Schwürigkeiten meines jetzigen Pensums spannen mir den Kopf noch zu sehr an, dazu kommt die Furcht, nicht zu rechter Zeit fertig zu werden, ich hetze und ängstige mich und es will nicht recht damit fort. Wenn ich diese pathologischen Einflüsse nicht bald überwinde, so fürchte ich mutlos zu werden.

Vielleicht sind Sie mitten unter Ihren weimarischen Zerstreuungen produktiver als ich in meiner Einsamkeit, welches ich Ihnen herzlich wünsche.

Die Tage sind heiter und ich genieße sie in meinem Garten.

Leben Sie recht wohl. Ich hoffe, das nächstemal Sie besser zu unterhalten. Sch.

800. An Schiller

Meine Hoffnung, daß Sie, in diesen schönen Tagen, recht weit vorgerückt sein würden, benimmt mir Ihr Brief. Vielleicht kommt es auf einmal, wie es mir auch sonst, in ähnlichen Fällen, gegangen ist.

Hartmann von Stuttgart ist hier, und es tut mir recht leid, daß Sie ihn nicht kennen lernen. Ein großer, derber junger Mann von 28 Jahren, den man eher für einen Musikus als für einen Maler halten würde. Sein Wesen und Betragen ist naiv, in Absicht auf Kunstgesinnung ist er auf dem rechten Felde, nur nicht immer auf dem rechten Wege. Sein großes Bild ist sehenswert, der Gegenstand nicht zu schelten, aber doch nicht ganz glücklich.

Es ist recht angenehm mit ihm zu konversieren, ich habe mich an die bedeutendsten Punkte gehalten, damit man, mit so einem schönen Talent, mit so einem guten Menschen, in eine wahre Verbindung kommt und auch in der Ferne ein Verhältnis unterhalten kann. Das Beste ist, daß er nichts verliert, wenn das Wahre wahr ist, da so viele sich nur dem Echten deshalb widersetzen, weil sie zugrunde gehen würden, wenn sie es anerkennten.

Mit meinem Faust geht es sachte fort. Wenn ich auch täglich nur wenig mache, so suche ich mir doch den Sinn und den Anteil daran zu erhalten.

Wegen der Preisfrage sind wir ganz einig. Man könnte verlangen

Eine gedrängte, lichtvolle Darstellung des Bestehenden im

Menschen, mit Entwicklung der Phänomene der Kultur aus demselben. Man betrachte sie nun als ein Ganzes der Gegenwart oder der Sukzession oder als beides zugleich.

Wie Sie bin ich überzeugt, daß man auf diesem Wege am ersten zum Zweck gelangen und, bei dem unendlichen Stoff, eine faßliche Darstellung erwarten könne.

In Stuttgart ist, wie ich durch Meyern höre, dem es Hartmann erzählt hat, große Bewegung und Unzufriedenheit über unsere Kunsturteile. Wenn man das Detail vernimmt, so sieht man freilich, in welcher jämmerlichen Denkweise sie gefangen sind. Ihren Aufsatz haben sie für eine Arbeit von Böttiger erklärt. Wenn sie sich auf den Stil der bildenden Kunst nicht besser verstehen als den Stil des Schreibens, so sieht es freilich windig aus. Man macht sich immer eine Illusion über die Menschen, besonders über seine Zeit. Die Konfusion, die durch so viele Individuen entsteht, deren jeder ein anderes Interesse hat dieses oder jenes gelten zu machen, ist unendlich.

Sie erhalten zugleich ein Trauerspiel, in welchem Sie mit Schrecken abermals, wie mich dünkt, aus einem sehr hohlen Fasse, den Nachklang des Wallensteins hören werden.

Ich schließe mit dem Wunsch für schönes Wetter und produktive Stunden.

Weimar, am 11ten März 1801 G.

801. An Goethe

Jena, 13. März 1801

Die Schilderung, die Sie von Hartmann machen, läßt mich recht bedauern, daß man ihn in die wilde Welt muß hingehen sehen, ohne sich einer so guten Acquisition für das Rechte ganz versichern zu können; denn wie nahe man einander auch in einem ernstlichen Umgang von einigen Tagen oder Wochen kommen kann, so kann einen doch nur eine stetige Fort- und Wechselwirkung im Einverständnis erhalten.

Schade ists, was die Kunstkritik in den Propyläen betrifft, daß man die Stimme so selten erheben kann, und einen Eindruck, den man gemacht, nicht so schnell wieder durch einen neuen zu sekundieren Zeit hat. Es würde sonst gewiß gelingen, die Künstler und Kunstgenossen aus ihrer faulen Ruhe zu reißen, schon der Unwille über unsre Urteile verbürgt mir dies. Daher wollen wir es ja im nächsten Fall recht viel weiter treiben, und *Meyer* muß uns in den Stand setzen, den Schaden *specialiter* zu treffen und die falschen Maximen recht im einzelnen anzugreifen.

Von dem Stück, das Sie mir zugesendet, ist nichts Gutes zu sagen; es ist abermals ein Beleg, wie sich die hohlsten Köpfe können einfallen lassen etwas Scheinbares zu produzieren, wenn die Literatur auf einer gewissen Höhe ist und eine Phraseologie sich daraus ziehen läßt. Dieses Werk *in specie* ist doppelt miserable, weil es gegen den Gerstenbergischen Ugolino ein ungeheurer Rückschritt ist; denn diese Tragödie, welche Sie vielleicht nicht kennen, hat sehr schöne Motive, viel wahres Pathos und wirklich Genialisches, obgleich sie kein Werk des guten Geschmacks ist. Man könnte versucht sein, sich derselben zu bedienen, um die Idee der Tragödie daran aufzuklären, weil wirklich die höchsten Fragen darin zur Sprache kommen.

Ich habe diesen Mittag mit Ziegesar und andern bei Lodern essen müssen und bin diesen Abend zu einem Kränzchen eingeladen. Die Abende gehen meistenteils in Gesellschaft hin, und ich kann eher über zu viel Zerstreuung als über zu wenige Unterhaltung klagen.

Doch geht es mit meiner Arbeit besser, ich habe auch wieder mehr Mut und sehe etwas entstehen.

Leben Sie recht wohl. Viele Grüße an Meyern. Sch.

802. *An Schiller*

Zuvörderst wünsche von Herzen Glück, daß die Arbeit gut vonstatten geht, ich habe an Faust auch einiges getan, und so rückt man denn immer, obgleich langsam, weiter.

Hartmanns Aufenthalt ist vielleicht für uns nützlicher als für denselben, indem wir eine, nicht ganz ausgebildete, Denkweise eines vorzüglichen Menschen kennen lernen. Übrigens fällt es mir manchmal ein, daß man auf die Kunst eigentlich eine geheime Gesellschaft fundieren sollte, wobei das Lustige wäre, daß sehr viele Künstler in die höhern Grade gar nicht kommen könnten; auch müßte man sie selbst dem Fähigsten nicht *geben*, sondern, wenn er endlich dahin gelangte, ihm nur erklären, daß er sie erreicht habe. Sprechen, schreiben, drucken wird etwas nützen, aber nicht viel, indessen wollen wir uns auch dieses nicht reuen lassen.

Hartmannen haben wir gleich veranlaßt hier etwas zu komponieren und zwar einen etwas widerstrebenden Gegenstand:

den Admet, wie er, ungeachtet der Leiche im Hause, den Herkules aufnimmt und ihn bewirtet. Wie wir hierauf gekommen sind, sollen Sie künftig hören, zum Schreiben ist es zu umständlich.

Leben Sie recht wohl, in der Einsamkeit sowohl als in der akademischen Sozietät, und gedenken an uns.

Weimar, am 14. März 1801 G.

803. An Goethe

Jena, den 16. März 1801

Es geht mir hier noch immer ganz ordentlich, und mit jedem Tag geschieht etwas. Ich denke, solange ich über meinen Garten noch disponieren kann, welches bis Ostern sein wird, noch hier zu bleiben und in dieser Zeit die rohe Anlage des ganzen Stücks vollends hinzuwerfen, daß mir in Weimar nur noch die Rundung und Polierung übrig bleibt.

Hier hat uns die philosophische Fakultät auf ihre Kosten Stoff zu einer lustigen Unterhaltung gegeben. Friedrich Schlegel mußte disputieren, und um ihn zu drücken haben die Herrn Ulrich, Heinrich, Hennings etc. ein altes, ganz außer Kurs gekommenes Gesetz, ihm selbst die Opponenten zu setzen, welche seit undenklicher Zeit von den Disputierenden selbst gewählt wurden, [wieder hervorgezogen]. Auf den guten Rat einiger Freunde hat sich Schlegel dieser Schikane ohne Widerspruch unterzogen und den einen dieser offiziell gesetzten Opponenten, der sich bescheidener betrug, ganz gut behandelt; der andere aber, ein Professor Augusti, ein nach aller Urteil ganz erbärmliches Subjekt, welches von Gotha her empfohlen worden, hat den Disputierakt mit Beleidigungen und Anzüglichkeiten angefangen und sich zugleich so unverschämt und so ungeschickt betragen, daß Schlegel ihm auch eins versetzen mußte. Ulrich, der als Dekan zugegen war und alle diese groben Angriffe des Gegners passieren ließ, relevierte mit Feierlichkeiten einige Repliken von Schlegeln, dieser blieb ihm nichts schuldig, er hat die Lacher auf seiner Seite, und es gab skandalöse Szenen. Nach der allgemeinen Erzählung aber soll sich Schlegel mit vieler Mäßigung und Anständigkeit betragen haben, und man vermutet, daß dieser Handel seinen, als Dozent schon sehr gesunkenen, Kredit wieder heben werde.

Von Madame Veit ist ein Roman herausgekommen, den ich Ihnen mitteilen will, der Kuriosität wegen sehen Sie ihn an. Sie werden darin auch die Gespenster alter Bekannten spuken sehen. Indessen hat mir dieser Roman, der eine seltsame Fratze ist, doch eine bessere Vorstellung von der Verfasserin gegeben, und er ist ein neuer Beweis, wie weit die Dilettanterei wenigstens in dem Mechanischen und in der hohlen Form kommen kann. Das Buch erbitte ich mir zurück, sobald Sie es gelesen.

Die Aufgabe zu einem Gemälde an Hartmann hat mich überrascht, aber sie hat auf den ersten Blick etwas recht Interessantes und Einladendes. Ohne sich selbst das Rätsel zu lösen, fühlt man, daß es von einem geistreichen Einfall abhängt, ob der Gegenstand glücklich oder *refractaire* ist. Eine vollkommene Selbständigkeit des Gemäldes ist wohl nicht zu erwarten, aber es ist schon viel, wenn es auf den bloßen Anblick ohne den Schlüssel gleich interessant und auffordernd ist und sich, sobald man den Schlüssel erhält, rein und vollständig auflöst.

Viel Glück zu den Fortschritten im Faust, auf den die hiesigen Philosophen ganz unaussprechlich gespannt sind.

Leben Sie recht wohl, an Meyern viele Grüße. Sch.

Die Beilagen bitte gehorsamst gleich übergeben zu lassen.

804. An Schiller

Obgleich Florentin als ein Erdgeborner auftritt, so ließe sich doch recht gut seine Stammtafel machen, es können durch diese Filiationen noch wunderliche Geschöpfe entstehen.

Ich habe ohngefähr hundert Seiten gelesen und konformiere mich mit Ihrem Urteil. Einige Situationen sind gut angelegt, ich bin neugierig, ob sie die Verfasserin in der Folge zu nutzen weiß. Was sich aber ein Student freuen muß, wenn er einen solchen Helden gewahr wird! denn so ohngefähr möchten sie doch gern alle aussehen.

Dagegen sende ich Ihnen eine andere Erscheinung, die, wie sie sagt, vom Himmel kommt, allein, wie mich dünkt, gar zu viel von dieser altfränkischen Erde an sich hat. Der Verfasser dieses Werkleins scheint mir sich wie im Fegefeuer zwischen der Empirie und der Abstraktion, in einem sehr unbehaglichen Mittelstande zu befinden, indes ist weder an Inhalt noch an Form etwas über das sonst Gewohnte.

Ich wünsche, daß Schlegel von diesem Kampf einigen Vorteil ziehen möge, denn freilich habe ich seine Gabe als Dozent, auch von seinen besten Freunden, nicht rühmen hören.

Ob wir gleich Ihre Abwesenheit hier sehr fühlen: so wünsche

ich doch, daß Sie so lange als möglich drüben bleiben. Wenigstens ist mir die letzte Zeit immer in der Einsamkeit die günstigste gewesen, welches ich Ihnen auch von Herzen wünschen will.

Keinen eigentlichen Stillstand an Faust habe ich noch nicht gemacht, aber mitunter nur schwache Fortschritte. Da die Philosophen auf diese Arbeit neugierig sind, habe ich mich freilich zusammenzunehmen.

Hartmanns erster Entwurf von dem angezeigten Bilde hat schon vieles zur Sprache gebracht, wenn er das prosaisch Reelle durch das poetisch Symbolische erheben lernt, so kann es was Erfreuliches werden.

Übrigens sagte ich neulich zu Meyern: wir stehen gegen die neuere Kunst wie Julian gegen das Christentum, nur daß wir ein bißchen klärer sind als wie er. Es ist recht sonderbar, wie gewisse Denkweisen allgemein werden und sich lange Zeit erhalten können und so lange wirklich als ein Bestehendes der menschlichen Natur angesehen werden können. Es ist dies einer von den Hauptpunkten, auf den zu reflektieren ist, wenn die Preisfrage zur Sprache kommt.

Leben Sie recht wohl und genießen das akademische Wesen nach Herzenslust.

Weimar, am 18. März 1801 G.

805. An Goethe

Jena, 20. März 1801

Die mitgeteilten Novitäten folgen hier mit meinem besten Danke zurück.

Diese Adrastea ist ein bitterböses Werk, das mir wenig Freude gemacht hat. Der Gedanke an sich war nicht übel, das verflossene Jahrhundert, in etwa einem Dutzend reich ausgestatteten Heften, vorüber zu führen, aber das hätte einen andern Führer erfodert, und die Tiere mit Flügeln und Klauen, die das Werk ziehen, können bloß die Flüchtigkeit der Arbeit und die Feindseligkeit der Maximen bedeuten. Herder verfällt wirklich zusehends, und man möchte sich zuweilen im Ernst fragen, ob einer, der sich jetzt so unendlich trivial, schwach und hohl zeigt, wirklich jemals außerordentlich gewesen sein kann. Es sind Ansichten in dem Buch, die man im Reichsanzeiger zu finden gewohnt ist, und dieses erbärmliche Hervorklauben der frühern und abgelebten Literatur, um nur die Gegenwart zu ignorieren oder hämische Vergleichungen anzustellen!

Und was sagen Sie zu der Äonis? Haben Sie hier eine feste Gestalt gepackt? Ich gestehe, daß ich nicht recht weiß, wovon die Rede ist; wovon die Rede sein soll, sieht man wohl. Indessen ist es gut, daß der Dünkel und der Widerspruchsgeist den Verfasser in die Arena herausgelockt haben, um in Nachahmung Ihres Vorbildes seine Schwäche und Ungeschicklichkeit an den Tag zu legen. Was an dem Stücke gut ist, die Aufstellung zweier Hauptfiguren als ein Gegensatz, der sich auflöst, und die Begleitung derselben mit allegorischen Nebenfiguren, dies ist Ihnen abgeborgt, und mit der eignen Erfindung beginnt die Pfuscherei.

Die Erzählung von Tressan hat mir in meiner Einsamkeit Vergnügen gewährt. Von den Ritterromanen, die er bearbeitet hat, ist zwar in ihn selbst wenig mehr übergegangen als eine gewisse moralische Reinheit und Delikatesse; statt der Natürlichkeit der Gefühle findet man nur den Kanzleistil derselben, und alles ist auf einen sentimentalen Effekt berechnet, aber eine gewisse Einfachheit in der Anlage und eine Geschicklichkeit in der Anordnung befriedigt und erfreut.

Den Ugolino können Sie auf keinen Fall brauchen. Es ist nichts damit zu tun, als ihn an den Herrn Dr. Gries aus Hamburg, der sich noch hier aufhält, so schnell als möglich zurückzugeben.

Der unaufhörliche Wind, dem ich auch bei verschlossenen Zimmern nicht entweichen kann, macht mir meinen Aufenthalt im Garten oft lästig und hindert mich auch am Ausgehen, weil er mir die Brust angreift.

Indessen rückt doch die Arbeit immer fort, obgleich nicht mit schnellen Schritten.

Leben Sie recht wohl, Meyern viele Grüße. S.

806. An Schiller

Ich vermutete, daß ich Ihnen durch die Rittergeschichte einiges Vergnügen machen würde, sie ist sehr artig und unterhaltend und dabei ein rechtes Muster von modernem Auffassen und Behandeln älterer Zustände.

Mit Hartmann werden wir, ob er gleich schon zwei Zeichnungen gemacht hat, über den Admet nicht einig werden, weil er in einem Bilde, das ganz symbolisch sein müßte, die Begebenheit natürlich darstellt. Es ist hier eine Kluft befestigt, die nur durch Offenbarung zu überspringen ist. Wir glaubten uns so deutlich darüber gegen ihn ausgedruckt zu haben, allein aus seiner Produktion sieht man, daß er nicht weiß, was wir wollen. Es gehört freilich eine völlige Sinnesänderung dazu, und wer weiß, ob er bei seinem schönen Talente unter die Berufenen gehört. Professor Meyer hat mir versprochen, wenn Hartmann fort ist, eine Zeichnung in unserm Sinne zu machen, aber nur für unsern stillen Gebrauch.

Ich denke bei gutem und schlimmem Wetter an Sie. Hätte ich voraussehen können, daß der Herzog so lange außen bleibt (er kommt erst den 27ten), so hätte ich Sie auf einige Tage besucht; mit nächstem Boten schicke ich wieder einiges zu lesen.

Den üblen Eindruck, welchen das Greifenpaar auf Sie machen würde, habe ich vorausgesehen. Das allegorische Drama habe ich diesen Morgen wieder gelesen; was mir besonders auffiel, ist die Bitterkeit und die Trauer in Einem Produkt. Ich möchte nicht in der Haut des Verfassers stecken.

Zu Ihren Arbeiten wünsche ich viel Glück und freue mich auf die Zeiten, wenn wir wieder zusammen sein werden. Faust hat noch keinen völligen Stillstand erlitten.

Weimar, am 21. März 1801 G.

807. An Goethe

Ich schreibe Ihnen nur ein paar Zeilen, um das Botenmädchen nicht leer abgehen zu lassen; denn eben, da ich mich zum Schreiben niedersetze, kommen meine zwei Philosophen ins Zimmer. Vorgestern hatte ich Besuch von meiner Frau mit den Kindern und meinem jungen Vetter, der Adjutant bei der holländisch-französischen Armee ist. Er hat mir für einen blutjungen Militär, der viele Jahre dieses Kriegs mitgemacht hat, sehr gesittet und einfachbescheiden geschienen.

Mit der Arbeit geht es ganz ordentlich, doch, fürchte ich, wird mich das lange Zögern der guten Jahrszeit und der ewige Wind binnen 8 Tagen von hier wegtreiben.

Der vorletzte Akt, den ich hier angefangen und fertig mitzubringen hoffe, ist die Ausbeute meines Hierseins.

Leben Sie recht wohl. Viele Grüße an Meyern.

Jena, 24. März 1801 Sch.

808. An Schiller

Eben bin ich im Begriff auf acht Tage nach Roßla zu gehen, nach deren Verlauf wir uns denn wohl wieder treffen werden, worauf ich mich sehr freue.

Wenn Ihr Aufenthalt in Jena nicht ganz so fruchtbar wird, wie Sie es hofften, so ist das das gewöhnliche Schicksal poetischer Vorsätze, indessen muß man auch das wenigere mit Dank empfangen.

Ich schicke Ihnen eine portugiesische Reisebeschreibung, welche unterhaltend und lehrreich ist und den Wunsch dieses Land zu besuchen wohl schwerlich rege machen wird.

Beim Nachdenken übers Beharrende im Menschen, worauf sich die Phänomene der Kultur beziehen ließen, habe ich bis jetzt nur vier Grundzustände gefunden:

des Genießens,
des Strebens,
der Resignation,
der Gewohnheit.

Überhaupt geht es bei einer solchen Betrachtung sonderbar, daß nämlich die Differenzen unter den Fällen verschwinden; doch eine gewisse Einheit ist ja, was man bezwecken will.

Leben Sie recht wohl. Es hat sich inzwischen manches zugetragen, was Stoff zur Unterhaltung geben wird.

Weimar, am 25. März 1801 G.

809. An Goethe

Jena, 27. März 1801

Ich werde Jena nun bald verlassen, zwar mit keinen großen Taten und Werken beladen, aber doch auch nicht ohne alle Frucht; es ist immer doch so viel geschehen, als ich in eben so vieler Zeit zu Weimar würde ausgerichtet haben. Ich habe also zwar nichts in der Lotterie gewonnen, habe aber doch im ganzen meinen Einsatz wieder.

Auch von der hiesigen Welt habe ich, wie es mir immer geht, weniger profitiert, als ich geglaubt hatte; einige Gespräche mit Schelling und Niethammern waren alles. Erst vor einigen Tagen habe ich Schelling den Krieg gemacht wegen einer Behauptung in seiner Transszendentalphilosophie, daß „in der Natur von dem Bewußtlosen angefangen werde, um es zum Bewußten zu erheben, in der Kunst hingegen man vom Bewußtsein ausgehe zum

Bewußtlosen". Ihm ist zwar hier nur um den Gegensatz zwischen dem Natur- und dem Kunstprodukt zu tun, und insofern hat er ganz recht. Ich fürchte aber, daß diese Herrn Idealisten ihrer Ideen wegen allzu wenig Notiz von der Erfahrung nehmen, und in der Erfahrung fängt auch der Dichter nur mit dem Bewußtlosen an, ja er hat sich glücklich zu schätzen, wenn er durch das klarste Bewußtsein seiner Operationen nur soweit kommt, um die erste dunkle Totalidee seines Werks in der vollendeten Arbeit ungeschwächt wieder zu finden. Ohne eine solche dunkle, aber mächtige Totalidee, die allem Technischen vorhergeht, kann kein poetisches Werk entstehen, und die Poesie, deucht mir, besteht eben darin, jenes Bewußtlose aussprechen und mitteilen zu können, d. h. es in ein Objekt überzutragen. Der Nichtpoet kann so gut als der Dichter von einer poetischen Idee gerührt sein, aber er kann sie in kein Objekt legen, er kann sie nicht mit einem Anspruch auf Notwendigkeit darstellen. Ebenso kann der Nichtpoet so gut als der Dichter ein Produkt mit Bewußtsein und mit Notwendigkeit hervorbringen, aber ein solches Werk fängt nicht aus dem Bewußtlosen an und endigt nicht in demselben. Es bleibt nur ein Werk der Besonnenheit. Das Bewußtlose mit dem Besonnenen vereinigt macht den poetischen Künstler aus.

Man hat in den letzten Jahren über dem Bestreben der Poesie einen höheren *Grad* zu geben ihren Begriff verwirrt. Jeden, der imstande ist, seinen Empfindungszustand in ein Objekt zu legen, so, daß dieses Objekt mich nötigt, in jenen Empfindungszustand überzugehen, folglich lebendig auf mich wirkt, heiße ich einen Poeten, einen Macher. Aber nicht jeder Poet ist darum dem *Grad* nach ein vortrefflicher. Der Grad seiner Vollkommenheit beruht auf dem Reichtum, dem Gehalt, den er in sich hat und folglich außer sich darstellt, und auf dem Grad von Notwendigkeit, die sein Werk ausübt. Je subjektiver sein Empfinden ist, desto zufälliger ist es; die objektive Kraft beruht auf dem Ideellen. Totalität des Ausdrucks wird von jedem dichterischen Werk gefodert, denn jedes muß Charakter haben, oder es ist nichts; aber der vollkommene Dichter spricht das Ganze der Menschheit aus.

Es leben jetzt mehrere so weit ausgebildete Menschen, die nur das ganz Vortreffliche befriedigt, die aber nicht imstande wären, auch nur etwas Gutes hervorzubringen. Sie können nichts *machen,* ihnen ist der Weg vom Subjekt zum Objekt verschlossen; aber eben dieser Schritt macht mir den Poeten.

Ebenso gab und gibt es Dichter genug, die etwas Gutes und

Charakteristisches hervorbringen können, aber mit ihrem Produkt jene hohe Foderungen nicht erreichen, ja nicht einmal an sich selbst machen. Diesen nun, sage ich, fehlt nur der *Grad*, jenen fehlt aber die *Art*, und dies, meine ich, wird jetzt zu wenig unterschieden. Daher ein unnützer und niemals beizulegender Streit zwischen beiden, wobei die Kunst nichts gewinnt; denn die ersten, welche sich auf dem vagen Gebiet des Absoluten aufhalten, halten ihren Gegnern immer nur die dunkle *Idee des Höchsten* entgegen, diese hingegen haben die *Tat* für sich, die zwar beschränkt, aber reell ist. Aus der Idee aber kann ohne die *Tat* gar nichts werden.

Ich weiß nicht, ob ich mich deutlich genug ausgedrückt habe, ich möchte Ihre Gedanken über diese Materie wissen, welche einem durch den jetzigen Streit in der ästhetischen Welt so nahe gelegt wird.

Von hier aus werde ich Ihnen wohl nicht mehr schreiben, denn ich denke auf den Mittwoch wieder nach Weimar zu kommen; vielleicht sind Sie dann wieder dort, und unsere Mitteilungen können wieder eröffnet werden.

Ich danke für die Portugiesische Reisebeschreibung, sie ist nicht übel geschrieben, doch etwas dürftig und nicht ohne Ansprüche. Der Verfasser scheint mir zu den Verstandesmenschen zu gehören, die im Herzen feindlicher gegen Philosophie und Kunst gesinnt sind, als sie gestehen. Dies hat zwar bei dieser Reisebeschreibung nicht viel zu sagen, aber es drückt sich doch aus und wird empfunden.

Leben Sie recht wohl und genießen Sie heitere Tage. S.

810. An Schiller

Ich wünsche Glück zu Ihrer Zurückkunft nach Weimar und hoffe Sie bald wieder zu sehen, entweder daß Sie mich besuchen, oder daß ich mich auch wieder nach der Stadt verfüge.

Mein hiesiger Aufenthalt bekommt mir sehr gut, teils weil ich den ganzen Tag mich in freier Luft bewege, teils weil ich durch die gemeinen Gegenstände des Lebens depotenziiert werde, wodurch eine gewisse Bequemlichkeit und Gleichgültigkeit in meinen Zustand kommt, die ich lange nicht mehr kannte.

Was die Fragen betrifft, die Ihr letzter Brief enthält, bin ich nicht allein Ihrer Meinung, sondern ich gehe noch weiter. Ich glaube, daß alles, was das Genie, als Genie, tut, unbewußt geschehe. Der Mensch von Genie kann auch verständig handeln, nach gepflogner Überlegung, aus Überzeugung; das geschieht aber alles nur so nebenher. Kein Werk des Genies kann durch Reflexion und ihre nächsten Folgen verbessert, von seinen Fehlern befreit werden; aber das Genie kann sich durch Reflexion und Tat nach und nach dergestalt hinaufheben, daß es endlich musterhafte Werke hervorbringt. Je mehr das Jahrhundert selbst Genie hat, desto mehr ist das einzelne gefördert.

Was die großen Anforderungen betrifft, die man jetzt an den Dichter macht, so glaube ich auch, daß sie nicht leicht einen Dichter hervorbringen werden. Die Dichtkunst verlangt im Subjekt, das sie ausüben soll, eine gewisse gutmütige, ins Reale verliebte Beschränktheit, hinter welcher das Absolute verborgen liegt. Die Forderungen von oben herein zerstören jenen unschuldigen produktiven Zustand und setzen, für lauter Poesie, an die Stelle der Poesie etwas, das nun ein für allemal nicht Poesie ist. Wie wir in unsern Tagen leider gewahr werden; und so verhält es sich mit den verwandten Künsten, ja mit der Kunst im weitsten Sinne.

Dies ist mein Glaubensbekenntnis, welches übrigens keine weitere Ansprüche macht.

Von Ihrer neusten Arbeit hoffe ich sehr viel Gutes. Das Werk ist gut aufgefaßt, und wenn Sie sich genug Muße geben, so wird es sich von selbst ründen. An Faust ist in der Zeit auch etwas geschehen. Ich hoffe, daß bald in der großen Lücke nur der Disputationsaktus fehlen soll, welcher denn freilich als ein eignes Werk anzusehen ist und aus dem Stegreife nicht entstehen wird.

Die famose Preisfrage habe ich in diese Zeit auch nicht aus der Acht gelassen. Ich habe, um eine empirische Unterlage zu meinen Betrachtungen zu gewinnen, angefangen mir ein Anschauen der europäischen Nationen zu bilden. Nach der Linkischen Reise habe ich noch manches über Portugal gelesen und werde nun nach Spanien übergehen. Wie sehr sich alles ins Enge ziehe, wenn man solche Betrachtungen recht von innen heraus nimmt, werde ich täglich mehr überzeugt.

Ritter besuchte mich einen Augenblick und hat meine Gedanken auch auf die Farbenlehre geleitet. Die neuen Entdeckungen Herschels, welche durch unsern jungen Naturforscher weiter fortgesetzt und ausgedehnt worden, schließen sich gar schön an jene Erfahrung an, von der ich Ihnen mehrmals gesagt habe: daß die bononischen Leuchtsteine an der gelbroten Seite des Spektrums kein Licht empfangen, wohl aber an der blauroten. Die physischen Farben identifizieren sich hierdurch mit den chemischen.

Mein Fleiß, den ich in dieser Sache nicht gespart habe, setzt mich bei Beurteilung der neuen Erfahrungen in die größte Avantage, wie ich denn auch gleich neue, die Sache weiter auszuführende Versuche ausgesonnen habe; ich sehe vor mir, daß ich dieses Jahr wenigstens wieder ein paar Kapitel der Farbenlehre schreiben werde. Ich wünsche Ihnen das Neuste bald vorzutragen.

Möchten Sie mich wohl Donnerstags mit Professor Meyer besuchen? Bereden Sie es doch mit diesem, dem ich das Nähere geschrieben habe.

Leben Sie indes recht wohl.

Oberroßla, den 6. März 1800 [3. April 1801] G.

811. An Goethe

Weimar, 3. April 1801

Am Mittwoch bin ich wieder hier eingetroffen und habe sehr beklagt, Sie nicht zu finden. Möge Ihnen indessen der Aufenthalt auf dem Lande nur recht günstig sein! Ich will während Ihrer Abwesenheit mein Geschäft so weit als möglich zu fördern suchen, daß ich es Ihnen bald nach Ihrer Zurückkunft geendigt vorlegen kann. In etwa 14 Tagen hoffe ich am Ziele zu sein. Von meinem letzten Akt auguriere ich viel Gutes, er erklärt den ersten, und so beißt sich die Schlange in den Schwanz. Weil meine Heldin darin auf sich allein steht und im Unglück von den Göttern deseriert ist, so zeigt sich ihre Selbständigkeit und ihr Charakteranspruch auf die Prophetenrolle deutlicher. Der Schluß des vorletzten Akts ist sehr theatralisch, und der donnernde *Deus ex machina* wird seine Wirkung nicht verfehlen.

Meyer hat meinen kleinen Ernst gemalt, wie Sie wissen, das Bild ist fertig und sehr schön ausgefallen, daß Sie es gewiß auch erfreuen wird. Es ist so bedeutend gefaßt und sehr angenehm behandelt; auch die Ähnlichkeit fehlt nicht, so schwer es auch hielt, den Kleinen in eine ruhige Positur zu bringen.

Es hat mir leid getan, meinen Garten gerade jetzt, da das Wetter so schön geworden, zu verlassen; doch habe ich mich auch wieder nach Haus zurückgesehnt; und zum Glück bin ich hier gleich wieder in meine Arbeit hereingekommen.

Ich habe Verlangen wieder einige Zeilen von Ihnen zu sehen, denn in Roßla liegen Sie uns doch, so nah es ist, wie am Ende der Welt. Leben Sie recht wohl und alles Gute sei mit Ihnen.

Sch.

812. An Goethe

[Weimar, den 15. April 1801]

Ich heiße Sie herzlich willkommen in Weimar und freue mich, nach einer so langen Abwesenheit wieder mit Ihnen vereinigt zu sein. Lassen Sie mich doch wissen, ob Sie heute abend zu Hause bleiben oder ob ich Sie in der Komödie finde.

Ich werde heute mit meinem Stücke fertig, und dieser Tag ist mir also doppelt wert. Weil mir aber das Wetter zusetzt und meine Arbeit mich in den letzten Tagen etwas angegriffen, so befinde ich mich nicht ganz wohl.

Meine Frau grüßt Sie aufs beste. Auch Niethammer, der diesen Morgen angekommen, empfiehlt sich Ihrem Andenken.

S.

813. An Schiller

Auch ich freue mich recht sehr wieder in Ihrer Nähe zu sein und besonders, an diesem Tage anzukommen, der eine solche Epoche macht.

Heute abend um 7 Uhr finden Sie mich zu Hause. Will Niethammer zum Abendessen auch von den Unsern sein, so heiße ich ihn willkommen.

Viele Grüße an Ihre liebe Frau, der ich noch einen Dank für ihren freundlichen Brief schuldig bin.

Viel Glück zur Vollendung Ihres Werkes.

Weimar, am 15. April 1801 G.

814. An Goethe

[Weimar, den 18. April 1801]

Hier sende ich Ihnen das verlangte Werk nebst dem Entwurf der Rollenbesetzung. An dem Exemplar fürs Theater sind ohngefähr 6 Blätter weniger.

Den Nathan will ich heute vornehmen und Ihnen auf den Abend in der Oper eine Definitiv-Antwort darüber sagen. S.

815. An Schiller

Nehmen Sie mit Dank das Stück wieder. Es ist so brav, gut und schön, daß ich ihm nichts zu vergleichen weiß.

Lassen Sie uns gegen Abend zusammen spazieren und zusammen bleiben.

Morgen geh ich wieder auf[s] Land.

Weimar, den 20. April 1801 G.

816. An Schiller

Indessen Sie allerlei außerordentliche theatralische Ergetzlichkeiten genießen, muß ich auf dem Lande verweilen und mich mit allerlei gerichtlichen und außergerichtlichen Händeln, Besuchen in der Nachbarschaft und sonstigen realistischen Späßen unterhalten. Kann ich es möglich machen, so komme ich Sonnabends. Sagen Sie mir doch ein Wort, wie es mit Nathan geht, und ob die tapfere Jungfrau sich weiters produziert hat. Von mir kann ich weiter nichts sagen, als daß mir der hiesige Aufenthalt physisch nicht übel bekommt, und daß ich wohl damit zufrieden sein kann, da ich von meinem rekonvaleszierenden Zustand ohnehin keine Wunder erwarten darf. Leben Sie recht wohl und erfreuen mich bald mit einigen Zeilen.

Oberroßla, am 27. April 1801 G.

817. An Goethe

Weimar, 28. April 1801

Sie verlieren doch etwas, daß Sie diese musikalische Woche versäumen, wo Tanz und Gesang sich zu unsrer Ergötzlichkeit vereinigen. Gern hat uns durch seine schöne Stimme im Sarastro viel Freude gemacht, im Tarare hat er weniger befriedigt, denn die gewaltsame brusque Person widersteht seiner weichen Sprache. Die Tänzer, welche am Montag im Intermezzo sich sehen ließen, haben die Weimarianer in eine zweifelhafte Verwunderung gesetzt, man ist an die seltsamen Stellungen und Bewegungen, wo das Bein ganz lang nach hinten und nach der Seite ausgestreckt wird, nicht gewohnt. Sie sehen unschicklich, indezent und nichts weniger als schön aus. Aber die Leichtigkeit und Flüchtigkeit und das musikalische Maß hat sehr viel Ergötzendes.

Cotta ist in diesen Tagen durchgereist, hat sich aber nur einige Stunden aufgehalten und wird auf seiner Rückreise etwas länger bleiben, wo er auch Sie hier zu finden hofft. Er hat den Kupferstecher Müller aus Stuttgart mitgebracht, den Sie auch schon von Person kennen, soviel ich weiß. Es ist ein braver Mann, aber der

Mann und seine Kunst erklären einander wechselweise, er hat ganz das Sorgfältige, Reinliche, Kleinliche und Delikate seines Griffels. Es sind auch 4 Zeichnungen Wächters zum Wallenstein mitgekommen, die zu vielerlei Betrachtungen, besonders wieder über die Wahl der Gegenstände, Anlaß gaben. Aber es ist etwas recht Tüchtiges, Charakteristisches und Kräftiges darin. Meyer hat sie noch nicht gesehen, ich bin neugierig, ob er den Künstler errät.

Der Nathan ist ausgeschrieben und wird Ihnen zugeschickt werden, daß Sie die Rollen austeilen. Ich will mit dem Schauspielervolk nichts mehr zu schaffen haben, denn durch Vernunft und Gefälligkeit ist nichts auszurichten, es gibt nur ein einziges Verhältnis zu ihnen, den kurzen Imperativ, den ich nicht auszuüben habe.

Die Jungfrau habe ich vor 8 Tagen dem Herzog schicken müssen und habe sie noch nicht aus seinen Händen zurück erhalten. Wie er sich aber gegen meine Frau und Schwägerin geäußert, so hat sie bei aller Opposition, in der sie zu seinem Geschmacke steht, eine unerwartete Wirkung auf ihn gemacht. Er meint aber, sie könne nicht gespielt werden, und darin könnte er recht haben. Nach langer Beratschlagung mit mir selbst werde ich sie auch nicht aufs Theater bringen, ob mir gleich einige Vorteile dabei entgehen. Erstlich rechnet Unger, an den ich sie verkauft habe, darauf, daß er sie als eine vollkommene Novität zur Herbstmesse bringe, er hat mich gut bezahlt, und ich kann ihm hierin nicht entgegen sein. Dann schreckt mich auch die schreckliche Empirie des Einlernens, des Behelfens und der Zeitverlust der Proben davon zurück, den Verlust der guten Stimmung nicht einmal gerechnet. Ich trage mich jetzt mit zwei neuen dramatischen Sujets, und wenn ich sie beide durchdacht und durchgeprüft habe, so will ich zu einer neuen Arbeit übergehen. Leben Sie recht wohl und kommen ja auf den Sonnabend her. Sch.

818. An Schiller

Ich habe diese Tage gerade das Gegenteil von Gesang und Tanzkunst erlebt, indem ich mit der rohen Natur und über das ekelhafteste Mein und Dein im Streite lag. Heute bin ich meinen alten Pachter erst los geworden, und nun gibt es so manches zu besorgen und zu bedenken, da der neue erst Johannis anzieht. Ich glaube daher kaum, daß ich Sonnabends kommen werde.

Nehmen Sie sich doch einer Leseprobe vom Nathan einstweilen an, bis ich eintreffe, denn ohne Leitung würden sich die Leute gar nicht zu helfen wissen, es ist ein sehr undankbares Geschäft, doch kann man es nicht ganz los werden.

Einer Vorstellung Ihrer Jungfrau möchte ich nicht ganz entsagen. Sie hat zwar große Schwierigkeiten, doch haben wir schon große genug überwunden, aber freilich wird durch theatralische Erfahrungen Glauben, Liebe und Hoffnung nicht vermehrt. Daß Sie persönlich etwas Besseres tun können als sich einer solchen Didaskalie zu unterziehen, bin ich selbst überzeugt; es käme darauf an, ob ich bei meiner jetzigen Halbtätigkeit dazu nicht am besten taugte. Doch davon wird sich reden lassen, wenn wir wieder zusammenkommen.

Ich habe der Versuchung nicht widerstehen können mir einen Spaziergang hier anzulegen, da man vorher keinen Schritt im Trocknen tun konnte bei feuchtem Wetter und keinen im Schatten bei Sonnenschein. Nun hat mich das etwas weiter geführt als billig, und ich muß hier bleiben, bis die Anlage fertig ist, weil sie mir sonst zuletzt noch verpfuscht werden könnte. Leben Sie indessen wohl in einer bessern Welt und sinnen auf neue Schöpfungen zu unserer Freude.

Oberroßla, am 28. April 1801 G.

819. An Schiller

Mögen Sie heute halb zwölf zu mir kommen, die bewußten Versuche sehen und sodann eine Stunde mit mir spazieren fahren, so wird es mir eine Freude sein.

[Weimar,] den 12. Mai 1801 G.

820. An Schiller

Ehe ich von Göttingen scheide, muß ich Ihnen doch ein Lebenszeichen geben. Es ist mir bisher sehr wohl gegangen, ich habe die merkwürdigsten Anstalten gesehen und den größten Teil der Professoren kennen lernen, man begegnet mir mit viel Neigung und gutem Willen, und ich gestehe, daß ich mich lange nicht so wohl und heiter befunden habe.

Die Anstalten sind höchst respektabel, doch werden Sie darüber, sowie über die Menschen erst mündlich von mir hören.

Leider scheinen meine Akten auf dieser Reise nicht so anzuschwellen wie auf der letzten nach der Schweiz; damals war ich freilich im Falle meine Kräfte an der Welt zu versuchen, jetzt will ich zufrieden sein, wenn ich sie an ihr wieder herstelle. Kann ich indessen nur zum Anschauen der Totalität des Göttingischen Zustands gelangen, so wird mir diese Reise von außerordentlichem Nutzen sein; schon jetzt fühl ich, wie sich mein Geist bei Betrachtung dieser Zustände aufheitert.

Mein Reisegefährte August, welcher Karln schönstens grüßen läßt, ist auch schuld an meinem mindern Fleiß, indem er mich zerstreut und manche Betrachtung ableitet; doch ist er sehr glücklich, er gewinnt in manchem Sinne, und auch mein Verhältnis gegen die Menschen wird durch ihn gelinder und heiterer, als es vielleicht außerdem hätte sein können. Leben Sie recht wohl, grüßen Sie Ihre liebe Frau und erfreuen Sie mich, wenn ich wiederkomme, mit Früchten Ihres Fleißes.

Göttingen, am 11ten Juni 1801 G.

821. An Goethe

Weimar, 28. Juni 1801

Wir haben mit großer Sehnsucht auf Nachrichten von Ihnen geharrt, und erst vorgestern, nachdem er 15 Tage unterwegs gewesen, erhalte ich Ihren Brief aus Göttingen. Den meinigen hoffe ich durch eine Gelegenheit, die diese Woche von hier nach Pyrmont geht, schneller in Ihre Hände zu bringen. Das kalte Wetter vor 14 Tagen wird, wie ich fürchte, dem Anfang der Brunnenkur sehr ungünstig gewesen sein und Sie zwingen, Ihren Aufenthalt dort zu verlängern. Es hat auch meine Gesundheit angegriffen und dem Fleiß geschadet. Für Cotta habe ich indes doch eine Ballade, *Leander und Hero,* wirklich zustande gebracht, nebst noch einigen kleinern Gedichten, was ich Ihnen bei Ihrer Zurückkunft vorzutragen hoffe. Das Schauspiel fängt an, sich zu organisieren, und in 8 Tagen denke ich an die Ausführung zu gehen. Der Plan ist einfach, die Handlung rasch, und ich darf nicht besorgen, ins Breite getrieben zu werden.

Aber auch mir droht eine lange Zerstreuung, denn mein Entschluß ist nun ernstlich gefaßt, in etwa 3 Wochen an die Ostsee zu reisen, dort das Seebad zu versuchen und dann über Berlin und Dresden zurückzugehen. Viel Vergnügen erwarte ich mir zwar nicht von dieser Reise, ja in Berlin fürchte ich peinliche Tage, aber ich muß neue Gegenstände sehen, ich muß einen entscheidenden Versuch über meine Gesundheit machen; ich wünsche einige gute Theatervorstellungen, wenigstens einige vorzügliche Talente zu sehen und, da es keinen großen Umweg kostet, auch die alten Freunde wieder zu sehen. Meine Erwartungen sind so, daß sie eher übertroffen als getäuscht werden können. Übrigens hoffe ich etwa auf den 10. September wieder zurück zu sein, denn ich werde schnell reisen und mich nur 12 Tage in Doberan, ebensolang in Berlin und 6 Tage in Dresden verweilen. Bei meiner Zurückkunft hoffe ich Sie heiter und gesund wieder anzutreffen und vielleicht selbst an Wohlsein gewonnen zu haben.

Was seit Ihrer Abreise Neues hier vorgegangen, werden Sie sonst erfahren haben. Mit den Badischen Herrschaften war eine Frau von Hack hier, eine alte Bekanntschaft von Ihnen, die sich Ihrer mit Anteil erinnerte und Sie in dem Bilde von Bury ganz wieder erkannte. Auch Knebel hält sich seit einigen Tagen mit seiner Frau hier auf, er soll sehr heiter und im übrigen noch ganz derselbe sein.

Rochlitz aus Leipzig war hier; wie er sagt, so haben Sie ihn aufgemuntert zu den Preisstücken zu konkurrieren. Er hat wohl eine gute Intention, aber die Kräfte fehlen. Aus Leipzig hat er mir die fertige Hälfte eines Lustspiels zugesendet und will meine Meinung wissen, ob es mit einiger Hoffnung und Wahrscheinlichkeit um den Preis kämpfen kann; denn wie er schreibt, könnte er es nicht ohne Aufopferung auf den bestimmten Termin vollenden und möchte daher, wenn er ein übriges tun soll, auch des Erfolgs gewiß sein. Das Stück ist, soweit es fertig, allerdings spielbar; es hat einige gute Theaterszenen, die ihre Wirkung nicht verfehlen werden, aber loben läßt sichs nicht, und noch weniger krönen, wenn es auch wirklich unter den Konkurrenzstücken das beste sein sollte. Es ist zu trivial, schwach und geistlos. In der Verlegenheit, worin ich bin, ihm einen leidlichen Bescheid zu geben, werde ich mich etwas streng an die Aufgabe eines *Intrigen*stücks halten, denn was die zwei Akte Gutes und Pikantes haben, liegt in dem Spiel zweier lustigen Charaktere und keineswegs in der Intrige. Ich werde ihn ermuntern, das Stück zu vollenden, aber es nicht eigentlich zur Konkurrenz um den Preis einzuschicken. Daß wir es spielen wollen und werden, kann ich ihm versprechen, und so steht es dann immer bei Ihnen, ob Sie es als ein Konkurrenzstück ansehen wollen oder nicht.

Seckendorf schreibt mir aus Regensburg, daß unter der dortigen schlechten Truppe sich ein brauchbarer Schauspieler, namens Eugen, befinde, der den Tenor singt, in der Opera die Buffons und im Schauspiel die ersten Liebhaber spielt. Für die letzteren Rollen mache ihn seine mittlere und untersetzte Figur zwar nicht besonders geschickt, aber er meint, daß er es mit Cordemann und Haide wohl aufnehmen könne, ja den ersten um vieles übertreffe. Er habe dort wöchentlich 10 Gulden rheinisch und könne von 6 Wochen zu 6 Wochen abgehen. Ich melde Ihnen dieses, weil Seckendorf doch eher zu tadeln, als das Lob zu übertreiben pflegt und an dem jungen Menschen also doch etwas sein muß, was vielleicht weiter auszubilden ist.

Weil es mit den Propyläen, wie mir Cotta versicherte, noch gar nicht fort will und zu wenige Exemplare davon in Zirkulation kommen, wodurch also, wenn Sie auch ganz auf alle Einnahme großmütig Verzicht täten, immer der Zweck der Verbreitung leiden muß, so habe ich Meyern die Idee mitgeteilt, die Literatur-Zeitung zum Kanal zu machen, die Kunstbegriffe, worauf es ankommt, ins Publikum zu bringen. Sie würden z. B. alle Vierteljahr sich eine Woche von der Literatur-Zeitung ausbedingen und das Kunstwesen darin vornehmen. Die Kritik der neuesten Kunstwerke und Kunstschriften wäre das Vehikel für alles, was man sagen will, und außer dem großen Vorteil einer allgemeinen Verbreitung gewänne man auch das, daß dem falschen Geschmack sein wichtigstes Tribunal entzogen und dieses genötigt würde, für die gute Sache zu zeugen. Meyer ist auch meiner Meinung und er wird bei seiner nächsten Zusammenkunft mit Ihnen ausführlicher von der Sache reden.

Jetzt sage ich Ihnen ein herzliches Lebewohl und wünsche, daß wir recht bald erfreuliche Nachrichten von Ihnen erhalten mögen. Die schönsten Grüße von meiner Frau und Schwägerin, und von Karln an Augusten. Sch.

822. An Schiller

Zu der Entschließung, die Sie gefaßt haben, wünsche ich von Herzen Glück; es ist recht schön, daß Sie sich nach Norden bewegen, indes ich im nordwestlichen Deutschland mich umsehe, wir werden alsdann manches einander mitteilen und die Zustände vergleichen können.

Da mich die Kur zu aller Arbeit untüchtig gemacht hat, so

habe ich hier wenig Zufriedenheit genossen; doch darf ich manches guten und interessanten Gesprächs nicht vergessen. Der Prediger Schütz aus Bückeburg, Bruder der Frau Griesbach, ist ein sehr unterrichteter und angenehmer Mann, besonders merkwürdig ist es, wenn man im stillen eine Vergleichung zwischen ihm und seinen Geschwistern anstellt. Von andern persönlichen Erscheinungen mündlich.

Wenn ich von einem Resultate reden soll, das sich in mir zu bilden scheint, so sieht es aus, als wenn ich Lust fühlte, immer mehr für mich zu theoretisieren und immer weniger für andere. Die Menschen scherzen und bangen sich an den Lebensrätseln herum, wenige kümmern sich um die auflösenden Worte. Da sie nun sämtlich sehr recht daran tun, so muß man sie nicht irre machen.

Was auch diese Expedition und Kur auf Geist und Leib für eine Wirkung haben mag, so fühle ich doch, daß ich alle Ursache habe mich zu beschränken und nur das Nächste und Notwendigste vorzunehmen; es wird mir also ganz angenehm sein irgend ein Engagement los zu werden; in ein neues hingegen möchte ich mich nicht gern einlassen; doch das wird sich alles zeigen, wenn wir wieder zusammenkommen und sowohl unser Erworbenes als unsere Kräfte berechnen.

Auf Hero und Leander bin ich recht neugierig, ich wünschte, Sie hätten mir es mitgeschickt. Was Ihr Schauspiel betrifft, so weiß ich nicht, ob Sie von den Maltesern oder von dem untergeschobenen Prinzen sprechen, und ich werde also auf doppelte Weise überrascht sein, wenn Sie auch hierin vorwärts rücken.

Die Totalität des Pyrmonter Zustandes habe ich so ziemlich vor mir. Auf meiner Rückreise hoffe ich auch zu komplettieren, was mir noch an Göttingen fehlt. Kassel werde ich mehr im allgemeinen und nur von der Kunstseite zu fassen suchen, weil die Zeit zu einem weitern nicht hinreicht.

Meine Akten sind übrigens sehr mager geblieben, die Badelisten und Komödienzettel machen den größten Teil davon aus.

Bei dem hiesigen Theater sind mehrere Subjekte, die ein recht gutes Äußerliches haben und perfektibel scheinen. Die Gesellschaft ist im ganzen eher gut als schlecht, doch bringt sie eigentlich nichts Erfreuliches hervor, weil der Naturalismus, die Pfuscherei, die falsche Richtung der Individualitäten, entweder zum Trocknen oder zum Manierierten, und wie das Unheil alle heißen mag, hier so wie überall webt und wirkt und das Zusammenbrennen des Ganzen verhindert.

Mich verlangt sehr auf die Schilderung, die Sie uns vom Berliner Theater machen werden.

Der Herzog wird morgen oder übermorgen erwartet, wenn er sich eingerichtet hat, denke ich nach Göttingen zurückzugehen. Blumenbachs Schädelsammlung hat manche alte Idee wieder aufgeregt und ich hoffe, ein oder das andere Resultat soll bei näherer Betrachtung nicht fehlen. Professor Hoffmann wird mich mit den kryptogamischen Gewächsen näher bekannt machen und dadurch eine starke Lücke in meinen botanischen Kenntnissen ausfüllen. Was ich für meine Farbenlehre auf der Bibliothek zu suchen habe, ist auch schon notiert und wird nun desto schneller zu finden sein. Ich leugne nicht, daß ich wohl ein Vierteljahr in Göttingen zubringen möchte, indem daselbst gar vieles beisammen zu haben ist.

Der Herzog ist nun angekommen und ist im Falle aller Ankommenden: er hofft und amüsiert sich, ich hingegen, als ein Abgehender, finde sehr mäßigen Gewinn, und die Weile will alle Tage länger werden. Ich sehe daher mit Sehnsucht meiner Erlösung entgegen, die sich wahrscheinlich Mittwochs den 15ten ereignen wird. Von Göttingen schreibe ich noch einmal, wenn ich einigermaßen etwas zu sagen habe.

Leben Sie recht wohl und reisen Sie glücklich. Grüßen Sie die Ihrigen und gedenken mein.

Pyrmont, den 12. Juli 1801 G.

823. An Schiller

Unser gestriges Gastmahl war, ohngeachtet der starken Würze, auf dem Wege sehr schlecht abzulaufen. Ihr Außenbleiben machte gleich eine große Lücke in die kleine Gesellschaft, Mellish war nicht vom besten Humor, und dies gab auch mir eine etwas trübe Stimmung. Wir mußten erst einige Stunden essen und trinken, bis wir uns belebt fühlten. Die Jäger, die erst gegen 5 Uhr kamen und mit gutem Appetit in die Überreste einfielen, gaben der ganzen Begebenheit eine bessere Wendung. Der ganze Verlauf der Parforcejagd ward nochmals vorgeführt und wir blieben ganz heiter bis gegen sieben Uhr beisammen.

Nun gehe ich nach Jena ohne Sie nochmals gesehen zu haben, in sechs Tagen bin ich wieder hier und schicke indessen ein paar Lustspiele zu gefälliger Einsicht.

Leben Sie recht wohl, sein Sie fleißig und gedenken mein.
Weimar, am 18. Oktober 1801 G.

824. An Schiller

Da meine Ankunft noch vor den Ablauf Ihres Geburtstages trifft, so säume ich nicht Ihnen noch meinen besten Glückwunsch, von dem Sie schon überzeugt sind, ausdrücklich und schriftlich zu überschicken und zugleich auf morgen, als zum zweiten Feiertag, zur bekannten freundschaftlichen Zusammenkunft einzuladen.
Weimar, am 10ten November 1801 G.

825. An Goethe

[Weimar, den 10. November 1801]

Ich freue mich Ihrer Zurückkunft und sage Ihnen den schönsten Dank für Ihren freundschaftlichen Glückwunsch. Morgen hoffe ich von Ihnen zu hören, daß die Musen Ihnen in Jena günstiger als mir gewesen.

Ich erhielt heute von Rochlitz aus Leipzig einen kläglichen Erinnerungsbrief wegen seiner Zauberflöte. Er wartet auf eine Zeile Antwort von Ihnen, was das Schicksal dieses Werkes sei, und erbittet sich das Manuskript zurück.

Leben Sie recht wohl. Ich freue mich Sie morgen wieder zu sehen. S.

826. An Schiller

Da es wohl Zeit sein möchte, daß wir einander wieder einmal sähen, so komme ich, wenn es Ihnen recht ist, heute abend um sieben mit dem Wagen Sie abzuholen.

Haben Sie besondere Neigung zur Redoute, so soll Ihnen nach dem Abendessen das Fuhrwerk auch dazu bereit stehen.
Weimar, am 27. November 1801 G.

827. An Goethe

[Weimar, den 14. Dezember 1801]

Ich glaube, daß wir jetzt auf gutem Wege sind. Das Fieber hat sich ganz gelegt, und die schlimmen Zufälle sind bei meiner

Frau auch verschwunden. Mit den Kindern ist alles bis jetzt gut abgelaufen. So hoffe ich also mit einer schlimmen Woche wegzukommen.

Wenn Sie für August nichts fürchten, so wäre es für meinen Karl eine große Freude, ihn zu sehen.

Haben Sie selbst keine Scheu vor der Krankheit und mögen nach Tische eine Stunde ausfahren, so machte mirs große Freude, Sie zu begleiten und einen Augenblick wieder zu sehen. Auch würde mir die frische Luft gut tun, denn ich habe nun 5 Tage bloß im Lazarett gelebt. S.

828. An Schiller

Indem ich mich erkundige, wie es mit den Ihrigen steht, schicke ich den Aufsatz über die Kunstausstellung, der leider zu einem großen Volum anwächst; doch macht Gegenwärtiges etwa 3/4 vom Ganzen aus. Das letzte Viertel, das noch bevorsteht, bezieht sich auf die nächste Preisaufgabe und die künftige Einrichtung überhaupt.

Mögen Sie wohl die Gefälligkeit haben beim Lesen einen Bleistift in die Hand zu nehmen und, was Ihnen beifällt, an der Seite zu notieren. Einen Teil der Handschrift habe ich, wie Sie sehen werden, noch gar nicht korrigiert und ich gehe überhaupt das Ganze noch einmal durch.

Am Ende von Langers Lucretia fehlt noch die Darstellung, was man denn eigentlich auf dem Bilde sehe.

Leben Sie recht wohl und halten Sie sich gut, bis das allgemeine Übel sich von Ihnen und unsern Freunden zurückzieht.
Weimar, am 15. Dezember 1801 G.

829. An Goethe

[Weimar, den 15. Dezember 1801]

Ich habe das Manuskript heute mit aller Besonnenheit durchlesen und wüßte nichts davon oder dazu tu tun; wegen der kleinen Weglassung, wovon Sie gestern sprachen, bin ich noch Ihrer Meinung. Sie finden an einigen Stellen Striche mit dem Bleistift; sie betreffen bloß den Ausdruck, den ich, wie ich schon gestern erinnerte, womöglich von allem, was nicht die allgemeine Sprache ist, befreiet wünschte, da der Aufsatz an die eigentliche Lesermasse des ungeweihten Publikums adressiert wird.

Mit meinen Kranken bessert es sich zusehends. Ich sehe Sie vielleicht morgen, wenn uns das Wetter begünstigt, entweder im Freien oder abends in der Komödie. Leben Sie recht wohl.

S.

830. An Schiller

[Weimar, Ende Dezember 1801]

Mir ist herzlich leid Sie bei dem kleinen Feste nicht zu sehen. Auf eine oder die andre Weise sehen wir uns bald. Möchten Sie bald völlig genesen!

G.

831. An Goethe

[Weimar, den 1. Januar 1802]

Lassen Sie uns das neue Jahr mit den alten Gesinnungen und mit guter Hoffnung eröffnen.

Es tat mir sehr leid, daß ich den gestrigen Abend versäumen mußte, aber so kurz mein neulicher Anfall von Fieber und Cholera war, so hart hat er mich ergriffen, und die Schwäche, die er zurückließ, hat alle meine Krämpfe wieder rege gemacht. Doch geht es jetzt viel besser und ich hoffe, der morgenden Vorstellung beiwohnen zu können. Haben Sie die Güte mir den Euripides, wenn Sie ihn jetzt nicht brauchen, wenigstens den Band, welcher Ion enthält, zu schicken. Er wird mir, da ich heute nichts anders unternehmen kann, eine angenehme Beschäftigung geben und mir das morgende Stück geläufiger machen. Sch.

832. An Schiller

Wir haben Sie gestern sehr vermißt und um so mehr Ihre Abwesenheit bedauert, da wir denken mußten, daß Sie sich nicht ganz wohl befinden.

Ich wünsche, daß Sie morgen der Vorstellung beiwohnen können.

Hier schicke ich den verlangten Teil des Euripides; es ist recht gut, daß Sie das Original lesen, ich habe es diesmal noch nicht angesehen, ich hoffe, die Vergleichung soll uns manche Betrachtung gewähren.

Mit Freuden werde ich Sie auch im neuen Jahre bald wieder mündlich begrüßen und die Fortdauer unseres Verhältnisses zur guten Stunde feiern.

Ich lege auch die Umrisse der Preisstücke bei, die ganz leidlich geraten sind.

Weimar, am 1ten Januar 1802 G.

833. An Schiller

Indem ich den Aufsatz über die Kunstausstellung einsende, den ich zu geneigter Aufnahme empfehle, frage ich an: ob Sie sich nicht einrichten wollten, heute abend nach der Komödie mit

mir nach Hause zu fahren. Es gibt verschiedenes, worüber ich mir Ihren Rat erbitten möchte, vor meiner Abreise, welche auf morgen früh um 10 Uhr festgesetzt ist. Leben Sie recht wohl.
Weimar, am 16. Januar 1802 G.

834. An Goethe

[Weimar, den 17. Januar 1802]

Ich sage Ihnen einen freundlichen Gruß zum Abschied und wünsche viel Vergnügen und schönes Wetter.

Von den Rätseln sende ich das eine, welches ich gestern niedergeschrieben. An die zwei andern will ich heute und morgen denken; denn man kann dergleichen nur ruckweise expedieren.

Lassen Sie mir doch mündlich durch Überbringer wissen, wann *Turandot* eigentlich soll gespielt werden? S.

835. An Schiller

In Jena, in Knebels alter Stube, bin ich immer ein glücklicher Mensch, weil ich keinem Raum, auf dieser Erde, so viel produktive Momente verdanke. Es ist lustig, daß ich an einem weißen Fensterpfosten alles aufgeschrieben habe, was ich, seit dem 21. November 1798, in diesem Zimmer, von einiger Bedeutung arbeitete. Hätte ich diese Registratur früher angefangen, so stünde gar manches darauf, was unser Verhältnis aus mir heraus lockte.

Eine Schnurre über das Weimarische Theater habe ich zu diktieren angefangen und mache dabei, wie billig, ein erstaunt ernsthaft Gesicht; da wir die reelle Leistung im Rücken haben, so ist es gut ein wenig dämisch auszusehen und sich auf jede Weise alle Wege frei zu halten.

Hiebei kommt die Abschrift des gräzisierenden Schauspiels. Ich bin neugierig, was Sie ihm abgewinnen werden. Ich habe hie und da hineingesehen, es ist ganz verteufelt human. Geht alles halbweg, so wollen wirs versuchen: denn wir haben doch schon öfters gesehen, daß die Wirkungen eines solchen Wagestücks für uns und das Ganze inkalkulabel sind.

Indem ich in das Büttnerische und akademische Bibliothekswesen hineinsehe und die Idee eines virtualen Katalogs der drei, im Lande bestehenden, Bibliotheken auszuführen trachte, muß ich auch in die ungeheure Empirie des Literarwesens hineinschauen, wo einem denn doch, wenn man auch die Forderungen noch so hoch spannt, manches respektable Streben und Leisten entgegenkommt.

Im Geiste der immer neuen jenaischen Jugend werden die Abende gesellig hingebracht. Gleich Sonntags bin ich bei Lodern, bis 1 Uhr in der Nacht, geblieben, wo die Gesellschaft gerade einige Kapitel historischer Kenntnisse aufrief, die bei uns nicht zur Sprache kommen. Bei einiger Reflexion über die Unterhaltung fiel mir auf, was man für ein interessantes Werk zusammenschreiben könnte, wenn man das, was man erlebt hat, mit der Übersicht, die einem die Jahre geben, mit gutem Humor aufzeichnete.

Die Botenstunde naht, ich eile, ein freundliches Lebewohl zu sagen.

Jena, am 19. Januar 1802 G.

836. An Goethe

Weimar, 20. Januar 1802

Ich werde nunmehr die Iphigenia mit der gehörigen Hinsicht auf ihre neue Bestimmung lesen, und jedes Wort vom Theater herunter, und mit dem Publikum zusammen, hören. Das, was Sie das Humane darin nennen, wird diese Probe besonders gut aushalten, und davon rate ich nichts wegzunehmen. Nächsten Sonnabend hoffe ich über den Erfolg etwas berichten zu können.

Schütz hat mir nun auch eine Rezension meiner Jungfrau von Orléans zugeschickt, die aus einer ganz andern Feder kommt als die der Maria und von einem fähigeren Menschen herrührt; man findet darin ganz frisch die Schellingische Kunstphilosophie auf das Werk angewendet. Aber es ist mir dabei sehr fühlbar geworden, daß von der transszendentalen Philosophie zu dem wirklichen Faktum noch eine Brücke fehlt, indem die Prinzipien der Einen gegen das Wirkliche eines gegebenen Falles sich gar sonderbar ausnehmen und ihn entweder vernichten oder dadurch vernichtet werden. In der ganzen Rezension ist von dem eigentlichen Werk nichts ausgesprochen, es war auch auf dem eingeschlagenen Weg nicht möglich, da von allgemeinen hohlen Formeln zu dem bedingten Fall kein Übergang ist. Und dies nennt man nun ein Werk kritisieren, wo ein Leser, der das Werk nicht gelesen, auch nicht die leiseste Anschauung davon bekommt. Man sieht aber daraus, daß die Philosophie und die Kunst sich noch gar nicht ergriffen und wechselseitig durchdrungen haben, und vermißt mehr als jemals ein Organon, wodurch beide vermittelt werden können. In den Propyläen war dieses in Absicht auf bildende Künste eingeleitet; aber die Propyläen gingen auch von der Anschauung aus, und unsere jungen Philosophen wollen von Ideen unmittelbar zur Wirklichkeit übergehen. So ist es denn nicht anders möglich, als daß das Allgemeingesagte hohl und leer und das Besondere platt und unbedeutend ausfällt.

Die Turandot denke ich etwa auf den Dienstag vom Theater herab zu hören und werde dadurch erst in den Stand gesetzt sein, zu bestimmen, was noch zu tun ist, und was der Ort und der Zeitmoment an dieser alten Erscheinung verändert. Destouches hat bereits einen Marsch dazu gesetzt und mir heute vorgespielt, der sich ganz gut ausnimmt.

Ich wünsche, daß Sie sich in dem alten produktiven Zimmer recht gut befinden und etwas Neues an dem Fensterpfosten zu notieren haben möchten. S.

837. An Schiller

Ich sage heute nur wenig, indem ich die Beilage schicke, die Ihnen gewiß Freude machen wird, wenn Sie das Gedicht nicht schon kennen. Nur schade, daß schon Jones und nun auch Dalberg (siehe *pag.* XV) die sogenannten anstößigen Stellen unterdruckt haben, dadurch erhält das Stück einen lüsternen Charakter, da es im Original gewiß einen genußvollen ausdrückt.

Mir waren äußerst merkwürdig die mannigfaltigen Motive, durch die ein einfacher Gegenstand sich zu einem unendlichen erweitert.

Die Hauptprobe vom Turandot wird wohl Donnerstag sein. Schreiben Sie mir, ob Sie ohne mein Zutun glauben fertig zu werden, so käme ich erst Freitag früh. Der schreckliche Wust des Büttnerischen Nachlasses bedrängt mich um so mehr, als ich gleich räumen soll, um dem neuen Kommandanten Platz zu machen. Ich dachte die Zimmer zuzuschließen und diesen Wirrzopf methodisch aufzukämmen, nun muß ich ihn aber rein wegschneiden und sehen, wo ich die Sachen herumstecke, und dabei Sorge tragen, daß ich die Verwirrung nicht vermehre. Montag nachmittag wird erst *legaliter* aufgesiegelt und da habe ich zum Déménagement nur wenig Zeit. Ich muß überhaupt denken, das Haus brenne, und da würde das Ausräumen noch etwas konfuser ablaufen.

Die Philosophen habe ich noch nicht gesehen.
Jena, den 22. Januar 1802 G.

838. An Goethe

Weimar, 22. Januar 1802

Ich habe, wie Sie finden werden, weniger Verheerungen in dem Manuskript angerichtet, als ich selbst erwartet hatte, vornehmen zu müssen; ich fand es von der Einen Seite nicht nötig und von einer andern nicht wohl tunlich. Das Stück ist an sich gar nicht zu lang, da es wenig über 2000 Verse enthält, und jetzt werden die 2000 nicht einmal voll sein, wenn Sie es zufrieden sind, daß die bemerkten Stellen wegbleiben. Aber es war auch nicht gut tunlich, weil dasjenige, was den Gang des Stücks verzögern könnte, weniger in einzelnen Stellen als in der Haltung des Ganzen liegt, die für die dramatische Foderung zu reflektierend ist. Öfters sind auch diejenigen Partien, die das Los der Ausschließung vor andern getroffen haben würde, notwendige Bindungsglieder, die sich durch andre nicht ersetzen ließen, ohne den ganzen Gang der Szene zu verändern. Ich habe da, wo ich zweifelte, einen Strich am Rande gemacht; wo meine Gründe für das Weglassen überwiegend waren, habe ich ausgestrichen, und bei dem Unterstrichenen wünschte ich den Ausdruck verändert.

Da überhaupt in der Handlung selbst zu viel moralische Kasuistik herrscht, so wird es wohl getan sein, die sittlichen Sprüche selbst und dergleichen Wechselreden etwas einzuschränken.

Das Historische und Mythische muß unangetastet bleiben, es ist ein unentbehrliches Gegengewicht des Moralischen, und was zur Phantasie spricht, darf am wenigsten vermindert werden.

Orest selbst ist das Bedenklichste im Ganzen; ohne Furien ist kein Orest, und jetzt, da die Ursache seines Zustands nicht in die Sinne fällt, da sie bloß im Gemüt ist, so ist sein Zustand eine zu lange und zu einförmige Qual, ohne Gegenstand; hier ist eine von den Grenzen des alten und neuen Trauerspiels. Möchte Ihnen etwas einfallen, diesem Mangel zu begegnen, was mir freilich bei der jetzigen Ökonomie des Stücks kaum möglich scheint; denn was ohne Götter und Geister daraus zu machen war, das ist schon geschehen. Auf jeden Fall aber empfehl ich Ihnen die Orestischen Szenen zu verkürzen.

Ferner gebe ich Ihnen zu bedenken, ob es nicht ratsam sein möchte, zur Belebung des dramatischen Interesse, sich des Thoas und seiner Taurier, die sich zwei ganze Akte durch nicht rühren, etwas früher zu erinnern und beide Aktionen, davon die eine jetzt zu lange ruht, in gleichem Feuer zu erhalten. Man hört zwar im 2ten und 3ten Akt von der Gefahr des Orest und Pylades, aber man *sieht* nichts davon, es ist nichts Sinnliches vorhanden, wodurch die drangvolle Situation zur Erscheinung käme. Nach meinem Gefühle müßte in den 2 Akten, die sich jetzt nur mit Iphigenien und dem Bruder beschäftigen, noch ein Motiv *ad extra* eingemischt werden, damit auch die äußere Handlung stetig bliebe und die nachherige Erscheinung des Arkas mehr vorbereitet würde. Denn so wie er jetzt kommt, hat man ihn fast ganz aus den Gedanken verloren.

Es gehört nun freilich zu dem eigenen Charakter dieses Stücks, daß dasjenige, was man eigentlich Handlung nennt, hinter den Kulissen vorgeht, und das Sittliche, was im Herzen vorgeht, die Gesinnung, darin zur Handlung gemacht ist und gleichsam vor die Augen gebracht wird. Dieser Geist des Stücks muß erhalten werden, und das Sinnliche muß immer dem Sittlichen nachstehen; aber ich verlange auch nur so viel von jenem, als nötig ist um dieses ganz darzustellen.

Iphigenia hat mich übrigens, da ich sie jetzt wieder las, tief gerührt, wiewohl ich nicht leugnen will, daß etwas Stoffartiges dabei mit unterlaufen mochte. *Seele* möchte ich es nennen, was den eigentlichen Vorzug davon ausmacht.

Die Wirkung auf das Publikum wird das Stück nicht verfehlen, alles Vorhergegangene hat zu diesem Erfolge zusammen gewirkt. Bei unsrer Kennerwelt möchte gerade das, was wir gegen dasselbe einzuwenden haben, ihm zum Verdienst gerechnet werden, und das kann man sich gefallen lassen, da man so oft wegen des wahrhaft Lobenswürdigen gescholten wird.

Leben Sie recht wohl und lassen mich bald hören, daß das verfestete Produkt anfängt sich unter Ihren Händen wieder zu erweichen. Sch.

839. An Goethe

[Weimar, den 2. Februar 1802]

Da mir der Kopf von einer schlecht zugebrachten Nacht verwüstet ist, so ist heute nichts mehr mit mir anzufangen, und ich werde mich bald zur Ruhe begeben.

Indessen sende ich Ihnen zwei Rätsel, und wenn Sie glauben,

daß sie zu brauchen sind, so wollen wir die 3 neuen gegen die alten austauschen. Vielleicht fällt mir auch noch ein besseres ein.

Das Ihrige habe ich noch nicht erbrochen, und ich würde glauben, es erraten zu haben, wenn mich die zwei letzten Zeilen nicht irre machten.

Ich werde, wenn Sie beikommende Rätsel genehmigen, das Ihrige erbrechen und alsdann die nötigen Worte für Kalaf aufsetzen und den Schauspielern zusenden. Sagen Sie mir also diesen Abend noch ein Wort. S.

840. An Schiller

Ihre beiden neuen Rätsel haben den schönen Fehler der ersten, besonders des *Auges,* daß sie entzückte Anschauungen des Gegenstandes enthalten, worauf man fast eine neue Dichtungsart gründen könnte. Das zweite habe ich aufs erste Lesen, das erste aufs zweite Lesen erraten. *Meo voto* würden Sie den *Regenbogen* an die erste Stelle setzen, welcher leicht zu erraten, aber erfreulich ist; dann käme meins, welches kahl, aber nicht zu erraten ist, dann der *Blitz,* welches nicht gleich erraten wird und, in jedem Fall, einen sehr schönen und hohen Eindruck zurückläßt.

Ich wünsche, daß Sie morgen mittag mit mir essen möchten, damit wir einmal mit Meyern wieder in einiger Behaglichkeit zusammen sitzen. Sie sollen mit absonderlichen Saucen bewirtet werden. Ich wünsche es um so mehr, als ich zu Anfang der andern Woche wieder nach Jena zu gehen gedenke.

Weimar, am 2. Februar 1802 G.

Ich bemerke noch, daß August Ihre beiden Rätsel schon in der Hälfte des Vorlesens geraten hat.

841. An Goethe

Weimar, 11. Februar 1802

Ich habe mich nun zum Ankauf des Hauses von Mellish entschlossen, da er etwas davon herunterläßt. Obgleich ich noch immer nicht wohlfeil kaufe, so muß ich doch zugreifen, um einmal für allemal dieser Sorge überhoben zu sein. Unter diesen Umständen ist es mir aber nun doppelt daran gelegen, meinen kleinen jenaischen Besitz los zu werden, und ich bitte Sie daher, Götzen diese Angelegenheit aufzutragen. Die Anzeige in das

Wochenblatt lege ich bei, wie auch eine kurze Notiz, was für das Gartenhaus jährlich an Steuern *etc.* erlegt wird. Der Ankauf hat mich 1150 Taler gekostet, und ich habe 500 Taler darein verbaut, wie ich mit den Rechnungen dokumentieren kann. Ich möchte nun freilich nicht gern dabei verlieren und womöglich noch etwas gewinnen. Da ich aber jetzt gern bar Geld hätte, um mein hiesiges Haus bald von aller Hypothek zu befreien, so bin ich mit 1500 Talern als dem *äußersten* Preis für Garten und Gartenhaus zufrieden. Was Götze mir *über* diese Summe verschaffen kann, will ich ihm hoch verinteressieren. Auch bin ichs zufrieden, wenn mir diese Summe binnen 2 oder 3 Terminen, etwa 1/3 auf Ostern, 1/3 auf Johannis und der Rest auf Michaelis oder Weihnachten bezahlt wird. Kann ich alles gleich bar erhalten, ist es freilich besser.

Verzeihen Sie, daß ich Sie mit dieser Angelegenheit plage; aber da Sie einmal mit Büchertiteln und Nummern beschäftigt sind, so mag auch dieses mechanische Geschäft mit den andern hingehen. Mir hat diese ökonomische Angelegenheit, so wie alle natürliche Dinge zu tun pflegen, alle freie Geistesstimmung verdorben; denn ich mußte mich mit den Mitteln beschäftigen, diesen Besitz mir zu verschaffen, und nun ich ihn als mein ansehe, wachsen mir neue Sorgen zu, wie ich ihn meinen Zuständen anpassen soll. Unter diesen Umständen hat ein kleines Gedicht, *Kassandra,* das ich in einer ziemlich glücklichen Stimmung angefangen, nicht viel Fortschritte gewinnen können.

Ich erhielt dieser Tage von Stuttgart aus den Antrag, eine hinterlassene Oper von dem guten Zumsteg dem hiesigen Theater für 6 Karolin anzutragen. Da er seine Frau mit weniger als nichts und mit vielen Kindern hinterlassen, so werden Sie wohl tun, was möglich ist, um der Familie diesen Vorteil zuzuwenden.

Möge Ihnen Ihre herkulische Bücherexpedition gut vonstatten gehen!

Leben Sie recht wohl. Sch.

842. An Schiller

So angenehm mirs ist, daß Sie sich nun in Weimar durch einen Hauskauf fixieren, so gern will ich hier das Nötige besorgen.

Götze wird sein möglichstes tun, und ich ersuche Sie nur mir bald die Schlüssel zu Haus und Garten zu schicken, damit man die Liebhaber hineinführen kann.

Ich habe diese Tage nichts vor mich gebracht, als einen kleinen Aufsatz übers weimarische Theater, den ich schon an Bertuch abgegeben habe. Es ist ein Wurf, den ich so hintue, man muß sehen, was sich weiter daran und daraus bilden läßt.

Das Bibliotheksgeschäft ist mehr ein unangenehmes als ein schweres, und hauptsächlich darum verdrießlich, weil bloß der Mangel des Raums ein zweckmäßiges Deployieren hindert. Indessen habe ich auch schon meine Maßregeln genommen. Dabei ist aber abermals das Fatale, daß man niemand von hiesigen Menschen anstellen kann. Sie sind alle ohnehin so sehr geschäftig, und ihre Zeit ist so sehr eingeteilt, welches ihnen denn freilich übrigens zum Ruhme gereicht. Ich habe eben nur diese Tage die Sache von allen Seiten überdacht, um das, was ich unternehme, nicht mit Hoffnung, sondern mit Gewißheit des Erfolgs anzufangen. Leben Sie recht wohl und helfen Sie sich mit mir durch die irdischen Dinge durch, damit wir wieder zu den überirdischen gelangen können.

Jena, den 12. Februar 1802 G.

843. An Goethe

Weimar, 17. Februar 1802

Da Sie heute nichts von sich haben hören lassen, so vermute ich Sie bald selbst wieder hier zu sehen; ohnehin werden Sie unsern Prinzen nicht ohne Abschied wegreisen lassen.

Es ist mir eingefallen, daß es doch artig wäre, sich bei dieser Gelegenheit mit etwas einzustellen, ich habe auch schon einige Verse niedergeschrieben, die wir vielleicht in unserm Kränzchen produzieren können; nur müßte es nicht später als auf den Montag sein. Ich habe auch noch zwei neue Melodien, welche mir Körner zu zwei Liedern gesetzt hat.

Ich weiß nicht, ob es Ihnen ausgerichtet worden ist, daß die Schlüssel zu meinem Garten bei Hufeland zu finden sind.

Leben Sie recht wohl und lassen uns nicht zu lang auf sich warten. Sch.

844. An Goethe

Weimar, 18. Februar 1802

Wir wünschten zu wissen, ob Sie etwa Lust und Muße haben, vor der Abreise des Prinzen noch hieher zu kommen, weil wir in diesem Fall unsere *geschlossene* Gesellschaft, wenn es auch (um

Ihnen die Unbequemlichkeit zu ersparen) auf dem Stadthause wäre, noch einmal halten wollten. Wenn Sie *nicht* kommen, so wird mit einem großen Klub gedroht, den Herr von Kotzebue jetzt negoziiert und der den Montag nach der Komödie sein soll. Der Prinz wünschte sehr diesem zu entgehen und würde sich weit lieber in unserm kleinen Zirkel befinden. Lassen Sie mich doch durch Herrn von Pappenheim, der Ihnen dieses überbringt, wissen, ob Sie kommen werden oder nicht, und ob wir auf den Montag etwas arrangieren sollen. Wenn Sie uns fehlen, so können wir das Zudringen der unwillkommenen Gäste nicht wohl abhalten.

Leben Sie recht wohl. Ich sehne mich wieder ein Wort von Ihnen zu hören. Sch.

845. An Schiller

Ihrer Einladung werde ich diesmal, mein werter Freund, nicht folgen können. Den Rocken, den ich angelegt habe, muß ich auch gleich abspinnen und abweifen, sonst gibt es von neuem Unordnung und das Getane muß wiederholt werden. Unserm guten Prinzen will ich ein schriftliches Lebewohl sagen. Grüßen Sie Herrn von Wolzogen vielmals und wünschen Sie ihm eine glückliche Fahrt.

Mein hiesiger Aufenthalt ist mir ganz erfreulich, sogar hat sich einiges Poetische gezeigt, und ich habe wieder ein paar Lieder, auf bekannte Melodien, zustande gebracht. Es ist recht hübsch, daß Sie auch etwas der Art in die Mitte des kleinen Zirkels bringen.

Mit Schelling habe ich einen sehr guten Abend zugebracht. Die große Klarheit, bei der großen Tiefe, ist immer sehr erfreulich. Ich würde ihn öfters sehen, wenn ich nicht noch auf poetische Momente hoffte, und die Philosophie zerstört bei mir die Poesie und das wohl deshalb, weil sie mich ins Objekt treibt. Indem ich mich nie rein spekulativ verhalten kann, sondern gleich zu jedem Satze eine Anschauung suchen muß und deshalb gleich in die Natur hinaus fliehe.

Mit Paulus, der mir den dritten Teil seines Kommentars über das Neue Testament vorlegte, habe ich auch eine sehr angenehme Unterhaltung gehabt. Er ist in diesem Wesen so von Grund aus unterrichtet, an jenen Orten und in jenen Zeiten so zu Hause, daß so vieles der heiligen Schriften, was man sonst in idealer

Allgemeinheit anzustaunen gewohnt ist, nun in einer spezifischen und individuellen Gegenwart begreiflich scheint. Er hat einige meiner Zweifel sehr hübsch, in der Totalität seiner Vorstellungsweise, aufgelöst, daß ich recht vergnüglich mit ihm übereinstimmen konnte. Auch läßt sich über manche Maximen, die bei so einer Arbeit zum Grunde liegen, mündlich mancher befriedigende Aufschluß geben, und am Ende ist ein Individuum immer willkommen, das eine solche Totalität in sich einschließt.

Das Englische der Gita Govinda habe ich nun auch gelesen und muß, leider, den guten Dalberg einer pfuscherhaften Sudelei anklagen. Jones sagt in seiner Vorrede: er habe dieses Gedicht erst wörtlich übersetzt und dann ausgelassen, was ihm für seine Nation zu lüstern und zu kühn geschienen habe. Nun läßt der deutsche Übersetzer nicht allein nochmals aus, was ihm von dieser Seite bedenklich scheint, sondern er versteht auch sehr schöne, unschuldige Stellen gar nicht und übersetzt sie falsch. Vielleicht übersetz ich das Ende, das hauptsächlich durch diesen deutschen Mehltau verkümmert worden ist, damit der alte Dichter wenigstens in der Schöne vor Ihnen erscheinen möge, wie ihn der englische Übersetzer lassen durfte.

So viel für heute! Doch füge ich noch hinzu, daß von Ihrem Gartenverkauf hier und da gesprochen wird. Man zweifelt, daß Sie [das] Gewünschte dafür erhalten; [doch] muß man das Beste hoffen. Die Schlüssel werde ich im nötigen Falle bei Hufeland holen lassen. Ein freundliches Lebewohl.

Jena, den 19. Februar 1802 G.

846. An Goethe

Weimar, 20. Februar 1802

Es tut uns allen und mir besonders leid, Sie noch auf längere Zeit nicht zu sehen; da Sie aber so gut beschäftigt und so zufrieden sind, so wollen wir uns der Früchte Ihrer Tätigkeit erfreuen. Vielleicht führt Sie der Bücherstaub, mit dem poetischen Geist geschwängert, auch zu dem alten gespenstischen Doktor zurück, und wenn das geschieht, so wollen wir Büttners Manen dafür segnen. Ich habe dieser Tage Ihre Elegien und Idyllen wieder gelesen und kann Ihnen nicht ausdrücken, wie frisch und innig und lebendig mich dieser echte poetische Genius bewegt und ergriffen hat. Ich weiß nichts darüber, selbst unter Ihren eigenen Werken; reiner und voller haben Sie Ihr Individuum und die Welt nicht ausgesprochen.

Es ist eine sehr interessante Erscheinung, wie sich Ihre anschauende Natur mit der Philosophie so gut verträgt und immer dadurch belebt und gestärkt wird; ob sich, umgekehrt, die spekulative Natur unsers Freundes ebensoviel von Ihrer anschauenden aneignen wird, zweifle ich, und das liegt schon in der Sache. Denn Sie nehmen sich von seinen Ideen nur das, was Ihren Anschauungen zusagt, und das übrige beunruhigt Sie nicht, da Ihnen am Ende doch das Objekt als eine festere Autorität dasteht als die Spekulation, solange diese mit jenem nicht zusammentrifft. Den Philosophen aber muß jede Anschauung, die er nicht unterbringen kann, sehr inkommodieren, weil er an seine Ideen eine absolute Foderung macht.

Was Sie von Paulus schreiben, wundert mich einigermaßen, da ich ihm nie die Einbildungskraft zugetraut habe, in die Totalität eines Zustandes, den man notwendig erst produktiv anschauen muß, sich zu versetzen. Aber freilich bringt selbst die Gelehrsamkeit und das Vielwissen nach und nach, atomistisch, die Bedingungen zusammen, aus welchen sich durch einen mäßigen *Effort* der Phantasie ein bestimmtes *Concretum* zusammen baut. So ist mir, in einer ganz anderen Sphäre, in dem Schauspiel *Fust von Stromberg,* dessen Verfasser ein sehr mittelmäßiger Dichter war, eine ganze und sprechende Vorstellung des Mittelalters entgegengekommen, welche offenbar nur der Effekt einer bloßen Gelehrsamkeit war.

Die Gita Govinda hat mich neulich auch wieder zu Sakontala zurückgeführt, ja ich habe sie auch in der Idee gelesen, ob sich nicht ein Gebrauch für das Theater davon machen ließe; aber es scheint, daß ihr das Theater direkt entgegensteht, daß es gleichsam der einzige von allen 32 Winden ist, mit dem dieses Schiff, bei uns, nicht segeln kann. Dies liegt wahrscheinlich in der Haupteigenschaft derselben, welche die *Zartheit* ist, und zugleich in einem Mangel der *Bewegung,* weil sich der Dichter gefallen hat, die Empfindungen mit einer gewissen bequemen Behaglichkeit auszuspinnen, weil selbst das Klima zur Ruhe einladet.

Sie werden von der neuen Schauspielerin viel Gutes gehört haben, denn sie hat bald die Gunst für sich erlangt; auch ist sie so recht aus dem Schoß der Sentimentalität heraufgestiegen. Ihre Stimme ist angenehm, obgleich noch ohne Kraft, sie hat den Ton des Gefühls und spricht mit Sinn und Bedeutsamkeit, wobei man ihr die Schule der Unzelmann, nicht zu ihrem Nachteil, anmerkte. Nun höre ich aber, daß sie zu ihrem zweiten Debüt das Lottchen im Hausvater gewählt habe; dabei können wir sie schwerlich von einer neuen Seite kennen lernen. Es wäre besser, sie in einer scherzhaften oder lustig naiven Rolle zu sehen, um zu wissen, was von ihr zu hoffen ist. Auch würde ich Sie sehr bitten, sie ein ganzes Jahr auf kleine Rollen und besonders in der Komödie einzuschränken und so stufenweise zu größern Rollen zu führen, die das Unglück aller Schauspieler sind.

Leben Sie recht wohl. Ich hoffe bald wieder von Ihnen zu hören. Mein Schwager empfiehlt sich Ihnen aufs beste. Sch.

847. *An Schiller*

[Jena, den 20. Februar 1802]

Ich kann Ihrem wiederholten Antrag nicht ausweichen und habe in Beiliegendem, auf Montag abends nach der Komödie, das gewöhnliche Abendessen in meinem Hause bestellt. Ich bin überzeugt, meine Hausgeister werden es möglich machen, und so wird am schicklichsten dem allgemeinen Konvent ausgewichen.

In Absicht der Gäste, dächte ich, verstiege man sich eben deshalb nicht weit. Ich dächte:

der Erbprinz
von Hinzenstern
von Pappenheim
die Prinzeß und
Fräulein von Knebel;

wollte man Riedeln dazu nehmen, so würde es teils wegen der alten Verhältnisse schicklich sein, teils weil er heute in Gesellschaft jener beiden Männer hier gewesen.

Leben Sie recht wohl; ich freue mich Sie so unverhofft wieder zu sehen. Ich setze voraus, daß Sie die Güte haben die Gesellschaft davon zu avertieren, so wie die einigen Gäste gefällig einzuladen. G.

848. *An Schiller*

Es ist gegenwärtig hier gerade eine lustige und gesellige Epoche, und ich bin meist Mittag oder abends auswärts. Dagegen kann ich noch keine produktiven Momente rühmen, die sich überhaupt immer seltner machen.

Ich bin über des Soulavie *Mémoires historiques et politiques du règne de Louis XVI* geraten, ein Werk, das einen nicht los läßt und das durch seine Vielseitigkeit einnimmt, wenn gleich der Verfasser mitunter verdächtig erscheint. Im ganzen ist es der ungeheure Anblick von Bächen und Strömen, die sich, nach Naturnotwendigkeit, von vielen Höhen und aus vielen Tälern gegeneinander stürzen und endlich das Übersteigen eines großen Flusses und eine Überschwemmung veranlassen, in der zugrunde geht, wer sie vorgesehen hat so gut, als der sie nicht ahndete. Man sieht in dieser ungeheuern Empirie nichts als Natur und nichts von dem, was wir Philosophen so gern Freiheit nennen möchten. Wir wollen erwarten, ob uns Bonapartes Persönlichkeit noch ferner mit dieser herrlichen und herrschenden Erscheinung erfreuen wird.

Da ich in den wenigen Tagen schon vier Bände dieses Werks durchgelesen habe, so weiß ich freilich sonst nicht viel zu sagen. Das schöne Wetter hat mich einigemal hinaus in das Freie gelockt, wo es auch noch sehr feucht ist.

Leben Sie recht wohl und sagen mir gelegentlich etwas von den weimarischen Zuständen und inwiefern Ihnen einige Arbeit glückt.

Jena, den 9. März 1802 G.

849. An Goethe

Weimar, 10. März 1802

Indem Sie in Jena sich unter den Freunden wohl befinden und gar nicht unrecht daran tun, zu leben und zu genießen, habe ich mich hier ganz zu Hause gehalten und bin nicht untätig gewesen, wiewohl ich von meinem Tun noch lange keine Rechenschaft geben kann. Ein mächtiger Interesse als der Warbeck hat mich schon seit 6 Wochen beschäftigt und mit einer Kraft und Innigkeit angezogen, wie es mir lange nicht begegnet ist. Noch ist zwar bloß der Moment der Hoffnung und der dunkeln Ahndung, aber er ist fruchtbar und vielversprechend, und ich weiß, daß ich mich auf dem rechten Weg befinde.

Von der hiesigen Welt kann ich Ihnen also wenig berichten, da ich niemand gesehen. Ich höre, daß Wieland sich hat bereden lassen, den Ion des Euripides zu übersetzen, und daß man ganz erstaunliche Entdeckungen macht, wieviel hinter diesem griechischen Ion steckt.

Der fünfte März ist mir glücklicher vorübergegangen als dem Cäsar der fünfzehnte und ich höre von dieser großen Angelegenheit gar nichts mehr. Hoffentlich werden Sie bei Ihrer Zurückkunft die Gemüter besänftigt finden. Wie aber der Zufall immer naiv ist und sein mutwilliges Spiel treibt, so hat der Herzog den Bürgermeister den Morgen nach jenen Geschichten wegen seiner großen Verdienste zum *Rat* erklärt. Auch wird heute auf dem Theater *Üble Laune* von Kotzebue vorgestellt.

Meine Frau empfiehlt sich Ihnen bestens und bittet, sich an die *Histoire des Favorits* zu erinnern.

Ich lese jetzt eine Geschichte der Päpste von einem Engländer, der selbst Jesuit war, und der, indem er sich von den Grundfesten des Papsttums aus den Quellen zu unterrichten suchte, auf diesem Wege, wo er sich in seinem Glauben zu befestigen meinte, das Gegenteil gefunden hat, und der nun seine Gelehrsamkeit gegen das Papsttum anwendet. Es ist, ungeachtet der flachen Behandlung, eine durch ihre Konsequenz sehr anziehende Geschichte, unendlich mannigfaltig, weil sie sich mit allem verschlingt, und doch wieder auf eine furchtbare Art *identisch*, weil alles Individuelle selbst in der idealen Einheit sich verliert.

Leben Sie recht wohl und fördern Ihr Geschäft, daß wir uns bald wieder Ihrer Gegenwart erfreuen. Sch.

850. An Schiller

[Jena, den 16. März 1802]

Die Nachricht, daß Sie, mit entschiedenem Interesse, einen neuen Gegenstand bei sich herumtragen, macht mir viel Freude, sowohl für Sie als für uns. Ich wünsche guten Sukzeß.

Seitdem ich mich aus den weimarischen Stürmen gerettet, lebe ich recht zufrieden und froh und auch nicht ganz untätig, indem sich einige lyrische Kleinigkeiten eingestellt haben, mit denen ich, zwar nicht als Werken, doch aber als Symptomen, ganz wohl zufrieden bin.

Dafür, daß Sie den 5. März so glücklich überstanden, wären Sie dem Bürgermeister, als einem zweiten Äskulap, einen Hahnen schuldig geworden; da er unterdessen von oben herein solchen Lohn empfangen, können Sie Ihre Dankbarkeit *in petto* behalten.

Bei dieser Gelegenheit dachte ich wieder: was es für ein sonderbares Ding um die Geschichte ist, wenn man von ihr die Ursachen, Anlässe und Verhältnisse der Begebenheiten, im einzelnen, fordert; ich lebe diesen letzten Ereignissen so nahe, ja ich bin mit darin verwickelt und weiß eigentlich immer noch nicht, wie sie zusammenhängen. Vielleicht waren Sie glücklicher als ich.

Schelling hat ein Gespräch geschrieben: Bruno, oder über das göttliche und natürliche Prinzip der Dinge. Was ich davon verstehe, oder zu verstehen glaube, ist vortrefflich und trifft mit meinen innigsten Überzeugungen zusammen. Ob es uns andern aber möglich sein wird, dieser Komposition, durch alle ihre Teile, zu folgen und sie auch wirklich als Ganzes zu denken, daran muß ich noch zweifeln.

Übrigens weiß ich nicht viel zu sagen, als daß mir abends, wenn es 7 Uhr werden will, sehr oft der Wunsch entsteht, Sie und unsern edlen Meister auf ein paar Stunden bei mir zu sehen. Daß übrigens einige Frauenzimmer hier noch singlustiger als unsere Freundinnen und dabei, glücklicherweise, musikalischer sind, wodurch denn meine innere Singlust von Zeit zu Zeit erregt wird.

Das versprochene Buch habe ich leider noch nicht wieder finden können.

851. An Goethe

Weimar, 17. März 1802

Ich freue mich zu hören, daß es Ihnen in Jena wohl geht und daß mitunter auch etwas Poetisches aufblüht. Sie haben unterdessen hier nichts versäumt, denn die Sozietät scheint nach den heftigen Zuckungen, die sie ausgestanden, noch ganz entkräftet und in kaltem Schweiß zu liegen. Der Herzog, den man auch zu präokkupieren suchte, hat mich vor einigen Tagen über den Vorgang quästioniert, und ich habe ihm die Sache in dem Licht vorgestellt, worin ich sie sehe.

Er hat den Regulus zu lesen gewünscht, weil ihm von Berlin geschrieben wurde, daß dieses Stück viel Verdienst habe, obgleich es bei der Aufführung nicht habe glücken wollen. Ich glaub es wohl und möchte nur wissen, wo die Verdienste stecken. Unser gnädigster Herr hat das Opus gelesen und mir mit beiliegendem Billet zurückgeschickt. Sie sehen daraus, daß er es nicht ganz will fallen lassen, obgleich er es, ohne es selbst zu wissen oder zu wollen, kondemniert, denn er muß es doch zuletzt für eine langweilige Prosa erklären, und nun möchte ich wissen, was noch Gutes daran bleibt. Ich habe ihm das letzte Wort nicht gelassen und in einer kleinen Replik mir die Freiheit genommen vorzustellen, daß ich die Regelmäßigkeit der Form nur alsdann für verdienstlich halten könne, wenn sie mit poetischem Gehalt verbunden sei. Er sagte mir neulich, daß Sie ihm einige Hoffnung gemacht, den Rhadamist zu bearbeiten. Gott helfe Ihnen durch dieses traurige Geschäft.

Sie sind, mit mir, höflich eingeladen, einige Beiträge zu der Irene von Halem einzuschicken. Es ist doch eine wahre Bestialität, daß diese Herren, welche das mögliche versuchen uns zu annihilieren, noch verlangen können, daß wir ihre Werke selbst fördern sollen. Ich bin aber willens, Ungern, der mir diesen Antrag getan, recht aus vollem Herzen zu antworten.

Ich habe mich dieser Tage mit dem heiligen Bernhard beschäftigt und mich sehr über diese Bekanntschaft gefreut; es möchte schwer sein, in der Geschichte einen zweiten so weltklugen geistlichen Schuft aufzutreiben, der zugleich in einem so trefflichen Elemente sich befände, um eine würdige Rolle zu spielen. Er war das Orakel seiner Zeit und beherrschte sie, ob er gleich und eben darum, weil er bloß ein Privatmann blieb und andere auf dem ersten Posten stehen ließ. Päpste waren seine Schüler und Könige seine Kreaturen. Er haßte und unterdrückte nach Vermögen alles Strebende und beförderte die dickste Mönchsdummheit, auch war er selbst nur ein Mönchskopf und besaß nichts als Klugheit und Heuchelei; aber es ist eine Freude, ihn verherrlicht zu sehen. Wenn Sie Griesbach oder Paulus sprechen, so lassen Sie sich doch von ihm erzählen; vielleicht können uns diese einige Schriften über ihn verschaffen.

Leben Sie recht wohl und denken Sie bald wieder auf Ihre Zurückkunft.

Sch.

852. An Schiller

Ich werde mich wohl bald entschließen meinen hiesigen Aufenthalt abzubrechen und wieder zu Ihnen zu kommen. Da freue ich mich denn auf unsere Abende, um so mehr als wir manches Neue einander werden zu kommunizieren haben.

Wenn die dabei interessierte Gesellschaft das Abenteuer vom 5ten h. m. einigermaßen verschmerzt hat, so wollen wir bald wieder ein Picknick geben und die neuen Lieder, die ich mitbringe, versuchen. Haben Sie denn die Ihrigen etwa Zeltern mitgegeben? da die Körnerischen Kompositionen nicht greifen wollten?

Ich wünsche Ihnen einen recht guten Humor und eine recht derbe Faust, wenn Sie auf die *irenische* Einladung antworten. Es wäre recht schön, wenn Ihnen eine Epistel glückte, die auf alle das Packzeug paßte, dem ich immer größern Haß widme und gelobe.

Ich freue mich zu hören, daß Sie Ihre Johanna, auch für uns, der theatralischen Möglichkeit nähern wollen. Überhaupt müssen wir, da wir mit dieser Vorstellung so lange gezaudert, uns durch irgend etwas auszuzeichnen suchen.

Mit der Iphigenie ist mir unmöglich etwas anzufangen; wenn Sie nicht die Unternehmung wagen, die paar zweideutigen Verse korrigieren und das Einstudieren dirigieren wollen, so glaube ich nicht, daß es gehen wird, und doch wäre es in der jetzigen Lage recht gut, und sie würde denn vielleicht für andere Theater verlangt, wie es ja schon mit dem Nathan gegangen ist. Rhadamist und Zenobia ist, bei näherer Betrachtung, ein sehr merkwürdiges Stück. Der höchste Gipfel einer manierierten Kunst, wogegen die Voltairischen Stücke als reine Natur erscheinen. Das, was an diesem Stücke imponiert, ist wahrscheinlich die Kainische Lage des Helden und der unstete Charakter, der an das Schicksal jenes ersten Brudermörders erinnert. Es übrigens aufs deutsche Theater zu heben sehe ich noch keine Handhabe.

Zu der Bekanntschaft des heiligen Bernhards gratuliere ich. Wir wollen sehen *Specialiora* von ihm zu erfahren.

Unsere hiesigen theologischen Freunde sind in üblen Umständen. Griesbach leidet an seinen Füßen und Paulus mit seiner Frau. Sie ist sehr übel dran, so daß ich für ihre Existenz fürchte, und die Natur kann nun wieder eine Weile operieren, bis sie ein so neckisches Wesen zum zweitenmale zusammenbringt.

Zelter hat sehr lebhafte Eindrücke zurückgelassen. Man hört überall seine Melodien, und wir haben ihm zu danken, daß unsere Lieder und Balladen durch ihn von den Toten erweckt worden.

Das Bibliothekswesen klärt sich auf. Bretter und Balken schwimmen die Saale hinunter, zu dem neuen Musentempel in Lauchstädt. Lassen Sie doch auch dieses unser Unternehmen auf sich wirken und tun Sie für Ihre ältern Sachen, was Sie können. Zwar weiß ich wohl, wie schwer es hält, doch müssen Sie nach und nach, durch Nachdenken und Übung, dem dramatischen Metier so viel Handgriffe abgewinnen, daß Genie und reine poetische Stimmung nicht gerade zu jeder Operation nötig sind.

Sonst habe ich einiges gelesen und getrieben. Sehr merkwürdig war mir ein Blick in das Original von *Browns* medizinischen Elementen. Es sieht einem daraus ein ganz trefflicher Geist entgegen, der sich Worte, Ausdrücke, Wendungen schafft und sich deren mit bescheidener Konsequenz bedient, um seine Überzeugungen darzustellen. Man spürt nichts von dem heftigen terminologischen Schlendrian seiner Nachfolger. Übrigens ist das Büchlein im Zusammenhange schwer zu verstehen, und ich habe es deswegen beiseite gelegt, weil ich weder die gehörige Zeit noch Aufmerksamkeit darauf wenden kann.

Seitdem ich dieses diktiert, habe ich mich entschlossen Dienstag nach Weimar zu gehen. Da Sie denn, zum voraus, auf den Abend schönstens eingeladen sind.

Wollten Sie sich erkundigen: ob die Freunde Mittwoch abends bei mir zusammenkommen wollen? und in jedem Falle das Ja oder Nein in mein Haus wissen lassen.

Da ich nun so bald das Vergnügen hoffe Sie zu sehen, füge ich nichts weiter hinzu.

Jena, am 19. März 1802 G.

853. An Goethe

Weimar, 20. März 1802

Ich freue mich, daß Sie bald wieder hier sein und daß wir den Eintritt des Frühjahrs zusammen zubringen werden, der mich immer traurig zu machen pflegt, weil er ein unruhiges und gegenstandloses Sehnen hervorbringt.

Gern will ich das Mögliche tun, um die Iphigenia zur theatralischen Erscheinung zu bringen, es ist bei einem solchen Geschäft immer viel zu lernen, und an dem Erfolg zweifle ich nicht, wenn unsre Leute das Ihrige leisten. Es ist mir neulich sogar aus Dresden geschrieben worden, daß man die Iphigenia dort auf die Bühne bringen will, und gewiß werden noch andre Theater nachfolgen.

Mit dem Carlos bin ich auf ziemlich gutem Wege und hoffe in 8 oder 10 Tagen damit zustande zu sein. Es ist ein sicherer theatralischer Fond in dem Stück, und es enthält vieles, was ihm die Gunst verschaffen kann. Es war freilich nicht möglich, es zu einem befriedigenden Ganzen zu machen, schon darum, weil es viel zu breit zugeschnitten ist; aber ich begnügte mich, das Einzelne nur notdürftig zusammenzureihen, und so das Ganze bloß zum Träger des Einzelnen zu machen. Und wenn vom Publikum die Rede ist, so ist das Ganze doch das, was zuletzt in Betracht kommt.

Die Jungfrau von Orléans wollen wir aber erst in Lauchstädt

spielen lassen, ehe wir hier damit auftreten. Ich muß mir dieses ausbitten, weil sich der Herzog einmal bestimmt dagegen erklärt hat und ich auch nicht von ferne den Schein haben möchte, als wenn ich die Sache betrieben hätte. Mündlich darüber mehr. Der zweite Grund ist: weil ich im vorigen Jahre der Jagemann die Johanna zugeteilt, so würde es sonderbar aussehen, wenn ich ihr die Rolle jetzt nehmen wollte. Wird aber das Stück in Lauchstädt zuerst und die Johanna durch die Vohs gespielt, so kann jene alsdann auch bei der hiesigen Repräsentation keinen Anspruch mehr daran machen. Übrigens will ich das Stück in den letzten Wochen des hiesigen Theaterjahrs einlernen lassen und selbst einige Proben dirigieren, daß es gut gelernt wird, und daß man in Lauchstädt mit allen Ehren damit auftreten kann.

Für meine andern ältern Stücke kann ich dieses Jahr nichts mehr tun; auch eilt es damit nicht, denn wenn nur noch die Iphigenia zustande kommt, so kommt die Gesellschaft dieses Jahr reicher als niemals nach Lauchstädt. Ja es wäre kaum möglich noch mehrere Stücke einzulernen.

Noch habe ich eine neue Übersetzung der Frauenschule von Molière in meiner Verwahrung, die ganz gewiß zu brauchen sein wird, wenn man nur erst noch einiges dafür getan hat. Außerdem ist mir noch ein anderes Stück mitgeteilt worden, das viel Gutes enthält, aber freilich, da es aus einem Roman entstanden, viele dramatische Fehler hat.

Madame Mereau sagte mir, daß sie den Cid des Corneille bearbeite; wir wollen suchen auf diese Arbeit einigen Einfluß zu gewinnen, um womöglich eine Akquisition für das Theater dadurch zu machen.

Die Gesellschaft werde ich Ihrem Auftrage gemäß einladen und bin voll Erwartung, ob man sich hinlänglich abgekühlt haben wird, um mit gutem Anstand zu einem freundschaftlichen Verhältnis zurückzukehren. Zeltern gab ich meine zwei Lieder mit auf den Weg und erwarte, was er daraus machen wird. Übrigens ist die eine von den Körnerischen Melodien recht singbar, wenn unsre Damen es nur besser verständen.

Leben Sie recht wohl. Es wäre möglich, daß ich Sie auf den Montag in Jena sähe, weil meine Schwägerin durch Jena reist, um eine Freundin in der Nähe zu besuchen, und wir sie vielleicht begleiten. Doch ist es noch nicht gewiß. Sch.

854. An Schiller

Da wir wahrscheinlich auf den Sonnabend Turandot geben, so ersuche ich Sie um die neuen Rätsel, damit wir solche beizeiten an die nicht allzeit fertigen Schauspieler abgeben können.
Weimar, am 20. April 1802 G.

855. An Schiller

Hiebei übersende die verlangte Summe und die beiden ersten Hogarthischen Lieferungen, die ich eben vorfinde.

Dabei frage ich an, wie Sie es heute halten wollen? Wenn Sie abends nicht gern ausgehen, so könnten Sie ja früher kommen und vor Sonnenuntergang wieder zu Hause sein. Wollen Sie mir hierüber Ihren Entschluß wissen lassen, so bestelle ich Ehlers wegen einiger musikalischen Späße.
Weimar, am 25. April 1802 Goethe

856 An Schiller

Zuerst meinen herzlichen Wunsch, daß die Veränderung des Quartiers möge glücklich abgelaufen sein! Es soll mich sehr freuen Sie in einem neuen, freundlichen, gegen die Sonne und das Grüne gerichteten Quartier gesund und tätig anzutreffen.

Nun wünscht ich aber auch von Ihnen über unsere theatralischen Angelegenheiten etwas zu vernehmen. Was augurieren Sie von Iphigenien, die sich, wie vorauszusehen war, etwas verspätet? Was sagen Sie von Madame Bürger? deren Erscheinung ich wohl gern selbst mit abgewartet hätte.

Bei der Bibliothekseinrichtung steht mir die Art der Jenenser, die sich nahezu mit der Italiener *göttlichem Nichtstun* vergleicht, auf eine verdrießliche Weise entgegen. Ich gebe die Bemerkung zum besten, daß das Arbeiten nach vorgeschriebener Stunde, in einer Zeitenreihe solche Menschen hervorbringt und bildet, die auch nur das Allernotdürftigste stundenweis und stundenhaft, möchte man sagen, arbeiten. Ich werde so lange als möglich hier bleiben, weil ich überzeugt bin, daß, wie ich weggehe, das Ganze wieder, mehr oder weniger, stocken wird.

Was mich übrigens selbst und mein Näheres betrifft, so geht mir manches vonstatten. Einiges Lyrische hat sich wieder eingefunden, und ich habe die Urquelle der nordischen Mythologie, weil ich sie eben vor mir fand, in ruhigen Abenden durchstudiert und glaube darüber ziemlich im klaren zu sein. Wie ich mich deshalb, wenn ich wieder komme, legitimieren werde. Es ist gut auch in einem solchen Felde nur einmal einen Pfahl zu schlagen und eine Stange aufzustellen, nach der man sich gelegentlich orientieren kann.

So spricht auch ein solches Bibliothekswesen uns andere lebhaft an, selbst wenn man nur minutenweis in die Bücher hineinsieht. Sehr günstig finde ich die Wirkung meiner physischen, geognostischen und naturhistorischen Studien. Alle Reisebeschreibungen sind mir, als wenn ich in meine flache Hand sähe.

Daß die Gegend in dieser Blütenzeit außerordentlich schön sei, darf ich Ihnen nicht sagen; ein Blick aus Ihrer obern Gartenstube, mit der Sie, wie ich höre, einen Philosophen beliehen haben, würde jetzt sehr erquicklich sein.

Leben Sie recht wohl und sagen mir ein Wort.

Jena, den 4. Mai 1802 G.

Daß Loder seinem Schwiegervater Frau und Kind nach Warschau bringt, daß die Krankheit unserer Freundin Paulus sich in einen gesunden Knaben aufgelöst hat, gehört wohl für Sie nicht unter die Neuigkeiten.

857. An Goethe

Ich komme in diesem Augenblick aus der Regierung, wo man mich länger warten lassen, als ich dachte, und kann Ihnen also, da das Botenmädchen gleich fort will, bloß das Nötigste schreiben.

Iphigenie wäre auf keinen Fall auf den nächsten Sonnabend zu zwingen gewesen, weil die Hauptrolle sehr groß und schwer einzulernen ist. Es war schlechterdings nötig der Vohsin Zeit dazu zu geben. Ich hoffe übrigens das Beste für dieses Stück, es ist mir nichts vorgekommen, was die Wirkung stören könnte. Gefreut hat es mich, daß die eigentlich poetisch schönen Stellen und die lyrischen besonders auf unsere Schauspieler immer die höchste Wirkung machten. Die Erzählung von den Thyestischen Greueln und nachher der Monolog des Orests, wo er dieselben Figuren wieder in Elysium friedlich zusammen sieht, müssen als zwei sich aufeinander beziehende Stücke und als eine aufgelöste Dissonanz vorzüglich herausgehoben werden. Besonders ist alles daran zu wenden, daß der Monolog gut exekutiert werde, weil er auf der Grenze steht, und wenn er nicht die höchste Rührung erweckt, die Stimmung leicht verderben kann. Ich denke aber, er soll eine sublime Wirkung machen.

Den übeln Erfolg der Ariadne wird Ihnen der Hofkammerrat schon berichtet haben. Sie können ihm alles Schlimme glauben, was er Ihnen davon schreiben mag, denn diese Elise ist eine armselige herz- und geistlose Komödiantin von der gemeinen Sorte, die durch ihre Ansprüche ganz unausstehlich wird. Doch Sie werden sie selbst sehen und hören, wenn Sie länger in Jena bleiben, denn sie denkt in etlichen Tagen ein Deklamationskonzert dort zu geben.

Wir sind seit 6 Tagen eingezogen und freilich noch in größter Konfusion, doch habe ich mich in den Morgenstunden in etwas zur Arbeit sammeln können und hoffe nun bald recht in Gang zu kommen.

Zu der lyrischen Ausbeute gratuliere ich. Genießen Sie die schöne Jahreszeit aufs beste und denken unsrer.

Weimar, 5. Mai 1802 Sch.

858. An Schiller

Madame Bürger hat uns bis jetzt noch verschont, wenn sie nicht etwa morgen noch kommt und auf eine Sonntagsdeklamation Anspruch macht. Auf alle Fälle werde ich mich in eine Ecke des Saals, nicht weit von der Türe, setzen und nach Beschaffenheit der Umstände aushalten oder auf und davon gehen.

Was Sie mir von *Iphigenie* sagen, ist mir erfreulich. Könnten und möchten Sie das Werk bis zur Aufführung treiben, ohne daß ich eine Probe sähe, und es Sonnabend den 15ten geben, so bliebe ich noch eine Woche hier und brächte manches vor und hinter mich.

Wie ich höre, geht der Theaterbau zu Lauchstädt recht gut vonstatten. Ich bin recht neugierig, wie dieser Pilz aus der Erde wachsen wird.

Wenn Sie eine Leseprobe von *Alarkos* gehalten haben, so sagen Sie mir doch ein Wort davon.

Es ist mir diese Tage ein anderes neues dramatisches Produkt zugeschickt worden, das mir, ich mag wohl so sagen, *Kummer* macht. Ein unverkennbares Talent, sorgfältiges Nachdenken,

Studien der Alten, recht hübsche Einsicht, brauchbare Teile und im ganzen unzulänglich, indem es weder vor- noch rückwärts Face macht. Den zehenten Teil davon hätte man vielleicht produzieren können, aber, so wie es liegt, ist es ganz und gar unmöglich. Wie ich zurückkomme, sollen Sie es sehen und werden wahrscheinlich noch größere Klagelieder anstimmen. Sagen Sie aber niemand nichts davon, auch nichts von meiner vorläufigen Anzeige; denn wir müssen es unter uns, in der Stille, zurecht legen.

Das Bibliothekswesen konstruiert sich nach und nach, obgleich noch immer langsam genug. Ich halte meine Taktik und suche nun immer, von Epoche zu Epoche, vorzurücken.

Irgend eine poetische Stunde und sonst ein wissenschaftlicher Gewinn fällt auch mit ab.

Leben Sie recht wohl und richten sich recht behaglich ein.

Jena, am 7. Mai 1802 G.

859. An Goethe

Weimar, 8. Mai 1802

Für den Alarkos wollen wir unser möglichstes tun, aber bei einer neuen Durchsicht des Stücks sind mir bedenkliche Sorgen aufgestiegen. Leider ist es ein so seltsames Amalgam des Antiken und Neuest-Modernen, daß es weder die Gunst noch den Respekt wird erlangen können. Ich will zufrieden sein, wenn wir nur nicht eine totale Niederlage damit erleiden, die ich fast fürchte. Und es sollte mir leid tun, wenn die elende Partei, mit der wir zu kämpfen haben, diesen Triumph erhielte. Meine Meinung ist, die Vorstellung des Stücks so vornehm und ernst, als möglich ist, zu halten und alles, was wir von dem Anstand des französischen Trauerspiels dabei brauchen können, anzuwenden. Können wir es nur soweit bringen, daß dem Publikum imponiert wird, daß etwas Höheres und Strengeres anklingt, so wird es zwar unzufrieden bleiben, aber doch nicht wissen wie es daran ist. Einen Schritt zum Ziele werden wir durch diese Vorstellung nicht tun, oder ich müßte mich ganz betrügen.

Die Iphigenia soll auf den 15ten einstudiert sein. Auf nächsten Dienstag wollen wir mit dem Stück auf das Theater.

Elise Bürger wird Ihnen ihren Besuch nicht schenken. Sie ist jetzt, wie ich höre, noch hier; was sie hier festhält, weiß ich nicht.

Leben Sie recht wohl. Ich freue mich auf die Produkte Ihrer

Muße. Bei mir hat sich die gehörige Ruhe noch nicht ganz eingefunden. Ich erwarte heute den Cotta auf seiner Meß-Reise.

Sch.

860. *An Schiller*

Ihre Sorgfalt für die *Iphigenie* danke ich Ihnen zum allerbesten, künftigen Sonnabend werde ich am Schauspielhause anfahren, wie ein anderer Jenenser auch, und hoffe Sie in Ihrer Loge zu treffen.

Über den *Alarkos* bin ich völlig Ihrer Meinung; allein mich dünkt, wir müssen alles wagen, weil am Gelingen oder Nichtgelingen nach außen gar nichts liegt. Was wir dabei gewinnen, scheint mir hauptsächlich das zu sein, daß wir diese äußerst obligaten Silbenmaße sprechen lassen und sprechen hören. Übrigens kann man auf das stoffartige Interesse doch auch was rechnen.

Im ganzen geht es mir hier sehr gut und es würde noch besser gehen und werden, wenn ich meinen Aufenthalt noch einige Wochen hinausdehnen könnte.

Leben Sie recht wohl, richten Sie sich immer besser ein und gedenken unser.

Jena, am 9. Mai 1802

Ich wünsche, daß beikommender Band Sie nicht von einer andern Seite her schon heimgesucht habe, damit Sie diese gereimte Tollhausproduktion zuerst als ein *Curiosissimum,* durch meine Hand, erhalten. So einen, auf der äußern Form des Nächstvergangenen, sich herumdrehenden Wahnsinn habe ich doch noch nicht gesehen, doch wer will ein Wort für so eine Erscheinung finden.

G.

861. *An Schiller*

Ob noch Sonnabend den 15ten Iphigenie wird sein können, hoffe ich durch Ihre Güte morgen zu erfahren, und werde alsdann eintreffen, um, an Ihrer Seite, einige der wunderbarsten Effekte zu erwarten, die ich in meinem Leben gehabt habe, die unmittelbare Gegenwart eines, für mich, mehr als vergangenen Zustandes.

Mit meinem hiesigen Aufenthalt bin ich recht wohl zufrieden. Das Geschäft ist weiter gediehen, als ich hoffte, obgleich, wenn man strenge will, noch wenig geschehen ist. Wenn man aber denkt, daß man in solchem Falle eigentlich nur auf Exekution liegt und, vom handwerksmäßigsten bis zum literarischsten Mitarbeiter, jeder bestimmt, geleitet, angestoßen, rektifiziert und wieder ermuntert sein will, so ist man zufrieden, wenn man nur einigermaßen vorrückt.

Der Bibliothekssekretär Vulpius hat sich musterhaft gezeigt, er hat, in dreizehn Tagen, 2134 Stück Zettel geschrieben. Das heißt Büchertitel, auf einzelne Zettel, ausgeschrieben. Überhaupt sind vier Personen etwa mit 6000 Zetteln in dieser Zeit fertig geworden, wo man ohngefähr sieht, was zu tun ist.

Diese Büchermasse war die ungeordnete, nachgelassene, nun kommen wir auch an die schon stehende, ältere. Indessen muß das Ganze doch, oberflächlich, auf einen wirken, und es ist wie eine Art von Bad, ein schwereres Element, in dem man sich bewegt und in dem man sich leichter fühlt, weil man getragen wird.

Ich habe in dieser Zeit manches gelernt und einiges getan. Könnte ich Sie und Meyern, über den andern Abend, mit meinem Neugefundnen unterhalten und dagegen wieder von dem Ihrigen einnehmen, so wüßte ich mir nichts Besseres. Vielleicht wird aber für uns alle dieses dreiwöchentlich Zusammengedrängte nur desto erfreulicher.

Leben Sie recht wohl und sagen mir von sich nur wenige Worte, durch den Boten.

Jena, den 11. Mai 1802 G.

862. An Goethe

Weimar, 12. Mai 1802

Die Vorstellung der Iphigenia auf den Sonnabend wird keine Schwierigkeit haben, obgleich uns der *Titus* gestern und heut das Theater wegnahm. Morgen und übermorgen aber werden die Theaterproben mit Ernst vorgenommen werden, und ich hoffe, daß Sie über Ihr Werk nicht erschrecken sollen. Wohl glaube ich, daß die sinnliche Erscheinung dieses Stückes manche vergangene Zustände in Ihnen erwecken wird, sowohl in Formen und Farben Ihres eignen Gemüts, als auch der Welt, mit der Sie sich damals zusammen fühlten, und in letzterer Rücksicht wird es mehreren hiesigen Freunden und Freundinnen merkwürdig sein.

Mit dem Alarkos wollen wir es also auf jede Gefahr wagen und uns selbst wenigstens dadurch belehren. Ich will es unsern

Schauspielern möglichst ans Herz legen, das Beste daran zu wenden. Der Charlotte Kalb habe ich das Stück lesen lassen, aus Neugierde, wie ein solches Produkt auf einen solchen Sinn wirken würde. Aber es sind närrische Dinge dabei zum Vorschein gekommen, und ich werde mich hüten, eine solche Probe zu wiederholen. Es ist sonderbar, was für Säfte gewisse Tiere aus gewissen Pflanzen ziehen, und die Kalb gehört auch zu denen Lesern, die glauben, ein poetisches Werk, das man ihnen vorsetzt, verspeisen zu müssen anstatt es anzuschauen. Sie meint, für den Verfasser der Lucinde, an der sie ein großes Wohlgefallen zu haben schien, sei dieser Alarkos ein sehr religiöses Produkt. Die passionierteste Natur in dem Stück, die Infantin, fand sie abscheulich und unmoralisch; gerade gegen meine Erwartung, aber es scheint, daß die gleichnamigen Pole sich überall abstoßen müssen.

Cotta kam vorigen Sonnabend hier durch, er hoffte Sie bei seiner Zurückkunft, welche nächsten Sonnabend über 14 Tagen sein wird, hier zu finden. Mir trug er auf, Sie zu bitten, daß Sie ihm erlauben möchten Mahomet und Tancred in Schwaben zu drucken. Gädicke hat ihn auf eine undankbare Art sitzen lassen. Den Druck wolle er ganz nach Ihrer Vorschrift einrichten und die strengste Korrektur beobachten lassen. Er ließ mir beigeschloßnen Aufsatz von dem Architekt Weinbrenner für Sie zurück. Der Verfasser wünschte Ihre Mitwirkung bei dem Vorschlage, den er darin tut.

Die ersten Zeiten meiner hiesigen Ortveränderung sind mir durch manches verbittert worden, besonders aber durch die Nachricht von dem schweren Krankenlager und Tod meiner Mutter in Schwaben; aus einem Brief, den ich vor einigen Tagen erhielt, erfuhr ich, daß an demselben Tag, wo ich mein neues Haus bezog, die Mutter starb. Man kann sich nicht erwehren, von einer solchen Verflechtung der Schicksale schmerzlich angegriffen zu werden.

Leben Sie recht wohl und freuen sich Ihrer wohlgelungenen Geschäfte. Das Geld, das Sie so gütig waren mir vorzuschießen, liegt parat, und ich erwarte nur Ihre Befehle darüber. Wenn es Sie nicht belästigt, so wollte ich Sie bitten, sich von Niethammern eine Note über das geben zu lassen, was ich ihm für meine und für der Herzogin Bücher, die in der Eckartischen Auktion erstanden worden, zu bezahlen habe, so wollte ich dann beide Schuldposten auf einmal tilgen und erwarte nur Ihre Anweisung darüber.

Mit dem Athenor sind Sie mir nur einen Tag zuvorgekommen, denn auch ich habe dieses schreckliche Produkt erhalten und hatte es schon für Sie beiseite gelegt. Ich lege hier ein andres bei, das nicht viel erfreulicher ist, besonders die Vorrede.

Leben Sie recht wohl. Elise Bürgern werden Sie nun wohl selbst gehört haben? Sch.

863. An Schiller

Indem ich um den Alarkos bitte, sende ich zugleich einige Curiosa.

Mögen Sie heute abend zu einem fernern Colloquio zu mir kommen, so werden Sie mir viel Vergnügen machen, indem ich noch einiges vorzutragen habe.

Morgen zu Mittag wünschte ich auch Ihre Gegenwart. Sie werden noch das geheime Konzilium finden.

Weimar, am 17. Mai 1802 G.

864. An Schiller

Die Gelegenheit der abgehenden Boten kann ich nicht versäumen und melde mit wenig Worten, daß meine Arbeit bis jetzt gut vonstatten geht. Ich habe das ganze Opus von vorn bis hinten durch diktiert und bin nun daran ihm mehr Gleichheit in der Ausführung zu geben. Ich muß mich durchaus an die Prosa halten, obgleich der Gegenstand durch Abwechslung der prosaischen und metrischen Formen sehr gewinnen könnte, und ich hoffe mit meinem Paket Sonnabends anzulangen und Sonntags Leseprobe zu halten. Auf alle Fälle wird die Darstellung den Charakter des Impromptu haben, wobei sie nur gewinnen kann. Übrigens verfluche und verwünsche ich das ganze Geschäft in allen seinen alten und neuen Teilen und Gliedern und werde mirs zur Ehre rechnen, wenn man meiner Arbeit den bewußten und beliebten Zorn nicht ansieht. Leben Sie recht wohl, tätig, vergnügt und glücklich.

Jena, am 8ten Juni 1802 G.

865. An Goethe

Weimar, 9. Juni 1802

Ich gratuliere zu der glücklichen Entbindung des Werks und freue mich auf die Mitteilung desselben. Sie sehen bei dieser Gelegenheit, wie viel die Notwendigkeit bei Ihnen vermag, und sollten dieses Mittel auch bei andern Werken anwenden, es würde sich gewiß ebensogut bewähren.

Bei mir ist in diesen Tagen nicht viel gefördert worden, ich selbst war unpäßlich und bin es noch, und meine Kinder befanden sich auch nicht wohl. Bei dem besten Willen und Trieb werde ich jetzt gar oft in meiner Tätigkeit gehindert.

Ich lege das Blatt von Zelters Aufsatz bei, das sich bei mir noch gefunden hat.

Leben Sie recht wohl und kehren Sie mit schönen Früchten zu uns zurück. Sch.

866. An Schiller

Meine Arbeit hat gut gefördert, ob sie gleich viel weitläufiger geworden ist, als ich gedacht habe.

Einige Motive gegen das Ende sind noch auszuführen, übrigens ist alles schon ins Reine und in die Rollen geschrieben.

Sonntag abend hoffe ich es Ihnen vorzulesen, versagen Sie sich nicht; denn Montags muß ich Leseprobe halten. Freilich wenn man die Arbeit könnte vierzehn Tage liegen lassen, so ließ sich noch manches daran tun. Ich konnte freilich nicht alle Motive egal ausführen. Ich werde über zwanzig Auftritte bekommen, worunter freilich sehr kleine sind; doch sieht man daraus wenigstens das mannigfaltige Hin- und Widerrennen der Personen und auch die Mannigfaltigkeit der Motive, da sie nicht ohne Not kommen und gehen. Leben Sie recht wohl; ich kann wohl sagen, daß ich diese Arbeit mit desto freierm Mut unternommen habe, da Sie die Idee und Anlage zu billigen schienen.

Jena, am 11. Juni 1802 G.

867. An Goethe

Weimar, 12. Juni 1802

Ich erhalte einen Brief von Ihnen, indem ich Sie heute ganz zuversichtlich selbst erwartete und mir diesen Abend das Vergnügen versprach, Ihre Arbeit vorlesen zu hören. Ich werde morgen um sechs Uhr abends nicht fehlen und freue mich in gar vielen Rücksichten des glücklich vollbrachten Werks.

Bald hätte Beckers Krankheit die nächsten, ja vielleicht alle künftigen dramatischen Unternehmungen übel stören können; er ist noch jetzt sehr schlimm, und wenn es noch so glücklich geht, so wird in den nächsten 8 Tagen schwerlich auf ihn zu rechnen sein. Unter andern Umständen würde seine Rolle in Ihrem Stück wohl durch Ehlers oder einen andern zu besetzen gewesen sein; da Sie aber gerade bei diesem Stück auf die Personalität des Schauspielers mit Rechnung gemacht haben, so könnte doch etwas dadurch verloren gehen, wenn ein anderer die Rolle spielt.

Ich sehne mich sehr nach einem ruhigen Aufenthalt, denn bei mir geht es jetzt sehr lärmend zu, da oben und unten gehämmert wird, und der Boden zittert, ganz buchstäblich genommen, unter meinen Füßen. Auch habe ich mich diese Woche gar nicht wohl und leider in einer recht misanthropischen Laune befunden, die aber leider zu pathologisch passiv war, um den Schwung des ewigen Zorns zu erreichen.

Leben Sie recht wohl, und kommen mit schönen Gaben zurück.

Sch.

868. An Goethe

Weimar, 24. Juni 1802

Da es sich nicht hat schicken wollen, daß ich mich selbst nach Lauchstädt aufmachte, so will ich Ihnen meine besten Wünsche zu dem vorhabenden Geschäft schriftlich übersenden, den Erfolg und Verlauf hoffe ich bald möglichst von Ihnen zu erfahren. Möge mir während Ihrer Abwesenheit Apollo günstig sein, daß ich zu der neuen Theaterepoche auch etwas Neues bringen kann. Es ist Zeit, daß mir auch wieder etwas gelinge, denn seit meiner Dresdner Reise hat es mir nicht glücken wollen, mich zu fixieren und über einen Geist der Zerstreuung Herr zu werden, der sich meiner bemächtigt hat. Es ist zwar mancherlei gesammelt worden, aber es wartet noch auf eine glückliche Entladung.

Seien Sie tätig und heiter und lassen mich teilnehmen an allem, was Sie Angenehmes erfahren. Sch.

869. An Schiller

Den Hofkammerrat, der morgen früh abreist, kann ich nicht ohne ein Wort an Sie gehen lassen. Erzählen mag er Ihnen umständlich, wie die Eröffnung abgelaufen. Das Wetter begünstigte uns und das Vorspiel hat Glück gemacht. Der Schluß, ob er gleich besser sein könnte, ist mir doch verhältnismäßig zu dem Drang der Umstände, in welchen ich fertig werden mußte, leidlich gelungen. Hätte ich alles voraussehen können, so hätte ich Ihnen keine Ruhe gelassen, bis Sie mir das letzte Motiv ausgearbeitet hätten. Nun mags denn so hingehen.

Mit Wolf habe ich heute schon angefangen das Büchlein von den Farben durchzulesen und dadurch schon großen Vorteil und Sicherheit zur Ausarbeitung des Ganzen erlangt, und ich erwarte noch manches schöne Resultat von unsern Konferenzen. Nächstens mehr, wenn die Stunden ruhiger werden.

Die ganze jugendliche Welt wünscht und hofft Sie zu sehen, doch gestehe ich aufrichtig, daß ich keinen rechten Mut habe Sie einzuladen; seitdem ich kein eigentlich Geschäft mehr habe, weiß ich schon nicht recht, was ich anfangen soll.

Sie werden einen Schlüssel zu meinem Garten und Gartenhaus erhalten; machen Sie sich den Aufenthalt einigermaßen leidlich und genießen die Ruhe, die in dem Tale herrscht. Vermutlich werde ich mich bald nach Weimar zurückziehen, denn ein sonderlich Heil ist für uns nicht in der äußern Welt zu suchen, wo man überall nur gestückelt antrifft, was man schon besitzt. Auf die Anschauung des Hällischen Zustandes will ich auch einige Tage wenden. Leben Sie recht wohl und gedenken mein. Ich wünsche zu hören, daß Ihnen gelungen ist etwas zu arbeiten.

Lauchstädt, am 28ten Juni 1802 G.

870. *An Schiller*

Es geht mit allen Geschäften wie mit der Ehe, man denkt wunder, was man zustande gebracht habe, wenn man kopuliert ist, und nun geht der Teufel erst recht los. Das macht, weil nichts in der Welt einzeln steht und irgend ein Wirksames nicht als ein Ende, sondern als ein Anfang betrachtet werden muß.

Verzeihen Sie mir diese pragmatische Reflexion zum Anfange meines Briefes, einige mehr oder weniger bedeutende Geschäfte, die mir dieses Jahr aufliegen, nötigen mir diese Betrachtung ab. Ich glaubte sie abzutun und sehe nun erst, was sich für die Zukunft daraus entwickelt.

Gestern abend habe ich die neunte Vorstellung überstanden. 1500 Taler sind eingenommen und jedermann ist mit dem Hause zufrieden. Man sitzt, sieht und hört gut und findet, für sein Geld, immer noch einen Platz. Mit fünf- bis sechstehalbhundert Menschen kann sich niemand über Unbequemlichkeit beschweren.

Unsere Vorstellungen waren:

Was wir bringen und Titus . . .	672	Personen
Was wir bringen und die Brüder .	467	„
Wallenstein	241	„
Die Müllerin	226	„
Die beiden Klingsberge	96	„
Tancred	148	„
Wallenstein auf Verlangen . . .	149	„
Oberon	531	„
Der Fremde	476	„

Es kommt darauf an, daß eine geschickte Wahl der Stücke, bezüglich auf die Tage, getroffen werde, so kann man auch für die Zukunft gute Einnahmen hoffen. Überhaupt ist es mir nicht bange das Geld, was in der Gegend zu solchem Genuß bestimmt sein kann, ja etwas mehr, in die Kasse zu ziehen. Die Studenten sind ein närrisches Volk, dem man nicht feind sein kann und das sich mit einigem Geschick recht gut lenken läßt. Die ersten Tage waren sie musterhaft ruhig, nachher fanden sich einige sehr verzeihliche Unarten ein, die aber, worauf ich hauptsächlich acht gebe, sich nicht wie ein Schneeball fortwälzen, sondern nur momentan und, wenn man billig sein will, durch äußere Umstände gewissermaßen provoziert waren. Der gebildetere Teil, der mir alles zuliebe tun möchte, entschuldigt sich deshalb, mit einer gewissen Ängstlichkeit, und ich suche die Sache, sowohl in Worten als in der Tat, im ganzen läßlich zu nehmen, da mir doch überhaupt von dieser Seite nur um ein Experiment zu tun sein kann.

Auch ein eigenes Experiment mache ich auf unsere Gesellschaft selbst, indem ich mich unter so vielen Fremden auch als ein Fremder in das Schauspielhaus setze. Mich dünkt, ich habe das Ganze sowohl, als das Einzelne mit seinen Vorzügen und Mängeln noch nicht so lebhaft angeschaut.

Mein alter Wunsch, in Absicht auf die poetischen Produktionen, ist mir auch hier wieder lebhaft geworden: daß es Ihnen möglich sein könnte, gleich anfangs konzentrierter zu arbeiten, damit Sie mehr Produktionen und, ich darf wohl sagen, theatralisch wirksamere lieferten. Das Epitomisieren eines poetischen Werks, das zuerst in eine große Weite und Breite angelegt war, bringt ein Schwanken zwischen Skizze und Ausführung hervor, das dem ganz befriedigenden Effekt durchaus schädlich ist. Wir andern, die wir wissen, woran wir sind, empfinden dabei eine gewisse Unbehaglichkeit, und das Publikum kommt in eine Art von Schwanken, wodurch geringere Produktionen in Avantage gesetzt werden. Lassen Sie das, was ich hier aus dem Stegreife sage, einen Text unserer künftigen Unterredung sein.

Meyer verflucht, wie Sie aus der Beilage sehen werden, seinen hiesigen Aufenthalt, indessen wird ihm das Baden ganz wohl bekommen. Hätte er sich, statt Pyrmonter Wasser hier teuer in der Apotheke zu bezahlen, ein Kistchen Portwein, zur rechten Zeit, von Bremen verschrieben, so sollte es wohl anders mit ihm aussehen; aber es stehet geschrieben, daß der freieste Mensch (also eben der vorurteilfreieste) gerade an dem, was seinen Leib betrifft, den Vorurteilen unterliegen muß. Wir wollen daher nicht groß tun, weil uns dasselbige begegnen kann.

Die Hoffnung Sie hier zu sehen, welche früher erregt worden, ist unter den jungen Leuten sehr groß; doch weiß ich nicht recht, wie und ob ich Sie einladen soll. Schreiben Sie mir, mit dem rückkehrenden Boten, ob Sie einigermaßen Neigung hätten. Zu gewinnen ist freilich gar nichts für Sie und eine Zerstreuung macht es immer. Sonst sollte für ein artig Quartier und gutes Essen gesorgt sein. Und freilich wäre es hübsch, wenn wir drei zusammen uns von unmittelbar angeschauten Gegenständen künftig unterhalten könnten.

Ich will diese Tage nach Halle hinüber, um es womöglich, so wie vor dem Jahre Göttingen, anschauen. Auch ist für mich im einzelnen daselbst viel zu gewinnen.

Mit Wolf habe ich schon das Büchlein von den Farben durchgegangen. Das Hauptresultat: daß, auch nach seinen Kriterien, das Werk echt, alt und der peripatetischen Schule wert sei, hat mich, wie Sie denken können, sehr gefreut, ja er mag es lieber dem Aristoteles als einem Nachfolger zuschreiben.

Er hält, so wie ich, dieses kleine Werk für ein in sich geschloßnes Ganze, das sogar durch Abschreiber wenig gelitten hat. Meine drei Konjekturen zu Verbesserung des Textes hat er gleich angenommen, und die eine besonders mit Vergnügen, da ich *Weiß* anstatt *Schwarz* setzen muß. Er habe, sagt er, wenn von solchen Verbesserungen die Rede gewesen, manchmal eben diesen Gegensatz gleichsam als einen verwegnen Scherz gebraucht, und nun sei es doch äußerst lustig, daß sich in der Erfahrung wirklich ein Beispiel finde, wo in den *Codicibus Schwarz* für *Weiß* stehe.

Da es ein unschätzbarer Gewinn wäre solch einen Mann näher zu haben, so will ich wenigstens das Verhältnis, so viel als möglich, anzunähern suchen, damit man sich verstehe und sich vertraue.

Noch einen schönen Gewinst verspreche ich mir von dem Aufenthalt in Halle. Kurt Sprengel, dessen Briefe über die Botanik ich, beinahe als das einzige Buch, in diesen vierzehn Tagen gelesen, ist eine eigne Natur von Verstandsmenschen, wie wir sie heißen, der durch den Verstand sich dergestalt in die Ecke treibt, daß er aufrichtig gestehen muß, hier könne man nun eben nicht weiter; und er dürfte nur über sich sehen, so würde er empfinden, wie ihm die Idee einen glücklichen Ausweg darbietet. Aber eben dieses Wirken des Verstands gegen sich selbst ist mir in *concreto* noch nicht vorgekommen, und es ist offenbar, daß auf diesem Wege die schönsten Versuche, Erfahrungen, Räsonnements, Scheidungen und Verknüpfungen vorkommen müssen. Was mich für ihn einnimmt, ist die große Redlichkeit seinen Kreis durchzuarbeiten. Ich bin sehr neugierig ihn persönlich kennen zu lernen.

Hierbei schicke ich Ihnen das Werk von Brandes über den gegenwärtigen Zustand von Göttingen. Die Nüchternheit eines offiziellen Berichtes ist freilich in diesem Werkchen sehr fühlbar; mir war das Ganze sehr angenehm als Rekapitulation dessen, was ich vor einem Jahr dort gewahr wurde. Aber fühlen hätte der Verfasser sollen, daß man seine Arbeit mit gutem Willen lesen muß, deshalb der Ausfall besonders gegen uns nicht am rechten Flecke steht. Wenn die Göttinger in manchem genug und in keinem Falle zu viel tun, so läßt sich freilich darüber noch so ein diplomatisches Hokus-Pokus machen. Wenn wir aber in vielem nicht genug und in manchem zu viel tun, so ist freilich unsere Situation keiner präsentablen Darstellung fähig; aber inwiefern sie respektabel ist und bleibt, wollen wir die Herren schon gelegentlich fühlen lassen.

Ich muß schließlich, weil ich den *Wildfang* heute abend noch zu sehen habe und weil ich sonst noch ein neues Blatt anfangen müßte. Leben Sie recht wohl und sagen mir ein Wort von Ihren Zuständen.

Lauchstädt, am 5ten Juli 1802 G.

871. An Goethe

Weimar, 6. Juli 1802

Es war zu meinem Glück, daß ich Ihnen nicht nach Lauchstädt folgte, denn ich hätte nur den Samen eines Katarrhfiebers mitgenommen, das an dem nämlichen Sonnabend, wo sie in Lauchstädt zum erstenmal spielten, bei mir zum Ausbruch kam. Seit dieser Zeit bis gestern habe ich [mich] mit meiner ganzen Familie in den schlechtesten Zuständen befunden, denn wir alle litten an einer Art von Krampfhusten, der besonders meinen kleinen Ernst sehr hart mitnahm. Dabei lebten wir entfernt von allem menschlichen Umgang, weil ich jede Gelegenheit zu sprechen sorgfältig meiden mußte. Deswegen habe ich auch den Hofkammerrat noch nicht über die Lauchstädter Ereignisse vernehmen können und weiß weiter nichts davon, als was Ihre Briefe mir meldeten.

Sie haben also 9 Tage hintereinander gespielt, das will viel sagen und ist eine große Anstrengung von seiten der Schauspieler; aber aus der Leere des Hauses in den Vorstellungen während der Woche sehe ich doch, daß Sie die reichliche Gabe nicht allzulang werden fortsetzen dürfen.

Auch zu Lauchstädt sind es also, wie Ihr Repertorium besagt, die Opern, die das Haus füllen. So herrscht das Stoffartige überall, und wer sich dem Theaterteufel einmal verschrieben hat, der muß sich auf dieses Organ verstehen.

Ich gebe Ihnen vollkommen recht, daß ich mich bei meinen Stücken auf das Dramatischwirkende mehr konzentrieren sollte. Dieses ist überhaupt schon, ohne alle Rücksicht auf Theater und Publikum, eine poetische Forderung, aber auch nur insofern es eine solche ist, kann ich mich darum bemühen. Soll mir jemals ein gutes Theaterstück gelingen, so kann es nur auf poetischem Wege sein, denn eine Wirkung *ad extra,* wie sie zuweilen auch einem gemeinen Talent und einer bloßen Geschicklichkeit gelingt, kann ich mir nie zum Ziele machen, noch, wenn ich es auch wollte, erreichen. Es ist also nur von der höchsten Aufgabe selbst die Rede, und nur die erfüllte Kunst wird meine individuelle Tendenz *ad intra* überwinden können, wenn sie zu überwinden ist.

Ich glaube selbst, daß unsre Dramen nur kraftvolle und treffend gezeichnete Skizzen sein sollten, aber dazu gehörte dann freilich eine ganz andre Fülle der Erfindung, um die sinnliche Kräfte ununterbrochen zu reizen und zu beschäftigen. Mir möchte dieses Problem schwerer zu lösen sein als einem andern, denn ohne eine gewisse *Innigkeit* vermag ich nichts, und diese hält mich gewöhnlich bei meinem Gegenstande fester, als billig ist.

Ich wünschte, daß Sie von Wolf eine lateinische Übersetzung der Poetik des Aristoteles, die der verstorbene *Reiz* in Manuskript zurückgelassen, sich verschaffen möchten. Auch diese Schrift würde uns ein interessantes Thema zu künftigen Konferenzen über das Drama abgeben.

In der Schrift von Brandes habe ich geblättert, aber es wird mir unmöglich durch diese lederne Manier mich hindurch zu arbeiten. Man mußte Göttingen noch frisch im Gedächtnis haben, wie Sie, um dabei aushalten zu können.

Eine Schrift gegen Kotzebue von dem Herrn *von Masson* ist dieser Tage erschienen, worin er ganz niederträchtig, aber nach Würden und Verdienst behandelt wird. Sie ist für ein Werk der Indignation und für eine Parteischrift nicht schlecht geschrieben.

Leben Sie recht wohl und lassen sichs in Halle nicht zu gut gefallen. Ich sehne mich herzlich nach Ihrer Zurückkunft, da ich vergeblich gehofft habe, mir die Zeit Ihrer Abwesenheit durch meine Tätigkeit zu verkürzen.

Meyern grüße ich herzlich und wünsche ihm Geduld zu seiner harten Prüfung. Nächsten Posttag schreibe ich ihm.

Meine Frau empfiehlt sich Ihnen beiden aufs beste. Sch.

[Weimar, den 26. Juli 1802]

872. An Goethe

Herzlich heiße ich Sie hier willkommen und sehne mich Ihr Antlitz wieder zu sehen. Wenn es Ihnen recht ist, so komme ich zwischen 3 und 4 zu Ihnen. Ich muß abends zeitig wieder zu Hause sein, weil mein Husten noch sehr leicht erregt wird und ich, nach einer Erfahrung von vorgestern, die Abendluft noch nicht vertragen kann. Meine Frau begrüßt Sie aufs schönste.

Sch.

873. An Schiller

Herr Doktor Meyer von Bremen hat eine Ohm sehr guten Portwein angeboten, welche ohnegefähr 160 Bouteillen beträgt. Die Bouteille soll etwa 10 gute Groschen kosten. Ich bin geneigt diesen Wein kommen zu lassen, wenn einige Freunde daran teilnehmen wollen. Ich bitte hierbei die Zahl der Bouteillen zu bemerken. Wobei ich denn auf den unvorgesehenen Fall die proportionierliche Teilnahme an dem allenfallsigen Schaden voraussetze.

Weimar, am 29. Juli 1802 Goethe

874. An Schiller

Anfangs war ich, wie Sie wissen, nicht sehr geneigt mein Vorspiel drucken zu lassen, gegenwärtig aber wollte ich Ihnen folgendes vortragen und Ihre Gedanken darüber hören.

Gar viele Personen verlangen es zu lesen, besonders seit dem Aufsatz in der Eleganten Zeitung. Nun bin ich auch bei der letzten Vorlesung wieder zu einiger Überzeugung gelangt: daß doch noch manches von der wunderlichen Erscheinung auf dem Papiere steht. Und so wäre ich nicht abgeneigt das Manuskript an Cotta zu schicken, der es denn, in klein Oktav, eben wie Mahomet und Tancred drucken möchte. Zu einer größern Ausgabe mit Kupfern wäre ich nicht geneigt, weil es immer kostbar wird und mehr, als billig ist, zu tun macht, auch dadurch die Sachen in die Länge gezogen werden. Denn mir wäre vorzüglich zu tun diesen Spaß los zu werden und an etwas anders zu gehen. Was meinen Sie wegen des Honorars und was könnte man mit Billigkeit fordern? Haben Sie doch die Güte die Sache mit Meyern zu besprechen und mir Ihre Gedanken zu sagen. Geben Sie mir auch Nachricht, wie es Ihnen geht. Bei mir hat sich leider kaum eine Spur von Produktion spüren lassen, indessen will ich es noch einige Zeit geduldig ansehen und von der nächsten Zeit etwas hoffen.

Leben Sie recht wohl und gedenken mein.

Jena, am 10. August 1802 G.

875. An Goethe

Weimar, 11. August 1802

Sie werden dem Cotta mit dem Verlag des kleinen Werkes eine große Freude machen. Ich bin aber auch dafür, daß es durch keine Kupferverzierung verteuert und aufgehalten werde. Ich dächte, man ließ es so drucken, daß es zwischen 5 und 6 Bogen betrüge und er es um 12 Groschen verkaufen könnte. So hätte er für jedes Exemplar *netto* 8 Groschen und könnte Ihnen 50 Karolin für das Stück geben, weil er nach verkauften 1600 Exemplaren aus den Kosten wäre. Ist er so glücklich die ganze Auflage, die ich auf 3000 ansetze, zu verkaufen, so kenne ich ihn als honett genug um noch heraus zu bezahlen. Da der Druck möglichst beschleunigt werden muß, so riete ich, das Manuskript sogleich an Cotta zu schicken und seinen Konsens zu Ihren Foderungen ohne weiteres vorauszusetzen, wenn Sie auch eine größere Summe verlangen sollten. Er hat dann den Vorteil das Stück zugleich mit seinem Kalender zu versenden, der in 6 Wochen wird ausgegeben werden.

Wir haben hier in der großen Hitze nur so hinvegetiert und nicht viel geleistet: ich bedaure, daß es Ihnen nicht viel besser gegangen ist. Indessen ist doch etwas geschehen, und mit der Gesundheit geht es auch wieder ordentlich, da sich der Husten weggemacht hat.

Ich wünsche Ihnen schöne Tage und günstige Stunden. Leben Sie recht wohl. Sch.

876. An Schiller

Ob ich gleich von meinem hiesigen Aufenthalt wenig Produktives rühmen kann und sonst eigentlich nicht wüßte, warum ich hier sein sollte, so will ich doch wieder von mir hören lassen und Ihnen im allgemeinen sagen, wie es mit mir aussieht.

Heute bin ich 14 Tage da, und da ich auch sonst hier so viel Zeit brauchte um mich in Positur zu setzen, so will ich sehen, ob von nun an die Tätigkeit gesegneter wird. Einige unangenehme äußere Vorfälle, die zufälligerweise auch auf mich stärker als unter andern Umständen einwirkten, haben mich auch hin und wieder retardiert. Selbst daß ich morgens badete, war meinen Vorsätzen nicht günstig.

Hier haben Sie also die negative Seite. Dagegen habe ich einiges erfunden, das auf die Zukunft etwas verspricht, besonders auch sind gewisse Betrachtungen und Erfahrungen im naturhistorischen Fache nicht unfruchtbar geblieben. Einige Lücken in der Lehre der Metamorphose der Insekten habe ich nach Wunsch ausgefüllt. Bei dieser Arbeit ist, wie Sie wissen, mir nur darum zu tun, daß die schon gefundnen Formeln anwendbarer werden und also gehaltvoller erscheinen, und daß man gedrängt werde neuen Formeln zu erfinden, oder vielmehr die alten zu potenziieren. Vielleicht kann ich bald von beiden Operationen erfreuliche Beispiele geben.

Das Vorspiel habe ich nochmals durchgesehen und es an Cotta abgeschickt. Es mag nun auch in der weiten Welt grassieren.

Wegen des Honorars habe ich es *in suspenso* gelassen und nur geäußert: daß ich von meiner Seite auf Sie zu kompromittieren in jedem Falle gern gesinnt bin. Es kann ja ohnehin nur von etwas auf oder ab hier die Rede sein.

Ich bin neugierig, ob Ihnen die Muse günstiger war, und ob sie mir vielleicht auch in diesen letzten Tagen noch etwas bescheren mag.

Die Erscheinung von einem friedlich Besitz nehmenden Heere wird Ihnen einige Tage Unterhaltung geben. Was mich betrifft, so will ich, womöglich, diese Expedition in der Stille abwarten und hinterdrein vernehmen, wie es abgelaufen ist.

Leben Sie recht wohl. Sagen Sie mir ein Wort und trösten mich über meine lange Entfernung von Ihnen, welche nur durch eine bedeutende Fruchtbarkeit einigermaßen entschuldigt und entschädigt werden könnte.

Jena, am 17. August 1802 G.

877. An Goethe

Weimar, 18. August 1802

Sie können nie untätig sein, und was Sie eine unproduktive Stimmung nennen, würden sich die meisten andern als eine vollkommen ausgefüllte Zeit anrechnen. Möchte nur irgend ein subalterner Genius, einer von denen, die gerade auf Universitäten wohnen und walten, die letzte Hand an Ihre wissenschaftlichen Ideen tun, um sie zu sammeln, leidlich zu redigieren und so für die Welt zu erhalten. Denn Sie selbst werden dieses Geschäft leider immer in die Ferne schieben, weil Ihnen, deucht mir, das eigentlich Didaktische gar nicht in der Natur ist. Sie sind eigentlich recht dazu geeignet, um von andern bei Lebzeiten beerbt und ausgeplündert zu werden, wie Ihnen schon mehrmal widerfahren ist und noch mehr widerfahren würde, wenn die Leute nur ihren Vorteil besser verständen.

Hätten wir uns ein halb Dutzend Jahre früher gekannt, so würde ich Zeit gehabt haben, mich Ihrer wissenschaftlichen Untersuchungen zu bemächtigen, ich würde Ihre Neigung vielleicht unterhalten haben, diesen wichtigen Gegenständen die letzte Gestalt zu geben, und in jedem Fall würde ich ein redlicher Verwalter des Ihrigen gewesen sein.

Ich habe in diesen Tagen einige Notizen über den ältern Plinius gelesen, die mich in Rücksicht auf das, was der Mensch aus einer guten Anwendung seiner Zeit machen kann, in Erstaunen gesetzt haben. Gegen einen solchen Mann war selbst Haller noch ein Zeitverschwender. Aber ich fürchte, er hatte über dem ungeheuren Bücherlesen, Exzerpieren und Diktieren zum freien Nachdenken nicht recht Zeit, und er scheint alle Tätigkeit des Geistes in das Lernen gesetzt zu haben, denn er nahm es seinem Neffen einmal sehr übel, da er ihn ohne ein Buch in der Hand im Garten auf und ab gehen sah.

Ich bin in diesen letzten Tagen nicht ohne Sukzeß mit meinem Stücke beschäftigt gewesen, und ich habe noch bei keiner Arbeit soviel gelernt als bei dieser. Es ist ein Ganzes, das ich leichter übersehe und auch leichter regiere; auch ist es eine dankbarere und erfreulichere Aufgabe, einen einfachen Stoff reich und gehaltvoll zu machen, als einen zu reichen oder zu breiten Gegenstand einzuschränken.

Sonst aber zerstreut mich jetzt manches, und da die politischen Dinge auch auf meinen Zustand einen Einfluß haben können, so sehe ich diesem Ziehungstag meines Loses nicht ohne Spannung entgegen. Es sind auch noch andere Dinge, die mich aus meiner alten Lage zu reißen drohen und die mir deswegen nicht erfreulich sind.

Meine Baureparaturen und sonstigen Einrichtungen werden, wie ich hoffe, mit dieser Woche zu Ende gehen, und ich kann Sie bei Ihrer Zurückkunft in einem reinlichen und freundlichen Hause bewillkommen.

Leben Sie recht wohl und lassen mich bald hören, daß Sie mit einer reichen Gabe zurückkehren. Sch.

878. An Schiller

Zu der Teutschen Andria lege ich das erste Buch meines Cellini, mit Bitte gelegentlich einen Blick hineinzutun. Besonders etwa von vornherein ein halb Dutzend Lagen zu lesen und zu beurteilen, ob das so gehen kann?

Weimar, den 15. September 1802 Goethe

879. An Schiller

Ich überschicke hier ein kleines Promemoria über meine neue Ausgabe des Cellini, zu gefälliger Durchsicht. Man könnte es an Cotta kommunizieren, zu Einleitung näherer Verhandlung, auch daraus, wenn man einig wäre, gleich eine Anzeige formieren. Vielleicht mögen Sie, daß ich heute abend nach der Komödie mit Ihnen nach Hause gehe, damit man sich näher bespräche. Morgen gehe ich vielleicht wieder nach Jena um noch einiger guten Tage zu genießen.

Der ich recht wohl zu leben wünsche.

Weimar, am 16. Oktober 1802 G.

880. An Goethe

[Weimar, den 16. Dezember 1802]

Ich erfahre soeben zufällig, daß man Ihnen zu einem angenehmen Ereignis im Hause Glück zu wünschen hat. Ich wünschte es von ihnen bestätigt zu hören, denn ich habe mit herzlichem Anteil so wie auch meine Frau darauf gewartet, und es wird uns herzlich erfreuen, wenn alles glücklich gegangen und auch für die Zukunft zu hoffen ist. Empfehlen Sie mich der Kleinen recht freundlich und versichern sie meines besten Anteils. Sch.

881. An Schiller

[Weimar, den 16. Dezember 1802]

Herzlich danke ich für den freundschaftlichen Anteil. Ein ganz kleines Mädchen ist bei uns glücklich angekommen. Bis jetzt geht alles gut. Die Kleine wird sich Ihres Andenkens recht erfreuen.

G.

882. An Schiller

Bei uns geht es nicht gut, wie Sie mir vielleicht gestern in der Oper anmerkten. Der neue Gast wird wohl schwerlich lange verweilen, und die Mutter, so gefaßt sie sonst ist, leidet an Körper und Gemüt. Sie empfiehlt sich Ihnen bestens und fühlt den Wert Ihres Anteils.

Heute abend hoffe ich doch zu kommen um die Lücken meines Wesens durch die Gegenwart der Freunde auszufüllen.

[Weimar,] den 19. Dezember 1802 G.

883. An Schiller

Mögen Sie heute mittag mit mir, in Gesellschaft von Schilling und eines Kaiserlich-Königlichen Bergrats von Podmanitzky aus Schemnitz, speisen, so sende gegen 1 Uhr den Wagen.

Weimar, den 26. Dezember 1802 G.

884. An Schiller

Lassen Sie mich wissen, wie es Ihnen geht? Mein einziger Trost ist der numismatische Talisman, der mich, auf eine bequeme und reizende Weise, in entfernte Gegenden und Zeiten führt. Sagen Sie mir: ob Sie etwa heute abend mich besuchen mögen? Wollen Sie aber sich noch in der Stille verschlossen halten, so wünsche guten Erfolg.

Weimar, den 6. Januar 1803 G.

885. An Schiller

Gestern hörte ich, daß Sie die vorjährige Idee, eine Abendgesellschaft, Sonnabends, nach der Kommödie, einzuleiten, wieder aufgenommen. Und vergaß Sie darüber zu fragen.

Sagen Sie mir doch, wie weit Sie damit gekommen sind? Ich vernehme, daß Durchlaucht der Herzog etwas Ähnliches vorhaben, und wünschte, daß beide Plane sich begegneten und nicht aufhüben.

Wohl zu leben wünschend.

Weimar, am 13. Januar 1803 G.

886. An Schiller

Schon einigemal dachte ich zu fragen, wie es Ihnen ginge, und tue es jetzt. Damit Sie aber Lust haben einigermaßen ausführlich zu sein, so erzähle ich folgendes von mir:

An dem Supplement zu Cellini ist es zeither, sachte, vorwärts gegangen. Ich habe manches Fördernde gelesen und gedacht.

Einige neue Kupfer sind mir zugekommen, die mir Vergnügen und Unterricht gewähren.

Einen ungeschickten Abguß des Kopfes einer Venus Urania, von Kassel, habe ich, mit Liebe, ausgeputzt und restauriert, damit er nur einigermaßen anzusehen sei. Ich mußte, teilweise, das Nebulistische vorwalten lassen, das denn, bei der bestehenden köstlichen Grundform, in diesem Kollisivfalle gelten mag.

An Humboldt habe ich einen langen Brief abgelassen.

An den Münzen ist wenig geschehen; doch gibt jeder Ein- und Anblick neue Belehrung.

Doktor Chladni ist angekommen und hat seine ausgearbeitete Akustik in einem Quartbande mitgebracht. Ich habe sie schon zur Hälfte gelesen und werde Ihnen darüber mündlich, über Inhalt, Gehalt, Methode und Form, manches Erfreuliche sagen können. Er gehört, wie Eckhel, unter die Glückseligen, welche auch nicht eine Ahndung haben, daß es eine Naturphilosophie gibt, und die nur, mit Aufmerksamkeit, suchen die Phänomene gewahr zu werden, um sie nachher so gut zu ordnen und zu nutzen, als es nur gehen will und als ihr angebornes, in der Sache und zur Sache geübtes Talent vermag.

Sie können denken, daß ich, sowohl beim Lesen des Buchs, als bei einer mehrstündigen Unterhaltung, immer nach meiner alten Direktion fortgeforscht habe, und ich bilde mir ein einige recht gute Merkmale, zu weiteren Richtungen, bezeichnet zu haben.

Überhaupt sehe ich es als ein gutes Omen an, daß er eben jetzt kommt, da wir, mit einiger Wahrscheinlichkeit, Zeltern erwarten.

Auch hatte ich eben die Farbenlehre einmal wieder durchgedacht und finde mich, durch die, in so vielem Sinn, kreuzenden Bezüge, sehr befördert.

Möchten Sie wohl Chladni eine Viertelstunde gönnen? damit Sie doch auch das Individuum kennen lernen, das, auf eine sehr entschiedene Weise, sich und seinen Wirkungskreis ausspricht. Vielleicht geben Sie ihm, da er, von Jena aus, gern Rudolstadt besuchen möchte, eine empfehlende Zeile mit.

So weit für diesmal! ob ich gleich noch einiges Plus und Minus zu vertrauen hätte, wovon denn eins das andere übertragen mag.

Leben Sie wohl! und sagen mir auch von sich etwas Ausführliches und lassen Sie uns, da wir uns beide gegen das Ausgehen sträuben, wenigstens, wie jener Verliebte, *über den Schirm,* korrespondieren.

Weimar, am 26. Januar 1803. G.

887. An Goethe

[Weimar, den 26. Januar 1803]

Gegen die reiche Abwechslung Ihrer Beschäftigungen sticht meine auf einen einzigen Punkt gerichtete Tätigkeit sehr dürftig ab, auch kann ich Ihnen das Resultat meiner Einsamkeit nur durch die Tat beurkunden. Ich habe ein mißliches und nicht erfreuliches Geschäft, nämlich die Ausfüllung der vielen zurückgelassenen Lücken in den 4 ersten Akten, nun beendigt und sehe auf diese Weise wenigstens 5 Sechsteile des Ganzen fertig und säuberlich hinter mir, und das letzte Sechsteil, welches sonst immer das wahre Festmahl der Tragödiendichter ist, gewinnt auch einen guten Fortgang. Es kommt dieser letzten Handlung sehr zustatten, daß ich das Begräbnis des Bruders von dem Selbstmord des andern jetzt ganz getrennt habe, daß dieser jenen Aktus vorher rein beendigt als ein Geschäft, dem er vollkommen abwartet, und erst nach Endigung desselben, über dem Grabe des Bruders, geschieht die letzte Handlung, nämlich die Versuche des Chors, der Mutter, und der Schwester, den Don Cesar zu erhalten, und ihr vereitelter Erfolg. So wird alle Verwirrung und vorzüglich alle bedenkliche Vermischung der theatralischen Zeremonie mit dem Ernst der Handlung vermieden.

Übrigens haben sich im Lauf meines bisherigen Geschäfts noch verschiedene bedeutende Motive hervorgetan, die dem Ganzen sehr dienen.

Schwerlich aber werde ich mich vor 14 Tagen am Ziel meiner Arbeit sehen, sogern ich gewünscht hätte, das Werk noch auf den 8ten Februar, als den Geburtstag des *Archichancelier* fertig zu bringen, um ihm, der sich mit einem schönen Neujahrspräsent eingestellt hat, meine Aufmerksamkeit zu bezeugen.

Sonst haben mich die neuesten französischen Theatralia aus der Bibliothek beschäftigt, die der Herzog wollte, daß ich sie lesen sollte. Noch habe ich nichts darunter gefunden, das mich erfreut hätte, oder das sich nur irgend zu einem Gebrauch qualifizierte. Aber eine französische Übersetzung von Alfieri habe ich zu lesen angefangen, worüber ich aber jetzt noch nichts sagen mag. Aufmerksamkeit verdient übrigens diese Erscheinung, und ich freue mich, wenn ich mich durch die 21 Stücke hindurchgelesen habe, diese Angelegenheit mit Ihnen zu verhandeln. Ein Verdienst muß ich ihm auf jeden Fall zugestehen, welches aber freilich zugleich einen Tadel enthält. Er weiß einem den Gegenstand zu einem poetischen Gebrauch zuzubringen, und erweckt die Lust, ihn zu bearbeiten; ein Beweis zwar, daß er selbst nicht befriedigt, aber doch ein Zeichen, daß er ihn aus der Prosa und Geschichte glücklich herausgewunden hat.

Wenn Sie Ihre Quarantäne zu brechen versucht werden können, so kommen Sie doch auf morgen abend zu uns und lassen mich morgen vormittag es wissen.

Den Chladni werde ich nachmittags mit Vergnügen sehen.
Leben Sie recht wohl. Sch.

888. An Schiller

Lassen Sie mich nun auch wieder bei Ihnen anfragen, wie es geht und ob ich auch bald von dem tragischen Schmause etwas werde zu genießen haben?

Was mich betrifft, so kann ich weder auf mich selbst, noch auf etwas Geleistetes zu Gaste bitten; doch ist ein vortrefflicher Abguß der Büste der sogenannten Venus von Arles, womit mich der Prinz durch Ihren Herrn Schwager beglückt hat, wohl einer Wallfahrt in meine Einsiedelei wert.

Mögen Sie mich heute abend besuchen, so wird es mich sehr freuen, Sie einmal wieder zu sehen. Sollte es Ihrem Herrn Schwager und den beiden Damen gleichfalls beliebig sein, so würde es an einiger Unterhaltung und an notdürftiger Nahrung nicht fehlen, worüber ich mir beizeiten einen Entschluß erbitte.

Indessen ein herzliches Lebe wohl wünschend.
Weimar, am 4. Februar 1803 G.

889. An Goethe

[Weimar, den 4. Februar 1803]

Mein Stück ist fertig, und da ich etwas davon in diesen Tagen verlauten ließ, so hat der Herzog von Meiningen den Wunsch geäußert es zu hören. Weil es nun mein Dienstherr ist, dem ich eine Attention schuldig bin, und es sich gerade trifft, daß ich seinen Geburtstag dadurch feiere, so werde ich es heute abend um 5 Uhr in einer Gesellschaft von Freunden und Bekannten und Feinden vorlesen. Sie will ich nicht dazu einladen, weil Sie nicht gern ausgehen und, wie ich glaube, auch lieber das Stück allein lesen oder hören. Ich habe mich in der Katastrophe viel kürzer gefaßt, als ich erst wollte, überwiegender Gründe wegen.

Ihre heutige Einladung können wir also zwar nicht annehmen, aber welchen Tag Sie uns sonst bestimmen, wollen wir erscheinen. Mich verlangt sehr die unterbrochnen Mitteilungen wieder zu erneuern.

Die Venus habe ich vorläufig bei meinem Schwager gesehen zu meinem großen Vergnügen. Auch einen andern Kopf werden Sie bei ihm finden, der von großer Schönheit ist, und im Abguß vortrefflich geraten.

Ein herzliches Lebewohl von Ihrem Sch.

890. An Schiller

Sagen Sie mir doch ein Wort, wie die gestrige Vorlesung abgelaufen? denn ein geübter Autor weiß wahre Teilnahme von Überraschung zu unterscheiden, sowie Höflichkeit und Verstellung zu würdigen. Zunächst bitte ich um Mitteilung des Stücks, wodurch mir für diese Abende ein großes Fest bereitet würde.

Ferner ergehet Antrag und Bitte freundlichst dahin: daß Sie mit Ihrem Herrn Schwager und beiden Damen, entweder Montags statt der Komödie oder Dienstags nach dem Chladnischen Konzert, bei mir einsprächen, auf alle Fälle aber ein freundschaftliches Abendessen bei mir einnähmen.

Daß ich indessen mit dem Cellinischen Anhang beinahe fertig geworden, wird Ihnen auch erfreulich sein. Sie wissen, daß es keine erwünschtere Aufgabe gibt, als solche Resultate aufzustellen. Wie viel muß man lesen und überlegen! wenn es nicht auf eine Spiegelfechterei hinauslaufen soll. Auch bin ich mit Einsiedeln, wegen der veränderten Mohrensklavin, völlig einig und erwarte nur die Ansicht von höhern Orten. Ich kenne zwar Ihre Plane nicht, aber indessen, wenn dieses Lustspiel einstudiert wird, könnte man die Rollen Ihrer Tragödie ausschreiben, alles überlegen und gleich zum Werke schreiten. Doch davon mündlich das Nähere.

Mit lebhaften Wünschen für Ihr Wohl.

Weimar, am 5. Februar 1803 G.

891. An Goethe

[Weimar, den 5. Februar 1803]

Die gestrige Vorlesung, von der ich mir eine sehr mäßige Erwartung machte, weil ich mir mein Publikum nicht dazu auswählen konnte, ist mir durch eine recht schöne Teilnahme belohnt worden, und die heterogenen Bestandteile meines Publikums fanden sich wirklich einem gemeinsamen Zustande vereinigt. Die Furcht und der Schrecken erwiesen sich in ihrer ganzen Kraft, auch die sanftere Rührung gab sich durch schöne Äußerungen kund – der Chor erfreute allgemein durch seine naiven

Motive und begeisterte durch seinen lyrischen Schwung, so daß ich, bei gehöriger Anordnung, mir auch auf den Brettern eine bedeutende Wirkung von dem Chore versprechen kann.

Ich habe Beckern mit zu der gestrigen Vorlesung eingeladen, Sie können also, wenn Sie ihn sprechen, abnehmen, wie sich diese neue Erscheinung in seinem Theaterkopfe darstellt. Er war sehr hingerissen und ist von der theatralischen Wirkung des Chors überzeugt.

Das Exemplar, aus welchem ich gestern vorlas, muß ich, der Verhältnisse wegen, an den Herzog schicken, weil er erwarten kann, unter den ersten zu sein, denen ich das Stück mitteile, und meine gestrige Vorlesung davon sprechen gemacht hat. Vielleicht aber kann ich Ihnen doch noch vor Abend ein anderes Exemplar verschaffen. Alsdann wollen wir, wenn es Ihnen recht ist, etwa morgen mittag zusammenkommen und darüber konferieren, denn ich wünschte das Stück, wenn es die Bühne betreten soll, baldmöglichst zu diesem Gebrauche einzurichten, um es auch nach Berlin, Hamburg und Leipzig versenden zu können.

Daß Sie den Cellinischen Anhang so weit fertig gebracht, höre ich sehr gerne, es ist in dieser Art von Arbeiten so etwas endloses, weil sie ihrer Natur nach atomistisch sind und sicher schwer in eine Form bringen lassen.

Was Ihre freundliche Einladung betrifft, so will ich meinen Schwager erst vernehmen, welchen Abend er frei hat, und Ihnen noch heute Antwort sagen.

Leben Sie recht wohl. Sch.

892. An Schiller

Könnte ich bald erfahren, ob Sie heute abend, eingeladnermaßen, zu mir kommen? Ob nach dem Konzert, oder früher?

Mögen Sie bei dem schönen Wetter Schlitten fahren, so schicke ich das Fuhrwerk gegen Mittag.

Weimar, den 8. Februar 1803 G.

893. An Goethe

[Weimar, den 8. Februar 1803]

Wir werden uns heute abend nach dem Konzerte sämtlich bei Ihnen einstellen und uns freuen, etwas Schönes zu sehen und zu hören.

Der Schlitten wird mir und meiner Frau um 1/2 eins recht willkommen sein. Früher habe ich, da ich spät aufgestanden, noch einige Geschäfte zu expedieren.

Der Chor hat sich bereits in einen Cajetan, Berengar, Manfred, Bohemund, Roger und Hippolyt, sowie die 2 Boten in einen Lanzelot und Olivier verwandelt, so daß das Stück jetzt von Personen wimmelt. S.

894. An Schiller

Die Mohrin wird schon heute über acht Tage können gegeben werden. Ich melde das, damit Sie etwa das Theaterexemplar des Trauerspiels gefällig beschleunigen und die Rollen in der nächsten Woche abgeschrieben werden können. Man hielte alsdann den 22ten oder 24ten Leseprobe, welches ein großer Vorsprung wäre.

Mögen Sie morgen mittag mit mir essen? Schelling kommt wahrscheinlich herüber. Mündlich alsdann mehr.

Weimar, den 12. Februar 1803 G.

895. An Goethe

[Weimar, Mitte Februar 1803 ?]

Die Frau würde recht gerne zugegen sein, wenn sie sich nicht seit gestern von einem heftigen Rheumatism geplagt fühlte, weswegen sie auch gestern nicht in der Komödie war. Vielleicht sieht Mlle. Jagemann sie einen Augenblick, wir wollen es übrigens schon ziemlich und artig einrichten, daß die Verhältnisse ihr Recht erhalten. Leben Sie recht wohl, ich werde Ihnen morgen von dem Erfolg Bericht abstatten. Sch.

896. An Goethe

[Weimar, den 28. Februar 1803]

Es ist gestern für eine erste Leseprobe recht ordentlich gegangen. Der Chor wird, wie ich auguriere, gut gesprochen werden und Effekt machen. Über einige Dinge, worüber ich Sie bitte gemeinschaftlich mit mir zu halten und zu wachen, mündlich.

Mein Schwager hat schon vor 3 Tagen die Reußische Familie auf morgen zum Tee bei sich eingeladen und würde es also sehr bedauern, wenn Ihre Abendgesellschaft morgen zustande käme.

Da auch die zweite Leseprobe der Braut baldmöglichst vor sich gehen muß, so entschließen Sie sich vielleicht, Ihre Gesellschaft 8 Tage später anzusetzen oder auf den Donnerstag zu verlegen. Ein paar Worte bitte ich mir wegen dessen und auch wegen der Leseprobe zur Antwort aus. Diesen Abend werde ich spät fertig werden, weil ich Exemplare der Braut, die für Berlin und Hamburg abgeschickt werden, noch durchkorrigieren muß. Leben Sie recht wohl.

Sch.

897. An Schiller

Ich will also meine Gesellschaft morgen aufgeben und nur etwas Musik zur Probe machen; denn mich verlangt gar sehr den neuen Tenoristen, sowie die neue Komposition vom Reuterlied zu hören.

Über die gestrige Leseprobe hoffe ich bald mit Ihnen zu sprechen, so wie man Donnerstag oder Freitag eine bei mir halten kann, wozu ja vielleicht Ihre Frauenzimmer kämen, und man sonst noch einen Freund einlüde, damit, zugleich mit diesem Geschäft, eine gesellige Unterhaltung entstünde, an der es ohnehin mitunter bei uns gebricht.

Mögen Sie, wenn Sie heute abend nicht gar zu spät fertig werden, noch auf ein Stündchen bei mir einsprechen, so werden Sie mir willkommen sein.

Weimar, am 28. Februar 1803

G.

898. An Goethe

[Weimar, vor dem 8. März 1803]

Vorsichtshalber bitte ich Sie das Theaterexemplar der Braut von Messina sich ausliefern zu lassen. Ich weiß, daß hier Jagd darauf gemacht wird, und die Anzeigemacher könnten desselben benötigt sein.

Ich habe meine alten Papiere über die Malteser vorgenommen und es steigt eine große Lust in mir auf, mich gleich an dieses Thema zu machen. Das Eisen ist jetzt warm und läßt sich schmieden.

S.

899. An Goethe

[Weimar, vor dem 8. März 1803]

Wenn für die nächsten Monate noch auf *Graff* kann gezählt werden und sonst keine Lücke in dem Personale entsteht, so ist das Stück möglicherweise zu besetzen. Gewinnen würde es freilich, wenn die *Jagemann* sich noch zur Sorel entschließen wollte. Ich will Ihnen die Besetzung, wie ich mir sie ausgedacht, heute noch zuschicken. Was das Publikum etwa an den einzelnen Leistungen vermißte, müssen wir durch ein gutes Ensemble zu ersetzen suchen. Sch.

900. An Schiller

Mögen Sie wohl beiliegende Austeilung nochmals beherzigen und, nach gegenwärtigen Umständen, revidieren, da Schall abgeht und Zimmermann, Oels und Brand antreten. Ob der letzte bis dahin brauchbar sein wird, ist eine Frage. Einen Bauerbräutigam sollte er immer vorstellen lernen. Wie ist der Spaziergang durch Europa bekommen?

[Weimar,] den 8. März 1803 G.

901. An Schiller

Die heutige Probe ging so gut vonstatten, daß ich gar nicht zweifle, das Stück werde den 19ten gegeben werden können. Mögen Sie heute abend zu mir kommen, so würden wir das Ganze nochmals besprechen können, um so mehr, da es mir noch in frischem Andenken ist. Befehlen Sie Überbringern, wann er mit der Kutsche kommen soll.

Weimar, den 10. März 1803 G.

902. An Schiller

Mögen Sie mich wohl heute abend mit Ihrer Gegenwart erfreuen? Und mir indessen *Europa* wiederschicken, damit an dem Auszug für Humboldt fortgefahren werde.

Weimar, den 15. März 1803 G.

903. An Schiller

Hierbei das *gerettete Venedig*; wenn Sie Zeit haben, so sehen Sie es durch, und wir sprechen heute abend davon. Mich verlangt sehr Sie zu sehen. Die verwünschte Akklamation neulich hat mir ein paar böse Tage gemacht. Befehlen Sie die Stunde der Kutsche.
Weimar, den 22. März 1803 G.

904. An Goethe

[Weimar, den 26. April 1803]

Cotta wollte Ihnen um 12 Uhr aufwarten. Wenn Sie aber um diese Zeit spazieren fahren wollen, so können Sie ihm eine Zeit bestimmen, oder er wird Ihnen nach Tische aufwarten. Er bleibt bis zum Abend. Wegen des Bewußten habe ich ihn vorbereitet.

S.

905. An Schiller

So überrascht uns denn doch das jüngste Gericht!

Zugleich sende den Nepotian zu gefälliger Beurteilung.

Meine Wagen sind beide lahm, sonst würde ich heute zu einer Spazierfahrt einladen. Nach 11 Uhr aber gedenke ich Sie ein wenig zu besuchen, weil ich manches zu besprechen wünsche. Denn morgen nachmittag denke ich nach Jena zu gehen.
Weimar, den 13. Mai 1803 G.

906. An Schiller

Hier, mein Bester, die Papiere, die meine Gegenwart diesmal wohl ersetzen mögen. Grüßen Sie Cotta schönstens und hören sonst seine Entschlüsse und Beschlüsse. Ich befinde mich leidlich, doch muß ich an mehr Bewegung und Anregungen von außen denken. Wenn es so fort geht, konzentriert sich meine ganze Existenz innerhalb des Sömmerringischen Wassers. Mein Spiritus wird aufgewartet haben. Ich hoffe in diesen acht Tagen einen tüchtigen Ruck in die Ausarbeitung der Farbenlehre zu tun und denke das Wesen einmal derb anzugreifen; jetzt liegt es mir wie

eine unabtragbare Schuld auf. Leben Sie wohl und tätig und mir gewogen.
Jena, den 15. Mai 1803 G.

907. An Schiller

Da ich durch den Eigensinn des Genius zwischen der deutschen Zeitmessung und der Farbenlehre hin und wider getrieben werde, auch nach einem gesegneten Anfang hoffen kann einigermaßen zu prosperieren, wenn ich meinen hiesigen Aufenthalt verlängere, so überlege ich, daß ich mit Herrn Cotta eigentlich weiter nichts zu verabreden habe und daß ich also gar wohl hier bleiben kann. Sie erhalten daher Sonnabend früh durch die Boten einen kurzen Aufsatz über die typographischen Verhältnisse und eine Quittung über das Geld, das Cotta mitzubringen gedenkt.

Es kann mich ängstigen, daß der Mai schon [halb] vorüber und von keiner Seite was getan ist.

Leben Sie recht wohl und erfreuen sich Ihres neuen Dramas.
Jena, am 18. Mai 1803 G.

908. An Schiller

Heute abend, mit den Boten, sende ich den Aufsatz für Cotta. Indessen grüße ich Sie schönstens durch Überbringern, den ich, die chromatischen Akten zu holen, nach Weimar schicke, und durch welchen ich auch einige Nachricht von Ihnen zu erhalten hoffe.

Wie ist das neuliche Drama abgelaufen und was ist sonst Merkwürdiges begegnet?

Das Farbenwesen denke ich hauptsächlich dadurch zu fördern, daß ich aus den Akten das Brauchbare ausziehe, die unnötigen Papiere verbrenne, das übrig Bleibende in Ein Format zusammenschreiben lasse und, nach dem Schema, in Ordnung lege. Es wird sich alsdann zeigen, daß schon viel getan ist, und der Mut, die Lücken auszufüllen, wird zunehmen. Leben Sie recht wohl und gedenken mein.
Jena, den 20. Mai 1803 G.

909. An Goethe

Weimar, 20. Mai 1803

Hier sende ich Ihnen die Voßische Prosodie wieder, ich bin nicht weit darin gekommen. Man kann sich gar zu wenig Allgemeines daraus nehmen, und für den empirischen Gebrauch, etwa zum Anfragen in zweifelhaften Fällen, wo sie vortreffliche Dienste tun könnte, fehlt ihr ein Register, wo man sich das Orakel bequem holen könnte. Ihr Gedanke, sie zu schematisieren, ist das einzige Mittel, sie brauchbar zu machen.

Die Hermannsschlacht habe ich gelesen und mich zu meiner großen Betrübnis überzeugt, daß sie für unsern Zweck völlig unbrauchbar ist. Es ist ein kaltes, herzloses, ja fratzenhaftes Produkt, ohne Anschauung für den Sinn, ohne Leben und Wahrheit, und die paar rührende Situationen, die sie enthält, sind mit einer Gefühllosigkeit und Kälte behandelt, daß man indigniert wird.

Mein kleines Lustspiel hat das Publikum sehr belustigt und macht sich auch wirklich recht hübsch. Es ist mit vieler guten Laune gespielt worden, ob es gleich nicht zum besten einstudiert war und unsere Schauspieler, wie Sie wissen, gern sudeln, wenn sie nicht durch den Vers im Respekt erhalten werden. Da Plan und Gedanke nicht mein gehörten und die Worte extemporiert wurden, so habe ich mich um die Vorstellung selbst keines Verdienstes zu rühmen.

Das zweite Picardische Stück kann hier nicht mehr einstudiert werden, weil Graff und Becker in dem Niemeyerischen Stück viel zu tun haben, das man ehrenhalber in Lauchstädt produzieren muß.

Ich wünsche Ihnen Glück, daß Sie sich Ihr Gut mit Vorteil vom Hals geschafft haben und jetzt wieder ein freier Mann sind.

Leben Sie recht wohl. Was Cotta uns Neues mitbringt, werd ich melden und zugleich ein paar Gedichte mitschicken, die in diesen Tagen entstanden. Sch.

Ich vergaß Ihnen von dem jungen Schauspieler Grimmer zu schreiben, den ich neulich habe lesen lassen. Ich schöpfe recht gute Hoffnung von ihm, er liest mit Sinn und weiß den Ton abzuwechseln, das Leidenschaftliche trägt er mit Wärme und die Verse mit Einsicht vor, es ist gewiß etwas von ihm zu hoffen.

Da ich nun zugleich vernehme, daß einige unserer Schauspieler, ich weiß nicht warum, gegen ihn wirken, so gebe ich Ihnen zu bedenken, daß dies gerade einer der seltenen Fälle ist, wo man einen jungen bildungsfähigen Menschen von Anstand und Figur unter sehr mäßigen Bedingungen auf die Probe bekommen kann, und was besonders zu seinen Gunsten sein möchte, ist dieses, daß er sich fast mehr zu Männer- als Jünglingsrollen zu qualifizieren scheint. Da wir diesen Winter nun vollends einige größere Flüge machen wollen, wozu unser Personal nicht hinreicht, da auch diesen Sommer zu Lauchstädt Partie von ihm zu ziehen ist, so kann ich mirs nicht versagen, Ihnen zum Vorteil des jungen Manns zu reden, der mir auch jetzt schon wenigstens so viel als Cordemann wert ist und außerdem durch sein Benehmen Achtung und Zutrauen einflößt.

910. An Schiller

Mit ein paar Worten muß ich Ihnen nur sagen: daß es mir diesmal, bis auf einen gewissen Grad, mit der Farbenlehre zu gelingen scheint. Ich stehe hoch genug, um mein vergangenes Wesen und Treiben historisch, als das Schicksal eines Dritten, anzusehen. Die naive Unfähigkeit, Ungeschicklichkeit, die passionierte Heftigkeit, das Zutrauen, der Glaube, die Mühe, der Fleiß, das Schleppen und Schleifen und dann wieder der Sturm und Drang, das alles macht in den Papieren und Akten eine recht interessante Ansicht; aber, unbarmherzig, exzerpiere ich nur und ordne das auf meinem jetzigen Standpunkt Brauchbare, das übrige wird auf der Stelle verbrannt. Man darf die Schlacken nicht schonen, wenn man endlich das Metall heraus haben will.

Wenn ich das Papier los werde, habe ich alles gewonnen; denn das Hauptübel lag darin, daß ich, ehe ich der Sache gewachsen war, immer wieder einmal schriftlich ansetzte, sie zu behandeln und zu überliefern. Dadurch gewann ich jedesmal! nun aber liegen von Einem Kapitel manchmal drei Aufsätze da, wovon der erste die Erscheinungen und Versuche lebhaft darstellt, der zweite eine bessere Methode hat und besser geschrieben ist, der dritte, auf einem höhern Standpunkt, beides zu vereinigen sucht und doch den Nagel nicht auf den Kopf trifft. Was ist nun mit diesen Versuchen zu tun? sie auszusaugen gehört Mut und Kraft, und Resolution sie zu verbrennen, denn schade ists immer. Wenn ich fertig bin, insofern ich fertig werden kann, so wünsche ich mir sie gewiß wieder, um mich mir selbst historisch zu vergegenwärtigen, und ich komme nicht zum Ziel, wenn ich sie nicht vertilge.

Und so viel von meinen Freuden und Leiden. Schreiben Sie mir auch bald was, wie es Ihnen geht.

Hermann und sein Gefolge hat sich also schlecht exhibiert. Das goldene Zeitalter hat seine Nachkömmlinge nicht sonderlich versorgt.

Leben Sie recht wohl.

Jena, den 22. Mai 1803 G.

911. An Goethe

Weimar, 24. Mai 1803

Ich wünsche Ihnen Glück, daß Sie sich Ihres Stoffs so gut erwehren. Möchten Sie einmal alle diese Schlacken aus Ihrem reinen Sonnenelement herausschleudern, wenn auch ein Planet daraus werden sollte, der sich dann ewig um sie herum bewegt.

Ich habe jetzt auch meine Not mit dem Stoffe anderer Art, denn da ich eben daran bin, ein Wort über den tragischen Chor zu sagen, welches an der Spitze meiner Braut von Messina stehen soll, so drückt das ganze Theater mit samt dem ganzen Zeitalter auf mich ein, und ich weiß kaum, wie ich es abfertigen soll. Übrigens interessiert mich diese Arbeit, ich will suchen, etwas recht Ordentliches zu sagen und der Sache, die uns gemeinsam wichtig ist, dadurch zu dienen.

Mit Cotta ist neulich alles abgetan worden, wie Sie es wünschen. Über den Druck der Natürlichen Tochter werden Sie selbst Frommann seine Instruktionen geben. Ehlers habe ich die 10 Luisdors auf Cottas Rechnung pränumeriert.

Cotta scheint wegen Cellinis bessern Mut zu haben, es sind wenigstens viele Exemplare davon auf Kommision bestellt worden, so daß das Werk doch nun von dem Strom des Handels und der Literatur ergriffen worden. Er hat mir kein Exemplar davon geben können, ich muß mir also eins von Ihnen ausbitten.

Humboldt hat wieder geschrieben und läßt Sie schönstens grüßen. Es ist ordentlich Krankheit, wie er mitten in Rom nach dem Übersinnlichen und Unsinnlichen schmachtet, so daß Schellings Schriften jetzt seine heftigste Sehnsucht sind; er wird ihn nun bald selbst zu sehen bekommen und dann wahrscheinlich im Vatikan die Gespräche beim Jenaischen Fuchsturm erneuren. Ich zweifle, ob er es lange dort aushalten wird.

Hier schicke ich Ihnen einige poetische Fabrikate. Das Siegesfest ist die Ausführung einer Idee, die unser Kränzchen vor anderthalb Jahren mir gegeben hat, weil alle gesellschaftlichen Lieder, die nicht einen poetischen Stoff behandeln, in den platten Ton der Freimäurerlieder verfallen. Ich wollte also gleich in das volle Saatenfeld der Ilias hineinfallen und mir da holen, was ich nur schleppen könnte.

Leben Sie recht wohl und bleiben Sie auch nicht zu lange. Zelter, höre ich, reist am 1. Juni von Dresden ab. Sch.

912. An Schiller

Hier überschicke ich meine Lieder mit Bitte das Einzelne und Ganze zu beherzigen. Auch dem fünften eine Überschrift zu geben.

Heute abend seh ich Sie ja wohl bei mir.

Weimar, den 15. Juni 1803 G.

913. An Schiller

Hier das erste Konzept. Lassen Sie uns das Eisen, da es heiß ist, schmieden! Wenig wird zu brauchen sein. Zu mancherlei Betrachtung gibt dieser erste Versuch Anlaß.

Mündlich mehr. Mögen Sie wohl heute kommen und wann?

Weimar, den 23. Juni 1803 G.

914. An Schiller

Jena, am 5. Juli 1803

Wegen dem Druck des verschiednen Zeugs, das ich in die Welt sende, bin ich hier, um mit Frommann Abrede zu nehmen, der in seiner Sache gut eingerichtet ist und dem es an einem fürtrefflichen *Metteur en page* nicht fehlt. Daher dies Geschäft mit wenigem abgemacht ist.

Loder ist eben von Halle zurückgekehrt, wo er sich ein Haus gemietet hat. Wenn ich mit ihm über seinen Zustand spreche, so freut michs herzlich, daß seine Würfel so gefallen sind. Welcher Lebemann möchte gern, wie wir andern Argonauten, den eignen Kahn über die Isthmen schleppen? Das sind Abenteuer älterer, unfähiger Schiffahrer, worüber die neue aufgeklärte Technik lächelt. Versäumen Sie ja nicht sich in Halle umzusehen, wozu Sie so manchen Anlaß finden werden. Ob ich überhaupt komme? weiß ich nicht. Die noch drei brauchbaren Monate, nach meiner

Weise, zu nutzen und das von außen Geforderte notdürftig zu leisten ist jetzt mein einziger Wunsch.

Das altdeutsche wiedererstandene Drama bildet sich mit einiger Bequemlichkeit um. Ich wüßte nicht zu sagen, ob sichs organisiert oder kristallisiert? welches denn doch zuletzt, nach dem Sprachgebrauch der verschiedenen Schulen, auf eins hinauslaufen könnte.

Übrigens bekömmt es uns ganz wohl, daß wir mehr an Natur als an Freiheit glauben und die Freiheit, wenn sie sich ja einmal aufdringt, geschwind als Natur traktieren; denn sonst wüßten wir gar nicht mit uns selbst fertig zu werden, weil wir, sehr oft, in den Fall kommen, wie Bileam, da zu segnen, wo wir fluchen sollten.

Möge Ihnen viel Freude auf Ihrer Fahrt gewährt sein; denn es ist für Sie doch immer eine große Resignation sich in das zu begeben, was man Welt heißt. In das abgeschmackte, momentane Bruchstück, das recht artig wäre, wenn sie es nicht wollten für ein Ganzes gelten lassen.

Zu der Beilage sage ich nichts, weil sie sich selbst gewaltig ausspricht. Es ist Ihnen aber vielleicht in diesem Moment doch bedeutend genug.

Nur daß Sie körperlich nicht leiden mögen, wünsche ich und, wenns möglich ist, daß Sie sich in der Bewegung des Strudels behaglich finden. Ich erwarte kein Schreiben von Ihnen, nur ein freundliches Willkommen, wenn wir uns wiedersehen, da ich manche Sonderlichkeiten werde zu erzählen haben. G.

915. An Goethe

Lauchstädt, den 6. Juli 1803

Ich kann die Jagemann nicht abreisen lassen ohne Ihnen ein kleines Lebenszeichen zu geben. Es gefällt mir hier bis jetzt sehr wohl, der Ort und die Gelegenheiten für die Gesellschaft haben einen freundlichen Eindruck auf mich gemacht, und wenn man sich einmal frisch resolviert gar nichts tu tun, so läßt sichs unter dem Treiben einer Menge, die auch nichts zu tun hat, ganz leidlich müßig gehen. Länger freilich als 8 oder 12 Tage möchte ich einen solchen Zustand nicht aushalten.

Das Theatergebäude hat mich in dieser kurzen Zeit seine Vorzüge und auch seine Mängel erfahren lassen. Was die letztern betrifft, so finde ich, daß die Stimmen an Deutlichkeit verlieren, besonders aber ist das Dach wegen seiner Form und dünnen

Bauart der Witterung zu sehr ausgesetzt. In der Braut von Messina fiel ein Gewitter mit vielem Regen ein, welcher so heftig schallend auf die Dachung schlug, daß man ganze Viertelstunden lang auch keine einzige zusammenhängende Rede verstehen konnte, wie sehr die Schauspieler auch ihre Stimmen anstrengten. Und den Tag darauf, wo ich das leere Schauspielhaus besichtigte, sah man die häßlichen Spuren des hereingedrungenen Regens an der schön gemalten Decke.

Die Natürliche Tochter hat vielen Beifall gefunden, besonders die letzte Hälfte, wie dies auch in Weimar der Fall war. Einige Bemerkungen, die ich bei dieser Gelegenheit gemacht, will ich Ihnen mündlich mitteilen. Die Jagemann hat sich, ohngeachtet sie heiser war und gar nicht glaubte spielen zu können, sehr gut gehalten, und dann hat Becker auch recht gut gesprochen, und auch Haide hat Beifall gefunden.

Es führt zu nützlichen Betrachtungen zuweilen ein andres Publikum zu sehen, und hier ist noch dazu ein doppeltes, weil der Sonntag ganz andre Menschen in der Komödie versammelt.

Ich werde vielleicht die Mara, die ich zu Weimar versäumen mußte, hier oder in Halle noch hören. Auf den Fall, daß sie hieher kommt, habe ich mich, auf Ansuchen der Badegesellschaft, bei den Wöchnern verbürgt, daß es Ihnen nicht zuwider sein werde, zu diesem Konzert das Schauspielhaus zu nehmen. Ich muß dem Genast das Zeugnis geben, daß er recht wachsam und eifrig fürs Ganze sorgt und auf den Nutzen der Cassa, sowie auf die Ehre der Gesellschaft bedacht ist.

An Schmalz, der zur Natürlichen Tochter hier war, habe ich eine sehr schätzbare Bekanntschaft gemacht, und dieser einzige Abend hat uns einander gleich recht nahe gebracht. Es ist eine Freude mit einem so klaren, jovialen und rüstigen Geschäftsmann zu leben, der weder Pedant noch affektiert ist. Auch Niemeyers waren an jenem Abend hier, und ich habe ihnen versprechen müssen, diese Woche nach Halle zu kommen. Leider werde ich Wolfen dort nicht finden, da er ins Pyrmonter Bad gereist ist. Der Herzog von Württemberg hat sich hier sehr angenehm betragen und alles in gute Laune gesetzt, die ersten Zeiten meines Hierseins sind durch ihn sehr belebt und erheitert worden. Sonst ist die Gesellschaft hier ziemlich behaglich, zutraulich und fröhlich, nur muß man es mit der Ausbeute des Gesprächs nicht genau nehmen. Mit einigen jungen Männern, besonders aus Berlin, habe ich indessen doch verschiedene nicht uninteressante Unterhaltungen gehabt.

Leben Sie wohl und lassen Sie den alten Götz nur recht vorwärts schreiten. Meyern viele Grüße. Sch.

916. An Goethe

Weimar, 9. August 1803

Dem Überbringer dieses, Herrn Arnold aus Straßburg, bitte ich Sie einige Augenblicke zu schenken und ihm ein freundliches Wort zu sagen. Er hängt an dem deutschen Wesen mit Ernst und Liebe, er hat sichs sauer werden lassen, etwas zu lernen, und reist mit den besten Vorsätzen zurück, um etwas Würdiges zu leisten. Von Göttingen, wo er studiert, und von Straßburg, wo er die schreckliche Revolutionszeit verlebte, kann er Ihnen manches erzählen.

Sie sind mir neulich ganz unvermutet entwischt, nachdem ich von Jena zurückgekommen, aber ich höre von Meyern, daß Sie übermorgen wieder hier sein werden. Ich wünsche gute Geschäfte, ich selbst stehe noch immer auf meinem alten Fleck und bewege mich um den Waldstättensee herum – die Reise nach Jena an dem heißen Tage hat mich aber so angegriffen, daß ich sie jetzt noch fühle. Was sagen Sie dazu, daß nun auch die Literatur-Zeitung aus Jena auswandert?

Leben Sie recht wohl und kommen Sie bald mit guten Früchten Ihrer Einsamkeit zurück. Sch.

917. An Goethe

[Weimar, August 1803]

Ich bin von der Hitze und dem verwünschten Barometerstand so angegriffen, daß ich mich nicht entschließen kann vor die Türe zu gehen, auch bin ich keines ordentlichen Gedankens fähig.

Fühle ich mich erleichtert, so seh ich Sie vielleicht heut abend nach dem Nachtessen noch ein Stündchen. Haben Sie irgend ein Novum zum Lesen, so bitte ich darum. S.

918. An Schiller

Heute ist es das erstemal, daß mir die Sache Spaß macht. Sie sollten den Wust von widersprechenden und streitenden Nachrichten sehen! ich lasse alles heften und regaliere Sie vielleicht einmal damit, wenn alles vorbei ist. Nur in einem solchen Moment kann man am Moment Interesse finden. Nach meinem Nilmesser kann die Verwirrung nur einige Grade höher steigen, nachher setzt sich der ganze Quark wieder nach und nach, und die Landleute mögen dann säen! Ich freue mich Ihrer Teilnehmung und sehe Sie bald.

Weimar, den 6. September 1803 G.

919. An Goethe

[Weimar, den 12. September 1803]

Es kommen mir heute so viele dringende Briefexpeditionen zusammen, daß ich vor 9 Uhr nicht fertig werden und also nicht kommen kann.

Aus beiliegendem Brief ersehen Sie leider, daß unser Freund Humboldt einen harten Verlust erlitten hat. Schreiben Sie ihm, wenn Sie können, ein Wort des Anteils. Es dauert mich sehr, weil gerade dieses Kind das hoffnungsvollste war von allen.

Den Brief erbitte ich mir wieder zurück. S.

920. An Goethe

[Weimar, den 16. September 1803]

Ich höre, daß Sie heute eine Leseprobe von Julius Cäsar haben, und wünsche guten Sukzeß. Mich sperrt ein heftiger Schnupfen noch zu Hause ein und macht mir den Kopf sehr wüste.

Die zwei theatralische Rekruten habe ich gestern gesehen, sie stellen sich recht gut dar, und mit dem Dialekt des einen gehts doch noch leidlicher, als ich erwartet hatte. Von ihrem guten Willen wird mehr als von ihrem Talent zu hoffen sein.

Grüner hätte großes Verlangen in der Jungfrau von Orleans als Gespenst aufzutreten. In mancher Rücksicht würde ihm diese Art der Einführung nicht ungünstig sein. Außerdem, daß die Rolle klein und also sehr genau einzulernen ist, kann sie auch mit einer gewissen ernsten Monotonie gesprochen werden und verlangt wenig Bewegung. Das Seltsame wird sich darin mit dem Neuen gut verbinden, und Graff, der sich jetzt des Umziehens wegen mit dieser Rolle nur plagt, wird gern davon befreit werden.

Beckern habe ich noch nicht allein sprechen können.

Leben Sie recht wohl. Ich wünsche sehr Sie bald wieder zu sehen. S.

921. An Schiller

Schreiben Sie mir doch, wie Sie sich befinden und ob Sie heute abend ins Schauspiel gehen können, ich sehe Sie heute auf alle Fälle. Indessen bitte ich um Ihren Rat. Indem ich daran denke Humboldten etwas Freundliches zu erzeigen, so fällt mir ein ihm die Natürliche Tochter stückweise zu schicken. Zugleich aber auch das Bedenken, daß der Verlust eines Kindes der Gegenstand ist; soll man hoffen durch die nachgeahmten Schmerzen die wahren zu lindern, oder soll man sich vor dem stoffartigen Eindruck fürchten?

Ich wünsche zu hören, daß Sie wieder wohl sind.
Weimar, am 17. September 1803

922. An Goethe

[Weimar, den 17. September 1803]

Ich denke diesen Abend ins Schauspiel zu kommen, auf dem kurzen Weg kann ich mich schon verwahren. Übrigens plagt mich noch der Katarrh, und ich muß ihn abwarten, wenn er nicht hartnäckig werden soll.

Fernow sagte mir, daß ihm Cotta bei seiner Durchreise gesagt, er wolle die Natürliche Tochter, wie sie fertig sei, an Humboldt schicken. Sie könnten es also, dächte ich, diesem überlassen und es ihm etwa noch selbst auftragen. Das Paket kommt zu einer Zeit an, wo der Verlust nicht mehr ganz neu ist, und in diesem Fall kann das Werk des Dichters eher eine gute als schlimme Wirkung tun.

Wollten Sie wohl die Güte haben und sich, da heute Botentag ist, den Katalog der Schweizergeschichte und etwa der deutschen Reichsgeschichte von Vulpius kommen lassen?

Ich freue mich, Sie heute zu sehen. Wenn Sie in die Komödie fahren oder aus derselben, so nehmen Sie mich wohl mit. S.

923. An Schiller

Möchten Sie wohl beikommendes Blatt an Fichten abgehen lassen? Leider steht die ganze Sache nicht erfreulich, Fichte steht bei seinem großen Verstand noch im Wahn, als könnte man vor Gericht auf seine eigene Weise recht behalten, da es doch daselbst hauptsächlich auf gewisse Formen ankommt. Auch ist, wie

Sie aus dem Blättchen sehen werden, Salzmann, der von Grund aus nichts taugt, abzuschaffen. Mich verlangt sehr Sie zu sehen. Möchten Sie wohl bei dem schönen Tage heute mittag mit nach Tiefurt fahren? ich habe mich anmelden lassen, und man wird Sie gewiß auch sehr gerne sehen; ich würde nach 12 Uhr kommen um Sie abzuholen.

Weimar, am 23. September 1803 G.

924. An Goethe

[Weimar, den 23. September 1803]

Weil ich diesen Sommer Wochen und Monate verschwendet, so muß ich jetzt wohl Tage und Stunden zu Rat halten. Ich kann also Ihre freundliche Einladung nach Tiefurt zu fahren nicht annehmen. Vielleicht mögen Sie bei Ihrer Rückkunft bei mir vorsprechen, oder ich komme gegen 5 Uhr zu Ihnen; denn die späten Abendstunden sind mir zuweilen günstig zur Arbeit und müssen die Morgenstunden ersetzen, die verloren gehen. Wir könnten vielleicht eine Einrichtung treffen uns öfters zwischen 3 und 5 Uhr zu sehen und, indem wir den Tag in der Mitte zerschneiden, zwei daraus zu machen.

Leben Sie recht wohl. S.

925. An Schiller

Mit einer sehr unerfreulichen modernen Römerin sende ich Ihnen einen interessanten Brief von Johannes Müller und frage an, ob wir uns diesen Nachmittag etwa irgendwo begegnen können. Um 6 Uhr ist Hauptprobe von Julius Cäsar.

Weimar, am 30. September 1803 G.

926. An Goethe

[Weimar, den 2. Oktober 1803]

Diesen Vormittag gehe ich nach Jena, weil meine Schwiegermutter auch diesen Weg macht, ich nehme einen großen Eindruck mit, und über 8 Tage bei der zweiten Vorstellung des Cäsar werde ich Ihnen etwas darüber sagen können. Es ist keine Frage, daß der Julius Cäsar alle Eigenschaften hat, um ein ordentlicher Pfeiler des Theaters zu werden, Interesse der Handlung, Abwechslung und Reichtum, Gewalt der Leidenschaft und sinnliches

Leben *vis-à-vis* des Publikums – und der Kunst gegenüber hat er alles, was man wünscht und braucht. Alle Mühe, die man also noch dran wendet, ist ein reiner Gewinn, und die wachsende Vollkommenheit bei der Vorstellung dieses Stücks muß zugleich die Fortschritte unsers Theaters zu bezeichnen dienen.

Für meinen Teil ist mir das Stück von unschätzbarem Wert, mein Schifflein wird auch dadurch gehoben. Es hat mich gleich gestern in die tätigste Stimmung gesetzt.

Auf den Donnerstag spätestens denke ich Sie wieder hier zu sehn. Wollen Sie die Güte haben und mir zwei Zeilen an Trabitius mitgeben wegen Ihrer Zimmer im Schloß? Ich entgehe durch diesen Ausweg der Verlegenheit bei den Freunden zu logieren, wo ich meine Freiheit und meinen Zweck verlieren würde.

Was mache ich mit den zwei Bänden Bücherkatalog? Soll ich sie in Ihrem Namen der Bibliothek zurückgeben?

Leben Sie recht wohl, und mögen Ihnen diese Woche die besten Gedanken erscheinen. Sch.

Um 10 Uhr wünschte ich wegzufahren.

927. An Schiller

Ich habe mich sehr über das gestern Geleistete gefreut, am meisten durch Ihre Teilnahme. Bei der nächsten Vorstellung schon hoffe ich die Erscheinung zu steigern; es ist ein großer Schritt, den wir gleich zu Anfang des Winters tun.

Ich will gern gestehn, daß ich es auch in dem Sinn unternahm Ihre wichtige Arbeit zu fördern; für mein Vornehmen habe ich auch schon Vorteil daraus gezogen.

Ein Blatt an Trabitius liegt bei. Möge Ihnen das einsame Zimmer recht gute Stimmung geben.

Die zwei Bände Bücherkatalog erhält die akademische Bibliothek zurück, wogegen ich einen ausgestellten Zettel erhalte.

Leben Sie bestens wohl.

Weimar, am 2. Oktober 1803 G.

928. An Schiller

Hier der Kaufmann von Venedig mit Bitte um gefällige Übernahme der Revision und der Proben. Über die Austeilung denken Sie beim Durchlesen nochmals nach, und wir sprechen darüber. Vielleicht mögen Sie morgen abend um 6 Uhr zu mir kommen, es wird allerlei dramatisch-musikalische Proben geben. Hierbei ein Exemplar Taschenbuch.

[Weimar.] Am 29. Oktober 1803 G.

929. An Goethe

Weimar, 9. November 1803

Da ich weder von Ihnen etwas sehe noch höre, so muß ich doch nach den Zuständen fragen. Von einigen jenaischen Freunden, die indes hier waren, habe ich erfahren, daß man Sie nicht sieht, welches ein ganz gutes Zeichen ist, daß Sie einen besseren Umgang haben. Ich bin hier auch fleißig, weil ich mich durch gar nichts zerstreue und selbst keine Komödie besuche. Wenn ich in dieser Wärme bleibe, so kann ich doch gegen den März fertig werden.

Paulus hat von Würzburg keine besondern Erwartungen, welches wohl zu glauben ist. Aber von den jenaischen Zuständen höre ich Gutes, die Zahl scheint sich noch nicht auf eine merkliche Art vermindert zu haben, da einige Auditorien ganz vollgepfropft sein sollen. Die Philosophie verstummt nicht ganz, und unser Dr. Hegel soll viel Zuhörer bekommen haben, die selbst mit seinem Vortrag nicht unzufrieden sind. Ohne Zweifel haben Sie in Jena davon gehört, daß bei den Studenten ein großes Verlangen sich zeigt den *Ritter* zu hören. Man sagte mir, daß die Studenten bei dem Herzog bittlich darum einkommen wollen, ihn zum Professor zu machen. Es möchte wohl gut sein, ihn fest zu halten, weil er doch einen Ruf hat und bei der allgemeinen Bewegung auch könnte weggeführt werden. Da Gotha sehr für ihn ist, so würde dies nicht nur keine Schwierigkeit haben, sondern vielleicht noch bei Gotha dazu dienen können, den Niethammer zur Gegengefälligkeit auch anzunehmen.

Die Herzogin Mutter wünschte gar sehr den Grafen Brühl, der morgen hieher kommt und nur bis auf den Dienstag bleibt, mit den *Brüdern* zu regalieren, weil er ein Stück mit Masken sehen will, sie hat mir ihr Verlangen sehr nah gelegt, und ich will es Ihnen also auch empfehlen. Wenn es irgend möglich, so lassen Sie doch den Montag die Brüder spielen, es kann ja noch ein ander kleines Stück damit verbunden werden.

Herzlich grüße ich Sie und bitte mir bald ein Lebenszeichen zu geben. S.

930. An Goethe

[Weimar, den 14. November 1803]

Man bittet mich, Sie darum anzugehen, daß auf den Mittwoch Wallensteins Lager möchte zu den Brüdern gespielt werden, weil Beschort eine Anschauung von diesem Stücke zu bekommen wünschte, das in Berlin jetzt auch soll gespielt werden. Auch Brühl sähe es gern und es geschähe also mehrern dadurch ein Gefallen.

Weil wir jetzt drei Schauspieler mehr haben, so riet ich an, die drei mit sprechende Statisten, nämlich den Kroat, den Schwyzer und den zweiten Kürassier mit unsern drei neuen Schauspielern zu besetzen, so kann das Stück durchaus frisch weggespielt werden.

In der Komödie sehe ich Sie heute wohl? S.

931. An Schiller

Wenn ich nicht beizeiten schreibe, so unterbreche ich später noch schwerer das Stillschweigen; also will ich nur sagen, daß ich diese paar Tage vorerst angewendet habe um Antworten und Promemorias in allerlei Geschäften los zu werden. Mancherlei auf das neue kritische Institut Beziehendes, das auf eine wunderliche Weise zu florieren verspricht, hat mich auch beschäftigt. Zunächst brauche ich vielleicht acht und mehr Tage zur Redaktion des Programms, über die Kunstausstellung und das Polygnotische Wesen. Ist dieses in Druckers Händen, so will ich sehen, obs nicht möglich ist irgend etwas Erfreuliches zu produzieren. Geht es nicht, so werde ich auch deshalb mich zu trösten wissen.

Recht angenehme Stunden habe ich mit Schelver, Hegel und Fernow zugebracht. Der erste arbeitet, im botanischen Fach, so schön aus, was ich fürs Rechte halte, daß ich meinen eignen Ohren und Augen kaum traue, weil ich gewohnt bin, daß jedes Individuum sich, aus närrischer Sucht originaler Anmaßung, vom schlichten Weg fortschreitender Potenziierung, mit fratzenhaften Seitensprüngen, so gern entfernt.

Bei Hegeln ist mir der Gedanke gekommen: ob man ihm nicht, durch das Technische der Redekunst, einen großen Vorteil schaffen könnte. Es ist ein ganz vorteflicher Mensch; aber es steht seinen Äußerungen gar zu viel entgegen.

Fernow ist, in seiner Art, gar brav und hat eine so redliche und rechtliche Ansicht der Kunsterscheinungen. Wenn ich mit ihm spreche, so ist mirs immer, als käme ich erst von Rom und fühle mich, zu einiger Beschämung, vornehmer als in der so viele Jahre nun geduldeten Niedertracht nordischer Umgebung, der man sich doch auch mehr oder weniger assimiliert.

(Hiatus)

Es ist merkwürdig, daß das Historische, das so viel ist, wenn es würdige Gegenstände behandelt, auch etwas an und für sich werden und uns etwas bedeuten kann, wenn der Gegenstand gemein, ja sogar absurd ist.

Doch das deutet von jeher auf einen jämmerlichen Zustand, wenn die Form alle Kosten hergeben muß.

Die Herren sind übrigens fort und gehen fort, und es fällt niemanden ein, als ob dadurch etwas verloren sei. Man läutet zum Grabe des tüchtigsten Bürgers allenfalls noch die Stadt zusammen, und die überbleibende Menge eilt mit dem lebhaften Gefühl nach Hause, daß das löbliche gemeine Wesen vor wie nach bestehen könne, werde und müsse.

Und somit leben Sie wohl, leisten Sie das Bessere, insofern es Ihnen gegönnt ist. Sagen Sie mir etwas von Zeit zu Zeit, ich will mir zum Gesetz machen, wenigstens alle acht Tage zu schreiben, um von meinen Zuständen Nachricht zu geben.

Jena, am 27. November 1803 G.

932. An Goethe

Weimar, 30. November 1803

In meiner jetzigen Ein- und Abgeschlossenheit erfahre ich nur an dem immer kürzeren Tagesbogen, daß sich die Zeit bewegt. Durch den Mangel an aller Zerstreuung und durch ein vorsätzliches Beharren erhalte ich soviel, daß meine Arbeit wenigstens nicht stillsteht, obgleich meine ganze Physik unter dem Druck dieser Jahrszeit leidet.

Ihr Brief zeigt, daß Sie heiter sind, und mit Vergnügen sehe ich, daß Sie mit Hegeln näher bekannt werden. Was ihm fehlt, möchte ihm nun wohl schwerlich gegeben werden können, aber dieser Mangel an Darstellungsgabe ist im ganzen der deutsche Nationalfehler und kompensiert sich, wenigstens einem deutschen Zuhörer gegenüber, durch die deutsche Tugend der Gründlichkeit und des redlichen Ernstes.

Suchen Sie doch Hegeln und Fernow einander näher zu bringen, ich denke, es müßte gehen, dem einen durch den andern zu helfen. Im Umgang mit Fernow muß Hegel auf eine Lehrmethode denken, um ihm seinen Idealismus zu verständigen, und Fernow muß aus seiner Flachheit herausgehen. Wenn Sie beide vier- oder fünfmal bei sich haben und ins Gespräch bringen, so finden sich gewiß Berührungspunkte zwischen beiden.

Professor Rehberg ist vor 8 Tagen hier durchgekommen, Sie würden mir mehr Aufschluß über ihn geben können, als ich selbst gefunden, da ich gar nichts von ihm wußte. Er hat eine Achtung und eine Neigung zu dem deutschen Wesen, aber ich weiß nicht, ob er ein Organ hat, die idealistische Denkweise aufzunehmen. Der nordische Magnet scheint mächtig auf alle Deutschen in Italien zu wirken, denn was wir im Norden treiben, beunruhigt sie ganz gewaltig mitten im Süden.

Man sagt hier, daß die Hallenser ein Verbot der Jenaischen Zeitung im Preußischen ausgewirkt. Ich kann es kaum glauben, schreiben Sie mir doch, was daran ist.

Thibaut, der neulich hier war, hat von der jenaischen Zeitung auch ganz gute Hoffnungen. Sonst war er sehr bedenklich und wollte gar nicht daran glauben.

Sie schreiben mir nichts von Voß, grüßen Sie ihn doch, wenn Sie ihn sehen, und teilen mir etwas von ihm mit.

Frau von Stael ist wirklich in Frankfurt, und wir dürfen sie bald hier erwarten. Wenn sie nur Deutsch versteht, so zweifle ich nicht, daß wir über sie Meister werden, aber unsre Religion in französischen Phrasen ihr vorzutragen und gegen ihre französische Volubilität aufzukommen ist eine zu harte Aufgabe. Wir würden nicht so leicht damit fertig werden wie Schelling mit Camille Jordan, der ihm mit Locke angezogen kam – *Je méprise Locke,* sagte Schelling, und so verstummte denn freilich der Gegner. Leben Sie recht wohl. Sch.

933. An Schiller

Herr Regierungsrat Voigt hat mich diesen Nachmittag besucht und mich abgehalten Ihnen zu schreiben, dagegen habe ich ihn gebeten Sie bald zu sehen und Sie vom glücklichen Fortgang unserer literarischen Unternehmung zu unterrichten. Hätten Sie nicht für jetzt das bessere Teil erwählt, so würde ich Sie bitten uns bald ein Zeichen Ihrer Beistimmung zu geben.

Für mich ist dieses Wesen eine neue sonderbare Schule, die denn auch gut sein mag, weil man mit den Jahren doch immer weniger produktiv wird und also sich wohl um die Zustände der andern etwas genauer erkundigen kann.

Mich beschäftigt jetzt das Programm, das in zwei Teile zerfällt, in die Beurteilung des Ausgestellten und in die Belebung der Polygnotischen Reste. Jenen ersten Teil hat Meyer zwar sehr schön vorgearbeitet, indem er alles zu Beherzigende trefflich bedacht und ausgedruckt hat; doch muß ich noch einige Stellen ganz umschreiben, und das ist eine schwere Aufgabe.

Für die Polygnotischen Reste ist auch getan, was ich konnte; doch alles zuletzt zusammenzuschreiben und zu redigieren, nimmt noch einige Morgen weg; indessen führt diese Arbeit in sehr schöne Regionen und muß künftig unserm Institut eine ganz neue Wendung geben. Nun kommt auch noch der Druck dazu, so daß ich das ganze Geschäft unter vierzehen Tagen nicht los werde. Das Programm wird diesmal ohngefähr vier Bogen.

Voß habe ich erst einmal gesehen, da ich wegen der Nässe mich kaum bis in die Bachgasse getraue. Er hat nun Burkard Waldis an die Reihe genommen, um dessen Worte und Redensarten ins Wörterbuch zu notieren. Ich muß mich erst wieder zu ihm und seinem Kreise gewöhnen und meine Ungeduld an seiner Sanftmut bezähmen lernen. Dürfte ich an was Poetisches denken, so läse ich mit ihm wie sonst; denn da ist man gleich in der Mitte des Interesses.

Knebel hat sich bei Hellfeld, in Ihrer ehemaligen Nachbarschaft, am Neutor, eingemietet, weit genug von Voßen um von dessen Rigorismus nicht inkommodiert zu werden. Dafür wird er auch unserm Prosodiker das Wasser nicht trübe machen; denn dieser wohnt am Einfluß, er aber am Ausfluß des Baches.

Ihren Vorschlag Fernow und Hegel zusammenzubringen habe ich ins Werk zu setzen schon angefangen. Übrigens gibt es morgen abend bei mir einen Tee, bei dem sich die heterogensten Elemente zusammenfinden werden.

Der arme Vermehren ist gestorben. Wahrscheinlich lebte er noch, wenn er fortfuhr mittelmäßige Verse zu machen. Die Postexpedition ist ihm tödlich geworden, und somit für heute ein freundliches Lebewohl.

Jena, am 2. Dezember 1803 G.

934. An Schiller

Vorauszusehen war, daß man mich, wenn Madame de Stael nach Weimar käme, dahin berufen würde. Ich bin mit mir zu Rate gegangen, um nicht vom Augenblick überrascht zu werden, und hatte zum voraus beschlossen hier zu bleiben. Ich habe, besonders in diesem bösen Monat, nur gerade so viel physische Kräfte um notdürftig auszulangen, da ich zur Mitwirkung zu einem so schweren und bedenklichen Geschäft verpflichtet bin. Von der geistigsten Übersicht bis zum mechanischen typographischen Wesen muß ichs wenigstens vor mir haben, und der Druck des Programms, der, wegen der Polygnotischen Tabellen, recht viele Dornen hat, fordert meine öftere Revision. Wie viel Tage sind denn noch hin, daß das alles fertig sein und, bei einer leidenschaftlichen Opposition, mit Geschick erscheinen soll? Sie, werter Freund, sehen gewiß mit Grausen meine Lage an, in der mich Meyer trefflich soulagiert, die aber von niemand kann erkannt werden; denn alles, was nur einigermaßen möglich ist, wird als etwas Gemeines angesehen. Deshalb möchte ich Sie recht sehr bitten mich zu vertreten; denn niemanden fällt bei dieser Gelegenheit der Taucher wohl ein als mir, und niemand begreift mich als Sie. Leiten Sie daher alles zum besten, insofern es möglich ist. Will Madame de Stael mich besuchen, so soll sie wohl empfangen sein. Weiß ich es 24 Stunden voraus, so soll ein Teil des Loderischen Quartiers möbliert sein, um sie aufzunehmen, sie soll einen bürgerlichen Tisch finden, wir wollen uns wirklich sehen und sprechen, und sie soll bleiben, so lange sie will. Was ich hier zu tun habe, ist in einzelnen Viertelstunden getan, die übrige Zeit soll ihr gehören; aber in diesem Wetter zu fahren, zu kommen, mich anzuziehen, bei Hof und in Sozietät zu sein, ist rein unmöglich, so entschieden als es jemals von Ihnen, in ähnlichen Fällen, ausgesprochen worden.

Dies alles sei Ihrer freundschaftlichen Leitung anheim gegeben, denn ich wünsche nichts mehr als diese merkwürdige, so sehr verehrte Frau wirklich zu sehen und zu kennen, und ich wünsche nichts so sehr, als daß sie diese paar Stunden Weges an mich wenden mag. Schlechtere Bewirtung, als sie hier finden wird, ist sie unterweges schon gewohnt. Leiten und behandeln Sie diese Zustände mit Ihrer zarten, freundschaftlichen Hand und schicken Sie mir gleich einen Expressen, sobald sich etwas Bedeutendes ereignet.

Glück zu allem, was Ihre Einsamkeit hervorbringt, nach eignem Wünschen und Wollen! Ich rudre in fremdem Element herum, ja, ich möchte sagen, daß ich nur drin patsche, mit Verlust nach außen und ohne die mindeste Befriedigung von innen oder nach innen. Da wir denn aber, wie ich nun immer deutlicher von Polygnot und Homer lerne, die Hölle eigentlich hier oben vorzustellen haben, so mag denn das auch für ein Leben gelten. Tausend Lebewohl! im himmlischen Sinne.

Jena, am 13. Dezember 1803 G.

935. An Goethe

Weimar, 14. Dezember 1803

Gegen Ihre Gründe, warum Sie jetzt nicht hieher kommen wollen, läßt sich gar nichts einwenden, ich habe sie dem Herzog noch möglichst geltend zu machen gesucht. Der Frau von Stael wird und muß es auch viel angenehmer sein, Sie ohne den Train von Zerstreuungen zu sehen, und Ihnen selbst kann, bei dieser Einrichtung, diese Bekanntschaft wirklich ein Vergnügen sein, da sie sonst nur eine unerträgliche Last gewesen wäre.

Ich nehme wahren Anteil an dem Fortgang Ihrer jetzigen Geschäfte, die nun einmal eine Notwendigkeit sind, wenn sie auch nach innen nichts erbauen und begründen. Meine Geschäfte gehen auch ihren Gang fort, und es fängt doch endlich an, etwas zu werden. Aber da man mich von Berlin aus drängt und treibt und mich also ewig an den Drachen erinnert, der das Werk, so wie es warm aus der Feder kommt, fressen und verschlingen wird, so macht mir das auch keinen guten Mut. Das ganz Niederträchtige des berlinischen Theaters habe ich mir erst neuerdings wieder aus Cordemanns Bericht versinnlicht.

Daß Böttiger nach Berlin kommt, ist nun gewiß, wir wollen ihm von Herzen glückliche Reise wünschen. Möge ihm nur ein glücklicher Nachfolger werden. Ich habe an Riemern gedacht, es wäre doch sehr zu wünschen, einen solchen Menschen festzuhalten.

Leben Sie recht wohl, bleiben Sie gesund und heiter, und fahren Sie säuberlich mit der Pilgerin, die zu Ihnen wallet. Sowie ich etwas Näheres erfahre, gebe ich Ihnen Nachricht. Sch.

Der Herzog läßt mir zur Antwort sagen, er würde Ihnen selbst schreiben und mit mir in der Komödie reden. Halten Sie nur fest, wenn er sich Ihnen auch nicht gleich fügen will.

936. An Goethe

Weimar, 21. Dezember 1803

Der rasche und wirklich anstrengende Wechsel von produktiver Einsamkeit und einer ganz heterogenen Sozietäts-Zerstreuung hat mich in dieser letzten Woche so ermüdet, daß ich durchaus nicht zum Schreiben kommen konnte und es meiner Frau überließ, Ihnen eine Anschauung von unsern Zuständen zu geben.

Frau von Stael wird Ihnen völlig so erscheinen, wie Sie sie sich *a priori* schon konstruiert haben werden; es ist alles aus Einem Stück und kein fremder, falscher und pathologischer Zug in ihr. Dies macht, daß man sich trotz des immensen Abstands der Naturen und Denkweisen vollkommen wohl bei ihr befindet, daß man alles von ihr hören und ihr alles sagen mag. Die *französische* Geistesbildung stellt sie rein und in einem höchst interessanten Lichte dar. In allem, was wir Philosophie nennen, folglich in allen letzten und höchsten Instanzen ist man mit ihr im Streit und bleibt es, trotz alles Redens. Aber ihr Naturell und Gefühl ist besser als ihre Metaphysik, und ihr schöner Verstand erhebt sich zu einem genialischen Vermögen. Sie will alles erklären, einsehen, ausmessen, sie statuiert nichts Dunkles, Unzugängliches, und wohin sie nicht mit ihrer Fackel leuchten kann, da ist nichts für sie vorhanden. Darum hat sie eine horrible Scheu vor der Idealphilosophie, welche nach ihrer Meinung zur Mystik und zum Aberglauben führt, und das ist die Stickluft, wo sie umkommt. Für das, was wir *Poesie* nennen, ist kein Sinn in ihr, sie kann sich von solchen Werken nur das Leidenschaftliche, Rednerische und Allgemeine zueignen, aber sie wird nichts Falsches schätzen, nur das Rechte nicht immer erkennen. Sie ersehen aus diesen paar Worten, daß die Klarheit, Entschiedenheit und geistreiche Lebhaftigkeit ihrer Natur nicht anders als wohltätig wirken können; das einzige Lästige ist die ganz ungewöhnliche Fertigkeit ihrer Zunge, man muß sich ganz in ein Gehörorgan verwandeln, um ihr folgen zu können. Da sogar ich, bei meiner wenigen Fertigkeit im Französischreden, ganz leidlich mit ihr fortkomme, so werden Sie bei ihrer größeren Übung eine sehr leichte Kommunikation mit ihr haben.

Mein Vorschlag wäre, Sie kämen den Sonnabend herüber, machten erst die Bekanntschaft und gingen dann den Sonntag wieder zurück, um Ihr jenaisches Geschäft zu vollenden. Bleibt Madame de Stael länger als bis Neujahr, so finden Sie sie hier, und reist sie früher ab, so kann Sie sie ja in Jena vorher noch besuchen. Alles kommt jetzt darauf an, daß Sie eilen, eine Anschauung von ihr zu bekommen und sich einer gewissen Spannung zu entledigen. Können Sie früher kommen als Sonnabend, desto besser.

Leben Sie recht wohl. Meine Arbeit hat in dieser Woche freilich nicht viel zugenommen, aber doch auch nicht ganz gestockt. Es ist recht schade, daß uns diese interessante Erscheinung zu einer so ungeschickten Zeit kommt, wo dringende Geschäfte, die böse Jahrzeit und die traurigen Ereignisse, über die man sich nicht ganz erheben kann, zusammen auf uns drücken. Sch.

937. An Schiller

Hier, mein Wertester, die Aushängebogen des Programms, auf Aktenweise geheftet, bis ich Ihnen ein besseres Exemplar zuschikken kann. Möchten doch unsere Bemühungen Ihnen einigen Beifall ablocken.

Ich gehe heute abend nicht in die Komödie, wie halten Sie es? mögen Sie mich vielleicht gegen 8 Uhr besuchen? und alsdann Wolf bei mir erwarten, welcher wohl in das Schauspiel gehen wird.

Weimar, am 31. Dezember 1803 G.

938. An Goethe

[Weimar, den 31. Dezember 1803]

Ich wollte schon bei Ihnen anfragen, wie Sie es diesen Abend halten wollen, als ich Ihre Sendung erhielt, die mir sehr erfreulich war. Das Programm ist voll Gehalt und Leben und füllt einem den ganzen Geist mit einer Welt von Ideen an. Das Polygnotische Wesen nimmt sich prächtig aus und scheint einen neuen Tag zu verkündigen. Mündlich mehr, ich werde mich gegen 8 Uhr einstellen.

Haben Sie die Güte, mir eine Nota über die an Wolzogen überlassenen Zeichnungen zu schicken, so will ich sie gleich bezahlen. Sch.

939. An Schiller

Beiligendes Blättchen wollte besonders abschicken, als mir die Balladen wieder in die Hände fielen, welche ich schon vor einiger Zeit erhielt; sie haben etwas Gutes, ohne gut zu sein, ich wünsche Ihr Urteil zu hören.
Weimar, am 4. Januar 1804 G.

940. An Goethe

[Weimar, zwischen dem 5. und 7. Januar 1804]

Zu einem Geburtstagsstück scheint mir der Mithridat im Notfall zu brauchen, er gibt, da man nichts Beßres hat, doch eine ernste und vornehme Darstellung. Ich habe deswegen das noch bei mir stagnierende Manuskript gestern mobil gemacht und den ersten Akt mit dem, was ich dabei angestrichen, an Bode gegeben, der jetzt eben daran ist, die bemerkten Stellen zu ändern. Wenn er damit zurecht kommt, welches sich binnen wenigen Tagen ausweisen muß, so könnte das Stück am Ende kommender Woche abgeschrieben und ausgeteilt sein, und es blieben dann immer noch 14 Tage zum Einstudieren.

Geist sagte gestern, daß das Konzert und Souper auf dem Stadthause wieder abgesagt worden. Da ich nichts Offizielles darüber vernommen, so bitte ich nur um ein Wort mündlich, wie es damit steht. Meyern sende ich das Augusteum. Von Frau von Stael habe ich nichts gehört, ich hoffe, sie ist mit Herrn Benjamin Constant beschäftigt. Was gäbe ich um Ruhe, Freiheit und Gesundheit in den nächsten 4 Wochen, dann wollte ich weit kommen.
Sch.

941. An Goethe

[Weimar, den 10. Januar 1804]

Wie ich gestern nachts nach Hause kam, fiel mir plötzlich ein, daß ich Herrn Genast neue Rätsel zur morgenden Turandot versprochen, und um doch einigermaßen Wort zu halten, setzte ich mich noch vor Schlafengehen hin ein paar Ideen dazu in Verse zu bringen; so habe ich also den werten Gast, den Sie mir in die Tasche gesteckt, erst diesen Augenblick, wo ich aufgestanden, zur

Hand genommen und werde diesen Abend davon Bericht abstatten können.

Die neuen Figuren im Theaterpersonal will ich nützlichst in der Jungfrau unterzubringen suchen. S.

942. An Goethe

[Weimar, 13. Januar 1804]

Indem ich mich erkundige, wie es mit Ihrer Gesundheit steht, frage ich zugleich an, ob Sie sich gestimmt und aufgelegt fühlen, von etwas Poetischem Notiz zu nehmen. Denn in diesem Fall wollte ich Ihnen den großen ersten Akt des Tell zuschicken, welchen ich an Iffland abzusenden gedrungen werde und nicht gern ohne Ihr Urteil aus den Händen geben möchte. Unter allen den widerstreitenden Zuständen, die sich in diesem Monat häufen, geht doch die Arbeit leidlich vorwärts, und ich habe Hoffnung, mit Ende des kommenden Monats ganz fertig zu sein.

Die Rezension, die Sie mir geschickt, ist mir ganz ungenießbar und fast unverständlich, ich fürchte, dieser böse Casus wird Ihnen noch oft vorkommen. Von dem rezensierten Buch habe ich mir keinen Begriff daraus schöpfen können.

Die Stael habe ich gestern bei mir gesehen und sehe sie heut wieder bei der Herzogin-Mutter – Es ist das Alte mit ihr, man würde sich an das Faß der Danaiden erinnern, wenn einem nicht der Oknos mit seinem Esel dabei einfiele. Sch.

943. An Schiller

Das ist denn freilich kein erster Akt, sondern ein ganzes Stück und zwar ein fürtreffliches, wozu ich von Herzen Glück wünsche und bald mehr zu sehen hoffe. Meinem ersten Anblick nach ist alles so recht, und darauf kommt es denn wohl bei Arbeiten, die auf gewisse Effekte berechnet sind, hauptsächlich an. Zwei Stellen nur habe ich eingebogen, bei der einen wünschte ich, wo mein Strich lauft, noch einen Vers, weil die Wendung gar zu schnell ist.

Bei der andern bemerke ich so viel: der Schweizer fühlt nicht das Heimwehe, weil er an einem anderen Orte den Kuhreigen hört, denn der wird, soviel ich weiß, sonst nirgends geblasen; sondern eben weil er ihn nicht hört, weil seinem Ohr ein Jugendbedürfnis mangelt. Doch will ich dies nicht für ganz gewiß geben. Leben Sie recht wohl, und fahren Sie fort uns durch Ihre schöne Tätigkeit wieder ein neues Lebensinteresse zu verschaffen; halten Sie sich auch wacker im Hades der Sozietät und flechten Sie Schilf und Rohr nur fein zum derben Stricke, damit es doch auch was zu kauen gebe.

Gruß und Heil. G.

Weimar, am 13 .Januar 1804

944. An Goethe

[Weimar, den 14. Januar 1804]

Daß Sie mit meinem Eingang in den Tell zufrieden sind, gereicht mir zu einem großen Trost, dessen ich unter der gegenwärtigen Stickluft besonders bedürftig war. Auf den Montag will ich Ihnen das *Rütli* senden, welches jetzt ins Reine geschrieben wird, es läßt sich als ein Ganzes für sich lesen.

Ich bin ungeduldig verlangend, Sie wieder zu sehen, wann öffnen Sie Ihre Pforten wieder?

Heute regt sich nach 4 Wochen wieder eine Lust bei mir nach der Komödie. In dieser ganzen Zeit habe ich keinen Trieb gespürt, besonders da meistens um meine eigene Haut gespielt wurde.

Madame de Stael will noch 3 Wochen hier bleiben. Trotz aller Ungeduld der Franzosen wird sie, fürchte ich, doch an ihrem eigenen Leib die Erfahrung machen, daß wir Deutschen in Weimar auch ein veränderliches Volk sind, und daß man wissen muß zu rechter Zeit zu gehen.

Lassen Sie mich vor Schlafengehen noch ein Wort von sich hören. Sch.

945. An Schiller

[Weimar, den 14. Januar 1804]

Auf Ihre freundlichen Abendworte erwidere ich folgendes: Ich wünsche recht herzlich Sie bald zu sehen, ob ich mich gleich sehr in acht nehmen muß. Eine Unterredung mit Herrn Geheimen Rat Voigt ist mir gestern gar nicht wohl bekommen. Ich fühle jetzt erst, daß ich schwach bin.

An Ihrer Exposition habe ich mich recht gelabt und indessen davon gezehrt. Es ist recht gut, daß sie den Widerspruch gegen die zudringliche Nachbarin durch eine solche gleichzeitige Tat äußern, sonst müßte der Zustand auch ganz unerträglich sein.

Da ich jetzt krank und grämlich bin, so kommt es mir fast unmöglich vor jemals wieder solche Diskurse zu führen. Man begeht doch eigentlich eine Sünde wider den heiligen Geist, wenn man ihr auch nur im mindesten nach dem Maule redt. Wäre sie bei Jean Paul in die Schule gegangen, so hielte sie sich nicht so lange in Weimar auf, sie mags auf ihre Gefahr nur noch drei Wochen probieren.

Ich bin die Zeit immer beschäftigt gewesen, und da ich nichts leisten konnte, habe ich manches getan und gelernt, nur muß ich mit den Gegenständen wechseln und Pausen dazwischen machen.

Die angekommenen Hackertischen Landschaften haben mir auch einen heiteren Morgen gemacht, es sind ganz außerordentliche Werke, von denen man, wenn sich auch manches dabei erinnern läßt, doch sagen muß, daß sie kein anderer Lebender machen kann, und wovon gewisse Teile niemals besser gemacht worden sind.

Leben Sie recht wohl, und wenn Sie morgen nach Hofe fahren, so kommen Sie einen Augenblick vorher zu mir, mein Wagen kann Sie abholen und so lange warten.

Das Rütli wird mir große Freude machen. Ich verlange sehr das, was einzeln so gut eingeführt ist, nun im ganzen beisammen zu sehen. G.

946. An Goethe

[Weimar, den 17. Januar 1804]

Ein Übel, das ich nicht vernachlässigen darf und das mich besonders am *Gehen* hindert, hält mich seit gestern zu Hause und auf dem Sofa gefesselt und ist schuld, daß ich das heutige Diner bei Madame de Stael sowie auch das Konzert auf den Abend versäumen muß. Leider gewinne ich dadurch nichts für mein Geschäft, denn der Kopf ist sehr eingenommen. Da meine Frau auch eines bösen Hustens wegen nicht ausgeht, so haben Sie wohl die Güte, falls es nötig, uns bei *Serenissimo*, des Konzerts wegen, zu entschuldigen.

Die Zeitungsblätter habe ich mit großem Anteil gelesen. Der Anfang, den die theologische Exposition macht, ist vortrefflich und hätte, wenn man auch die freieste Auswahl gehabt hätte, nicht wohl bedeutender ausfallen können. Die Rezension des Sartorischen Werks ist sehr gehaltvoll und tüchtig; den Eingang muß man ihm als rednerisch und *ad extra* gerechnet passieren lassen, da er ihn in der Folge wieder so naiv aufhebt. Vom Cellini hätte mehr gesagt werden sollen und müssen, indessen ist diese frühzeitigere Anzeige davon, wenn sie auch nicht ganz befriedigt, der Verbreitung des Werks nützlich.

Der Bericht über die *Philosophie* in dem Intelligenzblatt hat mir große Freude gemacht und ist ein überaus glücklicher Gedanke; ich bin sehr auf die Fortsetzung begierig. Mehr solche Ausführungen, von derselben Hand, über philosophische Dinge würden eine glückliche Veränderung in der öffentlichen Meinung über Philosophie vorbereiten. Zur Schande meiner Sagazität muß ich gestehen, daß ich über den Verfasser dieses Aufsatzes noch nicht im reinen bin.

Johannes Müller ist uns sehr nahe; ein Brief, den ich heute von Körnern erhalte, meldet mir, daß er dort war und nächstens bei uns eintreffen wird. Körner hält die Anstellung Böttigers in Dresden noch nicht ganz für entschieden, weil man in Dresden sein Engagement mit Berlin wisse und durchaus nicht damit kollidieren wolle.

Madame de Stael schrieb heute in einem Billett an meine Frau von einer baldigen Abreise, aber auch von einer sehr wahrscheinlichen Zurückkunft über Weimar.

Lassen Sie mich hören, wie es Ihnen geht. Ich werde diesen Nachmittag eine Leseprobe des Mithridat bei mir haben, da ich doch nichts Wichtigeres versäume. S.

947. *An Schiller*

[Weimar, den 17. Januar 1804]

Daß Sie auch körperlich leiden, ist nicht gut; man sollte, wenn man sich nicht sonderlich befindet, die Übel seiner Freunde mittragen können, welches ich unter gegenwärtigen Umständen recht gern übernehmen wollte.

Ihr Beifall, den Sie den ersten Zeitungsblättern geben, hat mich sehr beruhigt. Fast alles ist bei einem solchen Institut zufällig und doch muß es wie ein Überlegtes werden und aussehen. Die Sache ist indessen auf gutem Wege, und wenn Sie einigen Anteil daran nehmen wollten, so würden sie solche sehr fördern, es brauchten vorerst keine vorsätzliche, lange Rezensionen *ex professo* zu sein, sondern von Zeit zu Zeit eine geistreiche Mitteilung bei Gelegenheit eines Buchs, das man ohnehin liest. Auch verdiene ich wohl, daß man mich ein wenig verstärkt; denn ich habe die vergangenen vier Monate mehr als billig an diesem Alp geschleppt und geschoben.

Auch freue ich mich sehr, daß Sie mit der kleinen Einleitung in die Philosophie der Nationen zufrieden sind. Wenn es glückt in andern Fächern auch dergleichen aufzustellen, ehe man das einzelne bringt, so wird es auf alle Weise unterhaltend und belehrend sein. Der Verfasser möchte schwer zu erraten sein, denn noch ist er ein namenloses Wesen. Überhaupt aber habe ich bei dieser Gelegenheit erfahren, daß eine gewisse höhere Bildung in Deutschland sehr verbreitet ist, deren Inhaber sich alle nach und nach an uns heranziehen werden.

Ich danke, daß Sie die Leseprobe des Mithridates übernehmen wollen; schreiben Sie mir doch, wie sie abgelaufen ist, und was Sie überhaupt augurieren.

Den schönsten guten Abend. G.

948. An Goethe

[Weimar, den 17. Januar 1804]

Kleider und lebhafter Vortrag werden bei dem Mithridat noch das Beste tun müssen. Wenn man bei diesen abgelebten Werken nicht überhaupt etwas lernte und sich wenigstens in seinem alten Glauben immer mehr dadurch bestärkt fände, so sollte man keine Zeit und Mühe daran verschwenden. Bei einer prosaischen Leseprobe, fühlt sich das Leere, Halbe, Hölzerne dieser Manier erst recht heraus.

Sie sagten mir nichts über das Rütli. Wenn etwa dabei was zu erinnern wäre, so senden Sie mirs morgen vormittag, denn auf den Freitag muß ichs fortschicken.

Mögen Sie Sich bald wieder erholen! Sch.

949. An Schiller

Hier kommt auch das Rütli zurück, alles Lobes und Preises wert. Der Gedanke gleich eine Landsgemeinde zu konstituieren ist fürtrefflich, sowohl der Würde wegen, als der Breite, die es gewährt. Ich verlange sehr das übrige zu sehen. Alles Gute zur Vollendung.

Weimar, am 18ten Januar 1804 G.

950. An Schiller

Eben war ich im Begriff anzufragen, wie es Ihnen gehe, denn bei diesem langen Auseinandersein wird es einem doch zuletzt wunderlich.

Heute habe ich zum erstenmal Madame de Stael bei mir gesehen, es bleibt immer dieselbe Empfindung; sie geriert sich mit aller Artigkeit noch immer grob genug als Reisende zu den Hyperboreern, deren kapitale alte Fichten und Eichen, deren Eisen und Bernstein sich noch so ganz wohl in Nutzen und Putz verwenden ließe; indessen nötigt sie einen doch, die alten Teppiche als Gastgeschenk und die verrosteten Waffen zur Verteidigung hervorzuholen.

Gestern habe ich Müller gesehen, wahrscheinlich wird er heute wiederkommen. Ich werde Ihren Gruß ausrichten. Er ist über das weimarische Lazarett freilich betroffen, denn es muß recht übel aussehen, wenn der Herzog selbst auf dem Zimmer bleibt. Bei allen diesen Unbilden habe ich den Trost, daß Ihre Arbeit nicht ganz unterbrochen worden, denn das ist das einzige von dem, was ich übersehe, das unersetzlich wäre; das wenige, was ich zu tun habe, kann noch allenfalls unterbleiben. Halten Sie sich ja stille, bis Sie wieder zur förmlichen Tätigkeit gelangen. Wegen Müllers hören Sie morgen beizeiten etwas. Das schönste Lebewohl.

Weimar, am 23. Januar 1804

Auch die neue Literaturzeitung schicke vielleicht noch heute abend.

G.

951. An Schiller

[Weimar, den 23. Januar 1804]

Hier die neuen Zeitungen, mit Bitte sie sodann an Meyer zu schicken, besonders empfehle ich No. 13. Ist denn doch nichts Neues unter der Sonne! und hat nicht unsere vortreffliche Reisende mir heute früh, mit der größten Naivetät, versichert: daß sie meine Worte, wie sie solcher habhaft werden könne, sämtlich werde drucken lassen. Diese Nachricht von Rousseaus Briefen macht wirklich der gegenwärtigen Dame bei mir ein böses Spiel. Man sieht sich selbst und das fratzenhafte französische Weiberbestreben im {diamantnen
adamantinen} Spiegel. Die besten Wünsche für Ihr Wohl.

G.

952. An Schiller

[Weimar, den 24. Januar 1804]

Noch eine Abendanfrage wie Sie sich befinden? Mit mir geht es ganz leidlich. Heute abend war Johannes Müller bei mir und hatte große Freude an meinen Münzschubladen. Da er so unerwartet unter lauter alte Bekannte kam, so sah man recht, wie er die Geschichte in seiner Gewalt hat; denn selbst die meisten untergeordneten Figuren waren ihm gegenwärtig und er wußte von ihren Umständen und Zusammenhängen. Ich wünsche zu hören, daß die Schweizer Helden sich gegen Ihre Übel wacker gehalten haben. G.

953. An Goethe

[Weimar, den 24. Januar 1804]

Dank Ihnen für den freundlichen Abendgruß. Ich habe heute bei dem besten Vorsatz nicht viel leisten können, weil ich mit meinem Schlaf zu sehr in Unordnung bin. Auch spüre ich die Folgen des langen Eingesperrtseins an einer Schwere und Dumpfheit des Gemüts. Ich muß eilen einmal wieder an die frische Luft zu kommen.

Es freut mich zu hören, daß Müller wenigstens einige Wochen bleiben wird.

Haben Sie die Hallische Literatur-Zeitung nicht gesehen? Sie fängt an mit einer Rezension der Natürlichen Tochter, die mit einem vollkommen guten Willen für das Werk gemacht ist und auch nicht die entfernteste Spur einer Tücke verrät. Wahrscheinlich haben die Herrn etwas recht Großes zu leisten geglaubt, daß sie diesen Effort von Gerechtigkeit ausübten, oder haben sie feurige Kohlen auf Ihr Haupt sammeln wollen. Sonst ist nicht viel in dieser Zeitung zu finden.

Leben Sie recht wohl. S.

954. An Goethe

[Weimar, den] 26. Jänner 1804

Mein Schwager läßt Sie schönstens grüßen. Die Verlobung ist am Neujahr russischen Kalenders oder am 13. Januar des unsrigen gefeiert worden. Die Vermählung geht noch im Februar vor sich.

Cotta erkundigt sich sehr angelegentlich nach der Fortsetzung der Natürlichen Tochter. Möchte ich ihm etwas Hoffnung geben können!

Er schreibt mir, daß er mein Exemplar seiner Allgemeinen Zeitung, welches bisher immer über Jena gegangen, künftig dem Ihrigen beischließen werde. Vielleicht hat er schon den Anfang damit gemacht, in welchem Fall ich darum bitte.

Den Adelung erbitte mir, wenn Sie ihn nicht mehr brauchen. Ich habe allerlei Fragen an dieses Orakel zu tun. Hier lege ich eine kleine poetische Aufgabe zum Dechiffrieren bei.

Was beginnen Sie heut und morgen? Die lang projektierte französische Vorlesung der Madame de Stael soll, wie ich höre, morgen vor sich gehen. Sind Sie aber morgen abend zu Hause und aufgelegt, so lade ich mich bei Ihnen ein, denn mich sehnt darnach, Sie zu sehen. S.

955. An Schiller

Frau von Stael war heute bei mir mit Müller, wozu der Herzog bald kam, wodurch die Unterhaltung sehr munter wurde und der Zweck eine Übersetzung *des Fischers* durchzugehen vereitelt wurde.

Hier schicke ich meinen Adelung; verzeihen Sie, daß ich den Ihrigen wohl eingepackt an Voß geschickt habe, der dessen zu einer Rezension von Klopstocks grammatischen Gesprächen höchst nötig bedurfte. Auch sende ich die ersten Stücke Zeitungen außer 1 und 2 und was mir sonst an dieser Sendung auch fehlt.

Ihr Gedicht ist ein recht artiger Stieg auf den Gotthard, dem man sonst noch allerlei Deutungen zufügen kann, und ist ein zum Tell sehr geeignetes Lied.

Morgen abend um 5 Uhr kommt Constant zu mir; mögen Sie mich später besuchen, so soll mirs sehr angenehm sein.

Wohl zu schlafen wünschend.

[Weimar.] Am 26. Januar 1804

956. An Schiller

Indem ich frage, wie Sie sich befinden? und zugleich versichre, daß es mir, unter der Bedingung, daß ich zu Hause bleibe, ganz leidlich gehen kann, gebe ich Nachricht von zwei Kunstwerken, die bei mir angelangt sind.

Erstlich ein Gemälde, von einem alten Manieristen aus dem 17ten Jahrhundert, vorstellend jene Weiber, die sich entblößen, um das fliehende Heer aufzuhalten und es gegen die Feinde zurückzutreiben, mit so viel Geist, Humor und Glück vorgestellt, daß es ein wahrhaftes Behagen erregt.

Zweitens ein Stück von Calderon. Fernando, Prinz von Portugal, der zu Fez in der Sklaverei stirbt, weil er Ceuta, das man als Lösepreis für ihn fordert, nicht will herausgeben lassen. Man wird, wie bei den vorigen Stücken, aus mancherlei Ursachen im Genuß des einzelnen, besonders beim ersten Lesen, gestört; wenn man aber durch ist und die Idee sich wie ein Phönix aus den Flammen vor den Augen des Geistes emporhebt, so glaubt man nichts Vortrefflichers gelesen zu haben. Es verdient gewiß neben der Andacht zum Kreuze zu stehen, ja man ordnet es höher, vielleicht weil man es zuletzt gelesen hat und weil der Gegenstand sowie die Behandlung im höchsten Sinne liebenswürdig ist. Ja ich möchte sagen, wenn die Poesie ganz von der Welt verloren ginge, so könnte man sie aus diesem Stück wieder herstellen.

Fügen Sie nun zu diesen günstigen Aspekten irgend einen Akt von Tell hinzu, so kann mich in der nächsten Zeit kein Übel anwehen.

Ruhe zu Nacht und gute Stimmung bei Tage wünscht herzlich
Weimar, am 25. [28.] Januar 1804 G.

957. An Goethe

[Weimar, den 28. Januar 1804]

In meiner Abgeschiedenheit, worin ich jetzt den ganzen Tag zubringe, ist mir so ein freundlicher Gruß zum Abend ein rechtes Labsal, und Sie werden mich ordentlich verwöhnen. Auf die zwei Nova bin ich sehr begierig. Der Gegenstand des Gemäldes scheint mir ganz exzellent zu sein und dazu geeignet, ein Kunstwerk vom ersten Rang hervorzubringen, weil er zwei ganz entgegengesetzte Zustände sinnlich vereinigt.

Ich habe Ihnen nichts ähnlicher Art zu berichten. Neben meinem Pensum, das langsam fortrückt und wenigstens nicht stockt, habe ich die Mémoires von einem tüchtigen Seemann gelesen, die mich im mittelländischen und indischen Meer herumgeführt haben und in ihrer Art bedeutend genug sind. Schlafen Sie recht wohl, ich hoffe, Ihnen bald wieder etwas schicken zu können.

Sch.

958. An Schiller

Mit den besten Grüßen hierbei verschiedenes:

Erstlich drei Stück Allgemeine Zeitung, wovon besonders eines, wegen einer merkwürdigen Schulchrie, wichtig ist.

2. Einige Rollen, die noch im Macbeth zu besetzen sind, weshalb ich auch die Austeilung überschicke.

3. Ihr schönes Berglied.

4. Ein, ich fürchte, abermals verunglückter Versuch ein griechisches Trauerspiel heranzurücken, besonders scheint mir der an den alten für uns vielleicht zu schweren Schritt des Trimeters ohne Vermittlung angeknüpfte gereimte Chor sehr unglücklich.

Mögen Sie mich heute abend besuchen, so befehlen Sie dem Überbringer die Stunde des Wagens.

Weimar, am 8. Februar 1804 G.

959. An Goethe

[Weimar, den 8. Februar 1804]

Für das Überschickte danke ich allerschönstens. Mit den griechischen Dingen ist es eben eine mißliche Sache auf unserm Theater und, unbesehen des Werks, würde ich schon dagegen raten. Hat man Ihnen nicht abseiten Wielands von einer Aufführung der Helena des Euripides gesprochen, wobei aber der Chor mit der Flöte soll begleitet werden? Ich habe schon vor 5 Wochen davon reden hören und vergessen Sie zu fragen.

Da ich mich heute in einer ganz guten Arbeitslaune befinde, so werde ich wohl einen langen Abend machen und zweifle, ob ich werde ausgehen können. Leider muß ich den morgenden Tag heute zu antizipieren suchen, da ich bei Madame de Stael zu Mittag essen soll. Ihren Brief an meinen Schwager habe ich gestern expediert und seinen Inhalt nachdrücklich empfohlen. S.

960. An Schiller

Indem ich abermals Zeitungen übersende, frage ich an, ob ich das Vergnügen haben kann Sie heute abend bei mir zu sehen. Frau von Stael und Herr von Constant werden nach 5 Uhr kommen. Ich will ein Abendessen bereit halten, wenn man Lust

hat, da zu bleiben; es wäre sehr schön, wenn Sie von der Gesellschaft sein möchten.
Weimar, am 16. Februar 1804

Befehlen Sie die Stunde des Wagens. G.

961. An Goethe

[Weimar, den 16. Februar 1804]

Ich bin nun dem Ziel meiner Arbeit nahe und muß mich vor allem, was mir die nötige letzte Stimmung rauben oder verkümmern kann, sorgfältigst hüten, besonders aber vor allen französischen Freunden. Entschuldigen Sie mich also, mein teurer Freund, mit der evangelisch christlichen Liebe, die ich Ihnen in ähnlichen Fällen gleichermaßen bereit halten will. S.

962. An Goethe

[Weimar, den 19. Februar 1804]

Hier übersende mein Werk, für das ich unter gegenwärtigen Umständen nichts weiter zu tun weiß. Wenn Sie es durchlesen, bitte ich es zurückzusenden, weil der Rollenschreiber darauf wartet.

Soll es gegen Ostern gegeben werden, so müssen wir suchen es 8 Tage *vorher* zustande zu bringen, um noch von Zimmermanns Gegenwart und, in Rücksicht auf die Kasse, von dem aktuellen Zustand in Jena zu profitieren, der sich nach Ostern verändern kann. Dann müßte aber wegen der anzuschaffenden Kleider und der erforderlichen Dekorationen schleunige Resolution gefaßt werden, auch müßte man den Macbeth verschieben. Das Einstudieren der Rollen macht keine Schwierigkeit, da die größte von keinem beträchtlichen Umfang ist.

Meine Idee wegen der Rollenbesetzung lege ich bei. Sie ersehen daraus, wie schwer es sein würde, Zimmermanns Rolle zu besetzen. Muß man sich nach Ostern auch ohne ihn helfen, so geht es dann eher an, als wenn gleich der erste Eindruck trüb ist.

Ich bin von diesen Besorgungen und auch von dem Wetter sehr angegriffen und muß mich noch einige Tage zu Hause halten. Wollen Sie aber mit Beckern und Genast sowie auch mit Meyern und Heideloff sprechen, so kann die Sache doch vorwärts gehen.
S.

963. An Schiller

Eben war ich im Begriff nach Ihnen und Ihrer Arbeit zu fragen, denn nichts von Ihnen zu sehen und zu hören wurde mir zuletzt doch allzu lästig. Der Anblick des Stücks und der Rollenausteilung hat mich sehr vergnügt. Ich sollte denken, man müßte die Vorstellung vor Ostern zustande bringen, obgleich nur knapp; freilich mit dem Ausschreiben der Rollen müßte es behend gehen. Ich dächte, man setzte einige Schreiber zusammen, die zu gleicher Zeit schreiben müßten. Doch davon, sobald ich gelesen habe. Jetzt nur recht herzlichen Dank.

Weimar, am 19. Februar 1804. G.

964. An Schiller

Das Werk ist fürtrefflich geraten, und hat mir einen schönen Abend verschafft. Einige Bedenklichkeiten wegen der Aufführung vor Ostern sind mir beigegangen. Mögen Sie um 12 Uhr fahren, so komme ich Sie abzuholen.

[Weimar,] den 21. Februar 1804 G.

965. An Goethe

[Weimar, den 24. Februar 1804]

Anbei übersende die Rollen vom Tell, mit meiner Besetzung, und bitte Sie, nun das weitere darüber zu verfügen.

Ich habe drei neue Weiber darin kreiert, um die drei noch übrigen Schauspielerinnen mit Anteil in das Stück hineinzuziehen, weil sie nicht gerne Statisten machen. Die Müller bleibt ganz weg.

Heute abend werden wir uns bei Madame sehen. Gestern haben wir *Sie* recht vermißt, es ist manches Lustige vorgefallen, worüber wir uns noch in künftigen Tagen unter uns ergötzen wollen. S.

960. An Goethe

[Weimar, Anfang März 1804]

Es ist mir recht zum Trost, daß Sie sich des Tell annehmen wollen. Wenn ich mich irgend erträglich fühle, komme ich gewiß, ich habe mich, seitdem ich Sie bei der Leseprobe zum letztenmal gesehen, gar nicht wohl befunden, denn das Wetter setzt mir gar sehr zu, auch ist mir nach der Abreise unserer Freundin nicht anders zumut, als wenn ich eine große Krankheit ausgestanden.

S.

967. An Schiller

Mögen Sie wohl die zwei ersten Akte ansehen? Wo das weiße Papier eingeheftet ist, fehlt eine Szene zwischen Weislingen und Adelheid. Wenn Sie nichts zu erinnern haben, ließe ich wenigstens vor vornherein die Rollen abschreiben.

[Weimar,] den 12. März 1804 G.

968. An Goethe

[Weimar, den 15. März 1804]

Haben Sie die Güte, die Stelle *quaestionis* nun anzusehen, ob sie so gehen kann. Eine bedeutende Änderung läßt sich jetzt freilich nicht mehr versuchen, doch hoffe ich, daß jetzt kein unerlaubter Sprung mehr dabei ist.

Wenn Sie nichts zu erinnern finden, so senden Sie mir das Blatt zurück, daß ich in den Rollen das Nötige sogleich für die heutige Probe abändern kann. Sch.

969. An Schiller

Sagen Sie mir doch, wie es mit Ihnen und den Ihrigen steht? Ob Sie heute die Hussiten besuchen? Ob Sie mich heute abend mit Ihrer Gegenwart erfreuen wollen? oder was Ihre Zustände sonst mit sich führen?

[Weimar,] den 2. April 1804 G.

970. An Goethe

[Weimar, den 4. April 1804]

Die Rezension ist geistreich und lichtvoll, soviel Übereinstimmung in den Hauptprinzipien zu finden muß mich billig erfreuen, wenn auch über einzelne Besonderheiten noch kontroversiert wird. Auch über diese dächte ich mit einem so sinnverwandten Kunstrichter allenfalls noch einig werden zu können.

Mündlich ein weiteres. Wenn Sie nichts anders vorhaben, so

will ich mich heut abend um 7 einstellen. In mein Haus, wo noch ein Hustenlazarett ist, kann ich Sie nicht einladen. S.

971. An Schiller

I.

1. Mit Macbeth und Banquo kommen einige, damit letztrer fragen könne: Wie weit ists noch nach Foris?

II.

2. *Die Glocke ruft.* Darf nicht geklingelt werden, man hört vielmehr einen Glockenschlag.
3. Der Alte sollte sich setzen, oder fortgehen. Mit einer kleinen Veränderung schlösse Macduff den Akt.

III.

4. Der Bursche, der Macbeth bedient, wäre besser anzuziehen und einigermaßen als Edelknabe herauszuputzen.
5. Eylensteins Mantel ist zu enge. Es wäre noch eine Bahn einzusetzen.
6. Bei Banquos Mord sollte man ganz Nacht machen.
7. Die Früchte auf der Tafel sind mehr ins Rote zu malen.
8. Banquos Geist sieht mir in dem Wams zu prosaisch aus. Doch weiß ich nicht bestimmt anzugeben, wie ich ihn anders wünsche.

IV.

9. Die Hexen sollten unter den Schleiern Drahtgestelle haben, daß die Köpfe nicht zu glatt erscheinen. Vielleicht gäbe man ihnen Kränze, die einigermaßen putzten, zur Nachahmung der Sibyllen.
10. Da nach der Hexen-Szene bei uns der Horizont fällt, so müßte Macbeth nicht sagen: *Komm herein du draußen pp.;* denn dies supponiert die Szene in der Höhle.

V.

11. Lady wäscht oder reibt eine Hand um die andre.
12. Die Schilder wären aufzumalen.
13. *Macbeth* müßte sich doch, wenigstens zum Teil, auf dem Theater rüsten; sonst hat er zu viel zu sprechen, was keinen sinnlichen Bezug hat.
14. Er sollte nicht im Hermelinmantel fechten.

[Weimar,] den 16. April 1804 G.

972. An Goethe

Herr Dr. Kohlrausch, ein Hannoveraner, der aus Rom kommt und Frau von Humboldt begleitet, wünscht sich Ihnen vorzustellen. Er wird Sie gewiß interessieren und Ihnen von Humboldt und von italienischen Sachen erzählen.

Ich habe nichts Neues zu berichten, denn ich habe wenig erfahren, noch weniger getan. Die Maschine ist noch nicht im Gange.

Für die Rollen, welche erledigt sind, habe ich zum Teil Rat geschafft. Bei den übrigen mag es anstehen bis zu Ihrer Zurückkunft.

Heautontimorumenos ward heute gegeben, aber auch beerdigt. Es hat sich keine Hand rühren wollen und das Haus war leer. Hoffentlich wird unser Freund nun den Terenz in Frieden lassen.

Leben Sie wohl und kommen bald wieder. Mein ganzes Haus grüßt Sie.

[Weimar, den] 30. Mai 1804 Schiller

973. An Goethe

[Weimar, den 5. Juni 1804]

Ich sagte Ihnen gestern abend von dem Schritte, den ich bei unserm Herrn getan, und heute früh erhalte ich beifolgendes Billet von ihm, welches die günstigsten Gesinnungen für mich enthält. Der Ton, in welchem es abgefaßt ist, berechtigt mich zu der Hoffnung, daß es dem Herzog ernst ist, mir solid zu helfen und mich in eine solche Lage zu setzen, daß ich meine *rem familiarem* zunehmen sehe.

Ich brauchte jährlich 2000 Taler um mit Anstand hier zu leben, davon habe ich bisher über zwei Dritteile, zwischen 14- und 1500 Taler, mit meinen schriftstellerischen Einnahmen bestritten. 1000 Taler will ich also gern jährlich von dem Meinigen zusetzen, wenn ich nur auf 1000 Taler fixe Einnahme rechnen kann. Sollten es die Umstände nicht erlauben, meine bisherige Besoldung von 400 Talern sogleich auf 1000 zu erhöhen, so hoffe ich von der gnädigen Gesinnung des Herzogs, daß er mir 800 für jetzt bewilligen und mir die Hoffnung geben werde, in einigen Jahren das 1000 voll zu machen. Sagen Sie mir, bester Freund, der Sie meine Lage und die hiesigen Verhältnisse kennen, was Sie von der Sache denken, und ob Sie glauben, daß ich mich, ohne den Vorwurf der Unbescheidenheit, in solchen *Terminis* gegen den Herzog erklären kann. S.

974. An Schiller

Möchten Sie mir sagen, wie Sie Ihren Tag einrichten? Bis etwa 7 Uhr würde ich im Garten zu finden sein. Nachher im Hause.
[Weimar,] den 19. Juni 1804 G.

975. An Goethe

[Weimar, zwischen dem 10. und 12. Juli 1804]

Dank für die schönen Sachen, die ich Ihnen heute abend, wenn Sie mich haben wollen, mit bringen werden. Die Reise nach Jena wird etwa in 6 oder 7 Tagen vor sich gehen. Vorher hoffen wir Sie auch noch einen Abend bei uns zu sehen.

Endlich eine Charlotte Corday, die ich zwar mit Zweifel und Bangigkeit in die Hand nehme, aber doch ist die Neugier groß.

S.

976. An Schiller

Schon einige Zeit ließ ich die Allgemeine Zeitung uneröffnet, und da ist auch Ihr Exemplar zurückgeblieben. Hier kommen sie auf einmal und dienen wohl zur Unterhaltung.

Ich habe mich die Zeit über an den Götz gehalten und hoffe ein rein Manuskript und die ausgeschriebnen Rollen zu haben, eh die Schauspieler wieder kommen; dann wollen wir es außer uns sehen und das weitre überlegen. Wenn es mit der Länge nur einigermaßen geht, so hab ich wegen des übrigen keine Sorge.

Schreiben Sie mir, daß Sie tätig und daß die Ihrigen wohl sind.

Haben Sie Dank, daß Sie Eichstädt gut aufgenommen, worüber er große Freude hegt.

Leben Sie wohl und gedenken mein.

Weimar, den 25. Juli 1804 G.

977. *An Goethe*

Jena, 3. August 1804

Ich habe freilich einen harten Anfall ausgestanden, und es hätte leicht schlimm werden können, aber die Gefahr wurde glücklich abgewendet, alles geht nun wieder besser, wenn mich nur die unerträgliche Hitze zu Kräften kommen ließe. Eine plötzliche große Nervenschwächung in solch einer Jahrszeit ist in der Tat fast ertötend, und ich spüre seit den 8 Tagen, daß mein Übel sich gelegt, kaum einen Zuwachs von Kräften, obgleich der Kopf ziemlich hell und der Appetit wieder ganz hergestellt ist.

Mich freut sehr zu hören, daß Sie mit dem Götz von Berlichingen schon so weit sind und daß wir also dieser theatralischen Festlichkeit mit Gewißheit entgegensehen konnen.

Graf Geßler ist gegenwärtig hier und bleibt wohl noch ein acht Tage. Vielleicht kommen Sie in dieser Zeit einmal herüber.

Mit der Bodischen Rezension von Kotzebue ist es freilich eine böse Sache, aber man könnte eine Allgemeine Literatur-Zeitung gar nicht unternehmen, wenn man es so gar genau nehmen wollte. Ich dächte also, man ließe das Werk, *mutatis mutandis* und besonders verkürzt, in Gottes Namen drucken, weil es doch wenigstens immer an die Haupt*griefs*, die man gegen Kotzebue hat, erinnert und nur unzureichend, aber nicht eigentlich falsch ist.

Beiliegende Melodien zu dem Tell schickt man mir aus Berlin. Sie lassen sie wohl einmal von Destouches oder sonst jemand spielen und sehen, was daran ist.

Bei mir ist alles wohl und grüßt Sie schönstens.

Leben Sie wohl. Sch.

Empfehlen Sie mich den Freunden, besonders der Frau von Stein.

978. *An Schiller*

Ihre Hand wieder zu sehen war mir höchst erfreulich. Über Ihren Unfall, den ich spät erfuhr, habe ich gemurrt und mich geärgert, so wie sich meine Schmerzen gewöhnlich auslassen. Sehr herzlich freue ich mich, daß es besser geht. Halten Sie sich nur ruhig in dieser heißen Zeit.

Von Zelter folgt hier ein Brief an mich und Sie. Es ist eine grundwackre und treffliche Natur, die unter Päpsten und Kardinälen, zu recht derber Zeit, hätte sollen geboren werden. Wie jämmerlich ist es, ihn, auf diesem Sand, nach dem Elemente seines Ursprungs schnappen zu sehen.

Graf Geßler grüßen Sie aufs beste; wenn mir es möglich ist, komme ich in der nächsten Woche hinüber.

Die Kotzebuische Rezension betreffend trete ich gern Ihrer Meinung bei. Wollten Sie Hofrat Eichstädt darnach beraten, so würde ja auch diese Ladung auslaufen können.

An dem Wohl der Ihrigen, der ältern und der neusten, nehm ich aufrichtigen Anteil und wünsche uns bald wieder vereinigt zu sehen.

Frau von Wolzogen viel Empfehlungen.

Weimar, 5. August 1804 G.

979. An Schiller

Hier eine sonderbare, fast möcht ich sagen traurige Lektüre. Wenn man nicht soviele falsche Tendenzen gehabt hätte und noch hätte, mit halbem Bewußtsein, so begriffe man nicht, wie die Menschen so wunderliches Zeug machen könnten. Ich hoffe Sie heut zu sehen.

[Weimar,] den 10. September 1804 G.

980. An Schiller

Hier auf Ihre gestrige Anregung ein Aufsatz! mögen Sie ihn gefällig durchdenken und mir mit Ihrem guten Rate beistehen!

[Weimar,] den 2. Oktober 1804 G.

981. An Schiller

Möchten Sie mir das Rochlitzische Stück, Lorenz Stark, und die beiden anderen wieder zukommen lassen, so würde ich für die Zukunft einiges überlegen und einleiten. Nächstens mündlich mehr.

[Weimar,] den 28. Oktober 1804 Goethe

982. An Schiller

Ich möchte Sie nicht stören, und doch erfahren, wie die Geschäfte stehen und gehen? Sagen Sie mir Ein Wort, und ob man morgen zusammen käme?
[Weimar,] den 5. November 1804 G.

983. An Schiller

Verzeihen Sie, Bester, wenn ich noch nicht auf das Bewußte antworte. In meinem Kopfe siehts noch gar wüst aus.

Nur muß ich melden, daß die Minerva Velletri angekommen ist und ganz verwundert aussieht das Christfest mitfeiern zu sollen. Alles Gute.
[Weimar,] den 20. Dezember 1804 G.

984. An Schiller

Mit einer Anfrage, wie Sie sich befinden, will ich über unsere Angelegenheit nur einiges sagen, damit Sie vorläufig erfahren, wie es steht. Die Hälfte der Übersetzung glaube ich in der Mitte Januars, die andre Hälfte zu Ende abliefern zu können. Mit dem, was dabei zu sagen wäre, sieht es schon etwas weitschichtiger aus. Anfangs geht man ins Wasser und glaubt, man wolle wohl durchwaten, bis es immer tiefer wird und man sich zum Schwimmen genötigt sieht. Die Bombe dieses Gesprächs platzt gerade in der Mitte der französischen Literatur, und man muß sich recht zusammennehmen um zu zeigen, wie und was sie trifft. Überdies lebt Palissot noch im 74sten Jahre, wenn er nicht vergangenes Jahr gestorben ist; um so mehr muß man sich hüten keine Blößen zu geben.

Auch ist manche kritische Bestimmung innerhalb des Dialogs schwerer, als ich anfangs dachte. Das Stück, die Philosophen, erscheint darin als ein erst kurz gegebenes, und es ward den 20. Mai 1760 zum erstenmal in Paris gespielt. Der alte Rameau lebte noch. Dies setzte die Epoche also wenigstens vor 1764, wo er starb. Nun wird aber der *trois siècles de la Litérature françoise* gedacht, die erst 1772 herausgekommen sind. Man müßte also annehmen, daß der Dialog früher geschrieben und nachher wieder aufgefrischt worden sei, wodurch solche Anachronismen wohl

entstehen können. Bis man aber in solchen Dingen etwas ausspricht, muß man sich überall umsehen. Wann also diese Zugabe fertig werden könnte, ist schwerer zu berechnen, da ich auch vor Ostern die Schilderung Winckelmanns liefern muß, die doch auch nicht aus dem Stegreif gemacht werden kann. Welches alles ich zu gefälliger Betrachtung einstweilen habe melden sollen. Übringens befinde ich mich ganz leidlich und nicht ganz untätig. Der ich in Erwartung eines Bessern ein Gleiches wünsche.
[Weimar.] Den 21. Dezember [1804] Goethe

985. An Schiller

[Weimar, den 24. Dezember 1804]

Gern hätte ich Sie heute besucht um Ihnen zu sagen, daß die Arbeit frisch fort geht, wenn ich mich nur an die Luft wagen dürfte. Über einige Bedenklichkeiten möchte ich mir Ihren Rat erbitten. Ich denke, es wird sich alles machen lassen, nur dürfte vorläufig keine Anzeige ins Publikum. Wenn das Werk erscheinen soll, so muß es unvorbereitet und unerwartet kommen. Doch hiervon mündlich.

Leben Sie heiter und tätig. G.

986. An Schiller

[Weimar, den 1. Januar 1805]

Hier zum neuen Jahr mit den besten Wünschen – ein Pack Schauspiele. Da Sie doch solche mit gutem Humor ansehen, so werfen Sie doch ein paar Worte aufs Papier über jedes. Am Ende gibts doch ein Resultat. Nicht wahr, Oels hat keine Rolle in der Phädra? Er bat um Urlaub, den ich ihm um so lieber gebe.

Erhalt ich nicht bald ein paar Akte? Der Termin rückt nun mit jedem Tage näher ins Auge. G.

987. An Schiller

Sagen Sie mir, bester Freund, ein Wort von sich und Ihren Arbeiten. Meine Versuche mich der hohen und schönen Welt zu nähern sind mir nicht zum besten gelungen. Wenigstens auf einige Tage bin ich wieder ins Haus zurückgedrängt. Da möcht ich denn etwas Erfreuliches von Ihrer Warte her. Und zugleich fragen, ob Ihre Dame wohl morgen früh den Donnerstag mit den Freundinnen bei mir feiern möchte. Wohlsein und Stimmung!

[Weimar,] den 9. Januar 1805 G.

Eben höre ich, daß die Hoheit uns morgen beglückt. Es wäre recht artig, wenn Sie Sich entschlössen auch teilzunehmen.

988. An Goethe

[Weimar, erste Hälfte Januar 1805]

... Ich hatte mich eben angezogen, um zu Ihnen zu kommen; aber die Krämpfe regen sich, und ich bin bange, in die Luft zu gehen. Vermutlich steigt der Barometer; denn in diesen Tagen habe ich nichts gespürt ...

989. An Goethe

[Weimar, den 14. Januar 1805]

Es tut mir recht leid zu hören, daß Ihr Zuhausebleiben kein freiwilliges ist. Leider gehts uns allen schlecht, und der ist noch am besten dran, der durch die Not gezwungen sich mit dem Kranksein nach und nach hat vertragen lernen. Ich bin jetzt recht froh, daß ich den Entschluß gefaßt und ausgeführt habe, mich mit einer Übersetzung zu beschäftigen. So ist doch aus diesen Tagen des Elends wenigstens etwas entsprungen, und ich habe indessen doch gelebt und gehandelt. Nun werde ich die nächsten 8 Tage dran wagen, ob ich mich zu meinem Demetrius in die gehörige Stimmung setzen kann, woran ich freilich zweifle. Gelingt es nicht, so werde ich eine neue halb mechanische Arbeit hervorsuchen müssen.

Ich schicke Ihnen hier, was abgeschrieben ist. Morgen wird mein Rudolf mit dem Ganzen fertig sein.

Möchten Sie diesen ersten Bogen durchsehen, hie und da mit dem Original zusammenhalten, und was Ihnen etwa darin auffällt, mit dem Bleistift bemerken. Ich möchte gern baldmöglichst, und ehe die Rollen ausgeschrieben werden, damit in Ordnung sein. Wenn übermorgen an den Rollen angefangen wird, so kann auf den nächsten Sonntag Leseprobe sein, und von da sind es noch 10 Tage bis zum 30sten.

Der Herzog erlaubt mir die Mémoires von Marmontel zu lesen, die Sie jetzt haben. Ich bitte also darum, wenn Sie damit fertig sind.

Die Großfürstin erzählte gestern noch mit großem Interesse von Ihrer neulichen Vorlesung. Sie freut sich darauf, noch manches bei Ihnen zu sehen und auch zu hören.

Leben Sie wohl und lassen mich bald etwas hören.

Sollten Sie in keiner Stimmung sein, die Bogen zu durchlesen, so bitte sie mir retour zu schicken, daß ich die Zeit zum Abschreiben lassen benutzen kann. S.

990. *An Schiller*

[Weimar, den 14. Januar 1805]

Ich wünsche Glück zu dem guten Gebrauch dieser gefährlichen Zeit. Die drei Akte habe ich mit vielem Anteil gelesen. Das Stück exponiert sich kurz und gut, und die gehetzte Leidenschaft gibt ihm Leben. Ich habe die beste Hoffnung davon. Dazu kommt, daß einige Hauptstellen, sobald man die Motive zugibt, von vortrefflicher Wirkung sein müssen. In diesen ist auch die Diktion vorzüglich gut geraten. Übrigens hatte ich angefangen hie und da einige Veränderungen einzuschreiben. Sie beziehen sich aber nur auf den mehrmals vorkommenden Fall, daß ein Hiatus entsteht oder zwei kurze (unbedeutende) Silben statt eines Jambus stehen; beide Fälle machen den ohnehin kurzen

Vers noch kürzer, und ich habe bei den Vorstellungen bemerkt, daß der Schauspieler bei solchen Stellen, besonders wenn sie pathetisch sind, gleichsam zusammenknickt und aus der Fassung kommt. Es wird Sie wenig Mühe kosten solchen Stellen nachzuhelfen. Haben Sie übrigens die Güte, das Ausschreiben der Rollen möglichst zu beschleunigen: denn das Stück will doch gelernt und geübt sein.

Das Leben des Marmontel schicke ich mit Vergnügen, es wird Sie einige Tage sehr angenehm unterhalten. Sie werden darin ein paarmal auf den Finanzmann Bouret stoßen, der uns durch Rameaus Vetter interessant geworden ist. Haben Sie doch die Güte mir nur die Pagina zu bemerken, ich kann die wenigen Züge sehr gut für meine Noten benutzen.

Wenn unsre junge Fürstin an dem, was wir mitteilen können, Freude hat, so sind alle unsre Wünsche erfüllt. Unsereiner kann ohnehin nur immer mit dem Apostel sagen: Gold und Silber habe ich nicht, aber was ich habe, gebe ich im Namen des Herrn. Denken Sie doch auch darüber, was man ihr allenfalls bei solchen Gelegenheiten vortragen kann. Es müssen kurze Sachen sein, doch von aller Art und Weise, und mir fällt gewöhnlich das Nächste nicht ein.

Leben Sie recht wohl und gedenken Sie mein. Sobald ich wieder wagen darf auszugehn, besuche ich Sie einen Abend. Ich habe vor Langerweile allerlei gelesen, z.B. den Amadis von Gallien. Es ist doch eine Schande, daß man so alt wird, ohne ein so vorzügliches Werk anders als aus dem Munde der Parodisten gekannt zu haben. G.

Die letzten Blätter, die ich nachher las, haben mir auch sehr wohl gefallen.

991. An Goethe

[Weimar, den 17. Januar 1805]

Die Mitschuldigen haben gestern ein allgemeines Vergnügen gemacht und werden es immer mehr, wenn die Schauspieler mit diesem Vers besser umgehen lernen. Becker hat sein bestes getan, stellenweis hat sich auch die Silie gut gehalten, Unzelmann wollte nicht ganz in seine Rolle passen. Mit Wolff konnte man sehr zufrieden sein.

Es ist zwar hie und da etwas Anstößiges gewesen, aber die gute Laune, in die das Stück versetzt, hat diese Dezenz-Rücksichten nicht aufkommen lassen. Die Großfürstin hat sich sehr ergetzt, besonders hat die sublime Stelle mit dem Stuhl ihre Wirkung nicht verfehlt.

Bei dem *Bürgergeneral* ist mir wieder die Bemerkung gekommen, daß es wohlgetan sein würde, die moralischen Stellen, besonders aus der Rolle des Edelmanns, wegzulassen, soweit es möglich ist. Denn da das Interesse des Zeitmoments aufgehört hat, so liegt es gleichsam außerhalb des Stücks.

Das kleine Stück verdient, daß man es in der Gunst erhalte, die ihm widerfährt und gebührt, und es wird sich recht sehr gut tun lassen, ihm einen rascheren Gang zu geben.

Ich bin gestern, wie ich Unzelmann wieder gesehen, bei mir selbst zweifelhaft geworden, ob ich ihm den Hippolyt anvertrauen kann, vorzüglich weil ihm doch noch die eigentliche Männlichkeit fehlt und der Junge noch zu sehr in ihm steckt. Sollte Oels noch zu rechter Zeit hier sein, so wäre dieser mir lieber, und zu rechter Zeit kam er noch immer, wenn er nur auf den Mittwoch gewiß hier wäre, da er gut lernt und die Rolle gar nicht groß ist.

Ich hoffe zu hören, daß Sie sich wieder besser befinden. S.

992. An Schiller

[Weimar, den 17. Januar 1805]

Ob nun nach der alten Lehre die *humores peccantes* im Körper herumspazieren, oder ob nach der neuen die verhältnismäßig schwächeren Teile in Désavantage sind, genug, bei mir hinkt es bald hier, bald dort und sind die Unbequemlichkeiten aus den Gedärmen ans Diaphragma, von da in die Brust, ferner in den Hals und so weiter ins Auge gezogen, wo sie mir denn am allerunwillkommensten sind.

Ich danke Ihnen, daß Sie der gestrigen Vorstellung haben beiwohnen wollen. Da das Stück günstig aufgenommen worden, so läßt sich noch manches dafür tun, wie schon jetzt geschehen ist: denn es ist verschiedenes geändert. Mich dünkt, die Hauptsache kommt darauf an, daß man das, was allenfalls noch zu direkt gegen die Dezenz geht, mildere und vertusche, und daß man noch etwas Heiteres, Angenehmes, Herzliches hineinretouchiere. Bei den paar Proben, die ich im Zimmer hatte, ist mir manches eingefallen. Ich schicke Ihnen gelegentlich das Theaterexemplar, wo Sie die Veränderungen, die ich in diesem Sinne gemacht, schon beurteilen können und mir Rat geben werden zu ferneren.

Auch wird man die Schauspieler mehr bearbeiten können, da es doch der Mühe wert ist: denn ein Stück mehr auf dem Repertorium zu haben, ist von größerer Bedeutung, als man glaubt.

Den Bürgergeneral will ich ehstens vornehmen. Ich dachte schon die dogmatische Figur des Edelmanns ganz herauszuwerfen; allein da müßte man einen glücklichen Einfall haben am Schluß die widerwärtigen Elemente durch eine Schnurre zu vereinigen, damit man den *Deus ex machina* nicht nötig hätte. Das müßte man denn gelegentlich bedenken.

Da Oels bis auf den 26. Urlaub hat, so würde man wohl bei der frühern Austeilung bleiben. Ich wünsche zu hören, wie weit Sie sind und wann sie glauben Leseprobe halten zu können.

Da ich sobald noch nicht ausgehen kann, so besuchten Sie mich vielleicht bei guter Tageszeit auf ein Stündchen, vielleicht im Mittage. Ich würde Ihnen dazu den Wagen schicken.

Ich wünsche, daß Sie wohl leben und an eigene Plane denken mögen. G.

993. An Schiller

[Weimar, nach dem 20. Januar 1805]

Bei unsrem Theater gibt [es] wie sonst, besonders aber jetzt aus mancherlei Verhältnissen, allerlei Geklätsch; und man hat ersonnen, wahrscheinlich um die *Becker* zu indisponieren, daß wir bloß mit Austeilung des Stücks solange gezaudert hätten, weil wir die Unzelmann erwartet hätten, die nun nicht komme. Wissen Sie etwas, das diesem Gerede einen Schein geben könnte, so teilen Sie mir es mit. Ich muß einmal Ernst machen, wenn das Ding nicht schlimmer werden soll.

Sagen Sie mir doch, wie Sie sich mit den Ihrigen befinden?

Goethe

994. An Goethe

[Weimar, nach dem 20. Januar 1805]

Da Sie selbst wissen, wie ich beim ersten Gedanken an diese Übersetzung auf die Becker gerechnet, so daß ich wirklich vorzugsweise um ihrentwillen die Phädra und nicht den Britannicus gewählt, so können Sie leicht denken, wie kurios mir das herumgehende Gerede vorkommen muß. Ich wüßte schlechterdings nicht, was dazu Anlaß könnte gegeben haben, wenn es nicht dieses ist, daß ich Oelsen, wie er mich vor seiner Abreise nach Berlin um Aufträge dahin bat, sagte, ich hätte ein Stück unter der Feder, wobei eine interessante Rolle für Madame Unzelmann wäre. Wie es aber möglich war, dieses so zu verstehen, als wenn Madame Unzelmann diese Rolle *hier* spielen sollte, begreife ich nicht.

Mit meinen Kindern geht es gottlob ohne böse Zufälle ab, und es soll, hoffe ich, in wenig Tagen wieder gut stehen.

Mich hat mein Katarrh noch nicht verlassen, ob er gleich nicht mehr stark ist. Marmontels *Mémoires* beschäftigen mich sehr, und besonders sind die Acheminements zur Revolution sehr gut geschildert. Es interessiert mich, mit Ihnen über Necker zu reden, wenn wir uns wieder sehen: denn ohne Zweifel kennen Sie ihn aus seinen eigenen Schriften und wissen, inwiefern Marmontels Bericht von ihm wahr ist. S.

995. An Schiller

Hier, mein Bester, das Opus. Haben Sie die Güte, es aufmerksam durchzulesen, am Rande etwas zu notieren und mir dann Ihre Meinung zu sagen. Darauf will ich es noch einmal durchgehen, die Notata berichtigen, einige Lücken ausfüllen, vielleicht einige zynische Stellen mildern, und so mag es abfahren. Ihnen und Ihren Nächsten das vorzulesen, war meine Hoffnung, die nun auch vereitelt ist. Was machen die Kleinen?

[Weimar], den 24. Januar 1805 G.

996. An Goethe

[Weimar, den 24. Januar 1805]

Ich schicke Ihnen einstweilen zurück, was ich von dem Rameau durchlesen, der Rest soll morgen nachfolgen. Es ist sehr wenig, was ich dabei zu notieren gefunden, und manches mag darunter sein, was auch nur *mir* auffiel.

Ich habe acht gegeben, ob die Übersetzung des französischen *Vous* durch das *Ihr* nicht hier und da eine Unschicklichkeit haben könnte, aber ich habe nichts der Art bemerkt. Es war auf jeden Fall besser als sich des *Sie* zu bedienen.

Im Punkt der Dezenz wüßte ich nicht viel zu erinnern. Allenfalls könnte man sich bei den unanständigen Worten mit den Anfangsbuchstaben begnügen und dadurch dem Wohlstand seine Verbeugung machen ohne die Sache aufzuopfern.

In meinem Hause sieht es noch wie im Lazarett aus, doch vertröstet uns der Doktor, daß es mit dem Kleinen nichts zu bedeuten habe.

Nehmen Sie sich vielleicht der Phädra ein wenig an? In den einzelnen Rollen meine ich, besonders möchte nötig sein, dem Hippolyt auf die rechte Spur zu helfen. Er hatte, als er neulich las, allzuviel Heftigkeit in seiner Deklamation, die er mit Kraft und Pathos verwechselt.

Leben Sie recht wohl und mögen Sie uns bald wieder als ein guter Geist erscheinen. S.

997. An Schiller

Wenn es Ihnen nicht zuwider ist ein paar Worte zu schreiben, so sagen Sie mir doch, wie es Ihnen geht? Wovon ich, so sehr es mich interessiert, nichts Eigentliches erfahren kann.

Mit mir ist es wieder zur Stille, Ruhe und Empfänglichkeit gelangt. Hervorbringen aber kann ich noch nichts; welches mich einigermaßen inkommodiert, weil ich das Winckelmannische Wesen gern beiseite hätte.

Wie sehr wünsche ich Sie bald wieder zu sehen. Das Beste hoffend G.

[Weimar,] den 22. Februar 1805

998. An Goethe

[Weimar, den] 22. Februar 1805

Es ist mir erfreulich wieder ein paar Zeilen Ihrer Hand zu sehen, und es belebt wieder meinen Glauben, daß die alten Zeiten zurückkommen können, woran ich manchmal ganz verzage. Die zwei harten Stöße, die ich nun in einem Zeitraum von 7 Monaten auszustehen gehabt, haben mich bis auf die Wurzeln erschüttert, und ich werde Mühe haben, mich zu erholen.

Zwar mein jetziger Anfall scheint nur die allgemeine epidemische Ursache gehabt zu haben, aber das Fieber war so stark und hat mich in einem schon so geschwächten Zustand überfallen, daß mir eben so zumute ist, als wenn ich aus der schwersten Krankheit erstünde, und besonders habe ich Mühe eine gewisse Mutlosigkeit zu bekämpfen, die das schlimmste Übel in meinen Umständen ist.

Ich bin begierig zu erfahren, ob Sie das Manuskript des Rameau nun abgeschickt haben? Göschen hat mir nichts davon geschrieben, wie ich überhaupt seit 14 Tagen nichts aus der Welt vernommen.

Möge es sich täglich und stündlich mit Ihnen bessern und mit mir auch, daß wir uns bald mit Freuden wieder sehen. S.

999. An Schiller

[Weimar, den 24. Februar 1805]

Hier sende Rameaus Neffen mit der Bitte ihn morgen mit der fahrenden Post nach Leipzig zu senden. Sie sind ja wohl so gut, noch einen derben Umschlag darum machen zu lassen, daß das Manuskript nicht leide. Es mag so hingehen, ob man gleich, wenn es gedruckt zurückkommt, noch manches zu erinnern finden wird. Die letzten Züge in eine solche Arbeit hinein zu retouchieren ist freilich nicht die Sache der Rekonvaleszenz.

Wenn ich das Winckelmannische Wesen abgefertigt habe, will ich sehn, ob noch Zeit und Mut übrig ist, die alphabetischen, literarischen Anmerkungen zum Rameau hinzuzufügen.

Ich habe einige Bemerkungen zu dem Manuskript gelegt, die den Drucker einigermaßen leiten können.

Die Phädra werde ich recht gern in jedem Sinne durchsehn.

Übrigens müssen wir uns in Geduld fügen und, was sich tun läßt, tun, bis wir etwas Besseres leisten können. Ich fahre täglich aus und setze mich mit der Welt wieder in einigen Rapport.

Ich hoffe Sie bald zu besuchen und wünsche Sie bei wachsenden Kräften zu finden. G.

Zugleich die Kupfer zum *Tell* und einige *Nova* von verschiedner Art.

1000. An Schiller

Da Sie in Ihrer jetzigen Lage wahrscheinlich leselustig sind, so schicke ein tüchtiges Bündel Literatur-Zeitungen und unsre Winckelmanniana pp., die Sie, soviel ich weiß, noch nicht gesehen haben. Ich habe mich wieder in die französische Literatur zum Behuf der bewußten Anmerkungen verlaufen und es wird immer etwas werden.

Es scheint doch mit mir vorwärts zu gehen. Wie sieht es mit Ihnen aus? Ich wünsche sehnlichst Sie wieder zu sehen.

[Weimar,] den 26. Februar 1805 G.

1001. An Goethe

[Weimar den 28. Februar 1805]

Mit wahrem Vergnügen habe ich die Reihe der ästhetischen Rezensionen gelesen, die ihren Urheber nicht verkennen lassen. Wenn Sie sich auch nur stoß- und ruckweise zu einem solchen kritischen Spaziergang entschließen können, so werden Sie dadurch die gute Sache überhaupt und das Beste der Jenaischen Zeitung insbesondere nicht wenig befördern. Gerade dieses schöpferische Konstruieren der Werke und der Köpfe und dieses treffende Hinweisen auf die Wirkungspunkte fehlt in allen Kritiken und ist doch das einzige, was zu etwas führen kann. Die Rezensionen sind zugleich in einem behaglichen und heitern Ton geschrieben, der sich auf die angenehmste Art mitteilt. Möchten Sie in eben diesem Sinn und Ton Kotzebues Stücke vornehmen, es würde Ihnen nur die Mühe des Diktierens kosten und gewiß zu nicht weniger glücklichen *Saillies* Anlaß geben, als der nürnbergische Philister mit Bewußtsein ist.

Sonntagsfrühe möchte ich wohl in einer reinen und hochdeutschen Dichtersprache lesen, weil die Mundart, wenigstens beim Lesen, immer etwas Störendes hat. Das Gedicht ist ganz vortrefflich und von unwiderstehlichem Reiz.

Ich danke für Winckelmanns Briefe. Diese Lektüre kommt mir eben recht um meine Rekonvaleszenz zu befördern. Es geht noch immer zum bessern und ich denke nächstens die Luft zu versuchen.

Wollten Sie mir wohl Schlözers Nestor verschaffen oder nur wissen lassen, wo ich ihn bekommen kann.

Fahren Sie fort, sich immer mehr zu erheitern und zu stärken. Vielleicht, wenn der Wind sich legt, wage ich mich morgen heraus und besuche Sie. S.

Müllers akademische Vorlesung hat etwas Kümmerliches und Mageres und verrät den Sand, auf dem sie gewachsen. Da dieser Historiograph von Preußen doch schwerlich jemals in den Fall kommen wird, eine Geschichte dieser Monarchie zu schreiben, so hätte er bei dieser ersten und letzten Gelegenheit etwas recht Geistreiches und Gehaltreiches sagen sollen und können; dann hätte der gute Deutsche ewig bedauert, daß man von einer so vortrefflichen Hand nicht das Ganze erhalten.

1002. An Schiller

Sie haben mir eine große Freude gemacht durch die Billigung meiner Rezensionen. Bei solchen Dingen weiß man niemals, ob man nicht zu viel tut, und durch das zu wenig wird es eben gar nichts.

Bei den Anmerkungen zum Rameau, die ich jetzt nach und nach diktiere, will ich mich auf ähnliche Weise gehen lassen, um so mehr als der Text von der Art ist, daß die Anmerkungen auch wohl gewürzt sein dürfen. Es läßt sich bei dieser Gelegenheit manches frei über die französische Literatur sagen, die wir bisher meistens zu steif, entweder als Muster oder als Widersacher, behandelt haben. Auch weil überall in der Welt dasselbe Märchen gespielt wird, findet sich bei recht treuer Darstellung jener Erscheinungen gerade das, was wir jetzt auch erleben.

Ich wünsche sehr Sie wiederzusehen. Wagen Sie sich aber doch nicht zu früh aus, besonders bei dieser Witterung.

Neues habe ich heute nicht zu senden und wünsche also nur von Herzen baldige Besserung.

Weimar, den 28. Februar 1805 G.

1003. An Goethe

[Weimar, den] 27. März 1805

Lassen Sie mich doch hören, wie es Ihnen in diesen Tagen ergangen ist. Ich habe mich mit ganzem Ernst endlich an meine Arbeit angeklammert und denke nun nicht mehr so leicht zerstreut zu werden. Es hat schwer gehalten, nach so langen Pausen und unglücklichen Zwischenfällen, wieder Posto zu fassen, und ich mußte mir Gewalt antun. Jetzt aber bin ich im Zuge.

Der kalte Nordostwind wird auch Ihnen, fürchte ich, wie mir die Erholung erschweren, doch habe ich mich diesmal noch leidlicher befunden, als sonst bei gleichem Barometerstand mit mir der Fall ist.

Wollten Sie mir wohl den französischen Rameau für Göschen senden? Ich will ihm aufs beste empfehlen, Ihnen die Aushängebogen, wie sie gedruckt werden, sogleich zuzuschicken.

Leben Sie wohl, ich sehne mich nach einer Zeile von Ihnen.

S.

1004. An Schiller

Da bei Cottas nächster wahrscheinlicher Anwesenheit von einer Herausgabe meiner Werke die Rede sein könnte, so find ich es nötig Sie mit den älteren Verhältnissen zu Göschen bekannt zu machen. Ihre Freundschaft und Einsicht in das Geschäft überhebt mich die unerfreulichen Papiere gegenwärtig durchzusehen. Außerdem bemerke ich, daß Göschen eine Ausgabe in 4 Bänden unter den falschen Jahreszahlen 1787 und 1791 gedruckt, wovon niemals unter uns die Rede war. Alles Gute!
Weimar, den 19. April 1805 G.

1005. An Schiller

Für die Durchsicht der Papiere danke ich Ihnen recht sehr und es freut mich, daß wir wegen jener Obliegenheiten einerlei Meinung sind. Freilich ist es ein wunderbarer Blick in so kurz vergangene und doch in manchem so unähnliche Zeiten. Lassen Sie uns die Sache gelegentlich näher besprechen und ein Arrangement, sowie die weitere Bearbeitung vorbereiten.

Die drei Skizzen zu einer Schilderung Winckelmanns sind gestern abgegangen. Ich weiß nicht, welcher Maler oder Dilettant unter ein Gemälde schrieb *in doloribus pinxit*. Diese Unterschrift möchte zu meiner gegenwärtigen Arbeit wohl passen. Ich wünsche nur, daß der Leser nichts davon empfinden möge, wie man an den Späßen des Scarron die Gichtschmerzen nicht spürte.

Ich habe mich nun über die Noten zu Rameaus Neffen gemacht und komme da freilich in das weite und breite Feld der Musik. Ich will sehen nur einige Hauptlinien durchzuziehen und sodann so bald als möglich aus diesem Reiche, das mir doch so ziemlich fremd ist, wieder herauszukommen.

Ich wünsche Glück zur Arbeit und freue mich bald etwas davon zu sehen.
Weimar, den 20. April 1805 G.

1006. An Schiller

Was gestern von Leipzig angekommen, teile ich mit. Göschen scheint auf die Anmerkungen zu renunzieren, indessen ich fleißig daran fortgearbeitet habe. Sie liegen hier bei. Haben Sie die Gefälligkeit sie durchzugehen und, was Sie etwa für allzu paradox, gewagt und unzulänglich finden, anzustreichen, damit wir darüber sprechen können. Ich dächte, man arbeitete diese vorliegenden Blätter, welche freilich noch nicht die Hälfte der im Dialog vorkommenden Namen erschöpfen, noch möglichst durch und sendete sie ab: denn eigentlich sind die Hauptpunkte, worauf es eigentlich ankommt, darin schon abgehandelt, das übrige ist mehr zufällig und aufs Leben bezüglich, wo wir doch in dieser Entfernung der Zeit und des Orts nicht auf den Grund kommen. Die Theaternamen, wie Clairon, Préville, Dumenil, sind auch schon bekannte und selbst in dem Dialog nicht von der höchsten Bedeutung. Genug, ich wiederhole, haben Sie die Güte die Blätter durchzulesen, die Sache durchzudenken und mit mir diese Tage darüber zu konferieren. Das beste Lebewohl.

Weimar, den 23. April 1805 G.

1007. An Goethe

Die Anmerkungen lesen sich vortrefflich und auch unabhängig von dem Text, auf den sie übrigens ein sehr helles Licht verbreiten. Was über französischen Geschmack, über Autoren und Publikum überhaupt und mit einem Seitenblick auf unser Deutschland gesagt wird, ist ebenso glücklich und treffend, als die Artikel von Musik und Musikern, von Palissot und andern für das kommentierte Werk passend und unterrichtend sind. Auch Voltaires Brief an Pallisot und Rousseaus Stelle über Rameau machen eine gute Figur.

Ich habe weniges zu bemerken gefunden und auch dieses nur in Beziehung auf den Ausdruck, eine einzige kleine Stelle im Artikel *Geschmack* ausgenommen, die mir nicht ganz einleuchtete.

Da mir diese Anmerkungen so gut als fertig scheinen, so wäre die Frage, ob sie nicht gleich mit morgendem Posttag abgehen könnten. Ich habe 15 Artikel darin gefunden, die für sich selbst interessieren, und schon die Hälfte dieser Zahl würde die Anmerkungen gerechtfertigt haben. Auch schätz ich sie gedruckt auf wenigstens 3 Bogen, welches reichlich genug ausgestattet heißt.

Leben Sie recht wohl und immer besser! Vergessen Sie nicht mir den Elpenor zu schicken.

[Weimar, den] 24. April 1805 S.

1008. An Schiller

[Weimar, den 24. April 1805]

Wollten Sie wohl die Gefälligkeit haben, aus dem Geschriebenen den Artikel *Lemierre* herauszunehmen. Soeben sehe ich, daß ich mich in der Person geirrt habe. G.

1009. An Schiller

[Weimar, den 25. April 1805]

Hier endlich der Rest des Manuskripts, das ich noch einmal anzusehen und sodann nach Leipzig abzuschicken bitte. Wäre nicht alles, was man tut und treibt, am Ende extemporisiert, so würde ich bei den sehr extemporisierten Anmerkungen manches Bedenken haben. Mein größter Trost ist dabei, daß ich sagen kann: *sine me ibis liber!* denn ich möchte nicht gerne überall gegenwärtig sein, wohin es gelangen wird.

Ich habe indes an der Geschichte der Farbenlehre zu diktieren angefangen und ein schweres Kapitel aus der Mitte heraus bald absolviert.

Übrigens geht es mir gut, solang ich täglich reite. Bei einer Pause aber meldet sich manche Unbequemlichkeit. Ich hoffe Sie bald zu sehen. G.

1010. An Goethe

[Weimar, den 25. April 1805]

Die Anmerkungen schließen mit Voltaire lustig genug, und man bekommt noch eine tüchtige Ladung auf den Weg. Indessen seh ich mich gerade bei diesem letzten Artikel in einiger Kontrovers mit Ihnen, sowohl was das Register der Eigenschaften zum guten Schriftsteller, als was deren Anwendung auf Voltaire betrifft.

Zwar soll das Register nur eine empirische Aufzählung der Prädikate sein, welche man bei Lesung der guten Schriftsteller auszusprechen sich veranlaßt fühlt, aber stehen diese Eigenschaften in Einer Reihe hintereinander, so fällt es auf, Genera und Spezies, Hauptfarben und Farbentöne nebeneinander aufgeführt zu sehen. Wenigstens würde ich in dieser Reihenfolge die großen viel enthaltenden Worte Genie, Verstand, Geist, Stil etc. vermeiden und mich nur in den Schranken ganz partieller Stimmungen und Nuancen gehalten haben.

Dann vermisse ich doch in der Reihe noch einige Bestimmungen wie *Charakter, Energie* und *Feuer,* welche gerade das sind, was die Gewalt so vieler Schriftsteller ausmacht und sich keineswegs unter die angeführten subsumieren läßt. Freilich wird es schwer sein dem Voltairischen Proteus einen Charakter beizulegen.

Sie haben zwar, indem Sie Voltairen die *Tiefe* absprechen, auf einen Hauptmangel desselben hingedeutet, aber ich wünschte doch, daß das, was man *Gemüt* nennt und was ihm sowie im ganzen allen Franzosen so sehr fehlt, auch wäre ausgesprochen worden. *Gemüt* und *Herz* haben Sie in der Reihe nicht mit aufgeführt; freilich sind sie teilweise schon unter andern Prädikaten enthalten, aber doch nicht in dem vollen Sinn, als man damit verbindet.

Schließlich gebe ich Ihnen zu bedenken, ob Ludwig XIV., der doch im Grund ein sehr weicher Charakter war, der nie als Held durch seine Persönlichkeit viel im Kriege geleistet, und dessen stolze Repräsentations-Regierung, wenn man billig sein will, zunächst das Werk von zwei sehr tätigen Ministerialregierungen war, die ihm vorhergingen und das Feld rein machten, ob Ludwig XIV. mehr als Heinrich IV. den französischen Königscharakter darstellt.

Dieser *heteros logos* fiel mir beim Lesen ein, und ich wollte ihn nicht vorenthalten.

S.

1011. An Schiller

[Weimar, den 26. oder 27. April 1805]

Beiligende kleine Note haben Sie ja wohl die Gefälligkeit nach Leipzig zu befördern und gelegentlich den beiliegenden Versuch, die Farbengeschichte zu behandeln, durchzulesen. Lassen Sie das Manuskript bei sich liegen, bis ich den Schluß dieses Kapitels zuschicke. Voran liegt ein kurzes Schema zur Übersicht des Ganzen.

G.

AUS DEM BRIEFWECHSEL GOETHES MIT CHARLOTTE VON SCHILLER

1. An Goethe

Jena, den 8. Juni 1795

Da die Vollendung des Centauren Schiller heute ganz von der übrigen Welt trennt und er Ihnen gern ein Lebenszeichen geben möchte, so trägt er mir auf, Sie herzlich zu grüßen in seinem Namen und Ihnen zu sagen, daß er sich erträglich befände. Sein Fieber hat doch keine Folgen gehabt, und es ist bei diesem einen Anfall geblieben. Schiller wünschte sehr, daß Sie jetzt hier wären, und daß er sich recht mit Ihnen aussprechen könnte, wir machten uns Hoffnung, Sie würden vielleicht den guten Gedanken ausführen und noch einmal zu uns kommen, ehe Sie Ihre Reise nach den dunkeln Fichtenwäldern antreten. Daß Sie uns willkommen wären, wissen Sie hoffentlich auch ohne meine Versicherung.

Wir sind aufs neue von Humboldts getrennt, denn Karl hat die Masern wirklich bekommen, aber er ist recht erträglich und hat ein mäßiges Fieber bis jetzt und ist nicht übel disponiert, sodaß ich hoffe, es wird so fortgehen und er es bald überstanden haben.

Leben Sie wohl und denken unser oft bei Ihren Wanderungen, und bleiben Sie nicht so lange aus unsern Gegenden, daß wir Sie bald wieder bei uns sehen, und sein Sie recht herzlich von mir gegrüßt.

Lotte Schiller

2. An Goethe

Jena, den 17. Juli 1795

Damit Sie unter der schönen bunten Welt, die Sie umgibt, auch an Ihre einsamen Freunde erinnert werden, so schreibe ich Ihnen, da es Schiller selbst nicht kann. Ich soll Ihnen die besten Grüße von ihm sagen, er wird es hoffentlich bald selbst tun. Heute ist er nicht so wohl, daß er etwas, was ihn interessierte, vornehmen könnte, seit zehn Tagen regen sich die Krämpfe heftiger, und seit vorgestern, wo ein starker Anfall kam, ist er noch sehr angegriffen und muß untätig sein. Das feuchte trübe Wetter hat keinen guten Einfluß auf ihn und mag wohl die Hauptursache sein.

Wir werden jetzt recht an unser nördliches Klima erinnert, und Everdingen brauchte nicht erst in Norwegen die trüben grauen Wolken aufzusuchen, er würde sie hier recht gut studieren können. Ich wünsche sehr, daß es Ihnen mag wohl sein und Sie nichts stören, damit Ihnen die Kur recht heilsam werden kann.

Sie sind doch nun vierzehn Tage in Karlsbad, ich zähle die Tage recht, es ist mir gar nicht so heimlich, daß Sie uns nicht so nahe sind, daß die Möglichkeit, Sie bald zu sehen, nicht da ist. Ich freue mich recht, wenn Sie uns Ihr Abenteuer erzählen und wieder bei uns sind. Bleiben Sie ja nicht länger dort, als Sie sich vorgenommen. Leben Sie wohl und denken unser oft.

Lotte Schiller

3. An Charlotte von Schiller

Ihr Brief, meine Liebe, traf mich zur guten sonnigen Stunde, deren wir uns nicht oft zu rühmen haben, und machte mir sie noch erfreulicher, hätte nur nicht zugleich die Nachricht von Schillers Übel wieder eine Wolke davorgezogen. Da wir geistigerweise so froh zusammen vorschreiten, warum können wir es nicht auch dem Körper nach? Selbst diesmal, wenn wir zusammen hier gewesen wären, hätte es uns gewiß doppelte Zufriedenheit gegeben. Es sind manche gute und liebenswürdige Menschen hier, und da ich doch gewöhnlich sehr einsam lebe, so tut es wohl, auch einmal in eine größere, besonders so sehr zusammengesetzte Masse zu schauen. Von allen Gegenden Deutschlands sind Menschen da, die in ihrer Denkart sehr kontrastieren. Anfangs habe ich viel Bekanntschaft gemacht, zu Ende wird man lässiger. Gearbeitet habe ich dagegen nichts, die Zerstreuung hat ihre völligen Rechte behauptet. Heute über acht Tage bin ich wahrscheinlich schon auf dem Wege und Ihnen um so viel näher. Möchte ich Sie doch beide recht wohl und munter finden!

Karlsbad, den 25. Juli 1795 Goethe

4. An Goethe

Jena, den 16. November [Oktober] 1795

Wir möchten gern wissen, wie Sie leben, und wie Sie alles bei sich zu Hause gefunden. Da Schiller heute wie alle die Tage her so pressante Geschäfte für die Horen hatte, so konnte er nicht selbst schreiben. Es hat uns recht weh getan, daß Sie uns so schnell verlassen mußten, kommen Sie doch ja bald wieder, daß wir wieder recht lustig sein können. Wenn Sie unter Ihren Kunstwerken suchen und finden vielleicht etwas von dem, was Sie mir vorigen Sommer versprochen, nämlich was mir nützlich wäre zum Kopieren, so würden Sie mich sehr damit erfreuen. Sie sagten mir vorigen Sommer, daß Sie unter Ihren Reichtümern nachsehen wollten und trugen mir auf, Sie wieder daran zu erinnern; Sie werden mir also verzeihen, daß ich es tue. Ich habe aber gar großen Trieb zum Zeichnen und möchte nicht gern etwas Zweckloses anfangen, wo ich nicht auch dabei etwas lernen kann. Es gibt so schöne heitre Tage jetzt, und von meinen Fenstern habe ich viel Licht und kann also die hellen Stunden benutzen.

Leben Sie wohl, Schiller grüßt Sie herzlich und wünscht bald von Ihnen zu hören, und gute Nachrichten.

L. Schiller

5. *An Goethe*

[Jena.] Den 1. Juli [1796]

Ich muß Ihnen selbst danken für den schönen Gruß, den Sie mir durch das achte Buch gegeben haben. Es hat ganz meine Erwartungen erfüllt, und ich weiß meinem Gefühl nach nicht mehr zu wünschen. Wenn ich Ihnen jeden einzelnen Zug aufzählen wollte, der mich rührte und wieder freute, so würde ich nicht fertig. Es ist alles so befriedigend aufgelöst, und selbst was einen tiefen schmerzlichen Eindruck macht, ist so notwendig, Mignons Lage und das Schicksal ihrer Eltern gehört dahin, diese fremden Erscheinungen müssen verschwinden. Es ist mir noch nicht vorgekommen, was diese Art von Eindruck erregt hätte, als Mignon, wie einzig ist das Lied, das sie singt! Die schöne Amazone erhält sich immer mit ihrer Glorie und macht recht wohl. Mir ist ordentlich bange gewesen, daß Wilhelm so eilig seine Hand an Theresen geben wollte.

Jarno hat recht gut gewählt und behält seinen Charakter so gut. Philine mit ihrem Friedrich kommen mir lustig für, und ich kann mir sie auf ihrem alten Schloß recht vorstellen. Überhaupt macht mir die leichte Natur recht wohl. Er paßt so gut dahin und bringt alles so schnell ins Gleichgewicht.

Werner ist in wenigen Zügen so trefflich in seiner Art charakterisiert, und auch der Graf. Die arme Gräfin dauert mich, daß sie ihn behalten muß.

Ich mache mir jetzt die Freude und lese das Ganze vom Anfang, da ist mir gestern wieder etwas eingefallen, was ich Schiller sagte, er hat mich an Sie gewiesen, daß ich selbst mit erinnern sollte, und er möchte es vielleicht auch leicht vergessen, denn es ist wohl im Grund unbedeutend genug. Im ersten Buch haben Sie Marianens Liebhaber Norberg genannt, und im siebenten heißt er Normann, ich wollte es damals gleich sagen, als ich das siebente

Buch las, und ich schrieb es Ihnen nur, daß, wenn es so stehngeblieben wäre, und Sie es noch ändern wollten.

Hesperus ist auch bei uns erschienen, er hat doch eine leichtere Art sich zu äußern, als ich mirs nach seinen Produkten dachte, und seine Gutmütigkeit nimmt mich für ihn ein. Ich möchte ihn aber doch nicht immer sehen. Die disparaten Vorstellungen in seinen Schriften scheinen doch auch in seinem Umgang zuweilen hervor.

Leben Sie wohl, und denken meiner oft. Ich möchte, Sie besuchten uns bald. Karl spricht oft von August und kann nicht begreifen, daß er ihn nicht mehr im Schloß finden kann.

L. Schiller

6. An Charlotte von Schiller

[Jena, den 18. März 1797]

Bei diesem schönen Wetter wäre es wohlgetan, wenn man sich heute früh in den Garten verfügte, ich dächte, Sie schickten mir die Schlüssel, damit ich einstweilen davon Besitz nehmen und das Ganze beschauen und betrachten könnte, und Sie kämen alsdann, zu welcher Stunde es Ihnen beliebte. Ich hoffe, Schiller wird von der Partie sein. G.

7. An Charlotte von Schiller

[Jena, den 27. März 1797]

Ich schicke die Schlüssel, daß der Tischler nicht aufgehalten werde. Melde mich auf den Mittag an und bitte um die Glastäfelchen, durch deren Zusammendrücken man die schönen Farben hervorbringt.

Wünsche wohl geschlafen zu haben. G.

8. An Goethe

Ich weiß nicht, ob Schiller Ihnen etwas von mir gesagt hat, und möchte doch gerne, daß Sie wüßten, teurer Freund, mit welchem Anteil ich die schöne Erscheinung Ihres Geistes aufnahm und im Innersten bewahre.

Sie haben uns unsichtbar wie die Gottheit Ihre Gaben mitgeteilt. Und ich habe im stillen Gemüt meine Rührung verwahrt und Ihnen meine heiligsten Gefühle gewidmet.

Wie groß und einfach steht dieses Werk da, und wie reich ist der Geist in so mannigfaltigen Formen ausgedrückt. Wie glücklich haben Sie die Situation herbeigeführt; Sie wurden mir mit aller Fülle und Reichtum Ihres Geistes lebendig, gegenwärtig. So kann sich nur die Welt und ihre Erscheinungen in Ihrer Seele spiegeln, und so wiedergeben! – Sie haben mich um vieles reicher gemacht, denn ich eigne mir einmal alles, was Sie hervorbringen, zu, und ergötze mich dreifach daran. Dies gewähren Sie mir mit freundlichem Herzen, hoffe ich gern, weil es zu meinem Glück gehört, teil an Ihnen nehmen zu können, in jeder Epoche Ihres Lebens und Ihres Geistes.

Schiller hat Ihnen unsre Wünsche vorgetragen; Sie machen uns unendlich glücklich, wenn Sie durch Ihre Stimme auch diese neue zauberische Welt uns beleben. Lassen Sie es bald geschehen! Seien Sie herzlich gegrüßt, ich werde eben unterbrochen. – Leben Sie wohl und denken immer mit freundlichem Herzen an mich.
[Jena.] Montag nachmittag. [Den 27. März 1797]

L. Schiller

9. An Goethe

[Weimar, Anfang April 1797]

Ich muß Sie schriftlich begrüßen, in meinem und Schillers Namen, ich hoffe, Karl hat es gestern auch ausgerichtet.

Ich bin noch hier, da ich mit dem Wagen von Alexander Humboldt zurückfahre, so wird es erst morgen geschehen, daß ich abreise. Ich habe Schiller wohl verlassen, ob es ihm gleich ganz fremd vorkömmt, Sie nicht zu sehen, wie mir auch. Leben Sie wohl, und haben Sie etwas zu bestellen, so geben Sie mir die Aufträge, wenn ich Sie nicht noch hier sehen sollte. L. Schiller

10. An Charlotte von Schiller

Nach ein Uhr komme ich, wenn es Ihnen recht ist, um mit Ihnen zu essen und dann zurückzugehen.
[Jena, den 16. Mai 1797] G.

11. An Goethe

Jena, den 21. Juli 1797

Ich muß Ihnen meinen freundschaftlichen Segen zu Ihrer Reise auch noch geben. Ich konnte und wollte letzt, als wir bei Ihnen waren, es mir nicht recht klarmachen, daß Sie auf eine längere Zeit von uns gehen, und daß wir Sie vielleicht lange nicht sehen. Es gehört mit zu meiner Freude, Sie in unsrer Nähe zu wissen, und die Hoffnung zu haben, Sie dann und wann sehen zu können, ich hoffe Sie fühlen es ohne meine Versicherung, welche Freuden Ihr Umgang mir gibt und verzeihn mir daher den Wunsch, Sie bald wieder in unsrer Nähe zu wissen. Leben Sie wohl, genießen Sie die schönen Tage recht, und denken Sie meiner zuweilen mit einem freundschaftlichen Herzen, lassen Sie Schiller oft von sich hören, der beste Segen Ihrer Freunde begleitet Sie. Leben Sie wohl! Kommen Sie bald und froh wieder.

Lotte Schiller

12. An Goethe

[Jena, den 30. Oktober 1797]

Ich hoffe, Sie habens gefühlt ohne diese neue Versicherung, wie groß und innig der Eindruck war, den Ihr Gedicht auf mein Herz gemacht hat. Aber doch muß ich Ihnen von neuem danken, da ich es selbst besitze. Sie sind sehr gut, daß Sie uns gegönnt haben, uns dieses Reichtums recht bald zu erfreuen, ich möchte Ihnen meinen Dank so sagen können, wie er in meinem Herzen aufbewahrt ist, man kann aber über so etwas nicht viel Worte machen.

Schiller hat uns letzt in einem Abend das Ganze gelesen, und es war mir, als hätte ich es zum erstenmal gehört, so lebendig und tief war der Eindruck, ich habe mich doppelt des schönen Ganzen erfreut, und die Wirkung läßt sich nicht sagen, die es macht, die Empfindungen wechseln so schnell, man wird so mit hingerissen. Geben Sie uns nur bald etwas Ähnliches.

Wie ich mich freuen würde, Sie bald wieder in unsrer Nähe zu wissen! Es können wenig Menschen so ein warmes Interesse haben, Sie bald wieder in Deutschland zu wissen als ich, ob ich gleich nicht so eigennützig bin, daß es mir nicht erfreulich wäre, daß es Ihnen in der Ferne recht wohl ist und ich recht herzlichen Anteil nehme an allem, was Ihnen Freude macht, so wird es mir doch eine erfreuliche Nachricht, wie wenn ich höre, daß Sie den Weg nach Thüringen wieder antreten. Sie haben die Sehnsucht nach der Schweiz recht wieder in mir erweckt, und ich bin Ihnen mit meinen Gedanken gefolgt.

Daß Meyer wohl ist, freut mich herzlich, wenn Sie wieder zusammen bei uns sind und wir die schönen Sachen, die Meyer mitgebracht hat, sehen, uns daran ergötzen, dann wird es wieder recht schön sein.

Leben Sie wohl, grüßen Sie Meyer und lassen Sie das Andenken Ihrer fernen Freunde Ihrem Herzen nahe sein.

L. Schiller

Lassen Sie doch die schöne Müllerin und die Bäche noch viel sagen, ich habe mich recht darüber gefreut.

13. An Goethe

Jena, den 19. Dezember 1797

Ich soll Sie in Schillers Namen herzlich grüßen, er kann es heute nicht selbst tun. Er ist diese Nacht schnell krank geworden, und diese Nacht war mir bang, weil das Übel so schnell kam, er ist aber schon wieder besser, es war ein kolikartiger Zufall, der ihn sehr für den Moment angriff, kein Fieber ist nicht dabei, und Starke sagt, daß es morgen schon wieder besser sein wird. Auch hofft Schiller Ihnen nächstens zu schreiben. Sie sollten nur nicht heute ohne Nachrichten von uns bleiben. Und ich sage Ihnen gern ein freundliches Wort und Gruß, daher richte ich Schillers Auftrag mit Vergnügen aus.

Es freut uns sehr, daß Sie bald herkommen, Sie haben uns viel zu erzählen, ich freue mich im voraus auf die heimlichen Abende, wo wir Ihnen zuhören können.

So lieb mir es gewesen wäre, einige Freunde diesen Winter in Weimar zu sehen, und auch die trüben Winterabende durch das Schauspiel zu vergessen, so leicht habe ich doch wieder auch den Plan aufgegeben. Schillers Gründe überwogen alles, was ich hätte dagegen zum Vorteil sagen können, auch interessieren mich seine Fortschritte in seinen Arbeiten viel zu lebhaft, als daß ich hätte ihn bereden sollen, sich einer Störung auszusetzen, wenn auch seine Gesundheit kein Hindernis gewesen wäre, da ihn seine innere Stimme nicht dazu rief.

Ich möchte wohl bald auf kurze Zeit nach Weimar, um Meyers Schätze zu sehn, von denen noch letzt Einsiedel mir viel erzählt hat, dem besonders die Madonna sehr vortrefflich und bewunderungswürdig ist. Ich hoffe, es soll nicht zu lange anstehen, daß mir diese Freude wird.

Ich soll Ihnen hier einige Proben von der neuen Poesie der Grazien Schmidts beilegen, die Ihnen zeigen werden, wie große Fortschritte er in seinen Malereien der märkischen Natur gemacht hat.

Leben Sie wohl, sein Sie herzlich von uns gegrüßt, und er-

freuen Sie uns bald durch den Gedanken, Sie in unsrer Nähe zu wissen. Meyer grüßen Sie aufs beste und schönste von uns, und August soll den Karl nicht vergessen, der sehr oft von ihm spricht.
Lotte Schiller

14. An Charlotte von Schiller

[Weimar, den 29. Dezember 1797]

Wie sehr wünscht ich, daß Sie in bessern Tagen zu uns gekommen wären, und auch länger blieben, daß Sie mich mit den Ihrigen in meinem Kloster besuchen könnten.

Von Schiller hatte ich heute einen Brief, ich habe auch geantwortet – grüßen Sie ihn schönstens!
G.

15. An Goethe

Ich muß Ihnen noch ein Wort von mir sagen und für Ihre gütige Einladung danken. Wenn ich Schiller nicht so allein gewußt hätte und die Kinder, so wär ich gern geblieben, um den gestrigen Abend bei Ihnen zu sein. So sehr mich der Zirkel der schönen Damen und die Beredsamkeit des Herrn von Brinkmann erfreut hätten, so glauben Sie mir, hoffe ich, daß, wenn ich zu Ihnen komme, es keiner fremden Verzierungen bedarf, um den Aufenthalt bei Ihnen angenehm und erfreulich zu machen. Es tut mir immer leid, wenn ich so kurze Zeit nach Weimar komme, weil es mich sehr verlangt, Meyers Schätze zu sehen, und doch ist die Zeit mir immer so sparsam zugemessen. Solche Dinge muß man mit rechter Muße sehen können.

Ich habe mich sehr über die Zauberflöte erfreut, über Musik, Ausführung und Dekorationen, die alle so schön und gut gelungen sind. Es hat nichts den Eindruck des Ganzen gestört, und alles hat dazu beigetragen, den Effekt zu verstärken. Auf mich hat alles doppelt gewirkt, weil ich ebenso fremd mit Tamino und Pamina war wie Hermann.

Ich hoffe sehr, daß Sie bald zu uns kommen. Grüßen Sie Meyer auf das schönste von mir und leben Sie wohl.

Jena, den 23. Februar [1798]
Lotte Schiller

16. An Charlotte von Schiller

[Weimar, den 6. März 1798]

Wo Sie auch dieses Blatt antrifft, soll es Ihnen sagen: daß man sehr wünscht, Sie diesen Abend in Malepartus zu sehen. Ein frugales Mahl ist bereitet, und Sie sind zu jeder Stunde willkommen, wenngleich der Wirt noch einige Wege zu machen hat.

G.

17. An Goethe

Jena, den 13. April 1798

Schiller hat mich heute wieder zu seinem Sekretär bestellt, um Sie herzlich in seinem Namen zu begrüßen. Er hat seit Sonnabend Katarrh, aber seit einigen Tagen wurde es ärger, und sein Kopf ist ihm nun sehr mitgenommen, und es ist eine Art Fieber dabei. Ich hoffe, es soll bald vorübergehen.

Aber es ist ihm dieses Mal doppelt unwillkommen, da er so sehr von seinen Beschäftigungen abgeführt wird, die ihm so am Herzen lagen. Sie werden nicht durch innere Zerstörungen in Ihren Geschäften zerstreut, aber nun strömt die abwechselnde Gestalt der äußern Dinge mit Gewalt herzu. Und Ifflands Aufenthalt in Weimar wird Ihnen manche Zerstreuung machen. Und ich fürchte gar zu weit von den hohen schönen Gestalten der Homerischen Welt wegführen. Und die schönen zwölf Göttinnen und Frauens werden aus Ihren Gedanken gedrängt werden. Wenn sie Ihnen nur recht am Herzen lägen, daß Sie sie bald wieder an den Ufern der Saale aufsuchen wollten.

Ihr Aufenthalt bei uns war so kurz dieses Mal, und es war uns gar nicht lieb, Sie so bald wieder zu verlieren.

Wenn es Schillers Gesundheit erlaubt, so hoffe ich, soll er noch den Entschluß fassen, Ihre gütige Einladung zu benutzen, ich für meinen Teil werde es auch suchen möglich zu machen, wenigstens einige Male Iffland zu sehen, wenn Schiller nicht kommen könnte, um mich wieder an seinen schönen Händen zu erfreuen. Wenn sein Aufenthalt in Weimar nur wieder ein Büchelchen hervorbringt, und dieses wieder einen gestiefelten Kater, so ist es gut, denn so etwas muß immer wieder kommen, daß man es eben nicht vergißt.

Schiller grüßt Sie herzlich und hofft bald wieder selbst zu schreiben. Auch Meyer grüßen Sie von uns, geben Sie gute Nachrichten von sich, und gedenken unser.

August soll Karl nicht vergessen, der ihn grüßt.

L. Schiller

18. An Charlotte von Schiller

Vielmals Dank sei Ihnen gesagt, daß Sie mich zum Schluß der Woche nicht einer Nachricht haben wollen mangeln lassen, ob ich gleich wünschte, von Schillers Gesundheit das Bessere zu hören.

Vor die schöne Homerische Welt ist gleichfalls ein Vorhang gezogen und die nordischen Gestalten, Faust und Kompagnie, haben sich eingeschlichen. Das wenige, was ich an dieser Arbeit gegenwärtig tun kann, fördert immer mehr als man denkt, indem der kleinste Teil, der zur Masse hinzugefügt wird, die Stimmung zum folgenden sehr bedeutend vermehrt.

Ich hoffe mich an Ifflands Erscheinung für die Zeit, die ich ihr aufopfern muß, reichlich zu entschädigen. Thourets Gegenwart kostet mich allenfalls vierzehn Tage; auf alle Fälle hoffe ich im halben Mai wieder bei Ihnen zu sein und dann eine längere Zeit in Ihrer Nähe zu genießen. Ist es möglich, so versäumen Sie mit Schillern Ifflands Spiel nicht, es macht in unserm engen Verhältnis immer wieder Epoche.

Hierbei folgt ein Briefchen von August an Karl und ein Brunnen. Man muß das Gefäß ganz voll Wasser schütten und alsdann zu pumpen anfangen, wodurch alsdann eine inverse Danaidenarbeit entsteht; auch hat er noch ein Püppchen beigelegt.

Leben Sie recht wohl und grüßen Schillern aufs beste.

Weimar, am 14. April 1798 G.

19. An Goethe

Jena, den 17. April 1798

Nur um Sie nicht vergeblich auf einen Brief von Schiller warten zu lassen, soll ich Ihnen einen freundlichen Gruß sagen und ihn entschuldigen. Der Katarrh ist recht ernstlich geworden leider, und das Fieber war heftig. Schiller ist noch immer zu Bette und sein Kopf sehr angegriffen, so daß die Welt ihm nicht freundlich vorkommt und er in einem unheimlichen Zustand ist. Heute abend ist es aber um vieles leichter, und ich hoffe, es soll nun nicht wieder rückwärtsgehen. Ich befürchtete aber nach dem Anfall vom Sonntag eine ernstliche lange Krankheit. Schiller tröstet sich damit in seinen Übeln, daß Sie nicht hier sind, weil sie ihm sonst noch drückender wären, wenn er Sie nicht genießen könnte.

Leben Sie wohl und freuen sich des kommenden Frühlings. Der Griesbach ihre Spargel zeigen sich schon, und die Bäume blühen im Garten am Hause aufs schönste. Es wird recht freundlich. Ich hoffe, wir genießen es nun auch bald, und sehen es nicht bloß vom Fenster. Karl dankt dem lieben August sehr für seinen schönen Brunnen, er ist noch lange nicht so geschickt, um ihm antworten zu können, und muß es nur durch einen freundlichen Gruß ausdrücken, was er ihm gerne sagen möchte.

Schiller grüßt Sie herzlich und wird sich freuen, wenn er von Ihnen viel hört.

Lotte Schiller

20. *An Charlotte von Schiller*

Ihre liebe Hand war mir heute auf dem Kouvert nicht erfreulich zu sehen, noch weniger der Inhalt Ihres Briefs.

Fast sollte ich glauben, daß der hohe Barometerstand Schillern ebensosehr zuwider sei als ihm der niedere günstig ist, wie ich bemerken konnte, da ich in Jena war. Möchte er doch bald wieder hergestellt sein.

Zur Unterhaltung schicke ich einen Brief von Humboldt, der recht viel Interessantes enthält. Schade, daß ich gerade eine bedeutende Stelle nicht lesen konnte! Ich habe sie rot vorgestrichen, vielleicht haben Sie die Güte, sie sich von Schillern in einer leidlichen Stunde diktieren zu lassen, da er mit der Hand besser als ich bekannt ist.

Faust rückt alle Tage wenigstens um ein Dutzend Verse.

Gestern habe ich meine *Camera obscura* wieder zurechte gestellt und bei Betrachtung des Apparats meinen Gang in diesem Teile der physikalischen Wissenschaft bezeichnet. Man sieht recht die Umwege, die man gemacht hat, wenn man die Mittel und Werkzeuge, deren man sich zu seinem Zweck bediente, noch alle vor sich sieht.

Ich richte mich ein, bei Ifflands Hiersein zahlreiche Gesellschaft zum Frühstück zu sehen, wozu Sie auch schönstens eingeladen sind; die Jahrszeit ist günstig, da er fünf Wochen später kommt als das vorige Mal, und mein Haus ist groß genug, da ich alle Zimmer und den Garten brauchen kann; ich werde dagegen die Abendessen aufgeben.

Dann habe ich noch meinen Pachter in das Roßlaer Gut und Professor Thouret in die hiesige Schloßdekoration einzuführen; ist das geschehen, so werde ich nach dem Beispiel des Kaisers Asverus sagen:

Beschlossen hab ich es, nun gehts mich nichts mehr an!

und zu Ihnen hinübereilen. Möchte ich Sie doch beide recht wohl mit den Kindern im Garten finden.

August grüßt Karln auf das schönste.

Man sagt, *Richter* werde auch zu gleicher Zeit mit Iffland eintreffen, nicht weniger bedrohen manche fürstliche Personen unsern theatralischen Jahrmarkt mit ihrer Gegenwart.

Leben Sie recht wohl und versäumen unsere geistreichen Frühstücke nicht.

Weimar, am 18. April 1798 G.

21. An Goethe

Jena, den 20. April 1798

Ich muß heute noch einmal Ihnen meine Hand vor die Augen bringen, ob ich gleich hoffe, Schiller soll bald wieder selbst schreiben, denn er ist viel besser, und das Fieber hat ihn ganz verlassen, so ist doch sein Kopf noch angegriffen und unfähig, etwas im Zusammenhang vorzunehmen. Es ist ihm selbst nötig, Ihnen Nachricht von sich zu geben, und daher kann er auch den Posttag nicht vergehen lassen, ohne daß Sie auf eine oder die andere Art von ihm hören.

Humboldts Brief wird nächstens wiederkommen, wo Schiller alsdann die undeutliche Stelle auslegen wird.

Es geht hier eine Sage, daß Iffland erst den 8. Mai käme, es wäre für mich mir nicht unlieb, weil ich auch eher hoffen könnte, Schiller würde teil an der theatralischen Festlichkeit nehmen können. Und auch ich würde nicht kommen können, nächste Woche, wenn Schiller nicht ganz wieder in seinem tätigen Zustand wäre, weil er Gesellschaft jetzt nicht gut entbehren kann. Und es auch so manche Dinge gibt, die meine Gegenwart erfordern, wenn ich auch nur einen Tag in Weimar sein wollte.

Die glänzenden Frühstücke werden Epoche machen in der weimarischen Welt. Wenn nun auch noch der Hesperus mit seiner Fackel leuchtete, so würde es nicht auszuhalten sein vor Glanz und Schimmer. Von hier kommen auch die berühmten Kritiker, um zu beurteilen, und mit ihrer scharfen Schere das Verdienst zu beschneiden. Wir werden lange an den sechs Tagen zu hören haben!

Ich möchte Sie wohl an Ihr Versprechen erinnern, das Sie mir gaben, da Sie die *Camera obscura* hervorgesucht haben. Sie wollten sie längst einmal mit nach Jena bringen.

Wenn nur der Faust vorrückt, so ist es doch tröstlich. Wenn auch

die Helden ruhen. Leben Sie wohl, sein Sie von uns herzlich gegrüßt.
L. Schiller

Die elften Horenstücke folgen hierbei. Sie haben die Güte, die andern unter ihrer Adresse abgeben zu lassen.

22. An Charlotte von Schiller

Haben Sie Dank, daß Sie mir nochmals an Schillers Statt ein Briefchen senden wollen, möge es doch bald wieder recht gut gehen. Ungern entsage ich der Hoffnung, Sie beide die nächste Woche zu sehen, denn Iffland spielt wirklich Dienstag zum erstenmal.

Daß sich die vielen Irrsterne diesmals im zehenten Hause versammeln, ist freilich eine bedeutende Konstellation, wir wollen sehen, was für Witterung daraus entsteht.

Faust hat diese Tage immer zugenommen; so wenig es ist, bleibt es eine gute Vorbereitung und Vorbedeutung. Was mich so lange Jahre abgehalten hat, wieder daranzugehen, war die Schwierigkeit, den alten geronnenen Stoff wieder ins Schmelzen zu bringen. Ich habe nun auf Cellinische Weise ein Schock zinnerne Teller und eine Portion hartes trockenes Holz dran gewendet und hoffe nun das Werk gehörig im Fluß zu erhalten.

Leben Sie recht wohl, grüßen Sie Schillern schönstens und überstehen Sie geduldig das rauhe Wetter in Hoffnung eines blütenreichen Frühlings.

Mittwoch etwas weniges von der ersten Vorstellung.

Weimar, am 21. April 1798 G.

23. An Goethe

[Weimar, Januar 1799]

Ich beklage recht, daß Ihnen auch die Plagen der Krankheit zuteil geworden sind, und daß wir Sie gestern nicht in der Komödie gesehen haben. Auch Schiller wurde beim Hingang in das Theater, den er freventlicherweise zu Fuß unternehmen wollte, nicht wohl, hielt sich aber doch ziemlich in der Oper, doch hat er nun diese Nacht dafür gebüßt und nicht geschlafen. Er hat mir aufgetragen, ihn bei Ihnen zu entschuldigen, daß er seine Aufwartung nicht machen könne diesen Mittag, er will sich heut ganz zu Hause aufhalten. Ich wünschte von Ihnen zu

hören, daß Sie wohl sind. Leben Sie vergnügt und gedenken unser bestens.
L. Schiller

24. An Goethe

[Weimar.] Den 22. Mai [1800]

Ich soll Ihnen in Schillers Namen herzlich grüßen, er wünscht sehr, Sie möchten ihn bald besuchen. Gestern früh ließ er mir sagen, er würde Freitags kommen, aber nachmittags, wo Harbauer bei ihm war, ließ er mir sagen, daß ich Sie fragen möchte, ob Sie bestimmt wüßten, wann Cotta käme? und ob Sie nicht mit Cotta Schiller besuchen wollten in Ettersburg? Ich denke aber, meines Erachtens nach wäre es besser, Schiller käme her, denn Cotta wird noch andere Geschäfte bei seinem Aufenthalt hier abtun wollen, und es ihm zu viel Zeit wegnehmen. Sie werden am besten Schiller dazu disponieren können, wenn Sie ihn etwa besuchen heute oder morgen.

Mir ist ganz einsam hier, und es ist mir auch, als wäre ich von Ihnen mehr getrennt, weil ich jetzt nichts durch Schiller von Ihrem Leben und Treiben höre.

Leben Sie wohl und sein Sie von mir aufs beste und freundlichste gegrüßt. Den Don Quixote habe ich Ihnen schon längst wieder zugeschickt. Wenn Sie aber die heilige Genoveva zu Hause hätten, so würden Sie mich sehr erfreuen, wenn Sie mir sie schickten.
L. Schiller

25. An Goethe

[Weimar.] Den 28. August [1800]

Da ich gern auf alle Art und Weise zeigte, wie sehr ich mich freue, daß Sie, teurer Freund, diesen Tag in unserer Nähe sind, und doch nicht eigentlich sagen kann, wie lieb es mir ist, so hab ich schon auf alle Mittel gesonnen, mich auszusprechen.

Aber wen die Musen so hoch begünstigt haben, dem läßt sich nichts Schöneres sagen, als was er selbst sagen könnte.

Es gibt keine Gabe, die das ausspricht, was Sie uns allen sind, und wie hoch wir Sie ehren und lieben. Vergänglich sind alle Dinge, wenn sie auch das Beste ausdrücken sollten. Glauben Sie gern an meine Anhänglichkeit und Freundschaft, das ist alles, was ich sagen kann.

Damit Sie sehen mit Augen, daß uns dieser Tag ein Fest ist, so müssen Sie dieses Zeichen gütig aufnehmen; und verzehren.

Ich hoffe, wir sehen Sie heut mit Augen, um uns Ihres Wohlseins zu freuen. Charlotte Schiller

26. An Goethe

[1800]

Ich kann dem lebhaften Wunsch nicht widerstehen, Ihnen noch einmal, und auf eine weniger flüchtige Manier wie gestern, meinen Dank zu sagen, und meine Freude über die Erscheinung dieses schönen Produkts. Es hat einen tiefen Eindruck in mir zurückgelassen, und die vielbedeutenden Worte, in dem ernsten Silbenmaße vorgetragen, haben nicht allein das Ohr ergötzt, sondern die Seele bewegt und erhoben zugleich. Sie wissen, daß auch mein Herz Anteil an allem nimmt, was Sie hervorbringen, und ich möchte wohl in dieser Überzeugung meine Bitte anbringen, daß Sie mir die Freude machen möchten und mir dieses schöne Werk sehen ließen, und mir es zum Lesen geben möchten. Sie würden mich dadurch sehr glücklich machen; leben Sie wohl und sein Sie herzlich gegrüßt. Geben Sie uns bald wieder Gelegenheit, möchte ich wünschen, uns Ihres hohen Geistes in der Anschauung zu erfreuen.

Mittwoch früh. L. Schiller

27. An Goethe

Weimar, den 9. April 1801

Da die gestrige Aufführung des Tankred mir aufs neue sehr viel Freude machte, und ich Ihnen gern als den Urheber meiner Freuden ansehe: so folge ich Schillers Anforderung um so lieber, Ihnen etwas darüber zu sagen, weil er selbst nicht im Schauspiel war. Ich hätte wohl gewünscht, daß Sie zugegen gewesen, denn Sie würden sich gewiß auch Ihres Werkes erfreut haben. Es ist im ganzen so gut gespielt worden, als es noch nicht war. Die Schauspieler haben alles getan, was ihnen möglich war, die Jagemann hat mit Grazie und Rührung den Geist ihrer Rolle gefaßt, und wo sie sich stark zeigen mußte, sehr edel gespielt. Mir deucht, es sei eine ihrer gelungensten Vorstellungen, ich habe sie noch nicht oft so sich ganz gleich bleiben sehen, bis ans Ende hat sie sich in ihrer Stärke gezeigt. Graff hat auch sehr gut gespielt, mir deucht auch mit mehr Stärke und Würde als sonst. Weniger gut als die vorigen Male hat sich Tankred erhalten, er kam zuweilen in seine heftige Persönlichkeit, die man lieber auf dem Theater nicht sähe. Wer gewiß recht viel Lob verdient hat, ist Cordemann, der außerordentlich schön deklamiert hat, und sich sehr vorteilhaft zeigte. Das Ganze ist in einem hohen edlen Ton vorgetragen worden und hat gewiß niemanden unbefriedigt gelassen, der nicht bloß für den Moment nur seine Ergötzungen aufsucht. Ich höre auch immer mit neuer Freude die schöne feierliche Sprache und den Wohlklang der Worte, die Ihr Genius dem Original geliehen hat, denn ich glaube nicht, daß Voltaire allein mich so ergötzen könnte.

Sie verzeihen es meiner Freundschaft, daß ich Ihnen meine Ansichten vortrage, da Sie aber wissen und fühlen, hoffe ich, welchen Anteil ich an den Worten Ihres Geistes nehme, so hoffe ich auch, daß Sie mir es zulassen mögen, Ihnen davon zu sagen.

Sie bleiben recht lange in Ihrer Einsamkeit. Möchte sie uns nur schöne Werke am Tag fördern helfen, so wollen wir es Ihnen noch verzeihen. – Während Sie die Welt vergessen wollen, löst sich auf einmal der nordische Zauber, und alle verbotenen Gedanken sehen nun auf einmal die glückliche Insel in der Ferne, wo sie hinschwärmen können. Der Tod des großen Unterdrükkers macht tiefe Eindrücke. Da wir eben den Axur sahen, vor unsern Augen, als die Todesnachricht bekannt wurde, so konnten wir nicht unterlassen, die beiden Tyrannen zu vergleichen, und beiden eine sanfte Ruhe in der Unterwelt zu wünschen.

Sein Sie von uns allen herzlich gegrüßt, und gewinnen Ihr Roßla nicht zu lieb, damit wir Sie bald wieder unter uns wissen mögen.

L. Schiller

28. An Goethe

Weimar, Juli 1802

Den schönsten Dank für Ihre Güte, das Werk hat mich recht erfreut, das Bedeutende des Sinns ist so klug in das Gewöhnliche des Lebens verwebt, und jede Form der Darstellung hat so bestimmte Grenzen und steht so rein abgeschnitten vor dem Auge, daß man sich recht daran ergötzt. Die schönen Stanzen haben mich bewegt, besonders aber ist mir die Stelle lieb, wo das Streben, den Himmel herunterzuziehen, so schön ausgedrückt ist und ausgesprochen. Sein Sie herzlich gegrüßt, ich wünsche Ihnen recht heitre und glückliche Stunden, damit wir uns auch Ihrer Geistestätigkeit freuen können, an der wir so viel Anteil nehmen.

L. Schiller

29. An Goethe

[Weimar.] Montag früh. [Den 28. (?) März 1803]

Ich muß Ihnen, bester Geheimerat, noch eine eigne Entschuldigung von meiner Nichterscheinung bei Ihnen sagen, Schiller ist wohl weniger krank, aber seit ein paar Tagen mindert sich der Schmerz nicht; Starck hat ihm zugeredet herumzugehen, und auch in der freien Luft, wenn die Sonne scheint. Nun wollen wir sehen, was er selbst will. Ich war auch krank in diesen Tagen und habe noch ein dickes Gesicht. Aber ich hätte meine Übel vergessen, um diesen Abend bei Ihnen zu sein, wenn ich Schiller allein lassen möchte, doch hoffe ich, sehen wir Sie bald ein andermal, und in weniger Gesellschaft, um Sie besser zu genießen. Haben Sie noch immer den festen Vorsatz, nicht auszugehen? Es wäre sonst so freundlich von Ihnen, wenn Sie uns einen Abend schenkten in den nächsten Tagen, Sie würden Schiller und mich sehr erfreuen.

L. Schiller

30. An Charlotte von Schiller

Je seltner dem Dichter, in unsrer Zeit, auf seine Mitteilungen eine erwünschte, teilnehmende Stimme entgegenkommt, um so erfreulicher war mir Ihr Blatt, das mir einen schönen Lohn für meine stillen treuen Arbeiten darbietet. Nehmen Sie dafür meinen herzlichen Dank und verzeihen, wenn ich mit einer Vorlesung zögere. Durch die anhaltende Arbeit, sowie durch die vielen Proben, ist mir eine Art Überdruß entstanden, der sich, hoffe ich, bald verlieren wird, um mir, in Ihrer und der Ihrigen Gegenwart einen neuen Genuß zu erlauben. Leben Sie recht wohl.

Weimar, den 5. April 1803 Goethe

31. An Goethe

Weimar, den 14. Dezember 1803

Sie tun mir sehr unrecht, werter Freund, wenn Sie nur glauben eine Entschuldigung nötig zu haben, daß Sie mir Ihre Wünsche und Erwartungen über die Zusammenkunft der Frau von Stael mit Ihnen mitteilen. Ich hoffe, Sie kennen meine Freundschaft für Sie, und wissen es, wie gern ich etwas dazu beitrage, um Ihnen nur die kleinste unangenehme Empfindung zu ersparen. Ich kann Ihnen nur in kleinen Zufällen beweisen, was ich für sie tun mag, denn wir sind nicht in den Zeiten der Helden mehr [ich weiß nicht, ob ich sagen möchte: leider!], wo man etwas wagte aus Freundschaft. Mein Gefühl aber ist deswegen ebenso heldenmütig, und ich stieg wohl um Ihretwillen auch zum Orkus. Heute habe ich nun einen Brief an die Stael in der Angelegenheit geschrieben, und das ist sehr wenig; denn ich habe ihr gern meine Empfindungen ausgesprochen, denn sie ist mir sehr interessant. Ich glaube gewiß, sie wird Ihnen auch ein großes Interesse erwecken, ihr Geist, ihre Lebhaftigkeit des Gefühls reißt einen mit fort, und was mich am meisten an ihr freut, ist ihr Ernst um die Sache, und wenn sie sich für etwas interessiert, so ist es ihr nahe. Sie kündigt sich teilnehmend an, und einfacher, als unsre deutschen gelehrten Frauen, und gibt mehr auf andre Achtung. Dies ganz unter uns gesagt.

Ich habe eben Antwort erhalten auf mein Billet, die Stael schreibt, sie könne nicht bestimmen, wenn sie nach Jena käme, weil ihre Tochter, die in Frankfurt das Scharlachfieber hatte, noch den Katarrh hat, diese müßte erst besser sein, dann wolle sie erst wissen, welche Tage Stücke gegeben würden, die sie nicht gern versäumte. Auf jeden Fall sehen Sie, lieber Freund, daß Sie noch bis zu Ende dieser Woche Frist haben. Was die physischen Bedürfnisse betrifft, so stehen sie den geistigen bei der Stael sehr nach, sie dürfen nicht viel Umstände machen, nur unterhalten will sie immer sein. Wenn Sie Fernow und Hegel, wenn er französisch spricht, in der Nähe haben, wenn Sie selbst beschäftigt sind, so wird sie sehr zufrieden sein. Die Philosophie liegt ihr am Herzen. Es ist kein Herr mit ihr. Villers ist nach Paris zurück, und B. Constant ist in Göttingen vorderhand. Vorgestern waren wir zum Soupé am regierenden Hof, wo es recht belebt war, die Herzogin war sehr mitteilend und hat sich als eine unterrichtete deutsche Fürstin gezeigt. Der Herzog hat viel Freude, mit der Stael zu sprechen, und sie ist auch über ihn erfreut. Gestern waren wir bei der Herzogin-Mutter, wo Wieland und Böttiger war, auch der Herzog soupierte da. Ein gewisser Freund macht sich sehr nötig, und trägt zu, wo er kann, nach seiner gewöhnlichen Art, und spricht französisch wie ein *petit maître.* Dies würde Ihnen auch lustig vorkommen. Wieland hat gesagt, er möchte am liebsten die Stael im *tête-à-tête* sehen, und sie hat ihn auf diesen Morgen eingeladen. Wir müssen unsre Geisteskräfte immer lebendig erhalten in dieser Zeit, und da wir nur in der Phantasie reich sein können, in unsern engen äußern Verhältnissen, so wird es uns schwerer, uns mitteilend zu stimmen, als einer Natur, die nur den Zufluß der äußern Gegenstände verarbeiten darf, um neu und liebenswürdig sich zu äußern. Wenn die Stael länger als einen Tag bei Ihnen bleibt, so lassen Sie sich von ihr deklamieren, sie hat es bei dem Clairon gelernt. Sie spricht von der Harmonie der französischen Tragödien und behauptet, die Deutschen hätten keinen Begriff von Racine, wenn sie ihn nicht schön deklamieren hörten. Sie mag uns viel Schönes darüber sagen können, so leicht wird sie uns nicht bekehren, und Schiller nimmt die Deutschen in Schutz, wo er nur kann.

Noch etwas, was den Magen angeht: die zwei Abende, wo ich die Stael sah, bemerkte ich, daß sie keinen Tee trinkt, das wird Ihnen nicht unerfreulich sein, und roten Wein bei Tische. Auf jeden Fall erfahre ich es, welchen Tag die Reise fortgesetzt wird, und Sie wollen das vorher wissen; weiß ich keinen andern Weg, so schicke ich Ihnen einen Boten. Als Hausfrau will ich schon Sorge tragen, daß Sie nicht unvorbereitet überrascht werden. Schiller grüßt Ihnen herzlich. Es kommt ihm ganz ungewohnt vor, galant zu sein und Besuche geben zu müssen; wir deutschen Frauens begnügen uns, dünkt mir, leichter mit dem Bewußtsein, daß wir unsrer Freunde gewiß sind, und sind bequemere Freundinnen. Leben Sie wohl, ich freue mich Ihrentwegen auch, daß dieser Monat seinem Ende zugeht. Die paar trüben Tage werden auch noch vergehen! Sein Sie herzlich gegrüßt, und erhalten mir Ihre Freundschaft. L. Schiller

Auf Voß ist die Stael auch sehr begierig, will ich noch anmerken.

32. An Charlotte von Schiller

Vor allem, werte Frau, danken Sie Schillern, daß er sich zu meinem Besten verwendet hat, es ist nun alles auf einem recht guten Wege. Sodann haben Sie die Güte, inliegenden Brief an Frau von Stael zu besorgen, und suchen Sie mir womöglich auf die Fragen, die hiernächst verzeichnet sind, mir morgen abend mit dem Boten Antwort zu verschaffen; denn wenn ich die Freundin nur einigermaßen empfangen will, daß sie die paar Tage, welche sie hier zubringt, nicht verflucht, so muß ich doch eigne Anstalten machen; denn es sieht durchaus etwas wüst und zerstört hier aus.

Ich schwimme und bade so gut ich kann. Wenn wir nicht tugendhafter wären als wir selbst wissen und gestehen wollen, so müßte uns ein Zustand, der nichts als Aufopferung enthält, ganz unerträglich werden. Grüßen Sie Schillern, ohne ihn an seinem Werke zu stören, worauf ich mich herzlich freue. Leben Sie recht wohl und verzeihen Sie mir diese Zudringlichkeit.

Jena, den 16. Dezember 1803 G.

33. An Goethe

Weimar, den 18. Dezember 1803

Hier ein Brief für Sie, werter Freund, den mir Frau von Stael heut schickte. Er wird die Entscheidung ihrer Reise enthalten. Uns sagte sie gestern, sie dächte Sonnabend nach Jena zu gehen. Wir sind hier im Streit mit unsern Gemütern, die Gegenwart einer so geistvollen Frau ist wie ein Blitzstrahl, ihrem Ideengang folgen, der so lebhaft wie ihre Sprache ist, wird uns aber jetzt um so schwerer, da unsre Herzen zur Erde streben und durch traurige Begebenheiten an das Vergängliche mehr als an das höhere Geistige erinnert werden. – Die Imhof ist gestern mittag gestorben, und sehr leicht. Ihrer Schwester und Töchtern ist es aber sehr empfindlich und schmerzlich. Doch ist dieser Tod für sie recht erwünscht, weil sie unwissend über den Tod ihres Sohnes aus der Welt verschwunden ist. Der arme Mensch ist in St. Vincent gestorben. Er hatte viel gute Aussichten, und war auf dem Wege sein Glück zu machen. Die arme Amalie wußte schon mehrere Wochen den Tod des Bruders, und hat ihn aber der Familie verschwiegen, und allen ihren Freunden. Herder ist heute sehr krank, ohne Bewußtsein!

Es ist mir immer, als müßte man sich, wenn so vieles aus dem Leben verschwindet, wärmer und herzlicher an die Gegenwärtigen anschließen und sich ihres Lebens doppelt freuen. Leben Sie wohl, lieber Freund, und lassen mir gern das Bewußtsein Ihrer Freundschaft, solange wir zusammen uns noch des Lebens freuen können. Schiller grüßt Sie herzlich und will heute recht fleißig sein. August ist diesen Mittag unser Gast. Lotte Schiller

34. An Charlotte von Schiller

Da Frau von Stael erst auf den Sonnabend zu kommen gedachte, so kann ich ihr den unangenehmen Weg recht gut ersparen und, was mir obliegt, diese Woche hier vollenden.

Ich schreibe ihr das in beiliegendem Briefe und lade sie auf

Sonnabend mittag zu mir ins weimarische Haus. Da werden denn auch Sie, liebe Frau, und Schiller mich mit Ihrer Gegenwart erfreuen. Am liebsten wäre mirs, wir hielten uns in so kleiner Gesellschaft; haben Sie aber sonst noch irgendeinen Gedanken, wen ich einladen könnte, so teilen Sie mir ihn inzwischen mit. Wir können uns Glück wünschen, daß diese winternächtliche Kranken- und Totenbilder durch eine so geistreiche Natur einigermaßen verscheucht und der Glaube ans Leben wieder gestärkt wird.

Dank und Gruß.

Jena, den 19. Dezember 1803 Goethe

35. An Charlotte von Schiller

Sie sind so freundlich und gut, daß ich ein paar Worte an Sie zu diktieren wage, ob ich gleich vom bösesten Humor bin. Dafür bitte ich Sie, mir morgen mit dem Boten etwas zu sagen, wie es in Weimar aussieht.

Mit unserer Hauptunternehmung geht es gut, schön und vortrefflich! Hätte ich bis Neujahr hierbleiben können, so wäre alles, was mir obliegt, mit einem gewissen behaglichen Geschick zu lösen gewesen. Daß ich aber Sonnabends nach Weimar soll und will, macht mir eine unaussprechliche Differenz, die ich ganz allein dulden, tragen und schleppen muß und wofür mir kein Mensch nichts in die Rechnung schreibt. Das ist das Verwünschte in diesen irdischen Dingen, daß unsere Freundin, der zuliebe ich zu gelegner Zeit dreißig Meilen gern und weiter führe, gerade ankommen muß, wo ich dem Liebsten, was ich auf der Welt habe, meine Aufmerksamkeit zu entziehen genötigt bin. Gerade zu einer Zeit, die mir die verdrießlichste im Jahr ist; wo ich recht gut begreife, wie Heinrich III. den Herzog von Guise erschießen ließ, bloß weil es fatales Wetter war, und wo ich Herdern beneide, wenn ich höre, daß er begraben wird.
Demohngeachtet sollen Sie mich Sonnabends nicht unfreundlich finden, und es ist schon etwas besser, da ich mir die Erlaubnis genommen habe, meinen Unwillen in einigen Worten und Redensarten herauszulassen.

Wenn Sie recht freundlich sind, so schreiben Sie mir noch einmal vor Sonnabend und schicken mir auch ein Blättchen von Schiller und von Frau von Stael. Ich habe nötiger als jemals, mich durch Freundschaft und guten Willen zu stützen und zu steifen. Schöben sich die Umstände nicht so wunderlich übereinander, so hättet ihr mich so bald nicht wiedergesehen. Und so ein Lebewohl ohne Bitte um Verzeihung wegen meiner Unarten. Es ist heute der zwanzigste! Nach dem Neuenjahre wird es, wills Gott, besser werden.

[Jena, den 20.] Dezember 1803 G.

36. An Goethe

Weimar, den 21. Dezember 1803

Nur der Gedanke, Ihnen eine Freude machen zu können, gibt mir den Mut, Ihnen zu schreiben, denn die Betrachtungen über das Leben, über die Unsicherheit des Besitzes drängen sich jetzt so gewaltsam vor, daß das Gemüt keinen Ruhepunkt findet. Man sollte nichts Befremdendes finden in der Erfahrung, daß auf das Leben nicht zu zählen sei. Aber wenn so eine Natur zugrunde geht wie Herders, wenn solche Kräfte und Fähigkeiten verlorengehen, fragt man sich doch verwundert, wohin dies alles geht? Und warum tausend Menschen unbedeutend fortleben und das Faß der Danaiden ausschöpfen ohne Zweck und Nutzen.

Seine Familie ist untröstlich, die Mutter aber tätig und teilnehmend für ihre Kinder dabei, doch die arme Luise soll ohne Mut und ohne Hoffnung sein und das Herz zerreißen durch ihre Trauer.

Der kürzeste Tag kündigt sich freundlich an, und ich hoffe, Sie sind heute auch heiter. Schiller wird Ihnen schreiben, was er denkt über Ihren Aufenthalt hier. Ich glaube gewiß, wenn Sie die Freundin sehen und den Begriff ihrer Persönlichkeit haben, so wird es Ihnen entweder nicht drückend sein, Ihre Geschäfte hier zu vollenden, oder Sie können auch mit Ruhe bis zu Ende des Jahres in Jena bleiben.

Es ist eine seltene Erscheinung, diese Frau, sie ist voller Geist, ich möchte sagen, es ist kein leerer Moment in ihrem Leben, hätte sie länger oder früher in Deutschland gelebt, daß sie nicht immer die Franzosen uns als Muster aufstellen könnte und durch die Bildung auch das entscheidende wegwerfende Urteilen sich angenommen, das uns zuweilen auffallend ist, so hätte ich gar nichts auszusetzen. Aber man möchte ihr zuweilen zurufen:

Du rufest lauter fremde Götter an,
Die uns nicht heilig, noch verehrlich sind –

Ich habe noch niemand so sprechen hören, so schnell, so ohne

Aufhören, aber dabei so gut und gewählt. Brinkmann spricht beinah so fließend und geläufig, aber nicht so geistvoll, versteht sich. Über Wallensteins Lager hat sie sich sehr gefreut, und war zufrieden davon. Heut wird die natürliche Tochter gegeben, ich freue mich darauf.

Ich denke, bester Freund, Sie bleiben Sonnabend lieber ohne fremde Hilfe, wir werden uns mit Vergnügen einstellen, die Schardten hat die Stael gern und die Göchhausen, doch sind beide Naturen Ihnen zu fremd, deswegen möchte ich keine andere Gesellschaft vorschlagen.

Leben Sie wohl; Sie sollen auch noch, ehe Sie kommen, ein Billet von der Stael erhalten, ich werde sie heut in der Komödie wohl sehen.

Sein Sie herzlich gegrüßt und lassen Ihren Geist nicht unterdrücken durch das Äußere. Wenn so ein Geist, der die Welt umfassen kann mit seinem Vermögen, sich nicht über sie erheben könnte, was könnten die, die in schwächeren Formen die Welt und die Dinge ansehen müssen? Ich freue mich sehr Sie zu sehen, und bin nicht böse, wenn Sie sich uns wieder zeigen, damit wir uns Ihrer Freundschaft und Ihres Daseins auch in der Wirklichkeit erfreuen.

Adieu, adieu. L. Schiller

Eben kommt ein Billet an Sie, es ist, als ob die Freundin Ihren Wunsch erraten hätte.

37. An Charlotte von Schiller

[p. e.] Es bleibt also dabei, verehrte Freundin, daß Sie morgen Sonnabends um 1 Uhr sich mit Schillern in meinem Hause einfinden und Frau von Stael nochmals einladen, ein Gleiches zu tun.

Sie wird mir verzeihen, wenn ich ihr nicht vorher der Form gemäß aufwarte. Ich komme dazu hier nicht früh genug weg.

Leben Sie recht wohl, ich freue mich Sie allerseits zu sehen.
Jena, am 23. Dezember 1803 G.

38. An Goethe

[Weimar.] Donnerstag früh. [Den 19. (?) Januar 1804]

Ich muß, so ungern ich es auch tue, Ihnen, werter Freund,

diese Zeilen schreiben, denn ein feindliches Geschick raubt mir die Hoffnung, die Sie uns gaben, daß wir einige Stunden mit Ihnen heut abend zubringen sollten. Schiller ist so angegriffen und abgespannt, daß er es nicht wagt, auszugehen, und meint, wir wollten auf *ruhigere Zeiten* diesen schönen Abend versparen.

Ich hoffe mich bei Ihnen heut wieder zu sammeln, da meine Schwester und ich diesen Mittag bei einem unruhigen Mittagsmahl sein werden. Und wollte mich recht meiner deutschen Freunde freuen! –

Ich hoffe Sie sind wohl und heiter, damit ich mich im Geist Ihres Wohlseins freuen kann, da ich Sie nicht sehen kann.

Dabei aber möchte ich auch in freundlichem Andenken mich erhalten wissen. Wenn ich Sie auch nicht sehe, so lebe ich doch mit Ihnen und Ihren Schöpfungen. Ich habe mich neulich wieder gestärkt an Wilhelm Meister und aufs neue dem schönen hohen reinen Geist, der diese Formen belebte, gehuldigt. Es ist ein unendlicher Verstand darin! mit je reiferem Sinn man das Buch liest, je mehr findet man darin. – Ich habe einen Brief von der Gräfin Schimmelmann erhalten, die über die natürliche Tochter entzückt ist und alles schön gefühlt hat, sie wünscht wie wir alle, daß Sie bald an das zweite Stück denken möchten!

Sie sind im Norden wie im Süden im guten Andenken.

Leben Sie wohl und sein Sie herzlich gegrüßt.

L. Schiller

39. An Goethe

[Weimar.] Freitag früh. [Zweite Hälfte Januar 1804]

Da Schiller eben am Schreiben gehindert ist, so trägt er mir auf, die Feder zu nehmen und Ihnen herzlich zu grüßen. Sein Übel ist noch im Zunehmen, und er wird noch einige Tage brauchen, ehe er wieder seine Kräfte brauchen kann. Auch der Tell muß ruhen, und er kann Ihnen jetzt nichts Neues mitteilen. Es ist mir recht leid, daß er gerade jetzt untätig sein muß.

Es hat mich innig gefreut, daß auch Sie so warmen Anteil an diesem Produkt nehmen, es ist mir eine neue wunderbar erfreuliche Erscheinung und hat mich tief ergriffen.

Trotz allen Redens über dramatische Kunst müßt Ihr beiden Geister Euren eignen hohen Weg gehen und durch die Tat das Räsonnement zum Schweigen bringen. Ich bin wie die Rahel, die ihre Hausgötter verbarg vor den Feinden, so bewahre ich die

Meinung über meine Freunde und ihre Produkte und führe Krieg mit den fremden Göttern.

Leben Sie wohl und denken Sie freundlich unser, und entziehen sich nicht zu lange der frischen Luft.

L. Schiller

40. An Charlotte von Schiller

[Weimar, Anfang Februar 1804]

Hier, werteste Freundin, die Rezension von Hackerts Bildern. Bei näherer Überlegung finde ich, daß man besser tut, sich nicht mit der Kommission zu befassen, wenigstens sich nicht anzubieten. Indessen will ich ihm schreiben, wenn er von dorther Aufträge erhält, sich gewissenhaft ans Werk zu machen.

Wohlbefinden und Freude. G.

KOMMENTAR

DER BRIEFWECHSEL ZWISCHEN SCHILLER UND GOETHE

Bestand

Nach der schweren Erkrankung (Herzbeutelentzündung) vom Februar und März 1823 begann Goethe am 25. Mai mit der Ordnung der Zelterschen und Schillerschen Briefe im Hinblick auf die künftige Herausgabe. Am 26. Juni reiste er zur Kur nach Marienbad, von wo er am 17. September nach Weimar zurückkehrte. Im November abermalige schwere Erkrankung (Krampfhusten), so daß die Durchführung der geplanten Arbeiten sich bis zum Frühjahr des nächsten Jahres verzögerte. Am 10. April 1824 übersandte Charlotte von Schiller die an ihren Gatten gerichteten Briefe Goethes, Ende Juli war die Abschrift der Schillerschen Briefe nahezu vollendet, ‚doch folgt nun das Schwierigste, die Einschaltung der Briefe und Billette ohne Datum' (An J. H. Meyer, 24. Juli 1824). Ende Dezember war die redaktionelle Arbeit ‚fast' abgeschlossen (An C. F. Zelter, 24. Dezember 1824). Vier Jahre später, im November 1828, erschienen im Verlag der J. G. Cotta'schen Buchhandlung die Teile I (1794/95) und II (1796) des Briefwechsels zwischen Schiller und Goethe, im November 1829 die Teile III (1797), IV (1798), V (1799/1800) und VI (1801/05). Vier weitere Auflagen (die zweite 1856 von Hermann Hauff und die vierte 1881 von Wilhelm Vollmer herausgegeben) folgten.

Die einzige der neueren wissenschaftlichen Editionen des Briefwechsels zwischen Schiller und Goethe, die nochmals alle erreichbaren Handschriften vergleicht, ist die von Hans Gerhard Gräf und Albert Leitzmann (3 Bände, Leipzig 1912). Das dazugehörige Lesartenverzeichnis von H. G. Gräf in: Euphorion, Zeitschrift für Literaturgeschichte XIX (1913), S. 746–755.

Die Ausgabe Gräf-Leitzmann erfaßt insgesamt 1006 Briefe. Seit 1912, dem Jahr ihres Erscheinens, wurden 5 weitere Briefe Schillers an Goethe bekannt, die im folgenden nach der Nummer unserer Ausgabe angeführt werden:

Nr. 231: An Goethe. [Weimar, zwischen dem 19. und 23. Oktober 1796.]
Erstdruck: Josef Körner. Ein neuentdecktes Stück aus dem Briefwechsel zwischen Goethe und Schiller. Chronik des Wiener Goethevereins 43 (1938), S. 24–26.

Nr. 269: An Goethe. Jena, 13. Januar 1797 [?]
Erstdruck: Hans Gerhard Gräf. Findlinge aus der klassischen Zeit Weimar-Jenas. 3. Ein unbekannter Brief Schillers an Goethe. Jahrbuch der Goethe-Gesellschaft 6 (1919), S. 250 f.

Nr. 322: An Goethe. Jena, 29. Mai 1797.
Erstdruck: Ein ungedruckter Brief Schillers an Goethe. Herausgegeben von Julius Wahle. Jahrbuch der Goethe-Gesellschaft 9 (1922), S. 293.

Nr. 895: An Goethe. Weimar, Februar 1803 [?]

Erstdruck: Ein neuer Brief Schillers an Goethe. Mitgeteilt von Julius Wahle. Jahrbuch der Goethe-Gesellschaft 12 (1926), S. 97.

Nr. 988: An Goethe. [Weimar, erste Hälfte Januar 1805.]
Erstdruck: Erich Ebstein. Schillers Krankheiten. Jahrbuch der Sammlung Kippenberg 6 (1926), S. 128–239. Der Auszug aus dem bisher noch nicht vollständig veröffentlichten Briefe ebenda S. 197 f.

Ferner erscheint in unserer Ausgabe Brief Nr. 880 im vollständigen Text nach der im Besitz des Freien Deutschen Hochstifts befindlichen Handschrift. Gräf und Leitzmann, denen das Original des Briefes Nr. 880 nicht zugänglich war, folgten einem gekürzten Abdruck in Baers Autographenkatalog Nr. 527.

Entsprechend den Eintragungen des Schillerschen Kalenders*) fehlen nachweislich noch 14 Briefe Goethes und 7 Briefe Schillers. Bezüge innerhalb des Briefwechsels belegen den Verlust eines weiteren Schiller-Briefes und zweier Goethe-Briefe, so daß zumindest 16 Briefe Goethes und 8 Briefe Schillers als verloren gelten müssen. Es fehlt ferner der Schluß der Briefe Nr. 265 und 370. Ein weiterer Brief Schillers (= Fehlende Briefe Nr. 21) fehlt vermutlich.

Fehlende Briefe

1: An Goethe. Jena, den 8. Oktober 1794.
Dieser Brief, der als Beilage zu Nr. 15 zu denken ist, sollte jene, im September 1794 vereinbarte, ‚ästhetische Korrespondenz' einleiten, die Goethe und Schiller in den ‚Horen' veröffentlichen wollten. Brief Nr. 18 ist Goethes unvollendet gebliebene Antwort auf den fehlenden Brief Nr. 1. Der Plan der ‚ästhetischen Korrespondenz' wurde fallengelassen. Am 19. Oktober 1795 (Nr. 112) bittet Schiller um Rückgabe seines Briefes. Goethe antwortet am 25. Oktober 1795 (Nr. 114), daß er den Brief „noch nicht gefunden habe". Drei Tage später, am 28. Oktober, schickt Goethe den inzwischen gefundenen Brief zurück.

2: An Schiller. Weimar, Ende Dezember 1794.
Goethe muß in diesem Briefe u. a. über eine ‚Klopstockische Ode' geschrieben haben. In seiner Antwort (Nr. 37) bemerkt Schiller, daß er die Ode, „von der Sie schreiben", nicht kenne.

3: An Schiller. Karlsbad, Anfang August 1795.
Beim Adressaten eingegangen am 7. August 1795. Vergleiche Kalender 2.

4: An Goethe. Jena, 25. September 1795.
Vergleiche Kalender 5.

5: An Goethe. Jena, 4. Oktober 1795.

*) Ernst Müller. Schillers Kalender. Nach dem im Jahre 1865 erschienenen Text ergänzt und bearbeitet. Stuttgart 1893. Im folgenden abgekürzt: Kalender.

Vergleiche Kalender 6. Der Brief wurde möglicherweise nicht abgeschickt, da sich Goethe am 4. und 5. Oktober 1795 in Jena aufhielt.

6: An Schiller. Jena, 11. November 1795.
Beim Adressaten eingegangen am 11. November 1795. Vergleiche Kalender 9.

7: An Schiller. Weimar, 17. oder 18. November 1795.
Beim Adressaten eingegangen am 18. November 1795. Vergleiche Kalender 10.

8: An Goethe. Jena, 1. Februar 1796.
Vergleiche Kalender 18.

9: An Goethe. Jena, 14. Februar 1796.
Vergleiche Kalender 19.

10: An Goethe. Jena, 16. August 1796.
Vergleiche Kalender 28.

11: An Schiller. Ilmenau, 31. Oktober 1796.
Beim Adressaten eingegangen am 1. November 1796. Vergleiche Kalender 33.

12: An Schiller. Weimar, 27. Dezember 1796. (= Nr. 265, Schluß)
Schlußbogen nicht erhalten.

13: An Schiller. Weimar, 24. oder 25. Januar 1797.
Beim Adressaten eingegangen am 25. Januar 1797. Vergleiche Kalender 38.

14: An Schiller. Weimar, 19. Februar 1797.
Beim Adressaten eingegangen am 20. Februar 1797. Vergleiche Kalender 46.

15: An Schiller. Weimar, 25. Juli 1797.
Beim Adressaten eingegangen am 25. Juli 1797. Vergleiche Kalender 46.

16: An Goethe. Jena, 20. Oktober 1797. (= Nr. 370, Schluß)
Schlußbogen nicht erhalten.

17: An Schiller. Weimar, 24. Februar 1798.
Vergleiche Nr. 432: „Was ich gestern diktierte, hat gar keine Gestalt. Und doch soll dies Blatt heute abend zu Ihnen."
Möglicherweise ist das nicht erhaltene ‚Blatt' gar nicht abgeschickt worden.

18: An Schiller. Weimar, 9. oder 10. Oktober 1798.
Beim Adressaten eingegangen am 10. Oktober 1798. Vergleiche Kalender 67.

19: An Goethe. Jena, 10. Oktober 1798.
Vergleiche Kalender 67.

20: An Schiller. Weimar, 24. Oktober 1798.
Beim Adressaten eingegangen am 24. Oktober 1798. Vergleiche Kalender 67.

21: An Goethe. Jena, 28. Dezember 1798.
Nach H. Düntzer (Schiller und Goethe. Übersichten und Er-

läuterungen zum Briefwechsel. Stuttgart 1859. Seite 171) vermutlich fehlender Brief. Den Beweis bleibt H. Düntzer schuldig.

22: An Goethe. Jena, 30. August 1799.
Vergleiche Kalender 80.

23: An Schiller. Weimar, 6. oder 7. September 1799.
Beim Adressaten eingegangen am 7. September 1799. Vergleiche Kalender 81.

24: An Schiller. Weimar, 3. oder 4. Dezember 1799.
Beim Adressaten eingegangen am 4. Dezember 1799. Vergleiche Kalender 86.

25: An Schiller. Jena, 6. Mai 1802.
Beim Adressaten eingegangen am 6. Mai 1802. Vergleiche Kalender 123.

26: An Schiller. Weimar, 1. August 1804.
Beim Adressaten eingegangen am 1. August 1804. Vergleiche Kalender 171.

27: An Schiller. Weimar, 17. August 1804.
Beim Adressaten eingegangen am 18. August 1804. Vergleiche Kalender 172.

Zum Text

Der Text unserer Ausgabe geht nicht unmittelbar auf die Handschriften und auf die Ausgabe von 1828/29 zurück, sondern auf die o. a. editio Gräf-Leitzmann. Eingefügt wurden die Briefe Nr. 231, 269; 322, 895, 988 nach den o. a. Quellen, so daß unsere Ausgabe insgesamt 1011 Briefe zählt. Von der Ausgabe Gräf-Leitzmann abweichend bietet unsere Ausgabe den vollständigen Text der Briefe Nr. 107, 141, 143, 363 und 880. Das Inhaltsverzeichnis zum neunten Stück der Horen von 1795 stellen wir an den Schluß des Briefes Nr. 98, der (Seite 91, Zeile 5 f.) ausdrücklich auf das beiliegende Inhaltsverzeichnis hinweist.

Auf eine buchstabengetreue Wiedergabe der Brieftexte wurde verzichtet; der Text ist vielmehr der modernen Schreibung (z. B. Tinte *statt* Dinte, Tüte *statt* Düte) und Interpunktion angeglichen worden. Lautstand und grammatikalische Einheit blieben gewahrt. Heute ungewöhnliche Worttrennungen (z. B. Theater – Welt, Boten – Mädchen, Kriegs – Erklärung) wurden beseitigt, ebenso heute ungewöhnliche Wort-Zusammenziehungen (z. B. schlechtzugebracht, allzulästig, zulang). Ortsnamen erscheinen in der heute gebräuchlichen Schreibung (z. B. Stans *statt* Stanz), doch wird bei Ortsnamen, wo der Lautstand der älteren Schreibung von der heutigen Schreibung abweicht (z. B. Berchtoldsgaden *statt* Berchtesgaden) die heute gebräuchliche Schreibung in eckiger Klammer [...] hinzugefügt. Mit Ausnahme der häufig wiederkehrenden Abkürzungen v. = von und s. = siehe, die grundsätzlich ausgeschrieben werden, erscheinen alle übrigen Ergänzungen des Herausgebers in eckiger Klammer. Von Goethe und Schiller durch Unterstreichung hervorgehobene Satzteile sind im Kursivdruck wiedergegeben. Am Briefschluß stehende Datierungen Goethes oder Schillers beginnen, der Übersichtlichkeit wegen, grundsätzlich mit neuem Zeilenanfang.

Einzelne Stücke des Briefwechsels zwischen Goethe und Schillers Gattin Charlotte, die geeignet scheinen, Lücken der Goethe-Schillerschen-Korrespondenz auszufüllen, wurden unserer Ausgabe beigegeben (Seite 849 ff.).

Die nachfolgenden Erläuterungen sind der grundlegenden Arbeit Albert Leitzmanns (a.a.O. Band 3) verpflichtet.

Beiliegendes Blatt: ‚Einladung zur Mitarbeit' an den Horen. Diese Monatsschrift, „von einer Gesellschaft verfaßt und herausgegeben von Schiller", erschien von 1795 bis 1797 im Verlag der J. G. Cotta'schen Buchhandlung in Tübingen. Die gedruckte „Einladung", die Schiller gemeinsam mit Fichte, Wilhelm von Humboldt und Professor Woltmann entworfen hatte, war beigefügt:

Die Horen

Einladung zur Mitarbeit

Unter diesem Titel wird mit dem Anfang des Jahres 1795 eine Monatsschrift erscheinen, zu deren Verfertigung eine Gesellschaft bekannter Gelehrten sich vereinigt hat. Sie wird sich über alles verbreiten, was mit Geschmack und philosophischem Geiste behandelt werden kann, und also sowohl philosophischen Untersuchungen als historischen und poetischen Darstellungen offenstehen. Alles, was entweder bloß den gelehrten Leser interessieren oder was bloß den nichtgelehrten befriedigen kann, wird davon ausgeschlossen sein; vorzüglich aber und unbedingt wird sie sich alles verbieten, was sich auf Staatsreligion und politische Verfassung bezieht. Man widmet sie der *schönen* Welt zum Unterricht und zur Bildung, und der *gelehrten* zu einer freien Forschung der Wahrheit und zu einem fruchtbaren Umtausch der Ideen; und indem man bemüht sein wird, die Wissenschaft selbst, durch den innern Gehalt, zu bereichern, hofft man zugleich den Kreis der Leser durch die Form zu erweitern.

Unter der großen Menge von Zeitschriften, ähnlichen Inhalts, dürfte es vielleicht schwer sein, Gehör zu finden, und, nach so vielen verunglückten Versuchen in dieser Art, noch schwerer, sich Glauben zu verschaffen. Ob die Herausgeber der gegenwärtigen Monatsschrift gegründetere Hoffnungen haben, wird sich am besten aus den Mitteln abnehmen lassen, die man zur Erreichung jenes Zwecks eingeschlagen hat.

Nur der innere Wert einer literarischen Unternehmung ist es, der ihr ein daurendes Glück bei dem Publikum versichern kann; auf der andern Seite aber ist es nur dieses Glück, welches ihrem Urheber den Mut und die Kräfte gibt, etwas Beträchtliches auf ihren Wert zu verwenden. Die große Schwierigkeit also ist, daß der Erfolg gewissermaßen schon realisiert sein müßte, um den Aufwand, durch den allein er zu realisieren ist, möglich zu machen. Aus diesem Zirkel ist kein anderer Ausweg, als daß ein unternehmender Mann an jenen problematischen Erfolg so viel wage, als etwa nötig sein dürfte, ihn gewiß zu machen.

Für Zeitschriften dieses Inhalts fehlt es gar nicht an einem zahlreichen Publikum, aber in dieses Publikum teilen sich zu viele einzelne Journale. Würde man die Käufer aller hieher gehörigen Journale zusammenzählen, so würde sich eine Anzahl entdecken lassen, welche hinreichend wäre, auch die kostbarste Unternehmung im Gange zu erhalten. Diese ganze Anzahl nun steht derjenigen Zeitschrift zu Gebot, die alle die Vorteile in sich vereinigt, wodurch jene Schriften im einzelnen bestehn, ohne den Kaufpreis einer einzelnen unter denselben beträchtlich zu übersteigen.

Jeder Schriftsteller von Verdienst hat in der lesenden Welt seinen eigenen Kreis, und selbst der am meisten gelesene hat nur einen größern Kreis in derselben. So weit ist es noch nicht mit der Kultur der Deutschen gekommen, daß sich das, was den Besten gefällt, in jedermanns Händen finden sollte. Treten nun die vorzüglichsten Schriftsteller der Nation in eine literarische Assoziation zusammen, so vereinigen sie eben dadurch das vorher geteilt gewesene Publikum, und das Werk, an welchem alle Anteil nehmen, wird die ganze lesende Welt zu seinem Publikum haben. Dadurch aber ist man imstande, jedem einzelnen alle die Vorteile anzubieten, die der allerweiteste Kreis der Leser und Käufer einem Autor nur immer verschaffen kann.

Ein Verleger, der diesem Unternehmen in jeder Rücksicht gewachsen ist, hat sich bereits ...[1] gefunden und ist bereit, sie ins Werk zu richten, sobald die erforderliche Anzahl von Mitarbeitern sich zusammengefunden haben wird. Jeder Schriftsteller, an den man diese Anzeige sendet, wird also zum Beitritt an dieser Sozietät eingeladen, und man hofft dafür gesorgt zu haben, daß er in keiner Gesellschaft, die seiner unwürdig wäre, vor dem Publikum auftreten soll. Da aber die ganze Unternehmung nur unter der Bedingung einer gehörigen Anzahl von Teilnehmern möglich ist, so kann man keinem der eingeladenen Schriftsteller zugestehn, seinen Beitritt bis nach Erscheinung des Journals aufzuschieben, weil man schon vorläufig wissen muß, auf wen man zu rechnen hat, um an die Ausführung auch nur denken zu können. Sobald aber die erforderliche Anzahl sich zusammengefunden hat, wird solches jedem Teilnehmer an der Zeitschrift unverzüglich bekannt gemacht werden.

Jeden Monat, ist man überein gekommen, ein Stück von 9 Bogen in Median zu liefern; der gedruckte Bogen wird mit ... Ldors in Golde bezahlt[2]. Dafür verspricht der Verfasser, von diesen einmal abgedruckten Aufsätzen drei Jahre nach ihrer Erscheinung keinen andern öffentlichen Gebrauch zu machen, es sei denn, daß beträchtliche Veränderungen damit vorgenommen worden wären.

[1] [Der Name des Verlegers wurde handschriftlich eingesetzt.]

[2] [Die Höhe des Honorars wurde handschriftlich eingesetzt. Die untere Grenze des Bogenhonorars betrug 3, die obere Grenze 8 Louisdors.]

Obgleich von denjenigen Gelehrten, deren Beiträge man sich ausbittet, nichts, was ihrer selbst und einer solchen Zeitschrift nicht ganz würdig wäre, zu befürchten ist, so hat man doch, aus leicht begreiflichen Gründen, die Verfügung getroffen, daß kein Mscrpt eher dem Druck übergeben werde, als bis es einer dazu bestimmten Anzahl von Mitgliedern zur Beurteilung vorgelegt worden ist. Dieser Konvention werden sich die H. H. Teilnehmer um so eher unterwerfen, als sie versichert sein können, daß höchstens nur die relative Zweckmäßigkeit ihrer Beiträge in Rücksicht auf den Plan und das Interesse des Journals zur Frage kommen kann. Eigenmächtige Abänderungen wird weder der Redakteur noch der Ausschuß sich in den Mscrpten erlauben. Sollten welche nötig sein, so versteht es sich von selbst, daß man den Verfasser ersuchen wird, sie selbst vorzunehmen. Der Abdruck der Mscrpte wird sich nach der Ordnung richten, in der sie eingesandt werden, so weit dieses mit der nötigen Mannigfaltigkeit des Inhalts in den einzelnen Monatsstücken bestehen kann. Eben diese Mannigfaltigkeit macht die Verfügung notwendig, daß kein Beitrag durch mehr als drei Stücke fortgesetzt werde und in keinem einzelnen Stück mehr als sechzig Seiten einnehme.

Briefe und Mscrpte sendet man an den Redakteur dieser Monatsschrift, der den Hn. Hn. Verfassern für ihre eingesandten Beiträge steht und bereit ist, jedem, sobald es verlangt wird, Rechnung davon abzulegen.

Daß von dieser Anzeige kein öffentlicher Gebrauch zu machen sei, wird kaum nötig sein zu erinnern.

Jena, am 13. Jun. 1794

.Friedrich Schiller
Hofrat und Professor zu Jena

2.

Fichte, Woltmann und von Humboldt: Schiller lernte Fichte, der als Nachfolger Reinholds nach Jena gekommen war, am 3. Mai 1794 kennen. Der Historiker Professor Woltmann kam als Nachfolger Schillers im April 1794 nach Jena. Wilhelm von Humboldt lebte seit Ende Februar 1794 ebenfalls in Jena. Die Genannten hatte Schiller Anfang Juni für die ‚Horen' gewonnen, deren Redaktionsausschuß sie angehörten.

3.

Schocherische Abhandlung: Christian Gotthold Schocher. Soll die Rede auf immer ein dunkler Gesang bleiben oder können ihre Arten, Gänge und Beugungen nicht anschaulich gemacht und nach Art der Tonkunst gezeichnet werden? Leipzig 1791.

Diderot: Denis Diderot, Les bijoux indiscrets, Paris 1748.

Moritz: Karl Philipp Moritz, Versuch einer deutschen Prosodie, Berlin 1786.

Dessau: Goethe reiste am 30. Juli 1794 mit dem Herzog Karl August nach Wörlitz, Dessau, Leipzig und Dresden und wieder über Dessau zurück nach Weimar.

4.

Die neulichen Unterhaltungen: Das Gespräch wurde am 20. und 22. Juli 1794 in Schillers Wohnung geführt: „Wir hatten vor sechs Wochen über Kunst und Kunsttheorie ein langes und breites gesprochen und uns die Hauptideen mitgeteilt, zu denen wir auf ganz verschiedenen Wegen gekommen waren. Zwischen diesen Ideen fand sich eine unerwartete Übereinstimmung, die um so interessanter war, weil sie wirklich aus der größten Verschiedenheit der Gesichtspunkte hervorging. Ein jeder konnte dem andern etwas geben, was ihm fehlte, und etwas dafür empfangen. Seit dieser Zeit haben diese ausgestreuten Ideen bei Goethe Wurzel gefaßt und er fühlt jetzt ein Bedürfnis, sich an mich anzuschließen und den Weg, den er bisher allein und ohne Aufmunterung betrat, in Gemeinschaft mit mir fortzusetzen. Ich freue mich sehr auf einen für mich so fruchtbaren Ideenwechsel ..." (Schiller an Körner, 1. September 1794). – Über das gleiche Gespräch äußerte sich Goethe 1817 in der ‚Morphologie': „Schiller zog [1789] nach Jena, wo ich ihn ebenfalls nicht sah. Zu gleicher Zeit hatte Batsch durch unglaubliche Regsamkeit eine Naturforschende Gesellschaft in Tätigkeit gesetzt, auf schöne Sammlungen, auf bedeutenden Apparat gegründet. Ihren periodischen Sitzungen wohnte ich gewöhnlich bei; einstmals [am 20. Juli 1794] fand ich Schillern daselbst, wir gingen zufällig beide zugleich heraus, ein Gespräch knüpfte sich an, er schien an dem Vorgetragenen teilzunehmen, bemerkte aber sehr verständig und einsichtig und mir sehr willkommen, wie eine so zerstückelte Art, die Natur zu behandeln, den Laien, der sich gern darauf einließe, keineswegs anmuten könne.

Ich erwiderte darauf: daß sie den Eingeweihten selbst vielleicht unheimlich bleibe, und daß es doch wohl noch eine andere Weise geben könne, die Natur nicht gesondert und vereinzelt vorzunehmen, sondern sie wirkend und lebendig, aus dem Ganzen in die Teile strebend darzustellen. Er wünschte hierüber aufgeklärt zu sein, verbarg aber seine Zweifel nicht; er konnte nicht eingestehen, daß ein solches, wie ich behauptete, schon aus der Erfahrung hervorgehe.

Wir gelangten zu seinem Hause, das Gespräch lockte mich hinein; da trug ich die Metamorphose der Pflanzen lebhaft vor und ließ mit manchen charakteristischen Federstrichen eine symbolische Pflanze vor seinen Augen entstehen. Er vernahm und schaute das alles mit großer Teilnahme, mit entschiedener Fassungskraft; als ich aber geendet, schüttelte er den Kopf und sagte: „Das ist keine Erfahrung, das ist eine Idee." Ich stutzte, verdrießlich einigermaßen: denn der Punkt, der uns trennte, war dadurch aufs strengste bezeichnet. Die Behauptung aus ‚Anmut und Würde' fiel mir wieder ein, der alte Groll wollte sich regen, ich nahm mich aber zusammen und versetzte: „Das kann mir sehr lieb sein, daß ich Ideen habe, ohne es zu wissen, und sie sogar mit Augen sehe."

Schiller, der viel mehr Lebensklugheit und Lebensart hatte als ich und mich auch wegen der ‚Horen', die er herauszugeben im Begriff stand, mehr anzuziehen als abzustoßen gedachte, erwiderte darauf als ein gebildeter Kantianer; und als aus meinem hartnäckigen Realismus mancher Anlaß zu lebhaftem Widerpruch entstand, so ward viel gekämpft und dann Stillstand gemacht; keiner von beiden konnte sich für den Sieger halten, beide hielten sich für unüberwindlich. Sätze wie folgender machten mich ganz unglücklich: „Wie kann jemals Erfahrung gegeben werden, die einer Idee angemessen sein sollte? Denn darin besteht eben das Eigentümliche der letzteren, daß ihr niemals eine Erfahrung kongruieren könne." Wenn er das für eine Idee hielt, was ich als Erfahrung aussprach, so mußte doch zwischen beiden irgendetwas Vermittelndes, Bezügliches obwalten! Der erste Schritt war jedoch getan. Schillers Anziehungskraft war groß, er hielt alle fest, die sich ihm näherten; ich nahm teil an seinen Absichten und versprach, zu den ‚Horen' manches, was bei mir verborgen lag, herzugeben. Seine Gattin, die ich von ihrer Kindheit auf zu lieben und zu schätzen gewohnt war, trug das ihrige bei zu dauerndem Verständnis; alle beiderseitigen Freunde waren froh, und so besiegelten wir durch den größten, vielleicht nie ganz zu schlichtenden Wettkampf zwischen Objekt und Subjekt einen Bund, der ununterbrochen gedauert und für uns und andere manches Gute gewirkt hat".

Achill in der Ilias: Vergleiche Ilias, Neunter Gesang 410–416:

Meine göttliche Mutter, die silberfüßige Thetis,
Sagt, mich führe zum Tod ein zwiefach strebendes Schicksal:
Wenn ich hier noch bliebe und weiterkämpfte um Troja,
Hin sei die Heimkehr dann, doch blühe mir ewiger Nachruhm.
Aber kehr ich zurück zum teuren Lande der Väter,
Dann verwelke mein herrlicher Ruhm, doch lang sei des Lebens
Dauer, und nicht sobald ereile das Los mich des Todes.

Ihren Roman: ‚Wilhelm Meisters Lehrjahre', Berlin 1796. Die Bogen des ersten Buches schickte Goethe am 6. Dezember 1794 an Schiller.

6.

Beiliegende Blätter: Der nachfolgende Aufsatz Goethes fixiert das Ergebnis der Gespräche mit Schiller vom 20. und 22. Juli 1794 (siehe zu Nr. 4). Die Beilage galt als verloren. Sie wurde vor einigen Jahren von Günther Schulz wieder aufgefunden (Jahrbuch ‚Goethe', Band 14/15, 1952/53, S. 143 ff.).

Inwiefern die Idee ‚Schönheit sei Vollkommenheit mit Freiheit' auf organische Naturen angewendet werden könne

Ein organisches Wesen ist so vielseitig an seinem Äußern, in seinem Innern so mannigfaltig und unerschöpflich, daß man nicht genug Standpunkte wählen kann es zu beschauen, nicht genug Organe an sich selbst ausbilden kann, um es zu zergliedern, ohne es zu töten. Ich versuche die Idee: Schönheit sei Vollkommenheit mit Freiheit, auf organische Naturen anzuwenden.

Die Glieder aller Geschöpfe sind so gebildet, daß sie ihres Daseins genießen, dasselbe erhalten und fortpflanzen können, und in diesem Sinn ist alles Lebendige vollkommen zu nennen. Diesmal wende ich mich sogleich zu den sogenannten vollkommnern Tieren.

Wenn die Gliedmaßen des Tiers dergestalt gebildet sind, daß dieses Geschöpf nur auf eine sehr beschränkte Weise sein Dasein äußern kann, so werden wir dieses Tier häßlich finden; denn durch die Beschränktheit der organischen Natur auf *einen* Zweck wird das Übergewicht eines und des andern Glieds bewirkt, so daß dadurch der willkürliche Gebrauch der übrigen Glieder gehindert werden muß.

Indem ich dieses Tier betrachte, wird meine Aufmerksamkeit auf jene Teile gerichtet, die ein Übergewicht über die übrigen haben, und das Geschöpf kann, da es keine Harmonie hat, mir keinen harmonischen Eindruck geben. So wäre der Maulwurf vollkommen, aber häßlich, weil seine Gestalt ihm nur wenige und beschränkte Handlungen erlaubt und das Übergewicht gewisser Teile ihn ganz unförmlich macht.

Damit also ein Tier nur die notwendigen beschränkten Bedürfnisse ungehindert befriedigen könne, muß es schon vollkommen organisiert sein; allein wenn ihm neben der Befriedigung des Bedürfnisses noch so viel Kraft und Fähigkeit bleibt, willkürliche, gewissermaßen zwecklose Handlungen zu unternehmen, so wird es uns auch äußerlich den Begriff von Schönheit geben.

Wenn ich also sage, dies Tier ist schön, so würde ich mich vergebens bemühen, diese Behauptung durch irgendeine Proportion von Zahl oder Maß beweisen zu wollen. Ich sage vielmehr nur so viel damit: an diesem Tiere stehen die Glieder alle in einem solchen Verhältnis, daß keins das andere an seiner Wirkung hindert, ja daß vielmehr durch ein vollkommenes Gleichgewicht derselbigen Notwendigkeit und Bedürfnis versteckt, vor meinen Augen gänzlich verborgen worden, sodaß das Tier nur nach freier Willkür zu handeln und zu wirken scheint. Man erinnere sich eines Pferdes, das man in Freiheit seiner Glieder gebrauchen sehen.

Rücken wir nun zu dem Menschen herauf, so finden wir ihn zuletzt von den Fesseln der Tierheit beinahe entbunden, seine Glieder in einer zarten Sub- und Koordination und mehr als die Glieder irgendeines andern Tieres dem Wollen unterworfen und nicht allein zu allen Arten von Verrichtungen, sondern auch zum geistigen Ausdruck geschickt. Ich tue hier nur einen Blick auf die Gebärdensprache, die bei wohlerzogenen Menschen unterdrückt wird und die nach meiner Meinung den Menschen so gut als die Wortsprache über das Tier erhebt.

Um sich auf diesem Wege den Begriff des schönen Menschen auszubilden, müssen unzählige Verhältnisse in Betrachtung genommen werden, und es ist freilich ein großer Weg zu machen, bis der hohe Begriff von Freiheit der menschlichen Vollkommenheit, auch im Sinnlichen, die Krone aufsetzen kann.

Ich muß noch eins hierbei bemerken. Wir nennen ein Tier schön, wenn es uns den Begriff gibt, daß es seine Glieder nach Willkür brauchen *könne*; sobald es sie wirklich nach Willkür gebraucht, wird die Idee des Schönen sogleich durch die Empfindung des Artigen, Angenehmen, Leichten, Prächtigen *pp.* verschlungen. Man sieht also, daß bei der Schönheit *Ruhe* mit *Kraft*, *Untätigkeit* mit *Vermögen* eigentlich in Anschlag komme.

Ist bei einem Körper oder bei einem Gliede desselben der Gedanke von Kraftäußerung zu nahe mit dem Dasein verknüpft, so scheint der Genius des Schönen uns sogleich zu entfliehen, daher bildeten die Alten selbst ihre Löwen in dem höchsten Grade von Ruhe und Gleichgiltigkeit, um unser Gefühl, mit dem wir Schönheit umfassen, auch hier anzulocken.

Ich möchte also wohl sagen: Schön nennen wir ein vollkommen organisiertes Wesen, wenn wir uns bei seinem Anblicke denken können, *daß ihm ein mannigfaltiger freier Gebrauch aller seiner Glieder möglich sei, sobald es wolle;* das höchste Gefühl der Schönheit ist daher mit dem Gefühl von Zutraun und Hoffnung verknüpft.

Mich sollte dünken, daß ein Versuch über die tierische und menschliche Gestalt auf diesem Wege schöne Ansichten gewähren und interessante Verhältnisse darstellen müsse.

Besonders würde, wie schon oben gedacht, der Begriff von Proportion, den wir immer nur durch Zahl und Maß auszudrücken glauben, dadurch in geistigern Formeln aufgestellt werden, und es ist zu hoffen, daß diese geistigen Formeln zuletzt mit dem Verfahren der größten Künstler zusammentreffen, deren Werke uns übriggeblieben sind und zugleich die schönen Naturprodukte umschließen werden, die sich von Zeit zu Zeit lebendig bei uns sehen lassen.

Höchst interessant wird alsdann die Betrachtung sein, wie man Charaktere hervorbringen könne, ohne aus dem Kreise der Schönheit zu gehen, wie man Beschränkung und Determination aufs besondere, ohne der Freiheit zu schaden, könne erscheinen lassen.

Eine solche Behandlung müßte, um sich von andern zu unterscheiden und als Vorarbeit für künftige Freunde der Natur und Kunst einen wahren Nutzen zu haben, einen anatomischen physiologischen Grund haben; allein zur Darstellung eines so mannigfaltigen und so wunderbaren Ganzen hält es sehr schwer, sich die Möglichkeit der Form eines angemessenen Vortrags zu denken.

7.

Zurückkunft aus Weißenfels: Schiller war am 26. August mit Wilhelm von Humboldt ‚zum Rendezvous mit Körner' nach Weißenfels gefahren. Christian Gottried Körner traf am 27. August in Weißenfels ein. Am 28. August fuhren Schiller und Humboldt nach Jena zurück.

Ihres Aufsatzes: Siehe zu Nr. 6.

In beifolgenden Papieren: Brief Nr. 7 hatte drei Beilagen. Die Beilagen I und II waren ursprünglich für den ‚nachsichtigen Freund' Christian Gottfried Körner bestimmt und wurden bereits im Februar 1793 geschrieben.

Beilage I:

Freiheit in der Erscheinung ist eins mit der Schönheit

Ich habe neulich schon berührt, daß keinem Ding in der Sinnenwelt *Freiheit* wirklich zukomme, sondern bloß scheinbar sei. Aber positiv frei kann es auch nicht einmal *scheinen,* weil dies bloß eine Idee der Vernunft ist, der keine Anschauung adäquat sein kann. Wenn aber die Dinge, insofern sie in der Erscheinung vorkommen, Freiheit weder besitzen, noch zeigen, wie kann man einen objektiven Grund dieser Vorstellung in den Erscheinungen suchen? Dieser objektive Grund müßte eine solche Beschaffenheit derselben sein, deren Vorstellung uns schlechterdings *nötigt,* die Idee der Freiheit in uns hervorzubringen und auf das Objekt zu beziehen. Dies ist, was jetzt bewiesen werden muß.

Frei sein und durch sich selbst bestimmt sein, von innen heraus bestimmt sein, ist eins. Jede Bestimmung geschieht entweder von außen oder nicht von außen (von innen); was also nicht von außen bestimmt erscheint, muß als von innen bestimmt vorgestellt werden. „*Sobald also das Bestimmtsein gedacht wird,* so ist das Nichtvonaußenbestimmtsein indirekt zugleich die Vorstellung des Voninnenbestimmtseins oder der Freiheit."

Wie wird nun dieses Nichtvonaußenbestimmtsein selbst wieder vorgestellt? Hierauf beruht alles; denn wird dieses an einem Gegenstand nicht notwendig vorgestellt, so ist auch gar kein Grund da, das Voninnenbestimmtsein oder die Freiheit vorzustellen. *Notwendig* aber muß die Vorstellung des letztern sein, weil unser Urteil vom Schönen Notwendigkeit enthält, und jedermanns Beistimmung *fodert.* Es darf also nicht dem Zufall überlassen sein, ob wir bei der Vorstellung eines Objekts auf seine Freiheit Rücksicht nehmen wollen, sondern die Vorstellung desselben muß auch die Vorstellung des Nichtvonaußenbestimmtseins schlechterdings und notwendig mit sich führen.

Dazu wird nun erfodert, daß uns der Gegenstand selbst durch seine objektive Beschaffenheit einladet oder vielmehr nötigt, auf die Eigenschaft des Nichtvonaußenbestimmtseins an ihm zu merken; weil eine bloße Negation nur dann bemerkt werden kann, *wenn ein Bedürfnis nach ihrem positiven Gegenteile vorausgesetzt wird.*

Ein Bedürfnis nach der Vorstellung des Voninnenbestimmtseins (Bestimmungsgrundes) kann nur durch Vorstellung des Bestimmtseins entstehen. Zwar ist alles, was uns vorgestellt werden kann, etwas bestimmtes, aber nicht alles wird als ein solches vorgestellt; und was nicht vorgestellt wird, ist für uns so gut als garnicht vorhanden. Etwas muß an dem Gegenstande sein, was ihn aus der unendlichen Reihe des Nichtssagenden und Leeren heraushebt, und unsern Erkenntnistrieb reizt; denn das Nichtssagende ist dem Nichts beinahe gleich. Es muß sich als ein *Bestimmtes* darstellen, denn er soll uns auf das *Bestimmende* führen.

Nun ist aber der Verstand das Vermögen, welches den Grund zu der Folge sucht; folglich muß der Verstand ins Spiel gesetzt werden. Der Verstand muß veranlaßt werden, über die Form des Objekts zu reflektieren: über die *Form*, denn der Verstand hat es nur mit der Form zu tun.

Das Objekt muß also eine solche Form besitzen und zeigen, die eine Regel zuläßt: denn der Verstand kann sein Geschäft nur nach Regeln verwalten. Es ist aber nicht nötig, daß der Verstand diese Regel *erkennt* (denn Erkenntnis der Regel würde allen Schein der Freiheit zerstören, wie bei jeder strengen Regelmäßigkeit wirklich der Fall ist), es ist genug, daß der Verstand auf eine Regel – unbestimmt welche – geleitet wird.

(Man darf nur ein einzelnes Baumblatt betrachten, so dringt sich einem sogleich die Unmöglichkeit auf, daß sich das Mannigfaltige an demselben von ohngefähr und ohne alle Regel so habe ordnen können, wenn man auch gleich von der theologischen Beurteilung abstrahiert. Die unmittelbare Reflexion über den Anblick desselben lehrt es, ohne daß man nötig hat, diese Regel einzusehen und sich einen Begriff von der Struktur desselben zu bilden.)

Eine Form, welche auf eine Regel deutet, (sich nach einer Regel behandeln läßt), heißt kunstmäßig oder *technisch.* Nur die technische Form eines Objekts veranlaßt den Verstand, den Grund zu der Folge zu suchen, und das Bestimmende zu dem Bestimmten; und insofern also eine solche Form ein Bedürfnis erweckt, nach einem Grund der Bestimmung zu fragen, so führt hier die Negation des *Vonaußenbestimmtseins* ganz notwendig auf die Vorstellung des *Voninnenbestimmtseins* oder der Freiheit.

Freiheit kann also nur mit Hilfe der Technik sinnlich *dargestellt* werden, sowie Freiheit des Willens nur mit Hilfe der Kausalität, und materiellen Willensbestimmungen gegenüber, gedacht werden kann. Mit andern Worten: der negative Begriff der Freiheit ist nur durch den positiven Begriff seines Gegenteils denkbar; und so wie die Vorstellung der Naturkausalität nötig ist, um uns auf die Vorstellung der Willensfreiheit zu leiten, so ist eine Vorstellung von Technik nötig, um uns im Reich der Erscheinungen auf Freiheit zu leiten.

Hieraus ergibt sich nun eine zweite Grundbedingung des Schönen, ohne welche die erste bloß ein leerer Begriff sein würde. Freiheit in der Erscheinung ist zwar der Grund der Schönheit, aber *Technik* ist die notwendige Bedingung unserer *Vorstellung* von der Freiheit.

Man könnte dieses auch so ausdrücken:

Der Grund der Schönheit ist überall Freiheit in der Erscheinung. Der Grund unserer Vorstellung von Schönheit ist Technik in der Freiheit.

Vereinigt man beide Grundbedingungen der Schönheit und der Vorstellung der Schönheit, so ergibt sich daraus folgende Erklärung:

Schönheit ist Natur in der Kunstmäßigkeit.

Ehe ich aber von dieser Erklärung einen sichern und philosophischen Gebrauch machen kann, muß ich erst den Begriff *Natur* bestimmen, und vor jeder Mißdeutung sicherstellen. Der Ausdruck *Natur* ist mir darum lieber als *Freiheit*, weil er zugleich das Feld des Sinnlichen bezeichnet, worauf das Schöne sich einschränkt, und neben dem Begriffe der *Freiheit* auch sogleich ihre Sphäre in der Sinnenwelt andeutet. Der Technik gegenübergestellt, ist *Natur*, was durch sich selbst ist; *Kunst* ist, was durch eine Regel ist; *Natur in der Kunstmäßigkeit*, was sich selber die Regel gibt – was durch seine eigene Regel ist. (Freiheit in der Regel, Regel in der Freiheit.)

Wenn ich sage: *die Natur des Dinges, das Ding folgt seiner Natur, es bestimmt sich durch seine Natur*, so setze ich darin die Natur allem demjenigen entgegen, was von dem Objekte verschieden ist, was bloß als zufällig an demselben betrachtet wird, und hinweggedacht werden kann, ohne zugleich sein Wesen aufzuheben. Es ist gleichsam die Person des Dings, wodurch es von allen andern Dingen, die nicht seiner Art sind, unterschieden wird. Daher werden diejenigen Eigenschaften, welche ein Objekt mit allen andern gemein hat, nicht eigentlich zu seiner Natur gerechnet, ob es gleich diese Eigenschaften nicht ablegen kann, ohne daß es aufhört, zu existieren. Bloß dasjenige wird durch den Ausdruck *Natur* bezeichnet, wodurch es das bestimmte Ding wird, was es ist. Alle Körper z. B. sind schwer; aber zur *Natur* eines körperlichen Dings gehören nur diejenigen Wirkungen der Schwere, welche aus seiner speziellen Beschaffenheit resultieren. Sobald die Schwerkraft an einem Dinge, für sich selbst und unabhängig von seiner speziellen Beschaffenheit, *bloß als allgemeine Naturkraft* wirkt, so wird sie als eine fremde Gewalt angesehen, und ihre Wirkungen verhalten sich als Heteronomie gegen die Natur des Dinges. Ein Beispiel mag dies ins Licht setzen. Eine Vase ist, als Körper betrachtet, der Schwerkraft unterworfen; aber die Wirkungen der Schwerkraft müssen, wenn sie *die Natur einer Vase* nicht verleugnen soll, durch die Form der Vase modifiziert, d. i. besonders bestimmt und durch diese spezielle Form notwendig gemacht worden sein. Jede Wirkung der Schwerkraft an einer Vase aber ist zufällig, welche unbeschadet ihrer Form als Vase kann hinweggenommen werden. Alsdann wirkt die Schwerkraft gleichsam außerhalb der Oekonomie, außerhalb der Natur des Dinges, und erscheint sogleich als eine fremde

Gewalt. Dies geschieht, wenn die Vase in einen weiten und breiten Bauch sich *endigt,* weil es da aussieht, als ob die Schwere der Länge genommen hätte, was sie der Breite gegeben, kurz als ob die Schwerkraft über die Form, nicht die Form über die Schwerkraft geherrscht hätte.

Ebenso ist es mit Bewegungen. Eine Bewegung gehört zur *Natur* des Dinges, wenn sie aus der speziellen Beschaffenheit oder aus der Form des Dinges notwendig fließt. Eine Bewegung aber, welche dem Dinge unabhängig von seiner speziellen Form, durch das allgemeine Gesetz der Schwere vorgeschrieben wird, liegt außerhalb der Natur desselben und zeigt Heteronomie. Man stelle ein schweres Wagenpferd neben einen leichten spanischen Zelter. Die Last, welche jenes zu ziehen gewöhnt worden ist, hat seinen Bewegungen die Natürlichkeit genommen, daß es, auch ohne einen Wagen hinter sich herzuschleppen, ebenso mühsam und schwerfällig einhertrabt, als wenn es einen zu ziehen hätte. Seine Bewegungen entspringen nicht mehr aus seiner speziellen Natur, sondern verraten die geschleppte Last des Wagens. Der leichte Zelter hingegen ist nie gewöhnt worden, eine größere Kraft anzuwenden, als er auch in seiner größten Freiheit zu äußern sich angetrieben fühlt. Jede seiner Bewegungen ist also eine Wirkung seiner sich selbst überlassenen Natur. Daher bewegt er sich so leicht, als wenn er gar keine Last wäre, über dieselbe Fläche hinweg, die das Kutschpferd mit bleischweren Füßen tritt. „Man wird bei ihm garnicht daran erinnert, daß er ein *Körper* ist, so sehr hat die spezielle Pferdeform die allgemeine Körpernatur, die der Schwere gehorchen muß, überwunden." Hingegen macht die Schwerfälligkeit der Bewegung das Kutschpferd augenblicklich in unserer Vorstellung zur Masse, und die *eigentümliche* Natur des Rosses wird in demselben von *der allgemeinen Körpernatur* unterdrückt.

Wenn man einen flüchtigen Blick durch das Tierreich wirft, so findet man, daß die Schönheit der Tiere in demselben Verhältnis abnimmt, als sie sich der *Masse* nähern und bloß der Schwerkraft zu dienen scheinen. Die Natur eines Tieres (in der ästhetischen Bedeutung dieses Wortes) äußert sich entweder in seinen Bewegungen, oder in seinen Formen, und beide werden eingeschränkt durch die *Masse.* Hat die Masse Einfluß gehabt auf die Form, so nennen wir diese *plump;* hat die Masse Einfluß gehabt auf die Bewegung, so heißt diese *unbehülflich.* Im Bau des Elefanten, des Bären, des Stiers u. s. f. ist es die Masse, welche an der Form sowohl, als an der Bewegung dieser Tiere einen sichtbaren Anteil hat. Die Masse aber muß jederzeit der Schwerkraft gehorchen, die sich gegen die *eigene* Natur des organischen Körpers als eine fremde Potenz verhält.

Dagegen nehmen wir überall Schönheit wahr, *wo die Masse von der Form* und (im Tier- und Pflanzenreich) von den lebendigen Kräften (in die ich die Autonomie des Organischen setze) *völlig beherrscht* wird.

Die Masse eines Pferdes ist bekanntlich von ungleich größerem Gewicht, als die Masse einer Ente oder eines Krebses; nichtsdestoweniger ist die Ente schwer und das Pferd leicht; bloß weil sich die lebendigen Kräfte zur Masse bei beiden ganz verschieden verhalten. Dort ist es der Stoff, der die Kraft beherrscht; hier ist die Kraft Herr über den Stoff.

Unter den Tiergattungen ist das Vogelgeschlecht der beste Beleg meines Satzes. Ein Vogel im Flug ist die glücklichste Darstellung des durch die Form bezwungenen Stoffes, der durch die Kraft überwundenen Schwere. Es ist nicht unwichtig zu bemerken, daß die Fähigkeit über die Schwere zu siegen oft zum Symbol der Freiheit gebraucht wird. Wir drücken die Freiheit der Phantasie aus, indem wir ihm Flügel geben; wir lassen Psyche mit Schmetterlingsflügeln sich über das Irdische erheben, wenn wir ihre Freiheit von den Fesseln des Stoffs bezeichnen wollen. Offenbar ist die Schwerkraft eine Fessel für jedes Organische, und ein Sieg über dieselbe gibt daher kein unschickliches Sinnbild der Freiheit ab. Nun gibt es aber keine treffendere Darstellung der besiegten Schwere, als ein geflügeltes Tier, das sich aus innrem Leben (Autonomie des Organischen) der Schwerkraft direkt entgegen bestimmt. Die Schwerkraft verhält sich ohngefähr ebenso gegen die lebendige Kraft des Vogels, wie sich – bei reinen Willensbestimmungen – *die Neigung* zu der gesetzgebenden Vernunft verhält...

Natur an einem technischen Dinge, inwiefern wir sie dem Nichttechnischen entgegensetzen, ist seine technische Form selbst, gegen welches alles andere, was nicht zu dieser technischen Oekonomie gehört, als etwas Auswärtiges, und wenn es darauf Einfluß gehabt hat, als Heteronomie und als Gewalt betrachtet wird. Aber es ist damit noch nicht genug, daß ein Ding nur durch seine Technik bestimmt erscheine – rein technisch sei; denn das ist auch jede streng mathematische Figur, ohne deswegen schön zu sein. Die Technik selbst muß wieder durch die Natur des Dinges bestimmt erscheinen, welches man den freiwilligen Konsens des Dings zu seiner Technik nennen könnte. Hier wird also die Natur des Dings von seiner Technik wieder unterschieden, da sie doch kurz vorher für identisch mit derselben erklärt wurde. Aber der Widerspruch ist nur scheinbar. Gegen äußere Bestimmungen verhält sich die technische Form des Dinges als Natur; aber gegen das innere Wesen des Dings kann sich die technische Form wieder als etwas Äußres und Fremdes verhalten. Z. B. es ist die Natur eines Zirkels, daß er eine Linie sei, die in jedem Punkt ihrer Richtung von einem gegebenen Punkt gleichweit absteht. Schneidet nun ein Gärtner einen Baum zu einer Zirkelfigur aus, so fodert die Natur des Zirkels, daß er vollkommen rund geschnitten sei. Sobald also eine Zirkelfigur an dem Baume *angekündigt* wird, so muß sie erfüllt werden, und es beleidigt unser Auge, wenn dagegen gesündigt wird. Aber was die Natur des Zirkels fodert, das widerstreitet der Natur des Baums, und weil wir nicht umhin können, dem Baume seine eigene Natur, seine Persönlichkeit zuzugestehen, so verdrießt uns diese Gewalttätigkeit, und es gefällt uns, wenn er die ihm aufgedrungene Technik aus innerer Freiheit vernichtet. Die Technik ist also überall etwas Fremdes, wo sie nicht aus dem Dinge selbst entsteht, nicht mit der ganzen Existenz desselben eins ist, nicht von innen heraus, sondern von außen hineinkommt, nicht dem Dinge notwendig und angeboren, sondern ihm gegeben und also zufällig ist.

Noch ein Beispiel wird uns vollkommen verständigen. Wenn der Mechanikus ein musikalisches Instrument verfertigt, so kann es noch so rein technisch sein, ohne auf Schönheit Anspruch zu machen. Es ist rein technisch, wenn alles an demselben Form ist, wenn überall nur der Begriff, und nirgends der Stoff oder der Mangel von seiten des Künstlers seine Form bestimmt. Auch kann man von diesem Instrumente sagen, es habe Autonomie; sobald man nämlich das αὐτὸν in den Gedanken setzt, der hier völlig und rein gesetzgebend war, und den Stoff übermeisterte. Setzt man aber das αὐτὸν des Instruments in dasjenige, was an ihm Natur ist, und wodurch es existiert, so verändert sich das Urteil. Seine technische Form wird als etwas von ihm Verschiedenes, von seiner *Existenz* Unabhängiges und Zufälliges erkannt, und als eine äußere Gewalt betrachtet. Es entdeckt sich, daß diese technische Form etwas Auswärtiges ist, daß sie ihm durch den Verstand des Künstlers gewalttätig aufgedrungen worden. Ob also gleich die technische Form des Instruments, wie wir angenommen haben, reine Autonomie *enthält* und *äußert, so* ist sie selbst doch Heteronomie gegen das Ding, an dem sie sich findet. Ob sie gleich keinen Zwang, weder von seiten des Stoffs noch des Künstlers *erleidet, so übt* sie ihn doch gegen die eigene Natur des Dinges aus – sobald wir dieses als ein Naturding betrachten, welches einem *logischen Ding* (einem Begriffe) zu dienen genötigt wird.

Was wäre also Natur in dieser Bedeutung? Das innere Prinzip der Existenz an einem Dinge, zugleich als der Grund seiner Form betrachtet; *die innere Notwendigkeit der Form.* Die Form muß im eigentlichsten Sinne zugleich selbstbestimmend und selbstbestimmt sein; nicht bloße Autonomie, sondern Heautonomie muß da sein ...

Was ist also Natur in der Kunstmäßigkeit? Autonomie in der Technik? Sie ist die reine Zusammenstimmung des inneren Wesens mit der Form, *eine Regel, die von dem Dinge selbst zugleich befolgt und gegeben ist.* (Aus diesem Grunde ist in der Sinnenwelt nur das Schöne ein Symbol des in sich Vollendeten oder des Vollkommenen, weil es nicht wie das Zweckmäßige auf etwas außer sich braucht bezogen zu werden, sondern sich selbst zugleich gebietet und gehorcht, und sein eigenes Gesetz vollbringt.) ... Der Unterschied zwischen zwei Naturwesen, worunter das eine ganz Form ist, und eine vollkommene Herrschaft der lebendigen Kraft über die Masse zeigt, das andre aber von seiner Masse unterjocht worden ist, bleibt übrig, auch nach völliger Hinwegdenkung des beurteilenden Subjekts. Ebenso ist der Unterschied zwischen einer Technik durch Verstand und einer Technik durch Natur (wie bei allem Organischen) gänzlich unabhängig von der Existenz des vernünftigen Subjekts. Er ist also objektiv, und also ist es auch der Begriff von einer Natur in der Technik, der sich darauf gründet.

Freilich ist die Vernunft nötig, um von dieser objektiven Eigenschaft der Dinge gerade einen solchen Gebrauch zu machen, wie bei dem Schönen der Fall ist. Aber dieser subjektive Gebrauch hebt die Objektivität des Grundes nicht auf, denn auch mit dem Vollkommenen, mit dem Guten, mit dem Nützlichen hat es dieselbe Bewandtnis, ohne daß darum die Objektivität dieser Prädikate weniger gegründet wäre. „Freilich wird der Begriff der Freiheit selbst, oder das *Positive*, von der Vernunft erst in das Objekt hineingelegt, indem sie dasselbe unter der Form des Willens betrachtet; aber das *Negative* dieses Begriffs gibt die Vernunft dem Objekte nicht, sondern sie findet es in demselben schon vor. Der *Grund* der dem Objekte zugesprochenen Freiheit liegt also doch in ihm selbst, obgleich die *Freiheit* nur in der Vernunft liegt."

Kant stellt in seiner Kritik der Urteilskraft (pag. 177) einen Satz auf, der von ungemeiner Fruchtbarkeit ist, und der, wie ich denke, erst aus meiner Theorie seine Erklärung erhalten kann. Natur, sagt er, ist schön, wenn sie aussieht wie Kunst: Kunst ist schön, wenn sie aussieht wie Natur. Dieser Satz macht also die Technik zu einem wesentlichen Requisit des Naturschönen, und die Freiheit zur wesentlichen Bedingung des Kunstschönen. Da aber das Kunstschöne schon an sich selbst die Idee der Technik, das Naturschöne die Idee der Freiheit mit einschließt, so gesteht also Kant selbst ein, daß Schönheit nichts anders, als Natur in der Technik, Freiheit in der Kunstmäßigkeit sei.

Wir müssen *erstlich* wissen, daß das schöne Ding ein Naturding ist, d. i. daß es durch sich selbst ist; *zweitens* muß es uns vorkommen, als ob es durch eine Regel wäre, denn er sagt ja, es muß aussehen wie Kunst. Beide Vorstellungen: *es ist durch sich selbst,* und *es ist durch eine Regel,* lassen sich aber nur auf eine einzige Art vereinigen, nämlich, wenn man sagt: *es ist durch eine Regel, die es sich selbst gegeben hat.* Autonomie in der Technik, Freiheit in der Kunstmäßigkeit.

Es könnte aus dem Bisherigen scheinen, als ob *Freiheit* und *Kunstmäßigkeit* einen völlig gleichen Anspruch auf das Wohlgefallen hätten, das uns die Schönheit einflößt; als ob die *Technik* mit der Freiheit in gleicher Reihe stünde, und da hätte ich freilich sehr unrecht, daß ich in meiner Erklärung vom Schönen (Autonomie in der Erscheinung) bloß auf die Freiheit Rücksicht nahm und der Technik garnicht erwähnte. Aber meine Definition ist sehr genau abgewogen worden: Technik und Freiheit haben nicht dasselbe Verhältnis zum Schönen. *Freiheit* allein ist der Grund des Schönen, Technik ist nur der Grund unserer Vorstellung von der Freiheit, jene also der unmittelbare Grund, diese nur mittelbar die Bedingung der Schönheit. Technik nämlich trägt nur insofern zur Schönheit bei, als sie dazu dient, die Vorstellung der Freiheit zu erregen.

Vielleicht kann ich diesen Satz – der übrigens aus dem Vorhergehenden schon ziemlich klar ist – noch auf folgendem Wege erläutern.

Bei dem Naturschönen sehen wir mit unsern Augen, daß es durch sich selbst ist; daß es durch eine Regel sei, sagt uns nicht der Sinn, sondern der Verstand. Nun verhält sich aber die Regel zur Natur, wie Zwang zur Freiheit. Da wir uns nun die Regel bloß *denken,* die Natur aber *sehen,* so denken wir uns Zwang und sehen Freiheit. Der Verstand erwartet und fodert eine Regel, der Sinn lehrt, daß das Ding durch sich selbst und durch keine Regel ist. Läge uns nun an der Technik, so müßte uns die fehlgeschlagene Erwartung verdrießen, die uns doch vielmehr Vergnügen macht. Also muß uns an der Freiheit und nicht an der Technik liegen. Wir hätten Ursache, aus der Form des Dinges auf einen logischen Ursprung, also auf Heteronomie zu schließen, und wider Erwartung finden wir Autonomie. Da wir über diesen Fund froh sind und uns dadurch gleichsam von einer Sorge (die in unserem praktischen Vermögen ihren Sitz hat) erleichtert fühlen, so beweist dieses, daß wir bei der Regelmäßigkeit nicht so viel als bei der Freiheit gewinnen. Es ist bloß ein Bedürfnis unserer theoretischen Vernunft, uns die Form des Dinges als abhängig von einer Regel zu denken; aber daß es durch keine Regel, sondern durch sich selbst ist, ist ein Faktum für unsern Sinn. Wie könnten wir aber einen ästhetischen Wert auf die Technik legen, und doch mit Wohlgefallen wahrnehmen, daß ihr Gegenteil wirklich ist? Also dient die Vorstellung der Technik bloß dazu, uns die Nichtabhängigkeit des Produkts von derselben ins Gemüt zu rufen, und seine Freiheit desto anschaulicher zu machen.

Dieses leitet mich nun von selbst auf den Unterschied zwischen dem *Schönen* und dem *Vollkommenen.* Alles Vollkommene, das absolut Vollkommene ausgenommen, welches das Moralische ist, ist unter dem Begriff der Technik enthalten, weil es in der Übereinstimmung des Mannigfaltigen zu Einem bestehet. Da nun die Technik bloß mittelbar zu der Schönheit beiträgt, insofern sie die Freiheit bemerkbar macht, das Vollkommene aber unter dem Begriff der Technik enthalten ist, so sieht man gleich, daß es nur die *Freiheit in der Technik* ist, was das Schöne von dem Vollkommenen unterscheidet. Das Vollkommene kann Autonomie haben, insofern seine Form durch seinen Begriff rein bestimmt worden ist; aber Heautonomie hat nur das Schöne, weil nur an diesem die Form durch das innere Wesen bestimmt ist.

Das Vollkommene, dargestellt mit Freiheit, wird sogleich in das Schöne verwandelt. Es wird aber mit Freiheit dargestellt, wenn die Natur des Dinges mit seiner Technik zusammenstimmend erscheint, wenn es aussieht, als wenn diese aus dem Dinge selbst freiwillig hervorgeflossen wäre. Man kann das Bisherige auch kurz so ausdrücken: Vollkommen ist ein Gegenstand, wenn alles Mannigfaltige an ihm zur Einheit seines Begriffs übereinstimmt; schön ist er, wenn seine Vollkommenheit als Natur erscheint. Die Schönheit wächst, wenn die Vollkommenheit zusammengesetzter wird, und die Natur dabei nichts leidet; denn die Aufgabe der Freiheit wird mit der zunehmenden Menge des Verbundenen schwieriger, und ihre glückliche Auflösung eben darum überraschender.

Zweckmäßigkeit, Ordnung, Proportion, Vollkommenheit – Eigenschaften, in denen man die Schönheit so lange gefunden zu haben glaubte – haben mit derselben ganz und gar nichts zu tun. Wo aber Ordnung, Proportion usw. zur *Natur* eines Dinges gehören, wie bei allem Organischen, da sind sie auch *eo ipso* unverletzbar; aber nicht um ihrer selbst willen, sondern weil sie von der Natur des Dinges unzertrennlich sind. Eine grobe Verletzung der Proportion ist häßlich, aber nicht weil Beobachtung der Proportion Schönheit ist. Ganz und gar nicht, sondern weil sie eine Verletzung der Natur ist, also Heteronomie andeutet. Ich bemerke überhaupt, daß der ganze Irrtum derer, welche die Schönheit in der Proportion oder in der Vollkommenheit suchten, davon berührt: sie fanden, daß die Verletzung derselben den Gegenstand häßlich machte; daraus zogen sie gegen alle Logik den Schluß, daß die Schönheit in der genauen Beobachtung dieser Eigenschaften enthalten sei. Aber alle diese Eigenschaften machen bloß die *Materie* des Schönen, welche sich bei jedem Gegenstand abändern kann; sie können zur Wahrheit gehören, welche auch nur die Materie der Schönheit ist. Die Form des Schönen ist nur ein freier Vortrag der Wahrheit, der Zweckmäßigkeit, der Vollkommenheit.

Wir nennen ein Gebäude vollkommen, wenn ich alle Teile desselben nach dem Begriff und dem Zwecke des Ganzen richten, und seine *Form* durch seine *Idee* rein bestimmt worden ist. Schön aber nennen wir es, wenn wir diese Idee nicht zu Hilfe nehmen müssen, um die Form einzusehen, wenn sie freiwillig und absichtlos aus sich selbst hervorzuspringen, und alle Teile sich durch sich selbst zu beschränken scheinen. Ein Gebäude kann deswegen (beiläufig zu sagen) nie ein ganz freies Kunstwerk sein, und nie ein Ideal der Schönheit erreichen, weil es schlechterdings unmöglich ist, an einem Gebäude, das Treppen, Türen, Kamine, Fenster und Öfen braucht, ohne Hilfe eines Begriffs auszureichen, und also Heteronomie zu verbergen. Völlig rein kann also nur diejenige Kunstschönheit sein, deren Original in der Natur selbst sich findet.

Schön ist ein Gefäß, wenn es, ohne seinem Begriff zu widersprechen, einem freien Spiel der Natur gleichsieht. Die Handhabe an einem Gefäß ist bloß des Gebrauches wegen, also durch einen Begriff da; soll aber das Gefäß schön sein, so muß diese Handhabe so ungezwungen und freiwillig daraus hervorspringen, daß man ihre Bestimmung vergißt. Ginge sie aber in einem rechten Winkel ab, verengte sich der weite Bauch plötzlich zu einem engen Halse u. dgl., so würde diese abrupte Veränderung der Richtung allen Schein von Freiwilligkeit zerstören, und die Autonomie der Erscheinung würde verschwinden.

Wann sagt man wohl, daß eine Person schön gekleidet sei? Wenn weder das Kleid durch den Körper, noch der Körper durch das Kleid an seiner Freiheit etwas leidet; wenn dieses aussieht, als wenn es mit dem Körper nichts zu verkehren hätte, und doch aufs Vollkommenste seinen Zweck erfüllt. Die Schönheit oder vielmehr der Geschmack betrachtet alle Dinge als *Selbstzwecke*, und duldet schlechterdings nicht, daß eines dem andern als Mittel dient, oder das Joch trägt. In der ästhetischen Welt ist jedes Naturwesen ein freier Bürger, der mit dem edelsten gleiche Rechte hat, und *nicht einmal um des Ganzen willen* darf *gezwungen* werden, sondern zu allem schlechterdings *konsentieren* muß. In dieser ästhetischen Welt, die eine ganz andere ist, als die vollkommenste Platonische Republik, fodert auch der Rock, den ich auf dem Leibe trage, Respekt von mir für seine Freiheit, und er verlangt von mir, gleich einem verschämten Bedienten, daß ich niemanden merken lasse, daß er mir *dient*. Dafür aber verspricht er mir auch reziproke, seine Freiheit so bescheiden zu gebrauchen, daß die meinige nichts dabei leidet; und wenn beide Wort halten, so wird die ganze Welt sagen, daß ich schön angezogen sei. *Spannt* hingegen der Rock, so verlieren wir beide, der Rock und ich von unsrer Freiheit. Deswegen sind alle *ganz enge und ganz weite* Kleidungsarten gleich wenig schön; denn nicht zu rechnen, daß beide die Freiheit der Bewegungen einschränken, so zeigt bei der engen Kleidung der Körper seine Figur nur auf Kosten des Kleides, und bei der weiten Kleidung verbirgt der Rock die Figur des Körpers, indem er sich selbst mit der seinigen aufbläht, und seinen Herrn zu seinem bloßen Träger herabsetzt.

Eine Birke, eine Fichte, eine Pappel ist schön, wenn sie schlank emporsteigt, eine Eiche, wenn sie sich krümmt; die Ursache ist, weil diese sich selbst überlassen die krumme, jene hingegen die gerade Richtung lieben. Zeigt sich also die Eiche schlank und die Birke verbogen, so sind sie beide nicht schön, weil ihre Richtungen fremden Einfluß, Heteronomie verraten. Wird hingegen die Pappel vom Winde gebogen, so finden wir dies wieder schön, weil sie durch ihre schwankende Bewegung ihre Freiheit äußert.

Welchen Baum wird sich der Maler am liebsten aufsuchen, um ihn in Landschaften zu benutzen? Denjenigen gewiß, der von der Freiheit Gebrauch macht, die ihm bei aller Technik seines Baues gelassen ist – der sich nicht nach seinem Nachbar sklavisch richtet, sondern sich, selbst mit einiger Kühnheit, etwas herausnimmt, aus seiner Ordnung tritt, sich eigensinnig dahin oder dorthin wendet, wenn er auch gleich hier eine Lücke lassen, dort etwas durch seine ungestüme Dazwischenkunft verwirren müßte. An demjenigen hingegen, der immer in einerlei Richtung verharrt, auch wenn ihm seine Gattung weit mehr Freiheit vergönnt, dessen Äste ängstlich in Reihe und Glied bleiben, als wenn sie nach der Schnur gezogen wären, wird er mit Gleichgültigkeit vorübergehen.

An jeder großen Komposition ist es nötig, daß sich das Einzelne einschränke, um das Ganze zum Effekt kommen zu lassen. Ist diese Einschränkung des Einzelnen zugleich eine Wirkung seiner Freiheit, d. i. setzt es sich diese Grenze selbst, so ist die Komposition schön. Schönheit ist durch sich selbst gebändigte Kraft, Beschränkung aus Kraft.

Eine Landschaft ist schön komponiert, wenn alle einzelne Partien, aus denen sie besteht, so ineinanderspielen, daß jede sich selbst ihre Grenze setzt, und das Ganze also das Resultat von der Freiheit des

Einzelnen ist. Alles in einer Landschaft soll auf das Ganze bezogen sein, und alles Einzelne soll doch nur unter seiner eigenen Regel zu stehen, seinem eigenen Willen zu folgen scheinen. Es ist aber unmöglich, daß die Zusammenstimmung zu einem Ganzen kein Opfer von seiten des Einzelnen koste, da die Kollision der Freiheit unvermeidlich ist. Der Berg wird also auf manches einen Schatten werfen wollen, was man beleuchtet haben will; Gebäude werden die Naturfreiheit einschränken, die Aussicht hemmen; die Zweige werden lästige Nachbarn sein; Menschen, Tiere, Wolken wollen sich bewegen, denn die Freiheit des Lebendigen äußert sich nur in Handlung. Der Fluß will in seiner Richtung kein Gesetz von dem Ufer annehmen, sondern seinem eigenen folgen; kurz: jedes Einzelne will seinen Willen haben. Wo bliebe aber nun die Harmonie des Ganzen, wenn jedes nur für sich selbst sorgt? Daraus eben geht sie hervor, daß jedes aus innerer Freiheit sich gerade die Einschränkung vorschreibt, die das andere braucht, um *seine* Freiheit zu äußern. Ein Baum im Vordergrund könnte eine schöne Partie im Hintergrund bedecken; ihn zu *nötigen*, daß er das nicht tut, würde seiner Freiheit zu nahe getreten sein und Stümperei verraten. Was tut also der verständige Künstler? Er läßt denjenigen Ast des Baumes, der den Hintergrund zu verhüllen droht, *aus eigner Schwere* sich heruntersenken, und dadurch dem hintern Prospekte freiwillig Platz machen; und so vollbringt der Baum den Willen des Künstlers, indem er bloß seinem eigenen folgt.

Eine Versifikation ist schön, wenn jeder einzelne Vers sich selbst seine Länge und Kürze, seine Bewegung und seinen Ruhepunkt gibt, jeder Reim sich aus innerer Notwendigkeit darbietet und doch wie gerufen kommt – kurz, wenn kein Wort von dem andern, kein Vers von dem andern Notiz zu nehmen, bloß seiner selbst wegen dazustehen scheint, und doch alles so ausfällt, als wenn es verabredet wäre.

Warum ist das Naive schön? Weil die Natur darin über Künstelei und Verstellung ihre Rechte behauptet. Wenn uns Virgil einen Blick in das Herz der Dido will werfen lassen und uns zeigen will, wie weit es mit ihrer Liebe gekommen ist, so hätte er dies als Erzähler recht gut in seinem eigenen Namen sagen können; aber dann würde diese Darstellung auch nicht schön gewesen sein. Wenn er uns aber die nämliche Entdeckung durch die Dido selbst machen läßt, ohne daß sie die Absicht hat, so aufrichtig gegen uns zu sein (siehe das Gespräch zwischen Anna und Dido im Anfange der vierten Buchs): so nennen wir dies wahrhaft schön; denn es ist die Natur selbst, welche das Geheimnis ausplaudert.

Gut ist eine Lehrart, wo man vom Bekannten zum Unbekannten fortschreitet; schön ist sie, wenn sie sokratisch ist, d. i. wenn sie dieselben Wahrheiten aus dem Kopfe und Herzen des Zuhörers herausfragt. Bei der ersten werden dem Verstand seine Überzeugungen in forma *abgefodert*, bei der zweiten werden sie ihm *abgelockt*.

Warum wird die Schlangenlinie für die schönste gehalten? Ich habe an dieser einfachsten aller ästhetischen Aufgaben meine Theorie besonders geprüft, und ich halte diese Probe darum für entscheidend, weil bei dieser einfachen Aufgabe keine Täuschung durch Nebenursachen stattfinden kann.

Eine Schlangenlinie, kann der Baumgartenianer sagen, ist darum die schönste, weil sie sinnlich vollkommen ist. Es ist eine Linie, die ihre Richtung immer abändert (Mannigfaltigkeit) und immer wieder zu derselben Richtung zurückkehrt (Einheit). Wäre sie aber aus keinem besseren Grunde schön, so müßte es folgende Linie auch sein:

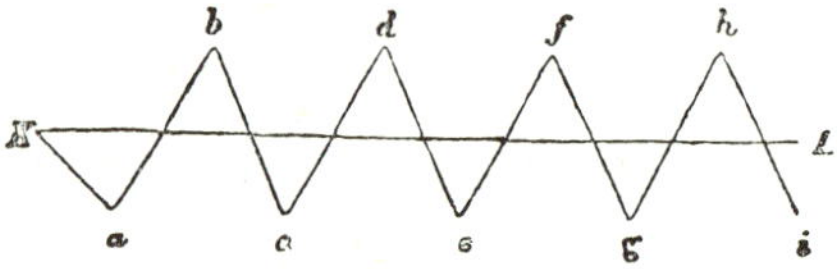

welche gewiß nicht schön ist. Auch hier ist Veränderung der Richtung; ein Mannigfaltiges, nämlich a, b, c, d, e, f, g, h, i; und Einheit der Richtung ist auch da, welche der Verstand hineindenkt, und die durch die Linie K, L vorgestellt ist. Diese Linie ist nicht schön, ob sie gleich sinnlich vollkommen ist.

Folgende Linie aber ist eine schöne Linie . . .

Nun ist der ganze Unterschied zwischen dieser zweiten und jener bloß der, daß jene ihre Richtung *ex abrupto,* diese aber unmerklich verändert; der Unterschied ihrer Wirkungen auf das ästhetische Gefühl muß also in diesem einzig bemerkbaren Unterschied ihrer Eigenschaften gegründet sein. Was ist aber eine plötzlich veränderte Richtung anders, als eine gewaltsam veränderte? Die Natur liebt keinen Sprung. Sehen wir sie einen tun, so zeigt es, daß ihr Gewalt geschehen ist. Freiwillig hingegen erscheint nur diejenige Bewegung, an der man keinen bestimmten Punkt angeben kann, bei dem sie ihre Richtung abänderte. Und dies ist der Fall mit der Schlangenlinie, welche sich von der oben abgebildeten bloß durch ihre *Freiheit* unterscheidet.

Ich könnte noch Beispiele genug aufhäufen, um zu zeigen, daß alles, was wir schön nennen, sich dieses Prädikat bloß durch die Freiheit in seiner Technik erwerbe. Aber an den angeführten Proben mag es vor jetzt genug sein. Weil also *Schönheit* an keiner Materie haftet, sondern bloß in der Behandlung besteht; alles aber, was sich den Sinnen vorstellt, technisch oder nicht-technisch, frei oder nicht-frei erscheinen kann: so folgt daraus, daß sich das Gebiet des Schönen sehr weit erstrecke, weil die Vernunft bei allem, was Sinnlichkeit und Verstand ihr unmittelbar vorstellen, nach der Freiheit fragen kann und muß. Darum ist das Reich des Geschmacks ein Reich der Freiheit – die schöne Sinnenwelt das glücklichste Symbol, wie die moralische sein soll, und jedes schöne Naturwesen außer mir ein glücklicher Bürge, der mir zuruft: Sei frei, wie ich.

Darum stört uns jede sich aufdringende Spur der despotischen Menschenhand in einer freien Naturgegend; darum jeder Tanzmeisterzwang im Gange und in den Stellungen; darum jede Künstelei in den Sitten und Manieren; darum alles Eckigte im Umgang; darum jede Beleidigung der Naturfreiheit in Verfassungen, Gewohnheiten und Gesetzen.

Es ist auffallend, wie sich der gute Ton (Schönheit des Umgangs) aus meinem Begriff der Schönheit entwickeln läßt. Das erste Gesetz des guten Tons ist's: *Schone fremde Freiheit;* das zweite: *zeige selbst Freiheit.* Die pünktliche Erfüllung beider ist ein unendich schweres Problem; aber der gute Ton fodert sie unerläßlich, und sie macht allein den vollendeten Weltmann. Ich weiß für das Ideal des schönen Umgangs kein passenderes Bild, als einen gut getanzten und aus vielen verwickelten Touren komponierten englischen Tanz. Ein Zuschauer aus der Galerie sieht unzählige Bewegungen, die sich aufs bunteste durchkreuzen, und ihre Richtung lebhaft und mutwillig verändern und doch *niemals zusammenstoßen.* Alles ist so geordnet, daß der eine schon Platz gemacht hat, wenn der andere kommt; alles fügt sich so geschickt und doch wieder so kunstlos ineinander, daß jeder nur seinem eigenen Kopf zu folgen scheint, und doch nie dem andern in den Weg tritt. Es ist das treffendste Sinnbild der behaupteten eigenen Freiheit und der geschonten Freiheit des andern.

Alles, was man gewöhnlich *Härte* nennt, ist nichts anders als das Gegenteil des *Freien.* Diese Härte ist es, was oft der Verstandesgröße, oft selbst der moralischen ihren *ästhetischen* Wert benimmt. Der gute Ton verzeiht auch dem glänzendsten Verdienst diese *Brutalität* nicht, und liebenswürdig wird die Tugend selbst nur durch Schönheit. Schön ist aber ein Charakter, eine Handlung nicht, wenn sie die Sinnlichkeit des Menschen, dem sie zukommen, unter dem Zwang des Gesetzes zeigen, oder der Sinnlichkeit des Zuschauers Zwang antun. In diesem Falle werden sie bloß *Achtung,* aber nicht *Gunst,* nicht Neigung einflößen; bloße Achtung demütigt den, der sie empfindet. Daher gefällt uns Cäsar weit mehr als Cato, Cimon mehr als Phocion, Thomas Jones weit mehr als Grandison. Daher rührt es, daß uns oft bloß affektionierte Handlungen mehr gefallen, als rein moralische, weil sie Freiwilligkeit zeigen, weil sie durch die Natur (den Affekt), nicht durch die gebieterische Vernunft wider das Interesse der Natur vollbracht werden – daher mag es kommen, daß uns die milden Tugenden mehr als die heroischen, das Weibliche so oft mehr als das Männliche gefällt; denn der weibliche Charakter, auch der vollkommenste, kann nie anders, als aus Neigung handeln.

Beilage II:

Das Schöne der Kunst

Es ist von zweierlei Art: a) Schönes der Wahl oder des Stoffes – Nachahmung des Naturschönen. b) Schönes der Darstellung oder der Form – Nachahmung der Natur. Ohne das letzte gibt es keinen Künstler. Beides vereinigt macht den großen Künstler.

Das Schöne der Form oder der Darstellung ist der Kunst *eigen.* „Das Schöne der Natur", sagt Kant sehr richtig, „ist ein schönes Ding; das Schöne der Kunst ist eine schöne Vorstellung von dem Dinge." Das Idealschöne, könnte man hinzusetzen, ist eine schöne Vorstellung von einem schönen Ding.

Bei dem Schönen der Wahl wird darauf gesehen, *was* der Künstler darstellt. Bei dem Schönen der Form (der Kunstschönheit *stricte sic dicta*) wird bloß darauf gesehen, *wie* er darstellt. Das erste, kann man sagen, ist eine freie Darstellung der Schönheit, das zweite eine freie Darstellung der Wahrheit.

Da sich das erste mehr auf die Bedingungen des Naturschönen einschränkt, das letzte aber der Kunst eigentümlich zukommt, so handle ich von diesem zuerst; denn erst muß gezeigt werden, was den Künstler überhaupt macht, ehe man von dem großen Künstler spricht.

Schön ist ein Naturprodukt, wenn es in seiner Kunstmäßigkeit frei erscheint.

Schön ist ein Kunstprodukt, wenn es ein Naturprodukt frei darstellt.

Freiheit der Darstellung ist also der Begriff, mit dem wir es hier zu tun haben.

Man *beschreibt* einen Gegenstand, wenn man die Merkmale, die ihn kenntlich machen, in Begriffe verwandelt und zur Einheit der Erkenntnis verbindet.

Man *stellt ihn dar,* wenn man die verbundenen Merkmale unmittelbar in der Anschauung vorlegt.

Das Vermögen der Anschauungen ist die Einbildungskraft. Ein Gegenstand heißt also dargestellt, wenn die Vorstellung desselben unmittelbar vor die Einbildungskraft gebracht wird.

Frei ist ein Ding, das durch sich selbst bestimmt ist oder so erscheint.

Frei dargestellt heißt also ein Gegenstand, wenn er der Einbildungskraft als durch sich selbst bestimmt vorgehalten wird.

Aber wie kann er ihr als durch sich selbst bestimmt vorgehalten werden, da er selbst nicht einmal da ist, sondern in einem andern bloß nachgeahmt wird; da er nicht in Person, sondern durch einen Repräsentanten sich vorstellt?

Das Kunstschöne nämlich ist nicht die Natur selbst, sondern nur eine Nachahmung derselben in einem *Medium,* das von dem *Nachgeahmten* materialiter ganz verschieden ist. Nachahmung ist die formale Ähnlichkeit des Materialverschiedenen.

N. B. Architektur, schöne Mechanik, Gartenkunst, Tanzkunst u. dergl. dürfen für keine Einwendung gelten; denn daß auch diese Künste sich demselben Prinzip unterordnen, ob sie gleich entweder kein Naturprodukt nachahmen, oder kein Medium dazu brauchen, wird in der Folge sehr evident werden.

Die Natur des Gegenstandes wird also in der Kunst nicht selbst in ihrer Persönlichkeit und Individualität, sondern durch ein *Medium* vorgestellt, welches wieder:

a) seine eigene Individualität und Natur hat;

b) von dem Künstler abhängt, der gleichfalls als eine eigene Natur zu betrachten ist.

Der Gegenstand wird also durch die *dritte* Hand vor die Einbildungskraft gestellt; und da sowohl der Stoff, worin er nachgeahmt wird, als der Künstler, der diesen Stoff bearbeitet, ihre eigene Natur besitzen, und nach ihrer eigenen Natur wirken – wie ist es möglich, daß die Natur des Gegenstandes dennoch rein und durch sich selbst bestimmt kann vorgestellt werden?

Der darzustellende Gegenstand legt seine Lebendigkeit ab, er ist nicht selbst gegenwärtig, sondern seine Sache wird durch einen ihm ganz unähnlichen fremden Stoff geführt, auf den es ankommt, wieviel jener von seiner Individualität retten oder einbüßen soll.

Nun kommt also die fremde Natur des Stoffes *dazwischen*, und nicht diese allein, sondern auch die ebenso fremde Natur des Künstlers, der diesem Stoff seine Form zu geben hat. Alle Dinge aber wirken notwendig nach ihrer Natur.

Es sind also hier dreierlei Naturen, die miteinander ringen: die Natur des darzustellenden, die Natur des darstellenden Stoffes, und die Natur des Künstlers, welcher jene beiden in Übereinstimmung bringen soll.

Es ist aber bloß die Natur des Nachgeahmten, was wir an einem Kunstprodukt zu finden erwarten; und das will eigentlich der Ausdruck sagen, daß es durch sich selbst bestimmt der Einbildungskraft vorgestellt werde. Sobald aber entweder der *Stoff* oder der *Künstler* ihre Naturen mit einmischen, so erscheint der dargestellte Gegenstand nicht mehr als durch sich selbst bestimmt, sondern Heteronomie ist da. Die Natur des Repräsentierten erleidet von dem Repräsentieren der Gewalt, sobald dieses seine Natur dabei geltend macht. Ein Gegenstand kann also nur dann *frei dargestellt* heißen, wenn die Natur des Dargestellten von der Natur des Darstellenden nichts gelitten hat.

Die Natur des Mediums oder des Stoffes muß also von der Natur des Nachgeahmten völlig besiegt erscheinen. Nun ist aber bloß die *Form* des Nachgeahmten, was auf das Nachahmende übertragen werden kann; also ist es die Form, welche in der Kunstdarstellung den Stoff besiegt haben muß.

Bei einem Kunstwerk also muß sich der *Stoff* (die Natur des Nachahmenden) in der *Form* des (Nachgeahmten), der *Körper* in der *Idee*, die *Wirklichkeit* in der *Erscheinung* verlieren.

Der Körper in der Idee: denn die Natur des Nachgeahmten ist an dem nachahmenden Stoffe nichts Körperliches; sie existiert bloß als Idee an demselben, und alles Körperliche an diesem gehört bloß ihm selbst, und nicht dem Nachgeahmten an.

Die Wirklichkeit in der Erscheinung: Wirklichkeit heißt hier das *Reale,* welches an einem Kunstwerke immer nur die *Materie* ist, und dem *Formalen* oder der Idee, die der Künstler in dieser Materie ausführt, muß entgegengesetzt werden. Die Form ist an einem Kunstwerk bloße Erscheinung, d. i. der Marmor *scheint* ein Mensch, aber er bleibt, in der Wirklichkeit, Marmor.

Frei also wäre die Darstellung, wenn die Natur des Mediums durch die Natur des Nachgeahmten völlig vertilgt erscheint, wenn das *Nachgeahmte* seine reine Persönlichkeit auch in seinem Repräsentanten behauptet, wenn das Repräsentierende durch völlige Ablegung oder vielmehr *Verleugnung* seiner Natur sich mit dem Repräsentierten vollkommen ausgetauscht zu haben scheint – kurz – wenn nichts durch den Stoff, sondern alles durch die Form ist.

Ist an einer Bildsäule ein einziger Zug, der den Stein verrät, der also nicht in der Idee, sondern in der Natur des Stoffes gegründet ist, so leidet die Schönheit; denn Heteronomie ist da. Die Marmornatur, welche hart und spröd ist, muß in der Natur des Fleisches, welches biegsam und weich ist, völlig untergegangen sein, und weder das Gefühl noch das Auge darf daran erinnert werden.

Ist an einer Zeichnung ein einziger Zug, der die Feder oder den Griffel, das Papier oder die Kupferplatte, den Pinsel oder die Hand, die ihn führte, kenntlich macht, so ist sie *hart* oder *schwer;* ist an ihr der *eigentümliche Geschmack* des Künstlers, die Künstlernatur sichtbar, so ist sie *maniriert.* Leidet nämlich die Beweglichkeit eines Muskels (in einem Kupferstich) durch die Härte des Metalls oder durch die schwere Hand des Künstlers, so ist die Darstellung häßlich; weil sie nicht durch die Idee, sondern durch das Medium bestimmt worden ist. Leidet die Eigentümlichkeit des darzustellenden Objekts durch die Geisteseigentümlichkeit des Künstlers, so sagen wir, die Darstellung sei *maniriert.*

Das Gegenteil der *Manier* ist der *Stil,* der nichts anders ist, als die höchste Unabhängigkeit der Darstellung von allen subjektiven und allen objektiv zufälligen Bestimmungen.

Reine Objektivität der Darstellung ist das Wesen des guten Stils: der höchste Grundsatz der Künste.

„Der Stil verhält sich zur Manier, wie sich die Handlungsart aus formalen Grundsätzen zu einer Handlungsart aus empirischen Maximen (subjektiven Grundsätzen) verhält. Der Stil ist eine völlige Erhebung über das Zufällige zum Allgemeinen und Notwendigen." (Aber unter dieser Erklärung des Stils ist auch schon das *Schöne der Wahl* mitbegriffen, wovon jetzt noch nicht die Rede sein soll.)

Der große Künstler, könnte man also sagen, zeigt uns den Gegenstand (seine Darstellung hat reine Objektivität), der mittelmäßige zeigt sich selbst (seine Darstellung hat Subjektivität), der schlechte seinen Stoff (die Darstellung wird durch die Natur des Mediums und durch die Schranken des Künstlers bestimmt).

Alle diese drei Fälle werden an einem Schauspieler sehr anschaulich.

1. Wenn Ekhof oder Schröder den Hamlet spielten, so verhielten sich ihre *Personen* zu ihrer *Rolle* wie der Stoff zur Form, wie der Körper zur Idee, wie die Wirklichkeit zur Erscheinung. Ekhof war gleichsam der Marmor, aus dem sein Genie einen Hamlet formte; und weil seine (des Schauspielers) Person in der künstlichen Person Hamlets völlig unterging, weil bloß die *Form* (der Charakter Hamlets) und nirgends der Stoff (nirgends die wirkliche Person des Schauspielers) zu bemerken war – weil alles an ihm bloß Form (bloß Hamlet) war, so sagt man, er spielte schön. Seine Darstellung war im großen Stil, weil sie *erstlich* völlig objektiv war und nichts Subjektives sich miteinmischte; *zweitens*, weil sie objektiv notwendig, nicht zufällig war (wovon die Erläuterung bei einer andern Gelegenheit).

2. Wenn Madame Albrecht eine Ophelia spielte, so erblickte man zwar die Natur des Stoffes (die Person der Schauspielerin) nicht, aber auch nicht die reine Natur des Darzustellenden (die Person der Ophelia), sondern – eine willkürliche Idee der Schauspielerin. Sie hatte sich nämlich einen subjektiven Grundsatz – eine Maxime – gemacht, den Schmerz, den Wahnsinn, den edlen Anstand gerade so vorzustellen, ohne sich darum zu bekümmern, ob dieser Vorstellung Objektivität zukommt oder nicht. Sie hatte also nur *Manier*, keinen *Stil* gezeigt.

3. Wenn Herr Brückl einen König spielt, so sieht man die Natur des Mediums über die Form (die Rolle des Königs) herrschen; denn aus jeder Bewegung blickt der Schauspieler (der Stoff) ekelhaft und stümperhaft hervor. Man sieht sogleich die niedrige Wirkung des *Mangels*, weil es dem Künstler (hier dem Verstand des Schauspielers) an Einsicht fehlt, den Stoff (den Körper des Schauspielers) einer Idee gemäß zu formen. Die Darstellung ist also elend, weil sie zugleich die Natur des Stoffes und die subjektiven Schranken des Künstlers offenbart.

Bei zeichnenden und bildenden Künsten fällt es leicht genug in die Augen, wieviel die Natur des Darzustellenden leidet, wenn die Natur des Mediums nicht völlig bezwungen ist. Aber schwerer dürfte es sein, diesen Grundsatz nun auch auf die *poetische* Darstellung anzuwenden, welche doch schlechterdings daraus abgeleitet werden muß...

Auch hier, versteht sich, ist noch gar nicht *von dem Schönen der Wahl* die Rede, sondern bloß von *dem Schönen der Darstellung.* Es wird also vorausgesetzt, der Dichter habe die ganze Objektivität seines Gegenstandes *wahr, rein und vollständig* in seiner Einbildungskraft aufgefaßt – das Objekt stehe schon idealisiert (d.i. in reine Form verwandelt) vor seiner Seele, und es komme bloß darauf an, es *außer sich darzustellen.* Dazu wird nun erfodert, daß dieses Objekt seines Gemüts von der Natur des Mediums, in welchem es dargestellt wird, keine Heteronomie erleidet.

Das Medium des Dichters sind Worte: also abstrakte Zeichen für Arten und Gattungen, niemals für Individuen; und deren Verhältnisse durch *Regeln* bestimmt werden, davon die *Grammatik* das System enthält. Daß zwischen den Sachen und den Worten keine *materiale* Ähnlichkeit (Identität) stattfindet, macht gar keine Schwierigkeit; denn diese findet sich auch nicht zwischen der *Bildsäule* und dem *Menschen,* dessen Darstellung sie ist. Aber auch die bloß *formale* Ähnlichkeit (Nachahmung) ist zwischen Worten und Sachen so leicht nicht. Die Sache und ihr Wortausdruck sind bloß zufällig und willkürlich (wenige Fälle abgerechnet), bloß durch Übereinkunft miteinander verbunden. Indessen würde auch dies nicht viel zu bedeuten haben, weil es nicht darauf ankommt, was das Wort an sich selbst ist, sondern welche Vorstellung es erweckt. Gäbe es also überhaupt nur Worte oder Wortsätze, welche uns den individuellsten Charakter der Dinge, ihre individuellsten Verhältnisse, und kurz die ganze objektive Eigentümlichkeit des Einzelnen vorstellten, so käme es gar nicht darauf an, ob dies durch *Konvenienz* oder aus innerer Notwendigkeit geschähe.

Aber eben daran fehlt es. Sowohl die Worte, als ihre Biegungs- und Verbindungsgesetze sind ganz allgemeine Dinge, die nicht *einem* Individuum, sondern einer unendlichen Anzahl von Individuen zum Zeichen dienen. Noch weit mißlicher steht es um die Bezeichnung der *Verhältnisse,* welche nach Regeln bewerkstelligt wird, die auf unzählige und ganz heterogene Fälle zugleich anwendbar sind, und nur durch eine besondere Operation des Verstandes einer individuellen Vorstellung angepaßt werden. Das darzustellende Objekt muß also, ehe es vor die Einbildungskraft gebracht und in Anschauung verwandelt wird, durch das abstrakte Gebiet der Begriffe *einen sehr weiten Umweg nehmen,* auf welchem es viel von seiner Lebendigkeit (sinnlichen Kraft) verliert. Der Dichter hat überall kein anderes Mittel, um das Besondere darzustellen, als die künstliche *Zusammensetzung des Allgemeinen* („der eben jetzt vor mir stehende Leuchter fällt um" ist ein solcher individueller Fall), durch Verbindung lauter allgemeiner Zeichen ausgedrückt.

Die *Natur* des Mediums, dessen der Dichter sich bedient, besteht also „in einer Tendenz zum *Allgemeinen*", und liegt daher mit der Bezeichnung des Individuellen (welches die Aufgabe ist) im Streit. Die Sprache stellt alles vor den *Verstand,* und der Dichter soll alles vor die *Einbildungskraft* bringen (darstellen); die Dichtkunst will *Anschauungen,* die Sprache gibt nur *Begriffe.*

Die Sprache beraubt also den Gegenstand, dessen Darstellung ihr anvertraut wird, seiner Sinnlichkeit und Individualität, und drückt ihm eine Eigenschaft von ihr selbst (Allgemeinheit) auf, die ihm fremd ist. Sie mischt – um mich meiner Terminologie zu bedienen – in die Natur des Darzustellenden, welche sinnlich ist, die Natur des Darstellenden, welche abstrakt ist, ein, und bringt also Heteronomie in die Darstellung desselben. Der Gegenstand wird also der Einbildungskraft nicht als durch sich selbst bestimmt, also nicht frei, vorgestellt, sondern gemodelt durch den Genius der Sprache, oder er wird gar nur vor den Verstand gebracht; und so wird er entweder nicht frei dargestellt, oder garnicht dargestellt, sondern bloß beschrieben.

Soll also eine poetische Darstellung frei sein, so muß der Dichter *„die Tendenz der Sprache zum Allgemeinen durch die Größe seiner Kunst überwinden, und den Stoff* (Worte und ihre Flexions- und Konstruktionsgesetze) *durch die Form* (nämlich die Anwendung derselben) besiegen". Die Natur der Sprache (eben diese ihre Tendenz zum Allgemeinen) muß in der ihr gegebenen Form völlig untergehn, der Körper muß sich in der Idee, das Zeichen in dem Bezeichneten, die Wirklichkeit in der Erscheinung verlieren. Frei und siegend muß das Darzustellende aus dem Darstellenden hervorscheinen, und trotz allen Fesseln der Sprache in seiner ganzen Wahrheit, Lebendigkeit und Persönlichkeit vor der Einbildungskraft dastehen. Mit einem Wort: Die Schönheit der poetischen Darstellung ist *„freie Selbsthandlung der Natur in den Fesseln der Sprache"*.

Beilage III:

Das im August 1794 erschienene Vierte Stück der ‚Neuen Thalia', Jahrgang 1793. In diesem Heft u.a. Christian Gottfried Körners ‚Ideen über Deklamation' und Schillers ‚Fortgesetzte Entwicklung des Erhabenen' (= ‚Vom Erhabenen', zweite Hälfte).

8.

Manuskripte: Siehe zu Nr. 7, Beilage I und II.
Bruchstück der Entwicklung des Erhabnen: Siehe zu Nr. 7, Beilage III.
Charis: Friedrich Wilhelm Basilius von Ramdohr. Charis oder über das Schöne und die Schönheit in den nachbildenden Künsten. Leipzig 1793.

9.

lege ich hier den Anfang bei: ‚Vom Erhabenen. Zur weitern Ausführung einiger Kantischen Ideen' (erste Hälfte); erschienen September 1793 im Dritten Stück der ‚Neuen Thalia', Jahrgang 1793. Siehe zu Nr. 7, Beilage III.
Rezension von mir über Matthisons Gedichte: In der ‚Allgemeinen Literaturzeitung' Nr. 298 und 299 vom 11. und 12. September 1794. Schillers Werke, Nationalausgabe, Band 22 (Weimar 1958), S. 265 ff. und 422 ff.)

10.

Exemplare der englischen Iphigenie: Goethes Schauspiel ‚Iphigenie' erschien 1793 in einer englischen Übersetzung von Taylor, die 1794 von Unger in Berlin nachgedruckt wurde. Gemeint ist hier der Nachdruck.

11.

Buch über die Liebe: Friedrich Wilhelm Basilius von Ramdohr. Venus Urania, über die Natur der Liebe, über ihre Veredlung und Verschönerung. Leipzig 1798.
Abhandlung von Maimon: ‚Über die Ästetik' in Salomon Maimons ‚Streifereien im Gebiete der Philosophie' (Berlin 1793).

12.

Arens: Der Hamburger Architekt Johann August Arens, der 1789 den Neubau des Weimarer Schlosses ausführte.
Hirt: Der Archäologe Alois Ludwig Hirt, den Goethe in Rom kennengelernt hatte.

13.

meine Beistimmung auf einem besonderen Blatt: Auch Goethe gehörte nunmehr dem Redaktionsausschuß der ‚Horen' an. Seine Erklärung betreffs ‚Aufnahme des Herrn Zahns' in den Kreis der Mitarbeiter lautet:

> Daß die Herausgeber der Horen Herrn Zahn aus Tübingen in ihre Sozietät aufnehmen und demselben ein konsultatives Votum in den Angelegenheiten, welche diese Monatsschrift betreffen, bewilligen, finde ich den Umständen ganz angemessen. Es versteht sich, daß dieses Verhältnis nur so lange dauern kann, als Herr Cotta Verleger ist.
> Weimar, den 1. Oktober 1794 Goethe

Rezension des Woldemars: Friedrich Heinrich Jacobis Roman ‚Woldemar' erschien ursprünglich in Wielands ‚Teutschem Merkur' (1779), als Buchausgabe unter dem Titel: ‚Woldemar, eine Seltenheit aus der Naturgeschichte' (Flensburg und Leipzig 1779). In neuer Bearbeitung kam der Roman Königsberg 1794 heraus. Wilhelm von Humboldts Rezension in der ‚Allgemeinen Literaturzeitung' Nr. 315–317 vom 26. und 27. September 1794 bezieht sich auf die zweibändige Neubearbeitung von 1794.

14.

Venedig: Das gerettete Venedig. Trauerspiel von Otway, bearbeitet von Valett. Bayreuth 1795.
zu dem bekannten Zwecke: Fertigstellung des Trauerspiels ‚Die Malteser' für das Weimarer Theater. Dieser Plan, der Schiller von 1788 bis 1803 beschäftigte, kam über einige Entwürfe und den Beginn der Ausarbeitung nicht hinaus.

15.

dieses Briefes, der unsre Korrespondenz eröffnen soll: Siehe Fehlende Briefe Nr. 1 (Seite 880).

unsere Angelegenheit: Rezension der ‚Horen' in der ‚Allgemeinen Literaturzeitung'.
Roman ... diesen Teil zu rezensieren: Die 1801 in der ‚Allgemeinen Literaturzeitung' erschienene Rezension des ‚Wilhelm Meister' schrieb der mit Christian Gottfried Körner und Schiller befreundete Leipziger Schriftsteller Ludwig Ferdinand Huber.

16.

komme ich morgen: Der Goetheschen Einladung, am 18. Oktober zur Aufführung des ‚Carlos' nach Weimar zu kommen, konnte Schiller krankheitshalber nicht nachkommen.
Briefen an den Prinzen von Augustenburg: Aus dieser Bearbeitung gingen die ‚Briefe über die ästhetische Erziehung des Menschen' hervor. Brief 1–9 erschien im ersten Stück des Jahrgangs 1795 der ‚Horen', Brief 10–16 im zweiten Stück.
die neulich berührte Materie: Im fehlenden Brief Nr. 1 (Seite 880).
Elegien und ... Epistel: Die beiden Epistel und Goethes römische Elegien erschienen im ersten und zweiten Stück des Jahrgangs 1795 der ‚Horen'.

17.

Malteser Rittern: Siehe zu Nr. 14.
Gegen Ihren ersten Brief: Fehlende Briefe Nr. 1 (Seite 880).

18.

Dieses Konzept sollte Goethes Antwort auf den fehlenden Brief Nr. 1. (Seite 880) werden.

19.

Briefen an den Prinzen: Siehe zu Nr. 16.
Judenbuchhändler: Salomon Heinrich Karl August Michaelis in Neustrelitz, der mit Schiller am 15. August 1794 einen Vertrag über die Herausgabe eines Musenalmanachs gegen ein Honorar von jährlich 300 Reichstalern geschlossen hatte.

20.

übersandte Manuskript: Siehe zu Nr. 15.
Meyer: Der Maler und Archäologe Johann Heinrich Meyer, seit 1791 Direktor der Zeichenschule in Weimar, lebte seit Ende April 1794 wieder im Goetheschen Hause.
Herders beiliegendes Blatt: Die Beilage ist nicht erhalten.
Büchelchen Epigramme: Die Venetianischen Epigramme erschienen im Musenalmanach für das Jahr 1796.

21.

einen gewissen Weißhuhn: Friedrich August Weißhuhn, Privatdozent der Philosophie in Jena.

Äußerungen Fichtes: In J. G. Fichtes ‚Grundlagen der gesamten Wissenschaftslehre' (Jena und Leipzig 1794).
Aufsatz über Landschaftsmalerei: Der Aufsatz ist nicht erhalten.
Professor Meyer wieder in Weimar: Siehe zu Nr. 20.
Büste von einem deutschen Bildhauer: Johann Heinrich Danneckers Schiller-Büste, die Schiller am 5. Oktober 1794 aus Stuttgart erhalten hatte.
Malteser: Siehe zu Nr. 14.
meine Briefe: Siehe zu Nr. 16.
Versuch über das Naive: ‚Über naive und sentimentalische Dichtung'. Diese Schillersche Abhandlung, die aus dem ‚kleinen Versuch über das Naive' hervorging, erschien im Jahrgang 1795 der ‚Horen' (Eilftes Stück: Über das Naive. Zwölftes Stück: Die sentimentalischen Dichter).
Geburtstag der Herzogin: Luise, Herzogin von Sachsen-Weimar, geborene Prinzessin von Hessen-Darmstadt, wurde am 30. Januar 1757 geboren.

22.

erste Epistel: Siehe zu Nr. 16
mit einigen Kleinigkeiten: Möglicherweise ist u. a. der ‚Brief von Maimon nebst dem Aufsatze' gemeint.
Erzählung: ‚Geschichte des ehrlichen Prokurators' (siehe Nr. 21) erschien in den ‚Unterhaltungen deutscher Ausgewanderten'.
Brief von Maimon nebst dem Aufsatz: ‚Das Genie und der methodische Erfinder'. Maimons Aufsatz wurde 1795 in der ‚Berlinischen Monatsschrift' veröffentlicht.

23.

Jena: Goethe blieb bis zum 6. November in Jena.

24.

beifolgendem Bilde: Johann Gotthard Müllers Kupferstich nach dem Schiller-Porträt von Graff.
Elegien: Siehe zu Nr. 16.
nebst den Stolbergen: Fritz Stolberg. Reise in Deutschland, der Schweiz, Italien und Sizilien in den Jahren 1791 und 1792. Vier Bände, Königsberg und Leipzig 1794.
die Witwe: Joseph Schreyvogels Lustspiel ‚Die Witwe' erschien im Februar 1795 in Schillers ‚Neuer Thalia', 6. Stück (letztes Heft) des Jahrgangs 1793. Der spätere Hoftheatersekretär Schreyvogel, unter dessen Leitung das Wiener Burgtheater eine Blütezeit erlebte, hielt sich vom September 1795 bis zum Sommer 1796 in Jena auf. Trotz eines anscheinend bekundeten Interesses ließ Goethe das Schreyvogelsche Lustspiel nicht in Weimar aufführen.
Manuskript von Meyern: Johann Heinrich Meyer. Ideen zu einer künftigen Geschichte der Kunst. Der Aufsatz erschien im zweiten Stück des Jahrgangs 1795 der ‚Horen'.

Reise nach Erfurt: Wilhelm von Humboldt fuhr am 21. November über Weimar, wo er Goethe aufsuchte, nach Erfurt.

25.

Manuskript: Anfang des Manuskripts der ‚Unterhaltungen deutscher Ausgewanderten', die 1795 in den ‚Horen' erschienen
Humboldt . . . zu einer ästhetisch-kritischen Session: Vergleiche hierzu Goethes Bericht vom 30. Dezember 1824:

‚Von den erwähnten Vorlesungen wäre wohl das Nötige zu erwähnen, da ihre Wirkung zur Zeit bedeutend war.

Es versammelten sich etwa zwölf Personen wöchentlich abends in meinem Hause, deren Namen schon von der Unterhaltungsweise genugsames Verständnis gibt.

Geheimrat von Voigt, ein allseitig gebildeter Geschäftsmann, der in meiner Abwesenheit die Zusammenkunft fortführte und einleitete.

Von Fritsch, jung, gebildet, bildungslustig, aufmerksam, durchaus teilnehmend.

Wieland, Herder, Buchholz, Hufeland, Bertuch, Meyer, Kraus, Männer vom verschiedensten Interesse, ein jeder in seinem Fach ernstlich beschäftigt, vorschreitend im Neuen, nachdenkend über das Alte; keiner, der nicht in der Folge des Lebens sich bedeutend erwiesen hätte.

Als Gäste fanden sich ein verschiedene Lehrer von Jena, Voigt von Ilmenau bei jedesmaligem Hiersein, und so ward auch jeder bedeutende Fremdling eingeladen und wohl aufgenommen so wie das, was er etwa mitzuteilen hatte. Die Anmut sowie die Wirksamkeit einer solchen Unterhaltung wird sich jeder Denkende gern vergegenwärtigen.

Höchst bedeutend war hiebei, daß Durchlaucht der Herzog öfters teilnahm und dabei, mit besonderem Scharfsinn die Verdienste des Inhalts sowie des Vortrags beurteilend, jüngere Männer kennenlernte, die ihm sonst schwerlich von dieser Seite so nahe getreten wären. Weimar und Jena haben diesen Abenden manche wichtige Anstellung und Auszeichnung zu verdanken.

Da nun bei solchen Zusammenkünften mit Maß und Bescheidenheit alles zur Sprache kam, was empfunden, gedacht und gewußt zu werden verdiente, so war auch Poesie höchst willkommen.

Nun war damals die Vossische Übersetzung der Ilias an der Tagesordnung und über die Lesbarkeit und Verständlichkeit derselben mancher Streit, daher ich denn nach alter Überzeugung, daß Poesie durch das Auge nicht aufgefaßt werden könne, mir die Erlaubnis ausbat das Gedicht vorzulesen, mit dem ich mich von Jugend auf mannigfaltig befreundet hatte.

Daß mir nun das rhapsodische Metier nicht ganz mißlungen, davon gibt Herrn von Humboldts Erwähnung gegen Schillern das beste Zeugnis, welches diesen bewog, einen gleichen Vortrag von mir gelegentlich zu verlangen.

Und gewiß, schwarz auf weiß sollte durchaus verbannt sein: das Epische sollte rezitiert, das Lyrische gesungen und getanzt und das Dramatische persönlich-mimisch vorgetragen werden.'

26.

Belagerung von Antwerpen: Schillers ,Merkwürdige Belagerung von Antwerpen in den Jahren 1584 und 1585' erschien im vierten und fünften Stück des Jahrgangs 1795 der ,Horen'.
Annonce an das Publikum: Die vom 10. Dezember 1794 datierte ,Ankündigung' der Horen (Schillers Werke, Nationalausgabe, Band 22, Weimar 1958, S. 106 ff.), die im Dezember 1794 in Nr. 140 des Intelligenzblattes der Jenaer Allgemeinen Literaturzeitung veröffentlicht wurde und im darauf folgenden Monat das erste Stück des Jahrgangs 1795 der ,Horen' einleitete. Vergleiche hierzu Thomas Mann, Nachlese, Frankfurt a. M. 1956, S. 136 ff.
Faust ..., was ich von diesem Stück gelesen: Faust, ein Fragment. Leipzig 1790.
Ihre Art, den Homer vorzutragen: Siehe zu Nr. 25.

27.

Erzählung: Geschichte des ehrlichen Prokurators. Siehe zu Nr. 22.
mit unsern homerischen Unterhaltungen: Siehe zu Nr. 25.

30.

einen vierten Aufsatz: Johann Gottlieb Fichte ,Über Belebung und Erhöhung des reinen Interesse für Wahrheit' (Sämtliche Werke 3, 342).

36.

Sonnabend: Also am 27. Dezember 1794.

37.

Fichtische Abhandlung: Siehe zu Nr. 30.
Professor Meyer ... ein Teil seines Aufsatzes: Siehe zu Nr. 24.
Klopstockische Ode, von der Sie schreiben: Siehe Fehlende Briefe Nr. 2 (Seite 880).

38.

Hier der erste Band des Romans: Wilhelm Meisters Lehrjahre, ein Roman, herausgegeben von Goethe. Erster Band, Berlin 1795. Beiliegend zwei Exemplare, eins davon für Humboldts.

39.

Sonnabends: Also am 10. Januar 1795.
meines großen Vorfahren: Der Jenaer Professor der Moralphilosophie Justus Christian Hennings, der in seinen Schriften Gegenstände solcher Art behandelt hatte.

Sonntag: Also am 11. Januar 1795.

41.

dem großen Hennings: Siehe zu Nr. 39.

42.

Beilage: ‚Die Horen Jahrgang 1795. Erstes Stück'. Und zwar die Goethe zustehenden Belegexemplare und 1 Exemplar für Professor Meyer.
überschickten Göttinnen: J. H. Meyer hatte am 23. Januar Abbildungen der Juno Ludovisi und der Minerva Albani übersandt.
unser großer Ofenfreund: J. H. Meyer, dem es während des Jenaer Aufenthaltes (11. bis 23. Januar 1795) anscheinend zu kalt gewesen ist.
Kummer über die Sterblichkeit abgerechnet: Gegen Fritz Stolberg, in dessen ‚Reise' (siehe zu Nr. 24) es heißt: ‚Es schwebet selbst auf den Gesichtszügen der ewigen Götter wie eine schwarze Wolke der Gedanke des Todes'.

43.

Aufsatz des Herrn von Humboldt: Wilhelm von Humboldts Aufsatz ‚Über den Geschlechtsunterschied und dessen Einfluß auf die organische Natur' erschien im zweiten Stück des Jahrgangs 1795 der ‚Horen'.

44.

Beilage: Einige weitere Exemplare ‚Die Horen Jahrgang 1795. Erstes Stück' ferner das ‚Paket an Jacobi'.
Rezension der Horen von Schütz: Die „merkwürdige Rezension" erschien am 31. Januar 1795 in Nr. 28/29 der ‚Allgemeinen Literaturzeitung'.
Utopien: Schauplatz der Märchenerzählung der ersten Goetheschen Epistel.
Centaur des vierten Stücks: ‚Goethe nennet dieses vierte [sechste] Stück den Centauer, weil seine Elegien einen seltsamen Kontrast mit meiner Philosophie machen werden' (Schiller an Körner, 25. Januar 1795).

45.

Beilage: Manuskript des vierten Buches ‚Wilhelm Meister'.
Sonnabend: Also am 14. Februar 1795.

46.

die Kantischen Beobachtungen ... von 1771: Kants Schrift ‚Über das Gefühl des Schönen und Erhabenen' kam Königsberg 1764 heraus; die Riga 1771 erschienene Ausgabe war ein Nachdruck.
abwesenden Herrn von Humboldt: Gemeint ist nicht Wilhelm, son-

dern dessen Bruder Alexander von Humboldt, der sich vom 14. bis zum 19. Dezember 1794 in Jena aufgehalten hatte und von hier nach Bayreuth zurückgereist war. Goethe lernte Alexander von Humboldt im Frühjahr 1795 persönlich kennen.

47.

Körner ... auf sein Urteil ist zu bauen: Vergleiche Körners Brief an Schiller vom 10. Februar 1795: ‚Wilhelm Meister hat meine Erwartung wirklich übertroffen. Es gibt wenig Kunstwerke, wo das Objektive so herrschend ist. Die lebendigste Darstellung der Leidenschaft abwechselnd mit dem ruhigsten, einfachsten Ton der Erzählung. An Kraft können sich mehrere Stellen mit dem Werther messen ...'.
Herder ... Aufsatz: Herders Aufsatz ‚Das eigene Schicksal' erschien in ‚Die Horen Jahrgang 1795. Drittes Stück'.
Tübingen: Schiller erhielt Mitte Februar 1795 eine Berufung als ordentlicher Professor der Philosophie nach Tübingen, die er aus gesundheitlichen Gründen ablehnte.
Weißhuhnischen Blätter: F. A. Weißhuhns ‚Beiträge zur Synonymistik' waren dem Redaktionsausschuß der ‚Horen' übergeben worden. Die Veröffentlichung unterblieb wahrscheinlich in Rücksichtnahme auf Fichte (vergleiche Goethes Tag- und Jahreshefte zu 1795). Weißhuhns ‚Beiträge' erschienen 1795 in Niethammers Philosophischem Journal.

48.

die Synonymen: Siehe zu Nr. 47.

49.

Prokurator: Siehe zu Nr. 22.

52.

vergeßnen Synonymen: Siehe zu Nr. 47.
gestrigen Gesellschaft: Die sogenannte Freitagsgesellschaft; siehe zu Nr. 25.
Jacobi: „Auch seine Briefe über Wilhelm Meister waren nicht einladend: dem Freunde selbst sowie seiner vornehmen Umgebung erschien die Rede, noch dazu eines niedern Kreises, nicht erbaulich; an der Sittlichkeit hatten die Damen gar manches auszusetzen, und nur ein einziger, tüchtiger, überschauender Weltmann, Graf Bernstorff, nahm die Partei des bedrängten Buches" (Tag- und Jahreshefte zu 1795).

53.

Jacobische Kritik: Siehe zu Nr. 52.

54.

Meyer mit seinem Aufsatz: Siehe zu Nr. 24.

55.

Meyer ... arbeitet jetzt an einer Darstellung Perugins, Bellins und Mantegnas: J. H. Meyers ‚Beiträge zur Geschichte der neueren bildenden Kunst', die im neunten Stück des Jahrgangs 1795 der ‚Horen' erschienen.
Beilage: Nicht erhalten.

56.

vor Palmarum: D. i. vor dem 29. März 1795.
Prokurator: Siehe zu Nr. 22.

58.

Belagerung von Antwerpen: Siehe zu Nr. 26.
bis Montag: D. i. bis zum 23. März 1795.
noch Sonnabends: D. i. noch bis zum übermorgigen Tage, dem 21. März 1795.

59.

Montags: D. i. am 23. März 1795.

60.

alte Antrag von Tübingen: Siehe zu Nr. 47.
Nächsten Sonntag: Also am 29. März 1795.

61.

einiges ... für die Herren XYZ: Die späteren Xenien.

62.

Mit meiner Gesundheit geht es langsam besser: Schiller litt seit Ende April an einem heftigen Katarrh.
Freitags: Also am 8. Mai 1795.

63.

Abhandlung über den Stil: Karl Ludwig Fernow. Über den Stil in den bildenden Künsten (Neuer Teutscher Merkur 1795).
Herrn von Rochows nicht unwürdig: Eine im Januar 1795 erschienene Arbeit des schriftstellernden Halberstädter Domherrn Friedrich Eberhard von Rochow über Fragen der künstlerischen Form, die Goethe eine „empirische Sudelei" nannte.

64.

Montag früh: D. i. am 18. Mai 1795.
Aufsatz . . . hoffe ich fertig zu werden: Fortsetzung der Briefe über die ästhetische Erziehung des Menschen (Brief 17–27), die im sechsten Stück des Jahrgangs 1795 der ‚Horen' herauskam. Brief 10 bis 16 war

im zweiten, Brief 1 bis 9 im ersten Stück der ‚Horen' (1795) erschienen.
Quelle von Absurditäten versiegt: „Fichtes Absicht, Sonntags zu lesen und seine von mehreren Seiten gehinderte Tätigkeit frei zu machen, mußte den Widerstand seiner Kollegen höchst unangenehm empfinden, bis sich denn gar zuletzt ein Studentenhaufen vors Haus zu treten erkühnte und ihm die Fenster einwarf: die unangenehmste Weise, von dem Dasein eines Nicht-Ichs überzeugt zu werden" (Tag- und Jahreshefte zu 1795). Fichte, der wegen dieser Vorfälle beurlaubt wurde, zog sich für den Sommer nach Oßmannstedt zurück.
Woltmann hat wieder eine sehr unglückliche Geburt: Karl Ludwig Woltmann. Plan für historische Vorlesungen. Jena und Leipzig 1795.
Luise von Voß: Johann Heinrich Voß. Luise, ein ländliches Gedicht in drei Idyllen. Königsberg 1795.
Aufsatz im Teutschen Merkur: Siehe zu Nr. 63 (Fernow).

65.

Luise: Siehe zu Nr. 64.
Terpsichore: Johann Gottfried Herder. Terpsichore. Band 1 und 2, Lübeck 1796.
Proben von Claudine: J. W. Goethe. Claudine von Villa Bella, ein Schauspiel mit Gesang. Berlin 1776, echte Ausgabe Leipzig 1788. Aufführung am 30. Mai 1795 in Weimar.

67.

Wolfs Vorrede zur Ilias: Friedrich August Wolf. Prolegomena ad Homerum. Halle 1795.

68.

bis Montag: D. i. bis zum 25. Mai 1795.
solcher Dichter: Jakob Balde (1604-1668). In der ‚Terpsichore' (siehe zu Nr. 65) übersetzte Herder lateinische Oden dieses Dichters.
Centaur: Siehe zu Nr. 44.

70.

Herr Michaelis aus Strelitz: Siehe zu Nr. 19. Michaelis besuchte Schiller am 21. Mai.
Tag ..., wo Claudine gespielt wird: Siehe zu Nr. 65. Schiller fuhr nicht nach Weimar, da Goethe am 31. Mai nach Jena kam.

71.

Sorge über Ihren Fieberanfall durch die liebe Frau: Siehe Anhang Nr. 1 (Seite 851).
nächsten Sonnabend: D. i. am 13. Juni 1795.
Tragelaph von der ersten Sorte: Jean Pauls Roman ‚Hesperus oder 45 Hundsposttage' (Berlin 1795), den der Autor am 3. Juni 1795 „mit warmem aber scheuem Herzen" an Goethe geschickt hatte, nachdem

mit einem unbeantwortet gebliebenen Schreiben bereits im März 1794 ‚Die unsichtbare Loge, Eine Biographie' (Berlin 1793) übersandt worden war.

72.

Karlsbad ... ehemals: Das erste Mal im Juni und August 1785, das zweite Mal im Sommer 1786.

73.

Sie uns ... auf eine Zeitlang verlassen: Goethe reiste am 2. Juli nach Karlsbad, wo er bis Anfang August blieb.
Poesie des Lebens: Erschien im ‚Musenalmanach für das Jahr 1799', der im Oktober 1798 bei Cotta herauskam.
Centaur: Siehe zu Nr. 44.
Hesperus: Siehe zu Nr. 71.
Lebensläufe: Theodor Gottlieb von Hippel. Lebensläufe nach aufsteigender Linie. Berlin 1778–1781.

74.

Konzepte: nicht erhalten.
die Epistel: Poesie des Lebens; siehe zu Nr. 73.

76.

Meyers Aufsatz: Siehe zu Nr. 55.
neue Tragelaph: Siehe zu Nr. 71.
Was sagen Sie zu einer Schrift: Bezug läßt sich nicht ermitteln, da Goethes Beilage nicht erhalten ist.

77.

Nächsten Montag: D. i. am 22. Juni 1795.
Fragment: Siehe zu Nr. 76 (‚Was sagen Sie zu einer Schrift').

78.

Montags: D. i. am 29. Juni 1795.
Herder ... über den Homer: J. G. Herder. Homer ein Günstling der Zeit (Die Horen, Jahrgang 1795, Neuntes Stück).

79.

Fichte: Schiller hatte am 23. Juni 1795 den für die ‚Horen' bestimmten Aufsatz Fichtes ‚Über Geist und Buchstaben in der Philosophie' abgelehnt. Fichte antwortete am 27. Juni 1795. Das Ergebnis dieser Diskussion war Schillers Abhandlung ‚Von den notwendigen Grenzen des Schönen, besonders im Vortrag philosophischer Wahrheiten' (= ‚Über die notwendigen Grenzen beim Gebrauch schöner Formen'), die im neunten Stück des Jahrgangs 1795 der ‚Horen' erschien.
Verfasser des Aufsatzes im Merkur: Siehe zu Nr. 63.

Woltmann . . . Roman: Karl Ludwig Woltmann. Mathilde von Meerveld. Wien 1799.

80.

Göchhausen: Luise von Göchhausen, Hofdame der Herzogin Anna Amalia, war ebenfalls nach Karlsbad gereist, ging aber schon im Juli nach Weimar zurück.
ein allerliebstes Weibchen: Marianne Meyer aus Berlin, die spätere Frau von Eybenberg, Freundin des Prinzen Heinrich XIV. von Reuß.
Giaffar der Barmecide: Friedrich Maximilian von Klinger. Geschichte Giaffars des Barmeciden. Ein Seitenstück zu Fausts Leben, Taten und Höllenfahrt. St. Petersburg 1792.
Märchen . . . will ehestens eins schreiben: ‚Das Märchen' Goethes bildete den Schluß der ‚Unterhaltungen deutscher Ausgewanderten'.

81.

das Oßmannstedter Ich: Fichte. Siehe zu Nr. 64.
Madame Brun: die Schriftstellerin Friederike Brun, die Goethe in Karlsbad kennenlernte.
Abhandlung Fernows: Siehe zu Nr. 63.

82.

seit den letzten zwölf Tagen mich schlimm befunden: Schiller litt seit Anfang Juli an häufigen Krämpfen.
meine Frau Ihnen geschrieben: Siehe Seite 851 (Nr. 2).
Centaur: Siehe zu Nr. 44.
Leipziger Schriftsteller: Methusalem Müller.
zwei neue Aufsätze: 1. Lazarus Bendavid. Über griechische und gotische Baukunst (Die Horen, Jahrgang 1795, Achtes Stück). 2. Karl Heinrich von Gros. Über die Idee der Alten vom Schicksal (ebenda).
Jacobi . . . seine Abhandlung: Friedrich Heinrich Jacobi. Zufällige Ergießungen eines einsamen Denkers (Die Horen, Jahrgang 1795, Achtes Stück).

85.

anfangs September nach Ilmenau muß: Eines Stollenbruchs wegen fuhr Goethe vom 26. August bis zum 5. September 1795 zusammen mit seinem Sohn August nach Ilmenau.
Hymnus: Goethes ‚Auf die Geburt des Apollo, nach dem Griechischen' (Die Horen, Jahrgang 1795, Neuntes Stück).
Drama und Roman: Plan eines Aufsatzes über Gedanken, wie sie auch in ‚Wilhelm Meisters Lehrjahren' (Buch 5, Kapitel 7) geäußert wurden.
Ankündigung von Cellini: Goethe beginnt erst im Februar 1796 mit der Übersetzung der ‚Lebensgeschichte Benvenuto Cellinis', die dann in Fortsetzungen in den ‚Horen' erscheint.

86.

Nadeln: Stecknadeln, die Goethe für Charlotte Schiller aus Karlsbad mitgebracht hatte.

87.

Meyer nun sich zur Abreise anschickt: J. H. Meyer reiste am 1. Oktober 1795 nach Italien.

88.

Hymnus: Siehe zu Nr. 85.

89.

Herders Homer: Siehe zu Nr. 78.

90.

mit dem Apollo: ‚Auf die Geburt des Apollo', siehe zu Nr. 85.
Herders Abhandlung: Siehe zu Nr. 78.

91.

Montags: D. i. am 29. August 1795.
muß ich endlich nach Ilmenau: Siehe zu Nr. 85.

92.

nach Ilmenau: Siehe zu Nr. 85.

95.

Extrakt der Subskriptionsliste für die Horen: Die Beilage ist nicht erhalten.

96.

Sonntag: D. i. am 6. September 1795.

97.

Jacobis Aufsatz: Siehe zu Nr. 82. Im ersten Abschnitt dieses Aufsatzes handelt Jacobi über Ludwig XIV., Lear und Ödipus; im zweiten über Religion.
Alten von Ferney: Voltaire.

98.

das nächste beste aus meinen Abhandlungen: ‚Von den notwendigen Grenzen des Schönen im Vortrag philosophischer Wahrheiten'. Siehe zu Nr. 79.
alle die größern und kleineren Gedichte: Das Reich der Schatten (= Das Ideal und das Leben), Natur und Schule (=Der Genius), Das verschleierte Bild zu Sais, Der philosophische Egoist, Die Antike an einen

Wanderer aus dem Norden (= Die Antike an den nordischen Wanderer), Deutsche Treue, Weisheit und Klugheit, An einen Weltverbesserer, Das Höchste, Ilias, Unsterblichkeit.
über das Naive angefangene Abhandlung: Siehe zu Nr. 21.

99.

Meyer ..., der wahrscheinlich bald abreiset: Siehe zu Nr. 87.
Replique auf Ihren Aufsatz: D. h. auf Goethes Aufsatz ‚Literarischer Sansculottismus' (Die Horen, Jahrgang 1795, Fünftes Stück). Verfasser der mit ‚F.B.v.R-n' unterzeichneten ‚Berichtigung eines auffallenden Mißverständnisses in den Horen' war Daniel Jenisch. Dieser hatte in der Berliner Zeitschrift ‚Archiv der Zeit' (März 1795) behauptet, die Deutschen seien trotz der Verdienste Lessings, Wielands, Herders, Schillers und Goethes arm an vortrefflich klassisch-prosaischen Werken.

100.

gezüchtigte Thersit: Daniel Jenisch; siehe zu Nr. 99.

101.

Pater peccavi des literarischen Sansculotten: Daniel Jenisch; siehe zu Nr. 99.
Gentz ... große Reverenzen macht: Friedrich von Gentz bemerkte in der ‚Deutschen Monatsschrift' (1795) zu Schillers ‚Über die ästhetische Erziehung in einer Reihe von Briefen': ‚Diese erhabenen Aufsätze liefern, obgleich der politische Gesichtspunkt ihnen nur Nebensache war, den Text zu allem, was sich Großes und Treffliches über diesen Gegenstand denken und sagen läßt.'

102.

Engel ... teils Dialog, teils Erzählung: Johann Jakob Engels Roman (Charaktergemälde) ‚Herr Lorenz Stark' erschien zuerst in den ‚Horen' (zehntes Stück des Jahrgangs 1795 und zweites Stück des Jahrgangs 1796), dann Berlin 1801 auch als Buch.

103.

Sonnabends: D. i. am 26. September 1795.

105.

von unserm Freunde: J. H. Meyer (siehe zu Nr. 87) besuchte Schiller am 2. Oktober 1795 auf der Durchreise nach Italien.
Archiv der Zeit: Siehe zu Nr. 99.
Stück der Neuen Monatsschrift: Gemeint ist die ‚Deutsche Monatsschrift'. Siehe zu Nr. 101.
neue Akquisition für die Horen: Karl Ludwig von Knebels Überset-

zung von Properz' Elegien, die 1796 in den ‚Horen' (Stück 1, 3, 9 und 11) und dann Leipzig 1798 auch als Buch erschien.

106.

Montags: D. i. am 5. Oktober 1795.
Knebelischen Elegien: Siehe zu Nr. 105.

107.

Gedicht in Stanzen: Goethes ‚Stanzen an den Leser'.
mit der Frau von Stael beschäftigt: Goethe übersetzte Frau von Staels ‚Essai sur les fictions' (‚Versuch über die Dichtungen'), der im zweiten Stück des Jahrgangs 1796 der ‚Horen' erschien.
ich gehe erst morgen frühe weg: Goethe ging vom 11. bis zum 20. Oktober nach Eisenach. ‚Der Hof weilte daselbst mit mehreren Freunden, besonders Emigrierten. Bedenkliche Kriegsbewegungen riefen jedermann zur Aufmerksamkeit: die Österreicher waren 60000 Mann über den Main gegangen, und es schien, als wenn in der Gegend von Frankfurt die Ereignisse lebhaft werden sollten. Einen Auftrag, der mich dem Kampfplatze genähert hätte, wußte ich abzulehnen; ich kannte das Kriegsunheil zu sehr, als daß ich es hätte aufsuchen sollen' (Tag- und Jahreshefte zu 1795).
Welch ein erhabner Gedanke: Xenion 170 und 702 in älterer Fassung.

108.

eh ich meine Reise fortsetze: Von Eisenach nach Frankfurt; siehe zu Nr. 107 und Nr. 108.

110.

Aufsatz über die Grazien: J. G. Herder. Das Fest der Grazien (Die Horen. Jahrgang 1795. Eilftes Stück).
noch einen Aufsatz: J. G. Herder. Iduna oder der Apfel der Verjüngung (Die Horen. Jahrgang 1796. Erstes Stück).
Die Teilung der Erde: Schillers Gedicht erschien in den ‚Horen' (Jahrgang 1795. Eilftes Stück).
dem andern Stück: Schillers ‚Die Taten der Philosophen' (= Die Weltweisen) ebenfalls in den ‚Horen' (Jahrgang 1795. Eilftes Stück).
italienschen Wanderer: J. H. Meyer; siehe zu Nr. 87.

111.

Mittwoch: D. i. der 21. Oktober 1795.
Abhandlung: Die Übersetzung des ‚Essai sur les fictions'. Siehe zu Nr. 107.

112.

Frau von Stael erwarte mit Begierde: Siehe zu Nr. 107.
Brief, den ich Ihnen vorigen Freitag nach Eisenach schrieb: Nr. 110.

113.

Intelligenzblatt der Literaturzeitung ... an Herder: Dort hatte Friedrich August Wolf den polemischen Aufsatz ‚Ankündigung eines deutschen Auszugs aus Professor Wolfs Prolegomenis ad Homerum und Erklärung über einen Aufsatz [J. G. Herder, Homer ein Günstling der Zeit] im neunten Stück der Horen' veröffentlicht.

114.

neuen Weltbürger: Christiane gebar am 1. November 1795 einen Sohn, der nach 14 Tagen starb.
Blätter, nach denen Sie fragten: Siehe Fehlende Briefe Nr. 1 (Seite 880).

115.

Madame Stael: Siehe zu Nr. 107.
Wolfischen Ausfall: Siehe zu Nr. 113.

116.

hier ... das verlangte Manuskript: Siehe Fehlende Briefe Nr. 1 (Seite 880).
das Teil des Dichters: Schillers Gedicht. ‚Die Teilung der Erde'.
Günstling der Zeit: Anspielung auf den Titel des Herderschen Aufsatzes im neunten Stück des Jahrgangs 1795 der Horen. Siehe zu Nr. 113.

117.

Jakob in Halle: Ludwig Heinrich von Jakob, Herausgeber der ‚Annalen der Philosophie und des philosophischen Geistes' hatte von einem ungenannten Verfasser eine abfällige Besprechung der ‚Horen' erscheinen lassen.
Manso: J. K. F. Manso, Verfasser einer Besprechung der vier ersten Horen-Stücke in der, in Leipzig erscheinenden, ‚Neuen Bibliothek der schönen Wissenschaften'.
Wolfs schwere Kavallerie: Siehe zu Nr. 113.
Im zehnten Teil seiner Reisen: Christoph Friedrich Nicolai. Beschreibung einer Reise durch Deutschland und die Schweiz. Berlin 1783 bis 1796. Der Angriff auf die ‚Horen' im, erst 1796 erschienenen, elften Bande der ‚Reise'.

119.

Ankömmling: Siehe zu Nr. 114.
großen und gar keinen unwichtigen Bewunderer: Gemeint ist der Philologe Christian Gottlob Heyne.

120.

in meiner Abhandlung: Siehe zu Nr. 21.
schickte etwas für die Horen: August Wilhelm Schlegel. Briefe über

Poesie, Silbenmaß und Sprache (Die Horen. Jahrgang 1796. Erstes Stück).
Aurora: Friedrich Julius Heinrich Soden. Aurora oder das Kind der Hölle. Chemnitz 1795.
Nachahmung der Biondetta: Jaques Cazotte. Biondetta. Deutsche Ausgabe Berlin 1792.

121.

Properzische Elegien: Siehe zu Nr. 105.
Vorrede zu ... Platonischen Gesprächen: Friedrich Leopold Graf zu Stolberg. Auserlesene Gespräche des Platon. Königsberg 1796–1797.
Erxlebens Compendio: Johann Christian Erxleben. Anfangsgründe der Naturlehre. Sechste Auflage Göttingen 1794.

122.

Lorenz Stark: Siehe zu Nr. 102.
Sobiesky: Johann Wilhelm von Archenholz. Sobiesky, ein historisches Fragment (Die Horen. Jahrgang 1795. Zwölftes Stück.)

123.

Sudelei des gräflichen Salbaders: Stolberg. Siehe zu Nr. 121.
meine liebe Christin: Die schöne Seele aus dem sechsten Buch von ‚Wilhelm Meisters Lehrjahren'.
Hederichs Lexikon: Benjamin Hederich. Gründliches Lexicon mythologicum. Leipzig 1724.
Ihren Aufsatz: Siehe zu Nr. 21.
Der Weißhuhnische Aufatz: Friedrich August Weißhuhn. Sätze und Gegensätze eines neuen Systems der Philosophie (Philosophisches Journal 1795).

124.

Ihre Abhandlung: Siehe zu Nr. 21.

125.

Brief des Prinzen August: Prinz August von Sachsen-Gotha an Goethe vom 22. November 1795.
Klio: Klio. Monatsschrift für französische Zeitgeschichte. Leipzig 1795 bis 1796.
Europäische Annalen: F. L. Posselt. Europäische Annalen. Tübingen 1795–1805.
Flora: Flora, Deutschlands Töchtern geweiht. Tübingen 1792–1805.
Stolbergische Vorrede: Siehe zu Nr. 121.
meinen Aufsatz: Siehe zu Nr. 21.
Dienstags: D. i. am 1. Dezember 1795.
Nachtrag zu dem Aufsatz: Schillers ‚Beschluß der Abhandlung über naive und sentimentale Dichter nebst einigen Bemerkungen einen cha-

rakteristischen Unterschied unter den Menschen betreffend' (Die Horen. Jahrgang 1796. Erstes Stück).

126.

Staelischen Aufsatz: Siehe zu Nr. 107.
Bettinen und Lacerten: Vergleiche Goethes Venetianische Epigramme.
Iffland nächste Woche in Weimar: Iffland kam erst Ende März 1796 nach Weimar.

127.

Nachricht wegen der Journale: Klio, Europäische Annalen, Flora; siehe zu Nr. 125. Die Goethesche Beilage, welche die ,Nachricht' enthalten soll, ist nicht erhalten.
meine Elegien: Knebels Properz-Übertragungen (siehe zu Nr. 105), an deren Endfassung Goethe beteiligt war.

129.

Hundsposttage: Siehe zu Nr. 71.
arme Teufel in Hof: Jean Paul.
jener Aufsatz: Über naive und sentimentalische Dichtung.
beiliegenden Hymnus: Gedicht des Leipziger Schriftstellers Methusalem Müller (vergl. Nr. 82). Beilage ist nicht erhalten.
Staelischen Aufsatz: Siehe zu Nr. 107.
Travestierung der Claironischen Geschichte: Vergl. Nr. 29.

130.

der scharfsinnige Prinz: Prinz August von Sachsen-Gotha. Siehe zu Nr. 125.
Hundsposttage: Siehe zu Nr. 71.
Clara du Plessis: August Heinrich Julius Lafontaine. Clara du Plessis und Clairant. Leipzig 1794.
Gedicht: Siehe zu Nr. 129 (,beiliegenden Hymnus').
Staelischen Aufsatz: Siehe zu Nr. 107.

131.

Kollegen: Johann Jakob Engel; siehe zu Nr. 102.

132.

Seifersdorfer Tal: Wilhelm Gottlieb Becker. Das Seifersdorfer Tal. Leipzig und Dresden 1792.
Racknitz' Schrift: Josef Friedrich von Racknitz. Briefe über die Kunst. Leipzig 1795.
Religieuse von Diderot: Denis Diderot. La religieuse. 1748. Deutsche Ausgabe Straßburg 1797.
Rezension der Horen: Verfasser der im Januar 1796 in der ,Allgemeinen Literaturzeitung' erschienenen Rezension war August Wilhelm Schlegel.

133.

Freundin Charlotte: Charlotte von Kalb.
Xenia des Martials: Marcus Valerius Martialis verfaßte fünfzehn Bücher Epigramme; Buch dreizehn ist ‚Xenia' betitelt.
Pater Castels Schrift: Louis Bertrand Castel. L'optique des couleurs, fondée sur les simples observations et tournée sur toute la pratique de la peinture. Paris 1740.

134.

Beitrag zu der Interpretation des Märchens: Beilage ist nicht erhalten.
Woltmann: Karl Ludwig Woltmanns Bühnenwerke ‚Cäcilie von der Tiver' (Trauerspiel) und ‚Der Gerichtshof der Liebe' (Komödie) blieben ungedruckt.
Horen in der Literaturzeitung: Siehe zu Nr. 132.

135.

eines Mannes aus der neuen Generation: August Wilhelm Schlegel.
Woltmanns Trauerspiel: Siehe zu Nr. 134.
Trude, die es bewohnt: Herrin von Seifersdorf war Johanna Christine Margarete Gräfin von Brühl.

136.

Leipziger Geschmacksherberge: Die bei Göschen in Leipzig erscheinende Zeitschrift ‚Neue Bibliothek der schönen Wissenschaften und der freien Künste'.
Archenholzische Aufsatz: Siehe zu Nr. 122.
Woltmanns Trauerspiel ... Operette: Siehe zu Nr. 134.
Zoonomie: Erasmus Darwin. Zoonomie oder Gesetze des organischen Lebens. Hannover 1795. Dort heißt es in einer Anmerkung des Übersetzers Joachim Dietrich Brandis: „Es ist merkwürdig, daß einer unsrer ersten deutschen Dichter, Herr Geheimrat Goethe, ganz ähnliche Ideen über die Individualität jedes einzelnen Knospen in Deutschland zuerst vorgetragen hat, wie hier unser englischer Sänger des Botanic garden vorträgt. Alle hier und von Herrn Geheimrat Goethe (Über die Metamorphose der Pflanzen) noch mehr erläuterte Analogien gaben der Idee ein solches Gepräge von Wahrheit, daß man ihr den Beifall nicht versagen kann und dadurch noch mehr überzeugt wird, daß Dichtkunst den Sinn für Wahrheit selbst im Wissenschaftlichen sehr veredelt."
ein gewisser Romanus: Karl Franz Romanus. Die Brüder. Dresden und Warschau 1761. Vergleiche hierzu Lessings Hamburgische Dramaturgie, Stück 70 und 96.

137.

Charis: Siehe zu Nr. 8.
Johann: G. J. Göschen. Reise von Johann. Leipzig 1793.

über die Lebenskraft: Joachim Dietrich Brandis. Versuch über die Lebenskraft. Hannover 1795. Siehe auch zu Nr. 136.
von jener Tragödie: Woltmanns ‚Cäcilie von der Tiver'. Siehe zu Nr. 134.
Barbarei und Größe: Friedrich Julius Wilhelm Ziegler. Barbarei und Größe. Wien 1793.
Titel der Bearbeitung der Adelphen: Siehe zu Nr. 136 (Romanus).

142.

neue Oper: ‚Die neuen Arkadier', Text von Chr. A. Vulpius, Musik von Franz Xaver Süßmeyer. Aufführung am 2. Februar 1796 in Weimar.

143.

Emigrierten: Vor der französischen Revolution geflohene Aristokraten, von denen auch diejenigen in Weimar Aufnahme gefunden hatten, die 1795 aus Erfurt ausgewiesen worden waren.
Hundsposttagen: Siehe zu Nr. 71.
Briefschluß: Xenion 359, 760 und 678 in älterer Fassung.

144.

Advokaten: August Wilhelm Iffland. Die Advokaten. Leipzig 1796.
neue Oper: Siehe zu Nr. 142.

145.

weitläufigen Erzählungen aus Italien und China: Es läßt sich nicht ermitteln, welche Erzählung bzw. welche Erzählungen ‚aus Italien' Schiller meint und was Goethe beabsichtigte. Bei der Erzählung ‚aus ... China' handelt es sich wahrscheinlich um den Roman ‚Haoh Kjöh Tschwen' (heute unter dem Titel ‚Eisherz und Edeljaspis' bekannt), den Schiller in C. G. von Murrs Übertragung aus dem Englischen (Leipzig 1766) kennenlernte. Schiller dachte an eine Neubearbeitung des Romans auf Grund der Murrschen Übersetzung und trat deswegen im August 1800 mit dem Berliner Verleger Unger in Verbindung. Das Projekt, das ein paar hundert Taler einbringen sollte, wurde zwar nicht fallengelassen, doch immer wieder hinausgeschoben, so daß die Schillersche Bearbeitung des Romans in den ersten Anfängen steckenblieb. (Vergleiche Schillers Werke, Nationalausgabe, Band 16, Weimar 1954, Seite 361 ff. und 488 ff.).
von den zwei Theaterstücken: Siehe zu Nr. 134.

147.

unsern soi-disant Freund: Der Komponist und Schriftsteller Johann Friedrich Reichardt. Reichardt war ‚von der musikalischen Seite unser Freund, von der politischen unser Widersacher; daher sich im stillen ein Bruch vorbereitete, der zuletzt unaufhaltsam an den Tag kam' (Tag- und Jahreshefte zu 1795).

Aufsatz von Fichte: Siehe zu Nr. 30.
Aufsatz von ... Woltmann: Karl Ludwig Woltmann. Beitrag zu einer Geschichte des französischen Nationalcharakters (Die Horen. Jahrgang 1795 Fünftes Stück).
der Rhodische Genius von Humboldt: Alexander von Humboldt. Die Lebenskraft oder der rhodische Genius (Die Horen. Jahrgang 1795. Fünftes Stück).
musikalischer Roman: Johann Jakob Wilhelm Heinse. Hildegard von Hohenthal. Berlin 1795–96.

148.

neuste Modejournal ... wegen der Abhandlung: Karl August Böttiger. Gemalte und geschriebene Neujahrswünsche der alten Römer (Journal des Luxus und der Moden. Weimar 1796).
Abhandlung Cellinis über die Goldschmieds- und Bildhauerarbeit: Due trattati di Benvenuto Cellini scultore fiorentino, uno dell' oreficeria e l'altro della scultura. Florenz 1731.
die kleine Biographie: Goethes Übersetzung der Selbstbiographie Benvenuto Cellinis, die im Jahrgang 1797 der ‚Horen' erschien.
Einen Verfasser: Nämlich Johann Friedrich Reichardt (siehe zu Nr. 147).

149.

Heinses Buch: Siehe zu Nr. 147.

150.

Cellini über das Mechanische verschiedener Künste: Siehe zu Nr. 148.
sein Leben: Siehe zu Nr. 148.
erste Repräsentation der neuen Oper: Siehe zu Nr. 142.

151.

Die Sammlung: Insgesamt liegen bis zu diesem Tage etwa 200 Xenien vor.
Tourville: J. F. Gerber. Der Ritter von Tourville (Die Horen. Jahrgang 1796. Zweites und Drittes Stück).
Properz: Siehe zu Nr. 105.
mein Aufsatz: Siehe zu Nr. 125.

153.

Sonnabend: D. i. am 13. Februar 1796.
Montag darauf: D. i. am 15. Februar 1796.

154.

subjektive Schweizerreise: Goethes ‚Briefe auf einer Reise nach dem Gotthard' (= Briefe aus der Schweiz, Zweite Abteilung) erschienen in den ‚Horen' (Jahrgang 1796. Achtes Stück).

Aldobrandinische Hochzeit: Das nach ihrem ersten Besitzer, dem Kardinal Aldobrandini, benannte antike Freskogemälde, welches sich seit 1818 im Vatikan befindet.

155.

neuer Teil der Mémoires: Allgemeine Sammlung historischer Mémoires vom zwölften Jahrhundert bis auf die neuesten Zeiten, herausgegeben von Friedrich Schiller, Jena 1790 ff. In dieser Reihe erschienen, Jena 1795, die ‚Charakteristiken von Pierre de Bourdeilles, Seigneur de Brantôme'.

156.

dankt der Autor: D. i. Karl Ludwig von Knebel.

158.

vor der merkwürdigen Konstellation: A. Leitzmann verweist auf Goethes Tag- und Jahreshefte zu 1796 und deutet diese Bemerkung als einen Hinweis auf das bevorstehende Gastspiel Ifflands in Weimar. August Wilhelm Iffland, den Goethe bereits 1779 in Mannheim kennenlernte, hatte durch Vermittlung des Weimarer Regisseurs Schall ein Gastspiel angeboten. Da man bisher in Weimar außer Ekhof keinen der Großen kennengelernt hatte, ging Goethe gern auf dieses Angebot ein. Es ist wahrscheinlich, daß Goethe in Iffland einen Regisseur zu finden hoffte, der ihn selbst entbehrlich machen und in der Leitung des Theaters ganz ersetzen könnte. 1796 kam Iffland nach Weimar und trat ‚zum großen Vorteil' der dortigen Bühne zwischen dem 28. März und 25. April an vierzehn Abenden in folgenden Stücken auf:

1. Der teutsche Hausvater. Von Otto Heinrich Freiherr von Gemmingen.
2. Die Strelitzen. Ein heroisches Schauspiel. Von Joseph Marius Babo.
3. Scheinverdienst. Ein Schauspiel in fünf Aufzügen. Von August Wilhelm Iffland.
4. Dienstpflicht. Ein Schauspiel in fünf Aufzügen. Von August Wilhelm Iffland.
5. Stille Wasser sind tief. Lustspiel in vier Aufzügen (nach Beaunwal und Fletchers ‚Rule a Wife and have a Wife). Von Friedrich Ludwig Schröder.
6. Der weibliche Ehescheue. Lustspiel in zwei Aufzügen. Von August Wilhelm Iffland.
7. Der Spieler. Schauspiel in fünf Aufzügen. Von August Wilhelm Iffland.
8. Die Hagestolzen. Ein Lustspiel in fünf Aufzügen. Von August Wilhelm Iffland.
9. Die Aussteuer. Ein Schauspiel in fünf Aufzügen. Von August Wilhelm Iffland.
10. Die Sonnen-Jungfrau. Ein Schauspiel in fünf Akten. Von

August Friedrich Ferdinand von Kotzebue.
11. Die Räuber. Ein Schauspiel. Von Friedrich Schiller.
12. Der Herbsttag. Ein Lustspiel in fünf Aufzügen. Von August Wilhelm Iffland.
13. Egmont. Ein Trauerspiel in drei Aufzügen [in Schillers Bearbeitung]. Von Johann Wolfgang von Goethe.
14. Pygmalion. Melodram von Rousseau, übersetzt von Johann Friedrich Wilhelm Gotter, Musik von Georg Benda.

Über diese Aufführungen schrieb Karl August Böttiger ein Buch, das 1796 in Leipzig herauskam. Es trug den Titel: ‚Entwicklung des Ifflandischen Spiels in vierzehn Darstellungen auf dem Weimarischen Hoftheater im Aprilmonat 1797'. „Ifflands Spiel wird pedantisch zergliedert, in jede Hand- und Fußbewegung wird Bewußtsein und Absicht hineingelegt, seine Größe aus den kleinsten Kleinlichkeiten zusammengesetzt, und über die Erklärung der Details geht dem Verfasser bei aller Bewunderung des Künstlers der Sinn fürs Ganze verloren." Iffland selber beklagte diese Kritik, die ihm mehr schaden als nützen sollte. Goethe, der solches „Flick- und Lappenwerk" ebenfalls haßte, wurde nach diesem Gastspiel erst recht in seiner Überzeugung gefestigt, daß durch Iffland allein der verlorengegangene Begriff der dramatischen Kunst wieder lebendig geworden ist. Obwohl Iffland auch 1798, 1810 und 1812 nach Weimar kam, mußte Goethe es als bedauerlich empfinden, daß es nicht möglich war, diesen großen Künstler für dauernd an Weimar zu fesseln. Für Iffland war das Preußische Nationaltheater in Berlin verlockender, dessen Direktion er 1796 übernommen hatte.

159.

Anzeige zu Egmont: In Schillers Bearbeitung; siehe zu Nr. 158.

160.

Montag abends: D. i. am 25. April 1796.

161.

Freunde: Schillers Freund Christian Gottfried Körner und Karl Graf Geßler, preußischer Gesandter in Dresden, die am 27. April nach Jena gekommen waren und dort bis zum 17. Mai blieben.
Viktoria: Von Goethe in Dresden erworbene Plastik.

163.

Hero und Leander: Von Goethe wieder aufgegebener dichterischer Plan.

164.

zwei fertigen Stücke: ‚Alexis und Dora' und ‚Musen und Grazien in der Mark'. Beide im Musen-Almanach für das Jahr 1797, herausgegeben von Schiller, dem sog. Xenienalmanach.

neuestes Gedicht: ‚Klage der Ceres', ebenfalls im Musen-Almanach für das Jahr 1797.

165.

Idylle: Alexis und Dora.
Hirts Manuskript: Alois Ludwig Hirt. Reise von Grottaferrata nach dem Fucinischen See und Monte Cassino im Oktober 1794 (Die Horen. Jahrgang 1796. Eilftes Stück und Zwölftes Stück).

166.

die Viktorie: Siehe zu Nr. 161.
Humanität: Johann Gottfried Herder. Briefe zur Beförderung der Humanität. Siebente und achte Sammlung. Riga 1796.

167.

Idylle: Alexis und Dora. Siehe zu Nr. 164.
Parodie: ‚Musen und Grazien in der Mark'. Siehe zu Nr. 164.
Das Gedicht: ‚Klage der Ceres'. Siehe zu Nr. 164.
Herr Schlegel: August Wilhelm Schlegel, der seit einigen Monaten in Jena lebte.
äußeres Compelle: Ein äußerer Antrieb; nach Lukas 14,23 ‚compelle intrare!' – Nötige sie, hereinzukommen!
Herders zwei neue Bände: Siehe zu Nr. 166.

168.

bis Montag: D. i. bis zum 20. Juni 1796.

169.

andere Gäste: Der auf dem Giebichenstein bei Halle wohnende Johann Friedrich Reichardt; siehe zu Nr. 147.
daß Richter hier ist: Jean Paul Friedrich Richter. Anlaß von Richters Weimarer Reise waren einige Briefe der in schwärmerischer Liebe zu ihm entbrannten Charlotte von Kalb. Es ist ‚nicht mehr die einsame Blume der Bewunderung, die ich Ihnen übersende, sondern der unverwelkliche Kranz, den Beifall und Achtung von Wieland und Herder Ihnen wand'. Auch Goethe und Schiller rechneten zunächst auf Jean Paul, wenn auch nicht im ‚praktischen', so doch im theoretischen Sinne. Am 17. und 23. Juni war Richter bei Goethe zu Gast; Goethe erschien ihm wie ein Vulkan, ‚außen überschneit, innen voll geschmolzner Materie'. Mit Schiller kam Richter am 25. Juni zusammen. Jean Paul fand ihn ‚hart-kräftig, voll Ecksteine, voll scharfer schneidender Kräfte, aber ohne Liebe'; Schiller wiederum fand Richter genauso, wie er es erwartet hatte, ‚fremd wie einer, der aus dem Mond gefallen ist, voll guten Willens und herzlich geneigt, die Dinge außer sich zu sehen, nur nicht mit dem Organ, womit man sieht'.

170.

Idylle: Siehe zu Nr. 164 (Alexis und Dora).
unterdessen Richtern kennen lernen: Siehe zu Nr. 169.
Frau von Stein: In Jena lebende Tante der Charlotte von Kalb, nicht Goethes Freundin Charlotte von Stein, geborene von Schardt.
mit Iffland so gut als zerschlagen: Siehe zu Nr. 158.
Homerischen Parodien: Xenion 463 und 845.

171.

Alle Neune: Vergleiche Goethes Venetianische Epigramme, Nr. 27. (‚Alle Neun, sie winkten mir oft, ich meine die Musen.').
meinen Brief vom Sonnabend: Nr. 170.

172.

künftigen Sonnabend: D. i. am 25. Juni 1796.
die Idylle: Siehe zu Nr. 164 (Alexis und Dora).
Pasquill: Germania im Jahre 1795, Stuttgart 1796. Die Schrift verspottet die Politik der kleinen deutschen Höfe und den Verlauf der Friedensverhandlungen beim Reichstag.

173

Broschüre: Siehe zu Nr. 172 (Pasquill).

174.

einigen Broschüren: Der Kongreß zu Bopfingen, Mannheim 1795; Reskript des Herzogs N.N. an seinen Komitialgesandten in Regensburg, Mannheim 1796.

176.

Ihren Spiritus: Ludwig Geist, Goethes Schreiber seit Herbst 1795.

177.

Auf den Sonnabend: D. i. am 2. Juli 1796.
Hesperus: Jean Paul Friedrich Richter. Siehe zu Nr. 169.

180.

Meine Frau legt noch ein Brieflein bei: Seite 853 (Nr. 5).

181.

Humboldts Brief ... sagt ... Wahres über die Idylle: Wilhelm von Humboldt über ‚Alexis und Dora' in seinem Brief an Goethe vom 25. Juni 1796.

182.

den Vieilleville: Carloix. Mémoires de la vie de François Scepeaux sire de Vieilleville et comte de Duretal. Paris 1757. In der Bearbeitung von Schillers Schwager Wolzogen und mit einer Einführung Schillers erschien das Memoirenwerk unter dem Titel ‚Denkwürdigkeiten aus dem Leben des Marschalls von Vieilleville' 1797 in den ‚Horen' (6., 7., 8. und 9. Stück).

183.

Ihren ersten Brief: D. i. Schillers Brief vom 2. Juli 1796 (Nr. 180).
Ihre zwei folgenden Briefe: Nr. 181 und Nr. 182.

184.

die Kalbische und Steinische Familie ... spricht sehr viel von der Idylle: Die Familien von Kalb und von Stein besuchten die Familie Schiller am 6. Juli 1796. Über das geführte Gespräch schreibt Charlotte von Kalb am 6. Juli 1796 an Jean Paul: ‚Wir sprachen von Goethens Idylle [Alexis und Dora] ... Schiller findet es eine seiner besten Kompositionen. Mir hats auch sehr gefallen ..., aber mir scheints, für die Wesen interessiert man sich nicht, von denen gedichtet wird. Der Jüngling ist ein Dichter und kein Liebhaber, das Mädchen verliebt und keine Geliebte.'

185.

nach Ihrem ersten Brief: Siehe zu Nr. 183.
die Idylle: ‚Alexis und Dora'.
danken ihr für das Briefchen: Siehe zu Nr. 180.

186.

Sonntag abends: D. i. am 10. Juli 1796.
Muratorischen Sammlung: Ludovico Antonio Muratori. Rerum italicarum scriptores. Mailand 1723–1751.

188.

Muratori: Siehe zu Nr. 186.
Vieilleville: Siehe zu Nr. 182.

189.

Reich der Schatten: Ursprünglicher Titel des Gedichts ‚Das Ideal und das Leben'.
Für Vieilleville und Muratori: Siehe zu Nr. 182 und zu Nr. 186.
Schlegel ... hier angekommen: August Wilhelm Schlegel hatte sich am 1. Juli in Braunschweig verheiratet und war von dort am 8. Juli nach Jena zurückgekehrt.

190.

es ist ein Junge: Schillers zweiter Sohn Ernst Friedrich Wilhelm.

191.

die kleine Freundin: Elisabeth Friederike Karoline Paulus, Gattin des Jenaer Orientalisten und Theologen Heinrich Eberhard Gottlob Paulus. Zu ihrer ‚Reise' siehe Nr. 189.

192.

Hirts Aufsatz: Siehe zu Nr. 165.
Uz: Der Dichter Johann Peter Uz war am 12. Mai 1796 gestorben.
Frau Charlotte: Charlotte von Kalb, eine der Paten Ernst Friedrich Wilhelm Schillers.

193.

Frau Gevatterin: Siehe zu Nr. 192.

195.

Die Frankfurter Begebenheiten: Bombardement und Einnahme Frankfurts durch die Franzosen im Feldzug von 1796. Die Vorgänge schildert Goethes Mutter dem Sohn in ihren Briefen vom 22. Juli und 1. August 1796.
der Koadjutor: Karl Theodor von Dalberg.

196.

mit einem Landsmanne: Dem Züricher Kaufmann Hans Kaspar Escher, mit dem Heinrich Meyer befreundet war.
Nachricht vom Koadjutor: Siehe Nr. 195.

197.

Paradiesgärtlein: Johann Arndt. Paradiesgärtlein. Leipzig 1612.

198.

Kants Aufsatz: Immanuel Kant. Von einem neuerdings erhobenen vornehmen Ton in der Philosophie (Berlinische Monatsschrift 1796).

199.

Prorektor: Professor Johann Jakob Griesbach.
Mère coupable: Pierre Augustin Caron Beaumarchais. La mère coupable. Paris 1791.
Brief von meiner Mutter: Siehe zu Nr. 195.

200.

Hausherrn: Professor Griesbach, in dessen Haus (Schloßgasse 17) Schiller vom 13. April 1795 bis zu seinem Weggang nach Weimar (3. Dezember 1799) wohnte.
Die Idylle: Siehe zu Nr. 164 (Alexis und Dora).

Die zur Eisbahn gehörigen Xenien: Schiller hatte im Musenalmanach für 1797 die Xenien 144 bis 155 und 697 bis 701 unter dem gemeinsamen Titel ‚Die Eisbahn' zusammengefaßt.

201.

Rudolstadt: Das Weimarer Theater gastierte vom 24. Juni bis zum 8. August 1796 in Lauchstädt, vom 12. August bis zum 30. September in Rudolstadt.
Jungfrau in Weimar: Xenion 104.
Dialog mit Shakespeare: Xenien 409 bis 521, die später unter dem Titel ‚Shakespeares Schatten' zusammengefaßt wurden.
vom Spiritus: Siehe zu Nr. 176.

203.

Epigramme: Siehe zu Nr. 20.

204.

die Zeit ..., in welcher ich abreisen sollte: Goethe plante eine Reise nach Italien. Die Feldzüge der französischen Revolutionsheere und die allgemeine politische Lage machten diese Reise unmöglich.

205.

Anzahl ernsthafter Xenien ... aus den Ihrigen und den meinigen gemischt: Als ‚Tabulae votivae' im Musenalmanach für das Jahr 1797 erschienen.
Ich bin nicht allein: Karoline und Wilhelm von Wolzogen, Schillers Schwägerin und Schwager, waren am 4. August 1796 zu einem Besuch nach Jena gekommen.

206.

Phänomen ... die Beschreibung davon: Beobachtungen über die Entwicklung der Flügel des Schmetterlings Phalaena grossularia.

207.

Schlegels Bruder: Friedrich Schlegel kam am 7. August 1796 nach Jena.
Freunde und Feinde in Eutin und Wandsbeck: In Eutin lebte Goethes Schwager Johann Georg Schlosser, ferner Friedrich Leopold Graf zu Stolberg und Johann Heinrch Voß; in Wandsbeck Friedrich Heinrich Jacobi und Friedrich Gottlieb Klopstock.
einigen Details darüber bedürftig: Schiller benötigte diese Details für sein Gedicht ‚Pompeji und Herkulanum'.
Volkmanns Geschichte: Johann Jakob Volkmann. Historisch-kritische Nachrichten von Italien. Leipzig 1770/71.

208.

mein Blatt über die Schmetterlinge: Siehe zu Nr. 206.
kleiner Beitrag: Das gegen Jean Paul gerichtete Xenion ‚Der Chinese in Rom'.
arrogante Äußerung des Herrn Richters ... an Knebel: ‚Jetzt indes braucht man einen Tyrtäus mehr als einen Properz' (Jean Paul an Knebel, 3. August 1796). Goethe, dessen Kunstform in den ‚Römischen Elegien' u. a. an Properz geschult war, fühlte sich durch diese Bemerkung Richters zu Unrecht angegriffen, da Jean Paul lediglich an Knebels Übersetzung der Elegien des Properz dachte, die 1796 in den Stücken 1, 3, 9 und 11 der ‚Horen' und 1798 als Buch erschienen.

209.

Manuskript: Siehe zu Nr. 206.

210.

in ein Gedicht hineingeraten: Pompeji und Herkulanum.
Ihre Idylle: Alexis und Dora.
Legationsrat von Wolzogen mit seiner Frau: Siehe zu Nr. 205.

211.

Eisbahn: Siehe zu Nr. 200
Sophie Mereau: Der Musenalmanach auf das Jahr 1797 bringt ihr Gedicht ‚Andenken'.
Imperativ: Herders, im Musenalmanach auf das Jahr 1797 erschienenes, Gedicht ‚Die verschiedene Weise der Moral' spottet über Kants kategorischen Imperativ.
Gedicht von Conz: Karl Philipp Conz ‚Die Musen' im Musenalmanach auf das Jahr 1797.
Madonna della Seggiola: Gemälde Raffaels in der Galerie Pitti, Florenz.

212.

Krankheitsumständen meines Vaters: Johann Kaspar Schiller starb am 7. September 1796.
jüngste Schwester: Karoline Nanette Schiller starb nicht ‚im April', sondern am 23. März 1796.
Die Eisbahn: Siehe zu Nr. 200.

213.

Hirtischen Abhandlung: Siehe zu Nr. 165.
La mère coupable: Siehe zu Nr. 199.
nagelneues Märchen: ‚Princesse perruche', vom Prinzen August von Sachsen-Gotha in französischer Sprache geschrieben.

214.

tabulas votivas: Siehe zu Nr. 205.

215.

Ihre Idylle: Alexis und Dora.

216.

Füchse: Goethe stellt die Xenien als ‚Füchse mit brennenden Schwänzen' (Xenion 9) vor.
Fortsetzung des Manuskripts: Siehe zu Nr. 165.
die Frauenzimmer: Schillers Gattin Charlotte und Schillers Schwägerin Karoline von Wolzogen.

217.

Melodien: Zelters Kompositionen zum ‚Musenalmanach für das Jahr 1797'.
Mignon: ‚So laßt mich scheinen, bis ich werde'.
Besuch: Schillers Gedicht ‚Der Besuch' wurde später ‚Dithyrambe' überschrieben.

220.

Hirts Aufsatz: Siehe zu Nr. 165.

221.

Freundin Schlegel: Karoline Schlegel, die Gattin August Wilhelm Schlegels.

225.

der Prophet: Mit dem Namen ‚Prophet' bezeichnete Goethe seinen Jugendfreund Lavater aus Zürich schon 1774 (‚Prophete rechts, Prophete links, das Weltkind in der Mitten').
der kleinen Schönheit: Sophie Mereau.
zwei armen letzten Gesänge: Des, im September in Jena begonnenen, Epos ‚Hermann und Dorothea'.
im Limbo: Nach altem Glauben befinden sich die Seelen der ungetauft gestorbenen Kinder und die der Väter des alten Bundes in der Vorhölle, d. h. im limbo.
Freitagsgesellschaft: Siehe zu Nr. 25. und Tag- und Jahreshefte zu 1796.
Hauptmann Rösch aus Stuttgart: Karl August beabsichtigte dem Lehrer an der Stuttgarter Militärakademie Jakob Friedrich Rösch die Verwaltung seiner militärwissenschaftlichen Sammlungen zu übertragen.

226.

Das Insekt: Johann Friedrich Reichardt (vergleiche Xenion 108).
Cellini: Siehe zu Nr. 85.
Aufsatz der Stael: Siehe zu Nr. 107.
Schlegel: August Wilhelm Schlegel war mit dem Jenaer Buchhändler Frommann ‚in aller Eile' nach Leipzig gereist; am 17. Oktober traf er wieder in Jena ein.

227.

drei ersten Gesänge des neuen Gedichtes: Hermann und Dorothea.

228.

Schlegel: Siehe zu Nr. 226.
zierlichen Jungfrau: Siehe zu Nr. 202.
Satire auf Wieland: Xenion 321 ist keine Satire auf Wieland, sondern auf Johann Kaspar Friedrich Manso.
die neue Ausgabe: Christoph Martin Wieland, Sämtliche Werke. 39 Bände und 6 Supplementbände, Leipzig 1794–1802.

229.

meinem neuen Gedichte: Hermann und Dorothea.
Spitz von Gieblchenstein: Johann Friedrich Reichardt (vergleiche Xenion 23 und 24).
vollständige Ausgabe anzukündigen: Diese zweite (vollständige) Ausgabe des Cellini erschien Tübingen 1803.
englische Übersetzung: Nugents, London 1771 erschienene, Übertragung von Cellinis ‚Duo trattati... dell' oreficeria e della scultura' (Florenz 1731).

230.

Das Schiff kann nun wieder flott gemacht werden: Heißt soviel wie: Nun kann es an die Weiterführung der ‚Horen' gehen.
historischer Aufsatz von Funk: Karl Wilhelm Ferdinand Funk. Robert Guiskard, Herzog von Apulien und Calabrien (Die Horen, Jahrgang 1797, Stück 1, 2 und 3).
Major Rösch: Siehe zu Nr. 225.

231.

Unsere Dichterin: Die mit dem Jenaer Professor Ernst Karl Mereau verheiratete Sophie Mereau, geb. Schubarth. Sophiens damaliger ‚Liebhaber' war ein Jenaer Student der Medizin. Ihre Ehe wurde 1803 geschieden. Im gleichen Jahre heiratete sie den Dichter Clemens Brentano.

232.

Exemplare des letzten Bandes: Wilhelm Meisters Lehrjahre. Ein Roman. Herausgegeben von Goethe. Vierter Band. Berlin 1796.

233.

Eisbahn: Siehe zu Nr. 200.
Musen in der Mark: Siehe zu Nr. 164.
Besuch: Siehe zu Nr. 217.
Tabulis votivis: Siehe zu Nr. 205.
Schweizer Briefe: Siehe zu Nr. 154.

Wallenstein: Begonnen am 22. Oktober 1796, beendet am 17. März 1799.
Hirtischen Aufsatz: Siehe zu Nr. 165.

234.

Rest des Hirtischen Aufsatzes: Siehe zu Nr. 165.

235.

Niethammern: Friedrich Immanuel Niethammer, Professor der Philosophie und Theologie in Jena, Herausgeber des ‚Philosophischen Journals' (1795/1800).
Hirtischen Aufsatz: Siehe zu Nr. 165.
Tabulas votivas: Siehe zu Nr. 205.
Moritz: Im ‚Nekrolog merkwürdiger Deutschen', herausgegeben von Adolf Heinrich Friedrich Schichtegroll, war der am 26. Juni 1793 verstorbene Karl Philipp Moritz verständnislos behandelt worden.

236.

Wohlfeile Achtung: Xenion 703.
nekrologischen Raben: Xenion 105 bezieht sich auf Schichtegroll (siehe zu Nr. 235).
Die jungen Nepoten: Gemeint sind im Xenion 484 die Brüder Friedrich und August Wilhelm Schlegel.
Artikel in dem neuen Leipziger Intelligenzblatt: Ein ‚XY' unterzeichneter Beitrag ‚Über einige neue Charlatanerien unserer Literatur' im ‚Allgemeinen literarischen Anzeiger oder Annalen der gesamten Literatur für die geschwinde Bekanntmachung verschiedener Nachrichten auf dem Gebiete der Gelehrsamkeit und Kunst' (Nr. 26, 1796), der die Schriften und Aufsätze ‚eines Herder, Schiller u. a.' den Charlatanerien ‚eines Mannes' gegenübergestellt, der ‚zwei Journale zugleich' schreibt, um die ‚eigenen Schriften und Journalaufsätze' loben, andere aber herabsetzen zu können.
in meiner Arbeit: am Wallenstein.

237.

noch ein Stück des epischen Gedichts: ‚Hermann und Dorothea'.

240.

mit beiden Werklein: Die Xenien waren in zwei Gruppen eingeteilt, die der polemischen Xenien und der ‚poetischen und gefälligen' (Seite 154).

242.

Die Aktenstücke: Beilagen zu Nr. 241: 1.) ‚des Koadjutors Brief, die Xenien betreffend' und 2.) ‚ein Blättchen Hexameter . . ., welche in

Breslau von einem Champion des Herrn Manso, gegen Sie oder mich, gemacht worden sind'.
erquicklichen Wasser: Siehe Nr. 238 (Seite 228).
Das verlangte Buch: Böttigers Schrift über Iffland; siehe zu Nr. 158.
literarischen Sansculottismus: Siehe zu Nr. 99.

243.

gratuliere ... zu der zweiten Auflage: Die erste Auflage des ‚Musen-Almanachs für das Jahr 1797. Herausgegeben von Schiller' erschien Ende September 1796, die zweite Anfang Dezember 1796. Die Höhe der ersten Auflage des sogenannten Xenienalmanachs betrug 2000, die der zweiten 500 Exemplare. Eine dritte Auflage (500 Exemplare) folgte im Februar 1797.
meines epischen Gedichts: Hermann und Dorothea.
englische Übersetzung von Cellini: Siehe zu Nr. 229.

244.

die Schimmelmann: Charlotte von Schimmelmann, Gattin des dänischen Finanzministers Graf von Schimmelmann.
Brief von Körner über Meister: Christian Gottfried Körners Brief an Schiller vom 5. November 1796 erschien in den ‚Horen' (Jahrgang 1796, Zwölftes Stück) unter dem Titel ‚Über Wilhelm Meisters Lehrjahre. Aus einem Briefe an den Herausgeber der Horen'.
Mein Schwager ... geschrieben: Schillers Schwager Wolzogen hatte sich beim Conseil, der obersten Verwaltungsbehörde des Herzogtums Sachsen-Weimar, um die frei gewordene Stelle des Regierungsrats Hendrich bemüht. Wolzogen erhielt diese Position nicht, wurde aber trotzdem als Legationsrat in den Weimarischen Dienst übernommen.

245.

Der Körnerische Brief: Siehe zu Nr. 244.
die unterstrichene Stelle: ‚Besondere Kunst finde ich in der Verflechtung zwischen den Schicksalen und den Charakteren. Beide wirken gegenseitig ineinander. Der Charakter ist weder bloß das Resultat einer Reihe von Begebenheiten, wie die Summe eines Rechnungsexempels, noch das Schicksal bloß Wirkung des gegebenen Charakters. Das Persönliche entwickelt sich aus einem selbständigen unerklärbaren Keime, und diese Entwicklung wird durch die äußern Umstände bloß begünstigt. Dies ist die Wirkung des Puppentheaters bei Meister und der Brustkrankheit bei der schönen Seele. So sind die merkwürdigsten Ereignisse in Meisters Leben – sein Aufenthalt auf dem Schlosse des Grafen – der Räuberanfall – der Besuch bei Lothario – zum Teil die Folgen einer freien Wahl, die in seinem Charakter gegründet war. Das Ganze nähert sich dadurch der wirklichen Natur: wo der Mensch, dem es nicht an eigener Lebenskraft fehlt, nie bloß durch die ihn umgebende Welt bestimmt wird, aber auch nie alles aus sich selbst

entwickelt. Ein reicher Garten zeigt sich dem Auge, wo die schönsten Pflanzen von selbst zu gedeihen scheinen, und jede Spur des Künstlers verschwindet.'
jemand geschrieben: Friedrich Heinrich Jacobi an Goethe, 9. November 1796.
meine Idylle: Alexis und Dora.
Körners Aufsatz: Siehe zu Nr. 244.
Dienstgesuch: Siehe zu Nr. 244.

246.

werden Sie Humboldten morgen sehen: Humboldt fuhr am 23. und kam den 30. November 1796 wieder nach Jena zurück.
Agnes von Lilien: ‚Agnes von Lilien', ein Roman von Schillers Schwägerin Karoline von Wolzogen, erschien in den Jahrgängen 1796 (Stück 10 und 12) und 1797 (Stück 2 und 5) der ‚Horen', als Buch Berlin 1798.
in Ihren Epigrammen ... sich beklagen: Venetianische Epigramme Nr. 29.

247.

Humboldts werden erst Dienstag ... hierher kommen: D.i. am 29. November 1796. Siehe zu Nr. 246.

248.

Körnerischen Brief: Siehe zu Nr. 244.

249.

Abdrücke: Titelkupfer zur zweiten Auflage des ‚Musen-Almanach für das Jahr 1797'. Siehe zu Nr. 243.
Burgsdorff: Der Gutsbesitzer Wilhelm von Burgsdorff, ein Freund Wilhelm von Humboldts.
neues Werk der Frau von Stael: Anne Louise Germaine de Staël, De l'influence des passions sur le bonheur des individus et des nations. Hamburg 1796. Deutsche Ausgabe Zürich 1797.

250.

die Übersetzung: Siehe zu Nr. 249.
so schicke ich dahier das meinige: Gegengeschenke an die Sudelköche zu Jena und Weimar, von einigen dankbaren Gästen (o. O. 1797). Verantwortlich für diese kleine Schrift sind Johann Gottfried Dyk und Johann Kaspar Fr. Manso.
den jungen Jacobi: Den Jenaer Studenten der Medizin Maximilian Jacobi, Sohn Friedrich Heinrich Jacobis.
Ihre Arbeit: Wallenstein.

251.

meiner Arbeit: Wallenstein.

Produkt gegen uns: Siehe zu Nr. 250.
Schrift der Madame de Stael: Siehe zu Nr. 249.
Agnes von Lilien: Siehe zu Nr. 246.

252.

eine Elegie: Diese Elegie trägt denselben Titel wie das ‚neue Gedicht', das sie ankündigen soll: ‚Hermann und Dorothea'.
Dykischen Ausfall: Siehe zu Nr. 250.
für den Verfasser des Herrn Stark gehalten: Siehe zu Nr. 102.

253.

Wunsch Ihres Schwagers: Siehe zu Nr. 244.
Katharina ... sei ins Grab gestiegen: Katharina II. starb am 17. November 1796.

254.

Die Elegie: Siehe zu Nr. 252.
Staelische Schrift: Siehe zu Nr. 249.

255.

Exemplar zweiter Ausgabe: Siehe zu Nr. 243.
der Elegie erfreuen: Siehe zu Nr. 252.
Diderots Werk: Denis Diderot. Essai sur la peinture. Paris 1796.

256.

seit dem Tod des Herzogs Karl: D. i. seit dem 24. Oktober 1793, dem Todestag des Herzogs Karl Eugen von Württemberg.
Diderots Schrift: Siehe zu Nr. 255.

257.

über Diderot: Siehe zu Nr. 255.
Staelischen Schrift: Siehe zu Nr. 249.
eigene Arbeit: Wallenstein.
etwas von dem Neuesten über die Xenien: In den ‚Xenien' fühlten sich viele getroffen, die sich nach dem Erscheinen des Musenalmanachs für das Jahr 1797 zu Wort meldeten, u. a.:

1. Johann Friedrich Reichardt, welcher in der von ihm herausgegebenen Zeitschrift „Deutschland" (Berlin 1796, 4. Band, 10. Stück, S. 83 bis 106) Schiller für ehrlos erklärt. „Ehrlos ist jeder Lügner: Zweifach aber der Feigherzige, der sich und die Beziehungen seiner Injurien nicht einmal ganz zu nennen wagt" und alle „wackren Männer" werden „den Mann, der sich ehrloser Lügen schuldig macht, so sehr verachten, als wäre er gerichtlich beschimpft."
2. „Gegengeschenke an die Sudelköche zu Jena und Weimar, von einigen dankbaren Gästen" (o. O. 1797). Verantwortlich für die

kleine Schrift sind Johann Gottfried Dyk und Johann Kaspar Fr. Manso (vergleiche Nr. 250).

3. Urians Nachricht von der neuen Aufklärung, nebst einigen anderen Kleinigkeiten. Von dem Wandsbecker Boten [Matthias Claudius]. Hamburg 1797.
4. Berlocken an den Schillerschen Musenalmanach für das Jahr 1797. Druckort der kleinen Schrift ist nicht, wie auf dem Titelblatt angegeben, Jena und Weimar, sondern Weißenfels. Ihr Verfasser ist ein Magister Christian Friedrich Traugott Voigt.
5. Die „Tüchtige Persiflage" bildet den Abschluß einer Besprechung der neuesten Musenalmanache im „Berlinischen Archiv der Zeit und ihres Geschmacks" (Januar 1797, S. 31–53). Verfasser dieses „gutmütigen", mit „F." unterzeichneten Scherzes ist Ignaz Aurelius Fessler, der im Mai 1796 nach Berlin kam und später nach Rußland ging, wo er Generalsuperintendent der evangelisch-lutherischen Gemeinde in Petersburg wurde.
6. Musenalmanach für das Jahr 1797. [Zweiter Teil:] Leben, Taten, Meinungen, Schicksale und letztes Ende der Xenien im Jahre 1797. Arma virumque cano. Als Erscheinungsort des 163-seitigen Almanachs ist Pesth angegeben.
7. Anhang zu Friedrich Schillers Musenalmanach für das Jahr 1797 von Friedrich Nicolai. Berlin und Stettin [1797].
8. „Die Musenalmanache für das Jahr 1797. Ein Gespräch zwischen einem Freund und Mir." (Der Neue Teutsche Merkur, Weimar, Februar 1797, S. 178–204.) Wieland brachte in dieser Rezension als wesentlichsten Einwand, daß im Schillerschen Almanach „eher des Lebens als des Stoffes zu viel" ist. Das, „was ich an diesem Taschenbuch auszusetzen habe, ist, daß ein Teil des Stoffs in einer zu großen Menge lebendiger Geschöpfe von der kleinsten und zum Teil von der beschwerlichsten Art ausgebildet ist".

Agnes von Lilien: Siehe zu Nr. 246.
Kupferplatte: Klischee zum ‚Hirtischen Aufsatz' (siehe zu Nr. 165).

258.

sonntäglichen Brief: Schillers Brief vom 10. Dezember 1796 (Nr. 256).
die Sache: Anstellung von Schillers Schwager Wolzogen (siehe zu Nr. 244).
Titelkupfer: Zur zweiten Auflage des Musenalmanachs für das Jahr 1797 (siehe zu Nr. 243).

259.

in der bewußten Sache: Anstellung von Schillers Schwager Wolzogen (siehe zu Nr. 244).

260.

Meine Arbeit: Wallenstein.
bei der lieben Prosa geblieben, die diesem Stoff auch viel mehr zusagt: Erste, nicht erhaltene Prosa-Fassung des ‚Wallenstein'.

261.

wie uns Frau von Stael ... dargetan hat: Siehe zu Nr. 249.
Merkur: Karl August Böttiger, Neuestes Werk der Frau von Staël. Neuer Teutscher Merkur (Dezember 1796).
Diderot: Siehe zu Nr. 255.
Jacobi: Siehe zu Nr. 250.

263.

Werk der Frau von Stael: Siehe zu Nr. 249.
die Elegie: Siehe zu Nr. 252.
mit dem Herzog nach Leipzig: Goethe reiste mit dem Herzog Karl August am 28. Dezember 1796 von Weimar ab, blieb bis zum 2. Januar 1797 in Leipzig, fuhr dann nach Dessau, wo man bis zum 6. Januar blieb. Von Dessau ging es wieder nach Leipzig. Am 10. Januar wurde die Rückreise angetreten. Vergleiche Nr. 265, ferner Tag- und Jahreshefte zu 1797.

264.

Reichardt hat sich nun geregt: Siehe zu Nr. 257.
Schottländer: Die Brüder James und William Macdonald, die Schiller am 22. Dezember 1796 in Begleitung Knebels besuchten.
Ihre Vorrede: Die ‚sehr fruchtbare Ideen', erregt durch ‚meine Fisch- und Wurmanatomie' (Seite 252).

265.

Gegener: Johann Friedrich Reichardt (siehe zu Nr. 257).
jene Bemerkungen über die Elegie: In Schillers Brief vom 9. Dezember 1796 (Nr. 254).
bei der gegenwärtigen ...: Siehe Fehlende Briefe Seite 881 (Nr. 12).

266.

meine Geschichte: Siehe zu Nr. 263.
Windweben: Es sind wohl Schneeverwehungen gemeint.

267.

Oberbergrat Humboldt: Alexander von Humboldt.
neues episches Gedicht: Hermann und Dorothea.
dem Buche, das mir Rat Schlegel mitbrachte: Wilhelm Heinrich Wakkenroder. Herzensergießung eines kunstliebenden Klosterbruders. Berlin 1797. Vergleiche Goethes Brief an K. L. von Knebel vom gleichen Tage (11. Januar 1797).

268.

bei meinem Geschäft: Arbeit am Wallenstein.
Reichardtische Sache: Siehe zu Nr. 257.
Wieland ... wie Sie aus dem ersten Stück des Merkur ersehen werden: Siehe zu Nr. 257.

269.

unsern Almanach: Musenalmanach für das Jahr 1797.
Heute abend: Siehe Seite 258, Zeile 4f. und Seite 259, Zeile 2.

270.

mein Geschäft: Arbeit am Wallenstein.
kleine . . . Idylle: Alexis und Dora.
Idylle: Hermann und Dorothea.
Ihre Elegie: Hermann und Dorothea.
Lenzischen Verlassenschaft: Handschriften des 1792 verstorbenen Dichters Jakob Michael Reinhold Lenz befanden sich in Goethes Besitz.

271.

Tragödie: Wallenstein.

272.

Arbeit gehts . . . langsam: Arbeit am ‚Wallenstein'.

273.

die Pedanten und die Waschfrau: Vergleiche Xenion 358 und 115
des Wandsbecker Boten klägliche Verse: Siehe zu Nr. 257.

274.

Demoiselle Jagemann: Die Schauspielerin und Sängerin Karoline Jagemann, durch deren Intrigen Goethe 1817 aus der Leitung des Theaters gedrängt wurde.
mein episches Gedicht verhandelt: Der Berliner Verleger Vieweg hatte gegen 1000 Taler in Gold die Verlagsrechte für ‚Hermann und Dorothea' erworben.

275.

Akquisition für die Oper: Das Engagement der Demoiselle Jagemann.
das epische Werk: Hermann und Dorothea.
die bestellten Musikalien: Fehlendes Duett in der Weimarer Partitur von Cimarosas Oper ‚Heimliche Ehe', um dessen Beschaffung Körner von Goethe gebeten worden war.

276.

Lenziana: J. M. Reinhold Lenz. Der Waldbruder, ein Pendant zu Werthers Leiden (Die Horen, Jahrgang 1797, Viertes und Fünftes Stück). In dem, von Schiller herausgegebenen, Musenalmanach für das Jahr 1798 erschienen noch zwei Gedichte von Lenz (Tantalus, Die Liebe auf dem Lande). Ob die im Goetheschen Nachlaß befindlichen ‚Lenziana' damit erschöpft waren, läßt sich nicht ermitteln.
von Rom habe ich einen wunderlichen Aufsatz erhalten: ‚Schreiben

Herrn Müllers, Malers in Rom, über die Ankündigung des Herrn Fernow von der Ausstellung des Herrn Professors Carstens in Rom' (Horen 1797).
Fernow ... im Merkur: Karl Ludwig Fernow, Über den Stil in den bildenden Künsten (Neuer Teutscher Merkur 1795). – Derselbe. Einleitung in eine Reihe von Vorlesungen über Ästhetik vor einer Gesellschaft teutscher Künstler und Kunstfreunde in Rom (Neuer Teutscher Merkur 1796).
das überschickte Duett: Siehe zu Nr. 275.

277.

Vieilleville: Siehe zu Nr. 182.

278.

Opus des Malers Müllers: Siehe zu Nr. 276.
Vieilleville: Siehe zu Nr. 182.
Das Märchen mit dem Weibchen: ‚Die neue Melusine', von Goethe später in ‚Wilhelm Meisters Wanderjahre' aufgenommen.
Wünsche auf die Vollendung des Gedichtes: Hermann und Dorothea.

279.

meinem zweiten Akt: Wallenstein II.
Maler – Müllerische Skripturen: Siehe zu Nr. 276.
über das Epos: Vergleiche Seite 266, Zeile 3 ff.
Wielandische Oration gegen die Xenien: Siehe zu Nr. 257.
Ihre Elegie: Hermann und Dorothea.

280.

Wielandische Äußerung: Siehe zu Nr 257.

281.

Von Nicolai ... ein Buch gegen die Xenien: Siehe zu Nr. 257.

282.

Nicolai ... der Band: Siehe zu Nr. 257.

283.

komme ich auch mit meiner Arbeit nicht recht vorwärts: Mit der Arbeit am ‚Wallenstein' nämlich.
Ihren Almanach: Taschenbuch für 1798. Hermann und Dorothea von J. W. von Göthe. Berlin bey Friedrich Vieweg dem älteren.

284.

die drei ersten Gesänge des epischen Gedichts: Hermann und Dorothea. Erster bis Dritter Gesang.

Der heutige Oberon: Oberon. König der Elfen. Oper von Paul Wranitzky.

285.

meinen betrübten Umständen: Goethe hatte sich erkältet (‚Katarrh') und mußte ‚die Stube hüten' (Seite 272).

286.

Fichtens Aufsatz: J. G. Fichte. Versuch einer neuen Darstellung der Wissenschaftslehre (Philosophisches Journal, herausgegeben von F. J. Niethammer, Band 7, Jena 1797), sog. ‚Erste Einleitung in die Wissenschaftslehre'.

287.

den vierten Gesang: Von Hermann und Dorothea.

288.

Sache quaestionis: Ankauf des Gartens und eines dazu gehörigen Sommerhauses aus dem Besitz des verstorbenen Professors Ludwig Schmidt in Jena (siehe Nr. 279 u. a.). Schiller hatte am 8. Februar einen Kaufpreis von 1 500 Talern geboten. Durch Vermittlung des Ministers und Geheimen Rats Voigt wurde die Angelegenheit beschleunigt, so daß der Kaufvertrag am 16. März 1797 unterzeichnet werden konnte.

290.

das Gedicht: Hermann und Dorothea.

291.

Die Arbeit: Hermann und Dorothea.

292.

Ihr Gedicht: Hermann und Dorothea.

293.

Philoktet und die Trachinierinnen: Beide von Sophokles. Schiller las die genannten Werke in der Übersetzung Steinbüchels (Johann Jakob Steinbüchel. Tragisches Theater der Griechen. Zürich 1763).
Fragment aus dem Aristophanes: Anfang der ‚Lysistrata' in der unvollendet gebliebenen Übersetzung Wilhelm von Humboldts.
Pergamentbogen aus Stockholm: Mitgliedsdiplom der Akademie der Wissenschaften in Stockholm.

294.

Vieilleville erster Teil: Siehe zu Nr. 182.

295.

auch einen Dialogen über die Liebe: Leonis Hebraei de amore dialogi tres, a Carolo Saraceno purissima candidissimaque latinitate donati; enthalten in der 1593 erschienenen Sammlung des Pistorius ‚Artis cabbalisticae, hoc est reconditae theologiae et philosophiae scriptores'.
Julius Cäsar mit Schlegeln durchging: August Wilhelm Schlegel hatte seine Übersetzung von Shakespeares ‚Julius Cäsar' gerade vollendet.

296.

Humboldt: Wilhelm von Humboldt war am 2. April nach Erfurt und von dort nach Weimar gereist. Am 9. April kehrte er nach Jena zurück.
über die letzten Gesänge: Hermann und Dorothea.

299.

mit dem Neuen Testament Krieg gehabt: Schiller denkt an Goethes ‚Zwo wichtige, bisher unerörterte biblische Fragen' von 1773.

300.

Oratorium: Joseph Haydn. Sieben Worte Jesu am Kreuz.
die vier ersten Musen: Hermann und Dorothea. Erster bis Vierter Gesang.
mein Versuch über Mose: Siehe zu Nr. 299.

301.

Ich echappiere soeben aus der bleiernen Gegenwart des Herrn Bouterwek: Vergl. Xenien 403 und 718.
Woltmann ... seine Menschengeschichte: Karl Ludwig Woltmann. Einleitung zur älteren Menschengeschichte. Jena 1797.
Absendung der vier ersten Musen: Siehe zu Nr. 300.

302.

Alte Testament ... Eichhorns Einleitung: Johann Gottfried Eichhorn. Einleitung in das Alte Testament. Leipzig 1780 bis 1783.
Homer ... Wolfs Prolegomena: Siehe zu Nr. 67.
Verse im Homer ... wie ich einige selbst in mein Gedicht ... eingeschoben: D. h. in ‚Hermann und Dorothea' eingeschoben.
Plan meines zweiten Gedichts: Seit März 1797 erwog Goethe den Plan eines neuen epischen Gedichtes in der Art von ‚Hermann und Dorothea' unter dem Titel ‚Die Jagd'. Dieser Plan weiterte sich später zur ‚Novelle'.

303.

Ihrer neuen Epopee: Die Jagd; siehe zu Nr. 302.

304.

Mein neuer Stoff: Die Jagd; siehe zu Nr. 302.
Woltmanns Menschengeschichte: Siehe zu Nr. 301.
Eichhorns Einleitung: Siehe zu Nr. 302.
die Herderischen Arbeiten: J. G. Herder. Älteste Urkunde des Menschengeschlechts. 2 Bände, Riga 1774–1776. – Derselbe. Vom Geist der Ebräischen Poesie, Eine Anleitung für die Liebhaber derselben und der ältesten Geschichte des menschlichen Geistes. Dessau 1782–1783.

305.

den Zwillingen des Shakespeare: Gemeint ist ‚The Comedy of Errors', die in Chr. M. Wielands Übertragung den Untertitel ‚Die doppelten Zwillinge' trug.
Humboldt ist heute fort: Wilhelm von Humboldt reiste in die Schweiz, nach Paris und nach Spanien.

306.

den Frieden: Der zwischen Napoleon und den kaiserlichen Bevollmächtigten am 18. April 1797 geschlossene Präliminarfrieden von Leoben.
meinen Plan: Siehe zu Nr. 302.
Mit Humboldt: Alexander von Humboldt, der sich vom 19. bis 25. April 1797 in Weimar aufhielt.

307.

Fabel meines neuen Gedichtes: Die Jagd; siehe zu Nr. 302.
Schlegels Abhandlung: Friedrich Schlegel. Über die Homerische Poesie mit Rücksicht auf die Wolfische Untersuchung (Deutschland, herausgegeben von F. J. Reichardt, 1796).
Die empfindsame Gärtnerin: Das Gedicht entstand am 28. April 1797; unter dem Titel ‚Hauspark' veröffentlichte es Goethe 1820.

308.

Humboldtische Visite: Schiller erhielt am 28. April 1797 den Besuch Alexander v. Humboldts und des Rudolstädter Fürsten Ludwig Friedrich.

309.

mit rechter Lust wieder an die Arbeit zu gehen: Weiterführung des Wallenstein, den Schiller infolge Erkrankung seines Sohnes Ernst am 18. April etwa unterbrochen hatte.
Don Juan ... Ballade: Schiller erbittet den Text von Mozarts Don Juan, um diesen Stoff in einer Ballade zu gestalten. Die Ballade kam nicht zustande. Erhalten ist lediglich ein Bruchstück.

310.

Vieilleville: Siehe zu Nr. 182.

311.

manches mag . . . dem Übersetzer zuzuschreiben sein: Schiller las die Poetik des Aristoteles in der Übersetzung des Marburger Professors der Philosophie Michael Konrad Curtius (Hannover 1753). Der Übersetzung hatte Curtius eine ‚Abhandlung von der Ansicht des Trauerspiels' beigefügt, auf die Lessing im 78. Stück der ‚Hamburgischen Dramaturgie' näher eingeht.
Voß . . . hexametrische Übersetzung von Ovids Phaeton: Diese Übersetzung erschien in dem, erst Anfang Juli ausgegebenen, fünften Stück des Jahrgangs 1797 der Horen.
Lenzischen Aufsatz: Siehe zu Nr. 276.

312.

Ertrag von Lenzens Mumie: Der Lenzische Aufsatz (siehe zu Nr. 276) war honorarfrei, da der Autor nicht mehr lebte.

314.

über die ersten Gesänge: Hermann und Dorothea, Anfang.

315.

Ihr Gedicht: Hermann und Dorothea.
Judenstadt: Das Schillersche Gartenhaus (siehe zu Nr. 288) lag am Jüdengraben.
Schlegelische Kritik von Schlossern: Friedrich Schlegel. Der deutsche Orpheus, ein Beitrag zur neuesten Kirchengeschichte (Deutschland, hrsg. von F. J. Reichardt, 1797). Schlegel wendete sich hier gegen Johann Georg Schlossers, Lübeck 1797 erschienenes, ‚Schreiben an einen jungen Mann, der die kritische Philosophie studieren wollte'.
die Agnes: Siehe zu Nr. 246.
Aufsatz gegen die Xenien: Die neuesten Musenalmanache (Genius der Zeit, herausgegeben von A. F. von Hennings, Jahrgang 1797).

316.

Schluß meines Gedichts: Hermann und Dorothea, Schluß.
das gelobte . . . Land: Italien.

317.

Büttnerischen Laren: Der pensionierte Professor und Hofrat Chr. W. Büttner wohnte im Jenaer Schlosse. Für Wohnung und Gehalt hatte Büttner 1783 dem Herzog von Weimar seine große Bibliothek abgetreten. Bei seinen Aufenthalten in Jena wohnte auch Goethe im Schlosse.
Einleitung unseres Blumenmädchens: Die am 22. Mai 1797 entstandene Elegie ‚Der neue Pausias und seine Blumenmädchen', die im Musen-Almanach für das Jahr 1798, dem sog. Balladenalmanach, erschien.
kleines Gedicht: Der Schatzgräber, ebenfalls in dem o. a. Almanach erschienen.

318.

das Gedicht: Siehe zu Nr. 317.

319.

Kopie der Quittung: Der Verleger Cotta war auf der Durchreise am 26. Mai 1797 nach Jena gekommen und hatte an Schiller die Honorare gezahlt.

321.

des Prologs: Erster Entwurf zu ‚Wallensteins Lager'.
ein Gedicht: ‚An Mignon'; entstanden am 28. Mai 1797, erschienen in dem, von Schiller herausgegebenen, Musenalmanach für das Jahr 1798.

322.

Besuch von Mignon: Siehe zu Nr. 321.
Urania: Der letzte der nach den neun Musen benannte Gesang von ‚Hermann und Dorothea'.

323.

Hierbei Urania: Siehe zu Nr. 322.

324.

Schlegelschen Aufsatz: August Wilhelm Schlegel. Über Shakespeares Romeo und Julia (Die Horen, Jahrgang 1796, Sechstes Stück).
Ihren Taucher: Schillers Ballade ‚Der Taucher' wurde am 5. Juni 1797 begonnen und am 14. Juni beendet; erschienen ist die Ballade dann im Musenalmanach für das Jahr 1798.
meine Paare: Goethe spielt auf ‚Die Braut von Korinth' (entstanden am 4. und 5. Juni 1797) und auf ‚Der Gott und die Bajadere' (entstanden am 6. und 7. Juni 1797) an.

325.

Die Verse begleiten eine kleine mineralogische Sammlung, die Goethe an Schiller sandte. Siehe auch Nr. 328.

326.

das Blumenmädchen: Siehe zu Nr. 317.
die Dame des belles cousines: de la Sale. L'histoire et plaisante chronique du petit Jehan de Saintré et de la jeune dame des belles cousines. Paris 1724.
Almanach, der die Würde der Frauen enthält: Schillers ‚Würde der Frauen' im ‚Musen-Almanach für das Jahr 1796. Herausgegeben von Schiller. Neustrelitz, bei dem Hofbuchhändler Michaelis'.

327.

Schlegelschen Aufsatz: Siehe zu Nr. 324.
Taucher: Siehe zu Nr. 324.
Amlet des Saxo Grammaticus: Die geschichtliche Quelle zu Shakespeares ‚Hamlet'.

328.

mineralogischen Gabe: Siehe zu Nr. 325.

329.

Vieilleville: Siehe zu Nr. 182.
die Stunden: Gemeint sind die ‚Horen'.
Nachstück zum Taucher: Die Ballade ‚Der Handschuh', entstanden am 18. und 19. Juni 1797, erschienen im Musenalmanach für das Jahr 1798.
Saint Foix' Essay sur Paris: Saintfoix. Essais historiques sur Paris. London 1765.
Chor aus Prometheus: Siehe Nr. 299.

330.

habe ich Wieland besucht: Wieland wohnte auf seinem, in der Nähe Weimars gelegenen, Landgut Oßmannstedt. Dort besuchten ihn Goethe und Knebel gemeinsam am Abend des 19. Juni 1797.

331.

meines neuen epischen Planes: Die Jagd; siehe zu Nr. 302.
Karl: Schillers damals vierjähriger Sohn Karl Friedrich Ludwig.

332.

meine Ballade: Die am 24. Juni 1797 vollendete Ballade ‚Der Ring des Polykrates'; erschienen im Musenalmanach 1798.

333.

schicken Sie mir die Ballade ja: Siehe zu Nr. 332.

334.

die Jagd: Siehe zu Nr. 302.
meine Ballade ... ein Gegenstück zu Ihren Kranichen: Schillers ‚Kraniche des Ibykus'; auch Goethe beabsichtigte diesen Stoff zu bearbeiten, überließ ihn dann aber Schiller.

335.

mein Gegenstück: Siehe zu Nr. 334.
daß meine Tiger und Löwen in diese Form gehören: Die Jagd; siehe zu Nr. 302.

336.

lege hier zwei Gedichte bei: Hölderlin ‚Der Wanderer' und ‚An den Aether'. Ersteres erschien in den ‚Horen' (Jahrgang 1797, Sechstes Stück), letzteres im Musenalmanach für 1798.

337.

mir überschickten Gedichten: Siehe zu Nr. 336.
Afrikanische Wüste: Hölderlin ‚Der Wanderer', Vers 1 f.
der Nordpol: Hölderlin ‚Der Wanderer', Vers 19 f.
gleich den quellenden Wald: Hölderlin ‚Der Wanderer' Vers 5. Von Schiller wurde geändert ‚der quellende Wald' in ‚der schattende Wald'.
Ring: Siehe zu Nr. 332.

338.

Hölderlin, den Sie vor etlichen Jahren bei mir gesehen haben: Hölderlin hielt sich von Anfang November bis Ende Dezember 1794 in Jena auf. Er begegnete Goethe in der Schillerschen Wohnung wahrscheinlich um die Mittagszeit des 3. November 1794. ‚Auch bei Schiller war ich schon einige Male, das erste Mal eben nicht mit Glück. Ich trat hinein, wurde freundlich begrüßt und bemerkte kaum im Hintergrunde einen Fremden, bei dem keine Miene, auch nachher lange kein Laut etwas Besonderes ahnden ließ. ... Der Maler Meyer aus Weimar kam auch noch. Der Fremde unterhielt sich über manches mit ihm. Aber ich ahndete nichts. Ich ging und erfuhr an demselben Tage im Klub der Professoren, was meinst Du? daß Goethe diesen Mittag bei Schiller gewesen sei.' (Hölderin an Neuffer, November 1794).
Romans in Briefen: ‚Briefe von Amanda an Eduard' (Die Horen, Jahrgang 1797).
Kallimachos: Kallimachos Hymnen und Epigramme, übersetzt von Chr. W. Ahlwardt, Berlin 1794.
Hero und Leander: Verfasser des aus 360 Hexametern bestehenden Epos ‚Hero und Leander' ist Musäus.
Reise durch Nordamerika: Thomas Carver. Reisen durch die inneren Gegenden von Nordamerika in den Jahren 1766 bis 1768. Hamburg 1780.

339.

aus den Gedichten: Siehe zu Nr. 336.
Unsere Frauen sollen gelobt werden: Amalie von Imhof, Sophie Mereau, Karoline von Wolzogen.
dem neuen Mitarbeiter: Christian Wilhelm Ahlwardt (siehe zu Nr. 338).
Von meinem Gedichte sind sieben Bogen angekommen: D. i. von ‚Hermann und Dorothea' (siehe zu Nr. 274).

340.

Aufsatz ... gegen Fernow: Siehe zu Nr. 276.
das Liedchen: Nadowessische Totenklage (Musenalmanach für 1798).

341.

römischen Freund: Alois Ludwig Hirt.
Aufsatz über Laokoon: A. L. Hirt ‚Laokoon' (Horen 1797, Zehntes Stück).
eines Aufsatzes erinnert: ‚Über Laokoon'; erschienen 1798 im ersten Stück des ersten Bandes von Goethes Propyläen.
Totenlied: Siehe zu Nr. 340.
Abschrift der Wallensteiner: Abschrift von ‚Wallensteins Lager'.

342.

Hirtischen Aufsatz: Siehe zu Nr. 341.
Ihren Aufsatz: Siehe zu Nr. 341.
musikalische Teil des Almanachs ... der Komponist: Karl Friedrich Zelter.
Glockengießerlied: Das Lied von der Glocke.
Krünitz' Enzyklopädie: Ökonomisch-technologische Enzyklopädie, herausgegeben von Johann Georg Krünitz, Berlin 1773 ff.
Der Prolog: Wallensteins Lager.

343.

nach der Ankunft des Herzogs: Karl August kehrte am 25. Juli von Teplitz nach Weimar zurück; Goethe reist am 30. Juli in die Schweiz.

344.

Hirtische Aufsatz: Siehe zu Nr. 341.
flüchtigen Aufsatz: Siehe zu Nr. 341.

345.

Meyers glückliche Ankunft in seiner Vaterstadt: J. H. Meyer, gebürtig aus Stäfa.

347.

Sie in der Einleitung zum Laokoon sagen: ‚Ein edles Kunstwerk bleibt, wie ein Naturwerk, für unsern Verstand immer unendlich: es wird angeschaut, empfunden, es wirkt; es kann aber nicht eigentlich erkannt, viel weniger sein Wesen, sein Verdienst mit Worten ausgesprochen werden ... Wenn man von einem trefflichen Kunstwerke sprechen will, so ist es fast nötig, von der ganzen Kunst zu reden, denn es enthält sie ganz, und jeder kann, soviel in seinen Kräften steht, auch das Allgemeine aus einem solchen besondern Fall entwickeln ...' (Über Laokoon, Propyläen, Ersten Bandes erstes Stück).

die Komponisten: Karl Friedrich Zelter und Rudolf Zumsteeg.
und denken meiner bei unserm Freunde: Am gleichen Tage schrieb Schiller den folgenden Brief an Johann Heinrich Meyer nach Stäfa am Züricher See:

Jena, den 21. Juli 1797

Herzlich heißen wir Sie willkommen auf deutschem Boden, lieber Freund. Die Sorge um Sie hat uns oft beunruhigt, und innig freuen wir uns Ihrer zurückkehrenden Gesundheit.

Schämen muß ich mich, daß die erste Zeile von mir Sie schon wieder auf dem Rückweg zu uns antrifft, aber wie viel ich Ihnen auch mündlich zu sagen gehabt hätte, so fand sich doch nichts, was ich über die Berge hätte schicken mögen. Was wir trieben und wie es um uns stand, das erfuhren Sie von unserm Freund, und der wird Ihnen auch gesagt haben, wie sehr Sie uns gegenwärtig waren. Von ihm habe ich mit herzlichem Anteil vernommen, was Sie betrifft, wie trefflich Sie Ihre Zeit benutzten und welche Schätze Sie für uns alle sammelten.

Auch wir waren indes nicht untätig, wie Sie wissen, und am wenigsten unser Freund, der sich in diesen letzten Jahren wirklich selbst übertroffen hat. Sein episches Gedicht haben Sie gelesen; Sie werden gestehen, daß es der Gipfel seiner und unserer ganzen neueren Kunst ist. Ich hab es entstehen sehen und mich fast ebensosehr über die Art der Entstehung als über das Werk verwundert. Während wir andern mühselig sammeln und prüfen müssen, um etwas Leidliches langsam hervorzubringen, darf er nur leis an dem Baume schütteln, um sich die schönsten Früchte, reif und schwer, zufallen zu lassen. Es ist unglaublich, mit welcher Leichtigkeit er jetzt die Früchte eines wohlangewandten Lebens und einer anhaltenden Bildung an sich selber einerntet, wie bedeutend und sicher jetzt alle seine Schritte sind, wie ihn die Klarheit über sich selbst und über die Gegenstände vor jedem eiteln Streben und Herumtappen bewahrt. Doch Sie haben ihn jetzt selbst, und können sich von allem dem mit eignen Augen überzeugen. Sie werden mir aber auch darin beipflichten, daß er auf dem Gipfel, wo er jetzt steht, mehr darauf denken muß, die schöne Form, die er sich gegeben hat, zur Darstellung zu bringen, als nach neuem Stoffe auszugehen, kurz daß er jetzt ganz der poetischen Praktik leben muß. Wenn es einmal einer unter Tausenden, die danach streben, dahin gebracht hat, ein schönes vollendetes Ganzes aus sich zu machen, der kann meines Erachtens nichts Besseres tun, als dafür jede mögliche Art des Ausdrucks zu suchen; denn wie weit er auch noch kommt, er kann doch nichts Höheres geben. – Ich gestehe daher, daß mir alles, was er bei einem längeren Aufenthalt in Italien für gewisse Zwecke auch gewinnen möchte, für seinen höchsten und nächsten Zweck doch immer verloren scheinen würde. Also bewegen Sie ihn auch schon deswegen, lieber Freund, recht bald wiederzukommen, und das, was er zu Hause hat, nicht zu weit zu suchen.

Ich habe die angenehme Hoffnung, vielleicht Sie beide diesen Winter wieder in der Nähe zu wissen, und so das alte schöne Leben der Mitteilung wieder fortzusetzen. Meine Gesundheit hat sich zwar nicht viel gebessert, doch auch nicht verschlimmert, und das ist ein gutes Zeichen; der Mut und die Lust sind geblieben, und der Übergang von der Spekulation zur Produktion hat mich erfrischt und verjüngt.

Auch Ihre Schülerin habe ich unterdessen kennenlernen und an ihrem Talent und angenehmen Wesen mich sehr erfreut. Sie denkt Ihrer mit lebhaftem Anteil, und ich hoffe, das poetische Talent, das sich seither so schön bei ihr entwickelt hat, soll dem andern nicht geschadet haben.

Leben Sie wohl, mein werter Freund; ich sehe den nähern Nachrichten, die mir G. von Ihnen geben wird, mit Verlangen entgegen. Meine Frau grüßt sie herzlich, die Familie hat sich unterdessen vermehrt, wie Sie vielleicht wissen, und Karln werden Sie recht gut und brav geartet finden. Sch.

348.

Rat Schlegel: August Wilhelm Schlegel, dem Schiller auf Grund von Friedrich Schlegels Rezension der ‚Horen' (9.–12. Stück 1796) im zwölften, Ende Mai 1797 ausgegebenen, Stück des Journals ‚Deutschland' (herausgegeben von J. F. Reichardt) folgenden Brief geschrieben hatte:

Jena, den 31. Mai 1797

Sie erhalten hier, was ich nach Abzug des kleinen Restes von der Böhmischen Assignation noch zu bezahlen habe, und so wäre unsre Rechnung geschlossen.

Es hat mir Vergnügen gemacht, Ihnen durch Einrückung Ihrer Übersetzungen aus Dante und Shakespeare in die ‚Horen' zu einer Einnahme Gelegenheit zu geben, wie man sie nicht immer haben kann, da ich aber vernehmen muß, daß mich Herr Friedrich Schlegel zu der nämlichen Zeit, wo ich Ihnen diesen Vorteil verschaffe, öffentlich deswegen schilt, und der Übersetzungen zuviele in den ‚Horen' findet, so werden Sie mich für die Zukunft entschuldigen.

Und um Sie, einmal für allemal, von einem Verhältnis freizumachen, das für eine offene Denkungsart und eine zarte Gesinnung notwendig lästig sein muß, so lassen Sie mich überhaupt eine Verbindung abbrechen, die unter so bewandten Umständen gar zu sonderbar ist und mein Vertrauen zu oft schon kompromittierte. Sch.

349.

Stuttgarter Komponisten: Johann Rudolf Zumsteeg.
Klopstockiana: Band I und II (Oden) von Klopstocks Werken, 7 Bände, Leipzig 1798–1817.

350.

Ankunft des Herzogs: Siehe zu Nr. 343.
neues Opus: Georg Konrad Horst. Gustav III. Tod, ein psychologisch-moralisches Gemälde der Verirrungen des Enthusiasmus und der Leidenschaften. Leipzig 1797.
Schmid: Siegfried Schmid, mit Hölderlin bekannt.

351.

der ... in Fäulnis übergegangene Gustav der Dritte: Siehe zu Nr. 350.
Der neue Dichter: Schmid; siehe zu Nr. 350.
Marianne Meyer: Siehe zu Nr. 80.

352

Freundinnen: Siehe zu Nr. 329.
Ausgabe der Agnes von Lilien: Gemeint ist die Buchausgabe (siehe zu Nr. 246).

353.

ein Tier lecke sich die Zunge: Die ursprüngliche Fassung dieser Stelle in Schillers Ballade ‚Der Handschuh' (Vers 27) muß gelautet haben: ‚Und lecket die Zunge' statt ‚Und recket die Zunge'.

354.

Herder: ‚Schiller hat mir vier Balladen des nächsten Almanachs mitgeteilt, zwei von ihm, zwei von Goethe. In dem letzten spielt Priapus eine große Rolle, einmal als Gott mit einer Bajadere, sodaß sie ihn morgens an ihrer Stelle tot findet; das zweite Mal als ein Heldenjüngling mit seiner christlichen Braut, die als Gespenst zu ihm kommt und die er, eine kalte Liebe ohne Herz, zum warmen Leben priapisiert – das sind Heldenballaden!' (J. G. Herder an L. v. Knebel, 5. August 1797).
Diderot sur la peinture: Siehe zu Nr. 255.

355.

meine Schemata:

Über die Charakteristik der Städte · Zum Reiseschema

Obere
Mittlere
Untere Region

Zum allgemeinen Fluß
Lauf desselben
Region
Allgemeiner Charakter
der Region
Rechte Seite
Linke Seite
Subordinierte Wasser
Lauf
Regionen
Gebürge

Ursprung
Seitengrenze
Endgrenze

Zum besondern Stadt
Allgemeine Lage nach obigem
Besondere Lage
Entstehen
Durch nächste Ursache,
Terrain
Durch entfernte, Handel,
Transport
Erste Epoche des Entstehens
Fernere
Charaktere der Epoche
Jetziger Zustand
Einwohner
Form der bürgerlichen Ordnung
Das beste was fabriziert wird
Das, worauf sich ein Ort im allgemeinen oder im besondern etwas einbildet
Nächste Gegend
Vorstädte
Felder
Weinberge
Gärten
Gartenhäuser
Mühlen
Gewerbe
Charakter
Gestalt
Betragen

Gewohnheiten
Kleidung
Feste und Lustbarkeiten
Speise überhaupt
Brot
Bier
Wein
Polizei
Wohlfeile des Marktes
Ruhe
Reinlichkeit
Wirtshäuser

Theater ... zu dessen Beurteilung einen methodischen Entwurf gemacht: Der Entwurf ist nicht erhalten.

356.

Alten auf dem Topfberge: J. G. Herder, der in Weimar auf dem Töpfermarkt wohnte.
das Exhibitium: Kosegartens Ankündigung seiner 1798 erschienenen ‚Poesien'.
jenes undenische Pygmäenweibchen: Goethes ‚Die neue Melusine'.
Agnes und Amelie: Agnes, d. i. Karoline von Wolzogen, die Verfasserin von ‚Agnes von Lilien'; Amelie, d. i. Amalie von Imhof.
Palmira: Oper von Salieri.
Kupferstichwerken des Albertolli: Ciocondo Albertolli. Ornamenti diversi inventati, disegnati ed esegniti. Mailand 1782. – Derselbe. Alcuni decorazioni di nobili sale ed altri ornamenti. Mailand 1787.

357.

Platz, auf dem ich wohne: Frankfurter Roßmarkt.

358.

diese Richter: Jean Paul.
Aus dem Gotterischen Nachlaß ... die Geisterinsel: Der in Gotha lebende Friedrich Wilhelm Gotter verstarb am 18. März 1797. ‚Die Geisterinsel' erschien 1797.

359.

unsere dichterische Freundinnen: Siehe zu Nr. 356 (Agnes und Amelie).
lichtenbergisieren: Der Ausdruck bezieht sich auf das Verfahren, welches Lichtenberg in seinem Werk ‚Ausführliche Erklärung der Hogarthischen Kupferstiche' (Göttingen 1794–1799) anwendete.

360.

Neue Aushängebogen: Zum ‚Musen-Almanach für das Jahr 1798', der Anfang Oktober 1797 erschien.
Ihren lieben Brief: D. i. Nr. 357.
Ihr letzter Brief: D. i. Nr. 359.

361.

gegenwärtigen Herzog: Friedrich Eugen, Herzog von Württemberg.
Abhandlung über den Laokoon: Siehe zu Nr. 341.
Auch einem Tod eines Generals: Tod des Generals Wolfe bei Quebec, ein damals bekanntes Gemälde von Benjamin West.
Gespräch zwischen einem Knaben ... und dem Mühlbach: Siehe Nr. 369.
kleine Abhandlungen: 1) Einiges über Glasmalerei. 2) Vorteile, die ein

junger Maler haben könnte, der sich zuerst bei einem Bildhauer in die Lehre gäbe.

362.

Schlegel hat noch eine Romanze geschickt: August Wilhelm Schlegel. Arion (Musen-Almanach für das Jahr 1798).
bei unserm Freund: J. H. Meyer.
ein poetisches Genie von Schlegels Art und Weise: Johann Dietrich Gries, dessen ‚Phaeton' im ‚Musen-Almanach für das Jahr 1798' erschien.
Schlegels Pygmalion: August Wilhelm Schlegels ‚Pygmalion' im ‚Musen-Almanach für das Jahr 1797'.
Ihr Kleiner: Der damals achtjährige August von Goethe.

363.

kleine Schrift von Kant: Immanuel Kant. Verkündigung des nahen Abschlusses eines Traktats zum ewigen Frieden in der Philosophie (Berlinische Monatsschrift, 1796).
Ritter Toggenburg: Die Ballade ‚Ritter Toggenburg' hatte Schiller am 31. Juli beendet.

364.

allerlei Kleinigkeiten für den Almanach: Schiller veröffentlichte in dem, von ihm herausgegebenen, Musenalmanach 1798: Der Ring des Polykrates, Ritter Toggenburg, Elegie an Emma, Der Taucher, Reiterlied, Die Urne und das Skelett, Das Regiment, Die Worte des Glaubens, Nadowessische Totenklage, Der Obelisk, Der Triumphbogen, Die schöne Brücke, Das Tor, Die Peterskirche, Licht und Wärme, Breite und Tiefe, Die Kraniche des Ibykus, Das Geheimnis, Der Gang nach dem Eisenhammer.

365.

Das Lied: Siehe Nr. 363.
Der Gang nach dem Eisenhammer: Die Ballade wurde am 25. September 1797 beendet.
Kants kleinen Traktat: Siehe Nr. 363.

366.

des Fuchsturms: Turm einer ehemaligen Burg bei Jena.
Karawane: Die Reisegesellschaft Wilhelm von Humboldts.
Phaeton: Siehe zu Nr. 362.
Prometheus: Das Gedicht ‚Prometheus' von August Wilhelm Schlegel im Musenalmanach für das Jahr 1798.
das Griesbachische Haus: Schillers Jenaer Wohnung (Schloßgasse 17) vom 13. April 1795 bis 3. Dezember 1799.
Graf Purgstall: Freund des dänischen Finanzministers Graf Schimmelmann, der Schiller am 31. Dezember 1795 besuchte.

367.

wurde später als ‚Walpurgisnachtstraum' in Faust I aufgenommen.
hat auch schon etwas zu den Horen gegeben: Johann Jakob Horner. Ein Nachtrag zu der Untersuchung über Idealisten und Realisten aus Platons Theaetetus (Die Horen. Jahrgang 1796. Sechstes Stück).
Oberons goldne Hochzeit: Die Xeniensammlung unter diesem Titel

368.

unsre alte Wohnung in der Stadt: Siehe zu Nr. 366.
Phaeton: Siehe zu Nr. 362.
seiner dichterischen Freundin: Amalie von Imhof.

369.

Ihre liebe Frau, die einen Teil der Gegenden kennt: Charlotte von Schiller war im Frühjahr 1793 in der Schweiz gewesen.
eine alte Chronik: Tschudis ‚Chronicon helveticum', Basel 1734. Aus ihr lernte Goethe die Tell-Sage kennen. Dieselbe Chronik war später auch die Hauptquelle zu Schillers Drama ‚Wilhelm Tell'.
meine artige Müllerin: Siehe Nr. 363.
noch ein Lied: Folgende Beilagen in fremder Handschrift:

Uri, den 1. Oktober 1797*

War doch gestern dein Haupt noch so braun wie die Locke der Lieben,
 Deren holdes Gebild still aus der Ferne mir winkt;
Silbergrau bezeichnet dir früh der Schnee nun die Gipfel,
 Der sich in stürmender Nacht dir um den Scheitel ergoß.
Jugend, ach! ist dem Alter so nah, durchs Leben verbunden,
 Wie ein beweglicher Traum Gestern und Heute verband.

Der Junggesell und der Mühlbach
Nach dem Altdeutschen

Gesell
Wo willst du klares Bächlein hin,
So munter?
Du eilst, mit frohem leichten Sinn,
Hinunter.
Was suchst du eilig in dem Tal?
So höre doch und sprich einmal!

* Im Musen-Almanach für das Jahr 1799 unter dem Titel „Schweizeralpe".

Bach

Ich war ein Bächlein, Junggesell;
Sie haben
Mich so gefaßt, damit ich schnell
Im Graben
Zur Mühle dort hinunter soll,
Und immer bin ich rasch und voll.

Gesell

Du eilest mit gelaßnem Mut
Zur Mühle,
Und weißt nicht, was ich junges Blut
Hier fühle.
Es blickt die schöne Müllerin
Wohl freundlich manchmal nach dir hin?

Bach

Sie öffnet früh beim Morgenlicht
Den Laden
Und kommt ihr liebes Angesicht
Zu baden.
Ihr Busen ist so voll und weiß;
Es wird mir gleich zum Dampfen heiß.

Gesell

Kann sie im Wasser Liebesglut
Entzünden,
Wie soll man Ruh mit Fleisch und Blut
Wohl finden?
Wenn man sie einmal nur gesehn,
Ach immer muß man nach ihr gehn.

Bach

Dann stürz ich auf die Räder mich
Mit Brausen,
Und alle Schaufeln drehen sich
Im Sausen.
Seitdem das schöne Mädchen schafft,
Hat auch das Wasser beßre Kraft.

Gesell

Du Armer, fühlst du nicht den Schmerz
Wie andre?
Sie lacht dich an und sagt im Scherz:
Nun wandre!
Sie hielte dich wohl selbst zurück
Mit einem süßen Liebesblick?

Bach

Mir wird so schwer, so schwer vom Ort
Zu fließen:
Ich krümme mich nur sachte fort
Durch Wiesen;
Und käm' es erst auf mich nur an,
Der Weg wär bald zurück getan.

Gesell

Geselle meiner Liebesqual,
Ich scheide;
Du murmelst mir vielleicht einmal
Zur Freude.
Geh, sag ihr gleich und sag ihr oft,
Was still der Knabe wünscht und hofft.

Aufsatz: J. H. Meyer. Über die Gegenstände der bildenden Kunst (Propyläen 1798).
die Aldobrandinische Hochzeit: J. H. Meyers Kopie des bekannten antiken Freskogemäldes. Siehe zu Nr. 154.

371.

über die Gegenstände der bildenden Kunst: Siehe zu Nr. 369.
älteren Ausgabe des Hederichs: Benjamin Hederich. Gründliches Lexicon mythologicum. Leipzig 1724.

372.

Idee von dem Wilhelm Tell: Siehe zu Nr. 369.
Lied vom Mühlbach: Siehe zu Nr. 369.
die Distichen: Siehe zu Nr. 369 (Uri, den 1. Oktober 1797).
Meine Frau wird Ihnen selbst ein paar Zeilen schreiben: Siehe Seite 856 (Nr. 12).

373.

Geheimnis: Schillers Gedicht (siehe zu Nr. 364).

374.

ein Gedicht:

Der Müllerin Reue

Jüngling

Nur fort, du braune Hexe! fort
Aus meinem gereinigten Hause,
Daß ich dich nach dem ernsten Wort
Nicht zause!
Was singst du hier für Heuchelei

Von Lieb und stiller Mädchentreu?
Wer mag das Märchen hören!

Zigeunerin

Ich singe von des Mädchens Reu
Und langem, heißem Sehnen;
Denn Leichtsinn wandelte sich in Treu
Und Tränen.
Sie fürchtet der Mutter Drohen nicht mehr,
Sie fürchtet des Bruders Faust nicht so sehr
Als den Haß des herzlich Geliebten.

Jüngling

Von Eigennutz sing und von Verrat,
Von Mord und diebischem Rauben!
Man wird dir jede falsche Tat
Wohl glauben.
Wenn sie Beute verteilt, Gewand und Gut,
Schlimmer, als je ihr Zigeuner tut,
Das sind gewohnte Geschichten.

Zigeunerin

„Ach weh! ach weh! Was hab ich getan!
Was hilft mir nun das Lauschen!
Ich hör an meine Kammer heran
Ihn rauschen.
Da klopfte mir hoch das Herz, ich dacht:
O hättest du doch die Liebesnacht
Der Mutter nicht verraten!"

Jüngling

Ach leider trat ich auch einst hinein
Und ging verführt im stillen:
Ach Süßchen, laß mich zu dir ein
Mit Willen!
Doch gleich entstand ein Lärm und Geschrei,
Es rannten die tollen Verwandten herbei.
Noch siedet das Blut mir im Leibe.

Zigeunerin

„Kommt nun dieselbige Stunde zurück,
Wie still michs kränket und schmerzet!
Ich habe das nahe, das einzige Glück
Verscherzet.
Ich armes Mädchen, ich war zu jung!
Es war mein Bruder verrucht genung,
So schlecht an dem Liebsten zu handeln."

Der Dichter

So ging das schwarze Weib in das Haus,
In den Hof zur springenden Quelle;
Sie wusch sich heftig die Augen aus,
Und helle
Ward Aug und Gesicht, und weiß und klar
Stellt sich die schöne Müllerin dar
Dem erstaunt-erzürnten Knaben.

Müllerin

Ich fürchte fürwahr dein erzürnt Gesicht,
Du Süßer, Schöner und Trauter,
Und Schläg und Messerstiche nicht!
Nur lauter
Sag ich von Schmerz und Liebe dir
Und will zu deinen Füßen hier
Nun leben oder auch sterben.

Jüngling

O Neigung, sage, wie hast du so tief
Im Herzen dich verstecket?
Wer hat dich, die verborgen schlief,
Gewecket?
Ach Liebe, du wohl unsterblich bist!
Nicht kann Verrat und hämische List
Dein göttlich Leben töten.

Müllerin

Liebst du mich noch so hoch und sehr,
Wie du mir sonst geschworen,
So ist uns beiden auch nichts mehr
Verloren.
Nimm hin das vielgeliebte Weib,
Den jungen, unberührten Leib!
Es ist nun alles dein eigen!

Beide

Nun, Sonne, gehe hinab und hinauf!
Ihr Sterne, leuchtet und dunkelt!
Es geht ein Liebesgestirn mir auf
Und funkelt.
So lange die Quelle springt und rinnt,
So lange bleiben wir gleichgesinnt,
Eins an des andern Herzen.

Verrat: ‚Der Müllerin Verrat‘ entstand im Mai 1798.
des Voßischen Liedes: Johann Heinrich Voß. Das Wintermahl.

375.

Kunstwerk angeschafft: Landschaft von Claude Lorrain.
der Vorstellung zusah: Goethe sah J. W. Zieglers Schauspiel ‚Weltton und Herzensgüte'.

376.

Einsiedels Schriftstellerei darüber: Friedrich Hildebrand von Einsiedel. Grundlinien zu einer Theorie der Schauspielkunst nebst der Analyse einer komischen und tragischen Rolle, Falstaff und Hamlet nach Shakespeare. Leipzig 1797.

377.

meinem jetzigen Geschäft: Arbeit am ‚Wallenstein'.

378.

meine Elegie: Amynthas.
seine indische Legende: Siehe zu Nr. 354.

380.

Ihrer Elegie: Siehe zu Nr. 378.

381.

meiner Elegie: Siehe zu Nr. 378.

382.

das verlangte Lustspiel: Das nicht bekannte ‚Schauspiel, das Professor Rambach einschickte' (Seite 387).

385.

Tell: Siehe zu Nr. 369.
Hefen des achtzehnten Jahrhunderts: Im ‚Neuen Teutschen Merkur' veröffentlichte Wieland 1797 Klopstocks Ode ‚Der Wein und das Wasser'. In einer kurzen Einführung hierzu bezeichnete er Klopstock als den ‚größten Dichter unserer Nation', der auch ‚in diesen Hefen des achtzehnten Jahrhunderts', der Gegenwart, Leser mit ‚Sinn und Herz' finden würde.

386.

erstes . . . Epos: Hermann und Dorothea.
und zweites Epos: Die Jagd.
Maltesern: Siehe zu Nr. 14.

387.

Kollege Schnauß: Geheimer Rat Christian Friedrich Schnauß, Direktor der herzoglichen Bibliothek zu Weimar, starb am 4. Dezember 1797.

lege einen Band Gedichte bei: Johann Heinrich Wilhelm Witschel. Dichtungen. Nürnberg 1798.
seltsame Kometen an den Himmeln Amors und Hymens: Der damals dreiundfünfzigjährige Karl Ludwig von Knebel und die einundzwanzigjährige Weimarer Opernsängerin Luise Dorothea Rudorff. Die beiden heirateten am 9. Februar 1798.

388.

Nürnbergische Dichter: Siehe zu Nr. 387.
Einsiedels Schrift über das Theater: Siehe zu Nr. 376.
Kometen ... an den Himmel Amors und Hymens: Siehe zu Nr. 387.

389.

Ihr Stück: Wallenstein.

391.

Adagia des Erasmus: Erami Roterdami adagiorum chiliades tres ac centuriae fere totidem. Venedig 1508.
Meyer ... schreibt seine Gedanken über diese Materie: Siehe zu Nr. 369.

392.

Schreiben Ihrer lieben Frau: Siehe Seite 857 (Nr. 13).
märkischen Kunstprodukte: Schmidt von Werneuchen. Almanach romantisch-ländlicher Gemälde für 1798. Berlin 1798.
Oberons goldne Hochzeit: Siehe zu Nr. 367.
Schlegelschen Rezension meines Hermanns: Die Rezension August Wilhelm Schlegels über Goethes ‚Hermann und Dorothea' war Anfang Dezember 1797 in der Jenaer Allgemeinen Literaturzeitung erschienen.
kleinen Aufsatz darüber: Siehe zu Nr. 394.
Verfasser der Elegien im Almanach: ‚Sein Name ist [Heinrich] Keller, er ist ein Schweizer, aus Zürich wie ich glaube, und hält sich als Künstler in Rom auf' (Seite 369).

393.

Schlegelsche Rezension Ihres Hermanns: Siehe zu Nr. 392.
Ihren dadurch veranlaßten Aufsatz: Siehe zu Nr. 394.

394.

In der Beilage erhalten Sie meinen Aufsatz: Goethe bat Schiller, den Aufsatz ‚zu modifizieren und zu erweitern' (Seite 401). In der von Schiller erweiterten Form erschien der nachfolgende Aufsatz 1827 (Über Kunst und Altertum, Band 6, Heft 1).

Über Epische und Dramatische Dichtung von Goethe und Schiller

Der Epiker und Dramatiker sind beide den allgemeinen poetischen Gesetzen unterworfen, besonders dem Gesetze der Einheit und dem Gesetze der Entfaltung; ferner behandeln sie beide ähnliche Gegenstände und können beide alle Arten von Motiven brauchen; ihr großer wesentlicher Unterschied beruht aber darin, daß der Epiker die Begebenheit als *vollkommen vergangen* vorträgt, und der Dramatiker sie als *vollkommen gegenwärtig* darstellt. Wollte man das Detail der Gesetze, wonach beide zu handeln haben, aus der Natur des Menschen herleiten, so müßte man sich einen Rhapsoden und einen Mimen, beide als Dichter, jenen mit seinem ruhig horchenden, diesen mit seinem ungeduldig schauenden und hörenden Kreise umgeben, immer vergegenwärtigen, und es würde nicht schwer fallen, zu entwickeln, was einer jeden von diesen beiden Dichtarten am meisten frommt, welche Gegenstände jede vorzüglich wählen, welcher Motive sie sich vorzüglich bedienen wird; ich sage vorzüglich: denn, wie ich schon zu Anfang bemerkte, ganz ausschließlich kann sich keine etwas anmaßen.

Die Gegenstände des Epos und der Tragödie sollten rein menschlich, bedeutend und pathetisch sein: die Personen stehen am besten auf einem gewissen Grade der Kultur, wo die Selbsttätigkeit noch auf sich allein angewiesen ist, wo man nicht moralisch, politisch, mechanisch, sondern persönlich wirkt. Die Sagen aus der heroischen Zeit der Griechen waren in diesem Sinne den Dichtern besonders günstig.

Das epische Gedicht stellt vorzüglich persönlich beschränkte Tätigkeit, die Tragödie persönlich beschränktes Leiden vor; das epische Gedicht den *außer sich wirkenden* Menschen: Schlachten, Reisen, jede Art von Unternehmung, die eine gewisse sinnliche Breite fordert; die Tragödie den *nach innen geführten* Menschen, und die Handlungen der echten Tragödie bedürfen daher nur weniges Raums.

Der Motive kenne ich fünferlei Arten:

1) *Vorwärtsschreitende,* welche die Handlung fördern; deren bedient sich vorzüglich das Drama.

2) *Rückwärtsschreitende,* welche die Handlung von ihrem Ziele entfernen; deren bedient sich das epische Gedicht fast ausschließlich.

3) *Retardierende,* welche den Gang aufhalten oder den Weg verlängern; dieser bedienen sich beide Dichtarten mit dem größten Vorteile.

4) *Zurückgreifende,* durch die dasjenige, was vor der Epoche des Gedichts geschehen ist, hereingehoben wird.

5) *Vorgreifende,* die dasjenige, was nach der Epoche des Gedichts geschehen wird, antizipieren; beide Arten braucht der epische sowie der dramatische Dichter, um sein Gedicht vollständig zu machen.

Die *Welten,* welche zum Anschauen gebracht werden sollen, sind beiden gemein:

1) Die *physische,* und zwar *erstlich* die *nächste,* wozu die dargestellten Personen gehören und die sie umgibt. In dieser steht der Drama-

tiker meist auf *einem* Punkte fest, der Epiker bewegt sich freier in einem größern Lokal; *zweitens* die *entferntere* Welt, wozu ich die ganze Natur rechne. Diese bringt der epische Dichter, der sich überhaupt an die Imagination wendet, durch Gleichnisse näher, deren sich der Dramatiker sparsamer bedient.

2) Die *sittliche* ist beiden ganz gemein, und wird am glücklichsten in ihrer physiologischen und pathologischen Einfalt dargestellt.

3) Die Welt der *Phantasien, Ahnungen, Erscheinungen, Zufälle* und *Schicksale*. Diese steht beiden offen, nur versteht sich, daß sie an die sinnliche herangebracht werde; wobei denn für die Modernen eine besondere Schwierigkeit entsteht, weil wir für die Wundergeschöpfe, Götter, Wahrsager und Orakel der Alten, so sehr es zu wünschen wäre, nicht leicht Ersatz finden.

Die *Behandlung* im ganzen betreffend, wird der Rhapsode, der das vollkommen Vergangene vorträgt, als ein weiser Mann erscheinen, der in ruhiger Besonnenheit das Geschehene übersieht; sein Vortrag wird dahin zwecken, die Zuhörer zu beruhigen, damit sie ihm gern und lange zuhören, er wird das Interesse egal verteilen, weil er nicht imstande ist, einen allzu lebhaften Eindruck geschwind zu balancieren, er wird nach Belieben rückwärts und vorwärts greifen und wandeln, man wird ihm überall folgen, denn er hat es nur mit der Einbildungskraft zu tun, die sich ihre Bilder selbst hervorbringt, und der es auf einen gewissen Grad gleichgültig ist, was für welche sie aufruft. Der Rhapsode sollte als ein höheres Wesen in seinem Gedicht nicht selbst erscheinen, er läse hinter einem Vorhange am allerbesten, so daß man von aller Persönlichkeit abstrahierte und nur die Stimme der Musen im allgemeinen zu hören glaubte.

Der Mime dagegen ist gerade in dem entgegengesetzten Fall: er stellt sich als ein bestimmtes Individuum dar, er will, daß man an ihm und seiner nächsten Umgebung ausschließlich teilnehme, daß man die Leiden seiner Seele und seines Körpers mitfühle, seine Verlegenheiten teile und sich selbst über ihn vergesse. Zwar wird auch er stufenweise zu Werke gehen, aber er kann viel lebhaftere Wirkungen wagen, weil bei sinnlicher Gegenwart auch sogar der stärkere Eindruck durch einen schwächern vertilgt werden kann. Der zuschauende Hörer muß von Rechts wegen in einer steten sinnlichen Anstrengung bleiben, er darf sich nicht zum Nachdenken erheben, er muß leidenschaftlich folgen, seine Phantasie ist ganz zum Schweigen gebracht, man darf keine Ansprüche an sie machen, und selbst was erzählt wird, muß gleichsam darstellend vor die Augen gebracht werden.

unter Meyers Abhandlung: J. H. Meyer. Sammlung von Gefäßen in gebrannter Erde zu Florenz (1798).

396.

mein ... Aufsatz: Siehe zu Nr. 394.
Meyer arbeitet fleißig an seiner Abhandlung: Siehe zu Nr. 369.

397.

Meyers Aufsatz: Siehe zu Nr. 369.
meiner Arbeit: Wallenstein.

398.

Ihre liebe Frau so bald wieder forteilte: Siehe Seite 858 (Nr. 14).
neulich im Don Juan: am 27. Dezember 1797.

399.

Buch von Rétif: [Nicolas Edmond Rétif de la Bretonne.] Monsieur Nicolas ou le coeur humain dévoilé, publié par lui-même. Paris 1793 bis 1797.
Herausgeber des Lyzeums: Lyzeum der schönen Künste; seit 1797 herausgegeben von J. Fr. Reichardt.

400.

Gespräch zwischen einem chinesischen Gelehrten und einem Jesuiten: Aus ‚Erasmi Francisci Neupolierten Geschicht-, Kunst- und Sittenspiegel ausländischer Völker' (Nürnberg 1670).
Buch von Rétif: Siehe zu Nr. 399.
Florentinische Madonna des Raffaels: Siehe zu Nr. 211.
Schellings Ideen zu einer Philosophie der Natur: F. W. J. Schelling. Ideen zu einer Philosophie der Natur. Leipzig 1797.
Friedrich Schlegel ... einen tollen Aufsatz: Friedrich Schlegel. Kritische Fragmente (Lyzeum der schönen Künste 1797).

401.

Meine Hauswirte: Professor Griesbach und Frau.
meiner Arbeit: Wallenstein.
Prolog: Wallensteins Lager.
Charlotte von Kalb ... blind zu werden: Charlotte von Kalb war augenleidend; sie erblindete 1820 vollständig.

402.

fertigen Teil Ihres Werks: Wallenstein.
arme Freundin Kalb: Siehe zu Nr. 401.
angekündigte philosophische Unterredung: Siehe zu Nr. 400.
Ideen pag. XVI: ‚Wie eine Welt außer uns, wie eine Natur und mit ihr Erfahrung möglich sei, diese Frage verdanken wir der Philosophie. Vorher hatten die Menschen im (philosophischen) Naturzustande gelebt; damals war der Mensch noch einig mit sich selbst und der ihn

umgebenden Welt' (F. W. J. Schelling. Ideen zu einer Philosophie der Natur. Leipzig 1797, Seite XVI).

403.

Inlage: Die bei Cotta erscheinende, von dem Tübinger Publizisten Ernst Ludwig Posselt herausgegebene Zeitung ‚Neueste Weltkunde'.

404.

kleinen Aufsatz: ‚Der Versuch als Vermittler von Subjekt und Objekt'; Goethe hatte diesen Aufsatz 1793 geschrieben.
Bouterweks ästhetische Bemühungen: Friedrich Bouterwek. Grundriß akademischer Vorlesungen über die Ästhetik. Göttingen 1797.
neue Weltkunde: Siehe zu Nr. 403.
Schubartische Chronik: Chr. F. Daniel Schubart, seit 1774 Herausgeber der Zeitung ‚Deutsche Chronik', die 1787 in ‚Deutsche Vaterlandschronik' und 1790 in ‚Chronik' umbenannt wurde.
auf den 30.: D. h. auf den 30. Januar, dem Geburtstag der Herzogin Luise von Sachsen-Weimar.
Oper: Domenico Cimarosa. Die bestrafte Eifersucht.

405.

Ihr Aufsatz: Siehe zu Nr. 404.
Gespräch des Paters mit dem Chinesen: Siehe zu Nr. 400.
Bouterweks ästhetischer Kramladen: Siehe zu Nr. 404.

406.

meines Aufsatzes: Siehe zu Nr. 404.
Schellingischen Buches: Siehe zu Nr. 400.
Aperçu über das Ganze: Der von Goethe am 15. Januar 1798 geschriebene Aufsatz ‚Erfahrung und Wissenschaft'.
Erasmi Francisci ... Sittenspiegel: Siehe zu Nr. 400.

407.

Hauptszene: Ergänze des ‚Wallenstein'.

408.

Ihre Arbeit: Wallenstein.
kleinen Aufsatz: Siehe zu Nr. 406.
Nachtrag von ... Hirt über seinen Laokoon: Siehe zu Nr. 341. Der ‚Nachtrag' erschien im Juni 1798 (Horen, Jahrgang 1798, Zwölftes Stück).
meinen Aufsatz über diese Materie: Siehe zu Nr. 341.
Posselt: Siehe zu Nr. 403.
der Geburtstag: Siehe zu Nr. 404.

409.

jenen älteren ... Aufsatz: Siehe zu Nr. 404.
Ihren neuesten Aufsatz: Siehe zu Nr. 406.
meine poetische Arbeit: Wallenstein.
Herr Posselt: Siehe zu Nr. 403.
die Geisterinsel: Siehe zu Nr. 358. Die Oper ‚Die Geisterinsel' (Text von F. W. Gotter, Musik von Friedrich Fleischmann) wurde im Mai 1798 in Weimar aufgeführt.
Ihren Aufsatz über Laokoon: Siehe zu Nr. 341.

410.

meiner Aufsätze: Siehe zu Nr. 404 und zu Nr. 406.
ein herrliches Blatt: Siehe zu Nr. 403.
Gottersche Oper: Siehe zu Nr. 409.
Meinen Aufsatz über Laokoon: Siehe zu Nr. 341.

411.

im besten Zuge war: Schiller beendete im Januar 1798 den größten Teil der ‚Piccolomini'.
Böttiger über den Vandalism der Franzosen: Karl August Böttiger. Und wie wird alles dies in Paris aufgehoben sein? (Neuer Teutscher Merkur 1798).

412.

Todesurteil: Mit dem Jahrgang 1797 hörten die ‚Horen' nach dreijährigem Bestehen auf zu erscheinen. Die Namen der drei Göttinnen (Eunonia, Dike, Irene) sind charakteristisch für den allgemeinen Inhalt der einzelnen Jahrgänge.
Erscheinung des zwölften Stücks 1797 ... auf den März verzögert: Das letzte Stück der Horen erschien nicht im März, sondern erst Anfang Juni 1798.
Niebuhrs ... Reise: Karsten Niebuhr. Reisebeschreibung nach Arabien und umliegenden Ländern. Kopenhagen 1774–1778.
Volneys Reise: Constantin Francois de Chasseboef, Graf Volney. Voyages en Syrie et en Égypte pendant les années 1782–1785. Paris 1787.

414.

beiliegenden Stanzen: Maskenzug zum 30. Januar 1798.
heute abend stattfindet: Der Geburtstag der Herzogin Luise von Sachsen-Weimar war der 30. Januar. Als Vorfeier fand am 26. Januar 1798 eine Redoute statt, auf welcher der ‚Maskenzug' aufgeführt wurde.
dem berühmten englischen Gedichte Darwins: Erasmus Darwin. The botanic garden. London 1791.
Darwin ... Zoonomie: Siehe zu Nr. 136.
unsere Freundinnen: Eunonia, Dike, Irene. Siehe zu Nr. 412.

Böttigers Aufsatz: Siehe zu Nr. 411.
Einfall ... toller ... als die Xenien: Anregung zu den ‚Weissagungen des Bakis', die in dem Bande ‚Goethes neueste Gedichte' (Berlin 1800) erschienen.

415.

Aufzug: Maskenzug. Siehe zu Nr. 414.
Schrift von Darwin: Siehe zu Nr. 414.
Trumpf: Siehe zu Nr. 414.
Böttigers Aufsatz: Siehe zu Nr. 411.
Einsiedels Erzählungen: ‚Einsiedel hat ein paar Märchen geschrieben, die artig sein sollen, ich wollte sie auch zu erhalten suchen' (Seite 432).
ein neuer Poet: Luise Brachmann, deren Idylle ‚Die Kapelle im Walde' in den Horen 1797 (Heft 12) erschien.

416.

neue Oper: ‚Il marito disperato' von Domenico Cimarosa. Der Übersetzer Friedrich Hildebrand von Einsiedel gab der Oper den Titel ‚Die bestrafte Eifersucht'.
letzter Abkömmling der alten Nürnberger Meistersänger: Johann Konrad Grübel. Gedichte in Nürnberger Mundart. Nürnberg 1798.
seine Schöne: Siehe zu Nr. 387.

417.

die Oper: Siehe zu Nr. 416.
Nürnberger Meistersänger: Siehe zu Nr. 416.

418.

Arbeit von Einsiedeln: Friedrich Hildebrand von Einsiedel. Die Feste der Arramanden (Die Horen, Jahrgang 1797, Stück 11 und 12).
Böttigers Aufsatz: Siehe zu Nr. 411.
seligen Hintritt unserer drei geliebten Nymphen: Siehe zu Nr. 412.
einen Ihrer letzten Briefe: In Nr. 411.
Idylle: Siehe zu Nr. 415.
Amelie hat wieder etwas vor: Amalie von Imhof arbeitete damals an dem epischen Gedicht ‚Die Schwestern von Lesbos', das im ‚Musen-Almanach für das Jahr 1800' erschien.
Teil von Agnes von Lilien: Siehe zu Nr. 246.
Sodezz: Italienisch sodezza = Festigkeit.

419.

Idylle und ihren Urheber: Siehe zu Nr. 415.
Produkt meiner Schwägerin: Siehe zu Nr. 246.
neue Epopee: Goethes Plan eines Tell-Epos.
dritten Akt geendigt haben: Bezieht sich auf den einteiligen ‚Wallenstein', dessen erste Hälfte (Akt I und II) etwa den ‚Piccolomini' ent-

spricht. Schiller hatte die Akte I und II des einteiligen ‚Wallenstein', also die ‚Piccolomini', am 5. Januar 1798 beendet. Akt III des einteiligen ‚Wallenstein', der den Akten I und II von ‚Wallensteins Tod' entspricht, wurde am 9. März 1798 fertiggestellt.
Der vierte und fünfte Akt: Akt IV und V des einteiligen ‚Wallenstein' = ‚Wallensteins Tod', Akt III bis V.

420.

Agnes von Lilien: Siehe zu Nr. 246.
Schlossers zweites Schreiben: Johann Georg Schlosser. Zweites Schreiben an einen jungen Mann, der die kritische Philosophie studieren wollte, veranlaßt durch den Aufsatz der Herrn Professor Kant über den Philosophenfrieden. Lübeck 1798.

421.

Schlosser: Siehe zu Nr. 420.
die Wahrheiten, die ihm Kant ... gesagt: Siehe zu Nr. 198.
Impertinenzen, die Friedrich Schlegel ihm gesagt: Siehe zu Nr. 315.

422.

Schlosserische Schrift: Siehe zu Nr. 420.
Pater Castel: Siehe zu Nr. 133.
Boyle über die Farben: Robert Boyle. Experimenta et considerationes de coloribus seu initium historiae experimentalis de coloribus. London 1665.

423.

meiner Arbeit: Wallenstein.
Levaillant: François Levaillant. Erste Reise in das Innere von Afrika während der Jahre 1780–1782. Berlin 1790. – Derselbe. Neue Reise in das Innere von Afrika während der Jahre 1783–1785. Berlin 1796.

424.

Narine des Vaillants: Negerin, die Levaillant (siehe zu Nr. 423) nach Europa mitgebracht hatte.

425.

Idylle von der Kapelle im Walde: Siehe zu Nr. 415.

426.

jenes ersten Versuchs: Nicht erhaltenes Schema über ‚die Phänomene und hypothetischen Enunziationen über die Farbenlehre, nach den Kategorien aufgestellt' (vergl. Nr. 424, Seite 445).

427.

Herr von Brinkmann: Karl August von Brinkmann, schwedischer Legationssekretär in Paris, mit Wilhelm von Humboldt befreunddet, besuchte auf der Durchreise Goethe am 18., 20. und 22. Februar. Am 19. Februar besuchte Brinkmann Schiller in Jena, der sechzehn Gedichte Brinkmanns in seinen, im Oktober 1797 erschienenen, ‚Musen-Almanach für das Jahr 1798' aufgenommen hatte.
Ihre Arbeit: Schiller arbeitete in diesen Tagen an der Fertigstellung der Szenen zwischen Max Piccolomini und Wallenstein.

428.

‚von dem Schall der menschlichen Rede' fast ganz entfernt hatte: Vergleiche die Ballade ‚Der Taucher', wo es heißt: ‚Und da hing ich . . . / Tief unter dem Schall der menschlichen Rede / Bei den Ungeheuern der traurigen Öde'.
lebhafte Gesprächigkeit des Freundes: K. G. von Brinkmann; siehe zu Nr. 426.
Kategorien: Siehe Nr. 424 und zu Nr. 426.
Wallenstein: F. L. Schröder in Hamburg wollte, wie er an Böttiger schrieb, die Rolle des Wallenstein spielen und Iffland bot, wie der Berliner Verleger Unger mitteilte, jedes Honorar für den ‚Wallenstein', sofern das Berliner Theater, dessen Direktor Iffland war, das Manuskript vor dem Druck erhalten würde.

429.

Brinkmann . . . einige Stunden vertraulich zugebracht: Am 19. Februar; siehe zu Nr. 427.
zwei liebenswürdige Schriftstellerinnen: Amalie von Imhof, Karoline von Wolzogen.
Versart, in welcher der Schlegelsche Prometheus geschrieben: August Wilhelm Schlegels Gedicht ‚Prometheus', das im Musenalmanach auf das Jahr 1798 erschien, war in Terzinen geschrieben.

430.

Ihre Anfrage wegen des Silbenmaßes: Siehe zu Nr. 429.
Schlegels nach Dresden ziehen wollen: August Wilhelm Schlegel verließ Jena im Mai 1798 und zog nach Berlin. Siehe Nr. 431.
Meine Frau will auch noch etwas beilegen: Siehe Seite 858 (Nr. 15).

431.

Mittwoch ein Blatt an Sie diktiert: Seite 455, Zeile 17 bis Seite 456, Zeile 30 wurde am 21. Februar, der restliche Teil des Briefes Nr. 432 erst am 25. Februar geschrieben.
Von Schlegeln: Siehe zu Nr. 430.

432.

Unsern Schweden: K. G. von Brinkmann; siehe zu Nr. 427.
was ich ... über den rationellen Empirism schrieb: Siehe zu Nr. 426.
Schellings Ideen: Siehe zu Nr. 400.
Lamberts Photometrie: Johann Heinrich Lambert. Photometria sive de mensura et gradibus luminis, colorum et umbrae. Augsburg 1760.
soll dieses Blatt heute abend zu Ihnen: Fehlende Briefe Nr. 17 (Seite 881).

433.

froh, eine Situation hinter mir zu haben: Siehe zu Nr. 427 (Ihre Arbeit).

434.

Mounier: Jean Joseph Mounier, in Weimar lebender französischer Emigrant, der dort ein Erziehungsinstitut errichtet hatte. Sein ‚Lettre sur la philosophie de Kant', den K. A. Böttiger nach Paris schickte, erschien im ‚Magazin enzyclopédique'.
Décade philosophique: Décade philosophique, litéraire et politique. Paris 1794–1807.
Freund Ubique: Spitzname K. A. Böttigers.
Graf und ... Gräfin Fouquet: In Weimar lebende französische Emigranten.
Mein Gedicht: Hermann und Dorothea.
das seine: J. H. Voß ‚Luise'; ein Teildruck der Vossischen Idylle erschien im November 1784 in Wielands ‚Teutschem Merkur'.
Ankunft der gothaischen fürstlichen Jugend: August, Erbprinz von Sachsen-Gotha, und dessen Gattin Luise Charlotte.

435.

Mounier ... ein würdiger Pendant zu Garven: Christian Garve hatte 1782 in Nicolais ‚Allgemeinen Deutschen Bibilothek' eine Kritik von Kants ‚Kritik der reinen Vernunft' veröffentlicht.
französische Bürgerdiplom: Ausgefertigt am 10. Oktober 1792 für ‚M. Gille, publiciste allemand'. Schiller erhielt das Diplom am 1. März durch Campe.

436.

zweite Ausgabe des Cellini: Die Erstausgabe des Cellini war 1796/97 in den ‚Horen' erschienen, die zweite Ausgabe erschien Tübingen 1803.

437.

Ihr Schema darüber: Siehe zu Nr. 426.
Reskript, das mich zum Professor ordinarius macht: Das Reskript aus Koburg traf am 3. März 1798 in Jena ein. Die offizielle Mitteilung des Senats erhielt Schiller erst am 14. März 1798. Karl August von Weimar hatte die Anregung hierzu am 30. Oktober 1795 gegeben; am 11. Dezember 1795 wurde das Reskript in Meiningen unterzeichnet,

am 28. Dezember 1795 in Sachsen-Altenburg, am 8. Januar 1796 in Weimar und am 10. Januar 1798 in Koburg. Die Angelegenheit hatte sich vom Oktober 1795 bis zum März 1798 hingezogen.

438.

Ihre liebe Frau hat uns ... besucht: Am 6. März 1798 (vergl. Seite 463, Zeile 1).
Cellini: Siehe zu Nr. 436.
Koburger Reskript: Siehe zu Nr. 437.

439.

Meine Frau ... gefreut, Sie neulich in Ihrem Hause zu sehen: Am 6. März 1798 (vergleiche zu Nr. 438).
mein Geschäft: Arbeit am Wallenstein, der in der ersten Märzhälfte 1798 zu Dreiviertel beendet wurde.
neue englische Tragödie: Horace Walpole. The mysterious mother. London 1796.
mein Bürgerdiplom: Siehe zu Nr. 435.

440.

Oberroßlaer Freigut: Goethe erwarb am 8. März 1798 ein Gut bei Oberroßla. ‚Der Besitz des Freiguts zu Roßla nötigte mich, dem Grund und Boden, der Landesart, den dörflichen Verhältnissen näher zu treten, und verlieh gar manche Ansichten und Mitgefühle, die mir sonst völlig fremd geblieben wären‘ (Tag- und Jahreshefte zu 1798). Das Gut wurde 1803 wieder verkauft.
Oper: Am Donnerstag, den 15. März 1798 wurde Cimarosas Oper ‚Die vereitelten Ränke‘ gegeben.
neues Kotzebuische Stück: A. F. Ferdinand (von) Kotzebue. Die Korsen.
dem englischen Trauerspiel: Siehe zu Nr. 439.
Ihrem Bürgerdiplom: Siehe zu Nr. 435.

441.

Akquisition: Gut Oberroßla. Siehe zu Nr. 400.
braven Menschen für Mouniers Institut: Den Lehrer Karl Fischer. Siehe ferner zu Nr. 434.
Franzosen bei Murten: Schiller denkt an den Sieg der Eidgenossen über Karl den Kühnen von Burgund (22. Juni 1436).
ein deutsches Ritterstück: Jakob Maier. Fust von Stromberg. Ein Schauspiel in fünf Aufzügen. Mannheim 1782.

442.

kleine Akquisition: Siehe zu Nr. 400.
Gruner: Der Professor der Medizin in Jena Christoph Gottfried Gru-

ner war ebenfalls am Kauf des Gutes Oberroßla interessiert gewesen.
übersende ich . . . französische Blätter: ‚Magazin encyclopédique', in welchem u. a. der Philologe Johann Gottfried Schweighäuser eine Abhandlung über ‚Hermann und Dorothea' und Jean Joseph Mounier den zu Nr. 434 genannten Aufsatz veröffentlicht hatte.
Sturm von Boxberg: Jakob Maier. Der Sturm von Boxberg, ein pfälzisches Originalschauspiel in drei Aufzügen. Mannheim 1788.

443.

Discours über Hermann und Dorothea: Siehe zu Nr. 442.
Mounier: Siehe zu Nr. 434 und zu Nr. 442.

444.

Meyers Arbeiten: Johann Heinrich Meyers ‚Arbeiten über die florentinische Kunstgeschichte' (Seite 463).
mit meinem Geschäft: D. i. mit der Arbeit am ‚Wallenstein'.

445.

französischen Aufsatz über Hermann: Siehe zu Nr. 442.

446.

meinen vierten Akt: Wallenstein IV.
Phädra des Euripides: Schiller las das Drama in der Übersetzung Johann Jakob Steinbüchels (J. J. Steinbüchel, Tragisches Theater der Griechen, Band 2, Zürich 1763).

448.

unglückselige Charlotte: Charlotte von Kalb; vergleiche Nr. 402 und zu. Nr. 401.

449.

Materialität unserer Freundin: Vergleiche zu Nr. 401 und zu Nr. 448.
Wallenstein denke ich mit Vergnügen zurück: Während seines Jenaer Aufenthaltes vom 20. März bis 6. April 1798 hatte Goethe die Akte I bis III des ‚Wallenstein' kennengelernt. In der endgültigen Fassung entspricht dies bis ‚Wallensteins Tod', Akt II.
derben Amor, von Guttenberg: Amor des Nürnberger Kupferstechers Heinrich Guttenberg, der als Titelkupfer für die Buchausgabe der Knebelschen Übersetzung von Properz' Elegien (Leipzig 1798) verwendet wurde.

450.

des kleinen Werkleins: Siehe zu Nr. 449. (derben Amor, von Guttenberg).
einem gewissen Jacobi: Friedrich Heinrich Jacobis Sohn Karl Wigand Maximilian.
Niethammer: Der Theologe Friedrich Immanuel Niethammer, der in

Jena zum außerordentlichen Professor befördert werden sollte; sein ‚Rival' war der Theologe Samuel Gottlieb Lange. Vergleiche Nr. 277.
Iffland: Ifflands zweites Weimarer Gastspiel 24. April bis 4. Mai 1798.
unser würdiger gestiefelter Kater: Tieck hatte in seinem Märchen ‚Der gestiefelte Kater' Iffland verspottet. Den Kater spielt dort ‚der fremde Akteur, der große Mann'.

451.

Iffland: Das erste Weimarer Gastspiel Ifflands fand vom 28. März bis 25. April 1796 statt, das zweite vom 24. April bis 4. Mai 1798. Iffland trat bei diesem zweiten Gastspiel in folgenden Stücken auf:

1. Der Essigmann und sein Schubkarren. Von Louis Sebastian Mercier und Friedrich Ludwig Schröder.
2. Der teutsche Hausvater. Von Otto Heinrich Freiherr von Gemmingen.
3. Pygmalion. Melodram von Rousseau, übersetzt von Gotter, Musik von Benda.
4. Stille Wasser sind tief. Lustspiel (nach Beaumont und Fletchers ‚Rule a wife and have a wife') von Friedrich Ludwig Schröder.
5. Menschenhaß und Reue. Von August Friedrich Ferdinand von Kotzebue.
6. Graf Benjowsky. Von August Friedrich Ferdinand von Kotzebue.
7. Die eheliche Probe. Von Wolfgang Heribert von Dalberg.
8. Der verstellte Kranke. Von Goldoni.
9. Die Aussteuer. Von August Wilhelm Iffland.

Jacobi: Siehe zu Nr. 450.

452.

selbst von meinem Befinden Nachricht zu geben: Schiller litt vom 11. bis 23. April an Katarrh, Fieber und Husten. Über sein Befinden wurde Goethe durch Schillers Gattin informiert. Siehe Seite 859–862 (Nr. 17, Nr. 18, Nr. 19, Nr. 20, Nr. 21).

453.

Essigmann: Siehe zu Nr. 451.
Hausvater: Siehe zu Nr. 451.

454.

kleinen Abhandlungen: Die früher erwähnten ästhetischen Aufsätze wollte Goethe zu einer in Gemeinschaft mit Schiller und Meyer herauszugebenden neuen Schriftenreihe verwenden. Es ist der Plan, aus dem sich die Propyläen entwickelten.
Pygmalion: Siehe zu Nr. 451.
keiner Stimmung zu meiner Arbeit: D. i. zum ‚Wallenstein'. Eine Besse-

rung im gesundheitlichen Befinden Schillers trat erst am 27. April ein.
Humboldts Briefe: Vergleiche Seite 861, Zeile 16 ff.

455.

Nicht dieses Konzept wurde überschickt, sondern Nr. 456.

456.

Lieutnant Wallen: Die von Iffland gespielte Rolle in dem Lustspiel ‚Stille Wasser sind tief' (siehe zu Nr. 451).
Benjowsky: Siehe zu Nr. 451.
taube Apotheker: D. i. Goldonis ‚Der verstellte Kranke' (siehe zu Nr. 451).
was er Donnerstag ... gibt: Die Aussteuer (siehe zu Nr. 451).
Cottas Erklärung: Siehe Nr. 454.
ein paar Bände Manuskript: Siehe zu Nr. 454.
an jene Arbeit zu machen: Achilleis.
alle Chorizonten: Alles Trennende, die Ausführung jener Arbeit Störende.
Bischof Ernulphus: Ernulphus, Bischof von Rochester. Vergleiche L. Sterne ‚Tristram Shandy', III, 11.
die vorigen vierzehn: Die vierzehn Vorstellungen Ifflands zwischen dem 28. März und 25. April 1796. Siehe zu Nr. 158.

457.

Odyssee eine Stelle aufgefallen: Odyssee VIII, 74–82

> Aus dem Liede, des Ruhm damals den Himmel erreichte,
> Sang er Odysseus' Zank und des Peleiden Achilleus:
> Wie sie einst miteinander am festlichen Mahle der Götter
> Heftig stritten, und sich der Führer des Heers Agamemnon
> Herzlich freute beim Zwiste der tapfersten Helden Achäas.
> Denn dies Zeichen war ihm vom Phöbos Apollon geweissagt,
> In der heiligen Pytho, da er die steinerne Schwelle
> Forschend betrat; denn damals entsprang die Quelle der Trübsal
> Für die Achäer und Troer, durch Zeus', des Unendlichen, Ratschluß.

458.

Das vorige Mal: Ifflands erstes Weimarer Gastspiel. Siehe zu Nr. 158.
Hofkammerrat: Der für die Theaterangelegenheiten zuständige Hofkammerrat Franz Kirms.
Tauben Apotheker: Siehe zu Nr. 456.
Gespräche im Merkur: Wielands ‚Gespräche unter vier Augen' erschienen im ‚Neuen teutschen Merkur' von 1798, ferner in den Sämtlichen Werken (Band 31, Leipzig 1799). Der letztgenannte Band wurde in Wien seitens der Zensur verboten.
goldnen Spiegels: Christoph Martin Wieland. Der goldne Spiegel oder

Die Könige von Scheschian, eine wahre Geschichte. Aus dem Scheschianischen übersetzt. Leipzig 1772.
Agathons: Christoph Martin Wieland. Die Geschichte des Agathon. Leipzig 1774.
Posselt: Siehe zu Nr. 403.
Gentz . . . einem neuen Könige eine unbedingte Preßfreiheit abtrutzt: Offener Brief von Friedrich von Gentz. Seiner Königlichen Majestät Friedrich Wilhelm III. bei der Thronbesteigung alleruntertänigst überreicht. Berlin, den 16. November 1797.
Stelle in der Odyssee: Siehe zu Nr. 457.
meiner jetzigen Produktion: Achilleis.
englischen Übersetzung meiner Dorothea: Die von Joseph Charles Mellish geplante Übersetzung erschien nicht. Die erste englische Übersetzung von ‚Hermann und Dorothea' kam London 1801 heraus.
Schlegel: August Wilhelm Schlegel.

459.

Ifflands lustigen Apotheker: Siehe zu Nr. 456.
Ihrer Arbeit: Achilleis.

460.

Aussteuer: Siehe zu Nr. 451.
Fichte: J. G. Fichte. Grundlage des Naturrechts nach Prinzipien der Wissenschaftslehre. Jena und Leipzig 1798.

461.

Morgenstern aus Halle: Der Schüler F. A. Wolfs und Privatdozent für klassische Philologie Karl Simon Morgenstern.
gewisser Eschen: Gedichte des, in Jena studierenden, Friedrich August Eschen finden sich im Jahrgang 1797 der ‚Horen' und im Schillerschen ‚Musen-Almanach für das Jahr 1799'.

462.

Gartenwohnung: Schiller hatte sein Gartenhaus umbauen und erweitern lassen. Am 7. Mai wurde das Gartenhaus trotz unsicheren Wetters bezogen.
Zauberflöte: Der Zauberflöte zweiter Teil. Fragment, an dem Goethe 1794 bis 1800 arbeitete, gedruckt 1802.
über die Familie der Niobe: J. H. Meyer. Niobe mit ihren Kindern (Propyläen, Band 2, Tübingen 1799).
über die Wahl der Gegenstände: J. H. Meyer. Über die Gegenstände der bildenden Kunst (Propyläen, Band 1, Tübingen 1798).
an den Raffaelischen Werken: J. H. Meyer. Raffaels Werke, besonders im Vatikan (Propyläen Band 1—3, Tübingen 1798 ff.).
Retzer: Joseph Friedrich von Retzer, Zensor in Wien.

463.

Stimmung zur Arbeit: Schiller begann am 11. Mai mit der Arbeit am fünften Akt des ‚Wallenstein'.
durch die Oper: Siehe zu Nr. 462 (Zauberflöte).
Abhandlungen: Die letzten Arbeiten J. H. Meyers. Siehe zu Nr. 462.
Aufsätze über Kunst: Gemeint sind die, 1788 und 1789 in Wielands ‚Teutschem Merkur' erschienenen drei Goetheschen Aufsätze: ‚Zur Theorie der bildenden Künste, Baukunst'; ‚Einfache Nachahmung der Natur, Manier und Stil'; ‚Über die bildende Nachahmung des Schönen von Karl Philipp Moritz'.
Bianchi: Goethe ließ den Schauspieldirektor Antonio Bianchi nicht in Weimar auftreten.
Krüger: Der mit Bianchi ‚assoziierte' Schauspieler Karl Friedrich Krüger war in den Jahren 1791 1793 in Weimar engagiert gewesen.
Geisterinsel: Siehe zu Nr. 409.

464.

meinem künftigen Unternehmen: Achilleis.
Zauberflöte: Siehe zu Nr. 462.
Krüger: Siehe zu Nr. 463.
Edler von Retzer: Siehe zu Nr. 462.
Ihren Arbeiten: Wallenstein, Akt V.

465.

Himmelfahrtstag: D. i. am 17. Mai 1798.
Ihre Schrift: Propyläen.
Aufsatz von Forberg: Friedrich Karl Forberg. Ästhetische Versuche, Erster Teil (= Über Goethes Hermann und Dorothea). Braunschweig 1799.
Ihre Arbeit: Achilleis.
Meyers Niobe: Siehe zu Nr. 462.
Abhandlung über Laokoon: J. W. von Goethe. Über Laokoon (Propyläen, Band I, erstes Stück, Tübingen 1798.)
Schlegel: August Wilhelm Schlegel erhielt 1798 eine Professur in Jena.
Athenäum: Das Athenäum. Eine Zeitschrift von August Wilhelm Schlegel und Friedrich Schlegel. 3 Bände, Berlin 1798—1800.
Retzer: Siehe zu Nr. 462.

466.

Novität: Siehe zu Nr. 465.
in seiner Schuld: Schiller hatte am 24. März 1798 von Cotta einen, für den Umbau des Gartenhauses (siehe zu Nr. 462) benötigten, Vorschuß von 50 Talern erhalten, um den er am 5. März 1798 gebeten hatte.
theoretisch empirischen Aufsätze: Für die Propyläen.
Shakespeareschen Übersetzung: Die Schlegelsche Shakespeare-Übersetzung erschien in 9 Bänden, Berlin 1797—1810. Die Bände I (Romeo

und Julia, Sommernachtstraum) und II (Julius Cäsar, Was ihr wollt) erschienen 1797, Band III (Sturm, Hamlet) erschien 1798.

467.

Werk ... von Humboldt: Siehe zu Nr. 465.
Cotta: Cotta besuchte Schiller am 17. Mai 1798.

468.

Furcht mich im Stoffe zu vergreifen: Bei der Achilleis.
Humboldts Arbeit: Siehe zu Nr. 465.

469.

Aufsatz: Plan für die Propyläen, der für Cotta bestimmt war und diesem am 27. Mai 1798 zugestellt wurde.
Gespräch: Goethe. Über Wahrheit und Wahrscheinlichkeit der Kunstwerke (Propyläen, Band I, erstes Stück, Tübingen 1798).
in Ihrer Nachbarschaft: Bei Hofrat Professor Christian Gottfried Schütz.

470.

Humboldts Werk: Siehe zu Nr. 465.

471.

Humboldtische Werk: Siehe zu Nr. 465.
eisernen Stab: Der Stab diente wahrscheinlich zu magnetischen Versuchen.
Schellingsche Werk: F. W. J. Schelling. Von der Weltseele. Hamburg 1798.
Ihre liebe Frau, wenn sie angekommen: D. h. wenn sie von Rudolstadt zurückgekommen ist, wohin Charlotte von Schiller am 3. Juni gereist war.

472.

sehe Sie also heute nicht: Goethe war vom 4. bis zum 20. Juni in Jena. Von dort fuhr er vom 21. bis zum 23. Juni zum ersten Mal auf sein Gut Oberroßla, das er weiterverpachtete.
Fischersche Wörterbuch: J. K. Fischer. Physikalisches Wörterbuch oder Erklärung der vornehmsten zur Physik gehörigen Begriffe und Kunstwörter. Göttingen 1798–1806.
Euphrosyne: Goethes ‚Euphrosyne' im, Oktober 1798 erschienenen, Schillerschen ‚Musen-Almanach für das Jahr 1799'.

473.

französische Romanze: La folle en pélerinage.
meinen eigenen Weg zu gehen: Bei ‚Der Müllerin Verrat'. Siehe zu Nr. 374.

beiliegendes Manuskript: Das Bruchstück ‚Elpenor' in der Prosafassung von 1781/83.
Geschäfte in Roßla: Siehe zu Nr. 472.
nach dem seligen Hintritt dieser Göttinnen: D. h. nachdem die ‚Horen' ihr Erscheinen eingestellt haben.
Wieland: Wieland besuchte Goethe am 23. Juni in Oberroßla.

474.

Manuskript: Siehe zu Nr. 465.
verlangten Gedichte: Verschiedene Beiträge für den, im Oktober erscheinenden, Schillerschen ‚Musen-Almanach für das Jahr 1799'.
das Drama: Siehe zu Nr. 473 (Elpenor).
zwei Idyllen: Luise Brachmann ‚Die Kapelle im Walde' und ‚Die Herbstnacht'.

475.

Elpenor: Siehe zu Nr. 473.
Gedichte von Schlegel: August Wilhelm Schlegel ‚An Friederike Unzelmann' und ‚Der neue Pygmalion', beide im Musen-Almanach für 1799.
die andern Gedichte: Siehe zu Nr. 474.

476.

Elpenor: Siehe zu Nr. 473.
Fischerschen Wörterbuch: Siehe zu Nr. 472.
Gelegenheitsverse: Siehe zu Nr. 475.

477.

Gesänge des Tells: Siehe zu Nr. 369.
Mittwoch: Das wäre am 4. Juli 1798! Goethe kam aber erst am 6. Juli nach Jena, wo er dann bis zum 9. Juli blieb.

478.

Magnetica: Goethes Schema ‚Den Magnet betreffend'.
den Spätsommer von 96 wiederholen: Es war die Zeit, in der Goethe in Jena täglich über 150 Verse von ‚Hermann und Dorothea' schrieb und diese jeweils am Abend Schiller vorlas.
Gries ... Gedicht: Johann Dietrich Gries. Der Wanderer (Musenalmanach 1799).

480.

gegossenen eisernen Körper: Goethe hatte diesen ‚eisernen Körper' nach einem Holzmodell für magnetische Versuche herstellen lassen.
Gedicht: Siehe zu Nr. 478.

481.

erste Sendung des neuen Werkes: Propyläen.
Sonnabend schrieb: Brief Nr. 480 vom 14. Juli 1798.

482.

großen eisernen Massen: Siehe zu Nr. 480.

483.

zwei Faszikel Reiseakten: Siehe Nr. 359.
Aufsatz über den Magneten: Siehe zu Nr. 478.
Aufsatz über die Kautelen des Beobachters: Siehe zu Nr. 404.
Aufsätze zu Zeitschrift: D. h. Aufsätze für die ‚Propyläen'.

484.

Hymnus in Distichen: Das am 31. Juli beendete Gedicht ‚Das Glück', das im Musenalmanach für das Jahr 1799 veröffentlicht wurde.
Euphrosyne: Siehe zu Nr. 472.
Erzählungen von der Madame Stael: Anne Louise Germaine de Stael. Recueil de morceaux détachés. Lausanne 1795 und Leipzig 1796.
zwei Brüder meines Schwagers: August und Ludwig von Wolzogen.

485.

anaglyphischer Versuch: Holzstocknachahmung in Kupfer, vom griechischen ἀναγλύφειν = in halberhabener Arbeit schnitzen, Reliefs machen. Goethe übersandte in der Beilage die Einbanddecke der ‚Propyläen'.
das erste Manuskript abgehen: Gemeint ist das erste Manuskript zu den ‚Propyläen'.

486.

Ihr Poetengedicht: Späterer Titel des Gedichtes ‚Deutscher Parnaß'.

487.

Olla potrida: Mischmasch.
Wilhelm schickt mir beiliegendes Gedicht: August Wilhelm Schlegel sandte Goethe seine Ballade ‚Kampaspe'.
ich es gegen jene Partei verteidigte: Böttiger, der 1796 über Iffland geschrieben hatte (vergl. zu Nr. 158) und durch Tiecks ‚Gestiefelten Kater' 1797 (vergleiche zu Nr. 450) mitbetroffen war.

490.

Aufsatz über die plastische Kunst der Hetrurier: Heinrich Meyer, Über Etrurische Monumente (Propyläen. Erstes Stück).

491.

Ihre Besitzungen: Das Gut Oberroßla.
bin eben an der Ballade: ‚Der Kampf mit dem Drachen', begonnen am 18. August und beendet am 26. August 1798.

498.

Compressibus: = Umarmungen.

499.

die Herren Conz und Bürde: Goethes Bemerkung bezieht sich auf Gedichte dieser Mitarbeiter am Musenalmanach für 1799, die Anklänge an Gedichte Goethes und Schillers enthielten.

500.

es sind zwei Balladen fertig: ‚Der Kampf mit dem Drachen' und ‚Die Bürgschaft', die beide zwischen dem 18. und 30. August 1798 entstanden.
das Gedicht, woran ich eben jetzt bin: ‚Das Eleusische Fest' (ursprünglicher Titel ‚Das Bürgerlied'), das am 7. September 1798 beendet wurde.
dem schon abgedruckten Gedicht: ‚Das Glück'.

503.

Die andere Geschichte hat mir Hyginus zugeführt: Schiller hatte den Stoff zur Ballade ‚Die Bürgschaft' der Fabelsammlung des Hyginus entnommen.
den versprochenen Sternbald: Ludwig Tieck, Franz Sternbalds Wanderungen. Berlin 1798.

505.

Ein kleines Liedchen lege ich hier bei: ‚Des Mädchens Klage'.

509.

gleich nach meiner Zurückkunft an den Prolog gemacht: Mit dem Prolog ist Wallensteins Lager gemeint. Schiller hatte am 16. September mit der Umarbeitung des Lagers zum Zwecke einer selbständigen Einzelaufführung begonnen.
Posselt . . . neue Zeitung herausgibt: Am 9. September 1798 erschien die erste Nummer der von J. Fr. Cotta in Stuttgart und Ulm gegründeten ‚Allgemeinen Zeitung', deren ständiger Mitarbeiter Posselt war. Das Datum ist bemerkenswert, weil diese Zeitung das älteste politische Organ modernen Stils in Deutschland ist.

515.

meinen Beitrag zum Prolog: Mit ‚Prolog' bezeichnet Schiller von hier ab das Einleitungsgedicht zu Wallensteins Lager, d. i. ‚Prolog, gesprochen bei der Wiedereröffnung der Schaubühne in Weimar im Oktober 1798'.

516.

das Gedicht mitzugeben: Den Prolog zu Wallensteins Lager.
dem Posselt einzuverleiben: D. h. den Prolog in der ,Allgemeinen Zeitung' (siehe zu Nr. 509) abzudrucken.

518.

Vorspiel: Wallensteins Lager.

519.

einen Band des Pater Abraham: Abraham a Santa Clara (Ulrich Megerle), ,Reimb Dich oder ich Liß Dich', Luzern 1687. Für die Kapuzinerpredigt benützte Schiller hauptsächlich die darin enthaltene Schrift: ,Auff! Auff! ihr Christen!'

526.

Aufschub des Stücks: Wallensteins Lager.

527.

Am 12. Oktober 1798 war Wallensteins Lager in Weimar uraufgeführt und am 13. Oktober in Anwesenheit Goethes und Schillers wiederholt worden. Am 14. Oktober fuhren Goethe und Schiller nach Jena, wo Goethe bis zum 22. Oktober blieb.

540.

Sulzers Wörterbuch: Johann Georg Sulzer. Allgemeine Theorie der schönen Künste nach alphabetischer Ordnung der Kunstwörter. Leipzig 1771–1774.

542.

Familiengemälde der Kunstfreunde und Sammler: ,Der Sammler und die Seinigen' (Propyläen, Band 2).
Feenpalast der Literatur: Goethes Tagebuch verzeichnet für den 24. November 1798 eine größere Abendgesellschaft bei Hofrat Schütz, dem Herausgeber der Allgemeinen Literaturzeitung.

551.

Ihr erstes Stück Weihnachten fertig wird: Gemeint ist ,Die Piccolomini'. Mit Ausnahme der Szenen im astrologischen Zimmer lag das Drama am 24. Dezember vor. Nach nochmaliger Kürzung um 400 Verse wurde das Manuskript am 31. Dezember 1798 an Goethe und Iffland geschickt.

554.

das Niethammerische Journal verboten: Das Verbot wurde wegen zweier Aufsätze von Fichte und Forberg ausgesprochen, die zum Atheismusstreit führten.

Ihre theatralische Mutter: Die Schauspielerin Frau Teller, die für Mütterrollen nach Weimar verpflichtet wurde. Goethe schrieb am 23. November 1798 an Kirms: ‚Zur Aufführung [des Wallenstein] bedürfen wir freilich einer bedeutenden Mutter; wir haben also die Besetzung dieses Faches um desto mehr zu wünschen.'

Kants Anthropologie: Königsberg 1798.

562.

Äußerung Wallensteins über Buttlern ... findet im dritten Stück einen schicklicheren Platz: In ‚Wallensteins Tod' III, 1

563.

durch den Kammerrat: D. h. durch Hofkammerrat Franz Kirms.

568.

das Aperçu über Piccolomini: Der von Goethe und Schiller gemeinsam verfaßte Aufsatz ‚Die Piccolomini, Wallensteins erster Teil' (Allgemeine Zeitung vom 25.–31. März 1799).

571.

unsere Wöchner: Am Weimarer Theater bestand seit 1797 die Einrichtung, daß die Regisseure wöchentlich wechselten.

573.

endlich der große Tag angebrochen: Zu Ehren des Geburtstages der Herzogin war am Abend dieses Tages die Uraufführung der ‚Piccolomini' mit Einschluß der beiden ersten Akte von ‚Wallensteins Tod'.

578.

die zwei ersten Akte des Wallenstein: Gemeint ist Akt I und II von ‚Wallensteins Tod'.

579.

Palmira: Oper von Salieri, am 2. und 9. März in Weimar aufgeführt.

581.

Athenäum: Das Athenäum. Eine Zeitschrift von August Wilhelm und Friedrich Schlegel. 3 Bände, Berlin 1798–1800.

589.

Imhof die zwei letzten Gesänge ihres Gedichts: Amalie von Imhof. ‚Die Schwestern von Lesbos'.

594.

Gentzischen Historischen Kalender: Friedrich Gentz. Maria Stuart, Königin von Schottland, historisches Gemälde. (Viewegs Taschenbuch für 1799).

595.

im limbo patrum: Siehe zu Nr. 225.

596.

nach dem feuchten Auszug: Schiller war am 10. Mai in das Gartenhaus gezogen.
sechsten Brief: Von ‚Der Sammler und die Seinigen'.

597.

bei unsern Philosophen: Niethammer und Schelling, mit denen Schiller an bestimmten Abenden Karten zu spielen pflegte.

598.

heutige Fest: Pfingstsonntag.

600.

in meinem angefangenen Geschäft: Maria Stuart.
Nähe von Aurora und Hesperus: Herder und Jean Paul, die am 20. Mai die gemeinsame Herausgabe einer Zeitschrift ‚Aurora' angekündigt hatten.

603.

Mit dem Gedicht: Amalie von Imhofs ‚Schwestern von Lesbos'.

604.

Lessings Dramaturgie: G. E. Lessing. Hamburgische Dramaturgie. Hamburg 1767—1769.

605.

Geburtsstunde der Metakritik: J. G. Herder. Verstand und Erfahrung, eine Metakritik zur Kritik der reinen Vernunft. Leipzig 1799.

606.

Rastätter Geschichte: Der Gesandtenmord am 28. April 1799 während des Rastätter Kongresses.

607.

Die Arbeit geht langsam: Die Arbeit an ‚Maria Stuart'.
das Stück, welches morgen . . . gegeben wird: Franz Kratter. Der Friede am Pruth. Schauspiel.

609.

mein Spiritus: Siehe zu Nr. 176.

610.

Ende meines ersten Aktes: Schiller arbeitete noch immer an den drei ersten Expositionsszenen der ‚Maria Stuart'.

611.

artige Entdeckung: Vergleiche Farbenlehre § 54.
empfehlen ihr meine Julie: Person in Goethes Novelle ‚Der Sammler und die Seinigen', die in den Propyläen (Band II, 2) erschienen war.

614.

Schwager ist hier mit meiner Schwester: Wilhelm und Christophine Reinwald aus Meiningen, die Schillers vom 24. bis 30. Juni 1799 besuchten. Durch diesen Besuch wurde die Arbeit an ‚Maria Stuart' unterbrochen.

618.

Tage der königlichen Gegenwart: König Friedrich Wilhelm III. und die Königin Luise weilten vom 1. bis 3. Juli zu Besuch in Weimar. Am 2. Juli sah das Königspaar eine Aufführung von ‚Wallensteins Tod'. Schiller wurde Friedrich Wilhelm III. und der Königin Luise vorgestellt.

623.

einige Bedingungen zu machen: Honorarvereinbarungen hinsichtlich der Aufführung des ‚Wallenstein' in Lauchstädt.
ökonomischer Freund: Hofkammerrat Kirms.

624.

englische Geschichte von Rapin Thoyras: Paul de Rapin Thoyras. Histoire d'Angleterre. Haag 1724—1735.

628.

Lucinde: Friedrich Schlegels Roman ‚Lucinde', erster Teil, Berlin 1799.

630.

Don Quixote: Tiecks Übersetzung erschien Berlin 1799—1801.
Mellish . . . von seiner Burg: J. Charles Mellish wohnte auf dem herzoglichen Schlosse zu Dornburg.
Anverwandte der la Roche: Der Enkel der Sophie de la Roche, Clemens Brentano, der damals in Jena studierte, reiste am 23. Juli mit seiner späteren Gattin Sophie Mereau nach Oßmannstedt.

631.

Frau von la Roche: Goethe kannte sie, die einstige Braut Wielands und Gattin des kurtrierischen Kanzlers von la Roche, seit den Frankfurter Jahren. Sophie von la Roche war am 15. Juli 1799 bei Wieland in Oßmannstedt angekommen. Ihr zu Ehren veranstaltete Goethe ein ‚großes Gastmahl'.

632.

Besuch der la Rochischen Nachkommenschaft: Sophie und Kunigunde Brentano, die Enkelinnen der Sophie de la Roche.

633.

bei meiner königlichen Heuchlerin: Maria Stuart.
die Furcht vor der Schnecke: Bezeichnet jene Stelle, wo die Weimar-Jenaer Straße steil und in scharfen Kurven vom Schwabhäuser Plateau ins Mühltal hinabführt. Der Ausbau der Straße, die an dieser Stelle mit einem Mauergeländer eingefaßt ist, erfolgte unter der Regierung der Herzogin Anna Amalia.
Jacobische Werk: Jacobi an Fichte. Hamburg 1799.

634.

Parny: Evariste Désiré Desforges, Vicomte de Parny. La guerre des dieux anciens et modernes. Paris 1799.
verlorne Paradies: John Miltons ‚Paradise lost' (1667).
Reinholdischen Erklärungen: Karl Leonhard Reinhold. Sendschreiben an Lavater und Fichte über den Glauben an Gott. Hamburg 1799.

636.

Unger ... zum siebenten Band: Band 7 von Goethes ‚Neuen Schriften', der 1800 bei Unger in Berlin herauskam.

641.

mit der Charlotte wegen des Logis: Charlotte von Kalb, in deren ehemalige Weimarer Wohnung (Windischgasse A 71 bei Perückenmacher Müller) Schiller am 3. Dezember 1799 zog.

643.

an Sie gerichtete Elegie: August Wilhelm Schlegels Elegie ‚Die Kunst der Griechen' (Athenäum II, 2).

644.

Das Gedicht: Amalie von Imhofs ‚Die Schwestern von Lesbos'.

646.

seiner Einleitung zu den Georgiken: J. H. Voß, Übersetzung der Georgica des Vergil (Eutin und Hamburg 1789).

Preiszeichnungen: In den Propyläen II, 1 war die Szene aus dem dritten Buch der Ilias, wo Aphrodite dem Paris die Helena zuführt, als künstlerische Preisaufgabe gestellt worden.

650.

Geldstrom: Schiller hatte von Kirms 150 Taler Honorar für die Lauchstädter Aufführung des ‚Wallenstein' erhalten.

655.

Das Paket: Inhalt des Paketes waren Gedichte J. G. Herders für den Musenalmanach von 1800.

656.

kleine Karoline: Die am 11. Oktober 1799 geborene Karoline Henriette Luise Schiller.
den Mahomet zu durchgehen: Gemeint ist der ‚Mahomet' Voltaires, den Goethe auf Wunsch Karl Augusts bearbeitete.

659.

Vossischen Almanach: Johann Heinrich Voß' Musenalmanach für 1800.

673.

zweiten Teil der Prinzeß Conti: ‚Mémoires historiques de Stephanie-Louise de Bourbon-Conti, Paris 1798. Das Werk ist die Quelle für Goethes ‚Natürliche Tochter'.

678.

Das bekannte Sonett: Das satirische Sonett August Wilhelm Schlegels gegen Merkel vom Oktober 1799.
Fichte ist . . . nun in Jena angelangt: Nach seiner Entlassung in Jena war Fichte nach Berlin gegangen und nun von dort zurückgekehrt, um mit seiner Familie endgültig nach Berlin überzusiedeln.

680.

Das Stück: Kotzebues Tragödie ‚Octavia'.

686.

das prophetische Übermaß: Goethe las abends wieder den Mahomet vor, den Schiller schon am 17. Dezember 1799 gehört hatte (vergl. Nr. 684).

693.

die Keren des Todes: ‚χηρες ανατσισ', Todesverhängnis. Ein bei Homer häufig begegnender Ausdruck. Schiller spielt vermutlich auf Mortimers Todesszene in ‚Maria Stuart' an.

694.

Gustav Wasa: ‚Gustav Wasa', Schauspiel von Kotzebue, am 4. Januar 1800 in Weimar aufgeführt, am 6. Januar wiederholt.

697.

Sie im Klub zu finden: ‚Gestern ist das erste Wunder in Weimar geschehen. Die Adelich- und Bürgerlichen haben einen Klub zusammen gegeben, wobei alle vom Adel, Erbprinzen und Prinzen, auch die unsrigen, gewesen sind. Er soll zu beider Teile Zufriedenheit ausgefallen sein; er soll besser gewesen sein als jeder sonst besonders' (Karoline Herder an K. L. von Knebel, 3. Januar 1800).

701.

nach Norden ziehen: Vergl. zu Nr. 694.

708.

gestrigen Leseprobe: Zu Goethes Mahomet.

714.

morgen nach der Probe: Probe zu Mahomet.

717.

Original von Shakespeare: Macbeth.

730.

Bayard: Schauspiel von Kotzebue, am 5. April 1800 erstmals in Weimar aufgeführt.

734.

Beikommendes: August Wilhelm Schlegel sandte vom Athenäum III, 1 zwei Exemplare an Goethe. Eines dieser Exemplare war für Schiller bestimmt.

739.

Schäferstück von mir: Goethes ‚Die Laune des Verliebten'.
Teufel, den ich beschwöre: Goethe arbeitete wieder am ‚Faust'.

742.

meine poetische Einsamkeit: Um die ‚Maria Stuart' vollenden zu können, ging Schiller allein mit seinem Bedienten vom 15. Mai bis zum 2. Juni 1800 auf das Jagdschloß Ettersburg, das ihm Karl August zur Verfügung gestellt hatte.

745.

gestrigen Vorstellung: ‚Maria Stuart' war am 14. Juni im Weimarer Hoftheater erstaufgeführt worden.

748.

Schlegelische Gedicht: August Wilhelm Schlegel hatte beiden Dichtern den ersten Gesang seines ‚Tristan' übersandt.
meinem kleinen Stück: Vergleiche zu Nr. 739.

749.

meinen ersten Entwurf: Als Gegenbild der bösen Weiber auf den Kupfern des diesjährigen ‚Damenalmanachs' schrieb Goethe den Aufsatz ‚Die guten Weiber', der im ‚Taschenbuch für Damen auf das Jahr 1801' erschien.

754.

Schema meiner Tragödie: Jungfrau von Orléans.
neues Journal: E. F. A. Klingemanns ‚Memnon', Leipzig 1800.

756.

von meinem Stück: Jungfrau von Orléans.
Rolle Geld: Insgesamt 150 Reichstaler für die Auffühungen der ‚Maria Stuart' in Weimar und Lauchstädt.

762.

Humboldtischen Aufsatz: ‚Der Montserrat bei Barcelona', ein Bericht von Wilhelm von Humboldts spanischer Reise.

764.

meine Helena: Goethe arbeitete damals an dem Helena-Akt des Faust II.
Anzeige des Ausgestellten: Auf der Weimarer Kunstausstellung.

765.

Novitäten aus Berlin: Ein Brief Woltmanns und Fichtes Ankündigung der ‚Jahrbücher der Kunst und Wissenschaft' vom 28. Juli 1800; ein Plan, zu dessen Ausführung es nicht kam.

766.

Aufgabe auf das folgende Jahr: Zum Preisausschreiben in den ‚Propyläen'. Vergl. zu Nr. 646.

770.

den Hermann: Gottfried Hermann. De metris poetarum graecorum et latinorum. Leipzig 1796.

773.

geben sie Beckern: Heinrich Becker war der Regisseur.

778.

Szenen mit den Trimeters: Jungfrau von Orléans II, 6–8.

779.

in Gesellschaft des Professors Gentz: Der Berliner Architekt Heinrich Gentz, Bruder des Publizisten Friedrich Gentz, war wegen des Schloßbaus nach Weimar berufen worden.

784.

den Tankred zu beschleunigen: ‚Goethe ist jetzt sehr pressiert den Tankred zu vollenden. Sie haben uns dadurch, daß Sie ihn ein wenig drängen und treiben, einen guten Dienst getan, weil dieses Stück ohne diesen neuen Sporn leicht auf die lange Bank hätte geschoben werden können, denn Goethe hat einmal den Glauben, daß er Winters nichts Poetisches arbeiten könne, und weil er es glaubt, so ist es bis jetzt auch wirklich der Fall gewesen' (Schiller an Iffland, 18. Dezember 1800).

786.

Beiliegendes anmutiges Heft: August Wilhelm Schlegels Satire ‚Ehrenpforte und Triumphbogen für den Theaterpräsidenten von Kotzebue bei seiner gehofften Rückkehr ins Vaterland'.
um mit meinen Rittern fertig zu werden: Im Tankred.

787.

unsern Freunden in Paris: Humboldts.
meine Tragödie: Die Jungfrau von Orléans.

798.

Über die Preisfrage: Graf Zenobio aus Venedig hatte Goethe die Stellung einer Preisaufgabe über die gesetzliche Entwicklung der menschlichen Kultur vorgeschlagen.
Ihnen die Veränderung zuschlägt: Um ‚die Jungfrau von Orléans' abschließen zu können, war Schiller am 5. März auf vier Wochen in das Jenaer Gartenhaus übergesiedelt.

799.

mit unsern Philosophen: Niethammer und Schelling.

800.

erhalten zugleich ein Trauerspiel: Der handschriftlich mitgeteilte ‚Ugolino Gherardesca' Boehlendorffs. Das Drama erschien Dresden 1801.

803.

Von Madame Veit ist ein Roman herausgekommen: Brendel Veit, Florentin, Lübeck und Leipzig 1801.

804.

eine andere Erscheinung: Der erste Band von Herders ‚Adrastea' (Leipzig 1801). Auf der Titelseite waren die beiden Adrasteen dargestellt, wie sie auf einem von zwei Greifen gezogenen Wagen vom Himmel kommen.

805.

zu der Aeonis: ‚Aeon und Aeonis', das Säkulargedicht aus dem ersten Bande der Adrastea in Form eines allegorischen Dramas.

809.

Schelling ... in seiner Transzendentalphilosophie: Schelling, System des transzendentalen Idealismus (Werke, Bd. II, München 1927, Seite 612 ff.)

810.

der Disputationsaktus: Diese Faustszene ist nicht ausgeführt worden, erhalten ist nur ihr Schema.
famose Preisfrage: Vergleiche zu Nr. 798.
die bononischen Leuchtsteine: Vergleiche Goethes Farbenlehre § 678.

812.

mit meinem Stücke fertig: ‚Die Jungfrau von Orléans' wurde am 16. April 1801 abgeschlossen.

815.

das Stück: Jungfrau von Orléans. Vergleiche Schiller an Körner, 13. Mai 1801: ‚Goethe meint, daß es mein bestes Werk sei, und ist mit dem Ensemble besonders zufrieden'.

816.

meinem rekonvaleszierenden Zustand: Goethe war am 2. Januar 1801 an einer Gesichtsrose erkrankt. Es bestand Erstickungsgefahr. Die Krise war am 13. Januar überwunden.

821.

Das Schauspiel fängt an: ‚Plan zur Gräfin von Flandern vorgenommen' (Schillers Kalender, 4. Juli 1801).

822.

von dem untergeschobenen Prinzen: Bezeichnung des von Schiller geplanten Dramas Warbeck.

824.

zur bekannten freundschaftlichen Zusammenkunft: ‚Goethe hat eine Anzahl harmonierender Freunde zu einem Klub oder Kränzchen vereinigt, das alle vierzehn Tage zusammenkommt und soupiert. Es geht recht vergnügt dabei zu, obgleich die Gäste zum Teil sehr heterogen sind, denn der Herzog selbst und die fürstlichen Kinder werden auch eingeladen. Wir lassen uns nicht stören, es wird fleißig gesungen und pokuliert' (Schiller an Chr. G. Körner, 16. November 1801).

831.

der morgenden Vorstellung: Ion des Euripides in der Bearbeitung von August Wilhelm Schlegel. Goethe lernte den 1803 bei Perthes in Hamburg erschienenen *Ion* bereits am 20. Oktober 1801 aus einer Jenaer Lesung August Wilhelm Schlegels kennen. Das in Iphigeniens Spuren wandelnde Schauspiel sprach ihn an. Er ließ das Werk im Dezember einstudieren, und am 2. Januar 1801 wurde es in Weimar uraufgeführt. Hierüber kam es zu einem Skandal, weil es, nach Goethes Worten, nicht zum Grundsatz werden durfte, daß „in demselbigen Staat, in derselbigen Stadt es irgendeinem Gliede erlaubt sei, das zu zerstören, was andere kurz vorher aufgebaut hatten". Den Anlaß gab eine Autor und Intendanz angreifende Besprechung Böttigers, die nur auf Goethes energischen Einspruch hin unterblieb. Um nun auch seinerseits mit der Direktion des Weimarer Theaters (und dies hieß mit Goethe, dessen Verhältnis zu Herder sich gerade wieder zu erwärmen schien) nicht in Streit zu geraten, ließ Herder die für das vierte Stück der *Adrastea* über Schlegel geschriebenen Seiten zurücknehmen. So hatte die Affäre, die Böttiger das Theaterreferat des *Modejournals* kostete, den Zwiespalt gezeigt, der sich in Weimar und in der ganzen deutschen Literatur auftat; anderseits war bewiesen, daß es der Goetheschen Theaterleitung Ernst war und (trotz eines hämischen Artikels Kotzebues im *Freimütigen* vom 3. Januar 1803) auch Ernst blieb, „alles, was der Aufmerksamkeit würdig wäre, einem freien, reinen Urteil aufzustellen".

835.

Abschrift des gräzisierenden Schauspiels: Iphigenie.
Büttnerische ... Bibliothekswesen: Hofrat Büttner war am 8. Oktober 1801 gestorben; in den folgenden Briefen spricht Goethe von den Aufräumungsarbeiten an den von Büttner hinterlassenen Bücherschätzen. Siehe auch zu Nr. 317.

837.

Beilage: Gita-Govinda oder die Gesänge Dschayadewas, eines alten indischen Dichters, Erfurt 1802; nach der englischen Übersetzung von W. Jones ins Deutsche übertragen von J. F. H. Dalberg.

838.

in dem Manuskript: Von Goethes Iphigenie.

839.

zwei Rätsel: Zu Turandot.

845.

Paulus . . . über das Neue Testament: H. E. G. Paulus, Philologisch-kritischer Kommentar über das Neue Testament, Lübeck 1800–1804.

846.

dem alten gespenstischen Doktor: Faust.
spekulative Natur unsers Freundes: Schelling.

849.

Ein mächtiger Interesse als der Warbeck: Der Warbeck-Plan wurde im Laufe der vergangenen sechs Wochen durch das Interesse am Tell verdrängt.
5. März ist . . . vorübergegangen: An diesem Tage sollte eine von Kotzebue vorbereitete Ehrung Schillers stattfinden, die jedoch im Einverständnis mit Schiller unterblieb.
Bürgermeister: Bürgermeister in Weimar war K. A. Schulze.
Geschichte der Päpste: Archibald Bower. Historie der römischen Päpste, deutsch von Rambach, Magdeburg und Leipzig 1751–1780.

851.

Regulus: Trauerspiel von Collin, Berlin 1802.
Rhadamist: Crébillon, Rhadamiste et Zénobie, Paris 1771.
heiligen Bernhard: Bernhard von Clairvaux. Schiller las über ihn in der ‚Historie der römischen Päpste' von Bower (vergleiche zu Nr. 849).

855.

Hogarthischen Lieferungen: Lichtenberg, Ausführliche Erklärung der Hogarthischen Kupferstiche, Göttingen 1794 f., die in einzelnen Lieferungen erschienen.

856.

Urquelle der nordischen Mythologie: Die Edda, die Goethe vermutlich in der französischen Übertragung von Mallet, Kopenhagen 1756, las.
einen Philosophen beliehen: Der aus dem Kloster Banz entflohene Benediktiner J. B. Schad, später Privatdozent in Jena, Schüler Fichtes und Schellings.

858.

Alarkos: Trauerspiel von Friedrich Schlegel, Berlin 1802.

860.

beikommender Band: Kleins ‚Athenor' (Frankfurt 1802).

862.

hiesigen . . . Freundinnen: Schiller wird vor allem an Frau von Stein gedacht haben.

Tod meiner Mutter: Schillers Mutter starb am 29. April 1802 in Cleversulzbach.

864.

meine Arbeit gut vonstatten geht: Zur Einweihung des neuen Lauchstädter Theaters schrieb Goethe in diesen Tagen das Vorspiel ‚Was wir bringen'.

869.

das Büchlein von den Farben: Goethes Übersetzung von Theophrasts Buch von den Farben erschien in der Geschichte der Farbenlehre.

870.

Der Wildfang: Lustspiel von Kotzebue.

876.

einem friedlich Besitz nehmenden Heere: Preußen erhielt 1802/03 das ehemals kurmainzische Erfurt mit dem Eichsfelde als Entschädigung für den Verlust seiner linksrheinischen Gebiete.

877.

Sukzeß mit meinem Stücke: Braut von Messina.

878.

der Deutschen Andria: Terenz' „Andria“, für das Theater bearbeitet von A. H. Niemeyer in Halle unter dem Titel ‚Die Fremde aus Andros'.

880.

angenehmen Ereignis: Christiane Vulpius, „die Kleine“, hatte am 16. Dezember 1802 ein Mädchen geboren, das fünf Tage später starb.

884.

numismatische Talisman: Goethe meint seine Beschäftigung mit einer Sammlung alter Münzen.

886.

Supplement zu Cellini: ‚Anhang zur Lebensbeschreibung des Benvenuto Cellini, bezüglich auf Sitten, Kunst und Technik'.

887.

Lücken in den vier ersten Akten: Der Braut von Messina.
Archichancelier: K. Th. von Dalberg, damals Kurfürst-Erzbischof von Mainz und Erzkanzler des Reiches.

890.

gestrige Vorlesung: Auf Wunsch des Herzogs Georg von Meiningen war die ‚Braut von Messina' an dessen Geburtstag vorgelesen worden.

894.

Die Mohrin: Einsiedels Bearbeitung des ‚Eunuch" von Terenz.

896.

‚Es ist zu beklagen, daß Goethe sein Hinschlendern so überhand nehmen läßt und, weil er abwechselnd alles treibt, sich auf nichts energisch konzentriert. Er ist jetzt ordentlich zu einem Mönch geworden und lebt in einer bloßen Beschaulichkeit, die zwar keine abgezogene ist, aber doch nicht nach außen produktiv wirkt. Seit einem Vierteljahr hat er, ohne krank zu sein, nicht das Haus, ja nicht einmal die Stube verlassen. Von dem, was er treibt, wird er Ihnen selbst Nachricht gegeben haben. Wenn Goethe noch einen Glauben an die Möglichkeit von etwas Gutem und eine Konsequenz in seinem Tun hätte, so könnte hier in Weimar noch manches realisiert werden, in der Kunst überhaupt und besonders im Dramatischen. Es entstünde doch etwas und die unselige Stockung würde sich geben. Allein kann ich nichts machen; oft treibt es mich, mich in der Welt nach einem andern Wohnort und Wirkungskreis umzusehen; wenn es nur irgendwo leidlich wäre, ich ginge fort.' (Schiller an W. v. Humboldt, 17. Februar 1803.)

898.

das Stück: Die Jungfrau von Orléans.

900.

Spaziergang durch Europa: Goethe meint Friedrich Schlegels Zeitschrift ‚Europa', deren erstes Heft Frankfurt 1803 erschien.

903.

gerettete Venedig: Trauerspiel von Otway.

906.

Sömmeringischen Wassers: Der Frankfurter Arzt Sömmering hatte in seiner Schrift ‚Über das Organ der Seele' (Königsberg 1796) die Annahme ausgesprochen, die menschliche Seele habe ihren Sitz in der wässrigen Flüssigkeit der Hirnhöhlen.
Spiritus: Siehe zu Nr. 176.

907.

der deutschen Zeitmessung: Mit einer Beziehung auf die Schrift von J. H. Voß, ‚Zeitmessung der deutschen Sprache' (Königsberg 1802),

scheint Goethe scherzhaft die Tätigkeit des Dichtens überhaupt bezeichnen zu wollen.
Ihres neuen Dramas: Schillers Lustspiel ,Der Neffe als Onkel', nach Picard, wurde am 18. Mai 1903 in Weimar erstaufgeführt.

909.

Vossische Prosodie: Siehe zu Nr. 907.
Hermannsschlacht: Klopstocks Drama aus dem Jahre 1769.
zweite Picardische Stück: Schillers ,Parasit' nach L. E. Picard ,Le moyen de parvenir'.
Niemeyerischen Stück: Siehe zu Nr. 878.
Ihr Gut: Oberroßla.

911.

ein Wort über den tragischen Chor: Schiller arbeitete an dem Aufsatz ,Über den Gebrauch des Chors in der Tragödie'.
Siegesfest: Das Gedicht ,Das Siegesfest' (,Helden vor Troja') hatte Schiller am 22. Mai abgeschlossen.

912.

altdeutsche wiedererstandene Drama: Goethes ,Götz von Berlichingen' wurde für die Bühne neu eingerichtet.

916.

bewege mich um den Waldstättensee herum: Nach Abschluß umfangreicher Vorstudien begann Schiller zu diesem Zeitpunkt mit der Ausführung seines Dramas ,Wilhelm Tell'.

918.

die Sache: Die Gründung einer neuen Literaturzeitung in Jena, da die von Schütz herausgegebene ihr Erscheinen einstellte.

919.

Humboldt einen harten Verlust: Humboldts ältester Sohn Wilhelm war gestorben.

920.

Leseprobe von Julius Cäsar: Shakespeares Drama in der Übersetzung August Wilhelm Schlegels.

923.

die ganze Sache nicht erfreulich: Die Angelegenheit der Hypothek auf seinem früheren Hause in Jena, wegen deren Schiller sich an Fichte gewandt hatte, konnte mit Goethes bereitwilliger Hilfe zu einem günstigen Abschluß gebracht werden.

927.

das gestern Geleistete: erste Aufführung von Julius Cäsar in der A. W. Schlegelschen Übersetzung.
Ihre wichtige Arbeit: Wilhelm Tell.

929.

den Brüdern: Von Einsiedel, nach Terenz.

931.

das Polygnotische Wesen: ‚Polygnots Gemälde in der Lesche zu Delphi' in Goethes Aufsatz ‚Weimarische Kunstausstellung vom Jahre 1803 und Preisaufgabe für das Jahr 1804', der als Beilage zur neuen Jenaischen Literaturzeitung 1804 erschien.
Herren sind fort und gehen fort: Goethe bedauerte den Verlust, den die Universität durch den Weggang der Professoren Schütz, Loder, Schelling, Paulus und Hufeland erlitt.

932.

meine Arbeit wenigstens nicht stillsteht: Arbeit am Wilhelm Tell.

935.

der Pilgerin: Frau von Stael.

936.

die traurigen Ereignisse: J. G. Herders Tod (18. Dezember 1803).

940.

Geburtstagsstück: Für den Geburtstag der Herzogin Luise am 30. Januar.
der Mithridat: Drama Racines, bearbeitet von A. Bode.

954.

Verlobung: Verlobung des Erbprinzen Karl Friedrich mit der Großfürstin Maria Paulowna von Rußland.

955.

Ihr Gedicht: ‚Berglied'.

962.

übersende mein Werk: Wilhelm Tell.

965.

drei neue Weiber: Die Bäuerinnen Mechthild, Elsbeth und Hildegard in ‚Wilhelm Tell' III, 3.

966.

Abreise unsrer Freundin: Frau von Stael, die am 29. Februar Weimar verlassen hatte.

967.

die zwei ersten Akte: Akt I und II der Bühnenbearbeitung des ‚Götz von Berlichingen'.

968.

die Stelle quaestionis: Auf Goethes Rat motivierte Schiller den Apfelschuß im ‚Wilhelm Tell' genauer.

969.

die Hussiten: ‚Die Hussiten vor Naumburg', Drama Kotzebues, am 2. April in Weimar aufgeführt.

972.

Heautontimorumenos: Lustspiel von Terenz, bearbeitet von Einsiedel.

973.

Schritte, den ich bei unserm Herrn getan: In einem Briefe vom 4. Juni hatte Schiller den Herzog Karl August unter Hinweis auf Anträge der preußischen Regierung an ihn, nach Berlin überzusiedeln, um eine Erhöhung seiner Einkünfte gebeten.

978.

der neuesten: Am 25. Juli 1804 wurde Schillers Tochter Emilie Henriette Luise geboren.

984.

Hälfte der Übersetzung: Goethes Übersetzung von Diderots Dialog ‚Rameaus Neffe' kam Leipzig 1805 heraus.
Schilderung Winckelmanns: Erschien 1805 in dem Werk ‚Winckelmann und sein Jahrhundert'.

986.

Erhalte ich nicht bald ein paar Akte: Für den Geburtstag der Herzogin Luise bereitete Schiller eine Bearbeitung der Phädra nach Racine vor.

990.

Die drei Akte: Der Phädra; siehe zu Nr. 986.

995.

das Opus: Rameaus Neffe. Siehe zu Nr. 984.

1001.

ästhetischen Rezensionen: Die Jenaer Literaturzeitung brachte im Februar Rezensionen Goethes über Dichtungen von Hebel, Grübel, Collin, Boehlendorff, Klein.
Sonntagsfrühe: Goethe hatte dieses Gedicht Hebels in seiner Rezension vollständig wiedergegeben.
Nestor: Schiller wollte sich für seinen ‚Demetrius' mit der russischen Geschichte bekannt machen.

1003.

meine Arbeit: Demetrius.

1009.

Rest des Manuskripts: Die Anmerkungen zu ‚Rameaus Neffe'.

1010.

Die Anmerkungen: Im Anschluß an Brief Nr. 1007 bespricht Schiller in diesem Briefe die am gleichen Tage erhaltenen Anmerkungen Goethes zu ‚Rameaus Neffen', und zwar vor allem die letzte unter der Überschrift ‚Voltaire'.
zwei sehr tätigen Ministerialregierungen: Richelieu und Mazarin.

1011.

Am 1. Mai 1805 begegneten sich Goethe und Schiller ein letztes Mal. Acht Tage später, den 9. Mai, starb Schiller; sein Leichnam wurde in der Nacht zum 12. Mai beigesetzt. ‚Unsere persönlichen Zusammenkünfte waren unterbrochen; wir wechselten fliegende Blätter. Einige im Februar und März von ihm geschriebene zeugen noch von seinen Leiden, von Tätigkeit, Ergebung und immer mehr schwindender Hoffnung. Anfangs Mai wagt ich mich aus, ich fand ihn im Begriff, ins Schauspiel zu gehen, wovon ich ihn nicht abhalten wollte: ein Mißbehagen hinderte mich, ihn zu begleiten, und so schieden wir vor seiner Haustüre, um uns niemals wiederzusehen. Bei dem Zustande meines Körpers und Geistes, die, um aufrecht zu bleiben, aller eigenen Kraft bedurften, wagte niemand, die Nachricht von seinem Scheiden in meine Einsamkeit zu bringen. Er war am neunten verschieden und ich nun von allen meinen Übeln doppelt und dreifach angefallen.' (Goethe, Tag- und Jahreshefte, 1805.)

AUS DEM BRIEFWECHSEL GOETHES MIT CHARLOTTE VON SCHILLER

5.

durch das achte Buch: Wilhelm Meisters Lehrjahre, Buch 8.
Hesperus ist ... erschienen: Jean Paul Friedrich Richter hatte Schiller am 25. Juni 1796 besucht; siehe zu Nr. 69 (Seite 932).

8.

die schöne Erscheinung Ihres Geistes: Im März 1797 brachte Goethe in Jena ‚Hermann und Dorothea' zum Abschluß.

12.

Ihr Gedicht: ‚Hermann und Dorothea' erschien im Oktober 1797.

17.

Gestalten der Homerischen Welt: Jene Gestalten, die Goethe während der Jahre 1797–1799 in seiner ‚Achilleis' zu neuem Leben erwecken wollte.
wieder ein Büchelchen hervorbringt: Anspielung auf Böttigers Buch über Iffland (1796) und Tiecks ‚Gestiefelten Kater' (1797).

24.

Don Quixote: Siehe zu Nr. 630 (Seite 999).
heilige Genoveva: Ludwig Tieck, Leben und Tod der heiligen Genoveva (Romantische Dichtungen, Jena 1799–1800).

27.

Tod des großen Unterdrückers: In der Nacht vom 23. zum 24. März 1801 war der Zar Paul in Rußland ermordet worden.
Axur: Axur, König von Ormus, Singspiel nach Beaumarchais' Tarare, Musik von Salieri, Text von Schmieder.

28.

das Werk: Im Juni 1802 schrieb Goethe zur Eröffnung des neuen Lauchstädter Theaters das Vorspiel ‚Was wir bringen'.

REGISTER

REGISTER

Werke sind unter dem Namen ihrer Autoren angeführt, Fürsten unter denen ihrer Länder. Für die alphabetische Anordnung der Werke ist das erste charakteristische Wort des Titels maßgebend. Bei einigen ständig wiederkehrenden Personen wurde auf Stellenangabe verzichtet. Die Ziffern verweisen auf die Nummern der Briefe.

A

B

C

D

E

F

G

H

I

J

K

M

N

S

T

INHALT